Wolfgang Hohlbein

Die Chroniken der Elfen

II. Buch

Elfenzorn

Otherworld

Das säurefreie und alterungsbeständige Papier EOS liefert Salzer, St. Pölten
(hergestellt aus chlorfrei gebleichtem Zellstoff aus nachhaltiger Forstwirtschaft).

ISBN 978-3-8000-9514-8

Umschlaggestaltung von init, Büro für Gestaltung, Bielefeld
Umschlagillustration von Silvia Christoph

Gedruckt in Österreich
1 3 5 7 6 4 2

Otherworld im Internet: www.otherworld-verlag.com
Wolfgang Hohlbein im Internet: www.hohlbein.de

I

Das Haus war dunkel und still, aber nicht verlassen. Nirgends brannte Licht, und weder aus den offen stehenden Fenstern noch aus der halb aus den Angeln gerissenen Tür drang auch nur der kleinste Laut. Aber jemand war dort drinnen. Jemand oder etwas.

Pia konnte es spüren. Etwas … lauerte in der trügerischen Stille hinter der Tür. Auf sie.

Sie huschte aus der kümmerlichen Deckung eines der halb vertrockneten Rhododendronbüsche, die in Estebans Vorgarten seit Jahren vor sich hin starben, in die eines noch dürreren (und ebenso verdurstenden) Rosenstrauches und konzentrierte sich ganz auf das dunkel daliegende Gebäude vor sich. Es fiel ihr ziemlich schwer. Sie musste unentwegt gegen den verrückten Gedanken ankämpfen, der Busch könnte plötzlich mit seinen Zweigen wie mit tausend dünnen dornigen Ärmchen nach ihr greifen und sie zu Tode quetschen.

Mit einiger Mühe schüttelte sie diesen Gedanken ab und konzentrierte sich endgültig auf das Haus. Es war Estebans Haus, und somit irgendwie auch ihres. Jedenfalls hatte sie in den zurückliegenden zwanzig Jahren genug Zeit darin verbracht, um mit Fug und Recht behaupten zu können, irgendwie darin aufgewachsen zu sein. Sie kannte es wie die berühmte Westentasche und hatte schon als Kind ein halbes Dutzend Wege ausgeknobelt, um aus dem Haus zu kommen, ohne dass Esteban oder einer seiner Wachhunde sie bemerkte; und logischerweise auch ebenso viele hinein. Im Moment liebäugelte sie mit dem Kellerfenster und dem Weg durch den Weinkeller und die Küche, oder mit dem direkteren Weg über das Garagendach und zum Fenster ihres alten Zimmers, was zwar schneller gegangen wäre, aber auch die Gefahr barg, dass man sie dabei beobachtete.

Dann fiel ihr ein, dass es da noch etwas gab, was sie vergessen hatte. Niemand konnte sie beobachten, wenn sie es nicht wollte.

Sie stand auf, streifte endlich den viel zu warmen und schweren Umhang ab und hüllte sich in einen anderen Mantel aus beschützenden Schatten.

Die Entscheidung schien richtig gewesen zu sein, denn ihre Füße setzten sich ganz ohne ihr eigenes Zutun in Bewegung, trugen sie aber nicht auf die Garage und das Vordach zu, sondern wieder ein Stück zurück und dann direkt zur Haustür. Zumindest ihre Stiefel schienen also der Meinung zu sein, dass sie tatsächlich unsichtbar war. Und wer war sie schon, ihnen zu widersprechen?

Direkt vor der Tür blieb sie trotzdem noch einmal stehen und sah sich aufmerksam in alle Richtungen um. Ihre innere Uhr verriet ihr, dass es kurz vor vier war. Noch gute zwei Stunden bis zum Sonnenaufgang. Selbst über das verwinkelte Labyrinth der Favelas hatten sich mittlerweile Dunkelheit und Stille gesenkt. In dem einen oder anderen Haus (wenn man die zumeist aus Sperrholz oder Wellblech zusammengestümperten ärmlichen Hütten so nennen wollte) brannte zwar noch Licht, und von irgendwoher drang quäkende Musik aus einem billigen Kofferradio an ihr Ohr, aber darüber hinaus war das einzige Geräusch, das sie hörte, das ferne Grundrauschen der Stadt.

Dennoch wurde das unangenehme Gefühl, aus unsichtbaren Augen angestarrt zu werden, eher noch schlimmer.

Sie drehte sich wieder zur Tür um. Sie war halb aus den Angeln gerissen und sah aus, als genügte schon ein leiser Windhauch, um sie endgültig umfallen zu lassen. Ein asymmetrisches X aus gelben Absperrbändern bildete eine symbolische Barriere, unter der sie sich vorsichtig hindurchbückte, um sie nicht zu berühren und kein verräterisches Geräusch zu verursachen. Alles war still. Das Haus war nicht nur menschenleer, sondern schien regelrecht den Atem anzuhalten. Aber etwas war hier.

Vielleicht waren es nur die Erinnerungen, dachte sie. Es war

Wochen her, dass sie das letzte Mal hier gewesen war, und alles war so schnell und panisch abgelaufen, dass der Schrecken nicht einmal wirklich Zeit gefunden hatte, sich ganz zu entfalten. Dafür spürte sie ihn jetzt umso deutlicher, zusammen mit ihrem schlechten Gewissen, in all den Wochen nicht ein einziges Mal an Esteban gedacht zu haben.

Möglicherweise lag es daran, dass hier alles so vollkommen unverändert aussah. Als wäre es gerade erst passiert und nicht schon Wochen her. Ein leicht chemischer Geruch hing in der Luft, und die Absperrbänder vor der Tür bewiesen, dass die Polizei hier gewesen war. Von Aufräumen schienen sie nicht sehr viel zu halten. Sah man von dem Geruch (sie vermutete, dass er von irgendeiner der geheimnisvollen Chemikalien der Spurensicherung stammte) und einer Unzahl kleiner Plastikschildchen mit schwarzen Zahlen ab, die an den unmöglichsten Stellen herumstanden, hätte man meinen können, dass Alica und sie das Haus gerade erst verlassen hatten.

Sie erinnerte sich wieder daran, weshalb sie eigentlich hergekommen war, machte einen Schritt auf die Treppe zu und blieb dann noch einmal stehen. Ihr Herz fing an schneller zu schlagen, und so ziemlich alles in ihr begann sich gegen die bloße Vorstellung zu sträuben, noch einmal in Estebans Zimmer zu gehen, doch ihre Stiefel schienen das für eine gute Idee zu halten.

Die Tür war mit einem amtlich aussehenden Siegel verschlossen, das sie ohne eine Spur schlechten Gewissens erbrach, und der Raum dahinter war so dunkel, dass sie nicht einmal Schatten sah. Trotz der Gefahr, dass jemand von außen das Licht entdeckte und die falschen (oder auch richtigen) Schlüsse daraus zog, tastete sie nach dem Lichtschalter, legte ihn um und schloss für einen kurzen Moment die Augen, um sich an das grelle Licht der nackten Glühbirne zu gewöhnen, die über dem Schreibtisch hing.

Es gelang ihr nicht völlig. Zeit ihres Lebens hatte sie sich über Estebans Geiz geärgert, der wahrscheinlich nicht einmal *wusste*, dass es Glühbirnen mit mehr als vierzig Watt Leistung gab, aber in den Wochen, die hinter ihr lagen, hatten sich ihre Augen an den Schein von Kerzen und Öllampen gewöhnt, sodass ihr das matte elektrische Glühen trotzdem fast die Tränen in die Augen trieb.

Dennoch sah sie fast schon mehr, als sie wollte.

Das Zimmer glich einem Schlachtfeld. Nicht jenem anderen, apokalyptischen Schlachtfeld, von dem sie vor gerade einmal einer oder anderthalb Stunden geflohen war und auf dem vermutlich jetzt noch Menschen zu Hunderten, wenn nicht zu Tausenden starben, aber auf seine Art war der Anblick genauso erschreckend, wenn nicht sogar schlimmer.

Esteban war hier drinnen gestorben. Irgendwie (und dank des einen oder anderen dramatischen Umstandes, der ihr Leben in den letzten Wochen bestimmt hatte) war es ihr bisher gelungen, diese Erkenntnis nicht wirklich an sich herankommen zu lassen – an ihren Intellekt, ja, aber nicht an ihre Seele –, doch nun funktionierte dieser Schutz nicht mehr. Sie hatte gewusst, dass das passieren würde, aber nicht, wie schlimm das für sie wäre.

Der zerschrammte Tisch, an dem Esteban immer gesessen hatte und seinen Arbeiten nachgegangen war, stand jetzt so schräg wie ein schlampig eingeparkter Wagen da, und nicht mehr an der richtigen Stelle, sodass die nur an einem Draht baumelnde Glühbirne nicht mehr die Platte beschien, sondern den Fußboden daneben. Außerdem war die Platte leicht geneigt, weil eines der Beine abgebrochen war, als der Barbarenkrieger dagegen geprallt war. Papiere, aufgeschlagene Bücher und zerknitterte Zeitschriften lagen noch immer in derselben chaotischen Unordnung herum, in der sie vor drei oder vier Wochen heruntergefallen waren, und ihr Anblick entlockte Pia ein dünnes, trauriges Lächeln. Esteban und seine Papiere waren hier im Haus ein Anlass für gutmütige Frotzeleien gewesen, so lange sie sich zurückerinnern konnte, und vermutlich auch schon vorher. Er war ständig mit irgendwelchen Papieren beschäftigt gewesen, las, machte sich Notizen und blätterte, führte irgendwelche ominösen Listen und sortierte etwas um oder heftete tonnenweise altmodisches Papier in noch altmodischeren Ordnern ab. Niemand hatte je wirklich begriffen, was er da eigentlich tat, das den Verwaltungsaufwand einer kleinen Bank erforderte. Das lag zum Teil daran, dass er seine Papiere gehütet hatte wie seinen Augapfel, zum Teil aber daran, dass es niemanden wirklich interessierte. Pia hatte sich immer wieder vorgenommen, Esteban eines Tages einfach danach zu fragen, und es immer wieder verschoben ... und jetzt war es zu spät. Sie würde nie mehr erfahren, was Esteban über all diese Jahre und Jahrzehnte hinweg in seinen Ordnern abgeheftet und gesammelt hatte.

Ganz kurz erwog sie, es nachzuholen, hier und jetzt und auf der Stelle, verwarf die Idee aber augenblicklich wieder. Esteban würde es zwar nicht erfahren, doch es wäre ihr trotzdem wie ein Verrat an ihm vorgekommen.

Auch hier standen überall kleine Plastikschildchen mit aufgedruckten schwarzen Zahlen, und der chemische Geruch war so stark, dass sie im ersten Moment das Gefühl hatte, kaum noch Luft zu bekommen. Vielleicht war er auch gar nicht so schlimm ... möglicherweise war sie einfach an bessere Luft gewöhnt, und was sie roch, war nicht die chemische Hinterlassenschaft der Polizei, sondern einfach der Gestank der Stadt, in der sie aufgewachsen war.

Sie fragte sich, warum ihre Stiefel sie hierhergeführt hatten. Bestimmt nicht nur, damit sie um Esteban trauern konnte.

Nachdenklich sah sie sich um, ließ ihren Blick durch den Raum schweifen (wobei sie es ganz bewusst vermied, den dunklen Fleck hinter dem Schreibtisch anzusehen, der an der Stelle zu sehen war, an der Esteban gelegen hatte) und betrachtete noch einmal die kleinen Plastikschilder. Ihrer Anzahl nach zu schließen, musste die Polizei so ziemlich jedes Staubkorn fotografiert haben, das es hier drinnen gab. Selbst unmittelbar vor ihren Füßen stand eine schwarze »1« auf schmuddelig-weißem Grund, die ein centgroßes rundes Loch im Fußboden markierte.

Das Holz um sie herum war dunkel verfärbt, und Pia erinnerte sich daran, wie Alica den Fuß des Barbarenkriegers mit ihrem Pfennigabsatz perforiert hatte. Behutsam ließ sie sich in die Hocke sinken, tastete mit den Fingerspitzen danach und stellte mit einem Gefühl leiser Überraschung fest, dass das Holz noch feucht war, wo es sich mit dem Blut des Barbaren vollgesogen hatte. Nach all der Zeit?

Wenn es wirklich *all die Zeit* gewesen war.

Pia blieb eine geraume Weile reglos in der Hocke sitzen und dachte angestrengt nach. Seit Alica und sie in diesem Zimmer um ihr Leben gekämpft hatten und geflohen waren, waren viele Tage vergangen, Wochen ... aber was, wenn das nicht stimmte? Was, wenn ihr allererster Eindruck richtig gewesen war, und hier tatsächlich nur wenige Tage vergangen waren, vielleicht sogar nur Stunden?

Sie dachte an Hernandez, der nur kurz vor Alica und ihr in die Welt der Schattenelben und Orks gewechselt war und doch von sich behauptet hatte, seit *zwölf Jahren* dort zu sein, und erneut fiel ihr auf, wie sonderbar *frisch* hier alles wirkte. Vielleicht sah dieses Zimmer ja nicht nur so aus, als wäre die Polizei gerade erst abgerückt.

Einen Moment lang suchte sie fast verzweifelt nach Argumenten, um diese verrückte Idee zu widerlegen, aber allzu viele fand sie nicht. Sie hatte an die zwölf Jahre, von denen Hernandez gesprochen hatte, nie so recht geglaubt, aber er *war* sichtbar gealtert, um Jahre, nicht um Stunden; und hatte nicht auch Valoren eine entsprechende Andeutung gemacht, über verschiedene Welten und verschiedene Gesetze, denen die Zeit in ihnen gehorchte? Sie hatte die Bemerkung als den üblichen Humbug abgetan, als genau den pseudoesoterischen Quatsch, den man von einer Wahrsagerin in einem bunten Zelt auf dem Jahrmarkt zu hören erwartete.

Und was, wenn sie die Wahrheit gesagt hatte und –

Irgendetwas ... *tappte*. Das Geräusch war leise, aber so nahe, als hätte es seinen Ursprung irgendwo in diesem Raum, doch als sie erschrocken hochsprang und sich herumdrehte, war sie allein. Ganz kurz glaubte sie ein körperloses Huschen in den Schatten wahrzunehmen, als hätte etwas versucht, Gestalt anzunehmen und diesen Versuch wieder abgebrochen, kurz bevor er wirklich zum Erfolg führen konnte, aber als sie genauer hinsah, war da natürlich nichts. Ihre Nerven spielten ihr einen Streich, das war alles. Und nach allem, was hinter ihr lag, war das auch nicht weiter erstaunlich.

Sie lachte, leise und falsch und aus keinem anderen Grund als dem, den nagenden Schrecken abzuschütteln, mit dem sie das vermeintlich Gesehene erfüllte (selbstverständlich vergebens), drehte sich noch einmal im Kreis und versuchte das Problem mit Logik anzugehen.

Nicht, dass es ihr wirklich weiterhalf. Hier waren keine drei Wochen vergangen, daran immerhin gab es keine Zweifel, aber sie hatte keine Möglichkeit herauszufinden, ob es drei Stunden oder drei Tage gewesen waren. Vermutlich war es besser, wenn sie von drei Stunden ausging. Was nichts anderes bedeutete, als dass die Polizeibeamten demnächst zurückkommen und ihre Arbeit fortsetzen würden.

Aber nicht jetzt. Frühestens bei Sonnenaufgang, schätzte sie, wahrscheinlich sogar später. Eigentlich war es fast ein bisschen erstaunlich, dass sie überhaupt so schnell gekommen waren; oder um genau zu sein: dass sie *überhaupt gekommen waren*. Verbrechen in den Favelas interessierten die Polizei aus dem anständigen Teil der Stadt normalerweise wenig; nicht einmal Gewaltverbrechen. Wer interessierte sich schon für einen Mord in den Armenvierteln einer Stadt, in der es an manchen Tagen mehr Mordfälle gab als in dem einen oder anderen europäischen Staat in einem ganzen Monat? Darüber hinaus gab es hier so etwas wie eine unausgesprochene Vereinbarung, nach der man so etwas unter sich regelte.

Anderseits stand nicht einmal hier jeden Tag ein Leinenbeutel mit Drogen und Bargeld im Gegenwert von zwei Millionen herum …

Der Gedanke führte zu einem anderen. Pia drehte sich ohne große Hoffnung noch einmal herum und ließ ihren Blick über den verwüsteten Schreibtisch und das Chaos auf dem Fußboden daneben schweifen, und sie wurde nicht enttäuscht: Wer immer hier ermittelt hatte, hatte ganz eindeutig nicht viel vom Aufräumen gehalten – aber so schlampig, den Seesack liegen zu lassen, war er doch nicht gewesen. Der Leinenbeutel war verschwunden, und wo er gestanden hatte, befand sich nun nichts als ein weiteres Plastikschildchen mit einer aufgedruckten Zahl. Pia verspürte ein sachtes Bedauern, das ihr zugleich ziemlich absurd vorkam. Geld war nun wirklich das, was sie im Moment am allerwenigsten interessierte. Aber manche alten Reflexe ließen sich offensichtlich nicht so schnell ablegen.

Manche Fragen anscheinend auch nicht.

Warum um alles in der Welt war sie hier?

Sie sah sich noch einmal aufmerksam in dem kleinen, heillos verwüsteten Zimmer um, entdeckte auch diesmal nichts Außergewöhnliches und machte ein paar ziellose Schritte, die sie um den schräg stehenden Schreibtisch herum und auf seine andere Seite führten. Weniger ihre Stiefel als vielmehr sie selbst schreckte instinktiv davor zurück, den Bereich zu betreten, wo sich die Fußbodenbretter von Estebans Blut dunkel gefärbt hatten, aber sie zwang sich trotzdem, weiterzugehen und den Schreibtisch noch einmal genauer in Augenschein zu nehmen. Sie hatte ihn selten aus dieser Perspektive gesehen (eigentlich nie, wenn sie es genau bedachte), aber es gab auch nichts Besonderes zu sehen. Es gab nur eine einzige, breite Schublade, die nicht einmal ein Schloss hatte, aber mit demselben amtlichen Siegel verschlossen war wie die Tür.

Pia brach es mit genauso wenigen Skrupeln auf wie das andere, öffnete die Schublade und sah genau das Durcheinander aus Notizzetteln, Büroklammern, Heftzwecken, trockenen Tabakkrümeln, Prospekten, Bleistiften, leeren Batterien, zerknülltem Papier und zehntausend anderen Dingen, das sie erwartet hatte. Wenn Esteban eines zeit seines Lebens nicht gewesen war, dann ordentlich. Und wenn es in dieser Schublade irgendetwas von Interesse gegeben hatte, wie vielleicht ein Notizbuch oder irgendetwas anderes Aufschlussreiches, fügte die Stimme der Vernunft in ihrem Kopf hinzu, dann hatten die Polizisten es garantiert mitgenommen. Irgendeinen Grund musste es schließlich dafür geben, dass sie die Schublade so hochnotpeinlich versiegelt hatten.

Pia wollte die Schublade schon wieder schließen, als ihr Blick an einem zerschrammten Kästchen aus schwarzer Pappe hängen blieb. Es war sichtlich alt und mit einem spröde gewordenen Einmachgummi verschlossen, und als sie es herausnahm, klapperte etwas darin.

Behutsam streifte sie das Gummiband ab, hob den Deckel an und zog überrascht die Augenbrauen hoch, als sie sah, was es enthielt.

Es waren zwei Fotografien, alt und zerknittert und offensichtlich auf einem billigen Tintenstrahldrucker ausgedruckt, denn die Farben waren an einigen Stellen ineinandergelaufen und allgemein zu einem blassen Sepiaton verblichen, und ein klobiger Ring, der trotz seiner Größe so aussah, als stammte er aus einem Kaugummiautomaten. Pia nahm ihn kurz in die Hand, war ein wenig erstaunt über sein Gewicht und legte ihn dann wieder zurück, um sich die beiden Fotos genauer anzusehen.

Sie stand mindestens eine Minute lang da und starrte auf die Bilder. Beide zeigten Esteban – einen ungefähr zwanzig Jahre jüngeren Esteban, wie sie schätzte – und auf beiden war auch ein Kind zu sehen; ein Mädchen von vielleicht anderthalb oder zwei Jahren, gerade alt genug, um aus eigener Kraft auf den Beinen zu stehen und vielleicht sogar ein paar Schritte zu machen, ohne sofort auf die Nase zu fallen, und auf einem davon … sie selbst.

Nur, dass das vollkommen und ganz und gar unmöglich war.

Pia schloss für einen Moment die Augen, zählte in Gedanken bis fünf und sah dann noch einmal hin, aber an dem unglaublichen Anblick änderte sich nichts. Das Foto war mindestens fünfzehn oder zwanzig Jahre alt, das bewies nicht nur sein mitgenommener Zustand, sondern auch das Konterfei eines um ebenso viele Jahre jüngeren Esteban, aber die Frau darauf war ganz eindeutig sie.

Ihr Verstand beharrte nach wie vor darauf, dass das, was sie sah, gar nicht sein konnte … aber was nutzte schon die Stimme der Vernunft gegen das, was sie *sah*?

Die Bilder waren nicht nur beide alt und von schlechter Qualität, sondern sahen auch so aus, als wären sie von jemandem aufgenommen worden, der nicht besonders viel Wert darauf gelegt hatte, beim Fotografieren bemerkt zu werden. Auf dem einen Foto war Esteban zu sehen, wie er das Kind (es war ziemlich pummelig, trug ein albernes pinkfarbenes Kleid und hatte glattes, bis auf die Schultern fallendes hellblondes Haar) auf den Armen trug und sich offenbar vom Versteck des Fotografen entfernte, auf dem anderen spielte das Kind mit einer einfachen Stoffpuppe, und Esteban und ihr vollkommen unmögliches Ebenbild standen ein paar Schritte dahinter und waren in ein offensichtlich sehr ernstes Gespräch vertieft. Die Frau (Pia weigerte sich immer noch, sie in Gedanken mit sich selbst zu vergleichen, obwohl die Ähnlichkeit wirklich frappierend war) hielt etwas in der Hand, das in der schlechten Auflösung des Digitalfotos nicht genau zu erkennen war.

Und dann begriff sie.

Der Gedanke war auf seine Art mindestens genauso absurd wie die Vorstellung, dieses unmögliche Bild könnte sie selbst zeigen … und eigentlich tat es das ja auch. Nur nicht die *sie*, für die sie sich im ersten Moment gehalten hatte.

Sie starrte wieder die junge Frau an, die ihr auf so unheimliche Weise ähnlich sah, ohne sie zu sein, und dann das pummelige kleine Mädchen, und ein Gefühl von … *Empörung* machte sich in ihr breit. Diese fette kleine Göre, die aussah, als hätten ihre kurzen Stummelbeinchen alle Mühe, das Gewicht ihres Körpers zu tragen, sollte *sie* sein? Und wer war dann ihr älteres Ebenbild? Ihre Mutter?

Die rein logische Antwort lautete: *ja*, aber sie weigerte sich im ersten Moment trotzdem, sie zu akzeptieren. Das Schicksal hatte ihr in den zurückliegenden Monaten eine Menge eingeschenkt, und sie hatte das meiste davon klaglos hingenommen (welche Wahl wäre ihr auch schon geblieben?), aber die Idee, dass sie ein fettes, hässliches Kind gewesen sein sollte, war einfach … gemein. Und ihre Mutter sollte ihr ähneln wie ein eineiiger Zwilling dem anderen? Das war nicht nur absurd, das war …

Nein, in Wirklichkeit liefen die Dinge einfach nicht so.

Dazu kam, dass sie einfach *wusste*, dass die Erklärung nicht so simpel war.

Sie kam zu dem Schluss, dass sie das Rätsel hier und jetzt wohl kaum lösen würde, legte die beiden Bilder in die Schachtel zurück und griff noch einmal nach dem Ring.

Erneut fiel ihr sein Gewicht auf, das den Eindruck, er käme aus dem nächstbesten Kaugummiautomaten, endgültig zunichtemachte. Er war grob gearbeitet und so groß, dass er selbst Esteban allerhöchstens gepasst hätte, wenn er ihn sich über den Daumen geschoben hätte, und seine Oberseite zeigte ein abgenutztes Symbol, das entfernte Ähnlichkeit mit einem Drudenfuß hatte und zugleich auch wieder ganz anders aussah, ohne dass sie diesen Unterschied in Worte hätte fassen können. Wenn sie nur lange genug hinsah, dann schienen die Schatten zwischen den fein ziselierten Linien zu unheimlichem eigenem Leben zu erwachen.

Pia blinzelte. Der seltsame Effekt blieb, schien sich aber irgendwie … verändert zu haben, doch auch diese Veränderung war nicht wirklich mit Blicken zu erfassen und schon gar nicht zu beschreiben. Irgendetwas kratzte an ihrer Seele, und da war ein flüchtiges Gefühl wie von etwas Suchendem, aber …

Pia schloss gleichzeitig die Augen und die Hand um den Ring. Das Gefühl verging, und mit einiger Mühe gelang es ihr sogar, das wilde Durcheinander sich überschlagender und immer unsinniger werdender Gedanken hinter ihrer Stirn zu zügeln. Sie war noch immer nicht vollkommen sicher, ob sie all das, woran sie sich zu erinnern glaubte, auch tatsächlich erlebt hatte oder schlichtweg dabei war, den Verstand zu verlieren ... aber in diesem speziellen Moment spielte das wahrscheinlich nicht einmal eine Rolle. Ob nun real oder nur eine Ausgeburt ihrer durchgeknallten Fantasie, im Augenblick war sie der Meinung, wieder zurück in der Wirklichkeit zu sein, der Welt der Dinge und des Greifbaren, und das war – so oder so – eine Welt, in der es keinen Platz für Zauberringe gab, oder lebende Schatten oder lautlose Stimmen, die ihr Worte in einer Sprache zuflüsterten, die sie niemals gehört hatte und dennoch verstand.

Und auch nicht für Bilder, auf denen sie selbst in einer zwanzig Jahre jüngeren und dennoch gleich alten Version zu sehen war.

Sie umklammerte den Ring so fest, dass er sich in ihrer Hand zu erwärmen begann, und warf ihn dann rasch in die Pappschachtel zurück, bevor ihre durchgehende Fantasie noch einen draufsetzte und ihr weiszumachen versuchte, dass das Ding ihr in die Handfläche biss, mit ihr zu sprechen begann oder irgendeinen anderen, noch größeren Blödsinn. Sorgfältig verschloss sie den Karton wieder, legte ihn aber nicht in die Schublade zurück, sondern schob ihn in eine der zahllosen Taschen ihres Kleides - das einzig Praktische an diesem Monstrum, das mit jeder Minute unerträglicher zu kratzen schien, und in dem sie sich mittlerweile fühlte, als liefe sie in einer tragbaren Sauna herum.

Das erinnerte sie daran, warum sie eigentlich hergekommen war. Sie schob die Schublade zu, knibbelte aus einem kindischen Gefühl purer anarchischer Zerstörungslust heraus auch noch den Rest des Siegels ab, mit dem irgendein übereifriger Polizist den Schreibtisch verschlossen hatte, und fragte sich ganz instinktiv, was er wohl so Wichtiges enthalten haben mochte, dass jemand ihn immerhin für wert befunden zu haben schien, ihn amtlich zu versiegeln. Wie es aussah, hatte Esteban wohl doch das eine oder andere kleine Geheimnis gehabt, das über seine bekannten Schrullen hinausging.

Aber auch das würde sie jetzt niemals mehr erfahren.

Ein wenig erstaunt registrierte sie, dass ihre Augen zu brennen begannen und sich mit Tränen füllten. Esteban war tot, und obwohl sie das seit Wochen wusste, kam der Schmerz plötzlich und so intensiv, dass sie sich mit aller Gewalt beherrschen musste, um nicht laut loszuschluchzen.

Ganz plötzlich begriff sie, wie sehr sie diesen alten Mann geliebt hatte. Sie hatte es ihm nie gesagt, nicht so deutlich, wie sie es hätte tun sollen, und vielleicht war das Begreifen, dass sie die Chance dazu nun auch nie mehr bekommen würde, das Schlimmste überhaupt. Der Gedanke war egoistisch und ungerecht, aber der Schmerz war trotzdem so schlimm, dass sie ihn kaum ertrug.

Sie wischte die Tränen weg, ging mit schnellen Schritten zur Tür und löschte das Licht hinter sich, bevor sie den Raum verließ – vielleicht für immer – und die Treppe ansteuerte. Auf halbem Weg stolperte sie über ihren Mantel, den sie achtlos hatte fallen lassen (manche schlechten Angewohnheiten nahm man anscheinend deutlich schneller an, als man sie wieder ablegte, dachte sie spöttisch), kickte ihn so schwungvoll in die Ecke, als wollte sie sich auf diese Weise selbst davon überzeugen, dass sie dieses scheußliche Ding ganz bestimmt niemals wieder anziehen würde, und eilte dann leichtfüßig die Treppe hinauf. Sie kannte sich im Haus gut genug aus, um kein Licht einschalten zu müssen, und dasselbe galt auch für ihr Zimmer. Dazu kam, dass ihre Augen anscheinend wirklich besser geworden waren. Nachdem die letzten Nachbilder des nackten Glühdrahtes auf ihren Netzhäuten verblasst waren, flossen die Schatten vor ihr zu vertrauten Umrissen und Formen zusammen. Wahrscheinlich hätte sie sich auch mit geschlossenen Augen zurechtgefunden.

Noch während sie das kleine Zimmer durchquerte, in dem sie so viele Jahre ihres Lebens zugebracht hatte, begann sie sich aus dem unbequemen Kleid zu schälen, dann öffnete sie den Kleiderschrank und langte nach dem erstbesten Stück, das ihr in die Hände fiel. Sie hatte nur einige wenige Kleider hier zurückgelassen, und es waren nicht unbedingt ihre Lieblingsstücke, aber alles war besser als die grauen Lumpen, die sie noch immer am Leib trug. Alica hatte behauptet, dass es sich um Unterwäsche handelte, und Pia hatte ihr nicht widersprochen ... allerdings weniger, weil sie ihr zugestimmt hätte, sondern eher, weil ihr keine passenden Bezeichnungen für diese ... *Etwasse* eingefallen waren, die nicht nur so aussahen, als wären sie aus gebrauchtem Schmirgelpapier zusammengeklebt worden, sondern die sich auch ganz genauso anfühlten.

Etwas bewegte sich in ihren Augenwinkeln.

Pia fuhr auf dem Absatz herum, riss die Hände mit halb verkrümmten Fingern vor die Brust und ging in die Grundstellung einer Kampftechnik, die sie nie gelernt hatte, von der sie aber trotzdem wusste, wie verheerend sie war.

Aber es gab niemanden, den sie zu Brei schlagen konnte. Sie war allein. Niemand war bei ihr im Zimmer. Selbst die Schatten hatten aufgehört zu flüstern. Die Bewegung, die sie zu sehen geglaubt hatte, war die ihres eigenen Spiegelbildes gewesen.

Pia stand noch eine geschlagene Sekunde lang in unveränderter Haltung da, dann entspannte sie sich nicht nur mit einem hörbaren Seufzen, sondern musste auch über ihre eigene Schreckhaftigkeit lachen.

Und was sollte überhaupt dieser Quatsch mit sicherem Stand und versteiften Fingern?

Dai-Ki, flüsterte eine lautlose Stimme hinter ihrer Stirn. Eine uralte Kampftechnik, die nur wenigen Auserwählten vorbehalten war, und der nicht einmal ein Ork widerstehen konnte, wenn sie von einem wahren Meister angewandt wurde.

Dai-Ki? Pia sah auf ihre Finger hinab, die zu so etwas wie tödlichen Raubvogelklauen verkrümmt waren, ließ die Hände dann mit einem Ruck sinken und schüttelte noch einmal und noch heftiger den Kopf. Dai-Blödsinn! Sie konnte sich zwar nicht daran erinnern, aber anscheinend hatte sie ein paar Jackie-Chan-Filme zu viel gesehen. Sie hatte schon früh gelernt, sich zur Wehr zu setzen (und auch, dass man den Begriff *Notwehr* manchmal durchaus vorbeugend auslegen konnte), und so mancher, der in ihr nichts als ein zart gebautes, verletzliches Mädchen gesehen hatte, hatte diesen Irrtum nicht nur bitter bereut, sondern auch sein blaues Wunder erlebt; und das manchmal wortwörtlich. Aber sie hielt nichts von diesem ganzen Kung-Fu- und Karate-Unsinn. Es mochte ja ganz beeindruckend aussehen, auf einem Bein zu stehen, wie ein arthritischer Pelikan mit den Armen zu wedeln und dabei komische Geräusche zu machen, aber ein guter altmodischer Schwinger erzielte meistens dieselbe Wirkung und war nicht annähernd so schwierig zu lernen. Dai-Ki! Was für ein Quatsch!

Sie streckte dem Schemen im Spiegel die Zunge heraus, ging wieder zum Kleiderschrank und machte dann noch einmal kehrt, um ganz an den Spiegel heranzutreten, der sie gerade so erschreckt hatte. Er war nicht nur größer, sondern auch deutlich älter als sie und hatte schon in diesem Zimmer gestanden, als es sie noch gar nicht gegeben hatte. Er hatte einen Riss, der quer über sein unteres Drittel verlief und den sie als Kind gerne und oft benutzt hatte, um sich selbst Grimassen zu schneiden und sich darüber zu amüsieren, zu welch bizarren Fratzen der verästelte Riss ihr Spiegelbild zerschnitt; und um ein paarmal auch zu erschrecken. An zahllosen Stellen war er längst blind geworden, woran sie sich im Laufe der Jahre so sehr gewöhnt hatte, dass sie es kaum noch zur Kenntnis nahm und die fehlenden Bildinformationen einfach aus dem Gedächtnis rekonstruierte.

Einer dieser blinden Flecken war trotzdem neu. Er wäre ihr aufgefallen, wäre er schon früher da gewesen, denn er befand sich genau in Höhe ihres Gesichts und löschte es aus. Wo ihr Antlitz sein sollte, war nur ein verschwommener grauer Fleck, als weigerte sich der Spiegel, ihr ihr eigenes Gesicht zu zeigen.

Pia machte einen halben Schritt zur Seite. Der blinde Fleck wanderte mit. Sie bewegte sich um dasselbe Stück in die andere Richtung, und der verschwommene Fleck vollzog auch diese Bewegung nach. Für einen dritten Versuch fehlte ihr der Mut.

Selbstverständlich gab es eine ganz logische und vermutlich sogar simple Erklärung für dieses Phänomen. Das schlechte Licht hier drinnen. Ihre angespannten Nerven. Der Fleck mochte schon ewig und drei Tage dort sein, und sie hatte ihn nur nicht bemerkt, weil ihr jedes Staubkorn in diesem Zimmer so vertraut war, dass sie schon gar nicht mehr hinsah.

Oder, oder, oder …

Es gab ein Dutzend ganz simpler Erklärungen für den Umstand, dass der Spiegel sich weigerte, ihr Gesicht zu zeigen.

Bestimmt.

Ganz sicher.

Sie wagte es trotzdem nicht, noch einmal in den Spiegel zu sehen, sondern schlüpfte rasch auch aus dem Rest ihrer Kleider und zog die erstbeste Unterwäsche an, die ihr in die Finger fiel. Dann beging sie – ohne eigentlich selbst genau zu wissen, warum sie das tat – den Fehler, noch einmal an den zerschlissenen Lumpen zu riechen, die sie bisher getragen hatte, und verzog angeekelt das Gesicht. Das Zeug stank genauso, wie sie es erwartet hatte. Aber es wurde auch nicht besser, nachdem sie es so weit von sich fortgeworfen hatte, wie es in dem kleinen Zimmer überhaupt nur möglich war.

Pia beging noch einen Fehler, indem sie den Arm hob und an ihrer Achselhöhle schnupperte. Sie hatte sich nicht geirrt. Es waren nicht so sehr die Kleider, die nach einer Mischung aus Schweinestall, Brauerei und Latrine stanken, es war eher sie selbst.

Sie verzog noch einmal das Gesicht und fragte sich, wie sie es eigentlich all die Zeit in ihrem eigenen Gestank ausgehalten hatte, oder, viel schlimmer: Wieso er ihr eigentlich nicht einmal *aufgefallen* war. Vielleicht hatte WeißWald tatsächlich irgendetwas mit ihrem Geruchssinn angestellt. Oder die Erklärung war viel simpler: Es war ihr nicht aufgefallen, weil dort, wo sie gewesen war, jedermann so angenehm duftete.

Aber wenn an ihrer Rückkehr in das, was die meisten Menschen für die Wirklichkeit hielten, überhaupt etwas Gutes war, dann der Umstand, dass sie zumindest daran etwas ändern konnte.

Der Gedanke kam ihr selbst ein bisschen verrückt vor, aber auf der anderen Seite ... warum eigentlich nicht? Sie hatte sich in all den Wochen in WeißWald kaum etwas sehnlicher gewünscht als ein heißes Bad, und zumindest für die nächsten zwei oder drei Stunden war sie in diesem Haus vermutlich sicherer als an jedem anderen Ort in der Stadt. Außerdem wurde es allmählich Zeit, dass sie in Ruhe über das eine oder andere nachdachte – und welcher Ort eignete sich dafür wohl besser als eine Wanne mit heißem Wasser?

Kurz entschlossen ging sie ins Bad, fummelte so lange an den Reglern der altmodischen Mischbatterie herum, bis sie sie auf eine Wassertemperatur eingestellt hatte, die sie gerade noch als angenehm empfand, und kehrte dann noch einmal in ihr altes Zimmer zurück, um sich saubere Garderobe zurechtzulegen, während die Wanne volllief; selbstverständlich alles, ohne Licht zu machen. Sie war vielleicht wagemutig, aber weder leichtsinnig noch dumm.

Sie vermied es auch diesmal ganz bewusst, den Spiegel anzusehen. Ein bisschen kam ihr das selbst albern vor, aber das Unbehagen, das ihr schon die bloße Vorstellung bereitete, noch einmal in den Spiegel zu sehen und vielleicht auch diesmal wieder nichts als einen verschwommenen Fleck zu erblicken, wo ihr Gesicht hätte sein sollen, überwog bei Weitem.

Sie wählte einfache, aber robuste schwarze Jeans, ein dazu passendes Top und eine knapp sitzende, ebenfalls schwarze Lederjacke, die sie seit Jahren nicht mehr getragen hatte. Ein flüchtiges Lächeln stahl sich auf ihre Lippen, als sie ihre eigene Kleiderauswahl begutachtete – ohne ihr fast weißes, glatt bis weit über den

Rücken fallendes Haar hätte sie darin ein bisschen ausgesehen wie Lara Croft für Arme, dachte sie – aber sie blieb trotzdem dabei: Die Klamotten waren auf jeden Fall praktisch, und sie würde sich darin zum ersten Mal seit Wochen wieder angezogen fühlen, nicht verunstaltet.

Bevor sie das Zimmer verließ, bückte sie sich noch einmal nach dem Kleid und durchsuchte gründlich sämtliche Taschen. Bis auf die kleine Pappschachtel mit dem Ring und den beiden geheimnisvollen Fotos fand sie nichts, was des Mitnehmens wert gewesen wäre. Sie legte das Kästchen sorgsam auf den kleinen Kleiderstapel, den sie für sich herausgesucht hatte, und inspizierte den Inhalt des Kleiderschrankes dann noch einmal gründlich – irgendetwas sagte ihr, dass sie nie wieder hierherkommen würde – fand aber auch hier nichts, was noch irgendwie brauchbar war. Der Großteil ihrer Kleider und fast ihre gesamte persönliche Habe befanden sich ohnehin in ihrer eigenen Wohnung am anderen Ende der Favelas, aber das Risiko dorthin zurückzukehren war noch viel größer als das hierhergekommen zu sein. Vielleicht in ein paar Tagen, wenn sich die erste Aufregung gelegt und die Polizei aufgehört hatte, nach ihr zu suchen. Und die Peraltas, nicht zu vergessen. Was wahrscheinlich ein bisschen länger dauern würde als nur ein paar Tage.

Aber auch das war ein Problem, mit dem sie sich später befassen würde, wenn sie ein wenig zur Ruhe gekommen war und sich wieder halbwegs wie ein Mensch fühlte. Und vor allem auch wieder so roch.

Sie balancierte mit ihrem Kleiderstapel zurück ins Bad, lud alles auf dem heruntergeklappten Toilettendeckel ab und investierte eine volle Minute darin, mit geschlossenen Augen, bei offen stehender Tür und möglichst flach atmend zu lauschen, nachdem sie das Wasser abgedreht hatte. Alles blieb still. Das Haus war vollkommen leer, und selbst das unheimliche Gefühl, beobachtet zu werden, war nicht mehr da. Wahrscheinlich war es ohnehin nichts als Einbildung gewesen, noch ein letzter Abschiedsgruß, den ihr WeißWald und seine versammelten Verrückten mit auf den Weg gegeben hatten.

Sie überlegte einen Moment, wenigstens eine Kerze anzuzünden, verwarf aber auch diese Idee als zu gefährlich und beließ es dabei, Alicas beträchtliche Vorräte an Duftwässerchen, Badeölen und wahrscheinlich vollkommen nutzlosen, aber ganz bestimmt sündhaft teuren Tinkturen zu plündern und etliches davon ziemlich wahllos in das heiße Wasser zu schütten. Das Ergebnis war eine Mischung, die nicht einmal übermäßig gut roch, aber vermutlich sehr kostspielig war, und sich überraschend angenehm auf der Haut anfühlte, als sie sich in das heiße Wasser gleiten ließ.

Es war einfach wundervoll. Das warme Wasser schien ihre Haut wie tausend sanft streichelnde Hände zu liebkosen, und sie fühlte sich augenblicklich sauberer … und sie genoss dieses Gefühl in vollen Zügen.

Ein Teil von ihr blieb aufmerksam und lauschte weiter auf jedes noch so winzige verräterische Geräusch, das irgendwo im Haus ertönen mochte, aber sie gestattete sich trotzdem zum ersten Mal seit viel zu langer Zeit den Luxus, sich einfach zu entspannen, an nichts zu denken und sich *sicher* zu fühlen. Und natürlich begann dieses Gefühl zusammen mit der Wärme und dem angenehm cremigen Streicheln des Wassers sie einzuschläfern. Sie wurde müde, spürte, wie ihre Gedanken auf Wanderschaft zu gehen begannen, und riss sich mit einer enormen Willensanstrengung wieder in die Wirklichkeit zurück; und sei es nur wegen der ebenso peinlichen wie absurden Vorstellung, am nächsten Morgen von einem Polizisten geweckt zu werden, der zuerst sich und dann sie fragte, was eine nackte junge Frau in einer Wanne voll kalt gewordenem Wasser am Schauplatz eines Verbrechens tat.

Vermutlich wurde es Zeit. Sie hatte zwar noch nicht einmal eine Ahnung, wie es weitergehen sollte, aber hier konnte sie auf keinen Fall bleiben, das war klar. Sie hätte gar nicht hierherkommen sollen, und wenn sie es ganz genau nahm, dann war es nicht einmal ihre Idee gewesen; jedenfalls nicht von Anfang an.

Nachdem sie sich von Prinzessin Gaylen wieder in Pia zurückverwandelt und aus der Welt der Feen, Orks und menschenfressenden Bäume wieder nach Rio de Janeiro zurückgekehrt war, war sie die ersten Minuten einfach ziellos herumgeirrt und hatte versucht, die Erkenntnis zu verdauen, wieder zurück und vor allem am Leben zu sein.

Vielleicht, überlegte sie träge, war es aber auch gar nicht so ziellos gewesen, wie sie im ersten Moment angenommen hatte, denn als sie allmählich in die Wirklichkeit zurückfand und sich mit dem Gedanken anzufreunden begann, noch am Leben und der schwarzen Schattenklinge Tormans irgendwie entkommen zu sein, war sie bereits auf halbem Wege hierher gewesen, zu Estebans Haus, nicht zu ihrer eigenen kleinen Wohnung, die in einem anderen Viertel der Favelas lag, nahezu an deren entgegengesetztem Ende. Es war einfach bequemer gewesen, weiterzugehen, zumal sie in ihrer abenteuerlichen Aufmachung selbst zu dieser fortgeschrittenen Stunde mehr Aufsehen erregte, als ihr lieb sein konnte. Zufall? Vielleicht. Vielleicht aber auch nicht.

Sie richtete sich weit genug in dem dampfend heißen Wasser auf, um über den Rand der Wanne spähen zu können, und maß die magischen Stiefel, die sie in Griffweite daneben abgestellt hatte, mit einem durchdringenden Blick.

»Wenn ihr irgendetwas damit zu tun habt, dann wäre jetzt der richtige Moment, um es mir zu beichten, Freunde«, sagte sie.

Natürlich antworteten die Stiefel nicht, und sie musste noch einmal an den hypothetischen Polizisten von gerade denken und bei der Vorstellung lachen, was er erst sagen würde, wenn er sie mit ihren *Stiefeln* sprechen sah.

Sie grinste noch breiter, setzte sich ein wenig weiter auf und fuhr sogar noch lauter fort: »Es ist ungezogen, einer Dame nicht zu antworten, wenn sie eine direkte Frage stellt, Jungs. Und dumm. Ich meine: Wenn mir etwas zustößt, dann könntet ihr auch etwas abbekommen, habt ihr schon mal daran gedacht?

Ich kann mir nicht vorstellen, dass es euch gefällt, euch in einem Rotkreuzsack auf dem Weg nach Ecuador wiederzufinden.«

Nicht einmal diese Drohung half. Die Stiefel schwiegen beharrlich, und durch die offen stehende Tür drang ein leises Rascheln.

Pia war mit einer einzigen fließenden Bewegung aus der Wanne (sie bemerkte nicht einmal, dass sie dabei praktisch kein Geräusch verursachte) und neben der Tür, wo sie sich mit heftig klopfendem Herzen und angehaltenem Atem gegen die Wand presste und lauschte. Das Geräusch wiederholte sich nicht, aber sie spürte jetzt mit vollkommener Gewissheit, dass dort draußen jemand war – und wahrscheinlich die ganze Zeit über da gewesen war!

Verdammt, wie hatte sie nur so bodenlos leichtsinnig und dumm sein können!

Pia verschwendete ein paar Sekunden darauf, sich selbst in Gedanken mit einigen wirklich sehr ausgesuchten Unhöflichkeiten zu belegen, und konzentrierte sich dann noch einmal auf das akustische Universum ringsum. Das Schleifen wiederholte sich nicht, und sie hörte auch sonst nicht den mindesten Laut. Aber jemand war da. Oder etwas.

Sie warf einen flüchtigen Blick auf ihre Kleider, die unerreichbare drei Meter entfernt lagen, und erwog noch flüchtiger den Gedanken, das Risiko einzugehen und wenigstens ein paar Quadratzentimeter Stoff anzulegen. Nicht aus Schamgefühl, das ebenso unangebracht wie albern gewesen wäre, sondern weil sie sich in ihrer Nacktheit furchtbar verletzlich vorkam.

Aber sie wäre zweifellos noch sehr viel verletzlicher und hilfloser, wenn jemand just in dem Moment hereinstürmte, in dem sie gerade dabei war, in ihre Hose zu schlüpfen.

Sie sah sich noch einmal um und hielt diesmal nach irgendetwas Ausschau, das sie als Waffe benutzen konnte, entdeckte aber nichts, womit sie mehr Schaden anrichten konnte als mit bloßen Händen, und schlich schließlich auf Zehenspitzen aus dem Bad.

Das Haus war so dunkel wie zuvor, und so vollkommen still, dass es schon beinahe unheimlich war. Wenn hier wirklich jemand war, dann musste er buchstäblich zur Salzsäule erstarrt sein – oder zumindest den Atem anhalten.

Wenn es jemand war, der atmete.

Die erste Tür, an der sie vorbeikam, führte in Alicas Zimmer. Sie musste nicht einmal das Ohr daran legen, um zu wissen, dass es leer war.

Pia blieb noch einmal kurz stehen, lauschte ins Erdgeschoss hinab – sie hörte nichts – und runzelte dann überrascht die Stirn, als sie die nächste Tür betrachtete, die Tür zu ihrem eigenen Zimmer, aus dem sie vor ein paar Minuten erst gekommen war. Sie war vollkommen sicher, sie hinter sich geschlossen zu haben. Jetzt stand sie einen fingerbreiten Spalt weit offen.

Pia erstarrte nicht nur zu vollkommener Reglosigkeit und hielt den Atem an, sondern zwang auch mit einer kleinen Anstrengung ihr Herz, langsamer zu schlagen, sodass das dumpfe Rauschen ihres eigenen Blutes in ihren Ohren verklang. Ein winziger Teil von ihr wunderte sich, dass sie so etwas konnte, aber der Gedanke erreichte nicht einmal wirklich ihr Bewusstsein. Unendlich langsam bewegte sie sich weiter, berührte lautlos die Tür mit den gespreizten Fingern der Linken und rief sich kurz das Zimmer auf der anderen Seite ins Gedächtnis zurück. Wer immer dort drinnen stand und auf sie wartete, würde sie von links angreifen müssen, wenn er überhaupt eine Chance haben wollte, sie zu überraschen, und das aus einem ganz bestimmten Winkel.

Sie drehte den Oberkörper so, dass ein eventueller Angriff mit einiger Wahrscheinlichkeit ins Leere gehen oder sie zumindest nicht mit voller Wucht treffen würde, winkelte den linken Arm leicht an und sprengte die Tür mit einem Fußtritt nach innen. Noch bevor sie mit einem gewaltigen Knall gegen die Wand prallte, sprang sie hindurch, duckte sich leicht und riss den linken Arm weiter in die Höhe.

Sie wurde nicht angegriffen, jedenfalls nicht von links. Jemand hatte auf sie gewartet, aber der Kerl war dämlich genug gewesen, auf der anderen Seite auf sie zu lauern. Jetzt kippte er halb bewusstlos hinter der Tür hervor, die ihm wohl mindestens die Nase gebrochen hatte.

Noch während sie versuchte, die Bewegung anzuhalten, mit der sie auf ein Knie fallen und sich unter einem eventuellen Angriff wegducken wollte, hörte sie ein Geräusch hinter sich und begriff, dass sie einen Fehler gemacht hatte. Vielleicht wäre ihre Reaktion trotz allem noch rechtzeitig genug gekommen, hätte sie nicht zugleich eine schemenhafte Bewegung vor sich registriert.

Nicht irgendwo vor sich. Nicht im Zimmer.

Im Spiegel.

Nur, dass es nicht ihr eigenes Spiegelbild war.

Statt einer schmalen, geduckten Gestalt, die mit bis zum Zerreißen angespannten Muskeln halb auf dem Boden kniete, erblickte sie ein bleiches, ausgemergeltes Gespenst, nackt wie sie, aber aufrecht stehend und ohne erkennbare Geschlechtsmerkmale. Die Gestalt war sehr groß und so dürr, dass ihre Rippen und Hüftknochen durch die papierdünne Haut zu stechen schienen. Ihre Finger, die irgendwie zu dünn aussahen, endeten in langen Fingernägeln, die mehr wie Raubvogelklauen als irgendetwas anderes aussahen, und auch der blinde Fleck war nicht mehr da, sodass Pia das Gesicht des Spiegelbildes erkennen konnte.

Sie hätte liebend gern darauf verzichtet.

Auch das Gesicht war nicht das, das ihr aus einem Spiegel hätte entgegenblicken sollen; ganz egal aus welchem. Es war schmal und hohlwangig und wirkte wie der gesamte Rest der Gestalt zugleich ausgezehrt und ungemein kräftig. Die Lippen waren so dünn, dass sie wie blasse aufgemalte Striche wirkten, hinter denen zwei Reihen winziger, nadelscharfer Piranha-Zähne blitzten, und die Augen erinnerten sie an die eines Schattenelben, nur dass sie unendlich viel boshafter und gnadenloser waren.

Der Mann, der sich von hinten auf sie stürzte und sie brutal in die Höhe riss, sollte es nie erfahren, aber es war mit ziemlicher Sicherheit dieser Anblick, der ihm das Leben rettete (auch wenn dieser Umstand nicht mehr allzu lange anhalten sollte), denn statt ihn zu packen und einfach quer durch das Zimmer zu schleudern – was sie gekonnt hätte –, starrte sie nur weiter den Spiegel an und ließ es einfach mit sich geschehen, dass er sie in die Höhe riss und brutal gegen den Türrahmen schmetterte. Sie registrierte nicht einmal wirklich den dumpfen Schmerz, mit dem ihr Hinterkopf gegen das Holz prallte und die kaum verschorfte Platzwunde wieder aufriss. Sie starrte weiter den Spiegel an, oder versuchte es wenigstens.

Für eine halbe Sekunde wurde ihr schwarz vor Augen, und als sich ihr Blick wieder klärte, war das Gespenst im Spiegel verschwunden. Sie sah wieder sich selbst, mit einem blinden Fleck dort, wo ihr Gesicht hätte sein sollen; und einen schwarzhaarigen Kleiderschrank von einem Kerl, der einen schlecht sitzenden Anzug trug und sie gegen den Türrahmen presste.

Sie musste erst das Bild sehen, um den Schmerz zu spüren, den er ihr zufügte. Seine linke Hand, eine Pranke, die deutlich größer war als ihr Gesicht, umklammerte ihre Kehle und schnürte ihr nicht nur die Luft ab, sondern drückte auch mit nur zwei Fingern weiter ihren Kopf mit solcher Kraft gegen den Türrahmen, dass ihr allmählich übel vor Schmerz wurde. Mit der anderen presste er ihren Oberkörper gegen denselben Türrahmen, sodass sie wahrscheinlich auch dann keine Luft mehr bekommen hätte, wenn er ihr die Kehle nicht zugedrückt hätte. Das rechte Knie hatte er leicht angewinkelt, um ihre Beine zu blockieren, sodass es ihr unmöglich war, ihm das Knie zwischen die Schenkel zu rammen. Der Kerl war vielleicht brutal, aber nicht blöd. Oder er hatte Erfahrung in solchen Dingen.

Irgendwo hinter ihm kam der zweite Bursche taumelnd in die Höhe. Vielleicht sagte er auch irgendetwas, aber Pia hörte nur ein unverständliches Nuscheln, das zusammen mit einer Menge Blut hinter der Hand hervordrang, die er vor Mund und Nase geschlagen hatte. Wenn der Kerl, der sie gepackt hatte, die Worte verstand, dann reagierte er nicht darauf. Pia konnte sein Gesicht nur im Spiegel erkennen, obwohl er ihr so nahe war, dass sie seinen Atem auf der Wange spüren konnte, denn er presste sie nach wie vor mit solcher Kraft gegen die Tür, dass sie den Kopf um keinen Millimeter bewegen konnte. Sie bekam auch immer noch keine Luft.

»Na, wenn das keine Überraschung ist.« Seine Stimme klang unpassend hoch und dünn für einen so kräftigen und breitschultrigen Kerl wie ihn, und sein Atem roch nach Knoblauch. »Da will man nichts ahnend einen alten Freund besuchen, und plötzlich steht eine Nixe vor einem! Ist das Leben nicht manchmal wundervoll?«

Allzu lange würde das nicht mehr so bleiben, jedenfalls nicht für ihn, wenn er sie nicht bald losließ. Pia konnte immer noch nicht atmen. Das Brennen in ihren Lungen wurde allmählich schlimmer als das Pochen in ihrem Hinterkopf, und das war nicht nur schlecht für sie, sondern vor allem für ihn. Ihre Hände waren frei. Er war ihr so nahe und presste sie mit solcher Kraft gegen die Wand, dass er sich anscheinend sicher fühlte, was gegenüber den allermeisten wohl auch richtig gewesen wäre.

Pia beschloss, ihm noch drei oder vier Sekunden Zeit zu lassen, bevor sie ihn eines Besseren belehrte. Der Kerl hatte sie überrumpelt (was nicht hätte passieren dürfen) und wahrscheinlich etwas ziemlich Übles mit ihr vor, aber die Bedrohung, die er ganz zweifellos darstellte, erschien ihr nach wie vor seltsam und unwirklich. Sie starrte weiter den Spiegel an, und sie sah darin nichts als sich selbst und den schwarzhaarigen Angreifer. Das Gespenst war verschwunden – falls es überhaupt je existiert hatte.

Endlich lockerte der Angreifer den Griff um ihre Kehle weit genug, um sie wenigstens keuchend Atem holen zu lassen. Anscheinend war er doch nicht gekommen, um sie umzubringen; wenigstens nicht gleich und nicht so schnell. Pia riss ihren Blick von dem blind gewordenen Spiegel los (was sie enorme Überwindung kostete, denn ein Teil von ihr war hundertprozentig davon überzeugt, dass das Gespenst in genau dem Augenblick wieder darin auftauchen musste, in dem sie wegsah) und drehte mit einiger Mühe den Kopf, um ihm ins Gesicht zu sehen.

Er sah nicht so schlimm aus, wie ihre Fantasie ihr angesichts des dramatischen Augenblicks hatte weismachen wollen. Er war breit und überaus kräftig, und wäre sein Gesicht im Moment nicht zu einem bewusst schmutzigen Grinsen verzogen gewesen, hätte es auf seine Art sogar gut ausgesehen. Er hatte ein bisschen was von Jesus, dachte Pia, auch wenn er nicht ganz so groß und muskulös war.

Der Gedanke stimmte sie traurig, denn er erinnerte sie an Ter Lion. Statt ihn zu packen und ihm den Arm auszukugeln, wie sie es eigentlich in der nächsten Sekunde vorgehabt hatte, schloss sie die Augen und musste plötzlich mit aller Gewalt gegen die Tränen ankämpfen.

Der Bursche deutete ihre Reaktion falsch. Sein Griff lockerte sich weiter – wenn auch nicht so sehr, dass sie sich hätte losreißen können, wäre sie noch die gewesen, als die sie vor ein paar Wochen (oder Stunden) von hier weggegangen war – und sein Grinsen wurde noch schmutziger. »He, Süße«, sagte er feixend. »Nicht weinen. Der gute Onkel tut dir doch nichts! Im Gegenteil. Wenn du ein bisschen lieb zu ihm bist, dann zeigt er dir was ganz Schönes.«

Seine andere Hand löste sich von ihrer Schulter, glitt ein Stück nach unten und legte sich auf ihre rechte Brust, um sie einen Moment lang zu kneten, gerade hart genug, um ihr ein bisschen wehzutun, glitt dann noch ein wenig tiefer und blieb auf ihrem Bauch liegen. Sein Zeigefinger begann mit ihrem Bauchnabel zu spielen, und in seinem Blick erschien etwas Neues und Hämisches. Wenn seine Hand noch ein kleines Stück weiter nach unten wanderte, beschloss Pia, dann würde sie sie ihm abreißen – oder besser gleich den ganzen Arm.

»Lass den Quatsch, Toni«, sagte der andere Bursche. »Onkel

José will sie unversehrt haben.« Er hatte die Hand heruntergenommen, aber seine Stimme klang noch immer leicht näselnd; vermutlich lag das daran, dass seine Nase nicht nur immer noch heftig blutete, sondern auch bereits sichtbar anzuschwellen begann.

»Hat er auch was davon gesagt, ob er sie als Jungfrau will?«, griente Toni. Aber nach einer weiteren Sekunde hörte er doch auf seinen Kumpel und nahm die Hand von ihrem Bauch. Vielleicht hatte er auch irgendetwas in ihrem Blick gelesen, was ihn verunsicherte, denn er nahm nun auch die andere Hand herunter und trat einen halben Schritt zurück.

Pia sank mit einem hörbaren Seufzen ein Stück in sich zusammen, legte die linke Hand auf den Hals und bedeckte mit der anderen ihre Brüste – als ob es da noch irgendetwas gegeben hätte, was er nicht schon gesehen hatte.

»Hast recht, Max.« Er klang ein bisschen enttäuscht. »Aber was nicht ist, das kann ja noch kommen.« Sein Blick taxierte sie so unverhohlen, dass sie spürte, wie ihr nun doch die Schamesröte ins Gesicht schoss.

»Hast recht, sie ist nicht Onkel Josés Typ. Zu mager.«

Pia wollte etwas sagen, brachte aber nur ein mühsames Husten heraus. Sie merkte erst jetzt, wie sehr der Kerl ihr wehgetan hatte, und verpasste sich selbst in Gedanken einen Rüffel. Sie war (zu Recht) davon ausgegangen, dass er keine wirkliche Gefahr für sie darstellte, sodass sie nicht einmal auf die *Idee* gekommen war, sich zu verteidigen. Eine wirklich clevere Taktik. Gehörte das auch zu Dai-Ki?

»Ist alles in Ordnung?« Es war nicht Toni, der diese Frage stellte, sondern Max. Er hatte ein Taschentuch ausgegraben und versuchte damit, sein Nasenbluten zu stillen, allerdings mit wenig Erfolg. Er war ein bisschen kleiner als Toni und kam ihr wie der Vernünftigere der beiden vor, aber nicht unbedingt wie der Harmlosere.

Außerdem war seine Frage angesichts ihrer momentanen

Lage ziemlich dämlich, fand Pia. Sie beantwortete sie trotzdem mit einem angedeuteten Nicken – allerdings erst, nachdem sie einen weiteren Blick in den Spiegel geworfen und sich davon überzeugt hatte, dass er nur Toni und sie zeigte.

»Dann zieh dir was an und komm mit.« Max tupfte weiter an seiner Nase herum. »Onkel José möchte dich sprechen.«

»Kannst aber auch so mitkommen«, feixte Toni. »Ich hätte nichts dagegen.«

Pia ignorierte ihn. »Onkel wer?«, fragte sie.

»José Peralta, unser Onkel«, antwortete Max. »Schon mal von ihm gehört?«

Pia starrte ihn an. »José … Peralta?«, wiederholte sie stockend.

»Ganz genau der«, bestätigte Toni. »Er brennt richtiggehend darauf, sich mit dir zu unterhalten, Süße. So sehr, dass er Max und mich dazu verdonnert hat, die ganze Nacht draußen im Wagen zu sitzen und diese Bruchbude zu beobachten. Ehrlich gesagt hatte ich nicht damit gerechnet, dass du tatsächlich so bescheuert bist, hier aufzukreuzen.«

Daher also das Gefühl, beobachtet zu werden, dachte Pia. Sie hatte es sich nicht nur eingebildet. Sie hatte nur in die falsche Richtung gesehen.

»Er will nur mit dir sprechen, das ist alles«, sagte Max. »Wenn du vernünftig bist, dann brauchst du keine Angst vor ihm zu haben.«

Nein, natürlich nicht, dachte Pia. Wer hatte schon Angst vor der Peralta-Familie? Außer den gesamten Favelas und noch ungefähr einer weiteren halben Million Einwohner Rio de Janeiros. Vielleicht auch einer ganzen. Eine Sekunde lang überlegte sie ernsthaft, in die Schatten zu flüchten und so weit wie nur irgend möglich von hier zu verschwinden, entschied sich aber dann dagegen. Dieser Ausweg blieb ihr immer noch. Das Überraschungsmoment würde nur einmal funktionieren und war zu wertvoll, um es bei der erstbesten Gelegenheit zu verschwenden. Und solange diese beiden Kerle keine Waffen zogen (und dabei weiter als fünf Meter von ihr entfernt waren), stellten sie keine wirkliche Gefahr für sie dar.

Solange Pia sie nicht für so harmlos hielt, dass sie sie vollkommen ignorierte und sich aus lauter Arroganz von ihnen erschießen ließ, hieß das.

»Und was ... will euer Onkel von mir?«, fragte sie. Das Stocken in ihrer Stimme kam daher, dass ihr Hals noch immer erbärmlich wehtat, aber sie hasste sich trotzdem dafür.

»Das fragst du jetzt nicht im Ernst!«, ächzte Toni. »Und da behaupte noch mal einer, Blondinenwitze wären übertrieben!«

Max warf ihm einen ärgerlichen Blick zu, hörte auf, an seiner Nase herumzutupfen, und betrachtete das blutgetränkte Taschentuch in seiner Hand einen Augenblick lang stirnrunzelnd, bevor er es mit einem Achselzucken zusammenknüllte und fallen ließ. Offenbar hatte er noch nie etwas von DNA-Analysen gehört. »Das wird er dir dann schon selbst sagen«, sagte er. »Wir sollen dich nur zu ihm bringen. Und es wäre wirklich klug von dir, wenn du einfach mitkommen und keine Dummheiten versuchen würdest. Selbst wenn du uns entkommst ... wo willst du schon hin?«

Pia überlegte noch einen Moment angestrengt. José Peralta war so ungefähr der letzte Mensch auf der Welt, den sie gerade sehen wollte, aber Max hatte unglücklicherweise recht. Die Peralta-Familie war zwar der kleinste der unterschiedlichen Mafia-Clans, die die Favelas unter sich aufgeteilt hatten, aber auch eine kleine Mafia-Familie war immer noch *groß*, und ihr Arm reichte weit. Sie konnte sich nicht ernsthaft einbilden, ihnen auf die Dauer zu entwischen. Und auch die Fähigkeit, sich unsichtbar zu machen, schützte nicht gegen eine Pistolenkugel aus dem Hinterhalt.

»Darf ich mir wenigstens noch etwas anziehen?«, fragte sie.

II

José Peralta hatte seinen sechzigsten Geburtstag schon hinter sich gehabt, als sie noch ein Kind gewesen war, sah aber immer noch aus wie Mitte fünfzig und hatte zumindest eins mit Esteban gemein: ebenso viele Kilo Übergewicht. Vielleicht war das auch das Geheimnis seines scheinbar so jung gebliebenen Äußeren, überlegte Pia, während sie immer unbehaglicher auf ihrem Stuhl hin und her zu rutschen begann und darauf wartete, dass irgendjemand das unbehagliche Schweigen brach, das seit ihrem Eintreten (vor gut fünf Minuten) hier drinnen herrschte: Seine Haut war über all dem Fett einfach zu fest gespannt, um Falten zu schlagen.

Die Ähnlichkeit mit ihrem Ziehvater hörte damit aber auch schon auf. Peralta war in einen zweifellos maßgeschneiderten Anzug gehüllt, der ein kleines Vermögen gekostet haben musste, und an seinen Fingern glänzten so viele schwere goldene Ringe, dass sie sich ernsthaft fragte, ob er die Hände überhaupt aus eigener Kraft heben konnte. Hinter seinen mit Herpes-Bläschen bedeckten Lippen schimmerte beinahe noch mehr Gold, und er hatte die gnadenlosesten Augen, die Pia jemals bei einem Menschen gesehen hatte; abgesehen von Schwert Torman vielleicht. Aber bei dem war sie noch immer nicht ganz sicher, ob er überhaupt ein *Mensch* gewesen war.

Eine weitere Minute verstrich, ohne dass Peralta das immer bedrohlicher werdende Schweigen brach, und als er dann endlich etwas sagte, musste Pia sich beherrschen, um nicht auf eine Weise zu reagieren, die ihm vermutlich nicht besonders gefallen hätte. Hätte Max sie nicht auf dem Weg hierher entsprechend vorgewarnt, wäre es ihr vielleicht nicht einmal gelungen.

»Ich hätte dich mir anders vorgestellt, Pia«, sagte er. Seine Stimme war wahrscheinlich nicht von Natur aus ein so hohes, dünnes Fisteln, vermutete sie. Onkel José musste ein großer Fan von Marlon Brando (in seinen vorgerückten Jahren) sein, oder er hatte den Paten ein paar Dutzend Mal zu oft gesehen. Ihr fiel auch jetzt erst auf, dass er sich nicht nur in einer typischen Don-Corleone-Haltung in dem schweren, thronähnlichen Stuhl hinter dem gewaltigen Schreibtisch fläzte, sondern sich auch um eine leicht heisere Sprechweise bemühte. Das Ergebnis war ziemlich lächerlich, aber Pia hütete sich, auch nur eine Miene zu verziehen. Dass der Kerl ganz offensichtlich einen an der Klatsche hatte, machte ihn eher noch gefährlicher.

»Hübscher?«, fragte sie schüchtern.

»Dümmer«, antwortete Peralta.

»Dümmer?« Wie sah man denn bitte schön *dümmer* aus?

»Dümmer«, bestätigte Peralta. Er bewies immerhin, dass er in der Lage war, seine Hände zu heben, indem er nach der schwarzen Pappschachtel griff, die zwischen ihnen auf der ansonsten spiegelblank leeren Schreibtischplatte lag, und sie nachdenklich in den Fingern zu drehen begann.

»Ich habe das eine oder andere über dich gehört, Pia – ich darf doch Pia sagen?«

Die korrekte Anrede lautet *Prinzessin Gaylen*, oder *Erhabene*, dachte Pia, aber diese Antwort wäre wohl nicht besonders gut angekommen. Sie nickte nur.

»Wie gesagt, ich habe das eine oder andere über dich gehört, Pia«, setzte Peralta noch einmal an, »und ich dachte, dass du eigentlich ein ganz kluges Mädchen bist. Aber was du getan hast, das war nicht besonders klug.«

»Ich weiß«, antwortete sie zerknirscht. »Und es tut mir auch leid. Ich wusste nicht, dass es Ihr Geschäft ist, das müssen Sie mir glauben. Jesus und ich hätten es niemals gewagt ...«

Peralta hob eine Hand mit den fetten Stummelfingern und ungefähr einem Dutzend goldener Siegelringe. »Davon rede ich nicht. Es war dumm, nach ein paar Stunden schon wieder nach Hause zu gehen. Bist du gar nicht auf die Idee gekommen, dass ich das Haus beobachten lasse?«

Nach drei Stunden sicher, dachte Pia. Aber nach drei *Wochen*? Vorsichtshalber behielt sie das auch für sich, und Peralta schien auch keine Antwort erwartet zu haben, denn er sah sie nur noch nachdenklicher an und fuhr fort: »Und je länger ich dich ansehe, desto weniger dumm kommst du mir vor, mein Kind. Dir muss schon klar gewesen sein, dass entweder die Polizei oder meine Männer auf dich warten könnten. Also frage ich mich, warum du dieses Risiko trotzdem eingegangen bist.«

Pia antwortete auch darauf nicht, aber sie glaubte plötzlich die Blicke seiner vermeintlichen Neffen fast körperlich zwischen den Schulterblättern zu spüren. Die beiden hatten in bester Mafiafilm-Manier hinter ihr Aufstellung genommen und kein Wort gesprochen, seit Toni sie grob auf den Arme-Sünder-Stuhl vor dem gewaltigen Schreibtisch hinabgestoßen hatte. Das war auch gut so. Pia fragte sich, was Don Ich-wäre-ja-so-gerne-Marlon-Brando-José wohl gesagt hätte, wenn er gewusst hätte, dass sie sie praktisch in der Badewanne überrumpelt hatten …

»Du hast also dort nach etwas gesucht, das wertvoll genug für dich ist, um dein Leben dafür zu riskieren?« José hielt das Kästchen in die Höhe. »Das hier?«

Als sie auch darauf nicht antwortete, nahm er mit spitzen Fingern den Deckel ab und legte ihn sorgfältig vor sich auf den Tisch, bevor er hineingriff und zuerst die beiden Fotografien und dann den Ring herausnahm und sie nebeneinander und pedantisch ausgerichtet vor sich auf der Tischplatte drapierte. Eine geraume Weile begutachtete er sie sehr aufmerksam und wandte sich dann mit einem Stirnrunzeln an Pia.

»Deine Mutter?«

»Ich nehme es an.« Pia zwang sich, nur die beiden Bilder anzusehen, nicht den Ring. Irgendetwas sagte ihr, dass es nicht gut war, ihn so offen auf den Tisch zu legen.

»Du nimmst es an?« Peralta beantwortete seine eigene Frage mit einem Nicken. »Ah ja, das hatte ich ganz vergessen … du hast deine Mutter ja nie kennengelernt, nicht wahr? Dann müssen diese Bilder wirklich einen gewissen Wert für dich haben.« Er betrachtete die Fotos noch einmal ausgiebig. »Sie war dir sehr ähnlich. Eine schöne Frau. Aber trotzdem …« Er seufzte. »Sentimentalität ist eine löbliche Eigenschaft, mein Kind, wenigstens in Maßen. Aber ich kann mir trotzdem nicht vorstellen, dass du deinen hübschen Hals riskierst, nur um diese Bilder zu holen. Oder ging es dir eher darum?«

Er nahm den Ring auf, und jetzt musste sich Pia wirklich beherrschen, um nicht aufzuspringen und ihm den Silberring aus den Fingern zu reißen. Die Schatten zwischen den fein ziselierten Linien auf seiner Oberseite bewegten sich, und plötzlich war da ein Kratzen tief am Grunde ihrer Seele, ein Gefühl wie von dürren Spinnenbeinen, die über eine Glasscheibe scharrten.

Sie hatte geglaubt, sich unter Kontrolle zu haben, aber so ganz schien das nicht zu stimmen. Josés Blick wurde lauernd.

»Was ist daran so besonders?«, fragte er.

»Nichts«, antwortete sie. »Ein … Erinnerungsstück, mehr nicht.«

»Ein Erinnerungsstück«, wiederholte José. »Du meinst so etwas in der Art: Das hat nur ideelle Bedeutung für mich und ist für Sie vollkommen wertlos?«

Pia nickte. Ihr Mund war plötzlich so trocken, dass sie gar nicht hätte antworten können, selbst wenn sie es gewollt hätte. Das Scharren unsichtbarer Spinnenbeine wurde lauter, und sie glaubte wieder ein schattenhaftes Huschen in den Augenwinkeln wahrzunehmen, aber sie unterdrückte den Impuls, den Kopf zu drehen und genauer hinzusehen. Sie wusste, dass dort nichts gewesen wäre.

José drehte den Ring weiter zwischen seinen kleinen Fingern, und der schlängelnde Tanz der Schatten auf seiner Oberseite wurde schneller. »Ein interessantes Stück. Seltsam, irgendwie. Es sieht … billig aus, aber zugleich auch wieder nicht.« Er sah sie auffordernd an, begriff nach einer Sekunde, dass er keine Auskunft bekommen würde, und hob dann die andere Hand, um sich den Ring überzustreifen.

»*Nein!*«

In ihrer Stimme lag nichts als blankes Entsetzen.

José erstarrte mitten in der Bewegung, zog die linke Augenbraue hoch und legte den Kopf schräg. Absurderweise musste Pia plötzlich wieder an Hernandez' Lizard denken, der dieselbe Bewegung gemacht hatte. Sein Blick war genauso lauernd gewesen, und vielleicht sogar noch ein bisschen verschlagener. Aber wenigstens hatte er den Ring nicht übergestreift.

»Bitte«, fügte sie nach kurzem Zögern hinzu.

Zuerst war sie nicht sicher, ob sie damit nicht das genaue Gegenteil erreichte und ihn dazu brachte, den Ring jetzt erst recht anzuziehen – doch dann ließ er die Hand sinken. Er legte ihn zwar nicht weg, doch Pia atmete trotzdem erleichtert auf. Es gab nichts, was diese aberwitzige Furcht begründet hätte, aber sie wusste einfach, dass etwas Grauenhaftes passiert wäre, hätte er den Ring angezogen.

»Er scheint dir wirklich eine Menge zu bedeuten«, sagte José. »Das letzte Erinnerungsstück, das du an deine Mutter hast, nehme ich an. Wahrscheinlich das einzige. Ja, an so etwas hängt man.« Zu ihrer Beunruhigung begann er schon wieder mit dem Ring zu spielen. Das Kratzen unsichtbarer Spinnenbeine in ihrer Seele wurde lauter und kam näher, und auch die Schattenlinien auf dem Ring bewegten sich schneller. Eigentlich hätte er das genauso deutlich sehen müssen wie sie, was aber anscheinend nicht der Fall war.

»Weißt du«, fuhr er in schlecht gespielt beiläufigem Ton fort, »das ist irgendwie komisch. Ich bin ganz sicher, dass ich diesen Ring noch nie zuvor gesehen habe, und trotzdem kommt er mir irgendwie bekannt vor.«

Pia fuhr sich nervös mit der Zungenspitze über die Lippen – eine Bewegung, die sie ebenso wenig unterdrücken konnte, wie es ihr gelang, ihren Blick von dem schweren Silberring loszureißen – und ignorierte die unausgesprochene Frage, die sich in seinen Worten verbarg.

Schließlich sprach er sie laut aus. »Dir nicht?«

Nein, sie wollte auch diese Frage nicht beantworten. Sie wollte gar nicht über diesen Ring reden, weil sie das Gefühl hatte, dass allein *das* schon gefährlich war. »Warum haben Sie mich hierherbringen lassen, Don José?«, fragte sie.

»Nur José, bitte«, unterbrach sie José in allerbester Marlon-Brando-Manier. »Oder Senhor Peralta, ganz wie es dir lieber ist. Don José klingt so ... theatralisch.«

Pia blinzelte.

»Und ich glaube, du weißt sehr genau, warum du hier bist, mein Kind.«

»Das mit Ihrer Lieferung tut mir leid, Senhor Peralta«, sagte sie langsam. »Ich kann nur noch einmal betonen, dass wir nicht wussten, wem die Ware und das Geld gehören. Ich würde alles tun, um es rückgängig zu machen oder Ihnen wenigstens Ihr Geld zurückzugeben, aber ...«

»Um das Geld geht es nicht«, unterbrach sie Peralta. »Und auch nicht um die Lieferung.« Er genoss einige Sekunden lang sichtlich den ebenso verblüfften wie misstrauischen Ausdruck auf ihrem Gesicht und hob schließlich die Hand. Toni trat mit schnellen Schritten hinter ihrem Stuhl hervor. Pia konnte selbst spüren, wie groß ihre Augen wurden, als er einen abgewetzten Leinenbeutel vor José auf die Schreibtischplatte hievte.

»Aber ich dachte, die ... die Polizei hätte sie ...«, murmelte sie.

»Mitgenommen?« Peralta nickte. »Ja. Das hat sie.«

Pia starrte den Beutel an, und sie konnte spüren, wie auch noch das letzte Blut aus ihrem Gesicht wich. Vielleicht war es doch ein Fehler gewesen, herzukommen. Sie hatte erwartet, dass Peralta sie sprechen wollte, um ihr seinen Unmut über den Verlust seiner Drogen und seiner Million zum Ausdruck zu bringen, und sich gute Chancen ausgerechnet, ihn irgendwie zu beruhigen oder wenigstens mit einer Flut falscher Versprechungen die Zeit zu schinden, die sie brauchte, um einen halbwegs Erfolg versprechenden Plan auszuknobeln, wie es weitergehen sollte.

Aber es ging gar nicht um das Geld oder die Drogen, die Jesus und sie ihm gestohlen hatten. Er hatte beides zurück, und nur Kronn allein und die Polizei von Rio mochten wissen, wie ihm dieses Kunststück gelungen war. Mit einem Mal wurde ihr klar, warum sie wirklich hier war: Er wollte sie für das bestrafen, was sie getan hatte.

Saurer Speichel begann sich unter ihrer Zunge zu sammeln, und ihre Hände begannen zu zittern, obwohl sie sie so fest auf die geschnitzten Armlehnen des Sessels presste, dass das Blut aus ihnen wich. Rache, das was der einzige Grund, aus dem sie hier war; um seinen verkorksten Begriffen von Ehre und Respekt Genüge zu tun, und sonst nichts. Da gab es nichts mehr, worüber sie diskutieren konnten.

Ihr Blick irrte immer unsteter durch den großen und ebenso spärlich wie geschmackvoll möblierten Raum, suchte nach einem Fluchtweg oder einem Schatten, in dem sie sich verbergen konnte, aber sie fand weder das eine noch das andere. Der Raum war fast so groß wie Estebans ganzes Haus und eindeutig größer als ihre komplette Wohnung, aber nahezu leer. An den Wänden hingen in Gold gerahmte Bilder – Pia verstand nichts von Kunst, aber sie wusste trotzdem, dass es sich ausnahmslos um Originale handelte – und zu ihrer Erleichterung kein einziger Spiegel. Die wenigen Möbelstücke, die es gab, waren zweifellos teuer und von erlesener Qualität, aber sie warfen nicht einmal die Spur eines Schattens.

Dafür strömte Sonnenlicht in überreichlichem Maße durch die großen Fenster herein (war es wirklich Zufall, dass die beiden Schläger sie gute zwei Stunden lang draußen in einem winzigen – und von Schatten erfüllten – Vorraum hatten warten lassen und José sie erst hereinrief, als die Sonne aufgegangen war?), und Pia kam sich allmählich vor wie ein Vampir aus einem jener albernen Filme, die Jesus so gerne gesehen hatte. Sie wurde immer mehr zu einem Geschöpf des Zwielichts. Sonnenlicht begann zu ihrem Feind zu werden. Mit ein bisschen Pech zu einem tödlichen Feind.

Peralta ließ ihr hinlänglich Zeit, ihre Angst voll auszukosten (er tat auf seine Art zweifellos genau dasselbe), und deutete dann mit einer Kopfbewegung auf den Beutel. »Wie gesagt, es geht nicht darum. Ich gebe zu, ich war ein wenig verärgert, als ich gehört habe, was passiert ist, aber ...«

»Wir haben Ihre Leute nicht umgebracht«, unterbrach ihn Pia nervös. »Das war Hernandez.«

»Ich weiß«, antwortete Peralta. »Keine Sorge. Hernandez war klug genug, sofort zu verschwinden, aber auch dumm genug, so etwas überhaupt erst zu versuchen. Meine Leute werden sich zu gegebener Zeit um ihn kümmern.«

Toni, der neben und ein Stück hinter ihm stehen geblieben war, grinste in böser Vorfreude, aber Pia war nicht ganz sicher, wem diese sadistische Vorfreude galt ... Hernandez oder ihr. Wahrscheinlich beiden. Und unglücklicherweise war sie im Moment die Einzige von ihnen, die greifbar war.

Da war mit einem Mal wieder jene lautlos flüsternde Stimme in ihr, die ihr klarzumachen versuchte, dass sie weder Toni noch seinen Kumpan und nicht einmal beide zusammen fürchten musste. Aber die Angst was immer noch da. Die beiden Kerle sahen nicht so aus, als hätten sie Skrupel, einer Frau wehzutun (zumindest bei Toni war sie sicher, dass wohl eher das Gegenteil der Fall war), und ihre vermeintlichen Superkräfte hatten sie schon mehr als einmal im Stich gelassen.

Andererseits war es gerade einmal ein paar Stunden her, dass sie mit bloßen Händen einen ausgewachsenen Ork besiegt hatte, und Toni war zwar alles andere als ein Schwächling, aber mit einem Ork konnte man ihn nun doch nicht vergleichen.

Wenigstens körperlich.

»Meine Freunde von der Polizei«, fuhr José fort, »haben mir nicht nur mein Eigentum zurückgegeben, wie es ein aufrechter Bürger erwarten kann, der pünktlich seine Steuern zahlt. Sie haben bei deinem Freund Esteban noch etwas gefunden. Etwas sehr Interessantes. Ich frage mich, ob du vielleicht weißt, wo es herkommt.« Er schnippte mit den Fingern, und Toni beugte sich eilfertig vor und öffnete den Leinenbeutel. Er nahm jedoch kein Geld oder eines der Drogenpäckchen heraus, sondern einen in ein Tuch eingeschlagenen, länglichen Gegenstand. Pia wusste, was darunter zum Vorschein kommen würde, noch bevor er ihn ganz ausgewickelt hatte.

Es war ein schlanker Dolch mit einem geschmiedeten Griff aus Silber und einer Klinge, die aussah, als bestünde sie aus Glas, die in Wahrheit jedoch aus einem ganz anderen Material gefertigt war. Toni reichte seinem Boss die Waffe mit Bewegungen, deren Behutsamkeit deutlich machte, dass er um die Schärfe der Klinge wusste, und Peralta nahm sie ebenso respektvoll entgegen.

»Das ist wirklich eine ganz erstaunliche Waffe, nicht wahr? Sie ist scharf wie die Hölle, obwohl sie aussieht, als wäre sie so zerbrechlich.« José bedachte die kristallene Klinge mit Blicken, die man gut für die Bewunderung eines passionierten Kunstsammlers hätte halten können, der am Ende eines langen Lebens endlich den Schatz in Händen hält, nach dem er fünfzig Jahre lang gesucht hatte. Aber Pia wusste auch, dass es in Wahrheit pure Gier war.

»Ich habe die Klinge von einem Freund untersuchen lassen. Er ist Juwelier. Ein wirklich guter Juwelier, musst du wissen ... jedenfalls habe ich das bis jetzt immer geglaubt. Aber nun kommen mir doch gewisse Zweifel am Urteilsvermögen dieses Mannes, dem ich bisher so blind vertraut habe ... oder er will sich einen Spaß mit mir erlauben ... und ich weiß in dieser Situation wirklich nicht, was schlimmer ist.« Er sah sie an, als erwartete er nun aber wirklich eine Antwort auf diese weltbewegende Erkenntnis, aber Pia sah ihn auch diesmal nur verständnislos an; und mit einer Nervosität, die sie in diesem Moment ganz und gar nicht spielen musste.

»Weißt du, was dieser sogenannte Spezialist mir allen Ernstes weismachen wollte? Er behauptet doch tatsächlich, dass diese Messerklinge aus purem Diamant ist. Und du und ich wissen natürlich ganz genau, dass das vollkommen unmöglich ist, nicht wahr? Ich meine: Schließlich gibt es auf der ganzen Welt keinen Diamanten, der auch nur annähend groß genug wäre, und selbst wenn es ihn gäbe – wer wäre wohl verrückt genug, eine *Messerklinge* daraus zu schleifen? Niemand, nicht wahr?«

Er lachte, schüttelte den Kopf und zog die gläserne Klinge fast sanft über die reich mit Schnitzereien verzierte Kante seines Schreibtisches. Das so zerbrechlich aussehende Glas glitt nahezu widerstandslos durch das Hartholz der Tischplatte und hinterließ einen Schnitt darin, der so dünn und präzise wie mit einem Skalpell ausgeführt wirkte.

»Ups«, machte José. »Oder vielleicht doch?«

»Das ist ... wirklich erstaunlich«, sagte Pia mit belegter Stimme.

»So könnte man es nennen.« José klopfte mit den Fingerknöcheln auf die Schreibtischplatte. »Das ist mexikanisches Steinholz. Man nennt es so, weil es nach einer Weile tatsächlich so hart wie Stein wird. Normalerweise braucht es schon etwas wie einen Schweißbrenner, um diesen Tisch zu beschädigen. Oder einen Diamanten.«

»Vielleicht ... ist es ein ... ein künstlicher Diamant«, sagte Pia nervös. »So etwas gibt es doch ... habe ich gehört.«

»Industriediamanten«, bestätigte Peralta. »Ja. Das Problem ist, dass mein Freund, der Juwelier, Stein und Bein schwört, dass dies *kein* Industriediamant ist ... ganz davon abgesehen, dass er sagt, niemand auf der Welt könne Industriediamanten von solcher Größe herstellen. Und selbst wenn ... es wäre buchstäblich unbezahlbar. Auf jeden Fall viel zu teuer, um einen solchen Scherz zu rechtfertigen.«

»Und?«, fragte Pia nervös. Josés andere Hand spielte immer noch mit dem Silberring.

»Also ist mein Freund, der Juwelier, der Meinung, dass diese Klinge echt sein muss, so unmöglich es auch klingen mag. Erstaunlich, nicht?«

Pia nickte. Ihr Blick irrte immer nervöser zwischen dem Dolch und dem Ring in Peraltas Hand hin und her. Die Schatten darauf bewegten sich mittlerweile sogar noch stärker und begannen wie winzige haardünne Schlangen an seinen Fingern emporzukriechen. Wieso bemerkte das eigentlich außer ihr niemand?

José seufzte. »Also gut, dann geradeheraus.« Er klang ein bisschen nörgelig, als hätte sie ihm einen Spaß verdorben, auf den er sich schon die ganze Zeit über gefreut hatte. »Woher stammt das?«

»Woher soll ich das wissen?«, antwortete Pia.

»Ach, ich dachte nur«, sagte José achselzuckend. »Weil man es schließlich aus dem Bauch deines Freundes gezogen hat … einer von Hernandez' Männern?«

Das war ungefähr so weit von der Wahrheit entfernt, wie es überhaupt ging, aber Pia nickte trotzdem. Die wirkliche Wahrheit zu sagen, wäre noch sehr viel komplizierter.

»Dann sollte ich ihm vielleicht diese Frage stellen«, fuhr José in nachdenklichem Ton fort. »Das Dumme ist nur, dass der *Comandante* im Augenblick nicht hier ist, um meine Fragen zu beantworten. Und ich habe eine Menge Fragen.« Er wedelte mit dem Dolch, und die Schatten auf seiner anderen Hand schienen auf die Bewegung zu reagieren, auf eine Art, die sie nicht in Worte fassen konnte, aber als sehr unangenehm empfand. »Mein Freund, der Juwelier, hat noch etwas gesagt, das ich mindestens genauso interessant finde. Er sagte nämlich, dass dieser Dolch sehr alt sein muss. Mindestens ein paar tausend Jahre, wenn nicht mehr. Und dass er Symbole wie diese noch nie zuvor gesehen hat.«

Pia rettete sich abermals in ein Schulterzucken. »Davon verstehe ich nichts.«

»Also, ich auch nicht«, gestand Peralta lachend. »Aber ich glaube ihm, weißt du – er meint, das Messer müsse … präkolumbianisch sein, was immer das auch heißen mag.«

»Aus der Zeit vor Kolumbus«, sagte Pia, was offensichtlich ein

Fehler war. In Peraltas Augen blitzte es ärgerlich auf. Er wusste, was präkolumbianisch bedeutete, und er schätzte es ganz und gar nicht, belehrt zu werden. Sie fügte dennoch hinzu: »Das könnte von den Mayas stammen, oder den Inkas oder Azteken.«

»Das habe ich auch zunächst gedacht, aber mein Freund, der Juwelier, behauptet, dass das hier nicht nur ganz anders aussieht, sondern auch viel älter ist. Vielleicht von einer Kultur, die bisher noch gar nicht entdeckt worden ist. Und da frage ich mich natürlich, woher ausgerechnet der *Comandante* so etwas haben soll.«

»Wenn dieser Dolch wirklich so wertvoll ist, wie Ihr Freund behauptet, warum sollte Hernandez dann das Risiko eingehen, und sich mit Ihnen anlegen?«, fragte Pia mit einer Kopfbewegung in Richtung des Beutels; und eigentlich nur, weil sie spürte, dass José genau diese Frage von ihr erwartete. Er hatte sich diesen Vortrag offenbar sorgsam zurechtgelegt und würde vermutlich keine Ruhe geben, bis er sein Sprüchlein aufgesagt und mit seinem kriminalistischen Scharfsinn brilliert hatte.

»Weil Hernandez erstens ein Dummkopf und zweitens gierig ist«, antwortete er. »Und außerdem hat er ja nicht mich, sondern dich und deinen Freund überfallen, nicht wahr? Und sich wahrscheinlich auch noch eingebildet, mit diesem dummen Plan durchzukommen.« Er winkte rasch ab, als er offenbar den Eindruck gewann, dass sie ihn unterbrechen wollte. Pia hatte allerdings nichts dergleichen vor. Je eher er mit seinem brillanten Vortrag zum Ende kam, desto besser.

»Und wenn mein Freund, der Juwelier, recht hat, dann ist dieses Messer hier zwar sehr wertvoll, aber auch praktisch unverkäuflich, jedenfalls für einen Mann wie Hernandez. Vielleicht gibt es da, wo das herkommt, ja noch mehr davon, und Ausgrabungen sind teuer. Sehr teuer.«

»Sie glauben, er hätte … so etwas wie *El Dorado* gefunden?«, vermutete Pia.

»Etwas in der Art«, antwortete Peralta. »Wer weiß? Es klingt verrückt, ich weiß, aber eigentlich auch nicht viel verrückter als die Vorstellung eines antiken Dolches mit einer Klinge aus reinem Diamant.«

Pia nickte stumm und starrte weiter seine Hand an. Die Schatten hatten inzwischen sein Handgelenk erreicht und machten sich daran, unter der Manschette des makellos weißen Hemdes zu verschwinden, die aus seinem Anzug ragte. Es sah aus wie ein zum Leben erwachtes Tattoo.

»Also, woher kommt dieses Ding?«

»Ich weiß es nicht«, antwortete Pia. »Ich habe das Ding noch nie zuvor gesehen.«

José seufzte. »Ja, und vor zwei Stunden hätte ich dir das sogar geglaubt.« Er legte eine dramatische Pause ein, ließ den Kristalldolch mit einer bedächtigen Bewegung auf die Tischplatte sinken und hob stattdessen den Ring höher. »Bis ich das hier gesehen habe.«

Pia setzte zu einer ganz instinktiven Entgegnung an und klappte den Mund dann wieder zu, ohne auch nur ein einziges Wort gesagt zu haben. Es wäre sowieso sinnlos gewesen. Man musste die Ähnlichkeit nicht einmal sehen, um die Verwandtschaft zu erkennen. Der Ring und der Dolchgriff bestanden nicht nur aus demselben Material, sondern waren auch ganz offensichtlich von der Hand desselben Künstlers geschaffen worden. Die verwirrenden Muster auf dem Messergriff hatten allenfalls eine oberflächliche Ähnlichkeit mit dem groben Pentagramm auf dem Ring ... aber es war irgendwie dieselbe Handschrift; als hätte vielleicht nicht dieselbe Hand, sehr wohl aber derselbe *Geist* die beiden Stücke erschaffen.

Peralta wartete sichtlich auf eine Antwort.

»Ich habe diesen Ring heute Nacht zum ersten Mal gesehen«, sagte Pia.

»Ja, das klingt glaubhaft«, antwortete José. Seine Finger trommelten nervös auf den beiden verblassten Fotografien.

»Und diese Bilder auch«, fügte sie hinzu. »Esteban hat sie mir nie gezeigt. Er hatte sie in seiner Schreibtischschublade versteckt.

Ich habe sie gefunden, als ich in seinem Büro war und seinen Schreibtisch durchsucht habe. Das ist die Wahrheit.«

»Ja, und das klingt beinahe noch überzeugender«, sagte José spöttisch.

»Sie müssen es mir auch nicht glauben«, antwortete Pia, so fest sie konnte. »Aber es ist die Wahrheit. Mehr kann ich Ihnen nicht sagen. Und wenn Sie mich umbringen.«

»Das wäre dumm«, antwortete Peralta. »Wenn du die Wahrheit sagst, dann wäre es noch dazu ungerecht, und wenn du lügst, dann würde ich mich selbst um die beste Möglichkeit bringen, vielleicht doch noch auf die Spur deines … sagen wir: kleinen Geheimnisses zu kommen, nicht wahr?« Sein Lächeln wurde noch eine Spur humorloser, obwohl Pia das vor einer Sekunde noch für vollkommen unmöglich gehalten hätte. »Aber es gibt immer Mittel und Wege, die Wahrheit herauszufinden, wie du wissen solltest.«

Pia sah ihn einen Moment lang fest an und ließ dann, plötzlich und mit gespielter Mutlosigkeit, die Schultern sinken. »Also gut, Sie haben recht. Ich … weiß, wo dieses Messer herkommt. Und es gibt dort noch mehr – sehr viel mehr.«

»Wo?«, fragte José.»Und was?«

»Schwerter. Oder jedenfalls eins. Ich habe es selbst in der Hand gehalten. Aber ich glaube, es gibt noch sehr viel mehr. Rüstungen und Helme aus Silber … und noch eine ganze Menge anderer Dinge.«

»Und wo ist dieser … Ort?«, fragte José. Er gab sich Mühe, sich seine Gier nicht allzu deutlich anmerken zu lassen, aber natürlich gelang ihm das nicht.

»Oh, gar nicht weit von hier«, antwortete Pia. »Eigentlich sogar genau hier.«

Peralta beugte sich leicht vor. »Hier?«, vergewisserte er sich. »In Rio?«

»Ja«, bestätigte Pia. »Also … gewissermaßen, meine ich, es ist … also … sozusagen … um die Ecke. Aber auch eine ganze Welt entfernt.«

Josés Lächeln gefror. »Wie … bitte?«, fragte er zögernd.

»Wie gesagt: Es ist nicht so einfach zu erklären«, sagte Pia ernsthaft. »Eigentlich ist es gleich hier, überall um uns herum, wissen Sie? Ich war zweimal dort, aber so ganz genau habe ich auch nicht begriffen, wie man dorthin kommt. Oder zurück. Hernandez ist mir gefolgt, aber ich schätze, er weiß es noch viel weniger als ich. Wenn es anders wäre, dann würde er schließlich nicht seit zwölf Jahren dort festsitzen, nicht wahr? Ich denke schon, dass er alles versucht hat, um irgendwie zurückzukommen.«

»Zwölf Jahre?«, wiederholte José. Er sah … erstaunt aus, fand Pia. Irgendwie auch ein bisschen verdutzt. Toni, der hinter ihm stand, sagte zwar kein Wort, aber Pia war auch sicher, dass er gleich anfangen würde, Blut zu spucken, weil er sich immer heftiger auf die Zunge biss.

»Ungefähr«, bestätigte sie. »Vielleicht sind es auch erst zehn, oder schon fünfzehn. So genau schien er das selbst nicht zu wissen. Und um auf Ihre Frage zurückzukommen, Senhor Peralta, es gibt dort wirklich eine Menge erstaunlicher Dinge. Aber es ist auch ein ziemlich gefährlicher Ort. Es gibt ein paar wirklich unangenehme Typen dort. Zwerge, Barbarenkrieger … das Übliche eben. O ja, und die Orks nicht zu vergessen. Mit denen ist nicht zu spaßen.«

»Orks?«

»Orks«, bestätigte. »Das sind wirklich gefährliche Burschen. Einer von ihnen hätte mich fast umgebracht.« Sie hob die Schultern. »Aber im Grunde waren sie noch harmlos gegen diese verdammten Schattenelben.«

José starrte sie an. Toni sagte immer noch nichts, aber er biss sich nun tatsächlich die Unterlippe blutig und wandte sich dann mit einem plötzlichen Ruck ab. Seine Schultern zuckten verräterisch.

»Ja, wirklich«, sagte Peralta. »Das war lustig.«

»Nein, verdammt, das war es nicht!«, fauchte Pia plötzlich in scharfem Ton. »Aber was wollen Sie hören? Dass ich in Wahrheit die letzte Nachkommin einer uralten Mayakultur bin und weiß, wo der größte Schatz der Weltgeschichte verborgen liegt? Tut mir leid. Damit kann ich nicht dienen!«

Peralta starrte sie weiter durchdringend und lautlos kochend vor Wut an, aber auch ein ganz klein bisschen nachdenklich. Schließlich nickte er.

»Okay, das habe ich vielleicht sogar verdient«, sagte er. Täuschte sie sich, oder kroch irgendetwas in seinem Ärmel aufwärts? Keine wirkliche Bewegung, sondern eher ein … Gefühl, als hätten die Schatten Substanz angenommen. Und Krallen. »Aber du solltest es nicht übertreiben, mein Kind.«

»Ich übertreibe nicht«, fauchte Pia, »Ich weiß nur nicht, was Sie von mir wollen! Ich habe Ihnen alles gesagt, was ich weiß! Wenn Sie wütend sind, weil Jesus und ich Ihr Geld gestohlen haben, dann erschießen Sie mich meinetwegen, oder lassen Sie es einen Ihrer sogenannten Neffen tun, wenn sie selbst zu feige dazu sind, aber mehr werden Sie nicht von mir erfahren, weil ich *verdammt noch mal nicht mehr weiß!*«

Toni drehte sich nun doch zu ihr herum. Das Lachen war von seinem Gesicht verschwunden. Er wirkte verblüfft.

»War das jetzt ganz besonders mutig von dir, oder einfach nur dreist?«, fragte José.

Wieso dreist? Sie hatte doch nur die Wahrheit gesagt.

»Aber gut, in einem Punkt gebe ich dir recht«, fuhr José Peralta fort. »Ich *bin* wütend, dass du und dein Freund euch in meine Geschäfte gemischt habt. Nicht einmal so sehr auf dich persönlich, Pia. Du bist ein nettes Mädchen, und nicht dumm. Du hast Schneid, was mir gefällt, und du bist jung. Ich war das auch einmal – auch wenn es schon so lange her ist, dass ich mich kaum noch daran erinnere.« Der Schatten hatte mittlerweile fast seine Schulter erreicht und kroch beharrlich weiter, und auch das Kratzen tappender Spinnenbeine auf Glas war näher gekommen. »Aber ich weiß noch, wie man sich fühlt, wenn man jung ist«, fuhr Peralta fort. »Man glaubt, dass einem die ganze Welt gehört, und man fühlt sich unbesiegbar und unverwundbar, nicht wahr?« Er lachte leise und sogar – fast – gutmütig. »Das ist in Ordnung. So muss man wohl sein, wenn man jung ist. Ich finde es sogar gut. Ich nehme dir nicht einmal übel, was ihr getan habt. Das Problem ist nur, dass ich es dir nicht durchgehen lassen kann.«

»Weil es gegen Ihren Ehrenkodex verstößt?« Pia fragte sich, warum sie das gesagt hatte. Sie bewegte sich auf sehr dünnem Eis, und ein Teil von ihr schien kein größeres Vergnügen zu kennen, als mit aller Kraft mit den Absätzen aufzustampfen.

»Du glaubst, Männer wie ich würden über diese Stadt herrschen, weil alle anderen Angst vor ihren Waffen haben oder vor ein paar Dummköpfen wie meinen beiden sogenannten Neffen hier?«, fragte José und schüttelte gleichzeitig den Kopf. »Das mag zum Teil stimmen, aber es ist nur ein ganz kleiner Teil. Das Geheimnis heißt: Respekt, Pia. Ich bin das geworden, was ich bin, weil die Menschen in dieser Stadt mich respektieren. Und das ist dein Problem.«

Sein Problem war offensichtlich, dass er den Unterschied zwischen *Respekt* und *Angst* nicht kannte, dachte Pia. Sie sah ihn weiter nur fragend und wortlos an. Etwas schien aus seinem Kragen zu kriechen, zitternde Schatten, wie sich windende Würmer oder winzig kleine Schlangen.

»Ich kann nicht zulassen, dass sich herumspricht, meine Leute wären von zwei Kindern ausgeraubt worden, und ich hätte nichts dagegen getan«, fuhr José fort. »So etwas würde dazu führen, dass die Menschen den Respekt vor mir verlieren, und das wäre der Anfang vom Ende.«

»Dann müssen Sie mich wohl erschießen«, hörte sich Pia fast zu ihrer eigenen Überraschung sagen.

»Ja, eigentlich sollte ich das«, antwortete José. Toni sah plötzlich sehr aufmerksam aus, und sie konnte fühlen, wie Max sich hinter ihr anspannte. Sie hätte erwartet, dass dasselbe mit ihr geschehen würde, aber das genaue Gegenteil war der Fall: Sie spürte plötzlich, wie eine große Gelassenheit von ihr Besitz ergriff; das vollkommene und absolute Wissen, dass keiner dieser drei Männer ihr wirklich gefährlich werden konnte.

Peralta betrachtete nachdenklich den diamantenen Dolch. »Andererseits«, sagte er versonnen, »sieht das hier sehr interessant aus. Es wäre dumm, eine vorschnelle Entscheidung zu treffen, nicht wahr? Und ich glaube dir, dass du das, was du getan hast, ehrlich bedauerst. Warum sollte ich dir also nicht die Gelegenheit geben, deinen Fehler wiedergutzumachen?«

»Glauben Sie mir, das würde ich tun, wenn ich es könnte«, sagte Pia nervös, »aber ...«

»Und außerdem«, fuhr José mit seiner Marlon-Brando-Fistelstimme fort, »soll mir niemand nachsagen, ich wäre ein ungerechter Mann. Auch das ist eine der Stützen, auf denen meine Macht ruht, weißt du? Jedermann weiß, dass ich hart bin, aber gerecht. Und ein wenig Großzügigkeit kann sich ein Mann in meiner Position schon leisten.« Er seufzte tief. »Tatsächlich sollte er es sogar, weißt du? Im Grunde sind wir hier alle wie eine große Familie.«

Für deren Vater er sich anscheinend hielt, dachte Pia. Schade, dass sie nicht dabei sein würde, wenn ihm eines Tages eines seiner Kinder zeigte, was es wirklich von ihm hielt. Sie sah ihn nur weiter mit wachsender Nervosität an, deren wahrer Grund aber nicht in seinen Worten zu suchen war, sondern unsichtbar und flackernd an seinem Hals emporkroch und sein aufgedunsenes Gesicht in Schatten zu hüllen begann, die nur für sie sichtbar, aber nichtsdestotrotz real waren.

»Und genau wie in einer großen Familie, mein Kind«, fuhr José fort, der offensichtlich Gefallen an seinem eigenen Gedankengang zu finden begann, »brauchen sie natürlich eine starke Hand. Das ist nötig, so hart es mir auch manchmal selbst vorkommt. Aber ohne sie würde alles auseinanderfallen.«

Er selbst sah auch ein bisschen so aus, als stünde ihm dasselbe Schicksal unmittelbar bevor. Sein Gesicht war fett und aufgedunsen wie immer, aber die Schatten verwandelten es zugleich in das Antlitz eines hohlwangigen Gespensts, und in seinen Augen … begann etwas zu erwachen, das düster und uralt war und nie gelebt hatte. Es fiel Pia immer schwerer, sich auf seine Worte zu konzentrieren.

»Und das heißt, dass Sie … ein Exempel an mir statuieren wollen?«, vermutete sie stockend.

Josés Überraschung war beinahe perfekt gespielt. »Aber wo denkst du hin, mein Kind?«, sagte er verblüfft. Seine Finger spielten weiter mit dem Ring. »Hast du mir denn gar nicht zugehört? Das alles ist … sehr verwirrend, finde ich. Und auch ein bisschen geheimnisvoll. Aber ich finde schon heraus, was das alles wirklich zu bedeuten hat, keine Sorge. Meine Männer sind bereits auf der Suche nach Hernandez, und sobald sie ihn gefunden haben, wird sich alles aufklären, da bin ich ganz sicher.« Zu Pias unendlicher Erleichterung ließ er den Ring sinken und begann stattdessen mit den Fingerspitzen auf die beiden Fotos zu trommeln. Der Schatten blieb auf seinem Gesicht, wurde aber wenigstens nicht noch dunkler. »Vielleicht finden wir sogar etwas über dich heraus. Über deine Mutter, wer du wirklich bist, und wo du herkommst. Das interessiert dich doch bestimmt.«

»Natürlich«, sagte Pia rasch.

»Ja, das dachte ich mir.« José seufzte noch einmal und noch tiefer. »Aber du hast sicher auch Verständnis dafür, dass ich dich nicht einfach gehen lassen kann, selbst wenn ich es wollte. Du wirst wohl bleiben müssen, fürchte ich. Wenigstens so lange, bis ich mit deinem Freund Hernandez gesprochen und ein paar Antworten von ihm bekommen habe. Das kannst du doch verstehen, oder?«

»Sicher«, antwortete Pia mit gespielter Niedergeschlagenheit. Ihre Gedanken kreisten immer schneller. Die kranken Schatten auf seinen Wangen waren ein wenig heller geworden, und das Kratzen in ihrer Seele schien jetzt ein ganz klein bisschen enttäuscht zu klingen. Aber es war nicht fort. Was immer er um ein Haar entfesselt hätte, war noch hier. »Ich … ich weiß, dass es vielleicht ein bisschen unverschämt klingt, und ich möchte Ihre Großzügigkeit auch wirklich nicht ausnutzen, Senhor Peralta, aber …« Sie fuhr sich nervös mit der Zungenspitze über die Lippen. »Aber dürfte ich Sie trotzdem um einen Gefallen bitten? Einen sehr großen Gefallen?«

»Nur zu.«

Pia deutete nervös auf den Ring. »Würden Sie … ich meine, würde es Ihnen etwas ausmachen, ihn zurückzulegen? Er bedeutet mir sehr viel.«

Obwohl du gerade noch behauptet hast, ihn vor zwei Stunden das erste Mal gesehen zu haben?, fragte sein Blick, und das so deutlich, dass sie die Worte beinahe zu hören glaubte. Und natürlich griff er wieder nach dem Ring und drehte ihn einen Moment lang nachdenklich in den Fingern. Die dünnen Schattenlinien auf seiner Oberfläche schienen regelrecht zu explodieren. Die Spinnenbeine tappten jetzt nicht mehr. Sie rannten. Pia hielt in Erwartung von irgendetwas Schrecklichem den Atem an.

»Ja, das verstehe ich«, sagte José. Fast behutsam legte er die beiden verblassten Fotos in die Pappschachtel zurück, gab auch den Ring dazu und setzte schließlich den Deckel auf das Kästchen, und etwas wie ein lautloses Zischen der Enttäuschung hallte hinter Pias Stirn wider und erlosch.

Peralta reichte das Kästchen an Toni weiter, der es achtlos in der Jackentasche verschwinden ließ, und wandte sich mit einem bedauernden Blick wieder an sie. »Und jetzt muss ich mich leider entschuldigen. Es gibt da ein paar Dinge, um die ich mich kümmern muss, wie du dir sicher denken kannst. Wir unterhalten uns später weiter, versprochen.« Er stand auf, eine Bewegung, die ihm nicht nur sichtlich Mühe bereitete, sondern ihn auch unter der Last seines eigenen Gewichts schnauben ließ. »Toni zeigt dir dein Zimmer.«

Sie selbst wäre wohl die Allerletzte gewesen, die es auch nur für möglich gehalten hätte … aber Max und sein angeblicher Bruder hatten sie kaum in das geräumige Gästezimmer der Peralta-Villa hinaufgebracht, als sie auch schon auf das herrlich breite Bett sank und auf der Stelle einschlief.

Sie erwachte erst spät am Nachmittag und mit dem herrlichen Gefühl, so traumlos und tief geschlafen zu haben wie schon seit einer kleinen Ewigkeit nicht mehr. Die Sonne schien hell durch die beiden großen (vergitterten) Fenster, aber sie spürte, dass sie schon bald wieder untergehen würde. Gedämpfte Stimmen und andere, unidentifizierbare Laute drangen durch die geschlossene Tür, und es war herrlich warm. Der Gedanke, praktisch den ganzen Tag verschlafen zu haben, bereitete ihr nicht das mindeste schlechte Gewissen, sondern eher das genau gegenteilige Gefühl, sich etwas gestattet zu haben, was sie schon lange gebraucht hatte. Und sie hatte es sich schließlich auch redlich verdient. Auch eine wiedergeborene Elfenprinzessin und Ork-Töterin brauchte dann und wann eine Mütze voll Schlaf.

Der Gedanke brachte sie zum Lächeln. Gähnend setzte sie sich auf, reckte sich ausgiebig und ungeniert und bemerkte erst jetzt, dass sie sich aus alter Gewohnheit komplett angezogen hingelegt hatte. Bei den Temperaturen, die trotz der leise summenden Klimaanlage hier drinnen herrschten, war das im Gegensatz zu dem kuscheligen WeißWald nun wirklich nicht nötig; und zurück auf dieser Seite der Wirklichkeit bereitete ihr der Gedanke sofort ein sachte schlechtes Gewissen, etwas getan zu haben, das sich … nicht gehörte?

Außerdem hatte sie das Ergebnis ihres ausgiebigen Bades aus der vergangenen Nacht damit zunichtegemacht. Sie roch schon wieder nach Schweiß.

Trotzdem blieb sie noch eine geraume Weile im Schneidersitz auf dem Bett hocken und genoss einfach den puren Luxus, der sie umgab. Ihre Finger strichen über die kostbare Bettwäsche aus Seide, und sie konnte sich an der sparsamen, aber erlesen kostbaren Einrichtung gar nicht sattsehen. Alles hier war so hell und großzügig, und vor allem *sauber.*

Während ihrer Zeit in WeißWald hatte sie sich mit wachsendem Erfolg selbst eingeredet, nichts aus der lauten und feindseligen Welt der Favelas zu vermissen, aber so ganz stimmte das offensichtlich nicht. Man konnte viel gegen die Zivilisation sagen, aber sie hatte durchaus ein paar Segnungen hervorgebracht, die man mit Fug und Recht als solche bezeichnen konnte. Sie fragte sich, was Brack wohl sagen würde, könnte er dieses Zimmer sehen.

Dann fragte sie sich, ob Brack überhaupt noch lebte. Und Lasar, und all die anderen, die sie in der brennenden Stadt zurückgelassen hatte.

Die Antwort auf diese Frage wollte sie gar nicht wissen. Nicht jetzt. Sie würde nur den Schmerz zurückbringen, die Erinnerung an all die Gefahren und Schmerzen, die sie seit ihrer Rückkehr so mühsam unterdrückt hatte. Früher oder später würde sie nicht mehr darum herumkommen, sich mit diesen Erinnerungen und einer Menge unangenehmer Fragen auseinanderzusetzen, aber nicht jetzt. Das Schicksal würde es ihr sicherlich vergeben, wenn sie sich noch einige wenige Stunden naiver Unwissenheit ergaunerte.

Und wenn nicht, dann konnte es ihr gestohlen bleiben. Schließlich gab es nicht mehr allzu viel, was es ihr noch antun konnte.

Sie spürte abermals, wie unangenehm sie roch, stand mit einer trägen Bewegung auf und hinterließ in bester WeißWald-Manier eine Spur aus achtlos fallen gelassenen Kleidungsstücken, während sie das Bad ansteuerte, das zu dem großzügig geschnittenen Gästeappartement gehörte.

Sie verbrachte fast eine halbe Stunde darin. Nach den Kübeln mit schmutzigem Wasser, von denen sie erst eine daumendicke Eisschicht herunterhauen musste, war ihr schon Estebans Bad letzte Nacht geradezu paradiesisch vorgekommen. Das Bad hier (samt seiner sanitären Einrichtungen; sie hatte schon beinahe vergessen, dass es so etwas überhaupt *gab*) war etwas, von dem sie sich gut vorstellen konnte, ganz darin einzuziehen und den Rest ihres Lebens dort zu verbringen.

Sie blieb so lange unter der Dusche stehen und drehte und räkelte sich unter dem dampfend heißen Strahl, bis sie am ganzen Körper krebsrot war und ihre Haut zu schmerzen begann, und als sie das Wasser abstellte, überraschte die Dusche sie mit einer weiteren technischen Spielerei, von der sie bisher noch gar nicht gewusst hatte, dass sie existierte: Statt Wasser kam plötzlich ein Strom angenehm warmer, trockener Luft aus den Düsen, die sie wie tausend unsichtbare schmeichelnde Hände abzutrocknen begannen, und aus versteckt angebrachten Lautsprechern erklang dezente klassische Musik. José Peralta verstand es zu leben, das musste man ihm lassen. Und er wusste offensichtlich auch, was er seinen Gästen schuldig war.

Im Zweifelsfall eine Kugel in den Hinterkopf, flüsterte eine dünne, boshafte Stimme hinter ihrer Stirn. Im Endergebnis spielte es keine Rolle, ob sie unter den Trümmern eines brennenden Hauses in WeißWald starb oder auf dem gefliesten Boden eines Luxusbads, auf das selbst das Savoy-Hotel neidisch gewesen wäre.

Es gelang ihr, auch diesen lästigen Gedanken abzuschütteln, aber irgendwie hatte er ihr den Spaß an der warmen Luftdusche vergällt. Sie trat aus der Kabine, trocknete sich mit einem der samtweichen Handtücher zu Ende ab, die gleich stapelweise auf einem Regal lagen, und stellte sich dann einer Herausforderung, der sie bisher sorgsam ausgewichen war.

Eine komplette Wand des großen Badezimmers bestand aus einem einzigen, fugenlosen Spiegel. Sie hatte es bisher vermieden, hineinzusehen, aber nun tat sie es ganz bewusst.

Alles, was sie sah, war sie selbst. Da war kein Gespenst. Kein Schatten. Nichts, wovor sie Angst haben musste. Und wahrscheinlich war auch heute Nacht in ihrem Zimmer in Estebans Haus nichts dergleichen gewesen. Ihre Nerven hatten ihr einen Streich gespielt, das war alles. Gespenster! So ein Quatsch!

Sie streckte ihrem noch immer nicht ganz trockenen Ebenbild die Zunge heraus, betrachtete sich aber auch kritisch ... und ein bisschen überrascht. Es war Wochen her, dass sie sich das letzte Mal bewusst im Spiegel betrachtet hatte, und der Unterschied zu diesem letzten Mal war nicht zu übersehen. Sie hatte zugenommen, aber nur an den ganz eindeutig richtigen Stellen, und das Gewicht, das sie zugelegt hatte, bestand zu keinem einzigen Gramm aus überflüssigem Fett. Pia war schon immer schlank und sehr sportlich gewesen, aber nun sah sie auf eine schwer in Worte zu fassende Art zugleich kräftiger als auch ... fraulicher aus. Vielleicht war das der Unterschied, dachte sie; gleichermaßen überrascht wie angetan von dem, was sie sah. Als sie das letzte Mal in den Spiegel gesehen hatte, hatte sie ein Mädchen darin erblickt. Jetzt sah sie in das Gesicht einer Frau.

Sie fragte sich, was von beiden Ter Lion wohl gesehen hatte, als er sie in jener schrecklichen Nacht in den Wäldern in die Arme geschlossen hatte, und der Gedanke stimmte sie wieder traurig. Diesmal ließ sie das Gefühl zu. Sie hatte noch nicht richtig um ihn getrauert. In jener Nacht im Wald war nur Platz für Zorn und Hass in ihr gewesen, und die Tage im Verlies waren ein einziger Fiebertraum gewesen, in dem der Schmerz über seinen Verlust in ihrer eigenen Pein und Furcht untergegangen war. Vielleicht war sie es ihm schuldig, wenigstens einige Momente nur um ihn allein zu trauern, und sei es nur, um auf diese Weise endgültig Abschied von ihm zu nehmen. Es kam ihr selbst sonderbar vor – sie hatte Lion nur ein paar Stunden gekannt, und trotzdem hatte er eine Lücke in ihrem Leben hinterlassen, als wäre er ihr über viele Jahre hinweg vertraut gewesen ... was in gewisser Hinsicht ja auch stimmte.

Alles war viel zu fremd und kompliziert und die Wunde in ihrer Seele trotz all der Zeit noch immer viel zu frisch, als dass sie wirklich versuchen konnte, so etwas wie eine Erklärung zu finden, aber auf eine bestimmte Art war Ter Lion nicht nur Ter Lion gewesen, sondern auch ... Jesus. Und das nicht nur körperlich. Sehr viel mehr, als sie sich selbst in jener Nacht im Wald eingestanden hatte, hatte sie auch mit Jesus geschlafen, und vielleicht traf sie Lions Verlust auch deshalb so sehr: weil sie mit ihm erlebt hatte, wie es mit Jesus hätte sein können, hätte er nur ein bisschen mehr von Lion gehabt.

Sie gestattete sich, den Kummer über seinen Tod weidlich auszukosten, damit die Wunde in ihrem Herzen zu heilen beginnen konnte – auch wenn sie ahnte, wie lange es dauern mochte, und dass sie eine Narbe zurückbehalten würde, die vielleicht ihr Leben lang schmerzen würde –, schlang sich das feuchte Handtuch um die Hüften und erlebte eine Überraschung, als sie ins Gästezimmer zurückging. Die Spur der Verwüstung, die sie auf dem Weg ins Bad hinterlassen hatte, war verschwunden; genau wie ihre Kleider. Auf dem – frisch bezogenen – Bett lag ein Kleiderstapel, der dem, den sie angehabt hatte, auf den ersten Blick beinahe zum Verwechseln ähnlich sah, nur dass die Kleider vollkommen neu waren (in dem ärmellosen T-Shirt klebte noch das Preisschild einer Nobelboutique, in der sie in einer Million Jahre nicht eingekauft hätte) und sie anstelle einer Leder- eine dezent mit Strasssteinen besetzte schwarze Jeansjacke fand. Josés diverse Freundinnen mussten nicht nur ungefähr ihren Geschmack haben (wenigstens den, den sie vor vier oder fünf Jahren gehabt hatte), dachte sie, während sie in die bereitgelegten Kleider schlüpfte, sondern auch ungefähr ihre Statur.

Erst nachdem sie sich fertig angezogen hatte, fiel ihr zweierlei auf: Sie war vollkommen sicher, die Tür hinter sich abgeschlossen zu haben, als sie hereingekommen war – ein rascher Blick zeigte ihr, dass der altmodische Riegel noch immer vorgelegt war –, und es konnte schwerlich ein Zufall sein, dass ihr irgendjemand ausgerechnet *jetzt* frische Kleider gebracht hatte. Dieser goldene Käfig musste also erstens noch einen zweiten Eingang haben und zweitens mit ziemlicher Sicherheit von vorn bis hinten verwanzt sein. Hoffentlich hatte Don José die Show wenigstens genossen.

Sie überlegte, sich irgendwie bemerkbar zu machen, kam aber

fast sofort zu dem Schluss, dass sie im Moment vermutlich sowieso von mindestens einem halben Dutzend verborgener Kameras beobachtet wurde. Und sie war nicht sonderlich wild auf eine Fortsetzung ihrer Unterhaltung von heute Morgen. Die würde noch früh genug kommen, und irgendwann würde Peralta einsehen, dass seine Leute gewisse Schwierigkeiten damit hatten, den *Comandante* zu finden, und dann würden die Unterhaltungen wahrscheinlich nicht mehr ganz so angenehm verlaufen.

Aber sie hatte auch nicht vor, so lange zu bleiben. In ungefähr einer Stunde ging die Sonne unter, und spätestens dann stand es ihr frei, zu kommen und zu gehen, wann immer und wohin auch immer sie wollte. Don José war freundlich genug gewesen, ihr ein Dach über dem Kopf zur Verfügung zu stellen, unter dem sie wenigstens vor der Polizei sicher war (sie vermutete, dass Hernandez' Kollegen die eine oder andere Frage an sie hatten), und ein bequemes Bett, in dem sie sich gründlich hatte ausschlafen können. Sie hatte beides dankbar angenommen, aber nun war es genug. Sobald sie eine gute Idee hatte, wohin sie von hier aus gehen sollte, würde sie verschwinden.

Obwohl es wahrscheinlich nicht nötig war, trat sie an eines der vergitterten Fenster und sah aufmerksam hinaus, um sich zu orientieren. Sie befand sich im ersten Stockwerk eines offenbar sehr großen, weitläufigen Hauses, das im Zentrum eines noch deutlich weitläufigeren, parkähnlichen Gartens lag. Sehr weit entfernt konnte sie Teile eines drei Meter hohen schmiedeeisernen Zauns erkennen, und Peralta hatte ganz eindeutig zu viele Mafia-Filme gesehen. In regelmäßigen Abständen patrouillierten Männer in schwarzen Anzügen und mit Sonnenbrillen und dünnen Kabeln, die sich unter ihren Revers in die Ohrmuscheln hinauf ringelten.

Selbstverständlich waren sie mit martialischen Maschinenpistolen bewaffnet, und ebenso selbstverständlich führte jeder zweite die mutierte Version eines Riesendobermanns an der Leine. Die Hunde konnten ein Problem werden, aber wahrscheinlich kein großes. Pia bedauerte fast ein bisschen, nicht dabei sein zu können, wenn Josés Privatarmee ihrem Herrn und Meister am nächsten Morgen zu erklären versuchte, wie sie aus dieser Festung hatte entkommen können.

Sie spürte mehr, dass die Tür hinter ihr aufging, als dass sie es hörte, drehte sich ohne Hast um und begegnete Tonis hämischem Kopfschütteln. »Versuch es erst gar nicht«, sagte er.

»Was?«

Statt zu antworten, deutete Toni mit einer Kopfbewegung auf die Tür. »Falls du Hunger hast – Consuela hat ein kleines Frühstück für dich vorbereitet.« Er sah auf die Armbanduhr. »Na ja …«

Tatsächlich war sie hungrig. Es war gute vierundzwanzig Stunden her, dass sie das letzte Mal etwas gegessen hatte, und selbst eine Superheldin konnte schließlich nicht von Adrenalin und gewonnenen Kämpfen allein leben. Sie antwortete zwar nur mit einem angedeuteten Kopfnicken, aber ihr Körper reagierte sehr viel direkter: Ihr Magen knurrte hörbar. Toni lächelte knapp und trat mit einer einladenden Geste zur Seite.

»Du musst ganz schön was mitgemacht haben«, sagte er, während sie nebeneinander die breite Treppe ins Erdgeschoss hinuntergingen.

»Sieht man mir das so deutlich an?«, fragte sie.

»Nee, so war das nicht gemeint.« Toni hatte es eilig, den Kopf zu schütteln. »Aber du hast geschlafen wie eine Tote. Was ist letzte Nacht passiert?«

Pia fragte sich, ob sie nicht spätestens jetzt ein bisschen beleidigt sein sollte. War dieser Verhörspezialist wirklich alles, was Peralta glaubte aufbieten zu müssen, um sie auszuhorchen? »So genau weiß ich das selbst nicht«, sagte sie ausweichend. »Ein paar Kerle haben Esteban überfallen, mehr kann ich nicht sagen. Um ehrlich zu sein, dachte ich bis heute Morgen, dass sie zu euch gehören.«

»Zu uns?« Toni legte fragend den Kopf auf die Seite. »Das

wäre ganz schön bescheuert, oder? Esteban hat selbst bei Onkel José angerufen und ihm gesagt, dass er sein Geld und seinen Stoff zurückhaben kann.«

»Und woher hätte ich das wissen sollen?«, fragte Pia. »Kann ja sein, dass du so etwas gewöhnt bist, aber ich werde ziemlich schnell nervös, wenn ein Riesenkerl mit einem Messer auf mich losgeht.«

Es funktionierte. Toni sah nicht nur eindeutig geschmeichelt aus, sondern ging auch nicht weiter auf das Thema ein. »Und dann seid ihr weggelaufen, Estebans Kleine und du?«, fragte er.

Pia beglückwünschte sich in Gedanken dazu, bisher nicht über Alica gesprochen zu haben. Sie hatte vorgehabt, sie gar nicht zu erwähnen und einfach bei der Version zu bleiben, dass sie allein aus dem Haus geflohen sei, und das wäre ziemlich dumm gewesen. Wenn sie irgendwie das Vertrauen dieses Kerls erringen wollte, wäre es vielleicht nicht sehr gut, gleich mit einer so offensichtlichen Lüge zu beginnen. »Ja«, sagte sie einfach.

Sie bewegten sich einen langen, mit dicken Teppichen ausgelegten Flur entlang, an dessen Wänden einige in Gold gerahmte Ölgemälde hingen. Sehr viel mehr interessierten Pia allerdings die Videokameras, die in einem Winkel unter der Decke angebracht waren und so gut wie keinen toten Winkel ließen. Sie entdeckte sie auch erst nach einigem Suchen. Erstaunlich, wie klein die Dinger mittlerweile geworden waren.

»Und dann?«

»Was – dann?« Pia machte ein abfälliges Geräusch. »Wir sind einfach weggerannt. Die Kerle waren hinter uns her, und wir dachten, sie gehören zu euch.«

»Wenn *ich* hinter euch her gewesen wäre, dann hätte ich euch gekriegt«, behauptete Toni.

»Na, da haben wir ja noch Glück gehabt, wie?«, fragte Pia spitz. »Und mir hat es gereicht. Ich war nicht mal sicher, dass wir den Kerlen entwischen. Sie waren verdammt hartnäckig. Irgendwann hab ich sie dann doch abgeschüttelt und mich irgendwo versteckt. Und jetzt frag mich nicht, wo. Ich habe nämlich keine Ahnung. Ich habe mich irgendwo verkrochen und abgewartet, bis die Luft rein ist.«

»Und deine Freundin?«

»Alica?« Pia tat so, als müsste sie über das Wort *Freundin* nachdenken. »Wir sind irgendwann getrennt worden. Keine Ahnung, ob die Kerle sie erwischt haben oder nicht ... und was sie mit ihr gemacht haben.«

»Nur keine Bange«, versprach Toni. »Wir finden die Jungs schon. Und dann werde ich sie höchstpersönlich fragen, was sie mit deiner Freundin gemacht haben.«

»Alica war nicht meine Freundin«, antwortete Pia und hätte sich am liebsten selbst auf die Zunge gebissen. Wieso sprach sie von Alica in der Vergangenheitsform? »Ich meine, ich ... habe sie ja kaum gekannt.«

»Onkel José sagte, sie ist ein niedliches kleines Ding. Wäre schade, wenn ihr etwas zugestoßen wäre.«

Pia blieb stehen. »Tust du mir einen Gefallen, Toni? Können wir mit diesem Mafia-Scheiß aufhören? Wenigstens wenn wir unter uns sind?«

»Mafia-Scheiß?«, wiederholte Toni verwirrt.

»Onkel José!«, sagte Pia mit übertrieben komischer Betonung. »Großer Gott! Hält er sich für den Paten?«

»Kein bisschen«, antwortete Toni, der immer noch eher verwirrt als verstimmt klang. »Onkel José ist wirklich unser Onkel.«

»Und Max ist dein Bruder?«, fragte sie verblüfft.

»Sieht man das etwa nicht?« Toni eilte grinsend zwei Schritte voraus und öffnete – ganz Gentleman – eine Tür am Ende des Korridors. Sie betraten eine vom letzen Licht des Tages in einen zarten Goldton getauchte Küche, die ein gutes Stück größer war als ihre gesamte Wohnung. Essensgeruch und der ungleich verlockendere Duft von frisch aufgebrühtem Kaffee schlugen ihr entgegen. Ihr Magen knurrte noch einmal und noch lauter, und allein der Kaffeegeruch ließ ihr derart das Wasser im Mund zusammenlaufen, dass sie ein paarmal schlucken musste, um nicht zu sabbern.

Max saß an einem kleinen Tischchen am Fenster, auf dem das aufgetragen worden war, was sein Bruder gerade als *kleines Frühstück* bezeichnet hatte (in Pias Augen eine komplette Mahlzeit für mindestens drei Personen, wenn nicht mehr), und lächelte sie an. Eine junge Frau in einem schwarzen Zimmermädchen-Kleid, komplett mit Spitzenhäubchen und Schürze – Pia vermutete, dass es Consuela war – eilte ihr mit einem strahlenden Lächeln entgegen und begrüßte sie und dann Toni mit einem Augenzwinkern.

»Komm, setz dich!« Max stand auf, zog einen Stuhl zurück und wartete ab, bis sie Platz genommen hatte, bevor er sich selbst wieder setzte. Die beiden mussten jeder einen eineiigen Zwilling haben, oder *Onkel José* hatte seinen missratenen Neffen einen Crash-Kurs in gutem Benehmen verpasst. Auch Toni wartete, bis sie sich gesetzt hatte, bevor er sich auf den letzten freien Stuhl am Tisch plumpsen ließ.

Irgendwie brachte sie es fertig, ihren Magen daran zu hindern, noch einmal und wahrscheinlich noch lauter zu knurren, aber ihre Selbstbeherrschung reichte nicht so weit, nicht mit zitternden Händen nach dem Kaffee zu greifen und die erste Tasse so gierig herunterzustürzen, dass sie sich besabberte. Der Kaffee war brühheiß, und es tat weh, ihn zu schlucken. Trotzdem schenkte sie sich sofort eine zweite Tasse ein und leerte sie beinahe genauso schnell. Toni und sein Bruder tauschten verblüffte Blicke, die Pia aber nicht daran hinderten, ihre Tasse ein weiteres Mal nachzufüllen. Diesmal stürzte sie ihren Inhalt aber nicht sofort herunter, sondern nahm sie nur in beide Hände und blies vorsichtig hinein.

»Man könnte meinen, du wärst süchtig nach dem Zeug«, sagte Max schließlich. Seine Stimme klang immer noch nicht so, wie sie es wahrscheinlich sollte, und als Pia ihn ansah, kam ihr auch seine Nase ein bisschen zu groß für sein Gesicht vor. Außerdem war sie blau verfärbt.

»Ich hatte ... ziemlich lange keinen Kaffee mehr«, sagte sie. »Ich weiß, ich trinke zu viel von dem Zeug. Aber schlechte Angewohnheiten wird man nur sehr schwer wieder los.« Sie nippte – vorsichtig – an ihrem Kaffee, stellte die Tasse dann ab und begann sich ihrem Frühstück zu widmen. Sie war wirklich hungrig und musste sich zusammenreißen, um nicht genauso unzivilisiert darüber herzufallen wie über den Kaffee. Es gelang ihr zwar, sich – halbwegs – zu beherrschen, aber sie aß trotzdem nicht nur schnell, sondern auch eine gewaltige Menge. Und sie aß auch noch weiter, als sie eigentlich schon längst satt war. Irgendwann konnte sie einfach nicht mehr. Mit einem durch und durch zufriedenen Seufzen ließ sie sich in ihren Stuhl zurücksinken, schloss für lange Sekunden die Augen und öffnete sie erst wieder, als sie Schritte hörte und spürte, dass noch jemand an den Tisch trat.

Es war Consuela. Die junge Frau lächelte unverändert fröhlich auf sie herab, aber sie machte auch keinen Hehl aus ihrem Erstaunen über die gewaltige Portion, die sie verputzt hatte.

»Dir scheint es ja geschmeckt zu haben«, sagte sie, während sie bereits damit begann, das Geschirr abzuräumen.

Die ganz ehrliche Antwort darauf wäre gewesen: nicht besonders. Das Essen war köstlich gewesen, keine Frage; sonst hätte sie trotz ihres Bärenhungers kaum so viel davon gegessen, aber irgendetwas ... hatte gefehlt. Sie konnte nicht sagen, was. Vielleicht etwas, das es nur in WeißWald gab. Vielleicht war auch etwas darin gewesen, was es dort nicht gab.

Max nahm den Faden auf. »Ja, man könnte fast glauben, dass du eine Woche auf der Flucht gewesen bist, und nicht nur ein paar Stunden.«

»So fühle ich mich auch«, antwortete Pia und beugte sich ächzend vor, um sich ihren inzwischen fünften Kaffee einzuschenken. Vielleicht war es auch schon der sechste. Sie fühlte sich jedenfalls so vollgefressen, dass ihr selbst diese kleine Bewegung gewaltige Mühe bereitete. So weit, sie ihr abzunehmen, gingen Max' und Tonis neu gewonnene gute Manieren nun aber nicht. »Um sein Leben laufen macht anscheinend hungrig.« Sie wollte noch mehr sagen, aber in diesem Moment glaubte sie schon wieder eine Bewegung aus den Augenwinkeln wahrzunehmen und fuhr erschrocken herum.

Sie hatte sich nicht getäuscht, aber es war trotzdem harmlos; es war nur einer von Peraltas Sonnenbrillen tragenden Gorillas, der auf seiner Runde am Fenster vorbeikam und ganz unverhohlen neugierig zu ihnen hereinstarrte.

Max zog fragend die Augenbrauen hoch. »Nichts«, sagte Pia hastig. »Ich bin wohl … ein bisschen schreckhaft, das ist alles. Um sein Leben laufen macht anscheinend nicht nur hungrig, sondern auch paranoid.«

»Kann ich nur bestätigen«, sagte Toni. Irgendetwas schien sich immer noch auf der anderen Seite des Fensters zu bewegen, obwohl der Posten auf seinem Patrouillengang längst weitergezogen war, aber Pia gestattete sich nicht, noch einmal hinzusehen. »Hast du so viel Übung darin?«, fragte sie.

»Nein«, antwortete Toni ungerührt. »Aber schon ein paarmal dabei zugesehen.«

Ja, er war ein richtig harter Bursche. Sie trank hastig einen weiteren Schluck Kaffee, um nicht etwas zu antworten, was sie später bedauern würde. Der Schatten war immer noch da.

Eigentlich nur, um überhaupt etwas zu sagen, drehte sie sich zu Max herum. »Das mit deiner Nase tut mir leid. Ich hoffe, sie ist nicht gebrochen.«

»Ist sie«, antwortete Max, grinste aber zugleich schief und machte eine wegwerfende Handbewegung. »Aber mach dir nichts draus. Das macht mich wahrscheinlich nur markanter. Ich werd einfach jedem erzählen, dass ich mich mit vier Riesenkerlen gleichzeitig geprügelt habe.«

»Und gewonnen«, vermutete Pia.

»Und gewonnen«, bestätigte Max. »Was denn sonst?« Er lachte leise und wurde sofort wieder ernst. »Also das mit gestern Nacht … das tut mir leid. Toni ist normalerweise nicht so, aber wir wussten nicht, womit wir es zu tun haben.«

Sie wussten es auch jetzt noch nicht, dachte Pia, und das war auch gut so. Die Vorstellung, was die beiden Großmäuler wohl sagen würden, wenn sie urplötzlich ein paar von Hernandez' Barbarenkriegern gegenüberstanden – oder gar einem ausgewachsenen Ork! –, war zwar ganz amüsant, aber sie gab dennoch mehr Anlass zu Schrecken als zu Schadenfreude.

»Schon gut«, sagte sie. »Ich bin ja selbst schuld. Ich meine: Es war schon ziemlich blöd, wieder dahin zurückzugehen. Einigen wir uns darauf, dass wir quitt sind?«

Max prostete ihr mit seiner Kaffeetasse zu, und sie sah zumindest aus den Augenwinkeln, wie Toni ihr zunickte. Sie sah auch noch etwas anderes aus den Augenwinkeln. Dünne, knochenbleiche Finger mit zu vielen Gelenken und zu spitzen Krallen zugefeilten Nägeln. Diesmal kostete es sie all ihre Willenskraft, nicht in die entsprechende Richtung zu sehen; und vielleicht hätte sie es trotzdem getan, hätte Max nicht anscheinend irgendetwas in ihrem Gesicht bemerkt und plötzlich selbst mit einem Ruck den Kopf gedreht, um eine Sekunde lang aufmerksam zum Fenster hinzusehen. Dann zuckte er mit den Schultern und nahm das unterbrochene Gespräch an derselben Stelle wieder auf, als wäre gar nichts gewesen.

»War auch nicht besonders schlau von mir, mich hinter der Tür zu verstecken, nicht wahr? Ein typischer Anfängerfehler. Geschieht mir ganz recht.« Er betastete mit spitzen Fingern seine geschwollene Nase und verzog das Gesicht. »Aber du hast schon recht. Es tut weh.«

»Du hast es wie üblich wieder einmal genau erkannt«, sagte Toni spöttisch. »Geschieht dir ganz recht … sich von einem Mädchen verprügeln lassen …« Er schenkte sich selbst einen Kaffee ein, nippte aber nur flüchtig daran und verzog dann das

Gesicht, als hätte er versehentlich einen kräftigen Schluck Essig genommen.

»Du hast dich also die ganze Nacht irgendwo versteckt?«, fragte er. Pia nickte. »Und du kannst dich nicht erinnern, wo?«

»Überall und nirgends«, antwortete Pia. »Warum?«

»Ach, nur so«, erwiderte Toni leichthin. Er war ein ziemlich schlechter Schauspieler, fand Pia. Aber eigentlich war er ja bei allem, was er tat, ziemlich schlecht. »Mir ist es ja auch völlig egal, und Max erst recht … aber Onkel José stellt manchmal die komischsten Fragen.«

»Zum Beispiel?«, fragte Pia alarmiert.

»Na ja, er fragt sich zum Beispiel, was das für ein komisches Kleid war, das du angehabt hast, als wir dich in Estebans Haus gefunden haben.«

»Wenn ich mich richtig erinnere«, sagte Pia gedehnt, »dann habe ich *gar nichts* angehabt, als wir uns das erste Mal gesehen haben.«

»Na dann eben das Kleid, das neben der Wanne gelegen hat«, antwortete Toni. Er gab sich redlich Mühe, weiter den Gelangweilten zu spielen, der einfach nur nachplapperte, was man ihm aufgetragen hatte, ohne dass es ihn interessierte, aber er war wirklich ein miserabler Schauspieler. Das Verhör war in vollem Gange. Und vielleicht hatte sie ihn doch unterschätzt.

»Ah, das«, sagte sie. Ja, das war zweifellos eine Antwort, die sein Misstrauen sofort und restlos zerstreuen musste.

»Ich versteh ja nichts von Mode«, fuhr Toni fort. »Kleider interessieren mich eigentlich nur, wenn sie neben ihrer Besitzerin auf dem Boden liegen, stimmt's, Consuela?« Er zwinkerte der Köchen in dem knappen schwarzen Kleid zu, und sie schnitt ihm eine Grimasse und drohte ihm dann spielerisch mit dem Zeigefinger. »Aber Onkel José scheint sich da besser auszukennen … oder behauptet es jedenfalls. Er sagt, so ein Kleid habe er noch nie zuvor gesehen.«

»Ich auch nicht«. antwortete Pia. »Es … lag im Haus rum. Muss wohl Alica gehören.«

»Und da hast du es einfach angezogen?«

»Es war das Erstbeste, was mir in die Finger gekommen ist«, antwortete Pia. »He, ich stand unter der Dusche, als die Kerle aufgetaucht sind! Ich hatte keine Zeit für eine Modenschau! Vielleicht gehört der Fetzen ja Alica.«

»Du scheinst eine Menge Zeit unter der Dusche zu verbringen«, sagte Toni nachdenklich, machte aber auch eine rasche Geste, als Pia etwas sagen wollte. »Geht mich ja auch nichts an … und Onkel José eigentlich auch nicht, wenn du mich fragst. Er macht sich nur so seine Gedanken.«

»Was für Gedanken?«

»Seltsames Zeug, eben«, antwortete Toni. »Nichts als Unsinn, wenn du mich fragst. Weißt du, Onkel José ist ein netter alter Kerl, wirklich, aber manchmal denkt er einfach um drei Ecken. Er hat diesen Freund, von dem er dauernd redet, weißt du, den Juwelier, und der hat ihm irgendeinen Unsinn von dem Messer erzählt, und einer uralten Kultur, und dann sieht er dieses komische Kleid, und …«

»Und?«, fragte Pia, als er nicht weitersprach.

Toni hob die Schultern. »Nichts, und. Ich sollte dich das fragen, das ist alles.«

Nein, dachte Pia. *Das solltest du nicht. Du solltest mich verunsichern, das ist alles. Und es ist dir gelungen.* Wie es aussah, hatte sie Onkel José wohl doch unterschätzt, und mindestens einen seiner Neffen auch.

Etwas scharrte, ein Geräusch wie von einem Stuhl, der ein kurzes Stück weit über rauen Holzboden gezerrt wurde, nur auf unheimliche Weise … *lebendig*. In ihren Augenwinkeln war noch immer vage Bewegung, ein Zucken wie die Beine einer verendenden Spinne, aber sie sah nicht zum Fenster hin. Es wäre sinnlos gewesen. Sie wusste, dass sie dort nichts gesehen hätte. Die Bewegung war immer nur in ihren Augenwinkeln, ganz gleich, wohin sie auch sah, denn sie stammte nicht von etwas, das versuchte, in ihr Gesichtsfeld zu gelangen, sondern von etwas, das aus einer anderen Wirklichkeit herüberkriechen wollte.

Sie schloss die Augen und versuchte das unheimliche Gefühl zu verscheuchen, aber es gelang ihr nicht. Hastig griff sie mit beiden Händen nach ihrer Tasse, aber ihre Finger zitterten plötzlich so stark, dass es ihr nicht gelang, sie auch nur halbwegs ruhig zu halten. Consuela trat wortlos neben sie, nahm ihr die Tasse aus der Hand und reichte ihr stattdessen einen zwei Finger hoch gefüllten Cognacschwenker. Eigentlich machte sie sich nichts aus Alkohol – schon gar nicht nach etlichen Wochen in einer Stadt, in der es außer Bier praktisch nichts zu trinken gab –, aber sie lächelte der jungen Frau trotzdem dankbar zu und nahm einen großen Schluck. Immerhin löste der Cognac ein Gefühl angenehmer Wärme in ihrem Magen aus, auch wenn sich die beruhigende Wirkung nicht so recht einstellen wollte. Toni zog fragend die Augenbrauen hoch.

»Tut mir leid«, sagte sie verlegen. »Es war wohl … doch ein bisschen viel. Ich bin so was nicht gewohnt.«

»Dafür hältst du dich ganz gut, finde ich«, sagte Max. »Ich weiß ja nicht, wer die Typen sind, die hinter deiner Freundin und dir her waren, aber du kannst von Glück sagen, dass du noch lebst. Mit Esteban haben sie kurzen Prozess gemacht, und deinen Freund haben sie auch ganz schön zugerichtet, wie man hört.«

Pia nickte traurig, nippte noch einmal sehr vorsichtig an ihrem Cognac und hätte das Glas dann um ein Haar fallen gelassen. »Was … hast du gesagt?«, keuchte sie. Ihr Herz schien plötzlich direkt in ihrem Kehlkopf zu hämmern.

»Dein Freund, dem sie das Messer reingerammt haben«, antwortete Max und tauschte einen beredten Blick mit seinem Bruder. »Dieser … Christus?«

»Jesus«, verbesserte ihn Pia automatisch. »Was ist mit ihm?« Ihr Herz schlug noch ein bisschen schneller.

»Er wird es wohl nicht schaffen«, sagte Max schulterzuckend. »Tut mir leid. Ich dachte, du wüsstest das.«

»Soll das heißen, dass … dass Jesus lebt?«, fragte sie stockend. Ihr Mund war plötzlich so trocken, dass sie kaum noch sprechen konnte.

Diesmal dauerte der Blick, den Max mit seinem Bruder tauschte, merklich länger. Er räusperte sich unbehaglich, bevor es weitersprach. »Tut mir leid. Ich dachte wirklich, dass du das weißt. Hat ihn ziemlich schlimm erwischt. Onkel José meint, dass er es nicht schaffen wird. Eigentlich müsste er längst tot sein. Scheint ein ziemlich harter Brocken zu sein, dein Jesus.«

Toni lachte leise. »Anscheinend hat er seinen Namen zu Recht. Vielleicht ersteht er ja nach drei Tagen wieder auf.«

»Versündige dich nicht, Antonio!«, sagte Consuela streng.

»Jedenfalls nicht so«, feixte Toni und warf ihr einen perfekten Handkuss zu. »Ich weiß … auch wenn du sonst nichts dagegen hast.«

Pia hörte gar nicht hin. Jesus … *lebte*? Der Gedanke versetzte ihr einen Schock. Die Sanitäter, die ihn in den Krankenwagen geschafft hatten, hatten ihr nicht viel Hoffnung gemacht, dass er den Weg in die Klinik überstehen würde; geschweige denn den kommenden Tag. Das war vor drei oder vier Wochen gewesen … oder vor ein paar Stunden. Aber für sie und in diesem Augenblick spielte es keine Rolle. Sie hatte sich mit Jesus' Tod abgefunden (oder, um ehrlich zu sein, sich um dieses Begreifen herumgemogelt), und nun … *lebte er*? Ihr Herz begann noch schneller zu schlagen, und plötzlich zitterten ihre Hände so stark, dass sie das Glas nicht mehr halten konnte. Max nahm es ihr aus der Hand und stellte es auf den Tisch.

»He, tut mir leid«, sagte er. »Ich wusste nicht, dass dir das so nahegeht.«

Wie auch?, dachte Pia. Sie hatte es ja selbst nicht gewusst, bis zu diesem Moment. Das Flackern in ihren Augenwinkeln nahm noch einmal zu und begann kurz ihr ganzes Blickfeld zu verschleiern. Pia versuchte sich vergeblich einzureden, dass es keine Tränen waren. Jesus lebte? Nach all der Zeit?

Nein, wisperte eine Stimme hinter ihrer Stirn. *Noch ein paar Stunden. Aber er wird sterben, wenn er nicht schon tot ist. Niemand überlebt den Biss eines Elfendolches.*

»He, Kleines«, sagte Toni. »Wir haben gedacht, dass du es weißt. Wenn ich gewusst hätte, wie viel dir der Junge bedeutet, dann hätte ich es dir schonender beigebracht.«

Er wirkte auch ehrlich zerknirscht, sah aber auch mindestens genauso hilflos aus und griff schließlich in die Jackentasche, um ein zerknautschtes (wenn auch – hoffentlich – unbenutztes) Taschentuch hervorzuziehen, das er ihr hinhielt. Nach allem, was sie mit diesem zu groß geratenen Kind erlebt hatte, das sich redliche Mühe gab, den großen bösen Mafia-Schläger zu spielen, kam ihr diese Geste in ihrer Hilflosigkeit so rührend vor, dass sich trotz der Tränen ein flüchtiges Lächeln auf ihre Lippen stahl. Sie streckte die Hand nach dem Taschentuch aus, vollendete die Bewegung jedoch nicht, als sie das schwarze Kästchen sah, das Toni versehentlich halb mit herausgezogen hatte. Der Anblick überraschte sie vollkommen. Sie hätte ihre rechte Hand darauf verwettet, dass Peralta die Schachtel in den sichersten Safe seines Hauses einschließen und von mindestens drei mit Maschinengewehren bewaffneten Hundestaffeln bewachen ließ.

Ihr Blick blieb Toni natürlich nicht verborgen. Er legte das Taschentuch vor sich auf den Tisch und zog das Kästchen ganz hervor.

»Tu das weg«, sagte Max.

Statt das Kästchen wieder einzustecken, warf Toni ihm nur einen schrägen Blick zu und nahm mit spitzen Fingern den Deckel ab. Pia wünschte sich, er hätte das nicht getan. Etwas wie ein Schatten schien aus dem Kästchen zu fliehen und mit der Realität zu verschmelzen, sie gleichzeitig aber auch auf sonderbare Weise zu verändern. Etwas wisperte hinter ihrer Stirn, leiser als die flüsternde Stimme von gerade, aber böser.

»Bitte tu das … nicht –«, sagte sie stockend.

»Toni sah sie zwar einen halben Atemzug lang verwirrt an, griff aber dann doch in das Kästchen und nahm die beiden Fotografien heraus, um sie eingehend zu betrachten. »Das ist wirklich stark. Und du bist sicher, dass die Bilder echt sind?«

Pia konnte nicht darauf antworten. Ihr Herz raste. Die Schatten waren jetzt nicht mehr nur in ihren Augenwinkeln, sondern … überall.

»Was soll daran falsch sein?«, fragte Consuela. Sie war hinter ihn getreten und beugte sich über seine Schulter, um die Bilder genauer ansehen zu können. »Man sieht doch, dass sie es ist.«

Toni nutzte die Gelegenheit, um ganz unverhohlen in ihren Ausschnitt zu linsen und noch unverschämter zu feixen. »Und genau das ist das Problem, Süße. Die Bilder sind zwanzig Jahre alt.«

»Zwanzig Jahre?« Consuela riss die Augen auf. »He, das ist erstaunlich! Dann ist das … deine Mutter?« Sie sah Pia genauso fragend wie ungläubig an, legte die Stirn dann in noch tiefere Falten und griff in das Kästchen. »Na, der ist ja hübsch!«, sagte sie, während sie den schweren Silberring herausnahm und eindeutig bewundernd in den Fingern drehte. »Darf ich mal?«

»Nein!«, keuchte Pia entsetzt.

Aber es war zu spät. Consuela hatte den Ring bereits über den Ringfinger der linken Hand geschoben, und hinter ihr erschien eine haarfeine schwarze Linie, die die Wirklichkeit wie ein Schnitt mit einem unvorstellbar scharfen Skalpell spaltete, und das Gespenst trat heraus.

Consuela begriff nicht einmal mehr, was sie tötete. Das Gespenst legte ihr seine dürren Knochenfinger um den Kopf und brach ihr mit einer fast beiläufig wirkenden Bewegung das Genick. Toni keuchte vor Überraschung und prallte so erschrocken zurück, dass er vom Stuhl fiel (was ihm wahrscheinlich das Leben rettete). Das Gespenst schleuderte Consuelas reglosen Körper zur Seite und wandte sich zu Pia um. Seine Augen waren wie zwei schwarze Abgründe, hinter denen nur das Nichts lauerte, aber seine Haltung, jede Faser seines Körpers, jedes Molekül, aus dem es gemacht war, strahlten Hass aus, und die unaufhaltsame Entschlossenheit zu töten.

Sie zu töten.

Vielleicht wäre es ihm auch gelungen, hätte Max nicht als Einziger die Nerven behalten und richtig reagiert; auch wenn es wenig brachte. Er war aufgesprungen und zurückgeprallt. In seinen Händen erschien plötzlich wie hingezaubert ein kurzläufiger Revolver. Noch bevor Consuelas lebloser Körper auf dem Boden aufschlug, drückte er zweimal hintereinander ab. Die Kugeln stanzten zwei geradezu lächerlich kleine, rauchende runde Löcher in die Brust des Gespenstes, ganz genau dort, wo bei einem Menschen das Herz gewesen wäre (Pia bezweifelte nicht nur, dass dieses Ding auch nur irgendetwas mit einem Menschen gemein hatte, sondern auch, dass es überhaupt wusste, was ein Herz war), durchschlugen seinen ausgemergelten Körper ohne die geringste Mühe und richteten dafür umso größeren Schaden an der Einrichtung der Küche hinter ihm an. Funken stoben. Irgendetwas explodierte mit einem sonderbar trockenen Knall, und ein Teil der Küche verschwand in einer Wolke aus grauem Dampf, der zischend aus einer beschädigten Leitung entwich, doch das Gespenst besaß nicht einmal den Anstand zu wanken.

»Verdammte Scheiße, was ist das?«, keuchte Max, hob seine Waffe ein winziges Stückchen höher und gab so schnell hintereinander zwei weitere Schüsse ab, dass der doppelte Knall zu einem einzigen lang anhaltenden Krachen zu verschmelzen schien. Das Gespenst torkelte, durch die pure Wucht der Schüsse zurückgerissen, die dieses Mal sein Gesicht verheerten.

Doch nicht einmal das vermochte es ernsthaft zu verletzen (*wie sollte man auch etwas töten, das niemals gelebt hatte?*, dachte Pia hysterisch), aber die Schüsse rissen sie auch endlich aus der Starre, die beim Auftauchen des Gespenstes von ihr Besitz ergriffen hatte. Sie sprang so abrupt auf, dass ihr Stuhl mit einem Knall umfiel, und das Gespenst starrte sie hasserfüllt aus dem einen grundlosen Auge an, das in seinem von Kugeln zerstörten Gesicht noch verblieben war, machte einen schwerfällig-tapsenden Schritt in ihre Richtung und fegte den Tisch mit einer unwilligen Bewegung zur Seite. Pia prallte mit einem halb erstickten Keuchen weiter zurück, das im Bersten und Klirren von zerbrechendem Glas und Porzellan unterging, und auch Max brachte sich mit einem hastigen Sprung in Sicherheit, hob aber trotzdem in der gleichen Bewegung seine Waffe und schoss noch einmal. In seiner Aufregung verfehlte er das Gespenst, obwohl es keine zwei Meter vor ihm stand, und die Kugel prallte Funken sprühend an irgendetwas Metallenem ab, heulte als Querschläger durch die Küche und zertrümmerte eine der großen Fensterscheiben, die in einem klingenden Wasserfall aus Glasscherben in sich zusammensank.

Pia erwachte zum zweiten Mal und jetzt endgültig aus ihrer Starre, fuhr auf dem Absatz herum und raste davon. Hinter ihr erklang ein Laut wie das Fauchen einer enttäuschten Katze, und von draußen antwortete ein Chor aus aufgeregten Stimmen und wütendem Hundegebell auf die Schüsse. Pia achtete nicht darauf, sondern rannte nur noch schneller, erreichte mit zwei, drei gewaltigen Sätzen die Tür und griff mit beiden Händen nach der Klinke. In ihrer Aufregung zog sie daran, statt die Tür aufzudrücken, und verlor eine unendlich kostbare Sekunde, in der die unheimliche Kreatur wie ein elektrisches Gewitter in der Luft auf sie zuraste. Sie konnte es spüren, wie einen fauligen Hauch, der ihre Seele verpestete.

Der Panik nahe korrigierte sie ihren Fehler, stieß die Tür auf und warf einen hastigen Blick über die Schulter zurück, während sie hindurchstürzte. Das Gespenst stakste mit sonderbar eckigen Schritten hinter ihr her, die langsam aussahen, aber alles waren, nur nicht das, und sie begriff, dass es sie einholen würde, noch bevor sie ganz aus der Küche heraus war. Sie versuchte es trotzdem, und das Schicksal überlegte es sich noch einmal anders und kam ihr in Gestalt eines fünfundvierzigjährigen schwarzhaarigen Möchtegern-Machos zu Hilfe.

Toni sprang auf, riss mit einem gellenden Wutschrei eine Waffe unter seiner Jacke hervor und rammte dem Gespenst die Mündung gegen den Hinterkopf.

»He, Arschloch!«, brüllte er. Und drückte ab.

In irgendeinem amerikanischen Action-Film hätte das vermutlich auch eine wunderbar dramatische Szene mit einem Happy End ergeben, und auch hier funktionierte zumindest der erste Teil. Die Kugel durchschlug den Schädel des Gespenstes so gründlich, dass selbst das Mündungsfeuer wie ein kleiner orangeroter Blitz aus seiner Stirn herausstach, und das unglaubliche Geschöpf vollführte eine grotesk nickende Kopfbewegung, während Pia sich hastig duckte, um nicht von Tonis Kugel getroffen zu werden. Das Geschoss fetzte eine halbe Handbreit über ihr Holzsplitter und Lack aus dem Türrahmen und zertrümmerte irgendetwas draußen im Flur. Das Gespenst wirbelte mit einer seltsam schwerfällig wirkenden Bewegung herum, packte Toni mit beiden Händen und schleuderte ihn quer durch die Küche und durch das zweite, bisher noch intakt gebliebene Fenster. Max feuerte erneut und traf auch dieses Mal, und vor den zerborstenen Fenstern tauchten plötzlich mit Sonnenbrillen und kurzläufigen Maschinenpistolen bewaffnete Männer auf. Etwas Kleines, das nur aus Muskeln, einem Stachelhalsband und langen gebleckten Zähnen zu bestehen schien, sprang mit einem gewaltigen Satz herein und warf sich auf den unheimlichen Angreifer, und Pia kam zu dem Schluss, endgültig genug gesehen zu haben, warf die Tür hinter sich ins Schloss und raste wie von Furien gehetzt los.

Am anderen Ende des langen Flures tauchte eine weitere Gestalt mit Sonnenbrille und halb erhobener Schusswaffe auf und schrie ihr etwas zu, was sie nicht verstand, und Pia rannte nur noch schneller und jetzt im Zickzack. Schreie und ein wildes, knurrendes Kläffen drangen durch die geschlossene Tür hinter ihr, und dann ein schrecklicher Laut wie von einem trockenen

Ast, der mit einem harten Ruck in zwei Hälften gebrochen wurde. Das Kläffen verwandelte sich in ein gepeinigtes Winseln und verklang dann ganz, dann ertönte das typische abgehackte Rattern einer Maschinenpistole. Der Kerl vor ihr erstarrte mitten in der Bewegung und glotzte mit offenem Mund an ihr vorbei, hob aber aus einem reinen Reflex heraus die Hand, um sie aufzuhalten. Pia wich ihm ohne die geringste Mühe aus, jagte mit einem blitzartigen Haken an ihm vorbei und legte noch einmal an Tempo zu, um das Ende des Korridors zu erreichen, der plötzlich mindestens einen Kilometer lang zu sein schien.

»Hau ab!«, schrie sie. »Lauf!«

Der Bursche rührte sich nicht, sondern starrte einfach weiter die Tür am Ende des Korridors an, durch die jetzt immer mehr und lautere Schreie drangen, und das fast ununterbrochene Rattern automatischer Waffen. Dann hatte sie das Ende des endlos langen Ganges erreicht, bog vollkommen wahllos nach links ab und prallte so wuchtig gegen einen weiteren Mann, dass sie beide zu Boden gingen. Seine Sonnenbrille flog in hohem Bogen davon und zersplitterte an der Wand. Pia war allerdings eindeutig schneller wieder auf den Beinen. Vermutlich war sie auch deutlich motivierter.

»He«, murmelte er benommen. »Was –?«

Ihre Vernunft wollte ihr zuschreien, dass sie kostbare Zeit verschenkte, aber sie streckte trotzdem die Hand aus, um ihm auf die Füße zu helfen.

»Das willst du gar nicht wissen, glaub mir«, stieß sie hervor. »Hau lieber ab!«

Das Geräusch einer Tür, die mit brutaler Gewalt aus dem Rahmen gerissen oder auch gleich in Stücke geschlagen wurde, drang aus dem Gang hinter ihnen. Schreie und Schüsse und Hundegebell wurden lauter, und dann ratterte auch direkt hinter ihnen eine Maschinenpistole los; allerdings nur für einen ganz kleinen Moment, bevor sie von einem anderen und ungleich grässlicheren Geräusch zum Schweigen gebracht wurde, über dessen genaue Bedeutung Pia gar nicht nachdenken wollte. Sie zog es vor weiterzurennen, und wenigstens der Mann neben ihr war klug genug, auf ihren Rat zu hören und sein Heil in der Flucht zu suchen.

Ein paar Schritte weit stürmte er hinter ihr her, bog dann in eine andere Richtung ab und verschwand. Maschinengewehrfeuer und Schreie und Hundegebell hielten immer noch an, und sie konnte nach wie vor spüren, wie irgendetwas hinter ihr herraste, ein unsichtbarer Tsunami aus reiner Zerstörung, den keine Macht dieser Welt aufzuhalten imstande war.

Sie stürmte quer durch eine große Halle mit gleich zwei elegant geschwungenen Freitreppen und sah zwei von Peraltas Bodyguards mit schussbereit erhobenen Waffen in ihre Richtung laufen. Völlige Ratlosigkeit und Schrecken zeichneten sich auf ihren Gesichtern ab, aber auch eine grimmige Entschlossenheit, die vermutlich ebenso zu ihrem Job gehörte wie die Fähigkeit, im Zweifelsfall erst zu schießen und dann nachzusehen, was sie erwischt hatten.

Pia erspähte flüchtig einen Schatten links von sich, schlüpfte hinein und beglückwünschte sich im nächsten Augenblick zu ihrer Voraussicht, die Bewegung in einer eingesprungenen Rolle und einem blitzartigen Haken nach rechts enden zu lassen. Einer der beiden Burschen gab prompt einen kurzen Feuerstoß aus seiner Waffe ab, als sie buchstäblich vor seinen Augen verschwand. Die Kugeln richteten jedoch kaum Schaden an, sah man von ein paar – vermutlich sündhaft teuren – chinesischen Vasen ab, die sie zertrümmerten, und im nächsten Moment schien der Schütze ein lohnenderes Ziel ausgemacht zu haben; ebenso wie sein Begleiter.

Pia gab schweren Herzens den Mantel aus schützenden Schatten auf, rannte zur Tür und stolperte mehr ins Freie, als dass sie ging. Schreie mischten sich in das Maschinengewehrfeuer hinter ihr, und irgendetwas Großes zerbrach mit einem lauten Knall.

Weitere Männer rasten auf sie zu – verdammt, wie groß *war*

Peraltas Privatarmee eigentlich? Bereitete er sich auf einen Krieg vor? –, aber wenigstens kam von denen keiner auf die Idee, auf sie zu schießen. Pia sprintete trotzdem vorsichtshalber in den Schatten eines fast mannshohen Gebüschs, tauchte abermals in den Schatten unter und erspähte instinktiv einen Weg, auf dem sie – kaum – ins Sonnenlicht hinaustreten. Sie war unsichtbar, rannte aber trotzdem eher noch schneller weiter und blieb nicht einmal stehen, als sie das Splittern von Glas und Holz hörte, mit dem die protzige Haustür aus dem Rahmen gerissen wurde, und ihr Verfolger auftauchte.

Schüsse und Schreie wurden noch lauter, doch Pia spürte auch, dass ihr Vorsprung wuchs.

Sie wurde trotzdem nicht langsamer, sondern raste durch den weitläufigen Garten, tauchte manchmal wie ein flackernder Schemen im Sonnenlicht auf, verschwand dann aber wieder in den Schatten dazwischen. Schließlich kletterte sie so schnell und behände über den drei Meter hohen Gartenzaun, dass es ihrer Fähigkeit, mit den Schatten zu verschmelzen, nicht einmal mehr bedurft hätte, um sie für die Kameras auf den Zaunspitzen nahezu unsichtbar werden zu lassen.

III

Pia konnte sich nicht erinnern, die Dämmerung jemals so sehr herbeigesehnt zu haben wie in diesem Moment.

Sie konnte sich auch nicht erinnern, jemals so schnell und so lange und so weit gerannt zu sein. Sie war erst langsamer geworden, als ihre Lungen wie Feuer brannten und mit ihrer Seite um die Wette zu stechen begonnen hatten, ihr Herz zu explodieren schien und sie buchstäblich die Wahl gehabt hatte, stehen zu bleiben oder noch zwei oder drei Schritte zu tun und dann zusammenzubrechen. Und selbst dann hatte sie noch einmal gute zehn Minuten verstreichen lassen, bevor sie es gewagt hatte, auch ihr Versteck in den Schatten zu verlassen und wieder sichtbar zu werden. Jetzt saß sie in einem kleinen, nicht besonders gut besuchten Straßencafé in einer der besseren Gegenden Rio de Janeiros, nippte von Zeit zu Zeit an dem höllisch heißen schwarzen Espresso, den sie sich bestellt hatte, und wartete darauf, dass die Sonne unterging.

»Ist alles in Ordnung, Senhorita?«

Pia schrak so heftig aus ihren Gedanken hoch, dass sie gegen den kleinen Bistrotisch stieß und ein weithin hörbares Klappern und Klirren auslöste, blinzelte eine geschlagene halbe Sekunde lang in ein ihr vollkommen unbekanntes Gesicht hinauf und begriff erst dann, dass es dem Kellner gehörte, der ihr gerade den Espresso gebracht hatte.

»Wie?«, murmelte sie.

»Ist alles in Ordnung?«, wiederholte der Kellner. »Bitte entschuldigen Sie. Ich frage nur, weil Sie …« Seine eigenen Worte schienen ihm plötzlich peinlich zu sein. Er sprach nicht weiter, sondern machte nur eine Kopfbewegung auf die Kaffeetasse in ihrer Hand. Sie war leer, und Pia begriff erst im Nachhinein, dass sie das nicht nur schon seit mindestens fünf Minuten war, sondern sie sie auch seitdem in der Hand hielt und mit leerem

Blick ins Nichts starrte. Sie hatte das kleine Café ganz bewusst ausgesucht, weil es so gut wie leer war, aber jetzt musste sie sich eingestehen, dass das eine ziemlich blöde Idee gewesen war. In einem gut besuchten Café wäre sie weit weniger aufgefallen.

Aber von dort aus hätte sie auch keinen so guten Blick auf das Krankenhaus gehabt.

»Entschuldigen Sie, Senhorita.« Der Kellner räusperte sich unbehaglich. »Das geht mich nichts an.«

»Stimmt«, antwortete Pia, bedauerte ihren groben Ton augenblicklich und fügte mit einem bewusst verlegenen Lächeln und einem Heben ihrer Tasse hinzu: »Kann ich noch einen haben … bitte?«

»Selbstverständlich.« Der Kellner verschwand, ohne ihr seinerseits mit einem Lächeln oder wenigstens einem entsprechenden Blick Absolution für ihren pampigen Ton erteilt zu haben, und Pia sah ihm einen Moment lang mit gemischten Gefühlen nach. Sie war zornig auf sich selbst, gerade offensichtlich eine vollkommen neue Definition des Wortes *unauffällig* kreiert zu haben, aber sie hatte auch ein schlechtes Gewissen dem Kellner gegenüber. Einschließlich des Espresso, den sie gerade bestellt hatte, würde sie ihn um drei Tassen betrügen müssen. Das war lächerlich; ein Betrag, den er selbst an einem schlechten Tag (wie etwa heute) in einer Stunde mit seinem Trinkgeld wieder hereinholen würde, und außerdem spürte sie, dass er nicht besonders ehrlich war und seine Gäste vermutlich betrog. Aber sie hatte Zechprellerei schon immer verabscheut; und Zechpreller noch viel mehr. Die meisten Kellner (zumindest in der Gegend, in der sie aufgewachsen war) waren arme Schlucker, die sich jeden Cent redlich verdienen mussten.

Aber sie hatte keine andere Wahl. Bargeld gehörte leider nicht zu der Grundausstattung, die José Peralta für sie bereitgestellt hatte.

Und eigentlich, rief sie sich selbst in Gedanken zur Ordnung, war dieses schlechte Gewissen genauso unangebracht wie verlogen. Sie hatte auf dem Weg hierher bereits einen Taxifahrer und den Besitzer eines Handys geprellt – den einen um seinen Fahrpreis, indem sie zwar ausgestiegen und um den Wagen herumgegangen, aber niemals neben seinem Fenster angekommen war, um ihn zu bezahlen, der andere saß vermutlich jetzt noch mit offenem Mund in einem ganz ähnlichen, nur besser besuchten Straßencafé und starrte den Tisch an, auf dem sich sein scheißteures Designer-Handy vor seinen Augen in Luft aufgelöst hatte.

Aber gut, wenigstens der Schlipsträger hatte es verdient. Pia hatte das Designerteil, das vermutlich mehr gekostet hatte, als die meisten Bewohner der Favelas im Monat zum Leben zur Verfügung hatten, mit einem Gefühl tiefster Schadenfreude in einem Gully entsorgt, nachdem sie mit gerade einmal drei Anrufen herausgefunden hatte, in welcher Klinik Jesus lag. Im Nachhinein tat ihr dieser Akt gehässiger Anarchie ein bisschen leid. Sie hätte es behalten und irgendeinem Straßenkind aus den Slums schenken sollen (ohne Karte, versteht sich), das es vielleicht hätte verkaufen und seine Familie damit ein paar Tage hätte über Wasser halten können.

Etwas klapperte. Pia schrak aus ihren Gedanken hoch, begriff diesmal immerhin etwas schneller, dass sie schon wieder viel zu lange ins Nichts gestarrt und ihren Gedanken die Zügel hatte schießen lassen, und winkte den Kellner mit einer hastigen Geste herbei.

»Entschuldigen Sie. Ich wollte nicht unhöflich sein. Ich war nur …« Sie hob die Schultern und machte dann eine Kopfbewegung auf den dreigeschossigen weißen Bau aus falschem Marmor auf der anderen Seite der sechsspurigen Straße zu, an die das Café grenzte. Der Kellner zog fragend die linke Augenbraue hoch. Sein Blick wurde um keinen Deut freundlicher. Vielleicht war es doch nicht so schlimm, ihn um die Zeche zu prellen.

»Wirklich, es tut mir leid«, sagte sie noch einmal. »Aber mein Freund liegt dort drüben, wissen Sie. Ich … bin gerade ein bisschen durcheinander.«

Eine Sekunde lang blieb das Gesicht des Kellners noch völlig unbewegt, aber dann wurde sein Blick weich. »Das tut mir leid. Was ist passiert? Ein Unfall?«

Irgendwie schon. Wenn man es genau nahm, sogar ganz eindeutig. Schließlich hatte der Dolch, der ihn getroffen hatte, nicht ihm gegolten. »Ja«, sagte sie.

»Und warum …« Der Kellner zögerte, und Pia wäre überhaupt nicht erstaunt gewesen, hätte er noch einmal gesagt: Schließlich geht es mich ja auch nichts an. Stattdessen fragte er jedoch: »Und warum sind Sie dann hier, und nicht dort drüben, bei ihm?«

»Ich weiß es nicht genau«, antwortete Pia wahrheitsgemäß. »Ich glaube, es … macht mir Angst.«

»Das verstehe ich. Ein Krankenhaus ist nie ein schöner Ort, um jemanden zu treffen, nicht wahr?« Er sah eine Sekunde lang zu dem dreigeschossigen Bau hinüber, dessen untere beiden Etagen bereits in den Schatten der hereinbrechenden Dämmerung lagen. »Obwohl es eine ziemlich gute Klinik sein soll, wie man hört.«

Es war sogar eine ganz ausgezeichnete Klinik. Sie war kein Arme-Leute-Krankenhaus am Rande der Slums, das von barmherzigen Schwestern oder irgendeiner karitativen Organisation geleitet wurde, sondern eine teure Privatklinik, die Leute wie sie normalerweise nur von außen sahen. Und es war auch kein Irrtum gewesen, wie sie im allerersten Moment angenommen hatte. Eine leicht genervt klingende Stimme am Telefon hatte ihr versichert, dass Esteban mit seiner Unterschrift und Kreditkartennummer für die Kosten von Jesus' Behandlung geradestand, zumindest für die erste Woche.

Sie würde sich nicht einmal mehr bei ihm bedanken können.

»Ja, ich weiß«, sagte sie. »Das ist es auch nicht. Ich …« Sie deutete ein Schulterzucken an, streckte die Hand nach dem Espresso aus, den er gerade gebracht hatte, und sagte dann aus einem plötzlichen Impuls heraus: »Ich kann das nicht bezahlen.«

»Das Krankenhaus?«

»Nein«, antwortete sie. »Oder doch. Auch. Den Kaffee. Tut mir leid. Ich … habe überhaupt kein Geld.«

Der Kellner wurde nicht zornig. Er sah sie nur leicht überrascht an, und vielleicht ein ganz klein bisschen vorwurfsvoll, zuckte aber dann nur nochmals mit den Achseln und schob die Kaffeetasse demonstrativ noch ein Stück näher zu ihr hin. »Dann werden sie Ihren Freund rauswerfen. Hab ich schon ein paarmal mitbekommen. Sie schauen in ihren Computer, und wenn sie feststellen, dass niemand da ist, der die Rechnungen zahlt, stellen sie ihre Maschinen ab und werfen ihn raus. Das ist fürsorglich, nicht? Ich frage mich immer, wie sie das mit ihrem hippokratischen Eid in Einklang bringen, den Ärzte doch angeblich alle ablegen.«

»Die Leute in den Buchhaltungen leisten wahrscheinlich auch einen Eid, der den der Ärzteschaft aufhebt«, vermutete Pia. Die Sonne ging jetzt immer schneller unter, und die Schatten kletterten so rasch und lautlos an dem weißen Marmorbau empor, dass es aussah, als versänke er in einem grauen, Farben verzehrenden Sumpf. Es wurde Zeit.

Der Kellner blieb noch einige Sekunden neben ihr stehen. Er schien darauf zu warten, dass sie noch irgendetwas sagte, und Pia hätte das auch gerne getan. Er schien nett zu sein; nicht nur, weil er ihr den Kaffee geschenkt hatte. Es tat einfach gut, zur Abwechslung einmal mit einem Menschen zu sprechen, der sie nicht umbringen, entführen, vergewaltigen, ausrauben oder benutzen wollte (hatte sie etwas vergessen?), sondern einfach nur ein paar Worte plaudern, und gerade deshalb sagte sie nichts mehr. Seit jener verhängnisvollen Nacht, in der Jesus und sie auf die Schnapsidee gekommen waren, ihre Nasen in ein gewisses Drogengeschäft zu stecken (vergangene Nacht, um genau zu sein, auch wenn für sie seither Wochen verstrichen waren. Es war reiflich verwirrend, in zwei unterschiedlichen Zeitströmen zu leben), schien sie mit einem Fluch belegt zu sein, der nicht ihr, aber so ziemlich jedem, der ihren Weg kreuzte, den Tod oder

Schlimmeres brachte. Sie wollte nicht, dass ihm auch noch etwas zustieß, nur weil er dumm genug gewesen war, *nett* zu ihr zu sein.

Der Kellner wartete nicht, bis der Moment wirklich peinlich wurde, sondern trat mit leicht enttäuscht wirkendem Gesicht den Rückzug an, und Pia ließ noch einige wenige Minuten verstreichen, in denen sie einfach nur dasaß und den weißen Marmorbau auf der anderen Straßenseite ansah. Nichts war im Augenblick für sie so kostbar wie Zeit. Vielleicht war Jesus schon tot, vielleicht starb er gerade jetzt, während sie hier saß und Kaffee trank, aber irgendetwas in ihr schrak beinahe panisch davor zurück, die Straße zu überqueren und zu ihm zu gehen. Was, wenn er genau dann starb, in dem sie sein Zimmer betrat? Was, wenn sie nur noch ein leeres Bett vorfand, und was – die allerschlimmste und vielleicht nicht sehr wahrscheinliche, aber keineswegs unmögliche Alternative – wenn ihr unheimlicher Verfolger wieder auftauchte und sie ihn geradewegs zu Jesus führte?

Aber wahrscheinlich war sie einfach nur feige.

Sie ließ weitere zwei oder drei Minuten verstreichen und fand nun beim besten Willen keine Ausrede mehr, weiter hier herumzusitzen und darauf zu warten, dass das Schicksal ihr die Entscheidung abnahm. Sie leerte ihre Tasse (nach den Unmengen Kaffee, die sie heute bereits in sich hineingekippt hatte, kam ihr das Zeug allmählich zu den Ohren raus, aber nach der Freundlichkeit des Kellners brachte sie es einfach nicht über sich, ihn stehen zu lassen), stand auf und nickte ihrem Wohltäter noch einmal zum Abschied zu, bevor sie sich an das gar nicht so kleine Abenteuer wagte, die sechsspurige Straße zu überqueren. Sie war nicht einmal besonders stark befahren, nicht für diese Tageszeit und nicht für Rio, aber ihr erster Schritt auf die Fahrbahn hinaus wäre zugleich auch beinahe ihr letzter gewesen.

Ein wütendes Hupen erscholl, und etwas Grünes und sehr Großes schoss so dicht an ihr vorbei, dass der Luftzug ihre Haare durcheinanderwirbelte. Kein Ork, sondern ein grüner Pick-up, dessen Fahrer ihr einen wütenden Blick zuwarf und rein prophylaktisch noch einmal auf die Hupe drückte, aber Pia erteilte sich in Gedanken trotzdem einen scharfen Verweis: Ein Zusammenprall mit einem Wagen konnte genauso tödlich sein, und zumindest im Moment gab es davon hier eindeutig mehr, als sie Orks in WeißWald gesehen hatte. Wie es aussah, war ihre Neigung zu einer gewissen Unordentlichkeit nicht die einzige schlechte Angewohnheit, die sie mit zurückgebracht hatte. Sie war einfach auf die Straße hinausgetreten, als wäre sie noch immer in einer Stadt, wo das schnellste Fahrzeug ein zweirädriger Eselskarren war.

»Ist auch wirklich alles in Ordnung?«

Der Kellner war wieder neben ihr aufgetaucht und sah sie nun eindeutig besorgt an.

»Ja, kein Problem«, antwortete sie hastig. »Ich war nur ... ein bisschen abgelenkt, das ist alles.«

»Sie sollten aufpassen«, sagte er ernst. »Ihr Freund möchte Sie bestimmt lieber in seinem Bett haben, und nicht in dem neben seinem.«

Pia lächelte flüchtig, aber er blieb ernst und deutete nach rechts. »Zweihundert Meter entfernt ist eine Ampel. Gehen Sie lieber da lang. Der Verkehr ist heute wieder mal höllisch.«

Das stimmte nicht. Das Verkehrsaufkommen war eher mäßig, und noch vor ein paar Tagen hätte sie einen solchen Vorschlag als glatte Frechheit empfunden. Aber so, wie sie sich gerade benahm, konnte sie wahrscheinlich froh sein, dass er ihr nicht angeboten hatte, sie an der Hand zu nehmen und über die Straße zu führen.

Sie zwang sich zu einem neuerlichen dankbaren Lächeln und drehte sich weg, um seinem Rat zu folgen. Er berührte sie flüchtig am Arm und zog die Hand dann eindeutig erschrocken wieder zurück. »Ich bin noch den ganzen Abend hier«, sagte er verlegen. »Also nur ... ähm ... falls Sie vielleicht später mit jemandem reden wollen. Oder noch einen Kaffee trinken.«

»Vielleicht«, antwortete Pia. »Ich ... denke darüber nach. Danke jedenfalls.« Und damit ging sie so schnell davon, wie sie es gerade noch konnte, ohne zu rennen. In seinen Augen benahm sie sich dadurch wahrscheinlich noch merkwürdiger, aber das war ihr gleich. Um seinetwillen. Die verrückte Idee, dass so etwas wie ein Fluch auf ihr lastete und sie jedem, dem sie mehr als flüchtig begegnete, den Untergang brachte, kam ihr mit einem Mal gar nicht mehr so verrückt vor.

Sie ging tatsächlich bis zur Ampel zurück, wartete brav, bis sie auf Grün umsprang, und überquerte die Straße mit schnellen Schritten. Als sie den Weg in entgegengesetzter Richtung zurückging, beglückwünschte sie sich nicht nur zu ihrem Entschluss, sondern schickte auch ein lautloses Dankeschön in Richtung ihres unbekannten Wohltäters.

In der Krankenhauszufahrt parkte ein silberfarbener BMW. Die Scheiben waren abgedunkelt, aber das Fenster auf der Beifahrerseite war halb heruntergelassen, und blauer Zigarettenrauch kräuselte sich aus dem Wagen. Der Mann auf dem Beifahrersitz trug eine Sonnenbrille und sah nicht in ihre Richtung, aber seine geschwollene Nase war trotzdem deutlich zu erkennen.

Pia stockte mitten im Schritt und konnte selbst spüren, wie sich ihr Gesicht verfinsterte. Verdammt, wo kamen diese Kerle denn so schnell her? Und woher wussten sie überhaupt, wo sie nach ihr suchen mussten?

Wenigstens die Antwort auf den zweiten Teil ihrer Frage gab sie sich augenblicklich selbst. Toni hatte ihr ja gesagt, dass Jesus noch am Leben und im Krankenhaus war, und ihre Reaktion auf diese Eröffnung konnte ihm nicht entgangen sein. Wahrscheinlich reichte selbst die Intelligenz eines brasilianischen Mafia-Azubis aus, um sich zusammenzureimen, wohin sie gehen würde. Aber wieso waren sie so schnell hier aufgetaucht? Auch wenn es ihr sehr viel länger vorkam: Seit ihrer Flucht aus Peraltas Villa war noch keine Stunde vergangen. Onkel José musste geradezu darauf brennen, sie möglichst schnell wiederzusehen.

Und das nächste Gespräch mit ihm würde ganz bestimmt sehr viel unangenehmer verlaufen als das von heute Morgen.

Pia hüllte sich in Schatten, ging ein paar Schritte weiter und wunderte sich fast ein bisschen über sich selbst, eine deutliche Erleichterung zu verspüren, als sie Toni hinter dem Steuer des BMW erkannte. Sein Gesicht war übel zerschnitten, und er trug einen offensichtlich selbst angelegten Verband am linken Handgelenk, aber immerhin lebte er noch. Es war nicht unbedingt so, dass sie die beiden Burschen ins Herz geschlossen hatte … aber von diesem unheimlichen … *Ding* getötet zu werden, war ein Schicksal, das niemand verdient hatte.

Max sog noch einmal an seiner Zigarette und schnippte den Stummel dann so zielsicher in ihre Richtung, dass sie einen raschen Schritt zur Seite machen musste, um nicht getroffen zu werden. Dann erschien ein seltsamer Ausdruck auf seinem Gesicht, und Pia erstarrte.

Es war nicht das erste Mal, dass sie ihn sah. Genau dieselbe Mischung aus Misstrauen und leiser Verwirrung hatte sie auf Hernandez' Gesicht gesehen, als er sich über den Brunnenschacht gebeugt und direkt zu Alica und ihr hinabgeblickt hatte. Er *sah* irgendetwas, aber er konnte nichts damit anfangen, und das verwirrte ihn zutiefst.

Einen Moment lang befürchtete Pia schon, dass er aussteigen und genauer nachsehen würde, aber dann zuckte er nur mit den Schultern, sagte irgendetwas zu Toni und ließ die Scheibe hochfahren.

Pia ging vorsichtig weiter, und obwohl sie unsichtbar blieb, achtete sie darauf, nicht aus den Schatten der tropischen Büsche herauszutreten, die die Zufahrt flankierten. Sie wusste immer noch nicht sehr viel über ihre sonderbare Macht, sich in den Schatten zu bewegen, aber sie wusste immerhin, dass sie sie in der zurückliegenden Stunde ausgiebig genutzt hatte. Vielleicht ließ ihr magischer Schutz ja nach, wenn sie ihn zu lange benutzte, oder er wirkte nicht auf jeden gleich. Sie atmete innerlich auf, als sie das Klinikgebäude erreichte und zu der übergroßen Drehtür trat.

Ihr Verdacht, nicht wirklich unsichtbar zu sein, sondern nur die Sinne der Menschen irgendwie zu narren, wurde zur Gewissheit, als sich die Drehtür automatisch in Bewegung setzte, kaum dass sie sich ihr genähert hatte.

Wieder für aller Augen sichtbar, trat sie auf der anderen Seite aus der Drehtür heraus und steuerte die Aufzüge am anderen Ende der großen, nahezu leeren Eingangshalle an. Sie war nicht vollkommen allein, aber doch so gut wie. Zur Linken befand sich eine verchromte, sanft geschwungene Theke unter einer ganzen Phalanx flimmernder Flachbildschirme, die eher an den Kommandostand eines Raumschiffes aus einem Science-Fiction-Film erinnerte als an den Empfang einer Klinik, und auf der anderen Seite eine Doppelreihe einfacher Plastikstühle, auf denen zurzeit aber niemand saß.

Ein grauhaariger Mann in einer Fantasieuniform sah kurz hinter dem Hightech-Empfangstresen auf und verlor fast sofort wieder das Interesse an ihr, als er sah, wie zielsicher sie die Aufzüge ansteuerte. Pia ging noch ein wenig schneller. Sie fühlte sich unbehaglich, und dieses Gefühl nahm mit jedem Schritt noch zu. So seltsam es war: Diese gewaltige leere Halle erinnerte sie an die Eingangshalle zum Turm des Hochkönigs in WeißWald, obwohl man sich auf den ersten Blick kaum einen unterschiedlicheren Ort vorstellen konnte.

Das Gefühl wurde sogar noch stärker, als sie den Aufzug betrat und den Knopf für die dritte und oberste Etage drückte. Sie hatte nie an Platzangst gelitten, aber ihr Herz begann schneller zu schlagen, und sie musste gegen das aberwitzige Gefühl ankämpfen, dass sich die Kabine mit jedem Meter, den sie sich nach oben bewegte, ein winziges Stückchen mehr um sie zusammenzog. Außerdem bestand die gesamte Rückwand der Aufzugskabine aus einem Spiegel.

Pia hielt dem Anblick nicht nur trotzig stand, sondern wartete beinahe darauf, dass das Gespenst darin erscheinen und das Spiegelbild ihres eigenen blassen Gesichts überlagern würde.

Aber sie atmete trotzdem erleichtert auf, als die Kabine mit einem sanften Ruck anhielt und im gleichen Maße wieder zu ihrer normalen Größe heranwuchs, in dem die Türen auseinanderglitten.

Ein breiter, in freundlichen Farben gehaltener Korridor nahm sie auf. An den Wänden hingen gerahmte Drucke, und die Luft roch nicht nach Desinfektionsmittel und Krankenhaus, sondern nach Kiefernnadeln. Gepflegte Topfpflanzen und dezente Musik erweckten eher den Eindruck, sich in einem modernen Hotel der oberen Preisklasse zu befinden statt in einer Klinik, und selbst die Krankenschwester, die vorüberging und sie mit einem flüchtigen Kopfnicken grüßte, trug keine Schwesterntracht, sondern ein modern geschnittenes hellgraues Kostüm.

So waren also die Reichen krank, dachte sie. Wahrscheinlich litten sie kein bisschen weniger unter Fieber, Schmerzen und allen möglichen anderen Krankheiten als die Armen, aber in einer Umgebung wie dieser litt es sich vermutlich doch angenehmer.

Dennoch blieb es ein Krankenhaus. Und sie hatte immer noch das Gefühl, sich an einem Ort zu befinden, der auf unbegreifliche Weise mit dem schwarzen Turm im Herzen von WeißWald verbunden war.

Vielleicht war es der Schmerz, dachte sie. Wer hierherkam, der litt auf die eine oder andere Weise Schmerzen, und die Zimmer hinter diesen freundlich gestrichenen Wänden hatten vermutlich mehr Leid und Tod und Tränen gesehen als die allermeisten anderen Gebäude in dieser Stadt. Es war kein *böser* Ort, wie der albtraumhafte Turm in WeißWald, aber er kannte ebenso viel Leid, und vielleicht waren all die Tränen und Schmerzensschreie nicht ungehört verhallt, sondern hatten etwas zurückgelassen. Möglicherweise hatte es ja einen Grund, dass so viele Menschen ein instinktives Unwohlsein verspürten, sobald sie ein Krankenhaus auch nur betraten.

»Kann ich Ihnen helfen?« Die junge Krankenschwester hatte kehrtgemacht und war zurückgekommen. Anscheinend hatte sie ihren hilflosen Blick bemerkt und – natürlich – falsch gedeutet. Oder auch nicht. Pia gestand sich widerstrebend ein, dass sie tatsächlich nicht genau wusste, wo Jesus lag. Sie hatte am Telefon danach gefragt, aber die freundliche Stimme hatte ihr nur die Abteilung verraten, nicht die Zimmernummer.

»Ich suche meinen Freund«, sagte sie. »Er ist heute Nacht eingeliefert worden. Mit einer … Stichwunde.«

»Mit einer …« Die Schwester brach mitten im Satz ab und sah eine halbe Sekunde lang seltsamerweise fast schuldbewusst aus. Dann nickte sie. »O ja, jetzt erinnere ich mich. Die Messerstecherei. Es hat ihn ziemlich schlimm erwischt. Sind sie eine Verwandte von ihm?«

»Nein, nur eine Freundin.«

»Ich verstehe.« Die Krankenschwester wich ihrem Blick aus. »Eigentlich haben auf der Intensivstation nur Verwandte Zutritt, und die offizielle Besuchszeit ist auch schon vorbei. Aber …« Sie rang einen Moment lang mit sich und seufzte dann leise. »Also gut, warum eigentlich nicht? Aber Sie müssen leise sein. Und mehr als fünf Minuten kann ich Ihnen nicht gestatten. Einverstanden?«

Pia nickte, und die Schwester drehte sich mit einer knappen Geste herum und ging voraus. Erst hinter der nächsten Abzweigung sah sie das erste Mal etwas, das tatsächlich an ein Krankenhaus erinnerte: eine deckenhohe Milchglastür, auf der in Portugiesisch und Englisch die Worte INTENSIVSTATION, BETRETEN VERBOTEN zu lesen waren. Die Schwester zog eine kleine Chipkarte, mittels derer sie die Tür öffnete, und dahinter erwartete sie eine vollkommen andere Welt, die ihren wahren Charakter weder verbergen konnte noch wollte. Hier *roch* es nach Krankenhaus, und Pia hörte das emsige Summen elektronischer Geräte. Erneut fragte sie sich, warum Esteban Jesus in eine so teure Klinik hatte bringen lassen. Natürlich war sie ihm dankbar dafür, und Esteban war auch kein armer Mann gewesen … aber das hier musste selbst seine finanziellen Möglichkeiten übersteigen. Und dabei hatte er Jesus nicht einmal besonders gut leiden können.

Vielleicht, dachte sie traurig, hatte er ja gewusst, dass es nur für wenige Tage oder gar Stunden sein würde, und es ihretwegen getan.

»Dort vorne, das letzte Zimmer auf der linken Seite.« Die Schwester war stehen geblieben und deutete mit der linken Hand in die entsprechende Richtung, mit der anderen in die genau entgegengesetzte.

»Ich komme in ein paar Minuten zurück und hole Sie ab. Sie können in Ruhe ...« Sie sprach nicht weiter, sondern wiederholte nur ihre auffordernde Geste und sah jetzt eindeutig verlegen aus. Pia wartete darauf, dass sie weitersprach, begriff, dass das nicht geschehen würde, und ging weiter. Allein die Umgebung führte dazu, dass sie sich leiser bewegte, und vor der Tür angekommen, auf die die junge Frau gedeutet hatte, blieb sie noch einmal stehen und sah zu ihr zurück. Sie war nicht weitergegangen, sondern sah sie immer noch auf eine Weise an, die Pia nicht ganz verstand.

Als sie das Zimmer betrat, wurde ihr klar, was dieser Blick bedeutete, und auch, was sie gerade hatte sagen wollen. Es war ein Sterbezimmer, und sie hatte ihr diesen Besuch gestattet, um sie Abschied nehmen zu lassen.

Das Zimmer war groß genug für drei oder vier Betten, enthielt aber nur ein einzelnes, ein verchromtes Monster, in dem selbst Jesus' hünenhafte Gestalt klein und irgendwie verloren wirkte. Von einem in die Wand eingelassenen Computerpaneel ringelte sich ein dünnes Kabel zu einer Manschette um seinen rechten Oberarm, und ein durchsichtiger Plastikschlauch führte zu einer ebenfalls transparenten Maske, die seinen Mund und seine Nase bedeckte. Irgendetwas piepste, regelmäßig und beunruhigend langsam.

Jesus starb. Sie war nicht zu spät gekommen, dachte sie bitter, sondern gerade rechtzeitig, um ihm dabei zuzusehen.

Aber das würde sie nicht zulassen.

Sorgfältig drückte sie die Tür hinter sich ins Schloss, hielt einen Moment vergebens nach einer Möglichkeit Ausschau, sie zu verriegeln, und trat dann mit klopfendem Herzen näher an das riesige Bett heran. Ein winziger Teil von ihr klammerte sich an die absurde Hoffnung, dass Jesus ihre Schritte hören und die Augen öffnen musste, um ihr zuzulächeln, aber natürlich geschah das nicht. Jesus wachte nicht auf, und er hörte auch ihre Schritte nicht. Er würde nie wieder etwas hören und nie wieder aufwachen.

Pias Augen füllten sich mit Tränen, aber es war wenig mehr als ein Reflex; als wäre ihr Körper der Meinung, dass Tränen in einem Augenblick wie diesem angemessen waren, ohne dass ihre Seele den dazugehörigen Schmerz empfand.

Stattdessen verspürte sie etwas wie eine grimmige Entschlossenheit. Und Trotz. Einen kindischen, aber nichtsdestoweniger gewaltigen Trotz, sich einem grausamen Schicksal nicht klaglos zu beugen, das sich einbildete, ihr Jesus nicht nur zum zweiten Mal wegnehmen zu können, sondern sie auch zum zweiten Mal dabei zusehen zu lassen.

Sie schlug das dünne Laken zurück, mit dem sie Jesus zugedeckt hatten, und betrachtete aufmerksam seinen Körper. Abgesehen von einem winzigen Pflaster in seiner Armbeuge und einem erstaunlich schmalen weißen Verband um seine Brust war er vollkommen unversehrt, was den Anblick aber auf eine sonderbare Weise beinahe noch schlimmer machte.

Nein. Sie würde ihn sich ihn nicht noch einmal wegnehmen lassen. Nicht von einem dummen, fehlgeleiteten Dolch, nicht vom Schicksal und nicht einmal von Gott. Wenn dieser unbedingt Streit suchte, konnte er ihn haben!

Sie versuchte sich daran zu erinnern, was genau sie getan hatte, um Keris Schmerz zu lindern und Lasars Leben zu retten. Es gelang ihr nicht, aber wahrscheinlich war das auch nicht nötig. Sie hatte nichts bewusst getan, sondern sich einfach treiben lassen, und irgendetwas in ihr hatte genau gewusst, was zu tun war.

Behutsam löste sie die Atemmaske von seinem Gesicht, beugte sich über ihn und hauchte ihm einen Kuss auf die Lippen, dann legte sie die gespreizten Finger der rechten Hand auf seine Stirn, die andere Hand auf seine Brust und schloss die Augen, um in ihn hineinzulauschen. Seine Haut fühlte sich gleichzeitig kalt und fiebrig-heiß an, und sie konnte spüren, wie langsam und hart sein Herz schlug. Ein ganz sachter, aber unangenehmer Geruch stieg ihr in die Nase, nicht nur der Geruch nach Krankheit und Blut, sondern etwas viel Schlimmeres, das von ihm Besitz ergreifen wollte. Nach einem weiteren Moment konnte sie sogar das Geräusch seiner Atemzüge hören, ein mühsames Rasseln, das bisher von der Sauerstoffmaske über seinem Gesicht gedämpft worden war.

Aber sonst nichts.

Da war keine schwarze Flamme. Kein Schmerz, den sie teilen und lindern konnte, und kein Lebensfeuer, das sie neu hätte entfachen können. Und auch in ihr war nichts. Die unheimliche Kraft, die sie dem Tod entgegengeschleudert hatte, um Lasar von seinem Sterbebett zu vertreiben, war nicht mehr da.

Pia öffnete die Augen, sah Jesus an – sein Gesicht war immer noch schlaff und unbewegt, aber sie war dennoch sicher, dass sich etwas darin verändert hatte, auch wenn sie nicht sagen konnte, was –, presste die Lider wieder fest zusammen und konzentrierte sich, sosehr sie nur konnte, aber das Ergebnis war dasselbe. Da war nichts. Was auch immer in ihr gewesen war, jene unheimliche Macht, gewaltig genug, um selbst dem Tod zu trotzen, sie war nicht mehr da.

Panik wollte nach ihren Gedanken greifen, aber das ließ sie nicht zu. Stattdessen versuchte sie sich zu entspannen. Vielleicht ging sie es einfach nur falsch an. Vielleicht versuchte sie etwas herbeizuzwingen, was sich nicht herbeizwingen ließ. Vielleicht –

»Was zum Teufel tun Sie da?«

Pia fuhr mit einer so erschrockenen Bewegung zusammen und herum, dass sie gegen das Bett stieß und der Computer in der Wand darüber ein protestierendes Pfeifen von sich gab. Die Schwester war zurückgekommen, und sie war nicht allein. Ein etwa fünfzigjähriger kahlköpfiger Mann in einem weißen Arztkittel stand neben ihr unter der geöffneten Tür und funkelte Pia mit einer Mischung aus Überraschung und heiligem Zorn an. »Wer zum Teufel sind Sie, und was haben Sie hier zu suchen?«

Er wartete ihre Antwort gar nicht erst ab, sondern wandte sich aufgeregt mit beiden Händen gestikulierend an die Krankenschwester. »Rufen Sie den Sicherheitsdienst, Linda! Und über die Frage, wie diese Person hier hereingekommen ist, reden wir später!«

»Sofort, Herr Professor«, antwortete Linda, ging aber nicht hinaus, um den Wachschutz zu rufen, sondern trat mit zwei schnellen Schritten an Jesus' Bett und schob Pia unsanft zur Seite. Schnell, aber trotzdem sehr vorsichtig befestigte sie die Plastikmaske wieder über seinem Gesicht, griff nach Jesus' Handgelenk und lauschte ein paar Sekunden lang mit geschlossenen Augen nach seinem Puls, bevor sie an den Computer in der Wand trat und rasch hintereinander drei oder vier virtuelle Tasten auf dem Touchscreen berührte. Der Blick, mit dem sie Pia dabei streifte, schwankte irgendwo zwischen gerechter Empörung und Mitleid.

»Also, noch mal!«, fuhr der Arzt fort. »Wer sind Sie, und was zum Teufel tun Sie da? Haben Sie den Verstand verloren?«

»Nichts«, antwortete Pia leise. »Ich ... es tut mir leid. Ich wollte ihm nur helfen.« Sie hörte sogar selbst, wie das klang.

»Helfen?«, ächzte der Arzt. »Sind Sie verrückt geworden? Wollten Sie ihn umbringen, oder was?«

»Es ist alles in Ordnung, Herr Professor«, sagte die Krankenschwester. »Der Patient ist stabil.«

Stabil? Pia drehte sich überrascht zu der jungen Frau um und starrte sie an, aber ihre wilde Hoffnung hielt nur genauso lange an, bis ihr Blick dem ihren begegnete. In ihren Augen war nichts als Trauer und ein tiefes, ehrlich empfundenes Mitgefühl.

»Stabil, papperlapapp!«, sagte der Arzt aufgebracht. »Der

Mann stirbt, und er hat das Recht, das mit Würde und Anstand zu tun! Das hier ist doch kein Kindergarten, verdammt noch mal! Und jetzt rufen Sie endlich den Sicherheitsdienst!«

»Das ist nicht nötig«, sagte Pia rasch. »Es tut mir leid. Ich gehe schon.« Sie warf Jesus noch einen letzten, traurigen Blick zu, drehte sich dann mit einem Ruck um und wollte das Zimmer verlassen, aber der Arzt versperrte ihr den Weg und hielt sie am Arm fest. Für ungefähr eine Sekunde, dann trafen sich ihre Blicke, und er zog die Hand hastig zurück.

Allerdings gab er den Weg nicht frei. »Nicht ganz so schnell«, sagte er. »Wie sind Sie hier hereingekommen? Wer sind Sie überhaupt, und was tun Sie hier?«

»Er ist mein Freund«, antwortete Pia ruhig. »Ich wollte mich nur ... von ihm verabschieden, das ist alles. Ich wusste nicht, dass das verboten ist. Die Tür stand offen.«

»Blödsinn!«, antwortete der Arzt. »Wer hat Sie hereingelassen?«

»Niemand«, antwortete Pia ruhig. »Ich habe mich hereingeschlichen. Ich kann so was.«

»Ach?«, fragte der Arzt. »Und wie?«

Pia zeigte es ihm.

Die Augen des Arztes quollen vor Unglauben tatsächlich ein Stück aus den Höhlen, als sie vor ihm einfach verschwand. Er hätte einfach nur die Hand ausstrecken müssen, um sie zu packen und festzuhalten, aber bevor er seine Überraschung überwinden und auch nur ein ungläubiges Keuchen hervorbringen konnte, war Pia bereits an ihm vorbei und auf den Flur hinausgetreten. Rasch entfernte sie sich ein paar Schritte von der Tür, trat wahllos in das nächstbeste Zimmer und stellte erleichtert fest, dass es leer war. Die Intensivstation dieser Klinik war entweder so teuer, dass sich nur wenige einen längeren Aufenthalt hier leisten konnten, oder die Bewohner der umliegenden Viertel erfreuten sich einer überdurchschnittlich guten Gesundheit.

Sie zog die Tür lautlos und schnell hinter sich zu, ließ sie aber einen schmalen Spaltbreit offen stehen, um lauschen zu können. Nur einen Moment später hörte sie, wie Professor Kotzbrocken auf den Flur herauspolterte und wütend auf jemanden einzureden begann – vermutlich die unglückselige Krankenschwester – aber es fiel ihr schwer, sich auf die Worte zu konzentrieren. Ihre Gedanken drehten sich immer noch wie wild im Kreis, und aus dem Schrecken, den sie bisher empfunden hatte, wurde ganz langsam Verzweiflung. Wieso hatten sie ihre Kräfte im Stich gelassen? Sie hatte Lasar geheilt, obwohl er in viel schlechterem Zustand gewesen war als Jesus, und sie hatte Keri immerhin seine Schmerzen genommen, obwohl er so schrecklich verletzt gewesen war, dass ihm wohl nicht einmal die besten Ärzte beider Welten zusammen hätten helfen können. Wieso also ließen sie ihre Kräfte ausgerechnet jetzt im Stich?

Vielleicht hätte sie sich doch nicht mit Gott selbst anlegen sollen.

Jetzt überschätzt du dich, Prinzessin Gaylen. Wenn es so etwas wie einen allmächtigen Gott gab, dann war er ganz bestimmt nicht so nachtragend, sich wegen einer kleinen Entgleisung so aufzuführen … und wenn doch, dann hätte sie wahrscheinlich längst ein Blitz göttlichen Zorns getroffen und in einen rauchenden Aschehaufen verwandelt.

Der Gedanke, so albern er war, half. Wenn Gott sie nicht auf seiner persönlichen Hassliste ganz nach oben befördert hatte, dann musste es eine andere Erklärung dafür geben, dass ihre magischen Heilkünste sie so plötzlich im Stich ließen. Vielleicht wirkten sie ja bei Menschen aus dieser Welt nicht.

Oder sie funktionierten nicht *in* dieser Welt.

Da kam ihr eine Idee, die aus nichts anderem als purer Verzweiflung geboren war, aber es war auch die einzige, die sie hatte. Und sie war nicht nur verzweifelt, sondern auch praktisch undurchführbar. Aber welche andere Wahl hatte sie schon?

Schritte polterten am Türspalt vorbei, hinter dem sie in Schatten gehüllt stand und lauschte. So behutsam sie konnte, zog sie die Tür weiter auf, schlüpfte hindurch und folgte Linda und dem Arzt. Noch immer unsichtbar glitt sie hinter ihnen durch die Sicherheitstür, ließ sich vorsichtshalber wieder ein Stück zurückfallen und hoffte, dass die Kameras der zweifellos vorhandenen Videoüberwachung sie ebenso wenig sahen, wie Linda und ihr Chef es konnten.

Der Professor ließ es sich nicht nehmen, seiner bedauernswerten Schwester die allerschlimmsten Dinge für ihre berufliche Zukunft zu prophezeien, bog aber dann endlich in einen anderen Korridor ab, und die unglückselige Krankenschwester schlich wie ein geprügelter Hund davon und steuerte denselben Aufzug an, mit dem sie vorhin heraufgekommen war. Pia wartete ab, bis sie die Liftkabine betrat, streifte den schützenden Mantel aus Schatten ab und huschte hinter ihr durch die Tür, bevor sie sich ganz schließen konnte. Die junge Frau fuhr wie unter einem elektrischen Schlag zusammen und riss die Augen auf. »Aber wie – ?«

»Es tut mir leid«, sagte Pia rasch. »Wirklich, ich wollte nicht, dass du Ärger mit deinem Chef bekommst. Schon gar nicht meinetwegen.«

Linda starrte sie aus weit aufgerissenen Augen an, dann die Lifttüren, die hinter ihr mit einiger Verspätung darauf reagierten, dass sie wohl doch nicht vollkommen unsichtbar gewesen zu sein schien, als sie die Lichtschranke durchschritt, und noch einmal auseinander- und dann wieder zuglitten. Dann starrte sie wieder auf Pia. Der Aufzug setzte sich mit einem sachten Ruck und vollkommen lautlos in Bewegung, und Pia sagte noch einmal und mit dem harmlosesten Gesichtsausdruck der Welt: »Ehrlich, ich wollte nicht, dass du Ärger bekommst.«

»Ärger?«

»Mit deinem Boss«, antwortete Pia.»Das war doch dein Chef, oder?«

»Professor Gonzales?« Linda nickte und zwang sich mit einer sichtbaren Anstrengung, sich auf Pias Worte zu konzentrieren. »Aber das ist nicht so schlimm«

»Nicht so schlimm?«, fragte Pia. »Für mich hat es sich angehört, als würde er dich gleich rausschmeißen.«

»Ja, das hat er auch«, bestätigte Linda, machte aber sofort eine wegwerfende Handbewegung. »Doch das hat nichts zu bedeuten. In einer Stunde hat er es wieder vergessen und stürzt sich auf ein neues Opfer. Wenn jeder, den er rausschmeißt, wirklich gehen würde, dann wäre er in einer Woche ganz allein hier.«

Pia lächelte flüchtig und wurde sofort wieder ernst. »Es tut mir trotzdem leid.«

»Was soll er mir schon tun?«, fragte Linda. »Immerhin hast du ihm ja bewiesen, dass ich nichts dafür kann. Der Trick war übrigens nicht schlecht. Verrätst du mir, wie du das gemacht hast?«

»Nein«, sagte Pia. »Ich wollte mich nur bei dir entschuldigen, das ist alles. Ich wollte Jesus nicht schaden, weißt du?«

»Ja«, antwortete Linda.

»Ich weiß, es war ziemlich blöd von mir, aber ich …«

»Ich verstehe dich schon. Und es war nicht blöd. Es war in Ordnung.« Lindas Blick wurde ein wenig weicher. »Du weißt, wie es um deinen Freund steht?«

»Er stirbt«, antwortete Pia leise. »Ich weiß.«

Der Aufzug hielt an. Linda wartete noch eine halbe Sekunde lang darauf, dass sie weitersprach, und wollte dann aus dem Lift treten, doch Pia hob rasch die Hand und hielt sie zurück, allerdings ohne sie wirklich zu berühren. »Darf ich dir noch eine Frage stellen?«

»Sicher.«

»Wie lange hat er noch zu leben?«

»Dein Freund?« Linda sah sie mit verändertem Ausdruck an. »Willst du die Wahrheit hören? Sie wird dir nicht gefallen.« Pia antwortete gar nicht, und die junge Krankenschwester fuhr fort: »Wenn Gonzales seine beschissene Maschine abschaltet, noch eine Stunde. Oder zwei.«

»Gerade hast du gesagt, er wäre stabil.«

»Und das bleibt auch so, solange er an diesem Ding hängt«,

antwortete Linda. Sie klang … zornig. »Mach dir keine Hoffnungen. Er wird nicht wieder aufwachen. Das Ding lässt ihn atmen und sein Herz schlagen, aber das ist auch alles. Ich weiß nicht, ob man das Leben nennen kann. Wenn du deinen Freund wirklich liebst, dann solltest du dir lieber wünschen, dass wir hier einen Stromausfall haben und diese verdammte Maschine ausfällt.«

»Warum tut ihr es dann?«, fragte Pia.

»Weil Gonzales ein geldgieriger Mistkerl ist!« Linda schnaubte. »Schau dir mal die Rechnung an, die ihr bekommt, und dann stell mir die Frage noch mal, wenn du weißt, was jeder Tag an dieser Maschine kostet!«

»Aber solange ihr sie nicht abschaltet, bleibt er am Leben?«, vergewisserte sich Pia.

Die Krankenschwester nickte. Pia konnte dabei zusehen, wie das Mitgefühl in ihrem Blick erlosch und etwas anderem wich, das vielleicht nicht mehr ganz so angenehm war. Aber sie hatte alles gehört, was sie hören wollte.

Jesus lebte, und das war im Moment alles, was sie interessierte.

Sie würde dafür sorgen, dass es so blieb.

Und wenn sie dafür eine Kraft brauchte, die ihr auf dieser Welt nicht zur Verfügung stand, dann musste sie ihn eben in eine andere schaffen.

IV

Sie hatte die Klinik nicht auf demselben Weg verlassen, sondern durch einen Seiteneingang, den Linda ihr gezeigt hatte, und der in einen kleinen, penibel gepflegten Garten hinausführte, der zwar so aussah, als könnte man guten Gewissens von dem mit einer Nagelschere geschnittenen Rasen essen, aber nicht so, als wäre er jemals benutzt worden.

Sie hatte auch darauf verzichtet, ihren magischen Schutz noch einmal zu bemühen, sondern einfach die Dunkelheit und die richtigen Schatten ausgenutzt, um sich weitestgehend unsichtbar zu machen und wieder zur Straße zu gelangen, und nicht einmal das wäre notwendig gewesen, denn der silberfarbene BMW parkte nicht mehr in der Zufahrt. Max und sein Bruder waren verschwunden. Pia überlegte einen Moment, ob das nun ein gutes oder ein schlechtes Zeichen war, kam zu dem Schluss, dass ihr das gerade herzlich egal sein konnte, und steuerte ganz automatisch die Ampel an, an der sie vorhin die Straße überquert hatte. Diesmal würde sie sie tatsächlich brauchen, um unversehrt über die Straße zu gelangen. Der Verkehr hatte zugenommen, während sie drinnen in der Klinik gewesen war. Gut die Hälfte der Wagen fuhr ohne Licht und mindestens die Hälfte der anderen so schnell und aggressiv, dass es keinen Unterschied machte; allenfalls den, dass sie mit Licht sahen, was sie überfuhren. Pia beobachtete sich selbst mit einem Gefühl von gelindem Staunen dabei, am Straßenrand zu stehen und den glitzernden Strom vor sich mit einem Gefühl zu betrachten, von dem sie sich vergeblich einzureden versuchte, es wäre *keine* Angst. Sie war unsicher wie nie zuvor, als sie die Straße überquerte, und auf der anderen Seite angekommen empfand sie eine so tiefe Erleichterung, dass sie hörbar aufatmete.

Was geschah mit ihr? Sie war schließlich in dieser Stadt aufgewachsen, und es gab Gegenden und vor allem Zeiten, in denen der Verkehr tatsächlich die Hölle war, gegen den sich der brüllende Strom hinter ihr ausnahm wie eine gemächliche Landpartie. Sie hatte sich in diesem Strom immer so sicher und selbstverständlich bewegt wie ein Fisch in seinem natürlichen Element, und im Grunde nie auch nur einen Gedanken daran verschwendet, dass ihr Leben ein ziemlich abruptes Ende unter einer Tonne Metall und Kunststoff finden könnte. Sie war – selbst subjektiv – nur kurze Zeit weg gewesen, und doch hatte die wenige Zeit gereicht, um sie von dieser Stadt zu entfremden. Es war nicht einmal so sehr die Gefahr für Leib und Leben, die von diesem übel riechenden, lärmenden Strom hinter ihr ausging (obwohl sie sich ihr bewusst war), sondern sehr viel mehr das Gefühl, dass es einfach *nicht richtig* war, dass Menschen sich auf diese Weise bewegten.

Sie schüttelte den Gedanken ab, sah einen Moment nachdenklich in die Richtung, in der das Café mit dem freundlichen Kellner lag, und entfernte sich dann in die entgegengesetzte Richtung. Sie hatte das Gefühl, im Augenblick nichts so dringend zu brauchen wie einen Menschen, mit dem sie reden konnte und der ihr einfach zuhörte, und sie war auch ziemlich sicher, dass der Kellner der richtige Kandidat dafür gewesen wäre, und genau das war der Grund, aus dem sie nicht zu ihm zurückging. Die kindische Idee, verflucht zu sein und jedem Unglück zu bringen, dem sie begegnete, hatte sie mittlerweile als eine ebensolche verworfen, aber vielleicht war dennoch eine Spur Wahrheit daran. Das Gespenst war genau dann aufgetaucht, als sie zum ersten Mal fast so etwas wie Sympathie für die beiden Männer empfunden hatte (zumindest für Max), und vielleicht war es eben *doch* kein reiner Zufall gewesen.

Falsch, verbesserte sie sich in Gedanken. Das Ding war aufgetaucht, als Consuela den Ring angesteckt hatte, und sie hatte sein Herannahen am Morgen zuvor zumindest gespürt, als Peralta beinahe dasselbe getan hätte. Es hatte irgendetwas mit diesem Ring zu tun, und tief in ihren Gedanken vergraben hatte sie sogar eine recht konkrete Vorstellung davon, was. Solange sie nicht in die unmittelbare Nähe des Ringes kam (oder ihn gar anlegte) war sie vermutlich in Sicherheit.

Sie mied dennoch die Nähe spiegelnder Flächen, soweit sie es konnte, und wo es ihr nicht gelang, vermied sie es zumindest, hineinzusehen. Eine Zeit lang ließ sie sich einfach mit dem Strom der Passanten treiben und erlaubte es ihren Gedanken, dasselbe zu tun und auf diese Weise vielleicht Wege einzuschlagen, die sie ihnen bewusst nie hätte weisen können.

Sie musste zurück nach WeißWald, nicht nur, um Alica zu finden, und weil sie mit dem einen oder anderen seiner Bewohner noch ein Hühnchen zu rupfen hatte, sondern auch (und vor allem), weil sie einfach wusste, dass sie dorthin gehörte und dort eine Aufgabe auf sie wartete, die vielleicht größer und ganz bestimmt wichtiger als ihr eigenes Leben war. Und natürlich, um Jesus zu helfen. Aber das bedeutete nicht nur, dass sie ihn mitnehmen musste. Sie musste vor allem erst einmal einen Weg finden, um überhaupt in die Welt des immerwährenden Winters zurückzukehren, und damit war sie wieder ganz am Anfang ihres Problems angekommen.

Sie hatte ein Dutzend Mal oder mehr versucht, den Wechsel zwischen den Welten (wenn auch in umgekehrter Richtung) mit purer Willenskraft zu vollziehen, ohne dass es ihr gelungen wäre, aber dafür war sie zweimal ganz ohne ihr Zutun zwischen den Welten gewechselt, und sie hatte nicht die geringste Ahnung, wie.

Während sie weiter gemächlich über eine Straße schlenderte, die ganz allmählich ihren Charakter änderte und mehr und mehr zu einer Flaniermeile mit kleinen Straßencafés und luxuriösen Geschäften und Ladenlokalen wurde, versuchte sie das Problem rein logisch anzugehen; auch wenn sie es zeit ihres Lebens mit Logik nie so sehr gehabt hatte. Aber so schwer konnte die Lösung nicht sein. Sie hatte es zweimal getan, und das bedeutete, dass es auch noch ein drittes Mal möglich sein musste. Der Wechsel hatte jedes Mal unter äußerst dramatischen Umständen stattgefunden, das erste Mal, als sie glaubte, zu Tode zu stürzen, und das zweite Mal, als Schwert Torman sich plötzlich entschlossen hatte, die Seiten zu wechseln und sie einen Kopf kürzer zu machen. Vielleicht war es tatsächlich so einfach und es bedurfte der reinen Todesangst, um die Barriere zwischen den Welten zu durchbrechen.

Unglücklicherweise nutzte ihr diese Erkenntnis nicht viel. Sie hatte keine Möglichkeit, ihre Theorie zu überprüfen. Sie konnte sich schlecht vor einen Wagen werfen und hoffen, dass es klappte. Sie würde keine zweite Chance bekommen, wenn nicht.

Jemand rempelte sie an, murmelte eine Entschuldigung – vielleicht auch das Gegenteil, so genau konnte sie das nicht entscheiden – und eilte weiter. Pia sah der Gestalt misstrauisch hinterher, bis sie in der Menschenmenge verschwunden war, und begriff erst dann, dass der kleine Zusammenstoß wohl eher ihre Schuld gewesen war. Sie war stehen geblieben, ohne es selbst zu merken; nicht vor einem der zahllosen kleinen Geschäfte und Restaurants, die das Straßenbild hier bestimmten, sondern einem größeren, dreigeschossigen Bau mit zahlreichen hell erleuchteten Schaufenstern; ein komplettes Einkaufscenter, das die Gringos *Mall* nannten, und von denen in den letzten Jahren überall in der Stadt eine ganze Menge aus dem Boden gestampft worden waren. Pia hatte diese seelenlosen Verkaufsmaschinen nie gemocht, aber sie glaubte auch nicht, dass sie völlig grundlos ausgerechnet hier stehen geblieben war.

Ihr Blick tastete einen Moment lang über das hell erleuchtete Schaufenster, ohne die sorgsam arrangierten Auslagen auch nur zur Kenntnis zu nehmen. Sie betrachtete aufmerksam ihr eigenes Spiegelbild und die verschwommenen Schemen der Passanten, die hinter und neben ihr vorbeigingen. Manche von ihnen sahen tatsächlich aus wie bleiche Gespenster, die kurz Gestalt annahmen und dann wieder vergingen, aber das war nur ein Trugbild; ein perfektes Zusammenspiel von schlechtem Licht und ihren noch schlechteren Nerven.

Das Gespenst war nicht da. Vielleicht stimmte ihre Vermutung, und sie war vor ihrem unheimlichen Verfolger in Sicherheit, solange der Ring nicht in ihrer Nähe war.

Trotzdem schloss sie die Augen und lauschte ein paar Sekunden lang konzentriert in sich hinein. Da war nichts. Kein Schaben an ihrer Seele. Kein Kratzen von Spinnenbeinen und keine Kälte, die sie von innen heraus zu Eis erstarren ließ.

Sie sollte beruhigt sein, aber sie war es nicht, sondern fühlte sich nur noch verwirrter; und von einer Hilflosigkeit erfüllt, die sie allmählich wütend zu machen begann.

»Und, Jungs?«, fragte sie an ihre Stiefel gewandt. »Irgendwelche Vorschläge?«

Sie bekam keine Antwort, aber eine ältere Frau, die gerade vorübergehen wollte, stockte für einen Moment im Schritt und starrte sie mit offenem Mund an, bevor sie kopfschüttelnd weiterging. Pia erteilte sich nicht zum ersten Mal in Gedanken einen Rüffel. Wenn im Moment etwas wichtig war, dann sich möglichst unauffällig zu verhalten. Mitten auf der Straße zu stehen und mit ihren Schuhen zu sprechen, fiel vermutlich nicht unbedingt in diese Kategorie.

Aber warum war sie hier?

Pia glaubte nicht an einen Zufall. Die Stiefel, die sie trug, waren nicht nur wunderbar weich und passten so perfekt wie eine zweite Haut, sondern tatsächlich magisch und fanden immer den richtigen Weg. Sie hatte – natürlich – herzhaft gelacht, als Brack ihr diese Stiefel geschenkt und ihr ihr Geheimnis verraten hatte, aber sie hatten ihr seither mehrmals bewiesen, dass die Worte des Wirtes alles andere als ein Scherz gewesen waren.

Also musste es einen Grund geben, dass sie hier war.

Sie trat einen halben Schritt näher an das Schaufenster heran, um die Auslage genauer in Augenschein zu nehmen. Im ersten Augenblick schien das, was sie sah, nicht den mindesten Sinn zu ergeben, auf den zweiten dafür umso mehr.

Sie stand vor dem Schaufenster eines Sportartikelgeschäftes, in dem – absurd genug bei den hier herrschenden Temperaturen – eine künstliche Winterlandschaft aufgebaut worden war: Schneeverwehungen aus weißen Plastikschnipseln, eine Tanne mit künstlichen Eiszapfen und sorgsam arrangierte Spiegelscherben, die einen zugefrorenen Bach simulieren sollten. Dazwischen waren Skier, Schlitten, Schlittschuhe und Sonnenbrillen arrangiert, und drei Schaufensterpuppen – Mann, Frau und Kind – gaben sich redliche Mühe, die perfekte Bilderbuchfamilie darzustellen, eingepackt in dicke Schneeanzüge, gefütterte Stiefel und schwere Handschuhe. Hier draußen herrschten selbst jetzt, lange nach Sonnenuntergang, noch annähernd dreißig Grad, sodass sie allein der Anblick schon beinahe zum Schwitzen brachte, aber Pia stand trotzdem eine geschlagene Minute lang einfach nur da, starrte die künstliche Winterlandschaft an und fragte sich, wie dämlich man eigentlich sein konnte.

Es *gab* noch einen anderen Weg in die Welt der Elfen und Orks, und sie war ihn auch schon einmal gegangen. *Benutzt das Tor, Erhabene!* Wie hatte sie das nur vergessen können?

Sie hatte auch beinahe vergessen, wie kalt es dort gewesen war. Aber daran hatten ihre magischen Schuhe sie ja gerade erinnert.

Sie trat noch einen Schritt näher an das Schaufenster heran, warf einen Blick auf die dezenten Preisschildchen und spürte selbst, wie ihr das Blut aus dem Gesicht wich. Allerdings hätte es ihr auch nichts genutzt, wenn die angebotenen Waren spottbillig gewesen wären. Sie besaß überhaupt kein Geld.

Aber wozu war sie schließlich eine Diebin?

Sie überlegte einen Moment, sich gleich an Ort und Stelle zu bedienen und dem Besitzer des Sportgeschäftes ein Erlebnis zu bescheren, von dem er noch seinen Enkeln erzählen konnte – nämlich dass eine Kundin hereinkam, seine beste Schneeausrüstung anprobierte und sich dann vor seinen Augen in Luft auflöste –, sagte sich aber dann selbst, dass das wohl doch ein bisschen zu auffällig wäre, und entschied sich für eine andere Taktik.

Vorsichtshalber entfernte sie sich zwei komplette Blocks von der Mall, bevor sie ihren Raubzug begann.

Wie sich zeigte, hatte sie nichts verlernt. Sie brauchte eine gute Stunde, um sich mit ausreichend Bargeld zu versorgen, und sie hätte es vermutlich in weniger als der halben Zeit geschafft, wäre sie nicht bei der Auswahl ihrer Opfer noch sehr viel behutsamer zu Werke gegangen, als sie es ohnehin schon immer getan hatte.

Pia hatte niemals wahllos gestohlen, sondern sich immer (wenn auch vermutlich nicht immer mit Erfolg) darum bemüht, nur diejenigen zu bestehlen, die es sich leisten konnten und es überdies verdient hatten: Angeber mit teuren Uhren und Tausend-Dollar-Sonnenbrillen, die aus protzigen Angeberkarren stiegen und einem bettelnden Kind allerhöchstens ein paar Münzen hinwarfen, damit es möglichst schnell verschwand. Eine Zeit lang hatte sie sich sogar selbst recht erfolgreich eingeredet, so etwas wie ein moderner weiblicher Robin Hood zu sein …

Aber der Teil mit dem Verteilen der Beute unter den Armen und Bedürftigen hatte ihr dann doch nicht so gut gefallen. Dennoch war sie mit Recht stolz darauf, nie jemanden bestohlen zu haben, der so arm gewesen war wie sie oder ihre Freunde. Die drei Brieftaschen jedenfalls, mit deren Inhalt bewaffnet sie eine gute Stunde später die Mall betrat, hatten gewiss keinen armen Männern gehört. Pia hatte die diversen Gold- und Platinkarten nur schweren Herzens zurückgelassen und sie – ganz gegen ihre frühere Gewohnheit – nicht zusammen mit den Brieftaschen und sämtlichen Papieren im nächsten Gully entsorgt, sondern in einen Briefkasten geworfen, sodass ihre rechtmäßigen Besitzer wenigstens eine kleine Chance hatten, sie zurückzubekommen. Anscheinend war ihr der Aufenthalt in WeißWald doch nicht besonders gut bekommen. Sie wurde weich.

Bis zum offiziellen Ladenschluss war noch eine gute Stunde Zeit, und so schlenderte sie eine Weile fast ziellos durch die nur schwach besuchte Mall. Vielleicht stieß sie ja noch auf die eine oder andere Kleinigkeit, die ihr nach ihrer Rückkehr in die Welt der Elfen und Zwerge von Nutzen sein konnte; eine Waffe zum Beispiel, oder eine Stange Zigaretten für Alica. Tatsächlich lag in einem anderen Schaufenster desselben Sportgeschäftes eine Hightech-Armbrust, die ihr Interesse weckte, doch gerade als sie den Laden endgültig betreten wollte, kam ihr eine andere – und vermutlich bessere – Idee.

Am anderen Ende der Mall hatte sie eine über zwei Stockwerke reichende Buchhandlung entdeckt. Pia hatte nie viel mit Lesen im Sinn gehabt und sich mehr für das richtige Leben interessiert statt für irgendwelche ausgedachten Abenteuer (von denen sie mittlerweile wusste, dass die meisten mit der Realität ohnehin nicht mithalten konnten), aber die wenigen Wochen in Weiß-Wald hatten sie schmerzhaft gelehrt, von wie vielen vermeintlich ganz selbstverständlichen Dingen sie erbärmlich wenig verstand; und wie viel mehr es noch gab, das ihr nur einfach vorgekommen war, ohne es wirklich zu sein. Vielleicht fand sie ja das eine oder andere Buch, das ihr in jener anderen Welt hilfreich sein würde.

Zumindest *sah* sie genug Bücher, um nicht einmal in zehn Leben auch nur die Hälfte davon lesen zu können, geschweige denn zu wollen. Sie stapelten sich in endlosen Regalreihen bis unter die zweieinhalb Stockwerke hohe Decke, standen in langen frei stehenden Regalen in dem großzügigen Innenraum oder waren zu mannshohen Türmen aufgeschichtet. Die schiere Menge der Bücher hier erschlug sie nicht nur fast, sondern machte ihr auch die Aussichtslosigkeit ihres Vorhabens klar. Wie sollte sie hier auch nur irgendetwas finden?

Eine Verkäuferin in einem eleganten Kostüm und mit streng zurückgekämmtem Haar kam ihr entgegen und konnte sich ein leichtes Heben der linken Augenbraue nicht ganz verkneifen, als sie Pias flippige Aufmachung registrierte. Trotzdem raffte sie sich zu einem zumindest professionellen Lächeln auf. »Kann ich Ihnen helfen?«

Ja, natürlich, dachte Pia. Ich bräuchte ein Überlebenshandbuch, so ungefähr nach dem Motto: Gestrandet in der Elfenwelt

– was nun? Stattdessen fragte sie: »Haben Sie … etwas über … Elfen?«

Auch noch die letzte Spur von Freundlichkeit wich aus dem ohnehin nur geschauspielerten Lächeln der Verkäuferin und machte kaum noch verhohlener Verachtung Platz. »Unsere Fantasy-Abteilung ist oben auf der Empore. Einfach die Treppe rauf.« Sie selbst drehte sich ebenso einfach um und ließ sie stehen, und Pia musste sich mit aller Kraft beherrschen, um nicht etwas sehr Unfreundliches zu sagen; oder zu tun. Schulterzuckend drehte sie sich um, entdeckte die verchromte Wendeltreppe, die zu einer schmalen Galerie in einer Art Zwischengeschoss hinaufführte, und fand sich dem genauen Gegenteil der Gewitterziege von gerade gegenüber: einem dunkelhaarigen Jungen, der kaum zwei oder drei Jahre älter sein konnte als sie und leger in Jeans und einen Pullover gekleidet war. Obwohl er ihm nicht einmal ähnelte, erinnerte er sie an Lasar, was vielleicht an seinem freundlichen Blick lag.

»Hallo«, begrüßte er sie in aufgeräumtem Ton. »Kann ich helfen?«

»Ich suche etwas über Elfen«, antwortete Pia und schickte eingedenk ihrer gerade gemachten schlechten Erfahrung ein fast um Verzeihung bittendes Lächeln hinterher.

Aber es war nicht nötig. »Kein Problem«, sagte der junge Mann fröhlich. »Schwebt Ihnen etwas Besonderes vor? Tolkien? Weber? Hennen? LeGuin? Oder möchten Sie eher etwas aus der Haudrauf-und-Schlagetot-Ecke?« Pia starrte ihn etliche Sekunden lang an, bevor sie überhaupt verstand, wovon er sprach. Eigentlich begriff sie es überhaupt erst, als er sich halb herumdrehte und eine Geste zu einer kompletten Regalwand hin machte, in der sich zahllose zum Großteil schreiend bunt aufgemachte Bücher drängelten.

»O nein, das meine ich nicht«, sagte sie rasch. »Keine Romane. Ich meine eher etwas über … die richtigen Elfen.«

»Die richtigen Elfen«, wiederholte er, und Pia begann sich

schon zu fragen, ob sie vielleicht schon wieder die falsche Frage gestellt hatte (und was bei Kronn sie eigentlich hier tat!), aber dann nickte er nur. »Ich verstehe. Sie interessieren sich für den mythologischen Hintergrund. Ja, ich denke, da habe ich etwas für Sie. Warten Sie einen Moment.«

Er verschwand, kam nach einer Minute mit einer dreistufigen Trittleiter zurück und benutzte sie, um zu einem der oberen Regalbretter hinaufzusteigen. Die Bücher dort oben waren zu weit entfernt, als dass Pia die Titel auf den Rücken hätte entziffern können, aber sie machten dennoch den Eindruck auf sie, schon ziemlich lange dort oben zu stehen, ohne dass sich jemand sonderlich für sie interessiert hätte.

»Tut mir leid«, sagte der junge Mann, als er nach zwei oder drei Minuten mit gleich drei Büchern beladen wieder von seiner Leiter herunterstieg. »Ich musste selbst nachdenken, wo genau sie sind. Nach diesen Büchern wird nur sehr selten gefragt.«

»Sind sie so schlecht?«, erkundigte sich Pia lächelnd.

»Ganz im Gegenteil. Elfen und Feen und Trolle und Orks sind in aller Munde. Sie sind ja auch interessant.«

»Das kommt drauf an«, antwortete Pia. »Wenn Sie erst einmal einem Ork gegenübergestanden haben, dann finden Sie ihn nicht mehr ganz so interessant, glauben Sie mir.«

Ihr Gegenüber starrte sie verwirrt an, blinzelte ein paar Mal und rang sich dann zu einem Lächeln durch. »Ja, genau das habe ich gemeint, wissen Sie.«

»Ehrlich gesagt, nein.« Pia hatte einen Scherz machen wollen, der aber anscheinend gründlich schiefgegangen war. Vielleicht mehr aus schlechtem Gewissen als irgendeinem anderen Grund heraus deutete sie auf die Bücher und fragte: »Und was ist daran jetzt anders?«

»Ohne Bücher wie diese«, antwortete der junge Mann, hob die drei Bände und machte gleichzeitig eine Kopfbewegung auf die wohl gefüllten Regalreihen hinter sich, »gäbe es die meisten von denen auch nicht.«

»Aha«, sagte Pia. Vielleicht war es doch ein Fehler gewesen, hierherzukommen.

»Ja«, beharrte er und wiederholte die beiden Gesten, nur dieses Mal in umgekehrter Reihenfolge. »Sie interessieren sich für Fantasy?«

»Ehrlich gesagt, bin ich nicht ganz sicher«, antwortete Pia. »Bisher nicht. Aber jetzt habe ich ein paar Dinge … kennengelernt, und ich weiß noch nicht genau, was ich davon halten soll.«

»Und da wollen Sie sich erst einmal einen allgemeinen Überblick verschaffen«, vermutete er. »Ja, wie gesagt: Dann ist das hier genau das Richtige. Diese ganzen Bücher hier sind ja zum Großteil recht spannend und fantasievoll, aber eigentlich steht alles schon da drin.« Er reichte Pia ein umfangreiches Paperback und machte eine zusätzliche auffordernde Kopfbewegung, als sie zögerte, danach zu greifen. »Elfen, Feen, Kobolde, Zwerge und Trolle … steht im Grunde alles drin.«

Er musste noch einmal aufmunternd mit dem Buch wedeln, bis Pia seiner Aufforderung nachkam. Ihr Zögern lag allerdings kaum an seinen Worten – die sie gar nicht richtig gehört hatte –, sondern vielmehr an dem Titel, der in verschnörkelten pseudokeltischen Buchstaben auf dem abgegriffenen Cover prangte. *Eirann. Geschichten von der Elfeninsel.*

»Ei…rann?«, murmelte sie mit belegter Stimme

»Eirann, Erin, Eire – das bedeutet im Grunde alles dasselbe. Ich kenne noch ein halbes Dutzend weiterer Namen, und wahrscheinlich gibt es noch mindestens drei Dutzend, die ich nicht kenne. Aber sie bedeuten alle dasselbe: Irland.«

»Irland.«

»Irland, genau.« In seiner Stimme war plötzlich mehr als nur eine Spur von Begeisterung zu hören. »Das alte Irland, nicht die englische Kronkolonie. Und im Grunde nicht nur Irland, sondern auch England und Schottland … der ganze keltisch beeinflusste Bereich damals. Die allermeisten dieser Geschichten gehen auf die alten keltischen Mythen und Geisterwesen zurück, wenn man genau hinsieht. Natürlich nicht alle, aber –«

»Und das steht alles hier drin?«, unterbrach ihn Pia.

Der junge Verkäufer wirkte im ersten Moment fast enttäuscht, aber dann begriff er anscheinend selbst, dass seine Begeisterung drauf und dran gewesen war, mit ihm durchzugehen. »Mehr oder weniger«, antwortete er mit einem unbehaglichen Räuspern. »Natürlich ist es nur ein grober Überblick, aber es ist ziemlich gut. Eigentlich das Beste in seiner Art. Jedenfalls das Beste, das wir führen.«

»Dann nehme ich es. Und wenn meine Begeisterung anhält und ich noch Fragen habe …«

»Können Sie jederzeit wiederkommen. Ich würde mich freuen.«

Das klang ehrlich, und Pia gestand sich überrascht ein, dass auch ihr die Idee nicht gerade Unbehagen bereitete, sich noch einmal mit ihm zu treffen und über Elfen und Riesen mit ihm zu reden; und vielleicht auch über andere Themen.

Aber auch das war natürlich vollkommen unmöglich.

Sie nickte nur dankbar, drehte sich mit dem Buch in der Hand um und blieb nach zwei Schritten noch einmal stehen. »Eine Frage noch.«

»Jederzeit. Dafür bin ich schließlich hier.«

Pia machte eine Kopfbewegung auf das Buch hinab. »Gibt es in der keltischen Mythologie auch Gespenster?«

»Gespenster?«

»Geister, irgendwelche … Gestalten eben, die man für ein Gespenst halten könnte. Ziemlich groß und nicht besonders hübsch.«

Er dachte nur einen kurzen Moment nach und nickte dann. »Da fallen mir gleich mehrere Kandidaten ein. Leprechauns, Siths, Dämmerelben …« Er machte eine Geste, diese Aufzählung noch beliebig lang fortführen zu können. »Wenn Sie mir sagen, was Sie genau suchen, könnte ich Ihnen wahrscheinlich weiterhelfen.«

»Ich schaue erst einmal selbst nach«, sagte Pia, obwohl sie sicher war, dass der Junge nur eine knappe Beschreibung gebraucht hätte, um ihr ganz genau zu sagen, womit sie es zu tun hatte. Aber wenn sie ehrlich war, dann wollte sie das gar nicht so genau wissen. Und sie hatte auch schon längst begriffen, dass es durchaus Dinge gab, über die zu sprechen allein schon gefährlich war. »Aber noch einmal vielen Dank. Und wenn ich allein nicht weiterkomme, dann komme ich ganz bestimmt zurück und frage nach Rat.«

Sein Blick machte klar, dass er genau wusste, dass sie das nicht tun würde, und erneut verspürte Pia einen ohnmächtigen Zorn dem Schicksal gegenüber. Es ging nicht um diesen Jungen. Er war ganz nett, aber mehr auch nicht. Es spielte nicht die geringste Rolle, ob sie ihn wiedersah oder nicht. Aber vielleicht würde sie sich nie wieder einfach so und unbefangen mit einem Fremden treffen können, ohne die Angst, ihm den Tod zu bringen.

Sie verabschiedete sich schon beinahe überhastet, ging nach unten, um das Buch zu bezahlen, und wurde mit einem neuerlichen und sogar beinahe anerkennenden Hochziehen der linken Augenbraue belohnt, als die Gewitterziege hinter der Kasse sah, welches Buch sie ausgesucht hatte. Immerhin wünschte sie ihr sogar noch einen schönen Abend, als sie hinausging.

Wenige Minuten später betrat sie das Sportartikelgeschäft am anderen Ende der Mall und erstand einen gefütterten, einteiligen Skianzug mit einer abnehmbaren Kapuze und gleich zwei Paar Handschuhe, das eine ebenfalls mit warmem Fell gefüttert, das andere aus Leder und nicht so warm, dafür aber beweglicher. Der Verkäufer versuchte auch, ihr ein Paar schwerer, pelzgefütterter Stiefel aufzuschwatzen, die für ihren angeblichen Skiurlaub sehr viel besser geeignet waren als die dünnen Wildlederstiefel, die unter ihren Jeans hervorlugten, aber Pia lehnte dieses fürsorgliche Angebot dankend ab und investierte den Rest ihrer gestohlenen Barschaft in die Armbrust aus dem Schaufenster; eine Kombination, die den Verkäufer zu einem überraschten Stirnrunzeln veranlasste.

Allerdings sagte er kein Wort, sondern erwies sich sogar als unerwartet großzügig. Pias Barschaft reichte nicht mehr ganz für die Armbrust, und er erließ ihr nicht nur den fehlenden Betrag, sondern schenkte ihr auch noch drei zusätzliche Pfeile. Vermutlich hatte er an den überteuerten Kleidern, die er ihr verkauft hatte, mehr als genug verdient, um sich diese Großzügigkeit leisten zu können.

Und er war wirklich sehr erstaunt, als Pia die angebotenen Tragetaschen ablehnte und erklärte, den Skianzug gleich anbehalten zu wollen. Es war selbst jetzt noch so warm draußen, dass sie sich spätestens nach einer Stunde darin wie im eigenen Saft gebraten vorkommen musste.

Sie glaubte nicht, dass sie in einer Stunde noch in Rio de Janeiro sein würde.

Es war nicht der erste Irrtum, dem sie aufsaß, seit diese Geschichte angefangen hatte.

V

Nicht eine, sondern gute vier oder fünf Stunden später war sie nicht nur noch immer in Rio de Janeiro, sondern auch einer Mischung aus Verzweiflung und ziellosem Zorn so nahe, dass sie am liebsten laut losgeheult oder irgendetwas zerschlagen oder zertreten hätte; am besten beides gleichzeitig.

Sie hatte das Tor nach WeißWald nicht gefunden.

Natürlich hatte sie nur eine eher vage Vorstellung von dem Ort gehabt, an dem sie nach dem vermeintlichen Hinterhof suchen sollte, in den Jesus und sie damals (vergangene Nacht, um genau zu sein) auf der Flucht vor Hernandez' Schlägern gestürmt waren und sich unvermittelt in einer fremden und sehr kalten Welt wiedergefunden hatten. Aber wozu besaß sie das zuverlässigste Navigationssystem der Welt, in dem sie noch dazu herumlaufen konnte?

Um es kurz zu machen: Ihre magischen Stiefel hatten sie im Stich gelassen.

Sie war auf der anderen Seite der Stadt und viel zu weit weg, um die Entfernung zu Fuß zurückzulegen, und so hatte sie (mit schlechtem Gewissen) einen weiteren Taxifahrer um seinen Fahrpreis geprellt und sich in die Nähe der *Cantina* fahren lassen, in der Jesus und sie das letzte Mal mit Hernandez gesprochen hatten. Sie war überzeugt gewesen, die richtige Straße von hier aus schon zu finden; ob mit oder ohne Hilfe der magischen Stiefel.

Irgendwann war ihr klar geworden, dass es wohl eher auf *ohne* hinauslief. Ihre Stiefel hatten ihr nicht den Weg gewiesen, und seither irrte sie durch ein Labyrinth aus schlammigen Gassen zwischen windschiefen Bretterbuden und Wellblechhütten, die sich immer ähnlicher zu werden schienen, je länger sie darin war. Zwei- oder dreimal hatte sie geglaubt, ein bestimmtes Gebäude oder eine markante Abzweigung wiederzuerkennen, aber das war wohl eher ein frommer Wunsch gewesen.

Sie hatte sich verirrt, basta.

Und diese verdammten Stiefel dachten nicht daran, auch nur einmal zu zucken, geschweige denn ihre Schritte in die richtige Richtung zu lenken. Entweder war sie auf dem vollkommen falschen Weg, oder die Zauberkräfte ihrer Stiefel funktionierten in dieser Welt genauso wenig wie ihre heilenden Hände.

Pia mochte weder das eine noch das andere glauben.

Ihre Stiefel hatten sie immerhin zu der Mall geführt, was sie letztendlich erst auf die richtige Idee gebracht hatte, und sie war auch sicher, sich wenigstens in der richtigen Gegend zu befinden. Die meisten Gebäude hier standen leer und warteten auf die Bagger, die ein paar Straßen entfernt schon bereitstanden, um das gesamte Viertel dem Erdboden gleichzumachen. Schon als sie hierhergekommen war, hatten nur noch hinter sehr wenigen Fenstern Lichter gebrannt. Jetzt, mitten in der Nacht und der Morgen- schon ein gutes Stück näher als der Abenddämmerung, war sie von vollkommener Dunkelheit umgeben, und die Stille war so total, dass sie die schmalen Straßen wie etwas Stoffliches auszufüllen schien.

Jesus und sie waren zwar ziellos und so schnell gerannt, wie sie nur konnten, aber eigentlich nicht besonders weit, und sie war vollkommen sicher, schlichtweg jede Straße im Umkreis von zwei oder drei Kilometern abgesucht zu haben. Mindestens. Und diese verdammten Schuhe gaben keinen Mucks von sich!

Nicht einmal jetzt, wo sie gefunden hatte, wonach sie suchte.

Sie war schon – mindestens – zweimal an der Straße vorbeigelaufen, ohne ihr mehr als einen flüchtigen Blick zu gönnen, aber nun war sie sicher, dass es die richtige war; dieselbe schmale Sackgasse, in die Jesus und sie damals (gestern!) gerannt und dann der Meinung gewesen waren, am Ende ihrer verzweifelten Flucht zu sein. Es war zu dunkel, um mehr als Schatten und ineinanderfließende Umrisse zu erkennen, die alles oder auch nichts bedeuten konnten.

Es musste die richtige Straße sein.

Wenn nicht, dann steckte sie bis zum Hals in Schwierigkeiten. Und Jesus würde sterben.

Sie schüttelte den Gedanken ab – was nicht sein durfte, das *konnte* auch nicht sein, basta! – versuchte noch einmal die Schatten mit Blicken zu durchdringen, gab den Versuch nach ein paar Augenblicken auf und trat zögernd in die schmale Gasse hinein.

Sie konnte immer weniger sehen, trotz ihrer deutlich schärfer blickenden Augen, aber sie war auch mit jedem Schritt sicherer, auf dem richtigen Weg zu sein.

Nach zwei oder drei Dutzend Schritten hatte sie das Ende der Sackgasse erreicht. Vor ihr ragte eine lotrechte Wand aus von grauem Schimmel überzogenem Stein auf, und zur Linken erhob sich ein zerbröckelnder Torbogen aus Ziegelsteinen, der ihr wirklich *sehr* bekannt vorkam. Es war das Tor nach WeißWald. Dahinter war nur Dunkelheit zu erkennen, aber das war beim letzten Mal nicht anders gewesen.

Sie machte einen zögernden Schritt, blieb noch einmal stehen und sah stirnrunzelnd auf ihre Stiefel hinab. »Irgendwelche Vorschläge?«, fragte sie.

Sie bekam keine Antwort. Die Stiefel schwiegen beharrlich.

»Darüber reden wir noch, Freunde«, versprach sie. Auch darauf bekam sie keine Antwort, musste aber über ihre eigenen Worte grinsen, schüttelte den Kopf und trat dann mit einem entschlossenen Schritt endgültig durch das Tor und in einen kleinen, mit Trümmern und Schutt und Unrat übersäten Innenhof. Zerbrochene Dachziegel knirschten unter ihren Füßen, und leere Fensterhöhlen starrten sie an wie vor tausend Jahren erloschene Augen. Wo Eis und verharschter Schnee sein sollten, erblickte sie nur Glasscherben und faulendes Holz. Es war nicht kalt, sondern warm, und der Sternenhimmel über ihr war derselbe, den sie in den letzten zwanzig Jahren gesehen hatte, wenn sie den Kopf in den Nacken gelegt und nach oben geblickt hatte. Sie war noch immer in Rio. Noch immer auf dieser Welt. Ihre Stiefel hatten sie nicht im Stich gelassen. Das Tor auf die Elfeninsel hatte sich geschlossen … falls es jemals existiert hatte.

Einen Moment lang erwog Pia diese Möglichkeit (und übrigens nicht zum ersten Mal) ganz ernsthaft: Was, wenn *nichts* von alldem wirklich passiert war? Vielleicht hatte sie sich ja alles nur eingebildet. Vielleicht hatte Hernandez sie ja erwischt. Vielleicht war sie ja kopfüber in diese verdammte Baugrube gestürzt und fantasierte sich diese ganze abgefahrene Geschichte nur zusammen. Was, wenn *sie* es war, die sterbend in irgendeiner Klinik lag, nur noch von einem Computer und einem Chemiecocktail in ihrem Kreislauf am Leben erhalten, deren einziger Zweck darin bestand, die Kassen der Krankenhausverwaltung mit jedem künstlich herbeigezwungenen Herzschlag noch ein bisschen weiter zu füllen?

Wenn es so war, beantwortete sie ihre eigene Frage, dann hatte sie keine Möglichkeit, das festzustellen. So einfach war das.

Fast schon verzweifelt sah sie sich um, suchte nach irgendeinem Beweis, irgendetwas, das greifbar und *real* genug war, um ihr zu beweisen, wo (und auch *dass*) sie war, aber wie sollte dieser Beweis aussehen?

Nach einer gefühlten Ewigkeit gab sie auf, drehte sich mit hängenden Schultern um und schlurfte wieder in die dunkel daliegende Gasse hinaus. Dieses Tor war ihre letzte Hoffnung gewesen, Jesus noch zu retten (auch wenn sie sich um die Antwort auf die Frage, was sie eigentlich tun sollte, wenn es ihr tatsächlich gelang, nach WeißWald zurückzukehren, bisher erfolgreich herumgemogelt hatte). Vielleicht gab es noch einen anderen Weg. Vielleicht war dieses Tor nicht das einzige … aber ihr würde nicht die Zeit bleiben, einen anderen Weg zu suchen. Esteban war tot. In spätestens zwei oder drei Tagen (vielleicht auch schon morgen) musste auch seine Bank das merken und seine Kreditkarte sperren, und dann würde Gonzales vermutlich gar nicht so schnell laufen können, wie er den Stecker ziehen wollte.

Ein sehr großer, breitschultriger Schatten tauchte am Ende

der Gasse auf und vertrat ihr den Weg. Ein einzelner Lichtstrahl brach sich auf Metall und erlosch wieder, und eine leicht heiser klingende Stimme sagte: »Allmählich wird es langweilig, Süße.« Das Blitzen von Licht auf Metall wiederholte sich. »Kommst du freiwillig mit, oder bestehst du auf der harten Tour?«

Irgendetwas in Tonis Stimme sagte ihr, dass er sehr enttäuscht wäre, wenn sie ihn ganz widerstandslos begleitete, aber sie war nicht in der Stimmung, übermäßig viel Rücksicht auf seine Gefühle zu nehmen. Eine Sekunde lang erwog sie, einfach zu verschwinden, entschied sich aber auch fast sofort dagegen. Sie hatte nur noch diesen einen Vorteil, und es war besser, ihn sich aufzusparen, bis sie ihn wirklich brauchte.

Sehr behutsam, um auch ganz bestimmt nichts zu tun, was er absichtlich falsch verstehen konnte, hob sie die Arme, ging ein paar Schritte in seine Richtung und blieb wieder stehen, als er nervös mit seiner Pistole herumzufuchteln begann und ihr die Papiertüte aus der Hand riss, in der sich das Buch und die sorgsam in Luftpolsterfolie eingepackte Armbrust befanden. Er war Profi genug, nicht hineinzusehen, sondern sie keinen Sekundenbruchteil aus den Augen zu lassen und auch vorsichtshalber wieder einen Schritt zurückzuweichen. Seine Pistole blieb dabei weiter auf ihre Brust gerichtet, nicht auf ihr Gesicht, wie sie voller Unbehagen registrierte. Toni mochte ein unerträglicher Macho und Angeber sein, aber er war kein Idiot, sondern wusste, was er tat.

Die psychologische Wirkung einer Pistolenmündung, die direkt auf ihr Gesicht gerichtet war, wäre vielleicht größer gewesen, aber Toni setzte eher auf Sicherheit. Aus zwei Metern Entfernung *konnte* er praktisch gar nicht danebenschießen, solange er auf ihren Körper zielte, nicht auf ihren Kopf. »Gehen wir.« Er klang hörbar enttäuscht, fand Pia. »Mein Onkel möchte dich sehen.«

Pia setzte sich gehorsam in Bewegung, und Toni machte einen schnellen Schritt zur Seite, um die Zweimeterdistanz zwischen ihnen zu wahren. Trotz seiner Größe und vermeintlichen Schwerfälligkeit waren seine Schritte beinahe lautlos, als er ihr folgte.

Pia fragte sich, ob sie nicht gerade ihren letzten und möglicherweise verhängnisvollsten Fehler beging. Die Gasse war so dunkel, dass sie ihm selbst ohne ihre magische Kraft wahrscheinlich hätte entkommen können, aber sie war auch schmal. Wenn er einfach abdrückte und sein Magazin leerschoss, standen seine Chancen nicht schlecht, sie zu erwischen, ob er sie nun sehen konnte oder nicht.

»Das mit Consuela tut mir leid«, sagte sie, nachdem sie eine Weile schweigend in die Richtung zurückgegangen waren, aus der sie selbst vor einer Stunde gekommen war. Vielleicht auch schon vor zwei. Toni sagte nichts, und nach weiteren zehn oder zwanzig Sekunden fügte sie hinzu: »War sie dein Mädchen?«

»Nicht fest«, antwortete er, mit einer Stimme, die das genaue Gegenteil zum Ausdruck brachte. »Aber sie war ein hübsches Ding. Schade um sie.«

Ihre innere Stimme riet ihr, besser nicht weiter auf dieses Thema einzugehen, und sie beschloss, ausnahmsweise einmal auf sie zu hören. Toni war gereizt, zornig und litt vermutlich heftige Schmerzen, jedenfalls wenn sie an den Anblick dachte, den sein zerschnittenes Gesicht vorhin im Wagen geboten hatte. Und ganz egal, wie abgebrüht er sich gab oder auch war, das Erlebnis mit dem Gespenst musste ihn zutiefst erschüttert haben. Sie gab besser acht, auf welche Knöpfe sie drückte.

Sie gingen schweigend weiter, bogen zwei- oder dreimal ab und erreichten nach überraschend kurzer Zeit eine Straße, die zwar noch immer zu den Favelas gehörte, diese Bezeichnung aber dennoch schon fast verdiente. In ein paar Gebäuden brannte trotz der vorgerückten Stunde noch Licht, und hier und da funktionierte sogar noch eine Straßenlaterne. Dennoch wirkte der mehr als fünf Meter lang Bentley, der auf der anderen Straßenseite parkte, wie ein Fremdkörper; ein Eindringling aus einer anderen Welt, der hier so vollkommen deplatziert aussah, wie es überhaupt nur möglich war.

Der Anblick musste sie wohl mehr erschreckt haben, als sie zugeben wollte, denn sie stockte lange genug im Schritt, um Toni einen Vorwand für einen unsanften Stoß zwischen ihre Schulterblätter zu liefern. Mit einem hastigen Schritt fand sie ihr Gleichgewicht wieder, ging weiter und wog zum allerletzten Mal ihre Chancen ab, doch noch zu fliehen. Sie standen nicht besonders gut – deutlich schlechter als gerade in der Gasse, wie sie sich niedergeschlagen eingestand – aber wenn sie in diesen Wagen stieg, dann war sie geliefert.

Seltsamerweise machten ihre Füße die nächsten Schritte ganz von selbst, und noch bevor sie sich auch nur richtig wundern konnte, hatten sie den Wagen erreicht, und die hintere Tür wurde von innen geöffnet.

Toni nutzte die Chance, ihr einen noch derberen Stoß in den Rücken zu versetzen – diesmal mit dem Pistolenlauf – und Pia fiel mehr in den Wagen, als dass sie einstieg. Toni wartete, bis sie ungeschickt auf die mit schwerem Leder gepolsterte Rückbank gekrabbelt war, bevor er ebenfalls einstieg und auf der gegenüberliegenden Sitzbank Platz nahm. Der Pistolenlauf war die ganze Zeit über weiter auf ihren Oberkörper gerichtet.

Die Tür fiel mit einem dumpfen und sehr schweren Laut zu, und der Bentley setzte sich fast in derselben Sekunde in Bewegung. Pia klammerte sich hastig am weichen Leder der Sitzbank fest.

»Versuch es lieber erst gar nicht«, sagte Toni und fuchtelte drohend mit seiner Waffe herum. Pia sah erst jetzt, dass sie sich getäuscht hatte. Es war keine Pistole, sondern ein Trommelrevolver von einem Kaliber, das wahrscheinlich sogar einen Panzer hätte aufhalten können.

»Wenn du das Ding hier drinnen abfeuerst, dann platzen uns allen die Trommelfelle. Mindestens. Außerdem versaust du die schönen Polster. Sie müssen teuer gewesen sein.«

Toni setzte zu einer scharfen Antwort an, aber José Peralta, der neben ihm saß, brachte ihn mit einer raschen Handbewegung zum Schweigen. »Halt die Klappe, Dummkopf. Und steck das Ding ein. Sie hat recht, weißt du?«

In Tonis Augen erschien jetzt ein Ausdruck blanken Hasses, aber immerhin steckte er die Magnum ein. Nicht, dass er eine Waffe gebraucht hätte, um sie zu bedrohen – wenn er die Hände zu Fäusten ballte, dann mussten sie fast so groß sein wie ihr ganzer Kopf.

»Was soll der Aufzug?«, fragte Peralta mit einer knappen Geste auf den blau-silbernen, gefütterten Skianzug, den Pia immer noch trug. Er war nicht der Erste, der ihr deshalb an diesem Abend sonderbare Blicke zuwarf, aber der Erste, der sie darauf ansprach.

»Man weiß nie, wohin es einen verschlägt«, antwortete Pia. »Ich war schon immer verfroren. Und die Nächte hier können erstaunlich frisch werden.«

Peraltas Gesicht blieb vollkommen ausdruckslos, aber sie konnte auch in seinen Augen lesen, dass er ihr nicht den Gefallen tat, sie einfach nur für verrückt oder ein bisschen durchgeknallt zu halten. Wenn in seinen Augen überhaupt so etwas wie ein menschliches Gefühl zu erkennen war, dann war es Misstrauen. Er trug einen eleganten Kamelhaarmantel, der der Jahreszeit und den herrschenden Temperaturen beinahe genauso wenig entsprach wie ihr Schneeanzug, und einen albernen kleinen Hut. Irgendwie erinnerte er sie beinahe noch mehr an eine schlechte Marlon-Brando-Imitation als am Morgen. Nur, dass jetzt überhaupt nichts Komisches mehr an ihm war.

»Du nimmst das alles hier noch immer nicht ernst, habe ich recht?«, fragte er, wieder mit seiner komisch verstellten Fistelstimme, und auch daran war jetzt ganz und gar nichts Komisches mehr. »Du bist dabei, einen wirklich schlimmen Fehler zu machen, mein Kind. Das hier ist kein Spiel mehr.« Er streckte die Hand aus, und Toni gab ihm die Papiertüte. Peralta betrachtete den Aufdruck des Sportartikelgeschäfts eine Sekunde lang stirnrunzelnd, dann mit einem noch nachdenklicheren Blick ihren Skianzug und schließlich noch einmal die Papiertüte, bevor er sie öffnete und nacheinander ihren Inhalt begutachtete: ein Buch, zwei Paar Handschuhe, die separate Kapuze, die zu ihrem Thermoanzug gehörte, und außerdem die Armbrust und die zusätzlichen Pfeile. Schließlich legte er alles wieder sorgsam in die Tüte zurück und gab sie Toni, der sie achtlos zwischen seine Füße fallen ließ.

»Interessant«, sagte Peralta. »Willst du in Urlaub fahren?«

Pia hatte nicht die geringste Lust auf diese Art von Spielchen, aber sie tat ihm trotzdem den Gefallen. »Skifahren soll sehr gesund sein.«

»Und die Armbrust?«

»Man weiß nie, auf wen man so trifft«, antwortete Pia. »Ein Mädchen ist doch heute nirgendwo mehr sicher. Gerade vor ein paar Minuten erst –«

Toni ohrfeigte sie, hart und so schnell, dass sie den Schlag nicht einmal kommen sah. Pias Kopf flog in den Nacken und traf mit solcher Wucht auf der Hutablage auf, dass es beinahe genauso wehtat wie der Schlag selbst.

Sie wartete, bis ihre Augen aufhörten, ihr nichts als bunte Blitze zu zeigen, fuhr sich mit der Zungenspitze über die Lippen und schmeckte salziges Blut.

»Wie gesagt: Du nimmst das alles anscheinend nicht ernst«, seufzte Peralta. »Aber das solltest du.«

»Lassen Sie mich sonst wieder schlagen?«

Toni hob die Hand, um ihre Frage auf diese Weise zu beantworten, doch Peralta hielt ihn mit einer ärgerlichen Geste zurück.

»Nein«, sagte er. »Du hast Glück, mein Kind. Ich bin kein gewalttätiger Mensch und ich hasse es, Kinder zu quälen.« Er zuckte mit den Schultern. »Ich weiß allerdings nicht, wie lange ich meine Männer noch zurückhalten kann. Du musst das verstehen.«

In gewissem Umfang konnte Pia das sogar, auch wenn sie diese Erkenntnis beinahe selbst ein bisschen überraschte. Sie ließ ganz bewusst zwei oder drei Sekunden verstreichen, bevor sie antwortete, in denen sie unauffällig versuchte, die getönte Trennscheibe hinter Toni und ihm mit Blicken zu durchdringen. Es gelang ihr nicht vollständig, aber sie sah immerhin, dass im vorderen Teil des Wagens nicht nur der Fahrer, sondern noch ein zweiter Mann saß.

»Das mit Consuela tut mir wirklich leid«, sagte sie. »Und was Toni und Ihren anderen Leuten zugestoßen ist, auch. Aber es war nicht meine Schuld. Ich wusste nicht, dass das passiert.«

»Wenn ich geglaubt hätte, dass es anders wäre, dann wärst du jetzt schon tot, mein Kind. Zwei meiner Männer sind tot, und zwei andere brauchen wahrscheinlich einen Monat, um wieder richtig laufen zu lernen. Wer war der Kerl?«

»Das weiß ich nicht. Ich bin nicht einmal sicher, dass es ein *Kerl* war.«

»Dafür, dass du nichts über ihn weißt, weißt du ziemlich viel über ihn«, schnaubte Toni.

»Du hast ihn doch gesehen, oder?«, fragte Pia. »Sah er vielleicht aus wie einer von Hernandez' Schlägern?«

»Wie sah er denn aus?«, fragte Peralta, bevor Toni antworten konnte.

»Das … weiß ich auch nicht. Nicht wie ein Mensch.« Peraltas linke Augenbraue rutschte wieder ein Stück nach oben, und Pia hätte sich am liebsten selbst geohrfeigt, zog es aber stattdessen vor, hastig hinzuzufügen: »Jedenfalls nicht wie einer, den ich jemals gesehen habe … aber ich habe ihn auch nur eine Sekunde oder zwei zu Gesicht bekommen. Fragen Sie Toni. Der war länger mit ihm zusammen.«

»Toni war unglücklicherweise damit beschäftigt, sich aus dem Fenster werfen zu lassen«, sagte Peralta ohne eine Spur von Humor in der Stimme. »Aber Max und ein paar von den anderen Männern sagen auch, dass er … seltsam ausgesehen hat. Auf jeden Fall hat er gekämpft wie ein Berserker … und du behauptest, du hast keine Ahnung, wer der Kerl ist?«

»Nein«, antwortete Pia. »Ich *behaupte* es nicht. Es *ist* so.«

»Warum lässt du mich nicht ein paar Minuten mit ihr allein, Onkel José?«, fragte Toni. »Danach kann ich dir alles sagen, was du wissen willst.«

Peralta seufzte. »Habe ich schon erwähnt, dass mein Neffe ein Dummkopf ist? Aber ich kann ihn auch beinahe verstehen. Er hat an dieser Kleinen gehangen, musst du wissen. Was soll ich jetzt machen? Ich möchte dir ja gerne glauben, aber auf der anderen Seite ist er mein Neffe, und Blut ist nun einmal dicker als Wasser … Ich könnte ihm dich anbieten, sozusagen als Ersatz für die arme Consuela. Wie würde dir das gefallen?«

»Nicht besonders«, antwortete Pia. Toni aber vermutlich noch sehr viel weniger.

»Dann solltest du vielleicht anfangen, etwas ehrlicher zu mir zu sein, mein Kind. Wie soll ich dir helfen, wenn du nicht offen mit mir sprichst?«

»Aber ich bin doch …«

»Mein liebes Kind«, fiel ihr Peralta ins Wort, »ich bin vielleicht ein alter Mann, aber ich bin nicht dumm, also hör auf, mich zu behandeln, als wäre ich es. Du tauchst praktisch aus dem Nichts auf, und dein Freund wird von einer Waffe verletzt, die es gar nicht geben dürfte – einer sehr kostbaren Waffe noch dazu. Dann taucht dieser seltsame Kerl auf, der meine Männer niedermäht, als wären sie Vorschulkinder, du verschwindest und tauchst mitten in der Nacht und in dieser seltsamen Aufmachung wieder auf und rennst stundenlang durch die Favelas – und ich soll dir glauben, dass du so gar nichts weißt?« Er schüttelte tadelnd den Kopf und sah für einen Moment tatsächlich fast wie ein gütiger alter Großvater aus, der versucht, seinem Enkelkind ins Gewissen zu reden.

»Na ja, so … ungefähr«, antwortete sie.

»Du weißt selbst, wie sich das anhört, nicht wahr?«

Pia zuckte wortlos mit den Schultern.

»Und du wirst mir sagen, was es ist.« Er hob die Hand, obwohl sie gar nicht dazu angesetzt hatte, ihm zu widersprechen. »Dieser seltsame Kerl ist nicht zufällig gestern Abend bei uns aufgetaucht, und ich glaube auch nicht, dass du stundenlang hier spazieren gegangen bist, um deinen neuen Schneeanzug einzutragen. Du wolltest dich mit jemandem treffen. Mit wem?«

»Ich weiß nicht, wovon Sie reden«, antwortete Pia.

Toni schlug sie noch einmal. Diesmal versuchte sein Onkel nicht, ihn davon abzuhalten, doch als er zum dritten Mal ausholte, fiel er ihm in den Arm und hielt ihn mit einer unerwartet kraftvollen Bewegung zurück.

»Ich will dir sagen, wie ich die Sache sehe«, sagte er, als wäre gar nichts geschehen, griff unter seinen Mantel und zog den Diamantdolch hervor. Pia musste sich beherrschen, um sich ihr Erschrecken nicht anmerken zu lassen. Dieser Dolch sollte nicht hier sein. Nicht in seinen Händen, nicht in diesem Wagen und nicht in dieser Stadt. Nicht einmal in dieser Welt.

»Ich glaube, es gibt tatsächlich noch mehr davon«, fuhr Peralta fort und wedelte mit dem Dolch. »Und ich glaube, du weißt, wo. Oder du kennst zumindest jemanden, der es weiß. Du wolltest dich heute Nacht mit ihm treffen. Sag mir, wo oder wer er ist oder wo ich ihn finde, und du kannst gehen.«

Pia glaubte ihm sogar, dass er das ernst meinte, zumindest in diesem Augenblick. Doch sie schüttelte trotzdem nur den Kopf. »Ich habe Ihnen alles gesagt, was ich weiß«, beharrte sie. »Aber ich kann Ihnen noch einen Rat geben. Sie wissen, wie wertvoll dieser Dolch ist. Sie sollten ihn behalten und sich damit zufriedengeben. Die Leute, die hinter Jesus und mir her waren, sind gefährlich. Viel gefährlicher, als Sie sich vorstellen können.«

»Dann wäre ich dumm, wenn ich nicht versuchen würde, möglichst viel über sie herauszufinden, meinst du nicht auch?« Peralta sah sie fast erwartungsvoll an, hob dann mit einem enttäuschten Seufzen die Schultern und steckte den Dolch sehr vorsichtig wieder ein. »Schade. Ich hätte mir wirklich gewünscht, dass du vernünftiger wärst.«

»Fünf Minuten«, bot sich Toni noch einmal an. »Dann sagt sie mir alles, was du wissen willst, Onkel José.«

»Oh, keine Sorge, Antonio«, antwortete Peralta. »Das wird sie auch so.« Er klopfte mit den Fingerknöcheln gegen die Trennscheibe, und Pia spürte, wie der Wagen schneller wurde, obwohl sich am gleichmäßigen Brummen des schweren Motors nichts änderte.

»Wohin fahren wir?«, fragte sie.

Peralta lächelte dünn. »Siehst du, mein Kind, ich bin sehr alt. Alt genug, um die Menschen zu kennen. Mein ungestümer junger Neffe hier glaubt, mit Gewalt alles erreichen zu können, und bei den meisten Menschen wäre das wohl auch so. Aber ich glaube, du gehörst zu den wenigen Ausnahmen. Es würde nichts nutzen, dir mit Gewalt zu drohen, oder dir gar etwas anzutun, habe ich recht? Ganz davon abgesehen, dass es eine Schande wäre, ein so hübsches Gesicht wie deines zu beschädigen.«

»Dann können Sie mich ja auch gehen lassen.«

»Ja, möglicherweise tue ich das sogar«, antwortete Peralta. »Aber noch nicht gleich. Zuerst besuchen wir noch einen Freund. Vielleicht kann er dich ja davon überzeugen, mir die Wahrheit zu sagen.«

»Einen Freund?«, fragte Pia misstrauisch. »Wen?«

»Nur Geduld. Es ist nicht weit.« Peralta rutschte auf der breiten Bank in eine etwas bequemere Position und maß sie mit einem langen Blick. »Mach es dir bequem. Wenn du irgendwas brauchst, dann sag es ruhig. Ist dir vielleicht kalt? Ich kann Max bitten, die Heizung etwas höherzudrehen.«

Toni kicherte blöd, und Pia versuchte vergeblich, ihn mit einem eisigen Blick erstarren zu lassen, gab es nach ein paar Sekunden aber wieder auf und ließ sich scheinbar entspannt zurücksinken.

In Wahrheit versuchte sie herauszufinden, wohin sie fuhren,

aber durch die abgedunkelten Scheiben des Bentley waren nur Schemen zu erkennen.

Immerhin sah sie, dass sie sich wieder den Bereichen der Stadt näherten, die Peralta vermutlich als *zivilisiert* bezeichnet hätte (also dem Teil der Stadt, in dem er das viele Geld ausgab, das er in den Slums verdiente), und dass der Verkehr trotz der späten Stunde allmählich wieder zunahm. In zahlreichen Gebäuden brannte noch Licht, und sie kamen an erleuchteten Schaufenstern und bunten Lichtreklamen vorbei. Es war nach drei, und die Stadt sollte in tiefstem Schlaf versunken daliegen, aber Pia sah trotzdem zahlreiche Passanten, auch wenn sie hinter den Scheiben eigentlich nur als Schemen zu erkennen waren, die keine wirklich festen Konturen zu haben schienen. New York hatte in einem geradezu genialen PR-Schachzug den Slogan von der Stadt für sich requiriert, die niemals schlief. Wenn das stimmte, dachte sie, dann war Rio de Janeiro eindeutig die Stadt, die niemals müde wurde.

Einer der Schatten dort draußen schien sogar unter ganz besonderer Schlaflosigkeit zu leiden. Er bewegte sich schneller als die anderen, und eindeutig nervöser, rannte eine Zeit lang neben dem Wagen her und schien eine Weile sogar mit dem Bentley mitzuhalten – obwohl das im Grunde ganz und gar unmöglich war. Max fuhr alles andere als schnell, aber trotzdem viel zu rasant, als dass ein Mensch auch nur annähernd hätte Schritt halten können. Trotzdem hatte sie für einen Moment ganz genau diesen Eindruck. Eine große, sehr bleiche Gestalt, die mit fast schon grotesk anmutenden Sprüngen hinter dem Wagen herjagte, dann aber zurückfiel und an der nächsten Abzweigung absurderweise plötzlich wieder da zu sein schien, bevor sie endgültig verschwand.

Sie schloss die Augen, zählte in Gedanken langsam bis fünf und hob die Lider erst, als sie spürte, wie der Wagen wieder langsamer wurde, vermutlich um an der nächsten Ecke abzubiegen. Schatten und verschwommene Lichter huschten vorbei, aber keine große, bleiche Gestalt, die hinter ihnen herhüpfte. Das Gespenst war nicht da – und es war auch nie da gewesen. Ihre Nerven spielten ihr – wieder einmal – einen Streich – und konnte sie ihnen das etwa verdenken, nach der Nacht, die hinter ihr lag?

Außerdem hatte sie das Gefühl, gleich einen Hitzschlag zu bekommen. Der Verkäufer hatte nicht zu viel versprochen, als er von den hervorragenden Eigenschaften des Skianzugs geschwärmt hatte. Sie hatte das bereits im Laden gespürt, in dem ihr praktisch sofort der Schweiß ausgebrochen war, obwohl die emsig summende Klimaanlage für fast schon unangenehm niedrige Temperaturen gesorgt hatte. Aber sie war trotzdem der Meinung gewesen, dass es eine gute Idee wäre, das Ding gleich anzubehalten. Bisher war der Wechsel in die Elfenwelt stets ziemlich abrupt erfolgt, und sie bezweifelte, dass ihr die Zeit blieb, sich in aller Ruhe umzuziehen, sollte sie sich unversehens mitten in einer Schlacht oder einem Schneesturm wiederfinden.

Nun ja, wenigstens darum musste sie sich gerade keine Sorgen machen.

Ein Geräusch wie das Kratzen von Fingernägeln auf Glas drang in ihre Gedanken. Pia setzte sich erschrocken stocksteif auf, und ihr Herz begann wie verrückt zu schlagen. Dann sah sie, dass das Geräusch von Fingernägeln auf Glas tatsächlich das Geräusch von Fingernägeln auf Glas war. Toni hatte sich halb zur Seite gedreht und knibbelte irgendetwas von der Scheibe ab, hielt aber jetzt mitten in der Bewegung inne und sah sie stirnrunzelnd an, und auch seinem Onkel war ihre Reaktion natürlich nicht verborgen geblieben.

»Ist alles in Ordnung, mein Kind?«, fragte er.

Wenn er sie noch ein einziges Mal *mein Kind* nannte, dachte Pia, dann würde sie ihm zeigen, wozu dieses Kind fähig war, wenn man es nur genug reizte.

»Ja«, antwortete sie hastig. »Ich war nur …« Und dann begriff sie, wohin sie unterwegs waren, und brach mit einem erschrockenen Keuchen mitten im Satz ab.

»Wohin bringen Sie mich?«

»Aber das habe ich dir doch schon gesagt«, antwortete Peralta ruhig. »Wir besuchen einen alten Freund. Ich bin sicher, dass du dich freust, ihn wiederzusehen.«

Pia starrte ihn eine Sekunde lang aus immer größer werdenden Augen an, fuhr dann auf dem Sitz herum und starrte die vorüberziehenden Lichter und Schatten an. Sie kannte diesen Teil der Stadt nicht wirklich, und die getönten Scheiben machten es zusätzlich schwer, sich zu orientieren, aber spätestens als sie an der Fußgängerampel vorbeikamen, an der sie selbst die Straße vorhin überquert hatte, gab es keine Möglichkeit mehr, sich einzureden, dass sie sich getäuscht hatte.

Sie schwieg, bis der Bentley vor der verglasten Fassade des Krankenhauses anhielt und der Beifahrer ausstieg, um José Peralta die Tür zu öffnen.

»Was tun wir hier?«, fragte sie mit belegter Stimme.

Toni ergriff sie grob am Oberarm und zerrte sie aus dem Wagen, noch bevor sie Gelegenheit fand, aus eigener Kraft auszusteigen. Sein Griff tat selbst durch den dicken Stoff des gefütterten Thermoanzugs hindurch weh. Peralta bedeutete ihm mit einer missbilligenden Geste, mit dem Unsinn aufzuhören, und wies aus derselben Bewegung heraus auf die Drehtür.

»Wie ich schon sagte: Wir besuchen einen Freund. Ich dachte, du freust dich vielleicht, ihn zu sehen. Man hat mir gesagt, dass dir dieser Jesus eine Menge bedeutet.«

Sie gingen los. Die riesige Drehtür war groß genug, sie alle zusammen aufzunehmen, setzte sich aber erst in Bewegung, nachdem Toni so fest mit der flachen Hand gegen die Scheibe geschlagen hatte, dass das Glas protestierend knackte, und Pia antwortete erst, nachdem sie alle zusammen auf der anderen Seite in die große Empfangshalle hinausgetreten waren.

»Wenn Sie so gut informiert sind, dann sollten Sie eigentlich wissen, dass er im Sterben liegt.«

»Wir werden sehen«, sagte Peralta gelassen. »Und jetzt sei bitte ein bisschen leise, mein Kind. Das hier ist ein Krankenhaus, und die Leute brauchen ihre Ruhe.«

Sie durchquerten die große Halle, die ihr noch abweisender und düsterer vorkam als am vergangenen Abend, obwohl sie nach wie vor taghell erleuchtet war. Aber überall lauerten Schatten, düstere Bereiche und finstere … Dinge, die ihr so feindselig vorkamen, dass sie es nicht gewagt hätte, sie um ihren Schutz zu bitten.

Der grauhaarige Mann hinter seiner Theke war noch immer derselbe wie am vergangenen Abend, aber diesmal schenkte er ihr keinen eher gelangweilten Blick, sondern sprang erschrocken hoch und machte Anstalten, hinter seiner Theke hervorzukommen (war das jetzt Dummheit oder Mut?, überlegte sie), erstarrte aber dann mitten in der Bewegung und sah aus, als hätte er erst mit Verspätung überhaupt bemerkt, dass sie nicht allein gekommen war. Während sie zu den Aufzügen eilten, ging Max zu ihm und wechselte ein paar Worte mit ihm, die Pia nicht verstand. Sie hatte auch den Eindruck, dass er ihm etwas gab – kein Geld –, woraufhin sich der alte Mann umdrehte und wieder in seinen Kommandostand zurückschlurfte. Als sie die Aufzüge erreicht hatten und auf die Kabine warteten, begann er zu telefonieren, und Max lehnte sich lässig mit den Unterarmen neben ihm auf die Theke und hörte ganz unverhohlen zu.

Der Lift kam. Die Kabine war beinahe zu klein für vier Personen, zumal es sich bei Peraltas drittem Begleiter um einen wahren Riesenkerl handelte, der gut als Ork durchgegangen wäre, hätte man sein Gesicht grün angemalt und ihm ein paar Hörner und zusätzliche Zähne verpasst. Irgendwie quetschten sie sich hinein, und Toni drückte auf den Knopf für die oberste Etage. Pia schwieg, während sich die Kabine unter dem viel zu großen Gewicht ächzend nach oben quälte. Sie bekam kaum noch Luft, was nicht nur daran lag, dass Toni sich eindeutig fester gegen sie presste, als nötig gewesen wäre. Sie hatte das Gefühl, dass noch etwas hier drinnen war. Etwas, das nicht hierhergehörte.

Sie versuchte, einen unauffälligen Blick in die verspiegelte Rückwand der Liftkabine zu erhaschen, sah aber praktisch nichts. Doch das Gefühl, nicht allein zu sein, wurde nur noch intensiver. Pia war nicht die Einzige, die hörbar erleichtert aufatmete, als der Lift anhielt und die Türen auseinanderglitten.

Anders als bei ihrem ersten Besuch vergangenen Abend war es nahezu dunkel hier oben. Nur hier und da brannte ein schwaches Notlicht, und es war schon fast unheimlich still.

Die Milchglastür vor der Intensivstation war geschlossen, und Toni benutzte seine flache Hand anstelle einer Chipkarte, um sie zu öffnen: Er hämmerte so fest gegen das Milchglas, dass die ganze Tür zu zittern begann. Nur eine Sekunde später glitten die Türhälften auseinander und gaben den Blick auf Professor Gonzales frei. Pia vermochte auf den ersten Blick nicht zu entscheiden, welcher Ausdruck in seinem Gesicht überwog: Müdigkeit oder Zorn.

»Sind Sie verrückt geworden, hier so einen Lärm zu machen?«, fuhr er Toni an. »Das hier ist ein Krankenhaus, und kein …« Er brach ab, blinzelte ein paarmal und schien erst in diesem Moment José Peralta zu entdecken, der schräg hinter Toni stand. Vielleicht irritierte ihn auch Tonis Hand, die noch immer halb erhoben war, als könnte er sich nicht entscheiden, ob er sie noch einmal gegen die Glastür klatschen lassen sollte, oder besser gleich in sein Gesicht.

»Professor Gonzales«, sagte Peralta mit seiner unangenehmen Fistelstimme. »Ich hoffe doch, wir kommen nicht ungelegen. Mein Neffe hat sie doch angerufen, oder?«

»Selbstverständlich, Senhor Peralta«, antwortete Gonzales hastig. »Ich habe nur nicht so schnell mit Ihnen …« Er unterbrach sich abermals, als er Pia gewahrte, und runzelte ärgerlich die Stirn. Vielleicht auch ein bisschen erstaunt, sie nicht mehr in Schwarz, sondern in einer kompletten Polarausrüstung wiederzusehen. »Sie schon wieder?«

»Schon wieder?«, fragte Peralta.

Gonzales' Blick wurde anklagend. »Sie war gestern Abend schon einmal hier. Ich hatte eigentlich gehofft, sie niemals wiederzusehen.«

»Gestern Abend?«, wiederholte Peralta. Er warf Toni einen eisigen Blick zu, der seinerseits Pia anstarrte und einfach nur verwirrt aussah. Aber wenigstens nahm er endlich die Hand herunter. Es hatte auch ziemlich albern ausgesehen.

»Wie auch immer.« Peralta machte eine wedelnde Handbewegung und schoss zwar noch einen giftigen Blick in Tonis Richtung ab, deutete aber zugleich auch in den Gang hinter dem Arzt. »Ich danke Ihnen jedenfalls, dass Sie sich zu dieser späten Stunde eigens hierheraus bemüht haben. Wenn Sie uns jetzt bitte zu Ihrem Patienten führen würden? Oder möchtest du das tun, mein Kind?«, fügte er lächelnd und zu Pia gewandt hinzu. »Du weißt ja, wo sein Zimmer ist.«

Pia zog es vor, gar nichts dazu zu sagen.

Flankiert von einem immer noch zutiefst verwirrten Toni und dem Aushilfs-Ork folgte sie Peralta und dem Arzt in das kleine Zimmer am Ende des Flurs, das dunkel und beinahe noch stiller war als der Rest der Klinik. Selbst das regelmäßige Piepsen des Computers klang so unwirklich, als gehörte es gar nicht hierher, sondern drängte aus einer anderen Ebene der Existenz herüber und versuchte wahr zu werden, ohne dass es ihm gänzlich gelang. Über dem schwarzen Schatten, der Jesus' Bett war, glühte eine Ansammlung winziger grüner Punkte, wie die Augen einer monströsen Riesenspinne, die aus der Welt der Schatten und Albträume herübergekrochen kam und sich an ihre Beute heranschlich, und da war noch etwas im Zimmer, etwas durch und durch Boshaftes und Gefährliches, das nicht hierhergehörte.

Gonzales schaltete das Licht ein, und die Schatten flohen wie kleine, scheue Tiere vor ihnen und verkrochen sich in den Winkeln einer anderen Wirklichkeit, von wo aus sie sie aus gierigen Augen belauerten. Das elektronische Piepsen wurde realer, und aus den Spinnenaugen wurden die Lichter des Computers in der

Wand. Aber das Gefühl des Unwirklichen blieb. Etwas war hier. War schon hier oder kam näher, schnell, unaufhaltsam und tödlich.

»Also, wie geht es Ihrem Patienten, Professor Gonzales?«, fragte Peralta.

»Unverändert«, antwortete Gonzales, während er mit schnellen Schritten neben das Bett trat und einen langen Blick auf den Computermonitor warf, bei dem sich Pia sicher war, dass er vollkommen überflüssig war. »Gottlob«, fügte er hinzu, während er sich herumdrehte und sie mit einem fast hasserfüllten Blick streifte, »hat diese junge Dame keinen allzu großen Schaden angerichtet.«

»Das kann man ja noch nachholen«, kicherte Toni. Gonzales sah ein bisschen erschrocken aus, und José brachte seinen Neffen mit einem ärgerlichen Blick zum Verstummen und wandte sich dann in bewusst sachlichem Ton an den Professor. »Können Sie ihn aufwecken? So, dass er nicht nur vor sich hindämmert, sondern mitbekommt, was mit ihm geschieht, und vielleicht ein paar Fragen beantworten kann?«

Gonzales schien einen Moment lang über diese Formulierung nachdenken zu müssen, die ihm so sonderbar vorkommen mochte, wie sie Pia erschreckte. Aber dann nickte er, wenn auch zögernd. »Das … wäre wahrscheinlich möglich«, sagte er gedehnt. »Aber es würde ihn mit ziemlicher Sicherheit töten.«

»Wann?«, fragte Peralta ruhig.

»Wie?«, murmelte Gonzales. Vielleicht begann er allmählich zu begreifen, mit wem er sich da eingelassen hatte.

»Wie lange würde er wach bleiben, bevor er stirbt?«, fragte Peralta ruhig.

»Eine … Stunde«, antwortete Gonzales stockend. »Vielleicht zwei, aber wie gesagt …«

»Das sollte reichen«, unterbrach ihn Peralta. »Wenn Sie ihn bitte aufwecken würden, Professor.«

Gonzales sah jetzt regelrecht entsetzt aus. »Das wäre sein Todesurteil, Senhor Peralta«, sagte er, wobei er sich vergeblich um einen festen Tonfall bemühte.

»Aber er stirbt doch sowieso«, sagte Toni feixend. »Ich meine: Irgendwie ist er doch schon tot, oder? Da tun wir ihm doch nur einen Gefallen, wenn er noch mal mit seiner kleinen Freundin reden kann.«

Gonzales sah ihn empört an, doch Peralta kam seiner Antwort zuvor.

»Mein Neffe hat es vielleicht etwas pietätlos ausgedrückt, Professor. Bitte verzeihen Sie ihm. Er ist noch sehr jung und weiß nicht, was sich gehört. Aber in der Sache muss ich ihm zustimmen. Ich bin sicher, Ihr Patient würde es Ihnen danken, wenn er die Gelegenheit bekäme, noch einmal mit seiner Freundin zu sprechen. Und es gibt da auch noch … eine oder zwei wichtige Fragen, die ich ihm stellen muss.«

Gonzales zögerte noch einmal, lange, aber schließlich nickte er doch. Welche andere Wahl blieb ihm auch schon? Toni war neben seinen Onkel getreten, und seine Jacke stand wie zufällig weit genug offen, dass man den Griff der Magnum sehen konnte, die er in einem Schulterhalfter darunter trug.

»Also gut«, sagte er widerwillig. »Ich kann es versuchen. Aber ich kann Ihnen nichts versprechen. Sein Zustand ist kritisch.«

»Oh, ich bin sicher, dass Sie das hinkriegen, Professor«, sagte Peralta lächelnd. »Ich vertraue voll und ganz auf den guten Ruf, der Ihnen vorauseilt.«

Gonzales' Blick war plötzlich der einer Maus, die sich von gleich drei ausgehungerten Katzen in die Ecke gedrängt sah und verzweifelt nach einem Fluchtweg suchte. Es gab keinen. Schließlich drehte er sich noch einmal zu dem Computer um und berührte rasch hintereinander ein halbes Dutzend Punkte auf dem Monitor. Ein paar Lichter begannen zu flackern.

»Das war alles?«, fragte Peralta.

»Nicht ganz«, antwortete Gonzales nervös. »Ich muss noch ein

Medikament holen. Aber ich weise sie noch einmal darauf hin, dass –«

»Dann tun Sie das«, unterbrach ihn Peralta lächelnd.« Claudio wird Sie begleiten, falls Sie Hilfe benötigen.« Sein persönlicher Ork-Leibwächter ging zur Tür, öffnete sie und machte eine übertrieben einladende Geste, und Gonzales wurde noch ein bisschen blasser, beeilte sich aber trotzdem, der Einladung Folge zu leisten.

Peralta wartete, bis Claudio die Tür von außen geschlossen hatte, bevor er sich wieder an Pia wandte. »Du hast ihn gehört, mein Kind. Eine Stunde kann eine sehr lange Zeit sein. Vielleicht sind es sogar zwei.« Er griff unter seinen Mantel, zog sehr vorsichtig den Kristalldolch hervor und reichte ihn Toni, der ihn genauso behutsam entgegennahm. »Das wäre jetzt deine letzte Chance, vielleicht doch noch Vernunft anzunehmen und meine Fragen zu beantworten.«

Pias Gedanken rasten. Sie schätzte ihre Chancen ab, Peralta und Toni zu überwältigen, bevor der Mafioso seine Waffe zog und sie einfach über den Haufen schoss. Sie standen nicht schlecht. Peralta war kein Gegner, und Toni rechnete möglicherweise damit, dass sie irgendetwas versuchte, musste sie aber hoffnungslos unterschätzen. Sie traute sich sogar zu, mit dem Gorilla draußen fertigzuwerden … aber was würde es ihr nützen? Sie hatte weder die Kraft, Jesus lebend hier heraus zu schaffen, noch war er selbst in der Verfassung zu entkommen; ganz davon abgesehen, dass sie nicht einmal gewusst hätte, wohin.

»Was … haben Sie vor?«, fragte sie stockend.

Statt zu antworten, gab Peralta seinem Neffen einen kaum sichtbaren Wink, und Toni wandte sich zu dem Krankenbett um und zog die Klinge des Kristalldolches über Jesus' Unterarm. Die Schneide berührte ihn kaum, hinterließ aber trotzdem eine tiefe, heftig blutende Wunde in seinem Fleisch. Der Computer in der Wand über ihm begann protestierend zu blöken, aber Jesus rührte sich nicht.

»Hören Sie auf!«, keuchte Pia entsetzt. »Bitte!«

Toni griente nur schmutzig und hob den Dolch, um Jesus noch einmal zu schneiden, aber sein Onkel hielt ihn mit einer raschen Bewegung zurück.

»Schon gut, Antonio. Sie hat recht. Wir wollen nichts überstürzen, nicht wahr? Damit warten wir doch lieber, bis er wach ist. Im Moment spürt er es ohnehin nicht.«

»Stimmt auch wieder«, feixte Toni.

Aber genau das stimmte nicht. Pia konnte es nicht begründen, aber sie wusste, dass Jesus den Schmerz spürte; auch wenn er weiter vollkommen reglos und wie tot dalag. Medikamente und sein eigener Todeskampf schützten ihn vielleicht vor allem, was Menschen ihm anzutun vermochten, aber diese Klinge war nicht von Menschenhand gemacht, und ihr Biss schnitt tiefer und verwundete nicht nur sein Fleisch. Er litt.

Sie ging um das Bett herum, zwang sich mit einer gewaltigen Willensanstrengung und zum ersten Mal, seit sie das Zimmer betreten hatte, dem Anblick seines totenbleichen Gesichts standzuhalten, und spürte erneut seinen Schmerz und etwas wie einen verzweifelten, lautlosen Hilfeschrei, der aus den tiefsten Tiefen seiner Seele emporstieg und seine Lippen niemals erreichen würde.

Beinahe ohne ihr eigenes Zutun hob sie die Hand und berührte seine Stirn, und der Schmerz sprang ohne die geringste Vorwarnung in sie hinein und begann mit unsichtbaren glühenden Klauen und Reißzähnen in ihr zu wühlen. Pia wimmerte vor Schmerz und presste die Kiefer so fest aufeinander, dass ihre Zähne hörbar knirschten, aber sie griff auch ganz instinktiv nach der schwarzen Flamme der Pein und löschte sie: Nicht vollständig und auch nicht für lange, aber aus der unerträglichen Qual wurde normaler Schmerz, den sie ertragen konnte. Und es war nicht nur ihr Schmerz, den sie spürte, sondern auch der Jesus'. Das immer lauter und protestierendere Randalieren des Computers verstummte nicht, beruhigte sich aber hörbar, und ein dumpfes und zugleich gequält wie beinahe erleichtert klingendes Stöhnen kam über seine Lippen.

»He! Was zum Teufel treibst du da?«, fragte Toni. Seine Augen wurden zu schmalen, misstrauisch zusammengepressten Schlitzen, und er hob schon wieder den Dolch.

Sein Onkel drückte rasch seinen Arm herunter. »Ja, das ist wirklich ... beeindruckend«, sagte er. »Und überaus interessant. Ich wusste doch, dass es sich lohnt, hierherzukommen. Aber ich nehme trotzdem nicht an, dass du mir verraten möchtest, was du da gerade getan hast?«

Das hätte sie nicht einmal gekonnt, wenn sie es gewollt hätte. Pia war beinahe genauso verwirrt wie er. Gestern Abend, als sie das erste Mal hier gewesen war und versucht hatte, ihm zu helfen, da war rein gar nichts geschehen. Ihre Kräfte hatten sie einfach im Stich gelassen.

Jetzt waren sie wieder da. Nicht einmal annähend so stark, wie sie es gewohnt war, aber sie waren wieder da. Pia war nicht sicher, ob sie ausreichen würden, Jesus' Leben zu retten, aber sie waren ganz zweifellos wieder da, als gäbe es hier plötzlich etwas, das ihr den Zugriff auf die Magie der Elfenwelt ermöglichte.

Ihr Blick tastete über den Dolch in Tonis Hand. Die Waffe stammte von dort. War sie es, die ihr diese Kraft gab, oder jene andere, unsichtbare Präsenz, deren Anwesenheit sie nicht nur immer noch spürte, sondern die nach wie vor stärker wurde, näher kam und das gesamte Zimmer mit dem Odem des Bösen und Gewalttätigen erfüllte?

Ein abermaliges Stöhnen drang in ihre Gedanken. Sie riss ihren Blick von der fast unsichtbaren Klinge in Tonis Hand los und riss dann ungläubig die Augen auf, als sie Jesus' Gesicht sah.

Er begann zu erwachen. Seine Lider flatterten, und unter der durchsichtigen Atemmaske über seinem Gesicht drang ein leises, unendlich mühsames Röcheln hervor. Er wachte auf.

Mit einer einzigen Bewegung riss sie die Atemmaske von seinem Gesicht, nahm es in beide Hände und beugte sich über ihn, um ihn zu küssen. Seine Lippen waren kalt und spröde und schmeckten nach Tod und Chemie, aber das spürte sie nicht. Sie vergaß für diesen Moment sogar Peralta und Toni und alles andere um sich herum. Er lebte, und das war alles, was zählte. Sein Herz schlug, und sie spürte, wie etwas aus ihr heraus- und in ihn hineinfloss, wie ein Strom unwiderstehlicher Kraft, der es einfach zwang, weiter und stärker zu schlagen. »Lion«, flüsterte sie. »Du lebst! Kronn sei Dank! Du lebst!«

Jesus öffnete mühsam die Augen, und erst als sie seinen verwirrten Blick bemerkte, wurde ihr klar, was sie gerade gesagt hatte.

Fast schon erschrocken ließ sie sein Gesicht los und machte einen hastigen Schritt vom Bett zurück.

»Pia?«, murmelte Jesus. »Was … ist passiert? Wie komme ich hierher?« Er war nicht nur wach, sondern wirkte eigentlich eher verwirrt als benommen, und nach einer weiteren Sekunde versuchte er tatsächlich, sich auf die Ellbogen hochzustemmen, aber dafür reichten seine Kräfte nicht, sodass er mit einem erschöpften Seufzen zurücksank.

Die Tür ging auf, und Professor Gonzales kam herein, eine bereits fertig aufgezogene Spritze in der Hand und einen hünenhaften Schatten im Schlepptau, der seinerseits von einem zweiten, irgendwie sonderbar anmutenden Schatten begleitet zu werden schien, der nicht so recht zu seiner breitschultrigen Gestalt passen wollte. Gonzales erstarrte mitten in der Bewegung, und seine Augen wurden so groß, dass es schon fast komisch aussah.

»Großer Gott!«, hauchte er. »Was geht hier vor?«

Ohne eine Antwort abzuwarten – ganz gleich von wem – ließ er die Spritze in der Kitteltasche verschwinden, eilte zum Bett und tastete kurz nach Jesus' Puls. Sein Blick wirkte ein bisschen erschrocken, als er den langen Schnitt auf Jesus' Unterarm bemerkte (der übrigens schon zu bluten aufgehört hatte), aber ersparte sich jeden Kommentar, trat rasch an den Wandmonitor und betrachtete dessen Anzeigen mit einem Ausdruck höchster Konzentration. Schließlich wandte er sich wieder Jesus zu, fühlte mit Zeige- und Mittelfinger den Puls an seiner Halsschlagader und hob dann sein linkes Augenlid an, um konzentriert darunterzusehen. Jesus ließ die ganze Prozedur zwar klaglos über sich ergehen, aber er sah ganz so aus, als hätte er nicht übel Lust, Gonzales mindestens einen der Finger abzubeißen, mit denen er an seinem Gesicht herumfummelte. Pia wäre auch nicht weiter überrascht gewesen, hätte er es getan.

Endlich hörte Gonzales auf, Jesus zu betatschen, und wandte sich mit einem Ausdruck vollkommener Fassungslosigkeit sowohl im Gesicht als auch in der Stimme zu Pia um. »Was haben Sie gemacht?«

»Genau das würde mich auch interessieren, Professor«, sagte Peralta, bevor Pia antworten konnte. »Nebst der Antwort auf die eine oder andere weitere Frage. Aber machen Sie sich keine Sorgen. Ich bin sicher, sie wird uns alle unsere Fragen gerne beantworten. Nicht wahr, mein Kind?«

Toni wedelte feixend mit seinem Messer, und Gonzales schien allmählich zu begreifen, was hier wirklich geschah (oder gestattete es sich auch erst jetzt), und fuhr mit einer heftigen Bewegung zu Peralta herum. »Einen Moment!«, sagte er scharf, während er mit der Hand anklagend auf Jesus' zerschnittenen Unterarm deutete. »Was geht hier vor? Dazu habe ich mein Einverständnis ganz bestimmt nicht …«

Peralta machte eine beiläufige Geste, und Claudio versetzte dem Arzt einen Stoß, den er wahrscheinlich nur als freundlichen Schubser betrachtete, der aber trotzdem ausreichte, Gonzales quer durch den Raum und an die gegenüberliegende Wand zu schleudern, wo er mit einem halb erstickten Keuchen zusammensackte. Ein leises Klirren erscholl, und auf seiner Kitteltasche bildete sich ein dunkler Fleck. Der Schatten hinter Claudio bewegte sich, aber er tat es nicht so, wie es der Schatten eines Menschen tun sollte. Etwas … Gieriges regte sich in der Welt des Unsichtbaren.

Peralta bedachte Claudio mit einem missbilligenden Blick, sprach aber in unverändertem Ton weiter, als wäre gar nichts passiert. »Du solltest dich wirklich entscheiden, mein Kind. Ich habe nicht alle Zeit der Welt. Obwohl ich zugeben muss, dass diese Geschichte mit jeder Minute interessanter wird.«

»Sie haben recht«, antwortete Pia, so ruhig sie konnte. »Sie haben nicht alle Zeit der Welt. Sie haben sogar nur noch sehr wenig Zeit.«

Peralta zog leicht verärgert die Augenbrauen hoch, und Pia trat wie zufällig ein kleines Stück um das Bett herum. Sie vermied es ganz bewusst, auch nur in Tonis Richtung zu blicken, aber sie hatte sich sehr genau gemerkt, wie er dastand, und vor allem, wie er das Messer hielt. Wenn es ihr gelang, ihm die Waffe zu entreißen oder wenigstens aus der Hand zu schlagen, dann hatte sie eine gute Chance. »Ich will Ihnen nicht zu nahe treten, Senhor Peralta, aber Sie sind auch kein junger Mann mehr und Sie haben nicht mehr allzu viele Jahre vor sich.«

»Das ist leider wahr«, antwortete Peralta. »Und worauf willst du hinaus?«

»Zeit schinden?«, schlug Toni vor.

Das stimmte, wenn auch nicht ausschließlich. Pia machte einen vorsichtigen weiteren halben Schritt und blieb wieder stehen. »Sie sind ein sehr alter Mann, Senhor Peralta«, fuhr sie fort. »Sie haben schon jetzt mehr Geld, als Sie jemals ausgeben können, und dieses Messer allein ist mehr wert, als irgendein Mensch in diesem ganzen Land besitzt.«

»In den paar Jahren, die mir noch bleiben, meinst du?«

»Nehmen Sie es und lassen Sie uns gehen.«

»Und wenn nicht?«, fragte Toni kalt.

»Dann werde ich euch töten. Und dich zuerst.«

Toni zog die Augenbrauen zu einem spitzen V zusammen, und Pia setzte zu einem blitzschnellen Sprung an, um ihm die Waffe aus der Hand zu schmettern, und versuchte, ihm am Ende derselben Bewegung das Genick zu brechen. In Claudios riesenhafter Pranke erschien wie hingezaubert eine noch riesenhaftere Waffe, deren Lauf er gegen Jesus' Schläfe presste.

Pia erstarrte mitten in der Bewegung. »Nein!«, sagte sie entsetzt. »Nicht! Bitte!«

Peralta musterte sie kalt. Er sah kein bisschen überrascht aus. Eigentlich nicht einmal verärgert. »Ich nehme an, das musste jetzt wohl sein«, seufzte er. »Aber gut. Nachdem wir diesen Teil hinter uns haben, vermute ich, dass du endlich vernünftig wirst und mir sagst, was ich wissen will. Oder muss ich Toni wirklich die Erlaubnis geben, dieses kostbare Messer an deinem Freund auszuprobieren?«

Blanke Verzweiflung machte sich in Pia breit. Sie hatte Peralta abermals unterschätzt – oder ihre Cleverness überschätzt –, aber das lief wohl auf dasselbe hinaus.

»Also gut«, sagte sie. Den niedergeschlagenen Ton in ihrer Stimme musste sie nicht mehr schauspielern. »Ich sage Ihnen alles, was Sie wissen wollen … soweit ich es selbst verstehe, heißt das.«

Toni fügte Jesus einen weiteren Schnitt zu, diesmal in den Oberarm und aus keinem anderen Grund als dem, dass es ihm Freude bereitete, sein wehrloses Opfer zu quälen. Jesus stöhnte vor Schmerz, aber er wagte es angesichts des Pistolenlaufs an seiner Schläfe nicht, sich zu rühren.

»Also?«, fragte Peralta. »Ich höre.«

»Es ist … nicht so einfach zu erklären«, antwortete Pia nervös. Sie versuchte ihre Chancen einzuschätzen, Claudio zu erreichen und ihm die Waffe aus der Hand zu schlagen, bevor er abdrücken konnte, und gestand sich ein, dass sie absolut keine Chance hatte.

»Es ist gut«, sagte sie mit belegter Stimme. »Ich gebe auf. Ich sage Ihnen alles. Aber Sie werden mir nicht glauben.«

»Du glaubst ja nicht, was ich alles glaube, mein Kind«, antwortete Peralta, noch immer lächelnd, dennoch aber hörbar ungeduldiger als bisher.

Pias Verzweiflung stieg mit jeder Sekunde. Was sollte sie tun? Claudio würde Jesus töten, daran bestand nicht der leiseste Zweifel, ganz egal, was sie auch sagte oder tat. Und sobald sie alles gesagt hatte, was sein Boss hören wollte, würde sie ebenfalls sterben. Da war plötzlich eine kalte, fast maschinenhafte Stimme in ihrem Verstand, die ihr mit brutaler Logik zu erklären versuchte, dass sie Jesus' Leben ohnehin nicht mehr retten konnte und er gewiss nicht wollte, dass sie ihr Leben wegwarf, sondern ganz im Gegenteil mit Freuden sein eigenes Leben geopfert hätte, um das ihre zu retten. Und das Allerschlimmste war, dass das vermutlich sogar stimmte ... und den bloßen Gedanken, diese Wahl zu treffen, nur noch absurder machte. Aber sie hatte keine andere Wahl.

Bis auf eine vielleicht.

Der Gedanke erschreckte sie beinahe noch mehr.

»Es ist wirklich schwer zu erklären«, sagte sie. »Aber Sie haben recht, Senhor Peralta. Es hat mit diesem Dolch zu tun. Und ... dem Ring.«

»Und gleich wirst du mir erzählen, dass du in Wahrheit Frodo heißt und dich nur verkleidet hast, und dieser Ring einem ganz bösen Buben namens Sauron gehört.«

»Nein«, sagte sie. »Aber wie gesagt: Es ist schwer zu erklären und wahrscheinlich noch schwerer zu glauben. Haben Sie ihn dabei?«

Peralta sah sie weiter durchdringend an. Pia konnte regelrecht sehen, wie es hinter seiner Stirn arbeitete. Aber nach einer kleinen Ewigkeit gab er Toni einen Wink, und sein Neffe griff in die Tasche und zog das schwarze Kästchen hervor. Mit spitzen Fingern nahm er den Ring heraus, und etwas Rauchiges und nur für Pia Sichtbares sprang aus dem Ring und auf seinen Arm und schien damit zu verschmelzen. Pia streckte zögernd die Hand aus, und Peralta zog die Augenbrauen hoch und fragte:

»Für wie dumm hältst du mich, Kindchen?«

Toni sah nun völlig hilflos aus, und eindeutig mehr als nur ein bisschen erschrocken.

»Also gut«, seufzte Pia.»Ich gebe auf. Stecken Sie ihn an.«

»Das würde ich nicht tun, Onkel José«, sagte Toni. »Die Letzte, die das getan hat, war Consuela.«

»Ich weiß«, antwortete Peralta.»Aber ausprobieren sollten wir es, nicht wahr? Also, wieso probierst du es nicht aus?«

»Ich?!«, keuchte Toni.

»Nein«, antwortete Peralta. Er sah Pia an. »Du.«

Was hatte sie erwartet? Peralta war alt, aber nicht annähernd so dumm, wie sie gehofft hatte. Ihre Hand zitterte, als sie nach dem Ring griff. Der Schatten löste sich wieder von Tonis Arm und floss in das zerschrammte Metall zurück, und plötzlich war das Schaben und Scharren in ihrer Seele wieder da. Sie schloss die Hand um den Ring – er fühlte sich kalt an, viel kälter, als es sein sollte – und überlegte verzweifelt, was zu tun war. Wenn sie diesen Ring ansteckte, war sie tot. Wenn nicht, ebenfalls.

»Nur Mut«, sagte Toni. »Und keine Angst. Wir passen schon auf dich auf.«

Das Flüstern tief in ihrer Seele wurde lauter. Gier erfüllte den Raum wie etwas Klebriges. Zitternd öffnete sie die Hand, betrachtete den Ring noch eine allerletzte Sekunde und nahm ihn dann mit den Fingern der anderen Hand auf. Toni zog seine Magnum, und auch der zweite Killer nahm die Mündung seiner Waffe endlich von Jesus' Schläfe und zielte in ihre Richtung.

»Meine Geduld hat Grenzen, junge Dame«, sagte Peralta. Nicht mehr Mädchen. War das jetzt ein Fort- oder ein Rückschritt?, dachte sie hysterisch.

Unendlich behutsam streckte sie den Ringfinger aus und streifte den plumpen Silberring über. Er fühlte sich immer noch kalt und falsch an, und er musste ihr um mindestens ein halbes Dutzend Nummern zu groß sein, aber dann geschah etwas ganz und gar Unheimliches: Im gleichen Maße, in dem sie den Ring über ihren Finger schob, veränderte er sich und wurde kleiner. Als er ihre Hand berührte, passte er so perfekt, als wäre er eigens für sie angefertigt worden.

Und hinter ihr erschien der Sith.

Pia spürte es, nur den Bruchteil einer Sekunde bevor sie den Ausdruck von purem Entsetzen in Peraltas Augen sah, und den von mörderischer Wut in denen Tonis, ebenso sicher, wie sie plötzlich nicht nur den Namen der Kreatur wusste, sondern auch, dass es sich um den gnadenlosesten und schlimmsten Killer zweier Welten handelte, eine Kreatur, vor der es keine Flucht und kein Versteck gab, nicht am Ende des Universums und nicht am Ende der Zeit. Eine Beute, deren Spur dieses Geschöpf einmal aufgenommen hatte, war verloren, denn es gab kein Entkommen vor einem Sith, und jegliche Gegenwehr war sinnlos.

Pia versuchte es trotzdem.

Das Gespenst erschien hinter ihr, umgeben vom kalten Hauch der Hölle und von unvorstellbarer Stärke, und sie konnte fühlen, wie sich seine mörderischen Krallenhände nach ihr ausstreckten.

Dann geschah alles gleichzeitig.

Pia rammte den Ellbogen mit aller Gewalt zurück und gegen die Brust des Sith. Es war ein Gefühl, als hätte sie in eine Gummimatte geschlagen. Toni schrie auf und prallte zurück, und Claudio riss sein tragbares Flugabwehrgeschütz in die Höhe und drückte ab. Die Mündungsflamme musste mindestens einen halben Meter lang sein, und der Knall schien das gesamte Zimmer zu erschüttern. Die Kugel konnte sie gar nicht verfehlen. Dennoch tat sie es, denn in dem unendlich kleinen Bruchteil einer Sekunde, die das Geschoss brauchte, um die Distanz zu überbrücken, trat der Sith mit einem staksigen Schritt durch sie hindurch und fing es mit seinem Körper ab.

Das großkalibrige Geschoss durchschlug das Gespenst widerstandslos, aber irgendetwas in seinem ausgemergelten Brustkorb lenkte es trotzdem gerade weit genug ab, damit es Pia verfehlte. Die Kugel brach in einer Wolke aus Knochenstaub und papiertrockner Haut aus der Schulter des Sith, zog eine glühende Spur über ihren linken Bizeps und durchschlug auch noch die Wand hinter ihr, und der Sith wurde mit einer solchen Wucht gegen sie geschleudert, dass sie zwar nicht zu Boden ging, aber ein paar Schritte zurücktaumelte.

Das Ungeheuer erwies sich als deutlich standfester. Claudio

zielte sofort noch einmal, und auch Toni überwand seinen Schrecken erstaunlich schnell und ließ den Kristalldolch fallen, um mit beiden Händen auf den Sith zu zielen.

Weder er noch sein Kumpan fanden Zeit, abzudrücken.

Der Sith überwand die Entfernung zwischen sich und den beiden Mafia-Killern genauso mühelos und schnell, wie er gerade scheinbar (scheinbar?) durch Pia hindurchgeschritten war. Seine langen Fingernägel, in Wahrheit rasiermesserscharfe Krallen, die härter waren als Diamant, blitzten auf und vollführten eine unvorstellbar schnelle, schattenhafte Bewegung, und Claudios Revolver segelte davon, zusammen mit dem Finger, der sich nicht mehr um den Abzug hatte krümmen können, und plötzlich klafften auch in Tonis Gesicht neue, sehr viel tiefere Schnitte, die bis auf den Knochen reichten und seine Augen auslöschten.

Pia war mit einem einzigen Satz bei Peralta, stieß ihm die flachen Hände vor die Brust und konnte sich gerade noch wegducken, um nicht ihrerseits von Toni von den Füßen gerissen zu werden, der mit einem schrillen Heulen beide Hände vor sein Gesicht schlug und rückwärts taumelte.

Es gelang ihr nicht ganz, das Gleichgewicht zu halten. Ungeschickt und sehr schmerzhaft prallte sie mit dem rechten Knie auf, fing ihren Sturz im letzten Moment mit dem ausgestreckten Arm ab und hätte um ein Haar herausgefunden, wie sich Claudio gerade fühlte, denn ihre Finger schlugen nur Zentimeter neben der Diamantklinge auf den Boden, die sie vermutlich bei der leisesten Berührung abgeschnitten hätte.

Claudio brüllte immer noch vor Schmerz, aber auch vor mindestens genauso großer Wut, und er war ganz eindeutig nicht bereit, so schnell aufzugeben. Als sich der Sith zu Pia herumdrehen wollte, packte er mit der unverletzten Hand die Schulter des Gespenstes und riss es abermals herum.

Es war die letzte Bewegung seines Lebens. Der Sith ergriff seinen Arm, verdrehte ihn mit einer blitzartigen Bewegung und so hart, dass Pia hören konnte, wie der Knochen mindestens dreimal brach, und nutzte den Schwung seiner eigenen Bewegung, um den vor Schmerzen brüllenden Riesen mit fürchterlicher Gewalt gegen die Wand zu schmettern. Ein neuerliches, noch lauteres Knacken erscholl, und Claudio rutschte haltlos an der Wand hinab. Sein Hinterkopf hinterließ eine blutige Spur auf dem weißen Putz. Dann drehte sich das Ungeheuer beinahe gelassen herum und wandte sich wieder Pia zu. Die Gnadenfrist, die ihr das Schicksal gewährt hatte (zweifellos aus keinem anderen Grund als dem, sie zu quälen), hatte nur ein paar Sekunden gedauert; und zwei Menschenleben.

Es war nicht etwa so, dass sie wirklich wusste, was sie tat. Ihre Finger schlossen sich ganz von selbst um den Dolchgriff aus schwerem Silber, der sich im ersten Moment ebenso falsch und unangenehm anfühlte, wie es der Ring gerade getan hatte; nur ungleich intensiver. Die Berührung tat ganz eindeutig weh. Dennoch ließ sie die Waffe nicht los, sondern schloss die Hand ganz im Gegenteil nur noch fester um ihren Griff.

Es war mit diesem Dolch genau wie mit ihrem Wissen um den Sith gerade: Sie wusste einfach, dass der Dolch mit der Diamantklinge ihre einzige, verzweifelte Chance war. Es war nicht irgendein Messer, sondern eine geheiligte Waffe, geschmiedet in den niemals erlöschenden Essen der CaerCadian, nicht so mächtig und verheerend wie Eiranns Fluch, vielleicht nicht einmal annähernd stark genug, um den Sith zu töten oder auch nur ernsthaft zu verletzen … aber möglicherweise reichte ihr Biss doch tief genug, um dem Ungeheuer wehzutun und ihnen die winzige Chance zu verschaffen, die sie brauchten.

Als sich der Sith zu ihr herabbeugte und seine fürchterlichen Klauen ausstreckte, versuchte sie nicht, ihm auszuweichen, sondern sprang im Gegenteil auf und rammte ihm den Elfendolch bis zum Heft in die Brust.

Zum allerersten Mal, seit sie den Sith kennengelernt hatte, sah sie so etwas wie ein Gefühl in seinen grundlosen Augen. Überraschung. Überraschung und einen mit Verwirrung gepaarten

Schmerz, der nicht körperlicher Natur war. Dieses Wesen war nicht imstande, körperlichen Schmerz zu empfinden. Wenn es jemals gelebt hatte, dann war das so lange her, dass es selbst die Erinnerung daran längst vergessen haben musste.

Ganz langsam begann der Sith in die Knie zu gehen. Die Klinge des Elfendolchs teilte sein Fleisch dabei so mühelos, als wäre es gar nicht vorhanden, und glitt ohne den geringsten Widerstand wieder aus seinem Körper heraus. Eine Wolke aus fauligem Gestank hüllte Pia ein, als der Sith vor ihr zu Boden sank, und dann hörte sie zum ersten – und letzten – Mal in ihrem Leben die Stimme des Sith, ein mühsames, rasselndes Krächzen, das über den Abgrund der Jahrtausende und einer ganzen Welt hinweg an ihr Ohr drang.

»Herrin?«, röchelte der Sith.

VI

Wenn es so etwas wie die Steigerung des absoluten Schreckens überhaupt gab, dann war es das, was Pia in diesem Moment empfand. Die böse Verhöhnung von Leben in den Augen des Sith erlosch und machte nichts als vollkommener Schwärze Platz, als würde man einen Blick in ein Universum werfen, das so leer und kalt war, dass nicht einmal mehr Einsamkeit darin existieren konnte, und das groteske Wesen brach weiter zusammen, fiel auf die Knie und schließlich schwer auf den Rücken und regte sich nicht mehr.

Herrin? Wieso hatte dieses … Ding sie *Herrin* genannt? Es konnte doch nicht sein, dass …

Pia gestattete sich nicht, diesen Gedanken auch nur zu Ende zu denken, sondern fuhr mit einer raschen Bewegung zu Jesus herum und trat an sein Bett heran. Ihre Finger berührten den frischen Schnitt in seinem Oberarm und ließen den Blutstrom versiegen. Sie konnte nicht nur spüren, sondern auch in seinen Augen lesen, wie der Schmerz erlosch und einer Mischung aus bodenlosem Erstaunen und sanftem Schrecken Platz machte. Dieses Erschrecken tat weh.

»Was … hast du gemacht, Pia?«, fragte er. Pia versuchte sich vergebens einzureden, dass das hörbare Stocken in seiner Stimme nur an seiner Schwäche lag.

»Später!«, sagte sie unwirsch. »Jetzt müssen wir hier weg. Halt still!«

Wenn ihm dieser Widerspruch in sich auffiel, dann verlor er jedenfalls kein Wort darüber, und im nächsten Augenblick wurden seine Augen groß vor Staunen, als Pia sich konzentrierte und einen weiteren Teil ihrer Kraft in ihn strömen ließ. Es war nicht viel, was sie ihm geben konnte. Sowohl der Ring als auch der Diamantdolch waren Teil der Elfenwelt und ermöglichten ihr den Zugriff auf die Quelle jener unheimlichen Macht, über die sie seit einer Weile gebot, ohne auch nur eine Vorstellung von ihrer wahren Natur zu haben, aber längst nicht in dem Ausmaß, das nötig gewesen wäre, um ihm wirklich zu helfen. Aber es war alles, was sie hatte, und musste reichen.

Nach einem halben Dutzend schwerer Herzschläge nahm sie die Hand von seinem Arm und trat einen Schritt zurück. »Kannst du aufstehen?«

Jesus versuchte sich hochzustemmen und schien selbst am meisten erstaunt zu sein, dass es ihm gelang. »Ich … glaube schon.«

»Dann solltest du das tun«, sagte sie. Jesus richtete sich weiter auf, und die Decke rutschte herunter, sodass Pia sehen konnte, dass er darunter nichts als den schmalen weißen Verband und etwas wie eine rosarote Pampers in XXXXXXXL trug, was nicht nur einigermaßen albern aussah, sondern auch ziemlich peinlich. »Und besorg dir etwas zum Anziehen«, fügte sie hinzu. »Aber schnell. Wir müssen hier weg.«

Jesus brummelte eine Antwort, die sie nicht verstand, strampelte sich endgültig frei und schwang behutsam die Beine aus dem Bett. Der Computer in der Wand beschwerte sich mit einem kläglichen elektronischen Piepsen, als das Kabel riss, das ihn mit der Manschette an Jesus' Oberarm verband.

Pia hörte ein leises Wimmern und drehte sich zu Toni um. Sie hatte nicht ganz genau gesehen, was die Klauen des Sith ihm angetan hatten (und wenn sie ehrlich war, *wollte* sie das auch gar nicht), wappnete sich aber gegen das Schlimmste.

Zu ihrer Erleichterung gab es jedoch nicht viel zu sehen. Toni saß mit dem Rücken an die Wand gelehnt da und hatte beide Hände vor das Gesicht geschlagen. Dünnes, erstaunlich helles Blut quoll in schmalen Rinnsalen zwischen seinen Fingern hervor und färbte sein Hemd rot. Er gab keinen Laut von sich. Das Wimmern, das sie hörte, kam von Peralta. Er hatte sich endgültig in eine erbärmliche Marlon-Brando-Karikatur verwandelt, hockte wie eine fette Qualle auf dem Boden und hatte sein albernes Hütchen abgenommen, um es mit beiden Händen zu kneten. Als Pia einen Schritt auf ihn zutrat, zog er den Kopf ein und hob schützend die Arme vor das Gesicht.

Pia würdigte ihn nicht einmal eines einzigen Wortes, sondern ging an ihm vorbei und ließ sich neben Gonzales in die Hocke sinken.

»Alles in Ordnung, Professor?«, fragte sie. Die Worte kamen sogar ihr selbst wie böser Spott vor, aber Gonzales brachte es irgendwie fertig, nicht nur den Kopf zu heben, sondern sogar ihrem Blick standzuhalten. In seinen Augen flackerte etwas, das schlimmer war als bloßes Entsetzen. Er wollte etwas sagen, aber Pia kam ihm zuvor.

»Es tut mir leid, Professor«, sagte sie sanft. »Ich kann mir vorstellen, wie Sie sich jetzt fühlen, aber für Erklärungen ist gerade keine Zeit. Und es … ist wahrscheinlich auch besser für Sie, wenn Sie nicht mehr wissen. Sind sie verletzt?«

»Ich glaube nicht«, murmelte Gonzales. So schockiert, wie er war, dachte Pia, hätte er das wahrscheinlich auch gesagt, wenn sie ihm seinen eigenen abgerissenen Arm vor das Gesicht gehalten hätte.

»Dann kümmern Sie sich bitte um ihn«, sagte sie mit einer Kopfbewegung in Tonis Richtung. »Ich glaube, dieser Mann braucht Ihre Hilfe.«

Zuerst einmal war es Gonzales, der Hilfe dabei brauchte, überhaupt in die Höhe zu kommen, doch nachdem sie ihn mit sanfter Gewalt auf die Beine gestellt und wie ein kleines Kind an der Hand genommen und zu Toni hingeführt hatte, ging eine ganz erstaunliche Veränderung mit ihm vonstatten. Pia sah jetzt, dass er sich getäuscht hatte: In den nassen Fleck auf seiner Kitteltasche mischte sich Blut. Er *war* verletzt, aber das schien er nicht einmal zu merken. Rasch ließ er sich vor Toni in die Hocke sinken und drückte mit sanfter Gewalt dessen Hände herunter, und während Pia einen erschrockenen Laut nicht mehr ganz unterdrücken konnte, als sie sah, was die Klauen des Sith seinem

Gesicht angetan hatten, erschien auf Gonzales Zügen nur ein Ausdruck professioneller Sorge.

»Das sieht übel aus«, sagte er. »Der Mann muss in den OP. Sofort.«

»Dann tun Sie, was nötig ist. Brauchen Sie Hilfe?«

Gonzales antwortete mit einer Kopfbewegung, die zugleich ein Nicken und eine Geste auf das Bett war, in dem Jesus bis jetzt gelegen hatte. Gemeinsam hoben sie Toni – der noch immer nicht den mindesten Laut von sich gab – hoch und legten ihn auf das überbreite Bett, doch als Pia zurücktreten wollte, hielt Gonzales sie mit einer raschen Bewegung am Arm fest.

»Können Sie nicht …?«, begann er, brach dann mit einem Schulterzucken ab und maß sie mit einem gleichermaßen verstörten wie beinahe flehenden Blick. Pia versuchte sich nicht einmal vorzustellen, welche Überwindung es einen Mann wie ihn kosten musste, sich mit einer solchen Bitte an sie zu wenden.

Sie zwang sich noch einmal, den Anblick von Tonis verheertem Gesicht zu ertragen, und der zweite Blick war beinahe schlimmer als der erste.

»Nein«, murmelte sie mit belegter Stimme. Das Schlimme war, dass sie ihm durchaus hätte helfen können. Sie konnte ihm seine Augen nicht wiedergeben – dazu hätten nicht einmal ihre gesamten Kräfte gereicht, so unvorstellbar groß sie auch sein mochten –, aber es hätte durchaus in ihrer Macht gelegen, ihm die Schmerzen zu nehmen; und (viel schlimmer) das Entsetzen, das der wahre Grund für sein gelähmtes Schweigen war. Aber das hätte sie zusätzliche Kraft gekostet, Kraft, die sie bitter nötig brauchte, um Jesus hier herauszuschaffen. Es war eine grausame und durch und durch unmenschliche Wahl, die sie treffen musste. Aber sie traf sie und schüttelte nur noch einmal den Kopf.

»Ja, das habe ich mir schon gedacht«, sagte Gonzales. Er klang auf eine sonderbare Art enttäuscht und zugleich erleichtert, seufzte noch einmal und zog etwas aus der Kitteltasche, das wie eine Kreuzung aus einem altmodischen Walkie-Talkie und einem umso moderneren Handy aussah. Er hielt es an die Lippen, drückte die Sprechtaste aber noch nicht, sondern fuhr zu Pia gewandt fort: »Sie und Ihr Freund sollten jetzt verschwinden. Der Schuss ist garantiert gehört worden. Wahrscheinlich ist der Wachschutz schon auf dem Weg hierher. Ich möchte nicht noch mehr Verletzte und Tote in meinem Krankenhaus.«

Pia nickte nur stumm und vermied es auch ganz bewusst, Toni noch einmal anzusehen. Sie fühlte sich sehr schuldig.

Das wurde auch nicht besser, als sie sich zu Jesus herumdrehte, der gerade dabei war, den toten Claudio aus seinen Kleidern zu schälen. Hose und Socken hatte er bereits an, und jetzt versuchte er gerade, mit leicht angewidertem Gesicht in das blutbesudelte Hemd des Toten zu schlüpfen. Pia kam das, was er tat, so falsch vor, dass sie sich beherrschen musste, um ihn nicht davon abzuhalten; und das nicht nur, weil die Kleider Jesus' trotz Claudios hünenhafter Gestalt um mehrere Konfektionsgrößen zu klein waren. Es sah ziemlich lächerlich aus, aber Pia tröstete sich damit, dass er in rosa Riesenpampers vermutlich noch deutlich mehr Aufsehen erregt hätte.

Statt irgendetwas zu sagen, wandte sie sich noch einmal zu Peralta um.

»Sind sie verletzt?«, fragte sie.

Peralta antwortete nicht, sondern starrte sie nur aus großen Augen an. Pia war nicht sicher, dass er ihre Worte überhaupt gehört hatte. Achselzuckend ging sie vor ihm in die Hocke, griff in seinen Mantel und fand auf Anhieb, was sie vermutet hatte: eine hastig, aber sehr stabil aus dünnen Metallplatten und Lederstreifen improvisierte Messerscheide, die in der Innentasche seines Mantels steckte. Sie hätte sich auch nicht vorstellen können, dass Peralta so leichtsinnig gewesen wäre, die rasiermesserscharfe Waffe einfach so einzustecken und sich bei der ersten unvorsichtigen Bewegung selbst damit aufzuspießen.

Behutsam schob sie den Dolch hinein, wickelte eines der schmalen Lederbänder ab und benutzte ihn als Gürtel, den sie sich um die Hüfte knotete. Nach dem, was diese schreckliche Waffe gerade vor ihren Augen angerichtet hatte, sollte das genaue Gegenteil der Fall sein – aber sie fühlte sich deutlich sicherer, als sie das Gewicht des Elfendolches an der Hüfte spürte.

Sie wollte aufstehen, überlegte es sich aber dann noch einmal anders und griff erneut in Peraltas Mantel, um seine Brieftasche zu nehmen. Sie quoll nicht ganz so über vor Bargeld, wie sie insgeheim gehofft hatte, enthielt aber ein hübsches Sümmchen, das sie ohne die Spur eines schlechten Gewissens einsteckte. Die geplünderte Brieftasche ließ sie achtlos fallen. »Tut mir leid, Onkel José«, sagte sie, »aber ich bin nun mal eine Diebin.«

Sie stand endgültig auf und drehte sich ungeduldig zu Jesus um. Er war mittlerweile mit seiner Leichenfledderei fertig und sah in der viel zu kleinen Jacke genauso lächerlich aus, wie sie befürchtet hatte. Er war klug genug gewesen, sie nicht zu schließen, aber Pia zweifelte trotzdem nicht daran, dass sie bei der ersten unvorsichtigen Bewegung aus den Nähten platzen würde.

Gonzales sprach mit leiser, sehr schneller Stimme in sein mutiertes Handy, ohne Jesus und sie dabei auch nur eine Sekunde aus den Augen zu lassen. Pia fragte sich ganz ernsthaft, ob *er* vielleicht gerade dabei war, den Wachschutz zu rufen, kam aber zu dem Schluss, dass das wahrscheinlich auch keine Rolle mehr spielte, und bedeutete Jesus nur mit einer ungeduldigen Geste, sich zu beeilen. Er nickte zwar, wandte sich aber nicht zur Tür, sondern ließ sich noch einmal in die Hocke sinken, um Claudios Magnum aufzuheben. Als er sich wieder aufrichten wollte, stockte er mitten in der Bewegung, presste die Hand gegen die Seite und sog scharf die Luft zwischen den Zähnen ein.

Pia trat rasch zu ihm, legte die Finger auf seine gewaltige Pranke und löschte den Schmerz aus. Jesus starrte sie verblüfft an, und unter dem Blick, den Gonzales ihr zuwarf, begann sie sich noch schlechter zu fühlen.

Sie verbot es sich, diesen Gedanken weiterzuverfolgen, und eilte zur Tür, blieb dann aber mit der Hand auf der Klinke noch einmal stehen und drehte sich herum. Ohne die mindeste Überraschung stellte sie fest, dass der Sith verschwunden war.

»Wenn ich Ihnen noch einen guten Rat geben darf, Professor, dann vergessen Sie, was Sie gesehen haben, und bleiben dabei, niedergeschlagen worden und bewusstlos gewesen zu sein. Überlassen Sie es einfach Onkel José hier, der Polizei zu erklären, was passiert ist.« Damit stürmten Jesus und sie endgültig aus dem Zimmer.

Von der fast atemlosen Stille eines nächtlichen Krankenhauses, die sie vorhin empfangen hatte, war nicht mehr viel geblieben. Die kleinen Notlichter hatten ihre Farbe verändert und pulsierten nun in einem bedrohlichen Rot, und eine Alarmsirene heulte, nicht einmal besonders laut und zweifellos nur hier draußen auf den Korridoren, aber auf einer Frequenz, die beinahe in den Zähnen wehtat. Auf halbem Wege zur Sicherheitstür glitt diese auf, und zwei junge Männer in weißer Krankenhauskleidung rannten ihnen entgegen, eine verchromte Bahre zwischen sich herschiebend. Wenn ihnen der Anblick einer jungen Frau in einer Skimontur und eines Zweimeterriesen in einem drei Nummern zu kleinen Anzug komisch vorkam, so ließen sie sich jedenfalls nichts anmerken, sondern scheuchten Jesus und sie nur heftig gestikulierend zur Seite und setzten ihren Weg noch schneller fort.

Kurz bevor sie den Aufzug erreichten, glitten die Türen der Kabine auf, und ein junger Mann in einer dunkelblauen Uniform trat heraus. Er trug ein albernes Käppi mit dem Emblem einer privaten Sicherheitstruppe, einen gewaltigen Gummiknüppel in der rechten Hand und einen geradezu lächerlich kleinen Revolver am Gürtel, den Pia ohne den leisesten Zweifel als harmlose Gaspistole identifizierte. Als er Jesus und sie heranstürmen sah, erstarrte er für eine halbe Sekunde, reagierte aber dann mit erstaunlicher Schnelligkeit: Er trat einen halben Schritt zur Seite, ließ den Schlagstock fallen und hatte die (Gas-)Pistole in perfekter Combat-Haltung in beiden Händen, noch bevor der Knüppel mit einem lang anhaltenden Klappern auf dem Boden aufschlug. »Keine Bewegung!«, befahl er. »Rührt euch nicht!«

Pia bleib tatsächlich mitten im Schritt stehen, während Jesus einfach nur verblüfft (wahrscheinlich über so viel Unverfrorenheit) aussah und noch einen Schritt weiterlief, bevor auch er stehen blieb, den Kopf schüttelte und dann fast gemächlich seine Magnum hob.

»Meiner ist größer, Amigo«, sagte er.

Der junge Sicherheitsmann ächzte. Seine Augen wurden so groß, dass sie fast aus den Höhlen zu quellen schienen. Zwei, drei keuchende Atemzüge lang starrte er Jesus – und vor allem die gigantische Waffe in seinen Händen – einfach nur an, dann wirbelte er auf dem Absatz herum und raste davon, als wären sämtliche Dämonen der Hölle hinter ihm her.

»Manchmal spielt die Größe wohl doch eine Rolle«, grinste Jesus.

Pia räusperte sich unecht und machte eine Kopfbewegung in Richtung des Revolvers in seinen Händen, und als sein Blick ihrer Bewegung folgte, erschien ein leise erstaunt wirkender Ausdruck in seinem Gesicht. »Oh«, murmelte er.

Auch Pia war nicht ganz sicher, was den bedauernswerten Jungen nun eigentlich so sehr erschreckt halte: die riesige Waffe, deren Mündung auf sein Gesicht gerichtet war, oder Claudios abgeschnittener Zeigefinger, der noch immer im Abzug eingeklemmt war.

Jesus schnippte ihn davon und maß Pia mit einem schrägen Blick. »Meinst du nicht, dass …«

»Nein«, unterbrach ihn Pia. Die Aufzugstüren wollten sich schließen, und sie trat mit einem schnellen Schritt dazwischen und gab ihm ungeduldig ein Zeichen, ihr zu folgen. »Jetzt nicht. Wir müssen verschwinden! Ich würde mich nicht wundern, wenn irgendjemand die Polizei gerufen hätte.« Sie wartete, bis Jesus an ihr vorbei in die Kabine getreten war, und schlug mit der Faust auf den Knopf für das Erdgeschoss. »Und geh sparsam mit deinen Kräften um«, fügte sie hinzu. »Es könnte sein, dass sie nicht allzu lange halten.«

Jesus machte nur ein ratloses Gesicht, setzte zu einer entsprechenden Frage an und sank dann mit einem fast kläglichen Laut gegen die verspiegelte Rückwand der Kabine. Sein Gesicht verlor so schnell an Farbe, dass man dabei zusehen konnte.

Mit einem raschen Schritt trat Pia neben ihn, ergriff seine Hand und spendete ihm noch einmal Kraft. Es half. Die Farbe kehrte in sein Gesicht und das Leben in seinen Körper zurück, aber Pia wagte nicht zu prophezeien, wie oft ihr das noch gelingen würde. Ein- oder zweimal, vielleicht.

Jesus stieß sich mit einem grunzenden Laut von der verspiegelten Rückwand der Liftkabine ab und bedachte sie mit einem Blick, von dem sie nicht sicher war, ob er ihr gefiel. »Manchmal wirst du mir richtig unheimlich, weißt du das?«

»Das sagt man mir in letzter Zeit öfter«, erwiderte Pia. »Aber danke, dass du mich daran erinnerst.«

Jesus machte ein noch ratloseres Gesicht, kam aber zu Pias Erleichterung nicht dazu, seine Frage laut zu stellen, denn die Kabine hielt an, und die Türen glitten lautlos auseinander. Max stand unmittelbar dahinter und hatte eine Pistole in der Hand.

Pia hätte nicht entscheiden können, ob es am Anblick der Waffe lag oder ob Jesus instinktiv spürte, wem er gegenüberstand, aber er reagierte so schnell, dass Josés Neffe nicht einmal Zeit fand, seine Überraschung zu überwinden, geschweige denn die Waffe zu heben. Jesus' Faust krachte in sein Gesicht, nicht mit aller Kraft, die er hätte aufbringen können (was Max vermutlich das Leben rettete, wenn auch nicht den Kiefer), und die Pistole und ihr Besitzer flogen in entgegengesetzte Richtungen davon und schlitterten über den auf Hochglanz polierten Marmorboden. Erst als sie aus der Kabine heraustraten, fragte Jesus: »Wer war das?«

»Niemand, der dich interessieren muss«, antwortete Pia. Sie sah aus den Augenwinkeln, wie der Wachmann hinter seiner

Theke zusammenfuhr und dann so hastig nach dem Telefonhörer griff, dass er ihn fallen ließ und sich noch hastiger danach bückte, schickte ein Stoßgebet zum Himmel, dass er nicht auf die Idee kam, etwas noch viel Dümmeres zu tun, und musste sich mit aller Kraft beherrschen, um nicht zu rennen, sondern die Halle nur mit schnellen Schritten zu durchqueren. Die zwei Sekunden, die sie dadurch gewonnen hätten, waren vollkommen unwichtig, aber Jesus hätte wertvolle Kraft dabei verschwendet.

Der Nachtwächter hinter seiner Theke kam auf die grandiose (und ziemlich selbstmörderische) Idee, die elektrische Drehtür abzuschalten, als Jesus und sie gerade mitten darin steckten. Jesus hob mit einem wütenden Knurren die Faust, um die Scheibe einzuschlagen, aber Pia hielt ihn mit einer hastigen Geste zurück, zog den Elfendolch aus der improvisierten Scheide und berührte die Scheibe vor sich mit der diamantenen Klinge. Das Glas zersprang mit einem hellen, lang nachhallenden Laut, und Jesus und sie traten durch den Rahmen, noch bevor die Glasscherben vollends zu Boden geregnet waren.

Sie zertrümmerte eine zweite Scheibe, und der Mann hinter ihnen kam im letzten Moment auf die Idee, den Rest der Drehtür zu retten, indem er sie wieder in Bewegung setzte.

Es wäre nicht nötig gewesen, aber Pia berührte aus purer Bosheit auch noch die dritte Scheibe und verwandelte sie in eine Wolke aus staubfein explodierendem Glas.

Das ferne Wimmern einer Polizeisirene empfing sie, als sie aus der demolierten Drehtür ins Freie traten und sich dem Bentley näherten.

Jesus machte erneut ein fragendes Gesicht, als er die silbergraue Luxuslimousine erblickte, und Pia zwang sich zu einem flüchtigen Grinsen. »Ich weiß doch, was ich dir schuldig bin, wenn ich dich schon abholen darf«, sagte sie. »Und mit einem Käfer hätten wir auch Schwierigkeiten bekommen, nicht wahr?«

Jesus sagte vorsichtshalber nichts dazu, sondern wirkte nur ein bisschen verdutzt, als sie auf den letzten Schritten an Tempo zulegte, um den Wagen als Erste zu erreichen und auf der Fahrerseite einzusteigen.

Erst als sie sich hinter das riesige Steuer fallen ließ und die Tür hinter sich zuknallte, fiel ihr der Schlüssel ein, den Max vermutlich noch immer in der Jackentasche hatte. Eine halbe Sekunde lang überlegte sie, zurückzugehen und ihn zu holen, aber ihr fiel auch sofort eine schnellere Lösung ein. Noch während Jesus sich neben ihr mit solcher Wucht auf den Beifahrersitz fallen ließ, dass der ganze Wagen bebte, beugte sie sich zur Seite und riss mit einer kraftvollen Bewegung die Kabel aus dem Zündschloss.

»Und du bist sicher, dass du weißt, was du da tust?«, erkundigte sich Jesus.

»He, ich habe schon mehr Autos geklaut, als du in deinem ganzen Leben gesehen hast!«, behauptete Pia. Das war zweifellos übertrieben, wenn auch nicht allzu sehr, aber sie brauchte auch nur ein paar Sekunden, um die richtigen Drähte zu finden und miteinander zu verknoten. Der Motor sprang mit einem machtvollen Brummen an, und Pia richtete sich breit grinsend hinter dem Steuer auf. »Ein Hoch auf europäische Luxus-Oldtimer ohne elektronische Wegfahrsperre«, sagte sie. »Und ich habe schon ernsthaft angefangen zu befürchten, dass das Schicksal mich hasst.«

Dann sah sie in den Innenspiegel und verbesserte sich in Gedanken. Sie musste es nicht befürchten.

Das Schicksal hasste sie ganz eindeutig.

Hinter ihnen bog ein Streifenwagen der Polizei in die Krankenhauszufahrt ein.

VII

Der Polizeiwagen fuhr ohne Sirene oder Blaulicht, und der Fahrer schien es nicht besonders eilig zu haben. Er rollte langsam die Zufahrt hinauf, kam zwei Meter hinter dem Bentley zum Stehen, und der Fahrer stieg aus. Er machte sich nicht einmal die Mühe, seine Mütze aufzusetzen, wie es eigentlich Vorschrift gewesen wäre, und er griff schon gar nicht nach seiner Waffe. Das ferne Heulen einer Sirene war noch immer zu hören, schien sich jetzt aber eher wieder zu entfernen.

»Was zum Teufel bedeutet das?«, fragte Jesus.

»Keine Ahnung«, antwortete Pia nervös. »Aber wahrscheinlich nichts. Vielleicht hat nur irgendein übereifriger braver Bürger die Polizei gerufen, weil wir im Halteverbot stehen.« Sie behielt den Polizisten im Spiegel aufmerksam im Auge, während sie mit einiger Mühe (und die fehlende Hightech-Ausrüstung des Oldtimers, die sie gerade noch so begrüßt hatte, nun innerlich verfluchend) das Seitenfenster herunterkurbelte.

Der Mann blieb einen Schritt hinter dem Wagen stehen und zog etwas aus dem Gürtel, von dem sie nicht ganz sicher war, ob es sich nicht doch um eine Waffe handelte. Aber dann entpuppte es sich nur als eine Taschenlampe, deren Strahl er einen Moment lang konzentriert auf das Nummernschild richtete. Vielleicht erkannte er es ja und wusste, wem der Wagen gehörte, dachte Pia. So viele silbergraue Bentleys fuhren schließlich auch in Rio de Janeiro nicht herum.

Ihr Wunsch ging nicht in Erfüllung. Nach ein paar Sekunden ging das Licht wieder aus, und der Mann kam näher. »Behalt bloß die Nerven«, sagte Pia. »Ich regle das schon.«

Der Polizist kam näher, beugte sich zum Fenster herab und tippte mit dem Zeigefinger gegen den Rand seiner Dienstmütze, die er gar nicht aufhatte. Trotz der späten Stunde trug er eine Sonnenbrille, und er konnte nicht sehr viel älter sein als sie.

»Guten Abend, Senhorita«, sagte er. Dann schwieg er verwirrt ein paar Sekunden, als er ihren sonderbaren Aufzug bemerkte. Die Schulter, wo die Kugel ihre Jacke zerfetzt hatte, wandte sie ihm gottlob nicht zu. »Sie wissen, dass Sie hier nicht stehen dürfen?«, fragte er, nachdem er seine Verblüffung wenigstens halbwegs überwunden hatte. Er sah jetzt eher amüsiert aus, aber das konnte Pia ihm nicht einmal verdenken. Wahrscheinlich hielt er sie für ein bisschen verrückt, und genauso wahrscheinlich bot sie einen ziemlich komischen Anblick hinter dem riesigen Steuer. Sie konnte kaum darüber hinwegsehen.

»Genau dasselbe habe ich Onkel José auch gesagt«, antwortete sie mit dem treuherzigsten Augenaufschlag, den sie zustande brachte. »Aber er hat darauf bestanden, dass wir genau hier auf ihn warten.«

»Onkel José?«, wiederholte er. »Und Sie … fahren diesen Wagen, Senhorita? Dürfte ich dann bitte Ihren Führerschein sehen?« Er beugte sich noch ein wenig weiter vor, um einen Blick auf Jesus' Gesicht zu werfen, und Pia sagte hastig:

»Ich habe keinen Führerschein.«

Die Aufmerksamkeit des jungen Streifenpolizisten verlagerte sich schlagartig wieder auf sie. »Wie bitte?«, fragte er.

Pia kicherte. »Oh, jetzt verstehe ich. Nein, nein. Ich fahre den Wagen nicht. Ich wollte nur einmal hinter dem Steuer sitzen, um zu sehen, was das für ein Gefühl ist.« Sie kicherte noch einmal und ganz bewusst ein bisschen anzüglich. »Sonst darf ich immer nur hinten sitzen, auf Onkel Josés Schoß.«

»Onkel José?«, wiederholte der Polizist. Hinter der riesigen Sonnenbrille konnte Pia seine Augen nicht erkennen, aber sie sah ihm auch so an, dass sein Misstrauen keineswegs besänftigt war, sondern eher noch wuchs. Er versuchte noch einmal, einen Blick auf die Gestalt auf dem Beifahrersitz zu werfen.

»José Peralta«, bestätigte sie. »Onkel José.«

Diesmal funktionierte es. Es hielt zum zweiten Mal mitten in der Bewegung inne, starrte sie eine endlose Sekunde lang durch die schwarzen Gläser seiner Sonnenbrille hindurch an und lächelte plötzlich. Allerdings ein bisschen nervös. »Und?«, fragte er. »Wie sitzt es sich hier vorne?«

»Ziemlich eng. Manche finden das ja vielleicht gut. Ziemlich eng, meine ich. Onkel José zum Beispiel. Aber mir gefällt das nicht.«

Das Lächeln des Polizisten wurde noch eine Spur nervöser. Sie konnte sehen, wie es hinter seiner Stirn arbeitete. »Also dann … werde ich noch einmal ein Auge zudrücken«, sagte er zögernd. »Aber richten Sie Senhor Peralta aus, dass er das nächste Mal bitte nicht direkt vor dem Eingang parken möchte. Die Leute beschweren sich, und dann müssen wir umsonst rauskommen.«

»Das werde ich«, versprach Pia. »Und vielen Dank auch für Ihr Verständnis.«

»Kein Problem«, antwortete er. »Richten Sie Ihrem Onkel meine Empfehlungen aus.« Er berührte noch einmal seine nicht vorhandene Mütze, lächelte ihr zu und wollte sich aufrichten, und Pia konnte regelrecht hören, wie es hinter seiner Stirn klick machte und eine ganze Batterie misstönender Alarmsirenen zu schrillen begann. Seine Hand zuckte zum Gürtel, und Pia rammte den Rückwärtsgang hinein und trat das Gaspedal bis zum Anschlag durch.

Der Bentley machte einen gewaltigen Satz nach hinten. Der Streifenbeamte brachte sich mit einem erschrockenen Sprung in Sicherheit, und das Heck des Bentley bohrte sich mit einem gewaltigen Krachen in die Kühlerhaube des Polizeiwagens. Beide Scheinwerfer und die Windschutzscheibe zerbarsten klirrend, und die Sirene, die bisher keinen Mucks von sich gegeben hatte, stieß einen einzelnen, jämmerlichen Heulton aus und verstummte dann, als die gewaltige Wucht des Aufpralls das Blaulicht vom Dach fegte. Funken stoben, und die Erschütterung war so stark, dass Pia das Gefühl hatte, der ganze Wagen müsste einfach in Stücke brechen. Trotzdem nahm sie den Fuß nicht vom Gas, sodass die ungezählten PS des Bentley den Streifenwagen einfach weiterschoben, und das so schnell, als wäre er nicht schwerer als eine Seifenkiste.

Hinter ihnen erscholl ein gellender Schrei, dann ein peitschender Schuss. Die Kugel prallte vom Kotflügel des Bentley ab und heulte als Querschläger davon, und Pia versuchte ebenso verzweifelt wie vergeblich, das Gaspedal noch weiter in das Bodenblech hineinzurammen.

Der Bentley war allerdings auch so schnell genug, und er wurde sogar noch schneller, während er die abschüssige Zufahrt hinabraste. Der tapfere Streifenwagen tat sein Bestes, um ihn aufzuhalten, indem er sich auf qualmenden Reifen querstellte, aber der tonnenschwere Bentley schob ihn völlig unbeeindruckt weiter. Einer der Reifen flog in einer Rauchwolke davon, und Funken – und nur den Bruchteil einer Sekunde darauf Flammen – stoben unter dem Wagen hervor. Pia sah eine schemenhafte Gestalt, die auf dem Beifahrersitz haltlos hin und her geworfen wurde, und hinter ihnen krachte ein zweiter Pistolenschuss. Die Kugel schlug unmittelbar vor ihr gegen die Windschutzscheibe und prallte davon ab, ohne mehr als einen winzigen Kratzer zu hinterlassen.

Pia schickte ein kurzes, aber ehrlich gemeintes Dankgebet in Peraltas Richtung, dass er paranoid genug gewesen war, den Oldtimer mit kugelsicheren Scheiben versehen zu lassen, und kurbelte wie wild am Lenkrad, als sie das Ende der Zufahrt erreicht hatten und rückwärts auf die Straße hinausschlitterten. Der Streifenwagen verlor auch noch einen zweiten Reifen, löste sich aber endlich von ihrem Heck und verwandelte sich in einen zu groß geratenen Kreisel, der Funken sprühend auf die Straße und in den fließenden Verkehr rutschte. Angesichts der späten Stunde floss dieser nur noch spärlich, aber er floss, und es reichte für mindestens zwei weitere unsanfte Kollisionen, die die Straße hinter ihnen in einen einzigen Wust aus Blech und zersplitterndem Glas verwandelten. Dann traf irgendetwas den Bentley mit solcher Wucht, dass Pia nach vorne geworfen wurde und unsanft mit der Stirn gegen das Lenkrad prallte. Blitze aus rotem Schmerz zuckten vor ihren Augen, und sie biss sich auf die Zunge und schmeckte Blut. Irgendetwas, das sehr viel kleiner war als der Bentley, schlitterte davon und prallte seinerseits gegen einen Wagen, dessen Fahrer nicht mehr schnell genug reagieren konnte (und auch keine Chance dazu bekam), und für einen Moment wurde der Schmerz hinter ihrer Stirn so schlimm, dass ihr übel wurde.

Trotzdem war sie geistesgegenwärtig genug, nicht nur mit einer Hand das Lenkrad festzuhalten, sondern auch den Rückwärtsgang heraus- und den ersten Gang hineinzurammen und sofort wieder Gas zu geben. Vielleicht hatte sie den Fuß auch gar nicht vom Pedal genommen, so genau konnte sie das selbst nicht sagen. Der Bentley machte einen Satz, der seinem schwerfälligen Äußeren Hohn sprach, rammte einen betagten Golf aus dem Weg und rumpelte ein kleines Stück weit mit zwei Rädern über den Bürgersteig, bevor es Pia gelang, die Kontrolle über das Lenkrad zurückzugewinnen und wenigstens so etwas wie einen halbwegs geraden Kurs einzuschlagen.

»Nicht schlecht«, sagte Jesus neben ihr. »Wer hat dir das Fahren beigebracht?«

»Ich glaube, das warst du«, antwortete Pia. Sie schaltete, gab Gas, schaltete noch einmal und stellte überrascht fest, dass die Tachometernadel die Hundert-Kilometer-Marke erreichte, ohne dass das Brummen des Motors auch nur nennenswert lauter zu werden schien.

»Wie bei Kronn hat der Kerl gemerkt, dass wir –«, begann sie, brach ab und riss mit einem ungläubigen Ächzen die Augen auf, als Jesus sich neben ihr bückte und die Magnum vom Boden aufhob.

»Sag nicht, dass du das Ding auf dem Schoß gehabt hast!«, ächzte sie.

»He, woher hätte ich denn wissen sollen, dass der Kerl in den Wagen sieht?«, verteidigte sich Jesus.

»Er hätte genauso gut gleich auf uns schießen können!«

Pia setzte zu einem Schwall noch wüsterer Beschimpfungen an, biss sich aber dann nur auf die Unterlippe und konzentrierte sich lieber darauf, den Wagen in der Spur zu halten, was sich als schwieriger erwies, als sie nach ihren anfänglichen Erfolgen erwartet hatte. Der Bentley war nicht nur so schwer wie ein Panzer, sondern auch ungefähr genauso schwierig zu fahren. Vielleicht war er beschädigt. Irgendetwas quietschte erbärmlich, und das Lenkrad zitterte so stark, dass sie fast ihre ganze Kraft brauchte, um es zu halten.

»Fahr nicht so schnell«, sagte Jesus spöttisch. »Nicht, dass wir noch ein Protokoll bekommen.«

Pia nahm tatsächlich ein wenig Tempo weg – wenn auch nicht viel – und warf ihm einen halb ärgerlichen, zum allergrößten Teil aber erleichterten Blick zu.

»Wie fühlst du dich?«, fragte sie. »Geht es halbwegs?«

»Ich bin nicht ganz sicher«, antwortete Jesus; allerdings erst nach ein paar Sekunden und in sonderbar nachdenklichem Ton. »Ich fühle mich gut, aber irgendwie …« Er lachte, leise, nervös und falsch. »… habe ich das Gefühl, dass es nicht richtig ist. Verrückt, oder?«

Statt zu antworten, nahm Pia noch einmal Tempo weg und lauschte in sich hinein. Auch sie fühlte sich besser, als sie eigentlich sollte, aber sie machte sich nichts vor. Was sie spürte, war die aufpeitschende Wirkung von Adrenalin und Endorphinen, die irgendwann nachlassen würde, und dann würde sie in ein sehr tiefes Loch fallen. Und sie hatte ganz bestimmt nicht die Kraft, Jesus noch einmal zu helfen. Sie brauchten ein Versteck. Schnell.

Als hätte er ihre Gedanken gelesen, fragte Jesus: »Wohin fahren wir?«

»Keine Ahnung«, gestand Pia, tippte auf die Bremse und bog vollkommen wahllos ab, um in der Seitenstraße noch einmal Tempo wegzunehmen. Sie fuhren jetzt knapp über sechzig und damit schnell genug, um in dem dünnen Verkehrsstrom mitzuschwimmen, aber auch nicht so langsam, um aufzufallen. »Wir müssen irgendwo unterkriechen«, fügte sie nach einigen Sekunden hinzu. »Und wir brauchen andere Klamotten für dich.«

Den seltsamen Blick, mit dem Jesus sie maß, konnte sie beinahe körperlich spüren. Er räusperte sich übertrieben. »Wo wir schon mal dabei sind …«

»Schon gut. Das ist eine lange Geschichte.«

»Die du mir später erzählst«, vermutete Jesus.

Pia antwortete gar nicht darauf, sondern kämpfte verbissen mit dem bockenden Lenkrad und versuchte sich zu orientieren. Sie hatte nur eine vage Vorstellung davon, wo sie überhaupt waren, und so gut wie keine, wohin sie fahren sollte. Dennoch bog sie bei der nächsten Gelegenheit noch einmal ab und wagte es sogar, wieder ein bisschen schneller zu fahren. Das schleifende Geräusch wurde lauter, und es stank nach verbranntem Gummi und heißem Metall.

Sie glaubte, eine vertraute Straßenkreuzung zu entdecken, bog ab und atmete erleichtert auf, als sie sah, dass sie sich nicht getäuscht hatte. Wenigstens wusste sie jetzt, in welche Richtung sie fahren mussten. Aber es war verdammt weit.

Jesus hatte schon eine ganze Weile nichts mehr gesagt, sodass sie ihm einen raschen Blick zuwarf – und erschrak. Jesus saß schon fast unnatürlich gerade aufgerichtet auf dem Beifahrersitz und klammerte sich mit der rechten Hand am Armaturenbrett fest. Die andere hatte er gegen die Seite gepresst. Sein Gesicht war kreidebleich, und sie konnte Blut riechen.

»Du musst durchhalten«, sagte sie. »Ich kann dir nicht mehr helfen. Aber es ist nicht mehr weit.«

Zumindest der letzte Satz war kaum mehr als ein frommer Wunsch, und sie war ziemlich sicher, dass Jesus das auch wusste. Trotzdem nickte er. Sie konnte spüren, wie schwer ihm schon diese kleine Bewegung fiel. Pia konzentrierte sich bewusst wieder auf den Verkehr und hoffte, dass ihr Orientierungssinn sie nicht getäuscht hatte. Sie mussten nach Süden, das war so ziemlich alles, was sie mit Sicherheit sagen konnte … aber diese verdammten Straßen schienen überallhin zu führen, nur nicht in die Richtung, die als einzige wenigstens den Hauch einer Chance versprach.

Und natürlich schafften sie es nicht.

Sie hatten sogar einen Gutteil der Strecke hinter sich gebracht, die den anständigen Teil der Stadt von den Favelas trennte, und das Schicksal war gehässig genug, genau bis zu dem Sekundenbruchteil zu warten, in dem sie das erste Mal vorsichtig Hoffnung zu schöpfen begann, sie könnten es tatsächlich schaffen.

In der nächsten Sekunde tauchte das blitzende Blau- und Rotlicht eines Polizeiwagens im Rückspiegel auf.

Es war noch ein gutes Stück entfernt; sieben oder acht andere Wagen, trotz des immer spärlicher werdenden Verkehrs, und Pia klammerte sich wider besseres Wissen und gegen jede Logik an die verzweifelte Hoffnung, dass sie hinter einem anderen bösen Buben oder einem armen Schwein her waren, das das Pech gehabt hatte, ausgerechnet unter den Augen der Staatsmacht eine rote Ampel oder ein Stoppschild überfahren zu haben, bog bei der nächsten Gelegenheit und ohne den Blinker zu setzen ab und sah gerade noch im Rückspiegel, wie der Streifenwagen zu einem gewagten Überholmanöver ansetzte. Dann war er verschwunden, tauchte dreißig Sekunden später erneut im Rückspiegel auf und war jetzt nur noch zwei Wagenlängen entfernt. Dann eine und nur ein Lidzucken später gar keine mehr, als sich die Fahrer der beiden Wagen hinter ihr als gesetzestreue Bürger erwiesen und rechts ranfuhren, um den Streifenwagen passieren zu lassen. Pia beobachtete die zuckenden Lichter im Innenspiegel aufmerksam, wartete den richtigen Moment ab und verhielt sich dann als noch gesetzestreuere Bürgerin, indem sie ebenfalls abbremste, und das mit solcher Gewalt, dass der Fahrer des Streifenwagens hinter ihnen nicht einmal mehr den Hauch einer Chance hatte, zu reagieren.

Der Bentley zitterte nur leicht, aber der Streifenwagen kam mit einem gewaltigen Krachen zum Stehen. Glas splitterte, sämtliche Lichter erloschen in derselben Sekunde, und aus der Motorhaube, die plötzlich aussah, als wäre sie einem wütenden Elefantenbullen in den Weg geraten, stieg eine gewaltige weiße Dampfwolke.

Pia gab Gas, ließ den Bentley auf kreischenden Reifen um die nächste Abzweigung schlittern und beschleunigte dann noch mehr.

»Hm?«, machte Jesus. Die letzten fünf oder zehn Minuten war er zwar nicht bewusstlos gewesen, hatte aber in einer Art Dämmerzustand neben ihr auf dem Sitz gehockt und aus glasigen Augen ins Leere gestarrt, und obwohl sie es nicht einmal mehr für möglich gehalten hätte, war er noch blasser geworden. Ein bisschen, dachte sie, sah er jetzt aus wie der Sith.

»Nichts«, sagte sie. Dann seufzte sie tief. »Ich fürchte, ich habe einen Kratzer in den Lack gemacht. Onkel José wird mich umbringen.«

»Bitte fahr nicht so schnell«, nuschelte Jesus. Pia hatte das Gefühl, dass er kaum noch bei Bewusstsein war. »Mir ist gar nicht gut.«

Sie nahm tatsächlich ein wenig Tempo weg – allerdings nur, weil die Straße immer schmaler wurde und sie inzwischen mit mehr als hundert Stundenkilometern dahinrasten.

Ihre Gedanken rasten noch schneller. Wenn ihr Orientierungssinn sie nicht vollkommen im Stich ließ, dann waren sie nur noch ein halbes Dutzend Blocks von dem Teil der Stadt entfernt, in dem sie sich eindeutig besser auskannte als die Polizei (was auch daran lag, dass sich kaum ein Polizist dorthin traute, solange er nicht in einem Panzer oder einem bewaffneten Kampfhubschrauber saß), aber sie ahnte, dass sie es nicht schaffen würden. Wahrscheinlich war mittlerweile die halbe Polizei von Rio hinter ihnen her. Vielleicht auch schon die ganze.

Wie auf ein Stichwort blitzte es am Ende der Straße vor ihnen rot und blau auf, und zwei Streifenwagen stellten sich quer und blockierten die Fahrbahn.

Pia drückte das Gaspedal grimmig weiter durch, visierte ganz instinktiv den richtigen Winkel an und rammte sie aus dem Weg. Beide Scheinwerfer des Bentley zerbarsten, und der rechte Kotflügel wurde einfach abgerissen und flog davon.

»Ja«, seufzte Pia. »Onkel José wird mich umbringen.«

Neben ihr begann Jesus lautstark zu würgen, beugte sich im letzten Moment nach hinten und übergab sich ausgiebig in den Fond des Wagens. Pia kurbelte hastig das Seitenfenster ein Stück nach unten, riss mit beiden Händen am Lenkrad und steuerte den Wagen in einem Manöver um die nächste Ecke, das seinen Konstrukteuren vermutlich nicht einmal in ihren schlimmsten Albträumen eingefallen wäre. Wie durch ein Wunder war die Straße vor ihnen leer. Sie sah weder Blaulichter noch Streifenwagen oder sonst irgendetwas Bedrohliches … aber zweifellos nur, damit das Schicksal hinter der nächsten Abzweigung mit einer noch größeren Überraschung auf sie warten konnte; vielleicht mit einer kompletten Panzerkompanie, oder einem ausgewachsenen Schlachtkreuzer, dessen Schiffsgeschütze auf sie zielten …

Jesus ließ sich stöhnend wieder auf den Sitz zurückfallen und fuhr sich mit dem Handrücken über den Mund. »O Gott«, stöhnte er. »Was zum Teufel ist hier eigentlich los?«

»Warum sagst du nicht einfach, wenn du meinen Fahrstil zum Kotzen findest?«

»Verdammt, ich meine es ernst. Wieso ist plötzlich die halbe Stadt hinter uns her, und was … hast du mit mir gemacht?«

Nicht genug, dachte Pia niedergeschlagen. Nicht einmal annähernd so viel, wie ich dir schuldig bin. Sie tippte vorsichtig auf die Bremse, ließ den Wagen auf kreischenden Rädern um die nächste Kurve schlittern und stellte mit einem Gefühl sanfter Überraschung fest, dass auch die nächste Straße leer war. Keine Schiffsgeschütze, die auf sie zielten. Keine Panzersperren. Nicht einmal ein klitzekleines Minenfeld.

Dafür erschien plötzlich wie aus dem Nichts ein Streifenwagen mit heulender Sirene neben ihnen, versuchte den Bentley in einem rasanten Spurt zu überholen und landete mit einem gewaltigen Knall in einem Schaufenster auf der anderen Straßenseite, als Pia kurz und hart am Steuer riss.

»Nicht ... schlecht«, brachte Jesus mühsam heraus. »Jetzt fehlt eigentlich nur noch eine Hubschrauberstaffel, die uns verfolgt.«

Pia zerbrach sich den Kopf über eine möglichst schlagfertige Antwort, und die Straße vor ihnen versank in einem Meer aus gleißendem Licht, das direkt vom Himmel herabstürzte.

»Achtung!«, dröhnte eine lautsprecherverstärkte Stimme. *»Hier spricht die Polizei! Fahrer des silbernen Bentley! Halten Sie auf der Stelle an und steigen Sie mit erhobenen Händen aus dem Wagen, oder wir machen von der Schusswaffe Gebrauch! Dies ist die erste und letzte Warnung!«*

»Ich glaube, die meinen das ernst«, murmelte Jesus.

»Tust du mir einen Gefallen?«, fragte Pia.

Jesus sah sie fragend an.

»Halt die Klappe, okay?«

Jesus schwieg, und Pia schaltete in einen niedrigeren Gang, versuchte – vergebens – dem Scheinwerferkegel des Polizeihubschraubers zu entkommen und bog an der nächsten Kreuzung nach links ab.

Es war eine gute Wahl. Noch während der Bentley auf kreischenden Reifen um die Kurve schlitterte, sah sie aus den Augenwinkeln, dass in der anderen Richtung mindestens sieben oder acht Streifenwagen auf sie warteten, die die Straße auf ganzer Breite blockierten.

Vor ihnen waren es nur fünf.

Pia trat tatsächlich mit *beiden* Füßen auf die Bremse und brachte den Wagen auf qualmenden Reifen zum Stehen.

»Und jetzt?«, fragte Jesus; vollkommen überflüssig. Seine Stimme klang fast amüsiert, jedenfalls kam es ihr im ersten Moment so vor. Dann wurde ihr klar, dass es wohl eher hysterisch war.

Bevor sie antworten konnte, richtete sich der Scheinwerferstrahl des Helikopters direkt auf die Windschutzscheibe, sodass sie geblendet die Hand über die Augen hob, und die Lautsprecherstimme erklang noch einmal: »*Achtung! Das ist die unwiderruflich letzte Warnung! Steigen Sie mit erhobenen Händen aus dem Wagen, oder wir eröffnen das Feuer!*«

Pia konnte in dem Meer aus Licht, in das der Scheinwerferstrahl den Wagen tauchte, kaum etwas erkennen. Sie bezweifelte, dass die Besatzung des Hubschraubers tatsächlich das Feuer auf sie eröffnen würde – nicht mitten in der Stadt und aus dreißig oder vierzig Metern Höhe. Aber für die Männer in den Streifenwagen galt das nicht. Pia konnte sie nur als verschwommene Schemen in einem Meer aus gleißender Helligkeit erkennen, aber es waren *viele*.

»Also, ich habe den Film nie gesehen«, murmelte Jesus. »Aber so ähnlich muss es am Ende von Bonnie und Clyde gewesen sein ... sind sie nicht am Schluss draufgegangen?«

»Das verwechselst du mit Butch Cassidy and the Sundance Kid. Da war es so ähnlich. Und sie sind nicht draufgegangen.«

»Nein?«, fragte Jesus zweifelnd. Seine Hand schloss sich fester um den Griff der Magnum, die er wieder im Schoß liegen hatte.

»Nein«, bestätigte Pia. »Der Film hört auf, als sie aus dem Haus stürmen.« Ihr Blick tastete immer verzweifelter über die Straße.

»Du meinst die Szene, in der man die fünfhundert Pistoleros sieht, die draußen auf sie warten?«, fragte Jesus.

»Es sind nicht mal dreihundert«, erwiderte Pia. Und damit auch nicht wesentlich mehr, als hier darauf warteten, dass sie aus dem Wagen stiegen und auch nur eine einzige falsche Bewegung machten, dachte sie. Sie saßen in der Falle, und zwar diesmal endgültig. Es war nicht das erste Mal in letzter Zeit, dass ihr dieser Gedanke kam ... mit einem kleinen, aber entscheidenden Unterschied: Diesmal stimmte es.

Das Licht des starken Suchscheinwerfers machte sie fast blind – was wohl auch der Sinn der Sache war –, aber sie erkannte trotzdem, dass sich die Straße vor ihnen in ein einziges Meer aus blitzenden Lichtern, Glas und Lack verwandelt hatte. Die meisten Polizisten waren ausgestiegen und hatten hinter offen stehenden Türen oder Motorhauben Deckung gesucht und zielten mit Pistolen und Revolvern auf sie; einer oder zwei auch mit einem Gewehr. Pia musste sich nicht herumdrehen, um zu wissen, dass es hinter ihnen genauso aussah. Jesus war vielleicht nicht von ungefähr auf seinen Vergleich gekommen. Die Szene hatte tatsächlich eine gewisse Ähnlichkeit mit dem einen oder anderen Hollywood-Film. Sie hatte solche Action-Szenen eigentlich immer gerne gesehen … aber doch nicht als *Hauptdarstellerin*, verdammt noch mal!

»Vielleicht sollten wir wirklich aufgeben«, sagte Jesus leise. »Mit ein bisschen Glück schießen sie uns ja nur in die Beine.« Eigentlich flüsterte er nur noch. Pia musste ihn nicht einmal mehr ansehen, um zu wissen, wie schnell er abbaute. Selbst wenn sie wie durch ein Wunder hier rauskamen, würde er es vielleicht nicht schaffen.

Aber so durfte es nicht enden!

Ihr Fuß spielte nervös mit dem Gaspedal. Der Wagen zitterte, und das Motorengeräusch klang jetzt wirklich ungesund; ein mühsames Röcheln und Klappern, an dem nichts mehr an das luxuriöse sanfte Brummen erinnerte, mit dem ihre Amokfahrt begonnen hatte.

»Nein, jetzt im Ernst« sagte Jesus. »Lass uns … aufgeben. Sie erschießen uns, wenn wir es nicht tun.« Seine Stimme war kaum noch mehr als ein Flüstern. Noch ein paar Augenblicke, begriff sie, und er würde das Bewusstsein verlieren; oder Schlimmeres. Sie sah sich noch einmal und noch verzweifelter um, aber es blieb dabei: Sie saßen in der Falle. Die Straße vor und hinter ihnen war blockiert. Nicht einmal der tonnenschwere Wagen konnte diese Barriere durchbrechen; ganz davon abgesehen, dass ihn die Polizisten mit ihren Gewehren und großkalibrigen Revolvern in ein Sieb verwandeln würden, bevor sie die Barrikade auch nur erreicht hatten. Auf der linken Seite erhob sich eine Reihe einfacher Wohn- und Bürogebäude, hinter deren Fenstern ein Licht nach dem anderen anging – natürlich wollten die guten Leute dort die kostenlose Show genießen –, und der Anblick auf der anderen Seite war auch nicht wesentlich besser, außer dass es dort ein paar Ladengeschäfte mit hell erleuchteten Schaufenstern gab. Nirgends war eine Lücke zu sehen, in die auch nur ein Fahrrad gepasst hätte, geschweige denn der überbreite Wagen.

Pia sah, wie sich einer der Polizisten vor ihnen hinter seiner Deckung aufrichtete, demonstrativ seine Waffe einsteckte und dann langsam und mit erhobenen Armen näher kam.

»Bevor sie uns durchlöchern«, fragte Jesus matt, »verrätst du mir denn wenigstens noch, warum die ganze Stadt eigentlich hinter uns her ist?«

So genau wusste Pia das selbst nicht; ebenso wenig wie der Großteil der Männer dort draußen, vermutete sie – wahrscheinlich wusste es niemand genau. Dies war wohl eine jener Situationen, die sehr schnell eine Eigendynamik entwickelten und am Schluss alle Beteiligten einfach überrollten, ohne dass irgendjemand oder -etwas sie noch aufzuhalten vermochte. Der Stoff, aus dem Katastrophen gemacht wurden.

»Was immer ich jetzt tue«, sagte sie, »vertrau mir einfach, okay?«

»Habe ich denn eine andere Wahl?«

Nein.

Pia rammte den Rückwärtsgang hinein, gab Gas und riss das Lenkrad mit einem Ruck herum, der sie nicht nur beide nach vorne schleuderte, sondern auch den einzelnen Schuss, den ein übereifriger Polizist auf sie abgab, ins Leere gehen und dreißig Meter hinter ihnen Funken aus der Straße schlagen ließ. Dem ersten Schuss folgte kein zweiter – Pias Hoffnung, dass sich die beiden Trupps ganz aus Versehen gegenseitig unter Feuer nehmen würden, erfüllte sich nicht –, und sie brachte den Wagen mit einer hastigen Bewegung wieder unter Kontrolle und beschleunigte weiter.

Ein gewaltiger Schlag ließ die Karosserie ächzen. Das Heck brach aus, als beide Hinterreifen auf einmal platzten, und der Bentley stellte sich quer. Wahrscheinlich verhinderte nur das enorme Gewicht des Wagens, dass er umkippte. Aber es sorgte auch dafür, dass er Funken sprühend und quer zu seiner bisherigen Fahrtrichtung weiterschlitterte. Statt die Schaufensterscheibe mit dem Heck einzurammen, wie Pia es geplant hatte, krachte er seitwärts hinein, zertrümmerte nicht nur eine Scheibe, sondern die gesamte Schaufensterfront und pflügte wie eine unaufhaltsame Naturgewalt weiter, Verkaufsstände Theken, Glas- und Kunststoffvitrinen und Waren unterschiedslos zermalmend und eine immer breiter werdende Spur aus reiner Zerstörung hinter sich herziehend. Die Hälfte der Beleuchtung erlosch schlagartig, und ein Teil des übrig gebliebenen Rests begann zu flackern.

Der Wagen kam in einem Scherbenregen mit einem letzten, gewaltigen Schlag zum Stehen. Plötzlich roch es verbrannt, und irgendetwas zischte wie heißes Wasser, das auf eine heiße Herdplatte tropfte.

»Raus hier!«, keuchte sie. »Schnell!«

Sie bekam keine Antwort. Jesus konnte nicht antworten. Er war nach vorne gesunken und wurde nur noch von den altmodischen Sicherheitsgurten im Sitz gehalten. Pia griff hastig zu, konzentrierte sich auf das schwächer werdende Glimmen in seinem Inneren und fachte es zu neuer Glut an, und diesmal wusste sie, dass es tatsächlich zum unwiderruflich letzten Mal war. Als sie seine Hand losließ, öffnete er die Augen und sah sie wieder auf dieselbe verwirrte Art an wie vorhin, aber nun breitete sich Schwäche wie eine dunkle Woge in ihr aus, und plötzlich war sie es, die darum kämpfen musste, die Augen offen zu halten. »Bitte bleiben Sie noch so lange angeschnallt sitzen, bis der Wagen seine endgültige Parkposition erreicht hat und komplett ausgebrannt ist«, murmelte sie. »Vielen Dank, dass sie mit Pia-Airlines geflogen sind.«

»Wie?«, murmelte Jesus benommen.

Pia tastete mit zitternden Fingen nach dem Verschluss des Sicherheitsgurtes, brauchte zwei Anläufe, um ihn überhaupt aufzubekommen, und fiel mehr aus dem Wagen, als sie ausstieg. Auf der anderen Seite krabbelte Jesus kaum weniger unbeholfen aus dem Wrack des Bentley, und hinter ihnen wurden Schreie und das Trappeln zahlreicher schneller Schritte laut. Pia warf einen hastigen Blick hinter sich, während sie, immer noch ein bisschen wackelig auf den Beinen, um den Wagen herumeilte, um an Jesus' Seite zu gelangen. Mindestens ein Dutzend Polizisten rannten in ihre Richtung, und auch zwei oder drei Streifenwagen hatten sich in Bewegung gesetzt. Einer der Fahrer machte sich sogar die Mühe, seine Sirene noch einmal einzuschalten.

Zehn Sekunden, schätzte sie; wenn ihnen überhaupt so viel Zeit blieb.

Sie reichten nicht nur, um den Wagen zu umkreisen und an Jesus' Seite zu gelangen, sondern auch, um die hintere Tür aufzureißen und nach der Papiertüte zu greifen, die Toni vorhin dort abgestellt hatte. Allerdings führte sie die Bewegung nicht zu Ende, als ihr Blick in den Fond des Wagens fiel und sie sich wieder daran erinnerte, was Jesus vor ein paar Minuten getan hatte.

»O nein«, sagte sie grimmig. »Das machst du!«

Jesus schien den vorwurfsvollen Ton in ihrer Stimme nicht wirklich zu verstehen, griff aber gehorsam in den Wagen und nahm die Tasche heraus; ungefähr in derselben Sekunde, in der die ersten Polizisten hinter ihnen durch das zerborstene Schaufenster hereingestürmt kamen. In der nächsten Sekunde ergriff Pia ihn am Arm und zog ihn zwei oder drei Schritte vom Wagen weg und zugleich mit sich in die Schatten hinein.

»Ganz egal, was jetzt passiert«, zischte sie. »Sag kein Wort! Und lass mich in Kronns Namen nicht los!«

Genau genommen war sie es, die sein Handgelenk mit aller Kraft umklammert hielt, aber Jesus war viel zu verwirrt, um diesen kleinen Unterschied überhaupt zu bemerken. Er starrte einfach nur die Polizisten an, die der Reihe nach hereingestürzt kamen und nahezu in der gleichen Reihenfolge und mit identisch verblüfftem Gesichtsausdruck stehen blieben, als sie den verlassenen Wagen sahen.

»Was zum …?«, begann Jesus, und Pia brachte ihn mit einer fast entsetzten Geste zum Verstummen.

»Still!«, zischte sie. »Ich weiß, dass es verrückt klingt, aber sie können uns nicht sehen. Sei einfach still!«

Jesus starrte sie nur noch fassungsloser an, aber wenigstens war er ruhig; und wie es aussah, waren auch ihre Worte nicht gehört worden. Der Motor des Bentley lief immer noch, und obwohl der Wagen längst zum Stillstand gekommen war, hielt das Scheppern und Klirren und Bersten noch immer an, als hätten sie eine Welle der Zerstörung ausgelöst, die nicht nur ein Eigenleben entwickelte, sondern sogar noch zunahm. Pia versuchte zu erkennen, welche Art von Geschäft sie gerade demoliert hatten, aber es gelang ihr nicht. Das Licht im hinteren Drittel des Ladens war ausgefallen, sodass dieser Teil des Raumes in fast vollkommene Dunkelheit getaucht war, und die Hälfte der Glühbirnen über ihren Köpfen flackerte um die Wette. Das Ergebnis war ein Durcheinander aus Licht und willkürlich hin und her springenden Schatten, in dem die Polizisten wahrscheinlich selbst dann Mühe gehabt hätten, sie zu sehen, wenn sie sich nicht in einen magischen Mantel gehüllt hätte.

Dennoch mussten sie von hier verschwinden, und das so schnell wie möglich. Die beiden Polizisten, die als Erste hereingekommen waren, standen immer noch wie gelähmt da und starrten aus aufgerissenen Augen ins Nichts – was Pia ihnen nicht verdenken konnte. Schließlich hatten Jesus und sie sich buchstäblich vor ihren Augen in Luft aufgelöst –, aber zwei oder drei weitere näherten sich dem Wagen behutsam und mit gezogenen Waffen. Binnen weniger Augenblicke musste sich ihre Zahl verdoppeln, wenn nicht verdreifachen. Unsichtbar oder nicht, hier musste es gleich von Polizisten nur so wimmeln, und dann war es nur noch eine Frage von Sekunden, bis man sie entdeckte.

Sie deutete mit einer entsprechenden Kopfbewegung nach links, in Richtung des dunkel daliegenden Teils des Raumes. Gleich zwei Polizisten waren schon auf dem Weg dorthin und ließen die dünnen Strahlen ihrer Taschenlampen wie Laserschwerter hin und her zucken, mit denen sie die Dunkelheit zerschneiden wollten. Auch dort war der Boden mit tausenden Glas-, und Plastiksplittern übersät, auf denen auch unsichtbare Füße ein verräterisches Geräusch verursachen mussten.

Doch es gab auch eine Tür, die tiefer in das Gebäude hineinführte. Wahrscheinlich war sie verschlossen, aber dort hinten waren sie immer noch sicherer als hier. Mittlerweile war die Zahl der Polizisten hier drinnen auf ein Dutzend angewachsen, und in ein paar Minuten würden es zwei sein. Obwohl die Polizeibeamten wild durcheinanderschnatterten und -riefen und sich auch sonst keine besondere Mühe gaben, leise zu sein, zogen sie sich unendlich vorsichtig und fast mit angehaltenem Atem weiter in die Schatten zurück.

Etwas stimmte nicht. Sie konnte spüren, dass Jesus' Kräfte schon wieder nachließen, und das jetzt so schnell, als saugte etwas die Energie aus seinem Körper, und auch ihre eigene Kraft schwand zusehends. Bisher hatte sie nie darüber nachdenken müssen, wie es ihr gelang, in die Schatten zu flüchten und sich mit ihrer Hilfe vor neugierigen Blicken zu verbergen, sondern es einfach *getan*. Jetzt war es, als versuchte sie mit steif gefrorenen Fingern einen löchrigen Mantel festzuhalten, an dem der Wind zerrte und ihn mehr und mehr in Stücke riss. Sie konnte fast körperlich spüren, wie ihr Schutz zerfiel. Noch wenige Momente und sie würden für alle Augen sichtbar sein. Statt das zu tun, was sie eigentlich vorgehabt hatte, nämlich ein im wahrsten Sinne des Wortes schattiges Plätzen für Jesus und sich zu suchen und sich etwas zurechtzulegen, von dem sie wenigstens *behaupten* konnte, es wäre so etwas wie ein Plan, setzte sie alles auf eine Karte und zog Jesus hinter sich her auf die zerborstene Schaufensterscheibe zu. Dahinter waren mittlerweile fast ein Dutzend Streifenwagen aufgefahren, und mindestens dreimal so viele Männer. Selbst unsichtbar musste es so gut wie unmöglich sein, dort durchzukommen. Aber sie hatten keine Wahl. Pias Unruhe wuchs. Irgendetwas … *geschah*. Sie konnte nicht sagen, was. Aber es war nichts Gutes.

Sie schafften es aus dem zerborstenen Fenster – beinahe jedenfalls. Das Geschäft füllte sich weiter mit Männern, und gerade als sie auf die Straße hinaustreten wollten, prallte sie gegen einen älteren Polizisten, und das so hart, dass der Mann ins Stolpern geriet und um ein Haar in die Reste der Glasscheibe gestürzt wäre, die wie die Zähne eines mythischen Kristalldrachen aus dem Fensterrahmen ragten. Mit einem gewagten Schritt fand er sein Gleichgewicht im letzten Moment wieder, fuhr wütend herum und riss dann verblüfft die Augen auf, als er niemanden sah, den er anschreien konnte.

Vielleicht.

Vielleicht aber doch.

Pias Herz begann schneller zu schlagen, als sich der Blick des Mannes so direkt auf ihr Gesicht richtete, dass es unmöglich ein Zufall sein konnte.

Den verwirrten Ausdruck in seinen Augen hatte sie schon bei anderen gesehen, aber der Anteil von Misstrauen in seinem Blick war deutlich größer. Er sah etwas, begriff sie. Noch konnte er mit diesem *Etwas* so wenig anfangen wie alle anderen vor ihm, die sie auf dieselbe Weise angesehen hatten, aber ihr Schutz wurde immer dünner.

Bevor die Schatten sie gänzlich im Stich lassen konnten, wich sie hastig ein paar weitere Schritte vor dem Mann zurück und sah sich um. Die Straße schien vor Streifenwagen mittlerweile überzuquellen. Es mussten zwanzig sein, wenn nicht mehr, die einen halbrunden Belagerungsring um die zerborstene Schaufensterfront bildeten. Aufgeblendete Scheinwerfer und zahllose zuckende blaue und rote Lichter machten es fast unmöglich, etwas zu erkennen, und als wäre das alles noch nicht genug, kamen von rechts und links immer noch weitere Streifenwagen heran, und zu dem Helikopter am Himmel hatte sich inzwischen noch ein zweiter gesellt.

»Ein bisschen viel Aufwand, nur weil wir falsch geparkt haben, oder?«, murmelte Jesus; allerdings erst, nachdem sich der misstrauische Polizist umgewandt hatte und gegangen war. Wenn auch nicht annähernd so weit, wie Pia es gern gehabt hätte. Eigentlich war er nur ein paar Schritte gegangen und dann wieder stehen geblieben, und als hätte er ihren Blick gespürt, drehte er sich genau in dieser Sekunde herum und sah noch einmal in ihre Richtung; beinahe noch misstrauischer.

Sie blickte sich hastig um, entdeckte eine Lücke zwischen den Polizeiwagen, die gerade breit genug war, um unbemerkt hindurchzuschlüpfen (wenigstens solange sie unsichtbar waren), und bemerkte etwas, das ihr zum ersten Mal wieder Hoffnung gab: Hinter der Wagenburg entstand allmählich ein zweiter, lockererer Ring aus Streifenwagen, aber dahinter hatten sich bereits die ersten Neugierigen eingefunden, die nicht mehr damit zufrieden waren, von den Fenstern ihrer Wohnungen aus zuzusehen. Wenn ihr magischer Mantel sie noch bis dahin schützte, hatten sie eine Chance.

Er hielt lange genug durch. Aber Jesus nicht.

Ohne Probleme erreichten sie die löchrige Absperrkette der Polizei, schlüpften hindurch und mischten sich unter die Schaulustigen, und Pia spürte, wie Jesus' Kräfte versagten, noch bevor er selbst es merkte. Sie griff auch mit der zweiten Hand zu, erntete einen verblüfften Blick aus seinen Augen und wäre im nächsten Moment fast unter seinem Gewicht zusammengebrochen, als seine Knie unter ihm nachgaben und sie plötzlich fast sein gesamtes Körpergewicht halten musste. Ihr Schattenmantel zerriss, und zumindest einer der Umstehenden musste gesehen haben, wie Jesus und sie aus dem Nichts auftauchten, denn seine Augen wurden groß, und er setzte dazu an, etwas zu sagen.

Pia kam ihm zuvor (nicht ganz freiwillig), indem sie unter Jesus' Gewicht ächzend in die Knie ging und einen halben Schritt zur Seite machte, um nicht ganz zu stürzen. Der grauhaarige Mann starrte sie immer noch vollkommen fassungslos an, aber er reagierte trotzdem sofort, machte einen Schritt auf sie zu und griff nach Jesus' anderem Arm. Er war alt, aber dennoch sehr stark, doch auch er wankte unter dem Gewicht des Zwei-Meter-Hünen und musste sein Gleichgewicht verlagern, um nicht zusammen mit Pia und Jesus zu Boden zu gehen. Pia warf ihm einen dankbaren Blick zu, sah rasch nach rechts und links und bedeutete ihm dann mit einer Kopfbewegung, Jesus zurück zu einem der Streifenwagen zu führen, damit er sich gegen den Kofferraumdeckel lehnen konnte.

»Vielen Dank«, sagte sie. »Das war sehr nett von Ihnen.«

»Was … was war das?«, murmelte der Grauhaarige. »Wie haben Sie das gemacht? Sie sind …«

Ein Polizist trat auf sie zu und wedelte aufgeregt mit beiden Armen. »Verschwindet von hier!«, sagte er gebieterisch. »Ihr habt hier nichts zu suchen und …« Er brach ab, maß Jesus' kreidebleiches Gesicht mit einem misstrauischen Blick und wandte sich dann beinahe noch misstrauischer an Pia. »Was ist mit Ihrem Freund? Ist er krank?«

Um ein Haar hätte sie genickt, besann sich dann aber im letzten Moment eines Besseren. Nicht, dass sie am Ende noch auf den einzigen guten Samariter der Polizei von Rio gestoßen war, der darauf bestand, einen Krankenwagen für Jesus zu rufen.

Nein«, antwortete sie, während sie ihm die Hand auf den Unterarm legte und unendlich behutsam versuchte, ihm etwas von ihrer Kraft zu spenden. Es war nur sehr wenig; gerade genug, dass er sich auf den Beinen halten konnte und vielleicht ein paar Schritte laufen, aber mehr ganz bestimmt nicht. Trotzdem wurde ihr leicht schwindelig, und ihr eigenes Bedürfnis, wenigstens für eine Sekunde die Augen zu schließen und sich auszuruhen, drohte sie fast zu übermannen.

»Und was ist dann mit ihm los?«, wollte der Polizist wissen.

Seine Hand lag – zufällig? – auf dem Griff der Pistole an seinem Gürtel.

»Er hat ein bisschen zu viel getrunken, fürchte ich.«

Genau wie du, fügte der Blick des Polizisten hinzu. Pia konnte es ihm nicht einmal verdenken. Sie war so schwach, dass sie sogar selbst hören konnte, wie schleppend ihre Stimme plötzlich klang. Eigentlich wollte sie nur noch schlafen. Eine Sekunde lang dachte sie ganz ernsthaft darüber nach, ihm einfach die Wahrheit zu sagen. Sie würde sich schneller im Gefängnis wiederfinden, als sie ihren Namen buchstabieren konnte, aber welche Rolle spielte das schon? Dort war sie wenigstens (halbwegs) sicher vor Peraltas Killern, und Jesus musste dringend in ein Krankenhaus. Er würde sterben, wenn er nicht bald zu einem Arzt kam. Ihre Kraft reichte nicht mehr, um die schwarze Flamme noch einmal zu ersticken. Statt ihn zu retten, hatte sie ihn wahrscheinlich umgebracht.

Vielleicht hätte sie sich tatsächlich zu erkennen gegeben, wäre nicht gerade dann auch noch die letzte Spur von Freundlichkeit in den Augen des Polizisten erloschen.

»Verschwindet bloß von hier!«, sagte er. »Und zwar ein bisschen plötzlich, wenn ich bitten darf! Hier findet ein Polizeieinsatz statt und keine Volksbelustigung!«

Pia tat so, als würde sie zu einer zornigen Antwort ansetzen, hob dann die Schultern und wandte sich direkt an Jesus. »Komm, gehen wir nach Hause. Er hat recht. Nicht, dass wir am Ende noch Ärger kriegen.«

»Ihr steht ganz kurz davor«, versprach der Polizist.

Wortlos und übertrieben gestikulierend bedeutete sie Jesus, ihr zu folgen. Den Mann, den sie gerade so erschreckt hatten, hatten die Uniform und das freundliche Wesen des Polizisten in die Flucht geschlagen, wie Pia mit einem Gefühl spürbarer Erleichterung registrierte.

Nicht so schwer auf ihre Schulter gestützt, wie es den Anschein hatte, stieß sich Jesus von der Kofferraumhaube des Wagens ab, und sie schlurften los.

Und dann beging sie einen wirklich großen Fehler.

Das Gefühl, beobachtet zu werden, hatte sie die ganze Zeit über nicht losgelassen, und gerade als sie zum zweiten Mal in der immer größer werdenden Zuschauermenge untertauchten, wandte Pia noch einmal den Kopf und sah zurück. Der Anblick des zerstörten Ladenlokals war noch chaotischer geworden. Dutzende von Polizeibeamten liefen scheinbar ziellos durch den verwüsteten Laden, untersuchten den Wagen, leuchteten hinter umgestürzte Theken oder stocherten in Glasscherben herum, als erwarteten sie tatsächlich, ihre beiden auf so geheimnisvolle Weise verschwundenen Opfer zu finden. Alle, bis auf einen.

Der grauhaarige Polizist, den sie gerade angerempelt hatte, stand noch immer an derselben Stelle und sah sie an. Diesmal trafen sich ihre Blicke.

Pia konnte regelrecht sehen, wie hinter seiner Stirn etwas einrastete. Aus dem leicht hilflosen Ausdruck in seinen Augen wurde Verblüffung und dann etwas anderes, und Pia drehte rasch den Kopf und bemühte sich, etwas schneller zu laufen, ohne direkt zu rennen (was mit Jesus' Gewicht auf ihrer Schulter ohnehin gar nicht möglich gewesen wäre), aber es war bereits zu spät. Sie musste nicht noch einmal hinter sich sehen, um zu wissen, dass sich der Polizist endgültig umgedreht hatte und ihnen folgte.

»Habe ich dir schon gesagt, dass du mir allmählich unheimlich wirst, Pia?«, fragte Jesus neben ihr. Das sachte Zittern in seinen Worten passte nicht zu ihrer Wahl, und das Gewicht auf ihrer Schulter nahm schon wieder zu. Er verbrauchte die Kraft fast schneller, als sie sie ihm geben konnte. Warum gab sie nicht einfach auf? Es war vorbei, so oder so. Wenn sie jetzt kapitulierte, dann hatte Jesus vielleicht noch eine winzige Chance, mit dem Leben davonzukommen.

Alles, was dieser Gedanke in ihr auslöste, war Trotz.

Sie biss die Zähne zusammen, drängte sich durch die immer noch größer werdende Menge und entdeckte einen rechteckigen Bereich verlockender Dunkelheit vielleicht fünfundzwanzig oder dreißig Meter entfernt. Vielleicht nur ein Schatten, vielleicht aber auch das Versteck, das sie so dringend benötigten.

Wozu?, flüsterte eine Stimme hinter ihrer Stirn. *Damit Jesus sich darin verkriechen kann wie ein sterbendes Tier in seiner Höhle?*

Sie brachte sie ärgerlich zum Schweigen, rückte Jesus' Gewicht auf ihrer Schulter zurecht und widerstand nur mit Mühe dem Impuls, sich herumzudrehen und nach ihrem grauhaarigen Verfolger Ausschau zu halten. Die Kraft, die sie dafür gebraucht hätte, verwandte sie lieber darauf, noch ein bisschen schneller zu gehen und den Schatten zwischen den hell erleuchteten Schaufensterfronten anzusteuern.

Pia hätte vor Erleichterung beinahe laut gejubelt. Es war nicht nur ein Schatten oder ein zurückgesetzter Eingang, sondern ein schmaler Gang, der zu einem Hinterhof führte, vielleicht zur Straße auf der Rückseite des Blocks. Ganz egal wohin. Sie hatten es geschafft.

Pia sah nun doch über die Schulter zurück, und gerade in dem Moment, in dem Jesus und sie in den Schatten verschwanden, tauchte der Grauhaarige aus der Menschenmenge hinter ihnen auf, blieb stehen und begann sich sehr misstrauisch in alle Richtungen umzusehen. Aber sie hatten ausnahmsweise Glück. Er sah nicht direkt zu ihnen hin, und bevor er seine Kopfbewegung beenden konnte, waren sie vollends in der schmalen Durchfahrt verschwunden.

Es war so dunkel hier drinnen, dass sie ihren magischen Schutz nicht brauchte, um unsichtbar zu werden. Ihre Schritte erzeugten unheimliche Echos auf dem harten Boden. Es roch nach feuchtem Beton und ganz sacht nach Katzenkot, und die seltsame Akustik hier drinnen verwandelte den Lärm der Polizeisirenen und das aufgeregte Raunen der immer noch wachsenden Menschenmenge in etwas Fremdartiges und sehr Bedrohliches. Aber es waren nur ihre Erinnerungen, die ihr einen Streich spielten. Wände und Boden bestanden hier aus Beton, nicht aus bröckeligem Ziegelstein oder Lehm und Stroh, und das einzig

Übernatürliche weit und breit war sie selbst. Trotzdem erinnerte sie dieser finstere Tunnel an nichts so sehr wie an die schmalen Gassen von WeißWald, in denen sie so viele Schrecken erlebt hatte.

Und es gab noch eine Gemeinsamkeit.

Der Gang endete nach einem knappen Dutzend Schritten vor einer geschlossenen Tür.

Sie bestand aus grau lackiertem Metall, statt aus morschen Brettern, und sie hatte anstelle eines einfachen Riegels ein modern aussehendes Sicherheitsschloss. Es gab auch keine Ritzen, durch die das Mondlicht drang, sondern nur einen kaum fingerbreiten Spalt, wo sie nicht ganz bündig unter der Decke abschloss. Pia rüttelte prüfend daran, aber die Tür erwies sich als genauso massiv, wie sie aussah. Obwohl sie mit aller Kraft an ihrem Knauf zerrte, zitterte sie nicht einmal.

Enttäuscht machte sie kehrt, blieb nach zwei Schritten wieder stehen und fragte sich nicht zum ersten Mal, was sie dem Schicksal eigentlich getan hatte, ihr so übel mitzuspielen. Sie fand auch jetzt keine Antwort darauf und ging lieber weiter, bevor Jesus noch auf die Idee kam, dieselbe Frage laut zu stellen. Aber anscheinend war es schon zu viel gewesen, diese Frage auch nur zu *denken*. Das Schicksal (oder wer auch immer) hatte durchaus noch die eine oder andere Überraschung auf Lager.

Sie waren noch zwei Schritte vom Anfang der Gasse entfernt, als eine schattenhafte Gestalt vor ihnen auftauchte und ihnen den Weg vertrat. Der grelle Strahl einer kleinen, aber ungemein starken Taschenlampe richtete sich auf ihr Gesicht und blendete sie fast vollkommen. Dennoch hatte sie den flüchtigen Eindruck von grauem Haar, misstrauischen Augen und blauen Schulterklappen, die zum kurzärmeligen Sommerhemd einer Polizeiuniform gehörten. »Bleiben Sie stehen!«, sagte eine scharfe Stimme. »Wer sind Sie? Was haben Sie hier zu suchen?« Pia hob rasch die Hand vor die Augen, um sich vor dem grellen Licht zu schützen, und der grelle Scheinwerferstrahl löste sich für einen Moment von ihrem Gesicht und suchte einen Punkt neben und ein kleines Stück über ihr ab, verlor aber offenbar sehr schnell wieder das Interesse an Jesus und kehrte zurück. »Ich habe Sie gefragt, was Sie hier zu suchen haben!«

Sie konnte jetzt beinahe noch weniger sehen als gerade, aber der Schatten, der zu der Stimme gehörte, machte eine eindeutige Bewegung. Der Mann hatte seine Waffe gezogen oder zumindest die Hand auf den Griff gelegt.

»Wir sind nur …«, sagte sie unsicher. »Also, wir haben den Lärm gehört und all die Lichter gesehen und … und waren einfach neugierig.«

Unmöglich zu sagen, ob diese Worte den Mann überzeugten oder nicht; *sie* hätten sie jedenfalls nicht überzeugt. Immerhin senkte er seine Lampe wieder ein wenig. Aber sie musste sein Gesicht nicht sehen, um sein Misstrauen zu spüren.

»Ich kenne Sie doch«, murmelte er einen Augenblick später. »Sie waren doch gerade dort drüben im …« Die Lampe machte einen hastigen Schlenker, zuckte nach unten und nur einen Sekundenbruchteil später wieder nach oben, als der Mann mit einer fließenden Bewegung seine Waffe zog und den Hahn zurückschnappen ließ. »Keine Bewegung!«, sagte er scharf. »Und Hände hoch, alle beide!« Bevor sie auch nur die Chance bekam, seinem Befehl zu gehorchen, fügte er hinzu: »Und die Waffe weg. Ganz vorsichtig!«

Pia sah ganz instinktiv hinter sich und erwartete, die Magnum zu erblicken, die Jesus möglicherweise wieder gezogen hatte, aber seine Hände waren ebenso leer wie sein Gesicht.

»Welche Waffe?«, murmelte sie verstört.

Der Lichtstrahl machte eine nervöse Bewegung zu ihrer Hüfte hinab, blieb eine halbe Sekunde lang auf dem verzierten Griff des Elfendolches hängen, der aus der improvisierten Scheide ragte, und kehrte dann sofort wieder zu ihrem Gesicht zurück. »Ziehen sie ihn raus, und zwar ganz vorsichtig!«

Um ein Haar hätte sie gelacht. Gut, sie musste zugeben, dass es tatsächlich ein bisschen martialisch aussah, vor allem zusammen mit dem Rest ihres abenteuerlichen Outfits – aber mehr auch nicht.

»He!«, sagte sie. »Das ist doch nur ein …«

»Sie sollen ihn herausnehmen und auf den Boden legen, habe ich gesagt«, unterbrach sie der Polizist. »Sofort! Und ganz vorsichtig!«

Er meinte es ernst, begriff Pia. Das Zittern in seiner Stimme war keine Furcht, sondern Anspannung, und es lag nicht etwa daran, dass ihn das alberne Messer an ihrer Seite so erschreckt hätte. Er hatte sie erkannt, und auch wenn er mit dieser Erkenntnis im Moment vielleicht noch nicht wirklich etwas anfangen konnte, so machte sie ihn doch sehr nervös. Sehr vorsichtig senkte sie die Hand zum Gürtel, zog den Dolch aus der Scheide und hielt ihn mit spitzen Fingern in die Höhe. »Das ist wirklich nur ein Spielzeug«, sagte sie besänftigend. »Es besteht kein Grund zum …« Der Polizist sog unüberhörbar entsetzt die Luft zwischen den Zähnen ein, prallte einen Schritt zurück und ließ seine Taschenlampe fallen, um die Pistole mit beiden Händen zu ergreifen und auf sie zu zielen. Der Elfendolch musste ihn wirklich über die Maßen erschreckt haben.

Dann registrierte Pia, dass weder die Waffe noch der Blick aus den entsetzt aufgerissenen Augen des Polizisten direkt auf sie gerichtet waren, sondern auf einen Punkt hinter ihr, fuhr herum und korrigierte sich in Gedanken: Es war nicht der Kristalldolch, der den Mann so erschreckte, sondern wohl eher der Anblick des fast zweieinhalb Meter großen Orks, der hinter ihnen erschienen war.

Eine halbe Sekunde lang starrte Pia den schuppigen grünen Koloss einfach nur an und weigerte sich zu glauben, was sie sah (Kein Ork. Nicht hier. Nicht auf *dieser* Seite der Träume!), und vielleicht hätte es auch noch länger gedauert, hätte nicht auch Jesus bemerkt, dass hinter ihm plötzlich etwas war, sich schwerfällig herumgedreht und dann einen überraschten Laut ausgestoßen.

Damit brach der Bann, und wieder schien alles gleichzeitig zu passieren.

Der Ork ließ ein gereiztes Knurren hören, fegte Jesus mit einer fast beiläufig wirkenden Bewegung zur Seite und grapschte mit seiner riesigen Hand nach Pia, und der Polizist drückte zweimal hintereinander ab. Beide Schüsse trafen, richteten aber keinen nennenswerten Schaden an; jedenfalls nicht bei dem Ork. Die erste Kugel stanzte ein vergleichsweise winziges Loch in seinen Oberarm, der zweite, nahezu gleichzeitig abgegebene Schuss schlug Funken aus den schweren Panzerplatten, aus denen seine barbarische Rüstung bestand, heulte so dicht an Pias Gesicht vorbei, dass sie sich nicht nur einbildete, das Schießpulver zu riechen, und klatschte hinter ihr gegen die Wand, um als heulender Querschläger davonzuschießen und vielleicht noch mehr Schaden anzurichten. Im letzten Moment duckte Pia sich unter der Pranke des Orks weg. Der schuppige Koloss knurrte wie ein gereizter Pitbull und griff nun auch mit der anderen Hand nach ihr.

Pia riss den Elfendolch hoch und fügte ihm einen klaffenden Schnitt von der Handwurzel bis zum Ellbogen zu. Diesmal stieß der Ork ein markerschütterndes Brüllen aus, unter dem die ganze Gasse zu erzittern schien, taumelte zurück und umklammerte seinen verletzten Arm mit der anderen Hand. Pia packte Jesus' Handgelenk und stürmte los. Der Polizist schoss noch einmal und vollkommen blindlings. Die Kugel zischte zwischen Jesus und ihr hindurch und verfehlte auch den Ork. Pia konnte hören, wie sie mit einem dumpfen Knall in das Eisentor am Ende der Gasse fuhr und es durchschlug. Dann waren sie aus dem Durchgang heraus und neben dem Polizisten. Das markerschütternde Brüllen wiederholte sich und schien plötzlich näher zu sein. Pia reagierte ohne auch nur nachzudenken, schlug einen Haken und zerrte Jesus einfach weiter mit sich, versetzte dem Polizisten aber gleichzeitig einen Stoß, der ihn zurücktaumeln ließ. Etwas Riesiges und Schweres mit zahlreichen Spitzen und rostigen Klingen krachte genau dort in den Boden, wo er gerade noch gestanden hatte.

»Weg!«, brüllte Pia. *»Jesus! Lauf!«* Jesus wankte mehr hinter ihr her, als er rannte, aber er bewegte sich wenigstens … und das sogar beinahe so schnell wie der Ork, der brüllend vor Wut hinter ihnen aus der Gasse gestürmt kam. Spätestens mit seinem zweiten oder dritten Schritt hätte er sie vermutlich eingeholt, hätte der Polizist nicht in diesem Augenblick sein Gleichgewicht wiedergefunden und zwei weitere Schüsse auf den grünen Koloss abgegeben. Beide trafen, und der Ork schwankte tatsächlich, fuhr dann aber nur mit einem noch wütenderen Knurren herum und schmetterte dem Mann seine gewaltige Stachelkeule gegen die Brust.

Pia hatte genug gesehen. Sie versuchte noch schneller zu laufen, schickte ein Stoßgebet zu Kronn, dass Jesus (und ihre eigenen) Kräfte nicht ausgerechnet in diesem Moment endgültig versagten, und begriff, dass wohl nicht nur das Schicksal gegen sie war, sondern offensichtlich auch die Götter, denn sie hatte den Gedanken noch nicht einmal ganz zu Ende gedacht, als Jesus nicht nur ins Stolpern geriet, sondern der Ork auch den leblosen Körper des Polizisten von den Stacheln seiner monströsen Keule schüttelte, in der gleichen Bewegung zu ihnen herumfuhr und einen einzelnen tappenden Schritt in ihre Richtung machte.

Mit dem zweiten brach er in die Knie, ließ seine Keule fallen und stieß ein fast klägliches Wimmern aus, bevor er stocksteif nach vorne fiel und reglos liegen blieb.

Jesus sank nur kurze Zeit später zu Boden und stürzte nur deshalb nicht ganz, weil Pia irgendwie das Kunststück gelang, ihn halbwegs zu stützen, und zwanzig Meter von ihnen entfernt brach so schlagartig Panik unter der zusammengelaufenen Menschenmenge aus, als hätte jemand eine Dynamitstange mit brennender Lunte in sie hineingeworfen.

Vielleicht wäre deren Wirkung sogar weniger schlimm gewesen.

Wie aus dem Nichts erschien ein weiterer gigantischer Ork zwischen der in Panik auseinanderspritzenden Menschenmenge und der Absperrkette der Polizei. Er war eindeutig noch größer als das Ungetüm, das der Polizist gerade erschossen hatte, und der gigantische Hörnerhelm und seine monströse Rüstung ließen ihn noch gewaltiger erscheinen. Er trug ein Schwert in der Rechten, dessen Klinge fast so lang war wie ein ausgewachsener Mann, und in der anderen Hand einen gewaltigen Schild, aus dem fingerlange metallene Dornen ragten. Sein Anblick allein reichte, eine Panik auszulösen.

Das wiederum reichte dem Ork ganz eindeutig nicht.

Mit einem Brüllen, das selbst das Geschrei der flüchtenden Menschenmenge und die heulenden Polizeisirenen spielend übertönte, fuhr er herum und ließ sein Schwert auf den nächstbesten Polizeiwagen krachen. Die beiden Beamten, die davorgestanden hatten, brachten sich im letzten Moment mit gewagten Sprüngen in Sicherheit, während die monströse Klinge den Wagen nahezu in zwei Hälften spaltete. Glasscherben und Funken explodierten in alle Richtungen, und zumindest einer der Polizisten war geistesgegenwärtig (oder erschrocken) genug, einen einzelnen Schuss auf den Ork abzugeben. Die Kugel prallte von seinem Helm ab und schlug Funken aus dem schartigen Metall, und die einzige Wirkung, die sie erzielte, war, das Monstrum noch wütender zu machen. Brüllend vor Zorn riss es das Schwert aus dem qualmenden Wrack, stieß mit seinem Schild zu und spießte einen der beiden Männer mit den langen Metalldornen daran auf, die ihm gerade mit Mühe und Not entkommen waren. Der zweite versuchte sich mit einem verzweifelten Hechtsprung in Sicherheit zu bringen, als das gewaltige Schwert durch das Metall des Wagens schnitt wie durch Papier und in seine Richtung züngelte. Sein kopfloser Körper rannte tatsächlich noch zwei oder drei Schritte weiter, nachdem die Klinge ihren glitzernden Halbkreis beendet hatte.

Dann brach die Hölle los.

Mindestens ein Dutzend Polizisten eröffneten gleichzeitig das Feuer auf den Ork. Der schuppige Koloss taumelte, von der schieren Wucht der Geschosse zurückgeworfen, obwohl die allermeisten von seiner Rüstung und dem riesigen Schild abprallten. Mindestens ein Querschläger traf einen der Polizisten, der zurück und in die Scherben der zerborstenen Scheibe geschleudert wurde, die anderen trafen die umstehenden Wagen oder prallten gegen Wände und Scheiben und ließen noch mehr Glas zerbersten. Der Ork riss mit einem beinahe noch lauteren Brüllen sein Schwert in die Höhe und griff seinerseits an. Pia sah, dass er mindestens drei- oder viermal getroffen wurde, bevor er die bereits im Auseinanderbrechen begriffene Verteidigungslinie der Polizisten erreichte, aber selbst das schien den Ork nur noch wütender zu machen. Sein Schwert beschrieb einen blitzartigen, blutigen Bogen, nach dessen Vollendung zwei weitere Beamte reglos am Boden lagen. Die Überlebenden versuchten verzweifelt, aus der Reichweite seiner schrecklichen Klinge zu gelangen. Bis auf einen gelang es ihnen auch.

»O mein Gott«, stammelte Jesus. »Was … was sind das für Kerle?«

»Keine, die du kennenlernen möchtest, glaub mir.« Pia stand auf, versuchte Jesus in die Höhe zu ziehen und schaffte es erst, als er ihre Hand abschüttelte und aus eigener Kraft aufstand. »Aber das ist doch …«

Pia registrierte eine schattenhaft-grüne Bewegung aus den Augenwinkeln und stieß den Elfendolch blindlings nach oben. Die Klinge drang ohne spürbaren Widerstand in den Körper des Orks ein, der irgendwie wieder aufgestanden sein musste, ohne dass Jesus oder sie es gemerkt hatten.

Noch einmal würde er sich nicht erheben.

Pia konnte spüren, wie die magische Klinge das Leben aus ihm herausschnitt. Irgendwo tief in ihr erscholl ein lautloses Seufzen, begleitet von einem Gefühl, von dem sie nicht ganz sicher war, ob es sich um Gier, Zorn oder etwas Älteres und viel, viel Schlimmeres handelte, aber was immer es war, es tötete den Ork auf der Stelle; und diesmal wirklich. Der Koloss wankte mit einem letzten Seufzen zurück, ließ sein Schwert fallen und brach tot neben dem Körper des Polizisten und einem zweiten grün geschuppten Koloss zusammen.

Pia begriff ihren Irrtum beinahe zu spät.

Die Elfenklinge hatte den Ork so zuverlässig getötet wie den ersten, sogar noch schneller. Sie waren zu zweit.

Oder es waren noch mehr.

Sie hätte das blanke Entsetzen in Jesus' Augen nicht einmal mehr sehen müssen, um zu wissen, was sie erblicken würde, als sie sich herumdrehte.

Aus der Gasse stürmte ein weiterer Ork, gefolgt von einem vierten, fünften und sechsten grünen, schuppigen Koloss.

»*Weg hier!*«, brüllte sie, fuhr herum und war fast ein bisschen überrascht, als es ihr gelang, Jesus hinter sich herzuzerren. Er stolperte mehr neben ihr her, als dass er ging, und sie konnte seine Schwäche so deutlich spüren, als wäre es ihre eigene, aber jetzt war es anscheinend das pure Entsetzen, das ihn noch irgendwie auf den Beinen hielt.

Im ersten Moment waren sie sogar schneller als die Orks.

Das Problem war nur, dass es nicht mehr viele Richtungen gab, in die sie fliehen konnten. Auch hinter ihnen waren Orks erschienen.

Es waren mindestens ein Dutzend der geschuppten grünen Giganten, die nicht nur die Polizisten, sondern wahllos alles und jeden angriffen, der das Pech hatte, in ihre Reichweite zu geraten. Schüsse peitschten mittlerweile ununterbrochen über die Straße und vermischten sich mit den entsetzten Schreien der flüchtenden Menschen, dem Bersten von Glas und dem misstönenden Wimmern der Sirenen zu einer Sinfonie des Untergangs, die für sich allein schon fast mehr war, als sie ertragen konnte. Irgendetwas hatte Feuer gefangen, und flackernder roter Flammenschein tauchte die Szenerie zusätzlich in flackerndes Licht, das jede Bewegung in eine rasend schnelle Abfolge surrealistischer Einzelbilder zu zerhacken schien, jedes einzelne eine Momentaufnahme aus der Hölle, wie sie schlimmer nicht einmal dem schlimmsten aller Albträume entspringen konnte. Menschen schrien und starben. Blut spritzte, abgeschlagene Körperteile und Gliedmaßen und Köpfe wirbelten durch die Luft, und Orks stürzten von Kugeln durchsiebt zu Boden.

Vom anderen Ende der Straße aus rasten weitere Polizeiwagen heran, und aus mindestens einem der Hubschrauber heraus war ebenfalls das Feuer auf die Orks eröffnet worden: Eine Reihe rasend schneller, weiß-oranger Explosionen steppte auf die Orks zu und riss zwei oder drei der brüllenden Giganten regelrecht in Stücke, aber das war nichts gegen das, was die Orks überall rings um sich herum anrichteten. Nur wenige entkamen ihren rostigen Klingen und mörderischen Klauen und Keulen, und ihr eigenes Leben schien den Schuppenkriegern nichts zu bedeuten. Pia sah, wie etliche von ihnen blindwütig ins Pistolen- und Gewehrfeuer der Polizisten rannten und in Stücke geschossen zu Boden gingen, nur damit ihre Kameraden über ihre Leichen hinweg weiter auf die verzweifelt feuernden Beamten zustürmen und sie einen nach dem anderen niedermachen konnten. Und es wurden immer mehr.

Sie spürte, wie Jesus aus dem Takt geriet, mit einem ungeschickten Stolperschritt sein Gleichgewicht zurückzuerlangen versuchte und diesen Kampf verlor, und diesmal reichte ihre Kraft nicht mehr, um das Schlimmste zu verhindern. Er fiel, so schnell und hart, dass er sie um Haaresbreite mit sich zu Boden gerissen hätte, versuchte ganz instinktiv, sich wieder in die Höhe zu stemmen, und sank mit einem Stöhnen wieder zurück, das wie ein Messer in Pias Gedanken schnitt. Sein Hemd färbte sich rot, als die Wunde in seiner Seite wieder aufbrach, und Pia konnte regelrecht sehen, wie auch noch das letzte bisschen Kraft aus seinem Körper wich. Verzweifelt versuchte sie ihn in die Höhe zu zerren, aber genauso gut hätte sie auch versuchen können, einen Fels mit bloßen Händen aufzuheben. Ihre Kraft reichte ja kaum noch, um sich selbst auf den Beinen zu halten.

Etwas Riesiges und Grünes mit Zähnen, Hörnern und Krallen drang auf sie ein und prallte mit einem schmerzerfüllten Grunzen wieder zurück, als sie mit dem Messer nach ihm hieb, ohne auch nur darüber nachzudenken, was sie tat. Ein weiterer Ork wurde von einer Salve aus einer Maschinenpistole getroffen, die scheinbar aus dem Nichts heraus das Feuer auf ihn eröffnete. Der Chor aus Schreien und Kampflärm wurde noch einmal lauter. Die überlebenden Polizisten hatten sich hinter ihren Wagen und in dem verwüsteten Ladengeschäft verschanzt und lieferten sich einen verzweifelten Abwehrkampf gegen die Horde grüner Dämonen, den sie nicht gewinnen konnten. Auch auf der anderen Seite der Straße war eine regelrechte Schlacht zwischen der Polizei und einer Horde grüner Waffen schwingender Ungeheuer ausgebrochen, an dessen Ausgang es ebenso wenig Zweifel zu geben schien. Pia sah, wie einer der Polizisten in einer Verzweiflungstat einen Ork mit seinem Wagen rammte. Der grüne Koloss stürzte, aber der Wagen geriet ins Schleudern, überschlug sich und ging in Flammen auf, und die Stelle des getöteten Orks wurde sofort von einem neuen Ungeheuer eingenommen, das wie aus dem Nichts aufzutauchen schien.

Dann sah sie etwas, was ihr buchstäblich den Atem stocken ließ.

Aus der Gasse, die mittlerweile gute zwanzig oder dreißig Schritte hinter ihnen lag, strömten noch immer Ork-Krieger, aber sie unterschieden sich von denen, die ringsum die Polizeibeamten und wehrlosen Passanten abschlachteten. Die meisten von ihnen waren größer, sichtbar besser bewaffnet, und sie rannten nicht wie im Blutrausch hin und her und töten wahllos alles, was in ihre Reichweite geriet, sondern bewegten sich mit fast militärischer Präzision und bildeten eine dicht gestaffelte Reihe aus muskelbepackten Körpern, rostigem Eisen und spitzen Stacheln vor der Gasse.

Dann trat der Reiter hinter ihnen aus den Schatten.

Er saß nicht auf einem Pferd, sondern auf einer Kreatur, die wie der pure Albtraum eines Pferdes aussah, größer als ein Schlachtross, aber mit einer glänzenden Schuppenhaut und einem muskulösen, spitz zulaufenden Reptilienschwanz, den es waagerecht ausgestreckt hatte, um die Balance zu halten. Die Gelenke in seinen kräftigen, in großen Krallenfüßen endenden Beinen schienen irgendwie falsch angeordnet zu sein, und es hatte einen langen, biegsamen Schlangenhals, von dessen Ende aus ein zu einem boshaften Reptiliengrinsen verzogenes Albtraumgesicht auf sie herabgrinste. Kleine, tückische Augen, in denen eine Mischung aus beunruhigender Intelligenz und reiner Bosheit schimmerte, folgten jeder ihrer Bewegungen, und aus seinem Raubtiergebiss tropfte grüner Sabber in langen Fäden zu Boden.

Und doch war der Schrecken, den sie beim Anblick dieses Geschöpfes empfand, nichts gegen das, was sie spürte, als sie ins Gesicht seines Reiters blickte.

Er war groß – nicht so riesig wie ein Ork und nicht annähend so massig, aber fast so hochgewachsen wie Jesus –, trug einen Umhang aus schwarzem Leder und darunter eine Rüstung aus polierten schwarzen Eisenplatten und nietenbesetztem Leder derselben Farbe. Auf seinem Kopf thronte ein monströser, ebenfalls schwarzer Helm, dessen Form an den Schädel seines bizarren Reittieres erinnerte.

Aber trotz seiner so radikal veränderten Aufmachung erkannte Pia ihn sofort; und Jesus auch.

»Hernandez?«, murmelte er. »Aber das kann doch …«

Pia fuhr herum, riss ihn mit der schieren Kraft der Verzweiflung in die Höhe und spurtete los, und irgendwie gelang es Jesus, mit ihr Schritt zu halten, obwohl ihnen kein Fluchtweg mehr offenstand. Rings um sie herum hatte das Gemetzel seinen Höhepunkt überschritten und näherte sich seinem blutigen Ende, und es fielen nur noch vereinzelte Schüsse. Ein weiterer Streifenwagen hatte Feuer gefangen, und Pia hörte die verzweifelten Schreie der Besatzung, die bei lebendigem Leibe darin verbrannte. Selbst der Helikopter hatte das Feuer eingestellt; vielleicht war den Männern die Munition ausgegangen. Überall waren Orks. Es stank nach Blut und Tod.

Hinter ihnen stieß der Lizard ein helles Zischen aus. Sie hörte das harte Klacken seiner Krallen auf dem Asphalt und dann Hernandez' Stimme: »Wartet! Bleibt stehen, Erhabene! Wir sind nicht Eure Feinde!«

»Sicher«, knurrte Pia. »Und außerdem ist die Erde eine Scheibe und Männer sind intelligente Wesen!« Sie wich einem Ork aus, der ihr den Weg versperren wollte, scheuchte einen zweiten mit einem drohenden Wedeln des Elfendolches davon und schlug einen verzweifelten Haken nach links. Das Scharren der Lizard-Krallen auf dem Asphalt wurde lauter und kam rasend schnell näher, und die Welt schien sich in ein einziges irrsinniges Kaleidoskop aus grünen Schuppen und blitzenden Waffen verwandelt zu haben.

Und dann war da plötzlich noch ein anderer, heller Schemen, ein gigantischer weißer Schatten, der wie ein Racheengel unter die Orks fuhr und sie mit eisenharten Hufen und peitschenden Schwingen beiseiteschleuderte. Das Kreischen des Lizards wurde lauter. Pia roch verbranntes Horn, als seine Krallen Funken aus dem Asphalt schlugen, und sie konnte das flappende Geräusch hören, mit dem Hernandez' Umhang wie ein Paar riesiger schwarzer Flügel hinter ihm im Wind flatterte.

»Pia! Hierher!«

Eine schmale, aber erstaunlich kräftige Hand griff nach ihrem Arm und hielt sie fest. Pia ihrerseits klammerte sich mit aller Kraft an Jesus, und es hätte eigentlich unmöglich sein müssen – aber irgendwie gelang es Alica, sie beide auf den Rücken des riesigen weißen Hengstes hinaufzuziehen. Hinter ihnen brüllte Hernandez vor Wut und Enttäuschung, und sie hörte das schreckliche Geräusch, mit dem eine Klinge aus ihrer ledernen Scheide glitt.

»Nimm die Pistole!«, schrie Jesus, und Pia griff automatisch zu, als er ihr die Magnum in die Hand drückte. Was zum Teufel sollte sie mit dieser lächerlichen Waffe? Gegen die Orks war sie nicht viel hilfreicher als ein Zahnstocher.

Sie schob die Waffe unter ihre Jacke und suchte verzweifelt Halt an Jesus. Da bäumte sich Flammenhuf auch schon mit einem schrillen Wiehern auf. Seine wirbelnden Vorderhufe schmetterten den Lizard samt seinem Reiter zu Boden, und aus den Reihen der Orks erhob sich ein hundertstimmiges wütendes Gebrüll. Speere und Schwerter wurden in ihre Richtung geschleudert, und schwarze Pfeile mit schrecklichen Widerhaken zischten von ihren Sehnen, aber keines der tödlichen Geschosse erreichte sein Ziel, als der riesige Pegasus seine gewaltigen Schwingen ausbreitete und ins Nichts zwischen den Welten sprang.

VIII

Diesmal war es vollkommen anders. Die wenigen Male, die sie bisher aus dieser in die Elfenwelt hinüber und wieder zurück gewechselt war, hatte sie es praktisch nicht gemerkt, es war einfach nur ein Schritt gewesen, nach dem ihre Umgebung völlig verändert war.

Was Flammenhuf tat, war vollkommen anders. Schlüpfte sie so mühelos von der einen Welt in die andere, wie sie sich auch in einen Mantel aus Schatten und Unsichtbarkeit hüllen konnte, so zertrümmerte der Pegasus die Barriere zwischen den Welten mit einem Hammerschlag, der das Gefüge des Kosmos selbst zum Kreischen brachte und sich wie ein glühender Dolch in ihre Seele grub. Da waren Schmerzen und Licht und ein Gefühl so absoluter Leere und Unendlichkeit, dass sich etwas in ihr krümmte und vor lauter Einsamkeit zu sterben drohte.

Aber an all das erinnerte sie sich erst später, denn noch etwas war anders als die Male zuvor, als sie zwischen den Welten hin- und hergewechselt war:

Sie verlor das Bewusstsein.

Vielleicht war sie auch vom Pferd gefallen.

Jedenfalls fühlte sich ihr Kopf so an. Ihr war warm, auf eine unangenehme, fast schon erstickende Art, sie lag auf etwas Weichem, und in ihrem Hinterkopf hatte sich ein kleiner und außergewöhnlich mies gelaunter Ork eingenistet, der jetzt versuchte, sich mit Schwert, Stachelkeule und Spitzhacke wieder nach draußen zu graben; und das nicht unbedingt auf dem kürzesten Weg.

Vielleicht hatte sie gestern Abend auch nur die eine oder andere Piña Colada zu viel getrunken. Oder Ter Lion und sie hatten ihr Wiedersehen ein bisschen zu ausgiebig gefeiert, und jetzt bezahlte sie eben den Preis dafür. Was immer sie gestern Abend genommen (oder dieses kleine Biest Alica ihr untergejubelt) hatte, sie musste es herausfinden, und sei es nur, um für den Rest ihres Lebens *ganz bestimmt* die Finger von dem Zeug zu lassen. Es hatte scheußliche Nebenwirkungen; nicht nur der widerliche Geschmack in ihrem Mund und das Gefühl, allmählich in ihrem eigenen Saft gar gekocht zu werden. Vor allem ihre Erinnerungen spielten vollkommen verrückt. Sie glaubte sich an große Kerle mit schuppigen Gesichtern und mittelalterlichen Waffen zu erinnern, an einen kleinen Kerl mit einem albernen Hütchen und noch alberenerer Fistelstimme, an Jesus, den es komischerweise zweimal zu geben schien, und als wäre das alles noch nicht verrückt genug, sozusagen als Sahnehäubchen, an ein *fliegendes Pferd*, das sie mitten aus der schlimmsten *rush hour* herausholte, die Rio de Janeiro jemals erlebt hatte.

Ein fliegendes Pferd!

Lächerlich.

Pia öffnete die Augen, blinzelte in ein Gewirr aus Schatten und erstaunlich hellem Licht, vor dem sich etwas bewegte. Sie blinzelte noch einmal, und die Schlieren vor ihren Augen flossen zu einer halbwegs vertrauten Form zusammen; genauer gesagt zu einem leicht verdrießlich aussehenden Pferdegesicht, das aus gut zwei Metern Höhe auf sie herabsah und die gute Gelegenheit gleich noch nutzte, um sie kräftig vollzusabbern. Davon einmal abgesehen, dass Pia noch niemals eine besondere Pferdenärrin gewesen war, fand sie das ziemlich eklig und fragte sich, was ein riesiger weißer Hengst eigentlich im Berufsverkehr von Rio de Janeiro zu suchen hatte. Noch dazu einer mit Flügeln.

Sie schloss die Augen wieder, zählte in Gedanken langsam bis drei und sah dann noch einmal hoch. Abgesehen davon, dass Flammenhuf jetzt ihre Brust vollsabberte und nicht mehr ihr Gesicht (immerhin), hatte sich nicht viel geändert. Sie lag immer noch auf dem Rücken auf einem lebenden Bett aus weichem Moos und angenehm duftender Erde, das Licht war immer noch zu hell und auf eine nur schwer zu beschreibende Art klarer, als es sein sollte, und sowohl das Chaos des improvisierten Showdown zwischen Realität und Albtraum als auch das murmelnde

Hintergrundrauschen der Millionenstadt waren verschwunden. Es war kein Traum gewesen. Sie war wieder in WeißWald.

Eigentlich hätte es *GrünWald* heißen müssen, dachte sie benommen, denn da, wo das gnadenlos helle Licht die Umrisse der Baumkronen über ihr nicht wie leuchtende Säure auflöste, waren Blätter und Äste von einem tiefen, fast schon unnatürlich satten Grün, und sie musste zudem einen wirklich guten Tag erwischt haben, denn es war nicht einmal sonderlich kalt. Vielleicht zum ersten Mal, seit sie – zumindest unter freiem Himmel – in WeißWald war, betrachtete sie ihre Umgebung nicht durch den grauen Schleier ihres eigenen kondensierten Atems.

Vorsichtig setzte sie sich auf, fuhr sich mit beiden Händen durch das Gesicht und verzog im ersten Moment angeekelt die Lippen, als sie etwas Klebriges auf ihren Wangen fühlte. Dann nahm sie die Hände herunter und erschrak, als sich das, was sie für Flammenhufs Sabber gehalten hatte, als erst halb getrocknetes Blut herausstellte. Wahrscheinlich war es nicht ihr eigenes, denn abgesehen davon, dass ihr Kopf immer noch dröhnte, als wollte er jeden Moment explodieren, hatte sie keinerlei Schmerzen. Aber der Anblick bewies ihr, dass außer dem Teil mit dem fliegenden Pferd wohl auch der Rest ihrer verrückten Erinnerungen wahr war.

Sie wischte sich die Hände am Oberteil ihre Skianzugs sauber, so gut es ging (womit sie ihn vermutlich endgültig ruinierte), blinzelte die letzten Schlieren vor ihren Augen weg und sah sich aufmerksam um. Rio de Janeiro war und blieb verschwunden, und an seiner Stelle erhob sich nun ein dichter Wald, der in drei Richtungen schon nach wenigen Schritten in immer dunkler werdendes Grün bis hin zu Schwarz überging und in der letzten Richtung, dort wo der Waldrand war, etwas heller blieb. Es gab Grün, so weit das Auge reichte, nicht nur über ihr. Flammenhuf schnaubte leise, aber sie konnte beim besten Willen nicht sagen, ob es eher mitfühlend oder ein bisschen schadenfroh klang. Oder vielleicht einfach nur ein Schnauben war.

Pia blieb mit geschlossenen Augen und fest zusammengebissenen Zähnen stehen, bis die Dunkelheit hinter ihren Lidern aufgehört hatte, sich um sie zu drehen, und gab noch ein paar Augenblicke zu, in der Hoffnung, dass auch die hämmernden Kopfschmerzen ein wenig nachließen, aber das passierte nicht. Schließlich öffnete sie resigniert die Augen und starrte die nächsten geschlagenen zehn Sekunden lang die Hand an, mit der sie sich gegen den Baum gestützt hatte ... genauer gesagt die schwarzorange gestreifte, haarige Spinne, die auf ihren gut fünfzehn Zentimeter langen Beinen gemächlich über ihren Handrücken stakste und irgendwie so aussah, als wäre sie höchst verärgert darüber, dass ihr das Stretchbündchen den Weg in ihren Ärmel hinein verwehrte.

Bevor sie auf den Gedanken kommen konnte, die beeindruckenden Giftklauen unter ihrem Kopf einzusetzen, um sich ihren Weg freizugraben, erwachte Pia endlich aus ihrer Erstarrung, zog die Hand mit einem erschrockenen Ruck zurück und brachte immerhin genug Selbstbeherrschung auf, nicht hysterisch loszukreischen. Weder litt sie unter Arachnophobie, noch hatte sie jemals Verständnis für diejenigen ihrer Geschlechtsgenossinnen gehabt, die beim Anblick von allem, was mehr als drei Beine hatte, kreischend auf den nächsterreichbaren Tisch sprangen. Aber dieses Vieh ...

Pia tröstete sich damit, dass die Spinne ja immerhin hätte giftig sein können, begann den Handrücken heftig an ihrem Hosenbein zu schubbern und sah sich mit klopfendem Herzen um. Die Spinne war längst verschwunden und hatte mit Sicherheit sehr viel mehr Angst vor ihr gehabt als sie umgekehrt vor der harmlosen Mega-Arachnide, aber plötzlich war ihr, als würde es überall um sie herum im Unterholz krabbeln und huschen, und sie konnte regelrecht fühlen, wie sie von unzähligen winzigen Augen angestarrt und belauert wurde. Die Hand, über die die Spinne gekrochen war, begann zu jucken, dann auch die andere, und schließlich kribbelte und juckte es an nahezu jeder Stelle ihres Körpers, vor allem dort, wo es besonders unangenehm war. Flammenhuf schnaubte, und

Pia fielen gleich mehrere Gründe ein, warum sie beunruhigt sein sollte. Einer davon war, dass sie ganz und gar nicht mehr sicher war, dass Flammenhuf tatsächlich nur ein ganz normales Pferd (mit Flügeln) war; jedenfalls nicht mehr sicher genug, um vor den Augen des Hengstes einen Striptease hinzulegen. Ein anderer war die Tatsache, dass sie sich wohl endgültig der Erkenntnis stellen musste, nicht mehr in Rio zu sein. Wahrscheinlich auch nicht in WeißWald, aber mit ziemlicher Sicherheit irgendwo in der Elfenwelt – was nichts anderes bedeutete, als dass sie wieder einmal bis zum Hals in Schwierigkeiten steckte.

Und genau das war der Moment, in dem ihre Erinnerungen endgültig und komplett zurückkamen, und das mit solcher Wucht, dass sie einen halben Schritt zur Seite stolperte und am ganzen Leib zu zittern begann. Es war alles wahr. Die Orks. Hernandez und seine Lizard-Reiter. Die apokalyptische Schlacht zwischen seinen Orks und den Polizisten. Nichts davon war nur ihrer überreizten Fantasie entsprungen, wie sie sich verzweifelt einzureden versuchte, und das bedeutete, dass sie sich auch Alica nicht eingebildet hatte, die auf dem Rücken des geflügelten Hengstes gekommen war, um sie zu retten! Aber wo war Alica?

Und vor allem: *Wo war Jesus?*

Pia war mit einem einzigen Schritt wieder bei dem Pegasus und dann an ihm vorbei, sah sich gehetzt und mit einem Gefühl allmählich aufkeimender Verzweiflung um und musste gegen eine regelrechte Panikattacke ankämpfen, als ihr klar wurde, dass Flammenhuf und sie allein waren. Weder von Jesus noch von Alica war irgendetwas zu sehen. Sie waren nicht da, und man musste auch nicht über das Talent eines Sioux-Indianers im Fährtenlesen verfügen, um zu erkennen, dass sie auch nicht hier *gewesen* waren. Rings um Flammenhuf und sie herum bildeten Unterholz und Farn eine nahezu undurchdringliche Barriere, durch die absolut niemand kommen konnte, ohne Spuren zu hinterlassen. Aber die einzige Spur, die sie sah, war der Abdruck ihres eigenen Körpers im weichen Moos.

Sie konnte ein eisiges Frösteln nicht mehr ganz unterdrücken, als sie das Gewirr knorriger Wurzeln und spitzer Zweige und Äste ringsum sah. Wäre sie auch nur einen halben Meter weiter rechts oder links vom Rücken des Pegasus gefallen, dann hätte sie jetzt wohl eine ziemlich genaue Vorstellung davon, wie sich das neu erworbene Prachtstück eines Schmetterlingssammlers fühlte ...

Der Gedanke war nicht im Geringsten komisch, aber irgendwie half er ihr trotzdem, die Panik niederzukämpfen und sich zu wenigstens halbwegs logischem Denken zu zwingen. Jesus und Alica waren nicht hier, und das war schlecht, aber längst nicht das Schlimmste, wäs hätte passieren können. Wenigstens hatte sie nicht ihre Leichen gefunden.

Pia sah sich noch einmal aufmerksam um, redete sich mit einigem Erfolg ein, wirklich angestrengt nachzudenken, und marschierte dann in die einzige Richtung los, die sowieso nur infrage kam: dem Licht und damit dem Waldrand entgegen.

Flammenhuf schnaubte, und Pia machte nach kaum drei Schritten wieder kehrt, ging noch einmal zu der Stelle zurück, an der sie aufgewacht war, und bückte sich, um den Elfendolch aufzuheben. Sehr behutsam schob sie ihn in die improvisierte Scheide an ihrer Hüfte, spießte den Pegasus mit Blicken regelrecht auf und marschierte dann zum zweiten Mal los; nachdem sie trotzig den Kopf in den Nacken geworfen hatte, versteht sich. Prompt verfing sich ihr Haar in einem tief hängenden Ast, und es kostete sie eine gute Minute (und etliche Strähnen ihres hüftlangen weißen Prinzessin-Gaylen-Haars) sich wieder zu befreien.

Diesmal war sie sicher, dass Flammenhufs Schnauben schadenfroh klang.

Der Waldrand war nicht wirklich der Waldrand. Vor ihr fiel der Boden nur so steil ab, dass nicht einmal die Wurzeln der zähen Urwaldbäume Halt gefunden hatten, sondern es nur ein Gewirr aus Farn- und Blütengewächsen und knorrigen Büschen (größtenteils dornigen) gab, zwischen denen spitze Steine und abgestorbene Wurzeln herausragten. Vielleicht dreißig oder vierzig Meter unter ihr begann der Dschungel wieder, und selbst über diese kurze Distanz hinweg betrachtet wirkte er wie eine undurchdringliche Mauer; und war es auch.

Pia betrachtete das schimmernde Messer in ihrer Hand und spürte, wie ihr Mut noch mehr sank. Sie war sicher, mit der magischen Klinge sogar einen der turmhohen Urwaldriesen fällen zu können, wenn es denn sein musste – aber der Gedanke, sich mit diesem Messerchen einen Weg durch diesen undurchdringlichen Dschungel zu hacken, war trotzdem schlichtweg lächerlich.

Pia steckte die Waffe weg, belegte sich selbst in Gedanken mit einer ganzen Anzahl wenig schmeichelhafter Bezeichnungen und sah sich nicht nur noch einmal und sehr viel aufmerksamer um, sondern zwang sich auch – so gut es eben ging – sich von dem, was sie sah, nicht entmutigen zu lassen, sondern es vor allem analytisch zu betrachten.

Sie war vielleicht nicht in WeißWald, aber mit einiger Wahrscheinlichkeit doch in der Elfenwelt, und das bedeutete nebst etlichem anderem, dass sie jetzt nicht mehr Pia war, das Kind der Favelas und die Diebin, sondern Prinzessin Gaylen, die wiedergeborene Elfenprinzessin, Bezwingerin der Orks, Herrin der Schatten, Magierin und Beherrscherin von Eiranns Zorn, und sie würde sich ganz gewiss nicht von ein paar albernen Bäumen und Dornenbüschen unterkriegen lassen.

Nicht einmal, wenn sie brennen sollten.

Aber der Anblick, der sich ihr bot, stimmte sie auch nicht gerade optimistisch.

Der Dschungel setzte sich unter ihr fort, und das wortwörtlich, so weit das Auge reichte; eine sanft gewellte grüne Decke aus Baumwipfeln, wie ein mitten in der Bewegung erstarrtes Meer aus grünen Wellen, in dem man tatsächlich eine gewisse Regelmäßigkeit erkennen konnte, als gäbe es da geheimnisvolle Unterströmungen und Strudel, die dem vermeintlichen Chaos eine nicht wirklich zu greifende, aber dennoch spürbare Ordnung aufzwangen. Hier und da gab es eine Unterbrechung, eine Lichtung, einen weiteren Steilhang. All das war auch Teil der geheimnisvollen Ordnung, deren Sinn ihr verborgen blieb. Dennoch war dieser Dschungel endlos. Irgendwo, sehr weit entfernt, glaubte sie etwas auszumachen, das Berge sein mochten, vielleicht aber auch nur der Dunst der Entfernung, aber selbst sie waren grün. Und selbst wenn es diese Berge wirklich gab und sie das Ende dieser grünen Endlosigkeit darstellten, hätten sie genauso gut auf der Rückseite des Mondes liegen können. Bis dorthin mussten es hundert Meilen sein, wahrscheinlich sogar mehr.

Sie hatte irgendwo einmal gelesen, dass man in einem Dschungel wie diesem (wenn man gut in Form und perfekt ausgerüstet war) zwischen zwei und drei Meilen am Tag zurücklegen konnte, und sie fühlte sich im Moment alles andere als gut in Form, und ihre Ausrüstung bestand aus einem Messer, einem Skianzug und einem Paar magischer Stiefel.

Und einem fliegenden Pferd.

Pia blieb eine weitere Minute reglos stehen, und die Bezeichnungen, mit denen sie sich in dieser Zeit selbst belegte, waren noch um einiges fantasievoller als gewöhnlich. Dann drehte sie sich herum, sah in Flammenhufs höhnisch grienendes Pferdegesicht hinauf und trat schließlich neben den Pegasus. Er kam ihr mit einem Mal sehr viel größer vor als noch vor einer Minute. Der schwarze Sattel erinnerte sie aus irgendeinem Grund plötzlich an ein bizarres mittelalterliches Folterinstrument, und über das, was er mit seinen Flügeln tun konnte, wollte sie lieber gar nicht erst nachdenken.

»Du nimmst mir das, was ich vorhin gedacht habe, doch nicht übel, oder?«, fragte sie.

Flammenhuf schnaubte.

Was immer das bedeuten mochte.

»Und du weißt, dass ich ... äh ... noch nie zuvor geritten bin?«, fuhr sie fort. »Ich meine … also große Strecken und auf einem ... ähm ... fliegenden Pferd?«

Flammenhuf schnaubte erneut, schüttelte den Kopf hin und

her und bespritzte sie mit einer Mischung aus Sabber und Rotz, und Pia zog es vor, der Einladung zu folgen, bevor der Pegasus auf noch fantasievollere Ideen kam.

Es fiel ihr unerwartet leicht, auf den Rücken des Pegasus zu steigen und in den Sattel zu gleiten. Er sah vielleicht aus wie ein Folterinstrument, fühlte sich aber ungemein bequem und auf eine sonderbare Weise ... *richtig* an, und sie rutschte völlig ohne ihr eigenes Zutun (oder gar zu wissen, was sie da tat) in eine bequeme Position. Ihre Stiefel glitten ganz von selbst in die Steigbügel und fanden sicheren Halt, und der Hengst begann mit den Vorderhufen zu stampfen und spreizte die Flügel.

»Also, nur um das noch einmal klarzumachen«, sagte Pia. »Ich bin keine gute Reiterin, und geflogen bin ich überhaupt noch nie. Ich wäre dir also dankbar, wenn du –«

Ganz offensichtlich interessierte Flammenhuf nichts von alledem. Der Hengst stieß sich mit einem gewaltigen Satz ab, katapultierte sich sieben, acht Meter weit ins Leere hinaus und schlug das erste Mal mit den gewaltigen Schwingen, um noch mehr an Höhe zu gewinnen.

Pia hatte nicht das Gefühl, nach oben zu steigen. Vielmehr schien der Dschungel einfach unter ihr in die Tiefe zu stürzen, als wären die Stützpfeiler der Welt zusammengebrochen.

Sie wusste nicht, ob sie schrie – wahrscheinlich tat sie es –, aber wenn, dann ging ihr Schrei im Rauschen seiner gewaltigen Schwingen unter. Rote Panik verschleierte Pias Blick, und ihre Hände krallten sich so fest in Flammenhufs weiße Mähne, dass der Pegasus mit einem erschrockenen Schnauben den Kopf in den Nacken warf.

Und dann geschah etwas wirklich Sonderbares. Pias Angst erlosch so abrupt, als wäre sie abgeschaltet worden. Für einen einzelnen verblüfften Herzschlag empfand sie nichts als Verwirrung, und dann ergriff ein nie gekanntes Hochgefühl von ihr Besitz, ein Gefühl von Freiheit und Euphorie, wie sie es in dieser Intensität noch nie zuvor gespürt hatte. Sie war nicht sicher gewesen, hatte aber irgendwie einfach vorausgesetzt, dass sie Angst vorm Fliegen hatte, doch das genaue Gegenteil war der Fall: Irgendein besonders hartnäckiger Teil ihres Verstandes rebellierte noch schwächlich gegen die Erkenntnis, aber Tatsache war, dass sie von einem Atemzug auf den anderen einfach *wusste*, dass dies ihr wahres Element war, dass sie genau hierhin gehörte, in die endlose Freiheit so hoch über der Erde und in den Sattel des Pegasus. Sie schrie noch immer, aber jetzt war es ein Jubilieren, das aus ihrer Kehle kam, ein Laut reiner, unverfälschter Freude, endlich da zu sein, wohin sie immer gewollt hatte.

Höher und höher schwang sich der Pegasus in die Luft. Seine gewaltigen Schwingen peitschten und entfesselten einen Sturmwind, der ihren Schrei davontrug und an ihrem Haar zerrte, aber das war nicht alles. Der Hengst flog nicht nur, sondern galoppierte durch die Luft, und manchmal – Pia war nicht sicher, aber sie war auch ebenso wenig sicher, es *nicht* zu sehen –, manchmal war es ihr, als stoben hellrote und gelbe Flammen da unter seinen Hufen hervor, wo sie auf die Leere unter ihm trafen.

Schnell wie ein Pfeil schoss der prächtige Pegasus durch die Luft, und der gewellte grüne Ozean unter ihm jagte nur so dahin, Stunde um Stunde um Stunde, wie es schien. Irgendwann begann die Zeit mehr und mehr ihre Bedeutung und ihre Macht zu verlieren, und es war, als bewegten sie sich nicht nur durch die Luft, sondern gleichsam durch das Gewebe der Wirklichkeit. Vielleicht war es tatsächlich so, und nicht nur der Dschungel, sondern auch Welten und Zeitalter glitten nun unter ihnen vorbei.

Irgendwann, nach einer Million Jahren oder einer Stunde – und vielleicht war der Unterschied nicht einmal annähernd so groß, wie sie bisher geglaubt hatte – ließ der Nachschub an Endorphinen und Adrenalin in ihrem Kreislauf nach, und der Rausch ebbte ab, verschwand aber nicht ganz. Ein sachtes Glücksgefühl blieb oder einfach das Wissen, dass das, was sie tat, *richtig* war. Flammenhuf ... Wie hatte sie nur jemals *Angst* vor diesem wunderbaren Geschöpf haben können?

Sie fand keine Antwort auf diese Frage, aber im gleichen Maße, in dem der Rausch abklang, meldete sich ihr Verstand (und die alte, immer misstrauische Pia) zurück, und sie konzentrierte sich mehr und mehr darauf, nicht nur den fantastischen Flug zu genießen, sondern die Landschaft unter sich auch zu beobachten; und sich irgendwann die Frage zu stellen, *wohin* sie eigentlich flogen.

Der Dschungel schien tatsächlich endlos zu sein. Inzwischen mussten sie – auch ganz objektiv betrachtet – schon seit einer geraumen Weile unterwegs sein, und Flammenhuf flog wirklich *schnell*, aber unter ihr änderte sich nichts. Flammenhufs Schwingen und wirbelnde Hufe fraßen Meile um Meile, doch die wogende grüne Unendlichkeit blieb immer gleich, und auch die Schemen am Horizont kamen nicht wirklich näher, sondern schienen sich auf geheimnisvolle Weise immer um dieselbe Distanz zu entfernen, auf die sie sich ihnen zu nähern glaubte.

Das monotone Einerlei begann langsam eine einlullende Wirkung auf sie auszuüben, und ganz plötzlich spürte sie, wie müde sie eigentlich war, und das mit allem Recht der Welt. Sie wusste nicht, wie lange sie bewusstlos gewesen war, aber davor hatte sie endlose Stunden nicht geschlafen, und zu viele dieser Stunden waren angefüllt gewesen mit Furcht und Flucht und verzweifelten Kämpfen. Geheime Elfenprinzessin oder nicht, auch ihr Körper war letzten Endes aus Fleisch und Blut, und irgendwann pochte er auf sein Recht.

Schließlich gab sie der Müdigkeit nach und ließ ihr Gesicht in die samtweiche Mähne des Pegasus sinken.

Als sie erwachte, war es dunkel, und die Schatten am Horizont waren endgültig zu Bergen geworden. Flammenhufs Schwingen teilten die Luft noch immer mit gleichmäßigen Schlägen, und seine Hufe schlugen noch immer gelbes und rotes Feuer aus der Leere, durch die sie rasten. Die Welt unter ihr war jetzt schwarz, nicht mehr grün, was aber daran lag, dass sich eine vollkommen mond- und nahezu sternenlose Nacht über das Land gesenkt hatte. Es war kalt geworden, so eisig, dass der Wind nun wie mit dünnen Skalpellklingen in ihr Gesicht schnitt und sie plötzlich wieder froh über den dicken Thermoanzug war, den sie trug.

Sie befanden sich schon über den Bergen, als sie die Lichter sah. Sie waren winzig und noch sehr weit entfernt und den Gipfeln nahe genug, dass man sie leicht mit Sternen hätte verwechseln können, wären sie nicht gelb und rot gewesen und hätten unregelmäßig geflackert; wie eine Masse winziger blinzelnder Augen, die sie neugierig anstarrten. Ohne dass sie hätte sagen können, warum, hatte der Anblick etwas sonderbar Beunruhigendes, und ihr Gefühl riet ihr, lieber einen Bogen um diese Lichter zu machen, auch wenn ihr Verstand hartnäckig auf dem Gegenteil beharrte und ihr (vermutlich zu Recht) klarzumachen versuchte, dass diese Lichter nichts anderes als Feuer sein konnten und somit auf die Anwesenheit von Menschen hindeuteten.

Aber wenn sie sich nicht schon vor langer Zeit abgewöhnt hätte, auf ihren Verstand zu hören, dann wäre sie a) gar nicht hier und b) schon lange nicht mehr am Leben. Besser, sie machte einen möglichst großen Bogen um diese Lichter; was immer sie auch bedeuteten.

Unglückseligerweise war Flammenhuf anderer Meinung.

Pia hatte ihren Gedanken kaum zu Ende gedacht, da schwenkte der Pegasus leicht herum und hielt nun genau auf die Ansammlung blinzelnder Lichter zu, wobei er gleichzeitig zu steigen begann, denn tatsächlich befanden sie sich zum Teil über ihnen, so dicht waren sie an die Berggipfel herangekrochen. Pia sparte sich die Mühe, auch nur mit einem Wort zu protestieren. Flammenhuf würde sowieso tun, was *er* wollte.

Rasch wurde es kälter, und die Luft spürbar dünner, sodass es dem Pegasus immer mehr Mühe abverlangte, mit kraftvollen Flügelschlägen Höhe zu gewinnen. Sie war jetzt wirklich dankbar für die warme Kleidung, die sie trug, und bedauerte nur, nicht auch die Handschuhe angezogen zu haben.

Fast zu ihrer Enttäuschung – vermutlich aber mit gutem

Grund – landete der Pegasus nicht in unmittelbarer Nähe der Lichter, die sie hierhergelockt hatten, sondern im Schutze einer schwarzen Klippe, die die eine Hälfte der Welt einfach auslöschte. Die andere bestand aus einem nicht einmal anderthalb Meter breiten Pfad, neben dem es ungefähr zweiunddreißig Kilometer weit steil in die Tiefe ging. Vielleicht auch ein paar mehr oder weniger.

Pia kletterte umständlich vom Rücken des Pegasus und begann sich nach den endlosen Stunden im Sattel ganz instinktiv zu recken und zu räkeln, bis sie mit einem Gefühl leiser Überraschung feststellte, dass das gar nicht nötig war. Sie hatte Stunde um Stunde im Sattel zugebracht, ja sogar darin geschlafen und sollte sich eigentlich wie gerädert fühlen, aber das genaue Gegenteil war der Fall: Sie war so ausgeruht und entspannt wie schon seit einer kleinen Ewigkeit nicht mehr; was sie als höchst angenehm empfand, aber auch als ein bisschen unheimlich.

Nachdem sie sich einige Augenblicke lang vergeblich den Kopf über dieses neue Rätsel zerbrochen und schließlich eingesehen hatte, dass sie es nicht lösen würde, warf sie Flammenhuf noch einen abschließenden misstrauischen Blick zu und machte sich dann auf den Weg. Der vereiste Felsenpfad führte ein unangenehm langes Stück weit an der Klippe entlang, machte dann einen scharfen Knick nach rechts und mündete schließlich in ein Gewirr kniehoher scharfkantiger Fels- und Lavabrocken, durch das sie sich nur mit großer Vorsicht bewegen konnte, um sich nicht an den messerscharfen Graten und Spitzen zu verletzen. Ihre magischen Stiefel waren ihr in diesem Fall keine Hilfe, denn obwohl sie ein paarmal anhielt und darauf wartete, von ihnen die Richtung gewiesen zu bekommen, rührten sie sich nicht. Dafür handelten sie sich ein paar kräftige Schrammen an den scharfkantigen Felsen ein, was Pia mit einer zwar vollkommen widersinnigen, aber gehässigen Befriedigung erfüllte.

Der Weg machte einen weiteren scharfen Knick, und Pia vergaß die Stiefel, Flammenhuf und sogar die Kälte.

Orks.

Vor ihr befanden sich Orks, mindestens zwei. Einer hockte mit weit nach vorne hängenden Schultern gegen einen Fels gelehnt da und schien zu schlafen (selbst in dieser Haltung war er noch größer als sie), der andere stand nur ein kleines Stuck entfernt da und wandte ihr den Rücken zu, wobei er sich auf einen Speer oder langen Wanderstab stützte. Seine Haltung verriet, dass er sehr müde und vermutlich auch entsprechend unaufmerksam war, aber Pia wusste auch, wie scharf die Sinne dieser vermeintlich schwerfälligen Kolosse waren, und erstarrte augenblicklich zur Salzsäule. In der ersten Sekunde wagte sie nicht einmal zu atmen.

Ihre Gedanken rasten dafür umso scheller.

Flammenhuf hatte sie gewiss nicht ohne Grund hierhergebracht und vermutlich auch nicht, um die Gesellschaft dieser beiden Krötenfressen zu genießen. Aber es gab nur diesen einen Weg und diese eine Richtung, und das bedeutete, dass sie irgendwie an den beiden Orks vorbeimusste.

Pias Hand tastete nach dem Gewicht der Magnum, die sie unter der Jacke trug, und zog sich wieder zurück, ohne sie auch nur berührt zu haben. Ganz davon abgesehen, dass die Waffe so laut wie eine Kanone war und jeder Schuss in der Stille hier oben über Kilometer hinweg zu hören sein musste, würde ihr der Rückschlag vermutlich beide Handgelenke brechen.

Außerdem hatten die Orks ihr nichts getan.

Der stumme Gigant vor ihr nahm ihr die Entscheidung ab, indem er etwas tat, was sie lange Zeit nicht verstehen und noch sehr viel länger nicht vergessen sollte: Mit einer langsamen, fast schon zeremoniell anmutenden Bewegung legte er seinen Speer zu Boden, trat ganz an den Abgrund heran und ohne das allermindeste Zögern ins Nichts hinaus, um wie ein Stein in die Tiefe zu stürzen. Pia war einfach zu überrascht, um aufzuschreien, sonst hätte sie es wahrscheinlich getan, ob sie den zweiten Ork nun damit weckte oder nicht. Völlig fassungslos und im ersten Moment nicht einmal imstande zu begreifen, was sie gerade gesehen hatte, starrte sie die Stelle an, an der sich der Ork in den Tod gestürzt hatte.

Was sie gerade gesehen hatte, war vollkommen umöglich! Orks begingen keinen Selbstmord! Dafür waren sie viel zu dämlich!

Trotzdem hatte sie es gesehen.

Pia zwang sich innerlich zur Ruhe, riss ihren Blick mit einiger Mühe von der Stelle los, an der der Ork gerade gestanden hatte, und wandte sich dem zweiten geschuppten Koloss zu. Er schien tatsächlich zu schlafen, denn er hatte auf das unglaubliche Geschehen nicht mit der kleinsten Bewegung reagiert, sondern saß noch immer in derselben unveränderten Haltung da, an einen Felsen gelehnt, mit hängenden Schultern und den Kopf auf die breite Brust gestützt.

Aber vielleicht schlief er ja auch gar nicht ...

Pia zögerte kurz, löste sich dann unendlich behutsam aus ihrer Deckung und hüllte sich zugleich in einen Mantel schützender Schatten, während sie sich dem reglosen Ork näherte. Nun zog sie doch die großkalibrige Waffe. Sie vertraute auf ihren magischen Schutz, aber sie hatte auch mehr als einmal erlebt, wie unglaublich scharf die Sinne dieser grünen Giganten waren ... und eine gebrochene Hand war vermutlich immer noch besser als eine *abgerissene.*

Ihre Befürchtungen erwiesen sich als unbegründet, in jeder Beziehung. Sie hätte nicht einmal den Schattenmantel gebraucht. Der Ork wachte nicht auf, und das konnte er auch gar nicht. Er schlief nicht. Er war tot.

Als Pia ihn vorsichtig mit dem Revolver anstieß, rutschte er langsam zur Seite und schlug dann mit einem dumpfen Laut auf dem Felsen auf. Etwas zerbrach mit einem Geräusch wie eine leere Konservendose, die zusammengeknüllt wurde, und eine Wolke so entsetzlichen Verwesungsgestanks hüllte Pia ein, dass sie instinktiv ein paar Schritte zurückprallte und ihre ganze Selbstbeherrschung brauchte, um sich nicht zu übergeben.

Fast noch mehr Überwindung kostete es sie, sich dem reglosen

Koloss noch einmal zu nähern und sich dazu zu zwingen, ihn genauer in Augenschein zu nehmen.

Der Ork war tot, und das offensichtlich schon seit längerer Zeit. Pia stieß ihn – vorsichtig – mit dem Fuß an, und ein trockenes Rascheln erklang. Der Fäulnisgestank löste sich fast so schnell auf, wie er gekommen war. Was immer an ihm verwest war, konnte nicht viel gewesen sein. Die trockene Kälte hier oben hatte seinen Leichnam fast komplett mumifiziert.

Pia schob die Magnum wieder unter ihre Jacke und setzte ihren Weg fort – so weit an der unheimlichen Ork-Mumie vorbeigehend, wie überhaupt möglich –, und kaum ein Dutzend Schritte entfernt fand sie einen weiteren toten Ork.

Er war deutlich kleiner als der erste und genauso mumifiziert, und er lag in einer schon fast absurd friedlichen Haltung zwischen den Felsen, als hätte er sich nur zu einem entspannten Schläfchen ausstrecken wollen und irgendwann vergessen weiterzuleben. Diesmal zwang sie sich, den Leichnam genauer in Augenschein zu nehmen. Vertrocknet und wenigstens zum Teil angezogen, wie er war, war es natürlich schwer festzustellen, aber er wirkte nicht so, als wäre er gewaltsam ums Leben gekommen.

Was war das hier?, dachte sie schaudernd. So eine Art Elefantenfriedhof, ein Ort, an den die Orks kamen, um zu sterben?

Der Wind drehte und trug für einen Moment einen ganzen Chor sonderbarer Geräusche heran, die sie nicht identifizieren konnte, die aber ganz eindeutig nicht hierhergehörten. Sie erloschen fast so schnell, wie sie gekommen waren, aber es reichte, um ihr die Richtung zu weisen. Sie huschte los, erklomm einen kurzen, aber ungemein steilen und zu allem Überfluss auch noch mit lockerem Geröll bedeckten Hang, der fast ihr gesamtes Geschick erforderte, und legte das allerletzte Stück auf Händen und Knien krabbelnd zurück.

Oben angekommen, beglückwünschte sie sich zu ihrer instinktiven Vorsicht. Das Gelände fiel auf der anderen Seite des Grates genauso steil ab, wie es auf dieser angestiegen war. Vielleicht fünfzig Meter weiter erhob sich eine senkrechte Felswand, die über ihr einfach mit dem Nachthimmel verschmolz. Das schmale Tal, das auf diese Weise entstand, war nicht leer. Hier *brannten* Feuer, in deren flackerndem Schein sich zahlreiche Gestalten bewegten. Und längst nicht alle von ihnen waren zweieinhalb Meter groß und hatten Schuppen und Hörner. Ganz im Gegenteil schienen die allermeisten menschliche Umrisse zu haben, und auch das schnatternde Stimmengewirr, das zu ihr heraufdrang, wurde zum größten Teil von menschlichen Lauten dominiert; auch wenn sie ihr rau und sonderbar fremd vorkamen. Irgendetwas war dort unten nicht so, wie es sein sollte. Aber sie konnte nicht sagen, was.

Pias Blick glitt über das Durcheinander aus Schatten und sonderbar falscher Bewegung unter ihr und blieb schließlich an der Felswand auf der anderen Seite hängen. Dort ging etwas vor, was sie über die große Entfernung und bei dem schwachen Licht nicht genau erkennen konnte, das aber irgendwie ... beunruhigend war. Sie hatte das Gefühl, dass es wichtig war, es sich anzusehen.

Aufmerksam suchte sie den Hang vor sich ab, bis sie eine Stelle fand, an der der Boden aus festem Felsgestein bestand, nicht aus losem Geröll, das sich unter der leisesten Berührung lösen würde. Was nutzte es ihr schon, unsichtbar zu sein, wenn sie bei jedem Schritt eine Steinlawine auslöste, die ihre Anwesenheit verriet?

Wieder in einen Mantel aus Schatten gehüllt, ging sie hin und balancierte den steilen Hang hinab. Zwei- oder dreimal lösten sich trotz aller Vorsicht doch kleinere Steine unter ihren Schritten und hüpften klackend und polternd den Hang hinab, und mindestens einmal hob eine schuppige Gestalt bei einem nahen Feuer den Kopf und blickte nicht nur misstrauisch in ihre Richtung, sondern begann auch wie ein Hund zu schnüffeln, der Witterung aufgenommen hatte. Pias Herz setzte für einen Schlag aus und hämmerte dann so schnell und laut weiter, dass sie allein das Geräusch eigentlich schon hätte verraten müssen. Aber dann senkte der Ork wieder den Kopf, verlor das Interesse an dem

Stein, der sich ganz von selbst von seiner Position gelöst hatte, und schien in dumpfes Brüten zu verfallen.

Er war nicht der einzige, der so dasaß, bemerkte Pia: So nahe an den wärmenden Flammen, wie es gerade noch ging, ohne dass er sich verbrannte, mit müde hängenden Schultern und leerem Blick. Er musste entweder unendlich müde sein oder krank, vielleicht auch beides. Während sie – unsichtbar, aber trotzdem äußerst vorsichtig und dem Licht der brennenden Lagerfeuer so gut ausweichend, wie sie konnte – durch das schmale Tal schlich, fiel ihr dasselbe Phänomen bei einer ganzen Anzahl weiterer Orks auf, wenn nicht bei allen. Was ging hier vor?

An dem Anblick einer halben Hundertschaft Orks, die so aussahen, als könnten sie sich nur noch mit Mühe auf den Beinen halten, war im Grunde nichts auszusetzen (nicht nach dem, was sie mit diesen Monstern bisher erlebt hatte), aber Pia war verwirrt; und sie hatte das sehr sichere Gefühl, dass diese Beobachtung außerordentlich wichtig war.

Noch besser wäre es natürlich gewesen, wenn sie gewusst hätte, was sie bedeutete.

Einen Moment lang spielte sie ernsthaft mit dem Gedanken, das Risiko einzugehen und sich einem der Lagerfeuer zu nähern, um vielleicht mehr über die Ursache dieses sonderbaren Verhaltens herauszufinden, entschied sich dann aber dagegen. Sie wusste praktisch nichts über Orks, nicht einmal genau, was sie eigentlich waren. Dass sie zwei Arme, zwei Beine und einen Kopf hatten, bedeutete nicht zwangsläufig, dass man sie mit Menschen vergleichen konnte. Vielleicht war dieses sonderbare Verhalten für sie ja ganz normal. Was, wenn sie zum Beispiel Kaltblüter waren, und ihre vermeintliche Trägheit nur an den niedrigen Temperaturen hier oben lag oder an der dünnen Luft?

Und da waren auch noch die anderen und ganz unzweifelhaft *menschlichen* Gestalten, die sich zwischen den grünen Kolossen bewegten. Pia hütete sich – unsichtbar oder nicht – ihnen auch nur nahe zu kommen, aber Orks und Menschen vertrugen sich normalerweise nicht sonderlich gut, wie sie aus eigener leidvoller Erfahrung wusste. Hier hatten sie zumindest noch nicht damit begonnen, sich gegenseitig umzubringen, was für sich genommen schon erstaunlich genug war. Pia glaubte hier und da sogar ein raues Lachen zu hören.

Dann ging sie nahe genug an einer der in schwere Fellmäntel gekleideten Gestalten vorbei, um einen Blick in ihr bärtiges Gesicht zu werfen, und die Erkenntnis ließ sie nicht nur mitten in der Bewegung innehalten, sondern gab ihr auch das Gefühl, innerlich zu Eis zu erstarren. Sie kannte dieses Gesicht. Vielleicht nicht wirklich *dieses* Gesicht, denn sie war dem Mann ganz bestimmt noch nie zuvor begegnet, aber eindeutig ein Gesicht *wie* dieses. Unter all dem Schmutz, dem wuchernden Bart und dem ungepflegtesten Haar, das sie jemals gesehen hatte, war nicht einmal besonders viel davon zu erkennen, aber es reichte allemal. Es war ein Barbar, ein Mitglied eines der wilden südlichen Stämme, die sich mit Nandes und seinen Orks zusammengetan hatten – oder auch umgekehrt, so genau hatte sie das nie begriffen. Wahrscheinlich spielte das auch keine besondere Rolle ... aber das letzte Mal, dass sie Krieger wie diese gesehen hatte, da hatten sie Schulter an Schulter mit Nandes' Orks gekämpft und ihr Möglichstes getan, um WeißWald dem Erdboden gleichzumachen; oder wenigstens ein bisschen anzuzünden. Bedeutete das, dass ...?

Pia wich instinktiv ein paar Schritte zurück, als der Krieger so schnurstracks auf sie zu marschierte, als hätte er sie gesehen, erstarrte zu vollkommener Reglosigkeit und hielt den Atem an, während er so dicht an ihr vorbeiging, dass sie sein natürliches Parfum roch, ein Duft, der es mühelos mit dem des toten Orks oben in den Bergen aufnehmen konnte.

Wäre Hernandez selbst in diesem Moment aufgetaucht, wäre sie wahrscheinlich auch nicht nennenswerter erschrocken.

Ganz so boshaft war das Schicksal dann doch nicht zu ihr, aber Pias Gedanken begannen trotzdem immer rasender zu arbeiten.

Irgendetwas ganz Besonderes ging hier vor, wenigstens das war ihr klar. Und sie musste herausfinden, was. Flammenhuf hatte sie aus einem ganz bestimmten Grund hierhergebracht. Aber den würde sie wohl kaum herausfinden, wenn sie weiter hier herumstand und darauf wartete, entdeckt zu werden.

Vorsichtig ging sie weiter, erreichte die Felswand und näherte sich ihrem Ziel, einem Durcheinander aus Schatten und unklarer Bewegung, das sich auch aus der Nähe betrachtet beharrlich weigerte, irgendeinen Sinn zu ergeben. Und sie hörte ebenso verwirrende Geräusche. Erst als sie noch näher kam, erkannte sie so etwas wie einen Höhleneingang, der zumindest auf einer Seite künstlich erweitert und mit groben Balken abgestützt worden war. Unterschiedlich große Schatten bewegten sich in der Dunkelheit dahinter – sowohl Menschen als auch Orks, vermutete sie – und sie hörte ein scharfes Knallen, das ihr irgendwie das Gefühl gab, dass sie es erkennen müsste. Um wirklich Klarheit zu gewinnen, musste sie diese Höhle betreten, und nicht nur alles in ihr sträubte sich gegen die bloße Vorstellung, das zu tun. Als sie es wider besseres Wissen doch versuchte, ging es zwar, aber sie hatte auch das Gefühl, sich durch einen unsichtbaren klebrigen Morast vorwärtskämpfen zu müssen. Nach nur zwei Schritten gab sie es auf und sah stirnrunzelnd auf ihre Füße hinab. Ganz offensichtlich waren auch ihre Stiefel der Meinung, dass sie dort besser nicht hingehen sollte.

Pia beschloss, auf sie zu hören. Hinter diesem finsteren Tor im Fels war etwas, dem sie besser nicht begegnen sollte.

Das sonderbare Knallen wiederholte sich, und sie sah einen Schatten, der plötzlich taumelte und auf die Knie fiel, sich aber gleich darauf wieder hochstemmte und weiterstolperte. Ein Ork, hinter dem ein zweiter und im Vergleich zu ihm sehr viel kleinerer Umriss aus dem Berg trat.

Erst als das Knallen zum dritten Mal erklang und sie die dazugehörige Bewegung sah, gestattete sich Pia endlich, das Geräusch zu erkennen. Es war das Knallen einer Peitsche, mit der

der Barbar den Ork vor sich hertrieb. Ein Ork, der sich von einem Barbaren auspeitschen ließ?

Nun, das *war* bemerkenswert.

Und ein bisschen beunruhigend.

Immerhin beunruhigend genug, um sie noch einmal mit dem Gedanken spielen zu lassen, die lautlose Warnung ihrer inneren Stimme zu ignorieren und weiterzugehen, um das Geheimnis dieses Tunnels zu ergründen – allerdings nur so lange, bis sich die unheimliche Szene wiederholte. Diesmal waren es gleich zwei Orks, die ihr mit hängenden Schultern und unendlich müde entgegengeschlurft kamen. Auch hinter ihnen trottete eine struppige Gestalt her, die eine aufgerollte Peitsche in der Hand hielt, und beim zweiten Hinsehen bemerkte sie, dass die Schuppenkrieger keine Waffen in den Händen hielten, wie sie ganz automatisch angenommen hatte, sondern grobe Werkzeuge: der eine die XXL-Version einer Spitzhacke, deren Stiel allein länger war als sie selbst, der andere eine nicht minder gewaltige Schaufel.

Pia rang ein letztes Mal mit sich. Der Tunnel war nicht nur vollkommen dunkel, sondern auch so schmal, dass die beiden nebeneinandergehenden Orks ihn nahezu ausgefüllt hatten. Unsichtbar zu sein würde ihr nichts nutzen, wenn ihr ein weiterer dieser grünen Kolosse entgegenkam und sie einfach niedertrampelte.

So nahe, wie sie es gerade noch wagte, folgte sie den beiden Orks und ihrem Begleiter bis ans andere Ende des Tals. Der enge Einschnitt im Berg machte dort einen scharfen Knick, und als Pia ihm folgte, wurde ihr Wagemut belohnt, denn sie sah endlich, warum der Pegasus sie hierhergebracht hatte.

Das schmale Tal weitete sich zu einem sehr viel größeren und nahezu perfekt gerundeten Kessel, in dem es von Orks und Menschen nur so wimmelte. Dutzende Feuer sorgten für eine unheimliche düster-rote Beleuchtung, in der nicht nur zahllose hin und her hastende Gestalten zu sehen waren, sondern auch eine Anzahl großer, aber sonderbar gedrungen wirkender Gebäude, die sich an die Wände des Talkessels lehnten. Überall wurde gearbeitet, auch wenn Pia auf den ersten Blick nicht sagen konnte, was eigentlich. Es wurde gehämmert, getragen und gerufen, Dinge wurden hin- und hergeschleppt und Befehle gebellt, und ein paarmal hörte sie auch wieder das Knallen einer Peitsche. Es war ein einziges gewaltiges Wuseln und Huschen, das überhaupt keinen Sinn zu ergeben schien, ihr im roten Licht der unzähligen Feuer aber wie eine Vision der Hölle vorkam. Ihr Herz begann schneller zu schlagen, und der saure Geschmack von Angst breitete sich auf ihrer Zunge aus.

Irgendetwas am Himmel erregte ihre Aufmerksamkeit. Pia sah hin und zog verwirrt die Stirn kraus, als sie sah, dass die Sterne ihr zublinzelten.

Natürlich taten sie es nicht wirklich. Doch es sah so aus, weil sich ein Schatten davor bewegte und sie verdeckte. Es war zu dunkel, um mehr als diesen Schatten zu erkennen, aber Pia hatte einen flüchtigen Eindruck von großen, schlagenden Flügeln und etwas Schlängelndem. Dann war der Schatten verschwunden, und Pia war nicht einmal mehr ganz sicher, ob sie sich ihn nicht nur eingebildet hatte. Ihre Nerven schleiften am Fußboden, und das mit Recht. Der Umstand allein, dass niemand sie sah, bedeutete nicht, dass sie nicht in Gefahr war.

Ihre Vernunft meldete sich (resignierend) noch einmal zu Wort und riet ihr, von hier zu verschwinden, solange sie es noch konnte. Sie versprach sich selbst, zu gegebener Zeit auf diesen gut gemeinten Rat zu hören, und versuchte die beiden Orks wiederzufinden, denen sie hierher gefolgt war.

Im ersten Moment war sie auf eine vollkommen absurde Art enttäuscht, sie nicht mehr zu sehen, da das Chaos unter ihr sie einfach aufgesogen zu haben schien, doch dafür gewahrte sie etwas anderes und sehr viel Außergewöhnlicheres; zumindest an einem Ort wie diesem. Nicht weit entfernt brach sich das rote Licht auf zwei schmalen, lang und parallel zueinander verlaufenden … Schienen?

Hier?

Geduckt huschte sie hin, ließ sich vor ihrer eigentlich unmöglichen Entdeckung in die Hocke sinken und berührte sie so vorsichtig mit den Fingerspitzen, als wären sie rot glühend vor Hitze. Sie waren es nicht und sie lösten sich auch nicht wie ein Spuk auf. Es waren Schienen, die links von ihr hinter einem der seltsamen Gebäude und zur Rechten in einem weiteren Tunnel im Berg verschwanden.

Sie erwog nicht einmal den Gedanken, den Tunnel zu betreten, sondern folgte den Schienen in die andere Richtung, wobei sie der aus groben Balken noch grober zusammengezimmerten Hütte in respektvollem Abstand auswich. Die Schienen endeten nur ein kleines Stück dahinter, und ihre letzten drei oder vier Meter verschwanden unter einer kastenförmigen Konstruktion aus Holz, die auf vier lächerlich kleinen Rädern ruhte: Die Ork-Version einer Lore, wie sie nach einem Augenblick begriff.

Dann verstand sie auch, was sie hier wirklich gefunden hatte. Es war eine Mine, nichts anderes als ein Bergwerk, in dem Orks und Menschen schufteten, um irgendwelche Erze abzubauen. Sie war beinahe enttäuscht, auch wenn das eigentlich albern war. Was hatte sie denn erwartet? Irgendetwas Geheimnisvolles und Magisches, das sich an diesem Ort dicht unter den Wolken verbarg? Sie trat näher an die zu groß geratene Lore heran und versuchte hineinzusehen, was ihr aber nicht gelang; es war eben die Ork-Version einer Lore, was bedeutete, dass ihre Wände doppelt so hoch wie normal waren. Sie konnte nicht einmal hineinsehen, als sie sich auf die Zehenspitzen stellte.

Es war auch gar nicht nötig. Der Boden war ringsum übersät mit kleinen und großen Erzbrocken. Pia wählte einen davon aus, der bequem in ihre Jackentasche passte, steckte ihn ein und machte sich auf den Rückweg.

Sie wählte die gleiche Route, die sie gekommen war, überwand sogar ohne größere Schwierigkeit die beiden Steilhänge und nahm nun sogar Rücksicht auf ihre Stiefel, indem sie scharfkantigen Steinen auswich und die Füße nur sehr vorsichtig aufsetzte.

Sie nahm aber einen Umweg in Kauf, um sich den mumifizierten Ork noch einmal anzusehen. So viel Überwindung es sie auch kostete, gelang es ihr trotzdem, den ausgetrockneten Leichnam herumzudrehen und aus seinen nicht minder vertrockneten Kleidern zu schälen.

Es blieb dabei: Der Leichnam war verschrumpelt und ausgetrocknet und wog kaum noch mehr als ein normaler Mensch, aber abgesehen davon und einer ansehnlichen Sammlung alter Narben wies der Ork keinerlei Verletzung auf. Der Anblick war verwirrend, zugleich aber auch auf eine so morbide Art faszinierend, dass sie eine ganze Weile einfach weiter dahockte, das tote Monster anstarrte und nicht einmal den gewaltigen Schatten bemerkte, der vom Himmel herabsank und auf einem Felsen neben ihr landete.

Was sie schließlich doch aufblicken ließ, war das Gefühl, angestarrt zu werden.

Es war nicht nur ein Gefühl. Als sie den Kopf in den Nacken legte und nach oben sah, blickte sie in das zugleich hässlichste wie heimtückischste Augenpaar, das sie jemals gesehen hatte ... was in diesem Moment aber kaum auffiel, denn es passte durchaus zu dem Gesicht, in das es eingebettet war.

Vielleicht für eine Mikrosekunde, allenfalls so lange, wie der Gedanke brauchte, um hinter ihrer Stirn zu entstehen und wieder zu verschwinden, fragte sie sich, ob sie einem Vogel gegenüberstand. Tatsächlich war das Ding so groß wie ein (sehr großer) Rabe, hatte Flügel und war schwarz, aber damit hörte die Ähnlichkeit dann auch schon auf. Seine Flügel hatten keine Federn, sondern erinnerten mehr an einen schwarzen Ledermantel, der seine besten Tage schon lange hinter sich hatte und in Fetzen herabhing, und beim Anblick der dreizehigen Klauen hätte es sich selbst ein Ork zweimal überlegt, Streit mit ihm anzufangen. Das Ding hatte einen dürren, schuppigen Körper, einen sehr langen Schwanz (der – natürlich – in einer dreieckigen Quaste endete) und einen dürren Hals mit einem grotesk großen Adamsapfel, der ständig auf und ab hüpfte, als hätte er etwas Lebendiges verschluckt, das nun zu entkommen versuchte, und sein von spitzen Ohren eingerahmtes Gesicht war der schiere Albtraum. Es erinnerte ein wenig an das einer Fledermaus, die am Abend zuvor etwas *wirklich* Schlechtes gegessen hatte, schien aber vornehmlich aus Falten, Pusteln, Runzeln und Zähnen zu bestehen; *sehr* vielen Zähnen.

Das Ding starrte sie an, und Pia starrte das Ding an, und erst dann erinnerte sie sich, dass sie noch immer in einen Mantel aus schützenden Schatten gehüllt war.

»Du kannst mich nicht sehen«, sagte sie.

Die Fetzenfledermaus war offensichtlich anderer Meinung, denn sie gab ein halblautes Piepsen von sich, das hoch und schrill genug war, dass ihre Zähne davon schmerzten, legte den Kopf auf die Seite – und schnappte mit einem gewaltigen Maul voller Zähne so blitzartig nach ihrem Gesicht, dass sie der Attacke buchstäblich nur um Haaresbreite entging, indem sie sich zurückwarf und darauf pfiff, dabei in der Hocke nicht nur die Balance zu verlieren, sondern auch rücklings auf den toten Ork zu fallen. Gedankenschnell wälzte sie sich herum, kroch hastig ein Stück zur Seite und beschimpfte sich selbst in Gedanken. Sie war unsichtbar, und das Ding konnte sie auch nicht sehen ... aber ganz zweifellos *hören*. Wozu hatte es schließlich so riesige spitze Ohren?

Das Ding stieß noch einmal dieses seltsame, in Zähnen und Kiefern schmerzende Schrillen aus, hüpfte mit einem Satz von seinem Felsen und bewegte den Kopf mit kleinen, vogelartigen Rucken hin und her, bevor sein hässliches Gesicht mit einer blitzartigen Bewegung vorstieß und sich eine gut zwei Pfund schwere Portion Fleisch aus der Schulter des toten Kolosses herausbiss. Sonderlich gut schien Ork-Kebab nicht zu schmecken, denn das hässliche Ding kaute nur einen Moment lang darauf herum, spuckte es dann angeekelt wieder aus und hielt aus seinen tückischen Glupschaugen nach einer anderen Beute Ausschau, und Pia erstarrte nicht nur zu vollkommener Reglosigkeit, sondern hörte sogar kurz auf zu atmen.

Das Ungeheuer sah sie trotzdem. Ihre Kräfte waren aufgebraucht, oder der magische Schattenmantel funktionierte bei ihm nicht.

Letzten Endes spielte es wahrscheinlich auch keine Rolle, ob ihr magischer Schutz bei diesem Albtraumvogel versagte oder er einfach ihren Herzschlag hörte und ihre Angst roch: Er wusste, wo sie war, und sein fürchterliches Gebiss schnappte zum zweiten Mal und mit einer fast noch blitzartigeren Bewegung zu, so schnell, dass sie sie nicht einmal *sah*. Außerdem lag sie immer noch hilflos auf dem Boden, halb über den Beinen des toten Orks und ungefähr so beweglich wie eine auf den Rücken gefallene Schildkröte.

Etwas geschah, von dem sie selbst vielleicht am allerwenigsten wusste (nur dass es eigentlich ganz und gar unmöglich war), und plötzlich hielt sie den Elfendolch in der Hand, und schwarzes Blut spritzte in einer dünnen Fontäne über den mumifizierten Ork, ihre Hände und ihr Gesicht. Das Vogelfledermausding stand noch eine geschlagene Sekunde lang einfach so da und kippte dann stocksteif und mit weit ausgebreiteten Flügeln nach hinten, während sein Kopf nur eine Handbreit neben ihrem Gesicht aufschlug, einen guten Meter weit davonrollte und dann so liegen blieb, dass sie den erstaunten Ausdruck in seinen weit aufgerissenen Glupschaugen sehen konnte.

Pia starrte das hässliche Ding eine geschlagene Sekunde lang an, ohne sich auch nur zu rühren (und noch immer ohne zu atmen), dann fuhr sie mit einem Ruck hoch und starrte noch länger und vollkommen perplex den Elfendolch in ihrer Hand an. Sie konnte sich immer noch nicht erinnern, die Waffe gezogen, ja nicht einmal, sich *bewegt* zu haben. Und auch von dem übel riechenden schwarzen Blut des Ungeheuers war nicht die winzigste Spur auf der durchsichtigen Klinge zu sehen, als hätte sie das Ungetüm einfach zu schnell enthauptet, um auch nur damit in Berührung zu kommen.

Pia erinnerte sich endlich wieder daran, Luft zu holen, stieß den Kadaver des toten Fledermausvogelmonsters mit einiger

Verspätung, dafür aber umso heftiger mit den Füßen von sich und sprang auf.

Etwas schrillte. Ein dünner, aber sehr intensiver Schmerz schoss durch ihre Backenzähne und den Kiefer, und ihr Herz begann noch einmal schneller zu schlagen, als sie den Kopf in den Nacken legte und den Himmel mit Blicken absuchte.

Nicht dass sie sich allzu sehr anstrengen musste.

Diesmal waren es nicht nur einige Sterne, die ihr zuzublinzeln schienen.

Der Himmel war voller geflügelter Schatten.

Pia starrte das entsetzliche Bild noch für die Dauer eines einzelnen endlos schweren Herzschlages an, dann fuhr sie auf dem Absatz herum, stürmte los und wäre in ihrer Hast beinahe in das zweite geflügelte Ungeheuer hineingerannt, das auf demselben Felsen hockte wie das erste und auch nicht allein war.

Insgesamt waren sie zu viert.

Pia überließ es dem Elfendolch, die ersten beiden in Stücke zu hacken, versetzte dem dritten einen Stoß mit der flachen Hand vor die Brust, der es mit einem überraschten Fiepsen zurück- und auf den Rücken schmetterte, und schrie dann selbst vor Schmerz und vor allem Schrecken auf, als sich die Zähne des zweiten Viehs in ihre Schulter gruben. Der dicke Stoff ihrer Jacke bewahrte sie vor einer Verletzung, aber die schiere Kraft der gewaltigen Kiefer reichte schon aus, sie vor Schmerz aufschreien und den Dolch fallen zu lassen. Sie stürzte, keuchte noch einmal, als sie mit der Gewalt eines Hammerschlages zwischen den scharfkantigen Felsen landete, und rollte sich gerade noch rechtzeitig herum, um den zustoßenden Klauen des Aushilfs-Raptors ihr Gesicht darzubieten.

Ein weißer Schemen tauchte hinter und über dem Ungeheuer auf, und Flammenhufs eisenharte Vorderhufe zertrümmerten den Schädel der Bestie.

Pia wurde zum zweiten Mal unter einem toten Fledermausvogel begraben, der sie großzügig mit einer stinkenden Brühe bespritzte, die er für sein Blut hielt, arbeitete sich angewidert und sehr hastig darunter hervor und bückte sich dann rasch noch einmal, um den Elfendolch aufzuheben.

Sie tat auch gut daran, denn schon im nächsten Augenblick stürzten sich zwei weitere geflügelte schwarze Ungeheuer auf sie. Pia schwang ihre gläserne Klinge und machte das eine einen Kopf kürzer, das zweite wich ihr mit einem schrillen Pfeifen aus, flatterte hinter und über sie und schlug seine Predator-Krallen in ihr Haar. Pia schrie vor Schrecken und Zorn, hieb wild mit dem Dolch um sich und spürte, wie sie etwas traf. Das Kreischen des Vogels wurde jetzt so schrill, dass der Laut ihr die Tränen in die Augen trieb und ihre Zähne zu vibrieren begannen, aber das Ungeheuer trudelte auch davon. Eine seiner Schwingen hing nun endgültig in Fetzen, und seine Klauen nahmen eine lange Strähne hellblonden Haars mit. Pia spürte erst jetzt, dass ihr Blut über die Stirn und ins Gesicht lief, aber der brennende Schmerz auf ihrer Kopfhaut war nichts gegen das, was sein beinahe unhörbares Kreischen ihren Zähnen und dem Rest ihres Schädels antat.

Pia setzte ihm nach, schwang ihre Waffe und sorgte dafür, dass das quälende Schreien aufhörte, aber es war bereits zu spät. Über ihr am Himmel hob ein immer lauter werdendes Rauschen und Rumoren an, und sie hörte einen ganzen Chor weiterer Ultraschall-Schreie, noch weit entfernt und nicht schmerzhaft, aber rasch näher kommend. Das Geschrei hatte den Rest der Meute alarmiert, und es hörte sich wenigstens so an, als wären es Hunderte.

Allmählich wurde es wirklich Zeit, von hier zu verschwinden.

Pia war mit einem einzigen Satz auf dem Rücken des Pegasus, krallte die linke Hand in seine Mähne und schloss die Finger der anderen fester um den Dolchgriff, um sich verteidigen zu können, sollte Flammenhuf nicht schnell genug sein.

Der Pegasus stieg mit einem schrillen Wiehern auf die Hinterläufe, zerschmetterte mit den Vorderhufen einen weiteren geflügelten Angreifer und drehte sich auf der Stelle herum, um Anlauf zu nehmen. Zwei, drei, vier schwarze Monstervögel rasten mit peitschenden Flügeln auf sie zu, aber damit konnte Flammenhuf auch dienen: Mit einem einzigen Hieb seiner gewaltigen weißen Schwingen fegte er die Angreifer aus der Luft, stieß sich ab und jagte pfeilschnell in die Höhe. Pia enthauptete einen weiteren fliegenden Angreifer, zerschnitt ein zweites Flügelpaar und schlug dann etwas zu hastig zu, sodass ihr Hieb nur einen peitschenden schwarzen Teufelsschweif kappte, statt seinen Besitzer säuberlich zu tranchieren.

Aber für einen Moment hatten sie Luft. Flammenhuf flog zwei- oder dreimal so schnell wie ihre Gegner, und selbst die, die es irgendwie schafften, sich ihnen zu nähern, wurden einfach vom Sturmwind davongeweht, den seine gewaltigen Schwingen entfachten.

Dennoch war es noch nicht vorbei. Pia hatte sich noch nicht gestattet, erleichtert aufzuatmen, und es wäre auch voreilig gewesen: Flammenhuf stieg immer schneller in die Höhe, aber sie befanden sich trotzdem noch ein gutes Stück unter dem gewaltigen Schwarm der schwarzen Höllenvögel – und gewaltig war er! Hunderte, wenn nicht Tausende der unheimlichen Geschöpfe erfüllten den Himmel wie eine zu tödlichem schwarzem Leben erwachte Wolke, die sich nicht nur nahezu im gleichen Tempo auf sie herabsenkte, in dem sie ihr entgegenschossen, sondern die sich auch immer dichter zusammenballte. Keine Chance, ihnen zu entkommen, ganz egal wie schnell Flammenhuf auch flog.

»Also dann, Fury«, seufzte sie. »Augen zu und durch!«

Flammenhuf wieherte schrill – ob als Zeichen, dass er ihre Aufforderung verstanden hatte, oder um sich zu beschweren, mit einem schlecht abgerichteten Zirkuspferd aus dem frühen Hollywood verwechselt zu werden, vermochte sie nicht zu sagen –, spreizte aber gehorsam die Flügel und griff noch gewaltiger aus. Sie war jetzt sicher, Funken unter seinen Hufen sprühen zu sehen. Und wenn sie geglaubt hatte, Flammenhuf wäre *schnell*, dann musste sie wohl ein neues Wort für das erfinden, was sie nun erlebte. Der Pegasus jagte der brodelnden schwarzen Wolke nun tatsächlich so rasch wie ein von der Sehne geschnellter Pfeil entgegen, und wäre es nur um seine Geschwindigkeit gegangen, dann hätten sie es zweifellos und ohne Schwierigkeiten geschafft.

Unglücklicherweise ging es nicht darum.

Die Ungeheuer begannen zu schreien.

Zuerst war es nur ein dünner, allenfalls leicht unangenehmer Laut, der aber binnen Sekunden sowohl an Lautstärke als auch zerstörerischer Intensität zunahm und zu reinem Schmerz wurde, lange bevor sie den Schwarm auch nur erreicht hatten.

Und es *wurde* schlimmer, mit jedem Sekundenbruchteil, der verging, Das schreckliche Geräusch füllte ihren Schädel aus, ließ jeden einzelnen Knochen in ihrem Leib vibrieren und wurde immer noch lauter und schriller. Die Schmerzen wurden unerträglich. Ihre Zähne fühlten sich an, als würden sie alle gleichzeitig (und ohne Betäubung) gezogen, ihr Schädel würde in spätestens drei oder vier Sekunden einfach explodieren. Blut lief aus ihrer Nase, ihren Ohren und ihren Augenwinkeln, und auch Flammenhuf warf mit einem gepeinigten Kreischen den Kopf in den Nacken – rosafarbener Schaum tropfte aus seinen Nüstern, und aus seinem eleganten Dahinrasen war längst ein mühseliges Torkeln und Stampfen geworden.

Dann waren die Ungeheuer herangekommen. Flammenhuf schlug wie eine weiße Faust in die Masse der Tiere, sprengte sie einfach auseinander und watete hindurch, bevor sie es auch nur richtig registrierte. Ein halbes Dutzend fliegender Monster prallten gegen Flammenhufs Leib oder seine gewaltigen Schwingen, und eines traf sie mit solcher Gewalt an der Schulter, dass sie um ein Haar aus dem Sattel geschleudert worden wäre.

Aber sie waren hindurch. Flammenhuf schlug noch einmal mit den riesigen Schwingen und katapultierte sich weiter in die Höhe, und endlich ließ auch das Kreischen und Schrillen zwischen ihren Schläfen nach.

Vielleicht auch nicht, und sie spürte es nur nicht mehr, weil sie das Bewusstsein verlor.

IX

Es war wie eine getreuliche Wiederholung des ersten Mals, nur unangenehmer: Sie lag auf dem Rücken auf etwas Weichem, das nach Moos und Wald duftete, ein Chor aus Rascheln und Trippeln und Vogelgezwitscher und Huschen hüllte sie ein, und das Allererste, was sie sah, als sie die Augen aufschlug, war ein weißes Pferdegesicht, das auf sie herabblickte.

Immerhin verzichtete Flammenhuf diesmal darauf, sie vollzusabbern. Stattdessen senkte er den Kopf noch weiter und leckte ihr ein paarmal mit seiner warmen und nassen Zunge quer durch das Gesicht, als hätte er eine Identitätskrise und hielte sich für einen Hund, nicht für ein Pferd.

Außerdem hatte sie entsetzliche Kopfschmerzen, und ihre Zähne fühlten sich an, als hätte ihr Kiefer unangenehme Bekanntschaft mit Flammenhufs Hufeisen gemacht.

Pia verscheuchte den albernen Gedanken, setzte sich mit einem Ruck auf und hob schon einmal in Erwartung der kommenden Kopfschmerzen die Hand an die Stirn. Mit der anderen schob sie Flammenhufs Nüstern von sich weg oder versuchte es wenigstens. Der Pegasus reagierte nur mit einem hörbaren Schnauben, nach dem ihre Hand deutlich nasser war als zuvor.

»Tu das nicht«, nuschelte sie mühsam. »Du hast da was falsch verstanden. Ich habe dich Fury genannt, nicht Rin Tin Tin.«

Flammenhuf schnaubte noch einmal und klang jetzt eindeutig enttäuscht, trat aber gehorsam ein kleines Stück zurück, und Pia blieb reglos und mit zusammengebissenen Zähnen sitzen, bis die hämmernden Schmerzen hinter ihrer Stirn und in ihrem Kiefer halbwegs nachließen.

Oder gut, wenigstens die zwischen ihren Schläfen.

Behutsam fuhr sie sich mit der Zungenspitze über die Zähne, stellte beinahe erstaunt fest, dass sie alle noch an Ort und Stelle zu sein schienen und nicht einmal wackelten (allerdings schmeckten sie nach Blut), und öffnete zum zweiten Mal und sehr behutsam die Augen.

Flammenhufs missmutiges Pferdegesicht war verschwunden, aber das Licht war immer noch zu grell, und sie war immer noch im Wald, in dem es wahrscheinlich Orks gab und fliegende Ungeheuer, und wenn sie ganz viel Pech hatte, sogar Spinnen.

Pia lächelte über ihre eigene Albernheit, schüttelte (sehr vorsichtig) den Kopf und stand noch vorsichtiger auf.

Auf den zweiten Blick unterschied sich dieser Moment doch von ihrem ersten Erwachen in der Elfenwelt. Auch das hier war ein Wald, der vor Leben geradezu aus den Nähten zu platzen schien, aber er wirkte auf eine schwer greifbare Art weniger düster und nicht einmal annähernd so bedrohlich. Als wäre sie hier ... *willkommen*, wo sie gestern nichts weiter als Beute gewesen war.

Gestern?

Sie sah in die Richtung, in der das Licht am intensivsten war, ging los und erreichte mit wenigen schnellen Schritten den Waldrand. Ihre Fantasie schlug schon wieder die wildesten Kapriolen und gaukelte ihr die schrecklichsten Dinge vor, die sie erblicken würde, aber nichts davon geschah. Nach kaum einem Dutzend Schritten stand sie am Waldrand und blickte auf eine saftige grüne Wiese hinab, die sich mindestens zwei oder drei Kilometer weit erstreckte, bevor sie wieder von Wald abgelöst wurde, kein bisschen weniger dicht als der von gestern, aber irgendwie ... *anders*. Es war Pia nicht möglich, den Unterschied in Worte zu fassen, aber er war da und im gleichen Maße unsichtbar wie unübersehbar. Das alles hier war *richtig*. Die Welt, in der sie gestern aufgewacht war, war *falsch*. So einfach war das.

Pia gestattete sich selbst den kleinen Luxus, noch für eine Weile einer Anzahl esoterischer Gedanken nachzuhängen, die so kompliziert (und bescheuert) waren, dass sie nicht einmal ganz ihr Bewusstsein erreichten, dann erteilte sie sich selbst einen scharfen Verweis, drehte sich mit einem Ruck wieder um und musterte die Welt auf der anderen Seite.

Auf den zweiten Blick sah sie etwas, das sehr viel wichtiger war: Kaum zwei oder drei Steinwürfe entfernt brach sich das Licht der Sonne auf dem Wasser eines schnell fließenden Baches, der irgendwo hinter ihr aus dem Wald kam und seinen Weg in willkürlichen Kehren und Windungen talwärts fand. Allein der Anblick ließ sie nicht nur plötzlich wieder spüren, wie unerträglich warm ihr war, sondern auch, welch schlimmen Durst sie hatte und wie angenehm sie duftete; vielleicht noch nicht ganz so schlimm wie der Barbar gestern, aber sehr viel fehlte nicht mehr.

Sie eilte hin, kniete am Ufer des schmalen Baches nieder und vermied es ganz bewusst, ihr eigenes Spiegelbild zu betrachten – sie war ziemlich sicher, dass ihr nicht gefallen würde, was sie sehen würde. Stattdessen schöpfte sie sich tapfer so lange eiskaltes Wasser ins Gesicht, bis das, was durch ihre Finger zurückrann, nicht mehr schmutzig und mit eingetrocknetem Blut vermengt war, anschließend trank sie ausgiebig und benutzte die gespreizten Finger der Rechten als Kammersatz, um ihr verfilztes Haar in Ordnung zu bringen. Das Ergebnis war vermutlich alles andere als hübsch, und irgendetwas rutschte aus ihrem Haar und fiel mit einem leisen Platschen ins Wasser.

Pia fischte es heraus und betrachtete schaudernd die gut fünf Zentimeter lange, gebogene Kralle. Wie es aussah, hatte sie noch Glück gehabt. Wenn eines der Biester ihr Gesicht erwischt hätte, oder gar ihre Augen ...

Nein, Pia zog es vor, diesen Gedanken nicht weiterzuverfolgen. Und schon gar nicht darüber nachzudenken, wie groß die Wahrscheinlichkeit war, auch nur einen Bruchteil von dem zu überleben, was sie in den zurückliegenden drei Monaten überlebt hatte; geschweige denn *alles.* Sie musste so etwas wie ein Dauerabonnement bei Fortuna haben.

Die Frage war nur, wie lange es noch hielt.

Sie spürte, wohin diese unerfreulichen Überlegungen führen mussten, brach sie mit einem ärgerlichen Stirnrunzeln ab und stand auf, um sich den Bauwerken zuzuwenden, die sie entdeckt hatte. Sie waren noch ein gehöriges Stück entfernt und eigentlich nur zu erkennen, weil sich ihre Farbe vom allgegenwärtigen Grün des Waldes unterschied. Und sie mussten sehr groß sein, denn sie ragten weit über die Wipfel der Urwaldriesen hinaus, die mindestens zwanzig oder dreißig Meter maßen, wenn nicht mehr. Wären sie spitzer gewesen, hätte Pia sie für Pyramiden gehalten, aber so ...

Nein, sie kam nicht darauf, auch wenn sie erneut das Gefühl hatte, eigentlich wissen zu müssen, was sie dort sah.

Es war auch egal. Diese Gebilde dort hinten waren eindeutig künstlich, und mit ein bisschen Glück traf sie dort auf Menschen, die ihr weiterhelfen konnten.

Mit ein bisschen Pech auf Orks, aber damit würde sie sich auseinandersetzen, wenn es so weit war.

Pia versuchte die Entfernung abzuschätzen, in der sich die Gebäude über den Dschungel erhoben, kam aber zu keinem eindeutigen Ergebnis. Etliche Kilometer, aber es konnten ebenso gut fünf wie fünfzig sein. Sie war noch nie sonderlich gut in so etwas gewesen.

Aber wozu hatte sie schließlich ihren Privatjet dabei?

Als hätte er ihre Gedanken gelesen, kam Flammenhuf in diesem Moment aus dem Wald und trabte auf sie zu. Er war zuvorkommend genug, eine seiner riesigen Schwingen auszustrecken, sodass sie bequem in den Sattel klettern konnte, und er tat noch ein Übriges und trabte ohne Aufforderung und sogar in die richtige Richtung los.

Mehr aber auch nicht. Pia wartete darauf, dass sich der Pegasus in die Luft erhob, doch stattdessen faltete er die Flügel eng an den Flanken zusammen und verfiel in einen fast schon gemächlichen Trab. Von Flammen unter seinen Hufen war nicht die kleinste Spur zu sehen. Nicht einmal der winzigste Funke.

»Also, ich will ja nicht drängeln«, sagte Pia, »aber das ist wirklich ein gehöriges Stück, weißt du?«

Flammenhuf schnaubte zustimmend, wurde aber nicht schneller, und er streckte schon gar nicht die Flügel aus, um loszufliegen.

»Ich verstehe«, seufzte Pia. »Also gut. Ich entschuldige mich in aller Form. Was ich gestern gesagt habe, war nicht so gemeint, und es tut mir auch leid. Ehrlich.«

Flammenhuf schnaubte noch einmal, und seine Ohren drehten sich wie kleine weiße Radarantennen hin und her. Er wurde nicht schneller.

»Was soll ich noch tun?«, fragte Pia. »Absteigen und vor dir auf die Knie fallen? Ich meine: Du willst doch nicht im Ernst das ganze Stück laufen? Das sind zig Kilometer, noch dazu quer durch den Wald! Und da hinten gibt es bestimmt einen gemütlichen Stall, leckeres Stroh und vielleicht sogar die eine oder andere fesche Stute. Ich an deiner Stelle würde mich ja beeilen.«

Flammenhuf stand anscheinend nicht auf Stuten oder er war noch viel beleidigter, als sie angenommen hatte. Er wurde nicht schneller und er ließ sich jetzt nicht einmal mehr zu einem spöttischen Schnauben herab, sondern trabte einfach – gemütlich – weiter. Aber er blieb immerhin nicht stehen, um sie absteigen und womöglich wirklich einen Kotau vollführen zu lassen.

Pia gab auf. Zu Fuß würden sie Stunden brauchen, um die Stadt zu erreichen, aber reiten war immer noch besser als laufen. Und vielleicht hatte der Pegasus ja einen guten Grund, nicht zu fliegen.

Eine gute Stunde lang trabten sie gemächlich dahin, dann noch eine und schließlich noch eine. Ihr Ziel kam näher, aber nur quälend langsam, und sie gab bald die Hoffnung auf, es noch vor der Dunkelheit zu erreichen. Wahrscheinlich konnte sie von Glück sagen, wenn sie morgen dort ankamen, bei dem Schneckentempo, in dem Flammenhuf dahinschlenderte.

Pia machte noch eine weitere neue (und unangenehme) Erfahrung, nämlich die, dass Reiten zwar schick aussah und sicher eine prima Sportart war, aber auch äußerst anstrengend. Schon nach einer Stunde tat ihr der Rücken weh, nach zwei der Rücken, die Schultern und der Nacken und nach drei *alles*. Die sonderbaren Gebäude waren näher gekommen, aber nicht annähernd so sehr, wie sie gehofft hatte, und so war sie mehr als erleichtert, als Flammenhuf plötzlich einen scharfen Schwenk nach rechts machte und einen kleinen See ansteuerte, den sie selbst überhaupt erst bemerkte, als er stehen blieb und den Kopf zum Wasser senkte, um seinen Durst zu stillen.

Erschöpft glitt sie aus dem Sattel, ließ sich kaum einen Meter neben ihm auf die Knie fallen und tat dasselbe. Danach schöpfte sie sich eisiges Wasser ins Gesicht und wartete auf die erfrischende Wirkung, die sich aber nicht einstellen wollte. Sie war im Gegenteil zum Umfallen müde – dabei hatte die Sonne noch nicht einmal ihren Höchststand erreicht, und ihr Ziel schien nicht sichtbar näher gekommen zu sein. Flammenhuf schnaubte zustimmend, schüttelte heftig den Kopf und bespritzte sie gründlich mit etwas, von dem sie hoffte, dass es nur Wasser war. Vorsichtshalber wusch sie sich trotzdem nochmals das Gesicht, stand auf und setzte zu einer weiteren spöttischen Bemerkung an, als sie eine Bewegung im hohen Gras hinter sich registrierte.

Augenblicklich waren Müdigkeit und Frust vergessen, und was sie schon einmal erlebt hatte, wiederholte sich: Sie konnte sich nicht erinnern, sich auch nur bewegt zu haben, doch der Elfendolch lag von einem Sekundenbruchteil zum nächsten einfach in ihrer Hand, und es war ihr, als summte die magische Klinge vor Erregung. Flammenhuf hob den Kopf und stellte aufmerksam die Ohren auf, während er in dieselbe Richtung blickte wie sie, sein Schweif peitschte nervös.

Sosehr sie sich auch anstrengte, sah sie jedoch nichts irgendwie Außergewöhnliches oder gar Gefährliches. Ringsum erstreckte sich ein Meer aus fast brusthoch wachsendem Gras, in dem eine Unmenge bunter Wildblumen wuchsen (die meisten davon waren ihr vollkommen unbekannt), und die einzige Bewegung, die sie sah, verursachte der warme Wind, der durch das grüne Meer strich.

Und mehr war es auch nie gewesen, wies sie sich scharf in Gedanken zurecht. Sie hatte weiß Gott schon genug Feinde in diesem besonders finsteren Winkel des Universums, in den es sie verschlagen hatte, auch ohne dass sie ihrer Fantasie gestattete, sich selbst nach Kräften fertigzumachen!

Mehr als nur ein bisschen zornig auf sich selbst, steckte sie das Messer weg, drehte sich wieder herum, und hinter ihr sagte eine vage vertraut klingende Stimme: »Gaylen?«

Pia erstarrte für eine halbe Sekunde einfach und fuhr dann umso schneller herum. Ihr Herz begann zu jagen, und ihre Hand glitt schon wieder zum Dolch, führte die Bewegung diesmal aber nicht zu Ende. Stattdessen zwang sie sich zu einem nervösen Lächeln. Sie war nicht einmal mehr sicher, die Stimme wirklich gehört zu haben.

Wenigstens so lange nicht, bis sie erneut erklang und zugleich ein heftiges Rascheln und Wogen im hohen Gras links von ihr zu hören war.

»Prinzessin Gaylen! Na wenn ich das nicht einen glücklichen Zufall nenne! Da geht man nichts ahnend ein bisschen im Wald spazieren, und wer läuft einem über den Weg, bei Kronn? Ausgerechnet die Person, nach der die ganze Welt händeringend sucht und vielleicht nicht einmal nur diese eine!«

Das Gras bewegte sich heftiger, und Pia meinte etwas Graues und Struppiges zu erkennen, das sich rasch auf sie zubewegte. Diese Stimme ... sie kannte sie!

Dann teilte sich das Gras. Flammenhuf schnaubte überrascht, und Pia riss noch überraschter die Augen auf und starrte in ein runzeliges Gesicht mit einer Haut, die aus uraltem gegerbtem Leder zu bestehen schien, tückischen kleinen Augen und den schlechtesten Zähnen gleich zweier Welten, deren Hässlichkeit allerhöchstens noch von der rot geäderten Säufernase darüber übertroffen wurde.

»Gamma?«, murmelte sie. »*Gamma Graukeil?*«

»Und du erinnerst dich sogar noch an mich, Prinzesschen!«, feixte der Zwerg, während er die letzten Grashalme – die ihm an dieser Stelle nur ungefähr bis zum Kinn reichten – zur Seite bog und breit zu ihr heraufgrinste. »Na, ich muss ja mächtigen Eindruck auf dich gemacht haben, Prinzesschen-Schätzchen. Aber sag mal, was hast du da eigentlich Komisches –?«

Was immer er fragen wollte, Pia hatte ihre Überraschung endlich überwunden, und der Rest seiner Worte ging in dem trockenen Knacken unter, mit dem ihre Faust die Nase des Zwerges traf und brach. Gamma Graukeil ächzte, stolperte einen halben Schritt zurück und plumpste dann vollends auf sein dürres Hinterteil, als Pia die Hände zu einer einzigen Faust verschränkte und ihm einen gewaltigen Schwinger verpasste. Seine Augen wurden groß und füllten sich mit Tränen, aber er sah trotz allem einfach nur verstört aus.

»Aber ... aber Prinzesschen«, stammelte er. »Ich wollte doch nur –«

Pia schubste ihn um, hob den Fuß und tat so, als würde sie ihn in den Boden rammen, hielt dann aber im letzten Moment inne, sodass ihre Stiefelsohle kaum einen Fingerbreit über seiner bereits im Anschwellen begriffenen Nase zur Ruhe kam.

»Ich weiß ja nicht, wo du so plötzlich hergekommen bist, Knirps«, sagte sie. »Aber wenn ich dir einen guten Rat geben darf, dann hältst du jetzt besser die Klappe. Und komm bloß nicht auf die Idee, auch nur zu blinzeln, kapiert? Ich erinnere mich noch gut genug an unsere letzte Begegnung und –«

»Ich auch«, unterbrach sie Gamma Graukeil mit dünner, weinerlicher Stimme, »aber ich wollte doch nur sagen –«

Nicht, dass Pia es tatsächlich gewollt hätte. Sie verlor auf einem Bein balancierend einfach das Gleichgewicht, und es gab nur einen einzigen Punkt in erreichbarer Nähe, auf dem sie sich mit dem anderen Fuß abstützen konnte. Der Zwerg verstummte jedenfalls mit einem hörbaren Ächzen, und Pia fuhr mit grimmig entschlossener Miene und noch grimmigerem Gesichtsausdruck fort: »Hör zu, Knirps! Ich habe ein paar verdammt miese Tage hinter mir, und ich habe nicht vergessen, wie du dich das letzte Mal benommen hast. Aber wir sind hier nicht mehr im Weißen

Eber, und das hier ist nicht WeißWald, was bedeutet, dass es hier niemanden gibt, der dir hilft, hast du das begriffen?«

Gamma Graukeil versuchte eine Hand zwischen ihren Stiefel und sein Gesicht zu schieben, um nach seiner blutenden Nase zu tasten, und rang sich immerhin zu einem schüchternen Nicken durch; und Pia, die mittlerweile wirkliche Mühe hatte, sich weiter auf einem Bein aufrecht zu halten, fuhr hörbar schneller fort: »Du wirst jetzt ganz genau das tun, was ich dir sage, und vor allem den Mund halten, solange ich dir keine direkte Frage stelle, oder ich erinnere mich wieder daran, dass Zwerge eigentlich unter die Erde gehören und ramme dich ungespitzt in den Boden. Kapiert?«

Der Zwerg nickte schüchtern, und Pia machte einen ungeschickten Hüpfer zur Seite und setzte endlich auch das andere Bein wieder auf den Boden.

»So«, sagte sie grimmig. »Nachdem das geklärt ist, wirst du mir ein paar Fragen beantworten, Knirps.«

Der Zwerg nickte noch schüchterner und starrte zwei oder drei Sekunden lang nur wortlos zu ihr hoch und zog dann geräuschvoll Blut und Rotz durch die Nase, während er sich umständlich aufrappelte. Noch bevor er die Bewegung ganz zu Ende bringen konnte, bückte sich Pia rasch und nahm den schweren Grubenhammer an sich, den er auf dem Rücken trug. Und in der gleichen Bewegung und mit der anderen Hand zog sie auch das Schwert aus seinem Gürtel. In ihren Händen sah es eher aus wie ein besseres Messer, aber auch ein Messer war eine tödliche Waffe, und sie traute diesem Zwerg nicht einmal so weit, wie sie ihn werfen konnte.

Sie betrachtete das Schwert einen Moment lang kritisch, zuckte die Schultern und warf es dann im hohen Bogen ins Gras. Gamma Graukeil sah der entschwindenden Klinge aus aufgerissenen Augen nach und wirkte, als würde er gleich in Tränen ausbrechen, aber er gab keinen Laut von sich, sondern presste nur beide Hände gegen das Gesicht, ohne den Blutstrom, der aus seiner Nase lief, damit irgendwie aufhalten zu können.

»Und jetzt raus mit der Sprache«, sagte Pia.

»Aber ich wollte doch nur –«, begann Gamma Graukeil und brach schon wieder mitten im Satz ab, als Pia auch seinen Grubenhammer wegwarf und er auf Nimmerwiedersehen im Gras verschwand. Aus der gleichen Bewegung heraus ballte sie eine Faust vor seinen Augen, die nicht sehr viel kleiner war als sein Gesicht.

»Habe ich dir etwa eine Frage gestellt?«

Gamma Graukeil schüttelte hastig den Kopf, und in seinen Augen erschien ein Ausdruck, bei dem er Pia schon beinahe wieder leidtat.

Aber eben nur beinahe. Sie hatte den Zwerg zwar nur ein einziges Mal gesehen, aber diese eine Begegnung hatte mehr als ausgereicht, um ihr seinen Charakter klar vor Augen zu führen. Und sie würde sich ganz gewiss nicht von seiner vermeintlich harmlosen Erscheinung täuschen lassen. Für einen Zwerg war Gamma Graukeil ziemlich groß (wenn sie es recht bedachte, war er eigentlich kaum kleiner als die meisten anderen, denen sie in WeißWald begegnet war), aber bei einem Volk, bei dem eigentlich jeder ein Zwerg war, bedeutete das, dass er ihr nicht einmal dann bis an die Brust reichte, wenn er sich auf die Zehenspitzen stellte.

Aber er war gemein und niederträchtig, und er hatte nicht nur den verschlagenen Blick einer ausgehungerten Hyäne, sondern auch deren Charakter. Sie nahm sich vor, auf der Hut zu bleiben.

»Diese Stadt da hinten«, begann sie mit einer Kopfbewegung auf die unheimlichen Umrisse, die sich über dem Dschungel erhoben. »Kommst du von da?«

Graukeil setzte zu einer Antwort an, schielte dann zu ihrer Faust hoch und beließ es bei einem wortlosen und sehr hastigen Nicken.

»Brav«, sagte Pia. »Und du weißt, wer sie gebaut hat und jetzt dort lebt?« Graukeil nickte noch hastiger.

»Sind es Menschen?«, fragte Pia. »Ich meine: freundliche Menschen? Solche, zu denen ich gehen kann und keine Angst haben muss, umgebracht oder aufgefressen oder bei lebendigem Leibe verbrannt zu werden?«

Der Zwerg nickte, schüttelte gleich darauf den Kopf und nickte dann noch einmal und umso hastiger.

»Wie jetzt?«, fragte Pia unwillig.

»Menschen«, nuschelte Graukeil durch seine Hände hindurch. »Freunde. Aber, hör mal, Prinzesschen, du hast da etwas vollkommen falsch –«

Pia verpasste ihm eine Kopfnuss, und die Augen des Zwerges füllten sich nicht nur endgültig mit Tränen, er hielt auch die Klappe.

»Dir ist doch hoffentlich klar, dass ich allemal noch die Zeit finde, dir den Kopf abzureißen, wenn du mich in eine Falle lockst und deine Kumpels dort auf mich warten?«, fragte Pia.

Gamma Graukeil nickte. Sehr hastig.

»Dann haben wir uns verstanden«, sagte Pia. »Umdrehen!«

»Prinzessin?«, fragte Graukeil verwirrt. Pia versetzte ihm einen Stoß vor die Schulter, der ihn wie einen struppigen Kreisel drei-, vier-, fünfmal um seine eigene Achse wirbeln ließ, hielt ihn reichlich unsanft fest, als sie zu dem Schluss kam, dass ihm jetzt übel genug war und er ihr gerade den Rücken zudrehte, und riss ihm mit der anderen Hand das Geschirr aus sich überkreuzenden Lederbändern herunter, in dem er seinen Hammer getragen hatte. Ohne auf seinen schwächlichen Protest zu achten, band sie nicht nur seine Handgelenke auf dem Rücken zusammen, sondern fesselte auch seine Fußknöchel dergestalt, dass er zwar noch gehen, aber ganz bestimmt nicht davonrennen konnte.

»Dann geh voraus«, sagte sie. »Ich hoffe doch, du bist gut zu Fuß.«

»Aber Prinzessin Gaylen, ich beschwöre Euch!«, begann der Zwerg mit zitternder und leicht näselnder Stimme. »Ihr irrt Euch! Es ist alles ganz anders, als –«

Pia versetzte ihm eine weitere Kopfnuss, bei der sie selbst spürte, dass sie es wohl übertrieben hatte, denn Graukeil stolperte mit einem Ächzen auf die Knie, und ihr schlechtes Gewissen machte sich bemerkbar. Kronnseidank konnte er den dazu passenden Ausdruck auf ihrem Gesicht nicht sehen, und so wartete sie stumm, bis er sich mühsam wieder auf die Füße gestemmt hatte.

»Also los«, sagte Pia. »Wir haben einen weiten Weg vor uns.«

»Aber Prinzessin, ich –«

»Kopfnuss, Knebel oder Klappe halten?«, fragte Pia.

Gamma Graukeil bedachte sie zwar mit einem Blick, in dem reiner Stahl lag (rot glühender und sehr scharfer Stahl), entschied sich aber für Letzteres und marschierte los, so rasch es seine zusammengebundenen Beine zuließen. Natürlich kamen sie auf diese Weise nicht besonders gut voran. Pia wurde es schon bald zu mühsam, den trippelnden kleinen Schritten des Zwerges zu folgen. Nach weniger als einer Stunde stieg sie wieder auf Flammenhufs Rücken, aber auch das war keine wirklich gute Idee. Dem Pegasus fiel es beinahe noch schwerer, sich dem Tempo des Zwerges anzupassen, sodass sie nur noch eine weitere knappe Stunde verstreichen ließ, bis sie dem grausamen Spiel ein Ende bereitete, Flammenhuf neben ihn lenkte und den Zwerg kurzerhand am Kragen packte und vor sich in den Sattel hob.

»Danke, Prinzessin«, seufzte Gamma Graukeil. »Das ist wirklich nobel von Euch.«

Pia versetzte ihm eine weitere (allerdings nur symbolische) Kopfnuss, und der Zwerg versank wieder in gehorsames Schweigen.

Sie ritten bis in den Nachmittag hinein. Flammenhuf fand einen weiteren See, an dem sie nicht nur ihren Durst stillten, sondern auch eine Rast einlegten, dann setzte sie ihren Weg fort.

Immer dann, wenn der Wald licht genug dafür war, sah sie zu den fremdartigen Gebäuden hin. Sie kamen näher, wenn auch nur quälend langsam, und sie kamen ihr auf eine fast schon unheimliche Weise immer vertrauter vor, ohne dass sie dieses Gefühl wirklich konkretisieren konnte. Es war fast, als *wollte* sie gar nicht begreifen, was sie da sah.

Weil sie es in Wahrheit längst wusste und dieses Wissen einfach zu schrecklich war, um es zuzulassen?

X

Auch wenn der Tag kein Ende nehmen wollte – irgendwann *war* er zu Ende, und die Sonne begann auf die für diese Breiten so typisch schnelle Art hinter dem Horizont zu versinken. Einen ganz kurzen Moment lang dachte sie darüber nach, einfach weiterzureiten, um die Stadt vielleicht schon am nächsten Morgen oder sogar noch während der Nacht zu erreichen, entschied sich aber dann dagegen und fand im wirklich allerletzten Licht der kurzen Dämmerung eine winzige Lichtung, die ihr als Lagerplatz für die Nacht dienen konnte. Sie verzichtete darauf, Flammenhuf festzubinden, fesselte den Zwerg dafür aber umso sorgfältiger an einen Baum und schob seinem gewinselten Protest einen dauerhaften Riegel vor oder, um genauer zu sein, einen Knebel, den sie aus seinen eigenen Kleidern improvisierte. Dann suchte sie sich selbst einen Platz zum Schlafen. Wenigstens versuchte sie es.

Das Vorhaben war ihr gar nicht so schwierig vorgekommen: Es gab eine Stelle mit weichem Moos, die bequemer war als jedes Bett, in dem sie jemals in WeißWald geschlafen hatte, und sie war nicht nur ein bisschen, sondern *hunde*müde, aber das war nur die Theorie.

Die Praxis sah vollkommen anders aus. Es wurde dunkel und fast augenblicklich so kalt, dass sie selbst in ihrem gefütterten Anzug zu frösteln begann.

Was es nicht wurde, war still.

Ganz in Gegenteil hob rings um sie herum ein ganzer Chor der unterschiedlichsten Geräusche an, die immer mehr und lauter wurden und von denen die allermeisten beunruhigend waren ... eigentlich alle, wenn sie es sich genau überlegte. Überall raschelte und huschte es, hörte sie das Trappeln winziger Pfoten und Krallen, das Knacken von Ästen und die Laute von kleinen und größeren Körpern, die durch Unterholz und Geäst brachen oder sich über ihrem Kopf in den Baumwipfeln bewegten. Manchmal schrie auch ein größeres Tier – zu ihrer Erleichterung schienen sie allesamt weit entfernt zu sein – und ihre Fantasie musste sich gar nicht mehr besonders ins Zeug legen, um ihr unzählige winzige, gierige Augen vorzugaukeln, die sie aus der Dunkelheit heraus belauerten, und huschende Dinge mit entschieden zu vielen Beinen, die um sie herumschlichen und im gleichen Maße näher kamen, in dem ihre Aufmerksamkeit nachließ.

Außerdem war sie schrecklich hungrig. Die letzte wirkliche Mahlzeit, die sie zu sich genommen hatte, war das Frühstück in José Peraltas Villa gewesen, und das war mehr als zwei Tage (und eine ganze Welt) her, und ihr Magen knurrte mittlerweile so laut, dass das Geräusch allein wahrscheinlich alle Raubtiere in weitem Umkreis vertrieb, weil sie Angst davor hatten, einen schlafenden Drachen zu wecken. Vielleicht hätte sie doch weiterreiten sollen, auch auf die Gefahr hin, unangenehme Bekanntschaft mit einem tief hängenden Ast zu machen.

Zwischendurch musste sie wohl doch ein paarmal eingenickt sein, was sie aber nur daran merkte, dass sie mit klopfendem Herzen und zitternd hochschrak und sich wild in alle Richtungen umsah. Einmal war tatsächlich etwas über ihr Gesicht gelaufen – sie dachte vorsichtshalber erst gar nicht darüber nach, wie viele Beine es gehabt hatte – und ein andermal war sie sicher, dass es Gamma Graukeils hasserfüllte Blicke waren, die sie aufgeweckt hatten.

Die Nacht schien kein Ende zu nehmen, und als es – endlich – doch zu dämmern begann und das erste klare Licht des Morgens durch die Baumwipfel sickerte, schrak sie auf und hörte tatsächlich ein Geräusch, das nicht hierhergehörte.

Etwas kam näher. Etwas Großes, das nicht mehr sehr weit entfernt war und sich auch keine Mühe gab, leise zu sein, was gewisse Rückschlüsse nicht nur auf seine Größe und Wehrhaftigkeit zuließ, sondern auch auf seine Absichten.

Schnell, aber vollkommen lautlos stand sie auf und drehte sich einmal im Kreis. Flammenhuf war schon nach ein paar Minuten verschwunden, nachdem sie ihr Lager hier aufgeschlagen hatten, aber sie war sicher, dass er pünktlich wieder hier sein würde, sobald sie ihn brauchte. Sie sah auch sonst kaum etwas, obwohl es allmählich heller wurde, und sie hörte rein gar nichts, bis auf ein immer noch näher kommendes Splittern und Bersten und das Geräusch schwerer, gleichmäßiger Schritte.

Pia beendete ihre Drehung, zog den Elfendolch und wandte sich noch einmal zu dem gefesselten Zwerg um. Gamma Graukeil war wach und starrte sie aus angstvoll geweiteten Augen an.

»Ich bin gleich zurück«, sagte Pia. »Lauf nicht weg.«

Geduckt, den Dolch in der rechten Hand und die andere auf der Magnum, huschte sie los und schlug dabei nicht genau die Richtung auf die näher kommenden Geräusche ein, sondern hielt sich ein wenig weiter links, um das, was immer sich da auf sie zu bewegte, zu umgehen und ihm nach Möglichkeit in den Rücken zu fallen. Auf dem ersten Stück gab sie sich sogar Mühe, ganz besonders leise zu sein, bevor ihr klar wurde, wie albern sie sich benahm. Was immer da auf sie zu kam, bewegte sich mit der Eleganz und Lautlosigkeit eines wütenden Elefantenbullen und hätte sie vermutlich nicht einmal dann hören können, wenn sie aus Leibeskräften geschrien hätte.

Was sie um ein Haar auch getan hätte, als sie sah, was sie bisher nur gehört hatte.

Der Lärm und die Art der Geräusche hatten sie einen Reiter erwarten lassen, ein Pferd, aber die einzige Ähnlichkeit mit einem Pferd bestand (ungefähr) in der Größe und dem Umstand, dass es einen Sattel trug und einen Reiter hatte. Das Geschöpf hatte nicht einmal vier, sondern nur zwei Beine (zumindest berührten nur zwei davon den Boden, die beiden anderen waren zu winzigen Ärmchen mit dafür umso größeren Krallen verkümmert), einen muskulösen Schwanz, der nahezu so lang wie sein Körper war, und einen dreieckigen Schädel voller Panzerplatten, Hörner und mit einer Unmenge von Zähnen. Es erinnerte ein wenig an die Lizards, auf denen Nandes und seine Krieger ritten, war aber etwas größer und sah eindeutig gemeiner aus.

Pia überwand endlich ihren Schrecken, konzentrierte sich auf den hochgewachsenen Reiter und war auf eine absurde Art beinahe enttäuscht. Der Mann war groß und ausnehmend kräftig, aber er hatte irgendwie gar nichts Monsterhaftes an sich, er trug nicht einmal eine Rüstung. Er war bewaffnet – Schwert, Speer und Schild – und trug einen Helm, aber er war weder Ork noch Schattenelb. Das allein war natürlich kein Beweis dafür, dass er harmlos war (harmlos? Bei dem Monster, das er ritt?), aber es war verwirrend.

Ungefähr eine halbe Sekunde lang erwog sie sogar den verrückten Gedanken, den Reiter mit einem beherzten Sprung aus dem Sattel zu holen und sich ein wenig eingehender mit ihm zu unterhalten, verwarf ihn aber genauso schnell wieder, wie er ihr gekommen war. Da war immer noch diese Taschenausgabe eines T-Rex. Das Monstrum sah nicht so aus, als würde es tatenlos dabeistehen, wenn sie seinen Reiter auseinandernahm, und zwei solche Gegner waren vielleicht sogar für sie ein bisschen zu viel.

Ganz davon abgesehen, dass sie nicht einmal sicher sein konnte, es nur mit diesem einen Reiter zu tun zu haben.

So duckte sie sich nur hinter eine ausladende Wurzel, wartete mit angehaltenem Atem, bis die monströse Kreatur an ihrem Versteck vorübergegangen war, und beglückwünschte sich im nächsten Moment selbst zu ihrer Umsicht.

Der Reiter war tatsächlich nicht allein. Eine zweite und kurz darauf auch noch eine dritte Reitechse trampelten an ihrem Versteck vorbei, und die vierte spürte sie schließlich auf.

Pia erfuhr nie, ob sie ein verräterisches Geräusch verursacht hatte oder die bizarren Reittiere nur über außergewöhnlich scharfe Sinne verfügten. Der letzte Reiter war schon fast an ihrem Versteck vorbei, als sein Tier plötzlich stehen blieb, wie lauschend den Kopf auf die Seite legte – und dann mit einer Bewegung herumfuhr, die angesichts seines massigen Körperbaus schon beinahe grotesk schnell war. Seine gewaltigen Kiefer schnappten nach ihr, verfehlten sie um weniger als eine Handbreit, und den genauso schnell zupackenden Klauen entging sie nur durch pures Glück, indem sie vor Schreck das Gleichgewicht verlor und nach hinten fiel. Ein sonderbar zwitscherndes Bellen erklang, und eisenharte Klauen rissen die Baumrinde über ihr auf.

Pia war mit einem blitzschnellen Satz wieder auf den Beinen, fuhr herum und rannte Haken schlagend davon, während sich das Bellen/Zwitschern wiederholte und das bizarre Ungetüm zur Verfolgung ansetzte. Pia verschwendete keine Zeit damit, auch nur einen Blick über die Schulter zurückzuwerfen, aber sie konnte hören, wie entsetzlich *schnell* die riesige Echse war. Und als wäre das noch nicht schlimm genug, musste sie den zahllosen Hindernissen und Stolperfallen mühsam ausweichen, die sich in der grünen Dämmerung verbargen, während das massige Ungeheuer einfach hindurchbrach, ungefähr so elegant wie eine Dampfwalze, aber auch genauso unaufhaltsam.

Das klare Morgenlicht, das ihren Augen gerade noch so geschmeichelt hatte, war plötzlich zu ihrem Feind geworden, denn sie war mit einem Mal von einem Chaos aus Licht und Schatten umgeben, das alles oder auch nichts bedeuten konnte.

Sie prallte gegen ein Hindernis, das weniger aus dem Nichts auftauchte, als sie vielmehr anzuspringen schien, fand mit einem verzweifelten Stolperschritt ihr Gleichgewicht wieder und warf sich im nächsten Augenblick mit einem Hechtsprung zur Seite, der ihr vermutlich das Leben rettete; denn genau aus der Richtung, in die sie rannte, stürmte eine zweite Panzerechse heran, deren Klauen und Kiefer sie diesmal nur um Haaresbreite verfehlten.

Pia kam mit einer Rolle wieder auf die Füße, duckte sich unter dem peitschenden Schwanz des Ungeheuers weg und registrierte aus den Augenwinkeln eine Bewegung. Sie war umzingelt! Eine zweite Echse stürmte mit weit aufgerissenem Maul auf sie zu, und jemand schrie etwas, das sie nicht verstand und im Moment auch gar nicht verstehen wollte. Stahl blitzte, und Pia reagierte ganz instinktiv, indem sie zwar erschrocken zurückstolperte, zugleich aber auch eine ausholende Bewegung mit dem Dolch machte. Sie fühlte nicht einmal Widerstand, doch aus dem bellenden Knurren des Ungeheuers wurde ein schmerzerfülltes Pfeifen, und etwas Warmes und Klebriges besprühte ihr Gesicht und ihre Hände.

Durch den Schwung ihrer eigenen Bewegung aus dem Gleichgewicht gebracht, fiel sie nach hinten und schwer auf den Rücken, doch auch die Echse bäumte sich auf. Blut spritzte aus ihrer aufgeschlitzten Kehle wie aus einem gekappten Wasserschlauch, während sie sich kreischend und mit solcher Gewalt zurückwarf, dass ihr Reiter den Halt auf ihrem Rücken verlor und zu Boden fiel. In der nächsten Sekunde rollte er verzweifelt zur Seite und riss die Arme über den Kopf, um nicht unter seinem zusammenbrechenden Tier begraben zu werden.

Pia sprang auf, rannte im Zickzack los und brach rücksichtslos durch dorniges Unterholz und Farn, wobei sie Teile ihrer Jacke und auch schon wieder die eine oder andere Haarsträhne zurückließ, zusammen mit einer Menge Haut. Nichts davon zählte, hinter ihr kreischten mindesten zwei, wenn nicht gar drei oder noch mehr Reitechsen, sie hörte Schreie und das Klirren von Waffen, und ein Schatten jagte an ihr vorbei, um ihr den Weg abzuschneiden. Pia hackte mit dem Dolch danach und wurde mit einem gepeinigten Kreischen belohnt. Blitzschnell schwenkte sie nach rechts, sah etwas Helles durch das Unterholz schimmern und mobilisierte noch einmal alle ihre Kräfte.

Vor Erleichterung hätte sie beinahe laut aufgeschrien, als sie sah, dass sie nicht nur durch einen reinen Zufall wieder zu der kleinen Lichtung zurückgefunden hatte, sondern das Schicksal es ausnahmsweise einmal gut mit ihr zu meinen schien: Etwas sehr Großes und Weißes stand auf der anderen Seite der Lichtung und bewegte raschelnd seine gewaltigen Flügel, wie ein Mensch, der gerade aufgewacht war und Schultern und Nacken reckte.

Sie verdoppelte ihre Anstrengungen, brach durch das letzte Farngewächs (das keines war, sondern eher die mutierte Ausgabe einer Riesenbrennnessel) und sah aus den Augenwinkeln, wie gleich zwei der monströsen Reitechsen rechts und links von ihr aus dem Wald brachen. Jemand schrie. Sie hörte ein Zischen, und ein Pfeil fuhr so dicht vor ihr in den Boden, dass sie nicht einmal mehr darüber hinwegspringen konnte, sondern ihn einfach zerbrach. Der Zwerg zerrte und riss mit verzweifelter Kraft an seinen Fesseln, aber sie konnte nichts für ihn tun. Das Schicksal hatte ihr diese eine unmögliche Chance geschenkt, und es nutzte Gamma Graukeil nichts, wenn sie sie ausschlug und sich auch noch umbringen ließ.

Pia mobilisierte noch einmal ihre unwiderruflich letzten Kräfte, sprintete dem Pegasus entgegen und versuchte den richtigen Winkel abzuschätzen, in dem sie sich abstoßen musste, um im Sattel zu landen, und Flammenhuf drehte sich halb herum, streckte einen Flügel aus und fegte sie damit von den Beinen.

Es war, als würde sie von einem Handschuh aus Watte getroffen, in dem eine Faust aus massivem Stahl steckte. Pia wurde von den Füßen gerissen, flog gute zwei oder auch drei Meter weit durch die Luft und brach sich beim Aufprall wahrscheinlich nur deshalb nicht jeden Knochen im Leib, weil sie auf demselben Bett aus weichem Moos landete, auf dem sie auch die Nacht verbracht hatte. Aber es reichte, ihr die Luft aus den Lungen zu pressen, für einen Moment alles rings um sie herum unwirklich und dumpf werden zu lassen und ihr noch nicht ganz das Bewusstsein zu rauben, sie aber endlose Sekunden lang benommen und wie von unsichtbaren Tonnenlasten niedergedrückt daliegen zu lassen.

Als ihre Sinne wieder zurückkehrten, war es vorbei. Nicht nur zwei oder drei, sondern mehr als ein halbes Dutzend der riesigen Reitechsen bildeten einen undurchdringlichen Kreis um sie, und ebenso viele Gesichter starrten fast hasserfüllt auf sie herab. Die meisten waren menschlich, nur bei zweien konnte sie das nicht sagen, denn einer ihrer Besitzer trug eine schwarze eiserne Rüstung und den typischen spitzen Helm eines Dunkelelben samt einem schwarzen Visier, in dem sich nur zwei dünne Sehschlitze befanden. Den letzten Reiter schließlich konnte sie nur als verschwommenen Umriss gegen das helle Morgenlicht erkennen, aber sie sah immerhin, dass er deutlich kleiner war, und irgendetwas an ihm war seltsam. Sie konnte nicht sagen, was, und wenn sie in Betracht zog, dass dies wahrscheinlich die letzten Augenblicke ihres Lebens waren, kam es ihr auch nicht mehr wirklich wichtig vor.

Trotz der beiden Speerspitzen, die drohend auf sie deuteten und des halben Dutzends zähnefletschender Mäuler richtete sie sich – sehr vorsichtig – wieder auf, musste einen kleinen Schwindelanfall abwarten und sah aus den Augenwinkeln, wie zwei weitere Echsen auf die Lichtung heraustraten. Ihre Reiter saßen ab, und einer der Männer eilte zu Graukeil, um den gefesselten Zwerg loszuschneiden. Also doch, dachte sie grimmig. Sie war beinahe so weit gewesen, Gamma Graukeil zu vertrauen, aber am Ende hatte der kleine Drecksack sie doch in eine Falle gelockt. Sie konnte nicht einmal genau sagen, auf wen sie wütender war: auf den verlogenen Zwerg oder auf sich selbst, weil sie so dumm gewesen war, ihm auf den Leim zu gehen.

Sie stand ganz auf, musste gegen einen weiteren und viel heftigeren Schwindelanfall ankämpfen und hob stöhnend die Hand an die Stirn. Flammenhuf wieherte leise, und Pia warf ihm durch die gespreizten Finger hindurch einen wütenden Blick zu.

»Falls ich das hier überlebe, unterhalten wir uns, mein Freund«, zischte sie. »Denk schon mal darüber nach, ob dir das Wort *Salami* etwas sagt.«

Seltsam: Irgendjemand lachte, und als sie sich das Haar aus der Stirn schob und die Hand sinken ließ, geschah etwas noch sehr viel Seltsameres. Speere und Schwerter wurden gesenkt, und ein erstauntes Raunen erklang. Zwei oder drei der Reitechsen wichen sogar vor ihr zurück, und dann geschah etwas ganz und gar Unfassbares.

Einer nach dem anderen stiegen die Reiter aus dem Sattel, scheuchten ihre Reittiere zurück und steckten nicht nur ihre Waffen ein, sondern sanken vor ihr auf die Knie und senkten demütig die Häupter.

»Wie?«, murmelte Pia verdattert.

Das Lachen wiederholte sich, und jetzt kam ihr die Stimme eindeutig bekannt vor. Zögernd drehte sie sich herum und sah, dass einer der Reiter nicht abgestiegen war, sondern von der Höhe des Echsenrückens her auf sie herabsah. Sie konnte sein Gesicht immer noch nicht erkennen, aber sie sah jetzt, was ihr an der Gestalt so seltsam vorgekommen war. Es war kein Er, sondern eine Sie, wie unschwer zu erkennen war, denn ihre Kleidung bestand im Prinzip nur aus einem Paar wadenhoher Stiefel und einigen dünnen Lederriemen, die bloß das Allernotwendigste verhüllten. Das dazugehörige Gesicht lag weiter im Schatten.

Wenigstens so lange, bis davor ein winziges Einweg-Feuerzeug aufschnappte und seine Besitzerin einen tiefen Zug aus einem dünnen, schwarzen Zigarillo nahm.

»Hallo, Piamäuschen«, sagte Alica. »Lange nicht mehr gesehen, wie?«

XI

A…lica?«, murmelte sie fassungslos. Pia blinzelte. Alica nahm einen weiteren tiefen Zug aus ihrem Zigarillo, der ihr Gesicht nahezu vollständig hinter einem Vorhang aus grauem Rauch verschwinden ließ, schnippte mit einer affektierten Geste noch gar nicht vorhandene Asche von seiner Spitze und schwang sich dann mit einer Bewegung aus dem Sattel, die sehr viel Übung und noch größere Kraft verriet. Die Echse stieß ein unwilliges Fauchen aus und trabte ein paar Schritte davon, und Alica drehte sich gemächlich zu ihr um und nahm noch einen Zug aus ihrem schwarzen Sargnagel. Ihr Gesicht verschwand nun endgültig hinter einem übel riechenden Vorhang, aber es gab keinen Zweifel.

»Alica?«, murmelte Pia noch einmal und noch immer genauso fassungslos.

»So ist es«, antwortete Alica. »Und die Leute hier haben sich sogar angewöhnt, meinen Namen richtig auszusprechen … es hört sich ganz okay an, finde ich.«

Pia hatte Probleme, ihren Worten zu folgen. Sie starrte Alica an, und ihre Gedanken begannen immer schneller und hektischer zu arbeiten. Alica? Hier? Und nicht nur in Begleitung einer Barbarenhorde und eines leibhaftigen Schattenelben, sondern ganz eindeutig zu ihnen gehörend? *Was war hier los!?*

Alica sah sie etliche Sekunden lang auf eine seltsame Weise abschätzend an, und Pia hatte das sichere Gefühl, dass sie auf etwas ganz Bestimmtes wartete. Pia hätte auch gerne etwas gesagt, oder auch nur *irgendwie* reagiert, aber sie konnte einfach nur dastehen und Alica anstarren, und ihre Gedanken weigerten sich noch immer, sich in halbwegs geordneten Bahnen zu bewegen … oder auch nur überhaupt. Alles war anders.

Und dann hielt es Alica ganz eindeutig nicht mehr aus, ließ ein schrilles Jubilieren hören und schloss sie so plötzlich und mit so überschwänglicher Kraft in die Arme, dass ihr nicht nur die Luft wegblieb, sondern sie auch zurückstolperte und mit wild rudernden Armen um ihr Gleichgewicht kämpfen musste, um nicht schon wieder auf dem Rücken zu landen.

»Pia!«, rief sie immer wieder mit zitternder und sich beinahe überschlagender Stimme aus. »Pia, Pia, Pia! Du lebst! Kronnseidank du lebst und bist in Ordnung!«, und dabei drückte und herzte sie sie immer weiter und mit solcher Kraft, dass sie allmählich wirklich kaum noch Luft bekam und ihre ohnehin ansehnliche Sammlung blauer Flecken und Prellungen noch weiter wuchs. Irgendwann jedoch kam sie endlich zu dem Schluss, lange genug auf sie eingeprügelt zu haben, und ließ sie los ... allerdings nur gerade so lange, wie sie brauchte, um sie an den Schultern zu packen, auf Armeslänge von sich zu schieben und dann so kräftig zu schütteln, dass ihre Zähne aufeinanderschlugen. Den Zigarillo ließ sie dabei nicht los.

»Pia! Du kannst dir ja gar nicht vorstellen, wie erleichtert ich bin, dich zu sehen! Wir alle hatten schon die schlimmsten Befürchtungen, als wir gehört haben, dass Nandes auf der Suche nach dir ist! Aber jetzt erzähl! Wo bist du gewesen, und wie ist es dir unterwegs ergangen!«

»Das ... würde ich ja gerne, wenn ... du aufhören ... würdest ...«, brachte Pia irgendwie heraus, und Alica hörte auf, sie wie von Sinnen zu schütteln, und trat einen halben Schritt zurück.

»... mich wie einen Cocktailshaker zu behandeln«, brachte Pia ihren angefangenen Satz zu Ende.

Alica sah plötzlich ein bisschen schuldbewusst aus, grinste aber vollkommen unbeeindruckt weiter und nahm einen tiefen Zug aus ihrem Zigarillo. Pia fiel auf, dass der Rauch leicht süßlich roch. Sie trat ihrerseits einen Schritt zurück, schaffte es irgendwie, das Chaos hinter ihrer Stirn wenigstens weit genug zu ordnen, um sich wieder an ihren eigenen Namen zu erinnern, und setzte dazu an, etwas zu sagen (ohne die geringste Ahnung, was), doch Alica kam ihr zuvor, indem sie eine rasche Geste mit der freien Hand machte und sich dann an die Männer hinter ihr wandte. Pia registrierte erst jetzt, dass sie immer noch knieten und immer noch die Köpfe gesenkt hatten; selbst der Schattenelb.

»Es ist gut«, sagte Alica. »Ihr könnt aufstehen. Und benehmt euch ganz normal. Prinzessin Gaylen wünscht nicht, dass irgendjemand vor ihr kniet.«

Prinzessin Gaylen? Pia blinzelte verwirrt, und Alica wiederholte ihre wedelnde Handbewegung und wandte sich dann wieder zu ihr um. »Das war doch in Eurem Sinn, oder? Ich meine: Ihr besteht doch nicht darauf, dass Eure Untertanen vor Euch knien, Ehrwürdige?«

Pia verstand nicht einmal, wovon sie sprach, und starrte sie einfach nur weiter an.

»Ja, ich verstehe«, griente Alica. »Das muss alles sehr verwirrend für Euch sein, Erhabene. Aber nur keine Angst. Dafür habt Ihr ja schließlich Eure treue Dienerin.«

»Aha«, sagte Pia; im Moment das mit Abstand Intelligenteste, was ihr einfiel.

»Ja, wie gesagt«, wiederholte Alica, »das alles muss gerade ziemlich verwirrend für Euch sein. Ich erkläre Euch auch alles – sogar das, was du gar nicht wissen willst – aber jetzt machen wir besser erst mal, dass wir von hier wegkommen. Die Gegend hier ist nicht gerade ungefährlich, musst du wissen.«

Sie wimmelte zum Beispiel von aufgebrachten Zwergen. Oder gut: nur *einem* aufgebrachten Zwerg, dessen Wut im Augenblick aber leicht für eine ganze Horde reichte. Mit blitzenden Augen und geballten Fäusten stürmte er auf Pia los, fluchte dabei lauthals in einer Sprache, die sie noch nie zuvor gehört hatte, und hätte sich vielleicht allen Ernstes auf sie gestürzt, hätte Alica ihn nicht einfach am Kragen gepackt und in die Höhe gehoben.

»Ich muss doch sehr bitten, Gamma Graukeil«, sagte sie feixend.

Der Zwerg keifte noch wütender und begann mit den Beinen zu strampeln, und Alica schüttelte ihn wie ein ungezogenes

Katzenjunges und blies ihm eine übel riechende Qualmwolke ins Gesicht. Der Zwerg begann zu husten.

»Gamma Graukeil, Ihr vergreift Euch im Ton«, sagte sie. »Bedenkt, mit wem Ihr sprecht, und vor allem, *wie* Ihr über die Erhabene sprecht! Und dass sie Eure Worte vielleicht nicht versteht, macht es nicht besser! Muss ich Euch an den heiligen Eid erinnern, den Ihr mir und Ihr geschworen habt?«

Pia konnte sich nicht erinnern, dass Graukeil ihr irgendetwas geschworen hatte, aber tatsächlich unterbrach der Zwerg seine Schimpfkanonade endlich, wenn auch eher, weil er keine Luft mehr bekam, wie Pia aus seinem immer heftiger werdenden Gestikulieren schloss. Alica stellte ihn auf die Beine. Gamma Graukeil rang würgend nach Luft, machte aber nun keinen Versuch mehr, sich auf sie zu stürzen, sondern beließ es dabei, sie mit hasserfüllten Blicken regelrecht aufzuspießen.

»Gamma Graukeil?«, murmelte Pia.

»Wie gesagt«, sagte Alica zum dritten Mal. »Das alles muss ziemlich verwirrend für dich sein.«

»So harmlos hätte ich es nicht ausgedrückt«, antwortete Pia benommen.

Alica lachte, aber es klang jetzt ein bisschen gekünstelt. Sie antwortete jedoch nicht sofort, sondern gewann einen weiteren Augenblick damit, noch einmal ausgiebig an ihrem Zigarillo zu ziehen. Und auch dann wandte sie sich nicht direkt an sie, sondern an ihre Begleiter.

»Verschwinden wir von hier. Jemand soll vorausreiten und Bescheid sagen, dass wir sie gefunden haben. Sie sollen uns eine komplette Abteilung entgegenschicken. Und ruft die anderen Suchtrupps zurück.«

»Das kannst du gut«, lobte Pia.

»Was?«

»Befehle erteilen«, antwortete Pia.

»Jemand muss es tun, oder?«, erwiderte Alica beinahe schnippisch. »Reiten wir jetzt, oder möchtet Ihr hierbleiben und warten, bis wir uneingeladenen Besuch bekommen, Erhabene? Es gibt ein paar ziemlich miese Typen hier in der Gegend, weißt du?«

»Ja«, antwortete Pia und sah auf den Zwerg hinab.

Alica grinste zwar breit, schüttelte aber trotzdem den Kopf und machte eine Geste auf den Pegasus. »Steig lieber auf. Ich erkläre dir alles unterwegs.«

In ihrer Stimme war etwas, das Pia trotz des spöttischen Funkelns in ihren Augen und ihrer schnodderigen Ausdrucksweise davon überzeugte, dass diese Worte bitterernst gemeint waren. Plötzlich lagen ihr mindestens tausend Fragen auf der Zunge, die unbedingt und sofort beantwortet werden mussten, weil ihr eigenes und Alicas und womöglich das Überleben der ganzen Welt davon abhing.

Statt auch nur eine davon zu stellen, fuhr sie auf dem Absatz herum und eilte zu Flammenhuf. Der Pegasus streckte wieder eine seiner gewaltigen Schwingen aus, jetzt jedoch nicht, um nach ihr zu schlagen, sondern um ihr das Aufsteigen zu erleichtern. Pia schenkte ihm nur einen bösen Blick und kletterte aus eigener Kraft – und wenig elegant – auf seinen Rücken, und Flammenhuf machte eine Bewegung, die ihr irgendwie wie ein schnippisches Achselzucken vorkam.

Sie war kaum aufgesessen, da sprang Gamma Graukeil vor ihr in den Sattel und machte es sich bequem.

»He!«, protestierte Pia.

Der Zwerg drehte mit einem Ruck den Kopf und funkelte sie aus eng zusammengekniffenen Augen an. »Was?«, fauchte er. »Soll ich etwa laufen?«

Pia verbiss sich die Antwort, die ihr auf der Zunge lag, und lenkte sich damit ab, den Vorbereitungen der anderen zu folgen. Soweit sie das beurteilen konnte, gingen die Reiter sehr professionell vor – vor allem traf das auf Alica zu. Pia war nicht wenig erstaunt. Die Alica, die sie kannte, war vor allem an Schminke, den neuesten Designerklamotten, Modezeitschriften, teurem

Schmuck und illegalen Downloads aus dem Internet interessiert gewesen, und ganz bestimmt nicht an Sport, aber die junge Frau, die sie nun beobachtete, glitt mit einer so selbstverständlichen Eleganz in den Sattel, als wäre sie so etwas seit Jahren gewohnt.

Vielleicht war sie es ja, dachte Pia schaudernd.

Während sie darauf wartete, dass die kleine Gruppe aufsaß und sich zu einer etwas wackeligen Doppelreihe formierte, sah sie Alica noch einmal und jetzt mit anderen Augen an.

Alica war eindeutig Alica, das bewies allein der qualmende Glimmstängel in ihrer Hand, aber sie hatte sich auch verändert, auf eine Art, die sie im allerersten Moment nicht einmal richtig in Worte fassen konnte.

Es begann bei ihrer Kleidung. Alica war nie ein Kind von Traurigkeit gewesen, sondern gehörte eher zu dem engen Kreis von Verdächtigen, die das Wort *sexy* hätten erfinden können, aber ihre jetzige Erscheinung hätte glatt aus einem jener Hochglanzmagazine stammen können, die normalerweise nur unter der Ladentheke verkauft wurden. Ihre Kleider bestanden ausschließlich aus Leder, und das Paar wadenhoher Stiefel beanspruchte gut und gerne achtzig Prozent davon. Der Rest bestand aus einem Geflecht schwarzer Bänder, die so kreuz und quer über ihre unübersehbar üppigen Formen gespannt waren, dass sie noch nicht wirklich ordinär wirkten; aber nur mit einigem guten Willen.

Und genau das war es, begriff Pia plötzlich.

Als sie Alica das letzte Mal gesehen hatte (vor zwei oder drei Tagen, ihrem eigenen subjektiven Zeitempfinden nach), da war sie ein Mädchen gewesen, kein Kind mehr, aber auch noch lange nicht erwachsen, sondern ein bildhübsches junges Ding, das vielleicht nicht mit allzu viel Verstand gesegnet war, dafür aber mit einem intuitiven Gespür für seine Qualitäten und einer großen Portion Bauernschläue, um sie bei einer ganz bestimmten Art von Männern nutzbringend einzusetzen. Jetzt war sie eine Frau.

Pias Blick löste sich von Alicas Körper und tastete aufmerksam über ihr Gesicht. Abgesehen von ihrer Frisur, einer wilden, lockigen Mähne vom tiefsten Schwarz, das sie jemals gesehen hatte, schien sie sich nicht verändert zu haben ... und zugleich hatte sie kaum noch Ähnlichkeit mit dem Bild aus Pias Erinnerung. Sie war nicht wirklich älter geworden, aber auch ihr Gesicht sah deutlich erwachsener aus.

Dennoch atmete Pia erleichtert auf. *El Comandante* hatte eine einzige Nacht hier verbracht, und für ihn waren in dieser Zeit zwölf Jahre vergangen, sodass sie nach drei Tagen bereits das Allerschlimmste befürchtet hatte. Zweifellos *war* hier Zeit vergangen, aber nicht annähernd so viel. Hernandez hatte entweder gelogen, oder diese ganze Geschichte war noch sehr viel komplizierter, als sie glaubte.

Wie sie ihr Glück und ihr leicht angespanntes Verhältnis zum Schicksal kannte, war wohl eher Letzteres der Fall ...

»Und Abmarsch!«, befahl Alica, als auch der letzte Mann aufgesessen war.

Insgesamt waren sie zu acht, wie Pia feststellte, doch eines der Tiere hatte zwei Reiter; ein Anblick, bei dem sich ihr schlechtes Gewissen regte. Sie wich dem Blick des überzähligen Reiters auch hastig aus und beschäftigte sich lieber mit dem zweiten Gefühl, mit dem dieser Anblick sie erfüllte: nichts anderem als Beunruhigung.

Sie musste wieder an das denken, was Alica gerade gesagt hatte. Allein der Anblick der neun gepanzerten Echsen, die sie mehr denn je an zu klein geratene Tyrannosaurus Rex erinnerten, jagte ihr einen eisigen Schauer über den Rücken. Wenn es etwas gab, wovor sich Alica und diese Monster-Kavallerie fürchteten, dann wollte sie eigentlich gar nicht so genau wissen, was es war ...

Alica gab ein knappes Handzeichen, woraufhin die Hälfte der Echsenreiter vor Flammenhuf Aufstellung nahm, die andere hinter ihm. Sie selbst lenkte ihr Tier neben den Pegasus, und Flammenhuf setzte sich ohne weitere Aufforderung in Bewegung.

»Beeindruckend«, sagte Pia. Alica blickte fragend, und Pia

fuhr mit einer deutenden Geste fort: »Du hast deine Männer gut unter Kontrolle.«

»Meine Männer?« Alica schüttelte heftig den Kopf. »O nein, es sind nicht meine Männer. Ich habe hier eigentlich gar nichts zu sagen.« Sie machte eine Kopfbewegung in Richtung des Elben, der seinen Helm immer noch nicht abgesetzt hatte. »Es ist Eiranns Truppe.«

»Eirann?«, wiederholte Pia alarmiert.

»Keine Sorge.« Alica kicherte. »Eirann ist ein ziemlich beliebter Name bei den Jungs hier. Ich glaube, jeder dritte heißt so; wenn nicht jeder zweite. Aber mein Eirann ist schon was Besonderes.«

»*Dein* Eirann.« Pias Blick glitt noch einmal und sehr nachdenklich über das halbe Dutzend schmaler Ledergürtel, von dem Alica behauptete, es sei ihre Kleidung. »Dann ist es also doch deine Truppe?«

Alica sah sie eine halbe Sekunde lang irritiert an, lachte aber dann und schnippte ihren Zigarillo in hohem Bogen davon. »Irgendwie schon«, gestand sie. »Sorry. Ist eine Weile her. Ich habe fast vergessen, wie schlagfertig du bist.«

Es musste eine *ziemliche* Weile her sein, dachte Pia. Erst jetzt, dafür aber umso deutlicher, fiel ihr auf, dass sich Alicas Art zu reden verändert hatte. Sie sprach mit einem deutlichen Akzent, bei dem alle Konsonanten sonderbar abgeschliffen waren, und manche verschluckte sie sogar ganz.

»Wie lange?«, fragte sie. Mit klopfendem Herzen.

»Anderthalb Tage«, antwortete sie. »Flammenhuf hat Jesus und mich abgeworfen und ist sofort wieder verschwunden, zusammen mit dir.«

Alica sah plötzlich ein bisschen erschrocken aus. »Wie lange war es denn für dich?«

»Anderthalb Tage«, antwortete Pia. Auch wenn es ihr deutlich länger vorgekommen war. »Aber das habe ich nicht gemeint.«

»Ich weiß«, seufzte Alica. »Ganz genau kann ich es dir nicht sagen. Die Leutchen hier führen eine andere Art von Kalender, weißt du, und mein Blackberry funktioniert hier nicht; ganz davon abgesehen, dass er mir irgendwo zwischen den Favelas und der siebten Galaxie abhandengekommen sein muss. Um ehrlich zu sein: Ich bin nicht einmal ganz sicher, ob ein Jahr hier so lang ist wie bei uns, oder vielleicht länger oder kürzer. Aber es müssen so ungefähr ...« Sie tat so, als müsste sie einen Moment angestrengt überlegen. »... viereinhalb Jahre sein. Vielleicht auch fünf.«

»Fünf Jahre?«

»Ungefähr«, bestätigte Alica. »Aber wenn du mir die Bemerkung gestattest: Du siehst allerhöchstens drei Tage älter aus als das letzte Mal, dass wir uns gesehen haben.«

»Vier«, verbesserte sie Pia, blieb aber trotzdem ernst. »Dann hat *el Comandante* gelogen, als er behauptet hat, dass für ihn innerhalb einer einzigen Nacht –«

»– zwölf Jahre vergangen sind?«, unterbrach sie Alica und schüttelte zugleich so heftig den Kopf, dass ihre schwarzen Engelslocken flogen. »Wahrscheinlich nicht. Also davon abgesehen, dass ich Nandes nicht einmal dann glauben würde, wenn er mir einen guten Tag wünscht, sagt er in diesem Fall wohl die Wahrheit. Er ist mindestens zehn Jahre vor uns hier angekommen.«

»Aber ich war viel länger weg«, sagte Pia nachdenklich. »Wenn das stimmt, müssten hier ... was weiß ich? Vierzig Jahre vergangen sein? Oder fünfzig?«

»Und jetzt bist du enttäuscht, dass ich keine runzlige alte Frau geworden bin, die mit dir über den Sinn des Lebens und die ultimaten Weisheiten des Universums diskutiert?« Alica zog eine Grimasse. »Ich hoffe doch, du bist jetzt nicht zu enttäuscht.«

»Nein«, antwortete Pia. »Nur verwirrt.«

»Glaub mir, Piaschätzchen, das bin ich auch«, seufzte Alica. »Das alles ist wirklich sehr verwirrend. Ich verstehe es nicht, und wenn ich ehrlich sein soll, dann habe ich schon vor ziemlich langer Zeit aufgehört, es überhaupt verstehen zu wollen. Die Zeit läuft hier ...«, wieder suchte sie nach Worten, und diesmal war Pia ziemlich sicher, dass es nicht gespielt war, »... irgendwie anders als bei uns. Wahrscheinlich nicht mal irgendwie, sondern ziemlich drastisch. Frag mich nicht, wie, aber man kann es nicht einfach umrechnen, so nach dem Motto eine Stunde hier gleich sechs Monate bei euch.«

Bei *euch?* Pia blinzelte. Irritiert.

»Manchmal vergeht bei euch ein Augenblick und hier sehr viel Zeit, und manchmal scheint es genau andersherum zu sein ... oder auch ganz anders. Das ist so ziemlich alles, was ich herausgefunden habe.« Sie unterbrach sich für einen Moment, und ihr Blick tastete für dieselbe Zeitspanne über Pias Gesicht und dann über ihre Gestalt. Sie sah irgendwie ... nachdenklich aus, fand Pia.

»Es ist kompliziert«, schloss Alica.

Ja, das schien Pia auch so. Sie beschloss, das Thema zu wechseln.

»Und was ist hier passiert, in diesen ... drei Tagen?«, fragte sie.

»Eine Menge«, antwortete Alica. »Aber das gilt nicht. Ich habe zuerst gefragt.«

»Hast du nicht.«

»Nein«, gestand Alica. »Habe ich nicht. Aber erstens wollte ich es, und zweitens ist es einfacher, wenn du anfängst. Auf jeden Fall geht es schneller.« Sie grinste flüchtig. »Das meiste weiß ich ja schon von Jesus.«

»Er ist am Leben?«, fragte Pia. Ihr Herz begann zu klopfen.

»Am Leben und gesund«, bestätigte Alica. »Keine Bange. Und er redet wie ein Wasserfall. Was hast du mit ihm gemacht? Früher hat er doch kaum die Zähne auseinandergekriegt.«

Sie wollte gar keine Antwort auf ihre Frage, wie sie mit einem unwilligen Wedeln der Hand klarmachte, und Pia resignierte innerlich und erzählte ihr, was in den zurückliegenden drei Tagen und viereinhalb Jahren geschehen war. Ein paar unwesentliche Kleinigkeiten ließ sie weg. Den Sith zum Beispiel. Oder die unheimliche Kraft, mit der sie Jesus von den Toten zurückgeholt hatte.

Ach ja, und das kleine Kästchen aus Estebans Schreibtisch samt seinem Inhalt.

»Onkel José«, seufzte Alica, als sie zu Ende erzählt hatte. »Ja, das passt zu ihm. Schade, dass ich sein Gesicht nicht gesehen habe, als er kapiert hat, wer du wirklich bist ...«

»Schön, dass wenigstens er es kapiert hat«, sagte Pia. »Ich selbst weiß es nämlich nicht.«

Alica zog es vor, diese Bemerkung nicht zu hören.

»Dann bedank dich bei Kronn oder jedem beliebigen anderen Gott, an den du glaubst, dass Graukeils Leute uns Bescheid gesagt haben«, sagte sie.

»Graukeil?«

Der Zwerg verdrehte sich fast den Hals, um sie triumphierend anzugrinsen, und Pia verpasste ihm rein prophylaktisch eine weitere (sachte) Kopfnuss.

»Die Zwerge sind unsere besten Spione«, bestätigte Alica. »Das kleine Volk hat eine Menge verborgener Talente.«

Für einen kurzen Moment war Pia nun wirklich sprachlos. »Spi...one?«, wiederholte sie lahm. Gamma Graukeil grinste gehässig.

»Ein hässliches Wort, ich weiß«, seufzte Alica. »Such dir ein anderes aus, wenn du möchtest ... obwohl es am Ende doch alles auf dasselbe hinausläuft. Ich glaube, Gamma Graukeil bevorzugt das Wort Späher, oder Pfadfinder.«

»Pfadfinder?«, erkundigte sich Pia harmlos. »Und wie soll das gehen? Ich meine, wo er doch schon Mühe hat, über das Gras hinwegzusehen?«

»Immerhin habe ich Euch gesehen, Prinzesschen«, grummelte Graukeil.

»Bei jemandem, der dreimal so groß ist wie man selbst, ist das ja auch kein Kunststück«, versetzte Pia, und Gamma Graukeil fügte in bissigem Ton hinzu:

»Vor allem, wenn er laut genug durch die Gegend trampelt, als würde er es darauf anlegen, gefangen zu werden!«

Alica hatte sichtlich Mühe, ein Grinsen zu unterdrücken, warf dem Zwerg aber trotzdem einen strafenden Blick zu und wandte sich dann mit einem bekräftigenden Kopfschütteln wieder an Pia. »Ich weiß zwar weder, was zwischen euch beiden vorgefallen ist, noch geht es mich wahrscheinlich etwas an –«

»Stimmt«, sagte Pia.

»– aber du solltest ihm eigentlich dankbar sein. Wenn er dich nicht gefunden und uns benachrichtigt hätte, dann würdest du jetzt vielleicht schon bis zum Hals in Schwierigkeiten stecken.«

»Eine Nachricht?«, vergewisserte sich Pia. »Wann soll er euch die geschickt haben, und wie?«

»Das kleine Volk hat da so seine Mittel und Wege«, antwortete Alica kryptisch, hob aber zugleich auch abwehrend die Hand, als Pia antworten wollte. »Außerdem war er der Erste, der losgezogen ist, um nach dir zu suchen. Eirann hätte ihn nicht einmal davon abhalten können, wenn er es gewollt hätte.«

Gamma Graukeil nickte heftig, presste die Hand demonstrativ auf seine angeschwollene Nase und bemühte sich mit großem Erfolg, sie möglichst vorwurfsvoll anzusehen. Pia hatte auch das Gefühl, zumindest anstandshalber einen Anflug von schlechtem Gewissen verspüren zu müssen, aber es wollte sich einfach nicht einstellen.

»Dann ... nehme ich an, dass ihr euren Streit mit den Zwergen beigelegt habt?«, fragte sie.

»Also, ein richtiger Streit war es ja im Grunde nie«, wiegelte Alica ab.

»Nein?«, fragte Pia. Es war zwar schon eine Weile her, aber sie hatte ihre erste Begegnung mit Gamma Graukeil ein wenig anders in Erinnerung.

»Nein«, behauptete Alica. »Im Grunde war es nicht mehr als ein dummes Missverständnis. Das Kleine Volk hat immer zu den treuesten Verbündeten Prinzessin Gaylens gehört.«

»Und daran hat sich bis heute nichts geändert!«, fügte Gamma Graukeil unüberhörbar stolz hinzu.

»In all den Jahren haben wir nie daran gezweifelt, dass sich die Prophezeiung eines Tages erfüllen und Prinzessin Gaylen zurückkommen würde. Und als dann die Gerüchte aus WeißWald bis nach Ostengaard drangen, da haben sie natürlich ihren tapfersten und besten Krieger losgeschickt, um ihnen auf den Grund zu gehen.«

»Und wer ist das?«, fragte Pia.

»Selbstverständlich ich!«, erwiderte Gamma Graukeil beleidigt. »Wer denn sonst?«

»Also, ich kann mich irren, und es ist ja auch schon eine ganze Weile her«, antwortete Pia, »aber ich hatte nicht unbedingt das Gefühl, dass du und deine Freunde mich wie eine Prinzessin behandeln.«

»Pfff!«, machte der Zwerg. »Glaubst du etwa, du wärst die erste gewesen? WeißWald und alle anderen Städte im Umkreis von hundert Tagesreisen wimmeln nur so von falschen Gayllens.« Er musterte sie auf eine Art, die gerade so noch *nicht* anzüglich genug war, um eine weitere Kopfnuss zu rechtfertigen. »Eine oder zwei davon waren wirklich überzeugend, sogar überzeugender als du, Prinzesschen. Und was willst du? Schließlich hast du mich davon überzeugt, dass du wirklich die bist, für die du dich ausgibst.«

»Indem ich dich aus dem Fenster geworfen habe?«, fragte Pia.

»Es war nicht das Fenster«, antwortete Gamma Graukeil verschnupft, grinste aber dann trotzdem. »Aber im Prinzip hast du schon recht. Wer außer der wirklichen Prinzessin Gaylen sollte wohl imstande sein, so mit mir umzuspringen?«

»Mit dem mächtigsten Krieger von Ostengaard?«, vermutete Pia.

»Selbstredend!«, schnaubte Gamma Graukeil.

»Dann warst du also auf der Suche nach mir?«, vergewisserte sich Pia. »Um mir zu helfen.«

Gamma Graukeil nickte.

»Und warum hast du das nicht gleich gesagt?«, fragte Pia.

Gamma Graukeil starrte sie nur vorwurfsvoll an und schwieg, und als Pia Alicas fragendem Blick begegnete, zog sie es vor, nicht weiter auf das Thema einzugehen.

»Jedenfalls bin ich irgendwo in diesem verrückten Dschungel aufgewacht, bevor Graukeil mich ... äh ... gefunden hat«, schloss sie. »Was ist passiert? Wieso wart ihr plötzlich verschwunden?«

»Es war genau andersherum«, sagte Alica. »*Du* warst verschwunden, Liebes. Jesus und ich sind abgestiegen, und Flammenhuf war mit einem Satz einfach wieder weg. Zusammen mit dir.« Ihr Blick wurde noch forschender, vielleicht auch ein bisschen misstrauisch. »Du weißt nicht zufällig, warum?«

Pia erwog ganz kurz, von ihrem kleinen Abenteuer in den Bergen zu erzählen, entschied sich aber im Moment dagegen. Es war verrückt, doch sie hatte das Gefühl, die unheimlichen fliegenden Monster müssten zurückkehren, wenn sie über sie sprach. Sie schüttelte den Kopf.

Alica sah nun ganz eindeutig misstrauisch aus. Aber sie beließ es trotzdem dabei, die Lippen zu einem schmalen Strich zusammenzupressen und nach Kräften vorwurfsvoll auszusehen, und drehte demonstrativ den Kopf, um nach vorne zu blicken. Pia hatte das sichere Gefühl, etwas falsch gemacht zu haben, aber sie wusste nicht, was. Wusste Alica vielleicht schon, was in der vorletzten Nacht geschehen war?

Sie verließen den Wald, indem die vorderen Reitechsen Unterholz und mannshohen Farn einfach niedertrampelten. Allzu große Sorgen darum, verräterische Spuren zu hinterlassen, schienen sich ihre Retter anscheinend nicht zu machen.

Pia blinzelte, als sie das schützende Blätterdach verließen und ins klare Licht des hereinbrechenden Morgens hinausritten. Die Farben kamen ihr hier kräftiger vor, die Bäume und Farngewächse höher und irgendwie ... *lebendiger*, und vielleicht war das sogar das Schlüsselwort: Alles hier strotzte nur so vor Agilität, als wäre die ganze Welt in einer einzigen Explosion von Leben erblüht, die noch immer anhielt. Selbst das Licht kam ihr intensiver und lebendiger vor, obwohl die Sonne noch nicht einmal zur Gänze aufgegangen war.

Und dann, so schlagartig, dass sie sich im allerersten Moment einfach nur verblüfft fragte, wieso es ihr eigentlich nicht sofort aufgefallen war, begriff sie den Unterschied:

Sie war wieder zu Hause.

Der Wald jenseits der Berge, in dem sie am ersten Morgen aufgewacht war, war fremd und beunruhigend gewesen, und exotisch und ganz zweifellos auch gefährlich, und doch wurde ihr plötzlich klar, dass er irgendwie noch mehr zu der Welt Rio de Janeiros, der Favelas und Flugplätze und überhaupt der der Menschen gehörte. Diesseits der Berge befand sie sich eindeutig wieder in der Welt von WeißWald, der Elben und Zwerge. Ihrer Welt.

Mit der allerdings etwas ganz und gar nicht stimmte.

In WeißWald hatte sie gefroren, weil Kälte, Eis und Schnee diese Welt fest im Griff gehabt hatten. Hier aber war es so heiß und stickig wie an einem schwülen Sommertag in den Favelas. Und trotzdem war das hier WeißWald, sie war sich dessen ganz sicher. Und genau das löste etwas in ihr aus, mit dem sie nicht gerechnet hatte.

Erst jetzt, in diesem Augenblick und mit völlig unzweifelhafter Klarheit wusste sie, dass sie hierhergehörte und immer hierhergehört hatte. Sie mochte in Rio und dem Hexenkessel der Favelas mit seinen zahllosen Menschen und ebenso zahlreichen Gefahren aufgewachsen sein, aber dies war der Ort, an den sie gehörte; die Welt der Elfen und Zauberer und Zwerge ...

O ja, und menschenfressenden Riesenfledermäuse und winzigen Dinosaurier nicht zu vergessen.

Hatte der Anblick sie bisher schon erschreckt, so verlor er nun im hellen Sonnenlicht nichts von seiner Unheimlichkeit, sondern wurde eher noch bizarrer. Die Geschöpfe hatten ungefähr die

Rückenhöhe eines kleinen Pferdes, wirkten aber größer, weil sie – wenn auch stark nach vorne gebeugt – aufrecht auf den muskulösen Hinterbeinen liefen und den Schwanz gerade ausstreckten, um die Balance zu halten. Ihre hässlichen Mäuler starrten nur so vor Zähnen, die wie die eines Haifischs in gleich mehreren Reihen hintereinander wuchsen, und genau wie bei den Lizards, die Nandes und seine Krieger ritten, glaubte sie in ihren senkrecht geschlitzten Pupillen eine deutlich größere Intelligenz zu lesen, als einer so urzeitlichen Kreatur zustehen sollte. Davon abgesehen schienen die Ungeheuer nur noch aus Panzerplatten, Klauen und Schuppen zu bestehen.

»Gefallen dir die Trexe?«, fragte Alica, der Pias neugierige Blicke natürlich nicht entgangen waren.

»Trexe?«

»Jetzt sag nicht, dir wäre nicht aufgefallen, wie sie aussehen«, erwiderte Alica.

»Wie denn?«

»Na, wie Miniatur-Tyrannosaurus-Rex oder wie die Viecher auch immer heißen mögen!«, erklärte Alica stolz. »Ich versteh ja nicht besonders viel davon, aber ich würde wetten, wenn sich ein Paläontologe unsere kleinen Lieblinge ansehen würde –«

»Ein Paläontologe?«

»Na, so ein Urzeitdingsbumsforscher eben«, sagte Alica leicht unwirsch. »Jetzt tu nicht so. So dumm bist du nun auch wieder nicht, oder? Jedenfalls bin ich sicher, dass er feststellen wird, dass unsere Trexe mit den Urzeitsauriern verwandt sind. Vielleicht sind es sogar dieselben. Ich meine: Hier ist doch irgendwie alles ein bisschen kleiner als bei uns, oder?«

»Nun«, entgegnete Pia. »Nicht unbedingt alles, wenn du es genau wissen willst. Aber lassen wir das. Dass man die Trexe Trexe nennt, ist doch sicherlich auf deinem Mist gewachsen, oder, Paläontologe?«

»Sicher«, bestätigte Alica stolz. »Klingt doch schick, oder? Und es passt auch zu ihnen. Es hört sich ... schnell an. Und stark.«

»Und ziemlich gemein.«

Alicas Reittier drehte den Kopf und sah sie scharf und eindeutig boshaft an, und Alica selbst machte eine Bewegung irgendwo zwischen einem Kopfschütteln und einem Achselzucken. »Auf jeden Fall sind sie ziemlich schlau«, sagte sie. »Genauso schlau wie die Lizards, die Nandes und seine Leute reiten, aber schneller und mindestens doppelt so stark. Und besser als Pferde.«

Flammenhuf schnaubte hörbar und stellte die Ohren auf, und Alica beeilte sich hinzuzufügen: »Also, ich meine natürlich, nur für diese Gegend hier. Es ist zu heiß, und im Dschungel verletzen sie sich leicht. Außerdem gibt es eine Menge Raubtiere hier, die ganz wild auf Pferdefleisch sind.«

Flammenhuf schnaubte noch einmal, und Alica warf einen sehr langen und ein bisschen nervösen Blick in sein Gesicht hinauf, bevor sie fortfuhr: »Aber das ist natürlich nicht alles, was sich verändert hat, seit wir uns das letzte Mal gesehen haben.«

»Stell dir vor, das ist mir auch schon aufgefallen«, antwortete Pia und maß ihren kunstvoll verschnürten Körper mit einem langen beredten Blick, der Alica natürlich ebenso wenig verborgen blieb wie der davor. Sie folgte ihm, runzelte ihrerseits die Stirn und musterte Pia dann auf exakt dieselbe Art.

»Was ich dich schon die ganze Zeit fragen wollte«, sagte sie dann. »Was hast du da überhaupt Komisches an?«

»Pass bloß auf!«, sagte Gamma Graukeil erschrocken. »Als ich versucht habe, ihr dieselbe Frage zu stellen, hat sie mir sofort die Nase gebrochen!«

Pia sah an sich hinab und kam nicht umhin, Alicas sichtliche Verwirrung zu verstehen. Ihre Kleider widersprachen nicht nur eindeutig dem hier gültigen Dresscode, sondern passten auch nicht wirklich in einen tropischen Dschungel, in dem es jetzt schon so warm war wie in Rio kurz vor Mittag; davon abgesehen sah man ihnen eindeutig nicht mehr an, dass sie aus einer Edelboutique stammten. Sie waren hoffnungslos verdreckt, der Streifschuss hatte die Ärmel geschwärzt und durchlöchert, und die Krallen der Fledermausvögel hatten ihnen danach endgültig den Rest gegeben.

»Immerhin bist du schuld, dass sie verdorben sind«, sagte sie vorwurfsvoll.

Gamma Graukeil riss die Augen auf. »Ich?!«

»Natürlich.« Pia deutete anklagend auf einen winzigen braunroten Fleck unmittelbar über einem der zahlreichen Risse, die die Raubvogelklauen in dem zähen Stoff hinterlassen hatten.

»Ist das dein Blut oder nicht?«

Der Zwerg schnaubte nur abfällig und drehte sich wieder nach vorne, und Alica kicherte albern. »Keine Sorge«, sagte sie. »Sobald wir zu Hause sind, besorge ich dir vernünftige Kleider.«

»Solange sie nicht zu luftig sind.«

Alica ignorierte das.

»Und euer Zuhause«, fuhr Pia mit einer Kopfbewegung auf die Schatten über den Baumwipfeln fort, »ist dort?«

»Es ist ganz hübsch dort«, bestätigte Alica. »Ein paar Kleinigkeiten entsprechen vielleicht nicht ganz dem Standard, den Ihr gewohnt seid, Erhabene, aber man arrangiert sich eben. Vor allem ist es sicher. Kein Barbar traut sich hierher. Nicht einmal die Schattenelben wagen es, uns hier auch nur nahe zu kommen.«

Pia warf einen fragenden Blick auf die Gestalt in schwarzem Eisen neben ihr, und Alica schüttelte heftig den Kopf.

»Eirann ist ... anders«, sagte sie.

»Anders?«

»Es ist kompliziert«, seufzte Alica. »He, du erwartest doch nicht wirklich, dass ich dir mit drei Sätzen alles erklären kann, was hier in vier Jahren passiert ist?«

»Mit *keinem* Satz funktioniert es jedenfalls auch nicht«, antwortete Pia.

»Ja«, sagte Alica. »Für dich scheint wirklich nicht viel Zeit vergangen zu sein. Du hast dich jedenfalls kein bisschen verändert. Immer das letzte Wort, wie?«

»Nicht unbedingt«, antwortete Pia.

Vielleicht hatte Alica sogar recht, wenn auch gewiss in anderer Hinsicht, als sie selbst annehmen mochte: Es war eine Menge Zeit vergangen – für sie noch ungleich mehr –, auch Pia selbst hatte in den zurückliegenden Stunden genug erlebt, um mehr als nur ein bisschen verwirrt zu sein. Aber sie war auch – wenigstens für den Moment – in Sicherheit. Besser, sie ließ es langsam angehen.

Wovor sie alle Vernunft und keine Magie schützen konnte, war die Hitze. Es wurde wärmer, wie es ihr vorkam, mit jedem Schritt, den sie zurücklegten, und jedem einzelnen Atemzug. Pia versuchte sich zu erinnern, ob es gestern genauso gewesen war, kam aber zu keinem eindeutigen Ergebnis … was aber nichts daran änderte, dass noch keine weitere halbe Stunde vergangen war, bis sie das Gefühl hatte, allmählich im eigenen Saft gesotten zu werden. Es wurde warm, dann heiß und schließlich *unerträglich*.

Der Verkäufer, der ihr dieses sündhaft teure Ding angedreht hatte, hatte nicht übertrieben: Es war das mit Abstand wärmste Kleidungsstück, das sie jemals getragen hatte. Schon bald lief ihr der Schweiß in Strömen über das Gesicht, und sie hatte nicht mehr nur das *Gefühl*, in ihrem eigenen Schweiß zu sitzen. Auch wenn sie es selbst vermutlich am allerwenigsten merkte, so stank sie wohl mittlerweile zum Himmel, aber Gamma Graukeil war zumindest diskret (oder feige) genug, keine entsprechende Bemerkung zu machen.

Sie quälten sich eine Stunde lang durch mehr oder weniger dichten Dschungel und über Lichtungen, Steigungen hinauf und jäh abfallende Böschungen hinab, und Pia begann allmählich zu begreifen, was Alica gemeint hatte, als sie sagte, dass Pferde für eine Umgebung wie diese nicht geeignet waren. Flammenhuf war gewiss das stärkste Pferd, das sie jemals gesehen hatte, doch selbst er hatte immer größere Mühe, sich einen Weg durch das Gewirr aus Unterholz, Farn und Schlingpflanzen und die immer dichter werdenden Wurzeln und natürlichen Stolperfallen zu bahnen. Ohne die Reiter vor ihnen hätten sie es vielleicht gar nicht geschafft, denn die Tiere waren zwar deutlich kleiner als ein Pferd, mussten aber um ein Vielfaches stärker sein. Die meisten Hindernisse trampelten sie einfach nieder oder zerrissen sie mit den Krallen an ihren kleinen Ärmchen; manchmal setzten sie auch ihre gewaltigen Kiefer ein, um handgelenkdicke Äste und Schlingpflanzen einfach durchzubeißen.

Das Einzige, was sich in der ganzen Zeit änderte, war, dass es noch heißer wurde.

Die Sonne erreichte ihren Höchststand und loderte jetzt wie ein kleiner, fast weißer Glutofen vom Himmel, und Pia begann sich allen Ernstes zu fragen, ob sie nicht doch lieber aus ihrem Thermoanzug schlüpfen und Gamma Graukeil den Spaß gönnen sollte, nur mit ihrer knappen Unterwäsche bekleidet hinter ihm im Sattel zu sitzen, statt ernsthaft Gefahr zu laufen, einen Hitzschlag zu erleiden.

Irgendwann verließen sie den Wald, und vor ihnen lag eine sanft ansteigende, gute fünfhundert Meter lange Anhöhe. Es wurde noch heißer, als sie aus dem Schutz der Baumkronen heraustraten, doch sie kamen auch besser voran. Alica sagte immer noch nichts, aber Pia entging keineswegs, dass es ihr immer schwerer fiel, nicht unentwegt in ihre Richtung zu sehen. Auf der anderen Seite dieser Anhöhe war irgendetwas. Vielleicht ein hübsches kleines Hotel mit Klimaanlage und einem Swimmingpool voller eiskaltem Bier?

Die ersten Reiter erreichten den Kamm der Anhöhe, hielten an und wichen dann zur Seite, um den nachfolgenden Platz zu machen. Einer von ihnen hob den Arm, um irgendjemandem auf der anderen Seite zuzuwinken, und Alica konnte nun nicht mehr vollends an sich halten und sah sie aus Augen an, die vor Besitzerstolz nur so leuchteten.

Pia hätte im allerersten Moment nicht einmal sagen können, was beeindruckender war: das fantastische Panorama, das sich unter ihnen ausbreitete, oder der Anblick des gewaltigen Heeres, das ihnen entgegenkam. Es mussten mindestens fünfhundert

Tiere sein, vielleicht aber auch doppelt oder dreimal so viele, eine ungeheure Menge aus Tieren und Reitern und blitzenden Waffen und Helmen, unter deren Schritten die Erde bebte. Alicas Blick und das Benehmen ihrer Begleiter machten unzweifelhaft klar, dass es sich um ein freundliches Heer handelte (war das etwa der *kleine* Trupp, den Alica angefordert hatte?, dachte sie fast hysterisch), aber der Anblick war trotzdem so ... *gewalttätig*, dass er ihr Angst machte.

Dahinter lag die Stadt, und nun, wo Pia sie von der Höhe des Hügelkammes aus zur Gänze überblicken konnte, stellte sie sich vor allem eine Frage:

Wie hatte sie sie auch nur eine einzige Sekunde lang *nicht* erkennen können?

Unter ihr lag eine Stadt. Sie war riesig. Kein Moloch wie Rio de Janeiro oder einige andere Millionenstädte, von denen sie gehört und Bilder gesehen hatte, in ihrer Art aber dennoch sicher die größte, die es gab, und tausendmal beeindruckender. Sie wuchs halb aus dem Dschungel heraus und war vollkommen intakt, statt nur aus Ruinen und mehr oder weniger kunstvoll restaurierten Mauerresten zu bestehen.

Die gesamte Anlage der Stadt gruppierte sich um eine gewaltige Prachtstraße, die sich kilometerlang schnurgerade dahinzog und von zahllosen Tempeln, Wohngebäuden, Stadien, mächtigen Wehrbauten und Pyramiden flankiert wurde und sich zu einem wahren Labyrinth schmalerer, aber immer noch imposanter Sträßchen und Gassen verzweigte. Die Stadt war um so vieles größer, als sie sie in Erinnerung hatte, dass sie schon der bloße Anblick beinahe erschlug. Sie war nicht nur vollkommen unbeschädigt, sondern platzte vor Leben geradezu aus den Nähten. Es war unmöglich, die Anzahl der Menschen zu schätzen, die sich in den geometrisch ausgerichteten Straßen und in und zum Teil auf den Gebäuden bewegten, aber es mussten Tausende sein; Abertausende, wie es ihr vorkam.

Fast ohne ihr Zutun löste sich ihr Blick von dem bunten Treiben und folgte der optischen Leitlinie der gewaltigen Prachtstraße, die ins Zentrum dieser unglaublichen Stadt und damit zu einem noch viel unglaublicheren Bauwerk führte. Sie wusste auf den Meter genau, wie hoch es war, genauso, wie sie die exakte Anzahl der Stufen kannte, die zu dem imposanten Tempel oben auf der Pyramide emporführten, aber in diesem Moment kam sie ihr mindestens zehnmal so groß vor.

»Aber das ... das ist doch ...«, murmelte sie ungläubig.

»Ja, ganz genau«, sagte Alica. Ihre Augen leuchteten vor Stolz. »Eure neue Heimat, Prinzessin Gaylen.«

Sie machte eine übertrieben spöttische Verbeugung im Sattel und eine noch sehr viel übertriebener deutende Geste mit beiden Armen. »Willkommen in Chicken Pizza.«

XII

Bedingt durch die schiere Größe der Stadt verging noch einmal fast eine Stunde, bis sie die Sonnenpyramide im Herzen der Stadt erreichten; aber nicht nur dadurch. Alicas Empfangskomitee – später sollte sie erfahren, dass es tatsächlich mehr als die Hälfte ihrer gesamten Armee gewesen war, die es nach der Nachricht von der Rückkehr der verschollenen Elfenprinzessin nicht mehr in ihren Quartieren gehalten hatte – hatte ihr eine Mischung aus frenetisch jubelndem und in schierer Ehrfurcht erstarrtem Empfang bereitet, der sie erstens vollkommen überforderte und zweitens ein Vorwärtskommen zeitweise fast unmöglich machte. Als sie ihr Ziel endlich erreicht hatten, war sie nicht mehr sicher, ob es nun ein Triumphzug oder eher ein Spießrutenlauf gewesen war; oder vielleicht eine Mischung aus beidem.

Auf jeden Fall war es erstaunlich. Die gewaltige Truppe, die ihnen entgegenkam, bestand längst nicht nur aus Menschen, sondern war vielmehr ein buntes Durcheinander der unterschiedlichsten Gestalten – wobei die Betonung durchaus auf *bunt* lag. Da waren Männer, Frauen, Zwerge, hochgewachsene, bleiche Gestalten mit schmalen Gesichtern und spitzen Ohren, kleinwüchsige Krieger, die aus WeißWald hätten stammen können, wären sie nicht sehr viel breitschultriger und muskulöser gewesen, etliche wilde Gestalten, die für Pias Geschmack entschieden zu große Ähnlichkeit mit Nandes' Barbaren hatten, und einmal eine kleine Gruppe von Trex-Reitern, deren bloßer Anblick schon ausreichte, um ihr einen eisigen Schauer über den Rücken zu jagen, denn bis auf den Umstand, dass sie aus Fleisch und Blut waren und nicht einfach aus dem Nichts auftauchten, ähnelten sie dem Sith wie das berühmte Ei dem anderen. Und noch etwas: Alica entging ihr erschrockenes Zusammenzucken beim Anblick der unheimlichen Gestalten nicht, und Pia sah ihr an, dass sie etwas ganz Bestimmtes sagen wollte, doch dann beließ sie es bei einem Schulterzucken.

Pia sah trotz aller Anstrengung nicht sehr viel von der Stadt, denn es blieb nicht bei der kleinen Armee, die sie begleitete. Mehr und mehr Menschen (und andere Geschöpfe) kamen ihnen entgegen, als sie sich der Stadt näherten, und es wurde trotz allem zu einer Art Triumphzug, auch wenn Pia bald nicht mehr sicher war, wem der allgemeine Jubel und das Winken und Fahnenschwenken wirklich galten. Zumindest die, die ihnen nahe genug kamen, um sie tatsächlich zu sehen, blickten sie ganz und gar nicht alle begeistert oder gar ehrfürchtig an. Viele wirkten überrascht und erstaunt, und der eine oder andere hörte auch auf zu jubeln und starrte sie stattdessen mit offenem Mund an.

Vielleicht lag es einfach an ihrem abenteuerlichen Outfit.

Auf dem letzten Abschnitt mussten ihre Begleiter ihnen schon fast gewaltsam den Weg bahnen, und schließlich saßen sie ab und bildeten auf Alicas Befehl hin einen lebenden Kordon, der zu einem kleineren Gebäude unweit der titanischen Pyramide im Herzen der Stadt führte. Während Pia sich erschöpft von Flammenhufs Rücken gleiten ließ, warf sie der gewaltigen Treppe einen Blick zu, über dessen genaue Bedeutung sie sich nicht einmal selbst ganz im Klaren war. Schon die bloße Vorstellung, bei der momentan herrschenden Hitze und in ihrem Zustand die zahllosen Stufen bis zur Spitze der Sonnenpyramide hinaufzugehen, jagte ihr einen eisigen Schauer über den Rücken; aber ein Teil von ihr empfand auch eine absurde Enttäuschung. Sie konnte es nicht begründen, aber sie spürte einfach, dass es dort oben etwas gab, was sie rief. Es war ein wenig wie damals, als sie den schwarzen Turm im Herzen von WeißWald das erste Mal gesehen hatte, nur … intensiver. Drängender. Wäre sie nicht so müde gewesen, dass sie sich kaum noch auf den Beinen halten konnte, wäre sie vielleicht trotz allem hinaufgestiegen.

Pia schloss instinktiv die Augen, als sie unter dem tonnenschweren steinernen Türsturz hindurch ins Innere des Gebäudes traten, denn sie hatte erwartet, dass es hier drinnen dunkel wäre, und wollte ihren Augen Gelegenheit geben, sich umzustellen. Beinahe das Gegenteil war der Fall. Das Gebäude war innen genauso klobig und schwerfällig gestaltet, wie es von außen den Anschein hatte, und es gab nicht einmal Fenster. Dennoch war es hier drinnen nicht nur deutlich kühler als draußen, sondern auch beinahe genauso hell, nur dass das Licht angenehmer war und nicht wie mit unsichtbaren glühenden Nadeln in ihre Augen stach. Das Licht fiel durch eine Anzahl von Öffnungen in der Decke herein, die so geschickt angebracht waren, dass der Raum bis auf den letzten Winkel nahezu schattenlos ausgeleuchtet wurde und noch größer erschien, als er es ohnehin war.

Vielleicht lag es auch daran, dass er praktisch leer war. Irgendwo in seiner Mitte – Meilen entfernt, wie es ihr vorkam – erhob sich etwas, das sie wohlweislich nicht genauer betrachtete, weil es eine ganze Anzahl unangenehmer Assoziationen in ihr weckte, und an seinem anderen Ende führte eine Treppe aus mindestens dreißig Zentimeter hohen Stufen weiter nach oben. Das war alles.

»So, da wären wir«, sagte Alica, während sie sich herumdrehte und übertrieben dramatisch die Arme ausbreitete. »Willkommen zu Hause.«

»Zu Hause.« Pia sah sich genauso übertrieben demonstrativ wie unbehaglich um. »Wie gemütlich.«

Alica blinzelte, sah einen Moment lang ehrlich bestürzt aus und zwang sich dann zu einem nicht vollkommen überzeugenden Lachen. »O nein, das verstehst du falsch«, sagte sie. »Ich meine die Stadt, nicht das hier. Deine eigenen ... ähm ... Gemächer ... werden gerade noch vorbereitet. Ich dachte mir nur, dass du aus der Sonne rauswillst – und vielleicht ein bisschen Ruhe gebrauchen kannst. Es sei denn natürlich«, fügte sie feixend hinzu, »die ehrwürdige Prinzessin Gaylen besteht darauf, von ihrem Volk in gebührendem Maße empfangen und bejubelt zu werden.«

»Selbstverständlich«, antwortete Pia müde. »Aber vielleicht nicht sofort. So in ein, zwei Jahren vielleicht. Oder auch drei.«

»Daraus wird nichts, fürchte ich«, sagte Alica.

»Wieso?«, fragte Pia.

»Ich fürchte, das gehört zu den ungefähr sechsundzwanzigtausendsiebenhundert Dingen, die ich dir erklären muss«, antwortete Alica mit einem schiefen Grinsen. »Du bist eine Berühmtheit, Schätzchen. Gaylen Superstar. Mit Privatleben sieht es nicht mehr besonders gut aus, fürchte ich.«

»Ich?«, fragte Pia. »Wieso?«

»Wieso?« Die Frage schien Alica ehrlich zu überraschen. »Na, du bist gut! Nach allem, was hier …« Sie sprach nicht weiter, sondern sah kurz einfach nur verwirrt aus und rettete sich dann in ein verlegenes Grinsen. »O ja, entschuldige. Ich kann manchmal ein richtiges kleines Dummerchen sein, ich weiß. Von dem allermeisten hier weißt du ja wahrscheinlich noch gar nichts.«

»Um nicht zu sagen: von allem«, bestätigte Pia.

»Hm«, machte Alica. »Also gut. Das alles muss im Augenblick einfach ein bisschen viel für dich sein, aber das kriegen wir schon hin, keine Bange. Um den großen Bahnhof wirst du nicht rumkommen, fürchte ich, aber jetzt besorge ich dir erst mal vernünftige Klamotten, ein heißes Bad und eine anständige Mahlzeit, einverstanden? Du müffelst ein bisschen, Liebes.«

Ja, Pia konnte sich im Moment kaum etwas Verlockenderes vorstellen als eine Wanne voller *kochend heißem Wasser*. Sie starrte Alica nur an.

»Ich … ähm … leite dann mal alles Notwendige in die Wege«, sagte Alica. »Bleib einfach hier, und zieh ruhig die warmen Klamotten aus, bevor dich am Ende noch der Hitzschlag trifft. Und keine Sorge, das hier ist das Allerheiligste. Niemand kommt hierher, ohne dazu aufgefordert zu werden.«

»Das Allerheiligste?« Pia sah noch einmal zu dem wuchtigen Steinquader in der Mitte des Raumes hin, der sie jetzt mehr denn je an einen barbarischen Opferaltar erinnerte. Und warum auch nicht? Schließlich war es einer.

»Der Audienzsaal, wenn du so willst«, antwortete Alica und

machte eine weitere wedelnde Geste mit beiden Armen, als hielte sie sich für eine Art großen Vogel, der das Fliegen zu lernen versucht. Wieso kam ihr eigentlich ausgerechnet dieser Vergleich?, dachte Pia schaudernd.

»So, und jetzt fühl dich ganz wie zu Hause, Liebes. Ich bin gleich zurück«, schloss Alica und verschwand, ehe Pia auch nur Gelegenheit hatte, eine einzige weitere Frage zu stellen.

Nicht dass sie nicht genug davon gehabt hätte. Diese Umgebung flößte ihr mit jedem Atemzug mehr Unbehagen ein. Sie wusste, wo sie war – zumindest kannte sie das Pendant dieses Ortes auf der anderen Seite – und sie hatte auch eine unangenehme Vorstellung von der Bedeutung dieses Raumes und des klobigen Altarsteins in seiner Mitte; aber das war es nicht allein. Sie musste noch einmal an die Sonnenpyramide denken und an das unheimliche Gefühl, dass da etwas war, was sie rief.

Und es war nichts Angenehmes gewesen.

Im Grunde nur, um sich abzulenken, trat sie an die Wand heran und betrachtete die kunstvollen Reliefarbeiten, mit denen die gewaltigen Steinquader verziert waren. Im allerersten Moment kamen sie ihr eher vor wie gemalte Bilder, denn anders als die, die sie von Fotografien und aus dem Fernsehen kannte, waren sie in kräftigen Farben gehalten und wirkten auch deutlich kunstvoller. Im Großen und Ganzen zeigten sie auch die gleichen Motive, die sie mit präkolumbianischer Kunst verband, auch wenn es gewisse Unterschiede gab, die sie zwar nicht genau benennen konnte, die aber da waren. Zum allergrößten Teil zeigten die Bilder genau das, was sie erwartet hatte: barbarische Krieger, Könige und Schamanen in prachtvollen Federmänteln, mit gewaltigen Waffen und bizarren Masken. Heroische Schlachten und Siege (oder auch Niederlagen; das kam wohl ganz auf den an, der diese Bilder betrachtete ...), sonderbare Rituale, Tier-, und Jagdszenen. Aber da waren auch Szenen und Bilder, die ihr vollkommen unbekannt waren und Dinge zeigten, von denen sie sich nicht einmal *vorstellen* konnte, was sie bedeuteten (und es auch nicht wollte), und die sie auf dieselbe Art beunruhigten, auf die sie der Anblick des Tempels auf der Spitze der Sonnenpyramide draußen erschreckt hatte.

Wäre es nicht das gewesen, dann hätte sie schon allein die pure Größe dieser Arbeit erschlagen. Der Raum war mindestens vier Meter hoch, zehnmal so lang und fünfmal so breit, und es gab buchstäblich keinen einzigen Fleck, der nicht mit Bildern und sonderbar eckigen Ornamenten oder auch Schriftzeichen bedeckt war. Selbst die Decke wies eine Unzahl von Bildern auf, und der Fußboden bestand aus einem einzigen gewaltigen Mosaik, dessen Farben von zahllosen Füßen weggeschmirgelt worden waren, ohne dass seine beeindruckende Schönheit darunter gelitten hätte.

Immerhin hatte Alica in einem Punkt nicht zu viel versprochen: Es war kühl hier drinnen. Die schmalen Öffnungen in der Decke nahmen dem Sonnenlicht nicht nur ihren Biss, sondern sorgten auch für einen gleichmäßig kühlen Luftzug, der den Schweiß auf ihrem Gesicht schon längst getrocknet hatte. Trotzdem war ihr immer noch warm, und da sie keinen Grund hatte, an Alicas Worten zu zweifeln, gab es auch keinen Grund mehr, weiter diesen nun wirklich unpassenden transportablen Backofen zu tragen. Sie griff nach dem Reißverschluss und begann ihn herunterzuziehen, doch das Gefühl, nicht mehr allein zu sein und angestarrt zu werden, ließ sie nicht nur mitten in der Bewegung innehalten, sondern ihn dann auch mit einem Ruck wieder nach oben ziehen und auf dem Absatz herumfahren. Ihre andere Hand tastete nach dem Griff der Magnum, die sie unter der Jacke trug.

Ihr Gefühl hatte sie nicht getäuscht. Sie war nicht mehr allein. Auf der Treppe am anderen Ende des Raumes war eine dunkle Gestalt erschienen, die vollkommen reglos dastand und sie anstarrte. So viel zu Alicas Behauptung, dass niemand hier hereinkam, den sie nicht ausdrücklich dazu aufgefordert hatte.

»Wer ist da?«, fragte sie. Ihre Stimme klang sonderbar dumpf in dem großen, leeren Raum, rief aber trotzdem eine Anzahl lang anhaltender gebrochener Echos in den Schatten hervor, die sich seltsamerweise wie die Echos vollkommen anderer Worte anhörten. Die Gestalt antwortete nicht, und zunächst rührte sie sich auch nicht, aber Pia glaubte ihre durchdringenden Blicke beinahe schon mit körperlicher Intensität zu fühlen. Sie wiederholte ihre Frage nicht, sondern zog die schwere Waffe, hielt sie mit beiden Händen und musste etliches an Kraft aufwenden, um den Hahn zurückzuziehen. Das Klicken hallte wie ein Peitschenschlag durch das Halbdunkel, und auch dieser Laut rief ein Echo hervor, das ihr vollkommen *falsch* erschien.

Dann hörte sie ein Geräusch, das ihr nur zu bekannt vorkam: ein dunkles, sehr gutmütiges Lachen, und dann eine Stimme, die ihren Namen nannte. »Pia?«

»Jesus?«, murmelte sie.

In der nächsten Sekunde ließ sie die schwere Waffe einfach fallen, raste los und durchquerte den großen Raum mit wenigen, weit ausgreifenden Sätzen, um sich mit solchem Ungestüm an seinen Hals zu werfen, dass selbst der Zwei-Meter-Riese wankte und um ein Haar das Gleichgewicht verloren hätte.

»Jesus! Du lebst! Kronnseidank, du bist am Leben!«

»Ja, aber vielleicht nicht mehr lange, wenn du so weitermachst!« Jesus machte sich lachend und mit schon etwas mehr als sanfter Gewalt aus ihrer stürmischen Umarmung los und musste sie gleich darauf schon wieder mit beiden Armen auf Abstand halten, denn sie machte sofort Anstalten, sich wieder auf ihn zu stürzen, um ihn zu drücken und zu herzen und sein Gesicht mit Küssen zu bedecken.

Als er eine halbe Sekunde lang unaufmerksam war, tat sie auch genau das: Mit einem Satz war sie wieder bei ihm, schlang erneut die Arme um seinen Hals und zog ihn schon fast gewaltsam zu sich herab, um ihn lange und stürmisch zu küssen.

Im allerersten Moment war Jesus einfach nur perplex, und für den Bruchteil eines Atemzuges fühlte es sich beinahe so an, als wollte er sie von sich stoßen. Aber nur ganz kurz, dann geschah das genaue Gegenteil, und plötzlich war es Jesus, der sie mit aller Kraft an sich zog und seine Lippen so fest auf ihren Mund drückte, dass sie nicht nur das Gefühl hatte, keine Luft mehr zu bekommen, und sich mit einiger Mühe aus seiner Umarmung losmachte und einen halben Schritt zurückwich.

»Jesus!«, sagte sie noch einmal atemlos. Ihr Herz klopfte, und hinter ihrer Stirn lieferten sich widerstrebende Gefühle und Gedanken einen stummen Kampf. »Du lebst, und es geht dir gut! Du kannst dir gar nicht vorstellen, wie erleichtert ich bin!«

»Ja, das ... ähm ... merke ich«, antwortete Jesus verstört. »Und womit ... öh ... habe ich das verdient, wenn ich fragen darf?«

Pia war einen Augenblick lang einfach nur verwirrt; vor allem, als sie sah, wie Jesus die Hand hob, seine Lippen betastete und anschließend seine Fingerspitzen ansah, als erwartete er etwas ganz Bestimmtes darauf zu sehen. Und wenn sie es recht bedachte, dann hatte er sich auch reichlich ungeschickt angestellt, als sie sich geküsst hatten. So, als hätte er nicht besonders viel Erfahrung mit so etwas, um nicht zu sagen: gar keine. Konnte es sein, dachte sie, dass er noch ...?

Nein, sie dachte diesen Gedanken vorsichtshalber gar nicht zu Ende, sondern antwortete mit einiger Verspätung: »Vor lauter Freude, dich wiederzusehen?«

»Wenn das so ist«, erwiderte Jesus linkisch, »dann sollten wir uns vielleicht öfter mal trennen.«

Pia lächelte zwar, aber da war trotzdem etwas wie ein schaler Beigeschmack. Sie freute sich ehrlich, Jesus wiederzusehen, und sie war unendlich erleichtert, dass er nicht nur lebendig vor ihr stand, sondern auch in deutlich besserer Verfassung als das letzte Mal. Wenn Alica die Wahrheit gesagt hatte und seitdem tatsächlich nur anderthalb Tage vergangen waren, dann mussten die hiesigen Medizinmänner oder Schamanen oder wie immer sie sich auch nannten verdammt gut sein. Doch bei aller Erleichterung regte sich nun auch ihr schlechtes Gewissen. Da war etwas, was sie ihm sagen musste. Sie war es ihm einfach schuldig.

Aber nicht jetzt.

»Untersteh dich, mir noch einmal so einen Schrecken einzujagen!«, sagte sie übertrieben streng. »Wenn dir wieder mal danach ist, dich ins Bett zu legen und dich von hübschen Mädchen verwöhnen zu lassen, dann sag einfach Alica Bescheid. Ich bin sicher, dass sie da was arrangieren kann. Ist nicht nötig, dich extra niederstechen zu lassen und den sterbenden Schwan zu geben, glaub mir.«

Jesus zog eine Grimasse. »Das einzige Gesicht, an das ich mich erinnern kann, gehört einem alten Glatzkopf, der sich ständig Sorgen darüber gemacht hat, wer die Rechnung bezahlt.«

»Professor Gonzales«, erinnerte sich Pia. »Ja, ich glaube, ich verstehe, was du meinst ... aber du scheinst dich ja prächtig erholt zu haben.«

»Es geht«, antwortete Jesus. Irrte sie sich, oder wurde er immer nervöser? »Aber du hast schon recht: Dieser Kurpfuscher kann sich eine Scheibe von dem abschneiden, was die Heiler hier draufhaben. Wird noch eine Weile dauern, bis ich wieder Bäume ausreißen kann, aber vor drei Tagen hatte ich noch das Gefühl, mehr tot als lebendig zu sein.«

Und das zu Recht, dachte Pia. Jesus *war* tot gewesen, oder doch zumindest so gut wie. Es waren nur noch die Maschinen in Gonzales' Klinik gewesen, die ihn am Leben erhalten hatten. Sie hütete sich aber, diesen Gedanken laut auszusprechen, denn dann hätte Jesus sie möglicherweise gefragt, was sie getan hatte, um ihn zurückzuholen, und vor dieser Frage (um genau zu sein, vor der *Antwort* darauf) hatte sie Angst.

»Und wie geht es dir?«, fragte Jesus plötzlich. Er begann unbehaglich von einem Fuß auf den anderen zu treten und mit einem Mal hielt er auch ihrem Blick nicht mehr stand. Erneut fuhr er sich mit den Fingerspitzen über die Lippen.

»Bestens«, behauptete sie. »Nur was den Dresscode hier angeht, habe ich kräftig danebengelangt, fürchte ich.«

»Hm«, machte Jesus.

»Alica hat versprochen, mir andere Kleider zu bringen«, fügte sie hinzu. »Ich hoffe nur, sie bringt mir nichts aus ihrer persönlichen Kollektion.«

»Wieso?«, fragte Jesus. »Heute war sie doch ganz züchtig angezogen. Du hättest sie gestern sehen sollen.«

Auch wenn Pia gehorsam lachte – sie war nicht wirklich sicher, dass Jesus nur einen Scherz gemacht hatte. Spätestens seit ein paar Stunden war sie auch nicht mehr sicher, dass es tatsächlich unmöglich war, weniger als *nichts* anzuhaben.

»Aber jetzt erzähl mal«, sagte sie. »Wie ist es dir ergangen? Ich meine: Hat Alica dir erzählt, wo du hier bist und was das alles bedeutet?«

»Sie und ihr Freund haben mir eine Menge erzählt«, bestätigte Jesus. »Und ich habe noch mehr gesehen, was ich bisher noch nicht einmal für möglich gehalten hätte. Aber wenn ich ehrlich sein soll ...«

»... fällt es dir trotzdem schwer, auch nur die Hälfte davon zu glauben«, vermutete Pia, als er nicht weitersprach.

»Ich weiß ja nicht mal genau, *was* ich kapieren könnte«, seufzte Jesus. »Nur dass das alles ... ziemlich verrückt ist.« Er machte eine ausholende Geste. »Allein das hier ... ich meine, du ... weißt, wo wir sind, oder? Ich kapier ja nicht mal ganz, wie wir überhaupt hierhergekommen sind!«

»Auf einem fliegenden Pferd«, sagte Pia. Ja, das klang überzeugend.

Jesus warf ihr auch nur einen schrägen Blick zu, schüttelte den Kopf und ging zur nächstgelegenen Wand hinüber. Pia registrierte beiläufig, dass er einen Bogen um den großen Altarstein in der Mitte des Raums machte.

»Hier«, fuhr er fort, indem er mit den Fingerspitzen über die tief in den uralten Stein gemeißelten Bilder und Ornamente strich. »Diese ganze Stadt. Ich meine, sie sieht genauso aus wie auf den Bildern! Wir sind wirklich in Chicken Pizza, oder?«

»Chichen Itza« verbesserte ihn Pia, nickte aber trotzdem. Sie waren sicher nicht in dem Chichen Itza, das sie Jesus auf Abbildungen und in Büchern gezeigt hatte, aber dieser Ort hatte eine wirklich verblüffende Ähnlichkeit mit der alten Metropole des Mayareiches. Vieles in dieser Welt war so anders, dass sie noch nicht einmal versuchte, es wirklich zu verstehen, aber manches war auch so ähnlich, dass es unmöglich ein Zufall sein konnte.

»Aber die Stadt sollte doch seit tausend Jahren oder so verlassen sein, und seit wann reiten Mayakrieger auf Salamandern?«

Pia antwortete nicht darauf, sondern nickte nur ernst und tat so, als dächte sie angestrengt über Jesus' Worte nach … was sie auch tat, allerdings auf andere Weise, als er wahrscheinlich annahm. Sie hatte Mühe, ihre Enttäuschung zu verbergen. Für einen winzigen, kostbaren Augenblick hatte sie etwas anderes in Jesus gesehen, etwas, was er nie gewesen war und niemals sein würde. Aber sie hatte nicht das Recht, ihm das jetzt zum Vorwurf zu machen.

»Das alles ist wirklich verrückt«, murmelte er noch einmal. »Manchmal frag ich mich, ob das alles überhaupt wirklich passiert. Ich meine: Vielleicht bin ich ja schon tot, und das hier ist die Hölle.«

Pia räusperte sich übertrieben. »Ich bin hier.«

»Na dann eben der Himmel«, verbesserte sich Jesus, und von der Tür her fügte Alica mit einem Lachen hinzu:

»Also so krank, wie du behauptest, kannst du gar nicht mehr sein, du alter Charmeur. Sonst hättest du wohl kaum die Energie, die erhabene Prinzessin Gaylen schon wieder so dezent anzubaggern.«

Krank? Pia sah Jesus noch einmal – und jetzt sehr viel aufmerksamer – an. Er wirkte tatsächlich blass und ein wenig kränklich. Dass es ihr bisher nicht aufgefallen war, lag schlichtweg daran, dass sie ihn noch weit kränker und schwächer in Erinnerung hatte.

»He!«, protestierte Jesus. »Ich habe sie nicht –«

»Schon gut, Langer.« Alica brachte ihn mit einer beiläufigen

Geste zum Schweigen. Pia bemerkte erst jetzt, dass sie nicht allein zurückgekommen war. Zwei weitere Gestalten folgten ihr. Die beiden waren klein von Wuchs und gingen noch dazu gebückt. Im ersten Moment glaubte Pia, der Grund dafür wäre die Last dessen, was sie trugen, dann stellte sie fest, dass es nicht mehr war als ein paar Kleider und ein hölzernes Tablett mit Obst und einer Schale Wasser. In Wahrheit senkten die beiden Frauen vor lauter Ehrfurcht so tief die Köpfe, dass sie aufpassen mussten, nicht über ihre eigenen Füße zu stolpern. Pia sagte nichts dazu, nahm sich aber fest vor, bei der nächsten Gelegenheit ein längeres Gespräch mit Alica zu führen. Hier würde sich einiges ändern. Sobald sie wieder weit genug auf dem Damm war, um ohne Mühe bis drei zählen zu können, hieß das.

Alica wartete, bis die beiden Frauen ihre Last abgeladen und sich rückwärts entfernt hatten.

Eine der Dienerinnen hatte etwas gebracht, dessen Verlockung sie einfach nicht wiederstehen konnte: eine Schale mit kristallklarem, köstlich duftendem Wasser. Ohne viel Federlesens kniete sie davor nieder, nahm sie in beide Hände und leerte sie mit wenigen gierigen Schlucken. Es war das Köstlichste, was sie jemals in ihrem Leben getrunken hatte.

Alica räusperte sich unecht. »Das ... äh ... war eigentlich zum Waschen gedacht.«

»Es war trotzdem köstlich«, antwortete Pia.

Alica räusperte sich noch einmal, und noch unechter. »Es waren ... ähm ... wohlriechende Kräuter und Blütenextrakte darin.«

»Äußerst leckere Kräuter«, erwiderte Pia.

»Und Seife«, schloss Alica.

Gut, dann war es eben die köstlichste *Seife*, die sie je getrunken hatte. Sie sparte es sich, das auch noch auszusprechen, trank aus purem Trotz noch den Rest aus der flachen Schale (die nebenbei bemerkt aus purem Gold bestand) und wandte sich dann den Kleidern zu, die die beiden Bediensteten gebracht hatten. Einmal davon abgesehen, dass sie haarscharf an ihrem Geschmack vorbeischrammten (so um ungefähr zwei oder drei Lichtjahre), sahen sie vor allem eines aus: *dünn*. Plötzlich musste sie sich beherrschen, um sich den zerfetzten Thermoanzug nicht gleich vom Leib zu reißen. Aber es gelang ihr.

Alica erwies sich als sensibler, als sie es jemals für möglich gehalten hätte (vielleicht waren ihre Gedanken auch einfach nur zu deutlich auf ihrem Gesicht abzulesen), denn sie machte eine neuerliche und diesmal eindeutig befehlende Geste mit beiden Händen, die Jesus galt.

»Wo hast du eigentlich deine Kinderstube genossen?«, fragte sie vorwurfsvoll. »Siehst du denn nicht, dass es der Erhabenen danach gelüstet, sich zu waschen und umzuziehen?«

Jesus sah plötzlich so verlegen aus, dass er Pia schon beinahe leidtat. »Schon gut«, sagte sie rasch. »Da gibt es nicht besonders viel, was er noch nicht gesehen hat.«

Alica blinzelte, und Jesus sah nun eindeutig so aus, als wünschte er sich ein möglichst finsteres Loch, in das er hineinkriechen konnte.

»Was?«, fragte Pia, während sie mit einem Ruck den Reißverschluss herunterzog und sich aus der zerfetzten Jacke zu schälen begann. »Du hast mich doch schon oft genug im Bikini gesehen, oder etwa nicht?«

Jesus rang sich zwar zu einem knappen Nicken durch, wusste nun aber endgültig nicht mehr, wohin mit seinem Blick, und – auch wenn Pia es nicht wirklich erwartet hätte – er bekam tatsächlich rote Ohren. Der Anblick war Pia im gleichen Maße unangenehm, wie sie ihn amüsant fand ... aber da war noch etwas. Vielleicht lag es am Licht, vielleicht an ihrer Erschöpfung oder an beidem zusammen, aber kurz schien es nicht mehr Jesus zu sein, dem sie gegenüberstand, sondern Lion.

Es war nicht nur die äußere Ähnlichkeit, die ohnehin so groß war, wie es überhaupt nur ging. Sie hatte noch einmal dasselbe unheimliche Gefühl wie in dem Moment, in dem sie Ter Lion zum ersten Mal gesehen hatte: Auf eine Weise, die mit Worten einfach nicht zu erklären war, gab es keine zwei Männer und hatte sie auch nie gegeben. Ter Lion war immer Jesus gewesen, so wie Jesus niemals ein anderer als Ter Lion gewesen war. Und gleichzeitig waren sie so unterschiedlich, wie es überhaupt nur ging.

Ein Gefühl tiefer Trauer überkam Pia, als ihr klar wurde, wie nahe sie Lion vielleicht für den Rest ihres Lebens sein würde, ohne ihn jemals wiederzusehen oder ihn gar berühren zu können.

Trotzig riss sie sich auch den Rest ihres Polaranzugs herunter und schlüpfte in das erstbeste Kleid, das sie in die Finger bekam. Es war ungefähr so kleidsam wie ein Sack, dafür schreiend bunt, fühlte sich aber überraschend angenehm auf der Haut an und schien so gut wie nichts zu wiegen. Hätte sie nicht noch immer so sehr nach Schweiß und ein paar noch unangenehmeren Dingen gerochen, dass es sogar ihr selbst auffiel, hätte sie sich sogar wieder halbwegs wohlgefühlt. Jetzt tat es ihr doch ein bisschen leid, das ganze Wasser getrunken zu haben. Ganz egal wie lecker die Seife auch gewesen war.

»Das sieht doch schon besser aus«, lobte Alica. »Noch ein paar Kleinigkeiten, und du bist schon fast wieder vorzeigbar.« Sie machte eine besänftigende Geste, bevor Pia auch nur dazu ansetzen konnte, zu widersprechen. »Keine Angst, nicht sofort. Ginge sowieso nicht, selbst wenn ich wollte. Die halbe Stadt steht kopf, seit sich rumgesprochen hat, dass du wieder zurück bist. Da muss eine Menge organisiert und vorbereitet werden. Und außerdem will der Rat mit dir sprechen, aber das kannst du dir ja wahrscheinlich denken.«

»Nein«, antwortete Pia. Welcher *Rat?*

»Ich erkläre dir alles, was du wissen musst, aber jetzt zeige ich dir erst mal deine Gemächer und versuche eine Badewanne mit heißem Wasser zu organisieren.«

Pia sparte sich jede Antwort und machte nur eine auffordernde Geste. Alica fuhr auf dem Absatz herum und ging mit schnellen Schritten voraus; nicht in Richtung Ausgang, wie sie erwartet hatte, sondern zurück zur Treppe, die Jesus gerade heruntergekommen war.

Auch was diese seltsame Treppe anging, hatte sie ihr erster Eindruck nicht getäuscht. Die Stufen waren gute dreißig Zentimeter hoch, aber so schmal, dass das Hinauf- und vor allem Hinuntergehen zu einem lebensgefährlichen Abenteuer werden musste. Pia fragte sich instinktiv, wie jemand von der durchschnittlichen Größe eines WeißWalders eigentlich diese Treppe überwinden mochte.

»Schlangen«, sagte Alica.

Pia sah sie verständnislos an, und Alica wies nach unten. »Ich hab mich dasselbe gefragt, als ich das erste Mal hier war. Die Antwort ist ganz simpel, aber man muss erst mal drauf kommen. In dieser Gegend wimmelt es nur so von Schlangen, und viele davon sind giftig. Du kannst jedes Haus mit einem Graben einzäunen, ihn mit Benzin füllen und es Tag und Nacht brennen lassen, oder du baust Treppen mit so hohen Stufen. Spätestens nach der zweiten oder dritten wird es den Biestern zu lästig, und sie kehren um.« Sie zuckte mit den Schultern. »Klappt leider nicht bei Spinnen und anderem vielbeinigem Viehzeug, aber man kann nicht alles haben. Pass auf.«

Die beiden letzten Worte betrafen die Tür am oberen Ende der Treppe, die so niedrig war, dass sie sich bücken musste, um sich nicht zu stoßen. Jesus, der dicht hinter ihnen ging, musste sich nahezu auf Hände und Knie sinken lassen, um hindurchzupassen. Doch der Ausblick, der sich ihnen oben angekommnen bot, lohnte die Mühe allemal.

Das Gebäude erhob sich sozusagen im Schatten der gewaltigen Sonnenpyramide und war im Vergleich zu dieser geradezu winzig, für sich genommen aber riesig – zu Hause in den Favelas wäre es das höchste Gebäude im Umkreis von Meilen gewesen – und hatte gleich zwei Besonderheiten: Das flache Dach war von einer brusthohen Mauer umgeben und bestand aus denselben klobigen Steinquadern wie alles hier. Sie waren aber nur an wenigen Stellen zu sehen, denn jemand hatte sich sehr viel Mühe gegeben, um (vermutlich tonnenweise) Erdreich hier heraufzuschaffen und eine Mischung aus verwildertem Rasen, in der Sonne halb verbrannten Blumenbeeten und einem unordentlichen Gemüsegarten anzulegen, in dessen Mitte der wuchtige rechteckige Bau stand. Er war eine vergrößerte Kopie der kubischen Wohnhäuser unten, nur dass seine Wände bunt bemalt waren, und vor der niedrigen Tür gleich vier Männer mit Schild und Speer Wache hielten, die spitze Helme aus schwarzem Eisen und schwere Rüstungen aus demselben Material trugen. Bei den Backofentemperaturen hier oben war das ganz bestimmt kein Vergnügen.

Die zweite Besonderheit war die Aussicht. Unter normalen Umständen wäre sie vermutlich nicht einmal sehr spektakulär gewesen, nicht in der Nachbarschaft einer Pyramide, deren Erbauer sich alle Mühe gegeben hatten, den Himmel anzukratzen – aber an diesem Tag war nichts normal.

Die Straßen waren schwarz (um genau zu sein: kunterbunt) vor Menschen, die sich zu Tausenden ringsum drängten, wenn nicht zu Zehntausenden, und Pia hatte das unangenehme Gefühl, dass jedes einzelne Augenpaar dort unten sie anstarrte.

Und sie war kaum an die niedrige Brüstung herangetreten, da wurde aus diesem Gefühl Gewissheit, denn die ganze gewaltige Menge begann zu jubeln und zu applaudieren.

»Was – ?«, murmelte Pia verwirrt.

Sie konnte Alicas breites Grinsen beinahe hören, noch bevor sie sich auch nur halb zu ihr herumgedreht hatte. Der Jubel, der frenetische Applaus und das Toben der Menge nahmen immer noch weiter zu, und Alica musste nun fast schreien, um sich verständlich zu machen. Trotzdem war der spöttische Unterton in ihrer Stimme unüberhörbar, als sie sich mit einem breiten Feixen und nun noch spöttischerer Gestik verbeugte und sagte:

»Und noch einmal und jetzt ganz offiziell: Willkommen zu Hause, Erhabene.«

XIII

Wenn es in den letzten Tagen etwas gegeben hatte, wonach sie sich mehr als nach allem anderen sehnte, dann war es menschliche Gesellschaft gewesen, und allen voran natürlich die Jesus' und Alicas, doch dieser Wunsch blieb – zumindest für den Rest dieses Tages – unerfüllt; wenigstens der Teil, in dem sie allein mit Jesus war. Alica hatte sich nicht nur völlig unverhohlen über ihr fassungsloses Gesicht amüsiert, während sie hinter der steinernen Brüstung stand und den Jubel der immer noch weiter anwachsenden Menge entgegennahm, sondern auch darauf bestanden, dass sie dort eine geraume Weile blieb. Mindestens vier- oder fünfmal hatte Pia versucht, sich zurückzuziehen, und genauso oft hatte Alica sie mit einem Kopfschütteln (und immer nur noch wachsender Schadenfreude) daran gehindert. Sie hatte keine Ahnung, wie lange es dauerte – vielleicht Stunden, vielleicht auch nur Minuten, die ihr aber wie eine Ewigkeit vorkamen – und in all der Zeit gelang es ihr noch immer nicht wirklich zu begreifen, was hier überhaupt geschah. Und wie auch?

Nach einer Zeit, die ihr nicht nur wie eine Ewigkeit vorkam, ließ Alica es endlich gut sein, bedeutete ihr mit einer Kopfbewegung, von der Brüstung zurückzutreten, und begleitete sie in das bizarre Penthouse, das sich hinter ihnen auf dem flachen Dach erhob. Die beiden in schwarzes Eisen gehüllten Riesen, die den Eingang bewachten, traten respektvoll und mit gesenkten Häuptern beiseite, um sie passieren zu lassen, aber Pia konnte ein rasches Schaudern dennoch nicht ganz unterdrücken, als sie an ihnen vorbeiging. Alicas vertrautes Verhältnis zu Eirann und den anderen Schattenelben machte ihr natürlich klar, dass diese groß gewachsenen Krieger offensichtlich ihre Verbündeten waren, aber sie hatte ihr letztes Zusammentreffen mit Männern wie diesen noch nicht vergessen.

Irgendwann während ihrer einseitigen Audienz war ihr Jesus abhandengekommen, doch Alica reagierte nur mit einem Kopfschütteln und einer (absichtlich unverständlich) genuschelten Bemerkung darauf und scheuchte sie mit kleinen, hektischen Bewegungen durch das halbdunkle Innere des Hauses. Es war kühl, angenehm kühl nach der drückenden tropischen Hitze und dem Sonnenglast, in dem sie vollkommen ungeschützt draußen gestanden hatte, und das schattige Halblicht tat ihren brennenden Augen gut, aber darüber hinaus flößte ihr diese Umgebung eher Unbehagen ein, und sei es nur, weil sie so vollkommen anders war, als sie es erwartet hatte. Chichen Itza? Eine Mayastadt, die seit einem Jahrtausend verlassen sein sollte?

Das war … ziemlich absurd.

Vorsichtig ausgedrückt.

Alica reagierte auf jeden ihrer Versuche, auch nur eine einzige Frage zu stellen, entweder ausweichend oder gar nicht und scheuchte sie erbarmungslos weiter, bis sie eine kleine, fensterlose Kammer erreichten, in der es beinahe noch wärmer als draußen war; und ungefähr so feucht wie in einer Sauna. Ein fremdartiger Geruch (der einem Teil von ihr trotzdem bekannt vorkam) hing in der Luft, und ihr brach augenblicklich wieder der Schweiß aus.

»Warte einen Moment«, sagte Alica. »Rühr dich nicht.«

Pia hätte auch ohne diese Warnung nicht vorgehabt, etwas derartig Dummes zu tun und blind in eine Dunkelheit hineinzutappen, in der alles Mögliche auf sie lauern konnte, doch Alica schien keine derartigen Hemmungen zu kennen. Sie verschwand, und Pia hörte sie irgendwo vor sich in der Dunkelheit herumhantieren und -klappern.

»Meinst du nicht, dass es allmählich an der Zeit für das eine oder andere erklärende Wort ist?«, fragte sie.

Alica rumorte nur noch lautstärker in der Dunkelheit herum, aber Pia hörte auch ein halblautes Lachen. Etwas scharrte, gefolgt von einem Platschen, als fiele etwas Schweres ins Wasser. »Ich sehe, ich habe den guten Leutchen hier nicht zu viel versprochen«, sagte sie. »Prinzessin Gaylen. Na ja, jedenfalls drückst du dich schon so gestelzt wie eine Blaulblütige aus. *Zeit für das eine oder andere erklärende Wort!* Hast du das vor dem Spiegel geübt, Schätzchen?«

»Alica!«, sagte Pia müde.

»Ja, ist ja schon gut. Du hast ja recht. Ich erkläre dir alles, was du wissen musst, aber zuerst …« Noch einmal klapperte etwas, dann hörte sie das charakteristische Klicken eines Wegwerf-Feuerzeugs, und eine winzige blaue Flamme stach durch die Dunkelheit. Pia erwartete eine Kerze oder auch eine Öllampe aufflackern zu sehen, und genau das geschah auch – aber dabei blieb es nicht: Von dem ersten brennenden Docht ausgehend lief eine kaum mehr als haardünne Spur aus Feuer zu einer zweiten Lampe, einer dritten und vierten und so weiter, bis sich die gesamte Kammer in ein Spinnennetz aus Licht zu verwandeln schien, in dem Dutzende kunstvoll gestalteter Öllämpchen brannten, von denen nicht eine der anderen glich. Etliche entsprachen genau der Ästhetik, die sie in einer Umgebung wie dieser erwartet hätte, und zeigten hakennasige Gottheiten oder Priester mit gewaltigen Kopfschmucken aus Federn, Schlangen oder Jaguare, andere glichen mehr düsteren Gargoyles, wie man sie eher an einer gotischen Kirche erwartet hätte, oder auch chinesichen Drachen, und das eine oder andere konnte sie gar nicht einordnen; was daran liegen mochte, dass es keiner ihr bekannten Kunstrichtung entsprach. Alles in allem war der Anblick zwar beeindruckend, bildete trotzdem aber ein krudes Sammelsurium, von dem sie ganz sicher war, dass Alica es höchstpersönlich designt hatte.

»Tataaa!«, machte Alica und breitete in einer dramatischen Geste die Arme aus. In der rechten Hand hielt sie das Feuerzeug, dessen noch immer brennende Flamme sie praktischerweise gleich benutzte, sich einen weiteren ihrer übel riechenden schwarzen Zigarillos anhzuzünden. Eine gute Idee in einem Raum, der nicht besonders groß war und kein Fenster hatte. »Und? Was sagst du?«

»Beeindruckend«, antwortete Pia. Das entsprach sogar der Wahrheit, wenn auch vielleicht nicht genau in dem Sinne, den Alica erwartet hatte. Die Saunaatmosphäre kam daher, dass es sich tatsächlich um eine solche handelte, auch wenn die Wände aus Stein und mit kunstvollen Reliefarbeiten und Bildern übersät waren und es keinen Saunaofen gab, sondern einen gewaltigen Steinquader, dessen Anblick sie auf unangenehme Art an einen barbarischen Altar denken ließ, auf dem blutige Menschenopfer dargebracht wurden. Jemand hatte ihn allerdings ausgehöhlt und mit dampfend heißem Wasser gefüllt, auf dem Blütenblätter schwammen.

»Ich nehme an, nach drei Tagen im Dschungel ist es ungefähr das, was du dir am meisten gewünscht hast?«, feixte Alica.

Sosehr Pia einerseits auch darauf versessen war, ihr wenigstens einen Teil der letzten halben Stunde heimzuzahlen und ihr den Spaß zu verderben, konnte sie doch nicht anders, als erleichtert zu nicken, und Alicas Grienen wurde noch breiter.

»Dann hinein ins Vergnügen, Prinzesschen«, sagte sie mit einer auffordernden Geste. »Ich will ja nicht unhöflich sein, aber wir erwarten gleich wichtigen Besuch, und du ... wie soll ich es sagen? Drei Tage Dschungel hinterlassen gewisse Duftspuren, selbst bei einer Prinzessin.«

Pia schluckte alles herunter, was ihr dazu auf der Zunge lag (Alica hatte ja recht), warf ihr noch einen schrägen Blick zu und begann sich dann wortlos aus dem Kleid und dann aus den jämmerlichen Fetzen zu schälen, die von ihrer Unterwäsche noch übrig waren. Alica sah ihr ungeniert dabei zu, verpestete die Luft mit grauen Qualmwolken und stieß die Kleidungsstücke, die Pia fallen ließ, mit dem Fuß weg.

»Wünscht Ihr, dass ich meine Dienerinnen rufe, damit sie Euch behilflich sind, Erhabene?«, fragte sie spöttisch.

Pia ignorierte sie, schlüpfte endgültig aus ihrer Unterwäsche (die nicht nur vollkommen verdreckt war, sondern tatsächlich so stank, dass sie sich fragte, wieso Flammenhuf sie nicht schon vor Tagen einfach abgeworfen hatte) und Alica entblödete sich (natürlich) nicht, hinzuzufügen: »Oder jemanden, der Euch den königlichen Rücken schrubbt, Erhabene?«

»Gamma Graukeil?«, schlug Pia vor, tauchte prüfend den großen Zeh in das dampfende Wasser und stellte fest, dass es nicht nur genau die richtige Temperatur hatte, um *angenehm* heiß zu sein, sondern auch so schmeichelnd wie Seide auf der Haut war, warf Alica einen widerwillig-anerkennenden Blick zu und ließ sich dann ganz hineingleiten. Das Ergebnis war so wundervoll und entspannend, dass sie eine oder zwei Sekunden mit aller Macht gegen das Bedürfnis ankämpfen musste, einfach die Augen zu schließen und einzuschlafen.

»War das hier deine Idee?«, fragte sie.

»Mein eigenes Spa?« Alica nickte so heftig, dass ihre Zigarrenasche ins Wasser fiel und sich mit einem leisen Zischen darin auflöste, was ihr einen vorwurfsvollen Blick Pias eintrug. »Mein eigener Entwurf. Ich werde es mir patentieren lassen und stinkreich werden, wenn dieser ganze Müll hier vorbei ist.«

»Womit wir beim Thema wären«, murmelte Pia. Sie musste wirklich kämpfen, um die Augen offen zu halten.

»Das lässt sich kaum vermeiden«, seufze Alica. »Die Bürde der Macht, sozusagen. Du siehst: Ich kann mich auch gequirlt ausdrücken.«

»Du hast geübt«, vermutete Pia.

»Zeit genug dafür hatte ich ja.«

Das hatte sie noch sehr viel weniger hören wollen. Eigentlich wollte sie gar nichts anderes, als die nächsten hundert Jahre in diesem warmen Wasser zu liegen und alles um sich herum zu vergessen. Irgendwann. Wenn dieser ganze (wie hatte Alica es ausgedrückt? *Müll?*) hier vorbei war.

»Dann erzähl schon, was hier passiert ist«, seufzte sie.

»Also gut.« Alica seufzte tief. »Wir haben nicht alle Zeit der Welt, und draußen scharren die ersten Honoratioren wahrscheinlich schon mit den Hufen, um mit dir zu reden, aber ich kann dir das Wichtigste erzählen. Hier läuft es leider nicht besonders gut, seit du weg bist.«

Pia sah sich demonstrativ in der mittlerweile hoffnungslos verräucherten Kammer um, aber Alica schüttelte nur traurig den Kopf. »Lass dich nicht von Äußerlichkeiten täuschen, Liebes«, sagte sie. »Es sieht nicht besonders gut aus. Chicken Pizza und die, die hier sind, sind so ziemlich alles, was noch übrig ist.«

»Übrig?«, fragte Pia alarmiert. »Wovon?«

»Oder sagen wir, noch halbwegs frei«, schränkte Alica ein.

»WeißWald?«, vermutete Pia. Sie musste nicht einmal die Augen schließen, um die Bilder der brennenden Stadt noch einmal vor sich zu sehen.

»Davon ist nicht mehr viel da«, sagte Alica traurig. »Die paar Überlebenden sind weggegangen, sofern unser Freund Nandes sie nicht in die Sklaverei verschleppt hat. Und im Rest des Landes sieht es nicht sehr viel besser aus, fürchte ich. Es herrscht Krieg.«

»Gegen wen?«

Alica lachte vollkommen humorlos. »So genau weiß das niemand, fürchte ich. Irgendwie ... steht die ganze Welt kopf, seit du aufgetaucht bist.«

»Verschwunden, meinst du.«

Alica schüttelte heftig den Kopf. »Aufgetaucht«, beharrte sie. »Ich weiß, du und ich haben wahrscheinlich am allerwenigsten davon mitbekommen – und wie auch? –, aber es ist schon losgegangen, kurz nachdem wir in WeißWald angekommen sind.«

»Was?«, fragte Pia beunruhigt. Als ob sie das nicht wüsste!

»Stell dich nicht dumm, Liebes«, sagte Alica beinahe sanft. »Warum, glaubst du, ist dein Freund Torman rein zufällig genau in diesem Augenblick dort aufgetaucht? Prinzessin Gaylen ist zurück, *das* ist passiert.«

»Blödsinn«, antwortete Pia impulsiv. »Ich bin nicht –«

»Gaylen?« Alica unterbrach sie mit einer ärgerlichen Geste. »Und? Glaubst du, das spielt auch nur die geringste Rolle? Die

Nachricht hat sich im ganzen Land wie ein Lauffeuer verbreitet, Süße. Es ist vollkommen egal, was du glaubst – oder aber auch nicht, aber darüber reden wir später – oder ob du nun wirklich die wiedergeborene Elfenprinzessin bist. Die Leute hier warten seit tausend Jahren auf ihre Rückkehr, und nun glauben sie, sie ist wieder da, so einfach ist das. Und jetzt gehen sie halt auf die Barrikaden. Ob es dir passt oder nicht, du bist so etwas wie der Messias, auf den sie seit einer Ewigkeit warten.«

Ganz instinktiv wollte Pia protestieren – das war lächerlich! –, aber stattdessen sah sie das dunkelhaarige Mädchen nur schockiert an. Irgendetwas … *regte* sich, tief in ihr, etwas Uraltes und Düsteres, das sie nicht haben wollte.

»Und … was bedeutet das genau?«, fragte sie zögernd.

»Was es immer bedeutet«, seufzte Alica. »Aufstand, Mord und Totschlag.« Sie hob die Schultern. »Krawall eben.«

Pia fand das nicht im Mindesten komisch, und auch wenn sie Alica nun schon lange genug kannte, fand sie ihre schnodderige Sprechweise einem Thema wie diesem nicht unbedingt angemessen.

Vielleicht war sie auch einfach nur überempfindlich.

»Das große Problem sind *el Comandante* und seine Orks«, fuhr Alica betrübt fort. »Und diese verdammten Barbaren.«

»Sie arbeiten zusammen.«

Anscheinend war es ihr zum allerersten Mal gelungen, Alica zu überraschen. »Du weißt das?«

»Der Angriff auf WeißWald«, erinnerte Pia. »Das waren nicht nur Orks. Und gestern …«

»Ja?«, fragte Alica, als sie nicht weitersprach. Sie wirkte ein ganz kleines bisschen … misstrauisch?

»Gestern Nacht in den Bergen«, antwortete sie. »Ich habe sie gesehen. Menschen und Orks.«

»Du meinst Barbaren und Orks.«

»Ist das ein Unterschied?«

»Frag mal die, deren Häuser sie niedergebrannt und deren Familien sie umgebracht haben«, schnaubte Alica. Für einen winzigen Moment flammte ein Zorn in ihren Augen auf, der Pia erschreckte. Wenn es etwas gab, was Alica so in Rage versetzte (außer gewissen Modefragen oder der Drohung, das Rauchen in der Öffentlichkeit zu verbieten), dann musste es wirklich schlimm sein. Schon einen Atemzug später jedoch hatte sie sich wieder unter Kontrolle und sog so heftig an ihrem Zigarillo, dass sein Ende hellgelb aufglühte und sie wie ein kleines Dämonenauge durch den Rauchvorhang vor ihrem Gesicht hindurch anblinzelte. »Was genau *war* gestern Nacht in den Bergen?«

Pia sagte es ihr, und Alica hörte ihr stumm, aber mit immer finstererer Miene zu. »Und du hast es nicht für nötig gehalten, uns etwas von dieser unwesentlichen Kleinigkeit zu erzählen?«, fragte sie, als Pia fertig war.

»Nein«, antwortete Pia wahrheitsgemäß. »Ich war ein bisschen zu sehr damit beschäftigt, mich der Tatsache zu erfreuen, dass ich noch am Leben bin.« Sie war jetzt sicher, dass Alica zornig war ... viel zorniger, als sie sich anmerken ließ. Aber warum eigentlich?

»Schon gut«, seufzte Alica schließlich, als hätte sie ihre Gedanken gelesen. Wahrscheinlich war das gerade auch nicht besonders schwer. »Entschuldige.«

»Was?«, erkundigte sich Pia.

Alica gewann zwei gute Sekunden damit, wieder an ihrem Glimmstängel zu ziehen, und gerade als Pia ihre Frage wiederholen wollte, kam ihr der Zufall zu Hilfe. Etwas klapperte, und Alica drehte mit einem Ruck den Kopf und sah zur Tür hin. Sie sagte ein einzelnes Wort in einer Sprache, die Pia nicht verstand, und als es ihr endlich gelungen war, sich in eine aufrechtere Position hochzustemmen und den Kopf zu drehen, sah sie gerade noch einen Schatten unter der Tür verschwinden.

»Probleme?«, fragte sie.

»Nein«, antwortete Alica, »oder doch, ich fürchte, Ihr müsst Eure wohlverdiente Wellness ein wenig abkürzen, Erhabene. Da sind ein paar wichtige Leute, die mit Euch sprechen möchten.«

»Das mit dem gestelzten Gerede hast du ja wirklich schon gut drauf«, sagte Pia.

Alica nickte. »Man tut, was man kann«, antwortete sie. »Aber im Ernst: Da sind wirklich ein paar Leute, mit denen du sprechen solltest. Keine Sorge.« Sie hob rasch die Hand, obwohl Pia gar nicht vorgehabt hatte, zu widersprechen. »Wahrscheinlich reicht es, wenn du dabeistehst und irgendwie königlich aussiehst. Überlass mir das Reden.«

»Gern«, sagte Pia. »Und worüber?«

»Ach, der übliche Unsinn eben.« Alica glitt mit einer fast lautlosen Bewegung vom Rand ihres barbarischen Badezubers und wandte sich zur Tür. »Staatsgeschäfte, die neuesten Steuerschätzungen, der übliche Klatsch und Tratsch bei Hofe und die bekannten kleinen Intrigen und Sticheleien.« Sie lachte hart. »Stell dir vor, irgendein Irrer hat das Gerücht in die Welt gesetzt, Prinzessin Gaylen sei auf einem fliegenden Pferd vom Himmel herabgestiegen, um uns in die Freiheit zu führen.«

»Was für ein Unsinn.«

»Was für ein Unsinn«, bestätigte Alica, ging mit schnellen Schritten zur Tür und wandte sich dann noch einmal – kurz – zu ihr um. »Bade in Ruhe zu Ende, aber lass dir nicht zu viel Zeit. Ich halte sie hin, solange ich kann, aber du weißt ja, wie das mit dem akademischen Viertelstündchen ist … sehr viel länger sollte man sie nicht warten lassen. Ich sage den Mädchen, dass sie dir was Anständiges zum Anziehen herauslegen sollen – oder bestehst du darauf deine Antarktis-Montur wieder anzuziehen?«

Pia verzichtete vorsichtshalber ebenso darauf, Alica zu antworten wie allzu genau darüber nachzudenken, was sie unter etwas *Anständigem zum Anziehen* verstehen mochte, und Alica wartete auch gar nicht auf eine Antwort, sondern verschwand endgültig.

Sie blieb schon aus Prinzip, aber auch weil das warme Wasser einfach ungemein wohltat, noch eine ganze Weile in der steinernen Wanne sitzen, bis sie sich schließlich selbst eingestehen musste, dass ihr Benehmen allmählich kindisch wurde. Gewiss hatte sie das eine oder andere Hühnchen mit Alica zu rupfen, aber nicht jetzt, nicht so und ganz bestimmt nicht, bevor sie sich nicht wenigstens einen groben Überblick über die Lage hier verschafft hatte.

Nach dem heißen Bad hätte sie sich entspannt fühlen müssen, aber das genaue Gegenteil war der Fall: Sie war allenfalls müde, und ihre Glieder waren so steif, dass es sie gehörige Mühe kostete, aus der Wanne herauszusteigen.

Es gab kein Handtuch, also tappte sie, eine dampfende nasse Spur auf dem Mosaikfußboden hinterlassend, ins Nebenzimmer und war im ersten Moment fast blind, denn die Fenster hier waren zwar so schmal, dass sie eher die Bezeichnung *Schießscharten* verdient hätten, reichten dafür aber vom Fußboden bis unter die hohe Decke und ließen das Licht schon fast im Übermaß herein. Sie hatte ganz vergessen, wie hell das Licht hier war, wenn man sich nicht gerade durch einen subtropischen Dschungel kämpfen musste.

Hastig senkte sie den Blick, beschattete die Augen zusätzlich mit der Hand, warf einen raschen Blick in die Runde, um sich zu orientieren – sie sah kaum mehr als Schatten, erkannte aber immerhin, dass der Raum groß und bis auf ein niedriges Bett mit dazu passenden Dimensionen so gut wie leer war –, und trat dann an eines der schmalen Fenster heran.

Ihre Augen gewöhnten sich schnell wieder an das grelle Licht, das von einem vollkommen wolkenlosen und schon fast kitschig blau anmutenden Himmel herabschien. Sie konnte nur einen schmalen Ausschnitt der Stadt erkennen, die sich rings um sie herum ausbreitete, und doch war dieses wenige schon beinahe mehr, als sie überhaupt sehen wollte.

Die Stadt sah unendlich alt und zugleich futuristisch aus, denn alles hier war grob und vor allem *groß* und ausschließlich aus Stein, Holz und Stroh errichtet, zugleich aber so streng geometrisch, als wäre die Stadt an einem Computer entworfen und dieser Entwurf dann akribisch von einem Meisterarchitekten in die Wirklichkeit übertragen worden; dummerweise aber von einem, der irgendwann in der Jungsteinzeit geboren worden und aufgewachsen war. Sie hatte diese Stadt noch nie unversehrt gesehen – kein lebender Mensch auf der Welt hatte das, rief sie sich in Erinnerung –, aber es gab genug Rekonstruktionen und Bilder und Vermutungen, wie sie in ihrer Blütezeit einmal ausgesehen haben mochte, und zumindest die meisten dieser Vermutungen kamen der Wirklichkeit ziemlich nahe, fand sie. Was allenfalls ein bisschen störte, waren die Farben. Jedermann kannte diese Pyramiden in verwittertem Steingrau und -braun. Sie hatte irgendwo einmal gelesen, dass die alten Maya eine Vorliebe für kräftige Farben gehabt hatten, aber das war stark untertrieben. Dort draußen tobte ein wahres Farbengewitter, bei dessen Anblick wahrscheinlich selbst ein Andy Warhol temporär erblindet wäre, und es beschränkte sich ganz und gar nicht nur auf die Kleidung der gewaltigen Menschenmenge, die die Straßen ausfüllte.

Davon einmal abgesehen gab es nicht den allergeringsten Zweifel: Sie war in Chichen Itza, der Hauptstadt des alten Mayareiches, das vor mehr als siebenhundert Jahren untergegangen war. Alles war genau so, wie sie es von zahllosen Bildern und aus dem Fernsehen kannte. Die gewaltige Prachtstraße, die sich beinahe drei Kilometer weit so gerade wie mit einem Lineal gezogen und von zahllosen prächtigen Gebäuden gesäumt bis zum Fuße der Sonnenpyramide hinzog, das berühmte Observatorium und der noch viel berühmtere Ballplatz und schließlich die Sonnenpyramide selbst, vielleicht das, was die meisten Menschen auf der Welt noch am ehesten mit dem Wort Maya in Verbindung brachten. Alles war unversehrt und wirkte nicht neu, aber bewohnt und überaus gepflegt. Es war eine lebendige Stadt, auf die sie hinunterblickte, kein gewaltiges Artefakt.

Vielleicht mit einer Ausnahme.

Das Gebäude erhob sich zwar praktisch im Schatten der gewaltigen Pyramide, von diesem Fenster aus konnte sie jedoch kaum mehr als eben diesen Schatten erkennen, sowie ein schmales Mauerstück, das schräg in ihr Blickfeld ragte.

Das allein war jedoch schon fast mehr, als sie sehen wollte.

An diesem Schatten war etwas, das sich nicht in Worte fassen ließ, sich aber wie ein unsichtbarer Druck auf ihre Seele legte. Es war ein schreckliches Gefühl und vielleicht umso schlimmer, weil es so vollkommen fremd war, als streifte sie ein Hauch aus einer anderen und düsteren Welt, die für Menschen verboten war.

Etwas raschelte, und sie spürte, dass sie nicht mehr allein war, noch bevor sie etwas wie ein nur unzureichend unterdrücktes Kichern hörte. Pia drehte sich um und blickte in die Gesichter zweier dunkelhaariger, bunt gekleideter Mädchen, die Schulter an Schulter unter der Tür standen und sie aus großen Augen ansahen.

Eigentlich waren es eher junge Frauen, verbesserte sie sich in Gedanken, mindestens fünf oder sechs Jahre älter als sie selbst, und beides wahre Schönheiten, was sicher zu einem nicht geringen Teil an dem indianischen Einschlag ihrer Züge lag, der ihnen etwas ungemein Exotisches verlieh. Wie die meisten Bewohner der Elfenwelt reichten sie ihr kaum bis an die Schultern (wenn sie sich auf die Zehenspitzen stellten) und waren von zartem Wuchs, was wohl auch der Grund war, aus dem sie sie im ersten Augenblick jünger eingeschätzt hatte, als sie waren.

Aber warum hatten sie die Hände vor die Münder geschlagen und bissen sich fast die Zungen ab, um nicht hysterisch loszukichern?

Pia dachte einen Moment – vergeblich – über diese Frage nach, sah an sich hinab und registrierte erst jetzt wieder, dass sie nur ihr hüftlanges weißes Haar trug. Ganz instinktiv hüllte sie sich in einen Mantel aus unsichtbar machenden Schatten und sprang erschrocken auf, und aus dem amüsierten Ausdruck auf den Gesichtern der beiden Mädchen wurde für einen Sekundenbruchteil Verblüffung und dann schieres Entsetzen.

Hastig bückte sich Pia nach der Bettdecke, wickelte sich hinein und machte zwei Schritte zur Seite, bevor sie wieder aus der Welt der Schatten herausglitt, und begriff zu spät, dass sie damit alles nur noch schlimmer machte, denn für die beiden jungen Frauen geschah nichts anderes, als dass sie verschwand, für einige Augenblicke auch verschwunden blieb und dann ein paar Meter entfernt und in ihre Decke gewickelt buchstäblich aus dem Nichts wieder auftauchte. Die Kleinere der beiden stieß einen spitzen Schrei aus und war beinahe genauso schnell verschwunden wie sie gerade, und auch die andere fuhr auf dem Absatz herum und stürzte davon.

»Warte!«, rief Pia erschrocken.

Die junge Frau erstarrte gehorsam mitten in der Bewegung, drehte sich zitternd herum, und Pias schlechtes Gewissen regte sich noch stärker, als sie vor ihr auf die Knie sank und sich so tief verbeugte, dass ihre Stirn beinahe den Boden berührte.

»Bitte verzeiht, Erhabene!«, stammelte sie. »Ich ... ich wollte Euch nicht ...«

Was?, dachte Pia, als sie nicht weitersprach, sondern nunmehr endgültig zu schluchzen begann. »Schön langsam, Liebes«, sagte sie. »Du wolltest mich nicht erschrecken, ich weiß. Aber das wäre doch jetzt eigentlich mein Text gewesen, oder?«

Auf jeden Fall war es der falsche Text, denn einmal ganz davon abgesehen, dass die junge Frau ganz gewiss nicht verstand, was sie überhaupt meinte, begann sie nun noch stärker zu zittern und verlor den Kampf gegen die Tränen endgültig.

»Steh auf«, sagte Pia. »Und hör auf zu weinen ... bitte.«

Einen ihrer beiden Befehle befolgte die junge Frau sofort, aber die Tränen liefen weiter über ihr Gesicht. Sie sah Pia zwar an, versuchte aber erst gar nicht, ihrem Blick standzuhalten.

»Es tut mir leid«, sagte Pia, leise und um einen möglichst sanften Ton bemüht. »Ich wollte dich nicht erschrecken, wirklich.«

»Das habt Ihr nicht, Erhabene«, versicherte die junge Frau. »Ich war es, die –«

»Habe ich doch«, unterbrach sie Pia. »Ich benehme mich wie

eine hysterische alte Jungfer, die eine Maus gesehen hat. Tut mir leid. Meine Nerven sind anscheinend nicht mehr die besten.« Sie lächelte aufmunternd. »Wie ist dein Name?«

»Sonvanxecaozoxcl«, antwortete die Dunkelhaarige.

Pia blinzelte. »Wie?«

»Sonvanxecaozoxcl«, wiederholte die junge Frau. »Aber die ehrwürdige Alischa hat mich immer Sonja genannt, Erhabene.«

Manchmal hatte Alica offenbar doch gute Ideen. »Sonja, gut«, sagte Pia. »Und mein Name ist Pia, nicht Erhabene.«

Die dunkelhaarige Frau blickte sie nur aus großen Augen an, die immer noch in Tränen schwammen, und sah jetzt so hilflos aus, dass Pias schlechtes Gewissen sich noch stärker bemerkbar machte.

»Pia«, sagte sie noch einmal. »Du kannst mich auch Gaylen nennen, wenn dir das lieber ist, aber lass die *Prinzessin* weg, okay?«

»Ganz wie Ihr wünscht, Erhabene.«

»Pia.«

Sonja senkte demütig das Haupt und schwieg, und Pia schluckte das resignierende Seufzen herunter, das ihr über die Lippen kommen wollte. Für einige wenige Momente machte sich Schweigen zwischen ihnen breit. Schließlich räusperte sich Pia unbehaglich und machte eine deutende Geste mit der linken Hand; mit der anderen hielt sie fast krampfhaft die Decke vor ihrer Brust zusammen. »Ist das hier ... dein Haus?«, fragte sie unbeholfen.

»Das der ehrwürdigen Alischa«, antwortete Sonja kopfschüttelnd und sehr hastig. »Maxiotocoatli und ich sind ihre Dienerinnen.«

»Maxiwer?«

»Maxiotocoatli, meine Schwester«, antwortete Sonvanxecaozoxcl, und zum ersten Mal erschien die Andeutung eines – schüchternen – Lächelns auf ihrem Gesicht. Pias Blick wich sie jedoch weiter aus. »Aber die ehrwürdige Alischa nennt sie Maxi, das ist wahr.«

Alicas Dienerinnen. Pia sah mit gerunzelter Stirn an sich herab und gestand sich ein, dass ihre Reaktion vielleicht doch etwas übertrieben gewesen war. Wenn das hier Alicas Haus und die beiden ihre Dienerinnen waren, dann waren sie den Anblick kaum verhüllter weiblicher Rundungen zweifellos gewohnt. Vielleicht waren sie es ja nicht gewohnt, sie *angezogen* zu sehen.

»Alicas Haus«, sagte sie. »Und wo ist die *ehrwürdige Alischa* jetzt?«

»Sie bereitet alles für das große Fest heute Abend vor, Erhabene –«

»Pia. Oder Gaylen.«

»– und so lang Ihr hier seid, bleibt sie bei ...«

Sie sprach nicht weiter, und Pia verstand. »Geht mich auch nichts an«, sagte sie. »Aber wenn das hier eigentlich Alicas Haus ist, dann gibt es doch bestimmt ein paar Kleider? Holst du mir etwas zum Anziehen? Ich meine: Ich kann ja schließlich nicht den ganzen Tag nackt herumlaufen, oder?«

Sonja sah sie leicht verwirrt an, hatte es dann aber umso eiliger, auf dem Absatz herumzufahren und den Raum schon beinahe fluchtartig zu verlassen. Pia kam ein wenig zu spät auf den Gedanken, dass es vielleicht keine wirklich gute Idee war, ausgerechnet nach einem von *Alicas* Kleidern zu verlangen. Aber nun war es zu spät. Und schlimmstenfalls konnte sie es ja in der Mitte durchschneiden und die beiden Teile als Schnürsenkel verwenden.

Während sie darauf wartete, dass Sonja mit dem versprochenen Kleid zurückkam, wickelte sie die Decke zu einem improvisierten Sarong zusammen, registrierte – beiläufig, aber mit einem Gefühl tiefer Erleichterung –, dass ihre Polarausrüstung zwar verschwunden war, ihre Stiefel samt der Magnum und dem ElfendoIch aber in einer Wandnische auf sie warteten, zusammen mit einem kleinen Pappkarton, dessen Anblick sie im gleichen Maße erleichterte, wie er sie beunruhigte, und nutzte die Zeit darüber hinaus, sich gründlich in ihrem neuen Zuhause umzusehen.

Das Zimmer war sehr groß und mit Ausnahme des Bettes und einiger weniger, aber erlesen kostbarer Möbelstücke praktisch leer. Fußboden und Decke bestanden aus einem komplizierten Mosaik, und auch die Wände waren bis auf den letzten Quadratzentimeter mit farbigen Malereien und mit großer Kunstfertigkeit ausgeführten Reliefarbeiten bedeckt. Die meisten zeigten die erwarteten Mayasymbole und -bilder, einige wenige aber auch gänzlich andere … *Dinge*, die sie lieber nicht sehen wollte, und im Allgemeinen verblüffte der Raum sie immer mehr. Wenn das hier tatsächlich Alicas Schlafzimmer war, dachte sie, dann musste in den zurückliegenden vier Jahren etwas ziemlich Drastisches mit ihr passiert sein. Kein Plüsch, kein Barbie-Rosa und keine anzüglichen Bilder ... war Alica etwa erwachsen geworden?

Pia dachte an den Anblick zurück, den sie bei ihrem Wiedersehen geboten hatte, beantwortete ihre eigene Frage mit einem ganz klaren *Nein* und wandte sich zur Tür, als sie Schritte hörte.

Es war Sonja, die zurückkam und ihr das versprochene Kleid brachte. Es war schreiend bunt, was der hier vorherrschenden Mode zu entsprechen schien, und wenn man bedachte, dass es Alica gehörte, war es sogar überraschend züchtig … was bedeutete, dass Pia eine geraume Weile daran herumzupfte und -zog, bis der dünne Stoff wenigstens das Allernotwendigste bedeckte.

Sonjas Schwester begleitete sie und bedachte sie erwartungsgemäß mit einem schrägen Blick. Pia wartete, bis sie wieder gegangen war, ehe sie sich an Sonja wandte.

»Vorhin, als ihr mich beobachtet habt«, fragte sie. »Warum habt ihr da gelacht?«

»Erhabene, wir wollten Euch gewiss nicht –«

»Pia«, unterbrach sie Pia. »Und was ist an mir so komisch?«

»Nichts«, sagte Sonja hastig, und in ihren Augen erschien schon wieder ein Ausdruck von Schrecken: »Es ist nur ...«

»Ja?«

Sonja druckste noch einen Moment herum und gab sich dann

einen sichtbaren Ruck. »Ihr seid die, auf die wir alle schon so lange warten, Erhabe... Prinzessin Gaylen, die Vorausgesagte.«

»Und?«, fragte Pia. Das war nicht alles, das spürte sie.

»Und da ist ... Euer Haar«, antwortete das Mädchen zögernd.

Pia hob ganz automatisch die Hand und griff nach einer Strähne ihres nassen weißblonden Haares, dessen Farbe zeit ihres Lebens dafür gesorgt hatte, dass sie immer ein bisschen mehr auffiel, als ihr recht gewesen war. Vielleicht auch, dass sie eine Winzigkeit eher gelernt hatte sich zu verteidigen als andere Mädchen ihres Alters und auch ein wenig erfolgreicher.

»Was ist damit?«

»Es ist weiß«, antwortete Sonja. »Niemand hier hat weißes Haar.«

»Außer den Elben.«

»Aber Ihr seid keine Elbin.«

»Weil ich keine spitzen Ohren habe?« Pia lachte. »Wie viele Elben hast du denn schon gesehen?«

»Nicht viele«, gestand Sonja. »Eirann und seine Krieger sind die ersten, die seit über hundert Jahren hergekommen sind. Viele von uns haben gar nicht mehr geglaubt, dass es sie überhaupt gibt.« Sie fuhr sich nervös mit der Zungenspitze über die Lippen. »Darf ich ... es anfassen, Erhabene?«

»Anfassen?«

»Euer Haar.« Sonja lächelte nervös und erschrak dann sichtlich vor ihrer eigenen Courage. »Bitte verzeiht, Erhabene! Das ... das war ungehörig. Ich weiß selbst nicht, warum –«

Pia hielt ihr eine Strähne ihres langen Haares hin und amüsierte sich unverhohlen darüber, wie das Mädchen mit spitzen Fingern danach griff und sie dann eindeutig bewundernd betastete, als hätte sie nie zuvor etwas Kostbareres gesehen.

Pia ließ ihr ausreichend Zeit, ihr Haar zu bewundern, raffte es dann zu einem strengen Pferdeschwanz im Nacken zusammen und ließ die Hand wieder sinken, als ihr klar wurde, wie weit das nächste Haargummi weg war.

Sonja räusperte sich unecht, trat rasch einen und dann noch einen zweiten Schritt zurück und wusste plötzlich nicht mehr, wohin mit ihrem Blick. »Die ... ähm … ehrwürdige Alischa wartet auf Euch, Erha... Herrin.«

Die *ehrwürdige Alischa*. Interessant.

»Darf ich Euch zu ihr bringen, Prinzessin?«, fragte Sonja.

Pia gab auf. Sie sparte sich sogar die Frage, ob ihr denn eine andere Wahl blieb, und beließ es lediglich bei einem resignierenden Nicken. Das Mädchen stürmte an ihr vorbei aus dem Raum und in ein zweites, noch größeres Zimmer. Auch hier gab es nur ein einziges Möbelstück; einen Tisch von wahrhaft gewaltigen Dimensionen, der jedem Rittersaal in einer euopäischen Burg zur Ehre gereicht hätte. Hier, in einer Umgebung, in der die Menschen durchschnittlich so groß waren wie zwölfjährige Kinder, wirkte er geradezu absurd. Es gab mindestens ein Dutzend Stühle, die mit aufwändigen Schnitzereien verziert waren, und die beiden, die sich an den Kopfenden der Tafel gegenüberstanden, wären mit ihren hohen Lehnen und verschnörkelten Armstützen glatt als Thronsessel durchgegangen. Ein wenig erinnerten sie Pia an den Lavathron, den sie im schwarzen Turm in WeißWald gesehen hatte. Es war keine angenehme Erinnerung.

Alica – ausnahmsweise einmal ohne Zigarillo – erwartete sie bereits ungeduldig. Sie hatte sich umgezogen und trug jetzt ein paar Quadratzentimeter Leder mehr am Körper (nicht viel), und irgendwie hatte sie in der kurzen Zeit das Kunststück fertiggebracht, ihr Haar zu zwei dicken rabenschwarzen Zöpfen zu flechten, die bis weit über ihre Schultern herabfielen; weiter, als sie eigentlich sollten, dachte Pia leicht verwirrt. Sie trug einen seltsamen Kopfschmuck aus grünen und roten Vogelfedern, der eigentlich hätte albern aussehen müssen, es aber nicht tat. Außerdem hatte sie sich geschminkt, auf eine Art, wie Pia es noch nie zuvor gesehen hatte, ziemlich exotisch, aber hübsch.

Alica ließ die Musterung geduldig über sich ergehen und nutzte ihrerseits die Zeit, *sie* unverhohlen kritisch von Kopf bis

Fuß zu betrachten. Was sie sah, schien sie ihrem flüchtigen Stirnrunzeln nach zu schließen nicht hundertprozentig zufriedenzustellen, schließlich aber nickte sie dennoch und gab Sonja einen Wink. »Bitte unsere Gäste herein.«

Das Mädchen ging, und Alica war mit zwei schnellen Schritten neben Pia und begann mit spitzen Fingern an ihrer Kleidung herumzuzupfen, um etliches von dem wieder rückgängig zu machen, was sie gerade so mühsam arrangiert hatte. Pia zog die linke Augenbraue hoch, und Alica beantwortete ihre unausgesprochene Frage:

»Für den Moment ist das in Ordnung. Jeder hier weiß, dass wir dich im Dschungel aufgelesen haben und dass du eine ziemlich schwere Zeit hinter dir hast. Aber wir müssen dir andere Kleider besorgen.«

»Das ist die erste wirklich gute Idee, die du heute hast«, pflichtete ihr Pia bei.

»Und wir müssen uns etwas für dein Haar einfallen lassen«, fuhr Alica unbeeindruckt fort.

»Wir könnten es schwarz färben«, schlug Pia vor. »Oder grün.«

Alica ignorierte das. »Es sieht aus wie ein nasser Lappen. Und deine Frisur war noch nie eine.« Sie seufzte. Tief. »Da kommt noch eine Menge Arbeit auf uns zu, fürchte ich.«

»Also, ich gefalle mir eigentlich ganz gut so, wie ich bin«, antwortete Pia.

»Ja, das dachte ich mir«, erwiderte Alica. »Und da, wo du gerade herkommst oder in Bracks gemütlichem Etablissement in WeißWald war das ja auch in Ordnung, aber hier bist du eine Prinzessin, vergiss das nicht. Du kannst nicht rumlaufen wie eine Magd.«

Warum eigentlich nicht?, fragte sich Pia, kam aber nicht dazu, diese Frage auch laut zu stellen und damit eine vermutlich ebenso end- wie fruchtlose Diskussion vom Zaun zu brechen, denn in diesem Augenblick kam Sonja bereits zurück und führte den ersten der angekündigten Gäste herein.

Zu sagen, dass sein Anblick Pia überrascht hätte, wäre untertrieben gewesen. Sie wusste selbst nicht, wen sie erwartet hatte – doch hinter dem Mädchen mit dem unaussprechlichen Namen stürmte niemand anderer als Jesus herein. Er hatte sich umgezogen und anders als am Vormittag trug er nun schlichte Hosen, ein kurzärmeliges, weit geschnittenes Hemd und dazu kniehohe Stiefel, alles in einem matten Schwarz, was ihm auf den ersten Blick eine frappierende Ähnlichkeit mit Eirann und seinen Schattenelben verlieh. Er sah ein bisschen gehetzt aus, und Pia fiel erst jetzt auf, dass er leicht humpelte. Ganz so groß war das Wunder, das die Heiler hier vollbracht hatten, also wohl doch nicht. Jesus' Gesichtsausdruck passte zur Farbe seiner Kleidung – und der Alicas nach einer weiteren Sekunde auch.

»Bitte verzeiht, Herrin!«, stammelte Sonja. »Ich habe versucht, ihn aufzuhalten, aber –«

Alica unterbrach sie mit einer Geste und wandte sich mit einem gezwungenen Lächeln an den (offensichtlich ungeladenen) Besucher. »Jesus«, begann sie. »Schön, dich zu sehen, aber das ist jetzt wirklich ein bisschen –«

»Ungünstig, ich weiß«, fiel ihr Jesus ins Wort. »Das ist anscheinend das Schicksal, mit dem ich leben muss.«

»Aber wir erwarten gleich –«, setzte Alica neu an, nur um sofort wieder unterbrochen zu werden:

»Ich muss mit Pia sprechen. Jetzt. Und eure Gäste verspäten sich ohnehin.«

»Wieso?«, fragte Alica.

»Weil ich ihnen gesagt habe, dass die Erhabene noch einen Moment braucht, um sich zu sammeln und sich in der gebotenen Form auf dieses Treffen vorzubereiten«, sagte Jesus kühl.

»Wie?«, murmelte Alica ungläubig.

Jesus schenkte ihr das knappste Lächeln, das Pia jemals bei ihm gesehen hatte, und kam nun langsam um den großen Tisch herum auf sie zu. Sonja versuchte offensichtlich das, was jede gute Dienerin tun sollte, und vertrat ihm den Weg, um ihre Herrin mit Zähnen und Klauen zu verteidigen, aber Jesus ging einfach weiter, und das Mädchen kam gerade noch rechtzeitig auf den Gedanken, beiseitezutreten, um nicht einfach über den Haufen gerannt zu werden.

»Du hast *was*?«, murmelte Alica noch einmal. Sie wirkte ein bisschen fassungslos.

»Sie waren nicht begeistert«, antwortete Jesus. »Aber schließlich ist Pia nicht irgendwer, nicht wahr? Sie respektieren ihre Wünsche, keine Sorge.« Sein Blick ließ den Pias los und suchte Alica. »Warum gehst du nicht zu ihnen und beruhigst sie ein bisschen. Dein Zwergenfreund hat es nötig, glaube ich. Er war ein wenig verschnupft.«

»Jesus, das geht jetzt wirklich zu –«, begann Alica, und nun war es Pia, die sie unterbrach:

»Das ist schon in Ordnung, Alica. Gib uns fünf Minuten, okay?«

Alicas Gesichtsausdruck nach zu schließen war das alles, nur nicht *okay*, aber sie widersprach nicht mehr, sondern presste nur die Lippen zu einem dünnen, fast blutleeren Strich zusammen und fuhr dann mit einem Ruck auf dem Absatz herum, um aus dem Zimmer zu stürmen, und plötzlich kehrte betretenes Schweigen ein.

Pia wartete darauf, dass Jesus etwas sagte, aber er war in drei oder vier Schritten Abstand stehen geblieben und sah aus der Höhe seiner guten zwei Meter auf sie herab, und zum allerersten Mal, seit sie ihn kannte, flößte sein Blick ihr Unbehagen ein.

Nachdem sie etliche weitere Sekunden vergeblich darauf gewartet hatte, dass er etwas sagte, räusperte sie sich unecht, trat einen halben Schritt auf ihn zu und blieb abrupt wieder stehen, als Jesus fast unmerklich zusammenfuhr und eine Bewegung machte, wie um vor ihr zurückzuweichen.

»Ein gekonnter Auftritt«, sagte sie unbeholfen. »Verrätst du mir auch, was er sollte – außer Alica zu beeindrucken und die armen Mädchen zu erschrecken?«

Jesus schwieg noch immer, aber Sonja trat mit einem zögernden Schritt wieder näher, und jetzt las Pia eindeutig Angst in ihren Augen. Sie konnte sie gut verstehen. Selbst zu Hause in Rio war Jesus mit seinen zwei Metern Größe und seiner Preisboxerstatur eine beeindruckende Erscheinung. Wie er auf die im Allgemeinen sehr kleinwüchsigen Bewohner der Elfenwelt wirken musste, konnte sie vermutlich nicht einmal nachempfinden. Außerdem verspürte sie einen Stich vollkommen absurder, aber nichtsdestoweniger intensiver Eifersucht.

»Was … kann ich für Euch tun, Herr?«, fragte Sonja. Pia zog es vor, lieber nicht darüber nachzudenken, was sie damit *wirklich* gemeint haben mochte.

»Was hat sie gesagt?«, fragte Jesus.

»Herr?«, erwiderte Sonja verwirrt.

Pia verdrehte die Augen. Jetzt ging *das* wieder los!

»Schon gut.« Sie hob besänftigend die Hand, bevor die Situation eskalieren und damit noch komplizierter werden konnte. »Sie hat nur gefragt, ob du etwas trinken möchtest. Ich nehme an, die Antwort ist Ja?«

»Ein eiskaltes Bier wäre gut«, antwortete Jesus. »Am besten gleich ein ganzes Fass. Ein kleines reicht.«

»Erhabene?«, fragte Sonja, ein bisschen hilflos.

»Mein Freund ist durstig«, antwortete Pia. »Bitte bring ihm etwas zu trinken. Wasser«, fügte sie hinzu, gerade als das Mädchen sich umdrehen und davoneilen wollte, um ihrem Befehl nachzukommen. »Es sei denn, du möchtest etwas anderes«, fügte sie an Jesus gewandt hinzu. »Sie haben hier eine Art Milch, falls du auf Naturkost stehst.«

»Das ist keine Milch«, antwortete Jesus.

»Nein? Was dann?«

»Hast du davon getrunken?«, erkundigte sich Jesus, statt ihre Frage zu beantworten.

»Nur einen kleinen Schluck.«

»Dann willst du es nicht wissen, glaub mir«, versicherte Jesus. Er wandte sich an Sonja und raffte sich immerhin zu einem schlecht geschauspielerten Lächeln auf, das seine Augen allerdings vollkommen ausließ. »Wasser ist in Ordnung.«

»Herr?«, murmelte das Mädchen.

»Er sagt, Wasser ist gut«, übersetzte Pia. »Bring einen Krug und zwei Becher.«

Sonja verschwand, und Jesus sah zuerst ihr stirnrunzelnd nach, dann Pia mit einem noch tieferen und jetzt eindeutig misstrauischen Stirnrunzeln an. »Ihr beiden macht euch nicht zufällig über mich lustig?«

»Ich wollte, es wäre so«, seufzte Pia. »Alica hat dir nichts über die Sprache der Leute hier erzählt?« Was *tat* sie hier eigentlich? Jesus war nicht gekommen, um mit ihr anzustoßen oder sich einen Vortrag über die Sprache der Leute hier anzuhören – ganz im Gegenteil. Sie spürte, dass er innerlich vor Wut brodelte, und eigentlich war sie ein bisschen überrascht, dass er sich zumindest äußerlich noch so gut zu beherrschen schien. Dem Jesus, den sie bis jetzt gekannt hatte, wäre das nicht gelungen.

»Die e*hrwürdige Alischa*«, antwortete Jesus dennoch und mit übertriebener Betonung, »hat mir eine ganze Menge erzählt, und wenn ich ehrlich sein soll, habe ich nicht einmal die Hälfte davon verstanden.« Er machte ein seltsames Geräusch. »Ich weiß auch nicht, ob ich wirklich alles verstehen will.«

»Jesus, was soll das?«, fragte sie, jetzt wirklich nur noch mühsam beherrscht. »Nicht dass ich es Alica nicht gönne … aber ich glaube, dieses Gespräch ist wirklich wichtig.«

»Ja, das nehme ich auch an«, sagte Jesus kühl. »Gerade unten war er nicht dabei, aber ich nehme an, dein spitzohriger Freund kommt auch?«

»Eirann?« Pia hob die Schultern. War er etwa auf Eirann … eifersüchtig? Warum?

»Eirann ist nicht mein Freund«, antwortete sie kühl. »Ich kenne ihn doch gar nicht. Was soll das, Jesus? Wenn ich dir irgendetwas getan habe, dann sei so gut und sag es mir, bitte. Ich habe nämlich nicht die geringste Ahnung, was es sein könnte.«

»Habt Ihr nicht, Erhabene?«, fragte Jesus. »Nun, wenn das so ist, wer bin ich dann, Erhabene, Euch verbessern oder gar kritisieren zu wollen? Ich bin ja nur ein dummer sterblicher Bursche aus den Favelas, der Euch beschützt hat, als Ihr noch unerkannt unter uns Sterblichen gewandelt seid.«

»Apropos sterblich ...«, grollte Pia.

»Andererseits muss ich mich wohl glücklich schätzen, dass Ihr Euch sogar noch an meinen Namen erinnert, verehrungswürdige Prinzessin«, fuhr Jesus fort.

»Jesus?«, fragte Pia, zwar hoffnungslos verwirrt, aber auch alarmiert.

»Vor vier Tagen«, sagte Jesus, »im Krankenhaus.«

Völlig bizarr: Im allerersten Moment konnte sie mit diesem Wort kaum etwas anfangen, was sie erschreckte – es war, als verlöre sie allmählich die Beziehung zu der Welt, aus der sie kam, und die Worte machten den Anfang.

Eine Sekunde lang starrte sie Jesus nur erschrocken an, und natürlich deutete er diese Reaktion falsch. »Ja, ich erinnere mich«, bestätigte er. »Ich dachte, ich würde sterben. Sie haben mich alle für bewusstlos gehalten, und irgendwie war ich es auch – und zugleich auch nicht. Ich habe jedenfalls alles mitgekriegt. Das war das verdammt Komischste, was ich je erlebt habe, das kann ich dir sagen.«

Pia fand auf jeden Fall, dass sie dem komischsten *Jesus* gegenübersaß, den sie je erlebt hatte. Etwas an ihm war anders geworden, und sie wusste sogar, was, aber sie schrak so sehr vor dieser Erkenntnis zurück, dass sie den Gedanken nicht einmal zu Ende dachte. Vielleicht aus Angst vor der Enttäuschung, sollte sie sich doch irren.

»Du hast mir das Leben gerettet«, fuhr Jesus fort. »Dieser Professor Gonzales hatte mich aufgegeben und seine Maschinen schon lange. Ich hab ein Gespräch belauscht, zwischen ihm und einem der anderen Ärzte, als sie geglaubt haben, ich wäre bewusstlos. Er hat seine verdammten Apparate nur nicht abgeschaltet, weil jemand gut dafür bezahlt hat.« Er verzog humorlos die Lippen. »Onkel José, nehme ich an.«

Sonja und ihre Schwester kamen und brachten Schalen mit frischem Obst, süßem Gebäck und einen goldenen Krug mit klarem Wasser nebst zwei ebenfalls massiv goldenen Trinkbechern, und Jesus wartete, bis sie wieder allein waren, bevor er weitersprach. Es wäre nicht nötig gewesen, denn die beiden Mädchen verstanden kein Wort von dem, was er sagte, aber Pia sparte es sich, ihn darauf hinzuweisen. Jesus war jetzt seit drei oder vier Tagen hier und hatte zweifellos längst gemerkt, wie schwierig es für jemanden wie ihn war, sich verständlich zu machen. Es ihm zu erklären, hätte die Sache nur unnötig verkompliziert; ganz davon abgesehen, dass sie es trotz all der Zeit auch selbst noch nicht ganz begriffen hatte.

Außerdem wollte er auf etwas Bestimmtes hinaus, das er bisher noch nicht angesprochen hatte, jedenfalls nicht direkt. Sie hatte das sehr sichere Gefühl, dass es ihr nicht gefallen würde.

»Am Schluss haben dann auch alle seine Wundermaschinen versagt«, fuhr Jesus fort, als sie wieder allein waren. »Genau wie all die Medikamente, die sie mir gegeben haben. Es war ... verrückt, weißt du? Ich konnte genau spüren, wie alles zusammenbrach. Als hätte irgendwer ganz tief in mir drinnen einen Stecker gezogen.«

»Aber du bist nicht in das Licht gegangen«, witzelte Pia.

»Da war kein Licht«, antwortete Jesus ernst. Seine Finger begannen mit dem goldenen Trinkbecher zu spielen. Pia hatte fast Mühe, ihren mit beiden Händen zu halten, aber in Jesus gewaltigen Pranken sah er aus wie ein Spielzeug. »Irgendetwas war dort und es hat mir Angst gemacht. Aber dann bist du gekommen.«

Und jetzt würde er sie fragen, was sie getan hatte, um ihn vor dem zu beschützen, was dort in der Dunkelheit auf ihn gelauert hatte, dachte Pia. *Woher zum Teufel sollte sie das wissen?*

»Du hast mich gerettet«, fuhr er dann auch erwartungsgemäß

fort. »Dabei sollte das doch eigentlich mein Job sein ... aber bist du auch sicher, dass du wirklich *mich* retten wolltest?«

Das war ganz und gar nicht erwartungsgemäß. Pia sah ihn mit schräg gehaltenem Kopf an. Sie schwieg.

»Dieser Name, mit dem du mich angesprochen hast.«

Ter Lion. Sie hatte es schon bedauert, als ihr diese beiden Worte herausgerutscht waren, und sie hatte so gehofft, dass er es vergessen hatte, bei all dem, was danach geschehen war. Der Jesus, den sie bisher gekannt hatte, hätte es auch vergessen. Sie stellte den Becher beiseite. Das Wasser schien plötzlich bitter zu schmecken.

»Alica hat es dir gesagt.«

Jetzt war es Jesus, der sie schweigend ansah und darauf wartete, dass sie weitersprach.

»Es ist alles –«, begann sie unbeholfen, und Jesus unterbrach sie:

»– ganz anders, als es aussieht?«

»Ich weiß, wie sich das anhört. Aber ja, so ungefähr könnte man es ausdrücken.«

»Glaub ich nicht«, sagte Jesus. Er hatte aufgehört, den goldenen Becher in den Fingern zu drehen, und begann ihn nun langsam zusammenzudrücken, ohne es auch nur zu merken. »Dass du weißt, wie sich das anhört, meine ich.«

Pia antwortete nicht gleich, aber sie konnte nicht anders, als Jesus immer verblüffter anzusehen. War das wirklich Jesus oder eines der unheimlichen Wesen, von denen diese Welt ja nur so wimmelte, vielleicht ein Gestaltwandler, der bloß in sein Aussehen geschlüpft war, um sie zu narren?

Sie schüttelte den albernen Gedanken ab und musste sogar flüchtig darüber lächeln, und natürlich deutete Jesus auch das falsch.

»Was ist so lustig?«, fragte er finster. Seine Hand schloss sich noch fester um den goldenen Becher und hatte ihn mittlerweile so gründlich zerquetscht, wie andere es mit einer leeren Coladose getan hätten.

»Also gut«, seufzte Pia. »Was hat Alica dir erzählt? Über Ter Lion und alles andere?«

»Vielleicht mehr, als ich hören wollte«, antwortete Jesus. »Auf jeden Fall genug. Du hast keine Zeit verloren.«

»Immerhin waren wir ein paar Monate hier«, erinnerte Pia ihn, »auch wenn es für dich vielleicht nur ein paar Stunden gewesen sind.«

»Ein paar Monate«, sagte Jesus. »Ja, das ändert natürlich alles.«

Pia setzte dazu an, mit einer neuerlichen flapsigen Bemerkung darauf zu antworten, aber ganz plötzlich wurde sie zornig. »Nein, Jesus«, sagte sie scharf. »Das ändert gar nichts, weißt du? Es geht dich nichts an, was ich wann und mit wem tue, ob nun nach ein paar Stunden, drei Monaten oder einem Jahr. Was ist in dich gefahren? Ich bin nicht dein Eigentum, Jesus. Das war ich nie!«

Jesus quetschte den Becher endgültig zur Dicke einer Münze zusammen und warf ihn dann achtlos hinter sich. Er sagte nichts, aber er presste die Kiefer so fest aufeinander, dass sie seine Zähne knirschen hörte.

Pia tat etwas sehr Dummes, wenn auch in bester Absicht, um den Moment wenigstens ein bisschen zu entspannen: Sie hielt ihm ihren eigenen Becher hin und sagte: »Hier. Den kannst du auch noch kaputt machen, wenn dich das beruhigt.«

Jesus' Blick wurde noch kälter. Eine Sekunde lang starrte er sie einfach nur an, dann beugte er sich vor, nahm ihr den Becher aus der Hand und stellte ihn mit spitzen Fingern und fast schon behutsam vor sich auf den Tisch. Aus der gleichen Bewegung heraus und mit immer noch steinerner Miene stand er auf, drehte sich herum und ging.

Pia sah ihm betroffen hinterher und hätte sich am liebsten selbst geohrfeigt. Vielleicht sollte sie ihm nacheilen, um sich bei ihm zu entschuldigen; auch wenn sie selbst nicht einmal genau wusste, wofür.

Bevor sie es tun konnte, erscholl hinter ihr ein leises Lachen, und als sie erschrocken aufblickte, sah sie in Alicas Gesicht hinauf, die in der Tür stand und spöttisch applaudierte.

»Na, das war jetzt wirklich feinfühlig«, sagte sie. »Falls es hier irgendwann einmal mehr keinen Bedarf an Elfenprinzessinnen und Schwertkämpferinnen geben sollte, brauchst du dir wenigstens keine Sorgen um deine Zukunft zu machen. Du kannst einen ganz neuen Berufszweig einführen. Psychoterroristin. So feinfühlig, wie du bist.«

»Psychotherapeutin«, verbesserte sie Pia ganz automatisch, bevor ihr in den Sinn kam, dass das vielleicht gar kein Versprecher gewesen war. »Und wo kommst du denn so plötzlich her?« Sie warf einen verwirrten Blick auf die Tür auf der anderen Seite, durch die Alica vorhin verschwunden war.

Alica machte eine Kopfbewegung hinter sich. »Das hier ist mein Haus, schon vergessen? Früher waren das mal die Privatgemächer des Alkalden. Eine richtige Festung. Und jede anständige Burg, die was auf sich hält, hat auch einen Geheimgang.«

»Du hast dich reingeschlichen«, sagte Pia. »Um mich zu belauschen?«

»Warum denn sonst?«, fragte Alica. »So wie sich Jesus aufgeführt hat, wollte ich wissen, was los ist … und es hat sich schließlich ja auch gelohnt.«

Das spöttische Funkeln blieb in ihren Augen, doch ihre Stimme wurde leicht vorwurfsvoll. »Musstest du so grob mit dem armen Kerl sein?«

»Das hat er sich selbst zuzuschreiben«, antwortete Pia gereizt. Und außerdem ging sie das verdammt noch mal nichts an. Vor allem, wenn sie bedachte, dass Alica nicht ganz unschuldig an alldem war.

»Du tust dem armen Kerl wirklich unrecht«, beharrte Alica. »Weißt du, dass wir ihn fast gewaltsam daran hindern mussten, loszustürzen und nach dir zu suchen? Er war mehr tot als lebendig, als wir hier angekommnen sind, und kaum hatte er die Augen aufgeschlagen, da wollte er schon losrennen.«

»Das ist noch lange kein Grund, mir hier eine kindische Eifersuchtsszene zu machen«, antwortete Pia, zu ihrem eigenen Verdruss jetzt eindeutig im Tonfall einer Verteidigung.

Ärgerlich stand sie auf, stürmte an Alica vorbei ins Schlafzimmer und sah sich ganz automatisch nach dem Geheimgang um, von dem sie gesprochen hatte. Die Mädchen hatten ihr Bett gerichtet, als sie draußen gewesen war, und ihre Stiefel standen jetzt daneben auf dem Boden und waren auf Hochglanz poliert, aber das war auch die einzige Veränderung: Nirgendwo stand eine Geheimtür offen oder eine Klappe im Boden.

»Unter dem Bett, Liebes«, sagte Alica, der ihr Blick nicht verborgen geblieben war. »Da ist ein Mosaik, das einen Jaguar zeigt. Wenn du auf seinen Kopf drückst, geht eine Klappe auf.«

»Unter dem Bett?«

»Das ist dämlich, ich weiß. Anscheinend lesen sie hier nicht besonders viele Gruselgeschichten. Wozu auch? Schließlich leben sie in einer.« Alica ging an ihr vorbei, setzte sich mit gekreuzten Beinen aufs Bett und machte eine auffordernde Geste in Pias Richtung, sich zu ihr zu gesellen. Pia ignorierte sie.

»Warum hast du es ihm gesagt?«, fragte sie.

»Wem? Und was?«

»Jesus«, antwortete Pia, »und stell dich nicht dumm. Du weißt ganz genau, was ich meine. Warum hast du ihm von Ter Lion erzählt?«

»Hätte ich das nicht gedurft?«

»Vielleicht nicht unbedingt sofort«, sagte Pia. »War das deine private Rache, weil ich dir bei Ter Lion zuvorgekommen bin?«

»Ha, das hat mir gefehlt«, feixte Alica. »Zickenkrieg! Ich wusste doch, dass diesem hübschen Plätzchen etwas Wichtiges abgeht.« Sie klimperte mit den Augen. »Jetzt tust du *mir* aber unrecht, Liebes.«

Sie wirkte nicht im Geringsten verletzt, und von schlechtem Gewissen war erst recht keine Spur. »Aber das ist natürlich Euer gutes Recht, Erhabene. Ich bin nur Eure unwürdige Dienerin, die sich schon glücklich schätzt, Euch mit ihrem Schatten an einem heißen Tag Kühlung zu spenden. Doch was Jesus angeht, warst du wirklich ungerecht. Er hat keine Ahnung, wer du wirklich bist. Ich habe es ihm natürlich gesagt, aber es dauert eine Weile, so etwas zu verkraften, und wahrscheinlich noch länger, es auch zu glauben.« Sie hob rasch die Hand, als Pia sie unterbrechen wollte. »Und bevor du dich da in etwas hineinsteigerst, Piamäuschen – ich habe kein Wort gesagt, jedenfalls nicht von mir aus. Er hat mich gefragt, wer Ter Lion ist.«

»Hm«, machte Pia.

»Du warst wirklich ungerecht zu ihm.« Alica hatte anscheinend großen Spaß daran, weiter auf diesem Thema herumzureiten. »Immerhin ist er dein ältester und bester Freund. Sagst du jedenfalls immer.«

»Ein Freund, genau« polterte Pia. »Mehr nicht! Verdammt, ich kenne ihn länger als mich selbst! Er war immer nur mein Freund!«

»Und du bist nie auf den Gedanken gekommen, dass der Junge scharf auf dich sein könnte?«, fragte Alica spöttisch.

»Jesus?« Pia schüttelte heftig den Kopf. »Lächerlich!«

»Pfff«, machte Alica. »*Das* ist lächerlich. Jesus ist vielleicht nicht der Hellste, aber er ist ein Mann, und du bist ein verdammt hübsches Mädchen. Glaubst du etwa, er hätte keine Augen im Kopf?«

Nein, das glaubte Pia nicht. Aber sie musste gestehen, dass sie niemals auf die Idee gekommen wäre, dass Jesus mehr als … nun ja, eben Freundschaft für sie empfand.

»Weißt du, Jesus hätte es bestimmt verstanden, wenn es ein anderer gewesen wäre. Ein Elb, oder meinetwegen einer von den Knirpsen aus WeißWald. Meinetwegen sogar Gamma Graukeil. Aber ausgerechnet Ter Lion?« Sie schüttelte heftig den Kopf. »Versuch dir doch nur mal vorzustellen, wie sich der arme Kerl gefühlt haben muss! Jeder hier weiß, wer Ter Lion war, und wir haben eine Menge Leute bei uns, die ihn gekannt haben. Wie glaubst du, haben sie reagiert, als sie ihn gesehen haben? Und was glaubst du, haben sie ihm erzählt?«

Das konnte sich Pia lebhaft vorstellen. Trotzdem: »Was hat das mit dieser albernen Eifersuchtsszene zu tun?«

Alica sah sie an, als zweifelte sie an ihrem Verstand, schüttelte noch einmal den Kopf und seufzte tief. »Und ich dachte wirklich, du wärst die Klügere von uns beiden. Versuch dich doch mal in den armen Kerl hineinzuversetzen, Liebes! Er kennt dich seit – wie lange? Zehn Jahren? Fünfzehn? Egal! Seit einer Ewigkeit jedenfalls. Vielleicht wart ihr früher mal wirklich nur Freunde, aber ich verwette meine nicht mehr ganz unschuldige Seele, dass er dich seit etlichen Jahren nicht mehr nur als Sandkastenfreundin anguckt, auch wenn du es nicht gemerkt hast. Natürlich weiß er, dass er nie die Chance haben wird, mehr als ein freundschaftliches Küsschen auf die Wange von dir zu bekommen, und wahrscheinlich hat er sich auch schon längst damit abgefunden, dass es irgendwann einen anderen geben wird, der all das kriegt, wovon er nicht mal zu träumen wagt.«

Sie hob die Schultern, zog ihr Feuerzeug und einen filterlosen schwarzen Zigarillo hervor und zündete ihn an. Sie hustete kehlig und wedelte mit der Hand vor dem Gesicht herum, ehe sie fortfuhr. »Das wäre in Ordnung gewesen, weißt du? Jesus ist vielleicht nicht der Hellste, aber ganz blöd ist er auch nicht. Wäre es Brack gewesen, oder Schwert Torman oder *irgendwer* ... aber ausgerechnet *Ter Lion?* Pia, es kann nicht dein Ernst sein, dass du das nicht verstehst! Du hast ihn praktisch mit sich selbst betrogen! Ter Lion war er, das ist dir doch klar, oder etwa nicht? Er war er, und er hat alles bekommen, was du ihm niemals gegeben hättest! Und du fragst im Ernst, warum er so reagiert?«

Ganz instinktiv setzte Pia zu einer noch geharnischteren Antwort an, doch alles, was ihr auf der Zunge lag, blieb ihr buchstäblich im Halse stecken, als sie begriff, dass Alica recht hatte, mit jedem einzelnen Wort. Sie starrte sie nur betroffen an. Wie hatte sie nur so blind sein können? Sie hatte den Ausdruck in Jesus' Augen doch gesehen!

»Oh«, murmelte sie schließlich nur.

»Ja.« Alica nickte heftig und blies eine übel riechende Qualmwolke in ihre Richtung.

Es gelang Pia nicht ganz, den Hustenreiz zu unterdrücken, aber sie sparte sich jede entsprechende Bemerkung, wedelte nur demonstrativ mit beiden Händen vor dem Gesicht herum und machte dann auf dem Absatz kehrt. Mit einem Male hatte sie es sehr eilig.

»Ich glaube, ich sollte mich bei Jesus entschuldigen.«

»Jederzeit, aber nicht jetzt.« Alica stand auf, wobei sie eine Spur aus weißer Zigarilloasche auf der mit Gold durchwirkten kostbaren Bettwäsche hinterließ. »Ich bin nicht nur gekommen, um dir den Kopf zu waschen, Süße, obwohl es weiß Gott an der Zeit war. Du solltest dich mit Jesus aussprechen, das ist wahr ... aber nicht jetzt. Unsere Gäste warten. Und reiß dich ein bisschen zusammen, okay?«

Pia verstand nicht genau, was sie damit meinte, aber Alica wäre nicht Alica gewesen, hätte sie diese Worte erklärt. Sie ging wieder ins Nebenzimmer, warf einen raschen Blick in die Runde, wie um sich davon zu überzeugen, dass auch wirklich alles in Ordnung war, und zupfte dann noch einmal an Pias Kleid herum, obwohl es so perfekt saß wie gerade.

»Bereit für den großen Auftritt?«

»Nein«, antwortete Pia. Welchen *Auftritt*?

»Gut«, feixte Alica. Sie warf ihren Zigarillo auf den Boden, trat ihn mit dem Absatz aus und ging dann mit schnellen Schritten zur anderen Seite des großen Raumes, um ihren Besucher hereinzubitten.

Anders als noch am Morgen war er nicht mehr in Fetzen gehüllt, sondern trug Stiefel, Wams und Hose aus glänzendem schwarzem Leder und, wohl um sich endgültig lächerlich zu machen, einen dazu passenden Mantel mit steifem Kragen, dessen Saum mit einem hörbaren Rascheln hinter ihm herschleifte. Außerdem hatte er sich einen neuen Grubenhammer besorgt, der an seinem Gürtel hing. Er sah so schwer aus, dass Pia eigentlich erwartet hätte, ihn mit deutlicher Schlagseite gehen zu sehen, aber der Zwerg schien das Gewicht nicht einmal zu spüren.

»Hallo Prinzesschen«, feixte Gamma Graukeil. »Welche Wohltat für meine alten Augen, Euch wiederzusehen.«

»Hallo Knirps«, antwortete Pia. »Was macht deine Nase?«

»Sie tut nicht mehr weh«, erwiderte er.

»Und das wird auch so bleiben, solange du sie nicht wieder in Dinge steckst, die dich nichts angehen«, sagte Pia freundlich.

Alica seufzte leise, warf ihr einen fast schon flehenden Blick zu und deutete dann auf den Tisch. »Nehmt doch Platz, Gamma Graukeil.«

Der Zwerg sah ganz so aus, als holte er Luft zu einer patzigen Antwort, besann sich dann aber eines Besseren, als Pia ihm spöttisch mit dem Zeigefinger auf die Nasenspitze tippte, und trollte sich grummelnd. Alica sah nicht im Geringsten amüsiert aus.

Zu Pias Erleichterung traten in diesem Moment jedoch die drei anderen Gäste ein, auf die sie noch warteten: Der erste war ein selbst für hiesige Verhältnisse klein geratener Mann mit den edlen Zügen eines Aztekenherrschers, der ein schreiend buntes Gewand und einen gewaltigen Federschmuck trug, der selbst Jesus zu groß gewesen wäre. In seiner Begleitung, beinahe, aber eben nicht ganz, sondern vielleicht einen viertel Schritt hinter ihm, aber in derselben, stolzen Haltung und auf dieselbe prachtvolle Weise bis hin zu einem kaum weniger prachtvollen Federschmuck auf ihrem ansonsten vollkommen kahlen Schädel gekleidet, folgte eine uralte Aztekenfrau … oder auch Maya. So genau hatte sie den Unterschied nie kapiert. Dann sah sie genauer hin und revidierte ihr vielleicht doch etwas vorschnell gefasstes Urteil: Ihr Gesicht war sonnengebräunt, aber eindeutig nicht *nur* das einer Indiofrau. Pia konnte nicht allzu viel davon erkennen, denn der größte Teil verbarg sich hinter einer aufwändig gestalteten Maske aus bunten Federn und gehämmertem Kupfer, doch das wenige, *das* sie sah, wirkte nicht wirklich wie das einer Mayafrau. Nicht *nur*. Aber es sah auch nicht wirklich exotisch aus, sondern auf eine sonderbare – fast schon beunruhigende – Art vertraut und –

In diesem Augenblick trat der vierte und letzte Besucher ein, und sein Anblick ließ Pia fast das Blut in den Adern gefrieren.

Er war groß und grau und sah eher wie ein wandelnder Leichnam als ein lebendes Wesen aus (später sollte Pia erfahren, dass diese Beschreibung der Wahrheit ziemlich nahe kam) und er hatte etwas auf grausige Art Unwirkliches an sich. Tod stand in seinen Augen geschrieben.

»Kukulkan, Isabel, Sith.« Alica verblüffte sie nicht nur dadurch, dass ihr diese komplizierten Namen so glatt über die Lippen kamen, als hätte sie sie stundenlang geübt, sondern auch und vielleicht noch viel mehr mit der tiefen Verbeugung, die sie den drei Neuankömmlingen gegenüber machte. Sie wirkte nicht im Geringsten gekünstelt. Pia glaubte ganz im Gegenteil so etwas wie echte Ehrerbietung nicht nur darin zu spüren, sondern auch in Alicas Miene. »Ich danke euch, dass ihr so rasch kommen konntet. Die Erhabene fühlt sich geehrt.«

Weder Kukulkan und seine Begleiterin noch der grau gesichtige Tod schenkten ihren Worten irgendeine Beachtung. Alle drei starrten Pia an, das aber auf vollkommen unterschiedliche Art.

Obwohl er direkt vor ihr stand und sich stolz zu seiner vollen Größe aufgerichtet hatte, musste der Alkalde, klein, wie er war, zu ihr aufblicken, aber wahrscheinlich hätte er das auch getan, wenn sie vor ihm auf dem Boden gelegen hätte. Vielleicht zum allerersten Mal, seit sie in dieser sonderbaren Stadt angekommen war, begann sie zu begreifen, was sie für die Menschen hier bedeutete, denn sie sah in die Augen eines Mannes, der seinerseits ins Gesicht einer Göttin blickte. Unter seiner sonnengebräunten Haut hatte sein Gesicht alle Farbe verloren, und sie las in seinen Augen zugleich schieres Entsetzen und vollkommene Verzückung.

Pia war nicht sicher, ob ihr dieser Ausdruck gefiel. Ganz und gar nicht sicher.

Irgendwie gelang es ihr, sich vom Blick dieser Augen loszureißen und stattdessen seine Begleiterin anzusehen, und was sie in ihren Augen las, das verwirrte sie beinahe noch mehr, wenn auch auf eine vollkommen andere Weise. Alles oberhalb ihrer Oberlippe war hinter den bunten Federn ihrer Maske verborgen, deren Augenöffnungen sehr klein waren, und dass sie tatsächlich nur die Pupillen erkennen konnte, trug allerhöchstens noch mehr zu ihrer Verwirrung bei. Isabel – was für ein seltsamer Name für eine Indiofrau! – sah sie kein bisschen ehrerbietig oder gar ehr*fürchtig* an, aber sie las auch keinerlei Feindseligkeit in ihrem Blick, sondern fast so etwas wie ... *Zufriedenheit*?

Alica räusperte sich unecht, und Pia wurde sich mit einiger Verspätung der Tatsache bewusst, dass sie seit mindestens einer Minute dastand und Isabel anstarrte. Hastig riss sie ihren Blick von dem der sonderbaren Frau los, um den Sith anzusehen, und sie bedauerte es sofort. Das graue Un-Gesicht des ... *Dinges* flackerte, als versuchte es sich ihrem Blick auf geheimnisvolle Weise zu entziehen, und in seinen Augen stand noch immer ein Ausdruck geschrieben, der nichts anderes als Tod und absolute und vollkommene Verheerung versprach.

Es war der Sith, der ihren Blick losließ, nicht umgekehrt. Nach einer Sekunde, die sich zu hundert Ewigkeiten dehnte, wandte er sich ab und trat lautlos einen Schritt zurück. Jetzt schien sein Blick geradewegs durch sie hindurchzugehen und in eine Düsternis zu schweifen, deren Kälte und Einsamkeit jeden hier im Raum zum Erschauern brachte.

Irgendetwas sollte jetzt geschehen, dachte Pia. Alicas aufgesetzte Flapsigkeit kam ihr im Nachhinein vollkommen falsch vor, genau wie die Art des Zwerges, sie zu begrüßen. Sie versuchte, Gamma Graukeils Blick einzufangen, doch es gelang ihr nicht, denn der Zwerg rutschte genau in diesem Moment ein Stück auf seinem Stuhl herum und zur Seite und begann wie ein gelangweiltes Kind mit den Füßen zu baumeln. Dennoch glaubte sie, etwas in seinen Augen zu lesen – noch keine Furcht, wohl aber etwas, was ihr sehr nahe kam.

»Was ist hier los?«, wandte sie sich in herausforderndem Ton an Alica.

»Nichts, Erhabene«, antwortete sie, eine Spur zu schnell und nun genau wie der Zwerg ihrem Blick ausweichend.

Allmählich wurde ihr mehr als nur ein wenig unbehaglich zumute. Gerade als Alica gegangen war und irgendetwas von wichtigem Besuch gemurmelt hatte, hatte sie geglaubt, gewissen Würdenträgern vorgestellt zu werden, wichtigen Persönlichkeiten aus der Stadt oder einfach nur Neugierigen – das Übliche eben. Und ein bisschen davon hatte diese Szene auch, kein Zweifel. Aber das war längst nicht alles. Der Sith war nicht nur gekommen, um sie zu erschrecken und ihr schlechtes Gewissen zu schüren, Gamma Graukeil nicht bloß, um sich über sie lustig zu machen, und der Alkalde mit dem lächerlichen Namen, der Alica so leicht über die Lippen gekommen war, nicht nur, um vor ihr auf die Knie zu sinken.

Was er im Übrigen auch nicht tat. Als Einziger stand er immer noch da und sah sie an, und in seinen Augen war noch immer jene Mischung aus blanker Ehrfurcht (wobei die Betonung ganz eindeutig auf *Furcht* lag) und schierer Verzückung ... aber da war auch noch etwas anderes.

Sie konnte nicht sagen, was, doch das unheimliche Gefühl wurde mit jedem Moment stärker. Der einzige Mensch auf dieser Welt, den sie niemals hatte niederstarren können, war Esteban gewesen (und um ehrlich zu sein, hatte sie es nie versucht, war aber tief in ihrem Inneren davon überzeugt, dass sie es gekonnt hätte), doch dem Blick dieser uralten, auf unheimliche Weise *wissenden* Augen standzuhalten, fiel ihr immer schwerer. Sie versuchte sich selbst einzureden, wie albern das war.

Kukulkan war nichts als ein alter Indianer mit einem komischen Namen, ein Schamane, Medizinmann, Zauberer oder wie auch immer seine korrekte Bezeichnung hier lauten mochte, und er war sicherlich alt und sehr erfahren und hatte in seinem Leben eine Menge erstaunlicher Dinge gesehen, aber mehr eben auch nicht. Wäre er ein magisches Wesen – etwa wie der Sith – gewesen, sie hätte es gespürt. Und seine Begleiterin ...

Nein, sie wusste es nicht.

»Alkalde?«, fragte Alica nach einer kleinen Ewigkeit und mit leiser, zitternder Stimme in das immer unbehaglicher werdende Schweigen hinein.

Kukulkan reagierte nicht. Er sah sie weiter an, und jetzt war Pia sicher, dass sein Blick nicht nur auf ihre Augen gerichtet war. Da war etwas wie eine dünne, körperlose Hand mit viel zu vielen Fingern, die in sie hineingriff, behutsam suchte und tastete und Dinge zum Vorschein brachte, die sie selbst nicht über sich wusste und vielleicht auch gar nicht wissen sollte.

»Alkalde?«, fragte Alica noch einmal. Jetzt war ein sachter, aber deutlich alarmierter Unterton in ihrer Stimme.

»Sie ... ist es nicht«, murmelte der alte Mann.

Alica sog hörbar erschrocken die Luft zwischen den Zähnen ein, und obwohl Pia nicht einmal in ihre Richtung sah, konnte sie spüren, wie blass sie wurde, und sowohl der Sith als auch Gamma Graukeil drehten mit einem Ruck den Kopf und starrten den Alkalden aus aufgerissenen Augen an. Nur Isabel zeigte nicht die mindeste Reaktion.

»Und zugleich ... ist sie es doch«, fuhr Kukulkan fort. Noch immer hielt sein Blick Pias Augen fest wie die Hand eines Riesen ein schwaches Kind, und das Suchende, Tastende darin wurde immer deutlicher und unangenehmer; jetzt war es tatsächlich wie eine körperliche Berührung, die aber *in ihr* war und Pia allmählich den Atem abzuschnüren begann.

»Verzeiht, Kukulkan«, murmelte Alica hilflos. »Aber ... was ... was meint Ihr damit?«

»Sie ist nicht die Vorhergesagte«, flüsterte Kukulkan. »Eiranns Kraft ist nicht in ihr.« Er hob die Hand, als Alica zu einer Frage ansetzen wollte. »Und doch spüre ich die Kraft der alten Götter. Ich bin ...«

Er schüttelte verstört den Kopf, und sein gewaltiger Federschmuck raschelte wie das Kleid eines großen, sterbenden Vogels. »Wer bist du?«

»Ich ... verstehe nicht«, murmelte Pia hilflos.

»Wer bist du, Kind?«, wiederholte Kukulkan. Wieder raschelte sein Federschmuck – sogar noch lauter und unheimlicherweise, ohne dass er sich auch nur im Mindesten bewegt hatte. Erst nach weiteren endlosen Sekunden hob er die Hand und trat zugleich einen weiteren Schritt auf sie zu. Pia wollte instinktiv um die gleiche Distanz vor ihm zurückweichen, aber die hohe Lehne des Stuhles verhinderte es, und selbst wenn es nicht so gewesen wäre, hätte sie sich nicht bewegen können. Der Blick dieses uralten Indios bannte sie nach wie vor. Selbst das Atmen machte ihr mit einem Mal Mühe. Gerade als sie hereingekommen waren, hatte sie den Sith für das unheimlichste Wesen gehalten, das ihr jemals begegnet war, aber nun war sie nicht mehr sicher. Sie versuchte seiner Begleiterin einen Hilfe suchenden Blick zuzuwerfen, aber Kukulkans Bann hielt sie unerbittlich fest.

»Wer bist du?«, fragte er noch einmal. Seine Finger fühlten sich trocken und hart wie altes Pergament an, als wäre schon lange kein Leben mehr in ihnen, als sie langsam über ihre Stirn strichen, an ihrer Wange und ihrem Hals hinabglitten und ihren Weg fortsetzten, um sich dann wieder zurückzuziehen, gerade bevor sie ihre Brust berühren konnten.

»Da ... ist etwas«, murmelte er. »Du bist es und doch auch wieder nicht. Das ist ... verwirrend.«

»Ja, das finde ich auch«, sagte Pia lahm.

Kukulkan ließ die Hand endgültig sinken, trat einen Schritt zurück und schüttelte verwirrt den Kopf. Seltsamerweise raschelte sein Federschmuck diesmal nicht, aber Pia hatte das unheimliche Gefühl, einen Schatten zu gewahren, der eifersüchtig den Platz des fehlenden Geräusches einnahm.

»Ich muss ... das Orakel befragen«, murmelte der Alkalde. Einen halben Atemzug lang starrte er Pia noch aus seinen unheimlichen Augen an, dann fuhr er auf dem Absatz herum und stürmte regelrecht davon. Nur eine halbe Sekunde später folgten ihm seine Begleiterin und schließlich der Sith auf seine unheimliche flackernde Art, und als Letzter sprang auch Gamma Graukeil mit einem hörbaren Plumpsen von seinem Stuhl herunter, blickte sie noch einmal kopfschüttelnd – und ganz und gar nicht mehr amüsiert oder aufgesetzt spöttisch – an und trollte sich dann ebenfalls. Erst in diesem Moment war es ihr, als löste sich ein unsichtbarer Druck von ihrer Brust, und sie konnte wieder atmen.

Und denken. Wenigstens versuchte sie es.

»Du kannst mir nicht zufällig erklären, was dieser Auftritt zu bedeuten hatte?«, wandte sie sich an Alica.

»Dass wir ein Problem haben«, antwortete Alica düster.

»Und welches?«, fragte sie wider besseres Wissen.

Alica grub einen schwarzen Zigarillo und ihr Feuerzeug unter ihrer Kleidung aus und nahm einen tiefen Zug, bevor sie antwortete:

»Dich, Liebes.«

XIV

Alica hatte sich nicht nur beharrlich geweigert, ihre geheimnisvollen Worte in irgendeiner Weise zu erklären, sondern war auch kurz darauf verschwunden und hatte sie fast eine halbe Stunde allein gelassen; mehr als genug Zeit für ihre Fantasie, die wildesten Kapriolen zu schlagen und ihr ihre Zukunft in immer düstereren Farben auszumalen. Als sie schließlich zurückkam, war sie nicht mehr allein, sondern in Begleitung ihrer beiden Dienerinnen, die schwer mit Schalen, Schüsseln, Körben und allem möglichen anderen Zeug beladen waren; ungefähr zehnmal so viel, wie Pia angenommen hatte, dass ein einzelner Mensch überhaupt tragen konnte.

In den zurückliegenden endlosen Minuten, die sie allein gewesen war, hatte sie sich immer öfter gefragt, wo Jesus eigentlich blieb, und halb gehofft, Alica würde ihn mitbringen. Sowohl sie als auch die beiden Mädchen ignorierten ihre entsprechenden Fragen jedoch genauso beharrlich wie ihren schwächlichen Widerstand, während sie sie mehr oder weniger sanft wieder ins Schlafzimmer zurückbugsierten und auf das Bett hinabstießen, wo sie unverzüglich begannen, mit dem Inhalt ihrer mitgebrachten Körbe und Schalen, Fläschchen und Beutel über sie herzufallen. Sie wurde geschminkt und gepudert, ihr Haar wurde gebürstet, bis es trocken und so glatt wie Seide über ihre Schultern fiel, ihre Nägel wurden gefeilt und sorgsam manikürt. Während sie immer resignierter (und ohne eine Antwort zu bekommen) fragte, was der ganze Unsinn eigentlich solle, und ihren Widerstand schließlich ganz aufgab, machten Alicas und das Benehmen der Mädchen doch klar, dass sie sie allerhöchstens davon hätte abhalten können, indem sie tatsächlich handgreiflich geworden wäre, und vielleicht nicht einmal dann. Schließlich kamen noch mehr Dienerinnen herein – allesamt waren sie außergewöhnlich klein, jung und sehr hübsch – und brachten ganze Berge von Kleidern,

Schuhwerk der unterschiedlichsten Art und Schmuckstücke. Immerhin wurde ihr rasch klar, dass sich Alica aus irgendeinem Grund vorgenommen hatte, sie herauszuputzen; aber nicht, aus welchem. Ihre diesbezüglichen Fragen ignorierte sie.

Als sie fertig waren und endlich von ihr abließen (nach Stunden, wie es ihr vorkam), scheuchte Alica sämtliche Mädchen hinaus, trat ein paar Schritte zurück und musterte sie lange und ausgiebig, wobei sie den Kopf abwechselnd von der rechten auf die linke Seite und wieder zurück legte. Ihrem Gesichtsausdruck nach zu schließen, war sie mit dem Ergebnis der gemeinsamen Bemühungen nicht hundertprozentig zufrieden, kam dann auch prompt wieder näher und streckte die Hand aus, um ihr eine Strähne ihres weißblonden Haares aus der Stirn zu streichen, die vielleicht einen halben Millimeter zu weit links lag. Pia ließ auch das klaglos über sich ergehen, doch als Alica den Arm zurückziehen wollte, griff sie rasch zu und hielt sie am Handgelenk fest.

»Das reicht jetzt«, sagte sie. »Was soll dieser ganze Unsinn?«

Alica machte sich mit einiger Mühe los (es gelang ihr nur, weil Pia es zuließ) und antwortete vorsichtshalber erst, nachdem sie einen gehörigen Sicherheitsabstand zwischen sie gebracht hatte. »Du wolltest doch nicht etwa so unter die Leute gehen, oder?«

Pia hatte keinen Spiegel zur Hand, aber wenn sie an all die Püderchen, Tinkturen, Schminken und Farben dachte, mit denen Alica und die beiden Mädchen über sie hergefallen waren, war sie ganz und gar nicht sicher, ob sie *so* unter die Leute gehen wollte. Oder überhaupt.

»Ich hatte nicht vor –«, begann sie, und Alica unterbrach sie mit einem heftigen Kopfschütteln.

»Du hast doch gesehen, was draußen los ist, oder? Wir haben den Leuten erzählt, dass du erschöpft bist und ein wenig Ruhe brauchst, aber allmählich wollen sie dich sehen.« Sie lachte, nervös und unecht. »Das ist eben der Preis des Ruhmes, Liebes.«

»Sie glauben tatsächlich, ich wäre die wiedergeborene Prinzessin Gaylen«, murmelte Pia.

»Bist du es denn nicht?«

Pia zog es vor, nicht direkt darauf zu antworten. »Dein alter Indianerfreund scheint jedenfalls nicht der Meinung zu sein.«

»Kukulkan ist nicht mein Freund«, antwortete Alica impulsiv und biss sich gleich darauf auf die Lippen, als bedauerte sie, dass ihr diese Worte entschlüpft waren. Sie suchte einen Moment lang nach anderen. Schließlich fuhr sie mit einem Achselzucken, und jetzt wieder ohne Pia direkt in die Augen zu sehen, fort: »Ich glaube, er ist niemandes Freund. Und er kann niemanden leiden, nicht einmal sich selbst. Nimm den Unsinn nicht zu ernst, den er gesagt hat.«

»Kukulkan«, sagte Pia nachdenklich. »Das ist nicht sein richtiger Name, habe ich recht?« Alica schüttelte den Kopf, und Pia fuhr fort: »Du hast ihn ihm gegeben, stimmt's?«

»Ich fand ihn irgendwie passend«, bestätigte Alica. »Außerdem konnte ich den richtigen Namen nicht aussprechen. Die Leute hier ...« Sie hob abermals die Schultern und sah jetzt überallhin, nur nicht in Pias Richtung. »... haben komische Namen. So wie Sonja und Maxi. Sie heißen nicht wirklich so, weißt du, sondern –«

»Ja, ich weiß«, unterbrach sie Pia. Man musste kein Meisterpsychologe sein, um zu begreifen, dass Alica nur vom eigentlichen Thema ablenken wollte. Sie stand auf, sah sich nach irgendetwas Spiegelndem um, worin sie sich selbst betrachten konnte, fand aber nichts. Alles, was ihr blieb, war an sich hinabzublicken, und was sie sah, versetzte sie nicht unbedingt in helle Begeisterung. Statt des knapp sitzenden Kleides, das Sonja ihr vorhin gebracht hatte, trug sie nun eine Art Robe, die bis zu den Knöcheln reichte und ungefähr so kleidsam war wie ein Sack, dafür aber erneut schreiend bunt. Schwere goldene Armbänder klimperten an ihren Handgelenken, und sie spürte das kühle Gewicht einer dazu passenden Kette auf dem halbmondförmigen Ausschnitt ihres Kleides. Alica hatte ihr auch irgendetwas auf den Kopf gesetzt, was bei jeder Bewegung leise raschelte; vermutlich etwas, was ihrem eigenen bunten Federschmuck ähnelte.

Trotz allem vergingen noch einmal ein paar Sekunden, bis sie wirklich verstand, aber dann riss sie eindeutig entsetzt die Augen auf. »Du erwartest jetzt nicht wirklich, dass ich den Heiligen Vater gebe und auf den Balkon hinaustrete, um mich dem Volk zu zeigen?«, japste sie.

»Die heilige Mutter, wenn schon«, verbesserte sie Alica automatisch, wurde aber sofort wieder ernst. »Ich nicht, Liebes. Aber die Leute draußen erwarten es. Du bist es ihnen schuldig.«

»Ach?«, fragte Pia. »Wieso?«

»Weil viele von ihnen ihr Leben für dich aufs Spiel gesetzt haben, und die meisten ihre Heimat und ihre Familien und alles zurückgelassen haben, was sie hatten, um hierherzukommen und in deinem Namen für die Freiheit zu kämpfen«, antwortete Alica ernst.

»Für mich?«, fragte Pia zweifelnd. »Kaum.«

Alica setzte sichtlich zu einer scharfen Antwort an, überlegte es sich dann aber im letzten Moment anders und drehte sich mit einem Ruck herum. »Komm mit.«

So?, dachte Pia, indem sie noch einmal und demonstrativ an sich hinabsah. Alica konnte nicht ernsthaft erwarten, dass sie in diesem Aufzug auch nur einen Schritt aus dem Haus tat!

Dann sah sie ihr noch einmal in die Augen und erkannte darin, dass sie es nicht nur erwartete, sondern auch einen triftigen Grund dafür hatte, und resignierte innerlich. Mit einem lautlosen Stoßseufzer zum Himmel und dem dringenden Wunsch, auf dem Weg nach draußen an keinem Spiegel vorbeizukommen, folgte sie Alica.

Ihrem subjektiven Zeitempfinden nach hätte es längst Mitternacht sein müssen (war sie tatsächlich erst seit einigen wenigen Stunden hier?), aber die Sonne stand noch immer fast eine Handbreit über dem Horizont im Westen, und in ihrem grellen Gegenlicht war sie zunächst fast blind. Die beiden in schwarzes Eisen gehüllten Gestalten, die rechts und links neben der Tür standen und Wache hielten, sah sie nicht einmal, aber dafür spürte sie ihre Nähe umso deutlicher, als sie zwischen ihnen hindurchging; wie einen körperlosen eisigen Hauch, der ihre Seele streifte.

Das war die nächste Frage, die sie Alica dringend stellen musste, nahm sie sich vor: Was taten diese verdammten Schattenelben hier?

Nicht zum ersten Mal wurde sich Pia schmerzlich des Umstands bewusst, wie wenig sie über die Welt wusste, in die Flammenhufs magische Schwingen sie getragen hatten. Als der Pegasus – noch dazu mit Alica auf dem Rücken – so plötzlich in Rio aufgetaucht war, hatte sie ganz selbstverständlich vorausgesetzt, wieder in die kalte Welt von WeißWald zu gelangen, aber das hier war so vollkommen anders, dass sie nicht einmal mehr sicher war, es wirklich zu erleben. Vielleicht hatten ihr Onkel Josés Neffen ja doch den Fangschuss verpasst, und sie lag gerade im Koma und fantasierte sich das alles hier nur zusammen.

Aber so leicht gedachte das Schicksal es ihr nicht zu machen.

Alica wartete, bis sich ihre Augen an die veränderten Lichtverhältnisse gewöhnt hatten – anscheinend kannte sie das Problem – und deutete dann auf die steinerne Brüstung, hinter der sie schon einmal gestanden hatte, ging aber nur sehr langsam los, sodass sie einige Sekunden brauchte, um sie zu erreichen.

Vielleicht war das auch gut so, denn Pia hatte zwar geglaubt, auf den Anblick vorbereitet zu sein, der sich ihr bieten würde, aber wie sich zeigte, stimmte das nicht.

Die Menschenmenge war noch einmal größer geworden und schien die Straßen überall ringsherum nun vollkommen auszufüllen, und vielleicht war es die schlechteste aller Ideen gewesen, Alica zu begleiten. Für einen Moment wurde es vollkommen still, als hätte jemand einen Stein in den Ozean aus Lärm unter ihr geworfen, sodass sich nun rasch aufeinanderfolgende Wellen aus Schweigen in ihm ausbreiteten, aber diese Stille hielt nur wenige

Augenblicke lang an, dann begann der gleiche Jubel wie vorhin, als sie das erste Mal hier oben gestanden hatte; nur dass er diesmal viel lauter war und irgendwie … *ehrlicher* klang und dass sie das Gefühl hatte, dass er genauso lange anhalten würde, wie sie hier oben stand – ganz egal, wie lange das sein würde.

»Und?«, fragte Alica. »Bist du immer noch der Meinung, du wärst es ihnen nicht schuldig?«

Pia hatte Mühe, ihre Worte über dem immer lauter werdenden Jubel der Menge überhaupt zu verstehen, und bevor sie antwortete, beugte sie sich über die Brüstung und sah nach unten. Die Menge drängte sich mittlerweile bis an den Fuß des Gebäudes heran, und ungeachtet dessen, was Alica behauptet hatte, hätte sie es wahrscheinlich längst gestürmt, hätte dort unten eine nicht gleich dreifach gestaffelte Reihe in schwarzes Eisen gehüllter Gestalten mit spitzen Helmen und noch spitzeren Lanzen gestanden, die sie davon abhielt.

Immerhin, dachte sie spöttisch. Jetzt hatte sie schon ihre eigenen Bodyguards, und das gleich in Kompaniestärke.

»Und was ist, wenn der Alkalde recht hat und ich nicht die bin, auf die sie warten?«, fragte sie, indem sie sich wieder aufrichtete und gleichzeitig die Hand hob, um der Menge zuzuwinken. Keine gute Idee, denn der Jubel und der tosende Applaus wurden noch lauter, sodass sie sich nun wirklich anstrengen musste, um Alicas Antwort zu verstehen.

»Dann haben wir ein Problem«, antwortete Alica, zauberte ein strahlendes Lächeln auf ihr Gesicht und begann ebenfalls zu winken. »Aber du hast Kukulkan doch gehört. Er hat zwar gesagt, du bist es nicht, aber zugleich auch doch. Mach dir keine Sorgen. Ich kenne den alten Griesgram. Er wird auf die Pyramide steigen und sein geliebtes Orakel befragen, und spätestens morgen früh fällt er vor dir auf die Knie und küsst dir die Füße.«

»Ach?«, fragte Pia. Ein Schatten schien über Alicas Gesicht zu huschen und war wieder verschwunden, ehe sie sicher sein konnte.

»Er hat mit beidem vollkommen recht«, beharrte Alica, »und tu mir und deinen zehntausend Fans dort unten einen Gefallen und sieh ein bisschen begeisterter aus, okay? Und was Kukulkan angeht, überleg doch mal: Natürlich bist du nicht die echte Prinzessin Gaylen! Die ist nämlich schon seit tausend Jahren tot und vermodert, weißt du?«

Sie sah Pia Zustimmung heischend an, und nach einem kleinen Moment tat die ihr den Gefallen und nickte; und sei es nur, damit sie überhaupt weitersprach.

»Und zugleich bist du es doch, weil in dir nämlich etwas von der wiedergeborenen Gaylen ist«, fuhr Alica fort. »Genau das ist es, was er gespürt hat. Wahrscheinlich braucht er nur ein bisschen Zeit, um es zu begreifen ... Sei nicht so streng mit ihm. Er ist ein alter Mann.«

Das klang so sehr nach verdrehter Alica-Logik, dass es schon beinahe wieder stimmen konnte. Trotzdem schüttelte sie nach einer weiteren Sekunde den Kopf.

»Ich bin nicht Prinzessin Gaylen.«

»Sicher«, antwortete Alica. »Und jetzt schau mir mal tief in die Augen und behaupte das noch einmal.«

Pia tat beides, und Alica nickte und sah ehrlich beeindruckt aus. »Du bist eine bessere Schülerin, als ich dachte.«

»Schülerin?«

»Du lügst schon fast genauso gut wie ich«, antwortete Alica. »Wenn auch nicht ganz so überzeugend.«

Das wäre der Augenblick gewesen, um mit einem Lachen zu reagieren, und wahrscheinlich hätte sie es auch getan, doch da glitt abermals ein Schatten über Alicas Gesicht, und diesmal war es keine Einbildung. Verwirrt trat sie einen halben Schritt von der Brüstung zurück und sah nach oben, aber der Himmel war vollkommen leer.

Pia schalt sich in Gedanken eine hysterische Kuh und wollte sich schon wieder umwenden, doch in diesem Augenblick fiel ihr etwas auf, was *wirklich* beunruhigend war:

Wenn sie einer Halluzination erlag, dann war sie nicht allein damit. Auch einer der beiden Schattenelben neben der Tür hatte den Kopf in den Nacken gelegt und suchte den Himmel ab, und obwohl sie sein Gesicht hinter der Maske aus glattem schwarzem Eisen nicht erkennen konnte, spürte sie doch die Anspannung, die von ihm Besitz ergriffen hatte. Seine rechte Hand hatte sich mit solcher Kraft um den Speer geschlossen, als wollte er ihn zerbrechen, und seine ganze Haltung drückte nichts anderes als ... *Kampfbereitschaft* aus. Ein anderes Wort dafür fiel ihr nicht ein, so unheimlich ihr dieses auch vorkam.

»Pia?«, fragte Alica.

»Nichts«, antwortete sie hastig. »Es ist alles nur ... ein bisschen zu viel, weißt du?«

»Klar«, antwortete Alica. »Ist meine Schuld. Ich habe immerhin ein paar Jahre gebraucht, um das alles zu kapieren, und von dir erwarte ich es in ein paar Stunden.« Sie bemühte sich (mit wenig Erfolg) um ein möglichst zerknirschtes Gesicht. »Meine Schuld. Wink deinem Fanclub noch ein paar Minuten zu, und dann bist du erlöst. Du solltest ein paar Stunden schlafen. Es wird ein verdammt anstrengender Abend.«

»Wieso?«, fragte Pia, trat aber zugleich gehorsam wieder an die Brüstung heran und fuhr fort, der Menge unten auf der Straße zuzuwinken.

»Na, was denkst du denn?«, fragte Alica. »Du glaubst doch nicht, dass du mit ein paar Minuten gut aussehen und winken davonkommst, oder? Ganz Chicken Pizza feiert heute Abend ein rauschendes Fest, und du bist nicht nur der Anlass dafür, sondern auch der Ehrengast.« Sie wiederholte ihr Kopfschütteln, und nun blitzte eindeutig Schadenfreude in ihren Augen auf. »So leicht kommst du aus der Nummer nicht raus, Liebes. Ihr solltet auf Eure treue Dienerin hören und ein wenig Kraft für die bevorstehende Nacht sammeln, Erhabene. Die Jungs und Mädels hier sind hart im Nehmen, und ich fürchte, es wird das Besäufnis des Jahrhunderts.«

Ja, genau das fürchtete Pia auch, vor allem wenn Alica dieses Fest organisiert hatte.

Resigniert wandte sie sich wieder ganz zur Brüstung um und nahm den Jubel und das heftige Winken und Gestikulieren der Menge entgegen, und sowenig sie es auch wollte … ein Teil von ihr *genoss* diesen Moment.

Und warum denn auch nicht?

Seit Monaten hatte so ziemlich jeder versucht, sie umzubringen, zu foltern, zu versklaven oder für seine Zwecke zu benutzen oder wenigstens ein bisschen zu manipulieren, also tat es ihr verständlicherweise nur gut, ausnahmsweise einmal jemandem zu begegnen, der sich offensichtlich freute, sie zu sehen.

Auch wenn es vielleicht ein paar Tausend mehr waren, als sie erwartet hatte ...

Gerade als sie schon fast glaubte, dass es gar nicht mehr aufhören würde, bedeutete ihr Alica mit einer verstohlenen Geste von der Brüstung zurückzutreten.

Allerdings nahm sie das meiste von dem zurück, was sie gerade zu Alicas Gunsten gedacht hatte, als sie sich herumdrehte und begriff, dass sie die *Audienz* nicht ganz aus freien Stücken beendet hatte.

Sie waren nicht mehr allein auf dem Dach. Angeführt von Sonja – die absurderweise rückwärts ging und mit heftigem Gestikulieren und einem fast hysterischem Schwall schrillen Geschnatters in einer fremdartig anmutenden Sprache gegen diesen ungeheuerlichen Bruch der Etikette protestierte – traten zwei ihr wohlbekannte und dicht hinter ihnen eine dritte Gestalt auf das Dach heraus. Kukulkan – jetzt ohne seine Begleiterin – und der Sith. Das Geschöpf mit dem Totenkopfgesicht bewegte sich wie üblich wie ein flackernder Schatten, der nicht ganz in der Wirklichkeit verankert war, und auch an dem Alkalden mit dem gewaltigen Federschmuck war irgendetwas anders, aber sie konnte zuerst nicht genau sagen, was.

Dann fiel es ihr auf: Vorhin war Kukulkan mit leeren Händen

gekommen. Jetzt stützte er sich schwer auf einen knorrigen Stab, der fast so groß wie Pia und somit ein gutes Stück größer als er selbst war, und auch an seiner Gestalt war irgendetwas ...

Ihr Blick erfasste den dritten, offensichtlich ungeladenen Besucher, und sie vergaß sowohl Kukulkan als auch den wandelnden Tod.

Es war Jesus. Er folgte den beiden anderen in drei oder vier Schritten Abstand.

Pia winkte ihm zu, doch Jesus erwiderte die Geste nur mit einem angedeuteten und eher grimmigen Nicken, und sie sah aus den Augenwinkeln, wie sowohl der Alkalde als auch sein totenkopfgesichtiger Begleiter ihre Schritte ein wenig beschleunigten, als wäre es ihnen aus irgendeinem Grund wichtig, vor Jesus bei ihr anzukommen. Seltsam – hatte sie Kukulkan und den Sith nicht gerade unten in der Menge gesehen? Sie musste sich getäuscht haben.

Der Schatten huschte zum dritten Mal über das Dach, und diesmal erkannte sie nicht nur eindeutig den Umriss von etwas Großem und Finsterem mit schwerfällig schlagenden Flügeln, sondern glaubte auch das ferne Schreien eines Vogels zu hören, und sie registrierte auch auf einer tieferen Ebene ihres Bewusstseins, wie der Elbenkrieger neben der Tür abermals mit einem Ruck den Kopf in den Nacken legte und den Himmel absuchte.

Hätte sie dasselbe getan, hätte es sie vermutlich das Leben gekostet.

Der Alkalde ... explodierte.

Er verschwand nicht in einem Blitz und einer Wolke aus Blut und zerfetztem Fleisch und Knochen, aber für die unendlich kurze Zeitspanne, die zwischen zwei Gedanken lag, schien sich sein Körper in reiner Bewegung aufzulösen: Sein Federmantel und der gewaltige Kopfschmuck sträubten sich wie die Stacheln eines zornigen Igels in alle Richtungen, der Wanderstab fiel klappernd zu Boden, als sich seine Arme zurückzogen und mit den lächerlich kleinen, verkrüppelt wirkenden Flügeln verschmolzen, und sein Hals dehnte und streckte sich auf geradezu absurde Länge. Wo gerade noch sein Gesicht gewesen war, starrten sie nun zwei tückisch funkelnde Augen voll reiner Mordlust über einem gewaltigen Geierschnabel an. Das alles dauerte nur den Bruchteil einer Sekunde, nicht einmal so lange, wie Alicas entsetzter Schrei brauchte, um an ihr Ohr zu dringen, und als es geschah, ging der Laut beinahe in dem dumpfen Knall unter, mit dem der gewaltige Schnabel genau dort zusammenklappte, wo einen Sekundenbruchteil zuvor noch ihr Gesicht gewesen war.

Pia erinnerte sich nicht, reagiert zu haben, aber sie – oder irgendetwas in ihr – hatte es offensichtlich getan, denn das Nächste, was sie bewusst wahrnahm, war, dass sie auf dem Boden lag; oder um genauer zu sein, dass sie sich verzweifelt herumwarf und über das Dach rollte, um den dreieckigen Raubvogelkrallen zu entgehen, die nach ihr trampelten. Schreie gellten in ihren Ohren, überall rings um sie herum herrschte schiere tobende Bewegung, und Krallen so lang und gekrümmt wie tödliche Dolche hackten nach ihr und hinterließen fingernageltiefe Schrammen im schwarzen Basalt des Daches.

Mit einem Sprung, den sie sich selbst am allerwenigsten zugetraut hätte, kam sie auf die Füße und steppte rücklings von dem kreischenden ... *Ding* weg, in das sich der Alkalde verwandelt hatte. Es war ein Vogel, ganz eindeutig, aber zugleich auch der absurdeste, hässlichste, gemeinste (und größte) Vogel, den sie jemals gesehen hatte. Wahrscheinlich auch der hartnäckigste, denn er stieß nicht nur einen ebenso schrillen wie misstönenden Schrei aus, sondern hackte auch unverzüglich noch einmal mit seinem gewaltigen Schnabel nach ihr, und obwohl (oder gerade weil?) sie dieses Mal bewusst reagierte und sich zur Seite warf, schrammte der mörderische Papageienschnabel an ihrer Wange entlang und hinterließ einen langen blutigen Kratzer. Zugleich stieß er mit einem seiner muskulösen Beine nach ihr. Die mörderischen Krallen zerfetzten wie durch ein Wunder nur ihr Kleid, ohne die Haut darunter auch nur zu ritzen, aber die pure Wucht des Schlages schleuderte sie meterweit zurück und zu Boden. Schmerz explodierte in einer weiß glühenden Woge überall in ihrem Körper zugleich, sie bekam keine Luft mehr, und alles, was sie sah, war mit einem Male rot. Der Riesenvogel stieß ein triumphierendes Kreischen aus und hackte erneut mit seinem entsetzlichen Schnabel nach ihr. Funken und Splitter stoben neben ihrem Gesicht aus dem Stein, und noch während sie sich erneut herumwarf und auf die Beine zu kommen versuchte, fuhr eine gewaltige Raubvogelklaue nieder und hinterließ ein spinnennetzartiges Muster aus Sprüngen im Stein.

Sie spürte, dass sie nicht schnell genug sein würde. Sie versuchte es trotzdem, warf sich herum und zugleich in die Höhe und sah eine weitere Raubvogelklaue aus dem Augenwinkel auf sich zurasen. Diesmal zielte sie auf ihr Gesicht, und die tödlichen Dolchklauen waren zum Zupacken gespreizt. Sie hatte nicht einmal die Spur einer Chance, ihnen auszuweichen.

Gerade als sie sich gegen den entsetzlichen Schmerz zu wappnen versuchte, mit dem die Klaue ihr das Fleisch vom Gesicht reißen und alles beenden musste, prallte etwas Großes und Dunkles gegen den Riesenvogel. Seine Wucht reichte nicht, um das Untier von den Füßen zu reißen, aber der tödliche Klauenhieb verfehlte sie um Haaresbreite, und Pia stolperte zwei hastige Schritte zur Seite und griff zugleich nach ihrem Gürtel, um den Elfendolch zu ziehen; oder auch die Magnum, ganz egal, was sie zuerst zu fassen bekam.

Es war weder das eine noch das andere, und alles, was ihre Finger ertasteten, war zerrissener bunter Stoff, denn sie trug keinen Gürtel, und der Elfendolch lag direkt neben dem schweren Revolver in einer Nische in der Wand von Alicas Schlafzimmer.

Pia beschloss, später mit dem Schicksal zu hadern, sprang rasch zwei oder drei weitere Schritte zurück, kam erst jetzt dazu, einen panischen Blick in die Runde zu werfen, und stellte fest, dass ihre Lage nicht einmal annähernd so verzweifelt war, wie sie angenommen hatte. Sondern noch sehr viel schlimmer.

Es war Jesus gewesen, der sich gegen den Riesenvogel geworfen und ihr damit vermutlich das Leben gerettet hatte, aber nicht einmal der Aufprall seiner gut zweihundertfünfzig Pfund Gewicht hatte das Ungeheuer zu Boden schleudern können. Das groteske Geschöpf strauchelte zwar und kämpfte mit schon fast komisch anmutenden Bewegungen um sein Gleichgewicht, aber Jesus war meterweit zurückgestolpert und fiel genau in diesem Moment auf den Rücken; schwer und auf eine Art, die ihr klarmachte, dass er so bald nicht wieder aufstehen würde.

Auch von Alica und den beiden Schattenelben hatte sie keine Hilfe zu erwarten. Alica war während des ganzen Durcheinanders irgendwie zu Boden gegangen und saß mit benommenem Gesichtsausdruck an die Mauerbrüstung gelehnt da, und ihre beiden Bodyguards waren voll und ganz damit beschäftigt, mit ihren Lanzen den zweiten Riesenvogel auf Abstand zu halten, in den sich der Sith offensichtlich verwandelt hatte.

Der fast zeitlose Augenblick, den dieser Gedanke brauchte, um in ihrem Bewusstsein Gestalt anzunehmen, reichte dem Monstervogel, um nicht nur seine Balance wiederzufinden, sondern sich auch mit einem in den Ohren schmerzenden schrillen Kreischen wieder auf sie zu stürzen, und diesmal kam sie in buchstäblich allerletzter Sekunde auf den Gedanken, dass es schließlich noch etwas gab, was sie tun konnte: Mit einem raschen Schritt wich sie nicht nur zur Seite, sondern auch in die Schatten zurück, und das Ungeheuer stolperte mit einem überraschten Pfeifen an ihr vorbei und wurde ein Opfer seines eigenen Schwungs, indem es der Länge nach stürzte und eine gute fünf Meter lange Spur der Verheerung in Alicas Penthousedachgarten pflügte.

Pia gönnte sich selbst den kleinen Luxus, eine halbe Sekunde lang einfach dazustehen und den Anblick zu genießen, sah dann aber auch selbst ein, wie närrisch das war, und fuhr auf dem Absatz herum.

Die Lage hatte sich nicht wirklich verbessert. Jesus lag noch immer auf dem Rücken und versuchte die Benommenheit wegzublinzeln, und die beiden Schattenelben hatten es längst aufgegeben, das zweite Ungeheuer mit ihren Lanzen niederstechen zu wollen; sie hatten ganz im Gegenteil ihre liebe Not, am Leben zu bleiben.

Pia konnte es ihnen nicht einmal verübeln, jetzt, da sie das Monster zum ersten Mal wirklich sah.

Es ähnelte tatsächlich ein bisschen einem Strauß, nur dass es gute zweieinhalb Meter groß sein musste, schätzungsweise vierhundert Pfund wog und nur aus Muskeln, Krallen, einem mörderischen Geierschnabel von der Größe eines Schuhkartons und Gestalt gewordener Hässlichkeit bestand. Die Lanzen der beiden schwarz gepanzerten Krieger stachen immer wieder in seinen Leib, den geschuppten Hals und die absurd muskulösen Oberschenkel und rissen schreckliche Wunden in sein Fleisch, aber das schien die Wut des Ungeheuers nur noch anzustacheln. Kreischend warf es sich auf seine Gegner, rannte dabei vollkommen stoisch in eine silberne Lanzenspitze, die sich fast bis ans Heft in seine Brust bohrte, und schnappte zur Revanche nach dem Arm des Schattenelben.

Pia musste entsetzt zusehen, wie der gewaltige Schnabel mühelos durch schwarzes Eisen und Fleisch und Knochen schnitt und den Unterarm des Mannes dicht unterhalb des Ellbogens abknipste. Und noch bevor das Entsetzen, mit dem dieser Anblick einherging, vollends Besitz von ihr ergreifen konnte, hörte sie ein schrilles Pfeifen hinter sich und fuhr abermals auf dem Absatz herum.

Der zweite Riesenvogel hatte sich wieder aufgerappelt und versuchte mit den praktisch nicht vorhandenen Flügeln zu schlagen. Sein Kopf ruckte in einer abgehackten, typisch vogelartigen Bewegung herum, und der Blick seiner tückischen Augen suchte den ihren.

»Vergiss es, Tweety«, sagte sie. »Du siehst mich nicht.«

Tweety stieß einen trällernden Laut aus, den ein besonders gehässiger Teil ihres Unterbewusstseins mit *Tu ich doch* übersetzte, senkte den Kopf bis auf die Höhe seines Rückens herab (was bedeutete, dass er sich immer noch ein gutes Stück über ihr befand) und klapperte mit dem Schnabel. Seine Krallen gruben mahlend im Boden, während er festen Stand für den Absprung suchte.

Pia verschenkte eine weitere unendlich kostbare halbe Sekunde damit, an sich herabzusehen und zu begreifen, dass sie nichts sah. Sie war ganz eindeutig in die Schatten getreten und damit unsichtbar.

Der Riesenvogel sah sie trotzdem.

Ein schnatternder Laut drang aus seinem Schnabel, und seine Krallen gruben sich noch tiefer in den Boden, mit einem Geräusch wie von Diamant, der über Chromstahl scharrte.

Dann sprang er.

Diesmal war sie sicher, dass nicht sie selbst es war, die reagierte, sondern etwas anderes, ein Teil von ihr, der besser wusste, was zu tun war, als ihr Intellekt. Der gigantische Laufvogel schoss auf sie zu, sein aufgerissener Schnabel wuchs zur Größe des Mondes an, füllte dann ihr ganzes Sichtfeld aus und wuchs immer noch weiter. Pia stolperte ungelenk einen halben Schritt zurück und zugleich zur Seite und beschrieb dann eine taumelnde unfreiwillige Pirouette, als das Ungeheuer ihren Arm streifte und sie beinahe aus dem Gleichgewicht riss.

Gedankenschnell wandelte sie die Bewegung in einen ungeschickten Stolperschritt um, brachte irgendwie das Kunststück fertig, nicht zu stürzen, und sprintete los. Jesus lag noch immer benommen auf dem Rücken, der verletzte Schattenelb lag am Boden und krümmte sich vor Schmerz, und der andere wich rückwärts vor dem zweiten Riesenvogel zurück und versuchte verzweifelt, sich die albtraumhafte Kreatur mit seiner Lanze vom Leib zu halten. Von dieser Seite hatte sie keine Hilfe zu erwarten.

Sie brauchte eine Waffe!

Hinter ihr kreischte der Riesenvogel so schrill, als hätte er ihre Gedanken gelesen, und sie bildete sich nicht nur ein, den massiven Stein unter ihren Füßen unter den Schritten der heranstürmenden Bestie zittern zu fühlen. Der Eingang war kaum ein halbes Dutzend Schritte entfernt und trotzdem unerreichbar, und sie hörte endgültig auf, auf ihren Verstand zu hören, und überließ es vollkommen ihren Instinkten, ihre Handlungen zu bestimmen. Blitzschnell steppte sie nach rechts, spürte mehr, als dass sie das Untier an sich vorbeispringen sah, und schlug einen noch schnelleren Haken in die andere Richtung, um dem schnappenden Geierschnabel auszuweichen, als das Monster den Kopf herumwarf und den Hals zu einer unmöglichen Länge reckte.

Mit zwei, drei gewaltigen Sätzen erreichte sie das Haus, schwenkte nach rechts, wie um geradewegs durch die Wand hindurchzulaufen, und machte dann eine blitzartige Bewegung in die andere Richtung, und ihr gefiederter Verfolger tat ihr tatsächlich den Gefallen, vollkommen ungebremst gegen die Wand neben der Tür zu knallen. Sie war ganz und gar nicht sicher, dass das Knirschen, das sie hörte, nur das Geräusch von berstendem Stein war.

So knapp, dass ihre ohnehin malträtierte Schulter schmerzlich mit dem steinernen Türrahmen kollidierte und sie beinahe schon wieder das Gleichgewicht verloren hätte und die ersten Schritte eher weitertorkelte als lief, erreichte sie die Tür und mobilisierte noch einmal alle ihre Kräfte, um ihren jämmerlichen Vorsprung zu vergrößern. Diamantharte Krallen kreischten mit einem in den Zähnen schmerzenden Geräusch hinter ihr über den Stein, und das brüllende Pfeifen des Ungeheuers schien das gesamte Gebäude in seinen Grundfesten zu erschüttern.

Sie verschwendete keinen Sekundenbruchteil darauf, auch nur einen Blick über die Schulter zurückzuwerfen und vielleicht etwas zu sehen, was sie gar nicht sehen wollte, sondern rannte nur noch schneller, schlug blindlings Haken nach links und rechts und stürmte in den Raum, in dem sie mit dem Alkalden gesprochen hatte, der jetzt in Gestalt eines größenwahnsinnig gewordenen Vogel Strauß hinter ihr herjagte. Ein gewaltiges Splittern und Bersten erscholl, als das Monster hinter ihr geradewegs durch den Tisch pflügte, ohne wesentlich langsamer zu werden.

Nicht wesentlich, aber ein bisschen eben doch, und wahrscheinlich hätte dieses *bisschen* sogar ausgereicht, wäre der Tisch nicht wie unter einem Hammerschlag der Götter zerborsten, und hätte sie nicht eines der herumspritzenden Trümmerstücke mit boshafter Zielsicherheit direkt in die linke Kniekehle getroffen.

Statt ins angrenzende Schlafzimmer zu stürmen und die Nische mit ihren Waffen zu erreichen, stolperte sie immerhin noch zwei Schritte weiter und überschlug sich dann zwei-, drei-, viermal hintereinander. Sie hätte es vermutlich auch noch öfter getan, hätte das Bett ihrer Schlitterpartie nicht ein ziemlich abruptes Ende bereitet. Zur Abwechslung explodierte gelber statt roter Schmerz in einer gleißenden Lohe vor ihren Augen und verwandelte die Welt in einen Wirbelsturm aus monochromem Wahnsinn, und dicht neben ihrem Gesicht zerriss etwas mit einem Laut wie Seide, durch die ein Messer fuhr; oder gleich drei, um genau zu sein.

Pia rappelte sich hoch, kassierte einen Stoß in den Rücken, stolperte haltlos gegen die Wand und gewann noch eine oder zwei kostbare Sekunden, in denen sich der Riesenvogel damit amüsierte, das Bett genüsslich in Stücke zu reißen. Auch er war nicht mehr ganz unversehrt. Ein abgebrochenes Tischbein ragte wie ein plumper, kurzer Speer aus seinem muskulösen Oberschenkel, der fast so dick war wie der Körper eines normal gewachsenen Mannes, und das Blut sprudelte nur so, aber das alles stachelte seine Wut nur noch weiter an. Mittlerweile kreischte er so laut, dass es nicht nur in den Ohren, sondern auch in den Zähnen wehtat.

Endlich erreichte sie die Nische, in der sie vorhin ihre Stiefel und den schweren Revolver gesehen hatte. In ihrer Aufregung stieß sie einen der Stiefel um, und er fiel von dem schmalen Sims und riss den Elfendolch mit sich, der mit einem Geräusch wie Glas zu Boden fiel, aber endlich bekam sie die Magnum zu fassen, ergriff sie mit beiden Händen und wirbelte beinahe schon panisch herum, die Waffe an den ausgestreckten Armen haltend.

Der Riesenvogel war damit fertig, das Bett zu zerfetzen, und hielt nach etwas anderem Ausschau, das er kaputt machen konnte, vorzugsweise etwas, das blutete und schrie. Er fuhr im gleichen Moment herum wie sie, stieß ein schrilles Pfeifen aus und richtete sich mit einem Ruck zu seiner vollen Größe von gut zweieinhalb Metern auf. Vielleicht etwas zu heftig, denn sein Schädel knallte mit solcher Wucht gegen die steinerne Decke, dass er wankte.

»Halt still, verdammt noch mal!«, fauchte sie, kniff das linke Auge zu und zielte. Der Riesenvogel quiekte, hielt tatsächlich still und klappte den gewaltigen Schnabel auf, um ihr den Kopf abzubeißen.

In der Enge des Raumes hörte sich der Schuss an wie die Explosion einer taktischen Kernwaffe, und zumindest was das Ungeheuer anging, war die Wirkung auch durchaus vergleichbar.

Sein Kopf explodierte, verteilte Fleisch-, und Knochenfetzen und Blut und versengte Federn in einer gewaltigen Wolke gleichmäßig auf Decke, Wände und Fußboden (und Pia), und für einen unendlichen Augenblick stand die groteske Kreatur noch stocksteif da. Dann kippte sie genau so stocksteif zur Seite und schlug mit einem Krachen auf dem Boden auf, der das gesamte Gebäude zum Erzittern zu bringen schien.

Zitternd und mit einem Seufzer unendlicher Erleichterung ließ Pia die Waffe sinken, drehte sich halb herum und sah aus weniger als anderthalb Metern Abstand ins Gesicht des zweiten Straußmutanten, der den Kopf durch die Tür hereinsteckte und sich neugierig umsah. Blut tropfte von seinem gewaltigen Schnabel, und nicht nur sein Federkleid war jetzt zerfetzt. Die Lanzen der Schattenelben hatten ihm mindestens ein Dutzend tiefer Wunden zugefügt, aus denen das Blut in Strömen floss. Pia bezweifelte, dass selbst ein so kolossales Wesen diese schweren Verletzungen überstehen würde.

Zeit, das arme Tier von seinen Leiden zu erlösen.

Pia hob die Waffe mit beiden Händen, zielte auf eine Stelle

ungefähr fünf Zentimeter über seinem Schnabel und drückte ab. Der Hammer schlug mit einem boshaft hohlen Klicken auf die leere Kammer des riesigen Trommelrevolvers.

»Oh«, murmelte Pia.

Der Vogel piepste, legte fragend den Kopf zuerst auf die eine, dann auf die andere Seite, und Pia drückte noch einmal ab und wurde mit einem weiteren gehässigen Klicken belohnt.

Und noch einmal und noch einmal und noch einmal und noch einmal und noch einmal. Insgesamt zog sie den Abzug des sechsschüssigen Revolvers siebenmal durch, bevor sie sich selbst eingestand, dass die Magnum leergeschossen war.

Der Riesenvogel trällerte, reckte den Hals noch weiter und stupste den Lauf der verchromten Monsterpistole spielerisch mit dem Schnabel an. Pia tat das Einzige (und Dümmste), was ihr einfiel: Sie drehte die Waffe herum und hämmerte dem Vieh den Griff mit solcher Gewalt gegen die Schläfe, dass die Griffstücke aus falschem Perlmutt zerbarsten.

Der Vogel blinzelte, schüttelte den Kopf und sah sie einen Moment lang beinahe vorwurfsvoll an.

Dann sprang er.

Was Pia das Leben rettete, war die Tatsache, dass das Monster – warum auch immer – auf die Idee kam, zugleich die Flügel zu spreizen; und so lächerlich klein sie auch im Vergleich zu seinem Körper waren, reichten sie aus, um ihn wie einen Korken in einem zu engem Flaschenhals in der Tür stecken bleiben zu lassen.

Der Anprall seines gewaltigen Schnabels allein reichte aus, um Pia zurück- und über den Kadaver des zweiten Riesenvogels stolpern zu lassen, wo sie mit hilflos rudernden Armen auf den Rücken fiel.

Das Ungeheuer brüllte vor Wut, spreizte dämlicherweise die Flügel noch weiter ab und versuchte den steinernen Türrahmen einzureißen, wozu aber nicht einmal seine gewaltigen Körperkräfte ausreichten. Aber es würde gewiss nicht mehr lange dauern, bis er auf die Idee kam, seine Taktik zu überdenken.

Pia befreite sich hastig aus dem Gewirr von Federn und zerrissenem Fleisch, kroch auf Ellbogen und Fersen über das zertrümmerte Bett und suchte verzweifelt den Boden ab. Wo war dieser verdammte Elfendolch?

Als wäre dieser Gedanke ein Stichwort gewesen, legte das gefiederte Monster die Flügel an und zwängte sich durch die Tür. Sein Hals schoss wie eine angreifende Schlange vor, und der Schnabel riss ein paar Pfund Fleisch aus dem Kadaver seines Bruders. Pia krabbelte hastig weiter zurück und begann verzweifelt über den Boden zu tasten.

Sie fand den Dolch nicht, aber er fand sie: Die diamantene Klinge schnitt mit einem brennenden Schmerz in ihre Hand und ohne die geringste Mühe bis auf den Knochen hinab, und als hätte er ihren Schmerz gespürt, kreischte der Vogel triumphierend und hackte abermals nach ihrem Gesicht.

Er hätte getroffen, wäre nicht in diesem Moment eine ganz in Schwarz gekleidete Gestalt hinter ihm aufgetaucht, die sich mit einem Brüllen auf ihn warf und seinen Hals mit beiden Armen umschlang, um ihn nach hinten zu reißen.

Nicht einmal Jesus' gewaltige Körperkraft reichte aus, um das Ungeheuer zu bändigen, aber immerhin lenkte er den zustoßenden Schnabel so weit ab, dass er nur Steinsplitter aus dem Boden sprengte, statt dasselbe mit ihrem Schädelknochen zu tun.

Pia ignorierte den pochenden Schmerz in ihrer Hand, tastete weiter nach dem Dolchgriff und bekam ihn zu fassen, aber das schimmernde Gold war so glitschig von ihrem eigenen Blut, dass ihr die Waffe sofort wieder entglitt.

Jesus keuchte vor Zorn und Angst und verdoppelte seine Anstrengungen, den Hals des Ungeheuers zurückzubiegen. Der Riesenvogel schüttelte nur verärgert den Kopf und vollführte einen grotesken Hüpfer auf der Stelle; ein Anblick, der nur einen Sekundenbruchteil darauf jedwede Komik verlor, als Jesus mit solcher Gewalt unter den Türsturz geschmettert wurde, dass sie seine Rippen knacken hörte. Jesus grunzte vor Schmerz, und plötzlich schoss ihm ein Schwall dunkelroten Blutes aus Mund und Nase. Er gab dennoch nicht auf, sondern riss den Kopf des Monsters nur mit noch verzweifelterer Anstrengung zurück, sodass die Muskeln an seinen nackten Unterarmen wie dicke knotige Stricke durch die Haut traten. Das Ungeheuer pfiff und quietschte vor Wut, vollführte einen zweiten albern aussehenden Hüpfer und schmetterte Jesus noch einmal und mit noch größerer Kraft gegen den Türsturz. Jesus keuchte. Das Blut, das ihm aus Mund und Nase lief, war jetzt hellrot. Sein Griff lockerte sich, und er rutschte ohne Halt vom Rücken des Monsters. Der Riesenvogel schüttelte sich wie ein Hund, der sich von einem lästigen Insekt befreit hatte, reckte den langen Schlangenhals und warf den Kopf in den Nacken, um ein trällerndes Zwitschern auszustoßen. Pia bekam den Elfendolch endlich zu fassen, riss den Arm hoch und enthauptete ihn.

XV

Allmählich wurde es zu einer schlechten Angewohnheit, dachte Pia, vor einer verschlossenen Tür auf und ab zu tigern und darauf zu warten, dass ihr jemand schlechte Nachrichten über Jesus brachte. Einer äußerst schlechten Angewohnheit, auf die sie liebend gerne verzichtet hätte. Es war jetzt das zweite Mal innerhalb – subjektiv – weniger Tage, dass Jesus lebensgefährlich verletzt worden war, weil er versucht hatte, ihr das Leben zu retten.

Damit hörten die Ähnlichkeiten aber auch schon auf. Statt im durchdesignten Wartezimmer einer Privatklinik für Reiche befand sie sich in einer winzigen, nicht besonders gut riechenden Kammer, deren nackte Steinwände mit düsteren Bildern und brutalen Reliefs übersät waren. Das Licht kam nicht aus versteckt angebrachten Energiesparbirnen, sondern aus einer winzigen Öllampe, deren Flamme ununterbrochen flackerte, obwohl sie nicht den geringsten Luftzug spürte, und anstelle von dezenter Hintergrundmusik und des Summens und Piepsens und Klickens elektronischer Instrumente, die über das Wohl ihrer Patienten wachten, drang ein von einer zitternden Altmännerstimme vorgetragener misstönender Gesang durch den Perlenvorhang, der sie von dem angrenzenden Raum trennte. Das war allerdings nicht das Einzige. Hinter dem Vorhang und bei dem schlechten Licht nur als Schemen zu erkennen, stand ein hünenhafter Schattenelb. Seit Pia hergekommen war, hatte er kein Wort gesagt, und sie begann allmählich zu bezweifeln, dass er überhaupt reden konnte, aber sie hatte auch ein gutes Dutzend Mal versucht, an ihm vorbeizukommen, und er hatte sie ebenso oft beharrlich daran gehindert, selbst als sie das gesamte Gewicht ihres Namens in die Waagschale geworfen und ihm *befohlen* hatte, die ehrwürdige Prinzessin Gaylen vorbeizulassen.

Seither waren Stunden vergangen, wie es ihr vorkam, und davon abgesehen, dass der Gesang des Alkalden immer atonaler zu werden schien, war anscheinend gar nichts passiert. Warum ließen sie sie nicht zu Jesus? Sie hatte ihm mit ihren geheimnisvollen Kräften schon einmal geholfen, und sie war sich sicher, dass sie es auch jetzt konnte!

Hinter ihr raschelte etwas, und Alica trat durch den Perlenvorhang, so plötzlich und lautlos, als hätte nun auch sie den Trick gelernt, sich in einen Mantel aus unsichtbar machenden Schatten zu hüllen. Erst dann fiel Pia der erschöpfte Ausdruck in ihrem Gesicht auf.

»Wie geht es ihm?«, fragte sie besorgt.

»Nicht besonders gut.« Alica hob abwehrend die Arme, als Pia dazu ansetzte, an ihr vorbeizueilen, und ihr fiel erst jetzt auf, dass ihre Hände voller Blut waren. Das meiste war schon zu dunkelbraunen Flecken eingetrocknet, aber nicht alles.

»Keine Angst, Isabel meint, dass er es überleben wird«, sagte sie rasch. »Aber dazu muss sie ihn an einen anderen Ort bringen.«

»An einen anderen Ort?«, wiederholte Pia misstrauisch. Warum beunruhigte sie das so sehr? »Und was genau soll das bedeuten?«

Alica drehte den Kopf und sagte ein paar Worte zu dem Elben, die Pia nicht verstand. Der Elbenkrieger offensichtlich schon, denn er schlug den Perlenvorhang zur Seite und ging mit schnellen Schritten an ihr vorbei. Alica antwortete erst, als sie wieder allein waren.

»Sie bringen ihn in den Tempel oben auf der Pyramide. Dort können sie ihm helfen.«

»Das kann ich auch«, antwortete Pia heftig. »Du kannst es nicht wissen, aber vor ein paar Tagen in der Klinik –«

»Ich weiß sehr wohl, wozu du imstande bist, Liebes«, unterbrach sie Alica. »Und Kukulkan weiß es auch. Er möchte nicht, dass du deine Kräfte einsetzt, um ihm zu helfen.«

»Warum nicht?«

Alica hob zwar unglücklich die Schultern, antwortete aber trotzdem. »Schlechtes Mojo, Liebes.«

»Aha. Und was heißt das?« Pia fragte sich, wieso sie Alica nicht einfach aus dem Weg schob und zu Jesus ging, um ihm zu helfen, ganz egal, was dieser verrückte Schamane davon hielt.

»Kukulkan glaubt, dass sich deine Elfenmagie nicht mit dem Zauber seiner Götter verträgt«, antwortete Alica. »Und außerdem könnte es sein, dass du deine Kräfte noch bitter nötig hast. Oder hast du schon vergessen, was heute passiert ist.«

»Und du glaubst diesen Unsinn?«, fragte Pia empört.

»Du anscheinend nicht«, seufzte Alica. »Aber es ist kein Unsinn, glaub mir. Ich habe hier Dinge gesehen, die du nicht einmal glauben würdest, wenn du sie sehen könntest! Mach dir keine Sorgen. Wenn Ixchel sagt, dass sie ihn retten kann, dann kann sie es auch. Sie ist die beste Heilerin, der ich je begegnet bin. Die Leute hier glauben, sie hätte Zauberkräfte, und ich bin geneigt, ihnen zuglauben.«

»Ixchel?«

»Isabel«, antwortete Alica mit einem flüchtigen Lächeln. »Eigentlich heißt sie Ixchel. Aber ich hatte keine Lust, mir jedes Mal einen Knoten in die Zunge zu machen, wenn ich mit ihr spreche. Ich vertraue ihr, und Kukulkan tut es offensichtlich auch.«

»Weil er ja immer ganz sicher ist, was er tut und sagt, wie?«, schnaubte Pia.

»Er weiß, was er tut«, beharrte Alica. »Und er ist ein sehr mächtiger Mann hier in der Stadt. Du solltest dich besser nicht mit ihm anlegen.«

Pia hatte nicht übel Lust, an ihr vorbeizustürmen und ganz genau das zu tun, und vielleicht war der einzige Grund, aus dem sie darauf verzichtete der, dass sie sich an heute Morgen erinnerte; und daran, wie erstaunlich gut sich Jesus nach nur drei Tagen in der Obhut des Schamanen und seiner Begleiterin erholt hatte.

»Dann sag mir wenigstens, was ihm fehlt.«

»Bin ich Ärztin?«, gab Alica beinahe patzig zurück, zuckte

aber dann trotzdem die Achseln und machte ein besorgt-nachdenkliches Gesicht. »Seine Wunde ist wieder aufgebrochen, und es hat ein paar von seinen Rippen erwischt, mehr weiß ich nicht. Aber jetzt mach dich nicht verrückt. Wenn Kukulkan sagt, dass er überleben wird, dann wird er auch überleben. Wie ich die alte Hakennase kenne, ist es hinterher besser als zuvor.«

Der Schattenelb kam zurück, begleitet von einer weiteren groß gewachsenen Gestalt in Schwarz, die Pia erst auf den zweiten Blick als Eirann erkannte, und vier kaum kindergroßen Männern mit sonnengebräunten nackten Oberkörpern und großen Nasen. Als sie Pia sahen, senkten sie so demütig die Köpfe, dass sie fast über ihre eigenen Füße gestolpert wären. Hintereinander verschwanden sie durch den Perlenvorhang, und diesmal musste Alica sie an der Schulter festhalten, damit sie ihnen nicht folgte.

»Sei vernünftig«, sagte Alica.

Pia streifte ihre Hand mit einer zornigen Bewegung ab, und auch Eirann vertrat ihr nun mit einem raschen Schritt den Weg.

»Ich bitte Euch, hört auf sie, Erhabene«, sagte er. »Sie spricht die Wahrheit. Die Magie dieses Ortes ist mächtig. Sie wird Euren Gefährten heilen.«

»Starkes Mojo, wie?«, fauchte Pia. Erst dann ging ihr auf, was der Schattenelb gerade gesagt hatte.

»Meinen *was?*«

»Euren Freund, Erhabene«, antwortete Eirann mit vollkommen undeutbarer Miene. »Verzeiht.«

Pia versuchte – vergeblich – ihn niederzustarren und wandte sich dann mit derselben Absicht zu Alica um, doch in diesem Moment wurde der Vorhang mit einem hölzernen Rasseln beiseitegeschlagen, und Kukulkan und Ixchel kamen herein, der Alkalde ohne Wanderstab, dafür aber mit einem noch viel gewaltigeren Federschmuck auf dem Kopf, seine Begleiterin jetzt vollkommen barhäuptig, sodass Pia erkennen konnte, dass sie tatsächlich kein einziges Haar auf dem Kopf hatte, dafür aber noch immer mit verhülltem Gesicht. Kukulkan sah ebenso erschöpft und müde aus wie Alica gerade, und auch seine Hände waren blutig. In seinem Blick lag sehr wenig Ehrerbietung, fand Pia, dafür aber ein Ausdruck von ehrlichem Mitgefühl.

Er sagte kein Wort, sondern nickte ihr nur schweigend zu, während er und Ixchel beiseitetraten, um den vier Indios Platz zu machen, die hinter ihm hereinkamen. Sie trugen eine Bahre zwischen sich, auf der ein sehr bleicher und offensichtlich bewusstloser Jesus lag.

Pia fuhr erschrocken zusammen, als sie in sein blasses Gesicht sah. Ebenso gut hätte er auch tot sein können. Wenn er noch atmete, dann so flach, dass sie es nicht sehen konnte. Instinktiv wollte sie ihn berühren, doch Kukulkan legte ihr rasch seine faltige, schmale Hand auf den Unterarm und schüttelte den Kopf. Sein Federschmuck raschelte.

»Bitte fasst ihn nicht an, Prinzessin«, sagte er. *Prinzessin,* nicht *Erhabene.* »Er wird wieder gesund, habt keine Furcht. Die Große Schlange wird ihn retten.«

»Wie geht es ihm?«, fragte Pia, indem sie sich losriss; wenn auch nicht annähernd so heftig wie gerade bei Alica.

Kukulkan bedachte sie nur mit einem Lächeln, für das sie ihm am liebsten die wenigen Zähne eingeschlagen hätte, die er noch besaß, und folgte darüber hinaus wortlos den Indios, die selbst zu viert sichtlich Mühe hatten, mit Jesus' enormem Gewicht auf der Bahre zurechtzukommen. Pia folgte ihm so dichtauf, dass sie achtgeben musste, ihm nicht in die Fersen zu treten.

So endlos ihr der zurückliegende Tag vorgekommen sein mochte, so schnell schien die Nacht verflogen zu sein. Der Himmel war klar und vollkommen wolkenlos und mit Millionen winziger blinzelnder Nadelstiche aus Licht übersät, als sie aus dem Haus traten, aber über dem Dschungel im Osten hatte das tiefe Schwarz der Nacht schon wieder einen sichtbaren Stich ins Graue bekommen. Es war überraschend kühl, das war das Erste, was ihr auffiel. Und als Zweites die Stille. Die gewaltige Pyramidenstadt hatte den ganzen Tag über von den Stimmen der

Feiernden widergehallt, von Musik und Gesang und ausgelassenem Lärm – jetzt herrschte ein schon fast unheimliches Schweigen, obwohl die Straßen nach wie vor voller Menschen waren. Zu Hunderten säumten sie den kurzen Weg, den sie nahmen, und da, wo sie entlanggingen, wurde die Stille noch tiefer und schnürte einem den Atem ab.

Pia nahm von alledem kaum etwas wahr. Sie ging neben der Trage mit Jesus her und versuchte nicht, ihn anzufassen oder auch nur mit Kukulkan oder Alica zu reden, wusste sie doch, dass sie ohnehin keine Antwort bekommen würde. Aber sie redete sich zumindest ein, dass Jesus ihre Nähe spürte, und sie würde keine Sekunde von seiner Seite weichen, ganz egal, wohin sie ihn brachten, und ganz gleich, was der Schamane auch mit ihm vorhatte. Sie glaubte Alica das, was sie über die angeblichen Heilkräfte des alten Priesters erzählt hatte, denn sie hatte ja schließlich mit eigenen Augen gesehen, wie unvorstellbar schnell Jesus sich erholt hatte. Dennoch nahm sie sich vor, sehr genau über ihn zu wachen und selbst einzugreifen, wenn es ihr notwendig erschien; konkurrierende Magie und drohende Religionskriege hin oder her.

Als sie sich jedoch der gewaltigen Treppe näherten, die zur Spitze der Sonnenpyramide hinaufführte, beschleunigte der Alkalde seine Schritte, ging rasch an ihr vorbei und vertrat ihr dann den Weg. »Es tut mir leid, Prinzessin, aber weiter könnt Ihr uns nicht begleiten.«

»Wieso?«, fragte Pia empört. »Ich werde ganz bestimmt nicht –«

»Eure Magie ist dort nicht willkommen«, unterbrach sie Kukulkan. In den Worten klang nicht die mindeste Spur von schlechtem Gewissen mit oder gar einer Entschuldigung. »Nur der Diener der Großen Schlange darf den Tempel betreten.«

»Du glaubst doch nicht im Ernst –«, begann Pia zornig und fuhr dann mit einer abrupten Bewegung herum, als Alica hinter sie trat und ihr die Hand auf die Schulter legte.

»Bitte, Pia«, sagte Alica. »Er weiß, was er tut.«

Pia fragte sich, ob *Alica* wusste, was sie tat, doch bevor sie diese Worte laut aussprechen und damit wohl endgültig einen Streit vom Zaun brechen konnte, begegnete ihr Blick dem Eiranns, der hinter Alica stand. Vielleicht zum allerersten Mal, seit sie dem Schattenelben begegnet war, glaubte sie tatsächlich so etwas wie eine Emotion in seinen Augen zu lesen. Eirann wirkte erschrocken. Sie sah auch, wie hin- und hergerissen er war. Da war bedingungsloses Vertrauen und fast ebenso bedingungsloser Gehorsam in seinem Blick, und zugleich auch etwas wie Entsetzen.

Und plötzlich begriff sie, dass es hier längst nicht mehr nur noch um ihre Sorge um Jesus ging.

Sie musste wieder daran denken, wie nervös und angespannt Alica gestern Nachmittag gewesen war, als sie den Alkalden zum ersten Mal getroffen hatte. Sie hatte nach wie vor nicht die geringste Ahnung, welche Rolle sie hier wirklich spielte, doch mit einem Male war ihr klar, wie wichtig *Kukulkan* hier war. Er war mehr als ein alter Medizinmann, der bunte Federmäntel liebte und sich gerne wichtigmachte. Was hier gerade drohte, das war mehr als nur eine kleine Meinungsverschiedenheit, es war ein Machtkampf.

War es klug, dem Ganzen auszuweichen?

Sie sah wieder auf Jesus hinab, und ihr Herz schien zu einem harten, kalten Stein in ihrer Brust zu werden, als ihr erneut auffiel, wie blass er war. Im schwachen Mondlicht wirkte seine Haut jetzt grau, und sosehr sie sich auch anstrengte, konnte sie das Heben und Senken seiner Brust nicht mehr sehen.

Aber vielleicht war das Schlimmste überhaupt die Erinnerung an die hässliche Szene vom vergangenen Nachmittag. Jesus und sie waren im Streit auseinandergegangen, und die Vorstellung, dass dies vielleicht das letzte Mal gewesen sein könnte, dass sie miteinander gesprochen hatten, war mehr, als sie ertrug.

Alicas Blick wurde beinahe flehend, und Pia signalisierte ihr mit einem angedeuteten Nicken, dass sie begriffen hatte, drehte sich wieder zu Kukulkan um und sah ihm fest in die Augen.

Sie erschrak selbst ein wenig, als sie hörte, wie kalt ihre Stimme klang. »Ich habe dein Wort, dass du ihn retten kannst?«

»Meines und das der Großen Schlange«, antwortete der Alkalde. »Ihre Magie ist stark. Sie wird sein Leben retten. Aber uns bleibt nicht mehr viel Zeit, Prinzessin.«

Sein Federschmuck raschelte, als er eine Kopfbewegung in Richtung der Treppe hinter sich machte, und sein bunter Mantel bewegte sich auf eine Art, die Pia gegen die absurde Vorstellung ankämpfen ließ, dass er dabei war, sich in einen zweieinhalb Meter großen Monstervogel zu verwandeln. Natürlich war das Unsinn. Sowohl Eirann als auch der Zwerg hatten ihr versichert, dass Kukulkan nicht einmal in der Nähe des Daches gewesen war, als der Angriff erfolgte, und sie selbst hatte ihn schließlich unten in der Menge gesehen.

Aber wem sollte sie noch vertrauen, hatte sie es doch offensichtlich mit einem Feind zu tun, der jede beliebige Gestalt annehmen konnte?

Nach einer kleinen Ewigkeit gab sie Kukulkans Blick frei und trat demonstrativ zur Seite, und der alte Indio bedeutete den vier Trägern, weiterzugehen. Pia folgte ihnen bis unmittelbar vor die erste Stufe, hütete sich aber, sie zu betreten, und registrierte überrascht, wie unerwartet geschickt sich die vier kleinen Männer dabei anstellten, ihre Trage mit der so schweren Last die steile Treppe hinaufzutransportieren; sie selbst wäre nicht einmal ganz sicher gewesen, ob sie sie mit leeren Händen so schnell bewältigt hätte.

Schon lange bevor sie auch nur die halbe Strecke bis nach oben zurückgelegt hatten, verschmolzen Kukulkan und sie mit dem Schatten der gewaltigen Pyramide, sodass sie sie nicht mehr sehen konnte. Fast ohne ihr Zutun glitt ihr Blick weiter die Treppe hinauf und blieb an dem gedrungenen Schatten auf ihrer Spitze hängen; der Tempel der Großen Schlange, wie Kukulkan ihn genannt hatte. Pia zerbrach sich einen Moment lang den Kopf über die Frage, ob es diesen Tempel in dem Chichen Itza, das sie kannte, auch gab, kam aber zu keinem eindeutigen Ergebnis. Und es spielte auch keine Rolle. Sie war hier, und der Schatten dort oben machte ihr Angst.

Sie versuchte den Gedanken abzuschütteln. Es war nur die Sorge um Jesus und die bange Frage, was Kukulkan dort oben mit ihm tun würde. Natürlich machte ihr der Anblick Angst. Selbst in Doktor Gonzales' supermoderner Klinik war sie vor Sorge um Jesus fast verrückt geworden. Was erwartete sie denn jetzt, wo sie ihn in der Obhut eines Steinzeit-Schamanen zurücklassen musste, dessen Krankenkassenzulassung schon vor zweitausend Jahren abgelaufen war?

Der Gedanke brachte ihr keinen Trost. Er amüsierte sie auch nicht, sondern gab der nagenden Furcht tief in ihrer Seele nur noch zusätzliche Nahrung. Diese Pyramide und das, was sie beherbergte, hatten ihr vom ersten Augenblick lang Angst gemacht, und daran hatte sich nichts geändert.

»Erhabene?«

Pia überlegte kurz, Eirann einfach zu ignorieren, riss ihren Blick aber dann trotzdem von dem gedrungenen schwarzen Schatten fünfzig Meter über ihr los und überlegte noch kürzer, nun doch auf die erste Stufe hinaufzutreten, damit sie den Kopf nicht in den Nacken legen musste, um mit dem weißhaarigen Elb zu sprechen. Dann wurde ihr klar, wie albern dieser Gedanke war, und sie musste selbst darüber lächeln.

Sie drehte sich schneller herum, als notwendig gewesen wäre, und spürte zugleich eine absurde Erleichterung, auf diese Weise auch dem Anblick des schwarzen Schattens auf der Spitze der Pyramide entkommen zu sein.

»Erhabene?«, fragte Eirann noch einmal. Pia konnte sich täuschen, aber seine Stimme schien ein ganz kleines bisschen nervös zu klingen; eine Gefühlsregung, von der sie bisher noch nicht gewusst hatte, dass die Schattenelben zu ihr fähig waren. »Da sind ... ein paar wichtige Dinge, über die wir reden müssen.«

»Ja, ich weiß«, seufzte sie. Das unheimliche Gefühl war noch immer da, aber nun … anders. Jetzt war es, als würde *sie* angestarrt.

»Mach dir keine Sorgen, Liebes«, sagte Alica. »Kukulkan weiß, was er tut. In ein paar Stunden kriegst du deinen Freund zurück. In einem Stück und vollkommen unbeschädigt, mein Wort darauf.« Sie grinste. »Wenn du willst, rede ich mit dem alten Knacker, und er nimmt noch ein paar Verbesserungen an ihm vor.«

Pia machte sich nicht einmal die Mühe, darauf zu antworten, sondern bedeutete Eirann nur mit einem stummen Blick, vorauszugehen, und der hünenhafte Krieger wandte sich um und bahnte ihnen mit seinen breiten Schultern einen Weg durch die Menschenmenge. Alica und zwei weitere groß gewachsene Gestalten in mattschwarzem Eisen schlossen sich ihnen an, und der Anblick ließ Pia nicht nur an die schrecklichen Augenblicke auf dem Dach zurückdenken, sondern weckte auch ihr schlechtes Gewissen. Alica hatte ihr gesagt, dass auch der zweite Schattenelb den Kampf mit dem Ungeheuer nicht überlebt hatte, und ihr Verstand konnte ihr hundertmal erklären, dass es nicht ihre Schuld war – sie *fühlte* sich schuldig, und das mit jedem Moment mehr.

Sie hatte erwartet, dass Eirann sie wieder zu Alicas Haus im Schatten der Pyramide zurückbringen würde, doch stattdessen steuerte er ein niedriges, aber sehr großes Gebäude auf der anderen Seite des Platzes an. Eine doppelt gestaffelte Reihe gepanzerter Elbenkrieger, deren grimmige Blicke selbst durch das schwarze Eisen ihrer Helme hindurch noch zu spüren waren, hielt davor Wache, und dahinter gewahrte sie eine noch größere Anzahl zwar nicht gepanzerter, dafür aber bis an die Zähne bewaffneter Mayakrieger. Wahrscheinlich gab es dieses Wort hier nicht einmal, aber das änderte nichts daran, dass in dieser Stadt wohl so etwas wie Ausnahmezustand herrschte.

Die lebende Mauer teilte sich vor ihnen, und auch die Maya gingen respektvoll auseinander, um Pia und ihre Begleiter passieren zu lassen. Erst danach erkannte sie, wohin Eirann sie gebracht hatte. In der Welt, die sie bisher für die einzig reale Wirklichkeit gehalten hatte, war dieses Bauwerk als Ballspielplatz bekannt (auf dem allerdings eine etwas andere Version des bei ihnen beliebten Fußballs gespielt worden war: Der Ball wurde mit der Hüfte durch einen steinernen Ring gekickt, und nach Ende des Spieles folgten ihm die abgeschnittenen Köpfe der Verlierermannschaft), hier aber schien er einem gänzlich anderen Zweck zu dienen. Es war zu dunkel, um Einzelheiten zu erkennen, doch sie hörte ein gedämpftes Durcheinander sonderbarer Knurr- und Zischlaute, und etwas wie ein schwacher Raubtiergeruch schlug ihr entgegen. Große Körper bewegten sich in der Dunkelheit, und sie glaubte das Scharren von Schuppen und das Kratzen von eisenharten Klauen auf Stein zu hören.

»Trexe?«, fragte sie.

»Das hier sind die Stallungen«, bestätigte Alica. »Aber es ist zugleich auch der sicherste Ort in der ganzen Stadt. Deshalb hat Eirann sie hierherbringen lassen.«

»Sie?«

Statt zu antworten, gab Alica einem der Elbenkrieger einen Wink, und er eilte voraus und öffnete eine Tür, die zwar so niedrig war, dass er sich ducken musste, um hindurchzugehen, aber auch so schwer, dass selbst er beide Hände brauchte. Pia registrierte beiläufig, dass die Tür nicht aus Holz oder Metall bestand, sondern aus einer massiven Steinplatte, die mindestens dreißig Zentimeter dick war und sich auf ebenfalls steinernen Angeln drehte. Was hielten sie normalerweise hier gefangen? Drachen?

Der Raum, in den sie gelangten, war ebenso weitläufig wie hoch und von Dutzenden Fackeln schon fast taghell erleuchtet, deren Qualm durch unsichtbar in der Decke angebrachte Lüftungsschlitze abzog. Anders als überall sonst in der Stadt waren die Wände hier nicht mit Bildern oder martialischen Reliefs übersät, sondern bestanden aus glatten Quadern aus schwarzem Stein, von denen selbst die kleinsten Tonnen wiegen mussten. Schwere eiserne Ringe waren in die Wände eingelassen. Auf dem

Boden lag Stroh, aber darunter waren frische Kratzspuren von beunruhigender Tiefe zu erkennen.

Alica deutete auf eine Gruppe von Kriegern – Elben und Maya (nannte man sie hier eigentlich so?), aber auch eine Anzahl gerüsteter Männer, die einem ihr bisher nicht bekannten Volk angehörten – und ging voraus. Auch Pia setzte dazu an, ihre Schritte zu beschleunigen, ging aber ganz im Gegenteil plötzlich langsamer und wäre fast ganz stehen geblieben, als sie die drei grau gesichtigen Schemen erblickte, die zwischen den Kriegern standen. Wieder meldete sich ihr Verstand zu Wort, und wieder brachte sie ihn mit einer ärgerlichen Anstrengung zum Verstummen. Es war ihr gleich, ob die Sith ihre Verbündeten waren oder nicht. Schon der Anblick eines dieser unheimlichen Geschöpfe war schlimm genug; gleich dreien von ihnen gegenüberzustehen, war beinahe mehr, als sie verkraftete.

Pia belegte sich in Gedanken wieder einmal mit allerlei fantasievollen Bezeichnungen (von denen hysterische Kuh noch die freundlichste war), ging nun trotzig umso schneller weiter und ertappte sich dabei, wie sie insgeheim erleichtert aufatmete, als sie nicht nur Gamma Graukeil erkannte, sondern der Zwerg sich auch auf der Stelle herumdrehte und ihr entgegenkam.

So schnell konnten sich die Dinge ändern. Noch vor einer Stunde hätte sie jeden für verrückt erklärt, der behauptet hätte, sie würde sich irgendwann einmal freuen, den Zwerg zu sehen.

»Prinzessin Gaylen!« Graukeils Stimme war – vielleicht zum ersten Mal überhaupt – frei von Spott oder Häme. »Ich bin so froh, Euch zu sehen! Und ich höre, auch Eurem Freund geht es schon wieder besser?«

»Er wird überleben«, sagte Alica, bevor Pia antworten konnte. »Mehr kann man noch nicht sagen. Aber es hätte schlimmer ausgehen können, das ist wahr. Habt Ihr etwas herausfinden können?«

»Nicht viel, fürchte ich«, antwortete der Zwerg. Er wirkte ein bisschen irritiert, und auch Pia fragte sich, ob es ihr nur so vorkam, als hätte Alica das Gespräch regelrecht abgewürgt. »Kommt.«

Die Krieger wichen respektvoll beiseite, als er Pia mit einem heftigen beidhändigen Wedeln aufforderte, ihm zu folgen, und obwohl sie eine unangenehme Vorahnung von dem gehabt hatte, was sie erblicken würde, schlug ihr das Herz schon wieder bis zum Hals, als sie sah, was hinter ihnen auf dem Boden lag.

Es waren die Überreste der beiden gefiederten Ungeheuer. Beide waren kopflos, aber das, dessen Schädel sie mit ihrer letzten Kugel weggesprengt hatte, sah aus, als wäre es der hiesigen Variante des CSI in die Hände gefallen; und zwar einer mit einer ausgesprochenen Vorliebe für Beile und Messer mit schartigen Klingen anstelle von Elektronenmikroskopen und Laserskalpellen. Selbst Pia, die das zweifelhafte Vergnügen genossen hatte, ihn aus allernächster Nähe gesehen zu haben, hatte Mühe, in dem halb ausgeweideten Kadaver das Ehrfurcht gebietende Raubtier wiederzuerkennen, das er noch vor wenigen Stunden gewesen war.

Schaudernd trat sie näher, unterdrückte das Ekelgefühl, das aus ihrem Magen aufsteigen wollte, und zwang sich, das blutige Bündel genauer in Augenschein zu nehmen.

Es bereitete ihr kein Vergnügen, das Ungeheuer so zu sehen, ob es nun versucht hatte, sie bei lebendigem Leib in denselben Zustand zu versetzen, oder nicht. Das Tier hatte versucht, sie umzubringen, und sie hatte sich verteidigt und es getötet, und das war in Ordnung. Aber wozu diese nachträgliche Grausamkeit?

Sie stellte die Frage laut, und Alica zog zwar eine entsprechende Grimasse und hob auch die Schultern, machte dann aber trotzdem eine Kopfbewegung zu einem der drei Sith. »Sie haben etwas gesucht ... glaube ich.«

»In ihm drin?«, wunderte sich Pia.

Alica zuckte noch einmal die Achseln. Man sah ihr an, wie wenig ihr das Thema behagte, wenn auch vielleicht aus einem anderen Grund als Pia. »Sie waren ein bisschen beunruhigt, glaube ich«, sagte sie. »Eigentlich dachten sie, sie wären die Einzigen, die diesen Trick beherrschen.«

»Welchen Trick?«

»Ihr Aussehen zu verändern.«

Es dauerte einen Moment, bis Pia wirklich begriff. »Du meinst, sie sind so eine Art ... Gestaltwandler?«, murmelte sie.

»Nein«, antwortete Alica.

Pia sah zu den drei Sith hin. »Aber sie?«

»Nein«, sagte Alica noch einmal.

»Aha«, murmelte Pia.

Ein dünnes Lächeln huschte über Alicas Gesicht und erlosch beinahe schneller wieder, als es gekommen war. Vielleicht war es auch etwas anderes gewesen. »Ja, es ist kompliziert«, seufzte sie. »Aber irgendwie ist alles kompliziert, was mit den Sith zu tun hat, und je mehr man darüber nachzudenken versucht, desto komplizierter wird es, glaub mir. Jedenfalls waren sie völlig aus dem Häuschen. Das hätte nicht passieren dürfen.«

»Wenigstens in diesem Punkt sind wir einer Meinung«, sagte Pia.

Alica blinzelte. »Wir?«

»Nein.« Pia machte eine Kopfbewegung zu den drei Graugesichtigen. »Wir.«

»Hm«, machte Alica. Sie sah eindeutig erschrocken aus, und Pia fragte sich, ob es da nicht doch noch das eine oder andere gab, was sie ihr noch nicht über die Sith erzählt hatte, angefangen mit der Antwort auf die Frage, was sie überhaupt waren. Aber dann drehte sie sich mit einem Ruck weg, und Pia sah, wie viel Mühe es sie kostete, nicht vor Lachen laut herauszuplatzen.

»Was mir viel mehr Sorgen bereitet, ist nicht die Frage, wie sie hierhergekommen sind«, mischte sich Gamma Graukeil ein, »sondern warum.«

»Um mich umzubringen?«, schlug Pia vor.

Der Zwerg starrte sie einen Atemzug lang aus großen Augen an. Dann riss er auch noch den Mund auf und schlug sich die flache Hand vor die Stirn, dass es klatschte. »Aber natürlich!«, sagte er. »Wieso bin ich bloß nicht auf die Idee gekommen?«

»Was der Herr von Ostengaard sagen will«, mischte sich Eirann ein, »ist, dass niemand weiß, dass Ihr hier seid, Erhabene.«

Was hatte er gesagt, dachte Pia verwirrt. *Der Herr von Ostengaard*? »Niemand außer der ganzen Stadt, meinst du?«, fragte sie.

»Eirann hat recht«, sagte Alica. »Du weißt nicht genau, wo wir hier sind, stimmt's?«

»In Chichen Itza«, antwortete Pia. »So heißt diese Stadt nämlich wirklich, weißt du?«

»Vielleicht da, wo du herkommst«, antwortete Alica unbeeindruckt. »Hier hatte sie gar keinen Namen, als Eirann und ich sie gefunden haben. Und was viel wichtiger ist, wir haben nicht zufällig hier unser Hauptquartier aufgeschlagen. Die nächste Stadt ist eine Woche entfernt, mit einem schnellen Pferd.«

»Einem *sehr* schnellen Pferd«, fügte Gamma Graukeil hinzu.

»Es sei denn, es hätte Flügel«, gab Pia zu bedenken, aber Alica schüttelte nur den Kopf. »Flammenhuf ist der Einzige seiner Art«, sagte sie. »Und selbst wenn es nicht so wäre ... ich bilde mir nicht ein, dass unser kleines Geheimnis noch lange eines bleibt. Im Gegenteil, unsere PR-Abteilung arbeitet auf Hochtouren daran, die frohe Kunde von der Rückkehr Prinzessin Gaylens im ganzen Land zu verbreiten, aber so schnell *kann* es sich einfach nicht herumgesprochen haben. »Sie schüttelte heftig den Kopf »Sogar wenn der *Comandante* wüsste, dass du bei uns bist, würde ihm das nichts nutzen.«

»Er hat gesehen, wer mich aus Rio geholt hat«, erinnerte Pia, aber Alica schüttelte nur noch einmal und womöglich noch heftiger den Kopf. »Nandes und seine Orks haben nicht die geringste Ahnung, wo wir sind. Sie wissen nicht einmal, dass diese Stadt existiert.«

»Und woher willst du das so genau wissen?«, fragte Pia.

»Weil wir noch leben«, antwortete Alica mit großem Ernst. »Sie suchen seit vier Jahren nach uns, und wenn sie von diesem Versteck wüssten, dann würden wir diese Unterhaltung jetzt nicht führen, Liebes.«

Sie wartete einen Moment lang darauf, dass Pia ihr widersprach, wirkte beinahe ein bisschen enttäuscht, als es nicht geschah, und wandte sich dann dem zweiten Kadaver zu. Abgesehen von den Wunden, die er im Kampf mit den Elbenkriegern davongetragen hatte, war er zu Pias Erleichterung nahezu unversehrt, und jemand war sogar rücksichtsvoll genug gewesen, seinen abgetrennten Kopf so zu drapieren, dass die schreckliche Wunde nur wie eine dünne rote Linie an seinem Hals aussah.

Wenigstens so lange, bis Alica neben ihn trat und ihm einen Stoß mit dem Fuß versetzte, der ihn wie einen missgestalteten Federball ein Stück weit davonkullern ließ. »Und dazu kommen noch diese beiden Biester.«

»Wieso?«

»Terrorvögel«, sagte Alica. »Sie dürften nicht hier sein.«

»Ist das wieder eine von deinen speziellen Wortschöpfungen?«, fragte Pia. Ihre Stimme klang selbst in ihren eigenen Ohren belegt. Ihr Herz klopfte, und als sie sich ein kleines Stück zur Seite bewegte, musste sie sich des verrückten Gefühls erwehren, dass der Blick der erloschenen Augen ihr folgte.

»Ich weiß nicht, wie man sie hier nennt«, antwortete Alica. »Die wenigsten wissen, dass es sie überhaupt noch gibt. Sogar Kukulkan musste sein Orakel zurate ziehen. Aber früher gab es sie auch bei uns, und zwar genau hier in Mexiko.«

»Das denkst du dir aus«, behauptete Pia.

»Ich hab mal einen Bericht über sie gesehen, im Discovery-Channel«, beharrte Alica. »Onkel Esteban war sehr großzügig, was das angeht. Jedenfalls haben sie die Viecher da so genannt, und wenn ich sie mir so ansehe, dann ist der Name irgendwie treffend, oder?«

»Hm«, machte Pia. »Und wieso beweist das, dass Nandes nichts mit diesem Anschlag zu tun hat?«

»Bei uns sind diese reizenden Tierchen vor fünfzehntausend Jahren oder so ausgestorben«, fuhr Alica fort. Natürlich ließ sie sich die Gelegenheit nicht entgehen, mit ihrem Wissen zu glänzen. »Hier gibt es sie anscheinend noch, und weißt du, so groß ist der Unterschied zwischen unseren Welten gar nicht, glaube ich. Die Eierköpfe vom Discovery-Channel waren jedenfalls der Meinung, sie hätten hauptsächlich von Reptilien gelebt. Großen Eidechsen, Schlangen, dem einen oder anderen Krokodil …«

»Alica, bitte«, seufzte Pia. Ihr war wirklich nicht danach, sich einen wissenschaftlichen Vortrag über Terrorvögel anzuhören. So interessant er auch sein mochte.

»Ja, ich hab es auch nicht gleich kapiert«, sagte Alica. »Um genau zu sein, hat mich Kukulkan drauf gebracht. Diese Biester fressen Echsen.« Jetzt sah sie Pia eindeutig erwartungsvoll an.

Pia resignierte innerlich und verdrehte zwar die Augen, tat ihr aber trotzdem den Gefallen und fragte: »Und?«

»Und was sind Orks?«

»Orks?«,murmelte Pia.

»Orks«, bestätigte Alica. Ihre Augen leuchteten. Mit einer fast ehrfürchtigen Bewegung ließ sie sich in die Hocke sinken, hob den abgeschlagenen Kopf des Monstervogels hoch und stand wieder auf. Der Schnabel des toten Vogels klappte auf, und Pia sah erst jetzt, dass er nicht nur kräftig genug war, um ganz beiläufig eine Kokosnuss zu knacken (oder auch einen Kopf, egal ob mit oder ohne Helm), sondern auch wie eine Säge gezähnt.

»Orks«, wiederholte Alica, »sind nicht nur hässlich und blöd. Es sind auch Reptilien. Große, hässliche, starke Eidechsen. So etwas wie die Leibspeise von diesem Piepmatz hier. Nandes hätte bestimmt gerne ein paar von ihnen auf seiner Seite, aber genauso gut könntest du auch versuchen, Mäuse auf Katzen reiten zu lassen.«

»Hm«, machte Pia zum wiederholten Mal. So gerne sie Alica widersprochen hätte … doch ein einziger Blick auf den riesigen Schädel in ihren Händen machte es ihr unmöglich. Die Vorstellung, dass ein Ork auf einem solchen Ungeheuer ritt … nein. Das war einfach absurd.

»Dann war es eben nicht Nandes«, sagte sie. »Und?«

»Verstehst du es wirklich nicht, Pia?«, fragte Alica. »Nandes *kann* diese Ungeheuer nicht geschickt haben. Weißt du wirklich nicht, was das bedeutet?«

Natürlich wusste sie es, aber irgendwie kam ihr der Gedanke nicht so schlimm vor, solange sie ihn nicht laut aussprach.

Aber wozu hatte man schließlich Freunde? Gamma Graukeil nahm ihr die Mühe ab. »Es bedeutet, dass wir einen Verräter unter uns haben, Prinzessin.«

XVI

Alica, Eirann, der Zwerg und die anderen hatten noch bis weit in den Morgen hinein zusammengesessen und geredet, wie Pia später erfuhr, aber sie selbst war noch immer viel zu verängstigt und aufgewühlt, um auch nur einen einzigen klaren Gedanken fassen zu können. Außerdem verlangte irgendwann ihr Körper sein Recht, sodass sie sich zurückzog, um ein wenig auszuruhen.

Sie selbst hatte vielleicht am allerwenigsten damit gerechnet, doch sie sank sofort in einen tiefen, fast betäubten Schlaf, aus dem sie erst lange nach Sonnenaufgang wieder erwachte, und wenn sie überhaupt geträumt hatte, so erinnerte sie sich nicht daran. In ihrem Mund war ein schlechter Geschmack, sie hatte hämmernde Kopfschmerzen und fühlte sich so verspannt und steif, als hätte sie auf einer mittelalterlichen Folterbank übernachtet, zugleich aber auch zum ersten Mal seit Tagen wenigstens halbwegs ausgeruht.

Außerdem war sie nicht von selbst erwacht.

Noch während sie die gedämpften Geräusche ihrer Umgebung einzuordnen versuchte und ernsthaft darüber nachdachte, welches Auge sie zuerst aufmachen sollte – das rechte oder das linke oder vielleicht doch besser gar keines –, hörte sie ein leises Lachen, und irgendwo links von ihr sagte Alicas Stimme: »Das nennt man jetzt perfektes Timing, Liebes. Noch eine Minute und ich hätte Maxi geschickt, um einen Eimer Wasser zu holen.«

Widerwillig drehte Pia den Kopf nach links und öffnete noch widerwilliger die Augen. Der spitze Winkel, in dem das Sonnenlicht durch die schmalen Fenster herein- und ihr (natürlich) nahezu direkt in die Augen fiel, verriet ihr, dass es beinahe Mittag sein musste, und der Anblick von Alicas erschöpftem grauem Gesicht und ihrer zerknitterten Kleidung, dass sie wohl die Einzige gewesen war, die in dieser Nacht Schlaf gefunden hatte.

»Eigentlich siehst du aus, als hättest du ihn eher nötig«, nuschelte sie schlaftrunken, stemmte sich auf beide Ellbogen hoch und fuhr sich mit der Hand durch das Gesicht, um ein Gähnen zu kaschieren, das sie nicht ganz unterdrücken konnte.

Alica nahm das Kompliment wortlos entgegen, verschränkte die Arme vor der allenfalls symbolisch verhüllten Brust und lehnte sich gegen die bemalte Wand in ihrem Rücken.

»Warum hast du mich nicht geweckt?«, fragte Pia.

»Tu ich doch gerade«, erwiderte Alica, schüttelte den Kopf und fügte hinzu: »Außerdem gibt es im Moment nichts, was du tun könntest, und du hattest ein bisschen Schlaf bitter nötig.«

Sie etwa nicht?, dachte Pia. Außerdem war da noch etwas, etwas Wichtiges, das sie vergessen hatte, aber ihre Gedanken bewegten sich immer noch träge, und sie hatte das Gefühl, dass sie auf der Stelle wieder einschlafen würde, wenn sie nicht achtgab. Dann durchfuhr sie ein neuer heißer Schrecken.

»Jesus!« Pia setzte sich mit einem Ruck auf. »Was ist mit ihm los?«

»Es geht ihm gut, keine Angst.« Alica faltete umständlich die Arme auseinander, um eine beruhigende Geste zu machen, und begriff dann anscheinend selbst, dass sie zu spät kam, denn sie führte die Bewegung nicht zu Ende. Aber sie schüttelte noch einmal den Kopf und versuchte zumindest, so etwas wie einen optimistischen Ausdruck auf ihr Gesicht zu zwingen. Es misslang. »Er ist noch im Tempel. Kukulkan hat die ganze Nacht seine Beschwörungen und Rituale abgehalten, und das ist ein gutes Zeichen.«

»Wieso?«, wollte Pia wissen.

»Weil er es nicht tun würde, wenn es keinen Sinn hätte«, antwortete Alica. »Der alte Bursche ist ein Pragmatiker, weißt du? Er tut nichts, was keinen Sinn hat oder woraus er keinen Nutzen ziehen könnte.« Sie wartete kurz auf eine Antwort, die sie nicht bekam, schüttelte dann abermals den Kopf und verzog die Lippen. »Wahrscheinlich hat Jesus Glück, dass er bewusstlos ist.

Ich glaube, er würde völlig durchdrehen, wenn er stundenlang diesem grässlichen Gesang zuhören müsste. Wenn es etwas gibt, was schlimmer ist als das Essen hier, dann ist es die Musik dieser Leute.«

»Aber es geht ihm gut?«, vergewisserte sich Pia.

Sie bekam nicht die Antwort, die sie hatte hören wollen. »Besser«, erwiderte Alica, und jetzt wich sie ihrem Blick aus. »Er hat großes Glück, noch am Leben zu sein, und Kukulkan hat vorhin einen seiner Diener geschickt, um mir ausrichten zu lassen, dass es wohl auch so bleibt. Mehr weiß ich nicht.« Sie schien noch mehr sagen zu wollen, beließ es aber dann bei einem tiefen Seufzen und stieß sich mit einem Ruck von der Wand ab. »Auf jetzt, Schlafmütze«, fuhr sie in aufgesetzt forschem Ton und mit einem zusätzlichen Händeklatschen fort. »Du hast lange genug geschlafen. Wir haben eine Menge Arbeit.«

Pia ignorierte das Stichwort ganz bewusst, streifte die dünne Decke ab und stellte ohne große Überraschung fest, dass sie nicht mehr das zerrissene Kleid von gestern trug, sondern die Art von Nachtgewand, die offensichtlich Alicas Geschmack entsprach: Ein dünnes Goldkettchen um das rechte Fußgelenk und ein etwas dickeres am linken Arm. »Hast du mich – ?«, begann sie, und Alica unterbrach sie mit einem heftigen Kopfschütteln.

»Aber ich bitte Euch, Erhabene! So etwas würde ich mir nie erlauben. Diese Ehre habe ich selbstverständlich Kukulkan überlassen.«

Pia starrte sie an, und Alica hielt ihrem Blick zwei oder drei Sekunden lang vollkommen ernst stand, aber dann platzte sie vor Lachen heraus. »Nein, keine Angst. Das waren die Mädchen und ich. Die Leute hier haben eine gesunde Einstellung zu ihren Körpern und allem, was man damit machen kann, aber du bist schließlich nicht irgendwer.«

»Ich weiß«, seufzte Pia. Sie stand auf, folgte Alicas hilfreich deutender Geste und gewahrte einen kleinen Stapel mit einfacher, aber bequem aussehender Wäsche und ein zusammengelegtes buntes Kleid am Fußende ihres Bettes. »Und vielleicht ist genau das das Problem«, fuhr sie fort, während sie ging und sich anzog.

»Was?«, erkundigte sich Alica. »Dass du nicht nackt herumlaufen darfst, obwohl es warm genug dazu ist?«

Pia ignorierte die Bemerkung und nahm sich vor, das auch mit allen anderen zu tun, die Alica ganz bestimmt noch machen würde. Ihre Scherze waren noch lahmer als sonst. Sie musste vollkommen übermüdet sein, und obwohl sie sie nur aus den Augenwinkeln betrachtete, entging ihr keineswegs, dass es ihr einfach nicht möglich war, stillzustehen; ein weiterer, überdeutlicher Hinweis auf den Grat ihrer Erschöpfung.

»Dass ich kein ganz normaler Mensch bin«, seufzte sie. Das wiederum ignorierte Alica.

Bedächtig und sehr viel umständlicher, als notwendig gewesen wäre, zog sie sich an, strich mit beiden Händen das Kleid glatt, das schreiend bunt war, aber sehr bequem, und betrachtete einen Atemzug lang stirnrunzelnd die ebenfalls bunt bestickten Schnürsandalen, die als Einziges auf dem Bett zurückgeblieben waren. Sie entschied sich dagegen, ging um das Bett herum und nahm die Stiefel aus der Nische, die sie aus WeißWald mitgebracht hatte.

»Wenn ich dir meine Dienste auch noch als Beraterin in Modefragen anbieten darf –«, begann Alica, und Pia unterbrach sie, indem sie heftig den Kopf schüttelte und auf einem Bein herumzuhüpfen begann, um mit dem anderen in den Stiefel zu schlüpfen.

»Du willst sicher sagen, es sieht nicht besonders passend aus«, vermutete sie. »Mag sein. Aber hätte ich sie gestern angehabt, wäre so manches vielleicht nicht passiert.«

Irgendwie rutschte sie in den Stiefel hinein, versuchte dasselbe Kunststück mit dem anderen und verlor prompt das Gleichgewicht, und sie zog sich nur deshalb nicht schon wieder ein paar neue blaue Flecken und Prellungen zu, weil sie Glück hatte und rücklings aufs Bett fiel. Alica sah mit ausdruckslosem Gesicht auf sie herab, und Pia hatte das sichere Gefühl, dass sie das auch getan hätte, wäre sie auf dem harten Steinboden gelandet. Ohne auch nur ein Wort zu ihrem Missgeschick zu sagen – oder ihr gar die Hand entgegenzustrecken, um ihr aufzuhelfen –, wandte Alica sich kopfschüttelnd ab und trat ihrerseits an die schmale Wandnische heran. Nicht nur das Bett war durch ein neues (und womöglich noch größeres) ersetzt worden, Alicas Dienerinnen hatten gründlich aufgeräumt und auch den gläsernen Elfendolch und den schweren Revolver wieder an ihren Platz gelegt. Während Pia sich mühsam aufrappelte, streckte Alica die Hand nach dem Dolch aus, wagte es dann aber doch nicht, der so harmlos aussehenden Klinge auch nur nahe zu kommen, sondern nahm stattdessen die Magnum auf. In ihren Händen, die noch einmal deutlich schmaler waren als die Pias, wirkte der verchromte Revolver absurd groß, und Pia wunderte sich fast ein bisschen, dass sie ihn überhaupt mit einer Hand halten konnte. Man sah ihr auch an, wie schwer es ihr fiel.

Alica drehte die Magnum ein paarmal hin und her, klappte dann mit einem Geschick und einer Selbstverständlichkeit, die Pia wirklich überraschten, die Trommel heraus und schnippte sie mit den Fingern an, sodass sie sich klickend zu drehen begann. »Ein schönes Spielzeug hast du da mitgebracht«, sagte sie. »Schade nur, dass du nicht daran gedacht hast, auch ausreichend Munition einzustecken.«

Pia nahm ihr die Waffe aus der Hand und legte sie demonstrativ an ihren Platz zurück. Aus der gleichen Bewegung heraus griff sie nach dem schmalen Dolch, aber genau wie Alica gerade führte sie die Bewegung nicht zu Ende. Der Schnitt, den sie sich gestern an dieser Klinge zugezogen hatte, begann bereits zu heilen und tat auch kaum noch weh, aber sie hatte dennoch nicht vergessen, wie leicht man sich an einer Waffe wie dieser verletzen konnte. Woher sie dieses Wissen nahm, wusste sie nicht – und es war ihr auch gleich –, aber es gab nichts, was dieser so zerbrechlich aussehenden Klinge widerstand. José Peralta hatte behauptet, sie sei aus reinem Diamant gemacht, und in gewissem Sinne stimmte das vermutlich. Dennoch wusste sie, dass dieses Messer auch Diamant so mühelos schneiden würde wie Papier oder Stoff.

»Wir haben hier geschickte Handwerker«, sagte Alica. »Ich lasse dir eine Scheide machen und einen Gürtel, der ein bisschen dekorativer ist als ein Strick.«

Pia zog die Hand mit einem dankbaren Nicken vollends zurück, drehte sich halb zu ihr herum und machte dann eine Kopfbewegung zu dem Revolver hin. »Vielleicht können sie ja auch Munition herstellen«, sagte sie. »So schwer kann das nicht sein.«

»Nur, dass sie nicht funktioniert«, antwortete Alica.

»Weil niemand weiß, wie man Schießpulver zusammenmischt?« Pia machte ein demonstrativ nachdenkliches Gesicht. »Also, ganz genau weiß ich es auch nicht, aber mit ein bisschen Herumexperimentieren ...«

»Ein bisschen Schwefel, ein bisschen Holzkohle und ein Schuss Salpeter und noch zwei oder drei andere Zutaten, und du kannst dir dein nächstes Silvesterfeuerwerk selber basteln«, sagte Alica. »Du hast recht. So schwer ist es nicht.«

Pia sah sie ehrlich überrascht an. »Stammt das auch aus dem Discovery-Channel?«

»Nein«, antwortete Alica, hob die Schultern und fuhr fort: »Oder vielleicht doch. Ich weiß es nicht. Aber unser Freund Nandes ist schon vor ein paar Jahren auf dieselbe Idee gekommen, und ich bin ziemlich sicher, er weiß, wie man Schießpulver zusammenmischt und Waffen baut.« Sie schüttelte so heftig den Kopf, dass ihre mittlerweile zu unansehnlichen Strähnen gewordenen Locken flogen. »Es muss etwas mit dem Unterschied zwischen unserer und der richtigen Welt zu tun haben«, sagte sie, wobei Pia nicht ganz klar wurde, welche der beiden Wirklichkeiten, die sie kannten, sie eigentlich mit der *richtigen* meinte. »Schießpulver funktioniert nicht, genauso wenig wie alles andere. Kein Strom, keine Dampfmaschinen, gar nichts.«

Pia machte eine Kopfbewegung zu dem leergeschossenen Revolver. »Er hat funktioniert«, erinnerte sie. »Ausgezeichnet sogar.«

»Das war das Allererste, was der *Comandante* versucht hat, glaub mir, Liebes«, widersprach Alica. Sie lachte, hart, kurz und humorlos. »Du kannst dir bestimmt denken, wie gerne er seine Schuppenfressen mit modernen Schusswaffen ausgestattet hätte! Eine Armee von Orks, die mit Gewehren ausgerüstet sind, oder noch hässlicheren Spielzeugen!«

Schon bei der Vorstellung lief Pia ein eisiger Schauer über den Rücken. Sie hatte erlebt, wozu diese Ungeheuer mit bloßen Händen, Speeren und Keulen imstande waren. »Aber?«, fragte sie.

»Wie gesagt: Es klappt nicht. Ich weiß nicht, ob ich froh darüber sein soll oder nicht. Die eine oder andere moderne Waffe würde uns sicherlich helfen ... aber es bringt auch nichts, darüber zu jammern.« Sie deutete ebenfalls auf den verchromten Revolver. »Hier funktionieren nur die Dinge, die du von der anderen Seite mitbringst. Frag mich nicht, warum.«

Pia hatte nicht vorgehabt, diese Frage zu stellen oder auch nur irgendeine. Sie bedachte den leergeschossenen Revolver mit dem zerbrochenen Griff mit einem leicht enttäuschten Blick, wollte sich abwenden und fuhr dann ganz leicht zusammen, als Alica nun nach dem Kästchen griff, das sie aus Estebans Schreibtischschublade mitgenommen hatte.

»Und das?«, fragte sie.

»Ach, nichts«, antwortete Pia. »Sentimentaler Kram. Nicht der Rede wert.«

Die einzige noch eindeutigere Aufforderung, doch bitte einen Blick in die Pappschachtel zu werfen, hätte vermutlich darin bestanden, dass sie auf die Knie gefallen wäre und sie darum angefleht hätte; das wurde ihr schon klar, noch bevor sie die Worte auch nur ganz ausgesprochen hatte, aber da war es schon zu spät. Alica hatte schon dazu angesetzt, den Karton in die Nische zurückzulegen, jetzt aber warf sie ihr einen schrägen Blick zu, nickte sehr verständnisvoll und nahm den Deckel ab. Pia hätte ihn ihr um ein Haar aus den Fingern gerissen und konnte sich vielleicht nur aus dem einzigen Grund davon abhalten, weil sie selbst nicht so genau wusste, warum eigentlich. In dem Kästchen war nichts anderes als zwei alte Fotos und ein vermutlich noch sehr viel älterer Ring. Nichts, was ihr unangenehm oder gar peinlich sein musste.

Alicas sorgsam gezupfte linke Augenbraue rutschte ein Stück weit an ihrer Stirn hinauf, während sie den Inhalt des Kästchens begutachtete. Sie sagte nichts, warf ihr aber einen weiteren und noch schrägeren Blick zu und griff dann mit spitzen Fingern hinein, um die beiden Fotos herauszuholen und wie zwei Spielkarten zwischen Daumen und Zeigefinger aufzufächern.

»Bist … du das?«, fragte sie erstaunt.

Pia wusste zwar nicht einmal genau, welches der beiden Bilder sie meinte, nickte aber trotzdem; irgendwie stimmte es ja auf jeden Fall.

»Und dann ist das hier …« Alica brach mit einem erschrockenen Keuchen ab und riss die Augen auf. »Onkel Esteban?«, murmelte sie. »Aber das …«

Sie schüttelte ein paarmal und so heftig den Kopf, dass ihre schwarzen Locken flogen, und runzelte jetzt so tief die Stirn, dass es eindeutig komisch aussah; wie ein Kind, das eine Abhandlung über Einsteins Relativitätstheorie betrachtet und seinen Eltern gegenüber so zu tun versucht, als würde es sie verstehen.

»Ja«, sagte Pia. »Das ist Esteban. Das Foto scheint ziemlich alt zu sein.«

»Aha«, machte Alica und brachte das Kunststück fertig, die Stirn sogar noch tiefer zu runzeln. Pia meinte regelrecht hören zu können, wie es dahinter arbeitete. »Mindestens zehn Jahre alt, wenn nicht mehr.«

»Eher fünfzehn«, sagte Pia.

Alica nickte zustimmend. »Aber wenn dieses Bild wirklich so alt ist«, sagte sie dann, »dann kannst das da unmöglich du sein.«

Pia resignierte. Wenn Alicas Neugier einmal geweckt war, dann gab es sowieso nicht mehr viel, was man dagegen tun konnte; außer sie zu fesseln und zu knebeln. Sie trat hinter Alica, sodass sie über ihre Schulter hinweg auf die Bilder deuten konnte.

»Doch«, sagte sie, indem sie auf das blonde Kind deutete.

Alica japste, starrte zuerst sie, dann das Mädchen und dann wieder sie an und schüttelte schließlich den Kopf. »Das ist eine Fotomontage«, sagte sie überzeugt.

»Und welchen Sinn sollte das haben? Oder das da bin nicht ich«, sagte sie mit einer Geste auf die langhaarige blonde Frau, die ihr so unglaublich ähnlich sah.

»Quatsch!«, erwiderte Alica überzeugt. »Wer soll es denn sonst …« Sie unterbrach sich mitten im Satz. »Deine Mutter?«

»Keine Ahnung«, murmelte Pia. Sie fühlte sich immer noch unbehaglich. Aus irgendeinem Grund war es ihr unangenehm, mit Alica über diese Bilder zu reden. Oder mit überhaupt jemandem.

»Also, wenn diese Bilder wirklich echt sind und das da deine Mutter ist, dann ist das die unglaublichste Ähnlichkeit, die ich jemals gesehen habe. Das bist *du!*«

Pia deutete nur ein knappes Nicken an.

»Dieser alte Schwerenöter«, sagte Alica.

»Wer?«

»Esteban.« Alicas Stimme klang fast ein bisschen anerkennend. »Anscheinend hatte er doch das eine oder andere Geheimnis vor mir … und dir, versteht sich.«

Auch darauf antwortete Pia nicht.

»Und das hier?« Alica legte zu Pias Erleichterung endlich die Bilder in die Schachtel zurück, nahm aber aus der gleichen Bewegung heraus den schweren Siegelring zwischen Daumen und Zeigefinger, was Pia beinahe noch mehr beunruhigte. »Und das?«

»Vielleicht irgendein Andenken«, sagte sie. »Oder Estebans Notgroschen. Das Ding sieht ziemlich wertvoll aus.«

Alica musste nichts sagen. Pia konnte sogar selbst hören, wie wenig überzeugend das klang.

Immerhin legte sie auch den Ring wieder zurück, beließ es bei einem vielsagenden Schulterzucken und verschloss das Kästchen sogar sorgfältig wieder mit dem brüchigen Einmachgummi, bevor sie es an seinen Platz zurücklegte.

»Davon hast du mir ja bisher noch gar nichts erzählt«, meinte sie.

Pia hob betont beiläufig die Schultern. »So wichtig ist es ja schließlich auch nicht.«

Alicas Blick wurde eher noch skeptischer. »Find ich schon«, antwortete sie. »Aber vielleicht im Moment nicht.«

Pia erging es ähnlich. Alles, was sie wirklich interessierte, war nach wie vor: »Wie komme ich zu Jesus?«

»In den Tempel?« Alica wirkte regelrecht erschrocken. »Hast du mir nicht zugehört? Niemand geht dort hinauf, außer Kukulkan und ein paar handverlesenen Dienern.«

»Dann will ich mit einem von denen sprechen.«

»Das dürfte schwer werden«, antwortete Alica.

»Sprechen sie unsere Sprache nicht?«

»Das weiß ich nicht«, erwiderte Alica. »Sie sprechen eigentlich nie. Ich bin natürlich nicht ganz sicher …« Sie hob die Schultern. »Aber es könnte daran liegen, dass sie keine Zungen mehr haben.«

»Kukulkan hat ihnen die Zungen herausschneiden lassen?«, fragte Pia entsetzt.

»Nein«, antwortete Alica. »Das haben sie selbst getan.« Sie nickte bekräftigend, als sie Pias ungläubigen Blick registrierte. »Nur Kukulkan selbst darf zum Orakel und der Großen Schlange sprechen, und deshalb haben sie sich selbst die Zungen abgebissen, um diesen Job zu bekommen. Hier herrschen raue Sitten, Liebes, und die Menschen hier sind wirklich gläubig. Es gibt eine innere Kammer, das Allerheiligste, das das Abbild der Großen Schlange enthält. Es anzuschauen, ist normalen Sterblichen nicht erlaubt, und die beiden einzigen Diener, die es betreten dürfen, um Kukulkan zur Hand zu gehen –«

»Schon gut«, fiel ihr Pia ins Wort. »So genau wollte ich es gar nicht wissen.«

»Es gibt hier eine ganze Menge, was du gar nicht wissen willst, Liebes«, seufzte Alica. »Einmal davon abgesehen, dass das Wetter eindeutig besser ist, bin ich nicht sicher, ob wir in WeißWald nicht besser dran waren.«

Pia betrachtete sie zweifelnd und sehr lange. »In WeißWald haben wir als Bedienung für einen geizigen alten Fettwanst gearbeitet«, erinnerte sie sie.

»Ja, und die einzigen Vögel, an die ich mich erinnere, lagen gebraten auf meinem Teller und haben nicht versucht, *mich* aufzufressen«, gab Alica ungerührt zurück. »Außerdem ist Kellnerin nicht der schlechteste Job. Ich hatte schon schlimmere.«

Pia fragte vorsichtshalber nicht, was genau sie damit meinte, sondern blickte nur noch einmal an sich herab und sagte sich selbst, dass sie an ihrem Papageien-Aufzug ohnehin nichts mehr verschlimmern konnte. Sie wollte einen Schritt zur Tür machen und sog dann stattdessen scharf die Luft zwischen den Zähnen ein, als ihr ohne Vorwarnung schwindelig wurde, und das so heftig, dass sie wankte und Alica rasch die Hände ausstreckte, um sie zu stützen.

»Was hast du?«, fragte sie alarmiert.

»Nichts«, antwortete Pia. Um genau zu sein, quetschte sie es irgendwie zwischen zusammengebissenen Zähnen hervor, und wie um sie auf der Stelle Lügen zu strafen, wurde ihr nun auch noch übel. Saurer Speichel sammelte sich unter ihrer Zunge, und sie widerstand gerade noch im letzten Moment dem Impuls, ihn herunterzuschlucken, wodurch ihr wahrscheinlich endgültig schlecht geworden wäre.

»Das sieht aber nicht nach *nichts* aus«, sagte Alica und versuchte schon wieder nach ihrem Arm zu greifen. Pia schlug ihre Hände fast grob zur Seite und atmete ein paarmal bewusst tief ein und aus, und Schwindel und Übelkeit verschwanden fast so schnell, wie sie gekommen waren, und ließen nur einen schlechten Geschmack auf ihrer Zunge zurück, zusätzlich zu dem, mit dem sie schon aufgewacht war.

»Entschuldige«, sagte sie, da ihr selbst klar wurde, dass ihre Reaktion vielleicht ein bisschen zu heftig ausgefallen war. »War wohl alles ein bisschen viel. Vielleicht haben mir die Biester gestern doch mehr zugesetzt, als ich wahrhaben will.«

Alica warf ihr zwar einen schrägen Blick zu, aber nach einer oder zwei Sekunden zwang sie wieder ein Lächeln auf ihr Gesicht, auch wenn es ihre Augen ausließ. »Falls du dich urlaubsreif fühlst, kann ich dir ein Topangebot machen.«

»Sieben Sterne in Chichen Itza, *all inclusive*?« fragte Pia.

»Und das Ganze zu einem unschlagbaren Preis«, bestätigte Alica. »Das Entertainment-Programm lässt zu wünschen übrig, und die Pool-Landschaft befindet sich noch im Bau, aber wir arbeiten daran.« Sie machte eine Geste zum Fenster hin. »Hast du Interesse an einer Führung durch die größten Sehenswürdigkeiten? Ist im Preis inbegriffen.«

»Habe ich denn die Chance, abzulehnen?«

»Nein«, antwortete Alica. »Oder doch, sicher. Aber es würde dir nichts nutzen. Außerdem haben wir eine Verabredung mit Gamma Graukeil und Eirann. Du willst deine größten Fans doch nicht enttäuschen, oder?«

Wenn sie ehrlich war, empfand Pia kein besonderes Verlangen, ausgerechnet mit Eirann und dem Zwerg zu sprechen, aber Alica würde ein Nein als Antwort tatsächlich nicht akzeptieren. Sie seufzte nur noch einmal tief, bedeutete ihr mit einer Geste, vorauszugehen, und wappnete sich innerlich gegen einen neuen Schwindelanfall, während sie ihr folgte. Er kam nicht. Wahrscheinlich war sie einfach nur zu schnell aufgestanden.

Sonja und ihre Schwester hatten Erstaunliches vollbracht. Sämtliche Spuren des Kampfes waren so gründlich ausgelöscht, als hätte er niemals stattgefunden, und eines der beiden Mayamädchen musste wohl Gedanken lesen können, denn das Haus erweckte ganz allgemein einen wohnlicheren Eindruck als noch gestern. Ein paar kleine und fast ausnahmslos nutzlose, aber dekorative Möbelstücke waren herangeschafft worden und lockerten die sachliche Atmosphäre auf. Überall waren Kissen und bunte Stoffe verteilt und in jedem Zimmer standen jetzt reich verzierte Vasen mit Blumen. Es war noch immer keine Umgebung, in der sie freiwillig leben würde, wenigstens nicht für längere Zeit, aber gestern waren diese Räume noch kalt und auf eine einschüchternde Weise majestätisch gewesen. Jetzt war es ein Ort, an dem man zumindest das Gefühl hatte, frei atmen zu können.

»Und das hier war bisher dein ... Domizil?«, fragte sie, während sie auf dem Weg zum Ausgang waren.

»Dieses Mausoleum?« Alica schauspielerte ein übertriebenes Frösteln. »Kronn bewahre! Ich dachte, du kennst meinen Geschmack!«

Plüsch und Spitzen, vorzugsweise in Pink. »Sonja hat es mir erzählt.«

»Das hier ist mein offizieller Sitz, sozusagen«, bestätigte Alica. »Als diese Stadt noch bewohnt war, hat hier ihr offizieller Herrscher residiert, und Kukulkan war der Meinung, dass die Menschen hier von mir erwarten, dass ich dasselbe tue. Aber ich bin selten hier. Die meiste Zeit sind wir sowieso nicht in der Stadt.«

»Dann bist du tatsächlich die Herrscherin über Chichen Itza?«

Sie traten aus dem Haus, und Pia hob nicht nur automatisch die Hand, um ihre Augen vor dem grellen Sonnenlicht zu schützen, sondern nutzte die Bewegung auch, um unauffällig den Blick zu senken und so die beiden in schwarzes Eisen gehüllten Gestalten nicht ansehen zu müssen, die die Tür bewachten. Ihr Anblick erinnerte sie an gestern und daran, dass zwei ihrer Kameraden gestorben waren, um sie zu beschützen. Sie hatte sich bisher noch nicht einmal bei Eirann bedankt.

»Wenn man es genau nimmt«, fuhr Alica fort, »dann bist *du* die Herrscherin hier. Schon vergessen?« Sie beantwortete ihre eigene Frage mit einem Kopfschütteln. »Aber nein. Du wünschst dir ja nichts mehr, als ein ganz normaler Mensch zu sein, nicht wahr? Ich fürchte nur, daraus wird so schnell nichts. Die Leute hier zählen auf dich.«

Ja, das hatte sie schon einmal gesagt. Mehr als nur ein Mal, wenn sie sich richtig erinnerte. Trotzdem: »Ich bin nicht sicher, ob ich das kann, Alica.«

»Was?«

Sie gingen die Treppe hinunter und durchquerten die große Halle. Im ersten Moment erschien sie leer, doch dann spürte Pia, dass sie nicht allein waren, und gewahrte erst danach zwei schwarz gekleidete Schattenelben, die die Treppe bewachten. Zwei weitere hielten sich unweit des Ausgangs auf. Wer immer für ihre Sicherheit verantwortlich war, nahm seine Aufgabe offenbar ernst.

»Du bist nicht sicher, ob du den Menschen hier Hoffnung geben kannst? Das kommt ein bisschen spät, meinst du nicht?«, fragte Alica, als Pia nicht nur beharrlich schwieg, sondern ihrem Blick auch genauso beharrlich weiter auswich. »Du musst gar nichts tun, wenn es das ist, wovor du Angst hast. Es reicht vollkommen aus, dass du da bist.«

»Um zuzusehen, wie in meinem Namen ein Krieg geführt wird?«, fragte Pia. Sie erschrak selbst ein wenig darüber, wie scharf ihre Stimme klang, und Alica setzte auch zu einer sichtbar ärgerlichen Entgegnung an. Aber dann wurde ihr Blick weich, und sie seufzte nur tief und ging ein bisschen schneller. Sie antwortete erst, als sie das Gebäude verlassen hatten. Pia hob schon wieder geblendet die Hand über die Augen.

»Niemand hat dich gezwungen, in den Schwarzen Turm in WeißWald einzudringen, oder? Das soll kein Vorwurf sein, Liebes, aber wenn du –«

»Was?«, unterbrach sie Pia. »Du meinst, wenn ich nicht die Prinzessin gespielt hätte, dann wäre das alles nicht passiert?« Sie funkelte Alica an. »Sprich dich ruhig aus. Ich kann die Wahrheit vertragen.«

»Ach?«, erwiderte Alica schnippisch. »Seit wann?«

Pia holte sichtbar Luft zu einer noch zornigeren Antwort ...

und schüttelte dann nur verstört den Kopf, ging noch ein paar Schritte weiter und blieb erst wieder stehen, als ihr klar wurde, dass nicht nur Alica ihr nicht folgte, sondern sie auch schon wieder aus einem Dutzend Augenpaaren angestarrt wurde. Die meisten blickten aus kleinen braun gebrannten Gesichtern und mit einer Mischung aus Ehrfurcht und Neugier zu ihr hoch, aber sie las auch genug Verwirrung und Schrecken in vielen Blicken, um zu begreifen, dass ihre kleine Meinungsverschiedenheit alles andere als unbemerkt geblieben war.

Pia rief sich in Gedanken zur Ordnung. Es spielte keine Rolle, ob sie Recht hatte oder nicht. Sie hatte vollkommen überreagiert. Seltsam genug, denn das war normalerweise ganz und gar nicht ihre Art.

Sie gab Alica noch ein paar Augenblicke, um zu schmollen, aber schließlich winkte sie sie zu sich heran und zwang einen angemessen zerknirschten Ausdruck auf ihr Gesicht. »Tut mir leid«, sagte sie. »Ich weiß auch nicht, warum ich das gesagt habe.« Sie streckte Alica die Hand entgegen, aber sie ignorierte sie.

»Aber ich«, antwortete Alica. »Was erwartest du denn von dir, in deinem Zustand?«, fragte Alica.

»In meinem Zustand?«

Alica schnaubte. »Du bist fast von einem Ungeheuer in Stücke gerissen worden, das es gar nicht geben dürfte. Dein bester Freund ist gerade zum zweiten Mal lebensgefährlich verletzt worden, und wenn Gamma Graukeil mit seiner verrückten Theorie recht hat, dann gibt es in dieser Stadt irgendjemanden, der dich lieber tot als lebendig sehen würde. Ich würde sagen, du hast jedes Recht der Welt, ein bisschen reizbar zu sein.«

»Aber nicht, es an dir auszulassen«, sagte Pia.

»Da gebe ich dir ausnahmsweise recht«, sagte Alica. »Aber das bleibt unter uns ... wenn du mir versprichst, dass das jetzt nicht zu einer schlechten Angewohnheit wird.«

Pia lächelte zwar, aber Alicas Worte hinterließen trotzdem einen leisen Missklang in ihr. Sie hatte mit jedem einzelnen Wort recht (und dazu kam noch eine ganze Menge, von der sie ihr noch gar nichts erzählt hatte), aber Alica war auch ihre beste – und einzige – Freundin, und die Monate in WeißWald hatten sie mehr zusammengeschweißt, als ihr bisher selbst bewusst gewesen war. Es war nicht ihre Art, ihre Launen an ihren Freunden auszulassen, basta.

Alica versetzte ihr einen freundschaftlichen Rippenstoß, der vermutlich nicht zufällig ein bisschen derber als nötig ausfiel, und drehte sich dann halb herum, um einen der Schattenelben herbeizuwinken, die auch hier vor der Tür Wache hielten. Sie wechselte nur einige wenige Worte mit ihm, woraufhin der Krieger auf dem Absatz herumfuhr und in der Menge verschwand. Oder es wenigstens versuchte. Ganz gelang es ihm nicht, weil er die meisten hier um einen knappen Meter überragte.

»Wie viele von ihnen ... sind hier?«, fragte Pia.

Alica betrachtete sie mit einem nachdenklichen Blick, als versuchte sie dem unmerklichen Zögern in ihren Worten eine Bedeutung beizumessen. »Viel zu wenige«, antwortete sie leise. »Vielleicht fünfzig oder ein paar weniger. Am Anfang waren es mehr, aber einige sind tot, und andere sind weggegangen.«

»Weggegangen?«, wiederholte Pia beunruhigt.

»Keine Sorge«, sagte Alica rasch. »Es sind Elben. Diesen Leuten gilt ihre Ehre mehr als ihr Leben. Sie haben sich entschieden, sich unserer Sache nicht anzuschließen, aber sie würden uns niemals verraten. Und nicht einmal der Hochkönig in Elfenborg würde es von ihnen verlangen. Diese Elben sind ein bemerkenswertes Volk mit einem noch bemerkenswerteren Ehrenkodex.«

Pia wäre spontan ein anderes Wort dafür eingefallen, aber sie sah Alica nur weiter fragend an.

»Es ist kompliziert«, sagte Alica.

»Das hast du schon ein paarmal gesagt«, antwortete Pia. »Aber die Sache mit den Elben scheint ja sehr simpel zu sein. Die haben ihren Ehrenkodex, und gut ist.« Sie legte den Kopf schief. »Sind die so eine Art Samurai, oder wie soll ich das verstehen?«

»Ganz genau.« Alica zögerte kurz, bis sie eine Gegenfrage stellte: »Die Samurai sind doch Angehörige einer speziellen Kriegerkaste, die mit ganz scharfen Schwertern herumfuchteln, oder?«

Pia nickte knapp. »Und nicht nur das. Die Typen rammen sich lieber eines ihrer superscharfen Schwerter in den Bauch, als ihre Sache zu verraten.«

Alica überlegte kurz und nickte dann. »Ja, das könnte passen. Auch zu allem anderen, was ich von den Elben weiß. Sie handeln nicht immer gerade so, wie du oder ich das tun würde.«

»Was ja nicht unbedingt ein Nachteil sein muss.« Pia winkte ab, als Alica etwas dazu sagen wollte. »Aber ich weiß, was du meinst. Die Elben sind für uns so wenig zu verstehen wie ein Samurai für einen durschnittlichen Favelas-Bewohner. Aber das führt uns jetzt nicht weiter. Kannst du mir nicht so eine Art Crashkurs geben über das, was hier seit meinem ... *Weggang* passiert ist?«

»Würde ich ja gerne«, erwiderte Alica ernst. Aber das ist gar nicht so einfach. Kaum warst du weg, hat sich hier Schlag auf Schlag alles geändert, Pia. Jeder kämpft gegen jeden, und ich bin nicht sicher, dass sie auch alle so genau wissen, warum eigentlich.« Sie verzog die Lippen. »Wenn du mich fragst, dann weiß die Hälfte von den armen Narren, die sich dort draußen gerade gegenseitig die Schädel einschlagen, nicht einmal genau, auf welcher Seite sie steht. Wir haben das angefangen, weißt du, ob wir es nun wollten oder nicht. Ich finde, wir sollten es auch beenden.«

Einmal ganz davon abgesehen, dass Pia in diesem Punkt vielleicht anderer Meinung war, erstaunte es sie über die Maßen, diese Worte ausgerechnet aus Alicas Mund zu hören. Die Alica, die sie bisher gekannt hatte, hatte sich für Modezeitschriften, Schmuck und bestenfalls die neuesten Nachrichten von der VIP-Front interessiert, ganz bestimmt nicht für das Schicksal von Menschen, die sie nicht einmal kannte. Sie war sehr sicher, dass der Begriff *Allgemeinwohl* nicht einmal zu ihrem Wortschatz gehört hatte.

Sie wollte dieses Erstaunen auch tatsächlich in Worte kleiden, doch in diesem Moment kam Unruhe hinter ihr auf, und als sie sich herumdrehte, sah sie den Schattenelben zurückkommen. Er war nicht mehr allein und auch nicht mehr zu Fuß, sondern überragte die Menschenmenge (die sich hastig teilte, um ihm und seinen beiden Begleitern Platz zu machen) jetzt um noch mehr, denn er saß auf dem Rücken einer der schuppigen Reitechsen, die Pia mehr denn je an den zu klein geratenen Bruder eines Tyrannosaurus Rex erinnerten. Seine beiden Begleiter – kleinwüchsige Indiokrieger, die neben ihm noch kleiner aussahen als ohnehin – führten zwei weitere Trexe heran, auf deren Rücken sonderbar geformte, klobige Sättel thronten.

»Das ist jetzt nicht dein Ernst«, murmelte Pia.

»Doch«, erwiderte Alica treuherzig. »Es sei denn, du willst laufen. Eirann erwartet uns unten am See.« Sie sah Pia an, als wäre das Erklärung genug, begriff nach einer Sekunde, dass es das offensichtlich nicht war, und fügte hinzu: »Es ist ein Fußmarsch von einer Stunde. Und noch einmal genauso lange zurück. Seit wann bist du so sportlich?«

Ein Fußmarsch von einer Stunde (oder auch zwei) hätte ihr normalerweise nichts ausgemacht, schon gar nicht in einer Stadt wie dieser, die fremd und neu und faszinierend war und in der vermutlich hinter jeder Ecke ein neues Wunder darauf wartete, entdeckt zu werden. Aber ihr saß noch immer der vergangene Tag in den Knochen, und da waren all die zahllosen neugierigen Gesichter, die sie anstarrten. Die meisten davon durchaus freundlich, aber auch nur zu viele mit einer Ehrerbietung, die ihr nicht ganz geheuer war. Der Weg würde – beritten oder zu Fuß – so oder so zu einem Spießrutenlauf werden, begriff sie, aber im Sattel war er wenigstens kürzer. Trotzdem.

»Nein«, sagte sie.

Alica verdrehte die Augen, nuschelte irgendetwas, was Pia nicht ganz verstand, worin aber die Worte »Starallüren« und »Sänfte« vorzukommen schienen, ging mit schnellen Schritten an ihr vorbei und bedeutete dem Schattenelb, sich aus der Höhe seines Sattels zu ihr herabzubeugen, damit sie ihm etwas zuflüstern konnte. Das Bild entbehrte nicht einer gewissen Komik, denn der in schwarzes Eisen gehüllte Riese verlor bei diesem Kunststück beinahe den Halt auf dem Rücken seines bizarren Reittieres, nickte dann aber nur wortlos und gab einem der beiden Maya einen ebenso stummen Wink, woraufhin dieser hastig davoneilte. Nur einen Moment später kam er zurück, und diesmal führte er ein bereits gesatteltes, ganz normales Pferd (ohne Krallen, Klauen und peitschenden Krokodilschwanz) hinter sich her.

»Du musst noch eine Menge lernen, Alica«, murmelte Pia.

Die Worte waren nicht für Alica bestimmt gewesen, sondern eher ein resignierender Stoßseufzer, aber sie hatte sie trotzdem gehört und maß Pia mit einem vorwurfsvollen Blick. »Wieso?«

»Dramatische Auftritte«, erklärte Pia, »werden sehr schnell lächerlich, wenn man sie nicht richtig arrangiert.«

Alica plusterte sich auf und setzte zu einer vermutlich noch patzigeren Antwort an, aber Pia stand nicht der Sinn danach, das absurde Gespräch weiterzuführen. Ganz davon abgesehen, dass Alica, übermüdet und erschöpft, wie sie im Augenblick war, ohnehin keine würdige Gegnerin darstellte. Kopfschüttelnd ging sie die paar Schritte zu dem Pferd hin, korrigierte dabei in Gedanken ihre erste Einschätzung – es war kein Pferd, sondern ein klappriges Pony, das selbst neben dem kindergroßen Mayakrieger klein und so zerbrechlich wirkte, dass sie sich fragte, ob es ihr Gewicht überhaupt tragen konnte – und schwang sich (vorsichtig) in den Sattel. Genau, wie sie es erwartet hatte, begann das Pferd zu scheuen und machte hastig einen halben Schritt zur Seite, und kaum hatte der Indio sein Zaumzeug losgelassen, tat es einen regelrechten Satz. Pia klammerte sich instinktiv mit beiden Händen am Zügel fest, bereitete sich innerlich schon einmal darauf vor, aus dem Sattel zu hechten und irgendwie aus der Reichweite der Pferdehufe zu gelangen – und legte dann die Stirn in Falten, als sie das schadenfrohe Grinsen gewahrte, das plötzlich auf Alicas Gesicht erschien.

»Was?«, fauchte sie.

Alica feixte noch breiter und machte eine Kopfbewegung zu der geschuppten Reitechse neben ihr. »Sie mögen keine Trexe.«

Pia betrachtete zuerst den Miniatur-Dinosaurier, dann ihr eigenes Pferd mit nachdenklich gerunzelter Stirn. Das Tier zitterte noch immer und bewegte nervös die Ohren hin und her. Sie musste einiges an Kraft aufwenden, damit es wenigstens halbwegs stillstand.

»Und Trexe mögen keine Pferde«, vermutete sie.

»Ganz im Gegenteil.« Alica schüttelte heftig den Kopf. »Sie haben sie zum Fressen gern.«

Ja, das war lustig.

»Können wir dann jetzt losreiten?«, fragte sie kühl.

»Ganz, wie Ihr befehlt, Erhabene«, antwortete Alica, fügte noch eine hoffnungslos übertriebene Verbeugung hinzu und schwang sich dann mit einem Geschick und einer Schnelligkeit auf den sonderbar geformten Sattel der zweiten Reitechse, die Pia dazu veranlasste, die Liste der Dinge, die sie ihr bei passender Gelegenheit anzutun gedachte, noch einmal zu verlängern. Vielleicht war es an der Zeit, sich Notizen zu machen, damit sie nichts vergaß.

Zwei weitere gepanzerte Schattenelben, die auf nicht minder gepanzerten, boshaft aussehenden Trexen ritten, schlossen sich ihnen an, als sie sich in Bewegung setzten, und noch einmal zwei der großen, schweigsamen Krieger ritten ihnen ein Stück voraus. So viel dazu, sich möglichst unauffällig zu verhalten.

Pia begann ihren Ärger aber schon bald zu vergessen, denn Alica hielt sich zwar ein gehöriges Stück neben ihr, damit die Nähe ihrer Reitechse ihr Pferd nicht noch nervöser machte und es nicht etwa durchging oder sie abwarf, erwies sich aber als erstaunlich beredte Fremdenführerin, die alle ihre Fragen geduldig beantwortete, und die meisten sogar, bevor sie sie überhaupt stellen konnte. Sie musste sich gründlich auf diese vermeintlich improvisierte Stadtführung vorbereitet haben, dachte Pia … oder sie war schon weitaus länger hier, als sie bisher angenommen hatte.

Chichen Itza erwies sich in jeder Hinsicht als eine Stadt der Wunder, und das nicht nur, weil sie tatsächlich auf Schritt und Tritt Neues und Unerwartetes entdeckte. Hatte sie am Anfang noch das Gefühl gehabt, in eine auf magische Weise zum Leben erwachte Computeranimation der alten Hauptstadt des Mayareiches geraten zu sein, so geriet dieser Eindruck mehr und mehr ins Wanken, je tiefer sie in die Stadt vordrangen ... oder um genauer zu sein, sich von ihrem Zentrum entfernten. Sie hatte gewusst, dass diese Stadt groß gewesen war – irgendwo meinte sie einmal etwas von guten hunderttausend Einwohnern gelesen zu haben, aber hätte Alica die zehnfache Anzahl angegeben, hätte sie sie in diesem Moment wahrscheinlich auch geglaubt – und obwohl die allermeisten Gebäude auch jetzt leer zu stehen schienen und es hier und da unübersehbare Anzeichen von Verfall gab, war der größte Unterschied doch das pulsierende Leben, das diese Stadt erfüllte und von einem begehbaren Museum zu etwas Lebendigem und Atmenden machte; ein Unterschied, den sie sich niemals hätte vorstellen können, hätte sie ihn nicht mit eigenen Augen gesehen und vor allem *gespürt*.

Zu einem Gutteil lag es sicher an den Menschen. Die meisten waren deutlich kleiner als Alica – sogar kleiner als die Bewohner von WeißWald – und wirkten auf den ersten Blick nicht nur befremdlich, sondern mit ihren strengen Gesichtern und den nackten und oft großflächig tätowierten Oberkörpern auch ein bisschen unheimlich, aber wohin sie auch sah, blickte sie in freundliche Gesichter und lachende Augen. So martialisch sich die kleinwüchsigen Krieger auch gaben, spürte sie doch, dass sie einem sehr freundlichen Volk angehörten; und einem, das im Grunde sehr friedliebend war, wenn das Leben es ihm erlaubte. Sie sah eine Menge spielender Kinder und fröhlicher Frauen. Die jüngeren waren ausnahmslos hübsch, und die meisten sogar noch kleiner als Maxi und ihre Schwester. Es schien nicht eine einzige zu geben, die ihr nicht freundlich zulächelte oder sich ehrfürchtig verbeugte, wenn sie vorüberritten, und meistens auch beides. Kinder rannten ihnen lachend hinterher und liefen vermutlich nur deshalb nicht Gefahr, unter die Hufe ihres Pferdes zu geraten, weil sie einen respektvollen Abstand zu den Trexen mit ihren Ehrfurcht gebietenden Klauen und den nervös peitschenden, gefährlichen Schwänzen einhielten. Waren es am Anfang noch wenige, so nahm ihre Zahl doch mehr und mehr zu, bis ihr Johlen und Lachen so laut wurde, dass sie beinahe schreien mussten, um sich zu verständigen.

Schließlich wurde es Alica zu viel, und sie wandte sich mit einer unwilligen Geste zu ihrem Begleiter um. Pia war sicher, dass er weder etwas gesagt noch ein geheimes Zeichen gegeben hatte, doch die vier anderen Elben rückten deutlich näher heran, sodass allein die Präsenz ihrer unheimlichen Reittiere die Meute auf einem gewissen Abstand hielt.

Seltsam – Pia war beinahe ein bisschen enttäuscht, obwohl sie mit Kindern nie sonderlich viel am Hut gehabt hatte. Fast schon zu ihrem Erstaunen hörte sie sich selbst sagen: »Meinetwegen musst du sie nicht wegschicken.«

»Kinder!«, schnaubte Alica. »Ich weiß nicht, warum alle so versessen auf diese lärmenden, schmutzigen *Dinger* sind. Sie sind ja noch nicht einmal richtige Menschen!«

Pia verbiss sich im letzten Moment die Bemerkung, dass es noch nicht allzu lange her war, dass Alica auch eines dieser schmutzigen *Dinger* gewesen war, aber irgendwie schien sie es trotzdem gehört zu haben, denn sie versuchte zuerst sie und dann die lärmende Kinderbande mit Blicken aufzuspießen. Sie folgten ihnen nach wie vor und wurden nur durch die schuppigen Leiber der Trexe auf Abstand gehalten – den sie natürlich prompt durch noch größere Lautstärke zu kompensieren versuchten, und das mit ziemlichem Erfolg.

»Sie sind fast so lästig wie in WeißWald«, nörgelte Alica. »Nur sind es mehr.«

»Und die Stadtwache macht hier nicht Jagd auf sie, um sie umzubringen«, fügte Pia hinzu.

Alica sah sie überrascht an. »Daran erinnerst du dich noch?«

Zunächst kam Pia diese Frage vollkommen sinnlos vor, aber dann rief sie sich wieder ins Bewusstsein zurück, dass für Alica seither nahezu genauso viele Jahre vergangen waren wie für sie Tage; und vermutlich waren es Jahre gewesen, in denen in jeder Woche mehr passiert war als zu Hause in Rio in einem ganzen Jahr. Mit einiger Verspätung nickte sie.

»Und es gibt noch einen Unterschied, weißt du?«, fragte Alica. »In WeißWald konntest du sicher sein, dass sie sich nicht urplötzlich in Monster verwandeln, die dich umbringen wollen.« Sie zog eine Grimasse. »Na ja, fast jedenfalls.«

Pia blieb ernst. »Ihr habt also immer noch nicht herausgefunden, woher diese beiden Ungeheuer gekommen sind, oder wer sie geschickt hat?« Ein kühler Hauch streifte ihre Wange, und es war, als würde der Tag blinzeln. Hätte es länger gedauert, dann hätte sie geglaubt, dass eine Wolke an der Sonne vorbeizog. Ihr Pferd schnaubte nervös, und auch die Trexe schienen sich plötzlich noch unruhiger zu bewegen.

Pia sah hoch. Im ersten Moment kam ihr der Himmel ebenso leer und strahlend blau wie gestern vor, nur dass die Sonne jetzt noch viel erbarmungsloser auf sie herunterbrannte, aber dann gewahrte sie doch etwas: Unendlich hoch über ihnen, gerade auf der Schwelle zwischen Erkennen und Erahnen kreisten zwei winzige schwarze Punkte.

»Verdammte Biester«, murmelte Alica. Sie hatte den Kopf in den Nacken gelegt und beschattete die Augen mit der Linken, aber die Grimasse, die sie zog, schien ihren Grund nicht nur in dem grellen Sonnenlicht zu haben, in das sie sah.

»Hast du nicht gesagt, sie können nicht fliegen?«, fragte Pia. Ihre Hand glitt schon wieder zum Gürtel und schon wieder ins Leere. Sie hätte nicht auf Alica hören, sondern den Dolch mitnehmen sollen.

Alicas Blick ließ die winzigen Punkte am Himmel los und folgte ihrer Bewegung. Sie schüttelte rasch und mit einem ebenso knappen wie humorlosen Lächeln den Kopf. »Das sind keine Terrorvögel«, sagte sie. »Aber ich weiß nicht, ob ich mir nicht wünschen sollte, es wären welche.«

Die Punkte kamen näher. Sie blieben winzige schwarze Schmutzflecke am Himmel, aber man konnte jetzt sehen, dass sie ... flackerten, als wären sie nicht ganz real. Oder schlügen mit den Flügeln. Und dann wusste sie, was sie dort sah.

»Eiranns Raben?«, murmelte sie.

Diesmal warf ihr Alica einen eindeutig anerkennenden Blick zu. »Ja. Ein lieber Gruß von unserem Freund Schwert Torman. Nur um sicherzugehen, dass wir ihn nicht vergessen.«

Pia erschrak. »Er weiß, dass wir hier sind?«

»Diese Biester beobachten uns von Anfang an«, grollte Alica. »Ein Königreich für ein Präzisionsgewehr mit Zielfernrohr und zwei funktionierende Patronen!«

»Aber wenn er weiß, dass ihr euch hier versteckt –«

»Niemand versteckt sich hier, Liebes«, unterbrach sie Alica in einem Ton, der das letzte Wort Lügen strafte. »Aber wir sind hier sicher, keine Angst. Torman ist nicht der Einzige mit Augen am Himmel. Trotzdem gehen mir diese verdammten Biester auf die Nerven. Ist ja nicht so, als hätten wir nicht schon genug Probleme!« Sie starrte die beiden Raben noch einen Moment lang so hasserfüllt an, dass Pia kaum noch erstaunt gewesen wäre, hätte sie sie allein durch ihre Blicke vom Himmel gefegt. Schließlich bedeutete sie ihren Begleitern mit einer zornigen Bewegung, weiterzureiten.

»Auf dieser Seite haben die Maya also überlebt«, sagte sie nach einer Weile, und vielleicht nur, um überhaupt etwas zu sagen und das Schweigen keine Gewalt über sie erlangen zu lassen. »Sind die Spanier nicht gekommen?«

»Es gibt hier keine Spanier«, antwortete Alica. »Nur Elben. Und die *sind* gekommen. Und nein«, sie wandte nun doch den

Kopf und sah Pia leicht spöttisch an, »die Maya haben *nicht* überlebt. Sie haben sich tapfer gewehrt, und wenn auch nur die Hälfte von dem stimmt, was mir Eirann erzählt hat, dann haben sie den Elben weit mehr zu schaffen gemacht als die Maya bei uns den Spaniern. Aber am Schluss haben sie sie dann doch besiegt, und zwar gründlicher als bei uns.«

Jetzt sah Pia sie eindeutig zweifelnd an und blickte dann noch zweifelnder in die Runde.

»Was du hier siehst, sind alle, die es noch gibt, Pia«, sagte Alica ernst. »Das ganze Volk der Großen Schlange. Ein paar Tausend, die von einer Kultur übrig geblieben sind, die früher einmal diesen ganzen Kontinent beherrscht hat. Die Elben haben einen Vernichtungskrieg gegen sie geführt, und er war ziemlich effektiv.«

Pia brauchte kurz, ehe sie genau begriff, was sie gerade gehört hatte. »Und sie haben Eirann und seine Männer trotzdem aufgenommen?«

»Wir waren zuerst hier«, antwortete Alica. »Wir sind vor zwei Jahren hierhergekommen. Damals war hier überall Dschungel. Die Stadt war verlassen.« Nachdenklich ließ sie ihren Blick in die Runde schweifen, und Pia hatte das sichere Gefühl, dass sie dabei nicht unbedingt dasselbe sah wie sie. »Niemand hat geglaubt, dass es sie überhaupt noch gibt. Ich glaube, Eirann war von allen am meisten überrascht, als sie plötzlich aus dem Wald gekommen sind.«

Das waren Informationen, die Pia erst einmal verdauen musste. Aber sie erklärten das eine oder andere. Vielleicht waren ihre beeindruckende Größe und ihre Fremdartigkeit ja nicht der einzige Grund, aus dem die Maya den Elbenkriegern so sichtbar aus dem Weg gingen.

»Und es gab keine … Probleme?«, fragte sie zögernd.

Alica lachte hart. »Mehr, als du dir vorstellen kannst, Liebes. In der ersten Woche haben wir elf Männer verloren, und sie wahrscheinlich zehnmal so viele. Wenn es so weitergegangen wäre, hätten wir uns zurückziehen müssen.« Sie hob die Schultern. »Oder sie bis auf den letzten Mann umbringen.«

»Und was ist passiert?«, fragte Pia.

»Kukulkan ist passiert«, antwortete Alica. »Eines Tages kam er ganz allein in die Stadt marschiert und verlangte mit Eirann zu sprechen. Zwei Stunden später hatten wir so etwas wie einen Waffenstillstand, und zwei weitere Stunden später sind die ersten Krieger aus dem Wald gekommen und haben ihre Familien mitgebracht.«

»Kukulkan?«, fragte Pia überrascht.

»Ich habe dir doch gesagt, er ist Pragmatiker«, antwortete Alica. »Und sieh dich doch mal um: Vor zwei Jahren waren sie eine Handvoll Wilder, ein Dutzend Stämme, die sich in den Wäldern verstecken mussten. Jetzt leben sie wieder in ihrer alten Hauptstadt.«

»Aus der die Elben sie vertrieben haben.«

»Das ist Jahrhunderte her«, antwortete Alica. Sie hatten das Ende der breiten Straße erreicht, und sie bedeutete Pia, vorsichtig zu sein. Vor ihnen hörte nicht nur der gepflasterte Teil der Straße auf, um sich in einen morastigen Trampelpfad zu verwandeln, in dem es von Wurzeln, Steinen und anderen natürlichen Fallstricken nur so wimmelte, dasselbe galt für die gesamte Stadt. Das Chichen Itza, das sie nun umgab, war eine tote Stadt, vor einem Jahrtausend von seinen Bewohnern verlassen und längst vom Dschungel und der Zeit zurückerobert. Viele Gebäude waren nicht einmal mehr als solche zu erkennen, sondern glichen eher großen steinernen Hügeln, aus und auf denen jahrhundertealte Bäume wuchsen. »Kukulkan ist zwar alt, aber *so* alt nun auch wieder nicht, dass er dabei gewesen sein konnte. Es sind alte Geschichten. Irgendwann muss man damit aufhören, der Vergangenheit nachzutrauern, und wieder nach vorne sehen.«

Das wiederum war eine Vorstellung, die so gar nicht zu dem Kukulkan passte, den sie kennengelernt hatte, aber sie sparte sich diese Bemerkung. Der alte Schamane war ihr unheimlich, und allein der Klang, den Alicas Stimme unweigerlich annahm, wenn sie über ihn sprach, machte klar, dass sie damit nicht allein dastand. Aber nicht jeder, der ihr unheimlich war, musste deshalb auch automatisch ihr Feind sein. So wenig wie jeder, der ihr sympathisch erschien, ihr Freund.

»Von hier aus gehen wir besser zu Fuß weiter.« Alica schwang sich mit einer kraftvollen Bewegung vom Rücken ihres Trex und bedeutete ihr, ebenfalls abzusteigen. »Es ist nicht mehr weit.«

Pia hatte keinen Grund, an ihren Worten zu zweifeln, aber eigentlich hatte sie für den Rest ihres Lebens genug vom Urwald mit seinen Schlingpflanzen, stacheligen Gewächsen und heimtückischen Schatten und seinen krabbelnden, kriechenden und stechenden Bewohnern. Sie war nicht passend für einen Waldspaziergang gekleidet, fand sie – nicht für *diesen* Wald. Sie saß dennoch ab, band den Zügel ihres Ponys an den erstbesten Ast, den sie sah, und warf noch einen abschließenden Blick in den Himmel hinauf. Ohne besondere Überraschung stellte sie fest, dass die beiden Raben noch immer dort oben kreisten, und obwohl sie sie nur als winzige schwarze Punkte auf dem unnatürlich kräftigen Blau des Firmaments erkennen konnte, zweifelte sie doch nicht daran, dass Tormans scharfen Augen dort oben am Himmel nicht die mindeste Kleinigkeit von dem entging, was hier unten geschah.

Sie hätte nicht einmal sagen können, was schlimmer war: das Wissen darum, dass der Schattenelb über praktisch jeden Schritt informiert war, den sie tat, oder das Gefühl der Hilflosigkeit, das sie dabei empfand.

Sie verscheuchte den Gedanken und folgte Alica und ihren Begleitern, und ganz wie sie behauptet hatte, war der Weg tatsächlich nicht mehr besonders weit. Vielleicht ein Dutzend Schritte weit kämpften sie sich durch einen Dschungel, der nicht annähernd so dicht war, wie es den Anschein gehabt hatte (oder vielleicht doch, aber die Krieger bahnten ihr nicht nur mit ihren schweren eisernen Rüstungen einen Weg durch das Unterholz, sondern achteten auch darauf, Äste und dorniges Gestrüpp zur Seite zu biegen. Einmal griff eine der riesigen Gestalten ihr wortlos unter die Achseln und hob sie über ein kniehohes Hindernis aus Wurzeln und moosbewachsenem Stein, bevor sie mühsam darüber hinwegklettern musste), dann blieb Alica wieder stehen und bedeutete ihr mit einer ganz und gar überflüssigen Geste, neben sie zu treten.

Pia gehorchte, und was sie sah, verschlug ihr so gründlich die Sprache, dass sie in den ersten Augenblicken sogar das Atmen vergaß.

Vor ihren Füßen brach der Boden nahezu senkrecht ab, fünf, sechs oder mehr Meter tief und entlang einer Linie, die so präzise wie mit einem Lineal gezogen war. Irgendwann vor langer Zeit musste es hier ein Erdbeben gegeben haben (wenigstens hoffte sie, dass es ein Naturereignis gewesen war und nichts Schlimmeres), sodass das gesamte Land jenseits der Bruchkante gute zwei Etagen tief abgesackt war. Auch unter ihr breitete sich der bekannte Dschungel aus, nur dass sich die schier undurchdringliche grüne Masse der Baumkronen jetzt nahezu auf Augenhöhe befand, aber er begann erst gute dreißig oder vierzig Meter entfernt. Dazwischen und sich in beiden Richtungen auf mindestens die doppelte Distanz erstreckend reflektierte der silberne Spiegel eines Sees das Sonnenlicht. Viel erstaunlicher als dieser unerwartete Anblick war die Tatsache, dass er ganz eindeutig *künstlich* angelegt worden war. Seine Ufer waren keine Ufer, sondern Mauern aus denselben zyklopischen Steinquadern, aus denen auch die Gebäude der Stadt hinter ihnen bestanden. Schon halb überwuchert vom unablässig vordringenden Dschungel erhob sich eine regelmäßige Reihe doppelt mannshoher, flacher Pyramiden dahinter. Nur ein kleines Stück entfernt waren zwei Boote von wirklich sonderbarer Bauweise am Ufer vertäut, und auf der linken Seite mündete der See in einen ebenfalls künstlichen, mindestens fünfzehn Meter breiten Kanal, der seinerseits in einem gewaltigen steinernen Maul verschwand. Etwas daran war beunruhigend, aber sie war viel zu durcheinander und erschlagen von dem unerwarteten Anblick, als dass sie dem Gefühl hätte auf den Grund gehen können.

»Wie gesagt, der Pool ist noch nicht ganz fertig«, erklärte Alica mit todernster Miene. In ihrer Stimme schwang sogar ein Unterton von schlechtem Gewissen mit. »Aber wir arbeiten daran.«

»Das ist ... unglaublich«, murmelte Pia, was dem, was sie wirklich empfand, nicht einmal *nahe*kam.

»Und du solltest erst mal sehen, was sich im Dschungel da drüben noch verbirgt. Die Erdwühler auf unserer Seite waren entweder nicht gründlich genug, oder diese Stadt hier ist viel größer, als es Chichen Itza jemals war.«

Pia fragte sich beiläufig, ob Alica sich gerade versprochen oder sie vielleicht die ganze Zeit über auf den Arm genommen hatte, verfolgte diesen Gedanken aber auch nicht weiter, sondern dachte stattdessen angestrengt darüber nach, ob es diesen gewaltigen künstlichen See in dem Chichen Itza, das sie kannte, auch gab. Wenn ja, dann hatte sie noch nie davon gehört.

»Das ist wirklich ... beeindruckend«, sagte sie schleppend. »Aber warum zeigst du mir das?«

»Um ein bisschen anzugeben?« Alica gab sich Mühe, ihre Zufriedenheit zu überspielen. »Na ja, und außerdem gibt es da etwas, was du wirklich sehen solltest. Komm mit.«

Sie gingen so nahe an dem sechs Meter tiefen Abgrund entlang (unter dem keineswegs Wasser lauerte, sondern der gemauerte Rand des künstlichen Sees), dass Pia schon wieder gegen ein leises Schwindelgefühl ankämpfen musste, als sie ihr folgte. Sie bewegte sich nach links und trat dann auf eine schmale Treppe, die sich so perfekt in das graue Gestein der Bruchkante einpasste, dass Pia sie praktisch erst sah, als sie darauf stand. Die Stufen waren rau und nicht ganz gleichmäßig, und ihre Höhe war erfreulicherweise ganz normalen menschlichen Proportionen angepasst. Irgendwie spürte sie, dass sie relativ neu sein musste.

»Und was gibt es jetzt hier so Spannendes?«, fragte sie, unten angekommen.

Alica bedeutete ihr mit einer knappen Geste, sich noch einen Moment zu gedulden, sah sich scheinbar unschlüssig um, ging dann noch ein paar Schritte weiter und verschwand.

Pia riss ungläubig die Augen auf, blinzelte und sah genauer hin. Alica tauchte genau so urplötzlich wieder auf, wie sie gerade verschwunden war. Zum Teil wenigstens. Ihr linkes Bein und ein Stück der Hüfte blieben unsichtbar. Pia glotzte.

»Ja, das dachte ich mir, dass dir der Trick gefällt«, feixte Alica. »Beeindruckend, nicht?«

»Beeindruckend?«, ächzte Pia. »Das ist ... Zauberei!«

»Ja, das dachte ich auch, als ich es das erste Mal gesehen habe«, antwortete Alica. Sie wedelte sie aufgeregt heran, wobei ihre linke Hand und der Unterarm verschwanden, wieder auftauchten, verschwanden, wieder auftauchten und wieder verschwanden. Es war nicht gerade ein Anblick, der Pia dazu motivierte, ihrer Aufforderung nachzukommen. Sie rührte sich nicht.

»Nun komm schon«, drängelte Alica. »Es ist ganz harmlos, und es hat auch nichts mit Zauberei zu tun. Nur eine ganz simple optische Täuschung. Aber genial.«

Ihre Hand tauchte wieder auf und blieb auch sichtbar, als sie die gespreizten Finger auf den Fels legte. Ihr Bein und ihre Hüfte blieben jedoch weiter verschwunden.

Pia überwand ihre Furcht und trat nun doch zögernd näher. Alica hatte recht: Es war nur eine optische Täuschung, aber sie war nicht simpel, sondern geradezu genial. Direkt vor Alica ragte eine schräge Steinplatte in die Höhe, deren Farbe und Maserung so genau dem Fels dahinter entsprach, dass sie praktisch unsichtbar wurde.

Vorsichtig trat sie einen halben Schritt zur Seite, aber der unheimliche Effekt blieb. Wer immer diese Platte bearbeitet hatte, hatte es so getan, dass die Illusion auch aus einem leicht anderen Blickwinkel funktionierte. Sie war mehr als beeindruckt ... und ganz und gar nicht so überzeugt wie Alica, dass es sich nicht *doch* um Zauberei handelte.

Zögernd trat sie um das Hindernis herum und sah etwas wie eine schmale und sehr niedrige Tür in der Felswand; allerdings nur, weil jemand den Vorhang aus Blättern und dichten fleischigen Lianen davor sorgsam zur Seite gebunden hatte. Dahinter war nichts als Schwärze zu erkennen.

Alica erwartete sichtlich von ihr, genau in diese Dunkelheit einzutreten, aber Pia sah sie nur fragend an. Ihre Leibwache aus Elbenkriegern war ihnen nicht gefolgt, wie ihr erst jetzt auffiel, und auch das behagte ihr nicht. »Was ist das?«, fragte sie.

»Kukulkans kleines Geheimnis«, antwortete Alica. »Ich bin nicht ganz sicher, ob er weiß, dass wir es entdeckt haben ... Wir haben es auch nur durch einen Riesenzufall gefunden.«

»Was?« Pia versuchte die Dunkelheit jenseits des Spaltes mit Blicken zu durchdringen, aber es gelang ihr einfach nicht. Nachdenklich sah sie auf ihre Stiefel hinab, spürte jedoch auch von ihnen keinerlei Reaktion; und auch keinen Widerstand, als sie prüfend einen halben Schritt machte. Immerhin.

Alica verschwand in dem Spalt und rumorte einen kurzen Moment in der Dunkelheit herum, dann hörte sie das charakteristische Klicken ihres Einweg-Feuerzeugs, und gelbes Fackellicht vertrieb die Schwärze und ersetzte sie durch tanzende Schatten, die ihren Augen aber auch nicht mehr enthüllten. Irgendetwas schimmerte wie Metall.

»Komm schon, du Angsthase«, drang Alicas Stimme aus dem Fels. »Hier drin ist nichts, was beißt.«

Aber vielleicht sticht, dachte Pia, *oder kneift.* Sie ging trotzdem los, duckte sich unter den niedrigen Durchgang und drehte automatisch den Kopf zur Seite, um den Flammen von Alicas Fackel nicht zu nahe zu kommen, die gierig nach ihrem Gesicht zu lecken schienen. Seltsamerweise hatte sie das Gefühl, dass die Fackel durchdringend nach Zigarrenrauch stank.

Vielleicht war es auch der schwarze Zigarillo, den Alica sich praktischerweise gleich mit angezündet hatte.

Pia hustete demonstrativ, wedelte übertrieben mit der Hand

vor dem Gesicht herum und wich einen Schritt zurück, bis sie gegen harten Fels stieß. Ihr Haar verfing sich in etwas, das mit einem seltsamen Knistern nachgab und sich auf unangenehme Art klebrig anfühlte, als sie mit den Fingern darüberfuhr. Sie blinzelte noch ein paarmal und presste die Lider schließlich für einige Sekunden zusammen, um ihren Augen Gelegenheit zu geben, sich an die veränderten Lichtverhältnisse zu gewöhnen.

Es funktionierte, nur gab es nicht besonders viel zu sehen. Sie befanden sich in einem schmalen Gang, der offensichtlich aus dem gewachsenen Fels herausgemeißelt worden war. Staubverkrustete Spinnweben hingen wie schmutzige Lappen dort von den Wänden und der Decke, wo die Flammen von Alicas Fackel sie nicht weggebrannt hatten, und hier und da schien sich etwas darin zu bewegen, kleine dunkle Dinge, die auf entschieden zu vielen Beinen vor dem tödlichen Licht flohen. So viel zu Alicas Behauptung, dachte sie, dass es hier drinnen nichts gab, was beißen oder stechen oder einem wenigstens über das Gesicht krabbeln konnte.

»Und?«, fragte sie. Ihre Stimme klang belegt.

Statt zu antworten streckte Alica die Hand aus, die die Fackel hielt, wartete ungeduldig, bis sie sie entgegengenommen hatte, und deutete dann mit dem glühenden Ende des Zigarillos tiefer in den Gang hinein. Papiertrockene Spinnweben zerfielen Funken sprühend zu Asche, und irgendwo an der Decke, gerade noch deutlich genug zu erkennen, um unangenehm zu sein, floh etwas Großes, mit noch mehr Augen als Beinen vor dem Licht.

Konzentriert sah Pia in die angegebene Richtung und setzte sich schließlich widerwillig in Bewegung. Etwas blitzte im gelben Schein der Fackel auf und erlosch zu schnell, um es genau zu erkennen. Pia beruhigte sich (oder versuchte es wenigstens) mit dem Gedanken, dass Alica sie gewiss nicht in Gefahr bringen würde, ohne sie vorher zu warnen; oder wenigstens in keine allzu große.

Der Gang führte ein halbes Dutzend Schritte tiefer in mit

Spinnweben ausgekleideten Fels und endete vor einer glatten Wand mit einem rechteckigen und nach oben schmaler werdenden Türrahmen. Eine Tür gab es nicht, aber die Dunkelheit dahinter füllte die Öffnung wie etwas Stoffliches aus. Pia hatte kein gutes Gefühl, ging aber trotzdem weiter und duckte sich nach einem unmerklichen Zögern auch unter der niedrigen Tür hindurch.

Der Raum dahinter blieb dunkel, trotz der Fackel, die sie hielt, aber sie spürte, dass er sehr groß und, dem hallenden Echo ihrer Schritte nach zu urteilen, nahezu leer war. Pia fühlte sich mit jedem Moment weniger wohl in ihrer Haut und sie begriff immer weniger, was zum Teufel Alica ihr hier unten eigentlich zeigen wollte.

Ärgerlich wandte sie sich um, um ihre Frage in angemessene Worte zu kleiden, und stellte fest, dass Alica ihr nicht gefolgt, sondern auf der anderen Seite der trapezförmigen Tür stehen geblieben war.

»Was ist hier los?«, fragte sie scharf. »Was soll ich hier?«

»Dich nur ein bisschen umsehen«, antwortete Alica. »Keine Sorge, hier gibt es nichts, was du fürchten müsstest. Aber ich finde, du solltest das hier sehen.«

Sah man einmal davon ab, dass es hier praktisch nichts zu *sehen* gab, dachte Pia, hob aber trotzdem die Fackel ein wenig höher und trat gehorsam näher an die Wand neben der Tür heran. Wie alles hier drinnen war sie schwarz, seltsamerweise aber frei von Spinnweben oder Staub oder irgendwelchen anderen Anhaftungen. Es war ein sonderbares Schwarz, so matt, dass es das Licht aufsaugte und ihr das Gefühl gab, schwerer Luft zu bekommen, wenn sie die Wand länger als einen Augenblick ansah.

Statt Alica eine weitere Frage zu stellen, auf die sie keine Antwort bekommen würde, blickte sie die Wand nur noch genauer an. Sie war nicht so glatt, wie es im allerersten Moment den Anschein gehabt hatte. Wenn man genau hinsah, konnte man unter dem lichtfressenden Schwarz die eckigen Linien und Umrisse derselben brachialen Bilder erkennen, die sie überall in der Stadt gesehen hatte.

Zögernd streckte sie die Hand aus und berührte den Stein. Er fühlte sich hart an, ein ganz kleines bisschen klebrig und, wenn sie es genau nahm, nicht wirklich wie Stein, sondern irgendwie ... anders eben.

Verwirrt sah sie zu Alica hin, erntete aber nur einen undeutbaren Blick und eine Wolke aus grauem Zigarillorauch, den sie in ihre Richtung blies, und sah sich nachdenklich in der Kammer um. Je länger sie hier drinnen war, desto besser kamen ihre Augen mit dem schwachen Licht zurecht. Sie konnte die gegenüberliegende Wand noch immer nicht erkennen, dazu war der Raum einfach zu groß, aber was sie sehen konnte, erfüllte sie mit immer mehr Unbehagen. Wände, Fußboden und Decke waren mit groben Reliefarbeiten übersät, die irgendwelche uralten Gottheiten oder auch Ungeheuer zeigten, Jagd- und Opferszenen oder auch einfach nur Symbole, deren Bedeutung sie weder kannte noch wirklich kennen wollte. Hier und da gähnten große dreieckige Nischen in den Wänden, die sie wie versteinerte leere Augenhöhlen anzustarren schienen, und etwas Großes und Rechteckiges befand sich vor ihr. Sie hatte das Gefühl, es erkennen zu müssen, doch das tat sie nicht.

Allmählich begann sie sich wirklich unwohl zu fühlen, auch in ganz profan körperlicher Hinsicht. Ihr Herz klopfte schneller, als es sollte, und der Geschmack von saurem Speichel, der sich unter ihrer Zunge sammelte, kündigte ein neues Gefühl von Übelkeit an, das mit den Hufen scharrte, um aus ihrem Magen heraufzuspringen. Die Fackel in ihrer Hand zitterte, und in einer der Wandnischen blitzte es hell wie Sonnenlicht auf Wasser auf und verschwand auch jetzt wieder, bevor sie das Phänomen mit Blicken fixieren konnte.

Sie ging hin, senkte die Fackel und gewahrte ein ganzes Sammelsurium sichtlich alter Messer, Pfeilspitzen und Schwertklingen, die wahrscheinlich schon seit einem Jahrhundert – oder auch Jahrtausend – in dieser Nische lagen, zusammen mit einem unordentlichen Durcheinander aus Schmuck, winzigen Götterstatuen, Gürtelschnallen und Fibeln, Nadeln und Trinkgefäßen und noch anderen Gegenständen, die allesamt zwei Dinge gemeinsam hatten: Sie alle waren klein, wie für die Hände von Kindern (oder ganz besonders kleinen Männern und Frauen) gemacht, und sie alle waren schwarz. Nahezu jedenfalls.

Es gab eine Messerklinge mit einem langen, gezackten Kratzer, der das flackernde Licht der Fackel viel heller reflektierte, als er sollte. Er war es wohl auch, der sie hierhergeführt hatte.

Nachdenklich nahm Pia das Messerchen (es war nicht nennenswert größer als eine Nagelfeile) zur Hand, kratzte mit dem Fingernagel über die Klinge und fuhr schließlich mit der stumpf gewordenen Schneide über die Wand. Es quietschte, ein unangenehmer Laut, gar nicht wie Metall auf Stein, und es gelang ihr auch nicht, den schwarzen Belag von der Wand zu entfernen, wohl aber einen neuen, tiefen Kratzer im Stein zu hinterlassen … der im Übrigen alles war, nur kein Stein.

»Das ist –«, murmelte sie ungläubig.

»Ja, ganz genau«, sagte Alica von der Tür her. »Ich hatte recht!«

»Womit?«, fragte Pia, während sie sich bereits herumdrehte, sich einen Moment lang suchend umsah und dann an den monströsen Opferaltar in die Mitte des Raumes trat und sich davor in die Hocke sinken ließ.

»Damit, dass du die Cleverere von uns beiden bist«, antwortete Alica. Sie machte immer noch keine Anstalten, den Raum zu betreten. »Bei mir hat es sehr viel länger gedauert, bis ich es gemerkt habe.«

Pia kämpfte die leise Übelkeit nieder (die eigentlich gar nicht mehr so leise war), kratzte mit dem Messer an der Flanke des gewaltigen Altars und hinterließ eine tiefe, schimmernde Furche.

»Silber«, murmelte sie. »Das ist … Silber!«

»Und zwar ein massiver Block«, bestätigte Alica von der Tür her. Pia konnte hören, wie sie an ihrem Zigarillo sog und eine

Rauchwolke in ihre Richtung blies. Zitterte ihre Stimme? »Ein paar Tonnen. Und das ist noch gar nichts. Die ganze Kammer ist mit Silber ausgekleidet, mindestens einen halben Meter dick. Boden, Decke, Wände ... alles. Wenn wir noch zu Hause wären, dann würde ich sagen, dass wir El Dorado gefunden haben.«

»Hieß es nicht, dass diese Stadt ganz aus *Gold* war?«, fragte Pia. Sie stand auf, versuchte die immer schlimmer werdende Übelkeit zu ignorieren, die in ihren Eingeweiden wühlte, und war kaum überrascht, als sich nun auch noch ein dünner stechender Schmerz in ihrem Unterleib hinzugesellte. Vielleicht hatte sie sich doch ein bisschen zu viel zugemutet.

»Jetzt sei nicht kleinlich«, schnaubte Alica. »Ein paar Unterschiede gibt es da schon, weißt du? Gold ist hier nichts Besonderes, aber Silber dafür umso mehr. Willkommen im Fort Knox von Chicken Pizza.«

Pia lächelte zwar flüchtig, hob aber trotzdem ihre Fackel höher und versuchte den breiteren Teil der Kammer mit Blicken zu durchdringen. Es gelang ihr nicht. Die Jahrhunderte hatten die Wände schwarz gefärbt, sodass sie das Licht ihrer Fackel einfach verschluckten, statt es zu reflektieren. Aber sie spürte, wie groß dieser Raum war; keine Kammer, sondern eher ein Saal. Da war etwas Großes, gerade hinter der flackernden Grenze, die das Licht noch erreichte, und eigentlich sollte sie hingehen und nachsehen, aber aus irgendeinem Grund wollte sie das plötzlich gar nicht mehr.

Da es ihr immer schwerer fiel, die Übelkeit zu ignorieren, und es ihr unpassend erschienen wäre, sich in dieser Schatzkammer zu übergeben), wandte sie sich um und wollte die unheimliche Kammer möglichst schnell verlassen, aber Alica schüttelte nur den Kopf und machte zugleich eine abwehrende Bewegung mit der Hand, die den Zigarillo hielt, fast als wollte sie mit seinem glühenden Ende nach ihr stoßen. Pia stülpte trotzig die Unterlippe vor und setzte dazu an, nötigenfalls grob zu werden (ihr war wirklich übel, und es fiel ihr immer schwerer, auch nur ausreichend Luft zu bekommen. Sie musste hier raus!), doch in diesem

Moment hörte sie ein gedämpftes Scharren hinter sich, warf einen Blick über die Schulter und gewahrte etwas, das sie nicht nur ihre Übelkeit augenblicklich vergessen, sondern ihr fast das Blut in den Adern gefrieren ließ.

Die Kammer war nicht mehr dunkel. An ihrem anderen Ende – das deutlich weiter entfernt war, als sie ohnehin schon angenommen hatte – erschien ein bleicher, flackernder Lichtschein; ein schmutziges Weiß, das sie an die Farbe bleicher Knochen denken ließ und wie etwas Flüssiges um alle Linien und Umrisse herumkroch. Das Scharren wiederholte sich und wurde zum Geräusch schwerer, irgendwie mühsam klingender Schritte, und das blasse Licht begann hierhin und dorthin zu hüpfen, tastete wie ein Suchscheinwerfer aus der Hölle über steinerne Statuen (Pia vermutete, dass sie in Wahrheit ebenfalls aus schwarz angelaufenem Silber bestanden), die prachtvoll herausgeputzte Mayakrieger zeigten, aufrecht stehende Jaguare mit drohend aufgerissenen Mäulern und gebleckten Fängen oder auch noch bizarrere Ungeheuer, wie es sie (hoffentlich!) nicht einmal auf dieser Welt gab, und beleuchtete schließlich eine hohe trapezförmige Tür, die am anderen Ende des Raumes tiefer in den Berg hineinführte. Pias Herz begann immer schneller zu schlagen, je näher die Schritte kamen, und in den sauren Speichel, der sich immer rascher unter ihrer Zunge anzusammeln begann, mischte sich jetzt auch noch der bittere Geschmack purer Angst.

Und dann hätte sie beinahe laut aufgelacht, als sie die kaum kindergroße, dafür aber fast genauso breite, struppige Gestalt erkannte, die unter der Tür erschien und etwas wie eine absurd große Grubenlampe schwenkte.

»Gamma Graukeil?«, murmelte sie verstehend.

»Wir sind nicht nur hier, weil ich dir Kukulkans Sparstrumpf zeigen wollte«, antwortete Alica. Ihre Stimme zitterte sacht, und Pia hoffte zumindest, dass ihr die Anwesenheit all dieser Spinnen, Insekten und anderen Krabbelviecher genauso zusetzte wie ihr selbst.

»Sondern?«, fragte sie.

Statt zu antworten, ließ Alica ihren Zigarillo fallen, trat ihn sorgsam aus und machte eine Kopfbewegung in Richtung des Zwergs. Gamma Graukeil war nicht weitergegangen, sondern in der Tür stehen geblieben und sah erwartungsvoll in ihre Richtung. Allein die Vorstellung, diese unheimliche Kammer noch einmal betreten und sogar zur Gänze *durchqueren* zu müssen, ließ ihr Unbehagen schon wieder verdächtig nahe an Angst grenzen, aber sie war mittlerweile sicher, dass Alica diesen ganzen Auftritt sorgsam inszeniert hatte, und noch nicht ganz so verärgert, ihr den Spaß vollkommen verderben zu wollen. Außerdem hatte sie das Gefühl, dass es wirklich wichtig war.

»Beeil dich«, sagte Alica, ging so dicht an ihr vorbei, dass die Flammen ihrer Fackel beinahe ihr Haar berührt hätten, und stürmte gerade noch langsam genug durch die Kammer, um nicht wirklich zu rennen.

Pia folgte ihr dichtauf, und sie hatten den barbarischen Opferstein in der Mitte des Raumes noch nicht einmal erreicht, da erging es ihr ebenso. Ihre Schritte wurden schneller, ohne dass sie irgendetwas dagegen tun konnte, und sowohl die Übelkeit als auch der stechende Schmerz in ihrem Leib machten sich mit doppelter Kraft bemerkbar. Zweifellos war es nur Einbildung, ein kleiner Gruß ihrer außer Rand und Band geratenen Fantasie, aber unglückseligerweise unterschieden sich eingebildete Schmerzen kaum von echten. Alles in allem brauchten sie weniger als zwei Minuten, um die Tür zu erreichen, unter der der Zwerg stand, aber ihr Atem ging so schnell, als wäre sie meilenweit gerannt, und in dem schmalen Gang hinter Gamma Graukeil angekommen, musste sie sich beherrschen, um sich nicht erschöpft gegen die Wand sinken zu lassen. Kalter Schweiß bedeckte ihre Stirn, und sie zitterte am ganzen Leib.

Einmal aus der Kammer heraus, wurde es allerdings rasch besser. Übelkeit und Schmerz lösten sich fast so schnell auf, wie sie gekommen waren, aber ein sehr sonderbares Gefühl von Unbehagen blieb zurück; wie Sonnenbrand, ohne dass ihre Haut wirklich wehtat. Gamma Graukeil maß sie schweigend, aber mit unübersehbar besorgten Blicken, und auch Alica atmete so schwer, als hätte sie einen Marathonlauf hinter sich. Im weißen Licht der Grubenlampe wirkte ihr Gesicht so blass wie das einer Toten.

»Irgendwie unheimlich, nicht?«, fragte sie. »Ging mir genauso, als ich das erste Mal hier war.«

»Wie groß ist dieser ... Tempel?«, fragte Pia. »Oder was immer es ist.«

»Ich habe nicht die geringste Ahnung«, antwortete Alica. »Es gibt noch ein paar Nebenräume, glaube ich, aber ich war bisher nur einmal hier drin, und das war für meinen Geschmack genau einmal zu viel. Der Laden ist mir unheimlich.«

Das konnte Pia verstehen. Ihr selbst erging es ja nicht anders. »Und warum schickst du dann nicht deinen Freund Eirann hinein oder einen seiner Krieger?«, fragte Pia.

Alica starrte sie an, als hätte sie sie allen Ernstes gefragt, ob sie noch an den Weihnachtsmann glaubte. »Eirann?«, wiederholte sie.

»Eirann«, bestätigte Pia. »Oder hat er Angst vor der Dunkelheit?«

»Nein, aber vor Silber«, antwortete Gamma Graukeil an Alicas Stelle. Sein Blick tastete immer noch besorgt über ihr Gesicht. Nicht dass sie das nicht verstehen konnte nach ihrem eigenen Aufenthalt in dieser unheimlichen Kammer.

»Sie haben Angst vor Silber?«, vergewisserte sie sich.

Jetzt starrte der Zwerg sie an, als verdiente sie den Preis für die dümmste Frage des Jahres. Mindestens. »Nein«, antwortete er nach kurzem Zögern. »Sie haben keine Angst vor Silber. Es bringt sie nur um.«

»Es … bringt sie um?«, vergewisserte sich Pia.

»Augenblicklich und mit tödlicher Sicherheit«, bestätigte Alica. »Silber ist tödlich für Elben. Jetzt erzähl mir bitte nicht, dass du das nicht weißt!«

Pia fragte sich, ob das ernst gemeint oder nur Gamma Graukeils ganz spezielle Art von Humor war, aber sie hätte auch nicht sagen können, welche Antwort ihr lieber gewesen wäre. Sie deutete ein Lächeln an, das der Zwerg mit dem schlechtesten Gebiss zweier Welten beantwortete.

»Aber aus diesem Grund habe ich Euch nicht hergebeten, Erhabene«, fuhr er in verändertem Ton fort, schickte noch ein gewichtiges Lächeln hinterher und wandte sich dann direkt an Alica. »Wir sind durchgebrochen. Du hattest recht.«

XVII

Pia gab es irgendwann auf, sich die Frage zu stellen, wie Gamma Graukeil sich hier zurechtfand. Seine Schultern waren mindestens doppelt so breit wie die ihren und Alicas, und der Gang wurde ein paarmal so schmal, dass selbst sie kaum noch hindurchpasste und mehr als einmal gegen einen plötzlichen Anfall von Klaustrophobie ankämpfen musste. Das Licht einer Grubenlampe hüpfte vor ihnen auf und ab; zwei- oder dreimal, wenn er hinter irgendeinem besonders massigen Hindernis verschwand oder um eine Ecke bog, erlosch es sogar gänzlich, sodass sie in einem Kokon aus erstickender Dunkelheit gefangen war. Als wäre das alles noch nicht genug, um ihr das Leben schwer zu machen, mussten sie schließlich noch ein gutes Stück klettern; zuerst über eine Schutthalde, aus der sich bei jedem Schritt kleinere oder größere Steinchen lösten, um polternd in der Dunkelheit unter ihnen zu verschwinden (einmal hörte sie Gamma Graukeil ein schmerzerfülltes Zischen ausstoßen, und einen ganzen Schwall von Flüchen, die sie mit einem unverhohlen schadenfrohen Grinsen quittierte), und schließlich über eine wackelige Konstruktion, von der vermutlich nicht einmal der Zwerg behauptet hätte, es sei eine Leiter.

Wäre es nicht schon oben in der Silberkammer geschehen, sie hätte spätestens jetzt jegliche Orientierung sowohl räumlich als auch in der Zeit verloren. Ihr Verstand machte ihr klar, dass sie weder allzu lange unterwegs sein noch sich allzu weit entfernt haben konnten, allem anderen kam es so vor, als irrten sie seit Stunden durch dieses unterirdische Labyrinth und folgten den Helden von Jules Verne auf ihrer Reise zum Mittelpunkt der Erde.

Endlich aber wurde es wieder hell vor ihnen, wenigstens ein bisschen. Da waren Geräusche, die sie nicht genau identifizieren konnte – etwas wie ein helles, fernes Hämmern, vielleicht Stimmen, und darunter, leise, aber so machtvoll, dass sie es eher spüren als wirklich hören konnte, ein dumpfes Tosen und Grollen. Gamma Graukeil verschwand in einem finsteren Spalt, der allerlei unangenehme Assoziationen in ihr weckte. Alica und sie folgten ihm notgedrungen, aber mit wirklich gemischten Gefühlen.

Dahinter erwartete sie allerdings kein weiteres Spinnenparadies und auch keine mit Silber gefüllte Schatzkammer, sondern ein weitläufiger, vollkommen leerer Raum, der von einer einzelnen Fackel in eindeutig mehr Schatten als Helligkeit getaucht wurde. Die Luft roch nach Staub und Alter, und wenn es an den Wänden je die ansonsten überall präsenten Fresken und Reliefs gegeben hatte, dann hatte die Zeit sie längst ausgelöscht. Pia wusste nicht, ob sie enttäuscht oder erleichtert sein sollte. Oder einfach nur verwirrt.

Zwei Schritte hinter dem Eingang blieb sie stehen und sah Alica eher vorwurfsvoll als fragend an, aber sie gefiel sich ganz offensichtlich darin, weiter die Geheimnisvolle zu spielen. Wie sie sie kannte, hatte sie diese Szene sorgfältig vor dem Spiegel eingeübt, und das wahrscheinlich gleich mehrmals.

»Habt Ihr Euch nie gefragt, Erhabene, warum die Zwerge aus Ostengaard hier sind und Eirann und seine besten Krieger, wo doch beide zu den Todfeinden des Volkes der Großen Schlange gehören?«

Das mit den Zwergen war Pia neu, und Eiranns Anwesenheit hatte ihr Alica höchstpersönlich vor weniger als einer Stunde erklärt. Trotzdem tat sie ihr den Gefallen, den Kopf zu schütteln und sie fragend anzusehen.

»Chicken Pizza ist weit mehr als die alte Hauptstadt des Volkes der Großen Schlange, Erhabene«, sagte Alica. Nein, Pia verbesserte sich: Sie deklamierte es. Sie *hatte* diesen Moment geübt. »Es ist ein magischer Ort. Hier hat alles angefangen. Und dank Gamma Graukeil und seiner Zwerge haben wir jetzt auch den Beweis dafür.«

Der Zwerg hustete. Unecht. »Nun ja«, begann er, »also, genau genommen –«

»Kommt mit, Erhabene«, fuhr Alica fort, und ignorierte Gamma Graukeils schüchternen Einwand kurzerhand.

»Also, ehrwürdige Alischa«, versuchte es der Zwerg noch einmal und etwas lauter, »da ist noch etwas, was –«

Alica hörte seine Worte vermutlich gar nicht mehr, denn sie war bereits weitergeeilt und wedelte ihr fast befehlend zu, ihr zu folgen. Pia bedachte Gamma Graukeil immerhin noch mit einem mäßig mitfühlenden Blick (warum sollte es ihm besser gehen als ihr?) und beeilte sich dann, ihrer Aufforderung nachzukommen. Alica konnte eine echte Nervensäge sein, wenn sie wollte (und auch, wenn sie es nicht wollte), aber im Allgemeinen spürte sie auch, wenn sie es ernst meinte, und was immer sie ihr zeigen wollte, *war* wichtig, das fühlte sie.

Anscheinend sogar wichtig genug, um sich auf dem Weg dorthin den Hals zu brechen, denn wo der Boden des angrenzenden Raumes sein sollte, gähnte nur ein kreisrunder gemauerter Schacht, aus dem ein Schwall aus Feuchtigkeit, Geräuschen und sonderbar stofflich wirkender Schwärze heraufdrang. Auf der anderen Seite – *natürlich* auf der anderen Seite! – führte eine grob zusammengebundene Leiter nahezu senkrecht nach unten. Pia hatte gar nicht gewusst, dass Alica so schwindelfrei war. Oder auch nur so mutig.

Sie war klug genug, sich mit dem Rücken flach gegen die Wand zu pressen und einen imaginären Punkt im Nichts mit Blicken zu fixieren, während sie Alica über den schmalen verbliebenen Sims zur anderen Seite folgte, und auch als sie die wenig vertrauenerweckende Leiter hinabzusteigen begann, hütete sie sich, nach unten zu sehen. Sie versuchte die Sprossen zu zählen, kam aber schon nach einem Augenblick durcheinander und konzentrierte sich lieber darauf, nicht daran zu denken, wie morsch die Stricke aussahen, mit denen sie zusammengebunden war.

Immerhin war sie nicht allzu lang; fünf, vielleicht sechs Meter, bis sie sich in einem weiteren Gang mit trapezförmig gegeneinandergeneigten Wänden wiederfand. Er war so niedrig, dass sie nicht einmal ganz aufrecht darin stehen konnte. Das dumpfe Grollen, das sie gerade schon gehört hatte, war hier sehr viel deutlicher zu spüren (wenn auch nicht lauter), und es war um etliche Grade kälter.

Gamma Graukeil, der ihr dichtauf folgte, trat ihr unsanft auf die Finger, und Pia machte einen hastigen Schritt zur Seite, bevor er dasselbe mit ihrem Kopf tun konnte, was sie ihm ohne das mindeste Zögern zutraute.

»Es ist jetzt nicht mehr weit«, sagte Alica kurzatmig. »Noch ein paar Schritte … aber ich glaube, das allerletzte Stück sollte Gamma Graukeil vorausgehen. Diese Ehre ist ja wohl das allermindeste, das er sich verdient hat.«

»Das vielleicht«, antwortete der Zwerg, »aber da wäre dennoch –«

»Niemand zweifelt an Eurer Tüchtigkeit, Gamma Graukeil«, unterbrach ihn Alica. »Und was die versprochene Belohnung angeht, so habt Ihr sowohl mein als auch Eiranns Wort, dass Ihr auf jeden Fall angemessen für Eure Mühen entschädigt werdet.« Sie zwinkerte ihm fast verschwörerisch zu. »So ganz nebenbei kann ich mir nicht vorstellen, dass Kukulkan eine genaue Inventarliste vom Inhalt seiner kleinen Schatzkammer dort oben hat, wenn Ihr versteht, was ich meine.«

»Aber darum geht es doch gar nicht!«, begann Gamma Graukeil, jetzt schon in fast verzweifeltem Ton. »Wir sind durchgebrochen genau an der Stelle, wo Ihr es vorausgesagt habt, aber da –«

»Na, dann ist ja alles bestens«, sagte Alica, fuhr auf dem Absatz herum und stürmte regelrecht los. Gamma Graukeil verdrehte nur noch einmal die Augen und stampfte hinter ihr her. Seine Lampe erfüllte den Tunnel mit hin und her huschenden Lichtreflexen und Schatten, in denen sich … *Dinge* verbargen. Dinge, die nicht hier sein sollten.

»Ja, ist ja schon gut«, maulte Pia. »Ist ja nicht so, als würde es mich interessieren. Oder gar etwas angehen.«

Und es war auch nicht so, als würde ihr noch jemand zuhören.

Alica war bereits verschwunden, und die tanzenden Schatten von Gamma Graukeils Lampe folgten ihr so schnell, dass sich Pia nun sputen musste, um nicht allein in der Dunkelheit zurückzubleiben.

Es wurde kälter – *feuchter* – und das sonderbare Grollen schien noch einmal an Macht zu gewinnen, doch nun hörte sie auch andere Laute, die sie vorher zwar wahrgenommen, aber nicht wirklich eingeordnet hatte: das Geräusch schwerer Hämmer, die auf Stein schlugen, ein dumpfes Poltern, Krachen und Kollern – manchmal auch etwas wie ein Platschen – und ein Durcheinander gedämpfter Stimmen.

Mit einem halben Dutzend beherzter Schritte schloss sie immerhin wieder zu Gamma Graukeil auf und versuchte ihn anzusprechen, aber der Zwerg sah sie nur verständnislos an, und Pia sah sich ihrerseits mit einer Mischung aus Neugier und allmählich wachsendem Unbehagen um.

Die Luft war hier unten deutlich kälter als weiter oben und auf mittlerweile unangenehme Art feucht, fast schon nass, als versuchte sie unter einer Dusche zu atmen. Sie war nicht mehr sicher, ob das dumpfe Rumpeln und Grollen, das sie von Zeit zu Zeit immer noch spürte, tatsächlich nur die Arbeitsgeräusche der Zwerge waren, die offensichtlich damit beschäftigt waren, irgendeinen Tunnel zu verlängern, um- oder auszubauen oder sich auch direkt in den gewachsenen Fels hineinzugraben.

Gerade noch rechtzeitig begriff sie, wohin sie diese Art von Gedanken führten, und verbot sich selbst, sie weiterzudenken. Stattdessen sah sie den Zwerg gleichermaßen auffordernd wie bewusst ungeduldig an, und Gamma Graukeil beeilte sich nun, die Grubenlampe zu heben und so heftig hin und her zu schwenken, dass erneut eine kleine Armee aus Schatten und unheimlich-gestaltlosen Dingen an den Wänden erwachte und sich lautlos jagte. Pia wünschte sich, er hätte das nicht getan. Alica auch, ihrem inzwischen deutlich verkrampft wirkenden Lächeln nach zu schließen.

»Hier entlang«, sagte der Zwerg vollkommen überflüssigerweise, denn er eilte bereits wieder an ihnen vorbei und bog am Ende des Stollens nach rechts ab; es war auch die einzige Richtung, die es gab.

Wenigstens wurde es vor ihnen wieder heller. Rotes und gelbes Fackellicht jagte sich mit unheimlichen Schatten, und auch das Stimmengemurmel und Raunen und Rufen wurde nun mit jedem Schritt lauter. Kleinwüchsige Gestalten in derber Lederkleidung, die schwere Hämmer und Spitzhacken auf die Schultern geschwungen hatten oder trübe Grubenlampen und Fackeln schwenkten, bewegten sich im Schutze dieser Schatten oder standen auch nur beieinander und redeten, und anders als in den Gängen, die sie hier heruntergeführt hatten, waren Boden und Wände unregelmäßig und kaum bearbeitet. Selbst Alica, die nicht nennenswert größer war als der Zwerg, musste sich unter den schweren Balken hindurchbücken, mit denen die Decke abgestützt war, und die Luft roch auch hier abgestanden und alt, zugleich aber auf eine unangenehme Art feucht, fast schon modrig.

»Dort vorne ist es!« Alica deutete ungeduldig mit der Fackel in das Durcheinander aus Licht und tanzenden Schatten vor sich, und einer der Zwerge konnte sich gerade noch mit einem erschrockenen Hüpfer in Sicherheit bringen, bevor sie ihm den Bart wegbrannte. »Du wirst staunen!«

Pia staunte vor allem, als sie die Wände des schmalen Ganges genauer in Augenschein nahm und feststellte, dass die Zwerge ihn offensichtlich direkt aus dem granitharten Felsen herausgemeißelt hatten – und das mit nichts anderem als Spitzhacke, Hammer und Meißel und der schieren Kraft ihrer Hände. Ihr Respekt vor den kleinen Männern stieg.

»Und worüber genau werde ich staunen?«, erkundigte sie sich.

»Verehrte Alischa, da wäre noch etwas, was –«, begann Gamma Graukeil, und Pia stolperte über ein Hindernis, das sich heimtückisch in dem Durcheinander aus Licht und tanzenden Schatten vor ihr verborgen hatte, und wäre um ein Haar der Länge nach hingeschlagen. Irgendwie fand sie Halt an einem der massigen Balken, die die Decke stützten, und fiel nicht, löste dafür aber eine regelrechte Staubexplosion aus, die ihr den Atem nahm, und ein Bombardement unzähliger kleiner (und ein paar nicht ganz so kleiner) Steinchen, die von der Decke auf sie herunterprasselten.

»Ist alles in Ordnung, Prinzessin?«, fragte Gamma Graukeil besorgt.

Pia gab sich redlich Mühe, den Zwerg mit Blicken aufzuspießen, schüttelte sich Staub und Steinsplitter aus dem Haar und suchte den Boden mit noch feindseligeren Blicken ab. Er war uneben, aber nicht so uneben, dass sie hätte stolpern können. Seltsam.

»Prinzessin?«, fragte Gamma Graukeil noch einmal. Jetzt klang seine Stimme eindeutig besorgt.

»Alles in Ordnung«, sagte Pia hastig. »Nichts passiert. Ich war nur ungeschickt.«

»Dann ist es ja gut«, antwortete der Zwerg. »Und bevor wir weitergehen, wäre da noch etwas, was ich der ehrwürdigen Alischa schon die ganze Zeit über sagen wollte.«

»Dann sollten wir uns besser beeilen, um sie einzuholen«, schlug Pia vor, ergötzte sich noch eine halbe Sekunde lang an Gamma Graukeils verdattertem Gesicht und ging dann umso schneller weiter. Diesmal achtete sie genau darauf, wohin sie trat.

Vor ihnen waren jetzt wieder Geräusche zu hören: das emsige Trappeln von Schritten, durcheinanderrufende und -schnatternde Stimmen, Hämmern und Hantieren und dann und wann ein schweres Poltern, als würden Steine zu Boden fallen. Einmal hörte sie ein gewaltiges Platschen, gefolgt von einem Chor eindeutig schadenfrohen Gelächters. Und endlich wurde es vor ihnen auch wieder hell, ein flackernder gelber und roter Schein, der von Grubenlampen und Fackeln stammte. Wie zum Ausgleich, um es ihnen ja nicht zu bequem zu machen, wurde der Gang noch einmal niedriger, sodass sie nur noch stark gebückt gehen konnte und sich trotzdem ein paarmal kräftig den Kopf anstieß.

Aber irgendwann war es vorbei, und sie trat dicht hinter Alica in einen weitläufigen und erfreulich hohen Raum, in dem es vor Zwergen nur so zu wimmeln schien. Wände und Decke wurden von einem Gewirr aus Balken abgestützt und wirkten auf den ersten Blick wie eine von der Laune der Natur geschaffene Höhle, auch wenn sie spürte, dass das nicht so war. Ein sachter, aber äußerst unangenehmer Geruch hing in der Luft, der ihr vage bekannt vorkam, obwohl sie ihn im ersten Moment nicht einordnen konnte.

Ihre Aufmerksamkeit wurde jedoch fast sofort von der gegenüberliegenden Wand in Anspruch genommen, wo nicht nur das Gewirr aus Balken und Stützpfeilern besonders dicht war, sondern sich auch mindestens zwanzig Zwerge drängelten, die Hacken und Hämmer schwangen oder auch Geröll in ledernen Eimern wegtrugen, um den Abraum entlang der Wände zu präzise gleich hohen Schutthalden aufzutürmen. Pedanten schienen die Knirpse aus Ostengaard zu allem Überfluss auch noch zu sein, dachte Pia. Aber irgendwie passte das.

»Und da behauptet Ihr, Ihr hättet nichts gefunden?« Alica hob begeistert die Arme und ging noch einmal schneller, um die andere Seite zu erreichen. Pia sah erst jetzt, dass die Zwerge nicht einfach nur in blindem Aktionismus die Wand niederzureißen versuchten, sondern hinter der Kruste aus jahrhundertealtem Schmutz und zur Härte von Beton zusammengebackenem Staub offenbar einen Durchgang entdeckt hatten, den sie jetzt mit der ihnen eigenen Emsigkeit rasch vergrößerten. Pia glaubte einen mächtigen Türsturz zu erkennen, der aus einem einzigen Felsquader bestand und mindestens eine Tonne wiegen musste, aber so niedrig war, dass sich wohl selbst die kleinwüchsigen Indios darunter hindurchbücken mussten, die diese Tür vor langer Zeit gebaut hatten. Dahinter bewegte sich etwas, aber es war zu dunkel, um es genau zu erkennen. Etwas glitzerte.

»Na also!«, rief Alica. »Gebt es zu, Gamma Graukeil, Ihr wolltet es einfach nur noch ein bisschen spannend machen, um dann umso besser dazustehen, Ihr alter Schlawiner!«

»Aber nicht doch, geehrte Alischa!«, sagte Gamma Graukeil hastig. »Es ist nur so, dass Ihr –«

Aber Alica hörte schon gar nicht mehr zu, sondern ging nur noch schneller und scheuchte mit heftigem Armewedeln und Gestikulieren die Zwerge aus dem Weg. Nur einen Moment später tauchte sie mit einer geschickten Bewegung unter dem Türsturz hindurch und war in der Dunkelheit dahinter verschwunden. Gamma Graukeil seufzte. »Ihr seid meine Zeugin, dass ich es versucht habe, Erhabene.«

Pia fragte sich zwar vergeblich, *was* eigentlich, nickte aber trotzdem und folgte Alica, wenn auch deutlich langsamer und angesichts Graukeils kryptischer Worte entsprechend vorsichtig. Anders als Alica gerade musste sie niemanden aus dem Weg scheuchen. Die Zwerge wichen hastig vor ihr zur Seite, und nicht wenige senkten auch demütig die Köpfe oder sanken gleich ganz auf die Knie. Pia ignorierte das, nahm sich aber fest vor, sich bei nächster Gelegenheit einmal ausgiebig mit dem Zwerg über dieses Thema zu unterhalten. Das musste aufhören.

Sie musste sich deutlich tiefer unter dem Sturz hindurchducken als Alica vor ihr und tat es nicht nur sehr viel vorsichtiger, sondern war in der nächsten Sekunde auch sehr froh, es getan zu haben. Hinter der Tür lag ein gewaltiger Raum, dessen immense Größe sie eher spürte, als sie sie wirklich sah. Gelbe Lichter tanzten vor ihr in der Dunkelheit, und es war feucht und schon fast unangenehm kühl. Aus dem schlechten Geruch war mittlerweile eindeutig *Gestank* geworden, den sie allerdings immer noch nicht genau einordnen konnte; obwohl sie das Gefühl hatte, es eher nicht zu *wollen* als zu *können*. Ihre Übelkeit kehrte zurück.

Kaum eine Sekunde später hatten sich ihre Augen besser an die veränderten Lichtverhältnisse angepasst, und sie stellte fest, dass sie tatsächlich gut beraten gewesen war, vorsichtig zu sein. Hinter der Tür begann eine lediglich drei Stufen zählende Steintreppe, die zu einem kaum halbmeterbreiten steinernen Sims hinabführte, hinter dem es keinen festen Boden mehr gab. Vielmehr brach sich das flackernde Licht der Fackeln auf den zähen Wellen eines gewaltigen unterirdischen Sees, der weit vor ihr mit der Dunkelheit verschmolz. Hier und da trieben Flammen auf den Wellen, wo Graukeils Männer brennende Reisigbündel ins Wasser geworfen hatten. Manche waren schon weit genug abgetrieben, um zu winzigen Funken zusammenzuschrumpfen, aber Pia spürte einfach, dass dieser unterirdische See noch sehr viel größer war; nicht einfach nur eine Zisterne, sondern tatsächlich ein nicht einmal kleiner *See,* der sich zwei oder drei Stockwerke tief unter dem Dschungel verbarg.

Und außerdem stank er wirklich erbärmlich.

»Na, wenn das kein Erfolg ist!« Alicas Stimme erklang irgendwo links von ihr in der Dunkelheit, aber Pia hatte Mühe, sie zu orten. Irgendetwas rauschte und klatschte, als wäre für einen kurzen Moment ein Wasserfall eingeschaltet und praktisch sofort wieder abgestellt worden. Der üble Geruch wurde noch schlimmer. Trotzdem fuhr Alica in jetzt eindeutig aufgekratztem Ton fort: »Gamma Graukeil, dieses kleine Schlitzohr! Er wollte es einfach nur spannend machen, und dabei haben wir längst gefunden, wonach seine Leute seit Monaten suchen!«

»Und was wäre das?«, fragte Pia, aber nun schien es Alica zu sein, die eine Gelegenheit für einen dramatischen Auftritt witterte, die sie sich selbstverständlich nicht entgehen ließ.

»He, Gamma, alter Zausel!«, rief sie. »Wie wärs mit ein bisschen Licht? Das hier erfordert eine gebührende Beleuchtung, von den schmetternden Fanfaren und den Cheerleaderinnen gar nicht zu reden!«

Tatsächlich tauchte Gamma Graukeil gerade dann hinter Pia auf der Treppe auf, wagte sich aber aus irgendeinem Grund nicht über die erste Stufe hinaus. Er hielt eine blakende Fackel in der Hand, deren flackerndes Licht sich genau wie das der schwimmenden Reisigbündel in der Dunkelheit verlor, aber zumindest Alicas Gestalt deutlicher enthüllte. Sie stand nur ein paar Schritte entfernt auf dem Sims, hatte die Arme ausgebreitet, als wollte sie den ganzen unterirdischen See umarmen, und wirkte sehr zufrieden. Das Licht zeigte ihr auch, dass irgendetwas auf dem Wasser schwamm; aber nicht genau, was es war.

»Also, geehrte Alica, Ihr solltet vielleicht wirklich nicht –«, begann der Zwerg, kam aber erneut nicht weiter, auch wenn es jetzt nicht Alica war, die ihn unterbrach. Vielmehr erscholl das Wasserfallgeräusch ein weiteres Mal, und nur eine halbe Sekunde später ergoss sich ein gewaltiger glitzernder Sturzbach mit solcher Wucht genau auf Alica, dass sie einen Moment lang mit wild rudernden Armen um ihr Gleichgewicht kämpfen musste. Irgendwie gelang es ihr nicht nur, nicht ins Wasser zu fallen, sondern sogar auf den Beinen zu bleiben, wenn auch wahrscheinlich nur, weil der tosende Strom fast genauso schnell wieder versiegte, wie er gekommen war. Zurück blieb eine klitschnasse und nach Luft schnappende Alica.

»Es ist ja nicht so, als hätte ich sie nicht gewarnt«, brummte Gamma Graukeil, »oder es wenigstens versucht.«

Vorsichtshalber sagte er das so leise, dass Alica die Worte nicht hören konnte, auch wenn Pia ohnehin bezweifelte, dass sie zugehört hätte. Alica stand da wie der sprichwörtlich begossene Pudel, mit aufgerissenem Mund und Augen, bis auf die Haut durchnässt und ihr ehemals so sorgsam zu Locken gedrehtes Haar in nassen Strähnen an den Kopf geklatscht. Und vielleicht triefte sie nicht nur vor Nässe. Pia glaubte jetzt zu wissen, was sie da auf den Wellen hatte treiben sehen, und wenn sie es recht bedachte, dann hatte auch der gewaltige Guss, der auf Alica herabgestürzt war, nicht *nur* nach Wasser ausgesehen …

Alica stieß einen Laut aus, der irgendwo zwischen einem Japsen und purem Ekel lag, fuhr sich mit den gespreizten Fingern durchs Haar und verzog dann angewidert das Gesicht, als sie an ihrer Hand roch. »Oh, Scheiße!«, murmelte sie.

»Sag ich doch«, sagte Gamma Graukeil, und ganz gewiss nicht zufällig deutlich lauter. »Oder ich wollte es wenigstens sagen.«

XVIII

Alica hatte bis zum Sonnenuntergang kein einziges Wort mehr gesprochen – weder mit ihr noch mit sonst jemanden – und sie waren sogar in Rekordzeit wieder durch das Labyrinth aus Gängen, Leitern und Katakomben ans Tageslicht zurückgeeilt, hatten die gewonnene Zeit aber auch gleich wieder verloren, weil Alica kommentarlos in den See gesprungen war und ein wirklich sehr ausgiebiges Bad genommen hatte.

Pia war es nur recht gewesen. Ihre Schadenfreude hatte nicht allzu lange angehalten, aber ihre Übelkeit war zurückgekommen und spätestens in dem Augenblick schlimmer denn je geworden, in dem sie die Silberkammer durchquert hatte. Hätte Gamma Graukeil sie nicht auf den letzten Schritten gestützt, dann hätte sie es möglicherweise gar nicht geschafft.

Draußen an der frischen Luft wurde es besser. Immerhin gelang es ihr, sich nicht ausgiebig in den See zu übergeben, in dem Alica gerade badete, aber ihr Gesichtsausdruck musste dem Alicas wohl ziemlich ähneln. Auch auf dem Weg zurück in die Stadt machte ihnen jeder hastig Platz, doch jetzt war es eindeutig Erschrecken, wenn nicht gar Furcht, die sie auf den meisten Gesichtern las. Sie war zwar nach wie vor verwirrt (und sehr neugierig), aber nicht über die Maßen enttäuscht, als Alica kurz vor Erreichen ihres Zieles plötzlich schneller ritt, um ihr Haus zu erreichen und sich umzuziehen und vermutlich auch noch ein oder zwei Stündchen zu baden.

Wieder in ihrem eigenen Zuhause angekommen, überlegte sie einen Moment, dasselbe zu tun. Obwohl sie der bizarren unterirdischen Kloake nicht einmal annähernd so nahe gekommen war wie Alica, hatte sie dennoch das Gefühl, zu stinken (und tat es vermutlich auch). Sie kam sich am ganzen Körper klebrig und irgendwie … besudelt vor. Aber leider befand sie sich nicht mehr in der Welt sensorgesteuerter Warmwassergeräte, was bedeutete, dass die beiden Mädchen mindestens eine Stunde brauchen würden, um die monströse Wanne zu füllen; und einmal ganz davon abgesehen, dass es ihr viel zu mühsam erschien, so lange zu warten, hätte es ihr einfach ein schlechtes Gewissen beschert, die beiden armen Dinger nur aus einer bloßen Laune heraus so schwer arbeiten zu lassen. Sie war es nicht gewohnt, Dienstboten zu haben, und eigentlich wollte sie sich auch gar nicht daran gewöhnen. Außerdem fühlte sie sich immer noch hundsmiserabel.

Vielleicht half es ja, wenn sie sich einfach eine halbe Stunde hinlegte, oder auch eine ganze.

Es wurden dann wohl eher drei oder vier, denn als sie die Augen wieder aufschlug, war die Sonne schon wieder aus dem schmalen Fenster über ihrem Bett verschwunden. Es musste bereits später Nachmittag sein, oder auch früher Abend. Sie fühlte sich ausgeruht – wenigstens so lange, bis sie sich aufsetzte und es wohl eine Spur zu hastig tat, denn ihr wurde nicht nur prompt wieder (ein wenig) übel, sondern auch schwindelig.

Eine gute Minute lang blieb sie einfach mit geschlossenen Augen sitzen und wartete darauf, dass die Dunkelheit hinter ihren Augen aufhörte, sich wie verrückt zu drehen. In ihren Eingeweiden rumorte es noch immer, aber längst nicht nicht mehr so schlimm wie vorhin.

Sie hatte sich in den letzten Tagen wohl eindeutig zu viel zugemutet. Selbst der körperlichen Leistungsfähigkeit einer wiedergeborenen Elfenprinzessin waren offensichtlich Grenzen gesetzt.

Behutsam öffnete sie die Augen – nichts geschah –, schlug die dünne Decke zurück und stellte verdutzt fest, dass sie nicht mehr dasselbe Kleid trug wie vorhin. So viel zum Thema Personal.

Sie stand auf, atmete ein paarmal tief durch und ertappte sich bei dem absurden Gedanken, sich beinahe die klare Winterluft WeißWalds zurückzuwünschen, als sie spürte, wie drückend heiß es trotz der vorgerückten Stunde immer noch war. Aus einem niemals endenden Winter heraus hatte es sie in einen genau so endlosen Hochsommer verschlagen – nun gut, mit einem kleinen Umweg über eine Stadt, in der es vielleicht ein Dutzend Menschen gegeben hatte, die *nicht* scharf darauf gewesen waren, sie umzubringen. Bestand ihr Leben eigentlich nur noch aus Extremen?

Sie verließ das Schlafzimmer, stellte ohne Überraschung fest, dass der große Tisch nicht nur erneuert worden, sondern bereits wieder mit einer kompletten Mahlzeit für sie gedeckt war – und für mindestens ein Dutzend weiterer Gäste –, und trat schließlich ganz aus dem Haus. Die beiden in schwarzes Eisen gehüllten Wächter, die sie erwartet hatte, waren nicht da. Dafür entdeckte sie – und auch das nur auf den zweiten Blick – gleich vier braunhäutige kleine Krieger, die nur mit Lendenschurzen und einfachen Schnürsandalen bekleidet waren, dafür aber umso größere Speere mit rasiermesserscharfen Obsidianspitzen in den Händen hielten.

Sie wollte sich an einen der Indios wenden und eine entsprechende Frage stellen, als es hinter ihr raschelte. Überrascht – wenn auch nicht sonderlich alarmiert, denn schließlich hatte sie gleich vier Leibwächter in ihrer Nähe, die zusammengenommen fast so kampfstark waren wie sie – drehte sie sich herum und sah das mannshohe Unkraut hinter sich zittern. Nur einen Moment später trat Alica aus dem Gestrüpp. Sie hatte sich umgezogen und trug zwar noch immer hauteng anliegendes schwarzes Leder, allerdings eine Menge mehr davon, und ihr Haar war zu einem strengen Pferdeschwanz zurückgebunden. Sie hielt ein paar abgerissene Pflanzenstängel und Blätter in der Hand, an denen sie mit missmutigem Gesicht herumzupfte. Ein schwarzer Zigarillo qualmte in ihrem Mundwinkel, und wenn Pias Anblick sie überraschte, dann verbarg sie es meisterlich.

»Du bist also auch schon wach? Schön.«

»Und du bist nur hergekommen, um zu stänkern?«, gab Pia impulsiv zurück; und ziemlich unüberlegt, wie sie sich selbst eingestand, wenn auch wieder einmal zu spät.

»Ich bitte untertänigst um Vergebung, Durchlaucht«, antwortete Alica. »Ich meine dafür, dass ich mich um meinen eigenen Garten kümmere.«

Garten? Pia sah sich demonstrativ in der wuchernden Wildnis um. Einen *Garten* hätte sie das hier ganz gewiss nicht genannt. Alicas gereizter Ton hielt sie jedoch nachhaltig davon ab, auch nur ein einziges Wort darüber zu verlieren.

Alica hatte aber anscheinend selbst gemerkt, dass sie wohl ein wenig übers Ziel hinausgeschossen war, denn sie zwang zumindest so etwas Ähnliches wie ein entschuldigendes Lächeln auf ihre Lippen, paffte noch einmal an ihrem Zigarillo und zertrat ihn dann unter dem Absatz ihres oberschenkelhohen schwarzen Lackstiefels. Noch immer an den grünen Stängeln in ihrer Hand herumzupfend und -zerrend, trat sie an die breite Mauerbrüstung heran und sah nach unten. Pia folgte ihr erst nach spürbarem Zögern. Ihr war im Moment wirklich nicht nach Menschenmassen zumute, die ihren Namen skandierten und auf die Knie sanken, sobald sie auch nur ihren Schatten sahen.

Allzu große Menschenmassen waren jedoch nicht zu sehen. Auf der Straße unter ihnen herrschte zwar ein reges Treiben, wie man es in einer Stadt wie dieser erwartete, aber kaum jemand sah zu ihr hoch, und niemand machte Anstalten, vor lauter Ehrfurcht zur Salzsäule zu erstarren. Nach den letzten anderthalb Tagen hätte sie das erleichtern sollen, aber diese so unerwartete Normalität beunruhigte sie eher; auch wenn sie selbst nicht genau sagen konnte, warum.

»Wenn du auch nur ein einziges Wort herumerzählst«, sagte Alica, ohne in ihre Richtung zu sehen, »führe ich eine alte italienische Sitte wieder ein, was den Adel und den Umgang mit ihren Köpfen angeht, mein Wort darauf, Prinzesschen.«

»Erstens war es eine französische«, antwortete Pia, »und zweitens ist es nicht meine Schuld, wenn du niemals zuhörst, Liebes.«

Alica bedachte sie nun doch mit einem – ärgerlichen – Blick, zog aber auch fragend die linke Augenbraue hoch, und Pia fuhr fort: »Gamma Graukeil hat versucht dich zu warnen. Mehr als einmal. Aber du warst ja einfach nicht davon abzubringen, dich unter die größte Klospülung der Welt zu stellen.«

Eine halbe Sekunde lang waren Alicas Augen von nichts anderem als purem Hass erfüllt ... aber dann mischte sich ein anderer Ausdruck hinein, und eine weitere Sekunde lang rang sie einfach nur um ihre Fassung. Dann begann sie zu lachen, zuerst widerwillig, dann jedoch so schallend und so laut, dass Pia gar nicht anders konnte, als in dieses Lachen einzustimmen.

»Also schön«, sagte Alica, nachdem sie sich wieder halbwegs beruhigt hatte, und noch damit beschäftigt, sich mit dem Handrücken die Tränen aus dem Gesicht zu wischen. In der anderen Hand hielt sie noch immer das gefiederte grüne Blatt. »Aber du versprichst mir, kein Wort zu überhaupt niemandem zu sagen.«

»Keinen Ton«, versprach Pia.

»Ich glaube dir«, antwortete Alica. »Nur wird das leider nicht viel nutzen, fürchte ich. Wie ich Gamma Graukeil kenne, hat er es längst schon der halben Stadt erzählt. Und spätestens bis morgen früh weiß es auch noch die andere Hälfte.«

Pia hätte ihr ja gerne widersprochen, aber sie konnte es nicht. Sie kannte Gamma Graukeil nicht einmal annähernd so gut wie Alica – aber so gut dann doch.

»Wahrscheinlich werde ich spätestens morgen früh einen anderen Namen haben. Die ehrwürdige Pi-Pi oder Lady Kaka.«

»Hm«, machte Pia. Sie hatte Mühe, ein noch breiteres Grinsen von ihrem Gesicht zu verbannen, und ganz gelang es ihr auch gar nicht, Alicas Blick nach zu urteilen, in dem es schon wieder gefährlich wetterleuchtete.

»Was … war das da unten eigentlich?«, fragte sie, im Grunde nur, um *überhaupt* etwas zu sagen. »Erzähl mir nicht, dass sie hier eine Kläranlage haben.«

»Nö«, antwortete Alica Grimassen schneidend. »Was das angeht, sind sie genau solche Umweltfreunde wie unsere Vorfahren. Der See hat einen direkten Abfluss ins Meer, und auf diese Weise entsorgen sie auch das ganze Zeug. Sehr ökologisch.«

»Und wo kommt *das ganze Zeug* überhaupt her?«, fragte Pia.

Alica hob die Schultern. »Ich bin ja selber schuld«, gestand sie. »Die haben hier eine richtige Kanalisation. Eine echte Meisterleistung, wenn man bedenkt, wie alt das alles hier ist. Ich hab mich vom ersten Tag an gefragt, wohin das ganze Abwasser eigentlich geht.« Sie grinste schief. »Na ja. Jetzt weiß ich es.«

»Aber du hast nicht Gamma Graukeil und alle Zwerge Ostengaards hierherzitiert, weil du das Geheimnis der präkolumbianischen Abwasserentsorgung lüften wolltest, oder?«, fragte sie.

Alica dachte offensichtlich eine Sekunde lang über dieses Wort nach und schüttelte dann den Kopf. »Wir ... haben etwas gesucht«, antwortete sie.

»Und was?«, fragte Pia, als sie nach einigen weiteren Sekunden begriff, dass Alica es nicht von sich aus sagen würde.

»Die *Drakkensang*«, antwortete sie.

»Aha. Und was ist das?«

Alica bedachte sie mit einem schrägen Blick und wandte sich dann wieder dem Panorama der Stadt zu, das sich unter ihnen ausbreitete. Ihre Finger kneteten weiter das grüne Blatt, und plötzlich wusste Pia auch, wieso es ihr die ganze Zeit über so bekannt vorgekommen war.

Garten? Nun ja.

»Wisst Ihr das wirklich nicht, Prinzessin?«, fragte Alica.

»Nein«, antwortete Pia ärgerlich. »Prinzessin Gaylen weiß es nicht. Und ich übrigens auch nicht.«

Alicas Blick sprühte noch immer vor Zorn, aber da war auch eine Spur von schlechtem Gewissen. »Das Schiff«, sagte sie auf eine Art, als wäre sie ganz sicher, dass diese beiden Worte allein schon Antwort genug wären.

»Aha«, sagte Pia, ließ noch einmal fünf oder auch zehn Sekunden verstreichen und fuhr dann und mit noch größerer Geduld fort: »Und was für ein Schiff?«

»Eiranns Schiff«, antwortete Alica.

»Das Schiff deines Freundes?«

»Meines ... ?« Alica bequemte sich immerhin dazu, sich zu ihr umzudrehen und sie aus großen Augen anzustarren. Sie versuchte zu lachen, aber es blieb bei dem Versuch. »Sag mal, Süße, hast du es immer noch nicht begriffen?«

»Nein«, antwortete Pia wahrheitsgemäß. »Was?«

»Worum es hier wirklich geht!«, erwiderte Alica unerwartet heftig.

»Nein«, sagte Pia noch einmal. »Warum erklärst du es mir nicht?«

»Das hier ist kein Abenteuerurlaub im Club Med, Liebes!«, fauchte sie. »Vielleicht kommt es dir ja immer noch so vor, aber das stimmt nicht! Du und ich haben eine ganze Welt auf den Kopf gestellt oder wenigstens einen ganzen Kontinent! Es geht um dich, wann begreifst du das endlich?«

»Um mich?«

»Nicht um die kleine Pia, die an Onkel Estebans Rockzipfeln groß geworden ist und der die gebratenen Tauben in den Mund geflogen sind, sondern um Prinzessin Gaylen, die Vorausgesagte! Den weiblichen Messias, der diesem Land und seinen Menschen endlich die Freiheit und den Frieden bringen wird!«

»Du weißt genauso gut wie ich, dass ich das nicht bin«, antwortete Pia ernst. Sie kam sich sogar selbst ein bisschen albern bei diesen Worten vor, und Alica verzog auch nur geringschätzig die Lippen.

»Weiß ich das?«, fragte sie, machte aber auch eine rasche Geste, um sie von einer Antwort abzuhalten. »Das alles hier ist nur passiert, weil Prinzessin Gaylen nach tausend Jahren zurückgekehrt ist, um die alte Ordnung wiederherzustellen, und die Drakkensang ist das Schiff, mit dem sie damals in diesem Land angekommen ist.«

»Vor … tausend Jahren?«, vergewisserte sich Pia. Ob Alica wohl eigentlich selbst hörte, wie das klang?

»Es ist nur eine Legende«, fuhr Alica fort. »Aber das war die Geschichte von Prinzessin Gaylen ja schließlich auch, bevor du aufgetaucht bist, oder?«

Pia beschloss, die letzte Frage zu ignorieren. »Und ihr glaubt, dieses Schiff, die Drakkensang, ist hier?«, fragte sie.

»Nicht wir«, antwortete Alica. »Aber Eirann und die anderen Elben, ja.« Sie deutete ein – sehr hilflos wirkendes – Schulterzucken an. »Es gibt da diese alte Legende, dass das Schiff noch immer da ist und unter dem Nest der Großen Schlange darauf wartet, dass die verschollene Elfenprinzessin zurückkehrt, um ihr in der Stunde der Not beizustehen.«

»Noch eine Legende?«

»Ich habe nicht gesagt, dass ich daran glaube!«, antwortete Alica. »Aber die Elben tun es. Und Gamma Graukeil und seine Zwergenbande anscheinend auch. Jedenfalls haben sie wie blöd angefangen zu graben, kaum dass sie hier angekommen waren.«

»Und sie glauben wirklich, dass es irgendwo dort unten versteckt ist, nach all den Jahren noch?«, fragte Pia zweifelnd.

»Warum auch nicht?«, gab Alica mit einem fast trotzig aussehenden Schulterzucken zurück. »Es passt alles.« Sie machte eine Kopfbewegung zur Pyramide hin, die wie ein von Menschenhand geschaffener Berg über ihnen aufragte. »Das Nest der Großen Schlange.« Eine weitere Kopfbewegung, mit der sie diesmal auf Pia deutete. »Die Elfenprinzessin, deren Kommen vorausgesagt wurde.«

»Und am Schluss hast du es dann auch geglaubt«, sagte Pia.

Alica wich ihrem Blick aus und zerrupfte das Blatt in ihren Händen endgültig. »Immerhin weit genug, um einmal selbst nachzusehen«, räumte sie ein.

»Lass mich raten«, sagte Pia. »Das war eine Scheißidee?«

Alica riss die Augen auf. Einen halben Atemzug lang war Pia fast sicher, dass sie nun endgültig explodieren würde, aber dann blitzte es ganz im Gegenteil fast amüsiert in ihren Augen auf, und sie lachte sogar. »Ja«, gestand sie. »Und zwar in jeder Beziehung.« Das amüsierte Funkeln verschwand genauso schnell wieder aus Alicas Augen, wie es darin erschienen war. »Das da unten ist nicht nur die örtliche Kloake«, sagte sie. »Du hast die Opferkammer gesehen.«

Ja, das hatte sie. Pia lief jetzt noch ein eisiger Schauer über den Rücken, wenn sie an diesen unheimlichen Ort zurückdachte, und auch das flaue Gefühl in ihrem Magen wurde wieder ein bisschen schlimmer. Sie nickte.

»Kukulkan war nicht glücklich, als er erfahren hat, dass Graukeils Leute dort unten graben«, sagte Alica. »Diese Höhlen sind so etwas wie ihr größtes Heiligtum.« Sie schnaubte. »Was denkst du, warum dort unten kein einziger Elbenkrieger mehr zu sehen ist? Und warum sie hier oben die Wachen abgezogen haben?«

Pia dachte eigentlich gar nichts. Sie sah Alica nur fragend an.

»Im Augenblick herrscht ein wenig dicke Luft zwischen Eiranns Leuten und unseren kleinen braunen Freunden.«

»Aber doch nicht etwa –«

»Nein, das hat nichts mit dir zu tun«, log Alica, ebenso hastig wie wenig überzeugend. »Ich habe ihm nur geraten, sich im Moment ein wenig … na ja, zurückzuhalten.«

Zurückhalten? Pia sah über die Brüstung nach unten. Ja, so konnte man es durchaus nennen. Dort unten war nicht ein einziger Elb zu sehen.

»So schlimm ist es nicht«, sagte Alica rasch, fast als hätte sie ihre Gedanken gelesen. Wahrscheinlich hatte sie es, wenn auch nur auf ihrem Gesicht. »Sie haben sich einfach nur für eine Weile in ihre Quartiere zurückgezogen, bis der erste Groll verflogen ist.«

Es dauerte allerhöchstens eine Sekunde, bis Pia der Fehler in ihrer Argumentation auffiel. »Du willst doch nicht im Ernst behaupten, dass Gamma Graukeil und seine kleinen Freunde seit einem Jahr dort unten buddeln, und niemand hat es gemerkt?«, fragte sie.

»Natürlich nicht«, antwortete Alica. »Aber bis jetzt hat es ihnen anscheinend nicht besonders viel ausgemacht. Vielleicht war sich Kukulkan einfach ein bisschen zu sicher, dass wir sein kleines Geheimnis nicht entdecken.«

»Welches Geheimnis?«, fragte Pia. »Sein revolutionäres Abwassersystem?«

Alica sah sie einen halben Atemzug lang nur irritiert an. »Irgendwie hat sich plötzlich … alles geändert«, sagte sie dann, scheinbar zusammenhanglos, nichtsdestoweniger aber auf eine Weise, die ihr einen eisigen Schauer über den Rücken jagte. *Alles begann sich zu verändern, seit sie hier war.*

»Ihr glaubt also wirklich, dass dieses sagenhafte Schiff dort unten liegt«, fragte sie, »unter der Stadt?«

»Eirann hat es gehofft und Gamma Graukeil und seine Leute auch«, gestand Alica. »Aber jetzt nicht mehr. Dieser unterirdische See war ihre letzte Hoffnung. Sie haben ein halbes Jahr nach diesem verborgenen Zugang gesucht.«

Und ihn an genau dem Tag gefunden, an dem *sie* hier aufgetaucht war. »Vielleicht ... ist es ja dort irgendwo«, sagte sie mit belegter Stimme. »Man konnte ja kaum etwas sehen, so dunkel wie es war. Vielleicht ist es ja auch gesunken und liegt auf dem Grund des Sees.«

»Graukeils Männer haben die ganze Höhle abgesucht«, antwortete Alica kopfschüttelnd. »Und dieser sogenannte See ist nicht mehr als eine Pfütze. Kaum einen halben Meter tief.« Sie seufzte, griff in die Tasche und fischte ihr Feuerzeug und einen schwarzen Zigarillo hervor, den sie sich anzündete, bevor sie weitersprach. »Da unten ist nichts, Pia. Und wahrscheinlich ist es auch gut so.«

Pia fragte nicht, warum. Sie fühlte sich hilflos und so verwirrt, dass ihr beinahe körperlich schwindelte; und viel schlimmer noch war das Wissen, dass sich hinter dieser vermeintlichen Hilflosigkeit etwas ganz anderes verbarg, etwas, was sie zutiefst erschreckte.

Alica gab der ermordeten Pflanze in ihrer Hand endgültig den Rest, betrachtete sie eine oder zwei Sekunden lang mit einem Ausdruck leiser Überraschung, als fragte sie sich, was sie da eigentlich tat, und warf sie dann mit einem Achselzucken hinter sich, sodass sie raschelnd in dem fast mannshohen Pflanzendickicht verschwand, aus dem sie gerade gekommen war.

»Und ich hatte schon angefangen, mir ernsthafte Sorgen um

dich zu machen«, sagte sie. Alica zog an ihrem Zigarillo und legte den Kopf auf die Seite, um sie fragend anzublicken, und Pia fuhr mit einer Geste auf den Miniaturdschungel fort:

»Die flippige Alica als Kleingärtnerin?«

»Man braucht einen Ausgleich, wenn man Tag und Nacht damit beschäftigt ist die Welt zu retten«, sagte sie ernsthaft. »Gärtnern beruhigt die Nerven.«

»Vor allem *diese* Art von Gärtnern, wie?«, fragte Pia mit einer Kopfbewegung auf das fast mannshohe Dickicht aus Marihuanapflanzen.

Alica grinste noch breiter, zog noch einmal lang an ihrem Zigarillo und blies ihr den Qualm genüsslich ins Gesicht. Pia hustete demonstrativ, musste gegen ihren Willen ebenfalls lachen und atmete dabei noch mehr von dem süßlich riechenden Qualm ein, und diesmal war ihr Husten nicht mehr gespielt.

»Mach ruhig einen tiefen Zug, Liebes«, feixte Alica und blies ihr eine weitere und noch größere Ladung Qualm ins Gesicht. »Es entspannt wirklich.« Pia rang fast verzweifelt nach Luft. Ihre Kehle brannte, als hätte sie versucht, Feuer zu atmen, und ihre Lungen schrien nach Luft, die sie nicht bekam.

»Alles in Ordnung, Prinzessin?« Alicas Lächeln erlosch ganz langsam.

In Ordnung? Pia hätte am liebsten gelacht, wäre sie nicht voll und ganz damit beschäftigt gewesen, nach Luft zu ringen. Ihr wurde schwindelig, und auch die Übelkeit meldete sich endgültig zurück und explodierte nun regelrecht in ihren Eingeweiden.

»Pia?«, fragte Alica noch einmal. Jetzt war eindeutig so etwas wie Angst in ihrer Stimme zu hören.»He! Mach keinen Unsinn! Das war doch nur ein blöder Scherz!«

Ja, das war es in der Tat, dachte Pia. Ihr war entsetzlich übel. Alles drehte sich um sie, und in ihren Ohren rauschte das Blut. Sie wollte nach der Mauerbrüstung greifen, um sich abzustützen, verfehlte sie und hielt sich stattdessen an Alicas Schulter fest, bevor sie sich ausgiebig auf deren schwarze Lackstiefel übergab.

XIX

Sie trieb durch einen Ozean aus Schmerz und Übelkeit. Sie konnte nicht denken, und jeder einzelne Atemzug, zu dem sie sich zwang, wurde zur Qual, als hätte der harmlose Marihuanarauch ihre Lungen und ihre Kehle verätzt. Krämpfe rasten in immer schneller aufeinanderfolgenden Wellen durch ihren Körper, und hätte Gottes Stimme in diesem Moment zu ihr gesprochen und ihr einen einzigen Wunsch gewährt, dann wäre es der gewesen, zu sterben. Da war etwas in ihr, das nach dem Tod schrie, etwas, was noch gar nicht richtig lebte und doch bereits panische Angst vor diesem Leben hatte, das nichts anderes als Schmerzen und Pein für sie bereithielt.

Jemand berührte ihre Stirn, ein Gefühl wie ein heißer Stein, der über ihre Haut schrammte, und selbst diese sachte Bewegung tat so weh, dass sie vor Schmerz am liebsten geschrien hätte.

Eine Stimme sagte etwas, was sie nicht verstand, aber es klang beruhigend, und etwas war in dieser Stimme, was ihr Vertrauen gab und sogar ein wenig Kraft. Die Hand löste sich von ihrer Stirn, glitt an ihrem Gesicht hinab und streichelte sacht und warm über ihre Wange. Dann berührte etwas Hartes ihre Lippen und zwang sie mit ebenso sanfter wie unwiderstehlicher Gewalt auseinander. Wieder sagte eine Stimme etwas, was sie nicht verstand, dann wiederholte sie: »Trink das, Kind. Es wird dir guttun.«

Sie hätte nicht einmal die Kraft gehabt, Widerstand zu leisten, selbst wenn sie es gewollt hätte. Gehorsam öffnete sie den Mund, schmeckte eine bittere Flüssigkeit und musste würgen, zwang sich aber, weiterzuschlucken. Wärme breitete sich in ihrem Leib aus und beseitigte die Übelkeit zwar nicht, machte sie aber ein wenig erträglicher. Sie sollte jetzt die Augen öffnen, aber das war ihr viel zu mühsam. Und sie hatte auch ein wenig Angst vor dem, was sie sehen würde. Vielleicht war sie ja tot und in der Hölle. Schlecht genug dafür fühlte sie sich jedenfalls.

Natürlich war dieser Gedanke albern. Wenn es tatsächlich so etwas wie eine Hölle gab, dann war sie gewiss nicht *so*.

»Und jetzt entspann dich, Kind«, fuhr dieselbe Stimme fort. Sie klang vertraut, obwohl sie zugleich wusste, dass sie sie nie zuvor gehört hatte. Dann wurde ihr klar, woher das kam: Die Stimme sprach auf dieselbe sonderbare Weise wie Alica, leicht schleppend und mit abgeschliffenen Konsonanten. Dann und wann verschluckte sie eine halbe Silbe.

Pia öffnete die Augen und sah in ein Gesicht, das sich erst nach einigen Sekunden aus einem Schleier aus Tränen zusammensetzte, und auch das nur widerstrebend, als wäre da etwas in ihr, was es gar nicht erkennen wollte.

»So ist es besser.« Ein Lächeln huschte über das Gesicht, das ihr im gleichen Maße vertraut wie vollkommen fremd vorkam. Es war dunkel, und die Haut sah aus, als wäre sie ein Jahrhundert lang von der erbarmungslosen Sonne dieses Landes verbrannt worden. Augen, die in einem ganzen Labyrinth winziger Fältchen zu versinken schienen (irgendwie spürte sie, dass die allermeisten davon vom Lachen kamen, auch wenn das Gesicht selbst ihr eher grimmig vorkam), blickten in einer Mischung aus Sorge und Freundlichkeit auf sie herab, und die Schale blieb an ihren Lippen, bis sie sie vollkommen geleert hatte. Der bittere Geschmack hatte zumindest das Brennen in ihrer Kehle gelöscht, aber sie war nicht ganz sicher, was eigentlich schlimmer gewesen war. In ihren Eingeweiden rumorte es noch immer, doch auch die Übelkeit zog sich nun allmählich zurück.

Pia wollte sich aufsetzen, doch die braunhäutige Frau schüttelte sanft den Kopf und drückte sie wieder auf ihr Lager zurück. »Gedulde dich noch ein wenig, mein Kind«, sagte sie mit ihrem sonderbaren Akzent. »Die Medizin wirkt schnell, aber ein wenig Zeit musst du ihr schon geben.«

Medizin? Na gut, schlecht genug dafür hatte das Zeug geschmeckt. *Danach* zu schließen, musste es eigentlich Wunder wirken.

Sie gehorchte trotzdem, schloss die Augen wieder und lauschte in sich hinein, bis die Übelkeit auf ein etwas erträglicheres Maß gesunken war.

Als sie die Augen wieder aufschlug, konnte sie das Gesicht deutlicher erkennen, und auch ihre anderen Sinne funktionierten wieder besser. Sie spürte, dass sie nackt unter einer dünnen Decke lag, die sich so schmeichelnd wie Seide auf ihrer Haut anfühlte. Geräusche verrieten ihr, dass sie nicht allein mit der Frau mit dem dunklen Gesicht war, und in einiger Entfernung meinte sie Alicas Stimme zu hören, die in einer ihr unbekannten Sprache redete.

»Fühlst du dich besser, mein Kind?«

Pia hütete sich, zu nicken, schon aus Angst, dass die Bewegung die Übelkeit zurückbringen würde, die sich zwar schmollend wie ein gescholtener Hund in einen Winkel zurückgezogen hatte, aber keineswegs ganz verschwunden war. Sie signalisierte aber mit Blicken ihre Zustimmung, und die Wärme in den uralten Augen nahm noch einmal zu. Erst dann erkannte sie das Gesicht.

»Ixchel?«, murmelte sie unbeholfen.

»Ja. Aber deine Freundin nennt mich Isabel. Tu das ruhig auch, wenn du es möchtest. Ich glaube, dieser Name geht dir ein wenig leichter von den Lippen.«

Deine Freundin, dachte Pia. »Nicht die *ehrwürdige Alischa.* Irgendwie spürte sie, dass dieser Unterschied wichtig war, auch wenn sie nicht sagen konnte, warum. Es gefiel ihr.

»Isabel«, wiederholte sie. Sie hatte recht: Dieser Name ging ihr leichter von den Lippen. Sie versuchte noch einmal sich aufzusetzen und kam dieses Mal sogar bis auf die Ellbogen hoch. Die Indiofrau machte diesmal auch keine Anstalten, sie daran zu hindern.

»Was ... ist passiert?«, fragte sie. Sie erinnerte sich nicht genau, so angestrengt sie es auch versuchte. Sie war auf dem Dach gewesen, und dann ...

Alica kam herein, in ein für ihre Verhältnisse schon beinahe züchtiges Kleid gehüllt (und mit anderen Schuhen) und einen qualmenden Zigarillo im Mundwinkel. Der Anblick half ihrem Gedächtnis endgültig auf die Sprünge.

Bevor sie jedoch etwas sagen konnte, wandte Ixchel den Kopf und maß Alica mit einem strafenden Blick, woraufhin sie hastig den Zigarillo aus dem Mund nahm und mit zwei schnellen Schritten am Fenster war, um ihn hinauszuschnippen.

»Besser für dich«, grollte Pia.

»Und für meine Schuhe«, gab Alica mit finsterer Miene zurück, sah sie aber dennoch mit einer Mischung aus Sorge und Erleichterung an und fragte dann sehr ernst: »Wie fühlst du dich?«

Ixchel antwortete, bevor sie es tun konnte. »Es geht ihr besser, aber sie sollte sich noch eine Weile schonen.«

»Falls du sie nicht vorher mit deiner Medizin umbringst, meinst du?«, fragte Alica.

Ixchel würdigte diese Frage nicht einmal einer Antwort, sondern wandte sich wieder an Pia. »Du musst keine Angst haben, Kind. Du wirst dich bald besser fühlen, und die Übelkeit hält sowieso nur in den ersten Wochen an. Trotzdem solltest du ganz im Allgemeinen jetzt ein bisschen vorsichtiger sein ... aber das muss ich dir ja kaum extra sagen, oder?«

Doch, musste sie. Pia sah sie nur verstört an und stemmte sich behutsam weiter in die Höhe. »Was ... soll das heißen?«

»Kein Ausflug in irgendwelche Silberkammern mehr und auch keine Wrestling-Einlagen mit durchgeknallten Riesensittichen«, sagte Alica feixend. Aber ihre Augen blieben ernst. »Und natürlich keine Zigaretten, kein Dope und kein Alkohol. Außerdem werde ich schon mal anfangen, einen Hechelkurs zu organisieren, Babyklamotten häkeln lassen und eine schicke Windelkollektion zu design... das Übliche eben.«

Pia starrte sie einfach nur aus großen Augen an. »Wie?«, murmelte sie nach ein paar Sekunden.

Alica griente von einem Ohr zum anderen und machte dann übertrieben große Augen. »Wie, wie?«, wiederholte sie.

»Was … soll der Unsinn?«, fragte Pia stockend. »Bist du jetzt vollkommen durchgeknallt?«

Alica machte nur noch größere Augen, tauschte einen hilflos fragenden Blick mit Ixchel aus und drehte sich dann mit wirklich ganz schlecht geschauspielerter Überraschung ganz zu Pia um. »Soll das heißen, du … du weißt es noch gar nicht?«

»Ich weiß *was* nicht?«, erwiderte Pia. Ixchel lächelte.

»He, komm schon, Süße!«, sagte Alica. »Du kannst mir nicht erzählen, dass …« Sie sprach auch diesen Satz nicht zu Ende, sondern riss die Augen noch weiter auf und bemühte sich, noch größeres Erstaunen zu spielen. »Du weißt es tatsächlich nicht, Mami.«

»Wie?«, fragte Pia schon wieder.

»Herzlichen Glückwunsch, Piamäuschen«, antwortete Alica. »Du bist schwanger – oder nennt man das bei verzauberten Elfenprinzessinnen anders?« Sie machte ein nachdenkliches Gesicht. »Trächtig?«

»Red keinen Unsinn!«, sagte Pia heftig. »Das kann überhaupt nicht sein!«

»Weil du noch Jungfrau bist?«, erkundigte sich Alica feixend und beantwortete ihre eigene Frage gleich mit einem Kopfschütteln. »Also erstens glaub ich das nicht, und zweitens wäre nicht mal das ein Beweis. Ist schon einmal passiert, vor gut zweitausend Jahren.«

»Aber ich habe seit Monaten nicht –«, begann Pia, brach dann mitten im Wort ab und starrte Alica an, und diese fügte plötzlich sehr ernst hinzu:

»Oder seit vier Jahren?«

Pia schwieg, aber sie konnte selbst spüren, wie ihr ganz allmählich auch noch das letzte bisschen Farbe aus dem Gesicht wich. Aber das war doch vollkommen unmöglich! Das … das konnte überhaupt nicht sein! Mit einem beinahe schon flehenden Blick wandte sie sich an Ixchel, aber die alte Indianerin sah sie nur weiter stumm und mit einem sehr warmen Lächeln in ihren uralten Augen an.

»Das ... das kann überhaupt ... Das ist völlig unmöglich!«, stammelte sie. Wieder begann sich alles um sie zu drehen, wenn auch diesmal aus ganz anderen Gründen.

Alica seufzte. »Also gut. Deinen Eltern kann man schlecht einen Vorwurf machen. Die hast du ja gar nicht richtig gekannt. Und Onkel Esteban war in dieser Beziehung zwar bestimmt kein Kind von Traurigkeit, aber bei dir scheint er wohl eine Ausnahme gemacht und dir das eine oder andere nicht erklärt zu haben.« Sie seufzte noch einmal. »Bleibt mal wieder nur die arme alte Alica, um dir die wirklich wichtigen Dinge des Lebens zu erklären. Also, zuallererst einmal: Was immer man dir auch erzählt hat, das mit den Bienchen und Blumen ist gelogen. In Wahrheit ist es so, dass –«

»Alica!« Pia schrie fast. »Das ist unmöglich! Das kann überhaupt nicht sein!«

»Weil es nicht sein darf, ich verstehe.« Alica schüttelte den Kopf. »Genau diesen Satz haben in den letzten hunderttausend Jahren wahrscheinlich zehn Millionen argloser junger Dinger gesagt, und ein paar von denen haben wahrscheinlich wirklich noch an die Sache mit den Bienchen und Blumen geglaubt. Aber *du* doch nicht.«

Pia wollte antworten, aber ihre Stimme versagte ihr plötzlich den Gehorsam, und sie hätte nicht einmal gewusst, was sie hätte antworten können. Schwanger? Sie ... bekam ein Kind? Von Ter Lion? Aber das konnte nicht sein! Das durfte nicht sein!

Ixchel ergriff ihre Hand, und obwohl ihre Finger knochig und rau wie eine Raubvogelklaue aussahen, war ihre Berührung weich und sanft und erfüllte sie mit einer Wärme, die sie überraschte. »Du bist jetzt durcheinander, mein Kind. Das ist nur natürlich, wenn du es wirklich nicht gewusst hast. Aber das gibt sich, und da ist überhaupt nichts, wovor du Angst haben musst, glaub mir. Ganz im Gegenteil. Mit dir geschieht etwas Wunderbares.«

Ja, genau das war es, was sie jetzt brauchte, dachte Pia missmutig. Ein Vortrag wie dieser war wirklich dazu angetan, sie zu beruhigen und alle ihre Ängste zu zerstreuen.

Sie ließ Ixchels Hand trotzdem nicht los, sondern ergriff ihre schmalen Finger nur umso fester, und das Lächeln der alten Frau wurde noch einmal wärmer. »Da ist wirklich nichts, wovor du Angst haben müsstest, mein Kind«, sagte sie noch einmal.

»Allerhöchstens meine Stiefel«, fügte Alica hinzu.

Gegen ihren Willen musste Pia lachen, und selbst auf Ixchels Lippen erschien ein angedeutetes Lächeln. Nach ein paar Augenblicken zog sie ihre Hand aber auch wieder zurück und stand dann auf. Ihre Gelenke knackten wie trockenes Reisig, das unter einer Stiefelsohle zerbrach, und Pia konnte ihr ansehen, wie viel Kraft sie schon diese winzige Bewegung kostete. Dennoch blieb das Lächeln auf ihrem Gesicht, als sie sich wieder zu Pia herumdrehte. »Ich lasse dich jetzt allein, bis du ein wenig geschlafen hast und zu Kräften gekommen bist. Danach reden wir.«

Pia hatte keine Ahnung, worüber, und sie hatte auch nicht vor, zu schlafen. Da waren so viele Dinge, über die sie nachdenken – und die sie entscheiden! – musste. Fast schon trotzig setzte sie sich noch weiter auf, zog die Knie an den Leib und konnte gerade noch verhindern, dass die seidenglatte Decke von ihren Schultern rutschte.

»Ich bin nicht müde«, sagte sie.

Ixchel lächelte. »Du hast die Medizin getrunken, oder? Dann bist du auch müde. Oder wirst es gleich sein.«

Pia verstand. »Das war ein Schlafmittel«, sagte sie vorwurfsvoll.

»Aber nur ein ganz mildes«, erwiderte Ixchel. »Du musst dich schonen, Kind. Wenigstens eine Nacht. Morgen beantwortete ich dir alle deine Fragen.«

Wer sagte ihr denn, dass sie überhaupt welche hatte?, dachte Pia trotzig. Außer dieser einen natürlich: »Was ist mit Jesus?« Um ein Haar hätte sie *Ter Lion* gesagt, und tatsächlich sah Ixchel sie einen Moment lang an, als hätte sie es getan und sie wüsste mit diesem Namen nichts anzufangen.

Aber vielleicht war es ja auch genau andersherum, dachte Pia beunruhigt. Vielleicht konnte sie ja mit dem Namen nichts anfangen, *den* sie ihr genannt hatte.

»Dein Freund«, sagte Ixchel schließlich. »Es geht ihm gut, mach dir keine Sorgen um ihn. Er befindet sich noch in der Obhut der Großen Schlange, doch er wird wieder gesund.«

»Kann ich ihn sehen?«, fragte Pia.

»Nur Kukulkan und seine beiden Diener dürfen das Allerheiligste der Großen Schlange betreten«, antwortete Ixchel. »Dir ist es nicht gestattet, dorthin zu gehen, so wenig wie mir oder irgendeinem anderen. Aber Kukulkan hat mir versichert, dass er bald wieder gesund sein wird. Vielleicht schon morgen früh. Und dann kannst du ihm selbst die frohe Botschaft überbringen, mach dir keine Sorgen. Ich werde schweigen.«

Und damit und ohne ein weiteres Wort des Abschieds ging sie. Pia sah ihr verwirrt hinterher und wandte sich dann noch verwirrter an Alica.

»Frohe Botschaft?«

»Stell dich nicht dumm, Liebes«, sagte Alica.

Was ihr gerade allerdings ziemlich schwerfiel. Ihre Gedanken überschlugen sich noch immer und gleichzeitig bewegten sie sich immer träger, als wäre da, wo ihr Gehirn sein sollte, nur ein klebriger Sumpf. Was zum Teufel hatte Ixchel ihr da eigentlich eingeflößt? Aber nach einem weiteren Moment begriff sie trotzdem.

»Sie glaubt, *Jesus* wäre der Vater?«

Alica nickte. »Könnte er es denn sein?«, fragte sie wenig hoffnungsvoll.

Pia schüttelte den Kopf.

»Mangels Gelegenheit?«, fragte Alica

Diesmal nickte Pia.

Alica seufzte. »Dann haben wir ein Problem, Erhabene.«

»Nein«, korrigierte sie Pia. »*Wir* haben kein Problem, Alica. Ich habe ein Problem.« Und Jesus. Sie wollte gar nicht wissen, was Jesus empfinden musste, wenn er *das* erfuhr. Im nächsten Moment rief sie sich selbst in Gedanken zur Ordnung. Was sollte denn das? Jesus war ein guter Freund, aber sie war ihm nichts schuldig. Schon gar keine Rechtfertigung!

»Ich fürchte, das stimmt so nicht, Prinzessin«, sagte sie. »Jedermann hier glaubt, dass Jesus dein … äh … Gefährte ist, und ich glaube, irgendwie glaubt Jesus das auch noch. Wenn sie jetzt erfahren, dass das Kind von einem anderen ist …«

»Dann werde ich auf den Marktplatz geführt und offiziell gesteinigt oder wenigstens ein bisschen ausgepeitscht, weil ich einen so unmoralischen Lebenswandel führe?«, fauchte Pia. »Verdammt noch mal, Alica, glaubst du wirklich, das interessiert mich?«

»Das sollte es aber«, antwortete Alica. Sie sah sie einen Augenblick lang beinahe traurig an, schüttelte dann den Kopf und trat ans Fenster, wo sie sich trotz ihrer eigenen Worte von gerade einen Zigarillo anzündete. Pia sah aber auch, dass sie nicht nur die Hand mit dem qualmenden Sargnagel aus dem Fenster hielt, sondern auch darauf achtete, den Rauch hinauszublasen. Es dauerte eine geraume Weile, bis sie weitersprach.

»Du bist nicht irgendwer, Pia … Gaylen«, sagte sie.

»Pia«, verbesserte sie Pia, aber Alica schüttelte nur den Kopf und sagte noch einmal:

»Gaylen, Ich gewöhne mir gerade an, dich so zu nennen. Ist wahrscheinlich besser so.«

»Aber ich bin –«

»Du«, fiel ihr Alica mit unerwarteter Schärfe ins Wort, »weißt, wer du bist, und ich weiß das auch … ja, und Jesus ebenfalls, aber das nutzt ihm nichts, weil ihn niemand hier versteht. Für alle anderen bist du Prinzessin Gaylen, auf deren Ankunft dieses ganze Land seit tausend Jahren wartet. Ob dir das gefällt oder nicht, es ist nun mal so. Und damit müssen wir leben. Aber mir wird schon irgendwas einfallen, keine Angst … wie üblich«, fügte sie nach kurzem Zögern und in verändertem Tonfall hinzu, wich ihrem Blick dabei aber wohlweislich aus und konzentrierte sich scheinbar ganz darauf, perfekte Rauchkringel aus dem Fenster zu pusten.

Wäre sie nicht viel zu durcheinander dazu gewesen, dann wäre Pia ihr jetzt an die Kehle gegangen. Wenn sie jemals eine Freundin gebraucht hatte, die ihr half oder einfach nur zuhörte, dann jetzt – und bestimmt niemanden, der ihr auch noch Vorwürfe machte!

Aber sie war viel zu matt dazu, selbst ihre Gedanken schienen sich mittlerweile in Blei zu verwandeln. Alles wurde schwer.

Dann schlief sie ein.

XX

Es war dunkel, als sie erwachte, von einer sonderbaren Unruhe geplagt, die keinen Grund zu haben schien (ha, ha), es ihr aber dennoch unmöglich machte, weiterzuschlafen. Vielleicht ein Traum, den sie im Moment des Aufwachens schon wieder vergessen hatte.

Es war sehr still und nahezu vollkommen dunkel. Durch das schmale Fenster über ihrem Bett fiel blasses Sternenlicht, das aber von der Dunkelheit hier drinnen fast augenblicklich aufgesogen wurde wie ein einzelner Wassertropfen, der sich in die Wüste verirrt hatte, und alles, was sie hörte, war das gleichmäßige Schlagen ihres Herzens.

Zweier Herzen.

Der Gedanke war absurd, aber er half ihr, sich nun doch an den bizarren Traum zu erinnern, der sie letzten Endes aufgeweckt hatte. Vielleicht nicht der klassische Albtraum, in dem sie von irgendwelchen Ungeheuern verfolgt wurde und rannte und rannte, ohne von der Stelle zu kommen, auf seine ganz spezielle Art aber genauso absurd und Furcht einflößend. Pia blinzelte, wartete darauf, endgültig aus diesem Traum aufzuwachen, der sich in eine absurde Endlosschleife verwandelt hatte, in der hinter jeder Tür, die sie öffnete, nur wieder eine neue Tür und eine neue Dimension des Absurden zu lauern schien.

Sie hatte geträumt, sie wäre schwanger, und das überhaupt Allerlächerlichste war der Umstand, dass es gar kein Traum gewesen war, sondern den Tatsachen entsprach.

Sie wartete eine geraume Weile darauf, dass sich diese Erkenntnis setzte und irgendetwas in ihr auslöste, sah schließlich ein, dass das ebenso wenig geschehen würde, wie sie in dieser Nacht noch einmal den Schlaf finden könnte, und schlug mit einem Ruck die Decke zurück. Sie war darunter noch immer nackt und begann fast augenblicklich zu frieren, sah sich um und entdeckte einen niedrigen Hocker, auf dem die Dienerinnen eine Auswahl sauberer Kleider für sie zurechtgelegt hatten, aber dann zögerte sie, sie anzuziehen. Sie ging stattdessen zum Fenster zurück, um ihren Körper im bleichen Licht der wenigen Sterne zu begutachten. Von der einen oder anderen Schramme abgesehen, die sie an ihr kleines Abenteuer in Rio oder an den einen oder anderen Zwischenfall danach erinnerte, sah sie nicht einmal schlecht aus, auch wenn sie sich die eine oder andere (kleine) Rundung vielleicht an eine andere Stelle gewünscht hätte.

Dennoch konnte sie zufrieden sein. Wenn sie an die Pia zurückdachte, die sie noch vor wenigen Monaten gewesen war, die zusammen mit Jesus durch die Favelas gezogen war und ihren Lebensunterhalt hauptsächlich mit kleinen Trickdiebstählen und der einen oder anderen Betrügerei bestritten hatte (Estebans Angebot anzunehmen, ihr Leben zu finanzieren, hatte ihr Stolz ihr nicht erlaubt), hatte sie sich sehr zu ihrem Vorteil verändert. Sie war schon immer sehr sportlich gewesen und hatte auch schon immer das gehabt, was die meisten wohl als Top-Figur bezeichnet hätten, aber nun war sie dazu auch noch in einer Top-Form. Die Monate in WeißWald hatten zwar ihr Möglichstes getan, um Alica und sie umzubringen, aber nachdem ihnen das schlussendlich doch nicht gelungen war, hatten sie sie nur fitter werden lassen. Unter ihrer noch immer makellosen Haut verbargen sich jetzt eisenharte Muskeln, und ihre Ausdauer hatte sich mindestens verdoppelt. Sah man einmal von den diversen Schürf-, und Schnittwunden und ihrer ansehnlichen Sammlung von Prellungen ab, dann war sie so fit und gesund wie noch nie zuvor in ihrem Leben, und die Öko-Spinner, über die sie sich früher immer lustig gemacht hatte, hatten offensichtlich in mindestens einem Punkt vollkommen recht: Man konnte diese Gesundheit sehen. Sie war vielleicht nicht wirklich schöner geworden (was auch kaum noch möglich gewesen wäre), aber sie sah einfach unendlich viel *lebendiger* aus, als sie es jemals getan hatte.

Nun ja, dachte sie mit einem lautlosen, aber sehr tiefen Seufzen, wenigstens damit war es wohl bald vorbei. Vielleicht nicht mit der Gesundheit, wohl aber mit dem guten Aussehen. Noch ein paar Monate oder vielleicht auch nur Wochen, je nach dem, wie übel ihr das Schicksal mitspielen wollte, und sie würde anschwellen wie ein Hefeteig. Bald würde ihr der Bauch bis auf die Knie hängen und ihr Hintern breiter werden, aber gewiss nicht hübscher. Ihre Brüste würden größer (und auch nicht hübscher) werden und spannen und ihrem Bauch nacheilen und ganz bestimmt nie wieder zu ihrer jetzigen Form und Festigkeit zurückfinden. Und sie würde ganz bestimmt auch noch eine schreckliche Cellulitis bekommen und Schwangerschaftsstreifen, die so breit waren wie die Slicks eines Formel-1-Wagens, nur nicht so glatt.

Pia sah an sich herab, betastete mit den Fingerspitzen ihren Bauch und fragte sich einen Moment lang ganz ernsthaft, ob man schon etwas sah, aber dann musste sie über ihre eigene Frage lächeln. Es war gerade einmal wenige Wochen her, dass sie mit Lion geschlafen hatte, und *so* schnell ging es dann doch wieder nicht. Ein paar Wochen blieben ihr vermutlich noch, bis sie anfing, zum weiblichen Michelin-Männchen zu mutieren.

Aber das Lächeln verschwand genauso schnell wieder von ihrem Gesicht, wie es entstanden war, denn nun musste sie wieder an Ter Lion denken, den Vater des Kindes, das nun in ihr heranwuchs und von dem sie noch nicht einmal genau wusste, ob sie es überhaupt haben wollte. Das hieß nicht, dass sie es nicht wollte, sondern ...

Nein, sie wusste es nicht. Alles war viel zu schnell und ohne jegliche Vorwarnung über sie hereingebrochen, als dass sie bisher auch nur im Ansatz begriffen hätte, was das alles für sie bedeutete. Wie denn auch?

Pia verscheuchte diese vielleicht nicht wirklich unsinnigen, gerade aber alles andere als konstruktiven Gedanken, zog nun doch das Kleid an und brauchte mindestens fünf Minuten, um in nahezu vollkommener Dunkelheit die so harmlos wirkenden

Schnürsandalen anzulegen. Vermutlich sah das Ergebnis trotzdem alles andere als gut aus, aber erstens sah das im Dunkeln ja niemand, und zweitens war sie schließlich nicht irgendwer, sondern Prinzessin Gaylen, nur eine Handbreit unter Gott angesiedelt. Niemand würde es wagen, über sie zu lachen. Wenigstens nicht, solange sie in Hörweite war.

Ein wenig ziellos durchquerte sie das große Zimmer, das sich an ihren Schlafraum anschloss, näherte sich dem Ausgang und erinnerte sich gerade noch rechtzeitig genug der Mayakrieger, die draußen vor dem Haus Wache standen. Kurz entschlossen wechselte sie in die Welt der Schatten und beglückwünschte sich selbst zu ihrer Umsicht, als sie das Haus verließ. Zwei ihrer Indio-Bodyguards hatten sich unweit des Ausgangs auf dem Boden zusammengerollt und schnarchten, was das Zeug hielt, die beiden anderen waren jedoch umso aufmerksamer. Selbst unsichtbar, wie sie im Augenblick war, bereitete es ihr große Mühe, unerkannt an den beiden Männern vorbeizukommen; und noch sehr viel mehr, Alicas sogenannten Dachgarten zu durchqueren, ohne ein verräterisches Geräusch zu verursachen. Abgesehen von ihrer privaten Marihuana-Plantage bestand er im Grunde aus nichts anderem als wucherndem Unkraut, sodass sie sich mühsam einen Weg suchen müsste, auf dem sie nicht Gefahr lief, auf irgendetwas zu treten, was raschelte, knackte oder sich bewegte.

Erst als sie schon die Treppe mit den viel zu hohen Stufen hinunter und halb durch die große Halle hindurch war, ging sie nicht nur etwas entspannter, sondern kam auch wieder aus den Schatten heraus. Sie wusste selbst nicht genau, warum. Es gab keinen Grund dafür – sooft sie auch schon in die Schatten getreten war, um für den Rest der Welt unsichtbar zu werden, hatte sie doch nie das Gefühl gehabt, nur für eine gewisse Zeit dortbleiben zu können oder ihre Kräfte gar in irgendeiner Weise zu *verbrauchen.* Dennoch erfüllte es sie stets mit einem sonderbaren Unbehagen, in jener düsteren Zwischenwelt zu sein ... die sich im Übrigen für sie selbst in rein gar nichts von der unterschied, die sie kannte.

Und doch hatte sie manchmal das Gefühl, nicht allein zu sein, sondern von etwas beobachtet zu werden, was für sie ebenso unsichtbar blieb wie sie selbst für den Rest der Welt.

Dieser Gedanke war ungefähr genauso konstruktiv wie das meiste von dem, was sie in den letzten Stunden gedacht hatte (nur ein bisschen verrückter), also schüttelte sie ihn ab und ging zwar schneller weiter, blieb aber trotzdem wachsam. Sie hatte nicht vergessen, was Alica ihr am Abend erzählt hatte. Wenn Kukulkan ihr wirklich misstraute, dann hatte er möglicherweise auch hier Wachen postiert.

Und wer weiß – vielleicht war sie ja schon längst kein Gast mehr hier, sondern bereits eine Gefangene, und Alica hatte nur vergessen, sie über diese unwesentliche Kleinigkeit zu informieren …

Mit einiger Mühe brachte sie den für Paranoia zuständigen Teil ihres Verstandes zum Schweigen und trat schließlich mit klopfendem Herzen aus dem Haus. Niemand stürzte sich auf sie. Kein Alarmgong wurde geschlagen, und auch der Himmel fiel ihr nicht auf den Kopf. Aber als sie nach oben sah, stellte sie immerhin fest, dass ihre instinktive Schätzung richtig gewesen war: Mitternacht musste schon seit einer Weile vorüber sein. Der Himmel war beinahe unheimlich klar – der Himmel einer Welt eben, in der es keine qualmenden Industrieschlote und Automobile gab und wahrscheinlich nur einen einzigen Menschen, der rauchte – und es war erstaunlich hell, wenn sie bedachte, dass der Mond über ihr kaum mehr als eine haardünne Sichel war, die in der nächsten Nacht vollkommen verschwunden sein musste. Außerdem war es so kalt, dass sie fast augenblicklich eine Gänsehaut bekam und sich mit den Händen die nackten Oberarme zu massieren begann, ohne es selbst zu bemerken.

Die Stille fiel ihr auf. Sie hatte nicht einmal die mindeste Vorstellung davon, wie viele Einwohner diese Stadt zählte, doch es mussten Tausende sein, wenn nicht Zehntausende, aber wenn sie sich das leise Raunen des Dschungels wegdachte, in dessen

Wipfeln der Wind spielte, dann war es hier so still, dass man die berühmte Stecknadel hätte fallen hören können.

War es möglich, dass es in dieser ganzen Stadt niemanden gab, der noch wach war?

Nein, das war *un*möglich. Es musste irgendjemanden geben, der an Schlaflosigkeit litt, zu viel oder zu wenig getrunken hatte, sich mit seiner Frau oder ihrem Mann gestritten hatte oder einfach unter Blähungen litt ... aber die Stadt, in deren Herzen sie sich befand, war buchstäblich totenstill.

Zum ersten Mal fragte sie sich, warum sie überhaupt hier herausgekommen war. Natürlich weil sie keinen Schlaf mehr gefunden hatte, aber das war nur der Grund, den der rationale Teil ihres Verstandes vorschob ... als ob die Welt, in der sie gestrandet war, auch nur im Entferntesten etwas mit diesem Wort zu tun hätte!

Gut, das half auch nicht unbedingt. Noch immer automatisch ihre nackten Oberarme massierend, sah sie nach links und rechts – dort waren nichts als Schatten – und dann glitt ihr Blick nicht nur ohne, sondern schon fast gegen ihren Willen an der gezackten Flanke der riesigen Pyramide hinauf und blieb an der eckigen Silhouette des Tempelgebäudes auf seiner Spitze hängen. Etwas Unheimliches ging davon aus, etwas, was ihre Seele wie ein eisiger Hauch berührte und ganz zweifellos nur ihrer eigenen Fantasie entsprang, ihr aber nichtsdestotrotz Angst machte, schlimm genug, um ihr die Kehle zuzuschnüren.

»Ihr solltet das nicht tun, Erhabene.«

Vor allem hätte sie nicht erschrocken zusammen- und herumfahren sollen, als sie die Stimme hinter sich hörte, aber sie tat es nicht nur, sondern ging auch sofort in eine breitbeinige, gebeugte Haltung.

»Das ist nicht nötig, Erhabene«, fuhr die Stimme fort und wurde zu einem Schatten, der hinter einem Mauervorsprung heraustrat und im nächsten Moment auch ein Gesicht bekam. Es kam ihr vage bekannt vor, auch wenn sie nicht wusste, warum:

Dunkle Augen, die ein wenig zu tief in den Höhlen zu liegen schienen, Ohren, die nicht so spitz wie die eines Fuchses oder einer Fledermaus waren, aber trotzdem *spitz*, und gleichermaßen edel und erbarmungslos geschnittene Züge ...

Dann wusste sie es: »Ihr seid der Mann, dessen Trex ich getötet habe ...«, sagte sie mit schlechtem Gewissen.

Der Schattenelb deutete eine Verbeugung an. Gerade so. »Ihr erinnert Euch an mich, Erhabene. Das ehrt mich. Mein Name ist Farlan.«

Sie erinnerte sich an dieses Bild: eine Klinge aus geschliffenem Diamant, die durch die Kehle eines schuppigen Ungeheuers fuhr und warmes Blut über ihre Finger sprudeln ließ ...«

»Es tut mir leid, Farlan.«

»Was, Erhabene?«

»Nicht Erhabene«, sagte sie rasch. Aus seinem Mund kam ihr dieses Wort plötzlich wie ein Fluch vor. »Nennt mich Gaylen.« Viel lieber hätte sie *Pia* gesagt, aber damit hätte er wahrscheinlich nichts anfangen können.

»Gaylen«, wiederholte er.

»Und ich meine das ehrlich, Farlan. Ich bedauere aufrichtig, was ich deinem Tier angetan habe ... Ich bedauere das zutiefst, bitte glaub mir das. Ich wollte es nicht. Ich dachte, dein Tier würde mich angreifen.«

»Das weiß ich, Erha... Gaylen«, antwortete Farlan »Es war meine Schuld. Ich hätte Sarresh zurückhalten müssen. Ich wusste, wie wild sie ist.«

Für einen kurzen Moment wollte sich so etwas wie Erleichterung in ihr breitmachen, doch dann begriff sie, dass der Mann ihr keineswegs wirklich vergeben hatte – oder vielleicht doch, aber das war bedeutungslos, denn schließlich blieb ihm gar keine andere Wahl, wenn sie bedachte, wer er war und wer sie war. Da war eine Bitterkeit in seiner Stimme, die er nicht ganz unterdrücken konnte, sosehr er es auch versuchte. Sie musste wieder an das denken, was Alica ihr über die Tiere und ihre Reiter erzählt hatte, und aus ihrem schlechten Gewissen wurde etwas noch viel Schlimmeres.

Sarresh. Er hatte diesem Tier sogar einen Namen gegeben, wie ein Reiter seinem treuen Pferd. Pia versuchte vergeblich zu verstehen, wie man für diese gepanzerten Bestien so etwas wie Sympathie empfinden konnte. *Ihr* machten sie nur Angst. Aber wer war sie, sich ein Urteil darüber anzumaßen?

»Es tut mir leid, Farlan«, sagte sie noch einmal. »Ich hoffe, du kannst mir irgendwann einmal verzeihen. Vielleicht wenn du ein neues Tier bekommen hast und –« Sie sprach nicht weiter, als sie den Ausdruck in seinen Augen sah und sich daran (und wieder einmal zu spät) erinnerte, was Alica noch über die Tiere und ihre Reiter erzählt hatte, und wechselte dann abrupt das Thema. Jeder weitere Versuch, sich bei ihm zu entschuldigen oder ihn gar trösten zu wollen, hätte es nur schlimmer gemacht.

»Wieso ist es so still? Wo sind all die Leute?«

»Es ist spät in der Nacht, Gaylen«, antwortete der Schattenelb, fügte aber auch fast sofort und im Tonfall einer Entschuldigung hinzu: »Aber Ihr habt natürlich recht: Es ist viel zu ruhig. Deswegen bin ich auch herausgekommen, um nachzusehen.« Er deutete ein Achselzucken an. »Wahrscheinlich sind sie alle betrunken. Es gab gestern Abend ein großes Fest.«

Daran konnte sie sich gar nicht erinnern ... aber gut, wenn sie es genau nahm, dann konnte sie sich überhaupt nicht an den zurückliegenden Abend erinnern, nach der chemischen Keule, mit der Ixchel sie ausgeknockt hatte.

»Schon wieder? Kukulkans Leute scheinen gerne zu feiern.«

»Irgendeinen Grund finden sie immer«, bestätigte Farlan. »Und wenn es keinen Grund gibt, dann feiern sie eben das.« Ein flüchtiges Lächeln huschte über seine Lippen und war wieder verschwunden. »Sie sind ziemlich trinkfest, diese kleinen Kerle. Selbst die Zwerge aus Ostengaard können sich eine Scheibe davon abschneiden, aber es sind auch die tapfersten Krieger, denen ich jemals begegnet bin. Ich bin froh, dass sie auf unserer Seite stehen.«

Im ersten Moment hatte sie fast Mühe, dem Schattenelb zu glauben. Farlan war nicht der größte Mann, den sie in Eiranns kleinem Heer gesehen hatte, und trotzdem überragte er die kleinwüchsigen Indios fast um das Doppelte. Aber er sah nicht so aus, als würde er einen Scherz machen. Sie wusste ja nicht einmal, ob die Schattenelben überhaupt so etwas wie Humor *hatten*. Vielleicht sollte sie sich ab und zu vor Augen führen, dass sie den Menschen zwar schon fast beunruhigend ähnlich sahen, aber doch keine waren.

»Was hast du gerade gemeint, als du gesagt hast, ich solle das nicht tun?«, fragte sie.

Farlan deutete auf die Pyramide. »Ich habe beobachtet, wie Ihr den Tempel angesehen habt. Euer Gefährte ist dort oben.«

»Und?« Fast hätte sie ihm widersprochen, als er Jesus als ihren Gefährten bezeichnete, konnte sich aber gerade noch beherrschen. Grund für dummes Gerede würde sie den Leutchen hier noch früh genug liefern.

»Er ist in guten Händen«, fuhr Farlan fort. »Ich mag Kukulkan nicht. Keiner von uns mag ihn. Er ist unheimlich, und ich glaube, insgeheim hasst er uns. Aber er ist auch ein mächtiger Zauberer und ein wirklich guter Heiler. Er wird Eurem Gefährten helfen.«

»Und dein Bruder?«

Farlan legte fragend den Kopf auf die Seite. Das war wohl das falsche Wort gewesen.

»Der Krieger, der seinen Arm verloren hat«, erklärte Pia, schon wieder von ihrem schlechten Gewissen geplagt. Sie hatte den Mann, der immerhin sein Leben für sie riskiert hatte, schlichtweg vergessen.

Farlan schüttelte den Kopf. »Er ist gestorben, Erhabene.«

»Ja, ich weiß. Und es tut mir leid.«

Wieder schüttelte der Elb den Kopf. »Das muss es nicht. Im Kampf für Euch zu sterben ist die größte Ehre, die einem Krieger widerfahren kann.«

Diesmal konnte Pia sich nur noch mit Mühe beherrschen, um

ihn nicht anzufahren. Sie hatte selten einen solchen Unsinn gehört. Das war nicht nur dumm, es machte sie wütend. Aber sie hatte nicht das Recht, ihm ihre Lebensanschauung aufzwingen zu wollen. Statt irgendetwas zu sagen, drehte sie sich wieder weg und sah zur Spitze der Pyramide hoch. Vielleicht hatten sich ihre Augen inzwischen besser an das veränderte Licht gewöhnt. Vielleicht war es vorhin auch noch gar nicht da gewesen, aber jetzt sah sie ein winziges rotes Licht, unmittelbar vor dem eckigen Umriss des verbotenen Tempels; wie das Auge eines Zyklopen, der dort oben stand und auf sie herabstarrte. Etwas Drohendes ging davon aus, vielleicht nicht einmal von dem Licht, das nichts anderes war als das Flämmchen einer Öllampe oder ein Stück glühender Kohle, sondern von diesem ganzen Ort.

»Ihr habt ausgesehen, als wolltet Ihr dort hinaufgehen«, fuhr Farlan fort, nachdem eine kleine Ewigkeit verstrichen war, wie es ihr vorkam. »Das solltet Ihr nicht tun.«

»Weil Kukulkan dann zornig werden könnte?«

Farlan nickte und schüttelte praktisch in derselben Bewegung den Kopf. »Das ist kein guter Ort«, sagte er. »Eure Seele könnte Schaden nehmen, wenn Ihr dorthin geht.«

Pia sah ihn ein wenig betroffen an. Warum lachte sie eigentlich nicht über diesen Unsinn? *Eure Seele könnte Schaden nehmen?*

»Ich glaube nicht an so etwas«, sagte sie und war sich vollkommen darüber im Klaren, wie falsch das war.

»So etwas? Eure Seele?«

»Zauberei«, antwortete Pia.

Farlan setzte sichtlich zu einer Antwort an, seufzte aber dann nur leise, und Pia ging langsam der Vorrat an wüsten Beleidigungen und noch wüsteren Beschimpfungen aus, mit denen sie sich selbst belegen konnte. Eigentlich müsste sie doch schon rein statistisch wenigstens einmal das Richtige sagen!

Sie sah wieder zur Pyramide, verfolgte die gewaltige Treppe, die von Ihrer Spitze bis auf den großen Platz herabführte und so eine Verlängerung der breiten Prachtstraße bis direkt in den

Himmel hinauf bildete, mit Blicken und stellte fest, dass sie im Schatten lag und somit selbst für die schärfsten Augen unsichtbar war. Fast ohne darüber nachzudenken, machte sie einen Schritt und blieb dann wieder stehen, als ihr doch etwas einfiel.

»Begleitest du mich ein paar Schritte, Farlan?«, fragte sie. Der Schattenelb nickte, und Pia fügte rasch, wenn auch mit einem Lächeln hinzu: »Aber du darfst nicht erschrecken, ganz egal was passiert.«

Jetzt sah Farlan ein wenig verwirrt aus, signalisierte ihr aber trotzdem seine Zustimmung, und Pia machte eine Geste in Richtung der Pyramide und einen zweiten Schritt und dann noch einen dritten, mit dem sie in die Schatten trat. Farlans Augen wurden groß, und hätte sein Gesicht in der Nacht nicht ohnehin schon weiß ausgesehen, dann wäre es jetzt sicher noch blasser geworden. Aber er überwand seinen Schrecken beinahe sofort und ging mit ruhigen Schritten neben ihr her, obwohl er sie gar nicht sehen konnte. Wahrscheinlich hörte er ihre Schritte, obwohl sie sich große Mühe gab, lautlos aufzutreten. Aber auch die beiden Spione, die Kukulkan oben auf dem Dach postiert hatte, würden sie jetzt nicht mehr sehen, und das war im Moment wichtiger.

Erst als sie am Fuße der Pyramide angekommen und damit auch in der richtigen Welt für jeden in mehr als drei Schritten Entfernung unsichtbar war, trat sie wieder aus den Schatten heraus und sah Farlan an. Er wirkte immer noch ein wenig verwirrt, aber auf eine ganz andere Art, als sie erwartet hatte.

»So, Ihr glaubt also nicht an Zauberei«, sagte er.

Pia zog es vor, gar nichts dazu zu sagen.

»Was tun wir hier?«, fragte Farlan, nachdem sie eine Weile einfach nur dagestanden hatten.

Die ehrliche Antwort auf diese Frage wäre wohl ein Achselzucken gewesen, doch stattdessen wandte sich Pia um und trat an einen der beiden steinernen Schlangenköpfe heran, die die Treppe flankierten. Er war deutlich größer, als sie ihn von Fotografien und aus dem Fernsehen in Erinnerung hatte, und anders als diese schien er auch aus einem einzigen riesigen Granitbrocken herausgemeißelt zu sein und musste zehn Tonnen wiegen, wenn nicht das Doppelte. Er wirkte auf eine fast unheimliche Art lebendig, als betrachtete sie kein uraltes Kunstwerk, sondern eine ins Absurde vergrößerte Schlange, die durch das Wirken eines unheimlichen Zaubers zu Stein geworden war. Der Gedanke war verrückt, aber zugleich auch so … erschreckend, dass sie all ihren Mut zusammennehmen musste, um die Hand auszustrecken und den schwarzen Stein zu berühren. Er war viel glatter, als sie erwartet hatte, und deutlich wärmer. Und da ... war etwas. Wenn sie die Augen schloss und in sich hineinlauschte, dann meinte sie fast so etwas wie eine Stimme zu hören; ein lautloses Flüstern in einer uralten Sprache, die sie nie gelernt hatte und trotzdem verstand.

Fast erschrocken hob sie nicht nur die Hand, sondern wich auch einen Schritt vor der versteinerten Schlange zurück. Vielleicht ein bisschen zu hastig, denn sie sah aus den Augenwinkeln, wie Farlan nicht nur zusammenfuhr, sondern auch die Hand auf das Schwert an seiner Seite senkte.

»Erhabene?«, fragte er alarmiert.

Pia machte eine rasche beruhigende Geste. »Es ist nichts. Ich wollte mich nur überzeugen, ob du recht hast.«

»Recht?«

»Dass dies ein verwunschener Ort ist.«

»Und Ihr spürt es auch.« Farlan nahm zögernd die Hand vom Schwertgriff, blieb aber angespannt. Sie konnte sehen, wie unwohl er sich hier fühlte. Beinahe so unwohl wie sie selbst.

»Natürlich nicht«, sagte sie. Selbstverständlich spürte sie es, aber das gestand sie ja nicht einmal sich selbst ein, geschweige denn ihm. Ein Ort, der *ihrer Seele Schaden zufügte,* passte nicht in ihr Verständnis der Welt, nicht einmal dieser. Sie war vollkommen anders als die, in der sie geboren und aufgewachsen war, aber sie gehorchte dennoch denselben Naturgesetzen, und wie hätte es auch anders sein können?

Die Geschichte dieser Welt war anders. Irgendwann hatte sich die Evolution hier in eine andere Richtung entwickelt, sodass es andere Arten von Lebewesen gab, Orks und Elben, Tiere und die grotesken Zwerge aus Ostengaard, das kleinwüchsige Volk von WeißWald und vermutlich noch zahllose andere und vielleicht noch absonderlichere Geschöpfe, die sie noch gar nicht zu Gesicht bekommen hatte ... aber letzten Endes war der Unterschied gar nicht so groß, wie es auf den ersten Blick den Anschein hatte. Die Geschichte dieser Welt war ein wenig anders verlaufen. Irgendwann hatte es einen Knick in der historischen Entwicklung gegeben, und die Bewohner der Elfenwelt hatten sich nicht der Wissenschaft und der Technik zugewandt, um ihre Welt möglichst schnell und mit erstaunlicher Effektivität zugrunde zu richten, sondern ... anderen Dingen eben, mit denen sie sich zwar gegenseitig das Leben schwer machten, aber wenigstens den Rest der Natur mehr oder weniger unversehrt ließen.

Trotzdem waren die Parallelen deutlich größer als die Unterschiede. Wasser floss auch hier bergab, und Feuer war auch hier heiß. Ein Ort, der ihre Seele beschädigte? Das war lächerlich! So etwas wie wirkliche Magie war ihr auch hier bisher nicht begegnet.

Na gut, abgesehen davon vielleicht, dass sie sich unsichtbar machen konnte, und einem fliegenden Pferd, auf dem sie geritten war. Aber sie wollte schließlich nicht kleinlich sein.

»Erzähl mir von der *Drakkensang*, Farlan«, bat sie.

»Erhabene?«, sagte Farlan offensichtlich nur, um Zeit zu gewinnen. Aus irgendeinem Grund schien ihm ihre Frage unangenehm zu sein.

»Die *Drakkensang*«, wiederholte sie. »Das Schiff aus euren Mythen. Ihr habt gehofft, es hier zu finden, habe ich recht?«

Farlan antwortete auch jetzt erst nach einer geraumen Weile, aber immerhin tat er nicht mehr so, als begriffe er gar nicht, was sie überhaupt von ihm wollte. Schließlich deutete er sogar so etwas wie ein Nicken an.

»Was ist an diesem Schiff so Besonderes?«, fragte Pia. »Ich meine: Selbst wenn es tatsächlich noch existiert, dann ist es doch nur ein tausend Jahre altes Wrack.«

»Aber es würde beweisen, dass alles wahr ist, Erhabene. Alles, woran wir glauben.«

»Was? Dass ihr mit einem Schiff hier angekommnen seid?« Und als wären diese Worte noch nicht dumm genug, fügte sie auch noch ein leises Lachen und ein abfälliges Kopfschütteln hinzu, bevor ihr endlich klar wurde, was Farlan da gerade gesagt hatte. Was an diesem Schiff so Besonderes war? Ja, das war eine wirklich clevere Frage gewesen ... ungefähr so clever, als hätte sie einen gläubigen Katholiken gefragt, was denn daran so wichtig sei, dass man gerade den einbalsamierten Leichnam von Jesus Christus gefunden hatte.

»Vielleicht ist es ja auch wirklich nur eine Legende«, fuhr Farlan fort, als hätte er ihre Gedanken gelesen. Er klang enttäuscht, aber auch ein bisschen resigniert. »Die Zwerge haben den ganzen See abgesucht, aber sie haben nichts gefunden.«

»Und ihr?« Sie konnte sich nicht vorstellen, dass Farlan und seine Kameraden nicht dort hinuntergegangen waren, um sich mit eigenen Augen zu überzeugen, doch der Schattenelb schüttelte noch einmal den Kopf.

»Der Weg dort hinunter ist uns verwehrt«, sagte er. »Ich habe es selbst versucht, vor einem Jahr, als wir hierhergekommen sind, und andere auch. Ich wäre fast gestorben. Aber die Zwerge sind gute Bergleute. Wenn es unter der Erde etwas zu finden gibt, dann finden sie es auch.« Er schüttelte noch einmal und jetzt enttäuscht den Kopf. »Dort unten ist nichts.«

Pia war nicht sicher, ob sie die Enttäuschung ihres spitzohrigen Gegenübers wirklich nachempfinden konnte. Schließlich waren er und seine Kameraden hierhergekommen, um eines der größten Geheimnisse ihres Volkes zu enthüllen. »Und ... was werdet ihr jetzt tun?«, fragte sie vorsichtig.

»Ich?«

»Ihr alle.«

Farlan schien mit dieser Frage nichts anfangen zu können. »Ich verstehe nicht, was Ihr meint.«

»Ich könnte verstehen, wenn ihr von hier weggeht«, antwortete sie.

Jetzt sah Farlan regelrecht bestürzt aus. »Wir sind Euretwegen hier, Erhabene. Und um uns dem Kampf gegen Nandes und seine Orkhorden anzuschließen. Von der *Drakkensang* und dem Nest der Großen Schlange wussten wir nichts, als wir herkamen. Es gibt keinen Grund, an unserer Treue zu zweifeln, Erhabene.«

»Ich wollte dich nicht verletzen«, antwortete Pia, obwohl ihr klar war, dass sie das sehr wohl getan und ihn vermutlich auch noch zutiefst beleidigt hatte. »Aber ich hätte Verständnis dafür.«

Farlan sagte gar nichts mehr dazu, und sogar Pia war endlich klug genug, die Klappe zu halten. Da war etwas an dem, was der Schattenelb gerade gesagt hatte, etwas, was sie störte, wie ein falscher Pinselstrich in einem ansonsten perfekten Gemälde, den man nicht wirklich sah, der den Gesamteindruck aber nachhaltig störte, aber –

Sie würgte den Gedanken mit Gewalt ab, schon um nicht noch mehr Schaden anzurichten, als sie es ohnehin schon getan hatte, und sah demonstrativ wieder zu dem gedrungenen Tempelbau auf der Spitze der Sonnenpyramide hinauf. Das rote Zyklopenauge war verschwunden und hatte wahrscheinlich sowieso niemals existiert, aber sie hatte nach wie vor das Gefühl, angestarrt zu werden.

Ein Ort, der ihre Seele beschädigte ... Plötzlich kamen ihr diese Worte gar nicht mehr so komisch vor.

Und sie fragte sich auch, was dieser Ort wohl *Jesus'* Seele antun mochte.

Während der nächsten drei Tage wurde weder ihrer noch Jesus' Seele irgendetwas angetan, und auch sonst geschah nichts von Bedeutung.

Wenn sie es genau nahm, geschah gar nichts, außer dass sie allmählich die echte Bedeutung des Wortes *Langeweile* kennenzulernen begann. Sie ging nur noch ein einziges Mal aus dem Haus, und auch dieser Ausflug fiel deutlich kürzer aus als geplant. Sie war keineswegs so etwas wie eine Gefangene (und wenn, dann war sie ihr eigener Wärter, der eifersüchtig über den Schlüssel wachte), aber die Stimmung in der Stadt hatte sich auf eine schwer in Worte zu fassende, zugleich aber auch unübersehbare Weise verändert.

Jedermann behandelte sie weiter mit großer Ehrerbietung und einer sehr ehrlichen Freundlichkeit, aber es war von allem ein bisschen zu viel. So wie auch ihre beiden Dienerinnen gerade einen Tick zu sehr darum bemüht waren, ihr jeden Wunsch von den Lippen abzulesen (oder besser noch zu erraten, bevor sie ihn auch nur allzu laut *denken* konnte), konnte sie praktisch keinen Schritt tun, ohne dass sofort eine Indiofrau herbeieilte, um sich nach ihren Wünschen zu erkundigen, ihr Wasser oder eine Schale mit Obst oder frisch gebackenem Fladenbrot zu reichen, ihr Schmuck oder selbst gebastelte kleine Geschenke anzubieten oder sie gleich in ihr Haus zu zerren, um ihr ihre Kinder, ihre Kleider oder in einem Fall auch einen Wurf gerade geborener Kätzchen zu zeigen.

Die Männer waren ein wenig unaufdringlicher, wenn auch auf ihre ganz eigene Art, die fast genauso nervig war, wenn man sie erst einmal bemerkt hatte. Zwar hielten sie ausnahmslos respektvollen Abstand zu ihr, aber sie begleiteten sie nicht nur ebenfalls auf Schritt und Tritt, sondern bildeten einen regelrechten Kordon rings um sie herum, der jedes Mal ein bisschen größer geworden zu sein schien, wenn sie hinsah, und jedes Mal ein bisschen mehr vor Waffen und grimmigen Gesichtern strotzte. Einige Momente lang hatte sie ernsthaft überlegt, ob sie vielleicht in Gefahr war, aber schnell begriffen, dass dies wohl nur die ganz eigene Art dieser kleinwüchsigen Krieger war, ihr ihre Ehrerbietung zu bekunden. Ein- oder zweimal beobachtete sie, wie es zu regelrechten Auseinandersetzungen zwischen ihrer Eskorte und neu eintreffenden Kriegern kam, die sich dem Trupp anschließen wollten und abgewiesen wurden. Dazu kamen noch die Kinder, die eigentlich genau den Respekt vor ihr zeigten, den sie sich wünschte – nämlich gar keinen –, und ihr johlend hinterherrannten, sie aus großen Augen anstarrten, kicherten und lachten und ununterbrochen an ihrer Kleidung (und vor allem ihrem Haar) herumzupften und -zerrten.

Pia hatte nie etwas gegen Kinder gehabt, ganz im Gegenteil, aber in solchen Massen und vor allem in einer Stadt, deren Einwohner offensichtlich bekennende Anhänger des Prinzips der antiautoritären Erziehung waren, gingen sie ihr schlichtweg auf die Nerven.

Sie kehrte nach einer knappen halben Stunde in ihr präkolumbianisches Penthouse zurück und beschloss, es frühestens nach Jesus' Rückkehr wieder zu verlassen.

Ixchel und Alica besuchten sie regelmäßig; Ixchel meistens nur kurz und um ihr den einen oder anderen guten Rat zu geben (den sie nicht hören wollte) oder ihr irgendeine – möglichst übel schmeckende – Medizin einzuflößen (die sie noch sehr viel weniger wollte, aber trotzdem gehorsam schluckte), und ging stets wieder, bevor sie auch nur eine einzige persönliche Frage stellen konnte. Sie hätte es gerne getan, doch im Gegensatz zu jenem ersten Mal verhielt sich Ixchel distanziert, manchmal schon fast abweisend, und die meiste Zeit trug sie nun auch wieder die aus Federn gemachte Halbmaske, die nur ihren Mund, das Kinn und die Augen frei ließ, sodass es ihr unmöglich wurde, in ihrem Gesicht zu lesen. Aus einem Grund, den sie selbst nicht benennen konnte, war Pia zutiefst enttäuscht, dass Ixchel sich so verhielt.

Alica erwies sich dafür als umso redseliger, auch wenn ihre Besuche allmählich weniger (und vor allem kürzer) wurden und Pia spürte, dass sich hinter ihrer aufgesetzten Fröhlichkeit und ihrem munteren (und vor allem sinnlosen) Geplapper etwas anderes verbarg, worüber sie nicht reden wollte.

Was es war, erfuhr sie am Morgen des vierten Tages, den sie in ihrem selbst gewählten Exil verbrachte. Inzwischen kannte sie jeden Winkel und jeden Fußbreit Boden des Hauses so genau, als hätte sie schon ihr ganzes Leben hier verbracht. Für eine Weile hatte sie sich damit abgelenkt, die kunstvollen Bilder und Reliefs an den Wänden zu studieren, nicht nur, um die unglaubliche Kunstfertigkeit und die rein handwerkliche Qualität der Arbeit zu bewundern, sondern auch, weil sich irgendwie die verrückte Idee in ihr festgesetzt hatte, da könnte so etwas wie eine versteckte Botschaft sein, eine Nachricht in diesen uralten Bildern, die ganz allein für sie bestimmt sein musste, obwohl sie ein Jahrtausend vor ihrer Geburt gemacht worden waren.

Natürlich war das der blanke Unsinn, aber es half ihr, wenigstens einen Teil der Zeit zu überbrücken. Den restlichen (weitaus größeren) verbrachte sie damit, abwechselnd finster über ihre Situation zu grübeln und mit dem Schicksal zu hadern; und oft genug auch beides zugleich. Grund genug für beides hatte sie nun wirklich, aber …

»Mit dem Schicksal zu hadern und sich in Selbstmitleid zu suhlen macht ja eine Weile bestimmt Spaß, aber so richtig abendfüllend ist es nicht, hab ich recht?«

Es verging tatsächlich noch ein Moment, bis sie begriff, dass gar nicht sie diesen Gedanken gedacht, sondern Alica ihn ausgesprochen hatte, aber eben so präzise, als hätte sie ihn in ihrem Kopf gelesen und einfach nur laut wiederholt.

»Du scheinst eine Menge von deinen Freunden mit den spitzen Ohren gelernt zu haben«, sagte sie, während sie sich zu Alica herumdrehte; allerdings erst nach einer guten Sekunde und nachdem sie sicher war, sich wieder vollkommen unter Kontrolle zu haben. Alica musste ihr ihre Überraschung ja nicht allzu deutlich ansehen.

Alica legte fragend den Kopf auf die Seite, und Pia fuhr fort: »Du schleichst dich schon genauso lautlos an wie diese Spitzohren. Muss man das extra lernen, oder ergibt sich das einfach mit der Zeit?«

»Hab ich dir irgendwas getan?«, fragte Alica.

»Nein.« Pia lächelte nervös und räusperte sich dann unecht, was die Situation natürlich nur noch peinlicher machte. »Entschuldige. Das war dumm. Ich weiß auch nicht, warum ich es gesagt habe.«

Jetzt war es Alica, die kurz zögerte, bevor sie antwortete. »Immerhin lebst du noch. Ein paar Leute in der Stadt fangen schon an, sich Fragen zu stellen und vor allem sich Sorgen zu machen.«

»Das ist nett«, antwortete Pia. »Die Sorgen, meine ich.«

»Aber der Rest nicht?« Alica schüttelte tadelnd den Kopf. »Wenn du damit sagen willst, dass es niemanden etwas angeht, was du tust oder lässt und mit wem und wann, dann muss ich dir diesen Zahn ziehen, fürchte ich. Du bist jetzt eine Person des öffentlichen Interesses. Privatleben ist nicht mehr.« Sie brachte sie mit einer schon fast ruppigen Geste zum Schweigen, als Pia zu einem ganz instinktiven Protest ansetzen wollte, und trat an ihre Seite, um dasselbe Relief zu betrachten, das sie seit einer guten Viertelstunde angestarrt hatte, ohne es wirklich zu sehen. Es verging eine ganze Weile, bis sie weitersprach.

»Diese Bilder sind schon toll, nicht wahr? Ich weiß, ich verstehe nichts von Kunst und all diesen Sachen, und von all dem Prä-Kolumbus-Kram schon gar nicht, aber diese Dinger ... haben was. Geht es dir nicht auch so?«

Pia nickte zwar, aber Alicas Worte erfüllten sie trotzdem mit einem sonderbaren Unbehagen, das sie sich gar nicht erklären konnte.

Vielleicht lag es daran, dass sie Bilder wie diese nicht zum ersten Mal sah. Es hatte eine Weile gedauert, und sie konnte nicht einmal genau sagen, wann innerhalb der zurückliegenden Tage sie es gemerkt hatte, aber irgendwann hatte sie begriffen, wie ähnlich diese Bilder den düsteren Reliefs im schwarzen Elfenturm in WeißWald waren, trotz aller Unterschiede.

Was das betraf, so erging es ihr kaum anders als Alica: Sie verstand herzlich wenig von Kunst und von diesem *Prä-Kolumbus-Kram* noch sehr viel weniger, aber selbst ein Blinder hätte mit den Fingerspitzen ertastet, wie unterschiedlich diese Arbeiten sowohl in ihrer Ausführung als auch in ihrer Stilrichtung waren – und trotzdem wusste sie einfach, dass es da etwas gab, was sie verband ... Etwas an ihnen war gleich, etwas unter der Oberfläche des Sichtbaren, was aber zugleich auch unübersehbar war und ...

Pia würgte diesen Gedanken mit einer bewussten Anstrengung ab. Genug von diesem Unsinn! Es war gerade erst ein paar Tage her, da hatte sie einem leibhaftigen Elben (und sich selbst) glaubhaft versichert, dass sie nicht an Zauberei und Übernatürliches glaubte.

»Aber du bist nicht hergekommen, weil du mit mir über präkolumbianische Kunst sprechen wolltest, oder?«, fragte sie. »Du hast Probleme.«

Alica deutete ein Schulterzucken an und hütete sich, auch nur in ihre Richtung zu sehen. Ihr Blick tastete weiter über das uralte Relief, und Pia fragte sich, ob sie es möglicherweise aus demselben Grund tat wie sie selbst, weil sie irgendeine verborgene Botschaft darin suchte.

»Ja«, seufzte sie nach einigen weiteren Sekunden. »Aber das ist hier vollkommen normal. Ich glaube, ein richtiges Problem hätte ich wahrscheinlich an dem Morgen, an dem ich die Augen aufschlage –«

»Und kein gut aussehender draller Elbenkrieger neben dir liegt?«, fragte Pia.

»– und feststelle, dass ich gar keine Probleme mehr habe«, fuhr Alica unbeeindruckt fort, auch wenn ihre Augen ein paar kleine boshafte Blitze in Pias Richtung verschossen.

»Und was sind das für Probleme?«, fragte Pia.

»Eine Menge, Erhabene, glaubt mir, eine Menge«, seufzte Alica, zwang sich aber dann zu einem Lächeln und drehte sich ganz zu ihr um. »Aber eigentlich bin ich nicht hergekommen, um dich mit meinen Problemen zu langweilen.«

»Weil ich genug eigene habe, meinst du?«

»Hast du darüber nachgedacht?«
»Worüber?«
»Wie du es Jesus beibringen willst.«
Eigentlich hatte sie in den zurückliegenden Tagen an nichts anderes gedacht … nun ja, jedenfalls an nicht sehr viel mehr. »Nein«, antwortete sie. »So wichtig ist das auch nicht. Schließlich hat er nichts mit alledem zu tun, oder?«
Alicas direkte Antwort darauf bestand nur aus einem schrägen Blick, dann zuckte sie mit den Achseln und sagte: »Ich meine ja nur, weil du jetzt die Gelegenheit hättest, es zu tun … natürlich nur, falls du der Meinung bist, *dass* es ihn etwas angeht.«
Pia blinzelte. »Wie?«
»Er ist wach«, bestätigte Alica. »Noch ein bisschen wackelig auf den Beinen, aber im Großen und Ganzen geht es ihm wieder gut. Er ist schon wieder eklig wie immer und findet an allem etwas, woran er herumnörgeln kann.«
»Er ist wach?«, vergewisserte sich Pia. »Und gesund?«
»Und er hat auch schon nach dir gefragt.«
»Und das sagst du erst jetzt?« Pia fuhr auf dem Absatz herum und begann aufgeregt mit den Händen in der Luft herumzufuchteln. »Bring mich zu ihm! Schnell!«
»Seid Ihr denn sicher, dass Ihr Eure Meditation unterbrechen und Euch in die feindselige Welt des Materiellen hinauswagen wollt, o Allerehrwürdigste unter den Ehrwürdigen dieser Welt?«, fragte Alica.
»Ist dir da unten in der Mine zufällig ein Stein auf den Kopf gefallen?«, erkundigte sich Pia.
Alica streckte ihr feixend die Zunge heraus, setzte sich aber trotzdem in Bewegung, bevor sie zu drastischeren Argumenten greifen musste, und sie verließen das Zimmer und nur einen Moment später das Haus.
Die vier Indiowachen, die Kukulkan auf dem Dach postiert hatte, folgten ihnen zwar in diskretem Abstand, ließen es sich aber nicht nehmen, sie sowohl das kurze Stück über das Dach als

auch die Treppe hinunter zu eskortieren, obwohl Pia nicht entging, wie schwer es den kleinwüchsigen Männern fiel, die viel zu hohen Stufen zu überwinden. Sie blieben erst stehen, als sie das Gebäude durchquert hatten und auf den großen Platz hinaustraten – wo sie allerdings sofort von einem zweiten und noch viel größeren Trupp in Empfang genommen wurden, diesmal mindestens ein Dutzend Köpfe stark. Pia ertappte sich bei dem hässlichen Gedanken, ob sie vielleicht nicht die Einzige in dieser Stadt war, die sich insgeheim als Gefangene betrachtete, war aber zugleich auch viel zu aufgeregt, um diesen Gedanken zu Ende zu denken. Jesus war wach, und das war gerade das Einzige, was sie wirklich interessierte. Ein ganz kleines bisschen hatte sie sogar Angst davor, ihn wiederzusehen – aber auch diesem Gedanken erlaubte sie nicht, vollkommen Gestalt anzunehmen.

Alica führte sie in dasselbe fensterlose Gebäude, in dem sie Jesus das letzte Mal gesehen hatte. Obwohl es draußen jetzt heller war, war es hier drinnen nicht nur überraschend kühl, sondern auch dunkel, und Pia fiel erneut der üble Geruch auf, der in der Luft hing. Etwas wie Weihrauch, aber durchdrungen von etwas Unangenehmem und Totem. Vielleicht war das hier so etwas wie das Gegenstück zu einem Krankenhaus in ihrer Welt, und diese Wände hatten einfach zu viel Leid und Schmerz gesehen, als dass man es jemals ganz abwaschen konnte.

Hinter dem Perlenvorhang standen diesmal keine Schattenelben Wache, sondern zwei kleinwüchsige Indiokrieger, die zwar rasch zurücktraten, um sie vorbeizulassen, aber dennoch etwas hatten, was sie an Gefängniswärter erinnerte. Etwas stimmte hier nicht, und sie musste dringend mit Alica darüber sprechen.

Aber nicht jetzt.

Im allerersten Moment. erschrak sie fast enttäuscht, als sie Jesus sah. Nichts schien sich verändert zu haben. Er lag auf demselben steinernen Bett, auf dem sie ihn das letzte Mal gesehen hatte, trug dieselben zerrissenen Kleider und sah mindestens genauso krank aus. Als er jedoch das Geräusch des Vorhangs hörte, stemmte er sich auf die Ellbogen hoch, und ein schwaches Lächeln huschte über sein Gesicht.

»Jesus!« Pia überwand das letzte Stück mit einem einzigen Schritt und schubste ihn kurzerhand zurück, als er sich weiter aufsetzen wollte. »Liegen geblieben! Und keine Sorge, ich spare mir die dumme Frage, wie du dich fühlst.«

»Aber ich beantworte sie trotzdem. Miserabel.«

Genauso sah er auch aus, dachte Pia bedrückt. Vielleicht war es ganz gut, dass es hier drinnen so dunkel war – so hatte sie Zeit, sich an seinen Anblick zu gewöhnen. Er trug nicht nur noch immer dieselben zerrissenen Kleider wie vor drei Tagen. Was immer sie in dieser Zeit auch mit ihm angestellt hatten, sie hatten sich nicht einmal die Mühe gemacht, ihm das eingetrocknete Blut und den Schmutz abzuwaschen. Der Anblick schnürte ihr schier die Kehle zu, auch wenn sie sich selbst sagte, dass sie kein Recht zu dieser Reaktion hatte. Was hatte sie denn erwartet? Das hier war keine Reiche-Leute-Klinik im Herzen von Rio de Janeiro, sondern Steinzeit-Medizin. Sie fragte sich auch, ob sie gewirkt hatte, als sie in Jesus' leichenblasses Gesicht blickte.

»Und keine Sorge, ich stelle dieselbe dumme Frage auch nicht«, sagte Jesus. Seine Stimme schwankte leicht und klang so brüchig wie die eines alten Mannes.

»Und ich beantworte sie trotzdem«, sagte sie. »Besser als dir. Aber das ist ja wohl kein Kunststück.« Sie zwang so etwas wie ein Lächeln auf ihre Lippen, hoffte sie. »Weißt du, allmählich bin ich es leid, den größten Teil meiner kostbaren Zeit damit zu vertrödeln, dass ich an deinem Krankenbett sitze und darauf warte, dass du aufwachst. Sollte es nicht eigentlich umgekehrt sein?«

»Dass du niedergestochen und verprügelt wirst, und ich vor lauter Gram weiße Haare bekomme?«

»Dass du auf mich aufpasst.« Obwohl er das ja getan hatte. Aus keinem anderen Grund lag er jetzt hier und sah aus, als wäre er dem Tod gerade noch einmal von der Schippe gesprungen. Also gut, das war nichts gewesen.

Für einen Moment machte sich betretenes Schweigen zwischen ihnen breit. Vielleicht hätte es auch noch länger angehalten und wäre wirklich unangenehm geworden, hätte sich Alica nicht schließlich genauso unecht wie lautstark geräuspert.

»Also dann ... ähm ... lasse ich euch beiden Turteltäubchen einfach mal allein«, sagte sie. »Ich habe noch eine Menge zu tun. Der Fluch des Erfolgs, wenn ihr versteht. Andauernd will irgendwer was von einem. Entscheidungen treffen, ein Kind segnen, die Welt retten und was sonst noch so anliegt ... das Übliche eben.« Sie seufzte theatralisch und maß Pia mit einem Blick, der nicht annähernd so harmlos war, wie sie vielleicht selbst glaubte. »Also, ihr zwei. Tut nichts, was ich nicht auch täte – oder nein, tut nicht einmal das. Und die geehrte Prinzessin Gaylen wollte dir noch etwas sagen, Langer.«

Damit verschwand sie.

Pia sah ihr so lange nach, bis die Gewitterwolken wieder von ihrem Gesicht verschwunden waren. *Vielen Dank auch, geehrte Alischa. Vielen herzlichen Dank.*

»Was hat sie damit gemeint?«, fragte Jesus. Er setzte sich auf, und diesmal versuchte Pia nicht mehr, ihn daran zu hindern. Sie ertappte sich sogar dabei, sich zwar neben ihn auf die Bettkante zu setzen, aber ein gutes Stück weiter von ihm wegzurutschen, als nötig gewesen wäre. Er roch nicht gut, was nicht seine Schuld war nach den letzten drei Tagen, aber er roch wirklich nicht gut.

»Dass sie noch eine Menge zu tun hat?« Pia lachte. »Du kennst doch Alica. Sie ist einfach furchtbar wichtig.«

»Dass du mir etwas sagen willst«, sagte Jesus.

»Ach das.« Pia gewann noch einmal eine Sekunde, indem sie sich in ein falsches Grinsen und ein noch sehr viel weniger echt wirkendes Schulterzucken rettete. Warum sagte sie es ihm eigentlich nicht? Jetzt, zum Beispiel? »Ich war ... also, sie hat mich kräftig zusammengefaltet, weil ich mich noch gar nicht bei dir bedankt habe.«

»Wofür?«

»Na zum Beispiel dafür, dass du mir das Leben gerettet hast«, antwortete sie, »und dabei um ein Haar selbst draufgegangen wärst.«

»Ja«, sagte Jesus. »Und wenn ich weniger abgekriegt hätte, dann wärst du auch weniger dankbar?«

Der schwächliche Klang seiner Stimme verdarb ihm den beabsichtigten Effekt ein wenig, aber Pia starrte ihn trotzdem reichlich verdattert an. Das war nicht der Jesus, den sie kannte. Ihrem gutmütigen und immer leicht tollpatschig wirkenden großen Bruder aus den Favelas wäre eine solche Bemerkung nicht einmal *eingefallen*.

»Solltest du irgendwann mal draufgehen, dann verspreche ich dir, mindestens drei Tage lang bittere Krokodilstränen um dich zu weinen«, sagte Pia ernst. »Und du bekommst die prachtvollste Beerdigung, die diese Stadt jemals gesehen hat.«

Jesus machte ein finsteres Gesicht. »Das hätte nicht passieren dürfen. Es tut mir leid.«

»Was soll denn der Unsinn?«, fragte Pia.

»Dass das Vieh dich beinahe erwischt hätte«, sagte er. »Ich war nicht schnell genug.«

Pia riss die Augen auf. »Du warst *was?* Wenn du nicht aufgetaucht wärst, dann hätte das Biest mich umgebracht!«

»Aber ich hätte schneller sein müssen«, beharrte Jesus. »Dazu bin ich schließlich da, oder? Ich habe den Sith und Kukulkan aus dem Haus kommen sehen, und nur ein paar Minuten später sind sie wieder reingegangen ... dabei waren sie die ganze Zeit hinter mir. Ich meine: Sie waren *zweimal* da. Das kann doch gar nicht sein!«

»Und daraufhin bist du aufs Dach gekommen und hast mir das Leben gerettet«, sagte Pia.

»Aber nicht schnell genug«, beharrte Jesus. »Ich meine: Ich bin bestimmt eine Minute einfach nur dagestanden und hab mit offenem Mund geglotzt, bevor ich überhaupt kapiert hab, was los ist!«

»Als Einziger von allen dort unten, die den doppelten Kukulkan gesehen haben«, sagte Pia – was für sich allein genommen schon sonderbar genug war. »Hättest du das nicht getan, dann wäre ich jetzt tot.«

»Und hätte ich richtig reagiert, statt dazustehen und Löcher in die Luft zu starren, dann wärst du nicht einmal verletzt worden, und Colum wäre noch am Leben«, beharrte Jesus.

»Colum?«

»Der Schattenelb, dem das Vieh den Arm abgerissen hat«, antwortete Jesus.

Und dessen Namen sie nicht einmal gekannt hatte. Sie schwieg. Nicht nur Jesus' Tischmanieren hatten sich verändert. Das war auch nicht mehr seine Art zu reden, womit sie ganz und gar nicht nur seine Wortwahl meinte.

»Du … musst dir wirklich keine Vorwürfe machen«, sagte sie. »Und nur keine Bange. Dein Job ist nicht in Gefahr.«

»Ich weiß nicht, ob ich ihn überhaupt will«, sagte Jesus. »Die Arbeitszeiten sind mies, und das Betriebsklima lässt auch zu wünschen übrig. Aber dafür ist die Bezahlung schlecht.«

»Ich kann mich gar nicht erinnern, dass du bezahlt wirst.«

»Eben«, grummelte Jesus. Er schlug die schreiend bunte Decke zurück, unter der er lag, und Pia stand hastig auf, als er die Beine von der harten Unterlage schwang. Vielleicht tat sie es sogar ein wenig zu hastig, denn Jesus sah sie eine Sekunde lang stirnrunzelnd an und schnüffelte dann hörbar.

»Ich verstehe«, sagte er. »Machen wir einen Spaziergang zum Fluss?«

Pia bezweifelte, dass er auch nur bis zur anderen Seite des Platzes kommen würde, so wie er aussah. Hatte Kukulkan nicht versprochen, ihm zu helfen?

»Da habe ich eine bessere Idee«, sagte sie. »Alica war so freundlich, ihr Badezimmer mit dem Nonplusultra der hiesigen Sanitärtechnik ausstatten zu lassen. Unter anderem mit einer wirklich schicken Badewanne.«

»Groß genug für zwei?«, fragte Jesus.

Pia starrte ihn an. »Wie?!«

»Na, sieh mich doch an.« Jesus deutete an sich herab. »Ich bin mindestens doppelt so groß wie diese halben Portionen hier! Ich habe keine Lust, Suzuki mit mir selbst zu spielen.«

»Was?«

»Oder wie immer diese chinesische Faltkunst auch heißt.«

»Origami«, antwortete Pia, »und es ist japanisch. Aber keine Sorge, das Ding ist sogar groß genug für dich. Als ich es das erste Mal benutzt habe, hätten mich fast die Kräfte verlassen, weil ich zu weit rausgeschwommen bin.«

Jesus' Stirnrunzeln wurde nur noch tiefer, aber schließlich nickte er, machte einen wackeligen Schritt und wirkte ein bisschen erschrocken, als er offenbar selbst spürte, wie unsicher er noch auf den Beinen war. Das wäre jetzt wohl spätestens der Moment, in dem sie zu ihm gehen und ihm anbieten sollte, sich auf sie zu stützen, aber stattdessen bedeutete sie den beiden Mayakriegen an der Tür, das für sie zu übernehmen – nicht nur, weil sie wusste, wie schwer er war und er tatsächlich nicht besonders gut roch. Sie wollte ihm nicht noch näher kommen. Ihr schlechtes Gewissen machte ihr auch jetzt schon genug zu schaffen. Und dass sie nicht einmal genau sagen konnte, warum das so war, machte es nicht im Geringsten besser.

Sie ging hinaus, winkte den erstbesten Indio herbei und trug ihm auf, zu den beiden Mädchen zu gehen und sie Wasser für ein heißes Bad vorbereiten zu lassen. Sie ging auch nicht ins Haus zurück, sondern wartete, bis Jesus herauskam, schwer auf die beiden Indios gestützt, die neben ihm nicht nur tatsächlich wie – schmächtige – Kinder aussahen, sondern auch sichtlich Mühe hatten, unter seinem Gewicht nicht zusammenzubrechen.

»Schaffst du es?«, fragte sie mit einer Geste zu dem Haus auf der anderen Seite des Platzes. Ihr Blick vermied es dabei fast krampfhaft, die gewaltige Stufenpyramide auch nur zu streifen, die dazwischen lag.

»Gar kein Problem«, antwortete Jesus. »Die Frage ist nur, wie viele von diesen Knirpsen ich unterwegs verschleiße.« Er machte einen Schritt und stützte sich dabei wohl ganz absichtlich etwas mehr auf die beiden Männer, als nötig war, woraufhin sie tatsächlich ein wenig in die Knie gingen.

»Mach es ihnen nicht noch schwerer, als es ist«, mahnte Pia.

Jesus bemühte sich um ein möglichst schuldbewusstes Gesicht, ließ den beiden armen Burschen aber jetzt wenigstens wieder Luft zum Atmen. Sie kamen sogar besser voran, als sie erwartet hatte, auch wenn die beiden Indios natürlich den kürzesten Weg wählten, der sie sehr viel dichter an die Pyramide heranbrachte, als sie ihr freiwillig gekommen wäre, und vor allem an die beiden gewaltigen Schlangenköpfe. Das war nichts anderes als albern. Aber es machte sie trotzdem nervös. Sie sah so krampfhaft überallhin, nur nicht in die Richtung der beiden gewaltigen Skulpturen, dass Jesus schon hätte blind sein müssen, um es nicht zu merken.

Und natürlich war er das nicht.

»Unheimlich, nicht?«, fragte er.

»Es geht so.« Pia lächelte schief. »Ich war einmal im Museum für Zeitgenössische Kunst in der Stadt. Ein paar von den Bildern dort hättest du sehen sollen. *Die* waren unheimlich.«

Jesus verzog zwar die Lippen zu einem knappen Lächeln, aber seine Augen blieben ernst. »Mir machen sie Angst«, beharrte er.

»Oder sie würden es tun, wenn es irgendetwas gäbe, was dir wirklich Angst machen könnte«, vermutete Pia.

»Genau das habe ich gemeint«, sagte Jesus. Jetzt erschien doch so etwas wie ein Lächeln in seinen Augen, wenn auch nicht für lange.

»Das alles hier ist mir irgendwie unheimlich«, fuhr er fort. »Diese Leute hier und ihre Gebräuche und Bilder …« Er schauderte übertrieben. »Hast du gewusst, dass sie Menschen opfern?«

»Das haben die Maya bei uns auch getan«, erinnerte Pia ihn, aber Jesus schüttelte nur heftig den Kopf.

»Vor fünfhundert Jahren«, sagte er. »Aber hier gehen die Uhren anscheinend ein wenig anders.«

»Ich glaube nicht, dass sie hier so etwas wie Uhren haben«, antwortete Pia. Es hatte scherzhaft klingen sollen, aber ihre Stimme verweigerte ihr den Gehorsam, und irgendwie machte der missglückte Scherz es eher schlimmer. Vielleicht nicht zum ersten Mal, aber so ernsthaft wie bisher noch nicht, fragte sie sich, ob Alica und Eirann wirklich gut beraten gewesen waren, sich Kukulkan und sein Volk als Verbündete zu suchen. Jesus hatte recht: Alles hier war nicht nur irgendwie unheimlich, sie konnte sich kaum etwas denken, was weniger zu Eirann und seinem stolzen Elfenvolk passte.

Sie entfernten sich ein gutes Stück von der Pyramide und den beiden steinernen Götzen, die die Treppe zu ihrem Zugang bewachten, und mit jedem Schritt, den sie taten, hatte sie das Gefühl, wieder ein bisschen freier atmen zu können. Und nach einer weiteren kurzen Weile wurde ihr auch klar, was für einen Unsinn sie dachte.

Aus dem einzigen Grund, sich ihren eigenen Mut zu beweisen, sah sie nun doch zur Pyramidenspitze hoch. Sie hatte die Sonne im Rücken und hätte den wuchtigen Tempelbau dort oben eigentlich klar erkennen müssen, doch sonderbarerweise blieb er ein tiefenloser schwarzer Schatten. Selbst das rote Licht, das sie vor drei Nächten dort oben zu sehen geglaubt hatte, war noch immer da und erinnerte sie mehr denn je an ein bösartiges starrendes Auge, dem auch nicht die allerkleinste ihrer Bewegungen entging.

»Und auch diese Frage kannst du dir sparen«, sagte Jesus.

»Aber du wirst sie trotzdem beantworten?« Auch wenn sie nicht einmal wusste, welche er meinte.

»Alica hat mich gewarnt, dass du mich löchern wirst, wie es da drinnen aussieht«, sagte Jesus. »Aber ich muss dich enttäuschen, fürchte ich, ich erinnere mich an so gut wie nichts.«.

Pia ging langsamer, damit seine beiden lebendigen Gehhilfen

und er zu ihr aufschließen konnten. »So gut wie nichts ist immer noch besser als nichts, oder?«

Jesus schüttelte nur noch einmal den Kopf. »Sie haben mir irgendwas gegeben«, antwortete er. »Keine Ahnung, was, aber ich hab den Geschmack immer noch im Mund. Ich hab die meiste Zeit geschlafen.«

»Kukulkans Allerheiligstes«, sagte Pia. »Angeblich weiß niemand außer ihm und seinen beiden Dienern, wie es dort aussieht.«

»Niemand außer ihm«, verbesserte sie Jesus.

»Er hat keine Diener?«

»Doch«, antwortete Jesus. »Aber sie sind blind.«

»Oh«, machte Pia, und Jesus fügte hinzu:

»Sie haben sich die Augen ausgestochen, bevor sie es das erste Mal betreten haben. Freiwillig.«

Diesmal dachte sie das *Oh* nur, das aber offenbar so laut, dass er es trotzdem zu hören schien, denn er nickte noch einmal und machte ein betrübtes Gesicht. Vielleicht wollte er in Hörweite der beiden Indios auch nur nicht mehr sagen.

Zwei weitere Maya erwarteten sie vor dem Haus und schlossen sich ihnen wortlos an, als sie die große Halle durchquerten. Nach der Hitze, die trotz der noch frühen Stunde draußen schon beinahe unerträglich gewesen war, kamen ihr die kühle Luft und die Schatten hier drinnen doppelt angenehm vor. Aber sie musste plötzlich auch wieder daran denken, was sie beim allerersten Mal empfunden hatte, als sie hier hereingekommen war und den gewaltigen schwarzen Steinquader im Zentrum des großen Raumes gesehen hatte; und an Jesus' Worte von gerade. Sie passierte den schwarzen Opferstein in so großer Entfernung, wie es gerade noch ging, ohne tatsächlich mit der Schulter an der Wand entlangzuschrammen.

Vor der Treppe mit den dreißig Zentimeter hohen Stufen angekommen, blieb sie stehen und warf einen prüfenden Blick in Jesus' Gesicht hinauf. »Schaffst du das?«, fragte sie.

»Mit oder ohne zwei von diesen Gartenzwergen auf jedem Arm?«, schnaubte Jesus verächtlich.

Pia sparte es sich, zu antworten, bedeutete den beiden Indios jedoch, ihn zu stützen, sollte es sich als notwendig erweisen. Die Tür am oberen Ende der Treppe ging auf, und eine in schwarzes Eisen gehüllte Gestalt kam ihnen entgegen.

Im ersten Moment dachte sie, es wäre Eirann, der einzige Schattenelb, mit dem sie dann und wann Kontakt hatte, auch wenn er bisher ausschließlich in Alicas Begleitung gekommen war. Dann erkannte sie ihren Irrtum. Es gab noch einen zweiten Elben, dessen Stimme sie schon einmal gehört hatte und den sie sogar namentlich kannte.

»Farlan?«, fragte sie überrascht.

Der Elbenkrieger blieb eine Stufe über ihnen stehen – wahrscheinlich wollte er es sich ersparen, trotz seiner Größe zu Jesus hochsehen zu müssen – und verbeugte sich dann so tief, dass Pia beinahe darauf wartete, ihn unter dem Gewicht seiner Rüstung das Gleichgewicht verlieren zu sehen.

»Erhabene, verzeiht«, sagte er. »Ich weiß, es steht mir nicht zu –«

»So devot zu sein und mir damit den letzten Nerv zu rauben?« Pia nickte. »Stimmt. Und was wolltest du mir sonst noch sagen?«

Farlan wirkte genauso irritiert, wie sie gehofft hatte, fing sich aber auch fast sofort wieder. »Selbstverständlich, Erhabene. Verzeiht. Ich wollte Euch bitten, nach der geehrten Alischa zu sehen.«

»Was ist mit ihr?«, fragte Pia alarmiert. Sie hatte doch vor zehn Minuten erst mit ihr gesprochen.

»Ich fürchte, sie steht im Begriff, etwas Unbedachtes zu tun«, antwortete Farlan. »Wir sind alle in Sorge um sie, aber niemand vermag sie davon abzubringen.«

»Und jetzt hat Eirann dich geschickt, damit sie mit Alica redet«, vermutete Jesus.

Farlan sah ihn nicht einmal an. »Schild Eirann weiß nicht,

dass ich hier bin. Und ich glaube auch nicht, dass er damit einverstanden wäre.«

Und er war trotzdem gekommen?, dachte Pia. Es schien sich wohl um etwas wirklich Wichtiges zu handeln. Sie wandte sich an Jesus.

»Warum gehst du nicht schon vor?«, fragte sie. »Ich komme nach, sobald ich Alica mal wieder von irgendeiner Dummheit abgehalten habe – was immer es auch ist.«

»Und dann schrubbst du mir den Rücken?«, fragte Jesus.

»Aber das mache ich doch gerne, gab Pia lächelnd zurück. »Wenn du auf mich wartest.« So ungefähr fünfundzwanzig Jahre, schätzte sie. Oder auch fünfzig.

»Bring mich zu Alica, Farlan«, bat sie.

XXI

Flammenhufs Zähne klappten mit einem Geräusch wie ein Hammerschlag auf Eisen so dicht vor Alicas Fingern zusammen, dass sie eigentlich den Luftzug hätte spüren müssen, und seinen ausschlagenden Vorderhufen entging sie nur um Haaresbreite und vermutlich nur, weil der Pegasus sie gar nicht treffen wollte. Trotzdem brachte sie sich mit einem so erschrockenen Hüpfer in Sicherheit, dass sie auf dem feuchten Stroh das Gleichgewicht verlor und mit wild rudernden Armen kämpfte, um nicht der Länge nach hinzufallen.

Flammenhuf half der Entwicklung noch ein wenig nach, indem er einen seiner gewaltigen Flügel ausstreckte und ihr damit einen fast spielerischen Klaps zwischen die Schulterblätter versetzte ... spielerisch für seine Verhältnisse, aber Pia hatte gesehen, wozu der Pegasus fähig war. Alica schlug einen halben Salto in der Luft und landete mit einer Mischung aus einem Schrei und einem Japsen auf dem Boden, die fast komisch klang. Schimpfend wie ein Rohrspatz und schmutziges Stroh und Erdkrumen ausspuckend, rappelte sie sich hoch und zog gleich darauf mit einem fast noch komischeren Quieken den Kopf ein, als Flammenhufs Schwinge noch einmal wie eine gewaltige weiße Sense über sie hinwegzischte.

Pia hatte alle Mühe, vor Lachen nicht laut herauszuplatzen. Sie war unter der Tür stehen geblieben, nach Farlans Worten auf das Schlimmste gefasst, aber die kurze Szene, deren Zeugin sie jetzt wurde, kam ihr ganz im Gegenteil eindeutig komisch vor; und Eirann, der mit vor der Brust verschränkten Armen auf der anderen Seite des Stalls stand und kopfschüttelnd zusah, ganz offensichtlich auch. Sein Gesicht war so ausdruckslos und beherrscht wie gewohnt, aber in seinen Augen war ein amüsiertes Funkeln zu erkennen, und dann und wann zuckten seine Mundwinkel verräterisch. Pia hatte bisher nicht einmal gewusst, dass sein Volk Sinn für Humor hatte.

Die Einzige, die die Situation ganz und gar nicht komisch fand, war Alica. Flammenhuf versuchte nicht, sie noch einmal umzuwerfen, sondern hatte sich ganz im Gegenteil herumgedreht und wandte ihr demonstrativ den Rücken zu – beziehungsweise das Hinterteil mit dem prachtvollen weißen Schweif, der jetzt nervös hin und her zuckte. Pia vermutete, dass er allein kräftig genug war, um sie wie mit einem Peitschenhieb niederzustrecken.

»Du verdammter dämlicher Ackergaul!«, schimpfte sie, wich zugleich aber auch sicherheitshalber ein gutes Stück vor dem Pegasus zurück, als Flammenhuf den Kopf drehte und sie aus seinen klugen Augen ansah. »Was ist denn in dich gefahren, du blöde Schindmähre? Ich will doch nichts Schlimmes von dir!«

»Ich schätze, er mag bloß deinen Ton nicht«, sagte Pia, indem sie ihren Beobachtungsposten unter der Tür aufgab und ganz in den weitläufigen Saal trat, den man zu einem Stall für den Pegasus umfunktioniert hatte. Irgendwann musste das wohl einmal so etwas wie ein Palast gewesen sein, zumindest für hiesige Verhältnisse. Durch eine Anzahl schmaler, aber fast bis unter die Decke reichender Fenster strömten Licht und Luft schon fast im Übermaß herein, und auch hier waren die Wände mit kunstvoll ausgemalten Reliefarbeiten übersät. Unter dem Stroh auf dem Boden verbarg sich ein schon fast filigranes Mosaik (das Flammenhufs eisenharte Hufe jetzt genüsslich zuschanden trampelten) und es gab keine Boxen oder andere Unterteilungen. Der Raum war so groß, dass Flammenhuf selbst mit ausgebreiteten Schwingen zweimal darin Platz gefunden hätte, und roch nicht einmal wie ein Stall. Im Vergleich mit dem muffigen Zelt, in dem sie den Hengst das erste Mal gesehen hatte, war es wirklich ein Palast – aber ein Gefängnis blieb ein Gefängnis, selbst wenn seine Mauern aus Gold bestanden. Begriffen diese Leute denn nicht, dass Flammenhuf kein Tier war, sondern ein Geschöpf der Luft, das nicht einmal den Himmel als Grenze akzeptierte?

»Ja, genauso einen schlauen Kommentar habe ich jetzt gebraucht!«, fauchte Alica, sah aber nicht einmal in ihre Richtung, sondern musterte den weißen Pegasus aufmerksam aus zu engen Schlitzen zusammengekniffenen Augen. Wahrscheinlich suchte sie nach einem Weg, um sowohl an seinen gefährlichen Hinterläufen als auch an den kaum weniger bedrohlich wirkenden Flügeln vorbeizukommen. Pia registrierte erst jetzt, dass Alica etwas in der Hand hielt, was sie im ersten Moment für ein zusammengerolltes Lasso hielt und im zweiten als ledernes Geschirr erkannte.

»Du willst ausreiten?«, fragte sie.

Alica nickte grimmig. »Theoretisch schon. Und praktisch auch.« Damit steppte sie blitzartig nach rechts, dann nach links und dann wieder in die entgegengesetzte Richtung. Gleichzeitig duckte sie sich leicht, um auch einer eventuellen weiteren Attacke der gewaltigen Schwingen zu entgehen, während sie vorpreschte und das Zaumzeug hob, um es dem Pegasus überzustreifen. Flammenhuf wandte beinahe gelangweilt den Kopf und versuchte, weder nach ihr zu treten, noch die Flügel zu spreizen, sondern zuckte nur beiläufig mit dem Schwanz, wie um eine lästige Fliege zu verscheuchen. Diesmal schlug Alica gleich einen anderthalbfachen Salto, an dessen Ende sie mit dem Gesicht voran im Stroh landete und auch einige Sekunden lang benommen liegen blieb.

Pia ging kopfschüttelnd an ihr vorbei, ließ sich mit einer bewusst gezierten Bewegung in die Hocke sinken und hob das Zaumzeug auf, das sie mit spitzen Fingern und am ausgestreckten Arm weit von sich hielt, als wäre es irgendetwas Widerwärtiges. »So ein Ding würde ich mir auch nicht um den Hals legen lassen.«

Alica grub sich selbst umständlich und hustend und nasses Stroh spuckend aus, tat ihr Möglichstes, um sie mit Blicken aufzuspießen, und stemmte sich schließlich umständlich auf die Knie hoch.

»Bei dir würde ich ja auch ein Stachelhalsband benutzen«, maulte sie. »Mit den Stacheln nach innen, versteht sich.« Sie stand ganz auf, fuhr leicht zusammen, als Flammenhuf ein nun eindeutig spöttisch klingendes Schnauben hören ließ, und wich hastig ein paar Schritte zurück.

»Was tust du überhaupt hier?«, fauchte sie. »Solltest du nicht bei Jesus sein und ihm den Rücken schrubben?«

Pia schluckte die Antwort herunter, die ihr auf der Zunge lag. Stattdessen betrachtete sie noch einmal nachdenklich das einfache lederne Geschirr, das an ihrem Zeigefinger baumelte. »Du willst ausreiten?«, fragte sie noch einmal.

»Wenn dieser verdammte Klepper mich lässt«, grollte Alica.

Flammenhuf stampfte unwillig mit den Hinterläufen auf und wandte den Kopf nun endgültig in ihre Richtung, und Alica brachte hastig einen weiteren Schritt zwischen sich und den Pegasus. Pia sah aus den Augenwinkeln, dass Eirann sich unauffällig abwandte, vermutlich, damit Alica sein Gesicht nicht mehr sah, vor allem das spöttische Lächeln, das er nicht mehr ganz von seinen Lippen verbannen konnte. Sie meinte auch ein Geräusch hinter sich zu hören. Sie widerstand der Versuchung, sich umzudrehen. Farlan hatte sie zwar gehorsam hierhergebracht, war aber zurückgefallen, kaum dass sie das Gebäude betreten hatte. Ihm war keine entsprechende Bemerkung entschlüpft, aber Pia war trotzdem relativ sicher, ihm keinen Gefallen zu tun, wenn sie dem Anführer der Schattenelben verriet, wer sie hierhergebracht hatte.

»Das mit dem verdammten Klepper würde ich nicht zu laut sagen«, sagte Pia. »Flammenhuf ist nämlich ein verdammt *cleverer* Klepper, weißt du?«

Sie ging an Alica vorbei, warf das lederne Geschirr demonstrativ über die Schulter und streckte aus derselben Bewegung heraus die Hand aus und tätschelte den Hals des weißen Hengstes. Flammenhuf schnaubte und begann den Kopf an ihrer Schulter zu reiben, sodass sie im allerersten Moment fast um ihr Gleichgewicht kämpfen musste. Alicas Augen wurden noch schmaler, und Pia rief sich selbst in Gedanken zur Ordnung. Schadenfreude hin oder her, sie sollte den Bogen besser nicht überspannen. Alica war nicht zum Spaß hierhergekommen.

»Was ist hier los?«, fragte sie geradeheraus und in verändertem Ton.

»Frag das doch dieses zu groß geratene Brauereipferd!«, fauchte Alica. »Ich wollte nur –«

Eirann unterbrach sie, indem er ein einzelnes Wort in einer Sprache sagte, die Pia nicht verstand, und Alicas Zorn schien sich nun ganz auf ihn zu fokussieren. Allerdings nur für eine einzelne Sekunde, dann antwortete sie mit einer ruppigen Bemerkung in derselben Sprache und wandte sich anschließend mit finsterem Gesicht an Pia.

»Ich brauche ihn«, sagte sie.»Aber der feine Herr lässt anscheinend plötzlich nicht mehr jeden aufsteigen.«

»Tust du doch auch nicht, oder?«

Alica überging die Bemerkung. »Ich hatte bisher kein Problem damit, auf ihm zu reiten«, sagte sie, »und er nicht mit mir. Und ausgerechnet jetzt, wo ich ihn wirklich brauche, führt er sich auf wie verrückt!«

»Wofür?«, fragte Pia.

»Wofür was?«

»Stell dich nicht dumm«, erwiderte Pia. »Wozu brauchst du ihn?«

»Muss ich Euch das sagen, Erhabene?«, gab Alica schnippisch zurück. »Ich wusste gar nicht, dass Flammenhuf dein Eigentum ist.«

»Er gehört niemandem«, antwortete Pia. Flammenhuf schnaubte zustimmend. »Also kann er sich auch aussuchen, wen er auf sich reiten lässt.«

»Tja, und seit die erhabene Prinzessin Gaylen zurück ist, lässt er gewöhnliche Sterbliche wie mich nicht einmal mehr in seine Nähe«, fauchte Alica.

Pia setzte zu einer noch schärferen Antwort an, und Eirann sagte noch einmal dasselbe unverständliche Wort, mit dem er Alica schon einmal zum Schweigen gebracht hatte, und deutete diesmal direkt auf sie. Alica wirkte kein bisschen weniger verstimmt, bedeutete ihr jedoch mit einer raschen Geste, zu schweigen. Sie zündete sich einen ihrer schwarzen Zigarillos an, bevor sie weitersprach.

»Ich muss in den Norden. Etwas überprüfen.«

»Was?«

Alica druckste noch einen Moment herum und warf einen fast Hilfe suchenden Blick in Eiranns Gesicht, den dieser allerdings wie üblich einfach an sich abprallen ließ.

»Heute Morgen kam ein Händler aus dem Norden«, begann Alica nach einem ersten, sehr tiefen Zug aus ihrem Zigarillo. Sie verdrehte so genießerisch die Augen, als wäre es der erste, den sie seit Tagen bekam. »Ich fürchte, wir bekommen Probleme.«

»Welche?«, fragte Pia. Zur Abwechslung einmal Probleme? Warum eigentlich nicht, wo das Leben hier doch nur aus so endloser Langeweile bestand!

»Tormans Heer«, antwortete Eirann an Alicas Stelle. »Es nähert sich uns aus dem Norden.«

»Und das ist neu?«

Eirann verneinte. »Sie waren schon seit einer ganzen Weile unterwegs, um die Städte an der Küste zu sichern.«

»Waren«, wiederholte Pia. Warum beunruhigte sie dieses Wort so sehr?

»Sie haben die Richtung geändert, jedenfalls behauptet das der Händler. Wie es aussieht, ziehen sie jetzt genau in unsere Richtung.«

»Und dieser Händler ist vertrauenswürdig?«, fragte Pia.

»Soweit irgendein Händler auf dieser oder irgendeiner anderen Welt vertrauenswürdig ist«, antwortete Alica, bevor Eirann es tun konnte. »Aber wir kennen ihn seit Jahren, und er hat immer gut an uns verdient.«

»Vielleicht zahlt Schwert Torman ja besser«, sagte Pia.

»Und deshalb warnt er uns vor ihm?« Alica schüttelte den Kopf und sog so heftig an ihrem Zigarillo, dass ihr Gesicht fast völlig hinter süßlich riechenden grauen Nebelschwaden verschwand.

»Wenn er wirklich die Seiten gewechselt hätte, so bräuchte er nur nichts zu tun«, pflichtete Eirann ihr bei. »Wir wissen noch nichts Genaues, aber es sieht so aus, als hätten sie ihre Taktik geändert und suchten jetzt die offene Konfrontation mit uns … und mit Kukulkans Volk.«

»Und das würdet ihr zutiefst bedauern, nehme ich an. Wo ihr doch so gute Freunde seid.«

»Das Volk der Großen Schlange und wir werden niemals Freunde werden, fürchte ich«, antwortete Eirann ernst. »Doch sie haben uns freundlich aufgenommen und uns Schutz und Unterkunft gewährt, trotz allem, was unser Volk ihnen in der Vergangenheit angetan hat. Es ist nicht unsere Art, Freundlichkeit mit Verrat zu vergelten.«

»Verrat?«

»Eirann übertreibt, wie üblich«, sagte Alica. »Noch ist gar nicht klar, dass Torman überhaupt auf dem Weg hierher ist.« Sie sog nervös und so heftig an ihrem Zigarillo, dass sein Ende in grellem Rot aufglühte und Pia ein eisiges Schaudern verspürte, denn der Anblick erinnerte sie auf unheimliche Weise an das rote Dämonenauge, das sie von der Spitze der Pyramide herab angestarrt hatte. Flammenhuf schnaubte protestierend, als der süßliche Qualm in seine Richtung trieb und seine empfindlichen Nüstern beleidigte. »Ich persönlich glaube ja eher, dass er im respektvollen Abstand an uns vorbeizieht, um die Küste zu sichern. Er würde sich hüten, Chicken Pizza anzugreifen.«

»Warum?«

Alica machte ein abfälliges Geräusch. »Hast du dich hier mal umgesehen?« Sie schüttelte heftig den Kopf, um ihre eigene Frage zu beantworten. »Nein, hast du natürlich nicht. Du hast es ja vorgezogen, dich in beleidigtes Schweigen zu hüllen und keinen Fuß vor die Tür zu setzen. Aber hättest du es getan, dann wäre dir vielleicht aufgefallen, wie viele Männer Kukulkan hier zusammengezogen hat. Ich habe keine Ahnung, wie groß Tormans Heer ist. Aber ganz egal, wie groß es auch sein mag, es ist auf jeden Fall nicht groß genug. Diese Stadt ist eine Festung, Liebes.

Nicht einmal Nandes und seine Orks würden es wagen, uns hier anzugreifen.«

»Warum dann die Aufregung?«, fragte Pia.

»Weil uns die Anwesenheit von ein paar tausend Elbenkriegern in unserem Rücken ein ganz kleines bisschen beunruhigt?«, schlug Alica vor. Sie lachte hart. »Außerdem bin ich nicht aufgeregt. Aber jemand sollte trotzdem nachsehen, was unser alter Freund Schwert Torman so treibt.«

»Schwert Torman?«, fragte eine Stimme hinter ihr. »Wer soll das sein?«

Pia fuhr so erschrocken herum, dass auch Flammenhuf zusammenzuckte und sie mit einer seiner riesigen Schwingen um ein Haar von den Beinen gerissen hätte. Im letzten Moment klammerte sie sich an derselben Schwinge fest, die ihr fast zum Verhängnis geworden wäre, und fand sowohl ihr Gleichgewicht als auch ihre Fassung wieder. Na ja … einigermaßen.

»Jesus?«, murmelte sie. »Aber was …?«

»… machst du denn hier?«, führte Alica den Satz zu Ende. Ihr Gesicht war noch immer hinter einer grauen Nebelwolke verborgen, aber Pia konnte ihr ihr Erstaunen deutlich anhören. Oder war es Erschrecken?

»Zuallererst einmal warte ich auf eine Antwort auf meine Frage«, antwortete Jesus ungewohnt gereizt. »Wer oder was ist *Schwert* Torman?«

»Niemand, den du kennenlernen willst, glaub mir«, antwortete Alica. Auf ihre Art klang sie genauso unwillig wie er, und auch Eirann wirkte deutlich angespannter als noch vor einem Augenblick. Seine Hand lag auf dem Schwert an seiner Seite, und Pia fragte sich, ob das wirklich nur Zufall war. »Und ich wiederhole meine Frage gerne auch: Was zum Teufel *tust du* hier? Ich dachte, du liegst in einem weichen Bett und lässt dich von meinen beiden Dienerinnen verwöhnen.«

»Während Pia wieder einmal Kopf und Kragen riskiert, um dich von irgendeiner Dummheit abzuhalten?«, fragte Jesus.

»Wieder einmal?«, ächzte Alica. »Was soll denn das heißen? Wann musste mich jemals ir…«

»Woher weißt du, dass wir hier sind?«, fragte Eirann scharf.

»Das spielt überhaupt keine Rolle«, sagte Pia hastig und in strafendem Ton direkt an Jesus gewandt. Sie bildete sich nicht wirklich ein, Eiranns Misstrauen auf diese Weise auch nur für eine Sekunde besänftigen zu können, aber man konnte es ja schließlich einmal versuchen … »Alica hat völlig recht. Was zum Teufel tust du hier? Ich dachte, ich hätte dir gesagt, dass du dich ausruhen sollst. Ich kann keinen Bodyguard gebrauchen, der bei der ersten Anstrengung aus den Latschen kippt.«

»Ich habe noch nicht Ja gesagt«, antwortete Jesus zwar, ließ Alica aber keinen Sekundenbruchteil aus den Augen. »Also? *Schwert* Torman? Wer oder was soll das sein?«

»Der Kriegsherr von Elfenborg«, antwortete Eirann, bevor Alica oder Pia es tun konnten.

»*Schwert*?«

»Das ist bei ihnen so«, sagte Alica und paffte eine weitere graue Wolke in ihre Richtung. »Zu Hause bei euch würdest du ihn einen General nennen. Oder einen …« Sie schien einen Moment nach dem richtigen Wort zu suchen und hob schließlich die Schultern. » … Major oder Hauptmann oder sonst was. Ich kenne mich mit so was nicht aus.« Sie machte eine Geste zu Eirann, der inzwischen immerhin die Hand vom Schwert genommen hatte, aber noch immer genauso misstrauisch aussah wie zuvor. »Eirann hier ist Schild, das kommt gleich unter Schwert. Aber jetzt frag mich nicht, was es genau bedeutet.«

»Du meinst, das sind ihre militärischen Ränge«, schloss Jesus.

Alica nickte nur, aber Pia musste sich beherrschen, um ihn nicht schon wieder erstaunt anzustarren. Nein – das war *ganz eindeutig* nicht mehr derselbe Jesus, den sie aus dem Krankenhaus in Rio befreit hatte.

»Ja, so ungefähr«, seufzte Alica. »Ich habe dir von den Schattenelben aus Elfenborg erzählt.«

»Denen, die WeißWald angegriffen haben?«

»Schwert Torman hat diesen Angriff geleitet«, sagte Eirann.

Jesus nickte. Dann sah er Pia an. »Der Kerl, der dich hat foltern lassen.«

Pia antwortete nicht gleich und sie tat es auch erst, nachdem sie Alica einen zornigen Blick zugeworfen hatte. Hatte sie ihm das *unbedingt* erzählen müssen? »Nein«, sagte sie dann auch. »Wenn man es genau nimmt, dann hat er es beendet.«

»Na, dann scheint er ja ein richtig guter Freund zu sein, wie?«, gab Jesus mit einem durch und durch humorlosen Grinsen zurück.

»Schwert Torman ist niemandes Freund«, antwortete Eirann ruhig. »Er kann ein zuverlässiger Verbündeter sein, aber auch ein schrecklicher Feind, wenn man auf der falschen Seite steht.«

»Du scheinst ihn ja gut zu kennen«, grollte Jesus.

»Ich habe in seinem Heer gedient«, bestätigte Eirann. »Ich war bei dem Angriff auf WeißWald dabei.«

»Du warst –?«, ächzte Jesus, und Eirann fuhr fort, als hätte er ihn niemals unterbrochen:

»Und ich bedauere zutiefst, was geschehen ist. Aber ich kenne Schwert Torman besser als die meisten hier. Es ist unbedingt notwendig, dass wir herausfinden, was er plant.« Er machte eine Geste zu dem Pegasus, die Flammenhuf mit einem Schnauben quittierte, von dem Pia nicht sagen konnte, ob es zustimmend oder eher abfällig klang. »Deshalb ist es unbedingt notwendig, dass wir erfahren, was er plant und wohin sein Heer zieht. Wir haben Kundschafter ausgeschickt, aber bis sie zurück sind, könnte es zu spät sein.«

»Zu spät wofür?« Pia hätte in diesem Moment nicht einmal sagen können, wer diese Frage gestellt hatte: Jesus oder sie.

»Falls er tatsächlich einen Angriff plant«, sagte Eirann. »Ich glaube es genauso wenig wie die geehrte Alischa, aber ich habe gelernt, nicht zu glauben, wenn ich etwas wissen kann.«

»Warum bist du dann noch hier?«, fragte Jesus. Diplomatie war noch nie seine Stärke gewesen.

»Weil Flammenhuf niemals einen Elben auf seinem Rücken dulden würde«, sagte Alica. »Und schon gar keinen *Schatten*elben. Es ist schon ein großes Kompliment, dass er ihn überhaupt in seinem Stall duldet. Deswegen wollte ich ja gehen.«

»Und?«, erkundigte sich Jesus.

Statt zu antworten, schnippte Alica ihren Zigarillo aus dem Fenster und tat lediglich so, als wollte sie sich dem Pegasus nähern. Flammenhuf bleckte die Zähne, scharrte mit den Vorderhufen und gab tatsächlich einen Laut von sich, der ein wenig an das Knurren eines wütenden Hundes erinnerte, und Alica war klug genug, die Bewegung nicht zu Ende zu führen.

»Deshalb«, sagte sie.

Jesus machte ein fragendes Gesicht.

»Er duldet niemanden in seiner Nähe, seit du zurück bist, Liebes«, fuhr Alica zu Pia gewandt fort. »Frag mich nicht, warum, aber es ist nun mal so.«

Tief in sich drin kannte sie die Antwort, aber auf einer Ebene, die sich jedem Versuch einer Artikulation entzog. Und sie wusste genauso sicher, was sie nun tun musste. Und warum.

»Das meinst du jetzt nicht ernst!«, ächzte Jesus. Pia sah ihn ein bisschen irritiert an. Sie konnte sich nicht erinnern, irgendetwas gesagt zu haben. Konnte dieser neue Jesus jetzt auch schon Gedanken lesen?

»Man sieht dir an, was du vorhast, Pia«, sagte Jesus, als hätte er auch diesen Gedanken gehört. »Das kommt überhaupt nicht infrage, keine Chance.«

»Ich habe nicht vor, Schwert Torman zum Zweikampf herauszufordern«, sagte sie.

Jesus' Antwort bestand nur aus einem abfälligen Schnauben, und Alica fügte hinzu: »Das hätte auch wenig Sinn, Erhabene – auch wenn ich weiß, wie gut Ihr mit dem Schwert umzugehen wisst.«

Jesus sah sie schon wieder ebenso misstrauisch wie verständnislos an, und Pia nahm sich nun fest vor, bei nächster Gelegenheit ein sehr ernstes Gespräch mit Alica zu führen; zum Beispiel über die Frage, ob Jesus nun wirklich *alles* wissen musste, was während ihrer Zeit in WeißWald geschehen war. »Mit ein bisschen Glück ist es auch gar nicht nötig, dass irgendjemand die Klinge mit ihm oder seinen Kriegern kreuzt. Wahrscheinlich wissen sie nicht einmal, dass wir hier sind.«

»Dann ist es ja auch nicht nötig, dass Pia sich in Gefahr begibt«, beharrte Jesus,

»Es wäre keine Gefahr«, sagte Eirann. Zum allerersten Mal, seit Pia ihn kennengelernt hatte, schien es ihm schwerzufallen, ihr direkt in die Augen zu sehen. »Aber es wäre wichtig zu wissen, wohin sich Schwert Tormans Truppen wenden.« Er deutete auf den Pegasus. »Flammenhuf fliegt hoch. Ihr würdet alles sehen, ohne selbst gesehen zu werden, und Ihr könntet vor Einbruch der Nacht zurück sein.«

»Das kommt ja überhaupt nicht infrage!«, begann Jesus aufgebracht, und Eirann ignorierte ihn auch jetzt wieder und fuhr mit einer angedeuteten Verbeugung fort: »Ich weiß, dass es mir nicht zusteht, Euch darum zu bitten, Erhabene, aber es wäre wirklich von großer Wichtigkeit.« Flammenhuf schnaubte zustimmend.

»Das kommt überhaupt nicht infrage«, wiederholte Jesus, und jetzt war er es, der den Elbenkrieger mit einer ärgerlichen Bewegung zum Schweigen brachte, als er antworten wollte. »Ich weiß nicht genau, was hier los ist«, sagte er, »oder was das alles zu bedeuten hat. Ich weiß nicht einmal genau, wer du bist, Spitzohr. Aber ich werde bestimmt nicht zulassen, dass sich Prinzessin Gaylen in Gefahr begibt, nur weil du oder irgendjemand sonst es für *wichtig* hält.«

Ob sich Jesus eigentlich darüber im Klaren war, dass er mit seinem Leben spielte?, fragte sich Pia. Sie hatte Eirann selbst nur einige wenige Male gesehen und zusammengenommen vielleicht ein Dutzend Sätze mit ihm gewechselt, aber sie kannte Schwert Torman und sie hatte genug über das Volk der Elben und ihre übersteigerte Vorstellung von Ehre und Stolz gehört, um zu wissen, dass Jesus mit dem Feuer spielte. Und sich mehr verbrennen konnte als nur die Finger.

Eirann reagierte jedoch gar nicht. Er sah Jesus nur vollkommen ausdruckslos an, und seine Hand zog sich sogar vom Schwertgriff zurück.

»Natürlich ist es ganz allein die Entscheidung der erhabenen Gaylen«, sagte er nur.

»Ich glaube nicht –«, begann Jesus, und Pia unterbrach ihn:

»– dass wir uns darüber streiten sollten. So schnell geht es sowieso nicht.« Sie machte eine Geste mit beiden Händen an sich herab. »So kann ich ja wohl schlecht aufbrechen, oder? Also lasst uns zurück ins Haus gehen und in aller Ruhe darüber reden. Und zwar wie halbwegs zivilisierte Menschen, wenn es möglich ist.«

Eirann reagierte überhaupt nicht. Alica verdrehte die Augen und murmelte etwas, was niemand verstand und auch nicht verstehen sollte. Jesus rang sich zwar schließlich zu einem Nicken durch, aber er wäre nicht er gewesen, hätte er nicht mit einem schrägen Blick auf Eirann hinzugefügt: »Menschen?«

Sie hätte erwartet, dass es hier oben, um so vieles näher bei der Sonne, wärmer war, aber das genaue Gegenteil war der Fall. Zum ersten Mal, seit Flammenhuf sie im Dschungel abgeworfen hatte, wünschte sie sich ihren Polaranzug zurück. Es war nicht so kalt, dass sie ernsthaft in Gefahr gewesen wäre, sich Erfrierungen zuzuziehen oder irgendeinen anderen bleibenden Schaden davonzutragen, aber kalt genug, um sie mit den Zähnen klappern zu lassen und ihren Atem in weißen Nebel vor ihrem Gesicht zu verwandeln ... auch wenn sie das nur vermutete, denn der rasende Wind schleuderte die Luft viel zu schnell an ihr vorbei, um irgendetwas davon zu sehen. Selbst der gewaltige Pegasus schien seinen rasselnden Atemzügen nach zu schließen, Probleme mit der dünnen Luft zu haben und natürlich mit der Kälte. Aber warum sollte es ihm auch besser gehen als ihr?

Pia klapperte ununterbrochen mit den Zähnen, und auch

wenn es in Wahrheit nicht so war, so bildete sie sich doch zumindest ein, dass ihre Finger längst mit Flammenhufs weißer Mähne zusammengefroren sein mussten, in die sie sich in Ermangelung eines Zügels gekrallt hatten. Wenn sie zurück in der Stadt war, dachte sie spöttisch, dann würde sie achtgeben müssen, dass sie nicht abbrachen – oder sie einfach zur Gänze zersplitterte wie eine Eisskulptur, die von einem Hammerschlag getroffen wurde.

Aber das würde Jesus zumindest die Mühe ersparen, sie umzubringen – was er ganz gewiss tun würde, wenn sie lebendig zurückkam.

Pia schüttelte diesen ebenso albernen wie auch leicht beunruhigenden Gedanken ab und versuchte zumindest, Kälte und Atemnot Paroli zu bieten, indem sie sich auf die zu Spielzeuggröße zusammengeschrumpfte Landschaft konzentrierte, die gefühlte hundert Meilen unter ihr entlangzog. In Wahrheit war es vielleicht eine oder auch zwei – eben gerade hoch genug, um die dünne Luft und die niedrigen Temperaturen wirklich unangenehm werden zu lassen – aber längst nicht hoch genug, um vom Boden aus wirklich unsichtbar zu sein. Eirann hatte ihr glaubhaft versichert, dass es in Schwert Tormans Heer keine Waffe gab, die sie hier oben erreichen konnte, und dass der Schattenelb mit Ausnahme seiner Raben auch über nichts gebot, was flog. Sie glaubte ihm. Aber sie fühlte sich dennoch unbehaglich. Ungefähr so, als hätte ihr Alica zum Abschied eine große Zielscheibe auf Brust und Rücken ihres weißen Gewandes gestickt.

Pia würgte auch diesen Gedanken ab, bevor er von etwas Albernem zu etwas werden konnte, was ihr wirklich zu schaffen machte, löste behutsam die linke Hand aus Flammenhufs Mähne (ihre Knöchel knirschten tatsächlich leise, als sie sie bewegte, und taten auch weh) und fuhr sich mit dem Handrücken über die Augen, um die Tränen wegzuwischen, die der eisige Flugwind hineingetrieben hatte. Es wurde ein wenig besser, wenn auch nicht so sehr, wie sie es sich gewünscht hätte, doch immerhin gerann das grau-grüne Durcheinander tief unter ihr jetzt zu einer Landschaft, in der sich endloser grüner Dschungel mit Savannen und zerklüfteten Tälern abwechselte und die vom silbernen Band eines schmalen, aber so reißenden Flusses geteilt wurde, dass an eine Überquerung nicht einmal zu denken war. Eirann hatte ihr erklärt, dass dieser Fluss die letzte natürliche Festung war, die die Stadt im Norden beschützte, und dass es im Umkreis von vier oder fünf Tagesreisen nur eine einzige Möglichkeit gab, ihn zu überqueren. Wenn sie Tormans Heer fand, dann dort.

Und sie hoffte, es nicht zu finden.

Diese Furt war mehr als nur eine seichte Stelle, an der ein ganzes Heer den ansonsten unpassierbaren Fluss queren konnte. Taten sie es, dann gab es eigentlich nur noch eine einzige Richtung, in die sie sich von hier aus wenden konnten, nämlich direkt auf Chichen Itza zu. *Das* hatte Eirann ihr nicht gesagt, aber es war auch nicht notwendig gewesen. Sie war schließlich nicht blind. Flammenhuf jagte jetzt seit guten zwei oder vielleicht auch schon drei Stunden schnell wie ein Pfeil nach Norden, und die größte menschliche Ansiedlung, die sie in dieser Zeit gesehen hatte, war eine Ansammlung ärmlicher Hütten gewesen, die kaum die Bezeichnung Dorf verdiente, von dem Wort *Stadt* gar nicht zu reden. Zwischen der Furt und Chichen Itza lag nichts, was auch nur der Mühe wert gewesen wäre, den Fluss zu überqueren.

Oder vielleicht doch. Als wäre dieser Gedanke ein Stichwort gewesen, meinte sie weit vor sich eine Trübung der Luft zu erkennen; vielleicht Rauch, vielleicht auch die Staubwolke, die den Weg eines wirklich großen Heeres markierte, wie Schwert Torman es anführte. Pia erschrak ein bisschen. Nach allem, was Eirann und Alica ihr gesagt hatten, hätte sie frühestens in einer Stunde damit gerechnet auf das Heer der Schattenelben zu stoßen. Aber es war auch schwer, hier oben das genaue Verstreichen der Zeit zu schätzen. Ein paarmal hatte sie versucht, zur Sonne hinaufzublinzeln und die Tageszeit an ihrem Stand zu erraten, aber sie war noch nie gut in so etwas gewesen. Ihre Chancen auf eine Ehrenmitgliedschaft bei den Pfadfindern waren noch niemals besonders hoch gewesen.

Dennoch: Es war zu früh. Waren die Truppen aus Elfenborg schon so nahe?

Sie erteilte Flammenhuf einen nur gedachten Befehl und wunderte sich nicht einmal darüber, dass er ihn befolgte und gehorsam an Höhe zu verlieren begann. Aus dem Flimmern und dem Eindruck reiner Bewegung irgendwo vor ihnen wurde grauer Rauch, der sich über eine Ansammlung derselben eckigen Gebäude erhob, aus denen auch Chichen Itza zum allergrößten Teil bestand. Auf dem ersten Stück – sicherlich fünfhundert Meter, wenn nicht mehr – stieg er vollkommen gerade in die Höhe, bevor er von einer stärker bewegten Luftschicht erfasst und auseinandergetrieben wurde; derselben unsichtbaren Grenze eisiger Kälte, durch die sie seit Stunden flogen. Pia ließ den Pegasus tiefer sinken, und die vage Hoffnung, die sie kaum in Gedanken klar zu formulieren gewagt hatte, schon aus der absurden Angst heraus, das Schicksal damit zu provozieren, erfüllte sich. Es wurde wärmer. Sie verlor die Stadt und den dahinterliegenden Fluss auf diese Weise zum Großteil aus den Augen, hatte aber wenigstens nicht mehr das Gefühl, bei lebendigem Leibe tiefgekühlt zu werden, was diesen kleinen Nachteil leicht wieder wettmachte.

Auch Flammenhuf genoss die viel zu lange vermisste Wärme sichtlich. Es vergingen nur wenige Augenblicke, bis sie regelrecht spüren konnte, wie seine Bewegungen geschmeidiger wurden und sein Flügelschlag kraftvoller. Die Stadt wurde jetzt rasch größer, sodass sie bald einzelne Gebäude und große Plätze ausmachen konnte, zwischen denen sich die so charakteristischen schnurgeraden und säuberlich gepflasterten Straßen dahinzogen. Genau wie Chichen Itza wirkte auch diese Ansiedlung im gleichen Maße auf fast unheimliche Weise vertraut und auch so fremd, wie es nur ging. Vertraut, weil sie Gebäude wie diese (wenn auch zumeist nur als Ruinen) unzählige Male auf Fotografien und ein- oder zweimal auch in der Realität gesehen hatte, und zugleich vollkommen falsch, denn diese Häuser hier waren in schreiend bunten Farben bemalt und schmückten sich mit Wimpeln und Fahnen und großen, mit fröhlichen Mustern verzierten Stoffbahnen, die ihre Bewohner aus keinem anderen Grund angebracht hatten, als sich an ihnen zu erfreuen.

Was sie nicht sah, waren Menschen.

Es verging noch ein Moment, bis es ihr wirklich auffiel, dann aber traf sie die Erkenntnis mit umso größerer Wucht. Nirgends rührte sich etwas. Die breiten Straßen waren leer. Kein einziger Mensch, kein Tier, nichts Lebendiges war zu sehen, weder aus der Entfernung noch als sie näher kamen und Flammenhuf allmählich weiter an Höhe und auch Geschwindigkeit verlor; diesmal, ohne dass sie ihm einen entsprechenden Befehl auch nur in Gedanken hätte erteilen müssen.

Dafür sah sie jetzt, woher der Rauch kam. Es waren keine Feuer, die die Bewohner dieser Stadt angezündet hatten, um ihr Essen zuzubereiten, Metall zu schmieden oder Wäsche zu waschen. Es war die Stadt, die brannte. Etliche Dächer, die sie aus der Höhe sehen konnte, waren eingestürzt, aus vielen Fenster- und Türöffnungen quoll fettiger, schwarzer Rauch, und schon das erste Gebäude, das sich hinter der (eher symbolischen, denn sie war nicht einmal einen Meter hoch) Stadtmauer erhob, war zur Hälfte eingestürzt und bestand nur mehr aus zwei Wänden und einer gewaltigen Menge Schutt, in der es überall noch glühte und qualmte.

Pia war viel zu erschrocken und verwirrt, um tatsächlich Angst zu haben; sie empfand allenfalls so etwas wie eine nagende Beunruhigung, die aber durchaus das Potenzial hatte, zu mehr zu werden. Lautlos wies sie den Pegasus an, noch einmal weiterzusinken, unternahm aber keinen Versuch, irgendwo in oder vor der Stadt zu landen, sondern flog in drei weit ausholenden, langsamen Schleifen darüber hinweg. Das machte es nicht besser. Auch bei ihrem dritten Überflug sah sie nicht einmal eine Spur von Leben, weder menschlichem noch tierischem – was vielleicht das

Allerschlimmste war. Abgesehen von Indios und einigen wenigen Gestalten in schwarzen Rüstungen und mit spitzen Ohren wimmelte es in Chichen Itza nur so von Tieren: Hunden, Katzen, Ziegen und noch viel bizarrerem Viehzeug. Kukulkans Volk musste entweder ausgesprochen tierlieb sein oder es liebte es, mit seinem Abendessen zusammenzuleben, bis es auf dem Teller landete. Hier rührte sich gar nichts. Die einzige Bewegung, die sie sah, war der Rauch.

Pia flog ein viertes und sogar noch ein fünftes Mal über die menschenleere Stadt hinweg, bevor sie sich schließlich schweren Herzens entschloss, nicht zu landen, sondern ihren Weg fortzusetzen. Sie hatte kein gutes Gefühl dabei. Irgendetwas Schlimmes war hier geschehen, und der Rauch und die immer noch glimmende Glut bewiesen, dass es noch nicht besonders lang her sein konnte; ein paar Stunden, wenn überhaupt. Sie sollte nachsehen, was genau hier geschehen war, um Eirann später davon zu berichten. Es konnte sich als wichtig erweisen.

Aber das war nur das, was ihr Verstand ihr sagte. Da war noch eine andere und zumindest im Moment sehr viel mächtigere Stimme in ihr, die darauf beharrte, dass sie von hier verschwinden sollte, so schnell (und solange) sie es noch konnte, und als hätte Flammenhuf diesen Gedanken gelesen und kurzerhand als Befehl interpretiert, katapultierte er sich mit einem einzigen gewaltigen Flügelschlag wieder in die Höhe, und dann waren sie auch schon wieder auf dem Weg nach Norden, um nach Tormans Armee Ausschau zu halten. Eigentlich sollte sie jetzt verärgert sein. Sie hatte wirklich das Gefühl, dass es wichtig sein konnte, das Geheimnis dieser toten Stadt zu lüften, und sie hatte Flammenhuf ganz eindeutig *nicht* angewiesen, weiterzufliegen.

Aber sie war einfach nur erleichtert.

Flammenhuf gewann rasch wieder an Höhe, durchbrach erneut die unsichtbare Grenze, über der die grausame Kälte auf sie wartete, und wandte sich dann ein wenig in westliche Richtung, sodass sie den Fluss überquerten und eine geraume Weile über einförmigen grünen Dschungel flogen, bis es endlich weit vor ihnen wieder silbern aufblitzte.

Pia nahm alles zurück, was sie in den letzten Minuten über den Pegasus gedacht hatte. Eirann hatte ihr erzählt, dass der Fluss kurz vor der Furt einen großen Bogen beschrieb (sie hatte es schlichtweg vergessen), und der Pegasus hatte diesen Bogen kurzerhand abgeschnitten. Flammenhuf hatte entweder besser zugehört als sie, oder er kannte sich hier wirklich gut aus. Pia hätte nicht sagen können, welcher Gedanke sie mehr irritierte.

Der Pegasus stieg noch einmal höher, und es wurde noch einmal kälter, sodass sie schon wieder mit den Zähnen zu klappern begann. Der Fluss kam näher, wurde aber nicht breiter, weil der Pegasus immer noch höherstieg, und gerade als sie glaubte, die Kälte nun wirklich nicht mehr ertragen zu können, sah sie auch, warum das so war: Diesmal war es ganz eindeutig die Staubwolke eines ziehenden Heeres, die sie ein gutes Stück jenseits des Flusses gewahrte.

Eines gewaltigen Heeres, wie sie schon von Weitem erkannte und noch bevor sie den Fluss ein weiteres Mal überquerte. Aus so großer Höhe war es schwer, Entfernungen oder gar Zahlen zu schätzen, aber das Heer musste sich schon viele Meilen vom Fluss entfernt haben, und seine Zahl ging in die Tausende, ein gewaltiger, glitzernd-schwarzer Wurm, der aus zahllosen in schwarzes Eisen gehüllten Gestalten auf gepanzerten Pferden bestand. Flammenhuf näherte sich dem Tross von hinten und nicht nur in so großer Höhe, dass auch die scharfen Augen eines Schattenelben wohl keine Chance hatten, sie zu entdecken, sondern auch direkt aus Richtung der Sonne, sodass sie es wagte ihn anzuweisen, vorsichtig ein Stück tiefer zu gehen, damit sie mehr Einzelheiten erkennen konnte.

Stattdessen schoss der Pegasus mit einem gewaltigen Flügelschlag noch einmal und so schnell in die Höhe, dass Pia einen erschrockenen Schrei ausstieß, machte dann einen blitzschnellen Schwenk zur Seite und schoss mit angelegten Flügeln wie ein angreifender Raubvogel nach unten. Pia bekam gar nicht richtig mit, was geschah. Flammenhufs Vorderläufe schlugen aus, und vielleicht schnappten auch seine Zähne zu, und dann rasten sie durch eine wahre Explosion aus schwarzem Gefieder und Blut und zerbrochenen Knochen, und Flammenhuf kippte abermals auf die Seite und schlug noch einmal mit den Flügeln, um wieder an Höhe zu gewinnen. Das alles dauerte weniger als zwei Sekunden. Danach hatte Schwert Torman keine Augen mehr am Himmel. Pia glaubte nicht, dass die beiden Raben den Pegasus auch nur *gesehen* hatten, so schnell, wie alles gegangen war.

Flammenhuf nahm wieder seine ursprüngliche Flughöhe ein und schwenkte herum, um sich dem Heer erneut aus der Sonne heraus zu nähern, und für einen kurzen Moment kam der Fluss noch einmal in Sicht. Etwas blitzte silbern und grell auf, wo sich das Licht auf den Wellen brach, und irgendetwas daran erweckte ihre Aufmerksamkeit. Sie konnte nicht genau sagen, was, aber es war befremdlich genug, dass sie sich noch einmal auf Flammenhufs Rücken herumdrehte und angestrengt in die entsprechende Richtung sah. Einzelheiten konnte sie immer noch nicht erkennen, aber jetzt war da auch noch etwas Weißes, und eine vage Andeutung von Bewegung.

Pia kam zu dem Schluss, dass ihr das Heer nicht davonlaufen würde, machte kehrt und flog zum Fluss zurück. Trotz der allmählich wirklich grausam werdenden Kälte behielt sie die Höhe bei, um sich erst einmal einen Überblick zu verschaffen.

Wie sie vermutet hatte, handelte es sich um die Furt, an der Tormans Heer den Fluss überquert hatte, eine seichte Stelle, an der das Wasser kaum wadentief war und der sich ein Gewirr von scharfkantigen Felsen und umso reißenderen Stromschnellen und Wirbeln anschloss.

Womit sie nicht gerechnet hatte, waren die Toten.

Pia sah sie nicht auf Anhieb, denn sie ließ Flammenhuf mehrmals und in großer Höhe über der Furt kreisen, um auch ganz sicherzugehen, dass niemand sie beobachtete. Erst als sie halbwegs sicher war, dass Torman keine Wachen zurückgelassen zu haben schien, um die Furt zu beobachten (oder diese sich zu gut verbargen, um gesehen zu werden), ging sie allmählich tiefer. Das Blitzen und Funkeln unter den Wellen war noch immer da, Metall oder Glas, das das Sonnenlicht reflektierte, aber sie musste noch einmal ein gutes Stück weiter nach unten, bevor sie die ersten reglosen Körper im Wasser gewahrte.

Es waren Elben, Männer in schwarzen Rüstungen und mit spitzen Helmen, aber auch gepanzerte Pferde, die über ihren Reitern zusammengebrochen waren und mit verdrehten Gliedern im seichten Wasser lagen.

So unterschiedlich die Bilder auch waren, so sehr erinnerte sie der Anblick an die verwüstete Stadt, über die sie vorhin geflogen waren, und so war sie noch viel vorsichtiger, indem sie drei weitere komplette Kreise über dem Fluss beschrieb, bevor sie Flammenhuf schließlich in der Mitte der Furt landen ließ und damit so weit von beiden Ufern entfernt war, wie es überhaupt möglich war.

Der Pegasus schnaubte unruhig und bewegte nervös Kopf und Ohren hin und her. Pia konnte spüren, wie wenig ihm die Situation behagte, und ihr selbst erging es kaum besser. Nirgendwo regte sich etwas, aber sie war auch ziemlich sicher, dass sie es gespürt hätte, hätte sie jemand beobachtet. Dennoch schrie alles in ihr danach, so schnell von hier zu verschwinden, wie sie nur konnte.

Stattdessen schwang sie sich von Flammenhufs Rücken und sog scharf die Luft zwischen den Zähnen ein, als sie spürte, wie eisig das Wasser war. Es war zudem nicht nur ein gutes Stück tiefer, als es von oben ausgesehen hatte, sondern auch so reißend, dass sie eine Menge Kraft aufwenden musste, um sich auf den Beinen zu halten.

Zögernd näherte sie sich dem ersten Toten. Der Elb hatte seinen Helm verloren und lag mit dem Gesicht nach unten im Wasser. Das Gewicht seiner Rüstung hielt ihn nicht nur am

Flussgrund fest, sondern machte es Pia auch fast unmöglich, ihn auf den Rücken zu drehen. Unter Aufbietung aller Kräfte (und indem sie praktisch ein Vollbad im eisigen Wasser nahm) gelang es ihr trotzdem, und sie erlebte eine Überraschung.

Sie war auf Schlimmes gefasst gewesen, aber der Krieger wies kaum eine sichtbare Verletzung auf. Sein Gesicht war zerschrammt, was aber wohl eher an den scharfkantigen Steinen im Flussbett lag, und seine Finger hielten noch im Tod das Schwert umklammert, mit dem er sich erbittert gewehrt haben musste, denn die Spitze der Waffe war abgebrochen, und die Klinge mit frischen Scharten übersät. In seinen weit aufgerissenen Augen stand jedoch eher ein Ausdruck von Überraschung als Furcht oder gar Schmerz. Die einzige Wunde, die sie entdecken konnte, war der abgebrochene Schaft eines Pfeiles, der aus seinem rechten Unterarm ragte – eine Verletzung, die sicher schmerzhaft und alles andere als harmlos war, einen Krieger dieses Kalibers aber kaum aufhalten und ihn schon gar nicht *umbringen* würde.

Verwirrt und ein bisschen alarmierter, als sie es sich selbst erklären konnte, stand sie auf und ging zu einem anderen Toten. Es war nahezu dasselbe: Ein Schwerthieb hatte seine Rüstung über der linken Schulter durchschlagen und ihm eine üble Fleischwunde zugefügt, aber auch das war nichts, was einen so gewaltigen Krieger töten würde, jedenfalls nicht auf der Stelle.

Sie untersuchte fast ein halbes Dutzend Leichname. Einige von ihnen waren wirklich übel zugerichtet, aber die allermeisten wiesen eher harmlose Verletzungen auf, und dasselbe galt für die beiden toten Pferde, die sie untersuchte. Beide waren von Pfeilen niedergestreckt, aber auch sie nicht an lebensbedrohlichen Stellen getroffen worden. Es wurde immer rätselhafter. Und immer erschreckender.

Sie hatte diese Krieger im Kampf erlebt und wusste, wozu sie fähig waren ... aber sie sah keinen einzigen erschlagenen Gegner. Entweder hatten die Angreifer alle ihre Toten mitgenommen – oder es hatte keine gegeben. Aber das war natürlich Unsinn.

Selbst eine gewaltige Übermacht von Orks hätte dieses Gemetzel hier nicht anrichten können, ohne einen verdammt hohen Preis dafür zu bezahlen. Aber wo waren sie?

Der Gedanke brachte einen Schrecken mit sich, den sie nicht an sich heranlassen wollte, ein Vorhaben, das ihr allerdings nicht ganz gelang. Es war nicht das erste Mal, dass sie auf einem Schlachtfeld stand, und es war auch nicht das erste Mal, dass sie erlebte, dass die als unbesiegbar geltenden Schattenelben geschlagen wurden. Aber in WeißWald waren es einige wenige Krieger gewesen, die von einer ganzen Armee überrannt worden waren, und für jeden toten Elben waren zehn Orks auf dem Schlachtfeld geblieben.

Hier gab es nur tote Krieger in schwarzen Rüstungen. Pia zählte mindestens zwei Dutzend, allein auf dem kleinen Teil der Furt, das sie übersehen konnte, und noch etliche weitere reglose Körper, die sich zwischen den Felsen der Stromschnellen verfangen hatten und nun selbst kleine vergängliche Hindernisse für die reißenden Fluten bildeten. Wie viele die Strömung davongetragen hatte, konnte sie nicht einmal erraten. Aber es war gewiss eine Menge gewesen.

Sie hatte genug gesehen, wandte sich mit einem Ruck um und wollte zu Flammenhuf zurückgehen, doch ihre Stiefel waren anderer Meinung. Nicht zum ersten Mal musste sie um ihr Gleichgewicht kämpfen, als sich ihre Füße in eine andere Richtung bewegten, als sie es wollte, doch diesmal versuchte sie nicht, dagegen anzukämpfen. Statt auf den Pegasus bewegte sie sich nun auf das östliche Ufer zu. Flammenhuf folgte ihr, wenn auch in gehörigem Abstand und nicht, ohne seiner Missbilligung mit einem lautstarken Schnauben Ausdruck verliehen zu haben.

Sie fand noch mehr Tote, die sie sich zu ignorieren zwang, und kurz bevor sie das Ufer erreichte, musste sie über einen zerborstenen Wagen klettern, der wie ein bizarres gestrandetes Schiff auf der Seite lag und die Furt auf ganzer Breite blockierte. Die Kämpfe mussten hier besonders heftig gewesen sein, denn sie entdeckte unter den Trümmern gleich drei tote Schattenelben, deren zerschlagene Rüstungen und klaffende Wunden Zeugnis davon ablegten, wie erbittert sie sich zur Wehr gesetzt hatten. Genutzt hatte es ihnen nichts.

Ein sonderbares Gefühl von Trauer überkam Pia. Sie hatte wenig Grund, sich diesen Männern freundschaftlich verbunden zu fühlen, ganz gleich, wie ergeben ihr Schild Eirann und seine Krieger auch sein mochten und wie sehr sie Farlan bedauerte, dem sie das Wichtigste in seinem Leben genommen hatte, ohne es auch nur zu wissen – ihre Erfahrungen mit den Kriegern aus Elfenborg waren zum allergrößten Teil negativ, und ob Torman sie nun tatsächlich für die wiedergeborene Prinzessin Gaylen hielt oder nur für eine weitere Betrügerin, spielte für ihn vermutlich keine große Rolle. Er würde sie benutzen, solange sie seinen Plänen und denen seiner Herren dienlich war, und dann vermutlich umbringen.

Und dennoch erfüllte sie der Anblick dieser schrecklichen Katastrophe mit immer größerem Zorn. Die meisten dieser Männer waren vermutlich gestorben, ohne wirklich zu wissen, warum oder für wen. Leben war so unglaublich wertvoll, und das hier eine so gewaltige … *Verschwendung*. Ein besseres Wort dafür fiel ihr nicht ein, und sie benutzte es in einem Sinn, auf den sie bisher noch gar nicht gekommen war.

Sie erreichte das Ufer und wandte sich nach rechts, folgte einem schmalen Pfad, der schon nach wenigen Schritten im Dschungel verschwand. Wie es aussah, waren hier unzählige Füße und beschlagene Pferdehufe entlanggegangen – es mussten Hunderte gewesen sein, wenn nicht Tausende –, und obwohl es noch nicht allzu lange her sein konnte, hatte der Dschungel bereits wieder damit angefangen, die Wunden zu schließen, die ihm die unwillkommenen Eindringlinge zugefügt hatten. Hier und da kroch bereits eine Ranke über abgebrochene Zweige und zermalmte Wurzeln, oder es zeigte sich schon wieder ein erster grüner Schössling. Nach all dem sinnlosen Tod, dessen Zeugin sie gerade geworden war, hatte der Anblick etwas Tröstliches. Und er zeigte ihr auch den vielleicht größten Unterschied zwischen dieser Welt und der, die sie bisher für ihre Heimat gehalten hatte: Leben war überall zäh und äußerst findig darin, sich zu behaupten, aber hier schien es geradezu unbesiegbar zu sein.

Nach vielleicht fünfzig Schritten hielt sie an und wandte sich nach rechts; ein wenig widerwillig, denn ihre Stiefel trugen sie nun direkt in den Dschungel hinein, und das war nicht unbedingt der Ort, zu dem sie sich am meisten hingezogen fühlte. Das Leben, das ihr gerade noch so unbesiegbar und tröstlich vorgekommen war, hatte dort drinnen etwas Bedrohliches. Außerdem krabbelte es und hatte vermutlich jede Menge Stachel, Beißwerkzeuge und Giftzähne. Pia bedauerte es jetzt, nicht wenigstens das Schwert des toten Elbenkriegers mitgenommen zu haben, und zog stattdessen den Elfendolch. Die Klinge aus geschliffenem Diamant teilte Gestrüpp und Unterholz vor ihr wie ein Skalpell, das durch nasses Seidenpapier glitt, und sie wusste auch, dass es hier drinnen nichts gab, das sie fürchten musste, solange sie diese Waffe hatte. Trotzdem fühlte sie sich mit jedem Schritt ein bisschen unwohler.

Vielleicht war es ja auch so etwas wie eine Vorahnung gewesen, denn trotz allem war sie auf das, was sie hinter dem Gestrüpp fand, durch das sie sich schnitt, *nicht* vorbereitet.

Diesmal waren es gleich vier tote Elben, und zu ihnen war das Schicksal nicht so gnädig gewesen wie zu denen, die sie im Fluss gefunden hatte. Wäre sie nicht viel zu sehr damit beschäftigt gewesen, nach Spinnen und anderem Krabbelgetier Ausschau zu halten, dann hätte sie allein der Geruch von Blut und Tod warnen müssen, der ihr wie eine klebrige Wolke entgegenschlug. Die Männer waren nicht einfach nur getötet worden. Jemand hatte sie regelrecht in Stücke gerissen. Aber sie hatten ihren Mörder mitgenommen, eine riesige schuppige Gestalt mit Hörnern und Krallen, die in Lumpen und die blutverschmierten Fetzen einer ledernen Rüstung gehüllt war. Ihre Größe und die Art, wie sie mit dem Rücken gegen einen Baumstamm gelehnt dasaß, als hätte sie sich nur niedergelassen, um einen Moment auszuruhen, ließen Pia erschrocken zusammenfahren und den Elfendolch noch fester umklammern, aber schon im nächsten Moment entspannte sie sich nicht nur wieder, sondern beschimpfte sich auch in Gedanken als hysterische Ziege. Das Ungeheuer hatte die vier Krieger getötet, aber nun drohte keine Gefahr mehr von ihm. Selbst ein Ork von so beeindruckender Größe stand nicht mehr von den Toten auf, wenn man ihm die Kehle von einem Ohr zum anderen aufgeschlitzt hatte.

Sie blieb trotzdem vorsichtig. Immerhin wusste sie jetzt, wer die Elben überfallen und dieses Blutbad im Fluss angerichtet hatte. Aber wo ein Ork war, da mochte es auch noch mehr geben, und sie wusste aus leidvoller Erfahrung, wie leise sich diese so plump erscheinenden Giganten bewegen konnten und wie verschlagen und heimtückisch sie waren. Aufmerksam drehte sie sich zweimal komplett um die eigene Achse und suchte jeden Busch und jeden Schatten nach einer verräterischen Bewegung oder dem Aufblitzen eines Augenpaares oder einer Schuppe ab. Und selbst als sie sich davon überzeugt hatte, tatsächlich allein zu sein, bewegte sie sich mit äußerster Vorsicht weiter. Unnötig oder nicht, sie ging als Allererstes zu dem toten Ork hin und überzeugte sich gewissenhaft davon, dass er auch tatsächlich tot war und nicht nur den Leichnam spielte, um bei der ersten Unaufmerksamkeit über sie herzufallen. Erst danach wandte sie sich den erschlagenen Elbenkriegern zu, um sie genauer in Augenschein zu nehmen.

Es war eine Aufgabe, die fast ihre gesamte Kraft in Anspruch nahm, und sie führte nur zu demselben Ergebnis, das sie schon vom Fluss her kannte: Die Männer waren schnell gestorben und vermutlich an Wunden, die unter all dem Schrecklichen, was der Ork ihren toten Körpern angetan hatte, nicht mehr zu erkennen waren. Auch auf ihren Gesichtern stand eindeutig mehr Unglauben und Erschrecken als Schmerz, und nur ein einziger war überhaupt noch dazu gekommen, seine Waffe zu ziehen. Die zerschmetterten Panzerplatten, die verdrehten und gebrochenen (und zum Teil abgerissenen) Glieder und die schrecklichen Fleischwunden, all das war ihnen offensichtlich erst nach ihrem Tod zugefügt worden, ein Akt schierer und sinnloser Raserei, wie er typisch für die Orks war; auch wenn sie noch nie wirklich begriffen hatte, warum. Zwischen ihnen und den Kriegern aus Elfenborg existierte wohl so etwas wie ein uralter Hass, der längst keinen Grund mehr brauchte, sondern sich aus sich selbst nährte. Einmal ganz davon abgesehen, dass ihr Magen zu revoltieren begann und ihr allein von dem Gestank schon wieder übel zu werden drohte, gab es hier nichts mehr, was sie herausfinden konnte. Sie sollte von hier verschwinden, solange es noch ging.

Pia wollte sich umdrehen und diesen Entschluss unverzüglich in die Tat umsetzen, als ihr Blick noch einmal am gedrungenen Körper des toten Kolosses hängen blieb. Etwas blitzte an seinem Gürtel auf, ein silbernes Funkeln, das nicht zu dem allgemeinen Eindruck von Schmutz und Lumpen passte, den seine Kleidung erweckte.

Zögernd ließ sie sich noch einmal in die Hocke sinken und streckte die freie Hand aus. Der Ork hatte seine glücklosen Gegner zwar offensichtlich mit bloßen Händen in Stücke gerissen, trug aber dennoch einen Waffengurt; ein grobes Lederband, das breiter war als ihre Hand mit gespreizten Fingern und in dem ein ganzes Sammelsurium der bizarrsten Mordinstrumente steckte: eine mit rostigen Nägeln gespickte Keule, ein Schwert mit einer schartigen Klinge und etwas, das vage an eine Zange erinnerte und über dessen genaue Bedeutung sie lieber gar nicht erst nachdachte ... und etwas, das für den Ork bestenfalls ein etwas größeres Messer gewesen sein konnte, für die Begriffe eines normalen Menschen aber ein ausgewachsenes Schwert war. Sein Griff war mit groben Lederriemen umwickelt, und es steckte in einer dick gepolsterten Scheide. Doch was sie von seinem Metall erkennen konnte, blitzte und schimmerte wie verchromt. Vorsichtig zog sie es heraus und war nicht nur ein wenig erstaunt über sein Gewicht, sondern auch, als ihr klar wurde, dass die Waffe offenbar zur Gänze aus Silber bestand.

Das ergab überhaupt keinen Sinn, dachte sie verblüfft, während sie aufstand und die unterarmlange Klinge vorsichtig in der Hand drehte, sodass sich das Licht auf dem polierten Metall brach. Sie war schwer und hatte eine doppelte rasiermesserscharfe Klinge, war aber dennoch allenfalls dafür gut, als Dekoration über dem Kamin irgendeines verrückten Fantasy-Fans zu hängen. In einem ernst gemeinten Kampf und noch dazu von einem Wesen mit so gewaltiger Kraft geschwungen, musste sie schon beim ersten Schlag einfach in Stücke brechen.

Aus einem bloßen Gefühl heraus beschloss sie, diese seltsame Waffe mitzunehmen, wozu sie sich noch einmal in die Hocke sinken ließ und die nicht minder seltsame Scheide vom Gürtel des Orks löste und an ihrem eigenen befestigte. Ihr Gewicht schien noch zuzunehmen, als sie es in seine dick gepolsterte Umhüllung schob, und sie musste den Gürtel ein paarmal hin und her schieben und herumprobieren, bis die Scheide so hing, dass sie nicht bei jedem Schritt schmerzhaft gegen ihr Knie oder ihren Hüftknochen schlug. Es blieb unangenehm, das Schwert zu tragen, nicht nur wegen seines Gewichtes.

Sie hatte es nun sehr eilig, nicht nur diesen schrecklichen Ort zu verlassen, sondern den gesamten Wald, und sie hielt den Elfendolch immer noch fest umklammert, als sie zu dem wartenden Pegasus zurückeilte.

XXII

Jesus würde sich hinten anstellen müssen, wenn er ihr nach ihrer Rückkehr die Standpauke halten wollte, mit der sie fest rechnete, und eine Menge Zeit mitbringen, denn Schild Eirann würde ihm ganz bestimmt zuvorkommen, und Pia war alles andere als sicher, dass er es nur bei ein paar groben Worten belassen würde. Aber gleich, wie sehr Alica und er auch schäumen würden, letzten Endes würden sie froh sein, dass sie ihre Anweisung missachtet hatte und nicht sofort nach Chichen Itza zurückgekehrt, sondern geblieben war, um sich das Heer aus Elfenborg ein wenig genauer anzusehen.

Wenn auch vielleicht nicht besonders glücklich über das, was sie entdeckt hatte.

Pia sah zum mindestens fünfzigsten Mal an diesem Tag nach Westen und starrte den roten Ball der Sonne an, der wie festgenagelt am Himmel stand. Sie hatte beschlossen, bis zum Einbruch der Dämmerung zu warten, bevor sie es wagte, das Lager zu betreten, was in der Theorie ebenso vernünftig wie einfach geklungen hatte ...

Aber dieser Nachmittag hatte einfach kein Ende genommen. Sie hatte das Gefühl, seit Tagen hier oben zu stehen und den Elbenkriegern dabei zuzusehen, wie sie ihr Lager aufschlugen, Feuerstellen und improvisierte Koppeln anlegten, Wachen postierten und Zelte festzurrten, und sie hatte vor allem das Gefühl, dass es jedes Mal mehr wurden, wenn sie hinsah.

Vielleicht war es nicht einmal so falsch. Durch ihren schrecklichen Fund am Fluss noch vorsichtiger geworden, hatte sie Tormans Heer in einem respektvollen Bogen umflogen und sich an einer der wenigen Stellen auf die Lauer gelegt, die ihr geeignet erschienen war, ein Lager für ein so großes Heer aufzunehmen.

Ihre Rechnung war aufgegangen: Vielleicht eine Stunde später (die ihr wie zehn vorgekommen war) war die Spitze des

Heereszugs auf die Lichtung herausgeritten, eine Sechserreihe gewaltiger Krieger auf nicht minder gewaltigen Schlachtrössern, der eine zweite folgte und eine dritte und eine weitere und noch eine und noch eine und immer nur noch mehr und mehr, und Pia hatte ihre Schätzung, was die Größe dieses Heeres anging mindestens ein halbes Dutzend Mal nach oben korrigiert und es schließlich aufgegeben. Es waren Tausende. Viele Tausende. Das war keine kleine Einheit, die gekommen war, um irgendwelche Städte an der Küste zu schützen, von deren Existenz sie heute Morgen noch nicht einmal etwas gewusst hatte, sondern ein gewaltiges Heer, das gekommen war, um zu erobern.

Und sie musste herausfinden, was.

Wenn sie nicht an Altersschwäche starb, bevor dieser verdammte Tag zu Ende war, hieß das.

Pia sah erneut zur Sonne hoch, stellte fest, dass sie sich keinen Millimeter von der Stelle gerührt hatte, seit sie es das letzte Mal getan hatte, und kam zu einem Entschluss. Man konnte nicht auf Erfolg hoffen, wenn man nicht bereit war, auch ein gewisses Risiko einzugehen.

Das sich ja überdies auch in Grenzen hielt.

Sie begutachtete noch einmal die Sonne – sie hatte sich immer noch nicht gerührt, was erstaunlich war, immerhin war es doch schon ganze fünf Sekunden her, dass sie das letzte Mal hingesehen hatte – und machte sich dann auf den Weg den kleinen Hügel hinab, auf dessen Kuppe sie schon vor Stunden Stellung bezogen hatte. Schon auf halbem Wege wechselte sie in die Welt der Schatten, wodurch sie selbst für die Augen des aufmerksamsten Postens unsichtbar wurde, blieb aber trotzdem auf der Hut und hielt schließlich noch einmal an und wartete auf die Dämmerung, so schwer es ihr auch fiel. Eingehüllt in einen Mantel aus unsichtbar machenden Schatten hätte sie keine Entdeckung fürchten brauchen und einfach in das Lager hineinspazieren können, ohne gesehen zu werden, aber irgendetwas warnte sie davor.

Allzu lange musste sie sich auch nicht mehr gedulden. Die

Dämmerung brach mit der für diese Breiten üblichen Schnelligkeit herein, und mit dem Tageslicht verschwand auch beinahe sofort die Wärme. Sie klapperte nicht unbedingt mit den Zähnen, bekam aber fast sofort eine Gänsehaut, und als wäre das allein noch nicht unangenehm genug, wurde es auch nicht richtig dunkel. *Selbstverständlich* stand am Himmel ein nahezu perfekt gerundeter Vollmond, und genauso selbstverständlich war die Nacht ebenso wolkenlos wie sternenklar, sodass das Licht im Grunde nur seine Farbe zu ändern schien, ohne nennenswert schwächer zu werden. Dafür war die Anzahl der Wachen mindestens doppelt so groß, wie ihr angemessen schien, und mindestens *zehnmal* so groß, wie sie gehofft hatte. Selbst unsichtbar würde es nicht leicht werden dort hineinzukommen – und Pia fragte sich nicht zum ersten Mal, was zum Teufel sie hier eigentlich tat. Sie hatte jetzt schon sehr viel mehr herausgefunden, als Eirann von ihr erwartete. Es gab keinen Grund, noch ein weiteres unnötiges Risiko einzugehen.

Aber welches Risiko überhaupt? Es war gerade einmal ein paar Tage her, da war sie mitten in ein Lager voller Orks und mindestens genauso gefährlicher Barbaren marschiert, und rein gar nichts war passiert! Und da fürchtete sie sich vor ein paar Spitzohren in schwarzen Blechdosen?

Fast schon trotzig warf sie den Kopf in den Nacken und trat endgültig aus dem Unterholz heraus, hielt sich aber – unsichtbar oder nicht – auch im Schutz der realen Schatten, die der nächtliche Wald warf, und widerstand auch der Versuchung, zu rennen, sondern ging wie selbstverständlich zwischen den Wachen hindurch, die einen dichten Kordon zwischen dem Lager und dem Waldrand bildeten. Tatsächlich drehte einer der Elbenkrieger den Kopf und sah so direkt in ihre Richtung, dass ihr Herz schon wieder schneller zu schlagen begann und sie sich ernsthaft fragte, ob er sie nicht vielleicht doch sah. Aber dann wechselte er ein paar Worte in seiner unverständlichen Sprache mit dem Mann zu ihrer Linken und bekam ein raues Lachen zur Antwort.

Pia atmete innerlich auf. Vielleicht hatte sie trotz aller Vorsicht ein Geräusch verursacht, das seine scharfen Ohren gehört hatten. Vielleicht war es auch einfach nur Zufall gewesen.

Und nachdem sie das erste Dutzend Schritte in das eigentliche Lager hinein gemacht hatte, begann sie sich zu fragen, ob sie sich die ganze Mühe nicht ohnehin hätte sparen können. Möglicherweise wäre sie gar nicht aufgefallen, auch ohne den Mantel aus unsichtbar machenden Schatten. Viele der Krieger hatten ihre Rüstungen abgelegt und trugen nur noch Sandalen und schlichte weiße Gewänder, und mit ihrem fast hüftlangen weißen Haar und ihrem schlanken Wuchs fiel sie hier kaum auf ... wenigstens wäre sie nicht aufgefallen, hätten sie die meisten hier nicht um mindestens zwei Haupteslängen überragt.

Sie wich größeren Ansammlungen trotzdem aus und hielt sich weiter im Schatten. Schließlich erreichte sie das Zentrum, in dem sich ein einzeln stehendes und besonders großes Zelt erhob. Sein Eingang wurde von zwei Kriegern mit Schild und Speer bewacht, und in dem roten Fackellicht, das durch die dünnen Stoffbahnen drang, konnte sie die Schatten von mindestens drei Männern erkennen, die heftig miteinander debattierten. Sie fragte sich, warum ihre magischen Stiefel sie ausgerechnet hierhergeführt hatten. Ob sie vielleicht glaubten, dass sie so scharf darauf war, Schwert Torman wiederzusehen? Und *hatten* die Stiefel sie überhaupt hierhergebracht?

Wie zur Antwort auf diese Frage flog die Zeltplane auf, und zwei Männer in schwarzen Rüstungen stürmten heraus. Sie trugen keine Helme, sodass sie erkennen konnte, wie aufgebracht sie waren, und sie stürmten auch entsprechend zornig und in entgegengesetzte Richtungen davon. Weder einer von ihnen noch der dritte Mann, der einen Moment danach ins Freie trat und ihnen kopfschüttelnd nachsah, war Schwert Torman.

Der Elb wechselte ein paar Worte mit den beiden Wachen, schloss sorgfältig die Plane wieder hinter sich und eilte dann ebenfalls davon. Pia hörte ihn einen Namen rufen.

Sie überlegte kurz. Das Zelt war leer, wie ihr der Schatten eines Tisches und eines etwas kleineren Möbelstückes – vielleicht einer großen Truhe oder eines Bettes – verrieten, die sich vor dem flackerndem roten Licht abzeichneten, aber hineinzukommen würde trotzdem nicht leicht werden. Sie konnte ja schlecht zwischen den beiden Wachen hindurchspazieren und erwarten, dass sie sich nicht wunderten, wenn sich die Zeltplane wie von Geisterhand öffnete …

Sie umging das Zelt in einem weiten Bogen und warf trotz ihrer Unsichtbarkeit noch einmal einen sichernden Blick nach rechts und links, bevor sie sich dem Zelt von der Rückseite aus näherte, in die Hocke ging und den Elfendolch benutzte, um die Plane aufzuschneiden. Lautlos huschte sie hindurch, blieb noch einen Augenblick auf Händen und Knien hocken und sah sich mit klopfendem Herzen um.

Das Zelt war nicht nur verlassen, sondern so gut wie leer, was seine Größe nur noch mehr unterstrich. Zwei in geschmiedeten Dreibeinen steckende Fackeln verbreiteten rotes Licht und düstere Schatten, und die komplette Möblierung bestand tatsächlich nur aus einem großen Tisch und einer schweren Truhe, die zusätzlich mit eisernen Bändern und einem beeindruckenden Vorhängeschloss gesichert war.

Vorsichtig und sich vergebens den Kopf darüber zerbrechend, ob sie in ihrem unsichtbaren Zustand eigentlich einen Schatten warf, richtete sie sich auf, wartete eine oder zwei Sekunden lang mit angehaltenem Atem darauf, die beiden Wachen hereinstürmen und sich verblüfft in dem leeren Zelt umblicken zu sehen, und sah schließlich ein, dass das wohl nicht geschehen würde. Sie behielt den Dolch in der Hand – man konnte schließlich nie wissen –, trat an den Tisch heran und betrachtete stirnrunzelnd das Sammelsurium aus Pergamenten und Karten, das die Platte aus sorgsam poliertem schwarzem Holz bedeckte. Das meiste waren wohl irgendwelche Listen und Aufstellungen – einige Briefe schienen auch darunter zu sein, die allesamt in einer verschnörkelten und ebenso wunderschön anzusehenden wie für sie vollkommen rätselhaften Handschrift ausgeführt waren. Dazu gab es einige in schweres Leder gebundene Bücher, die sie sich aufzuschlagen gar nicht erst die Mühe machte, weil sie garantiert in derselben Sprache geschrieben waren. Aber sie entdeckte auch etliche Karten, die ihr zumindest vage vertraute Umrisse und topografische Merkmale zeigten.

Wie es aussah, war sie wohl auf den Topf voller Gold am Ende des Regenbogens gestoßen. Die Frage war nicht, ob, sondern wie viel von alledem hier sie mitnahm, um es Eirann zu zeigen.

Dass sie nichts von alledem lesen konnte, stellte ein kleines Problem dar. Sie konnte sich Alicas Kommentar lebhaft vorstellen, wenn sie mit einem Arm voller Papier zurückkam und Eirann eine akribische Aufstellung von Tormans Vorräten an Pferdefutter und Verbandsmull präsentierte, anstelle seiner genauen Angriffspläne.

Aber was sprach eigentlich dagegen, alles mitzunehmen?

Die Bücher kamen natürlich nicht infrage – Pia nahm auch an, dass sie in diesem Zusammenhang von geringerer Wichtigkeit waren –, aber die Pergamente und Karten ließen sich sicher zu einem halbwegs transportablen Bündel zusammenrollen.

Sie sah sich nach etwas um, womit sie es zusammenbinden konnte, fand nichts und schnitt schließlich einen passenden Streifen aus der Zeltbahn, wo sie hereingekommen war. Nachdem sie den Dolch wieder unter den Gürtel geschoben hatte, trat sie an den Tisch, raffte alles, was irgendwie wichtig aussah, zusammen und rollte es mit einiger Anstrengung zu etwas, was in ihren Augen verdächtige Ähnlichkeit mit einer nicht ganz fertiggestellten altägyptischen Mumie hatte und auch ungefähr genauso schwer war. Sie würde jeden einzelnen Knochen im Leib spüren, wenn sie dieses Ding bis zu ihrem Versteck zurückgeschleppt hatte, wo Flammenhuf auf sie wartete. Und es das ganze Stück bis nach Chichen Itza zu transportieren, würde sich wahrscheinlich als schierer Albtraum erweisen.

Trotzdem konnte sie sich ein dünnes Grinsen nicht mehr ganz verkneifen, während sie die schwere Papierrolle auf ihre Schulter wuchtete und in eine halbwegs bequeme Position zu bugsieren versuchte. Sie hätte einiges darum gegeben, Schwert Tormans Gesicht zu sehen, wenn er hier hereinkam und sich vergeblich fragte, wo eigentlich all seine schönen Invasionspläne geblieben waren.

Pia gestattete sich ein weiteres, noch deutlich breiteres Grinsen, drehte sich um, und ihr Wunsch ging in Erfüllung, denn Schwert Torman stand keine zwei Meter hinter ihr und sah sie an.

Es dauerte eine geschlagene Sekunde, bis ihr klar wurde, dass er nicht nur rein zufällig oder ungefähr in ihre Richtung sah. Er sah ihr direkt in die Augen. Er *sah sie*. Und er wirkte nicht einmal über die Maßen überrascht oder gar erschrocken. Allenfalls ein wenig verwirrt.

Pia überwand endlich ihren Schrecken und machte einen Schritt zur Seite, und Tormans Blick folgte ihr getreulich. »Prinzessin Gaylen«, sagte er. »Was für eine Überraschung … aber was tut Ihr da?«

Pia war viel zu fassungslos, um zu antworten ... oder um seine Worte auch nur zu verstehen, wenn sie ehrlich war. Wieso *sah* er sie? Was ... was *fiel ihm ein*, sie zu *sehen*?

»Prinzessin?«, fragte Torman. Seine Hand lag auf dem Schwertgriff, aber es sah eher aus wie eine Geste der Gewohnheit, nicht wie eine Drohung.

Also gut, irgendwie sah er sie. Das war zwar unmöglich, aber es war so, und die Augen vor der Wirklichkeit zu verschließen, hatte noch nie sonderlich viel genutzt. Pia machte ein gebührend zerknirschtes Gesicht, setzte zu einer Antwort an und warf dem allerobersten aller oberen Elfenkrieger dann die Rolle ins Gesicht.

Torman reagierte sogar noch schneller, als sie erwartet hatte, und fing das improvisierte Wurfgeschoss mit nur einer Hand auf, und auch das hatte sie erwartet. Noch bevor ihm die schwere Papierrolle auf die Füße fiel und er auch nur ganz den Arm hochgerissen hatte, um sein geprelltes Handgelenk anzustarren, war Pia mit einer einzigen schnellen Bewegung herum, hechtete durch den Riss in der Rückwand und kam außerhalb des Zeltes mit einer geschmeidigen Rolle wieder auf die Füße.

Noch perfekter wäre sie gewesen, wäre sie nicht am Ende dieser Bewegung gegen eine in schwarzes Eisen gehüllte Gestalt geprallt und so wuchtig wieder auf den Rücken gestürzt, dass sie Sterne sah. Metall scharrte, und das Mondlicht brach sich auf dem geschliffenen Stahl eines Schwertes, dessen Spitze sich weniger als fünf Zentimeter über ihrer Kehle befand.

Vielleicht war es das, was dem Elben zum Verhängnis wurde und sie rettete.

Pias bewusstes Denken klinkte sich einfach aus. Sie verlor nicht etwa das Bewusstsein oder gar die Kontrolle über ihren Körper, aber es war, als hätte ihr Verstand begriffen, dass seine Dienste im Moment nicht gebraucht wurden, und etwas Älterem und ungleich Mächtigerem den Befehl übergeben.

Pia hätte nicht einmal selbst sagen können, was sie tat. Die Schwertspitze war da und nur einen Sekundenbruchteil darauf nicht mehr, und plötzlich stand sie wieder auf den Beinen und der Elbenkrieger taumelte mit hilflos wedelnden Armen zurück und brach dann mit einem gewaltigen Scheppern zusammen.

Noch bevor sein überraschter Schrei ihr Ohr auch nur ganz erreicht hatte, war Pia bereits mit einem gewaltigen Satz über ihn hinweg, gewahrte eine Bewegung aus den Augenwinkeln und warf sich instinktiv in die entgegengesetzte Richtung, doch auch von dort stürmten Gestalten in schwarzen Rüstungen heran. Schreie gellten in ihren Ohren, und irgendwo begann ein Alarmhorn zu blöken, obwohl ihre Flucht doch gerade einmal ein paar Sekunden alt war. Eine Hand griff nach ihr, und Pia tauchte nicht nur mit einer blitzartigen Bewegung darunter hindurch, sondern packte auch den dazugehörigen Arm und verdrehte ihn mit einem so harten Ruck, dass der Krieger eine groteske halbe Pirouette beschrieb und zwei weitere Männer mit sich zu Boden riss.

Pia gewahrte eine Lücke zwischen zwei der schmalen, sonderbar steilwandigen Zelte, warf sich mit einem verzweifelten Satz hinein, sah zwei riesige Gestalten in schimmerndem Schwarz auf sich zukommen und fegte sie in derselben Bewegung zu Boden, in der sie wieder auf die Füße rollte. Sie kam sich noch immer vor wie ein Gast in ihrem eigenen Körper, dessen Rolle sich auf die einer reinen Zuschauerin beschränkte ... einer fast erschrockenen Zuschauerin überdies, die immer verwirrter registrierte, wie unglaublich schnell und präzise sie sich bewegte; in einer Abfolge von Schritten, Drehungen, Tritten und Schlägen, die sie nie gelernt hatte und doch mit absoluter Perfektion beherrschte; wie eine programmierte Kampfmaschine, die, einmal in Gang gesetzt, nun nicht mehr aufzuhalten war.

Ein dritter und vierter Elbenkrieger stürzten, hoffnungslos überrascht von dem wirbelnden weißen Derwisch, der über sie hereinbrach und sie einfach niederrannte, ehe sie auch nur richtig begriffen, was geschah. Pia stürmte zwischen den Zelten hervor, fegte einen weiteren Krieger mit einem Tritt von den Füßen, der möglicherweise nicht nur seine Rüstung zertrümmerte, und sah noch mehr Männer auf sich zustürmen, etliche nur in ihre knöchellangen weißen Gewänder gehüllt und mit wehendem offenen Haar, aber ebenso bewaffnet wie ihre gerüsteten Brüder.

Pia musste sich eines kurzen, aber ungemein heftigen Anfalls von Panik erwehren, als ihr endgültig klar wurde, dass sie für jedermann hier sichtbar war. Sie war nach wie vor in Schatten gehüllt, aber ihr magischer Schutz versagte.

Wieder waren es ihre Instinkte, die sie retteten. Gleich drei Elben stürzten sich auf sie, und Pia duckte sich blitzschnell, glitt mit einer sogar ihr selbst fast unmöglich erscheinenden Bewegung zwischen und unter einem halben Dutzend schnappender Hände hindurch und packte zugleich einen der Angreifer, um ihn so wuchtig gegen die beiden anderen zu schleudern, dass er sie mit sich zu Boden riss. Jemand schrie ihren Namen – Gaylen – und das Alarmhorn quäkte erneut. Unmöglich oder nicht, sie war nicht nur sichtbar, von überall her stürmten jetzt Männer auf sie zu, und ganz gleich, wie perfekt sie in der uralten Kunst des Dai-Ki (die sie nie gelernt hatte) auch sein mochte, diese Übermacht würde sie innerhalb weniger Augenblicke überwältigt haben, wenn kein Wunder geschah.

Vielleicht reichte es ja auch, wenn sie ein bisschen rabiater wurde.

Pia schleuderte eine langhaarige Gestalt in einem weißen Nachthemd zu Boden, benutzte ihr überraschtes Gesicht kurzerhand als Sprungschanze, flog mit einem perfekten Salto über einen weiteren Krieger hinweg und rammte einem dritten den Ellbogen mit solcher Wucht in die Seite, dass er mit einem erstickten Keuchen zusammenbrach. Sie wurde sofort von zwei weiteren Männern attackiert. Einen stieß sie zu Boden, der andere beging den Fehler, sein Schwert zu ziehen, um sie damit zu bedrohen, und riss eine halbe Sekunde später nicht nur erstaunt die Augen auf, als er seine eigene Klinge plötzlich in ihren Händen erblickte (vermutlich ohne sich erklären zu können, wie sie dorthin gelangt war), sondern war auch klug genug, die Arme hochzureißen und sich mit einem hastigen Sprung in Sicherheit zu bringen.

Pia setzte ihm nach, verpasste ihm einen Tritt, der ihn rücklings in ein Zelt schleuderte, das unter seinem Anprall zusammenbrach, und ließ das erbeutete Schwert einen blitzenden Halbkreis beschreiben, mit dem sie die nächste Welle heranstürmender Elbenkrieger auf Abstand hielt.

Vielleicht war das ihr erster wirklicher Fehler. Sie hatte nicht vor, auch nur einen der Männer zu treffen, geschweige denn zu verletzen, aber etliche andere Krieger zogen nun ebenfalls ihre Schwerter oder hielten plötzlich auch große, dreieckige Schilde in den Händen, mit denen sie sie in die Enge zu treiben versuchten. Pia zertrümmerte den ersten Schild mit einem gewaltigen beidhändigen Schwerthieb, der mit einiger Sicherheit auch noch den Arm brach, an dem er befestigt war, streckte einen zweiten Elben mit einem Fußtritt gegen das Knie nieder und wurde trotzdem weiter zurückgetrieben. Hinter ihr schloss sich der Kreis aus gepanzerten Leibern und Schilden, und Schwerter und Speerspitzen wurden drohend in ihre Richtung gereckt. Pia schlug zwei oder drei Schwerter mit ihrer eigenen Klinge beiseite, kappte einen Speer dicht unter der Spitze und taumelte dann selbst zurück, als sich die Mauer aus schwarzem Eisen vor ihr teilte und ein Schwerthieb ihre Klinge mit solcher Wucht traf, dass sie ihr um ein Haar aus der Hand geschlagen worden wäre.

»Gebt auf, Gaylen«, sagte Schwert Torman. »Ihr habt keine Chance. Ich will Euch nicht wehtun.«

»So?«, knurrte Pia. »Dann bist du im Nachteil. Ich dir nämlich schon!«

Sie hätte hinterher nicht sagen können, was dümmer gewesen war – diese Worte oder die Idee, sich ernsthaft mit dem Heerführer von Elfenborg im Schwertkampf messen zu wollen. Schwert Torman machte sich nicht einmal die Mühe, den ersten Hieb abzufangen, sondern duckte sich mit einer Bewegung darunter hinweg, die ihren eigenen an Geschick und Schnelligkeit in nichts nachstand. Dann machte sein Schwert eine Bewegung, die sie nicht einmal *sah*, und schien sich regelrecht um ihre Klinge zu wickeln, und die Waffe wurde ihr endgültig aus den Fingern gerissen und prallte klirrend vom Schild eines anderen Elbenkriegers ab.

»Ich bitte Euch, Erhabene«, sagte Torman. »Ich gebe Euch mein Wort, dass Euch nichts geschieht, aber –«

Pias Hand zuckte zum Gürtel, um den Elfendolch zu ziehen, doch dann erinnerte sie sich im buchstäblich allerletzten Moment an die furchtbare Gefährlichkeit dieser so harmlos aussehenden Waffe und riss stattdessen das Schwert heraus, das sie dem toten Ork abgenommen hatte. Sie war nicht verrückt genug, sich noch einmal mit Torman messen zu wollen, sondern täuschte lediglich einen Angriff an, fuhr dann mitten in der Bewegung herum und hämmerte die Waffe mit aller Gewalt auf den Schild eines anderen Kriegers.

Das Ergebnis übertraf ihre kühnsten Erwartungen. Der Mann taumelte nicht nur rücklings, als wäre er von einem mindestens fünfmal so heftigen Schlag getroffen worden, sondern stolperte in seiner Hast auch über seine eigenen Füße und fiel ungeschickt auf den Rücken, und auch die beiden Elben rechts und links von ihm hatten es mit einem Mal sehr eilig, vor ihr zurückzuweichen, als hielte sie kein Schwert in der Hand, sondern eine giftige Schlange, die ihre Rüstungen ohne die geringste Mühe durchbeißen konnte. Alica hatte anscheinend nicht mit dem übertrieben, was sie ihr über die Elben und ihre Furcht vor Silber erzählt hatte.

Vielleicht war das ja ihre Chance, doch noch hier herauszukommen. Pia stocherte blindlings nach rechts und links, woraufhin die gerade noch so undurchdringliche Mauer aus Kriegern in heller Panik auseinanderstob, und nutzte die noch immer anhaltende Überraschung, um endgültig loszustürzen. Von einem Lidschlag auf den anderen hatte sich ihre Lage nicht nur geändert, sondern auf den Kopf gestellt. Die Zeltgasse vor ihr war noch immer voller Männer, aber mit einem Mal war sie es, die die riesenhaften Elben vor sich hertrieb – beziehungsweise vor ihrem Schwert, das die gepanzerten Gestalten zu fürchten schienen wie der Teufel das Weihwasser. Dieser Zustand würde wahrscheinlich nur noch wenige Augenblicke anhalten … aber mit ein bisschen Glück brauchte sie auch nicht mehr.

Sie stürmte ziellos nach rechts, dann in die andere Richtung und fand sich auf einem runden Platz wieder, in dessen Mitte ein gusseiserner Topf über einem prasselnden Feuer hing. Pia scheuchte einen weiteren Elben aus dem Weg, riss im Vorbeilaufen einen brennenden Ast aus dem Feuer und sorgte für ein bisschen Ablenkung, indem sie ihn so wuchtig gegen eines der Zelte schleuderte, dass es zusammensackte und auf der Stelle Feuer fing. Die Schreie wurden lauter und zahlreicher, und hinter ihr kamen die stampfenden Schritte etlicher Verfolger näher.

Sie versuchte noch einmal schneller zu rennen, spürte selbst, dass es ihr nicht gelang, und suchte schon beinahe verzweifelt den Himmel ab. Von Flammenhuf war nichts zu sehen – wo war dieser verdammte Klepper eigentlich, wenn man ihn *wirklich* brauchte?! –, aber dafür kamen die Schritte hinter ihr jetzt immer rascher näher.

Das war das Problem mit abschreckenden Waffen, dachte sie: Sie verloren irgendwann ihre abschreckende Wirkung, wenn man sie nicht einsetzte.

Wenn man es tat, vermutlich auch. Noch schien die Silberklinge ihre Wirkung jedoch zu tun. Ihr bloßer Anblick reichte, um jeden Mann entsetzt zurückprallen zu lassen, der sie auch nur sah. Sie raste weiter, stürmte auf einen weiteren Feuerplatz hinaus und sorgte dafür, dass es ihren Verfolgern nicht langweilig wurde, indem sie diesmal gleich zwei Zelte in Brand setzte und den lodernden Ast dann hinter sich warf, was mit einem Fluch und dem befriedigenden Geräusch eines schweren Sturzes belohnt wurde.

Aber natürlich ging es nicht gut. Irgendwie gelang es ihr, sich weiter in Richtung Waldrand durchzuschlagen (wortwörtlich), während sie einen Gutteil von Schwert Tormans stolzem Heer wie eine Herde aufgescheuchter Hühner vor sich herscheuchte – was vielleicht auch daran lag, dass sie ihr Möglichstes tat, um das ganze Lager in Brand zu setzen – und als sie die Falle bemerkte, war es viel zu spät.

Der Waldrand lag vor ihr, weniger als ein Dutzend Schritte entfernt, und die einzige Kleinigkeit, die sie daran hinderte, noch einen letzten Zwischenspurt einzulegen und in das Labyrinth aus Bäumen und Unterholz zu flüchten, waren die gut zwei Dutzend gerüsteten Elbenkrieger, die zwischen dem Waldrand und ihr Stellung bezogen hatten.

Sie warteten in zwei Reihen auf sie. Die erste hatte sich auf ein Knie niedergelassen, die großen dreieckigen Schilde vor sich in den Boden gerammt und ihre Speere auf das angewinkelte Knie gelegt, die zweite stand dahinter, die zwei Meter langen Speere auf die Schultern ihrer Vordermänner gelegt und die Schilde schützend vor die Gesichter erhoben. Das Ergebnis sah ein bisschen aus wie ein Igel, wenn auch einer mit zwei Meter langen Stacheln, die in handlangen und rasiermesserscharfen Klingen endeten.

Pia kam mit einem wenig eleganten Stolperschritt zum Stehen. Ihre Gedanken überschlugen sich. Sie konnte ganz eindeutig Furcht auf den Gesichtern der Männer vor sich lesen – ein Gefühl, von dem sie bisher nicht einmal gewusst hatte, dass die Elben es *kannten* – aber auch die absolute Entschlossenheit, nicht zu weichen, und wenn es ihr Leben kostete.

Frustriert fuhr sie auf dem Absatz herum und sah sich einer zweiten und vielleicht noch größeren Gruppe von Kriegern gegenüber. Das war verdammt noch mal einfach nicht *fair!* In dieser Situation *musste* sich Flammenhuf jetzt einfach vom Himmel stürzen, um diese Krieger mit wütenden Hufschlägen und einem einzigen gewaltigen Spreizen seiner Schwingen von den Beinen zu fegen!

Stattdessen trat Schwert Torman zwischen den Männern hervor. Er hielt ein nun wirklich Ehrfurcht gebietendes Schwert in der rechten Hand, trug einen Schild am linken Arm und er hatte jetzt auch einen Helm aufgesetzt. Pia erkannte ihn trotzdem, noch bevor seine Stimme unter dem schwarzen Eisen hervordrang.

»Ich bitte Euch, Gaylen, hört auf! Ich bin nicht Euer Feind! Niemand hier will Euch irgendetwas zuleide tun. Bitte senkt die Waffe.«

Pia hätte nichts lieber getan als das – am liebsten ganz tief in sein schwarzes Herz –, führte stattdessen jedoch einen wütenden Hieb ins Leere aus, und die ganze Front fuhr in einer fast synchronen erschrockenen Bewegung zusammen. Außer Schwert Torman vielleicht, der einen weiteren halben Schritt auf sie zutrat.

»Lasst uns miteinander reden, Erhabene«, sagte er. »Ich bin sicher, dass wir –«

Pia täuschte eine Bewegung nach rechts an, steppte dann blitzschnell nach links und führte einen gewaltigen beidhändigen Hieb gegen seinen Schild aus, der das lackierte Metall deutlich eindellte. Torman stolperte zurück, wenn auch nicht annähernd so weit, wie sie gehofft hatte, und machte einen eher lahmen Hieb gegen ihr Schwert, dem sie ohne sonderliche Mühe auswich.

Was sollte das? Er hatte ihr mehr als hinlänglich bewiesen, ein um wie viel besserer Schwertkämpfer er war. Sollte das irgend so ein beschissenes Spiel sein, das er mit ihr spielte, um sie zu demütigen oder sich vor seinen Männern zu brüsten?

Sie holte ein zweites Mal mit dem Schwert aus, und als Torman diesmal versuchte, ihr die Waffe zu entringen, war sie vorbereitet und versuchte nicht, sich gegen die Bewegung zu stemmen, was deren Wirkung nur noch verstärkt hätte, sondern vollführte eine blitzschnelle halbe Drehung, an deren Ende sie einen Schritt nach hinten machte. Sie traf auch diesmal nur seinen Schild, das aber so kräftig, dass er rückwärts stolperte und gestürzt wäre, hätte ihn nicht einer seiner Männer aufgefangen. Pia setzte sofort nach und verpasste ihm einen Tritt gegen den Oberschenkel, den er zwar in seiner schweren Rüstung kaum spüren konnte, der ihn aber endgültig aus dem Gleichgewicht brachte. Er fiel, wobei er den Mann, der ihn aufgefangen hatte, freundlicherweise gleich mit sich zu Boden riss, und Pia verwandelte seinen Schild mit einem weiteren wuchtigen Hieb endgültig zu Schrott, setzte mit einem fast schon verzweifelten Sprung über ihn hinweg und hieb blindlings mit dem Schwert nach rechts und links. Wieder ließ die bloße Nähe der silbernen Klinge die riesigen Krieger in schierer Panik auseinanderspritzen, und für einen Moment war sie frei …

Aber wie lange noch?

Ihr Herz raste. Ihre Handflächen, die das Schwert hielten, brannten wie Feuer, und aus dem mulmigen Gefühl in ihrem Magen war längst wieder quälende Übelkeit geworden, die sie nur noch nicht überwältigt hatte, weil die aufpeitschende Wirkung des Adrenalins in ihrem Blut noch stärker war. Aber das würde nicht mehr lange so bleiben.

Und das musste es auch nicht, denn plötzlich stürzte ein riesiger weißer Schemen vom Himmel, und dann – endlich – war Flammenhuf da, und was ihrem tödlichen Silberschwert nicht gelungen war, das vollbrachten die wirbelnden Vorderhufe des Pegasus, als er sich aufbäumte und ausschlug: Die Mauer aus Speeren und Schilden zerbrach, und Pia fuhr auf dem Absatz herum und jagte auf ihn zu. Mit wild tretenden Vorderhufen drehte sich der Pegasus auf den Hinterläufen herum, und Pia konnte gerade noch den Kopf einziehen und zur Seite springen, bevor er ihr den Schädel einschlug.

»Verdammt, pass doch auf!«, keuchte sie. »Du –«

Flammenhuf drehte sich weiter, streckte die riesigen Flügel aus und fegte nicht nur ein halbes Dutzend Elbenkrieger von den Beinen, sondern sie gleich mit. Sie fiel auf den Rücken, blieb kurz benommen liegen und blinzelte in Tormans Gesicht hoch, als sich ihr Blick wieder klärte. Hinter den schräg stehenden Sehschlitzen seines Helms konnte sie nur seine Augen erkennen, aber den Zorn darin hätte sie vermutlich selbst durch fingerdickes Metall hindurch gespürt. Er hatte den zerschlagenen Schild weggeworfen und hielt das Schwert zwar noch in der Hand, zielte damit aber nicht mehr auf sie. Flammenhufs griesgrämiges Pferdegesicht tauchte über seiner Schulter auf und sah sie mindestens so missmutig an wie er.

»Ich bitte Euch, Gaylen, es besteht überhaupt kein Grund –«

Noch irgendwelche Rücksicht zu nehmen? Nein, gewiss nicht. Ihre Hand schloss sich fester um den Schwertgriff, und sie führte einen blitzschnellen schräg nach oben gezielten Hieb aus, in den sie all ihre Kraft legte, um ihm die Waffe aus der Hand zu schlagen. Nicht dass sie sich ernsthaft einbildete, damit Erfolg zu haben; aber sie gedachte auch nicht, sich einfach so geschlagen zu geben.

Torman reagierte genauso schnell, wie sie erwartet hatte, aber nicht ganz so präzise wie gewohnt. Vielleicht hatte er einfach nicht damit gerechnet, dass sie immer noch nicht aufgab; oder der Angriff kam einfach zu schnell und aus einem zu ungünstigen Winkel. Torman sprang zurück und zugleich einen halben Schritt zur Seite. Pias Schwert hämmerte nicht gegen seine Klinge, sondern rutschte Funken sprühend an der Parierstange entlang und hinterließ eine unterbrochene Perlenkette aus stecknadelkopfgroßen hellroten Blutströpfchen auf seinem Handrücken, die zu einem gezackten Kratzer verschmolz, noch während er die Hand in die Höhe riss und zurückstolperte. Das Schwert entglitt seinen Fingern und klirrte zu Boden. Er wankte. Plötzlich schien er keine Luft mehr zu bekommen, denn er stolperte einen weiteren Schritt zurück, riss sich mit beiden Händen den Helm vom Kopf und begann zu keuchen. Sein ohnehin bleiches Gesicht verlor noch mehr Farbe, und ein Ausdruck von Schmerz erschien in seinen Augen, der Pia schier die Kehle zuschnürte.

»Torman?«, fragte Pia. Sie ließ das Schwert fallen, stand auf und streckte die Hand nach ihm aus, und Schwert Torman taumelte einen weiteren Schritt zurück, sank röchelnd in die Knie und brach dann wie vom Blitz getroffen zusammen.

Pia wehrte sich nicht, als sie von zwei schweigenden Elbenkriegern an den Armen ergriffen und weggeführt wurde.

XXIII

Die Wände ihres Gefängnisses hatten allenfalls symbolische Bedeutung, denn sie bestanden aus denselben dünnen Stoffbahnen, durch die sie sich vorhin schon so mühelos hindurchgeschnitten hatte, und waren zudem so brüchig, dass sie sie vermutlich mit bloßen Händen hätte zerreißen können. Nichtsdestotrotz war es ein Gefängnis. Sowohl vor dem Eingang als auch hinter jeder der drei anderen Zeltbahnen stand jeweils ein Elbenkrieger Wache. Das Zelt war von gleich drei Fackeln fast taghell erleuchtet, die Plane vor dem Eingang war zurückgeschlagen, und ihr einziger Versuch, das zu ändern, war von einem ihrer Bewacher zwar wortlos, aber mit einer so ruppigen Bewegung vereitelt worden, dass es zu keinem zweiten mehr gekommen war. Sie wurde nicht ständig beobachtet, aber sie wusste auch nie, wann sie allein war und wann nicht, denn dann und wann ging einer ihrer Bewacher am Eingang vorbei und warf einen Blick zu ihr herein.

Allerdings spielte nichts von alledem eine Rolle.

Sie war jetzt seit mindestens einer Stunde hier, und sie hatte in dieser Zeit nicht einmal daran gedacht zu fliehen, geschweige denn damit begonnen, entsprechende Pläne zu schmieden. Und selbst wenn sich ihr eine Gelegenheit zur Flucht geboten hätte, hätte sie sich viel zu elend dazu gefühlt.

Ganz zweifellos hatte sie sich zu viel zugemutet. Ihr war übel. Sie hatte keine allzu schlimmen, aber permanente Krämpfe, und wenn sie sich zu schnell bewegte, dann wurde ihr schwindelig. Aber das war es nicht allein. Sie fühlte sich schuldig. Ein kleines bisschen war sie auch zornig – auf Flammenhuf, dass er sie so schmählich im Stich gelassen hatte, und schon deutlich mehr auf sich selbst, sich auf diesen Irrsinn überhaupt eingelassen zu haben – aber vor allem fühlte sie sich *schuldig*.

Sie konnte den Ausdruck in Schwert Tormans Augen einfach nicht vergessen.

Schritte näherten sich – wieder einmal – und Pia sah nur flüchtig zum Eingang hin und ließ den Kopf dann wieder sinken. Sie spürte mehr, dass jemand das Zelt betrat, als dass sie es sah, und hob erst nach einigen weiteren Sekunden widerwillig den Blick. Vor ihr stand ein einzelner, sehr groß gewachsener Elbenkrieger, der sich so sehr von Schwert Torman unterschied, wie es überhaupt nur ging. Er musste mindestens eine Handspanne größer sein, war aber von so hagerem Wuchs, dass er schon fast dürr wirkte. Er hatte dünnes, strähniges Haar von zwar ebenfalls weißer Farbe, das aber hier und da einen Stich ins Grau bekommen hatte. Nur eines seiner Ohren war spitz, das andere war ihm irgendwann einmal abgeschnitten worden, und seine Augen sahen aus, als hätten sie in seinem ganzen Leben noch niemals gelächelt.

Pia hob müde den Kopf, sah in sein streng geschnittenes Gesicht hinauf und fragte sich, ob er ihr wohl erst eine Frage stellen oder sie gleich schlagen würde, kam aber fast augenblicklich zu dem Schluss, dass es sich nicht lohnte, darüber nachzudenken. Sie würde es gleich erfahren.

»Ich bin Schild Landras«, begann der Elb, nachdem er einige Sekunden lang einfach dagestanden und offensichtlich darauf gewartet hatte, dass sie von sich aus sprach. »Ich bin Schwert Tormans Stellvertreter und führe dieses Heer, solange er es nicht kann.«

»Wie geht es ihm?«, fragte Pia.

»Nicht besonders gut«, antwortete Landras.

»Aber er wird es überleben, oder?«, fragte Pia.

»Das liegt nicht in unserer Macht«, antwortete der Krieger. Er hob die Hand, und ein weiterer Mann betrat das Zelt. Er trug einen schwarzen hölzernen Kasten auf den Armen und wich ihrem Blick aus. Landras klappte den Deckel des Kästchens auf, und Pia konnte selbst spüren, wie sie erschrocken zusammenfuhr, als sie die plumpe silberne Klinge sah, die darin lag.

»Woher habt Ihr das, Gaylen?«, fragte er.

»Was passiert ist, tut mir wirklich leid«, sagte sie. »Bitte glaubt mir. Ich wusste nicht, wie –«

»Ich habe Euch eine Frage gestellt, Prinzessin«, fiel ihr der Elb ins Wort. »Bitte erklärt mir, woher diese Waffe stammt und wieso Ihr sie bei Euch hattet.«

Er klang nicht zornig, nicht einmal wirklich ungeduldig, aber vielleicht war es gerade das, was ihr ein Frösteln über den Rücken jagte. Irgendwie hatte sie das Gefühl, dass er diese Frage so stur wie eine Maschine einfach so lange wiederholen würde, bis sie sie schließlich beantwortete; und mit dem gleichen Mitgefühl würde er mit ihr auch tun und lassen, wonach immer ihm der Sinn stand.

»Ich habe sie gefunden«, antwortete sie.

Landras sah sie auf eine Weise an, die es überflüssig machte, seine Zweifel an ihrer Behauptung auszusprechen, und Pia fuhr fort und erzählte ihm mit wenigen, aber sehr präzisen Worten, was sie am Fluss entdeckt und wie sie den toten Ork gefunden hatte. Landras hörte schweigend und mit so unbewegtem Gesicht zu, als erzählte sie ihm absolut nichts Neues, doch als sie zu Ende gekommen war, legte er die Stirn in Falten und sah sie eine geschlagene Sekunde lang auf eine Art an, die noch sehr viel beredter war als gerade. »Unsere Nachhut«, sagte er dann. »Wir haben uns schon gefragt, warum sie nicht zu uns gestoßen sind.«

»Und ihr habt keine –?«

»Wir haben einen Mann losgeschickt, um nach ihnen zu sehen«, fuhr Landras fort. »Er hätte vor einer Stunde zurück sein müssen, ist aber bis jetzt nicht aufgetaucht. Sie sind alle tot, sagt Ihr?«

»Das weiß ich nicht«, antwortete Pia. »Wie viele waren es?«

»Einhundert Mann«, sagte Landras.

Einhundert? Pia erschrak. Sie hatte gewusst, dass die Toten, die sie im Fluss gesehen hatte, nicht alle gewesen waren, aber *einhundert* tote Krieger? Das war grauenhaft.

»Und es waren tatsächlich Orks?«, fragte Landras. »Da seid Ihr ganz sicher?«

»Ich erkenne einen Ork, wenn ich ihn sehe«, antwortete Pia. »Ich habe schon gegen genug von ihnen gekämpft. Ihr auch?«

Landras ignorierte die Frage, aber sie hatte auch mit nichts anderem gerechnet. »Und Ihr habt nur diesen einen toten Ork gefunden?«, vergewisserte er sich. Sein Blick glitt wieder über die zerschrammte Klinge des Silberschwertes, und Pia meinte ihm ansehen zu können, wie unbehaglich er sich schon bei ihrem bloßen Anblick fühlte.

»Wahrscheinlich haben sie die anderen Toten mitgenommen«, sagte sie. »Diesen einen haben sie nicht gefunden. Er lag ein Stück weit im Wald. Hinter einem Gebüsch. Ich nehme an, sie waren ein wenig in Eile.«

Landras sah sie auch jetzt wieder zweifelnd an. Er machte eine Kopfbewegung auf das Schwert. »Und warum habt Ihr diese Waffe mitgebracht?«

»Das weiß ich nicht«, antwortete Pia, was zum Teil sogar der Wahrheit entsprach, zu einem anderen aber auch wieder nicht. »Ich dachte, es interessiert Euch, was mit Euren Männern geschehen ist.«

»Das tut es«, bestätigte Landras. »Aber ich will ehrlich zu Euch sein, Gaylen: Es fällt mir schwer zu glauben, dass es wirklich so war, wie Ihr behauptet.«

»Aber Ihr wollt damit doch nicht etwa andeuten, dass die erhabene Gaylen uns anlügt, Schild, oder?«, fragte eine Stimme hinter ihm.

Landras drehte sich um, und auch Pia sah in die entsprechende Richtung und war nicht einmal überrascht, Schwert Torman im Eingang zu erblicken ... dafür aber umso erschrockener.

Es war das allererste Mal, dass sie den Schattenelben ohne seine schwarze Rüstung sah. Auch er trug jetzt nur so etwas wie ein weißes Nachthemd und dünne Schnürsandalen, und sein Gesicht war fast so grau wie Landras' Haar. Er hatte sein Schwert bei sich, aber nur, um es als Stütze zu benutzen, weil er sich aus eigener Kraft kaum noch auf den Beinen halten konnte. Hinter ihm stand ein weiterer Krieger, der seine Waffe nicht gezogen hatte, sondern ganz eindeutig bereitstand, um ihn aufzufangen, sollten ihn die Kräfte verlassen ... was Pias Meinung nach jeden Moment der Fall sein konnte. Sein Anblick versetzte ihr einen tiefen Stich, der sich wie eine dünne Nadel aus purem Leid tief in ihr Herz bohrte. Sein Gesicht war eingefallen und von Leid und Schmerz gezeichnet, und in seinen Augen war ein trüber Glanz, der sie mehr als alles andere erschreckte. Sie hatte erwartet, seine rechte Hand dick verbunden zu sehen, aber sein Arm hing nicht einmal in einer Schlinge. Der Kratzer, den sie ihm zugefügt hatte, war tatsächlich nicht mehr als ein Kratzer, aber aus irgendeinem Grund erschreckte sie dieser Anblick beinahe noch mehr.

»Prinzessin Gaylen.« Torman deutete ein schwächliches Nicken an. »Ich hoffe doch, man hat Euch gut behandelt.«

Ganz egal, was sie dazu sagen wollte, ihre Kehle war plötzlich wie zugeschnürt. Sie war fast schon dankbar, dass Landras seine Überraschung deutlich schneller als sie überwand und sich in einem Ton und mit einem Blick an Torman wandte, von dem dieser offensichtlich genauso wenig wie sie sicher war, dass sie tatsächlich nur ehrerbietig gemeint waren.

»Schwert«, sagte er. »Was tut Ihr hier? Ihr müsst Euch schonen, und –«

»Ja, ich weiß«, unterbrach ihn Torman. »Und sobald es meine Zeit zulässt, werde ich auch auf deinen Rat hören und klaglos alles über mich ergehen lassen, was deine Heiler mit mir anstellen. Aber im Augenblick haben wir Wichtigeres zu tun, fürchte ich.« Er schenkte Landras noch einen eisigen Blick, der sich als Lächeln tarnte, und wandte sich dann mit demonstrativer Gestik an Pia.

»Ich wollte Euch nicht belauschen, Erhabene, aber ich kam nicht umhin, Eure Worte mit anzuhören. Ihr müsst Schild Landras' Zweifel verstehen.«

»Muss ich das?«, fragte Pia.

»Schild Landras nimmt seine Verantwortung sehr ernst«, bestätigte Torman. »Und er kennt die Orks ebenso gut wie ich. Sie sind nicht unbedingt für ihre überragenden Fähigkeiten im Kampf bekannt.«

Pia sagte nichts dazu, dachte sich aber ihren Teil. Es musste wohl ein anderer Schwert Torman gewesen sein, der Seite an Seite mit ihr vergeblich versucht hatte, WeißWald gegen Nandes' Orkhorden zu verteidigen, die wie die Heerscharen der Hölle selbst darüber hergefallen waren.

Torman kam näher, noch immer auf sein als Krücke missbrauchtes Schwert gestützt. In nur einem Schritt Abstand folgte ihm sein Beschützer. Sein Blick streifte das Silberschwert, und sein Gesicht sah nun nicht mehr nur krank aus, sondern auch unendlich besorgt.

»Allerdings würde das einiges erklären«, fügte er in sonderbarem Tonfall hinzu.

»Unsinn!«, versetzte Landras. »Woher sollten sie –?«

»Prinzessin Gaylen würde uns nicht belügen«, unterbrach ihn Torman. »Sie mag andere Ziele verfolgen als wir, aber die Orks sind ebenso ihre Feinde wie die unseren.«

»Es wäre für die Grünhäute genauso gefährlich wie für uns«, beharrte Schild Landras.

Torman sagte nichts mehr dazu, sondern betrachtete die Klinge nur noch einmal, jetzt mit einem schon fast ehrfürchtigen Blick, und bedeutete dem Mann schließlich mit einer knappen Geste, das Kästchen zu schließen, was dieser auch mit allen Anzeichen der Erleichterung tat.

»Es wäre immerhin eine Erklärung«, sagte er nachdenklich. »Wenn auch nicht unbedingt eine, die mir gefällt.«

»Wofür?«, fragte Pia.

Torman schien einen Moment zu überlegen, ob er diese Frage überhaupt beantworten sollte, und als er es dann doch tat, konnte sie Landras ansehen, wie wenig recht ihm das war.

»Es ist nicht das erste Mal«, sagte er.

»Was?«

»Dass einer unserer Trupps spurlos verschwindet oder bis auf den letzten Mann ausgelöscht wird«, antwortete Torman. »Wenn sie tatsächlich über solche Waffen verfügen ...«

»Dann hättet ihr ein Problem.«

»Nicht nur wir«, erwiderte Torman ernst. »Die Orks sind jedermanns Feind. Eure Verbündeten mag es vielleicht nicht weiter stören, wenn sie uns schlagen, aber sie werden nicht aufhören, nachdem wir besiegt sind, sondern sich dem nächsten zuwenden. Vielleicht euch.«

Er hatte nicht gesagt, *falls* sie uns schlagen, dachte Pia beunruhigt, sondern *wenn*. Sie schwieg.

»Lasst uns allein«, bat Torman.

Landras schüttelte ärgerlich den Kopf. »Ich muss darauf bestehen, dass –«

»Das war keine Bitte, Schild«, unterbrach ihn Torman, um mehrere Grade kühler. Dass seine Stimme dabei vor Schwäche zitterte und er immer größere Mühe zu haben schien, auch nur zu stehen, tat der Wirkung seiner Worte dabei keinen Abbruch. »Ich glaube nicht, dass Prinzessin Gaylen mir etwas antun wird ... oder?«

Das letzte Wort galt Pia, die nur mit einem angedeuteten Kopfschütteln und einem schüchternen Lächeln darauf reagierte. Eigentlich hatte sie nie vorgehabt, ihm etwas *anzutun* oder ihn gar so schwer zu verletzen, wie sie es getan hatte.

Landras war es wohl seinem eigenen Stolz schuldig, nicht sofort zu reagieren, sondern ihn noch einen Moment lang nichts anderes als trotzig anzustarren, um dann umso zorniger herumzufahren und aus dem Zelt zu stürmen.

Torman sah ihm zwar kopfschüttelnd nach, aber Pia entging auch nicht, dass sich zumindest die Andeutung eines Lächelns auf seine Lippen stahl. »Nehmt es ihm nicht übel, Gaylen. Er ist ein guter Mann, nur manchmal etwas zu eifrig.«

Er schleppte sich weiter, und das so mühsam, dass Pia am liebsten aufgestanden wäre und ihm ihren Platz auf dem einzigen Stuhl in ihrem karg möblierten Gefängnis angeboten hätte, hätte sie sich nicht viel zu elend dazu gefühlt. »Natürlich kann man ihn verstehen. Ihr bringt keine guten Neuigkeiten, Erhabene.«

Pias schlechtes Gewissen rührte sich noch stärker und nun setzte sie tatsächlich dazu an, sich auf den schmalen Lehnen des hölzernen Stuhles in die Höhe zu stemmen, damit er sich setzen konnte, doch Torman hob abwehrend die verletzte Hand und schüttelte zusätzlich so heftig den Kopf, dass sein Haar flog. »Ich bitte Euch, Erhabene. Wollt Ihr meinen Stolz verletzen?«

»Wo ich Euch doch schon übel genug verletzt habe, meint Ihr?«

Torman überging die Bemerkung mit einem Lächeln und verlagerte sein Körpergewicht auf dem Schwert, um etwas bequemer stehen zu können. »Ihr habt das nicht gewollt, nehme ich an.«

Pia schwieg auch dazu. Was sollte sie denn darauf sagen? Natürlich hatte sie es nicht gewollt, aber sie wäre sich ein bisschen lächerlich dabei vorgekommen, ihm das zu sagen, nachdem sie vor gerade einmal einer Stunde mit aller Gewalt auf ihn eingeprügelt hatte.

»Würdet Ihr mir sagen, warum Ihr hierhergekommen seid, Erhabene?«, fragte Torman, gerade als die Stille zwischen ihnen wirklich unangenehm zu werden begann.

Jetzt, im Nachhinein, fragte Pia sich das selbst, ohne wirklich zu einer Antwort zu gelangen. Es war ziemlich dumm gewesen, vorsichtig ausgedrückt.

»Ich bin nicht Euer Feind, Prinzessin Gaylen«, sagte Torman. »Das war ich nie und ich werde es wohl auch nie sein.«

»Als wir uns das letzte Mal gesehen haben –«, begann Pia, und der Schattenelb unterbrach sie:

»– da war ich ebenso wenig Euer Feind, wie ich es jetzt bin. Ich war vorsichtig, das ist alles. Ihr an meiner Stelle hättet nicht anders gehandelt, nehme ich an.«

Das kam der Wahrheit ziemlich nahe, aber sie sah ihn trotzdem so böse an, wie sie nur konnte. »Ich glaube nicht, dass ich versucht hätte, Euch gegen Euren Willen zu verschleppen.«

»Hätte ich es *mit* Eurem Einverständnis getan, dann wäre es ja kein Verschleppen mehr gewesen, nicht wahr?«, antwortete Torman amüsiert, wurde aber im nächsten Moment sofort wieder ernst. »Vielleicht wäre so manches anders gekommen, hättet Ihr mich damals nach Elfenborg begleitet, Gaylen.«

»Ihr meint, dann würde ich jetzt vielleicht Euer Heer anführen?«, fragte Pia. »Kaum.«

»Vielleicht wäre es nicht notwendig gewesen, dass irgendjemand ein Heer anführt, hättet Ihr mich begleitet, Erhabene«, antwortete Torman.

»Ihr glaubt nicht im Ernst, dass ich Euch nach Elfenborg begleitet und dort die wiedergeborene Prinzessin Gaylen gespielt hätte, damit ihr Eure Macht über die Menschen hier noch ein bisschen festigen könnt, oder?«, fragte Pia.

»Würde ich auch nur einen Atemzug lang glauben, dass Ihr so etwas tätet, dann hätte ich Euch nicht gefragt, Gaylen«, antwortete Torman. Pia war ziemlich sicher, dass er das *Prinzessin* diesmal nicht nur zufällig weglies. »Und es hat nichts damit zu tun, dass wir unsere Macht festigen wollen.«

»Nein, natürlich nicht«, antwortete Pia. »Wie komme ich nur auf diese verrückte Idee?«

»Glaubt mir, mit dieser Macht ist es nicht annähernd so weit her, wie die meisten vermuten. Und der Preis dafür ist viel zu hoch. Wir herrschen seit einem Jahrtausend über dieses Land, das ist wahr, aber wir sind weder Tyrannen noch verlangen wir, dass die Menschen uns anbeten oder gar den Glauben an ihre eigenen Götter aufgeben. Unsere sogenannte Herrschaft über dieses Land beschränkt sich auf Elfenborg und einige wenige weitere Städte an der Küste. Wie viele von uns habt Ihr gesehen in all der Zeit, in der Ihr in WeißWald wart, Gaylen?«

Die Wahrheit war: keinen, dachte Pia. Aber sie verstand immer weniger, worauf Schwert Torman eigentlich hinauswollte. Sie war auch nicht ganz sicher, ob sie überhaupt noch in der Lage war, es verstehen zu können. Sie fühlte sich immer schlechter. Ihre Übelkeit war schlimmer geworden, und sie spürte, wie sie allmählich Fieber bekam.

»Also gut.« Torman seufzte sehr tief. »Ihr wollt mir nicht sagen, warum Ihr hergekommen seid. Das ist bedauerlich, aber ich muss es wohl akzeptieren. Dann werde ich Euch sagen, warum wir hier sind. Seit sich die Nachricht von Eurer Rückkehr verbreitet hat, steht das Land in Flammen. Städte führen Krieg gegeneinander, und Menschen, die seit hundert Jahren in Frieden als Nachbarn miteinander gelebt haben, greifen zu den Waffen und erschlagen die, die noch gestern ihre Freunde waren. Vielleicht haben wir nicht wirklich über dieses Land geherrscht, wie manche behaupten, aber seit vielen Jahrhunderten herrschte Frieden.«

»Frieden?«, wiederholte Pia bitter. Sie dachte an WeißWald, das unter einem seit Jahrhunderten anhaltenden magischen Winter litt und in dem Kinder getötet wurden, nur weil es der Stadtwache Spaß machte, sie zu jagen. »Und um welchen Preis?«

»Einen hohen«, gab Torman unumwunden zu. »Aber vielleicht ist es noch der geringste, der möglich war.«

»Ihr meint, besser ein Leben in Sklaverei und Not –«

»Als gar keines?« Schwert Torman nickte heftig. »In der Tat, Erhabene, das meine ich. Und was die Sklaverei und den Terror angeht, so ist es nicht unsere Sklaverei und nicht unser Terror.«

»Ach nein?«, fragte Pia spöttisch ... oder hätte es spöttisch getan, hätte das Zittern ihrer Stimme ihr den beabsichtigten Effekt nicht gründlich verdorben. Sie fühlte sich immer schlechter. Ihr Herz schlug mindestens doppelt so schnell, wie es sollte, und sie hatte jetzt ganz eindeutig Fieber. »Dann haben all diese Leute sich das selbst angetan, weil sie gerade nichts Besseres zu tun hatten. Wieso bin ich nur nicht von selbst darauf gekommen?«

»Elfenborg sorgt dafür, dass der Frieden im Land erhalten bleibt«, fuhr Torman unbeeindruckt fort. »Wir erlassen die Gesetze, die den Frieden und die Stabilität im Lande aufrechterhalten, und wir sorgen dafür, dass sie eingehalten werden und die Welt nicht im Chaos versinkt. Nicht mehr und nicht weniger. Elfenborg mischt sich nicht in die Gesetze oder das Leben eines einzelnen Reiches ein, oder gar einer einzelnen Stadt. Was die Menschen dort einander antun, das ist ganz allein ihre Entscheidung.«

»Macht Ihr es Euch da nicht ein bisschen zu einfach?«, fragte Pia.

»Möglicherweise«, sagte Torman gelassen. »Aber es ist der einzige Weg, ein so großes Land zu regieren, noch dazu über eine so lange Zeit. Und es hat funktioniert.«

»Solange sich niemand dagegen gewehrt hat?«

»Die Menschen in diesem Land waren Wilde, bevor wir gekommen sind«, sagte Torman. »Dieses ganze Land war im Krieg, einem Krieg, der niemals endete und keinen wirklichen Grund hatte. Die Menschen kannten nur die Furcht vor ihren Göttern und deren Priestern; und den Tod durch Hunger, auf dem Schlachtfeld oder dem Altar, wo sie ihren blutrünstigen Göttern geopfert wurden. Wir haben die Priester getötet, ihre Könige verjagt und die Menschen befreit. Wenn Ihr das Tyrannei nennen wollt, dann tut es. Der Frieden, den diese Tyrannei diesem Land und seinen Menschen gebracht hat, hat ein Jahrtausend gewährt.«

»Bis ich aufgetaucht bin, meint Ihr.«

»Es ist nicht Eure Schuld«, sagte Torman.

Das war nicht die Antwort, die sie hatte hören wollen.

»Wir waren auf dem Weg zu Euch und Euren Verbündeten, Erhabene«, fuhr Torman fort. »Die Lage ist schlimm. Das Land versinkt in Feuer und Chaos, und Nandes und seine Vereinigung aus Barbaren und Orks machen alles nur noch viel schlimmer. Wir wurden geschickt, um die Orks aufzuspüren und die Gefahr zu bannen.«

»Sie zu vernichten, meint Ihr?«

»Das wird vielleicht nicht mehr möglich sein, wenn das stimmt, was Ihr erzählt«, sagte Torman.

»Es ist die Wahrheit«, sagte Pia.

»Und ich glaube Euch.« Torman blickte mit einem gequälten Grinsen auf seine zerschrammte Hand hinab. »Aber ich kann nicht sagen, dass mich das freut.«

»Es tut mir wirklich leid, dass –«

»Darum geht es nicht«, unterbrach sie Torman. »Nandes hat ein gewaltiges Heer zusammengezogen, das dem unseren an Größe um nichts nachsteht. Wir fürchten es nicht ... solange es sich tatsächlich nur um Orks und Barbaren handelt. Doch mit solchen Waffen ...«

»Und das alles ist meine Schuld, nicht wahr?«, spöttelte Pia.

Na ja, sie *versuchte* spöttisch zu klingen.

Immerhin brachte sie die Worte halbwegs verständlich heraus.

Torman sah sie eindeutig überrascht an. »Wie kommt Ihr auf diese Idee?«

Pia antwortete nicht sofort, was aber einzig und allein daran lag, dass sie sich plötzlich noch sehr viel elender fühlte. Ihre Stirn glühte, und die Übelkeit war so schlimm geworden, dass sie immer mehr Energie darauf verwenden musste, sich nicht auf der Stelle zu übergeben oder gleich vom Stuhl zu fallen. »Ihr habt es doch selbst gesagt, Schwert: Alles war gut, bevor ich aufgetaucht bin.«

»So habe ich es nicht gemeint«, antwortete Torman.

»Was habt Ihr dann gemeint?«

»Nichts war gut, bevor Ihr gekommen seid, Erhabene. Aber alles ist schlimmer geworden, seit die Menschen glauben, dass sich die Prophezeiung erfüllt und Prinzessin Gaylen zu ihnen zurückgekommen ist.«

»Aber Ihr glaubt immer noch nicht, dass ich die Vorhergesagte bin.«

»Glaubt Ihr es denn?«, wollte Torman wissen, schüttelte aber auch praktisch zugleich schon den Kopf. »Es spielt längst keine Rolle mehr.«

»Ob ich selbst daran glaube?«

»Ob Ihr tatsächlich die wiedergeborene Prinzessin seid, eine Betrügerin oder nur jemand, den das Schicksal nicht gefragt hat, ob es ihm gefällt, in eine bestimmte Rolle gezwängt zu werden. Es spielt längst keine Rolle mehr.«

Für sie schon. »Und was glaubt Ihr?«, fragte Pia.

»Auch das ist nicht von Bedeutung«, antwortete Torman. »Es sind Dinge in Bewegung gekommen. Große Dinge. Viel zu groß, als dass Menschen oder auch Elben sie noch aufhalten oder gar rückgängig machen könnten. Wir können nur versuchen, das Schlimmste zu verhindern.«

»Und was wäre das?« Außer dass sie gleich vom Stuhl fiel, oder ihr etwas wirklich Peinliches passierte ... und wahrscheinlich sogar beides?

»Die Welt geht in Flammen auf, Prinzessin«, sagte Schwert Torman. »Ich würde mich freuen, wenn Ihr mir dabei helft, sie zu löschen.«

»Und anschließend streiten wir uns um die Asche?«, vermutete sie, schluckte ein paarmal hart und begriff eine Sekunde zu spät, dass sie damit alles nur noch viel schlimmer machte. Ihre Stirn fühlte sich an, als hätte sie ungefähr dreiundfünfzig Grad Fieber, und alles verschwamm nicht nur vor ihren Augen, sondern begann sich auch zu drehen.

»Ist alles in Ordnung mit Euch?«, fragte Torman.

Pia fühlte sich eindeutig zu mies, um ihm zu sagen, dass sie diese Frage für mindestens so dämlich hielt, wie sie war. Ihr war sogar zu schlecht, um zu lügen. »Nein, sagte sie. »Es war wohl ... doch alles ein bisschen zu viel.«

Auch wenn sie immer noch zu stolz war, um es zuzugeben, sah sie einen Ausdruck von echter Sorge in seinen Augen. Ein paar Augenblicke lang blickte er sie einfach nur an und nickte dann knapp. »Ich werde Euch einen unserer Heilkundigen schicken.«

»Unsinn«, nuschelte sie. Sogar das Sprechen fiel ihr mittlerweile schwer. »Ich brauche nur ein bisschen Ruhe.«

»Und die sollt Ihr auch bekommen«, antwortete der Elb. »Sobald der Heiler nach Euch gesehen hat ... was im Übrigen noch den charmanten Effekt hätte, dass mir noch eine kurze Gnadenfrist bleibt, bevor er seine zweifelhaften Talente wieder an mir ausprobiert.«

Pia hatte das Gefühl, ihm jetzt mindestens ein Lächeln schuldig zu sein, aber selbst dazu fehlte ihr mittlerweile die Energie. Sie nickte nur schwach und schlief ein.

Möglicherweise auch nicht. Vielleicht sank sie auch nur in einen dumpfen Dämmerzustand zwischen Schlaf, Bewusstlosigkeit und wirren Fieberfantasien, in denen sie vor allem litt, aber auch ein paar durch und durch verrückte Halluzinationen hatte. In mindestens zwei oder drei davon lag sie auf einem unbequemen Bett, und ein bleiches Schreckgespenst mit weißem Haar und dürren Spinnenfingern beugte sich über sie und machte sich an ihr zu schaffen. Sie wollte gar nicht so genau wissen, was es tat, aber es war nicht besonders angenehm. Eine andere Vision war deutlich weniger unangenehm, wenn auch mindestens genauso verrückt: Sie glaubte Ixchel zu sehen, die alte Indio-Frau, die sich über sie beugte und ihr irgendeine abscheulich schmeckende Flüssigkeit einzuflößen versuchte.

Dann schlug sie die Augen auf, und aus der Halluzination wurde Wirklichkeit. Ixchel saß neben ihr auf der Bettkante und versuchte zwar nicht, sie zu vergiften, sah sie aber mindestens so strafend an, wie es die Ixchel aus ihrem Traum getan hatte.

»Du dummes, dummes Kind«, sagte sie. »Was hast du dir nur dabei gedacht?«

Pia wusste weder, womit sie diese herzerwärmde Begrüßung verdient hatte, noch, wovon Ixchel eigentlich sprach. Und sie wusste erst recht nicht, wie Ixchel überhaupt hierherkam ... oder war es umgekehrt?

Es verging noch ein weiterer, kurzer Moment, bevor ihr klar wurde, dass mit ihrer Umgebung tatsächlich etwas nicht so war, wie es sein sollte, und die Frage lauten musste: Wie kam sie hierher?

Verwirrt setzte sie sich auf und sah sich um. Statt auf einem schmalen Feldbett in Tormans Heerlager war sie in ihrem eigenen Bett erwacht, und die Wände ringsum bestanden auch nicht mehr aus brüchigen Zeltbahnen, sondern aus uraltem Stein. Sie war wieder in Chichen Itza, und die einzige wirklich spannende Frage war: »Wie komme ich hierher?«

»Schwert Torman hat Flammenhuf mit einem Boten zu mir geschickt, weil er sich Sorgen um dich gemacht hat.«

»Flammenhuf?« Ihre Gedanken mussten wirklich ein bisschen eingerostet sein, denn es vergingen erneut zwei oder drei Sekunden, bevor ihr der Fehler in Ixchels Worten auffiel und sie erstaunt zu ihr hochsah. »Aber er lässt nie einen Elben auf seinen Rücken!«

»Er muss wohl gespürt haben, wie wichtig es war«, bestätigte Ixchel. »Ich habe ihm aufgetragen, dich hierherzubringen, und er hat es getan.«

»Schwert Torman?«

»Der Pegasus«, antwortete Ixchel kopfschüttelnd. »Aber Schwert Torman hat dich gehen lassen, was ich ihm hoch anrechnen muss. Wie konntest du das nur tun? Hast du denn gar kein bisschen Gefühl für Verantwortung? Was hattest du vor? Dein Kind zu töten, bevor es überhaupt geboren wird?«

»Nein«, antwortete Pia zerknirscht. »Es tut mir so leid. Aber ich ...« Sie hob hilflos die Schultern und lauschte in sich hinein. Zu sagen, dass sie sich wohlfühlte, wäre übertrieben gewesen, aber sowohl die Übelkeit als auch die Krämpfe waren fort, und sie fühlte sich nur sehr matt.

»Du darfst so etwas nie wieder tun, Kind«, sagte Ixchel. »Es sei denn, dir liegt nichts an deinem Leben – und an dem deines ungeborenen Kindes.«

»Hm«, machte Pia. Aber dann regte sich auch Trotz in ihr. »So schlimm war es doch gar nicht. He, ich bin schwanger, nicht todkrank. Und auch das erst seit ein paar Tagen!«

Ixchel setzte zu einer noch sehr viel ärgerlicheren Antwort an, sah aber dann nur mit schräg gelegtem Kopf auf sie herab und wirkte nun eher nachdenklich. »Du weißt es wirklich nicht?«

»Nein«, antwortete Pia. Dann blinzelte sie und fügte hinzu: »Was?«

Statt zu antworten, griff Ixchel nach ihrem rechten Arm und drehte ihn so, dass sie ihre Handfläche sehen konnte.

Sie hätte erschrecken sollen, war jedoch im allerersten Moment einfach nur verwirrt. Ihre Handfläche war gerötet, wie nach einem wirklich schlimmen Sonnenbrand, und hier und da waren sogar kleine nässende Blasen zu erkennen. Dünne rote Linien zogen sich weiter an ihrem Arm herauf und verblassten nur ganz allmählich, und nachdem sie nur lange genug hingesehen hatte, begannen die roten Stellen auch wehzutun. Prüfend bewegte sie die Finger, und auch das tat weh.

»Was ... ist das?«, fragte sie stockend. Hatte sie sich verbrannt? Sie erinnerte sich nicht.

Ixchel antwortete auch darauf nicht, sondern ließ ihre Hand los und schlug die bunt bestickte Decke zurück, unter der sie erwacht war. Darunter trug sie nichts, aber daran verschwendete sie nicht einmal einen Gedanken, als sie den gut unterarmlangen, roten Fleck sah, der über ihrer rechten Hüfte begann und sich ein gutes Stück weit ihren Oberschenkel hinabzog. Die Haut war vielleicht nicht ganz so rot wie auf ihrer Handfläche, und es gab auch keine Blasen und nässenden Stellen, aber sie war dennoch entzündet und rot und so empfindlich, dass es schon fast wehtat, sie auch nur anzusehen. Sie setzte dazu an, Ixchel zu fragen, was um alles in der Welt dieser Fleck bedeutete, dann erkannte sie seine Form endlich wieder und starrte ihn geschlagene zehn Sekunden lang einfach nur an.

»Das Schwert«, murmelte sie dann.

»Du hättest es niemals berühren dürfen«, sagte Ixchel. »Wie konntest du nur so leichtsinnig sein?«

Pia hatte Mühe, auch nur hinzuhören. Ihr Blick hing wie gebannt an dem roten Umriss auf ihrem Oberschenkel. Er war ein wenig unscharf und begann an den Rändern schon wieder zu verblassen, aber er war trotzdem unübersehbar. Ihre Haut war trotz der dick gepolsterten Scheide, in der sie gesteckt hatte, und ihrer eigenen Kleidung entzündet und rot, wo sie die Waffe des toten Orks getragen hatte, so als hätte sie sich verbrannt.

Sie hob den Arm und zwang sich, ihre Handfläche noch einmal genauer zu betrachten. Ihre Haut war nicht wirklich verbrannt, sondern sah eher aus, als hätte sie in Säure gegriffen oder irgendetwas angefasst, worauf sie ganz besonders allergisch reagierte.

»Kryptonit«, sagte eine Stimme von der Tür her. Pia sah irritiert hoch und erblickte Alica, die grinsend im Türrahmen lehnte, einen ihrer unvermeidlichen schwarzen Zigarillos paffte und ihren nur noch von zwei entzündeten roten Flecken bedeckten Körper vollkommen ungeniert und auf eine Art betrachtete, von der Pia ganz und gar nicht wusste, ob sie ihr gefiel.

»Hübsch«, sagte sie. »Ich weiß zwar nicht genau, was ihr da treibt, aber darf ich mitmachen?«

Pia riss der Indiofrau die Decke regelrecht aus der Hand und wickelte sich hastig hinein. Alica feixte noch breiter, schnippte ihre Asche auf den Boden und kam gemächlich näher, grinste dabei aber beinahe noch unverschämter. Soll ich vielleicht Jesus noch dazuholen?«, fragte sie. »Ich meine, nur um für so etwas wie eine zusätzliche Komponente zu sorgen?«

»Ich finde, das reicht«, sagte Pia verärgert.

»Ja, wahrscheinlich hast du recht«, sagte Alica zerknirscht. »Manchmal vergesse ich, dass du ja erst so kurz hier bist. Mir ging es am Anfang nicht anders, weißt du? Ich dachte, die guten Leutchen hier wären so was wie Hinterwäldler, und das in jeder Beziehung, wenn du verstehst, was ich meine.« Sie blinzelte Pia verschwörerisch zu. »Ich könnte dir Dinge erzählen ... Die Jungs und Mädels hier haben ein paar Praktiken drauf, bei denen sogar ich noch rote Ohren bekommen habe, und du würdest nicht glauben, was –«

»Das reicht jetzt wirklich, Alica«, sagte Pia.

»Hast ja recht«, sagte Alica übertrieben zerknirscht. »Tut mir leid. Ich weiß, dass ich manchmal übertreibe. Aber dir geht es gut, wie ich sehe?«

»Bis vor einer Minute, ja«, antwortete Pia. Was Alica selbstverständlich zur Gänze und komplett ignorierte. Sie zog ein weiteres Mal an ihrem Zigarillo, mit dem sie die Luft hier drinnen endgültig verpestete, registrierte Ixchels (und vielleicht sogar Pias) vorwurfsvolle Blicke und wedelte mit der Hand vor dem Gesicht, um den Qualm auch schön gleichmäßig im Raum zu verteilen, bevor sie zum Fenster ging und den Zigarillo hinausschnippte. »Das war nun wahrhaftig keine Glanzleistung von dir, Liebes.«

»Was?«, fragte Pia. »Mich erwischen zu lassen?«

»Das auch«, antwortete Alica zwar, schüttelte zugleich aber den Kopf. »Obwohl ich gehört habe, dass du dich ganz ordentlich geschlagen haben sollst. Das Kryptonit anzufassen, meine ich.«

»Kryptowas?«

Alica verdrehte die Augen, als hätte sie eine *wirklich* dumme Frage gestellt, kam um das Bett herum und griff genau wie Ixchel zuvor – nur nicht annähernd so sanft – nach ihrem Arm, sodass sie ihre eigene Handfläche ansehen musste. »Kryptonit, Lois«, sagte sie. »Du kannst doch unmöglich vergessen haben, was Clark jedes Mal passiert, wenn er dem Zeug zu nahe kommt, oder?«

Pia musste zwar noch ein paar geistige Klimmzüge machen, um zu begreifen, wovon Alica überhaupt sprach, aber dann machte sie sich mit einer ärgerlichen Bewegung los, ballte trotzig die Hand zur Faust und ließ es sehr hastig wieder bleiben, als sie spürte, wie weh es tat.

»Kryptonit«, feixte Alica. »Sag ich doch.«

»Wovon sprecht Ihr?«, fragte Ixchel. Sie klang verwirrt und gab sich auch alle Mühe, entsprechend auszusehen, aber Pia konnte sich des Eindrucks einfach nicht erwehren, einen ganz sachten Ausdruck von Spott am Grunde ihrer Augen zu erkennen.

»Silber«, antwortete Pia rasch, bevor Alica es tun und noch mehr Unsinn reden konnte. »Da, wo wir herkommen, nennen es manche so.« Sie schenkte Alica einen bösen Blick. »Wenn auch nur wenige.«

»Dann ist sie klüger als Ihr, Erhabene«, antwortete Ixchel. Pia fragte sich, ob es wirklich Zufall war, dass sie wieder zu dieser ehrerbietigen Anrede wechselte, nun, wo Alica dabei war, statt sie mit *Kind* anzureden – und sie auch genauso zu behandeln –, wagte aber auch keine eindeutige Antwort. Das spöttische Funkeln war noch immer in ihren Augen, jetzt vielleicht sogar deutlicher als zuvor. »Ihr hättet auf sie hören sollen.«

Pia betrachtete noch einmal ihre gerötete Handfläche und zog eine Grimasse, beließ es aber bei dieser Reaktion, und schließlich runzelte Ixchel nur vielsagend die Stirn und stand auf.

»Ich lasse Euch jetzt allein«, sagte sie. »Aber Ihr müsst mir versprechen, Euch nicht zu überanstrengen – und die Medizin zu nehmen, die ich Euren Dienerinnen dagelassen habe.«

»Versprochen«, sagte Pia.

Alica runzelte die Stirn, schwieg aber, und Ixchel fügte hinzu:

»Ich komme später wieder und sehe noch einmal nach Euch.« Ohne ein weiteres Wort drehte sie sich um und ging.

Alica sah ihr mit einem noch tieferen Stirnrunzeln nach und wartete nicht nur, bis sie das Zimmer verlassen hatte, sondern gab auch noch einmal etliche Sekunden zu, bis sie ganz sicher war, dass sie auch nicht mehr zurückkommen würde. Dann seufzte sie und zündete sich einen weiteren ihrer stinkenden schwarzen Zigarillos an. Sie verdrehte genießerisch die Augen und Pias vorwurfsvollen Blick ignorierte sie dieses Mal vollkommen. »Das war jetzt vielleicht ein bisschen leichtsinnig.«

»Was?« Pia wickelte sich notdürftig in die dünne Decke und wäre um ein Haar der Länge nach hingeschlagen, als sie aufstand. Alica griente schadenfroh, war aber klug genug, sich jedes gesprochenen Kommentares zu enthalten, sondern beantwortete Pias Frage. »Ihr zu versprechen, dass du auch brav deine Medizin nimmst, Liebes. Ich war dabei, als sie sie zusammengemischt hat. Ich weiß, was drin ist.«

»Du hättest mich warnen können«, maulte Pia.

»Vor Mutter Teresa von den sieben Pyramiden?«

Pia hatte ihre Kleider auf einem Hocker neben der Tür entdeckt und überlegte, wie sie sie anziehen konnte, ohne vor Alica gleich wieder einen Striptease hinzulegen ... oder sich auch nur zu schnell zu bewegen, was unter Umständen fatale Folgen haben konnte. Sie lauschte in sich hinein und stellte abermals fest, dass sowohl die Übelkeit als auch alles andere verschwunden war. Abgesehen von dem heftigen Brennen auf ihrer Handfläche und einer schon fast angenehmen Mattigkeit fühlte sie sich ausgesprochen gut. Aber die Erinnerung an das, was ihr in Tormans Lager zugestoßen war, war noch zu frisch. »Vor diesem verdammten Kryptonit! Manchmal auch Silber genannt.«

»Ich dachte, das hätte ich«, antwortete Alica fröhlich. »Du kannst doch unmöglich schon vergessen haben, wie schlecht es dir gegangen ist, nachdem wir Kukulkans kleines Schatzkämmerchen gefunden haben.«

Nein, natürlich hatte sie das nicht. Aber sie hatte die Übelkeit und alles andere auf ihren Zustand geschoben und nicht …

»Aber das ist doch Quatsch«, murrte sie. »Silber wirkt vielleicht auf diese Spitzohren wie Kryptonit auf Superman, aber nicht auf mich.«

»Wieso?«, fragte Alica.

»Nur weil mich der eine oder andere hier für die Reinkarnation irgendeiner tausend Jahre alten Elfenprinzessin hält, muss das noch lange nicht bedeuten, dass ich es auch wirklich bin.« Sie strich mit der linken Hand ihr Haar zurück. »Oder sind mir inzwischen Fuchsohren gewachsen, ohne dass ich es gemerkt hätte?«

»Du ja vielleicht nicht, aber möglicherweise ein Teil von dir. Bei der Gelegenheit: Hast du es Jesus schon gesagt?«

Sie wusste verdammt genau, dass sie das nicht getan hatte,

dachte Pia. Sie funkelte Alica so zornig an, wie sie nur konnte, und konzentrierte sich ansonsten darauf, irgendwie in ihre Kleider zu schlüpfen, ohne sich dabei vollends zur Närrin zu machen. »Wo ist er überhaupt?«, fragte sie.

»Jesus?« Alica pustete eine süßlich riechende Wolke in ihre Richtung, hinter der ihr Schulterzucken mehr zu erahnen als wirklich zu sehen war. »Er hat fast die ganze Nacht an Eurem Bett gesessen und über Euch gewacht, Erhabene. Vor einer halben Stunde ist Gamma Graukeil gekommen und hat ihn abgeholt, um ihm irgendetwas furchtbar Wichtiges zu zeigen, aber frag mich jetzt nicht, was.« Sie wiederholte ihr Schulterzucken. »Aber er kommt bestimmt so schnell wie möglich zurück, um über Eure Unversehrtheit zu wachen, Erhabene.«

»Hör mit dem Unsinn auf«, sagte Pia müde. »Wie geht es ihm?«

»Besser als dir«, antwortete Alica, jetzt ganz ohne zu lächeln. »Ihr solltet wirklich ein bisschen mehr auf Euch achtgeben. Immerhin seid Ihr nicht nur für Euch allein verantwortlich, Erhabene.«

Pia schlüpfte in ihre Stiefel, knüllte die Decke zu einem Ball zusammen und warf ihn so auf das Bett, dass Alica gerade noch einen Schritt zurückmachen konnte, um nicht getroffen zu werden. »Würdest du mir einen Gefallen tun und endlich damit aufhören, mich so zu nennen?«, sagte sie müde. »Wenigstens wenn wir unter uns sind?«

»Und wenn es die Wahrheit wäre?«, fragte Alica.

»Was? Dass ich nicht nur das Pech hatte, zur falschen Zeit am falschen Ort zu sein, sondern tatsächlich und in allem Ernst die wirkliche und wahrhaftige wiedergeborene Elfenprinzessin Gaylen bin? Das ist vollkommener Quatsch, und das weißt du auch.«

»Und woher?«, fragte Alica. »Du weißt doch nicht einmal selbst, wer du bist.«

Ob sie nun wusste, wie falsch dieser Vergleich war, oder nicht, für sie war es ein Drache, der seinen gigantischen, tausendfach segmentierten Leib aus Licht fressendem schwarzem Eisen ebenso gemächlich wie unaufhaltsam die breite Prachtstraße entlangschob und dabei eine zitternde Woge erschrockener Bewegung verursachte, die im gleichen Maße vor ihm zurückwich, wie sie ihn auch zu bedrängen schien. Es war ein verwirrender, auf eine morbide Art aber auch faszinierender Anblick, und vor allem machte er ihr Angst.

Das sollte er nicht. Sowohl Alica als auch Eirann hatten ihr versichert, dass es keinen Grund gab, sich Sorgen zu machen, und das Bild, auf das sie hinabsah, behauptete dasselbe: So beeindruckend der Tross aus gepanzerten Elbenkriegern auch sein mochte, war er den Tausenden und Abertausenden bunt gekleideter Maya doch so hoffnungslos unterlegen, dass eigentlich schon der Gedanke lächerlich sein sollte, die Schattenelben könnten irgendeine Gefahr darstellen. Sie waren vielleicht zweihundert, wahrscheinlich sogar weniger. Kukulkan gebot über Tausende von Kriegern.

Dennoch beunruhigte sie das Bild, als rührte es an eine Erinnerung, die so tief in ihr verborgen war, dass sie sie nicht wirklich fassen konnte, aber auch zu erschreckend, um ganz in Vergessenheit zu geraten.

»Ihr solltet hineingehen, Erhabene. Unser Gast ist bereits auf dem Weg nach oben, und es geziemt sich nicht, ihn warten zu lassen.«

Pia ließ ganz bewusst *sie* einen weiteren Moment warten, bevor sie sich zu Alica und Jesus herumdrehte. Beide hatten in gleichem Abstand, aber vollkommen unterschiedlicher Haltung hinter ihr Aufstellung genommen. Alica, die für ihre Verhältnisse schon fast prüde gekleidet war, sog nervös an dem dritten Zigarillo, den sie sich angezündet hatte, seit sie auf die Dachterrasse herausgekommen waren, und hatte sichtliche Mühe, nicht kribbelig von einem Bein aufs andere zu treten. Jesus stand mit vor der Brust verschränkten Armen und leicht gespreizten Beinen da und bemühte sich mit ziemlichem Erfolg, die Salzsäule zu spielen. Anders als Alica hatte er kein Wort gesprochen, seit sie herausgekommen waren, um der Ankunft der Elben zuzusehen, aber damit unterschied sich sein Verhalten kaum von dem der zurückliegenden drei Tage; vier, wenn sie den Morgen mitzählte, an dem sie hier aufgewacht war und vergebens auf seine Rückkehr gewartet hatte. Sie würde mit ihm sprechen müssen, sobald dieser Abend vorbei war; und nicht nur über sein kindisches Betragen.

»Eirann?«, fragte sie nur.

Alica reagierte mit einer Geste, deren Bedeutung sie sich vermutlich aussuchen sollte, und sog nur noch nervöser an ihrem Zigarillo. Pia bedachte sie mit einem ärgerlichen Blick, der nicht nur dem übel riechenden Qualm galt, mit dem sie inzwischen schon die halbe Dachterrasse verpestet hatte. Auch wenn sie diese Angewohnheit einigermaßen unappetitlich (und rücksichtslos) fand, so war es ihr letzten Endes egal, ob und wie gründlich Alica den Weg zu ihrer Lunge teerte – aber der süßliche Geruch verriet ihr auch, dass sie nicht nur Tabak rauchte, und sie hielt es nicht unbedingt für eine gute Idee, vollkommen bekifft zu einem Gespräch mit dem Anführer einer potenziell feindlichen Armee zu erscheinen.

Sie sah noch einmal auf den Platz hinunter. Der Heereszug war inzwischen zum Stillstand gekommen, und die Reiter saßen ab und begannen sich zu verteilen. Pia wollte sich schon gänzlich umwenden und gehen, als irgendetwas doch ihre Aufmerksamkeit erregte und sie noch einmal hinsah. Es verging noch ein Augenblick, bis aus einem bloßen Gefühl Begreifen wurde, aber dann war es dafür umso unübersehbarer.

»Sie bilden einen Kreis, mit den Pferden zwischen sich und den anderen.« Alica war neben sie getreten und blickte mit gefurchter Stirn nach unten. »Ich an ihrer Stelle würde es genauso machen.«

Jetzt fiel ihr auch noch mehr auf: Als sie die Reiter das letzte

Mal gesehen hatten, hatten sie ihre großen dreieckigen Schilde auf dem Rücken getragen und die Speere an den Sätteln befestigt. Jetzt trugen sie die Schilde am linken Arm und die Lanzen in die Steigbügel gestützt in der rechten Hand. Sie waren kampfbereit, begriff Pia, und auch der Umstand, dass sie einen perfekten, dreifach gestaffelten Kreis bildeten, war ganz bestimmt kein Zufall; so wenig wie der Umstand, dass diese Verteidigungsformation vermutlich nur von hier oben aus auf den ersten Blick zu erkennen war.

»Das sieht nicht unbedingt nach einem Freundschaftsbesuch aus«, sagte Pia. »Eher, als würden sie sich auf eine Belagerung vorbereiten.«

Alica stieß heftig die Luft durch die Nase aus. »Verwechselst du da nicht etwas, Liebes?«, fragte sie. »Ich meine: Wer, wenn nicht ich weiß, wie taff diese Jungs sind, aber es sind nur ein paar. Unsere kleinen braunen Freunde sind hundertmal so viele.«

»Das waren sie damals bei uns auch, als die Spanier kamen«, antwortete Pia.

Alica sah sie so vollkommen verständnislos an, dass sie sich jedes weitere Wort gleich sparte und noch einmal nach unten sah; im Prinzip dasselbe, was sie jetzt seit guten zwanzig Minuten tat, ohne dabei irgendwie schlauer geworden zu sein. Torman und ein zweiter eher grau- als weißhaariger Elbenkrieger waren abgesessen und redeten mit einer deutlich kleineren Gestalt (was im Prinzip auf jeden in dieser Stadt zutraf, der kein schwarzes Eisen trug), die auf einen knorrigen Stab gestützt dastand und seinen Größenvorteil mehr als nur wettmachte, indem sie nicht nur einen bunten Federmantel trug, sondern dazu einen noch viel prachtvolleren riesigen Kopfschmuck aus vielfarbigen Federn, in dem jeder andere lächerlich ausgesehen hätte, der Kukulkans würdevolle Erscheinung jedoch nur noch unterstrich, selbst über die große Entfernung hinweg. Daneben stand eine kaum weniger prachtvoll herausgeputzte Gestalt, von der Pia zumindest annahm, dass es Ixchel war, sowie noch einige weitere Maya; hohe

Würdenträger der Stadt, wie sie vermutete, vielleicht auch Kukulkans Leibwache. Wenn, dann war der greise Herrscher heute wohl ungewöhnlich sanftmütig gestimmt, dachte Pia. Normalerweise tat er keinen Schritt ohne eine Leibwache, die groß genug war, eine nicht einmal allzu kleine Festung im Sturm zu nehmen.

Pia hätte einiges dafür gegeben, auch nur einen Teil von dem zu verstehen, was dort unten besprochen wurde, aber dazu waren nicht einmal ihre Sinne scharf genug. Vielleicht war es ja auch ganz gut so. Sie meinte die angespannte Stimmung dort unten geradezu mit Händen greifen zu können. Vielleicht hatte sie die Gefahr ja auch unterschätzt, die von diesem Moment ausging.

Als wäre dieser Gedanke ein Stichwort gewesen, auf das das Schicksal nur gewartet (oder der Schattenelb gehört) hatte, hob Torman den Arm und machte eine eindeutig zornige Geste, auf die der Alkalde mit einem nicht minder zornigen Aufstampfen seines Stabs reagierte, und Pia erwartete ganz instinktiv, dass sich die Bewegung auf dem ganzen Platz fortsetzen und *irgendetwas* auslösen würde. Seltsamerweise geschah nichts, was aber wohl hauptsächlich daran lag, dass dort unten auf dem Platz niemand etwas von dem kurzen Disput bemerkt hatte, denn die Schattenelben bildeten nach wie vor einen undurchdringlichen Ring um Kukulkan und ihren Herren, der die kleinwüchsigen Indios fast um das Doppelte überragte. Pia war ein wenig erstaunt. Ein so leichtsinniges Verhalten passte so gar nicht zu Kukulkan.

Alica trat ihren Zigarillo aus. »Komm«, sagte sie. »Hören wir uns an, was der ehrbare Schwert Torman uns zu sagen hat.«

»Du meinst den, der gerade da unten steht und mit Kukulkan spricht?«, fragte Pia.

Alica nickte zwar, drehte sich aber trotzdem demonstrativ um und wiederholte ihre auffordernde Geste. »Er wird gleich kommen«, sagte sie. »Der Sohn der Großen Schlange muss schließlich sein Gesicht wahren. Vergiss nicht, dass die Elben und unsere neuen Freunde eine fast tausendjährige innige Feindschaft verbindet.«

»Aber mit Eirann und seinen Leuten hatten sie kein Problem?«

Dicht gefolgt von Jesus und zwei ihrer vier Indiowachen, die neben dem schwarz gekleideten Riesen wie Kinder in bunten Karnevalskostümen aussahen, betraten sie das Haus, und Alica hob betont langsam die Schultern. »Da waren es ja auch nur ein paar«, sagte sie. »Man tut sich leicht damit, einem ehemaligen Feind Gastfreundschaft und Obdach zu gewähren, der noch dazu auf der Flucht vor seinem eigenen Volk ist. Wenn er dann plötzlich mit einer ganzen Armee vor der Tür steht, sieht das vielleicht ein bisschen anders aus.«

Für jemanden wie Alica, fand Pia, war das eine schon fast philosophische Erkenntnis … aber andererseits war ja Alica längst nicht mehr die, an die sie sich zu erinnern glaubte. Sie musste sich immer wieder in Erinnerung rufen, dass für Alica mehr Jahre vergangen waren als für sie Tage, seit sie sich das letzte Mal gesehen hatten. Und sie hatte sich nicht nur äußerlich verändert.

Sie hatte erwartet, eine ihrer beiden Dienerinnen anzutreffen, vielleicht auch eine der Wachen, die Kukulkan hier oben postiert hatte, doch stattdessen gewahrte sie eine kleinwüchsige Gestalt in grobem schwarzem Leder, die auf einem der großen Stühle vor dem noch größeren Tisch saß und mit den Beinen baumelte. Pia zog die linke Augenbraue hoch. Gamma Graukeil schien entweder nicht mitbekommen zu haben, dass sie hochrangigen Besuch erwarteten, oder er hielt noch weniger von zivilisierten Umgangsformen, als sie ohnehin angenommen hatte.

»Wenn das nicht der größte kleine Krieger aus Ostengaard ist«, sagte sie. »Schon zurück von Eurem Badeausflug?« Sie schnüffelte übertrieben und schüttelte dann noch übertriebener den Kopf. Gamma Graukeil roch nach Staub und warmem Erdreich, aber nicht nach … nun ja, *schmutzigem* Wasser.

»Prinzesschen«, erwiderte Graukeil. »Charmant wie immer. Aber ich freue mich auch, Euch zu sehen, und es geht mir gut, danke der Nachfrage.« Er hüpfte von seinem Stuhl, schoss aus irgendeinem Grund einen eindeutig feindseligen Blick in Alicas Richtung ab und verbeugte sich dann umso tiefer in Jesus' Richtung. »Ter Lion.«

Jesus reagierte gar nicht darauf, aber Pia blieb mitten in der Bewegung stehen und drehte sich zu ihm um.

»Ter Lion?«, wiederholte sie. »Wieso nennt er dich Ter Lion?«

»Ist einfacher so«, antwortete Jesus. »Das tut hier sowieso jeder Zweite ... Ihr übrigens eingeschlossen, Erhabene.«

»Lasst uns doch Platz nehmen«, sagte Alica. »Es kann noch eine Weile dauern, bis unser Gast eintrifft, und wir haben noch ein paar Dinge zu bereden.« Sie deutete auf den gewaltigen Tisch, auf dem bereits ein Festmahl für mindestens ein Dutzend Gäste aufgetragen worden war (das Pias Meinung nach auch locker für die dreifache Anzahl ausgereicht hätte), und schüttelte dann den Kopf, als sie den erstbesten Stuhl ansteuern wollte. Stattdessen wies sie auf den Platz am Kopfende des Tisches, einen gewaltigen Stuhl mit einer geschnitzten Lehne, die allein fast so groß war wie ein ausgewachsener Mayakrieger.

»Dieser Platz gebührt Kukulkan«, sagte sie verwirrt.

»Er gebührt Euch, Prinzessin«, sagte Alica rasch. »Wenigstens an diesem besonderen Tag.«

Das musste sie jetzt nicht verstehen, aber Alica wiederholte ihre auffordernde Geste, und schließlich ging sie achselzuckend hin und nahm Platz. Jesus trat wie ein dreidimensionaler Schatten hinter sie und erstarrte mit verschränkten Armen erneut zur Salzsäule. Pia musste sich nun wirklich beherrschen, um eine entsprechende Bemerkung herunterzuschlucken. Allmählich ging ihr Jesus' kindisches Benehmen wirklich auf die Nerven; vor allem nach seiner seltsamen Bemerkung gerade; die im Grunde gar nicht so seltsam war, sie aber ungemein ärgerte.

»Was gibt es denn so Wichtiges zu besprechen?«, wandte sie sich an den Zwerg.

Statt zu antworten, stellte sich Gamma Graukeil auf die Zehenspitzen und klaubte sich etwas von einem Teller, das in Pias

Augen wie ein nur halb garer Hühnerflügel aussah, dafür aber vor Fett triefte, und hinter ihr sagte eine Stimme:

»Prinzessin Gaylen.« Metall klirrte, und sie hörte nicht nur schwere Schritte, sondern zog auch erstaunt die Augenbrauen zusammen, als sie den hochgewachsenen Elbenkrieger sah, der auf sie zutrat. »Wie ich sehe, geht es Euch wieder besser.«

»Dank Ixchels hervorragender Pflege, ja«, antwortete Pia automatisch. Wie um alles in der Welt kam *Eirann* hier herein? Hinter ihm war keine Tür, und es war vollkommen ausgeschlossen, dass sie ihn einfach übersehen hatte. Dazu war er schlichtweg zu groß.

»Es gibt da noch eine Sache, über die wir reden müssen, bevor Torman da ist«, mischte sich Alica ein. »Kukulkan hat Kundschafter ausgeschickt, um das Heer aus Elfenborg im Auge zu behalten.«

»Wie umsichtig«, sagte Pia spöttisch.

Alica warf ihr einen eindeutig ärgerlichen Blick zu. »Was weißt du über Ixcaret?«

»Nichts«, antwortete Pia. »Was soll das sein?«

»Die große Stadt am Fluss, von der Ihr berichtet habt«, sagte Eirann. »Kukulkans Späher bestätigen Eure Behauptung. Die Bevölkerung dort ist verschwunden.«

Pia war nicht sicher, was sie von dem Wort *Behauptung* halten sollte. Sie sah den Schattenelben nur an, und ein Teil von ihr fragte sich immer noch, wieso sie ihn nicht gesehen hatte, als sie hereingekommen war.

»Die Späher haben keine Toten gefunden«, fuhr Eirann fort. »Weder Menschen noch Orks. Aber es gab einen Kampf. Die Menschen wurden verschleppt. Auch die Toten.«

»Falls es welche gegeben hat.« Es gelang Pia nicht ganz, ein Schaudern zu unterdrücken, als sie an die verheerte Stadt zurückdachte, über die sie hinweggeflogen war, und bedauerte es längst, nicht wenigstens für einen Moment dort haltgemacht und sich umgesehen zu haben, war zugleich aber auch froh, dass sie es nicht getan hatte. Von dieser Stadt war etwas … Unheimliches ausgegangen, das sie selbst jetzt noch spürte. Trotzdem fügte sie hinzu: »Vielleicht sind sie vor … irgendetwas geflohen.«

»Vor einem Schneesturm«, vermutete Alica.

»Es gab einen Kampf«, sagte Eirann. »Die Späher berichten von großen Zerstörungen. Doch sie haben keine Toten gefunden. Und keine Überlebenden. Wer immer Ixcaret angegriffen hat, war offensichtlich darauf bedacht, niemand zurückzulassen.«

Diesmal war Pia sicher, dass diese Formulierung kein Zufall war, und nahm sich auch Zeit, darüber nachzudenken. »Ihr glaubt nicht, dass es Orks waren?«

»Die Grünhäute nehmen keine Gefangenen«, sagte Eirann. »Und sie nehmen ihre Toten nicht mit.«

»An der Furt haben sie es getan«, gab Alica zu bedenken. »Und das mit den Gefangenen stimmt so nicht ganz, fürchte ich. Sie ziehen in den Krieg. Sie werden lange unterwegs sein. Und keine Zeit zum Jagen haben.«

»Und?«, fragte Pia.

»Sie brauchen Proviant.« Alica hob die Schultern. »Wusstest du, dass die Maya bei uns früher Chihuahuas mit auf ihre Kriegszüge genommen haben? Um sie zu essen?«

»Das ist nicht witzig, Alica.«

»Ich weiß«, antwortete Alica. »Siehst du mich etwa lachen?« Sie kam um den Tisch herum, versuchte den Stuhl direkt neben ihr zurückzuziehen und hätte sich beinahe selbst aus dem Gleichgewicht gebracht, als sie entdeckte, dass er zwar wie ein filigran aus Holz geschnitztes Kunstwerk aussah, in Wahrheit aber aus massivem Stein bestand. Niemand lachte.

»Sie haben keine toten Orks gefunden«, fuhr sie fort, ohne sich zu setzen, funkelte aber den störrischen Stuhl auf eine Weise an, die den Stein eigentlich hätte zum Schmelzen bringen müssen. »Weder in der Stadt noch am Fluss. Und du bist ganz sicher, dass du –?«

»Dass ich mir das alles nicht nur eingebildet habe?« Pia sah sie so böse an, wie sie nur konnte. »Ganz und gar nicht. Ich gebe es ja nur ungern zu, aber je länger ich darüber nachdenke, desto mehr komme ich zu dem Schluss, dass es nur ein übler Traum war. Ich muss wohl etwas Schlechtes gegessen haben … und das Schwert, mit dem ich Torman beinahe umgebracht hätte, muss ich mir wohl auch nur zusammengesponnen haben. Du weißt ja, wie das ist. Die Macht der Fantasie und so.«

Alica blieb ernst. »Niemand behauptet, dass du spinnst, Liebes«, sagte sie. »Jedenfalls nicht mehr als sonst. Aber diese eine tote Grünhaut muss nicht unbedingt etwas mit dem Überfall zu tun haben.«

»Und womit sonst?«

»Es wurden keine Orks in der Umgebung gesehen«, beharrte Eirann. »Schon seit Monaten nicht mehr.«

Pia wollte widersprechen, besann sich dann aber eines Besseren und beließ es bei einem angedeuteten Schulterzucken. Sie hatte immer mehr das Gefühl, dass da noch etwas war, was außer ihr jeder hier drinnen wusste.

Schritte näherten sich, und eine ihrer beiden Dienerinnen kam herein, auch sie prachtvoll herausgeputzt und mit einem riesigen Federschmuck auf dem Kopf, sodass sie nicht einmal ganz sicher war, um welches der beiden Mädchen es sich handelte. Sie wechselte ein paar geflüsterte Worte mit Alica, die daraufhin nickte und sich auf eine irgendwie offizieller wirkende Art zu Kukulkan herumdrehte.

»Schwert Torman, der Heeresführer von Elfenborg und Verteidiger der Freiheit, wünscht die Erhabene Prinzessin Gaylen zu sprechen und ersucht um Eure Erlaubnis«, sagte sie.

Pia gab ihr Bestes, um sie mit Blicken aufzuspießen, und Alica gab dem Mädchen einen fast genauso unmerklichen Wink, woraufhin es mit raschen Schritten und gesenktem Haupt hinauseilte. Sowohl Eirann als auch der Zwerg (ohne mit Kauen innezuhalten oder wenigstens mit Schmatzen) wandten sich dem Eingang zu. Auch Pia wollte aufstehen (sie fühlte sich ohnehin nicht besonders wohl, als Einzige an der langen Tafel zu sitzen), doch Alica schüttelte schon fast erschrocken den Kopf.

»Bleib sitzen«, sagte sie rasch. »Es geziemt sich nicht für die Herrscherin von Chicken Pizza, vor ihrem Gast zu stehen wie eine gewöhnliche Sterbliche.«

Und warum ist dann die göttliche Herrscherin über die Stadt der Großen Schlange nicht hier?, dachte Pia, hütete sich aber, diesen Gedanken laut auszusprechen, oder auch nur einen Schatten davon auf ihrem Gesicht Gestalt annehmen zu lassen. Es wäre ohnehin zu spät gewesen, denn das Mädchen konnte kaum Zeit gefunden haben, den angrenzenden Raum zu durchqueren, da näherten sich auch schon schwere Schritte, und zwei groß gewachsene Elben in auf Hochglanz polierten schwarzen Rüstungen kamen herein. Sie hatten ihre Speere unten bei den Pferden gelassen, trugen jedoch Schild, Schwert und Helm, und Pia war auch nicht die Einzige, die ein wenig überrascht die Stirn in Falten legte.

Den beiden Kriegern folgten zwei weitere Gestalten, Schwert Torman und Schild Landras, beide ebenfalls in Schwarz gehüllt, aber ohne Helm. Zwei weitere Schattenelben in voller Rüstung bildeten den Abschluss.

»Eigenartiger Aufzug, für einen Freundschaftsbesuch«, murmelte Alica, straffte dann aber trotzdem die Schultern und trat ihren weißhaarigen Gästen mit einem strahlenden Lächeln entgegen.

»Schwert Torman«, sagte sie. »Willkommen in der Stadt der Großen Schlange und dem Haus meiner Herrin.«

Torman reagierte zwar mit einem angedeuteten Nicken, doch sein Gesicht blieb vollkommen ausdruckslos, und sein Blick verharrte für einen kurzen Moment auf Alicas Gesicht und kaum weniger lange auf denen der anderen. Einzig auf Eirann blieb er eine Winzigkeit länger haften und etwas änderte sich in seinen Augen. Pia konnte nicht recht sagen, was.

Schließlich wandte er sich ganz zu ihr um, und diesmal vergingen etliche Sekunden, in denen er sie so durchdringend ansah, dass sie sich schon nach einem halben Atemzug unbehaglich zu fühlen begann. Ihr fiel erst jetzt auf, dass er den rechten Arm in einer Schlinge trug, und sofort meldete sich ihr schlechtes Gewissen wieder. Aber seine Augen ließen ihren Blick nicht los, und ihre Kehle war mit einem Mal wie zugeschnürt.

»Prinzessin Gaylen«, begann er schließlich. »Ich bin sehr froh zu sehen, dass es Euch wieder besser geht.«

»Ich hatte hervorragende Pflege«, antwortete Pia.

»Wir waren dennoch in Sorge«, sagte Torman, »vor allem, nachdem wir von Eurem Zustand erfahren haben.«

Für die Dauer eines halben Atemzuges hatte Pia sich nun doch nicht mehr gut genug in der Gewalt, um Alica nicht einen schon fast mörderischen Blick zuzuwerfen, bekam aber nur einen Ausdruck von perfekt gespielter Ahnungslosigkeit zur Antwort.

»Woher –?«, entfuhr es ihr.

»Es wurde vorhergesagt, Erhabene«, antwortete Torman, aber dann stahl sich doch so etwas wie ein Lächeln auf seine gestrengen Züge. »Und selbstverständlich war es hilfreich, dass einer unserer Heiler Euch untersucht hat.«

»Vorhergesagt?«, wiederholte Pia. »Von wem?«

Jetzt war es Schwert Torman, der ein wenig verwirrt aussah. Er setzte zu einer Antwort an, hob dann stattdessen den Kopf und sah beinahe noch länger Jesus an, der noch immer reglos hinter ihrem Stuhl stand. Durch seine enorme Größe überragte er nicht nur die hohe Lehne, sondern selbst die Schattenelben noch um ein gutes Stück; zumindest Torman und Landras, die ihre Helme nicht aufgesetzt hatten.

Schließlich räusperte sich Torman unsicher – ein Ausdruck von Verlegenheit, der so wenig zu dem Schwert Torman passte, den sie kannte, dass eine volle Sekunde verging, bevor Pia überhaupt begriff, dass der Laut von ihm kam –, trat einen halben Schritt zurück und straffte die Schultern. »Verzeiht, Erhabene«, sagte er unbehaglich. »Ich wollte nicht ...«

Doch, dachte Pia, *genau das wolltest du.* Aber für seine Begriffe war die Situation vermutlich schon peinlich genug. Die Versuchung, ihn noch ein bisschen mehr in Verlegenheit zu bringen, war nicht gerade klein, aber sie widerstand ihr. Das war jetzt nicht der richtige Moment.

»Schon gut«, sagte sie. »Und um mich anzuschließen: Mir geht es genau wie Euch, Schwert.« Sie deutete auf seinen verbundenen Arm. »Ich bin froh zu sehen, dass es Euch wieder besser geht.«

»Nur ein Kratzer«, antwortete Torman. »Es war mein eigenes Ungeschick.«

Pia erinnerte sich noch gut daran, wie sehr ihm dieser *Kratzer* zu schaffen gemacht hatte, war aber auch diskret genug, mit einem angedeuteten Nicken darüber hinwegzugehen. Sie machte stattdessen eine einladende Geste zu der überreich gedeckten Tafel vor sich. »Aber bitte, nehmt doch Platz, Schwert. Ihr müsst müde sein von der Reise. Ich bin sicher, Kukulkan und Ixchel werden sich uns gleich anschließen und sich geehrt fühlen, mit Euch zu speisen.« Eigentlich wunderte sie sich fast ein bisschen, dass der greise Alkalde und seine Gefährtin nicht zugleich mit Torman hereingekommen waren. Oder wenn man es genau nahm, *vor ihm.*

Torman deutete ein Nicken an (so gerade), trat aber nur noch einen weiteren halben Schritt zurück und wandte sich an Landras. »Schild.«

Landras griff – sehr vorsichtig – hinter sich und löste einen gut armlangen und in ein weißes Tuch eingeschlagenen Gegenstand von seinem Rücken, den er ihm reichte. Der Schattenelb nahm den Arm aus der Schlinge, um ihn mit beiden Händen zu ergreifen, kam wieder näher und verbeugte sich gerade tief genug, dass es noch nicht lächerlich aussah.

»Ich bringe Euch Euer Eigentum zurück, Erhabene«, sagte er, in nichts anderem als demütigem Ton. »Ich muss mich bei Euch entschuldigen, dass ich es nicht schon vor drei Tagen getan habe, aber die Umstände ließen es nicht zu.«

Okay, das hatte sie sowohl verstanden als auch verdient. Sie reagierte mit einem Lächeln, das nur er sah, und Torman kam mit noch immer gesenktem Haupt näher und legte das Bündel mit einer fast andächtigen Bewegung vor ihr auf den Tisch.

Pias Finger zitterten ganz leicht, als sie nach dem Tuch griff und es behutsam zurückschlug. Sie ahnte, was sie darunter erblicken würde (nein: Eigentlich *wusste* sie es. Größe und Form waren unverkennbar, und auch Tormans Worte ließen kaum einen Zweifel zu), aber ihr Herz begann trotzdem immer schneller zu klopfen.

Dann lag die Klinge vor ihr, schlank, länger als ihr Arm und schimmernd wie der Diamant, aus dem eine unbegreifliche Magie sie vor tausend Jahren erschaffen hatte. Verwirrende, unendlich filigrane Symbole bedeckten die durchsichtige Klinge, und obwohl sie sich hütete, sie zu berühren, konnte sie die finstere Seele spüren, die in der gläsernen Klinge schlug wie ein schwarzes Herz, die Gier nach Blut, nach *Leben*, die das Schwert fraß, um seine eigene Kraft zu mehren. Ihre Hand wollte nach dem Griff der Waffe tasten, und sie brauchte jedes bisschen Kraft, das sie hatte, um sich davon abzuhalten.

»Eiranns Zorn!«, flüsterte Alica. Ihre Stimme zitterte hörbar. »Das ist ... das ist Eiranns Zorn!«

»Und nun ist es wieder in der Hand seiner rechtmäßigen Besitzerin.«

Alica starrte ihn aus großen Augen an. Die Bedeutung dieser Worte ging ihr nur ganz allmählich auf. »Seiner rechtmäßigen Besitzerin?«, vergewisserte sie sich. Pias Hand wollte schon wieder nach dem Schwertgriff tasten, zog sich dann aber erneut zurück, und Torman gestattete sich ein weiteres seiner seltenen Lächeln und streckte die Hand aus, um nach dem Schwert zu greifen. Pia sah nicht hin, aber sie konnte spüren, wie sich Jesus hinter ihr anspannte. Torman hielt für einen winzigen Moment in der Bewegung inne und führte sie dann noch behutsamer zu Ende. Unter dem Stoff kam nicht nur die prachtvolle Klinge zum

Vorschein, sondern auch eine ebenso aufwändig gearbeitete und mit kunstvollen Goldeinlagen verzierte Scheide aus schwarzem Leder samt einem dazugehörigen Gürtel.

»Wenn Ihr gestattet, Erhabene.« Torman griff noch behutsamer nach dem Schwert (hinter ihr hielt Jesus die Luft an), ergriff es sehr vorsichtig und nahm mit der anderen Hand die Schwertscheide auf.

»Ich habe sie anfertigen lassen, weil ich gehofft habe, dass wir uns eines Tages wiedersehen.«

Er reichte ihr das Schwert mit beiden Händen. Pia nahm es ebenfalls mit beiden Händen entgegen und legte es behutsam vor sich auf den Tisch. Sie konnte spüren, wie Jesus sich hinter ihr immer unruhiger bewegte, widerstand aber noch immer der Versuchung, zu ihm aufzublicken.

»Ich danke Euch«, sagte sie, tatsächlich auf eine Weise angerührt, die sie überraschte. Sie hatte das Gefühl, etwas zurückbekommen zu haben, dessen schmerzliches Fehlen sie überhaupt jetzt erst bemerkte, als es wieder da war.

»Aber jetzt lasst uns speisen«, sagte Alica. Sie klang ein bisschen nervös, und Pia sah aus den Augenwinkeln, wie sie unter ihre Jacke griff und nach einem Zigarillo tastete, die Bewegung aber dann doch nicht zu Ende führte. »Ich bin sicher, Ihr habt tausend Fragen an uns, Schwert – und wir ebenso viele an Euch.«

»Das ist wahr«, antwortete Torman, schüttelte zugleich jedoch den Kopf, trat wieder einen Schritt zurück und richtete sich zu seiner vollen Größe auf. »Ich fürchte nur, dass uns keine Zeit für ein geselliges Beisammensein bleibt. Meine Männer und ich müssen noch heute weiter.«

»Noch heute? Aber Ihr seid doch gerade erst –«

»Wie ich Euch schon beim letzten Mal gesagt habe, Erhabene –«

»Gaylen«, unterbrach ihn Pia. »Nennt mich einfach nur Gaylen … es sei denn, Ihr besteht darauf, dass ich Euch auch weiter mit Eurem vollen Titel anrede, Schwert Torman, Heerführer von

Elfenborg, Behüter der Gesetze und Verteidiger der Wahrheit … war das so ungefähr richtig?«

Am liebsten hätte sie ihn gebeten, sie *Pia* zu nennen, aber das hätte alles nur noch unnötig verkompliziert.

Hinter ihr lachte Gamma Graukeil schmatzend, und zumindest in Landras' Augen schien so etwas wie ein amüsiertes Funkeln aufzuflackern, aber Torman schüttelte einfach nur den Kopf. Dennoch sagte er: »Gaylen. Wie Ihr befehlt.«

Befehlt. Interessant.

»Aber ich habe Euch unterbrochen, Torman. Verzeiht meine Unhöflichkeit. Ihr wolltet mir erklären, warum Ihr uns so schnell wieder verlassen wollt.« Wobei von *wollen* vermutlich keine Rede sein konnte, dachte sie. Sowohl Torman als auch seinem neuen Schild waren die Strapazen überdeutlich anzusehen, die hinter ihnen lagen. Sie und ihre Begleiter mussten wie die Teufel geritten sein, um hierherzukommen. »Kukulkan erlaubt nicht, dass Ihr bleibt«, vermutete sie.

Torman schüttelte den Kopf. Täuschte sie sich, oder tauschte er einen raschen, beinahe um Erlaubnis fragenden Blick mit Eirann, bevor er antwortete? *Ausgerechnet* mit Eirann?

»Der Sohn der Großen Schlange hat mir und meinen Männern Unterkunft und Schutz angeboten«, sagte er. »Meine Krieger sind müde, und auch ich spüre die Anstrengung der Reise, aber ich fürchte, wir können keine Rücksicht darauf nehmen.«

»Warum?«, fragte Alica, ungefähr eine Zehntelsekunde bevor sie es tun konnte. Torman antwortete auch, allerdings weiter an Pia gewandt.

»Wie ich Euch schon bei unserer letzten Begegnung sagte, Erha… Gaylen: Die Dinge sind in Bewegung geraten, und ich fürchte, noch sehr viel schneller, als ich es geahnt habe.«

»Aha«, sagte Alica. »Und was genau bedeutet das?«

Torman brachte irgendwie das fast unmögliche Kunststück fertig, sie *aktiv* zu ignorieren, aber Gamma Graukeil biss erneut in seinen Hühnerflügel und lachte glucksend. »Das soll heißen, dass Euer Freund Schwert Torman bis zu den Ohrenspitzen in der Scheiße steckt«, sagte er. »Trifft es das so ungefähr, Schwert?«

Torman ignorierte ihn genauso demonstrativ wie Alica zuvor. »Wir sind auf Nandes' Orks gestoßen«, sagte er. »Vor zwei Tagen, kurz nach Sonnenaufgang.«

»Und ganz zweifellos«, sagte Gamma Graukeil feixend, »habt Ihr sie zur Verantwortung gezogen für das, was sie mit Eurer Nachhut gemacht haben.«

»Wir wurden geschlagen«, sagte Torman. »Fast ein Drittel unserer Krieger ist tot, und auch der Rest wäre wohl gefallen, hätten wir uns nicht zurückgezogen.«

Schattenelben, die sich *zurückzogen?* Diese Vorstellung kam ihr einfach nur absurd vor. Bis vor einer Sekunde hatte sie noch nicht einmal gewusst, dass Torman dieses Wort kannte. »Was ist passiert?«, fragte sie.

»Was ich hätte wissen müssen, nach dem, was Ihr mir berichtet habt«, antwortete Torman. »Sie hatten Waffen aus Silber. Schwerter, Dolche und Pfeilspitzen. Sehr viele tapfere Männer hätten nicht sterben müssen, hätte ich auf Euch gehört.«

»Das konntet Ihr nicht wissen«, sagte Pia.

»Aber Ihr habt es mir gesagt.« Torman schüttelte noch einmal und jetzt schon fast wütend den Kopf, und Pia beschloss, nicht weiter auf das Thema einzugehen. Aus einem Grund, den sie nicht nachvollziehen konnte, schien Torman großen Wert darauf zu legen, die Schuld am Tod seiner gefallenen Krieger auf sich zu nehmen. »Ich muss das Heer zur Küste führen, um die Städte dort zu warnen. Sie erwehren sich seit Jahrhunderten der Angriffe der Orks und Barbaren, aber sie haben keine Ahnung, was jetzt auf sie zukommt.«

»Und warum bist du dann hier, Spitzohr?«, fragte Gamma Graukeil. Pia warf ihm einen zornigen Blick zu, und der Zwerg kicherte und verbesserte sich: »Verzeiht. *Schwert* Spitzohr.«

In Landras' Augen blitzte es wütend auf, und er spannte sich, doch der Zwerg feixte nur noch unverschämter, biss in seinen

Hühnerflügel und fuhr sich mit dem Handrücken über das Kinn, um das Fett wegzuwischen, das ihm in den Bart zu tropfen versuchte. Bei einem (sehr kleinen) Teil davon gelang es ihm sogar.

»Ich hätte es anders ausgedrückt«, sagte Torman bekümmert, »aber in der Sache muss ich Euch recht geben, Herr von Ostengaard.«

Herr von Ostengaard? Pia maß den Zwerg mit einem schrägen Blick, auf den Gamma Graukeil aber nur mit einem noch breiteren Grinsen reagierte und dann herzhaft in seinen Hühnerflügel biss. Herr von Ostengaard. Das schien ihr irgendwie ... unangemessen.

»Es gab schon lange ... nennen wir es: Gerüchte, dass Nandes' Truppen über Waffen aus Silber verfügen. Wir haben ihnen keinen Glauben geschenkt. Ein schwerer Fehler, wie ich nun weiß. vielleicht einer, der nicht wiedergutzumachen ist.«

»Und deshalb seid Ihr hier?«, fragte Alica. »Weil Ihr glaubt, die Quelle dieses Silbers wäre hier, in Chicken Pizza.«

»Wir sind aufgebrochen, um die Städte an der Küste zu schützen«, antwortete Torman. »Aber der Gedanke ist uns gekommen, ja.«

»Aber warum sollte Kukulkan das tun?«, fragte Pia. »Nandes und seine Orks sind genauso seine Feinde wie Eure. Oder glaubt Ihr im Ernst, dass sie diese Stadt verschonen würden?«

»Kryptonit«, sagte Alica. Pia sah sie ärgerlich an, und Alica hob mit einem fast verlegenen Lächeln die Schultern und fuhr fort: »Silber, Liebes. Das Volk der Großen Schlange ist das einzige in diesem Land, das noch über nennenswerte Vorräte an Silber verfügt. Ich an seiner Stelle wäre auf dieselbe Idee gekommen.«

»Silber findet man an jeder Ecke«, antwortete Pia zweifelnd, aber Alica schüttelte nur noch heftiger den Kopf und griff unter ihre Jacke, um einen ihrer schwarzen Zigarillos herauszuziehen, führte die Bewegung aber nicht zu Ende.

»Bei uns vielleicht, Kleines«, sagte sie. »Hier ist es mit das seltenste Metall, das überhaupt vorkommt. Nicht zu vergessen die tausend Jahre, die unsere Freunde aus Elfenborg über dieses Land herrschen. Allzu viel haben sie nicht übrig gelassen.« Sie schenkte Torman ein zuckersüßes Lächeln. »Oder sehe ich das falsch, Schwert?«

Torman zog es vor, nur mit einem kühlen Blick darauf zu reagieren, aber nun fühlte sich Pia bemüßigt, ihre neuen Verbündeten zu verteidigen. »Es gibt hier in der Tat Silber.« Um ein Haar hätte sie gesagt: *Kryptonit.* »Aber ich kann Euch versichern, dass sie es nicht einschmelzen und den Orks zur Verfügung stellen.«

»Und davon seid Ihr überzeugt.« Es war keine Frage, sondern eine Feststellung.

»Ja«, sagte sie. »Kukulkan ist ... mir ein Rätsel, wenn ich ehrlich sein soll. Ich bin nicht einmal sicher, ob ich ihm wirklich traue. Dazu kenne ich ihn nicht gut genug. Aber er würde niemals gemeinsame Sache mit einem Mann wie Nandes machen. Dazu ist er einfach zu stolz. Und zu aufrecht.«

Die Formulierung kam ihr sogar selbst ein wenig melodramatisch vor, aber zugleich erschien sie ihr irgendwie … richtig.

»Vermutlich habt Ihr recht«, pflichtete ihr Torman bei. »Und er hat mich auch gerade nicht belogen, als wir miteinander gesprochen haben. Das hätte ich bemerkt.«

»Aber es ist dieser Teil des Landes, aus dem die Waffen stammen, das ist bewiesen«, sagte Landras. Er klang ein bisschen nervös.

»Aber nicht von hier«, widersprach ihm Eirann.

Landras maß ihn mit einem verächtlichen Blick, als überlegte er ernsthaft, ob er einer Antwort überhaupt wert war. »Und da seid Ihr selbstverständlich ganz sicher«, sagte er schließlich.

»So sicher, wie man nur sein kann.«

»Und das kannst du ebenso sicher auch beweisen, nehme ich an«, sagte Landras abfällig.

»Das kann ich«, bestätigte Eirann, fügte aber dann eine Bewegung hinzu, die eher an eine Mischung aus einem Schulterzucken und einem angedeuteten Achselzucken erinnerte. »Zumindest können wir euch sagen, woher Nandes' Silber stammt.«

»Woher?«, fragte Torman scharf. Sein Begleiter schwieg, aber er wirkte mit einem Male so angespannt, als suchte er nur noch nach einem weiteren Vorwand, um sich auf Eirann zu stürzen.

Es war allerdings Alica, die antwortete, nicht der Schattenelb. »Gemach, geehrter Schild«, sagte sie. »Zuvor solltet Ihr uns vielleicht noch eine Frage beantworten.«

»Was fällt dir ein, Mädchen?«, zischte Landras. »Du weißt anscheinend nicht, mit –«

»Die geehrte Alischa«, unterbrach ihn Torman, »weiß recht genau, mit wem sie redet, Schild. Und genau das ist auch der Grund für ihr Misstrauen. Ich an Ihrer Stelle würde wohl nicht anders reagieren. Deshalb werde ich Ihre Frage auch beantworten.«

»Obwohl ich sie noch gar nicht gestellt habe?«, fragte Alica.

Torman lächelte knapp. »So schwer ist sie nicht zu erraten«, sagte er. »Ich glaube, ich wäre enttäuscht, hättet Ihr sie nicht gestellt. Elfenborg erkennt die Erhabene –«, er verbeugte sich knapp in Pias Richtung, » – als die wahre Prinzessin Gaylen an, die wie vorhergesagt wiedergeboren wurde, um uns in der Stunde der höchsten Not beizustehen.«

»Na, da sind wir aber beruhigt«, sagte Alica spöttisch. »Und ich hatte schon Angst, es wäre da zu einem bedauerlichen Missverständnis zwischen uns gekommen. Wie dumm von mir. Verzeiht einem armen naiven Mädchen, das sich auf dem rutschigen Parkett der Diplomatie nicht so gut auskennt.«

»Man verliert in der Tat sehr schnell die Übersicht im Dickicht der Politik«, bestätigte Torman, verbeugte sich gerade noch eine Spur zu tief, um es wirklich noch ehrerbietig aussehen zu lassen, und drehte sich ganz zu Pia um.

»Ich überbringe Euch die Grüße Elfenborgs und die Einladung an den Hof, um dort den Platz einzunehmen, der Euch von Rechts wegen zusteht.«

»Originell«, sagte Alica.

»Die Truppen in meiner Begleitung sind zu Eurem persönlichen Schutz bestimmt«, fuhr Torman unbeirrt fort. »Eure Leibgarde, die der Hochkönig von Elfenborg schickt, um über Eure Unversehrtheit zu wachen. Mein Befehl lautet, sie Eurem persönlichen Kommando zu unterstellen.«

»Die Erhabene hat bereits eine Leibwache«, sagte Eirann.

Torman nickte fast bedächtig. »Ich hatte gehofft, dass wir unsere Meinungsverschiedenheiten beilegen können, nun, wo sich die Prophezeiung zu erfüllen beginnt.«

»Was will der Kerl von dir?«, knurrte Jesus' Stimme an ihrem rechten Ohr.

»Nichts Besonderes«, antwortete Pia. »Nur deinen Job.«

Ganz eindeutig zu ihrem Erstaunen reagierte Jesus mit einem leisen Lachen. Es klang vollkommen ehrlich. »Ja, genauso sieht er auch aus. Das ist also Torman. Irgendwie hätte ich ihn mir größer vorgestellt.«

»Was ich im umgekehrten Fall nicht sagen kann.« Torman lächelte zwar, richtete sich aber trotzdem zu seiner vollen Größe auf und straffte sogar die Schultern. »Ihr entsprecht genau meinen Vorstellungen, Ter Lion ... nur dass man mir gesagt hat, Ihr wäret tot. Ich bin froh zu sehen, dass das nicht stimmt.«

»Was hat er gesagt?«, fragte Jesus.

»Ich sagte –«, begann Torman, und Pia hob rasch die Hand und unterbrach ihn:

»Ihr müsst meinem Freund verzeihen, Schwert. Er ist noch nicht lange hier und versteht Eure Sprache nicht.«

»Aber er spricht sie ausgezeichnet«, sagte Torman misstrauisch.

»Ich weiß«, sagte Pia. »Und trotzdem ist es so. Ich erkläre es Euch gerne, aber nicht jetzt. Es ist ... kompliziert.«

»Wem sagst du das«, seufzte Alica.

»Es wäre gar nicht schlecht, wenn du es mir bei Gelegenheit auch einmal erklären würdest«, sagte Jesus verdrießlich.

»Bei Gelegenheit«, versprach Pia. »Wenn ich es wirklich selbst verstanden habe.«

Jesus sah sie noch missmutiger an, richtete sich ohne ein weiteres Wort wieder auf und verschränkte trotzig die Arme vor der Brust, machte aber zugleich einen halben Schritt nach vorn, sodass er nun neben ihrem Stuhl stand und nicht mehr dahinter. Ja, dachte Pia. Das konnte noch heiter werden. Schwert Torman und Jesus würden bestimmt ganz dicke Freunde werden.

Gamma Graukeil warf seinen abgenagten Hühnerflügel zielsicher (und ohne hinzusehen) über die Schulter zurück auf den Teller, von dem er ihn genommen hatte, wischte sich die fettigen Finger an der Hose ab und warf Alica einen unauffällig-fragenden Blick zu, der nun wirklich niemandem mehr im Raum entgehen konnte. Alica verdrehte in stummer Verzweiflung die Augen, schüttelte genauso unübersehbar verstohlen den Kopf und griff abermals unter ihre Jacke, um sich nun doch einen ihrer stinkenden schwarzen Sargnägel anzuzünden.

»Habe ich Eure Frage damit zu Eurer Zufriedenheit beantwortet, Alischa?«, fragte Schwert Torman.

»Beantwortet, ja«, sagte Alica. »Zu meiner Zufriedenheit, nein.« Sie seufzte tief, nahm einen noch tieferen Zug aus ihrem Zigarillo und blies eine graublaue Wolke in Tormans und Landras' Richtung, als sie weitersprach.

»Aber mehr kann ich im Moment wohl nicht von Euch erwarten.«

Landras versuchte vergeblich, ein Husten zu unterdrücken, und wich demonstrativ einen Schritt zurück, während Torman sie nur vollkommen ungerührt anstarrte.

»Dann wäre es jetzt vielleicht an der Zeit, Eure Worte zu erklären«, sagte er.

Alica versuchte nur, ihn und seinen Begleiter noch gründlicher einzuräuchern, doch Eirann sagte: »Wir wissen, woher Nandes' Silber stammt.«

»Von hier?«, fragte Landras. Eigentlich klang es wie eine Feststellung. Eine von der Art, von der er sich gar nicht abbringen lassen wollte.

»Nein«, antwortete Alica an Eiranns Stelle. »Wenn auch aus

diesem Teil des Landes. Es gibt eine Mine, oben in den Bergen. Vielleicht drei oder vier Tagesritte von hier entfernt.« Sie nickte Gamma Graukeil zu – jetzt ganz offen –, nahm schließlich doch auf einem der schweren Stühle Platz und stand praktisch aus derselben Bewegung heraus schon wieder auf. »Ich selbst habe sie nicht gesehen, aber davon gehört. Sie scheint sehr ergiebig zu sein; auf jeden Fall ergiebig genug, um seine Orks mit Waffen aus Silber zu versorgen.«

Gamma Graukeil grummelte irgendetwas Unverständliches und ging mit schnellen Schritten hinaus. Torman sah ihm stirnrunzelnd nach, wandte sich dann aber nur mit einem fragenden Blick wieder an Alica. »Woher wisst Ihr das?«

»Von mir«, sagte Pia.

»Von ... Euch?« Tormans zweifelnden Stirnrunzelns hätte es gar nicht mehr bedurft, und aus irgendeinem Grund wirkte auch Alica fast verärgert.

»Ich war dort«, sagte Pia. »Nicht in der Mine selbst, aber nahe genug.«

»Und Ihr seid sicher, dass sie dort Silber schürfen?«, fragte Landras.

»Ja«, sagte Alica, und Pia fügte mit einem Achselzucken hinzu:

»Nein. Ich war nicht in der Mine selbst. Aber es waren eine Menge Krieger dort. Und fast genauso viele Orks.«

»Kranke Orks«, sagte Alica.

Torman schwieg einen Moment, und Pia konnte ihm ansehen, wie angestrengt er nachdachte. Schließlich schüttelte er – nur für sich – den Kopf und wandte sich wieder direkt an Pia. »Wenn es wahr ist, was Eure Begleiterin sagt, dann wäre das eine immens wertvolle Information. Aber wir –«

»– brauchen einen Beweis?« Graukeil konnte nicht allzu weit weggegangen sein, denn er kam bereits zurück, ein geradezu unverschämt breites Grinsen auf dem Gesicht und einen kleinen Lederbeutel in der Hand, den er wie eine kostbare Trophäe schwenkte. »Woher wusste ich das nur?«

Torman legte fragend den Kopf auf die Seite, und Landras setzte dazu an, die Hand nach dem Beutel auszustrecken, und prallte dann fast entsetzt mitten in der Bewegung zurück, was Gamma Graukeils Grinsen noch einmal sehr viel fröhlicher werden ließ. Feixend trat er an den Tisch, knotete den Beutel auf und schüttelte einen kinderfaustgroßen Stein heraus. Die beiden Schattenelben traten neugierig näher, und diesmal war es Torman, der zögernd die Hand ausstreckte, den Stein aber ebenso wenig zu berühren wagte wie sein Schild zuvor den Beutel. Hätte Pia es nicht besser gewusst, hätte sie geglaubt, dass ihm der Anblick dieses harmlosen Steines Angst machte.

»Das ist es, was sie aus dem Berg holen«, sagte Alica ernst. »Reicht Euch das als Beweis, Schwert?«

Torman schwieg. Er sah abwechselnd den vermeintlichen Stein und Pia an, und sie konnte regelrecht sehen, wie es hinter seiner Stirn zu arbeiten begann.

»Ist das wahr?«, fragte er schließlich

Pia nickte. Der Zwerg hatte den Erzbrocken gebracht, den sie oben in den Bergen eingesteckt hatte. Sie hatte ihn schlichtweg vergessen, erkannte ihn jetzt aber zweifelsfrei wieder. Selbst nun, wo sie wusste, was es war, sah er in ihren Augen immer noch wie ein ganz gewöhnlicher Stein aus, nicht wie Silber. »Und Ihr wisst, wo diese Mine ist?«, fragte Torman.

Pia nickte wieder, allerdings erst nach einem merklichen Zögern und so unentschlossen, dass Landras schon wieder ein wenig misstrauisch wurde.

»Ich war dort«, bestätigte sie. »Aber der Weg ist weit, selbst auf Flammenhufs Rücken. Auf einem Pferd oder sogar zu Fuß … ?« Sie konnte nur raten. »Tage. Wenn nicht Wochen.«

»Aber Ihr würdet den Weg finden?«, beharrte Landras.

»Vielleicht«, sagte Pia. »Aber ich glaube nicht, dass ich euch den Weg beschreiben kann.«

»Welchen Weg?«, fragte Jesus.

»Flammenhuf würde ihn finden«, sagte Alica. »Aber seit du

zurück bist, lässt er niemanden mehr auf sich reiten.« Sie kam Pias Antwort zuvor, bevor sie auch nur wirklich dazu ansetzen konnte. »Und für dich ist es viel zu gefährlich. Also sag es gar nicht erst.«

»*Was* soll sie nicht sagen?«, wollte Jesus wissen.

»Die *geehrte Alischa* fühlt sich wieder einmal bemüßigt, das Kindermädchen zu spielen«, antwortete Pia. »Vielleicht hat sie ja Angst, ich könnte vom Pferd fallen und mir den königlichen Knöchel verstauchen.«

»Das kommt ganz –«, begann Alica, und Pia brachte sie mit einem eisigen Blick zum Schweigen, stand auf und ging mit schnellen Schritten um den Tisch herum, um den Erzbrocken in die Hand zu nehmen. Torman sog erschrocken die Luft zwischen den Zähnen ein, und selbst Gamma Graukeil sah ein wenig erstaunt aus (vielleicht besorgt?), aber Pia schloss die Hand nur umso fester um den vermeintlichen Stein und fühlte rein gar nichts. Es war ein Stück Erz, mehr nicht.

»Beeindruckend«, sagte Alica. »Und was willst du uns damit beweisen?«

Das fragte sich Pia selbst, behielt den Erzbrocken aber aus schierem Trotz noch einige weitere Sekunden in der Hand. Tatsächlich fühlte er sich ein bisschen unangenehm an, aber das mochte auch schlicht an seiner rauen Oberfläche und den scharfen Kanten liegen; und an den unangenehmen Erinnerungen, die mit ihm verbunden waren. Vorsichtiger, als notwendig gewesen wäre, legte sie den Brocken wieder aus der Hand, ging zu ihrem Stuhl zurück und strich mit den Fingerspitzen über die kostbare Schwertscheide. Selbst durch das schwere Leder hindurch meinte sie das Flüstern der magischen Klinge zu spüren.

»Ihr habt mir diese Waffe nicht nur zurückgebracht, weil sie mir gehört«, sagte sie schließlich.

Torman schwieg. Aber eigentlich, dachte Pia, war das schon Antwort genug.

Der Elbenkrieger sah sie eine geraume Weile nur stumm

und mit vollkommen undeutbarer Miene an, und als er endlich antwortete, spürte sie, wie schwer ihm jedes einzelne Wort fiel. »Nein«, gestand er. »Um Euch die Wahrheit zu sagen: Unsere Lage ist verzweifelt. Wir hatten gehofft, dass Ihr Euch uns anschließt.«

»Um mit Eiranns Zorn allein die Feinde in die Flucht zu schlagen?« *Wer immer sie sein mochten.*

Ein flüchtiges Lächeln huschte über Tormans Lippen und erlosch wieder. »Bei allem Respekt, Erhabene. Ich weiß, wie gut ihr mit dieser Klinge umzugehen wisst. Aber ein Schwert allein macht keinen Unterschied, fürchte ich. Nicht einmal eines wie Eiranns Zorn. Aber mit Euch auf unserer Seite hätten wir vielleicht die Chance, diesen Krieg schneller zu beenden.«

»Wieso?«

»Weil er dann behaupten könnte, die einzig wahre Gaylen an seiner Seite zu haben«, sagte Alica, jetzt in fast abfälligem Ton. »Und damit würde ein Teil der aufständischen Stadtfürsten schon aufgeben, und die anderen ihren Rückhalt in der Bevölkerung verlieren.«

»Das Land steht in Flammen, Alischa«, antwortete Torman. »Die Menschen sterben. Ist es nicht das Wichtigste, dass dieses sinnlose Sterben endlich aufhört?«

»Das ist wohl wahr«, sagte Pia rasch, bevor Alica noch mehr Unsinn von sich geben konnte – oder auch die Wahrheit, was möglicherweise schlimmer war. »Aber ich werde Euch trotzdem nicht begleiten.«

»Obwohl Ihr wisst, dass Ihr so viele Leben damit retten könntet?«

»Vielleicht würde ich das Unglück nur noch vergrößern«, antwortete Pia. »Es tut mir leid.«

Torman machte keinen Hehl aus seiner Enttäuschung, beließ es aber bei einem stummen Nicken, und Pia fügte hinzu: »Aber ich führe Euch zu dieser Mine.«

XXIV

Flammenhuf landete mit weit ausgebreiteten Schwingen und so hart auf dem schmalen Uferstreifen, dass Pia wahrscheinlich nur deshalb nicht aus dem Sattel geschleudert wurde, weil sie daran festgefroren war.

Jedenfalls kam es ihr so vor.

Sie hätte niemals geglaubt, dass es überhaupt möglich war, aber Flammenhuf musste doppelt so hoch geflogen sein wie beim ersten Mal, und das Einzige, was noch grausamer gewesen war als die Kälte, waren die brennenden Schmerzen, mit denen ihre Lungen versucht hatten, aus der praktisch nicht mehr vorhandenen Luft wenigstens genug Sauerstoff zu ziehen, damit sie nicht das Bewusstsein verlor.

Nicht dass sie besonders scharf darauf gewesen wäre. Ganz im Gegenteil: So eine hübsche altmodische Ohnmacht, aus der sie in eine kuschelige warme Decke eingewickelt wieder aufwachen würde, käme ihr jetzt gerade recht.

Der Pegasus faltete raschelnd die Flügel zusammen, machte noch ein paar schnelle Schritte, um den Rest seiner Bewegungsenergie aufzuzehren, und senkte dann den Kopf zum Wasser, um zu trinken. Seine Bewegungen hatten den Großteil ihrer natürlichen Eleganz und Kraft eingebüßt, und sein Atem ging rasselnd. Pia verspürte einen sachten Stich von schlechtem Gewissen, als ihr klar wurde, wie viel sie dem tapferen Tier abverlangt hatte, aber selbst für dieses Gefühl fehlte ihr im Moment die Kraft. Alles, was sie wollte, war, wieder festen Boden unter den Füßen zu spüren und einen Becher mit einem kochend heißen Getränk, das sie in einem einzigen Zug herunterstürzen konnte.

Pia brachte irgendwie das Kunststück fertig, ihre steif gefrorenen Finger vom nicht minder steif gefrorenen Leder des Zaumzeugs zu lösen, schwang sich mühsam aus dem Sattel und wäre um ein Haar gestürzt, als ihre Knie unter ihr nachzugeben drohten.

»Vielen Dank, dass Sie mit Pegasus-Airlines geflogen sind und willkommen auf Mutter Erde ... oder wie auch immer dieser Planet heißen mag.« Alica tauchte keine fünf Meter neben ihr aus dem Fluss auf, machte zwei kraftvolle Schwimmzüge, nach denen sie sich im jetzt nur noch hüfttiefen Wasser aufrichtete und dann ans Ufer watete. Selbst mit nassem Haar und in einem schwarzen Badeanzug, der deutlich mehr verhüllte als die meisten Kleider, die sie normalerweise trug, sah sie so fantastisch aus, dass Pia einen kurzen Stich von vollkommen absurdem Neid verspürte. Aber schon in der nächsten Sekunde wurde ihr auch klar, wie albern das war. Statt sich weiter damit zu kasteien, dass sie dieser Aphrodite in schwarzem Leder dabei zusah, wie sie den Fluten entstieg, ließ sie sich selbst auf die Knie sinken und tauchte die Hände ins Wasser. Sie waren noch immer so kalt, dass sie nicht einmal seine Temperatur spürte, aber schon nach wenigen Augenblicken begannen ihre Finger zu kribbeln, dann zu schmerzen.

»Das ist, glaube ich, keine gute Idee.« Alica trat nicht nur unmittelbar neben ihr aus dem Wasser, sondern schüttelte sich auch wie eine nasse Katze, was ihr einen ärgerlichen Blick Pias und ein unwilliges Schnauben des Pegasus eintrug. »Ich hab irgendwo mal gelesen, dass man sich auf gar keinen Fall zu schnell aufwärmen sollte, weil sonst das Risiko besteht, dass man sich die hässlichsten Sachen einfangen kann.«

»Ja, ich freue mich auch, dich unbeschadet wiederzusehen«, sagte Pia missmutig. »Und danke der Nachfrage, es geht mir gut.«

Alica runzelte die Stirn, machte wieder einen Schritt zurück ins Wasser und betrachtete Flammenhuf und sie auf eine Art, als fiele ihr erst jetzt auf, dass irgendetwas mit ihnen nicht stimmte. »Was hattest du vor?«, fragte sie. »Wolltet ihr einen neuen Höhenrekord aufstellen?«

Pia blickte sie zwar noch böser an, folgte aber trotzdem ihrem Rat (und dem immer heftiger werdenden Pochen in ihren Fingern) und stand auf. Ihr war noch immer entsetzlich kalt, und sie war ganz und gar nicht sicher, sich das trockene Knacken ihrer Gelenke nur einzubilden.

»War nicht meine Idee«, antwortete sie mit einiger Verspätung und einer Kopfbewegung auf Flammenhuf, der unbeirrt fortfuhr, ebenso lautstark wie gierig seinen Durst zu stillen. »Er ist auf dem letzten Stück so hoch geflogen, dass ich dir jetzt glaubhaft versichern kann, dass es im Orbit über dieser Version der Erde ganz bestimmt keinen Satelliten gibt.«

Vielleicht eine halbe Sekunde lang sah Alica sie so vollkommen verständnislos an, als wüsste sie mit diesem Wort nichts anzufangen, dann rettete sie sich in ein ebenso nervöses wie unechtes Lachen. Pia erschrak ein bisschen. Alica war seit gut vier Jahren hier, eine lange Zeit, vor allem in einer Umgebung, die einen mit derart neuen Erfahrungen und Eindrücken überschwemmte. Aber trotzdem: Sie konnte doch nicht schon anfangen, *alles* zu vergessen!

»Hattest du wenigstens Erfolg?«, fragte Alica.

Pia nickte stumm. Entdeckt hatte sie die Mine schon vor zwei Tagen, was nun wirklich nicht schwer gewesen war. Die beiden charakteristischen nebeneinanderliegenden Berggipfel waren selbst von hier aus deutlich zu erkennen, und Nandes' Leute gaben sich nicht die geringste Mühe, ihr Lager vor einer Entdeckung aus der Luft zu tarnen ... und wozu auch? Schließlich verfügten sie über ihre eigene Flugabwehr in Form ganzer Schwärme dieser widerwärtigen Fledermausvögel, die über dem Hochplateau kreisten. Sie nahm auch an, dass sie der Grund waren, warum Flammenhuf auf dem letzten Stück so hoch geflogen war.

»Da ist so etwas wie ein Pfad«, sagte sie matt; und ein wenig undeutlich. Ihre Lippen waren tatsächlich so kalt, dass sie Mühe hatte, die Worte klar zu artikulieren. »Ich habe ein paar Wagen entdeckt – eine ganze Karawane, um genau zu sein.«

»Und sie sind auf dem Weg zur Mine?«

»Keine Ahnung«, antwortete Pia. »Aber allzu viel gibt es da oben ja nicht, oder?«

Nun verschwand auch noch der Rest von gutmütigem Spott aus Alicas Augen. »Das sollten wir Eirann sagen. Geh in dein Zelt und wärm dich auf. Ich schicke Isabel und die Mädchen zu dir und komme später mit ihm nach.«

»Danke für deine Fürsorge, aber ich kann schon ganz gut –« *Mit mir selber reden?* Denn ganz genau das tat sie. Alica hatte sich bereits umgedreht und eilte mit schnellen Schritten davon, und Pia sah ihr mit einer Mischung aus Überraschung und sachter Empörung nach. Es war nicht das erste Mal, dass Alica sie mitten im Wort einfach stehen ließ, und sie ärgerte sich jedes Mal ein bisschen mehr darüber. Es hatte nichts mit dem zu tun, was sie in ihren Augen (oder zumindest denen aller anderen hier) war, sondern mit einem Wort, das Alica auch in ihrem früheren Leben schon wenig bedeutet hatte: Respekt. So ging man einfach nicht mit anderen um, ganz gleich, welchen Standes sie waren. Sie würde mit Alica reden müssen. Aber nicht jetzt.

Sie sah ihr nach, bis sie zwischen den Zelten verschwunden war, die sich links von ihnen am Flussufer aufreihten. Sie war nicht die Einzige. Ein halbes Dutzend Elbenkrieger – trotz der mörderischen Hitze in ihren kompletten schwarzen Rüstungen, inklusive Helm, Speer und Schild – stand am Ufer Wache und behielt sowohl den Fluss als auch den wolkenlosen Himmel über ihnen im Auge, und mindestens die Hälfte von ihnen sah Alica ganz unverhohlen nach. Pia konnte die Gesichter unter den schwarzen Helmen nicht erkennen, aber sie war sicher, dass der Ausdruck darauf das Äquivalent eines Chores anerkennender Pfiffe war, der ihr zu Hause in Rio de Janeiro gefolgt wäre.

Zu Hause.

Das Wort erzeugte ein sonderbares Echo in ihren Gedanken, über dessen genaue Bedeutung sie gar nicht nachdenken wollte. Sie fragte sich, ob Rio de Janeiro wirklich noch ihr *Zuhause* war. Aber auch die Antwort auf diese Frage wollte sie eigentlich gar nicht so genau wissen.

Pia schüttelte diesen Gedanken ab und wollte sich endgültig

umdrehen, um zu gehen, blieb dann aber doch noch einmal stehen, als ihr Blick auf Flammenhufs zusammengelegte Flügel fiel. Der gewaltige Pegasus dampfte vor Kälte, und in seinem weißen Gefieder glitzerte tatsächlich Eis. Sie nahm an, dass sie selbst auch keinen wesentlich besseren Anblick bot, und musste ihre Fantasie nicht über die Maßen anstrengen, um sich die Gardinenpredigt vorzustellen, die Ixchel ihr halten würde, wenn sie ihr so unter die Augen trat. Also streifte sie den Mantel ab (er war tatsächlich so kalt, dass der Stoff *knisterte*, als sie ihn fallen ließ), ging am Ufer in die Hocke und wusch sich gründlich das Gesicht und etwas weniger gründlich die Haare, war aber nun wenigstens sicher, dass sich keine Schneeflocken mehr darin befanden.

Die Blicke, die ihr folgten, als sie sich schließlich auf den Weg machte, waren keinen Deut weniger aufmerksam als gerade bei Alica, wenn auch von vollkommen anderer Art, und es waren nicht nur die der Elbenkrieger. Zu ihrem *kleinen Stoßtrupp* (ha, ha) gehörten nicht nur Eirann und gute fünfzig Trex-Reiter, sondern auch mindestens ebenso viele Zwerge, eine Handvoll Sith und mehrere hundert Mayakrieger, die zwar einen so respektvollen Abstand zu den Schattenelben hielten, dass sie praktisch nie zu sehen waren, zugleich aber auch niemals wirklich verschwanden. Pia meinte ihre Anwesenheit selbst jetzt zu spüren und auch die Blicke zahlreicher gut verborgener Augenpaare, die jede ihrer Bewegungen aufmerksam verfolgten. Sie wusste nicht, ob es ein angenehmes Gefühl war.

Ihr eigenes Zelt – das zwar nicht wirklich die Größe eines Fussballfeldes hatte, ihr aber mindestens nahekam – befand sich auf der anderen Seite des Lagers, und der Weg dorthin war weit genug, um der Sonne Gelegenheit zu geben, ihr Haar und ihre Kleider zu trocknen und die Kälte wenigstens teilweise aus ihrem Körper zu vertreiben. Tief in ihr war noch immer ein Gefühl wie Eis, von dem sie noch nicht sicher war, dass es jemals wieder ganz verschwinden würde, aber sie klapperte zumindest nicht mehr mit den Zähnen, und das Gefühl kehrte in ihre Gliedmaßen zurück.

Außerdem hatte Alica recht gehabt: Ihre Finger, die sie so leichtfertig ins warme Wasser des Flusses getaucht hatte, schmerzten erbärmlich. Und auch sie selbst hatte richtiggelegen, was Ixchel anging.

Die alte Indiofrau erwartete sie bereits mit strengem Gesicht und so vorwurfsvollen Blicken, dass sie wahrscheinlich selbst dann ein schlechtes Gewissen bekommen hätte, hätte es gar keinen Grund dafür gegeben. Sie sagte kein Wort, maß sie aber lange und vorwurfsvoll von Kopf bis Fuß und bedeutete den beiden Mädchen dann ebenso wortlos, über sie herzufallen, ihr die Kleider vom Leib zu reißen und sie mit allen möglichen Salben, Tinkturen und Püderchen zu traktieren; eine Prozedur, die Pia noch genauso entwürdigend und peinlich vorkam wie am ersten Tag, gegen die zu protestieren sie aber irgendwann aufgegeben hatte. Ganz offensichtlich gab es Punkte, an denen selbst die Macht einer Elfenprinzessin endete, und so ließ sie alles (fast) klaglos über sich ergehen und übte sich in Geduld, während Maxi und Sonja an die nicht gerade leichte Aufgabe gingen, ihr äußeres Erscheinungsbild wieder ihrem Rang anzupassen.

Immerhin fror sie nicht mehr, als die Mädchen fertig waren und ganz zuletzt darangingen, zu zweit und mit großer Begeisterung ihr Haar zu bürsten, und selbst der Eisklumpen tief in ihr war geschmolzen und nur noch eine üble Erinnerung.

Einmal hörte sie Stimmen, und Ixchel verschwand für einige Augenblicke und kam dann zwar noch immer schweigend zurück, wirkte aber irgendwie aufgebracht. Ein einziger Blick in ihre Augen brachte Pia zu der Überzeugung, dass es keine gute Idee gewesen wäre, sie zu fragen, was los war. Sie konnte es sich ohnehin denken.

Als die Mädchen endlich fertig waren, klatschte Ixchel einmal in die Hände – es klang wie ein Peitschenhieb –, woraufhin sie schon fast fluchtartig das Zelt verließen, und Pia setzte sich nicht nur etwas aufrechter hin, sondern wappnete sich auch innerlich gegen die Strafpredigt, die nun unweigerlich folgen musste. Ixchel sah sie jedoch nur weiter stumm und auf eine vorwurfsvolle Art an, die fast schlimmer war, als wenn sie etwas gesagt hätte.

»Was?«, fragte Pia schließlich.

»Ich habe mir Flammenhuf angesehen«, sagte Ixchel. »Du hast das arme Tier fast zuschanden geritten.«

»Ach?«, erwiderte Pia gereizt. »Komisch, ich hatte eher das Gefühl, dass das arme Tier dasselbe mit mir versucht hat. Ich habe ihm nicht befohlen, bis in die Stratosphäre hinaufzufliegen, weißt du?«

»Dieses Tier ist dein treuester Diener«, antwortete Ixchel ernst, »und vielleicht einer von sehr wenigen wirklichen Freunden, die du hier hast. Es würde nie etwas tun, was dich unnötig in Gefahr bringt.« Sie schüttelte den Kopf. »Aber darum geht es nicht.«

»Ach nein?« Pia wollte aufstehen, doch Ixchel gelang es, sie mit einem einzigen strengen Blick auf ihren Platz zu bannen. »Lass mich raten: Du willst mir wieder einmal erklären, dass ich mich nicht überanstrengen soll? Ich glaube, das hast du inzwischen ungefähr hundertmal getan. Wie oft willst du es noch wiederholen?«

»So oft, bis du darauf hörst«, antwortete Ixchel ungerührt, schnitt ihr aber auch sofort und mit einem energischen Kopfschütteln das Wort ab, als sie aufbegehren wollte. »Du weißt, ich war dagegen, dass du diese Expedition begleitest?«

Das war die Untertreibung des Jahrhunderts. Dass Ixchel nicht mit dem Bruch ihres Friedensvertrags gedroht hatte, wenn sie sich dem Heereszug anschloss, war schon alles gewesen – und selbst das hatte sie vermutlich nur Alicas und Eiranns Überredungskunst zu verdanken, die eine geschlagene halbe Stunde lang wie mit Engelszungen auf die alte Maya eingeredet hatten.

»Und ich billige es auch immer noch nicht«, fuhr Ixchel fort, als sie irgendwann einsah, dass sie keine Antwort bekommen würde. »Ich habe mich nur damit einverstanden erklärt, weil du mir dein Wort gegeben hast, dich und dein ungeborenes Kind nicht in Gefahr zu bringen.«

Pia musste sich beherrschen, um ihr nicht die Antwort zu geben, die ihr auf der Zunge lag. Warum glaubte hier eigentlich jeder, besser als sie selbst zu wissen, was gut für sie war?

»Das habe ich auch nicht«, antwortete sie mühsam beherrscht. »Ich weiß nicht, warum Flammenhuf so hoch geflogen ist. Als wir das letzte Mal hier waren, sind wir von irgendwelchen Raubvögeln angegriffen worden. Vielleicht wollte er verhindern, dass das noch einmal geschieht.«

Ixchel überging das. »Es steht mir nicht zu, Eure Handlungsweise zu kritisieren, oder Euch gar Anweisungen zu geben, Erhabene«, sagte sie, willkürlich wieder zu der offiziellen Anredeform wechselnd, wie sie es die ganze Zeit schon tat, ohne dass es Pia gelungen wäre, irgendein System dahinter zu entdecken.

»Aber ich muss an Eure Vernunft appellieren, Prinzessin. Es steht zu viel auf dem Spiel. Nicht nur Euer Schicksal und das Eures ungeborenen Kindes, obwohl Euch das allein Grund genug sein sollte, Vernunft anzunehmen. Unsere beiden Völker zählen auf Euch. Das ganze Land wartet darauf, dass Ihr zurückkehrt und uns alle von einem Fluch erlöst, der seine Menschen seit tausend Jahren quält. Die Prophezeiung muss erfüllt werden. Oder wollt Ihr, dass noch einmal tausend Jahre vergehen, bis die Menschen hier wieder erfahren, was Freiheit bedeutet?«

»Ja, ich habe gesehen, was sie mit ihrer *Freiheit* anfangen!«, antwortete Pia. »Die meisten benutzen sie nur, um sich gegenseitig die Schädel einzuschlagen.«

»Weil niemand da ist, der sie lehrt, mit diesem kostbarsten aller Geschenke umzugehen«, sagte Ixchel. »Und auch das wurde prophezeit, Prinzessin. Ihr werdet es sein, die den Menschen in diesem Land die Freiheit bringt – aber es wird Eure Tochter sein, die sie lehrt, verantwortungsvoll damit umzugehen. Wir haben zu lange auf diesen Moment gewartet, Prinzessin. Ihr habt nicht das Recht, ihn aufs Spiel zu setzen.«

»Aber wenn in eurer geliebten Prophezeiung doch alles so haarklein vorausgesagt ist, dann kann ich doch eigentlich gar nichts mehr falsch machen, oder?«, fragte Pia.

Ixchel schüttelte nur traurig den Kopf. »Die Götter zeigen uns nur Möglichkeiten auf«, antwortete sie. »Sie nehmen uns nicht den freien Willen. Wir können von diesem Weg abweichen.« Sie machte eine Kopfbewegung in Richtung des Schwertgurts, der neben ihr auf dem Tisch lag. »Dieser Narr Torman hätte Euch das niemals zurückgeben dürfen. Nicht jetzt, wo er weiß, wer Ihr wirklich seid.«

»Jemand, dem jedermann sagen darf, was er zu tun und zu lassen hat?«, erkundigte sich Pia. »Vor allem zu lassen, selbstverständlich.«

Statt direkt zu antworten, trat Ixchel ganz an den Tisch heran und nahm Eiranns Zorn auf. Behutsam zog sie das Schwert eine doppelte Handbreit aus seiner Umhüllung und hielt die Klinge ins Licht, sodass sie beinahe zu verschwinden schien. »Das ist eine gewaltige Waffe. Mächtig in der Hand dessen, der sie zu führen versteht, und unbezwingbar in der, der sie gehört.«

»Aber das bin nicht ich, willst du sagen.«

Ixchel maß sie mit einem Blick, unter dem sie sich prompt noch unbehaglicher zu fühlen begann, schob die Klinge wieder zurück und legte sie mit einer so vorsichtigen Bewegung auf den Tisch, als bestünde sie wirklich aus Glas. »Wenn Ihr es seid, Erhabene, dann habt Ihr nicht das Recht, diese Hand in Gefahr zu bringen.«

»Ich bringe nichts und niemanden in Gefahr«, antwortete Pia scharf. »Ich habe weder vor, mich mit diesem Schwert in den Kampf zu stürzen, noch, irgendetwas anderes Gefährliches zu tun.«

»Außer nachzusehen, was auf der anderen Seite der Wolken ist.«

»Ach, verdammt!« Jetzt hatte Pia endgültig genug. Sie sprang auf. »Ich bin weder lebensmüde noch leichtsinnig! Und ich bin auch nicht todkrank und gebrechlich, sondern nur ein bisschen schwanger. Das soll der einen oder anderen Frau vor mir auch schon passiert sein!«

Zornig fuhr sie herum, stürmte aus dem Zelt und wäre um ein Haar mit Jesus zusammengeprallt, der vor dem Eingang stand.

»Jesus«, sagte sie. »Ich wollte zwar sowieso gerade zu dir, aber so stürmisch –«

Jesus musste wohl bei Alica in die Lehre gegangen sein, denn er drehte sich auf dem Absatz herum und stürmte gerade noch langsam genug davon, um noch nicht wirklich zu rennen.

»Was ist denn jetzt ...?«, murmelte sie, und dann begriff sie, setzte dazu an, ihm hinterherzustürmen, und wandte ihre Energie dann lieber dafür auf, sich nicht selbst zu ohrfeigen.

»Du hast es ihm immer noch nicht gesagt?«

Ixchel war ihr gefolgt, und Pia musste sich nicht zu ihr herumdrehen, um den tadelnden Ausdruck auf ihren Zügen zu erkennen.

»Nein«, fauchte sie. »Obwohl es außer ihm ja anscheinend wirklich jeder hier weiß.«

»Und du glaubst nicht, dass er ein Recht hätte, es zu erfahren?«, fragte Ixchel sanft. »Immerhin hat er sein Leben für dich riskiert.«

Mehr als einmal«, bestätigte Pia. »Und dafür bin ich ihm dankbar, wirklich. Aber das eine hat mit dem anderen nichts zu tun. Jesus ist mein Freund, nicht weniger, aber auch nicht mehr. Er ist weder mein Liebhaber noch der Vater.«

»Aber du hättest nichts dagegen, nicht wahr?«

Jesus? Pia sah dem davonstürmenden Riesen nach und schüttelte schon aus reiner Gewohnheit so heftig den Kopf, dass Ixchel ein Stück zurückwich, um ihr Haar nicht ins Gesicht zu bekommen. Der Gedanke war so absurd, dass sie fast gelacht hätte. Und zugleich ...

Nein, das war grotesk.

»Ter Lion«, verbesserte sie Ixchel. »Alica hat mir von ihm erzählt. Und andere auch. Es hieß, er habe ausgesehen wie er.«

»Aber er war es nicht«, antwortete Pia, viel heftiger, als notwendig gewesen wäre.

»Er war alles, was dein Freund in jener anderen Welt nicht war, habe ich recht? Alles, was du dir von ihm gewünscht hättest und von dem du wusstest, dass er es niemals werden würde.«

Pia sagte nichts dazu, obwohl ihr Verstand sehr genau wusste, wie die einzig richtige Reaktion darauf ausgesehen hätte: Nämlich herumzufahren und dieses aufdringliche alte Weib zu fragen, was zum Teufel sie das eigentlich anging.

»Vielleicht täuschst du dich ja«, sagte Ixchel sanft, »und er war immer der, als den du ihn hier kennengelernt hast. Nur dass ihm eure Welt nicht die geringste Chance gelassen hat, er selbst zu werden.«

Pia drehte sich nun doch zu ihr herum. »Was soll denn dieser Unsinn?«, fragte sie.

»Manche Dinge sind vielleicht nur an manchen Orten möglich«, antwortete Ixchel.

Und das war sogar noch größerer Unsinn.

Oder sollte es wenigstens sein.

»Wenn dir dieser Mann etwas bedeutet, dann solltest du ihm jetzt nachgehen und mit ihm reden«, sagte Ixchel. »Wenn schon nicht dem Mann, dann deinem guten Freund. Du hast nicht genug davon, als dass du es dir leisten könntest, sie zu verletzen.«

»Ich glaube, das hat niemand«, antwortete sie.

»Das ist wahr.« Ixchel lächelte fast mütterlich. »Und nun geh ihm nach und sprich mit ihm. Wenn er wirklich der Mann ist, von dem Alica mir erzählt hat, dann wird er dich verstehen.«

»Alica wartet auf mich, und Eirann und –«

»Sie warten jetzt schon eine ganze Weile, und die Menschen dieser Welt noch sehr viel länger. Da kommt es auf einige Augenblicke mehr oder weniger auch nicht an.« Sie wedelte ungeduldig mit der Hand. »Was deinen Freund angeht, vielleicht schon.«

»Wieso?«

Jetzt blitzte es eindeutig spöttisch in Ixchels Augen auf. »Weil er nicht ewig auf dich warten wird, wenn er wirklich der Mann ist, für den du ihn einmal gehalten hast.«

Sie machte das mit Absicht, dachte Pia. All diese kleinen Versprecher und kryptischen Andeutungen waren weder das eine noch das andere. Sie tat das nur, um sie zu verwirren.

Als ob das noch nötig gewesen wäre.

»Dann geh bitte zu ihnen und sag Bescheid, dass ich ein bisschen später komme.«

»Ganz wie Ihr befehlt, Erhabene.«

Sie fand Jesus nur ein paar Dutzend Schritte entfernt an der aus Seilen improvisierten Koppel, die Eiranns Männer für ihre Reittiere gebaut hatten; eine Konstruktion, die schon für sich allein genommen nicht besonders vertrauenerweckend und angesichts der gepanzerten Kolosse, die sich in ihrem Inneren aufhielten, geradezu rührend aussah. Mehr als ein halbes Hundert der an zu klein geratene Tyrannosaurier erinnernden Geschöpfe hielt sich in dem eingezäunten Bereich auf, und obwohl sie jetzt schon seit fast einer Woche mit ihnen und ihren Reitern zusammen war und sie auch zuvor schon ein paarmal gesehen hatte, erfüllte sie die bloße Nähe dieser unheimlichen Kreaturen noch immer mit einem fast körperlichen Unbehagen.

Jesus hatte diese Probleme anscheinend nicht. Es war nicht das erste Mal, dass sie ihn hier fand. Obwohl er nach wie vor kein Wort von dem verstand, was sie sagten, hatte er sich mit einigen der Trexreiter angefreundet, und auch ihre Furcht einflößenden Tiere bereiteten ihm offenbar nicht einmal Unbehagen, sondern schienen ihn ganz im Gegenteil eher zu faszinieren. Im Augenblick stand er nicht einmal eine Armeslänge von einer der geschuppten Bestien entfernt, die ganz so aussah, als überlegte sie angestrengt, ob sie ihm lieber den rechten oder den linken Arm abbeißen sollte, und starrte ins Leere. Eine zweite, fast genauso große Gestalt in schwarzem Eisen und mit schlohweißem Haar stand neben ihm – es sah fast so aus, als unterhielten sie sich –, fuhr aber beim Klang ihrer Schritte fast erschrocken zusammen und ging eindeutig zu schnell davon. War das Farlan gewesen?

»Es tut mir leid«, begann sie unbeholfen. »Ich wollte eure Unterhaltung nicht unterbrechen.« Etwas noch Dümmeres war ihr wohl nicht eingefallen, wie?

»Sie war ohnehin etwas einseitig«, antwortete Jesus. »Was kann ich für Euch tun, Erhabene?«

Eine schallende Ohrfeige, die er ihr ohne Vorwarnung versetzt hätte, hätte sie auch nicht härter treffen können, aber Pia zwang sich, betont gleichmütig zu lächeln und eine Kopfbewegung zu dem davoneilenden Elbenkrieger zu machen. »Das war Farlan, habe ich recht?«

»Ich glaube, das ist sein Name, ja. Ihr kennt ihn?«

»Flüchtig«, antwortete Pia. »Ich war nur ein wenig erstaunt, dass er bei uns ist.«

»Weil sein Tier getötet wurde? Deshalb ist er noch lange kein schlechter Krieger.«

»Das habe ich auch nicht gemeint. Aber wir ziehen in die Schlacht, und ein Trexreiter ohne einen Trex ...« Sie hob die Schultern.

»Es war sein besonderer Wunsch, dabei zu sein«, antwortete Jesus. »Und Eirann erkennt einen guten Mann, wenn er ihn sieht.« Etwas in seinem Blick änderte sich. »Ist es wahr, dass Ihr sein Tier getötet habt?«

»Ja«, antwortete Pia. Wenn er sie noch ein einziges Mal mit *Ihr* anredete, dann würde sie ihm die Augen auskratzen. Oder doch mindestens eins. »Hat Alica dir das erzählt?«

»Nein«, antwortete Jesus. »Ich weiß es von Farlan.«

»Ich dachte, du verstehst ihre Sprache nicht?«

»Man muss nicht unbedingt dieselbe Sprache sprechen, um miteinander zu reden«, antwortete Jesus. »So wenig, wie man miteinander reden muss, nur weil man dieselbe Sprache spricht.« Der Trex knurrte, wie um ihm zuzustimmen, und kam einen Schritt näher, der sehr viel schwerfälliger wirkte, als er in Wirklichkeit war.

»Das hat gesessen«, sagte sie. »Aber das habe ich wahrscheinlich auch verdient. Es ... es tut mir leid, Jesus. Ich weiß, wie sich das anhören muss, aber es ist die Wahrheit. Es tut mir wirklich leid.«

»Du hättest es mir sagen müssen«, sagte Jesus.

»Ich weiß«, erwiderte sie zerknirscht. »Ich bin eine dumme Kuh, und der größte Feigling von gleich zwei Welten, aber es tut mir wirklich leid. Ich hoffe, du kannst mir verzeihen.«

»Wenn es Euer Wunsch ist, Prinzessin.«

Pia sog scharf die Luft ein. »Wenn du mir keine Chance geben willst, dann sag es doch einfach, und ich gehe und belästige dich ganz bestimmt nie wieder.«

Jesus starrte sie nur an. Pia hielt seinem Blick noch eine quälend lange Sekunde stand und fuhr dann auf dem Absatz herum, um davonzustürmen.

Als sie drei Schritte weit gekommen war, fragte Jesus: »Warum hast du es mir nicht gesagt?«

Pia blieb stehen, raffte all ihren Mut zusammen und brachte es sogar fertig, ihm in die Augen zu sehen, als sie sich herumdrehte. »Vielleicht weil ich Angst hatte, dich zum dritten Mal zu verlieren.«

»Du meinst Ter Lion.«

»Ist das nicht der Name, den du dir selbst gegeben hast?«

»Der Name, ja«, antwortete Jesus.

»Aber nicht der Mann?« Pia schüttelte beinahe zornig den Kopf. »Was hat Alica dir erzählt?«

»Nicht viel«, erwiderte Jesus. »Nur dass ...«

Er sprach nicht weiter, und nach einer noch quälend endloseren Sekunde führte Pia den Satz für ihn zu Ende: »... er in meinen Armen gestorben ist? Und durch meine Schuld?«

»Von deiner Schuld hat sie nichts gesagt«, antwortete Jesus.

Pia glaubte ihm, aber sie war trotzdem erstaunt. Das passte so gar nicht zu der Alica, die sie kannte. Aber wenn sie es genau nahm, dann gab es diese Alica ja auch schon seit Langem nicht mehr.

»Aber es war so«, sagte sie. »Er ist gestorben, weil er den Fehler begangen hat, sich mit mir einzulassen, Jesus. Und vorher bist *du* gestorben, weil du mich beschützen wolltest – jedenfalls dachte ich, du wärst tot. Und vor ein paar Tagen hätte es dich schon wieder beinahe erwischt, nur weil du das Pech gehabt hast, auf demselben Planeten zu sein wie ich! Kannst du nicht verstehen, dass ich vor nichts mehr Angst hatte als davor, dich noch einmal zu verlieren? Ich weiß nicht, ob ich das ertragen hätte!«

»Und das konntest du mir nicht sagen?«

»Das tue ich doch gerade!«

»Nein«, antwortete Jesus. »Du sagst es Ter Lion. Nicht dem dummen armen Jesus.«

Diesmal hatte sie wirklich das Gefühl, einen Schlag mitten ins Gesicht bekommen zu haben. Sie fühlte sogar den Schmerz, der ihr die Tränen in die Augen trieb. Sie hatte weder die Kraft dazu noch wollte sie sie zurückhalten.

»Ich … So war es nicht«, brachte sie mühsam heraus. »Das war nicht der Grund. Aber ich …«

Ihre Stimme versagte endgültig und ihre Gedanken irgendwie auch.

»Was dann?«, fragte Jesus böse. »Hattest du Angst, dass ich deiner Erinnerung an mein anderes Ich nicht gerecht würde?«

Ein Teil von ihr wollte wütend werden – nicht nur zurecht, sondern auch, weil das die einfachste Reaktion gewesen wäre, und noch dazu eine, der sie sich nicht einmal zu schämen brauchte –, aber sie konnte es einfach nicht. Dazu taten seine Worte zu weh, schon weil sie zu viel Wahrheit enthielten. Aber hinter ihr sagte eine Stimme:

»Das war jetzt nicht besonders nett von dir, Langer. Und so ganz nebenbei gibst du dir mit solchen Bemerkungen sogar recht. Darüber solltest du vielleicht einmal nachdenken.«

Pia fuhr sich mit dem Handrücken über die Augen, bevor sie sich umdrehte. Natürlich machte sie es damit eher noch schlimmer, aber Alica war – ausnahmsweise – diskret genug, so zu tun, als hätte sie nichts bemerkt, kam weiter mit schnellen Schritten heran und maß Jesus mit übertrieben strafenden Blicken. Sie hatte ihren Badeanzug gegen eines ihrer üblichen Kleidungsstücke eingetauscht, was bedeutete, dass sie jetzt deutlich weniger anhatte.

»Ich habe dich schon immer für einen ungehobelten Grobian gehalten, Langer, und du bescherst mir gerade das durchaus angenehme Gefühl, dass meine Vorurteile gar keine sind. Auch darüber solltest du einmal nachdenken. Erhabene.«

Das letzte Wort sprach sie mit vollkommen übertrieben demütiger Betonung und einer noch übertriebeneren Verbeugung in Pias Richtung aus. »Der ehrwürdige Schild Eirann und der noch sehr viel ehrwürdigere Schild Landras wünschen Euch zu sprechen ... und noch ein paar andere Großkopferte auch, aber deren Namen brauchst du dir nicht zu merken.«

»Dann sollten wir sie nicht warten lassen«, sagte Pia mit belegter Stimme. »Gehen wir.«

Alica nickte zwar und machte eine übertrieben einladende Geste, wandte sich aber mit spöttisch funkelnden Augen an Jesus. »Was ist mit dir, Großer? Begleitest du uns, oder möchtest du lieber hierbleiben und noch ein bisschen schmollen?«

Bevor Jesus auch nur antworten konnte, hakte sie sich bei Pia unter, schenkte ihm noch ein zuckersüßes Lächeln und zog sie dann mit schon etwas mehr als sanfter Gewalt mit sich. »Nicht dass das jetzt eine diplomatische Glanzleistung gewesen wäre«, sagte sie so leise, dass nur Pia die Worte verstehen konnte, »aber wenigstens hast du es ihm gesagt. Gerade noch rechtzeitig. In nicht allzu langer Zeit hätte er es sowieso erfahren.«

Pia sah ganz instinktiv an sich herab, und Alica schüttelte mit einem spöttischen Lachen den Kopf. »Nicht deshalb, Dummchen. Er ist dabei, die Sprache zu lernen, und er macht erstaunlich schnelle Fortschritte. Ich hätte mir gewünscht, dass es bei mir damals auch nur annähernd so schnell gegangen wäre. Dieser Farlan scheint ein verdammt guter Lehrer zu sein. Wusstest du, dass Lion und er sich angefreundet haben?«

Lion. Pia fragte sich, ob dieser Versprecher wirklich Zufall gewesen war, knurrte aber nur: »Seit zwei Minuten, ja.«

»Und jetzt bist du beleidigt, dass er es dir nicht eher gesagt hat?«, stichelte Alica.

Beinahe hätte sie *Ja* gesagt, doch dann musste sie gegen ihren Willen lachen. Untergehakt und kichernd wie zwei ausgelassene Mädchen, die gerade vom Schulball kamen und sich die Mäuler über die Frisuren und Kleider ihrer Mitschülerinnen zerrissen, durchquerten sie das Lager, und Alica hörte erst auf herumzualbern, als sie das Zelt erreichten, das Eirann und sie gemeinsam bewohnten. Es zwar nur wenig kleiner als das von Pia, wirkte aber deutlich nüchterner (wenn auch nur von außen, wie Pia wusste) und wurde von gleich einem Dutzend ausgesucht großer Krieger bewacht, gegen die selbst Jesus schwächlich gewirkt hätte, und sie hörten schon von Weitem eine ganze Anzahl Stimmen, die aufgeregt durcheinanderredeten. Pia verstand nur ein paar Wortfetzen, aber es hörte sich nicht nach einer freundschaftlichen Unterhaltung an. Wahrscheinlich waren Landras und Eirann wieder einmal aneinandergeraten; etwas, was so regelmäßig passierte, dass es schon fast den Charakter eines Zeremoniells hatte. Schwert Torman hatte darauf bestanden, dass sein Stellvertreter das Heer begleitete, und das war nun wirklich *keine* gute Idee gewesen. Pia hatte nie eine entsprechende Frage gestellt, und es hatte auch niemand nur eine Andeutung in dieser Richtung gemacht, aber es war ganz klar, dass die beiden Schilde sich von früher kannten und ganz gewiss keine Freunde gewesen waren.

Als sie das Zelt betraten, änderte sich der Eindruck vollkommen, den man von seinem Äußeren bekommen konnte: Die vordere Hälfte war funktional und nüchtern eingerichtet. Es gab einen großen Tisch, den man für den Transport zerlegen konnte, etliche Sitzgelegenheiten und eine schwere Truhe, in der Kleider und andere Dinge des täglichen Bedarfs verstaut wurden. Darüber hinaus gabe es nur noch einen Ständer für Eiranns Rüstung und Waffen. Die rückwärtige Hälfte (von der Pia sicher war, dass Alica sie ganz bewusst *nicht* mit einem Vorhang abgetrennt hatte) wurde von einem gewaltigen Bett unter einem noch viel pompöseren Baldachin dominiert und glich darüber hinaus einem SM-Studio, dessen Domina eine Vorliebe für rosa Plüsch hatte. Alica eben.

Ganz wie sie es erwartet hatte, standen Eirann und Landras an dem großen Tisch und lieferten sich ein ebenso lautstarkes wie gestenreiches Wortgefecht. Darüber hinaus waren zwei Vertreter des Zwergvolkes anwesend (Pia kramte einen Moment lang in ihrem Gedächtnis und erinnerte sich schließlich an den Namen des einen, eines irgendwie verwachsen wirkenden Burschen mit einer riesigen Knollennase: Bogo Felsenhammer. Sie hatte nie gefragt, war aber sicher, dass Alica ihm diesen albernen Namen verpasst hatte), zu ihrer Überraschung aber auch ihre beiden Dienerinnen und Ixchel und eine grau gesichtige Gestalt, deren Anblick sie selbst nach all der Zeit noch mit einem sachten Unbehagen erfüllte: ein Sith.

Landras hielt kurz inne, als sie eintrat, maß sie mit einem Blick, der kaum weniger feindselig war als die, mit denen er Eirann in Grund und Boden zu starren versuchte, und fuhr dann unbekümmert fort, mit vor Zorn bebender Stimme auf den Schattenelb einzureden.

Schritte hinter ihr verrieten das Eintreten eines weiteren Besuchers. Pia sah kurz über die Schulter und stellte fest, dass es Jesus war, was sie sehr erleichterte. Immerhin war er nicht so eingeschnappt, dass er ihre Nähe mied.

Sie wartete ein paar Sekunden lang darauf, dass irgendjemand Notiz von ihr nahm, räusperte sich schließlich übertrieben und sagte: »Falls ich ungelegen komme, kann ich auch gerne wieder gehen. Ich möchte wirklich niemanden stören.«

Wäre die Situation auch nur ein wenig anders gewesen, hätte sie den Anblick vermutlich genossen: Sowohl Eirann als auch sein ungeliebter Bruder fuhren so erschrocken zusammen und herum, dass ihre Rüstungen hörbar schepperten, und der Zwerg hielt ganz eindeutig nach einem Mauseloch Ausschau, in das er sich verkriechen konnte. Einzig Ixchel zog zwar missbilligend die Augenbrauen hoch, sah sie aber ansonsten völlig ausdruckslos an.

Eirann machte einen halben Schritt zur Seite, sodass sie endlich sehen konnte, was auf dem Tisch lag und ihre vermeintlichen Verbündeten so interessierte.

Sie war nicht einmal wirklich überrascht ... aber bis ins Mark erschrocken.

Dabei sah die Kreatur nicht einmal halb so erschreckend aus, wie sie sie in Erinnerung hatte.

Zum einen lag das sicherlich daran, dass sie tot war, wie ihre weit aufgerissenen starren Augen und der grüne Schaum bewiesen, der aus ihrem Fledermausschnabel gelaufen war, zum anderen aber auch daran, dass sie tatsächlich ein gutes Stück kleiner war als die Fledermausvögel, die Flammenhuf und sie auf dem Hochplateau angegriffen hatten.

»Besuch?«, fragte sie. Als sie keine Antwort bekam, streckte sie die Hand aus und wollte nach dem toten Fledermausvogel greifen, aber Alica hielt sie mit einer raschen Bewegung zurück und stieß den Kadaver mit einem Messer an, sodass er auf die Seite rollte und Pia den winzigen federlosen Pfeil erkennen konnte, der aus seinem Nacken ragte.

»Das solltest du besser nicht anfassen«, sagte sie. »Es könnte deinem Teint schaden.«

»Curare?«, fragte Pia.

Alica nickte. »Es heißt hier anders, aber Kryptonit nennen sie hier ja schließlich auch Silber. Ixchels Krieger haben einen ganzen Schwarm von denen erwischt, als er sich über die Vorräte hermachen wollte. Scheinen nicht besonders clever zu sein, deine kleinen Freunde.«

»Ein ganzer Schwarm?«, fragte Pia beunruhigt. »Wie viele sind entkommen?«

»Zu viele«, antwortete Landras, bevor Alica es tun konnte.

»Um genau zu sein, alle«, sagte Alica, »bis auf diesen einen.«

»Wir müssen davon ausgehen, dass die Orks gewarnt sind«, fügte Landras hinzu. »Das hätte nicht passieren dürfen.«

»Was für ein Unsinn«, sagte Ixchel. »Verzeiht meine Offenheit, Schild – aber mein Volk kennt diese Tiere. Es sind gefährliche Kreaturen, mehr jedoch nicht. Sie werden uns nicht verraten. Das können sie gar nicht.«

»Es sind nur dumme Tiere«, bestätigte Alica.

»Ja, und wenn nicht, dann überlebt keiner von uns den kommenden Tag, nicht wahr?«, schnaubte Landras. Er schüttelte heftig den Kopf. »Es tut mir leid, aber dieses Risiko kann ich nicht eingehen. Es steht zu viel auf dem Spiel.«

»Zum Beispiel das Leben meiner Krieger«, sagte Eirann. »Nicht Eurer, Schild.«

»Sind sie deshalb weniger wert?«, wollte Landras wissen, schnitt Eirann aber auch gleichzeitig mit einer herrischen Bewegung das Wort ab. »Es bleibt dabei. Wir greifen noch heute an.«

»Ihr?«, fragte Eirann lächelnd. »Und wer noch?«

Ixchel gab sich nicht einmal Mühe, das amüsierte Funkeln aus ihren Augen zu verbannen, während Landras mit einem Ruck herumfuhr und ganz so aussah, als hätte er nur auf einen Vorwand gewartet, um seinen Zorn nun über ihr zu entladen.

»Erhabene«, sagte er mit der Andeutung eines Nickens, das so wenig der Bedeutung dieses Wortes entsprach, wie es überhaupt nur ging. »Ich freue mich, Euch zu sehen.«

»Ja, das merkt man«, sagte Alica. Sie eilte mit wenigen schnellen Schritten um den Tisch herum und stellte sich auf die Zehenspitzen, um Eirann einen Kuss auf die Wange zu hauchen. Der Elb wirkte ein ganz kleines bisschen peinlich berührt, während es in Landras' Augen eindeutig wütend aufblitzte. Was ja wohl auch der Sinn von Alicas Aktion gewesen war.

»Wie ich sehe, seid ihr mit wichtigen Dingen beschäftigt, Schatz«, sagte sie fröhlich. »Männergeschäfte, nehme ich an.

Gibt es irgendjemanden zu erschlagen, aufzuschlitzen oder auf andere Weise umzubringen?«

»Ihr habt endlich den Pfad entdeckt, habe ich gehört?«, begann Landras, zu Pia gewandt.

»Einen Pfad«, verbesserte sie. »Ich hoffe, es ist der richtige. Aber da war eine Art Karawane, die anscheinend auf dem Weg dorthin ist. Vielleicht fünf oder sechs Meilen nördlich von hier … ein halbes Dutzend Wagen und sehr viele Packtiere. Aber ich weiß nicht, wohin der Pfad führt.«

»Sehr viele Ziele für eine so große Karawane wird es in diesen Bergen nicht geben«, antwortete Landras.

Er trat ganz an den Tisch heran und deutete auf das Sammelsurium von Karten, die neben dem Kadaver des toten Ungeheuers lagen – beunruhigend viele davon waren wenig mehr als hastig hingekritzelte Skizzen, wie Pia keineswegs entging –, und machte eine Geste, die Pia zu seinen Gunsten als nicht befehlend einstufte. »Zeigt mir, wo er ist.« Pia runzelte die Stirn, und Landras fügte nach einer Sekunde hinzu: »Bitte.«

Ohne viel Hoffnung beugte sie sich über den Tisch und brauchte allein etliche Sekunden, um die richtige Karte zu finden; genauer gesagt die, die sie dafür hielt. Nicht einmal dessen war sie sich ganz sicher.

»Gaylen?«, fragte Eirann.

Pia deutete so unentschlossen auf eines der großen Pergamente, dass sie es ebenso gut auch gleich hätte bleiben lassen können. Alles sah so … anders aus. »Ungefähr hier«, sagte sie. »Glaube ich.«

»Glaubt Ihr?«, fragte Landras.

Pia wurde wütend. »He!«, zischte sie. »Ich bin Google Earth gewohnt, und Handy-Navigation, nicht dieses Gekrakel!«

»Unsere Karten über diesen Teil des Landes sind nicht besonders präzise«, sagte Eirann rasch und bevor Landras den Mund aufmachen und etwas vermutlich sehr viel Unfreundlicheres sagen konnte. »Es ist lange her, dass jemand von unserem Volk hier war.«

»Ich dachte, es wäre genau hier, wo ihr das erste Mal an Land gegangen seid?«

»Vor tausend Jahren, Erhabene«, sagte Eirann. »Das ist eine lange Zeit, selbst für unser Volk.«

Pia wandte sich an Ixchel, erntete aber auch dort nur ein bedauerndes Kopfschütteln. »Unser Volk zeichnet keine Karten. Es kennt sein Land.«

Ja, es hätte ja auch einmal irgendetwas ganz einfach sein können.

Pia seufzte lautlos, wandte sich wieder dem Pergament zu und versuchte, dem verwirrenden Durcheinander aus Linien und Symbolen irgendeinen Sinn abzugewinnen. »Wo sind wir?«, fragte sie.

Eirann deutete auf ein zwar winziges, aber akribisch genau gezeichnetes Zelt neben einer gewundenen blauen Linie, und Pia gab sich selbst eine weitere Sekunde, in der sie sich einfach nur ein bisschen blöd vorkam, bevor sie sich zusammenriss und noch einmal genauer hinsah. Jetzt, einmal darauf aufmerksam geworden, fiel es ihr nicht schwer, dem Verlauf des gezeichneten Flusses genauso mit Blicken zu folgen, wie sie es heute Morgen auf Flammenhufs Rücken mit dem richtigen Fluss getan hatte. Die konzentrischen Kreise darüber – erschreckend weit darüber – mussten wohl die Berge sein, und nach einigem weiteren Suchen meinte sie sogar das Hochplateau zu erkennen, auf dem sich das Lager befand. Auf den allerersten Blick erweckte sie tatsächlich nicht den Eindruck, aber wenn man genauer hinsah, dann war diese Karte alles andere als unpräzise. Pia fragte sich, ob das wirklich ein Zufall war. Und ob Eirann es wirklich nicht wusste.

Ihr Zeigefinger folgte der blauen Linie, wich dann nach links ab und glitt wieder ein Stück in die entgegengesetzte Richtung, bis er am Fuß der gezeichneten Berge verharrte. »Ungefähr hier«, sagte sie. »Aber genauer kann ich es wirklich nicht sagen. Von oben sieht alles vollkommen anders aus.«

»Ein Halbtal, zwischen zwei Bergen.« Der Zwerg mit der

Knollennase war zwischen sie getreten und reckte den Hals, um über die Tischkante hinweg einen Blick auf die Karte zu werfen. »Das macht Sinn.«

»Ich dachte, ihr Zwerge kennt euch nur unter der Erde aus«, sagte Alica spöttisch.

»Steine sind Steine«, erwiderte Felsenhammer. »Gleich ob über oder unter der Erde. Zeigt mir einen Berg von unten, und ich sage Euch, wie er von oben aussieht.« Er nickte bekräftigend, schlug dabei mit dem Kinn auf der Tischplatte auf, und alle (außer Alica) waren dezent genug, um so zu tun, als hätten sie nichts gemerkt. »Zeigt mir zwei Berge, und ich sage euch, wo ein Pfad hinaufführt«, fügte er hinzu. »Na ja, so ungefähr wenigstens.«

»Dann solltet Ihr Euch vielleicht mit Prinzessin Gaylen zusammentun, und ihr beide gemeinsam erklärt uns, wo wir so ungefähr wenigstens angreifen müssen«, sagte Landras säuerlich.

»Bitte!« Es war ausgerechnet Alica, die besänftigend die Hand hob. »Wir befinden uns auf unbekanntem Terrain, Schild. Auf potenziell feindseligem Terrain. Versuchen wir mit dem klarzukommen, was wir haben, und nicht über das zu jammern, was wir gerne hätten.« Sie wandte sich ernsten Blickes an Ixchel. »Euer Volk zeichnet keine Karten, Ixchel, aber es ist bekannt dafür, seine Heimat zu kennen. Gut genug, um keine Karten zu brauchen.«

»Dies hier ist nicht mehr unser Land«, sagte Ixchel bedauernd. »Ich schicke meine besten Späher aus, aber das ist alles, was ich im Moment tun kann.«

Der Einwand irritierte Pia. Sie hatte sich immer noch nicht daran gewöhnt, dass Ixchel nicht nur mitgekommen war, um sie zu bemuttern und ihr ab und zu eine Standpauke zu halten, sondern auch als Stellvertreterin Kukulkans und Kommandeurin seiner Truppen.

»Das allein wird nicht reichen«, sagte Landras. Er wies missmutig auf die Karte. »Eure Späher brauchen einen Tag, nur um dorthin zu gelangen, und noch einmal so lange für den Rückweg. So viel Zeit bleibt uns nicht.«

»Ich kann noch einmal mit Flammenhuf losfliegen«, sagte Pia, »aber er ist erschöpft und braucht Zeit, um sich zu erholen.«

»Ach, nur er?«, fragte Alica.

Pia ignorierte sie. »Morgen bei Sonnenaufgang.«

»Womit wir einen weiteren Tag verlieren«, grollte Landras. Er schüttelte zornig den Kopf. »Wir irren seit einer Woche durch diese Wälder, ohne auch nur einen einzigen Ork zu Gesicht bekommen zu haben. Dort draußen im Land sterben Menschen, in jeder Minute, in der wir hier stehen und diskutieren.«

»Und was schlagt Ihr vor?«, fragte Eirann.

»Auf jeden Fall nicht hierbleiben und untätig darauf warten, dass etwas geschieht.« Landras machte ein abfälliges Geräusch. »Oder dass sich ein Pferd erholt.«

Zu Pias Überraschung reagierten weder Alica noch Eirann auf diese Bemerkung. Lediglich Ixchel sagte sanft:

»Ich habe mir den Pegasus angesehen, Schild. Das Tier ist vollkommen erschöpft … und ich fürchte, dasselbe gilt auch für Prinzessin Gaylen. Auch wenn sie es nicht gerne hört. Es gibt nun einmal nur diesen einen Pegasus. Und nur eine, die ihn reiten kann.«

»Unsere Raben wären in diesem Zusammenhang von Nutzen gewesen«, pflichtete ihr Landras zwar bei, sah Pia aber unverwandt weiter durchdringend an. »Doch sie sind uns irgendwie abhandengekommen.«

»Ich schicke meine Späher sofort aus«, sagte Ixchel. »Sie sind schnell. Und wir verlieren nichts, wenn wir einen weiteren Tag dem Fluss folgen.«

»Außer dem, wovon wir am wenigsten haben«, grollte Landras. »Zeit.«

»Nur falls es Euch nicht klar sein sollte, Schild«, sagte Ixchel, eine hörbare Nuance kühler, »aber unser Volk ist ebenso in Gefahr wie das Eure.«

»Nur vielleicht ein wenig eher«, fügte Alica hinzu.

Pia griff nun doch nach dem toten Vogel, um ihn wieder auf

den Rücken zu drehen, achtete aber sorgsam darauf, dem vergifteten Pfeil in seinem Nacken nicht einmal nahe zu kommen.

Selbst tot jagte ihr die hässliche Kreatur noch Angst ein. Zum Teil lag das sicherlich daran, dass diese Biester Flammenhuf und sie beinahe umgebracht hätten, aber das war es nicht allein. Diese Kreatur war nicht nur mindestens ebenso gefährlich wie hässlich, sie war vollkommen falsch. Alles in ihr sträubte sich dagegen, auch nur die Existenz eines solchen Geschöpfes anzuerkennen. Es war etwas, das einfach kein Recht hatte, zu sein.

»Es sind wirklich hässliche kleine Biester«, sagte Alica.

Pia streckte die Hand aus und hob eine der skalpellscharfen Klauen an. »Es sind vor allem gefährliche kleine Biester«, sagte sie. »Und die, denen ich begegnet bin, waren ein gutes Stuck größer. Sie hätten Flammenhuf und mich beinahe umgebracht.«

Alica wollte antworten, doch Ixchel kam ihr zuvor, indem sie dem Sith einen knappen Wink gab, woraufhin dieser den Kadaver an den Füßen packte und aus dem Zelt trug. Pia atmete erleichtert auf, auch wenn sie nicht einmal genau sagen konnte, wessen Anwesenheit sie mehr beunruhigt hatte, die des toten Fledermausvogels oder die des Sith.

»Es sind nur dumme Tiere«, sagte Ixchel. »Schild Landras befürchtet, dass sie unsere Anwesenheit verraten könnten, aber das wird nicht geschehen.«

»Und selbst wenn, wäre es zu spät«, fügte Eirann hinzu. »Dieser Pfad ist der einzige Weg in die Berge hinauf, aber auch der einzige, der herausführt. Selbst wenn sie wüssten, dass wir kommen, säßen sie in der Falle.«

»Und würden uns erwarten«, sagte Jesus. »Es könnte ziemlich blutig werden.«

»Ja, so etwas kann vorkommen, wenn man in den Krieg zieht«, sagte Landras abfällig. »Nichts zu tun würde jedoch noch sehr viel mehr Leben kosten.«

»Und noch ist es ja auch noch nicht so weit«, sagte Ixchel.

»Konntet Ihr erkennen, ob sich Truppen bei dem Wagenzug befinden?«

Die Frage galt Pia, die sie mit einem wortlosen Kopfschütteln beantwortete. Sie war ja schon froh gewesen, die Wagen gesehen zu haben, und auch das vermutlich nur durch pures Glück.

»Dann müssen wir abwarten, bis sie an uns vorüber sind«, sagte Ixchel. »Was wohl erst morgen früh der Fall sein wird. Vorher können wir ohnehin nichts tun.«

»Und abwarten, bis sich noch mehr Krieger dort oben versammeln?«, fragte Landras. »Ein guter Plan. Wirklich.«

Pia konnte Eirann ansehen, dass er zu einer weiteren abfälligen Antwort ansetzte, aber dann beließ er es nur bei einem verächtlichen Heben der Schultern und schwieg.

»Wir sollten diesen Wagenzug angreifen und seine Begleiter verhören«, beharrte Landras, »und dann so schnell wie möglich angreifen. In jeder Stunde, die wir untätig verstreichen lassen, sterben unsere Brüder und Schwestern draußen im Land.

»Wenn wir jetzt einen Fehler machen und unsere Mission fehlschlägt, dann sterben noch viel mehr«, beharrte Eirann. »Es tut mir leid, Schild. Aber Schwert Torman hat mir den Befehl über diese Mission gegeben, und ich sage, wir warten ab.«

Landras funkelte ihn noch einen halben Atemzug lang wütend an, aber dann schüttelte er nur den Kopf, fuhr auf dem Absatz herum und stürmte aus dem Zelt.

»Männer«, seufzte Alica. »Irgendwie werden sie nie erwachsen, glaube ich. Nimm ihnen ihr Spielzeug weg, und sie mutieren sofort wieder zu kleinen Jungs.«

Niemand lachte.

Etwas stimmte nicht. Pia konnte nicht sagen, was – aber über dem gesamten Lager schien eine fühlbare Anspannung zu liegen, etwas, was weder zu sehen noch zu hören oder an den Gesichtern oder Gesten der Männer abzulesen und dennoch so deutlich *da* war, dass sie es unmöglich ignorieren konnte.

Sie war mindestens ein halbes Dutzend Mal durch das Lager gegangen, ohne dass irgendetwas wirklich anders gewesen wäre, und hatte sich mindestens ebenso oft selbst davon zu überzeugen versucht, dass sie einfach nur nervös und frustriert war, und es kein einziges Mal geschafft. Irgendetwas ging vor, das wusste sie einfach; und nicht zu wissen, *was* es war, machte sie allmählich rasend.

Vielleicht lag es an der Nähe der Berge. Wenn auch nicht annähernd so schnell wie sie auf Flammenhufs Rücken, so hatte sich das vereinigte Heer der Schattenelben und der Maya dem Gebirge inzwischen doch weit genug genähert, um aus den verschwommenen Schemen am Horizont eine Mauer aus schneegekrönten Giganten werden zu lassen, die bis in den Himmel hinauf und noch weit darüber hinaus zu reichen schien. Hätte ihr jemand erzählt, dass diese Berge das Ende von allem darstellten und die Welt dahinter einfach aufhörte, dann hätte sie ihn zwar schallend ausgelacht (schon weil sie auf der anderen Seite gewesen war und wusste, wie es dort aussah), es tief im Inneren aber dennoch geglaubt.

An diesen Bergen war etwas ... Unheimliches. Sie konnte nicht einmal genau sagen, ob es ihr wirklich Angst machte oder ob sie nur glaubte, dass es Angst war, weil dieses Gefühl irgendetwas tief in ihr berührte und ihr so vollkommen fremd war, dass sie nichts damit anzufangen wusste.

Sie verscheuchte den Gedanken, riss sich mit mehr Mühe als erwartet vom Anblick der von ewigem Eis bedeckten Zwillingsgipfel über dem Dschungel los und überlegte, ob sie zum siebten Mal durch das Lager gehen und nach Anzeichen für etwas suchen sollte, das gar nicht da war, oder in ihr Zelt zurückkehren und sich wieder einmal Ixchels vorwurfsvollen Blicken stellen sollte – beziehungsweise denen ihrer beiden Dienerinnen, die diese Aufgabe in Ixchels Namen ganz hervorragend erfüllten.

Stattdessen führten sie ihre Schritte wieder ans andere Ende des Lagers und der improvisierten Trex-Koppel, wo sie Jesus zu finden gehofft hatte, aber nur ein Dutzend Elbenkrieger antraf. Sie waren damit beschäftigt, ihre bizarren Reittiere zu satteln und aufzuzäumen.

Pia war ein wenig erstaunt. Die Sonne war zwar noch nicht ganz untergegangen, berührte aber schon fast die Baumwipfel im Westen, und sie wusste ja, wie schnell die Dämmerung in diesem Teil des Landes hereinbrach und wie kurz sie war. Sie wusste auch, dass Ixchel und Landras übereingekommen waren, die Trexe nicht nach Dunkelwerden auf Patrouille zu schicken, sondern diese Aufgabe den Maya zu überlassen, die sich im Gegensatz zu diesen tonnenschweren Babydinosauriern auch bei Nacht vollkommen lautlos durch den Wald bewegen konnten.

Also hatte ihr Gefühl sie doch nicht getrogen. Irgendetwas war nicht so wie sonst.

Ohne viel Hoffnung auf eine Antwort winkte sie den erstbesten Krieger herbei und stellte ihm eine entsprechende Frage – und wurde auch nicht enttäuscht, denn der Krieger verbeugte sich zwar so tief, dass ihm eigentlich der Helm vom Kopf hätte fallen müssen, brabbelte aber nur eine Antwort, in der die Worte *Erhabene* und *Prinzessin* mindestens ein Dutzend Mal vorkamen und die ansonsten gar nichts bedeutete, und wandte sich dann wieder seinem geschuppten Pony zu.

»Rede ich so undeutlich?«, murmelte Pia eher verdutzt als ärgerlich. »He, Spitzohr, ich habe gefragt, was hier los ist!«

Der Schattenelb konzentrierte sich nur noch intensiver darauf, dem störrischen Trex das Zaumzeug über die stumpfe Schnauze zu streifen, aber hinter ihr sagte eine Stimme:

»Nehmt es ihnen nicht übel, Prinzessin. Ter Lion hat ihnen verboten, mit Euch zu reden.«

Pia fuhr auf dem Absatz herum und musste sich beherrschen, um nun nicht den weißhaarigen Elbenkrieger anzufahren, der hinter ihr aufgetaucht war. Stattdessen deutete sie ein mäßig freundliches Nicken an und fragte nur: »Warum?«

»Das weiß ich nicht, Prinzessin«, antwortete Farlan. »Die

Männer verehren und lieben Euch, aber Schwert Torman selbst hat ihnen eingeschärft, Ter Lions Befehl über den Euren zu stellen, wenn es um Fragen Eurer Sicherheit geht.«

»Warum?«

»Das weiß ich nicht, Prinzessin«, antwortete Farlan. »Aber ich nehme an, weil Ter Lion für Eure Sicherheit verantwortlich ist.«

»Wie rührend«, sagte Pia. »Und lass mich raten: Aus demselben Grund wirst du mir auch nicht sagen, was hier los ist?«

Farlan gestattete sich ein schmales Lächeln. »Das ist richtig, Prinzessin. Doch diese Wahl stellt sich mir gar nicht, weil ich es nicht weiß.«

Das mochte stimmen oder auch nicht, aber Farlan hatte ihr auf diese Weise immerhin klargemacht, dass sie so oder so keine andere Antwort bekommen würde. »Dann bring mich zu Ter Lion«, sagte sie, hob aber auch fast unmittelbar die Hand und verbesserte sich: »Oder warte, besser, du bringst ihn hierher.«

Farlan nickte, machte einen Schritt rückwärts und drehte sich dann erst herum, um mit schnellen Schritten davonzueilen. Um ein Haar hätte Pia ihn noch einmal zurückgerufen, denn genau wie vorhin schon einmal regte sich auch jetzt wieder ihr schlechtes Gewissen. Sie hatte das Gefühl, diesem Mann etwas schuldig zu sein.

Sie wandte sich wieder den Elben und ihren bizarren Reittieren zu. Die Krieger fuhren ungerührt fort, die Trexe zu satteln, und obwohl sie sich dabei mit großem Erfolg bemühten, sie nach Kräften zu ignorieren, spürte sie doch, mit welchem Unbehagen sie ihre bloße Anwesenheit erfüllte. Eine ganz besondere Art von Unbehagen, die ihr nicht zum ersten Mal entgegenschlug, ihr aber selten so klar zu Bewusstsein gekommen war wie jetzt. Nicht einer dieser Männer hier würde auch nur eine Sekunde zögern, sein Leben für sie zu riskieren, und zugleich hatte sie das Gefühl, von so ziemlich jedermann hier wie ein leicht beschränktes Kind behandelt zu werden, das dummerweise von königlichem Geblüt war, sodass niemand wagte, ihm deutlich genug zu sagen, dass es lästig war und die Erwachsenen von wichtigen Geschäften abhielt.

Einer der Trexe kam auf seine tapsige Art näher und drehte den Kopf hin und her, um sie abwechselnd mit dem rechten und dem linken Auge zu betrachten. Das war ein Unterschied zwischen diesen Geschöpfen und ihren Vorbildern aus Büchern und Special-Effect-Filmen, die sie kannte: Diese Kreaturen verfügten offensichtlich nicht über eine stereoskopische Sicht, sondern mussten den Kopf hin- und herdrehen, um ihre Beute mit beiden Augen zu betrachten, was ihre Verwandtschaft mit ihren geflügelten Nachkommen aus Pias Heimat noch mehr zu unterstreichen schien … und sie irgendwie noch bedrohlicher wirken ließ; schon weil sie sie auf diese Art fast erschreckend an die beiden Terrorvögel erinnerten, die sie in der Stadt der Großen Schlange angegriffen hatten.

»Ihr solltet nicht zu dicht an die Koppel treten, Prinzessin. Diese Kreaturen sind gefährlich.«

Pia ließ ganz bewusst eine gute Sekunde verstreichen, bevor sie sich zu Ixchel herumdrehte. »Hast du nur Angst, er könnte mir eine Hand abbeißen, oder geht es wieder einmal um die Erbfolge, die in Gefahr sein könnte?«, fragte sie spitz.

»Du wirst dein Ziel nicht schneller erreichen, wenn du jeden anfeindest, der es gut mit dir meint, mein Kind«, antwortete Ixchel sanft. »Diese Tiere sind wirklich gefährlich. Die Elben haben sie nicht umsonst als Reittiere für die Schlacht gewählt. Sie brauchen Jahre, um sich an ihre Reiter zu gewöhnen.«

Ich weiß, dachte Pia bitter. *Und ihre Reiter an sie.* »Und diese Männer hier reiten in die Schlacht?«, fragte sie.

Ixchel kam – ihre eigene Warnung von gerade ignorierend – einen Schritt näher und ahmte die Bewegung des Trex auf der anderen Seite der Koppel nach, indem sie den Kopf zuerst auf die rechte und dann auf die andere Seite legte und den Blick der starren Reptilienaugen eine Sekunde lang erwiderte. »Das weiß ich nicht«, sagte sie dann. »Schild Eirann bespricht nicht jede seiner Anordnungen mit mir – so wenig wie ich die meinen mit ihm. Das würde wohl auch ein wenig zu weit gehen, nicht wahr?«

»Und von welchem Ziel sprichst du?«

»Wie eine ganz normale junge Frau behandelt zu werden?«, fragte Ixchel.

Als ob sie diese Chance jemals gehabt hätte.

Pia beschloss, nicht weiter auf das Thema einzugehen; wenigstens nicht jetzt. »Ich warte auf Ter … auf Jesus«, verbesserte sie sich. »Hast du ihn gesehen?«

»Nein«, antwortete Ixchel, schüttelte den Kopf und fügte ungefragt hinzu: »Und ich weiß auch nicht, wo er ist.«

»Dann bist du nur rein zufällig vorbeigekommen?«, fragte Pia spöttisch, »weil du gerade nichts Besseres zu tun hast?«

»Ich habe dich gesucht, Kind«, antwortete Ixchel lächelnd. »Und ich habe tatsächlich gerade nichts Besseres zu tun, als mit dir zu reden.«

»Worüber?«

Ixchel betrachtete noch einmal den Trex, drehte sich dann halb herum und bedeutete ihr mit einer Geste, ihr zu folgen, von der Pia gar nicht so genau wissen wollte, ob sie einladend oder nicht viel eher befehlend gemeint war.

Sie gingen los, allerdings sehr langsam. Auch das war ungewöhnlich, fand Pia, denn trotz ihres Alters bewegte sich Ixchel normalerweise so schnell, dass selbst deutlich Jüngere oft genug ihre liebe Not hatten, mit ihr Schritt zu halten. Man hätte meinen können, dass sie versuchte, Zeit zu schinden … aber wozu?

»Worüber wolltest du mit mir denn so dringend reden?«, fragte sie.

»So dringend ist es nicht«, behauptete Ixchel in einem Tonfall, der (schmeichelhaft ausgedrückt) wenig überzeugend war. »Dennoch sollten wir es tun. Wir nähern uns unserem Ziel, und es wird Zeit, an deine Rückkehr zu denken.«

»Rückkehr?« Pia blieb stehen. »Wohin?«

»Nach Chichen Itza, Kind«, antwortete Ixchel, und wäre Pia

nicht viel zu überrascht gewesen, dann wäre ihr sicherlich aufgefallen, dass sie weder die *Stadt der Großen Schlange* noch *Chicken Pizza* sagte, sondern einen Namen benutzte, den sie eigentlich gar nicht kennen konnte.

»Rückkehr?«, murmelte sie noch einmal. »Wieso?«

Ixchel machte eine Kopfbewegung hinter sich. »Du hast Schild Landras gehört, und du hast gefragt, ob diese Männer in die Schlacht reiten«, sagte sie. »Heute sicher nicht, aber wenn es nach Schild Landras geht, dann wohl spätestens morgen ... und wenn es nicht nach ihm geht, wohl auch, fürchte ich, oder doch spätestens am Tag danach. Dieses Lager wird bald zu einem Feldlager werden, Kind, und der Ort oben in den Bergen, von dem du uns erzählt hast zu einem Schlachtfeld. Das ist kein Platz für eine Frau.« Sie ging weiter. »Und schon gar nicht für eine Mutter.«

»Ich dachte, darüber hätten wir schon gesprochen«, seufzte Pia.

»Über etwas geredet zu haben, heißt nicht ganz automatisch, sich auch geeinigt zu haben«, erwiderte Ixchel lächelnd.

»Keine Sorge«, knurrte Pia. »Ich habe nicht vor, mit dem Schwert in der Hand in vorderster Linie in die Schlacht zu reiten.«

»Und du gibst mir dein Wort, stillzuhalten, wenn deine Freunde in Gefahr geraten?« Isabel beantwortete ihre eigene Frage mit einem Kopfschütteln. »Es wird zum Kampf kommen, Gaylen, und auch wenn ich überzeugt bin, dass wir siegen werden, so würde uns doch jeder Mann bitter fehlen, den wir zu deinem Schutz hier zurücklassen müssten.«

Pia wollte gar nicht mehr darauf antworten. Sie hatten dieses Gespräch – wenn auch vielleicht nicht ganz so intensiv – schon etliche Male geführt, und es würde jetzt zu keinem anderen Ergebnis führen als zuvor. Ixchel hatte ja vollkommen recht ... aber sie dachte gar nicht daran, sich wie ein dummes Kind wegschicken zu lassen, nur weil Mama Ixchel der Meinung war, es könnte ein bisschen gefährlich werden.

Sie betraten das Zelt, und Pia registrierte ohne die leiseste Überraschung, dass weder von Jesus noch von Farlan irgendetwas zu sehen war. Sie stellte den Mädchen sogar eine entsprechende Frage, doch sowohl Maxi als auch ihre Zwillingsschwester (die sie immer noch nicht richtig auseinanderhalten konnte, selbst wenn sie direkt vor ihr standen) schienen plötzlich ihrer Sprache nicht mehr mächtig zu sein, und Pia ritt auch nicht weiter auf dem Thema herum, um sie nicht unnötig in Verlegenheit zu bringen. So oder so würde sie nicht ewig hierbleiben, aber die beiden Mädchen mussten auch danach noch mit Ixchel leben.

Außerdem war es gar nicht nötig. »Du willst mir also nicht sagen, wo Jesus ist?«, fragte sie.

»Von wollen kann gar keine Rede sein«, antwortete Ixchel. »Ich weiß es nicht.«

»Weil er vermutlich gerade mit irgendetwas beschäftigt ist, wovon ich lieber nichts wissen soll, nehme ich an«, fuhr sie stirnrunzelnd fort. »Aber ich denke, ich finde ihn auch so.«

Sie ging zu der Truhe, in der sie ihre Kleider aufbewahrte, nahm die Stiefel heraus und hüpfte einen Moment lang ungeschickt auf einem Bein herum, bis sie es schließlich aufgab und sich auf die Bettkante sinken ließ, um sie anzuziehen. Sonja und Maxi machten keine Anstalten, ihr zu helfen (obwohl es sie normalerweise schon all ihre Überredungskunst kostete, sie auch nur allein aufs Klo gehen zu lassen), und auch Ixchel sah sie eindeutig verständnislos an. »Verrätst du mir, was du vorhast, mein Kind?«, fragte sie.

»Ich suche Jesus«, antwortete Pia. »Ter Lion.« Sie stand auf, ging zum Ausgang und blieb dann noch einmal stehen, als Ixchel tatsächlich den Arm ausstreckte, wie um sie festzuhalten. »Oder hast du etwas dagegen?«

Ixchel ließ die Hand fast erschrocken sinken. »Natürlich nicht«, antwortete sie. »Aber es sind noch eine Menge Vorbereitungen zu treffen –«

»Diese Truhe auf ein Packpferd zu binden?«

»– und du würdest nur deine Zeit verschwenden. Im Augenblick scheint niemand zu wissen, wo er sich aufhält.«

»Ich finde ihn schon«, erwiderte Pia lächelnd. »Und wenn nicht, macht es auch nichts. Ein kleiner Spaziergang tut mir bestimmt gut ... vor allem in meinem Zustand, nicht wahr?«

Ixchels Lächeln wirkte jetzt vielleicht nicht mehr ganz so überzeugend, und Pia genoss diesen Anblick noch kurz, ging dann weiter und war selbst ein wenig überrascht, als sie kehrtmachte und wieder zum Tisch zurückging – genauer gesagt zu dem schmalen Schemel daneben, über dem der Waffengurt hing. Noch immer mindestens so verwirrt wie Ixchel, nahm sie ihn auf, schnallte sich Eiranns Zorn um und begegnete nun fast so etwas wie Furcht in Ixchels Augen.

»Verratet Ihr mir, was Ihr vorhabt, Prinzessin?«

»Nur ein paar Schritte gehen«, antwortete sie, folgte dann mit gespieltem Unverständnis Ixchels Blick und spielte dann noch sehr viel übertriebener die Überraschte, als könnte sie sich selbst am wenigsten erklären, wie das Schwert an ihre Seite kam. »Ach, das! Das hat nichts zu bedeuten, Ixchel.«

»Ihr meint die Waffe an Eurer Hüfte, Erhabene?«, fragte Ixchel spröde.

»Tormans Handwerker haben sich solche Mühe gegeben, den Gürtel und diese wundervolle Scheide anzufertigen, da wäre es doch eine Schande, sie immer nur zu verstecken, oder?«

Ixchels Lächeln entgleiste nun endgültig, und Pia ließ die Hand fröhlich auf die Schwertscheide klatschen und marschierte nun schnellen Schrittes aus dem Zelt. Zumindest ihr schadenfrohes Grinsen erlosch, kaum dass sie Ixchel den Rücken zugedreht hatte. Hier stimmte etwas nicht; und sie würde herausfinden, was. Und wenn nicht sie selbst, dann würde Ter Lion es ihr verraten, dafür würde sie schon sorgen!

Pia lächelte flüchtig, als ihr klar wurde, dass sie Jesus gerade das erste Mal auch in Gedanken Ter Lion genannt hatte, runzelte dann aber nur umso tiefer die Stirn und dachte einen Moment lang angestrengt darüber nach, ob sie ihrem selbst ernannten Leibwächter eigentlich jemals das Geheimnis dieser magischen Stiefel verraten hatte. Sie war nicht sicher, aber wenn nicht ... umso besser. Warum sollte sie die Einzige sein, die an diesem Tag eine unangenehme Überraschung nach der anderen erlebte?

Die nächste wartete schon auf sie, kaum dass sie um das letzte Zelt herumgegangen war und das andere Ende des Lagers vor ihr lag.

Pia war weder die Urenkelin eines Sioux-Indianers noch hätte sie den Ehrenwimpel der Pfadfinder bekommen, aber das war auch nicht notwendig, um die breite Spur zu sehen, die nur wenige Schritte vor ihr im Fluss verschwand und am anderen Ufer wieder auftauchte, um sich dann im angrenzenden Dickicht zu verlieren. Mindestens ein Dutzend Trexe, schätzte sie, und dazu mehrere Pferde.

»Kannst du mir verraten, was du vorhast, Liebes?«, fragte Alicas Stimme hinter ihr. »Willst du ganz allein in den Krieg ziehen?«

»Das ging schnell«, antwortete Pia, noch während sie sich herumdrehte. »Hat Mama Ixchel dich geschickt, um mich zur Vernunft zu bringen, oder beobachtet ihr mich abwechselnd?«

»Blödsinn!«, fauchte sie. »Du –«

»Was geht hier vor?«, fiel ihr Pia ins Wort. »Wohin ist Jesus verschwunden, und was passiert hier, wovon ich nichts wissen darf?«

»Überhaupt nichts«, sagte Alica. »Was ist los mit dir, Süße? Sind das die ersten Hormonschübe?«

»Ja, und die machen aggressiv«, bestätigte Pia. »Und außerdem bin ich die Stellvertreterin Gottes auf diesem Planeten, die oberste aller Elfenprinzessinnen und überhaupt furchtbar wichtig. Und so ganz nebenbei im Moment stinksauer. Also, sag mir lieber, was ich wissen will, oder ich lasse als meine erste Amtshandlung ein gewisses Etablissement in WeißWald wiederaufbauen, und du darfst ein Jahr lang dort Doppelschichten schieben.«

Alica zeigte sich wenig beeindruckt. Sie zündete sich einen ihrer schwarzen Zigarillos an, blies Pia genüsslich eine süß riechende Qualmwolke ins Gesicht und maß sie mit einem Blick, der entweder wirklich mitleidig oder aber perfekt geschauspielert war. »Das müssen die Hormone sein«, sagte sie. »Red ruhig weiter, Liebchen. Umso mehr werde ich es später genießen, wenn du dich unter Tränen für jedes einzelne Wort entschuldigst.«

Möglicherweise war da sogar etwas dran – aber dieses Risiko musste sie eben eingehen.

Statt den sinnlosen Streit fortzusetzen, sah sie wieder zum anderen Ufer hinüber und konzentrierte sich in Gedanken darauf, Flammenhuf zu rufen.

Der Pegasus tauchte nur kurze Zeit später in einem Wirbel aus Weiß und raschelnden Federn auf, und Pia schwang sich mit einer so schnellen Bewegung auf seinen Rücken, dass Alica nicht einmal Zeit blieb, ihr Zigarillo aus dem Mund zu nehmen und zu einer weiteren Bemerkung anzusetzen, bevor er auch schon wieder die Flügel ausbreitete und mit einem gewaltigen Satz abhob.

Es ging so schnell, dass sie sich mit beiden Händen in Flammenhufs Mähne krallte, um nicht gleich wieder abgeworfen zu werden. Wahrscheinlich war sie kaum weniger überrascht als Alica, denn sie hatte dem Pegasus noch nicht einmal den Befehl gegeben, loszufliegen, geschweige denn ihm gesagt, wohin es gehen solle.

Sie wusste es ja selber nicht. Der Pegasus anscheinend dafür umso besser, denn er gewann mit einigen wenigen Flügelschlägen an Höhe, wandte sich dann nach Westen und jagte so pfeilschnell über den Dschungel dahin, dass das Blätterdach unter ihnen zu einem verschwommenen Muster aus tausend unterschiedlichen Grünschattierungen verschmolz. Vielleicht nicht wirklich so schnell wie ein Pfeil, aber auch nicht sehr viel langsamer. Was auch immer Flammenhuf ihr zeigen wollte, schien ziemlich wichtig zu sein.

Immerhin konnte es nicht allzu weit entfernt sein.

Es war schwer, das genaue Verstreichen der Zeit zu schätzen, so rasend schnell und tief wie ihr Flug war, aber es konnten kaum mehr als zehn oder zwölf Minuten gewesen sein, bis Flammenhuf wieder langsamer wurde und allmählich an Höhe verlor. Schließlich steuerte er eine Lichtung an, in deren Zentrum sich eine fast mannshohe Ansammlung verwitterter Findlinge erhob, landete nur einen halben Steinwurf daneben und kam mit einem Aufbäumen und einem angedeuteten Ausschlagen der Vorderhufe zum Stehen, die Pia nicht ganz freiwillig rücklings von ihm heruntergleiten ließ. Mit einem wenig eleganten Stolperschritt nach hinten fand sie ihr Gleichgewicht wieder und bedachte den Pegasus mit genau dem vernichtenden Blick, der ihm für diese Aktion zustand, bevor sie sich daranmachte, die sonderbare Felsformation genauer anzusehen.

Sie ging wirklich gewissenhaft zu Werke und untersuchte jeden einzelnen Stein aufs Gründlichste, wozu sie deutlich mehr Zeit brauchte, als der Flug hierher in Anspruch genommen hatte. Aber es blieb dabei: Es waren Steine. Manche waren kaum größer als ein Kiesel, die schwersten mussten Tonnen wiegen, doch weder an ihrer Beschaffenheit noch an ihrer Anordnung war irgendetwas Außergewöhnliches. Steine eben.

»Und jetzt?«, wandte sie sich an Flammenhuf.

Der Pegasus schnaubte. Was immer das bedeuten mochte.

»Also gut«, sagte Pia missmutig. »Du hast gewonnen. Dieses Rätsel kann ich nicht lösen. Auf zum nächsten?«

Sie machte einen Schritt in seine Richtung, und Flammenhuf wich um dieselbe Distanz zurück und schüttelte den Kopf wie ein nasser Hund. Pia fügte der Liste wirklich unangenehmer Dinge, die sie diesem geflügelten Sauerbraten antun wollte, noch ein paar Punkte hinzu, machte noch einen weiteren Schritt in seine Richtung und gab endgültig auf, als der Pegasus prompt erneut um dieselbe Entfernung vor ihr zurückwich.

»Also, das ist jetzt allmählich nicht mehr –«, begann sie, und Flammenhuf unterbrach sie mit einem neuerlichen Schnauben und machte jetzt gleich zwei Schritte zurück, um den Blick auf die drei Trex-Reiter freizugeben, die auf der anderen Seite der Lichtung aus dem Wald traten.

Den drei ersten Trexen folgten drei weitere, schließlich noch drei und dann ein einzelner Reiter, der auf einem Pferd saß, gefolgt von einem weiteren halben Dutzend Reptilienreiter, und erst in diesem Moment schienen die Männer Flammenhuf und sie überhaupt zu bemerken, denn die ganze Kolonne kam mit einem nervösen Ruckeln und Stampfen zum Stehen. Einer der Trexe knurrte ärgerlich, versuchte aus der Formation auszubrechen und wurde von seinem Reiter mit einem brutalen Ruck wieder gebändigt.

»Das hättest du ja auch gleich sagen können, wies Pia den Pegasus zurecht, schickte noch einen angemessen strafenden Blick hinterher und ging dann auf die mittlerweile ganz zum Stillstand gekommene Kolonne zu. Ohne ihr eigenes Zutun machte sie zwar einen respektvollen Bogen um die nervösen Reitechsen, von denen mehr als nur eine drohend in ihre Richtung schnappte oder auch den Boden mit den schrecklichen Klauen an ihren Hinterläufen aufriss, ging aber dennoch zielsicher auf Jesus zu, der auf dem einzigen Pferd saß und seine liebe Mühe hatte, das bockende Tier unter Kontrolle zu halten.

»Du hättest mir sagen können, dass du einen Ausritt planst, Jesus«, sagte sie lächelnd. »Ich wäre vielleicht mitgekommen. Du weißt doch, dass Mama Ixchel mir Bewegung verordnet hat.«

»Was zum Teufel tust du hier?«, keuchte Jesus. Sein Pferd scheute immer heftiger, versuchte mit den Hinterläufen auszuschlagen und hätte seinen Reiter um ein Haar abgeworfen. Irgendwie gelang es Jesus, das Pferd zumindest so weit zu beruhigen, dass er wenigstens aus dem Sattel gleiten und das Zaumzeug mit beiden Händen ergreifen konnte.

»Ich frage dich noch einmal: Was tust du hier?«, knurrte er. »Weißt du eigentlich, wie gefährlich dieser Dschungel ist?«

»Ich kann schon ganz gut auf mich aufpassen.« Pia schlug

demonstrativ mit der flachen Hand auf die Schwertscheide an ihrer Seite. »Ich bin schon ein großes Mädchen, weißt du? Und wenn das nicht reichen sollte, dann habe ich ja immer noch einen noch größeren Leibwächter, der aufpasst, dass selbigem nichts passiert.«

Jesus brachte das Pferd mit einem eindeutig zu brutalen Ruck zur Räson und funkelte sie zornig über die Schulter hinweg an, und Pia fügte hinzu: »Obwohl ich mich allmählich frage, ob er seine Aufgabe eigentlich ernst genug nimmt. Immerhin hat er mich ganz allein in diesem schrecklichen Lager gelassen. Stell dir nur vor, ein hilfloses Mädchen wie ich unter all diesen Männern, und keiner da, der auf mich aufpasst.«

»Alica war doch da, oder?«, knurrte Jesus.

»Das stimmt«, sagte Pia. »Aber nur umso schlimmer. Wer passt jetzt auf, dass den armen Männern nichts passiert?«

»Das ist nicht witzig!«, fauchte Jesus. »Zum dritten Mal: Was tust du hier?«

»Komisch, aber dasselbe wollte ich dich auch gerade fragen«, erwiderte Pia. »Gibt es irgendeinen Grund, aus dem ich von diesem Ausflug nichts wissen darf?«

»Es hat nichts mit dir zu tun«, sagte Jesus.

»Sondern?«

Jesus ließ das Zaumzeug los, wandte sich ihr ganz zu und druckste einen Moment herum. »Schild Landras«, sagte er schließlich.

»Du hast eine heimliche Verabredung mit Landras?« Pia riss übertrieben die Augen auf. »Aber das hättest du mir doch sagen können! Ich meine, wir sind doch aufgeschlossene moderne Menschen, und schließlich leben wir nicht mehr im Mittelalter, sondern im einundzwanzigsten Jahrhundert. Mein Geschmack wäre er zwar nicht, aber –«

»Eirann hat mich gebeten, ihn zurückzuholen«, unterbrach sie Jesus. »Dieser Irre ist dabei, alles zu verderben. Und er hat etliche Stunden Vorsprung. Je länger du uns also aufhältst, desto schwieriger wird es für uns, ihn noch einzuholen.«

»Um ihn woran zu hindern?« Pias Lächeln erlosch wie abgeschaltet.

»Er hat vor, den Wagenzug anzugreifen«, antwortete Jesus. »Und jetzt frag mich nicht, warum. Ich habe keine Ahnung, was in seinem durchgeknallten Schädel vorgeht. Vielleicht will er Eirann und Ixchel auf diese Weise zum Handeln zwingen, oder er hat einfach mal wieder Lust auf ein bisschen Blutvergießen ... aber wenn wir ihn nicht aufhalten, dann geschieht etwas wirklich Schlimmes. Also, flieg zurück und lass uns weiterreiten.«

Pia überlegte kurz. »Wie groß ist sein Vorsprung?«, fragte sie dann.

Jesus hob die Schultern. »Mindestens zwei Stunden, wenn nicht mehr. Und wenn es dunkel wird, dann wird es noch schwerer, seiner Spur zu folgen. Also flieg zurück ins Lager ... bitte.

»Ich habe eine bessere Idee«, sagte Pia, indem sie auf Flammenhuf deutete. »Was ich dich immer schon einmal fragen wollte: Bist du eigentlich schwindelfrei?«

XXV

Sie kamen zu spät. Flammenhuf war trotz Jesus' zusätzlichem Gewicht so schnell geflogen wie noch nie zuvor, doch es war schon nach wenigen Augenblicken dunkel geworden, und Pias Hoffnung, den Weg schon irgendwie zu finden, hatte sich nicht erfüllt. Die Nacht war so dunkel, als hätte sich nun auch die Natur selbst auf Schild Landras' Seite geschlagen. Nicht nur dadurch, sondern vor allem aus so geringer Höhe betrachtet, sah alles vollkommen anders aus, als sie es in Erinnerung hatte.

Schließlich war es der Feuerschein, der sie zu ihrem Ziel führte. Obwohl es nur ein einziger Wagen war, der brannte, war das rote Lodern schon aus großer Entfernung zu sehen und wies ihnen einen Weg, von dem sich Pia insgeheim eingestand, dass sie ihn von sich aus wohl niemals gefunden hätte: Ein gutes Stück nördlicher und auch deutlich näher, als sie es erwartete. Flammenhuf mochte ja das schnellste (und einzige) fliegende Pferd der Welt sein, aber als Spurensucher war er eine glatte Niete.

Sie landeten am vorderen Ende der auseinandergebrochenen Karawane, die aus sieben oder acht großen Planwagen bestand, einschließlich des einen, der auf die Seite gestürzt war und in hellen Flammen stand. Darüber hinaus sah sie erstaunlich wenig Spuren des mörderischen Kampfes, der hier ganz offensichtlich stattgefunden hatte – sah sie einmal davon ab, dass die Wagen kreuz und quer dastanden, und von den zahlreichen Leichen.

Jesus ließ sich von Flammenhufs Rücken gleiten und verschwand wortlos in Richtung des ersten Wagens, doch Pia blieb noch einen Moment auf dem Pegasus sitzen, um sich einen besseren Überblick zu verschaffen. Der Kampf konnte noch nicht lange zurückliegen, wie nicht nur der brennende Wagen bewies. Nur ein kleines Stück entfernt lag ein enthaupteter Ork in einer dampfenden roten Lache, und auch eines der Zugtiere, die vor den umgestürzten Wagen gespannt waren, lebte noch und gab seinem Schmerz mit einem lautstarken Schnauben Ausdruck. Der Geruch nach Blut und Tod mischte sich in den Gestank von brennendem Holz und verkohlendem Fleisch. Ganz weit weg, gerade noch am Rande des Hörbaren, glaubte sie Kampflärm zu vernehmen, war aber nicht ganz sicher. Wie es aussah, waren sie nur um wenige Minuten zu spät gekommen.

Aber das machte es eher schlimmer.

Flammenhuf schnaubte nervös, als der Wind drehte und einen Funkenschauer und fettigen schwarzen Qualm in ihre Richtung wehte, und Pia hielt den Pegasus an und glitt von seinem Rücken. Flammenhuf entfernte sich rasch ein paar Schritte rückwärts gehend, breitete die Schwingen aus und verschwand mit einem gewaltigen Satz in der Nacht. Pia legte ganz instinktiv die Hand auf den Schwertgriff, bevor sie weiterging. Eiranns Zorn schien ganz sachte unter ihrer Berührung zu vibrieren, fast, als spürte die magische Klinge die Gewalt, die diesen Ort noch kurz zuvor heimgesucht hatte.

Sie zog die Hand wieder zurück und entdeckte Jesus in der Nähe des brennenden Wagens, wo er in etwas wie ein (sehr einseitiges) Streitgespräch mit einer Gestalt in schwarzem Eisen und mit nur einem Ohr verwickelt war – was nichts anderes bedeutete, als dass er heftig gestikulierend auf Landras einredete, während der Schild ihn nur mit vollkommen regloser Miene anstarrte und zuhörte; und vielleicht noch nicht einmal das.

Sie musste weiteren Leichen ausweichen, um ihr Ziel zu erreichen – mindestens einem Dutzend, allein auf dem kurzen Stück. Einige davon sahen aus, als wären sie nicht durch das Schwert gestorben, sondern von grässlichen Zähnen und Klauen regelrecht in Stücke gerissen worden. Vermutlich waren sie es auch.

»Gut, dass ihr kommt, Gaylen«, begrüßte sie Landras, ohne auf Jesus' anhaltenden Redeschwall zu achten und mit einem Gesichtsausdruck, der das genaue Gegenteil behauptete. »Euer Leibwächter scheint nicht –«

»Ter Lion«, unterbrach ihn Pia kühl, »ist nicht nur mein Leibwächter, Schild. Und ich weiß nicht, welche Frage er Euch gestellt hat, aber ich nehme einfach einmal an, dass es dieselbe ist, die auch mich interessiert: Was zum Teufel habt Ihr getan?«

»Was getan werden musste«, antwortete Landras.

»Was hat er gesagt?«, fragte Jesus.

»Auf jeden Fall hat er nicht geantwortet«, erwiderte Pia, ließ den Schattenelb dabei aber keinen Sekundenbruchteil aus den Augen. »Schild Eirann hatte verboten, diesen Wagenzug anzugreifen, wenn ich mich recht erinnere.«

»Was seine Meinung ist, nicht meine«, erwiderte Landras. »Schwert Torman hat mich hierhergeschickt, um diesen Krieg zu beenden, nicht, um neue Freundschaften zu schließen.«

»Manchmal ist das dasselbe, wisst Ihr?«, antwortete sie mühsam beherrscht.

»Was sagt er?«, wollte Jesus wissen.

»Nichts«, erwiderte Pia. »Er zickt nur ein bisschen rum. Aber ich bin sicher, dass er Vernunft annehmen wird, wenn die erhabene Prinzessin Gaylen erst einmal mit ihm gesprochen hat.«

Landras hielt ihrem Blick eine kleine Ewigkeit lang stand, dann zog er die linke Augenbraue hoch, streifte Jesus noch mit einem verächtlichen Blick und fuhr auf dem Absatz herum. »Folgt mir, Erhabene.«

Sie folgte Landras, der den brennenden Wagen in viel zu geringem Abstand umkreiste und sie zum anderen Ende der Kolonne führte. Sie sah mindestens ein weiteres Dutzend erschlagener Männer und Orks, und es gelang ihr sogar irgendwie, nicht nur den furchtbaren Anblick zu ertragen, sondern sogar ihren revoltierenden Magen unter Kontrolle zu halten. Wenigstens so lange, bis sie das Ende der Karawane erreicht hatten.

»Beinahe einhundert Krieger, Erhabene«, sagte Landras, indem er auf die säuberlich nebeneinander aufgereihten leblosen Körper deutete. »Fast die Hälfte davon Orks.«

Pia zwang sich, das furchtbare Bild zu ertragen, hielt es schließlich doch nicht mehr aus und drehte sich halb herum. Ihr

Blick tastete über eine weitere Gestalt in schwarzem Eisen und noch eine dritte … aber mehr nicht.

»Wo sind Eure Männer, Schild?«, fragte sie. Sie musste an den Kampflärm denken, den sie zu hören geglaubt hatte, und der bittere Geschmack in ihrem Mund nahm noch einmal zu. Hörte dieser Irrsinn denn niemals auf?

»Ein paar der Grünhäute sind entkommen«, antwortete Landras. »Sernat und Nicolt verfolgen ihre Spuren. Keine Sorge – sie werden nicht entkommen.«

Es dauerte einen Moment, bis Pia wirklich begriff, was sie gerade gehört hatte. »Das sind … alle?«, fragte sie ungläubig. Landras nickte, und sie fügte in noch zweifelnderem Ton hinzu: »Ihr wollt behaupten, dass *vier* Elbenkrieger *das hier* getan haben?«

»Fünf«, verbesserte sie Landras, »und ihre Reittiere. Und ich behaupte es nicht.«

Pia suchte vergebens nach einer Spur von Verletztheit in seinen Augen, aber dann fügte er hinzu: »Ihr habt unsere Krieger noch nie im Kampf erlebt, habe ich recht?«

»Doch«, antwortete Pia. »Aber nicht …«

Sie suchte vergebens nach den richtigen Worten, sah noch einmal auf das knappe Hundert säuberlich nebeneinander aufgereihter Leichname hinab und spürte, wie ihre Beklommenheit einer vollkommen anderen Art von kaltem Entsetzen wich. Viele der Toten waren ganz offensichtlich den Zähnen und Krallen der Trexe zum Opfer gefallen, aber die allermeisten waren durch Schwert oder Speer umgekommen. »Fünf von Euch haben das hier getan?«, murmelte sie.

»Wäre es Euch lieber gewesen, sie hätten uns morgen erwartet, oben an der Mine und mit Waffen aus Silber?«

»Natürlich nicht«, antwortete Pia ganz automatisch. »Aber das gibt Euch noch lange nicht das Recht, sie einfach umzubringen!«

Der Schattenelb machte sich nicht einmal die Mühe, darauf zu antworten. Stattdessen wandte er sich direkt an Jesus. »Wie viele Eurer Freunde hättet Ihr sterben sehen wollen, damit diese Grünhäute überleben?«

»Er hat gesagt –«, begann Pia, und Jesus unterbrach sie:

»Ich glaube, ich weiß, was er meint.«

»Deswegen hat er noch lange nicht recht«, antwortete Pia.

Aber war das auch die Wahrheit?

Landras ging neben einem toten Ork in die Hocke und zog ein schartiges Schwert aus dessen Gürtel, das so schwer war, dass selbst er beide Hände brauchte, um es zu heben. »Ihr wisst, dass ich nicht mit der Rolle einverstanden bin, die Ihr bei alledem spielt, Gaylen«, begann er.

»Ihr meint, dass es mich gibt?«

»Wenn Ihr es so ausdrücken wollt.« Landras versuchte einen Hieb mit der klobigen Waffe auszuführen und wäre von ihrem Gewicht beinahe zu Boden gerissen worden. Bei jedem anderen hätte es lächerlich ausgesehen, aber Pia jagte der Anblick einen kalten Schauer über den Rücken. »Aber was ich meine, zählt nicht. Ich habe Elfenborg die Treue geschworen, und ich werde alles tun, was notwendig ist, um diesen Schwur zu halten und Schaden von meiner Heimat abzuwenden.«

»Auch wenn Ihr dafür so viele töten müsst?«

Landras warf das Schwert zu Boden. »Ich weiß, dass Ihr unser Volk verachtet, Gaylen«, sagte er. »Ihr haltet uns für Besatzer. Für Tyrannen, die sich dieses Land einfach genommen und seine rechtmäßigen Besitzer versklavt haben.«

»Ist es denn nicht so?«, fragte Pia.

»Ist *was* nicht so?«, wollte Jesus wissen.

»Vielleicht habt Ihr gar keine andere Wahl, als es so zu sehen«, erwiderte Landras, »nach allem, was Ihr seit Eurer Ankunft hier erlebt habt. Aber das spielt keine Rolle. Wenn nicht an uns, dann denkt an das Volk der Großen Schlange.«

»Weil sie ja so gut mit euch befreundet sind, nicht wahr?«, erwiderte Pia. Es sollte bitter klingen, aber ihre Stimme verdarb ihr den gewünschten Effekt.

»In dieser Mine wird Silber gefördert«, fuhr Landras fort. »Eiranns und meine Krieger werden sich um das Lager kümmern, von dem Ihr berichtet habt, aber wenn sie sich in den Berg zurückziehen, können wir ihnen nicht dorthin folgen. Die Hauptlast des Kampfes wird bei Ixchels Kriegern liegen.« Er deutete auf den toten Ork. »Ihr habt diese Bestien im Kampf erlebt, Gaylen. Ihr wisst, wozu sie fähig sind. Für jeden Ork, den wir heute erschlagen haben, werden morgen vielleicht zehn von Ixchels Kriegern nicht sterben müssen.«

Und das war vermutlich noch vorsichtig geschätzt, dachte Pia. Aber diese Rechnung war so alt wie die Geschichte des Tötens, und sie hatte noch nie gestimmt.

Gaylen?«, fragte Jesus.

Sie ging nicht darauf ein, dass er sie mit diesem Namen ansprach, sondern übersetzte einiges – wenn auch wohlweislich nicht alles – von dem, was Landras gesagt hatte, und Jesus reagierte mit genau dem verächtlichen Verziehen der Lippen, das sie erwartet hatte.

»Ja, das passt, sagte er. »Was für ein reizender Zeitgenosse. Wie gut, dass Atombomben hier nicht funktionieren. Ich wette, er würde sich auch noch das andere Ohr abschneiden lassen, um eine zu bekommen.«

»Ich weiß nicht genau, wovon Ihr sprecht, Ter«, sagte er, »aber Ihr habt recht. Ich würde noch sehr viel mehr als nur ein Ohr opfern, um diesen Albtraum zu beenden.«

Pia übersetzte diesmal wortwörtlich, und Jesus schnaubte nur noch verächtlicher. »Ja, und genau diese Antwort habe ich erwartet«, sagte er. »Ich bin gespannt, was Schild Eirann zu deiner Eigenmächtigkeit zu sagen hat, Einohr.«

»Die Meinung dieses Verräters steht hier nicht zur Debatte«, erwiderte Landras kühl.

»Auch nicht, wenn er erfährt, dass Ihr vielleicht alles verdorben habt?«, fragte Pia.

»Verdorben?«

»Sie werden die Wagen erwarten«, antwortete Pia. »Ich weiß nicht, ob Nandes selbst dort oben ist, aber auch wenn nicht, werden sie die Wagen vermissen. Falls sie nicht sogar das Feuer gesehen haben.«

»Der Wagenzug wird ankommen, macht Euch keine Sorgen«, antwortete Landras. »Es ist noch eine halbe Tagesreise bis zu den Bergen, und mehr als eine ganze den Pass hinauf und bis zur Mine. Vor morgen um Mitternacht werden sie nicht mit seinem Eintreffen rechnen. Zeit genug für uns, alle notwendigen Vorbereitungen zu treffen.«

»Was für Vorbereitungen?«, fragte Pia.

Statt ihr zu antworten, wandte sich Landras an Jesus. »Wie viele Männer begleiten Euch, Ter?«, fragte er.

Pia übersetzte, und Jesus antwortete stirnrunzelnd: »Ein gutes Dutzend. Aber sie sind mindestens zwei Stunden entfernt, wenn nicht mehr ... warum?«

»Dann muss ich Euch bitten, zu ihnen zurückzukehren und sie hierherzubringen.« Landras wartete, bis Pia seine Worte übersetzt hatte, und fuhr dann direkt an sie gewandt fort: »Und auch Euch muss ich um Eure Hilfe bitten, Gaylen – genauer gesagt, Euer fliegendes Pferd.«

»Flammenhuf lässt keine Elben auf sich reiten«, sagte Pia, doch Landras fuhr ungerührt fort:

»Zusammen mit Ter Lions Männern können wir unseren Weg fortsetzen, ohne zu viel Zeit zu verlieren. Aber die Zeit reicht nicht, um mit den Wagen zum Lager zurückzukehren und die Passstraße dann noch rechtzeitig zu erreichen. Fliegt zurück und berichtet Schild Eirann, was Ihr hier gesehen habt. Sagt ihm, dass wir am Anfang des Passes auf ihn warten. Er wird wissen, was zu tun ist.«

»Und wenn er nicht damit einverstanden ist?«, fragte Pia. Landras lächelte dünn. »Das spielt keine Rolle, Prinzessin. Sagt ihm einfach, was Ihr hier gesehen habt. Dann bleibt ihm gar keine andere Wahl.«

Wie sich zeigte, hatten sie beide recht: Eirann *war* nicht einverstanden mit dem, was Schild Landras getan hatte, und ihm blieb keine andere Wahl, als das zu tun, was Landras von ihm verlangte.

Es war beinahe Mitternacht, als sie ins Lager am Fluss zurückkehrten, und eine erstaunliche Zeit danach verbrachte Eirann damit, herumzutoben und Landras nicht nur die Pest an den Hals zu wünschen, sondern auch ein Dutzend anderer Krankheiten und noch üblerer Dinge, von denen sie noch nie gehört hatte. Bis zu diesem Moment hatte sie nicht einmal gewusst, dass die stets so unnahbar und beherrscht wirkenden Elben zu solchen Gemütsäußerungen überhaupt fähig waren, aber sie waren es, und Eirann kreierte in dieser Zeit nicht nur ein paar Beschimpfungen und Flüche, die selbst Alica die Schamesröte ins Gesicht trieben (mithin das Zweite in dieser Nacht, was sie noch am vorangegangenen Abend als vollkommen unmöglich von sich gewiesen hätte), sondern sprühte geradezu vor Mordlust, und das nicht nur im übertragenen Sinne. Sie war sicher, dass er Landras ohne das geringste Zögern getötet hätte, wäre er hier gewesen.

Aber irgendwann beruhigte er sich wieder (oder hatte sich zumindest gut genug in der Gewalt, um wenigstens diesen Anschein zu erwecken), ließ sich schwer in einen der geschnitzten Stühle fallen, die den großen Kartentisch in seinem Zelt umgaben, und verbarg das Gesicht in den Händen. Als er die Arme wieder herunternahm, war sein Gesicht erneut zu der kühlen Maske aus leichtem Edelmut und einer Spur von Arroganz geworden, die sie bei einem Elben erwartete.

»Gut«, sagte er. »Dann ist es eben, wie es ist.«

»Was für eine scharfsinnige Bemerkung«, sagte Alica. »So männlich.«

Eirann ignorierte sie und wandte sich an Jesus. »Diese vier Männer, die bei ihm waren«, fragte er, »kennt Ihr ihre Namen, Ter, oder würdet Ihr sie wiedererkennen?«

Jesus warf Pia einen leicht verwirrten Blick zu, und sie antwortete an seiner Stelle: »Ihr wisst, dass Ter Lion Eure Sprache noch nicht beherrscht, Eirann. Und es war sehr dunkel, und alles ging sehr schnell.«

Jesus hatte vielleicht Eiranns Frage nicht verstanden, sehr wohl aber ihre Antwort, und er zog fragend die Augenbrauen zusammen – was weder Eirann noch irgendeinem anderen hier am Tisch entging.

Eirann lächelte ein Lächeln, das keines war. »Ich verstehe«, sagte er.

»Was?«, fragte Pia.

»Dass wohl alles, was man sich über Euch erzählt, wahr ist«, antwortete Eirann.

»Und was wäre das?«, fragte Pia.

Statt zu antworten, wandte sich Eirann an eine der Wachen, die beiderseits des Eingangs standen. »Gebt Dolch Arsan Bescheid«, befahl er. »Er soll herausfinden, wer die vier Männer sind, die sich Schild Landras angeschlossen haben. Sie werden den Angriff auf die Mine anführen.«

Pia wartete zwar, bis der Mann das Zelt verlassen hatte, fügte aber dann hinzu: »Und nicht überleben, nehme ich an?«

»Das liegt nicht in meiner Hand«, erwiderte Eirann. »Wenn das Schicksal entscheidet, sie leben zu lassen, werde ich diese Entscheidung akzeptieren.«

»Und wenn nicht, umso besser, nicht wahr?«, fragte sie bitter. »Nur weil sie es gewagt haben, sich Eurem Befehl zu widersetzen? Was seid Ihr nur für ein Mensch, Schild Eirann?«

»Wenn man es genau nimmt, gar keiner, Prinzessin Gaylen«, antwortete Eirann kühl. »Und wenn ich mich richtig erinnere, dann werden in den Armeen Eures Volkes Soldaten hingerichtet, die sich einem Befehl so offen widersetzen. In unserer bekommen sie eine zweite Chance, sich zu bewähren.« Er machte eine ärgerliche Handbewegung, als sie abermals widersprechen wollte. »Ich kann auf dieser Mission keinen einzigen Krieger brauchen, auf den ich mich nicht blind verlassen kann. Diese vier Männer wussten das, und sie mussten sich auch der Konsequenzen gewärtig sein, die ihr Handeln nach sich zieht.«

Seine Worte besänftigten Pia kein bisschen, sondern machten sie eher noch zorniger, doch jetzt war es Ixchel, die sie mit einer Geste nicht nur zu beruhigen versuchte, sondern damit auch die allgemeine Aufmerksamkeit auf sich zog. »Ich kann Euch verstehen, Prinzessin«, sagte sie, »aber jetzt ist nicht die Zeit, darüber zu reden, fürchte ich.«

»Über vier Leben?«

»Morgen zur selben Zeit werden sehr viel mehr Leben ausgelöscht werden, Gaylen«, antwortete Ixchel traurig. »Und jedes einzelne davon ist unersetzlich, ganz gleich, auf welcher Seite. Ich fürchte, Schild Eirann hat recht mit seinem Zorn. Landras zwingt uns mit seiner Eigenmächtigkeit zum Handeln, und jeder weitere Moment, den wir mit Reden vergeuden, könnte über den Ausgang der Schlacht entscheiden, und damit vielleicht über das Schicksal unserer Völker.« Sie wandte sich an Eirann. »Meine Krieger werden noch in dieser Stunde aufbrechen.«

»Und wir werden euch folgen, sobald die Sonne aufgegangen ist«, sagte Eirann. Er klang nicht begeistert. »Dieser Narr! Seine Eigenmächtigkeit zwingt uns, all unsere Pläne über den Haufen zu werfen! Wenn er den morgigen Tag überlebt, dann werde ich ihn persönlich töten, das verspreche ich. Das hätte ich schon viel früher tun sollen!«

Er ballte zornig die Hand zur Faust, sah Pia einen halben Herzschlag lang so durchdringend an, als wäre das alles ganz allein ihre Schuld, und zwang sich dann mit einer sichtbaren Anstrengung wenigstens äußerlich zur Ruhe. »Aber gut, versuchen wir das Beste daraus zu machen. Schickt Eure Männer los, Ixchel, und ich werde meine –«

»Da wäre noch eine Sache, bevor ich den Befehl gebe, Schild«, fiel ihm Ixchel ins Wort.

»Und welche?«

Nicht nur Eirann sah sie aufmerksam an. Pia tat dasselbe; ein wenig misstrauisch.

»Die erhabene Prinzessin Gaylen«, antwortete Ixchel, in leicht unbehaglichem Ton und ohne sie dabei anzusehen, aber zugleich auch mit fester Stimme. »Es wird Zeit für sie abzureisen.«

»Wohin?«, fragte Pia. Ixchel antwortete – natürlich – nicht, und nun wich auch Alica ihrem Blick aus. »Was ist hier los? Bin ich die Einzige, die das Gefühl hat, dass hier irgendetwas vorgeht, von dem nur ich nichts weiß?«

»Ixchel ist der Meinung, dass es besser wäre, wenn Ihr in die Stadt der Großen Schlange zurückkehrt, bevor der Kampf beginnt, Erhabene«, sagte Eirann schließlich.

»Ach, ist sie das?«, fragte Pia gereizt. »Stell dir vor, das ist mir auch schon aufgefallen. Aber ich kann mich einfach nicht daran erinnern, dass ich mein Einverständnis dazu gegeben hätte.«

»Und das ist auch nicht notwendig«, sagte Ixchel. Sie sah sie auch jetzt nicht an, sondern blickte unverwandt weiter auf den Schattenelb. »Das ist keine Bitte, Schild, und dieser Punkt steht auch nicht zur Verhandlung.«

»Ja, genau das wollte ich auch gerade sagen«, sagte Pia. »Ich denke nämlich gar nicht daran –«

»Keiner meiner Krieger wird das Lager verlassen, solange sich Prinzessin Gaylen und ihr Gefolge nicht auf dem Rückweg befinden«, fuhr Ixchel unbeeindruckt fort. »Das Leben der Erhabenen und das ihres ungeborenen Kindes sind zu wichtig, als dass wir sie in Gefahr bringen dürften.«

»Wir hatten eine Vereinbarung«, erinnerte Eirann sie. Bildete sie sich nur ein, dass er so klang, als würde er das nur sagen, damit sie es hörte?

»Und ich werde sie einhalten«, bestätigte Ixchel. »Doch nicht, wenn das bedeutet, das Leben der Prinzessin in Gefahr zu bringen.«

»Aber das ist doch Unsinn!«, protestierte Pia. »Ich hatte nicht vor, diese Mine eigenhändig zu erobern. Ganz im Gegenteil. Ich habe mehr als genug Kämpfe für ein einziges Leben gesehen, weißt du?«

Ixchel sagte gar nichts dazu, aber sie sah das Schwert an ihrer Seite an, und Pia legte ganz instinktiv die flache Hand auf den Griff, wie um die Klinge zu beschützen. »He, ich gebe dir mein Wort, dass ich im Lager bleibe, bis ihr zurück seid! Oder reicht dir das Wort einer Prinzessin nicht?«

Ixchel sah sie eine weitere, quälend lange Sekunde lang an, stand dann auf und wandte sich zum Gehen. »Ihr findet mich bei meinen Männern, Schild«, sagte sie. »Gebt mir Bescheid, wie Ihr Euch entschieden habt.«

Sie verließ das Zelt, gefolgt von einem grau gesichtigen Schatten, der neben dem Eingang stand, und Pia musste schon wieder gegen ein eisiges Frösteln ankämpfen, als sie den Sith erkannte. Sie hatte bisher nicht einmal bemerkt, dass er *da* war.

»Das ist jetzt nicht euer Ernst!«, sagte sie empört, und auch Eirann erhob sich von seinem Stuhl und sah nur kurz auf Alica hinab.

»Bring sie zur Vernunft«, sagte er. Und ging ebenfalls.

»Na, da bin ich ja mal gespannt«, sagte Pia.

»Worauf?«

»Wie du mich zur Vernunft bringen willst.«

»Ach, das.« Alica machte eine nervös-wegwerfende Geste und grinste noch nervöser. »Nimm ihn nicht ernst. Das hat er nicht so gemeint.«

»Doch, hat er.«

»Ja, wahrscheinlich«, gestand Alica. »Er ist eben ein Mann, und du weißt ja, wie –«

»Mir ist jetzt nicht nach deinen Scherzen, Alica«, unterbrach sie Pia. »Was geht hier vor?«

Alica versuchte noch zwei oder drei Sekunden lang weiter, das Dummchen zu spielen, gab es aber dann mit einem lautlosen Seufzen auf und wurde umso erster, als sie in die Richtung deutete, in die Ixchel und der Elbenkrieger verschwunden waren. »Du hast sie doch gehört«, sagte sie. »Und sie meint es bitterernst, fürchte ich.«

»Ich auch«, antwortete Pia. »Ich werde mich bestimmt nicht rumschubsen lassen wie ein dummes Kind.«

»Aber du hast kein Problem damit, dich wie eins zu benehmen, oder?«, fragte Alica. »Warum willst unbedingt hierbleiben? Weil du es wirklich willst, oder nur, weil Isabel *nicht* will, dass du es tust?«

»Das ist ja wohl –«

»Die Wahrheit?« Diesmal unterbrach sie Alica nicht nur, sondern schüttelte auch heftig den Kopf. »Sie hat recht, weißt du? Und nach Landras' kleinem Alleingang mehr denn je.«

»Was hat Schild Landras mit meiner Sicherheit zu tun?«

»Eine Menge, fürchte ich«, seufzte Alica. »Auch wenn es genau genommen mit deiner *Unsicherheit* heißen müsste. Eirann hatte einen Plan, der ziemlich gut war.«

»Und welchen?«

»Einen, der sich jetzt erledigt hat«, sagte Alica. Sie zog eine Grimasse. »Jetzt bleibt uns nichts anderes mehr übrig, als zu tun, was dieser einohrige Idiot die ganze Zeit über wollte, und nach der altbewährten Methode Landras' vorzugehen.

»Und die wäre?«, erkundigte sich Jesus.

»Eine, die dir gefallen wird, Langer: Immer feste drauf, ohne Rücksicht auf Verluste.« Alica grinste flüchtig und wurde sofort wieder ernst. »Eirann und Ixchel bleibt jetzt gar nichts anderes mehr übrig, als sofort und mit aller Gewalt zuzuschlagen. Und das ändert so ziemlich alles, Süße. Ich gebe ja gerne zu, dass ich nicht besonders viel davon verstehe, aber sogar ich weiß, dass es einen Unterschied zwischen einem gut vorbereiteten Überfall auf einen ahnungslosen Feind und einem Frontalangriff gibt. Es könnte ein bisschen ... unangenehm werden.«

»Ich kann schon ganz gut auf mich aufpassen«, sagte Pia scharf.

»Das wissen wir«, antwortete Alica sehr ernst und ohne auch nur die Spur eines Lächelns. »Und wenn das nicht reicht, ist da ja auch noch Ter Lion. Aber darum geht es nicht.« Sie machte eine Kopfbewegung zum Ausgang hin. »Wenn du glaubst, Isabel wäre schlecht drauf, dann hättest du sie vorhin erleben sollen, als ihr zwei zu eurem kleinen Ausritt aufgebrochen seid. Ich fürchte, sie hat es ernst gemeint, dass diese Bedingung nicht verhandelbar ist.«

»Ich könnte dasselbe sagen.«

»Könntest du«, bestätigte Alica. »Und niemand würde es wagen, dir zu widersprechen oder gar Hand an Euch zu legen, Prinzessin.«

»Ganz recht!«, bestätigte Pia.

»... und sie würde genau das tun, was sie gerade angedroht hat, und zusammen mit all ihren kleinen braunen Kriegern kehrtmachen und nach Chicken Pizza zurückkehren. Und dann würde genau das passieren, was du dir im Grunde deines Herzens zu wünschen scheinst. Kein Krieg. Kein weiteres Blutvergießen mehr. Keine Toten.« Sie nickte bedächtig, um ihre Worte zu unterstreichen. »Ach ja, und kein Elfenborg mehr, und in spätestens ein paar Jahren die Fahne vom *Comandante* über jeder einzelnen Stadt im ganzen Land. Das heißt über denen, die dann noch stehen.«

Pia starrte sie an. »Das ist Erpressung!«

»Sag das nicht mir, sondern Isabel«, antwortete Alica. »Sie meint es ernst. Deine Sachen sind bereits gepackt, und die Mädchen warten in einem abfahrbereiten Wagen auf uns.«

»Uns?«

»Ich begleite dich.« Alica nickte genauso heftig, wie sie gerade den Kopf geschüttelt hatte. »Aber ich dachte –«

»Was?«, unterbrach sie Alica. »Dass ich scharf aufs Köpfeabschlagen und Bäucheaufschlitzen bin? He, wofür hältst du mich, Süße? Ich stehe auf verschwitzte Männerkörper, aber nicht *so.*«

»Ich verstehe es nicht!«, protestierte Pia. »Was soll das alles?«

»Isabel hat einfach Angst, dass dir etwas zustoßen könnte. Sie war damit einverstanden, dass du uns den Weg zeigst, aber sie hat

Eirann und mir gegenüber auch keinen Zweifel daran gelassen, dass sich keiner ihrer Krieger von der Stelle rührt, solange du nicht auf dem Weg zurück nach Chicken Pizza bist. Und jetzt frag mich bitte nicht, warum. Ich weiß es so wenig wie du.«

Sie stand auf. »Und jetzt die Eine-Million-Dollar-Frage, ohne Zusatzjoker: Spielst du noch ein bisschen die beleidigte Leberwurst, oder fügst du dich in das Unvermeidliche und lässt Eirann wenigstens die Chance, noch zu retten, was zu retten ist?«

»Ich könnte noch einmal mit Ixchel reden«, sagte Pia. Die Worte klangen sogar in ihren eigenen Ohren hilflos, und wenn sie es genau nahm, dann war sie nicht einmal mehr wirklich zornig, sondern einfach nur empört – und vollkommen verwirrt. Sie *begriff* einfach nicht, was geschah. Hatte Ixchel den Verstand verloren?

Alica schüttelte nur traurig den Kopf. »Sie will nicht mit dir reden, das hat sie mir vorher schon klargemacht. Die Mädchen zeigen dir, wo der Wagen und unsere Eskorte warten.«

»Und du?«

»Ich muss noch ein paar Dinge mit Eirann besprechen, aber ich komme nach, sobald ich kann. Es wird nicht lange dauern.«

Es war ein anstrengender Tag gewesen, und ihr Körper verlangte irgendwann sein Recht, sodass sie fast gegen ihren Willen schließlich einschlief und nicht sagen konnte, ob Alica tatsächlich nach kurzer Zeit nachkam oder erst nach Stunden. Als sie erwachte, schien jedoch bereits wieder die Sonne durch die Plane des Wagens, und ihre Laune war kein bisschen besser als am vergangenen Abend.

Es machte nicht besonders viel Spaß, mit schlechter Laune aufzuwachen, das war der erste halbwegs klare Gedanke, der hinter ihrer Stirn Gestalt annahm. Der zweite war, dass es auch nicht besonders erbaulich war, schlecht gelaunt einzuschlafen, als die Erinnerungen an den vergangenen Abend zurückkamen.

Selbstverständlich hatte sie doch noch einmal versucht, mit Ixchel zu reden, aber sie war nicht einmal in ihre Nähe gekommen, und schließlich hatte Jesus sie schon fast mit sanfter Gewalt zum anderen Ende des Lagers bugsiert, wo tatsächlich nicht nur ein, sondern gleich drei große Planwagen und ein halbes Dutzend Reiter auf sie warteten. Sonja und ihre Zwillingsschwester waren klug genug, um ihr in den für sie bestimmten Wagen zu helfen und dann aus ihrem Blickfeld zu verschwinden. Später hatte Jesus noch einmal den Kopf zu ihr hereingesteckt, um sich nach ihrem Befinden zu erkundigen, sich aber noch schneller wieder zurückgezogen, als sie mit dem Erstbesten nach ihm geworfen hatte, das ihre Hand zu fassen bekam.

Aber gut: Gestern war gestern und heute war heute, und sie änderte nichts, wenn sie diesen Wagen zu ihrer persönlichen Schmollecke deklarierte und ihn für den Rest des Weges nicht mehr verließ.

Die Sonne schien nicht nur durch die Zeltplane, sondern stand auch schon eine halbe Handbreit über den Baumwipfeln, als sie die Plane zurückschlug. Grelle Halbmonde aus Licht explodierten auf dem Fluss und ließen sie blinzeln, und sie senkte rasch den Kopf, damit die beiden Reiter, die dem Wagen in geringem Abstand folgten, die Grimasse nicht sahen, die sie vermutlich zog. Wie alle ihre Begleiter waren es Schattenelben, die trotz der jetzt schon fast unerträglichen Temperaturen nicht nur ihre schwarzen Rüstungen trugen, sondern auch die spitzen eisernen Helme, unter denen es jetzt schon so gemütlich wie in einem Backofen sein musste. Sie fragte sich, ob diese Typen wirklich so hart im Nehmen waren oder einfach nur ebenso stolz wie dumm. Sie fragte sich auch, was Ixchel wohl geantwortet hätte, hätte sie ihr jetzt ihre eigene Frage von gestern gestellt: wie viele ihrer Männer zusätzlich sterben mussten, weil sie dieses halbe Dutzend Krieger zu ihrem Schutz abkommandiert hatte.

Statt sich auch nur über eine dieser beiden Fragen länger den Kopf zu zerbrechen, schlug sie die Plane vollends zurück, sprang von dem gemächlich dahinrollenden Wagen und nutzte ihren eigenen Schwung, um die wenigen Schritte zum Fluss zu laufen und erst stehen zu bleiben, als ihr das eisige Wasser bis zu den Knien reichte. Hinter ihr wurden Stimmen laut, und sie konnte hören, wie der Wagenzug lärmend zum Stehen kam, aber sie sah nicht einmal zurück, sondern ließ sich in die Hocke sinken, schöpfte mit beiden Händen Wasser und genoss einfach das Gefühl, sich den Schweiß der vergangenen Nacht abzuwaschen und vielleicht auch die klebrigen Spinnweben, die die Albträume hinter ihrer Stirn zurückgelassen hatten.

Erst das Gefühl, beobachtet zu werden, ließ sie in ihrer Morgentoilette innehalten und aufsehen.

Sie hatte sich nicht getäuscht. Jesus und Alica standen nebeneinander am Ufer und beobachteten sie ganz ungeniert, und auch die beiden Mädchen wuselten irgendwo im Hintergrund herum. Anscheinend hielten sie sie für nachtragender, als sie war. Oder sie selbst hielt sich für weniger nachtragend, als sie war.

»Muss ich mir irgendwelche Gedanken machen?«, wandte sie sich an Alica.

»Gedanken?«

»Ich verbringe die Nacht mutterseelenallein im Wagen, und das Erste, was ich nach dem Aufwachen sehe, sind meine ärgste Konkurrentin und mein Leibwächter Hand in Hand in meinem Rücken.«

Die beiden standen nicht Hand in Hand da, sondern fast auf Armeslänge voneinander entfernt. Trotzdem machte Jesus einen fast hastigen Schritt zur Seite, während Alica nur spöttisch die Lippen verzog. »Das mit der ärgsten Konkurrentin siehst du falsch, Süße. Ich bin nicht scharf auf deinen Posten. Ich kann und kriege dasselbe wie du, weißt du, und ich muss mich nicht mit der Last der Krone abschleppen ... oder einer uralten Prophezeiung. Und Ter Lion ...« Sie legte den Kopf auf die Seite, um Jesus mit einem langen Blick von Kopf bis Fuß zu mustern. »Nichts für ungut, Langer, aber einmal Elben, immer Elben.«

»Du musst es ja wissen«, sagte Jesus.

»Ganz genau.« Alica schnitt Jesus eine Grimasse, aber als sie sich wieder zu Pia herumdrehte, war ein Ausdruck von echter Sorge in ihren Augen zu erkennen. »Wie fühlst du dich?«

»Nass«, antwortete Pia.

»Das meinte ich eigentlich weniger«, feixte Alica. »Man sieht es. Und nur falls es die Erhabene interessiert: Man sieht auch, dass das Wasser ziemlich kalt ist. Die Erhabene trägt nämlich nur ein wirklich dünnes Kleid.«

Pia sah hastig an sich herab, stellte fest, dass sie die Wahrheit sagte, und Alica fügte genüsslich hinzu: »Ach und noch etwas, Erhabene. Ich kann Euch versichern, dass unsere spitzohrigen Freunde zwar ein bisschen komisch aussehen, in den wesentlichen Teilen aber trotzdem ganz normale Männer sind.«

Pia bemühte sich zwar mit aller Kraft, es nicht zu tun, sah aber trotzdem zu den beiden Reitern hin, die ihrerseits die Köpfe in ihre Richtung gedreht hatten und sie ganz unverhohlen anstarrten. Und zwar nicht unbedingt ihr Gesicht.

»Aha«, sagte Pia. Sie widerstand der Versuchung, die Arme vor der Brust zu verschränken, und zog stattdessen die nassen Haare nach vorne. Alicas Feixen wurde nur noch breiter.

»Eigentlich wollte ich wissen, wie es dir geht«, erklärte sie, während sie ihr mit unverhohlener Schadenfreude dabei zusah, wie sie aus dem Wasser kam und dabei die Tatsache zu ignorieren versuchte, dass sie ein Kleid aus einem Stoff trug, der praktisch unsichtbar wurde, wenn er nass war. »Keine Morgenübelkeit?«

»Den Morgen habe ich verschlafen«, knurrte Pia. »Zusammen mit der Morgenübelkeit.«

»Dann können wir davon ausgehen, dass du heute nicht ganz so unerträglich bist wie sonst?«

»Unerträglich?«

»Unerträglich gut gelaunt, meine ich natürlich, erhabene Prinzessin.« Alica deutete einen spöttischen Hofknicks an und schüttelte dann den Kopf, als Pia an ihr vorbei und wieder zum Wagen gehen wollte, um dieser peinlichen Situation genauso schnell wie unauffällig zu entgehen. Pia hatte zwar nicht einmal gesehen, dass ihre beiden Dienerinnen überhaupt gegangen waren, aber Maxi kam in diesem Moment bereits zurück und legte ihr einen bunten Federmantel um die Schultern. Er war überraschend schwer und roch ein bisschen muffig, aber wenigstens war er nicht durchsichtig.

»Wir können weiterfahren, meinetwegen«, sagte sie unbehaglich.

»Es ist sowieso Zeit für eine Rast«, sagte Alica. »Wir sind die ganze Nacht durchgefahren, und die Pferde sind müde. Ich sage den Mädchen Bescheid, dass sie etwas zu essen machen.«

»Die ganze Nacht?« Pias schlechtes Gewissen meldete sich, obwohl es eigentlich gar keinen Grund dafür gab. »Und wieso hast du mich so lange schlafen lassen?«

»Was hättest du denn tun wollen?«, erkundigte sich Alica. »Ein bisschen schieben? Außerdem ist jede Stunde, die du schläfst, eine Stunde weniger, in der ich dein Genörgel ertragen muss.«

Pia wartete, bis Alica eingesehen hatte, dass sie keine Antwort darauf bekommen würde, und sich mit einem schnippischen Zurückwerfen des Kopfes umdrehte und ging, aber dann wandte sie sich an Jesus und fragte noch einmal: »Unerträglich?«

»Sie ist nervös«, antwortete Jesus. »Und ein bisschen übermüdet, das ist alles.«

»Nein, das ist es nicht. Irgendetwas stimmt nicht mit ihr.«

Jesus hob nur die Schultern und wich nach einer weiteren Sekunde sogar ihrem Blick aus, aber dann antwortete er doch. »Ich glaube, sie hatte einen ziemlich heftigen Streit mit Eirann.«

»Und das lässt sie an mir aus?«

»Es ging um dich, soviel ich weiß.«

»Um mich?«

»Sie hat nicht viel erzählt, aber ich glaube, Eirann war nicht besonders glücklich über dein Weggehen. Er wollte wohl, dass sie dich überredet, heimlich zurückzukommen ... aber genau weiß ich es nicht.«

»Das klingt doch nach einer vernünftigen Idee«, sagte Pia. »Sie könnte beinahe von mir sein.«

»Alica war da wohl anderer Meinung. Sie glaubt auch, dass du am besten möglichst weit weg von dieser Mine aufgehoben bist.« Er zuckte erneut die Achseln. »Eirann ist ein stolzer Mann, aber du kennst ja Alica. Schätze, zwischen den beiden sind ganz schön die Fetzen geflogen.«

Pia lächelte zwar flüchtig, aber es fiel ihr trotzdem schwer, zu glauben, dass sich ausgerechnet Alica auf Ixchels Seite schlagen sollte.

»Sie hat wirklich Angst um dich«, sagte Jesus.

»Ixchel?«

»Alica. Und Ixchel auch, ja. Und wenn ich ganz ehrlich sein soll, ich auch. Ich habe es nie gesehen, aber man hat mir erzählt, wie gut du mit dem Schwert da an deiner Seite umgehen kannst. Aber das hier ist etwas anderes. Hast du schon einmal eine Schlacht erlebt?«

Beinahe hätte sie gelacht. »Eine mehr als du.«

»Das hier ist etwas anderes«, antwortete Jesus ernst. »Nenn mich verrückt, aber ich habe ein verdammt schlechtes Gefühl. Dieser Ort ist böse.«

»Böse?«, wiederholte Pia.

»Ich sag ja: Nenn mich verrückt, wenn du willst. Aber ich bin froh, dass wir von hier verschwinden. Ich habe das Gefühl, dass dort oben etwas Schreckliches auf dich gewartet hätte.«

»Ungefähr fünfhundert Orks«, bestätigte sie, aber Jesus schüttelte nur noch einmal den Kopf.

»Weißt du, Pia, für mich ist das alles hier noch immer fremd und erschreckend, aber eins habe sogar ich inzwischen begriffen: Diese Welt ist nicht wie unsere. Hier gibt es böse Dinge. Und auch böse Orte. Und diese Berge gehören dazu. Irgendetwas Schlimmes wartet dort oben auf dich. Etwas, was dir etwas Entsetzliches angetan hätte. Vielleicht hat Ixchel das ja auch gespürt.«

Pia hätte gerne darüber gelacht, aber dann erinnerte sie sich an ein ganz ähnliches Gespräch, das sie vor wenigen Tagen geführt hatte. *Ein Ort, der Eure Seele beschädigt …* »Jetzt sind wir ja auf dem Rückweg«, sagte sie nur.

Jesus wirkte ein bisschen enttäuscht (was hatte er eigentlich erwartet? Dass sie ihm um den Hals fiel und ihm dankte, weil er sie im allerletzten Moment gewarnt hatte?), hob aber nur erneut die Schultern und wandte sich zum Gehen. Pia versuchte ihn mit einem entsprechenden Blick zurückzuhalten, den Jesus aber ignorierte und nur noch ein wenig schneller ging.

Pia schluckte ihren Ärger herunter und folgte ihm zum anderen Ende der kleinen Wagenkolonne, wo eines der Mädchen bereits ein Feuer entzündet hatte, das zwar noch nicht besonders hoch brannte, aber eine Menge Qualm produzierte, der in der klaren Morgenluft über viele Meilen zu sehen sein musste.

Ganz instinktiv legte sie den Kopf in den Nacken und suchte den Himmel ab, aber Alica schüttelte schon den Kopf, bevor sie die entsprechende Frage auch nur in Gedanken formulieren konnte.

»Keine Sorge«, sagte sie. »Es gibt Eingeborene hier in der Gegend. Irgendwelche Indios. Noch kleiner als Ixchels kleine braune Brüder und um etliches primitiver, auch wenn man das kaum glauben mag. Aber sie kennen das Feuer, und ab und zu zünden sie auch mal eins an.«

»Das dann auch so hübsch qualmt?«

»Eher nicht«, gestand Alica. Sie gab ihr mit der Hand ein Zeichen, sich zu ihr zu setzen, und Pia gehorchte, auch wenn ihr nicht nach Lagerfeuerromantik war und schon gar nicht nach Alicas Gesellschaft.

»Und selbst wenn sie vorhätten, jemanden herzuschicken und nach dem Rechten zu sehen, dann würde er zu spät kommen.«

»Du meinst, der Angriff hat schon begonnen?«

»Nein. Aber es ist ein langer Weg aus den Bergen, und es gibt nur diese eine Straße. Und selbst wenn nicht, brauchst du dir keine Sorgen zu machen.« Sie machte eine Kopfbewegung zu zwei weiteren hochgewachsenen Gestalten in schwarzem Eisen, die am Flussufer standen und ihre Pferde tränkten. »Es sind zwar nur acht, aber die Jungs sind wirklich gut, glaub mir.«

Pia hatte nicht vorgehabt, ihr zu widersprechen. Es war erst wenige Stunden her, dass sie mit eigenen Augen gesehen hatte, wozu diese Krieger fähig waren.

Hältst du es für eine gute Idee, nach Chichen Itza zurückzufahren?«, fragte sie, nachdem sie den Mädchen eine Weile dabei zugesehen hatten, wie sie in Windeseile darangingen, das Feuer nicht nur höher anzufachen, sondern auch eine Mahlzeit zuzubereiten, die alles andere war als ein *kleines Frühstück.*

»Ganz und gar nicht«, antwortete Alica. »Und da fahren wir auch nicht hin.«

Pia war nicht einmal überrascht. Trotzdem fragte sie: »Und warum nicht?«

»Weil du dort nicht sicher bist«, antwortete Alica – allerdings erst, nachdem die beiden Mädchen gegangen (oder zumindest außer Hörweite) waren. »Hast du die beiden Piepmätze schon vergessen, die dich zu Vogelfutter verarbeiten wollten?«

»Du glaubst doch nicht im Ernst, dass irgendjemand aus Ixchels Volk dahintersteckt?«

»Ich nicht.« Alica beugte sich vor, griff nach einem Zweig und stocherte so lange damit im Feuer herum, bis er zu qualmen begann und sie ihn ebenfalls in die Flammen warf. »Aber Isabel scheint es zu glauben.«

»Wie?« *Sollte das ein Scherz sein*?

»Sie hat mit mir gesprochen, vergangene Nacht, als Ter Lion und du auf eurem Ausritt wart; und nachdem ihr Blutdruck wieder unter siebenhundert gesunken war.«

»*Was* hat sie dir gesagt?«, fragte Pia beunruhigt.

»Du solltest dich nicht von dem täuschen lassen, was du siehst«, sagte Alica. Sie zündete sich einen Zigarillo an, was sie einige Mühe kostete, denn ihr Feuerzeug funktionierte erst beim fünften oder sechsten Versuch. »Nicht alle dort sind glücklich über unsere Anwesenheit. Kukulkan und seine Priester und Generäle wissen, dass sie Nandes und seine Ork-Horden nicht allein aufhalten können. Sie brauchen uns, wenn sie überleben wollen. Aber das bedeutet nicht, dass sie uns auch lieben.«

»Den Eindruck hatte ich nicht«, sagte Pia.

»Dieses Land hier hat einmal ihnen gehört«, fuhr Alica mit einem Achselzucken fort. »Und sie haben nicht vergessen, wer es ihnen weggenommen hat.«

»Das ist über tausend Jahre her!«, protestierte Pia.

»Und sie sind ein sehr stolzes Volk«, erwiderte Alica. Dann lachte sie. »Aber vielleicht spintisiere ich mir das ja auch alles nur zusammen.«

»Genau wie Ixchel?«

»Wie Ixchel«, antwortete Alica, und Pia war sehr sicher, dass sie nicht nur rein zufällig *diesen* Namen benutzte, »ist eine verrückte alte Frau. Ziemlich reizend, wenn du mich fragst, aber trotzdem vollkommen durchgeknallt. Vielleicht wird man ja so, wenn man so alt ist. Sie vermutet hinter jedem Schatten eine Falle und hinter jedem Baum einen Attentäter.« Sie hob abermals die Schultern. »Doch in diesem Punkt stimme ich ihr zu: Es ist wahrscheinlich besser, wenn wir nicht nach Chicken Pizza gehen.«

»Sondern?«

»Ein paar Freunde haben wir noch«, erwiderte Alica ausweichend. »Und wenn es Eirann und Ixchel gelingt, diese verdammte Silbermine zu zerstören, dann haben wir sogar eine Chance, diesen Krieg zu überleben.«

Sie sagte nicht *gewinnen*, und auch das entging Pia keineswegs.

Etwas wie Verzweiflung begann sich in ihr breitzumachen, unerwartet und gnadenlos so wie ein Schmerz, der sie vollkommen überraschend ansprang. Ganz plötzlich wurde ihr klar, wie verzweifelt ihre Lage, und wie einsam sie hier wirklich war. Abgesehen von Alica und Jesus gab es möglicherweise auf dieser ganzen Welt niemanden mehr, dem sie wirklich trauen konnte. Nicht einmal Ixchel, wie ihr Alicas Worte klargemacht hatten.

»Und dann?«, fragte sie.

»Was – dann?«

»Selbst wenn wir diesen Krieg überleben«, antwortete Pia. »Sogar wenn wir ihn *gewinnen* – was dann?«

»Ich verstehe nicht genau –«, begann Alica, und Pia unterbrach sie in einem Ton, dessen Schärfe selbst sie ein wenig überraschte:

»Ich glaube, das weißt du genau, Alica. Ich wollte das alles hier nicht. Ich wollte nicht hierher und ich wollte auch niemals eine Prinzessin sein.«

»Ich schon«, sagte Alica, aber Pia schüttelte nur noch einmal den Kopf. »Nein«, sagte sie. »Wolltest du nicht. Erzähl mir nicht, dass du deine Erfüllung darin gesehen hast, dich von aller Welt hofieren zu lassen und nach Herzenslust herumzuvögeln. Vielleicht die Alica, die du früher einmal warst; aber die bist du schon lange nicht mehr.«

Alica widersprach nicht, aber das war schon Antwort genug, und Pia fuhr fort: »Alles, was ich wollte, war, eine ehrliche, erfolgreiche Diebin zu werden und irgendwann meinen Traumprinzen zu finden, der mich auf sein weißes Pferd hebt.«

»Damit kann ich nicht dienen«, sagte Alica. »Aber ich kann mich ja mal nach einem weißen Trex umhören. Ter Lion mag diese bissigen kleinen Mistviecher und –«

Pia brachte sie mit einem eisigen Blick zum Verstummen.

»Ja, ich verstehe, was du meinst«, sagte sie mit ungewohntem Ernst. »Aber das Schicksal fragt uns nicht immer, ob wir mit dem einverstanden sind, was es für uns vorbereitet hat.«

»Sprach die allwissende Müllhalde«, seufzte Pia. »Und was hilft uns das weiter?«

»Gar nicht«, antwortete Alica. »Problem erkannt, Problem gebannt ... scheint wohl nicht immer und unbedingt zu stimmen. Vielleicht sollten wir uns allmählich mit der zweitbesten Lösung anfreunden und versuchen, das Beste aus unserer Lage zu machen.«

Und das war nun ganz und gar nicht mehr die Alica, die sie aus Rio de Janeiro kannte. Ihre Worte machten sie zornig, obwohl (oder vielleicht gerade weil?) sie wusste, dass sie recht hatte.

Fast wie auf Stichwort erschienen in diesem Moment Maxi und Sonja, um den Rest ihres Essens zu bringen, sodass sie immerhin einen Vorwand hatte, nicht antworten zu müssen.

Sie aßen schweigend, und dieses Schweigen wurde noch unbehaglicher, als sich Jesus nach einer Weile wieder zu ihnen gesellte und sich auf der anderen Seite des Feuers im Schneidersitz niederließ.

Pia fragte sich, warum eigentlich. Sicher – es *gab* ein Problem zwischen Jesus und ihr – ein großes Problem sogar, über das sie längst hätten reden sollen –, aber das erklärte nicht, warum sie regelrecht Angst vor ihm hatte; nun, vielleicht nicht vor ihm, aber zumindest vor seiner *Gegenwart* ... was ja wiederum irgendwie auf dasselbe hinauslief.

Und – ob es nun Einbildung war oder nicht – Jesus schien es genauso zu gehen wie ihr. Er wich ihrem Blick aus, wo immer es ging, ohne dass es zu auffällig wurde, und die wenigen Male, da es ihm nicht gelang, brachte er irgendwie das Kunststück fertig, geradewegs durch sie hindurchzusehen.

Ihrer – beider – sonderbares Verhalten entging weder Alica noch den Mädchen, die ihr Essen gar nicht schnell genug hinunterschlingen konnten und sich anschließend so rasch entfernten, als hätten sie mit einem Male auch ihre Fähigkeit erlernt, einfach in den Schatten zu verschwinden. Alica sah ihnen kopfschüttelnd nach und wandte sich dann mit einem genauso tiefen Stirnrunzeln wie spöttischen Funkeln in den Augen an Jesus und sie.

»Ihr beiden benehmt euch wie die Kleinkinder, wisst ihr das eigentlich?«, fragte sie.

»Nein«, antworteten Jesus und sie wie aus einem Mund.

Das Funkeln in Alicas Augen wich einem fast betrübten Ausdruck. »Ist aber so«, beharrte sie. »Ich meine, nicht dass es mich etwas anginge –«

»Stimmt«, sagten Jesus und sie, auch jetzt wieder wie mit einer Stimme.

»– aber wir haben ein paar anstrengende Tage vor uns. Gefährliche Tage, möglicherweise. Es macht es nicht leichter für uns alle, wenn ihr euch benehmt wie zwei Vorschulkinder, die sich gegenseitig vorwerfen, sich das Schippchen geklaut zu haben.«

»Ganz so einfach ist es dann vielleicht doch nicht«, antwortete Pia lahm. Sehr lahm.

»Stellt Euch vor, Erhabene – aber das weiß ich«, sagte Alica spitz. Sie stand auf und machte zugleich eine harsche Geste, die Jesus, der augenblicklich dazu ansetzte, es ihr gleichzutun, nachhaltig davon abhielt. »Wir bleiben noch eine gute Stunde hier. Warum nutzt ihr beide nicht diese Zeit und macht einen Waldspaziergang, um euch mal gründlich auszusprechen? Und keine Angst – diesmal komme ich auch nicht nach.«

Sie ging, und jetzt war es Pia, die ihr lange und mit einem tiefen Stirnrunzeln nachsah. »Die letzte Bemerkung war überflüssig«, knurrte sie schließlich.

»Keine Ahnung, was sie damit gemeint hat«, behauptete Jesus.

Pia fragte sich, ob das stimmte, oder ob ihm diese durch und durch überflüssige Bemerkung vielleicht nur genauso peinlich war, wie sie sie wütend machte. Sie hätte ihren rechten Arm darauf verwettet, dass Plappermäulchen Alica ihm alles haarklein weitererzählt hatte, wessen Augenzeuge sie geworden war.

Aber wenn man es genau nahm, dann hatte sie selbst dabei ja auch keine allzu gute Figur gemacht. »Vielleicht hat sie ja recht.«

»Womit?«

»Dass wir miteinander reden sollten wie zwei erwachsene Menschen.«

Jesus starrte weiter an ihr vorbei auf einen Punkt im Nichts, aber diesmal – vielleicht wirklich dessentwegen, was Alica gerade gesagt hatte – ließ Pia ihn nicht damit durchkommen und sah ihn so lange weiter durchdringend an, bis er es nicht mehr aushielt und nur noch die Wahl hatte, einfach aufzustehen und zu gehen oder ihrem Blick doch standzuhalten. Er entschied sich für Letzteres.

»Und worüber?«

»Über uns«, antwortete Pia, registrierte die Ablehnung in seinem Blick und verbesserte sich: »Über mich, wenn dir das lieber ist oder du besser damit klarkommst. Verdammt, ich weiß, dass ich Mist gebaut habe, aber was zum Teufel hast du eigentlich erwartet? Ich wusste damals nicht, ob ich jemals wieder zurückkomme!«

»Ihr braucht Euch nicht vor mir zu rechtfertigen, Erhabene«, sagte Jesus, und Pia konnte sogar selbst spüren, wie ihr die Zornesröte ins Gesicht schoss.

»Wenn du mich noch einmal *Erhabene* nennst, dann springe ich dir mit dem nackten Hintern ins Gesicht!«, fauchte sie. »Wenn du dich unbedingt wie ein beleidigtes Kleinkind aufführen willst, meinetwegen! Aber dann sag es einfach, und wir beide ziehen die Konsequenzen daraus und verzichten künftig ganz darauf, uns wie erwachsene Menschen zu benehmen! Verdammt, ja, ich habe mit Ter Lion geschlafen, und weißt du was? Es war grandios! Das Beste, was ich je erlebt habe! Was erwartest du? Dass ich mich dafür schäme?«

»Natürlich nicht«, antwortete Jesus. Er klang ein ganz kleines bisschen unsicher, und vielleicht war da ja auch eine Spur von Trotz. »Und ich meinte es so, wie ich es gesagt habe: Es geht mich wirklich nichts an.«

»Und wenn doch?«, fragte Pia.

Jesus legte fragend den Kopf auf die Seite. Er schwieg.

»Vielleicht geht es dich etwas an«, fuhr sie fort, die Worte langsamer und sehr sorgfältig formulierend, als fielen sie ihr erst in genau dem Sekundenbruchteil ein, in dem sie ihr über die Lippen kamen. Und ein bisschen war es auch so.

»Ich wusste damals wirklich nicht, ob wir uns jemals wiedersehen, Jesus. Im Gegenteil: Ich wusste nicht einmal, ob du überhaupt noch am Leben warst. Und als ich dich dann plötzlich wiedergesehen habe ...«

»Mich?«

»Ja, verdammt, dich!«, fauchte sie mit sie selbst überraschender Heftigkeit. »Genau das war er in diesem Moment für mich: *Du!* Genau der Jesus, mit dem ich schon vor fünf Jahren etwas angefangen hätte – wenn es ihn denn gegeben hätte!«

Jetzt sah Jesus – Ter Lion – sie eindeutig verwirrt an, auch wenn sie irgendwie spürte, dass diese Verstörtheit nur gespielt war und er in Wahrheit sehr genau wusste, was sie meinte. Entsprechend fuhr sie auch nicht mit den Worten fort, die sie sich eigentlich zurechtgelegt hatte, sondern zwang sich zu einem leicht spöttischen Lächeln und sagte stattdessen: »Dir ist schon klar, dass du eifersüchtig auf dich selbst bist?«

»Was für ein Unsinn!«, schnaubte Jesus.

»Ah ja?«, fragte Pia. »Ich verstehe. Du willst mir also erzählen, du hättest es noch gar nicht gemerkt?«

»*Was* gemerkt?«

Pia machte eine heftig wedelnde Geste in die Runde, und am gegenüberliegenden Flussufer stob eine Schar schreiend bunter Vögel aus den Baumwipfeln und entfernte sich unter protestierendem Kreischen, was wiederum eine Woge aus unruhiger Bewegung unter den Pferden auf dieser Seite des Flusses zur Folge hatte. »Diese Welt«, antwortete sie nach einem kurzen verblüfften Zögern. »Ich weiß nicht, wie genau sie funktioniert oder ob es sie überhaupt wirklich gibt oder ob ich im Koma liege und mir das alles nur zusammenfantasiere, aber es spielt auch gar keine Rolle! Wir sind nun einmal hier, und ob es dir und mir nun passt oder nicht, sie verändert uns! Sie hat Alica verändert –«

»Du meinst, sie hat sie noch verrückter gemacht?«

»Aber auch klüger. Vielleicht bringt sie nur das deutlicher zum Vorschein, was wir wirklich sind, wer weiß?«

»Und was hat sie aus dir gemacht?«

»Die Frage ist vielmehr, was sie aus *dir* gemacht hat, Jesus.«

Sein Blick verhärtete sich. »Und was wäre das?«

Statt sofort zu antworten, glitt sie kurz entschlossen neben ihn und legte die flache Hand auf seinen Unterarm. Jesus hatte sich meisterlich unter Kontrolle, aber sie konnte trotzdem spüren, wie er unter dem schwarzen Leder seines Hemds erschauerte. »Weißt du, als ich Ter Lion damals zum ersten Mal sah, da konnte ich es im allerersten Moment nicht einmal glauben, so groß war die Ähnlichkeit.«

»Das hat Alica mir auch erzählt«, antwortete Jesus bedächtig. »Es heißt ja, dass jeder irgendwo seinen Doppelgänger findet, wenn man nur lange genug sucht.«

»Das mag sein«, antwortete Pia, schüttelte aber trotzdem zugleich den Kopf. Ihre Hand lag noch immer auf seinem Unterarm. »Aber das war etwas anderes. Ter Lion *war* du, verstehst du?«

»Nein.«

Natürlich verstand er sie. Sie fragte sich sogar, ob er es nicht sogar schon vor ihr verstanden hatte. »Das war nicht nur eine äußerliche Ähnlichkeit. Vielleicht ... vielleicht hat jeder von uns sein Spiegelbild hier in dieser Welt. Dieser Mann war nicht einfach nur dein Doppelgänger. Das warst *du!*«

Jesus schwieg. Nach einer weiteren Sekunde zog er den Arm doch zurück, und obwohl sie spürte, dass in dieser Bewegung keine Ablehnung oder gar Feindseligkeit lag, schmerzte es sie. »Und jetzt ist er tot und du –«

»Und ich habe um ihn geweint, ja«, fiel ihm Pia ins Wort, bevor er weiterreden und etwas sagen konnte, was ihr wirklich wehtun würde. Und ihm auch. »Aber im Grunde habe ich um dich geweint, Jesus ... Lion.«

Seine Pupillen weiteten sich um eine Winzigkeit, als sie diesen Namen benutzte, aber er sah sie nur weiter auf diese wirklich sonderbare Art an.

»Vielleicht musste er ja sterben, damit du leben kannst«, fuhr sie fort. »Wer weiß? Vielleicht konntest du überhaupt nur hierhergelangen, weil es ihn nicht mehr gibt.«

Das war ziemlich dumm, und sie hörte es sogar selbst. Doch sein Blick veränderte sich abermals. Er ging zwar nicht so weit, nun seinerseits nach ihrem Arm zu greifen, aber sie wusste auch, dass er ihre Hand nun nicht mehr abstreifen würde. Sein Widerstand begann zu zerbrechen; vielleicht weil er alles das, was sie ihm so unbeholfen zu erklären versuchte, ohne auch nur annähernd die richtigen Worte zu finden, tief in sich schon längst wusste.

»Ja, und jetzt ist er tot, und ich dachte eine Zeit lang selbst, dass ich in dir vielleicht nur sehe, was ich mit ihm verloren zu haben glaubte«, führte sie nun den Satz zu Ende, den auszusprechen sie ihn gerade gehindert hatte ... nun ja, so ungefähr. »Aber das stimmt nicht. Ich habe in ihm gefunden, was ich in dir gesucht habe, vom allerersten Tag an. Aber jetzt ist es da. Das kannst du mir glauben oder nicht, aber es ist so.«

»Wie du gerade selbst gesagt hast.« Er nickte. »Die letzte Bemerkung war überflüssig.«

Pia starrte ihn an und wusste weder, was sie dazu sagen, noch, was sie von dieser Bemerkung halten sollte. Schließlich stand sie mit einem Ruck auf, drehte sich halb herum und ging, und als sie zwei Schritte weit gekommen war, räusperte sich Jesus unecht und sagte: »Erhabene?«

Pia blieb stehen, fuhr erneut zu ihm herum und starrte ihn aus schmalen Augenschlitzen an. »Ich habe dir gesagt, was passiert, wenn du mich noch ein einziges Mal so nennst!«

»Ich weiß«, erwiderte Jesus. Er stand ebenfalls auf. Da war etwas in seinem Blick, was sie nicht deuten konnte. »Genau deshalb habe ich es ja getan.«

Er machte eine Kopfbewegung zum hinteren Ende der Kolonne. »Was meint Ihr, Erhabene – könnt Ihr Euch noch so lange damit zurückhalten, bis wir in Eurem Wagen sind?«

XXVI

Draußen musste es wieder Nacht sein. Wie lange, wusste sie nicht, aber durch die Plane über ihr drang jetzt kein Sonnenlicht mehr, und auch die Geräuschkulisse hatte sich geändert. Da waren noch immer das schwere Kollern der großen Räder, das Knarren und Ächzen der Wagen, das Geräusch der Hufschläge und die mannigfaltigen anderen Laute, die eine so große Karawane unweigerlich verursachte, aber dahinter herrschte nur Stille.

Es musste sogar tief in der Nacht sein, und Pia wunderte sich ein bisschen. Sie hatten nur noch eine weitere Rast von wenig mehr als einer Stunde eingelegt, und die Zugtiere mussten mittlerweile genauso erschöpft sein wie die Pferde ihrer Eskorte von Schattenelben. Trotzdem hatte Alica bisher keine Anstalten gemacht, eine weitere Pause einzulegen. Sie musste es wirklich *sehr* eilig haben, zurück nach Chichen Itza zu kommen. Oder wohin auch immer.

Pia verscheuchte diesen unangenehmen Gedanken (oder versuchte es wenigstens) und dachte lieber wieder an die zurückliegenden Stunden. Das waren deutlich angenehmere Erinnerungen; vielleicht ein bisschen unanständig, wie sie sich ohne eine Spur von schlechtem Gewissen oder gar Reue eingestand, aber trotzdem angenehm. Vielleicht hatte Alica mit dem einen oder anderen, das sie dann und wann von sich gab, ja doch nicht ganz unrecht …

Ihre Hand tastete verschlafen nach links und suchte nach Lion, fand aber nur noch eine schwache Erinnerung an seine Wärme auf der Matratze neben sich. Träge öffnete sie die Augen, stemmte sich auf die Ellbogen hoch und drehte erst dann den Kopf, damit sich ihre Augen von dem überzeugen konnten, was ihr ihr Tastsinn schon längst verraten hatte. Lion war nicht mehr da.

Er konnte noch nicht lange fort sein, denn immerhin war das Bett noch warm, und ganz gewiss gab es einen ganz harmlosen Grund für seine Abwesenheit. Vielleicht hatte ihn ja nur ein menschliches Bedürfnis hinausgetrieben, vor dem nicht einmal Superhelden und Leibwächter von Elfenprinzessinnen gefeit waren, oder er war einfach nur aufgestanden, um sich ein wenig die Beine zu vertreten. Immerhin hatten sie den gesamten Rest des Vormittages hier drinnen verbracht, den kompletten Nachmittag und auch noch einen guten Teil des Abends, bevor sie schließlich vollkommen erschöpft eingeschlafen waren.

Andererseits, dachte sie träge, wenn er nach diesem Tag noch immer genug Energie hatte, um spazieren zu gehen, dann sollte sie vielleicht ein ernsthaftes Wörtchen mit ihm reden ...

Pia verzog zwar flüchtig die Lippen bei diesem Gedanken und musste sogar ein albernes Kichern unterdrücken, aber eine ganz sachte Spur von Besorgnis blieb. Sie konnte es sich weder erklären noch gab es irgendeinen Grund dafür, aber das Gefühl war da, und es war von jener ganz bestimmten Art, die einem sagte, dass es auch nicht von selbst wieder verschwinden würde. Sie blieb noch einen Moment liegen, begriff schließlich, dass das nichts brachte, und schlug die Decke zurück, um zum hinteren Ende des Wagens zu kriechen. Kurz bevor sie die Plane zurückschlagen konnte, machte sie noch einmal kehrt, um sich ihr Kleid überzustreifen, denn vielleicht war eine dünne goldene Halskette doch ein wenig zu knapp, um als angemessenes Kleidungsstück durchzugehen, sogar für eine allmächtige Elfenprinzessin.

Sie machte wieder kehrt, hielt dann noch einmal an und drehte abermals um, um sich Eiranns Zorn umzuschnallen und in ihre Stiefel zu schlüpfen – warum, wusste sie selbst nicht so genau, aber während sie in die engen Stiefel zu kommen versuchte, verfluchte sie das beständige Schaukeln des Wagens ... obwohl es sich im Laufe des zurückliegenden Tages als durchaus angenehm erwiesen hatte und mindestens ebenso praktisch.

Diesmal kicherte sie wirklich, erteilte sich aber in Gedanken zugleich auch selbst einen (sachten) Tadel. Anscheinend verbrachte sie zu viel Zeit mit Alica. Etwas an ihrem Benehmen musste wohl ansteckend sein.

Endlich komplett angezogen, kroch sie zum dritten Mal nach hinten, schlug die Plane zurück und blickte schon wieder in die behelmten Gesichter der beiden Schattenelben, die hinter dem Wagen ritten. Ziemlich dicht. Auf jeden Fall und ganz eindeutig *nicht* außer Hörweite, ganz egal, wie spitz oder rund ihre Ohren auch sein mochten.

Pia hoffte, dass ihre eigenen Ohren nicht so rot anliefen, dass man es sogar in der Nacht sehen konnte, versuchte in möglichst würdevoller Haltung vom Wagen zu springen und hatte dann alle Mühe, nicht der Länge nach auf der Nase zu landen, als sie ein wenig zu spät bemerkte, dass ihre Knie ungefähr die Konsistenz von Wackelpudding hatten. Mit einem ungeschickten Stolperschritt fand sie ihre Balance wieder, warf trotzig den Kopf in den Nacken und marschierte stolz erhobenen Hauptes los – allerdings nicht, ohne den beiden Schattenelben noch den vernichtendsten Blick zugeworfen zu haben, den sie auf Lager hatte. Sie konnte die Gesichter der beiden hinter den schwarzen Visieren ihrer Helme zwar nicht erkennen, aber selbst ihre *Pferde* schienen sie wissend anzugrinsen. Dämliches Elbenpack.

Als sie die Kolonne halb überholt hatte, kamen die Wagen in einer Folge leicht zeitversetzter Rucke zum Stehen, gefolgt von einem Chor aus unwilligem Schnauben und murrenden Stimmen. Im allerersten Moment nahm sie an, dass die beiden Reiter die Kunde von ihrem Erwachen auf irgendeine geheimnisvolle Art nach vorne geschickt hatten, aber dann wurden die Stimmen lauter, und ihre Stiefel waren wohl auch der Meinung, dass sie schneller gehen sollte. Sie hatte alle Mühe, nicht über ihre eigenen Füße zu stolpern.

Lion hatte sich nicht in die Büsche geschlagen, wie sie angenommen hatte, und auch Alica schien noch nichts vom Schlafen zu halten, obwohl ihr ein rascher Blick in den sternenklaren

Himmel zeigte, dass es fast Mitternacht sein musste. Beide standen noch ein gutes Stück hinter dem letzten Wagen und redeten heftig gestikulierend mit einer Gestalt in schwarzem Eisen. Genauer gesagt redete Alica, während Ter Lion schweigend dabeistand und mit finsterem Gesicht aus der Hälfte der Unterhaltung schlau zu werden versuchte, die er verstand. Pia beschleunigte ihre Schritte noch einmal – jetzt ganz bewusst – und erkannte ohne große Überraschung einen gerüsteten Schattenelben. Selbst über die Entfernung hinweg konnte sie sehen, wie erschöpft er war. Sein Pferd war so ausgelaugt, dass es nicht stillstehen konnte und weißer Schaum aus seinem Maul tropfte. Sie konnte den Schweiß von Mensch und Tier riechen.

»Was ist hier los?«, begann sie, ohne sich mit einer Begrüßung aufzuhalten. »Wer ist das?«

Der Schattenelb wollte antworten, doch Alica kam ihm zuvor. »Ein Bote von Eirann«, sagte sie und brachte den Elb mit einer raschen Geste zum Schweigen. »Irgendwas ist passiert, aber er weiß anscheinend selbst nicht genau, was.«

»Was soll das heißen?«, wandte sich Pia nun direkt an den Elbenkrieger.

»Ich bin Twenden, Erhabene.« Der Schattenelb ließ sich vor ihr auf ein Knie sinken und senkte demütig das Haupt, aber sie war nicht einmal sicher, ob er es nicht nur tat, um seine Erschöpfung zu kaschieren. So wie sein Pferd aussah, musste er geritten sein wie der Teufel. »Schild Eirann schickt mich, Erhabene. Er bittet Euch, so rasch wie möglich zurückzukehren.«

»Warum?«, fragte Pia.

»Warum *was*?«, wollte Lion wissen.

»Eirann«, antwortete sie. »Er will, dass ich zurückkomme.« Sie wandte sich wieder an Twenden. »Warum?«

»Das weiß ich nicht«, erwiderte er. Seine Stimme klang gehetzt, vielleicht auch nur atemlos. Pia hätte sich gewünscht, sein Gesicht sehen zu können, widerstand aber der Verlockung, ihm zu befehlen, den Helm abzunehmen. »Es gab einen Streit zwischen ihm und Ixchel, das ist alles, was ich weiß. Daraufhin hat er mich losgeschickt, um nach Euch zu suchen.«

»Was für einen Streit? Worum ging es?«

Diesmal war es Alica, die Twendens Worte für Lion übersetzte, während der Schattenelb bereits antwortete.

»Er hat es mir nicht gesagt, Erhabene. Nur dass es wichtig ist. Und dass Ihr auf keinen Fall in die Stadt der Großen Schlange zurückkehren dürft, auch wenn Ihr Euch entscheidet, nicht wieder zu ihm zu stoßen.«

»Was genau ... soll das heißen?«, murmelte Alica verblüfft, registrierte Lions misstrauisches Stirnrunzeln und wiederholte für ihn, was sie gerade gehört hatte.

»Es tut mir leid, Erhabene, aber das ist alles, was Schild Eirann mir gesagt hat. Aber auch Schild Landras war sehr erregt. Ich fürchte, etwas Schlimmes wird geschehen, ganz wie Eirann es gesagt hat.«

»*Was* hat Eirann gesagt?«, fragte Alica scharf. Sie schrie es fast.

»Dass uns das Glück verlassen hat, seit Prinzessin Gaylen nicht mehr bei uns ist«, antwortete Twenden.

Vielleicht hat es euch verlassen, als ich *zu euch gekommen bin,* dachte Pia matt, hütete sich aber, auch nur ein einziges Wort davon auszusprechen. Das entspannte Hochgefühl, mit dem sie vor ein paar Minuten erst aufgewacht war, war etwas gewichen, was sie noch nicht genau in Worte fassen konnte, was aber nicht gut war.

Vor allem aber war sie verwirrt. Landras war und blieb für sie so undurchschaubar wie Torman, aber wenn es etwas gab, was sie über Eirann zu wissen glaubte, dann war es seine Aufrichtigkeit. Er würde sie nicht belügen und er würde sie schon gar nicht bewusst in Gefahr bringen.

Dummerweise galt dasselbe auch für Ixchel. Ganz gleich, ob sie verstand, was die alte Maya plante oder nicht, die Zuneigung, die Ixchel ihr gegenüber signalisierte, war echt.

»Hat der Angriff schon begonnen?«, fragte Alica.

»Sobald die Sonne aufgeht«, antwortete Twenden, ohne dass sein Blick den Pias losließ. »Ixchels Krieger haben die erbeuteten Wagen besetzt und hoffen, so ungesehen das Lager der Orks zu erreichen, und meine Brüder folgen ihnen im Schutze der Schatten.«

Das war eine seltsame Formulierung, fand Pia, sagte sich dann aber auch selbst, dass es schließlich ein *Schatten*elb war, aus dessen Mund sie diese Worte hörte. So wie sie die Spitzohren kennengelernt hatte, betrachteten sie es wahrscheinlich als einen persönlichen Makel, sich in klar verständlichen Worten auszudrücken.

Sie bedeutete Twenden, fortzufahren, erntete jedoch ein müdes Kopfschütteln. »Das ist alles, was ich Euch sagen kann, Erhabene.«

Alica wiederholte seine Worte für Jesus, und Pia nutzte die Zeit, um angestrengt nachzudenken – oder es doch wenigstens zu versuchen. Aber wie immer, wenn man versuchte, eine logische Entscheidung herbeizuzwingen, endete es nur mit einem Gefühl zorniger Hilflosigkeit. Ihr Verstand wollte ihr erklären, dass sie gut daran täte, auf Twenden zu hören und sich so schnell wie möglich auf den Rückweg zu machen. Eirann war viel zu besonnen, um sein ohnehin wackeliges Bündnis mit den Indios zu riskieren, und das nur aus einer Laune heraus, einmal ganz davon abgesehen, dass Alica ihm den Kopf oder irgendein anderes wichtiges Körperteil abreißen würde, wenn er sie unnötig in Gefahr brachte. Und wirklich verstanden hatte sie Ixchels überstürzten Entschluss, auf ihr Weggehen zu bestehen, bis jetzt nicht.

Aber das war nur die eine Seite. Auf der anderen Seite war da ein nagender Zweifel tief in ihr, ein nur vermeintlich grundloses Gefühl, das sie warnte, weil an dieser ganzen Geschichte irgendetwas nicht stimmte, und das war noch schmeichelhaft ausgedrückt.

Und schließlich war da noch Eiranns Zorn. So absurd es sich auch anhören mochte, das Schwert hatte irgendwie darauf bestanden, von ihr angelegt zu werden, und das gewiss nicht ohne Grund. Sie nickte.

»Lasst Euch zuerst einmal etwas zu essen geben und ruht ein wenig aus, Twenden«, sagte sie. »Wir beraten inzwischen, was wir tun.«

Trotz der schwarzen Maske vor seinem Gesicht konnte sie die Bestürzung des Elbenkriegers spüren. »Bei allem Respekt, Erhabene, aber unsere Zeit ist sehr knapp. Die Nacht ist schon halb vorüber, und der Weg ist –«

»– ohnehin zu weit«, fiel ihm Alica ins Wort, und das in so scharfem Ton, dass selbst Pia sie überrascht ansah. »Wie lange hast du gebraucht, um uns einzuholen?«

»Fast einen Tag.«

»Und wir sollen es in einer halben Nacht schaffen?« Alica verzog abfällig die Lippen. »Du siehst wohl selbst ein, wie unsinnig das klingt.«

»Aber ich dachte –« Der Krieger verbesserte sich rasch. »Schild Eirann dachte, das fliegende Pferd –«

»Siehst du es hier irgendwo?«, unterbrach ihn Alica. Flammenhuf hatte sich ihnen nicht angeschlossen, sondern war wie üblich verschwunden, kaum dass Lion und sie von seinem Rücken gestiegen waren; was Pia auch gut verstehen konnte. Für den Pegasus musste es eine ungleich größere Strapaze bedeuten als für die anderen Pferde, sich durch diesen unwegsamen Dschungel zu kämpfen.

Twenden setzte erneut dazu an, etwas zu sagen, doch jetzt schnitt Alica ihm schon das Wort ab, bevor er auch nur den Mund aufmachen konnte. »Geh und tu, was Prinzessin Gaylen dir gesagt hat«, sagte sie streng. »Wir werden beraten, was wir tun, und dir unsere Entscheidung beizeiten mitteilen.«

Twenden widersprach zwar nicht mehr, sah aber einen Moment fragend zu Pia hoch. Als sie seinen Blick jedoch nur stumm erwiderte, nickte er knapp und stemmte sich ächzend in die Höhe. »Wie Ihr befehlt.«

Sie wartete, bis er zu einer der anderen in schwarzes Eisen gehüllten Gestalten getreten war und diese ihn außer Hörweite geführt hatte, dann wandte sie sich mit einem fragenden Blick an Alica. »Was hältst du davon?«

»Gar nichts«, sagte Lion, bevor Alica antworten konnte. »Das ist vollkommen absurd. Ich werde nicht zulassen, dass du dich unnötig in Gefahr begibst.«

Ach, wirst du nicht?, wollte Pia spitz antworten, hörte sich dann aber stattdessen – fast zu ihrer eigenen Überraschung – fragen: »Wie kommst du auf die Idee, dass es gefährlich sein könnte?«

»Gefährlich?« Lion lachte hart. »Ein Hundert-Meilen-Ritt durch den Dschungel, und das bei Nacht, mit dem Ziel, mitten in eine Schlacht zu reiten? Wie komme ich nur auf die Idee, dass so etwas gefährlich sein könnte? Habe ich so etwas Dummes gesagt?«

»Die Schlacht ist längst vorbei, bis wir da sind«, sagte Alica kopfschüttelnd. »Und es könnte wirklich wichtig sein, weißt du?« Sie machte eine Geste in die Richtung, in die der Elbenkrieger verschwunden war. »Der Mann hat sein Leben riskiert, um uns einzuholen. Eirann würde das nicht von ihm verlangen, wenn er keinen wirklich triftigen Grund dafür hätte.«

»Vielleicht hat er ja nur Sehnsucht nach dir«, schnaubte Lion.

»Na, das will ich doch hoffen«, sagte Alica, wurde aber auch sofort wieder ernst. »Ich bin genauso besorgt um Gaylens Sicherheit wie du, Langer. Aber ich kenne Eirann seit Jahren, und glaub mir, er tut niemals etwas ohne Grund.«

»Fragt sich nur, was für einen.«

»Und du hast dich noch gar nicht gefragt, warum Isabel es ganz plötzlich so eilig hatte, uns loszuwerden?«, fragte Alica ungerührt.

»Sie wird ihre Gründe haben«, antwortete Lion.

Alica blinzelte. »Ahhhhhh … ja«, sagte sie gedehnt. »Gut, dass du mich darauf aufmerksam gemacht hast. Aber jetzt, wo du es sagst: Schon mal auf die Idee gekommen, dass es in dieser Höhle vielleicht irgendetwas gibt, was wir auf keinen Fall sehen sollen?«

»Oder was gefährlich ist.« Lion machte eine wedelnde Geste, wie um ihre Worte auch physisch wegzuwischen.

»Außerdem ist es eine Silbermine. Gaylen kann sie nicht einmal betreten. Du weißt, was passiert ist, als sie das letzte Mal Silber auch nur nahe gekommen ist.«

»Ja, und sie tut ja auch immer, was am vernünftigsten ist, nicht wahr?«

Pia räusperte sich übertrieben. »Nur falls es euch zwei nicht aufgefallen sein sollte – ich bin noch hier und höre euch zu.«

Lion und Alica sahen sie eine Sekunde lang irritiert an und fuhren dann vollkommen unbeeindruckt fort, sich zu streiten. Pia hörte ihnen nur noch einen kurzen Moment dabei zu und wandte sich dann kopfschüttelnd ab, um zu gehen.

Als sie zwei Schritte getan hatte, ertönte hinter ihr ein gedämpfter Ausruf, und als sie stehen blieb und zurücksah, eilten Alica und Lion zu dem Pferd, mit dem der Elbenkrieger gekommen war. Zwei weitere Männer hatten sich des nervösen Tieres angenommen und versuchten mit mäßigem Erfolg, es zu beruhigen. Ein dritter machte sich an seinem Sattel zu schaffen, vermutlich um es abzuzäumen.

»Was ist los?«, fragte Pia, nachdem sie endgültig kehrtgemacht hatte und zurückgegangen war.

Lion sah sie nur leicht besorgt an, und Pia machte einen weiteren halben Schritt und wollte die Hand nach dem Sattel ausstrecken, doch Alica fiel ihr mit einer raschen Bewegung in den Arm und schüttelte den Kopf. Nach einem zusätzlichen warnenden Blick beugte sie sich selbst vor, zupfte etwas aus dem dicken Leder des Sattels und hielt es ihr mit spitzen Fingern hin. Pias Augen wurden groß, als sie den winzigen federlosen Pfeil erkannte.

»Besser, du rührst das nicht an«, sagte sie überflüssigerweise. »Anscheinend hat Mama Isabel es wirklich ernst damit gemeint, dass du nicht zurückkommen sollst.«

Pia starrte das winzige Geschoss an. Ihre Gedanken begannen sich zu überschlagen. Das Blasrohrgeschoss war von derselben Art wie das, was sie im Rücken des toten Fledermausvogels gesehen hatte. Es sah täuschend harmlos aus. Wäre der kleinfingernagellange, an Watte erinnernde Bausch an seinem Ende nicht gewesen, hätte man es auch für einen Dorn halten können.

»Ihr meint, sie ... sie haben auf ihn *geschossen*?«, murmelte Lion zweifelnd.

»Und er hat es nicht einmal gemerkt, vermute ich«, fügte Alica hinzu.

»Wieso?«

»Weil er es uns gesagt hätte?«, schlug Alica vor. »Und außerdem kenne ich unsere spitzohrigen Verbündeten. Sie schätzen es nicht, wenn man auf sie schießt.« Sie wedelte demonstrativ mit dem winzigen Pfeil. »Befehl oder nicht, er hätte wahrscheinlich umgedreht und sich den Burschen vorgeknöpft, der das hier auf ihn abgeschossen hat.«

»Aber warum sollten Ixchels Krieger auf ihn schießen?«, beharrte Lion. Wir sind Verbündete.« Alica warf ihm einen fast erschrockenen Blick zu, und auch Pia hätte sich gewünscht, er hätte leiser gesprochen ... oder es besser gar nicht gesagt.

Die drei Elbenkrieger blickten sie schweigend an, und Pia musste auch jetzt ihre Gesichter nicht erkennen, um zu wissen, was hinter ihren Stirnen vorging. Sie waren weder taub noch blind und auch nicht dumm.

»Weil sie auf gar keinen Fall wollte, dass ich zurückkomme«, sagte sie schließlich.

»Nicht, dass du es könntest«, fügte Alica hinzu, und Pia hatte das Gefühl, eine ganz sachte Spur von Erleichterung in ihren Worten zu hören.

»Und selbst wenn du reiten würdest wie der Teufel, würdest du es niemals rechtzeitig schaffen.« Sie deutete auf Eiranns Zorn. »So mächtig dein Spielzeug da auch sein mag, ein Schwert mehr oder weniger wird wohl kaum einen Unterschied machen.«

Pia war ganz und gar nicht sicher, ob es nur die Stärke von Eiranns Zorn war, nach der Eirann verlangte. Ihre Hand strich unbewusst über den Griff der tausend Jahre alten Waffe, und sie hörte wieder das vertraute lautlose Flüstern tief in ihrer Seele.

»Wir müssen zurück«, sagte sie.

Alica runzelte die Stirn, und Lion setzte zu einem neuen und vermutlich noch heftigeren Protest an, und über ihnen erschien ein weißer Schemen am Himmel, der auf rauschenden Schwingen am Flussufer landete, nur ein paar Schritte entfernt.

»Ich glaube, das ist die Antwort auf eure Diskussion«, sagte Pia.

»Wo zum Teufel kommt denn dieses blöde Vieh plötzlich her?«, murmelte Lion.

Flammenhuf ließ ein leises missbilligendes Schnauben hören und Pia warf Lion einen halb warnenden, halb auch spöttischen Blick zu. »Flammenhuf ist immer da, wenn ich ihn brauche.

»Wenn *wir* ihn brauchen«, fügte Lion hinzu. Flammenhuf schnaubte erneut. Lauter.

»Tu das nicht«, sagte Alica. »Ich habe ein ganz mieses Gefühl dabei.«

Flammenhuf kam näher und senkte den Kopf, was absurderweise wie ein zustimmendes Nicken aussah, auch wenn Pia wusste, dass es das genaue Gegenteil ausdrücken sollte. Sie machte einen Schritt und blieb wieder stehen. Ihre Hand strich erneut über den Schwertgriff. Das Flüstern unter ihren Gedanken wurde lauter, drängender. Sie verstand die Worte immer noch nicht, aber sie war auch nicht mehr sicher, ob sie sie überhaupt verstehen wollte. In diesem Punkt erging es ihr nicht anders als Alica: Sie hatte ein wirklich, wirklich schlechtes Gefühl dabei.

Trotzdem machte sie einen weiteren Schritt, und hinter ihr setzte sich auch Lion in Bewegung, um ihr zu folgen.

Flammenhuf stieß ein ärgerliches Schnauben aus und wich einen Schritt zurück.

»He, komm schon, alter Junge, sagte Lion. »Das mit dem blöden Vieh hab ich nicht so gemeint.«

Flammenhuf machte einen weiteren Schritt zurück. Lion folgte ihm, und der Pegasus schlug mit einer seiner gewaltigen Schwingen nach ihm, sodass er gerade noch den Kopf einziehen und sich mit einem ebenso hastigen wie ungeschickten Schritt rückwärts in Sicherheit bringen konnte.

»He!«, protestierte er.

»Ich glaube, er will nicht, dass du mich begleitest«, sagte Pia.

»Und ich glaube, dass *er* das nicht entscheidet«, grollte Lion.

»Nein«, antwortete Pia. »Aber ich.«

Sie hatte es gewiss nicht gewollt, aber das Schicksal musste sie entweder hassen, oder es hatte einen ganz besonders finsteren Sinn für Humor, der ausschließlich auf ihre Kosten ging. Vielleicht war es auch Flammenhufs Retourkutsche für irgendetwas gewesen, von dem sie gar nicht wusste, dass sie es ihm angetan hatte … oder auch einfach nur Pech. Wie Alica es einmal so treffend ausgedrückt hatte: Manchmal nahm sie sich zu wichtig.

Aber egal aus welchem Grund: Flammenhuf hatte sie gerade rechtzeitig genug auf dem schmalen Pfad abgeladen, über den sie schon einmal in das Lager eingedrungen war, um den Anfang der Show nicht zu verpassen, die sie auf gar keinen Fall sehen wollte.

Die Wagenkolonne musste eine weit größere Strecke zurückgelegt haben, als sie angenommen hatte, oder Flammenhuf war langsamer geflogen als gewohnt. Über den Gipfeln der niedrigsten Berge im Osten begann das Schwarz der Nacht bereits zu einem fast genauso dunklen, aber weicheren Blau zu weichen, und die weißen Nadelstiche der Sterne begannen allmählich zu verblassen. Noch eine Stunde, schätzte sie, und die Sonne ging auf. Von Eirann und seinen Schattenelben war noch nichts zu sehen.

Sie hatte das Lager zweimal in großer Höhe überflogen, hoch genug, um auf dem weißen Pegasus auch vor dem Nachthimmel nicht gesehen zu werden, und auf das Schlimmste vorbereitet, doch alles, was sie gesehen hatte, waren die ruhig brennenden Feuer des Lagers, das sich Barbaren und Orks teilten; sie waren wie blinzelnde rote Spiegelbilder der Sterne oben am Himmel, und auf dem kleinen Bereich vor dem Mineneingang beinahe noch zahlreicher. Zu ihrer Erleichterung hatten sie selbst die Fledermausvögel in Ruhe gelassen – obwohl ihr etliche der kleinen Scheusale nahe genug gekommen waren, sodass sie das tückische Funkeln in ihren Augen erkennen konnte. Aber damit hatten die guten Nachrichten dann auch schon aufgehört.

Sie hatte gehofft, dass ihr wenigstens der unmittelbare Anblick des grausamen Geschehens erspart bleiben würde, das sich hier oben unweigerlich abspielen musste, aber das genaue Gegenteil war der Fall. Sie kam weder zu spät noch platzte sie direkt in die Schlacht hinein, sondern sie erreichte ihr Ziel gerade pünktlich genug, um ihren Anfang mitzubekommen.

Sie war wieder auf der Geröllebene, auf der sie die toten Orks gefunden hatte. Sie (beziehungsweise das, was die Fledermausvögel von ihnen übrig gelassen hatten) waren noch da, es waren sogar mehr geworden. Allein auf dem ersten Stück fand sie drei weitere tote Schuppenkrieger, von denen einer so aussah, als hätte er vor wenigen Stunden noch gelebt, und der genau wie die anderen keinerlei äußerliche Verletzungen aufwies, sah man von einer Unzahl alter Narben und seinen zerschundenen Händen ab. Sie musste an das denken, was Eirann in einem Nebensatz gesagt hatte, nämlich dass auch die Orks Silber nicht besonders gut vertrugen. Das mochte die Erklärung sein, warum es hier so viele tote Orks gab, die nicht durch die bei ihrem Volk häufigste Ursache ums Leben gekommen waren – nämlich Gewalt –, sondern so lange in der Mine gearbeitet hatten, bis die schädliche Wirkung des Silbers sie von innen heraus zerfressen hatte und sie nur noch die Kraft hatten, hier herauszukommen und zu sterben.

Aber es war keine Erklärung dafür, warum sie es *überhaupt* taten. Schon die Orks und Nandes' Barbarenkrieger (mehr oder weniger) friedlich in ein und demselben Lager zu sehen, hatte sie im ersten Moment fast an ihrem Verstand zweifeln lassen. Der Gedanke, dass sie sich freiwillig im Inneren des Berges zu Tode schufteten war ... befremdlich. Mindestens.

Irgendwo kollerte ein Stein, und das Geräusch riss Pia nicht nur aus ihren Gedanken, sondern ließ sie auch behutsam über den Rand ihrer Deckung spähen und das zerklüftete Gelände hinter sich mit Blicken absuchen. Weder die Felsen, hinter die sie sich geduckt hatte, noch das erschrockene Klopfen ihres Herzens wären nötig gewesen, denn sie war wieder in die Schatten getreten und für jedes noch so scharfe Auge unsichtbar. Sie sah auch nichts, aber das unbehagliche Gefühl blieb, was allerdings auch an den mindestens tausend Barbarenkriegern und Orks liegen mochte, die kaum einen Steinwurf unter ihr lagerten.

Pia schalt sich in Gedanken eine hysterische Kuh, ließ ihren Blick noch einmal über das Gewirr scharfkantiger Felsen und harter Schatten hinter sich schweifen und wandte sich dann wieder dem Anblick unter sich zu.

Das Lager begann allmählich zu erwachen. Die Anzahl der Feuer hatte im Verlauf der zurückliegenden halben Stunde ebenso zugenommen wie die gedrungenen Silhouetten, die sich zwischen den Zelten bewegten oder sich um die wärmenden Flammen drängten. Spätestens wenn es hell wurde, musste das ganze Lager auf den Beinen sein, vielleicht noch nicht in Topform, aber nichtsdestoweniger *wach*. Weder interessierte sie sich für Strategie und Taktik noch verstand sie etwas davon, aber ihrer Meinung nach war der günstigste Moment für einen Überraschungsangriff gerade dabei, zu verstreichen.

»Wo zum Teufel bleiben sie?«, murmelte Pia, und allerhöchstens einen Meter hinter ihr sagte eine Stimme:

»Nur noch etwas Geduld, Erhabene. Der Angriff wird jeden Augenblick beginnen, jetzt, wo Ihr hier seid.«

Pia blieb zwar wie vom Donner gerührt hocken, bis das letzte Wort verklungen war, doch dann fuhr sie mit einer einzigen Bewegung hoch und herum, und Eiranns Zorn erschien wie durch Zauberei in ihrer Hand. Tief in ihrer Seele hörte sie die Stimme des magischen Schwertes nach Blut schreien.

Allerdings gab es niemanden, in dessen Blut sie es tauchen konnte.

Pia blinzelte, drehte sich blitzschnell einmal um sich selbst und riss dann noch erstaunter die Augen auf. Sie war allein. Etwas ... schien sich zu bewegen, aber sie konnte weder sagen, was, noch, wo. Es war verwirrend.

»Bitte verzeiht, Erhabene«, fuhr die körperlose Stimme fort, diesmal auf der anderen Seite und in fast erschrockenem Ton. »Ich wollte Euch nicht erschrecken.«

Ein Flimmern und ein Huschen wie von Schatten, die von nichts geworfen wurden, und dann erschien eine Gestalt in Licht fressendem Schwarz kaum eine Armeslänge neben ihr und ließ sich hastig und mit gebeugtem Haupt auf ein Knie sinken. Eiranns Zorn sauste herab und kam kaum eine Handbreit vor seiner Kehle zum Halten. Allerdings nur, weil sie ihre gesamte Willenskraft aufwandte.

»Farlan?«, murmelte sie ungläubig. Der Elb trug keinen Helm.

»Schild Eirann schickt mich, Erhabene«, antwortete Farlan. »Ich soll Euch seinen Dank ausrichten, dass Ihr seiner Bitte entsprochen habt und zurückgekehrt seid. Jetzt ist uns der Sieg gewiss.«

Pia hörte kaum hin. Sie starrte Farlan einfach nur weiter aus hervorquellenden Augen an. »Aber wo ... wo kommst ... du denn her?«, krächzte sie.

Farlan sah sie irgendwie verständnislos an und stand dann auf, ohne der Schwertklinge, die noch immer auf seine Kehle zielte, auch nur die leiseste Beachtung zu schenken. Hastig steckte sie das Schwert ein.

»Schild Eirann hat Männer ausgeschickt, um nach Euch zu suchen. Wir waren alle in großer Sorge. Wir wussten nicht, ob unser Bote Euch rechtzeitig erreicht. Und ich hatte das Glück, Euch zu finden.«

Pia glaubte nicht, dass das etwas mit Glück zu tun hatte. Statt in das schmale Tal mit dem Zeltlager hatten ihre Stiefel sie hierherauf geführt, auf einen mit Felstrümmern und Geröll übersäten Felsvorsprung, von dem aus sie nicht nur das Lager im Blick hatte, sondern auch den Bereich vor dem Mineneingang und den Anfang des steilen Pfades, der zum Dschungel hinunterführte.

Trotzdem antwortete sie: »Das habe ich nicht gemeint. Wo bist du hergekommen? Du warst vor einem Moment noch nicht da!«

»Erhabene?«, murmelte Farlan.

»Gaylen.«

»Prinzessin«, sagte Farlan. »Ich … ich verstehe –«

»Nicht?«, unterbrach ihn Pia. »Ich glaube doch. Verdammt, ich will wissen, wo du hergekommen bist! Du ... du warst *unsichtbar!*«

»Ich bin durch die Schatten gegangen, Erha… Prinzessin«, antwortete Farlan hilflos.

»Durch die … Schatten?«, wiederholte Pia. »Das könnt ihr? Du meinst ... genau … genau wie ich?«

»Oh, nicht einmal annähernd so gut wie Ihr, Prinzessin«, antwortete Farlan hastig. »Nur für eine kurze Weile und auch nur im Licht des Mondes … aber ja, wir können es. Wir sind Schattenelben.«

Pia starrte ihn an. Schattenelben, ja. Sie hatte sich nie auch nur ein einziges Mal gefragt, warum sich die Schattenelben eigentlich *Schattenelben* nannten. Wie blöd konnte man eigentlich sein?

»Und … Eirann und die anderen?«, fragte sie, noch immer kaum in der Lage, ein klar formuliertes Wort hervorzubringen.

»Sie warten auf Euren Befehl, Prinzessin«, antwortete Farlan.

»Auf meinen Befehl?«

»So wie es vorhergesagt wurde.«

Sie sollte den Befehl zum Angriff erteilen? *Und wenn sie es einfach nicht tat und dem Schicksal eine lange Nase drehte?*

Als ob sie diese Wahl jemals gehabt hätte.

Sie schwieg – was wohl die feigste aller nur möglichen Reaktionen war, aber für alles andere fehlte ihr einfach die Kraft – und irgendwann begriff Farlan die Bedeutung ihres Schweigens, trat wortlos neben sie und hob den Arm.

Im allerersten Moment geschah gar nichts. Das Lager lag

unter ihr, so ruhig und friedlich, dass es schon beinahe absurd aussah. Dann wiederholte sich die sonderbare *Nicht*-Bewegung, die sie gerade schon einmal wahrzunehmen geglaubt hatte. Auch dieses Mal konnte ihr Blick sie nicht wirklich fassen; und ihr Verstand schon gar nicht.

Dann stürzte das erste Zelt, und praktisch im gleichen Sekundenbruchteil flogen etliche Lagerfeuer in Funken stiebenden Explosionen auseinander. Ein brennender Ork torkelte mit wild rudernden Armen davon und stürzte in ein Zelt, das ebenfalls unverzüglich in Flammen aufging, und dann verwandelte sich die Szenerie endgültig in einen Albtraum.

Es war der bizarrste Kampf, den sie jemals gesehen hatte, durch und durch gespenstisch und grausamer als alles, was sie sich jemals vorgestellt hätte. Barbaren und Orks taumelten zurück oder brachen zusammen, Schädel wurden gespalten und Gliedmaßen abgehackt, hochgerissene Waffen wurden aus Händen geschlagen und wirbelten Funken sprühend davon, Zelte wurden niedergetrampelt. Voller fassungslosem Entsetzen beobachtete sie, wie ein riesiger Ork wie von einer unsichtbaren Gewalt gepackt und einfach in der Mitte entzweigerissen wurde. Hellrotes Blut sprühte wie feiner Nebel umher und zeichnete die Konturen eines geduckten Monsters mit schrecklichen Klauen und einem grässlichen Saurierschädel mit fingerlangen dreieckigen Haifischzähnen nach, bevor das Ungeheuer weitertobte, um sich ein neues Opfer zu suchen.

Nahezu die Hälfte der Krieger, die sie vor Sekunden noch an den Lagerfeuern sitzend und dem Wachwerden entgegendämmern gesehen hatte, fiel schon unter dem ersten Ansturm der unsichtbaren Angreifer. Erst dann traten Eirann und seine Krieger endgültig aus den Schatten, und das Töten begann richtig.

Es war – zumindest am Anfang – kein Kampf, sondern ein Gemetzel. Auf dem Weg hierher hatte Pia jeden einzelnen der Elbenkrieger gesehen – eher ein Trupp als ein Heer –, doch nun, als sie wie eine Sturmflut aus schwarzem Eisen und schnappenden Zähnen über das Lager hereinbrachen, schien sich ihre Zahl mindestens verzehnfacht zu haben. Schwerter und Speere blitzten auf, Zähne und Klauen rissen und schnappten. Gut ein Viertel des Lagers wurde einfach hinweggespült, bevor die Elbenkrieger auf ihren schrecklichen Reittieren auch nur endgültig aus den Schatten und wieder in die Welt des Sichtbaren herausgetreten waren.

Am schlimmsten wüteten die Trexe. Pia hatte die ganz ähnlichen Lizards der Orks im Kampf erlebt und etwas vergleichbar Furchteinflößendes erwartet, aber diese Miniatur-Dinosaurier machten ihrem Namen alle Ehre. Die meisten Kämpfe, die sie von der Höhe des Felsvorsprunges aus beobachtete, waren eigentlich keine, sondern ein erbarmungsloses Zerreißen und Zerfetzen, in dem die Zähne und Klauen der zweibeinigen Schlachtrösser blutige Ernte unter den Verteidigern hielten. Menschen und Orks, die dem Gemetzel entgingen, wurden nur zu oft von Schlägen der gepanzerten Schwänze oder Tritten ihrer muskulösen Hinterbeine niedergestreckt, und wer diesem Entsetzen entging, der fiel unter den Schwerthieben und Speeren der gepanzerten Reiter. Wäre der Angriff weiter mit demselben Schwung über das Lager hinweggerast, hätte das grausige Spektakel vermutlich kaum länger als wenige Minuten gedauert, bevor sich die Flutwelle aus Eisen und schnappenden Kiefern an der Felswand auf der anderen Seite gebrochen hätte.

Natürlich ging es nicht so weiter.

Im gleichen Maße, in dem die Schattenelben weiter sichtbar wurden, verlor ihr Angriff an Schwung, und die bisher unaufhaltsam scheinende Woge aus schwarzem Eisen und Tod zerfiel mehr und mehr in eine Unzahl erbitterter Einzelkämpfe, als die Verteidiger endlich auf die Idee kamen, das Einzige zu tun, was überhaupt Sinn machte, und sich zu kleinen Gruppen zusammenrotteten, die sich jeweils einem Trex-Reiter entgegenstellten.

»Das ist ... entsetzlich«, flüsterte sie. Vielleicht *dachte* sie es auch nur, denn ihre Kehle war wie zugeschnürt. Nach einem Moment jedoch schüttelte Farlan neben ihr den Kopf und antwortete:

»Jetzt nicht mehr, Erhabene. Mit Euch und Eiranns Zorn an unserer Seite ist uns der Sieg gewiss. Diese Tiere werden hinweggefegt!«

Er machte eine einladende Geste, und Pia verzichtete darauf, ihm zu sagen, dass sie schon einmal mit diesem Schwert in der Hand gekämpft – und *verloren!* – hatte, sondern wandte sich um und folgte ihm, erleichtert, dem entsetzlichen Anblick wenigstens für einen Augenblick zu entkommen, und sei er noch so kurz. Schon nach zwei Schritten verschwand Farlan vor ihr einfach, und Pia folgte seinem Beispiel und wechselte ebenfalls in die Welt der Schatten. Jetzt konnte sie ihn nicht mehr sehen (anders als die Elben in Landras' Lager, die ihre eigene Tarnung offenbar mühelos durchschaut hatten – sie musste Eirann unbedingt fragen, wie dieser Trick funktionierte!), vertraute aber darauf, dass ihre Stiefel sie zuverlässig vor einem Zusammenstoß mit ihm bewahren würden.

Auf dem Hinweg war es ihr nicht wirklich aufgefallen, doch dafür wurde ihr nun umso schmerzlicher klar, wie groß der Umweg gewesen war, auf dem ihre Stiefel sie auf den Sims hinaufgeführt hatten. Und auch jetzt bewegten sich ihre Füße nur fast widerwillig, als müsste sie sich durch einen unsichtbaren Morast kämpfen, der jedem ihrer Schritte trotzigen Widerstand entgegensetzte. Für einen Moment wurde das Getöse der Schlacht merklich leiser, als die Felswand zwischen ihnen und dem Schlachtfeld lag, doch wie zum Ausgleich dafür glühte der Himmel über ihnen jetzt rot im Widerschein der zahllosen Brände, die auf der anderen Seite tobten.

»Schild Eirann wartet bereits ungeduldig auf Euch, Prinzessin«, erklang Farlans Stimme neben ihr im Nichts, und obwohl sie wusste, dass daran rein gar nichts Unheimliches oder gar Übernatürliches war, lief ihr ein kalter Schauer über den Rücken.

Außerdem war es einfach nervig. Sie musste unbedingt herausfinden, wie man nicht nur in die Schatten hineintreten, sondern auch *-schauen* konnte. »Ich bin glücklich, dass gerade ich es war, der Euch gefunden hat. Ihr seid gerade noch rechtzeitig gekommen.«

Irgendetwas an diesen Worten irritierte sie, ohne dass sie sagen konnte, was. Da war ein Unterton von Erleichterung, der deutlich über die schon fast religiöse Verehrung hinausging, die ihr manche Vertreter des Elbenvolkes entgegenbrachten.

»Das klingt ja, als wäre euer Sieg nur von mir allein abhängig«, witzelte sie … oder versuchte zumindest, scherzhaft zu klingen.

»Es wäre nicht dasselbe, ohne Euch.«

Aber das war nicht alles. Hinter diesen wie aufgesagt klingenden Worten verbarg sich noch etwas anderes.

»Und?«, fragte sie.

Dieses Mal zögerte Farlan spürbar, bevor er antwortete. »Wir haben Kundschafter ausgeschickt, Prinzessin«, sagte er schließlich. »Der Feind ist weit stärker, als Schild Eirann nach Eurem Bericht erwartet hat, sowohl an Zahl als auch an Bewaffnung. Schild Eirann und Schild Landras waren nicht sicher, ob wir sie überwinden können.«

Pia blieb stehen und starrte die Stelle an, an der sie Farlan zumindest vermutete. »Moment mal«, sagte sie. »Soll das heißen, ihr habt angegriffen, obwohl ihr wusstet, dass ihr den Kampf möglicherweise verliert?«

»Der Ausgang einer Schlacht ist niemals gewiss, Prinzessin.« Sie hatte ziemlich gut geschätzt. Farlan materialisierte sich als rauchiger Schemen nur ein kleines Stück neben der Stelle, die sie angesehen hatte. »Und wir waren zuversichtlich, dass sich die Prophezeiung auch dieses Mal erfüllen wird.«

»Die Prophezeiung.« Pia wartete vergeblich darauf, dass Farlan von sich aus weitersprach, und versuchte genauso vergeblich, in seinem Gesicht zu lesen. Er war nicht vollständig sichtbar geworden, sodass sie nur einen flackernden Schatten sah, den ihre

Fantasie zu dem Gesicht vervollständigte, das sie kannte. Sie fragte sich, ob das Absicht war.

»Ich weiß ja, dass es euer liebstes Hobby ist, euch alles Mögliche zusammenzufantasieren, aber jetzt erzähl mir bitte nicht, dass sich irgendjemand vor tausend Jahren die Mühe gemacht hat, die Tatsache in Stein zu meißeln, dass ich persönlich den Angriff auf irgendeine vergessene Mine am Ende der Welt anführen muss.«

Farlans Gestalt flackerte stärker und begann wieder zu verblassen. Pia führte den Gedanken mit nachdenklicher Stimme zu Ende: »Es sei denn ... Worum geht es hier wirklich, Farlan? Was ist in dieser Mine?«

»Silber, Prinzessin. Genug Silber, um jeden von unserem Volk zu töten, wenn es zu Waffen geschmiedet wird.«

Es war nicht Farlan, der antwortete, sondern eine andere Stimme, die hinter ihr erklang, und anders als Farlan wurde Landras auch zur Gänze sichtbar, noch bevor sie sich vollends zu ihm herumgedreht hatte. Sein Atem ging schwer, und sein Gesicht glänzte vor Schweiß, wie sie sehen konnte, als er den Helm absetzte. Von der Klinge des Schwertes, das er in der rechten Hand hielt, tropfte zähes Orkblut.

Noch bevor sie auch nur Gelegenheit fand, sich zu entscheiden, ob sie sein plötzliches Auftauchen mehr überraschen oder ärgern sollte, wandte er sich mit einer befehlenden Geste an Farlan.

»Das habt Ihr gut gemacht. Jetzt geht zu Schild Eirann und erstattet ihm Bericht. Ich werde die Erhabene zu ihm bringen.«

Farlan verschwand (diesmal ohne sich unsichtbar zu machen, aber fast genauso schnell) und Pia fand ihre Sprache nicht nur endlich wieder, sondern entschied sich auch für Ärger.

»Wie viele von Euch Typen schleichen hier eigentlich noch unsichtbar herum und schnüffeln mir nach?«, fauchte sie.

Landras blinzelte. »Erhabene?«

»Ihr könnt mich sehen«, stellte Pia fest. »Auch wenn ich in den Schatten bin.«

Landras wirkte für einen Moment eher noch verwirrter, aber dann sagte er: »Oh, ich verstehe«, streckte die Hand aus und berührte mit den Fingerspitzen ihre Schläfen, und nur einen halben Atemzug später *wusste* sie, wie sie auch in die Schatten *sehen* und sich nicht nur darin bewegen konnte. Es war so simpel, dass sie beinahe gelacht hätte.

»Das ... wusste ich nicht«, murmelte sie.

»Ich fürchte, das ist nicht das Einzige, was Ihr nicht wisst, Erhabene«, antwortete Landras. »Ihr wusstet es wirklich nicht, habe ich recht? Sonst wärt Ihr wohl auch nicht einfach so in unser Lager spaziert.«

»Stimmt«, erwiderte sie spröde. »Aber das ist keine Antwort auf meine Frage, Schild.«

Landras nickte. »Nur ich, Prinzessin. Ich bin sofort hierhergeeilt, als Farlan mich benachrichtigt hat, dass Ihr eingetroffen seid.«

Pia ließ ihren Blick trotzdem noch einmal in die Runde schweifen, wobei sie ihr neu erworbenes Wissen einsetzte. Landras war tatsächlich der einzige Schattenelb hier, aber das bedeutete nicht, dass sie allein war. Da *war* Bewegung in den Schatten, Dinge, die Gestalt annehmen wollten und es nicht konnten, aber auch ...

Nein, das war unmöglich.

Und gerade auch nicht relevant. Sie schüttelte den Gedanken ab.

»Das habe ich nicht gemeint«, sagte sie. »Dieser Ort, Schild. Worum geht es hier wirklich?«

»Außer um das Leben jedes einzelnen Mannes, der stirbt, während wir hier stehen und reden?«, fragte Landras mit einem kalten Lächeln. »Wenn Nandes' Truppen mit diesen Waffen versorgt werden, haben wir keine Möglichkeit mehr, sie aufzuhalten. Unser Volk und jeder Mensch auf diesem Kontinent, der sich nicht seiner Tyrannei beugt, wird sterben. Oder wir schlagen sie und retten unzählige Leben. Wäre das eine Prophezeiung, die sich Eurer Meinung nach in Stein zu meißeln lohnt, Erhabene?«

Das war ein Argument, dem sie sich schwerlich entziehen konnte – auch wenn sie spürte, dass es so weit an der Wahrheit vorbeiging, wie es überhaupt nur möglich war. In diesem Moment jedoch (war das wirklich Zufall?) erklang ein gellender Schrei, der wie ein Fanal aus dem allgemeinen Kampflärm herausstieß, wie um Landras' Worte zu unterstreichen.

»Und was erwartet Ihr?«, fragte Pia. Sie legte die Hand auf den Schwertgriff. »Dass ich Eiranns Zorn ziehe und Eure Truppen in vorderster Reihe anführe?«

Landras würdigte sie nicht einmal einer Antwort; wenigstens nicht direkt. »Ein weiterer guter Mann, der gestorben ist, Erhabene«, sagte er eisig. »Wie viele Leben, Erhabene, möchtet Ihr, dass wir noch auf diese Weise opfern?«

Das war Erpressung. Aber sie funktionierte. Wenigstens solange sie die Frage außer Acht ließ wie viele Leben wohl auf der anderen Seite ausgelöscht wurden, wenn sie siegten.

»Ihr habt nichts zu befürchten, Erhabene«, fuhr Landras fort. »Wir würden Euch niemals in Gefahr bringen ... das könnten wir gar nicht.«

»Wieso?«

Jetzt schmunzelte Landras, und allein dafür verspürte sie schon das heftig Bedürfnis, ihm die Zähne einzuschlagen. »Weil es prophezeit wurde, dass Ihr uns mit dem Schwert der Wahrheit zum Sieg führen werdet, Erhabene.«

Also gut, oder spätestens *dafür.*

Mit einem Ruck wandte sie sich um und stürmte in genau die Richtung davon, in die ihre Stiefel am wenigsten wollten.

Landras brauchte genau drei Schritte, um nicht nur wieder zu ihr aufzuschließen, sondern sie auch zu überholen und ein kleines Stück vor ihr zu gehen, vermutlich nur, um sie zu beschützen, aber es ärgerte sie trotzdem. Pia war es nicht gewohnt, hinter einem Mann herzugehen, und sie gedachte mit dieser schlechten

Angewohnheit auch gar nicht erst anzufangen. Trotzig setzte sie sich wieder an seine Seite. Landras ging eine Winzigkeit schneller, um sich wieder vor sie zu setzen, und Pia tat ihrerseits dasselbe. Wahrscheinlich hätten sie dieses kindische Spielchen noch beliebig lang weitergetrieben, hätten sie nicht in diesem Augenblick das Ende der Felswand erreicht, sodass das Schlachtfeld nun direkt vor ihnen lag.

Pia erschrak bis ins Mark, als sie sah, wie sehr sich das Bild in den wenigen Augenblicken verändert hatte. Eiranns Angriff hatte nicht nur an Schwung verloren, sondern war praktisch zum Stillstand gekommen, und anstelle einer unaufhaltsamen Woge aus schwarzem Eisen und schnappenden Kiefern erblickte sie nun ein chaotisches Durcheinander aus kämpfenden Leibern und aufeinanderprallenden Waffen. Zahllose Tote und Verwundete lagen zwischen den brennenden Zelten und niedergetrampelten Lagerfeuer, und längst nicht alle trugen graugrüne Schuppen oder die Fell- und Lumpentracht der Barbaren. Vor allem der Anblick der Trexe hatte sie beinahe vergessen lassen, was für unvorstellbar starke und gefährliche Gegner die riesigen Orks waren, und auch Nandes' Barbarenkrieger trugen die zweite Hälfte ihres Namens nicht umsonst. Pia erblickte zahlreiche erschlagene Elben und sogar mehrere Trexe, die von den Speeren und Schwertern der Verteidiger aufgespießt worden waren. Und es wurde schlimmer. Noch hatte das Kriegsglück Eiranns Männer nicht ganz verlassen. Doch sie sah jetzt mit eigenen Augen, was Landras vorhin gemeint hatte. Schon als sie das erste Mal hier gewesen war, hatte sie etliche hundert Krieger gesehen, mindestens doppelt so viele, wie Eiranns und Ixchels zusammengewürfelter kleiner Trupp zählte. Jetzt schien sich aber ihre Anzahl noch einmal mindestens verdoppelt zu haben, und von überall her strömten immer noch mehr und mehr Verteidiger herbei, als hätten sich die Berge selbst aufgetan, um ganze Heerscharen von Waffen schwingenden Orks und Barbaren auszuspucken.

Landras setzte seinen Helm wieder auf, ergriff sein Schwert

fester und bedeutete ihr mit einer jetzt eindeutig befehlenden Geste, hinter ihr zu bleiben, und diesmal hatte Pia nichts dagegen einzuwenden und gehorchte. Nebeneinander traten sie in die Schatten und setzten ihren Weg fort.

Sie hatten erst wenige Schritte getan, als sie angegriffen wurden. Unsichtbar oder nicht, ein riesiger geflügelter Schatten stieß ohne Vorwarnung aus dem Himmel und stürzte sich mit einem schrillen Kreischen auf Landras. Der Fledermausvogel musste mindestens doppelt so groß sein wie die Ungeheuer, denen sie zuvor begegnet war, und allein die Wucht seines Anpralls reichte, um den hünenhaften Elbenkrieger ohne Halt zur Seite taumeln zu lassen. Das Schwert wurde ihm aus der Hand gerissen und flog davon, und die stahlharten Krallen des Ungeheuers fuhren Funken sprühend und mit einem in den Zähnen schmerzenden Geräusch über seine Rüstung. Landras schrie, vielleicht vor Schmerz, vielleicht auch vor Überraschung und Zorn, taumelte zurück und riss schützend die Arme über den Kopf, und Eiranns Zorn sprang ganz eindeutig ohne ihr Zutun in ihre Hand, zuckte nach oben und zur Seite und zerteilte den Monstervogel säuberlich in drei Teile, die noch einen Sekundenbruchteil reglos in der Luft zu hängen schienen, als wären sie noch unschlüssig, was jetzt zu tun war, ehe sie mit einem widerlich nassen Klatschen rings um den Schattenelben zu Boden regneten.

»Ich danke Euch, Erhabene«, sagte Landras in einem Tonfall, der nicht wirklich zu diesen Worten passen wollte. Rasch bückte er sich nach seinem Schwert und versetzte dem Kadaver einen wütenden Tritt, noch bevor er sich wieder ganz aufgerichtet hatte. »Verdammte Bestien!«

Pia wollte das Schwert wieder einstecken, aber aus irgendeinem Grund wollte es ihr nicht gelingen. Die Waffe blieb in ihrer Hand, und auch das Flüstern unter ihren Gedanken war wieder da; die altbekannte Gier, aber auch zornige Enttäuschung, denn das Schwert hatte Blut gekostet, aber eine Seele haben wollen. Sein Durst war nicht gestillt, sondern jetzt erst richtig entfacht.

»Kommt!« Landras wiederholte seine Geste – die nun eindeutig ein Befehl war – und wies zugleich mit der Schwertspitze auf das Zentrum des erbarmungslosen Kampfes.

Pia starrte ihn nur aus aufgerissenen Augen an. Bildete sich dieser Irre etwa ein, dass sie hier die Xena gab und sich mit einem Kampfschrei ins Getümmel stürzte?

Nun, er vielleicht nicht, aber ihre Stiefel.

Sie stürmte so rasch los, dass sie nicht nur Mühe hatte, nicht zu stolpern, sondern auf dem allerersten Stück auch Landras Mühe hatte, mit ihr Schritt zu halten. Instinktiv versuchte Pia dagegen anzukämpfen, erreichte damit aber nicht mehr, als endgültig ins Stolpern zu geraten und zwei wirklich unangenehme Schritte weit verzweifelt um ihr Gleichgewicht kämpfen zu müssen. Sie ergab sich schließlich in ihr Schicksal. Sie schickte ein Stoßgebet zum Himmel (und wer immer auf dieser Ebene der Realität auch darüber herrschen mochte), dass sich die Prophezeiung auch diesmal erfülle, und es da nicht noch irgendeine in Stein gemeißelte Vorhersage gab, nach der sie das Heer aus Elfenborg zwar zum Sieg führte, dabei aber einen glorreichen Heldentod starb.

Immerhin erkannte sie jetzt, wohin Landras (und diese dreimal vermaledeiten Scheiß-Stiefel!) sie führte, nämlich mitten ins Herz des Getümmels, wo Schild Eirann auf dem größten Trex saß, den sie jemals gesehen hatte. Er trug keinen Helm und hatte zugunsten eines zweiten Schwertes auf den Schild verzichtet, und während Pia mit immer weiter ausgreifenden Schritten auf ihn zustürmte, erinnerte sie sein Anblick an nichts mehr als einen zornigen Gott, der vom Olymp herabgestiegen war und mit zwei Schwertern zugleich unter den Sterblichen wütete, die vermessen genug gewesen waren, ihn herauszufordern. Zähne und zupackende Klauen und der peitschende Schwanz seines monströsen Reittieres taten ein Übriges, um den Anblick in eine Vision der Hölle zu verwandeln, bei der selbst Dante höchstpersönlich schreiend davongelaufen wäre. Die gepanzerten Reiter an seiner

Seite wüteten kaum weniger schrecklich unter ihren Gegnern. Pia fragte sich vergebens, wozu die Elben ihre Hilfe überhaupt *brauchten*.

Sie bekam die Antwort auf diesen Gedanken fast augenblicklich. Schatten glitten über den Himmel wie dreieckige Splitter einer zerbrochenen Wolke, und dann stürzten sich Hunderte von Fledermausvögeln auf die Elbenkrieger, wenn nicht Tausende, und die gesamte Schlacht kippte von einem Sekundenbruchteil auf den anderen. Krieger schrien auf, ließen von ihren Gegnern ab und schlugen wild um sich oder stürzten gleich aus den Sätteln, um von ihren eigenen Reittieren zu Tode getrampelt zu werden; Trexe bäumten sich auf und warfen ihre Reiter ab, als sich die unheimlichen geflügelten Angreifer gleich zu Dutzenden auf sie stürzten und sie mit Krallen und Schnäbeln attackierten; und mehr als eines der gewaltigen Reptilien brach unter der brodelnden Masse einfach zusammen, Menschen, Elben und Orks einfach unter sich zermalmend. Für einen Moment erkannte sie nichts anderes als eine Explosion aus reiner Bewegung und schierer Gewalt, in der Freund und Feind nicht mehr zu unterscheiden waren und auch selbst keinen Unterschied mehr machten. Auch der Lärm änderte sich, als sich ein hundertstimmiger Triumphschrei aus den Reihen der Barbarenkrieger erhob, nun, da ihre höllischen Verbündeten erschienen und es plötzlich die Elbenkrieger waren, die um ihr Leben kämpfen mussten und zurückwichen. Soweit es ihnen gelang, hieß das. Pia beobachtete entsetzt, wie mehr und mehr Elben aus den Sätteln gerissen wurden und stürzten, ungeachtet der furchtbaren Verheerungen, die ihre Schwerter und die schnappenden Kiefer der Trexe unter den Angreifern anrichteten. Seit dem Augenblick, in dem der erste Ork unter dem Hieb eines unsichtbaren Schwertes gefallen und die Schlacht entbrannt war, konnten allerhöchstens einige Minuten vergangen sein, doch Pia wurde mit kaltem Entsetzen klar, dass sie allenfalls noch wenige Sekunden dauern würde, wenn kein Wunder geschah.

Es landete mit weit ausgebreiteten, strahlend weißen Schwingen neben ihr, fegte mit einem einzigen Flügelschlag gleich ein halbes Dutzend Fledermausvögel aus der Luft und biss einem besonders vorwitzigen Exemplar den Kopf ab, als es sich auf sie stürzen wollte.

Pia war mit einem einzigen Satz auf Flammenhufs Rücken, ließ Eiranns Zorn kreisen und fegte zwei weitere Ungeheuer aus der Luft. Der Pegasus sprang mit einem gewaltigen Satz los. Eiranns Zorn weiterschwingend, klammerte sie sich mit der linken Hand fest in Flammenhufs Mähne, um nicht abeworfen zu werden, wenn er sich in die Luft erheben würde. Stattdessen galoppierte der Hengst nur noch schneller, direkt auf das Zentrum der erbittertsten Kämpfe und damit auf Eirann und seine Begleiter zu – und mindestens auf zwei Dutzend Orks und Barbaren, die von allen Seiten zugleich auf ihn eindrangen, und eine noch ungleich größere Menge geflügelter Angreifer.

Ein Ork mit einer Stachelkeule, die ihr in diesem Moment beinahe größer vorkam als er selbst, versuchte sich dem Pegasus in den Weg zu stellen. Flammenhuf rannte ihn einfach über den Haufen, und Eiranns Zorn riss ihre Hand zur Seite und enthauptete den grünhäutigen Koloss, als sie an ihm vorbeiraste.

Ein zweiter Ork versuchte sein Glück, blieb mitten in der Bewegung stehen und starrte verdutzt auf die Stelle, an der sich gerade noch sein rechter Unterarm befunden hatte, und Landras' Schwert sauste ein zweites Mal herab und durchbohrte ihn endgültig. Erst danach wurde der Elb wieder sichtbar und warf sich mit einer schon fast verzweifelten Bewegung zur Seite, um nicht ebenfalls niedergerannt zu werden.

Eiranns Zorn zischte nach links, tötete einen Barbaren, den sie nicht einmal bemerkt hatte, dann krachte Flammenhuf wie eine geballte weiße Riesenfaust in die Front der Orks und sprengte sie einfach auseinander. Orks und Menschen gingen zu Boden oder stürzten in jäher Panik davon, um sich vor seinen ausschlagenden Vorderhufen und schnappenden Zähnen in Sicherheit zu bringen, und der Sturmwind eines einzigen gewaltigen Flügelschlages wirbelte Dutzende der Fledermausvögel davon wie trockenes Laub. Eiranns Zorn sang ein kristallenes Todeslied, das mit jeder Note ein Leben auslöschte, und wieder änderte sich etwas, ohne dass sie genau sagen konnte, was. So verheerend Flammenhufs Angriff auch gewesen sein mochte, hatte er doch nicht einmal einen messbaren Bruchteil der Orks niedergeworfen. Dennoch konnte sie regelrecht spüren, wie Eiranns Krieger neuen Mut fassten, noch bevor sie den ersten ihren Namen rufen hörte; ein Wort, das binnen Sekunden von zahllosen anderen Stimmen aufgenommen und als immer lauter und lauter werdender Chor skandiert wurde.

Flammenhuf bäumte sich auf, schickte mit einem weiteren gewaltigen Flügelschlag auf jeder Seite fast ein halbes Dutzend weiterer Angreifer zu Boden und zertrümmerte mit den Vorderhufen einen gehörnten Orkhelm samt dem darin steckenden Schädel, und der diamantene Elfenzorn in ihrer Hand tötete zwei weitere Orks, fast ohne dass sie es auch merkte.

»Gaylen! Hierher!«

Trotz des infernalischen Lärms ringsum hörte sie nicht nur die veränderte Betonung, sondern identifizierte auch Eiranns Stimme, die nach ihr rief. Der Schild war nur noch wenige Schritte von ihr entfernt und hielt sich immer noch auf dem Rücken seines gepanzerten Reittieres, auch wenn seine Begleiter bis auf einen unter der Menge der heranstürmenden Orks verschwunden waren. Seine Rüstung war zerbeult, und sein ehemals weißes Haar hing in verklebten roten Strähnen herab. In seiner rechten Wange klaffte eine hässliche Schnittwunde.

All das hinderte ihn nicht daran, weiter mit zwei Klingen zugleich auf die heranwogende geschuppte Masse einzuschlagen, während sein Trex mit schnappenden Kiefern die Fledermausvögel auf Distanz zu halten versuchte. Dennoch brachte es Eirann irgendwie fertig, ihr auffordernd zuzuwinken, und sie musste Flammenhuf nicht einmal einen entsprechenden Befehl erteilen, als sich der Pegasus auch schon in Bewegung setzte und auf ihn zusprengte und eine Spur aus niedergetrampelten oder von Eiranns Zorn erschlagenen Feinden hinterließ. Nach wie vor drangen die Monstervögel in schier unerschöpflicher Zahl auf sie ein, mehr und schneller, als der Sturmwind von Flammenhufs Flügeln sie davonschleudern oder das Elbenschwert sie in Stücke schneiden konnte, und auch die Orks begannen ihren Schrecken allmählich zu überwinden und formierten sich zu einem erneuten Gegenangriff. Abgeschnittene Köpfe und Schwingen wirbelten rings um sie herum in der Luft, Orks stürmten heran und wurden von Flammenhufs Flügeln zu Boden geschleudert oder von Eiranns Zorn aufgespießt, aber auch der Pegasus und sie selbst kamen nicht unversehrt davon. Messerscharfe Klauen zerrten an ihrem Haar und gruben sich in ihre Kopfhaut, etwas biss wie ein rot glühender Dolch in ihren Rücken und verschwand, als sie das Diamantschwert schwang. Blut lief über ihr Gesicht und ihre Schultern; nicht wenig davon war ihr eigenes.

Nichts davon vermochte sie aufzuhalten oder auch nur langsamer zu machen. Im Gegenteil: Etwas durch und durch Unheimliches geschah. Mit jedem Streich, den sie führte, und jedem Leben, das Eiranns Zorn fraß, schien die Kraft des unbezwingbaren Elbenschwertes weiter zu- und ihre eigene Furcht abzunehmen. Sie empfand noch immer ein schier grenzenloses Entsetzen angesichts des Grauens, das um sie herum tobte (und des Anteils, den sie daran hatte), aber da war auch noch etwas anderes und beinahe Schlimmeres. Genau wie das erste Mal, als sie den Zorn des Elbenschwertes entfesselt hatte, ergriff etwas wie ein düsterer Blutrausch von ihr Besitz, eine finstere Freude am Töten und Zerstören, die nicht ihre eigene war, sondern aus der verfluchten Klinge in ihren Arm und von dort aus direkt in ihre Seele strömte. Als sie diese Macht das erste Mal entfesselt hatte, hatte sie geglaubt, es wäre der Schmerz über Ter Lions so sinnlosen Tod gewesen, der sie in diesen Zustand irgendwo zwischen Raserei und fast maschinenhafter Kälte versetzt hatte. Nun aber begriff sie, dass es das Schwert war, dessen dunkle Seele Gewalt über sie erlangt hatte. Und sie war jetzt so wenig imstande, diesem kalten Wüten Einhalt zu gebieten wie damals. Bestimmt ein Dutzend toter Orks und Barbaren säumten ihren Weg, als sie endlich neben Eirann und seinem tobenden Trex ankam.

»*Zu mir, Prinzessin!*«, schrie Eirann überflüssigerweise, stieß sein Schwert kaum eine Handbreit an ihrem Gesicht vorbei nach einem Fledermausvogel, der sich rücklings auf sie werfen wollte, und zertrümmerte noch in der Rückwärtsbewegung den mannsgroßen Schild eines Orks. Die Kiefer seines Trex schnappten zu und erledigten den Rest, und Pia revanchierte sich, indem sie gleich drei geflügelte Angreifer aus der Luft über ihm hieb.

»*Gaylen!*«, schrie Eirann. »Die Prinzessin ist hier! Auf den Sieg! Für Gaylen!«

»*Für Gaylen!*«, nahm eine andere Stimme den Ruf auf, und dann war es wieder ein einziger gellender Chor. der ihren Namen schrie und den Kriegern neuen Mut gab; und sei es nur der Mut der Verzweiflung. Pia konnte regelrecht spüren, wie der gesamte Heereszug, einem einzigen riesenhaften Lebewesen gleich, seine Rückwärtsbewegung stoppte und sich dann in die entgegengesetzte Richtung schob; nicht einmal besonders schnell, aber auf eine vollkommen unaufhaltsame Weise. Ihre Übermacht war immer noch gewaltig, doch die Schattenelben drängten die Orks und ihre Verbündeten nun Schritt für Schritt zurück, einzig beseelt von der Kraft ihres Namens und dem Glauben an eine Prophezeiung, von der sie selbst noch nie etwas gehört hatte.

Ihr selbst erging es nicht anders. Der winzige Teil ihres Denkens, der noch ihr selbst gehörte, krümmte sich vor Entsetzen angesichts all des Grauens, das sie erblickte, doch mit jedem Streich, den sie mit Eiranns Zorn austeilte, mit jedem Tropfen Blut, den sie vergoss, und jedem Leben, das das Schwert nahm, wurde die Dunkelheit in ihr stärker, genoss sie das Töten um eine Winzigkeit mehr und verlor sie ein weiteres, winziges Stückchen ihrer eigenen Menschlichkeit.

Langsam und unbarmherzig rückte das Heer vor. Eirann und

sie teilten Hiebe aus und duckten sich, trafen und wurden getroffen, und unglaublicherweise nahm die Zahl der Angreifer sogar noch einmal zu, sowohl am Boden als auch in der Luft, aber jeder einzelne Gegner, der sich ihnen entgegenwarf, stachelte ihren absoluten Willen zum Sieg nur noch weiter an. Und es war, als spränge diese Kraft von ihr zuerst auf Eirann und dann auf jeden einzelnen Krieger ihres Heeres über, sodass jeder Mann plötzlich mit der Kraft und der Tapferkeit von zehn kämpfte. Schritt für Schritt, aber unaufhaltsam wurden die Orks zurückgetrieben und ihre geflügelten Verbündeten aus der Luft gefegt.

Auch ihre Seite erlitt schreckliche Verluste. Eirann blutete aus mindestens einem halben Dutzend Wunden, trotz seiner schweren Rüstung, und auch Pia sah vorsichtshalber nicht einmal an sich herab, um sich davon zu überzeugen, welcher der zahllosen brennenden Schmerzen von mehr als nur ein paar Schrammen herrührten. Mehr und mehr Elben und auch etliche Tiere fielen, von der schieren Übermacht ihrer Gegner aus den Sätteln gerissen oder einfach niedergerungen, mehr als nur einer aber auch scheinbar ohne Grund oder auch nur von einem fast harmlos anmutenden Streich getroffen. Pia vermutete, dass zumindest einige der Verteidiger über Waffen aus Silber verfügten.

Aber nicht genug. Für jeden Elbenkrieger, der fiel, blieben mindestens zehn erschlagene Feinde zurück, und irgendwann nahm auch die Anzahl der fliegenden Ungeheuer ab – und schließlich verschwanden sie ganz, als sich selbst in ihren winzigen Gehirnen die Erkenntnis breitmachte, dass ihre scheinbar leichte Beute vielleicht doch ein bisschen zu wehrhaft war. Sie verschwanden in einer einzigen brodelnden Wolke, die noch immer dicht genug war, um den Himmel zu verdunkeln, und das gab wohl den Ausschlag.

Nicht wenige Orks schleuderten ihre Waffen davon und suchten ihr Heil in der Flucht. Die Übrigen stellten ihre Angriffe größtenteils ein und rotteten sich enger zusammen, um einen waffenstarrenden Verteidigungskordon zu bilden.

Pia erwehrte sich mit einem wuchtigen Schwertstreich des Angriffs eines besonders hartnäckigen (oder dämlichen) Orks, der diesen beiderseits von Flammenhufs stampfenden Vorderläufen zu Boden schickte, suchte nach einem neuen Ziel für Eiranns Zorn und stellte fast enttäuscht fest, dass es keines mehr gab; zumindest nicht in ihrer unmittelbaren Nähe. Von dem gewaltigen Heer, das sich ihnen entgegengestellt hatte, waren nur noch wenige Hundert übrig geblieben, noch immer ein Mehrfaches ihrer Zahl, in Anbetracht der nahezu unbesiegbaren Elbenkrieger und ihrer fürchterlichen Reittiere, aber dennoch praktisch chancenlos.

Pia hob das Schwert noch einmal, ließ es mitten in der Bewegung wieder sinken und glaubte ganz plötzlich das Gewicht jedes einzelnen Lebens zu fühlen, das die Klinge in den zurückliegenden Minuten genommen hatte.

Es waren viele. Viel, viel zu viele.

»Es ist genug«, murmelte sie. »Hört auf.«

Niemand reagierte – was daran liegen mochte, dass sie die Worte kaum mehr als geflüstert hatte – und sie raffte noch einmal all ihre Kraft zusammen und schrie, so laut sie konnte: *»Hört auf!«*

Besonders laut war es trotzdem nicht, aber zumindest Eirann hatte ihre Worte gehört, denn er ging zwar nicht so weit, den letzten Ork entkommen zu lassen, der sich noch in Reichweite seiner beiden Schwerter befand, ließ die Waffen dann aber sinken und zügelte seinen riesigen Trex.

»Erhabene?«, murmelte er.

»Es ist genug«, wiederholte Pia. »Sie geben auf, seht ihr das denn nicht?«

Zumindest seinem Gesichtsausdruck nach zu schließen lautete die Antwort wohl ganz eindeutig *Nein.* Trotzdem sah er sie nur noch eine halbe Sekunde lang verwirrt an, dann richtete er sich im Sattel auf und rief: »Aufhören!«

Seine Stimme war nicht einmal sehr viel lauter als die Pias zuvor, aber aus irgendeinem Grund reagierten dieses Mal sämtliche Elbenkrieger auf den Befehl, wenn auch nicht sofort, sondern erst nach etlichen Sekunden und nachdem sie noch den einen oder anderen Ork erschlagen hatten. Schließlich wichen aber auch die letzten Elben zurück und bildeten einen dicht geschlossenen Ring aus Stahl und in schwarzes Eisen und Schuppen gehüllten Körpern, in dessen Mitte sich die überlebenden Orks und Barbaren drängten. Es waren mehr, als Pia angenommen hatte, und trotzdem entsetzlich wenige. Vielleicht einer von fünf Verteidigern hatte das Gemetzel überlebt, wenn überhaupt.

»Prinzessin?«, murmelte Eirann. Seine Stimme zitterte und klang mindestens so erschöpft, wie sein Gesicht aussah, aber sie konnte die Verwirrung darin trotzdem hören.

»Es ist genug«, murmelte sie. »Sie geben auf, siehst du das denn nicht?«

Eirann wirkte eher noch verstörter, setzte aber trotzdem zu einer Antwort an, doch er kam nicht dazu. »Was bei Kronn hat das zu bedeuten?«, fragte eine aufgebrachte Stimme hinter ihr. Als Pia sich mühsam herumdrehte, erblickte sie Schild Landras, der herangestürmt kam, blutig und zerschlagen wie alle anderen, aber trotzdem mit hochrotem Kopf und Augen, die vor Wut loderten.

Eirann, habt Ihr den Verstand verloren? Was tut Ihr? Ihr verschenkt den Sieg!«

»Wir haben doch schon gewonnen«, sagte Pia matt. Müdigkeit schlug wie eine klebrige Woge über ihr zusammen und begann nicht nur ihre Gedanken zu lähmen, sondern auch ihre Glieder mit Blei zu füllen. Schon das Schwert festzuhalten, kostete sie nahezu jedes bisschen Kraft, das sie noch hatte. »Sie geben auf, seht Ihr das denn nicht?«

»Aufgeben?« Landras japste nach Luft. »Bei Kronn, seid Ihr denn ...« Er verbesserte sich hastig. »Wir müssen diese Ungeheuer töten! Sie dürfen die Mine nicht erreichen!«

»Sie sind nicht einmal in der Nähe«, antwortete Pia. »Und für einen Tag haben wir genug getötet, meint Ihr nicht auch?«

»Aber das ist Wahnsinn!«, begehrte Landras auf. »Ihr kennt diese Ungeheuer nicht! Für jeden Einzelnen, den wir heute am Leben lassen, werden sie morgen eines unserer Kinder erschlagen!«

Und das mochte sogar stimmen, dachte Pia, aber sie schüttelte trotzdem den Kopf und antwortete: »Und solange wir alle so denken, Schild, wird sich das auch niemals ändern. Lasst es gut sein für heute.«

»Aber –«, begann Landras, und Eirann fiel ihm in scharfem Ton ins Wort:

»Ihr habt die Erhabene gehört, Schild. Oder wollt Ihr ihre Entscheidung in Zweifel ziehen?«

»Natürlich nicht!«, antwortete Landras, ohne allerdings sonderlich beeindruckt zu klingen. »Aber bei allem Respekt für die Erhabene, sie weiß wenig über –«

»Dann werdet Ihr ihrem Befehl nachkommen«, unterbrach ihn Eirann erneut. »Entwaffnet die Gefangenen. Und sorgt dafür, dass sie gut bewacht werden!«

»Danke, Eirann«, sagte Pia. Und fiel vom Pferd.

XXVII

Eigentlich schlitterte sie eher von Flammenhufs Rücken und über den halb ausgestreckten Flügel zu Boden, statt zu fallen, und sie verlor auch nicht das Bewusstsein (obwohl sie es sich fast gewünscht hätte), sondern sank nur vollkommen erschöpft auf die Knie, schloss die Augen und stellte fest, dass sich die Welt trotzdem wie ein außer Kontrolle geratenes Karussell weiter um sie drehte. Ihr tat buchstäblich alles weh, und sie blutete aus einem guten Dutzend Wunden, von denen sich die eine oder andere so anfühlte, als wäre sie nicht ganz so harmlos, auch wenn sie nicht einmal stärker schmerzten als die anderen. Außerdem wurde ihr allmählich schlecht.

Etwas schepperte, und eine Gestalt in zerbeultem schwarzem Eisen ließ sich neben ihr auf ein Knie herabsinken. »Ist alles in Ordnung mit Euch, Prinzessin?«, fragte Landras.

Irgendwie gelang es ihr, genügend Kraft zusammenzukratzen, um nicht nur den Kopf zu schütteln, sondern auch die Schwertspitze in den Boden zu rammen und sich auf die Waffe gestützt in die Höhe zu stemmen. Dass Landras ihr dabei helfen musste, verdarb ihr den Effekt nur geringfügig. »Herzlichen Glückwunsch, Schild. Ihr habt den ersten Preis gewonnen.«

»Prinzessin?«

Für die dümmste Frage des Jahres«, murrte sie. »Vielleicht sogar des Jahrhunderts.« Sie funkelte ihn so zornig an, wie sie gerade noch konnte. »Was meint ihr wohl, wie ich mich fühle?«

Vielleicht war dieser (müde) Temperamentsausbruch schon zu viel, denn für einen ganz kurzen Moment drohten ihr die Sinne nun endgültig zu schwinden – vielleicht taten sie es sogar –, denn als sie ihre Umgebung wieder halbwegs klar wahrnahm, war auch Eirann von seinem Trex gestiegen und stützte sie. Irgendwie war Eiranns Zorn wieder an ihrem Gürtel, ohne dass sie sich daran erinnern konnte, die Waffe eingesteckt zu haben, und die diversen Schmerzen überall in ihrem Körper waren zu einem allgemeinen dumpfen Pochen herabgesunken, von dem sie nicht sicher war, ob sie es wirklich als angenehmer empfand.

»Nur einen Augenblick, Prinzessin«, sagte Landras irgendwann nach einer kleinen Ewigkeit und nachdem Eirann und er sie vom Schlachtfeld weg und in ein schmales Seitental geführt hatten, wo bereits zahlreiche andere Verwundete darauf warteten, versorgt zu werden. »Ich schicke gleich einen Heiler zu Euch.«

Pia erinnerte sich noch gut daran, wie Landras' sogenannter *Heiler* das letzte Mal über sie hergefallen war, aber sie war sogar zu schwach, um dagegen zu protestieren. »Zuerst … die anderen«, murmelte sie, das aber so leise, dass vermutlich nicht einmal Eirann die Worte verstand, obwohl sich sein Gesicht praktisch neben dem ihren befand. Behutsam luden Landras und er sie an der rauen Felswand ab und überzeugten sich davon, dass sie auch aus eigener Kraft sitzen konnte und nicht etwa auf der Stelle zusammenbrach, sobald sie sie losließen, dann erhob sich Eirann und eilte mit schnellen Schritten davon, während Landras neben ihr auf den Knien blieb und sie so unverwandt ansah, dass sein Starren schließlich sogar den Schleier aus Benommenheit und dumpfem Entsetzen durchbrach, der sich über ihre Gedanken gelegt hatte.

»Was?«, fauchte sie.

»Ihr seid es wirklich, nicht wahr?«, antwortete Landras.

Was immer das bedeuten mochte.

Statt zu antworten (sie hätte nicht einmal gewusst, was) ließ sie etliche Sekunden verstreichen, in denen sie nichts anderes tat als bewusst und sehr tief ein- und auszuatmen und darauf zu hoffen, dass sie gleich wenigstens wieder zu halbwegs klarem Denken fähig sein würde. Es gelang ihr nicht ganz, aber immerhin konnte sie ein wenig besser sehen, als sie die Augen wieder öffnete.

Vielleicht lag es auch schlichtweg daran, dass es hier allmählich hell zu werden begann. Die Dämmerung hatte die Berggipfel überwunden und begann die Nacht mit staubigem Grau aufzuweichen. Sie sah jetzt, dass der Felsspalt tatsächlich so schmal war, wie sie im ersten Augenblick angenommen hatte, und kaum ein paar Dutzend Schritte tief, bevor er sich zu einem bloßen Riss verengte, in den man kaum noch eine Hand schieben konnte. Entsprechend war auch die Anzahl der Verwundeten, die offenbar schon während der Schlacht hierhergebracht worden waren, deutlich kleiner. Vielleicht waren es zwanzig Mann, vielleicht sogar weniger, und noch viel unheimlicher war die Stille.

Es war nahezu vollkommen ruhig, und das sollte es eigentlich nicht sein. Immerhin befand sie sich inmitten eines improvisierten Feldlazaretts – und das wenige Minuten nach einer Schlacht –, und sie hätte einen Chor aus Stöhnen und Schmerzlauten erwartet, vielleicht gemurmelte Gebete oder auch Flüche, aber sie hörte praktisch nichts, sah sie von den rasselnden Atemzügen der Verwundeten ab.

Sie verbesserte sich in Gedanken: der *Sterbenden.* Sie verstand nicht viel von Medizin – schon gar nicht von jener Art von Medizin, die *hier* vonnöten gewesen wäre – aber selbst ihr war klar, dass wohl kaum einer der Männer hier den nächsten Sonnenuntergang erleben würde.

Ihr fiel noch etwas auf, nämlich dass es hier ausschließlich Elbenkrieger gab, nicht einen einzigen Barbaren. Orks hatte sie ohnehin nicht erwartet. Sie sparte sich jedoch, Landras eine entsprechende Frage zu stellen (die Antwort konnte sie sich ohnehin denken), sondern knüpfte mit müder Stimme an seine Worte von gerade an. »Ich bin *was* wirklich?«

»Die, die uns vorhergesagt wurde«, antwortete Landras, noch immer in eher überraschtem als ehrfürchtigem Ton. »Die wiedergeborene Prinzessin Gaylen.«

»Ich dachte, das hätte Euch Schwert Torman bereits bestätigt.«

Landras nickte. »Das hat er, und viele andere auch.«

»Aber Ihr habt ihm nicht geglaubt.« Es gelang ihr sogar, einigermaßen überzeugend zu lächeln. »Ihr habt *mir* nicht geglaubt.«

»Darum geht es nicht, Prinzessin«, sagte der Schattenelb. »Ich weiß, dass Ihr überzeugt davon seid, die zu sein, die alle in Euch sehen.«

»Obwohl ich es selbst nicht glauben will?«

»Vielleicht gerade deshalb.« Landras schüttelte den Kopf. »Ihr seid nicht die Erste, Prinzessin. In all den Jahren sind so viele wiedergeborene Gaylens aufgetaucht. Die meisten waren Betrügerinnen, aber nicht alle. Viele haben es nicht nur von sich behauptet, sondern auch fest daran geglaubt. Manche waren sicherlich verrückt –«

»So wie ich?«

»– aber etliche waren auch wirklich überzeugend. Und mehr als eine dieser vermeintlichen Gaylens wusste ihre Geschichte durchaus zu beweisen. Hat man Euch erzählt, dass es vor zweihundert Jahren eine Prinzessin Gaylen gab, die einen guten Teil des Landes hinter sich vereint hatte?«

Pia schüttelte – überrascht – den Kopf, und Landras fuhr mit einem bestätigenden Nicken fort: »Sie hat über ihr eigenes kleines Königreich geherrscht. Die Menschen haben an sie geglaubt.«

»Ihr auch?«

»Nein«, erwiderte der Schattenelb. »Um ein Haar wäre es zum Krieg zwischen uns und den Menschen gekommen, doch nach vielen Jahren hat sich dann herausgestellt, dass sie doch nicht die war, die so viele in ihr gesehen haben. Und das war nicht der einzige solche Fall.«

Er seufzte. »Es wurde sehr viel Unheil angerichtet, in Eurem Namen, Prinzessin, und so unendlich viel Blut vergossen.«

»Und dennoch glaubt Ihr ausgerechnet mir. Warum?«

»Weil ich es mit eigenen Augen gesehen habe. Und weil ich es spüre.« Er legte die rechte Hand mit gespreizten Fingern auf die Brust. »Hier.«

»Aha«, sagte Pia.

»Und Ihr seid von allen die Erste, die den Elfenzorn führt.«

Pia sah ihn verständnislos an, und Landras machte eine Geste auf das Schwert an ihrer Seite. »Viele trugen ein Schwert wie dieses, aber Ihr seid die Erste, die Eiranns Zorn wirklich hat.«

Pia fragte nicht, woher er das wissen wollte. Wer, wenn nicht sie, wusste, dass dieses Schwert nicht nur eine unendlich kostbare Waffe war, sondern etwas Uraltes und ... ja, vielleicht sogar Lebendiges; wenn auch auf eine Art und Weise lebendig, die ihr mit jedem Moment mehr Angst zu machen begann?

»Und Ihr habt die Prophezeiung erfüllt«, fügte Landras nach einer Pause hinzu.

Pia legte fragend den Kopf schräg. »Euer Lieblingswort.«

Landras lächelte zwar, aber seine Augen blieben ernst. »In den alten Schriften steht, dass sich das Schicksal unseres Volkes nach einer Schlacht in den Bergen entscheiden wird, in der unsere Krieger von Eiranns Zorn selbst angeführt werden.«

»Es gibt hier noch einen Eirann, wenn ich mich nicht täusche«, sagte Pia. »Und er war *ziemlich* zornig.«

»Jeder zehnte unserer Krieger trägt diesen stolzen Namen«, erwiderte Landras. »Doch ich rede hiervon.« Er streckte die Hand aus, zögerte spürbar und führte die Bewegung dann zu Ende, indem er die Finger um den Schwertgriff schloss und Eiranns Zorn aus ihrem Gürtel zog. Pia runzelte die Stirn, machte aber keine Anstalten, ihn daran zu hindern, und Landras nahm das Schwert behutsam in beide Hände, wobei er sorgsam darauf achtete, der mörderisch scharfen Schneide nicht zu nahe zu kommen. Seine Augen leuchteten vor Bewunderung. »Eiranns Schwert«, flüsterte er. »Der Elfenzorn ist zurückgekehrt.«

»Wieso seid Ihr da so sicher?«, fragte Pia. Sie wusste um die wahre Natur dieses Schwertes, aber wieso war er eigentlich so überzeugt davon?

Statt direkt zu antworten, lächelte Landras nur weiter, legte das Schwert sehr vorsichtig auf ihre Knie und griff dann nach ihrer linken Hand. Pias Stirnrunzeln wurde noch tiefer, aber sie leistete auch jetzt keinen Widerstand. Obwohl Landras gewiss alles war, nur nicht ihr Freund, spürte sie doch, dass er ihr nicht schaden wollte. Jedenfalls nicht in diesem Moment.

»Seid vorsichtig, Prinzessin«, sagte Landras. »Es ist sehr scharf.«

»Gut, dass Ihr mich gewarnt habt«, erwiderte Pia mit sanftem Spott. Sie wusste besser als er, wie gefährlich diese Klinge war, scharf genug, um nicht nur ein Haar zu spalten, sondern vermutlich auch ein Molekül. Aber sie wusste auch, dass dieses Schwert ihr niemals Schaden zufügen würde. Wenigstens nicht ihrem Körper.

»Ihr habt mich gefragt, woher ich weiß, dass dies der echte Elfenzorn ist, Prinzessin«, sagte Landras. Seine Hand hielt ihre Linke dicht über der gläsernen Klinge, gerade dass ihre Finger sie noch nicht berührten. »Erlaubt Ihr mir, es Euch zu zeigen?«

»Indem Ihr mir die Finger abschneidet?«, scherzte sie. Vielleicht war es auch nicht *nur* ein Scherz. Unbehagen breitete sich in ihr aus, und da war mit einem Mal eine dünne, aber gehässige Stimme tief in ihr, die ihr die Frage stellte, wozu er sie jetzt eigentlich noch brauchte, nun, wo sie ganz offensichtlich getan hatte, was er und all seine spitzohrigen Brüder von ihr erwartet hatten?

»Lasst es einfach zu, Prinzessin«, antwortete Landras. Und drückte ihre Fingerspitzen auf die Klinge, ganz sacht nur, aber dennoch so, dass die diamantene Schneide ihre Haut ritzte und ein einzelner dunkelroter Blutstropfen über die durchsichtige Klinge lief.

Und verschwand.

Pia sog erschrocken die Luft zwischen den Zähnen ein und wollte die Hand zurückreißen, aber Landras Griff war mit einem Mal so hart wie Stahl, und er drückte ihre Finger nur noch fester auf die Schwertklinge.

»Lasst es einfach zu, Prinzessin«, sagte er noch einmal.

Nicht dass sie auch nur wusste, wovon er sprach, oder die rein körperliche Kraft gehabt hätte, sich loszureißen – aber dann wurden ihre Augen groß, und sie stellte jeglichen Widerstand ein, als sie sah, wie die schimmernde rote Träne verschwand, schnell und so spurlos wie ein Wassertropfen, der sich an den heißesten Ort der Wüste verirrt hatte.

Eiranns Zorn hatte ihr Blut getrunken.

»Lasst es einfach zu«, sagte Landras zum dritten Mal. Sie wusste immer noch nicht, was, aber irgendetwas geschah, sowohl mit dem Schwert als auch in ihr, etwas Großes und vielleicht unvorstellbar Schönes – vielleicht aber auch unvorstellbar Entsetzliches. Sie konnte den Unterschied nicht bestimmen, und vielleicht gab es auch keinen.

»Nun wisst ihr es.« Landras verbeugte sich auf den Knien so tief, dass seine Stirn fast den Boden berührte. »Erhabene.«

Die tausendfachen Schmerzen, die allesamt immer noch da und nur an den Rand ihres Aufmerksamkeitshorizonts zurückgewichen waren, wo sie ihr Denken nicht allzu sehr beeinträchtigen konnten (sie aber fröhlich weiterquälten), erloschen einer nach dem anderen, und sie spürte auch, wie ihre kaum weniger zahlreichen Wunden endgültig zu bluten aufhörten und sich zu schließen begannen; weder rasch noch vollständig, aber sie taten es.

»Das ist ...«, flüsterte sie.

»Die Macht des Elfenzorns«, sagte Landras. »Eiranns Erbe, Prinzessin. Die Magie der Alten, die sich nur der rechtmäßigen Erbin der Macht offenbart. Nun weiß ich, dass Ihr es seid.«

»Eine Nummer kleiner hätte es auch getan, Schild«, sagte Pia lahm. »Und hört endlich auf, den Boden zu küssen. Ich hasse Kriecher.«

Landras hob zwar gehorsam den Kopf, aber seine Haltung blieb auf schwer zu beschreibende Art unterwürfig, und seine Augen leuchteten. »Wie Ihr befehlt, Erhabene.«

»Und hör mit diesem *Erhabene*-Gebrabbel auf!«, fauchte sie. »Ich hasse das.«

»Wie Ihr befehlt, Prinzessin.« Landras schien einen Moment

lang darauf zu warten, dass sie erneut widersprach, deutete aber dann nur ein weiteres Nicken an und stand auf. Die Bewegung war mühsam und Lichtjahre von der natürlichen Eleganz entfernt, die sie an seinem Volk immer schon bewundert hatte, und Pia fiel überhaupt jetzt erst auf, in was für einem bejammernswerten Zustand sich der Schattenelb befand. Seine Rüstung war zerbeult und hoffnungslos zerschlagen. An zahllosen Stellen sickerte Blut darunter hervor, und auch an seinem Hals befand sich ein hässlicher Schnitt, tief und deutlich weniger als einen Fingerbreit von der Schlagader entfernt. Als er zurücktrat, sah sie, dass er humpelte.

»Ruht Euch aus, Prinzessin«, sagte er. »Ich schicke sogleich den Heiler zu Euch.«

»Das wirst du schön bleiben lassen«, antwortete sie. »Hier gibt es genug andere, die ihn mehr brauchen.«

Landras nickte nur noch einmal stumm und humpelte dann davon. Pia ließ den Hinterkopf gegen den rauen Fels sinken und schloss für einige weitere Sekunden die Augen. Hinter ihrer Stirn rasten noch immer die Gedanken. Sie hatte weit mehr als nur eine blutige Schlacht erlebt. Hier – und vielleicht gerade jetzt, vor einer Minute – war etwas wirklich Großes geschehen, und sie war noch unendlich weit davon entfernt zu verstehen, was. Da war irgendetwas, was Landras gesagt hatte, vielleicht nur ein Satz oder ein einzelnes Wort. Sie hatte ihm keine Beachtung geschenkt, aber das Gefühl, etwas ungemein Wichtiges vergessen zu haben, war da; wie der winzige Stachel eines Kaktus, den man sich eingerissen hatte und der nicht wirklich wehtat, sich aber immer wieder schmerzlich in Erinnerung brachte, sobald man ihn versehentlich berührte.

Pia wartete, bis die diversen Schmerzen und Wehwehchen in ihrem Körper vollends verschwunden waren, und registrierte ohne sonderliche Überraschung, dass die Magie des Schwertes sich offenbar nicht nur darauf beschränkte, ihren Schmerz zu lindern. Da waren Kraft und eine sonderbare Art von Zuversicht, die aus dem Herz der magischen Waffe in ihre Handfläche flossen und Schwäche und Furcht vertrieben, aber auch noch etwas, das sie nicht genau benennen konnte, ja, von dem sie nicht einmal wusste, ob sie Angst davor haben sollte. Sie – etwas von ihr, und vielleicht das Wichtigste – begann sich zu verändern, und sie konnte noch nicht einmal sagen, in welche Richtung; geschweige denn, was am Ende dieses Weges auf sie warten mochte.

Sie ließ noch einige weitere Sekunden verstreichen, öffnete die Augen und begegnete dem Blick eines Elbenkriegers, der neben ihr lag und sie schon die ganze Zeit über angesehen hatte, auch wenn ihr das erst im Nachhinein klar wurde. Seine linke Hand fehlte. Wo sie sein sollte, befand sich nur ein blutiger Lappen, mit dem einer seiner Kameraden den Stumpf umwickelt hatte, und das war längst nicht seine einzige Verletzung. Er lag in einer Lache seines eigenen Blutes, und Pia konnte regelrecht spüren, wie das Leben aus ihm herausfloss. Dennoch empfand sie nur eine sonderbar distanzierte Art von Mitleid, das im Grunde keines war. Ein Pseudogefühl, das von ihrem Verstand initiiert wurde, weil dieser der Meinung war, es bei einem Anblick wie diesem empfinden zu müssen. Vielleicht erschrak sie ein ganz kleines bisschen, als sie sah, wie jung er noch war, eigentlich eher noch ein Junge und kein Mann.

»Erhabene«, flüsterte er.

Pia verzichtete darauf, ihn zu verbessern. »Strengt Euch nicht an«, sagte sie sanft. »Der Heiler ist gleich da.«

»Ich brauche keinen Heiler«, antwortete er. Obwohl er die Berührung des Todes schon fühlen musste, war seine Stimme fest, und auf seinem schrecklich bleichen Gesicht erschien sogar die Andeutung eines Lächelns. »Ich habe alles, was ich brauche. Ihr seid zurückgekehrt, und nun weiß ich, dass unser Volk überleben wird, und kann in Ruhe sterben.«

»Redet keinen Unsinn!«, sagte sie mit übertrieben gespielter Strenge, aber auch mit einem Lächeln. »Hier wird nicht gestorben. Das erlaube ich Euch nicht.« Sie beugte sich vor, um ihn zu berühren und ihm etwas von ihrer Kraft zu geben, doch der Elb schüttelte so erschrocken den Kopf, dass sie mitten in der Bewegung innehielt.

»Nein«, sagte er. »Das wäre vergebens. Spart Euch Eure Kraft für die auf, denen sie wirklich helfen kann.«

Aha, das wussten sie also auch schon, dachte Pia. Sie musste sich unbedingt ein wenig länger mit einem der Elben unterhalten, vorzugsweise mit Landras, an dem sie ihre üble Laune ohne größere Gewissensbisse auslassen konnte, wenn ihr seine Antworten nicht gefielen. »Meint Ihr nicht, dass es meine Entscheidung sein sollte, wessen Leben wichtig ist und wessen nicht?«, fragte sie.

Der sterbende Krieger schüttelte nur noch einmal den Kopf. »Ihr seid nicht von unserem Volk«, sagte er, »und wahrscheinlich wisst Ihr es nicht, aber wir Elben spüren es, wenn der Tod naht. Nichts kann das jetzt noch ändern.«

Sie spürte, dass das die Wahrheit war. »Was kann ich dann für dich tun?«, fragte sie.

»Ihr habt schon alles getan«, antwortete er. »Zum ersten Mal seit so vielen Jahrhunderten hat unser Volk wieder Hoffnung.« Er zögerte. »Aber Ihr könntet ...«

Er sprach nicht weiter, doch es fiel ihr nicht besonders schwer, den Rest seiner Worte zu erraten. »Ich bleibe bei Euch, bis es vorbei ist«, versprach sie.

Der junge Elbenkrieger lächelte dankbar und schloss die Augen, und als sie ihre Bewegung einen Moment darauf doch zu Ende führte und die Hand auf seine Stirn legte, war schon kein Leben mehr in ihm.

Pia blieb noch einige Augenblicke in unveränderter Haltung sitzen und wartete darauf, wenigstens irgendetwas zu empfinden – und sei es nur Abscheu vor sich selbst, weil sie eben *nichts* empfand –, aber nicht einmal das geschah. Sie wurde sich lediglich der Blicke weiterer Verwundeter bewusst, die auf sie gerichtet waren, und vielleicht gab ja diese Erkenntnis den Ausschlag. Wenn auch auf eine vollkommen andere Art, als sie sich eingestehen wollte, war das Sterben des jungen Elben doch nicht annähend so spurlos an ihr abgeprallt, wie sie sich einzureden versuchte, und sie verspürte wenig Lust zu einer Wiederholung; oder gar mehreren. Sie stand auf, schob das Schwert in die lederne Scheide an ihrem Gürtel und ging.

Sie musste länger in der schmalen Schlucht gewesen sein, als ihr bisher bewusst gewesen war, denn die Sonne war bereits völlig aufgegangen und tauchte das Schlachtfeld in goldfarbenes Licht, das sie nahezu dazu brachte, sich die Dunkelheit der Nacht zurückzuwünschen, enthüllte es ihr doch eindeutig mehr Einzelheiten, als sie sehen wollte. Die überlebenden Orks und Barbaren waren in mehrere unterschiedlich große Gruppen aufgeteilt und sorgsam gefesselt worden, die von bewaffneten Elben und einer Anzahl spürbar nervöser Trexe bewacht wurden. Eine deutlich größere Anzahl Krieger bildete einen waffenstarrenden Halbkreis vor dem offenen Mineneingang. Überall lagen Tote; Menschen, Orks und erschlagene Trexe und buchstäblich Aberhunderte der grässlichen Monstervögel, von denen etliche noch lebten und ihren Schmerz mit misstönenden Schreien zum Ausdruck brachten. Die verwundeten und toten Elbenkrieger waren bereits weggebracht worden. Das improvisierte Feldlazarett, aus dem sie gerade kam, war offensichtlich nicht das Einzige seiner Art.

Pia blieb eine geraume Weile im Ausgang der schmalen Schlucht stehen und lauschte in sich hinein. Auch jetzt war das, was sie empfand, nicht unbedingt das, was sie erwartet hätte. Sie war entsetzt, aber genau wie ihr vermeintliches Mitgefühl mit dem sterbenden Jungen gerade war auch dieses Gefühl nicht wirklich echt, sondern nur ein bloßer Reflex ihres Verstandes und ihrer Erinnerungen.

Pia schob ihre vermeintliche Gefühllosigkeit auf den Schock und die Furcht und die Schmerzen, die sie gerade erlitten hatte, ließ ihren Blick noch einmal über den verwüsteten Bereich vor dem Stolleneingang schweifen und sah endlich Eirann, der zusammen mit Landras dastand und wieder einmal das tat, was die beiden Elben anscheinend nicht nur am liebsten taten, sondern auch am besten konnten: sich streiten.

Sie ging hin, nickte Eirann grüßend zu und erschrak schließlich doch noch, als sie Eiranns Trex erblickte. Das Tier war ein gutes Stück größer als alle anderen, aber es war so schrecklich zugerichtet, dass sie sich ehrlich wunderte, es noch auf den Beinen zu sehen. Sein gepanzerter Leib war übersät mit schrecklichen Wunden, die meisten seiner Klauen waren abgebrochen, und es hatte gut die Hälfte seiner Zähne und ein Auge verloren.

»Das Schicksal der Starken«, sagte Eirann, dem ihr prüfender Blick nicht entgangen war. Pia sah ihn fragend an.

Eirann entließ Landras mit einem Kopfnicken und wartete, bis er gegangen war, bevor er mit einer entsprechenden Geste fortfuhr: »Die meisten jungen Männer wünschen sich nichts mehr, als zu einem besonders mächtigen Krieger heranzuwachsen. Aber die Wahrheit ist, dass die Starken meist eher sterben, weil alle auf dem Schlachtfeld nur sie angreifen.«

Was ganz offensichtlich auch auf ihn zutraf, dachte Pia. Anders als Landras humpelte er zwar nicht, befand sich ansonsten aber in beinahe noch schlimmerem Zustand. All das Blut auf seiner zertrümmerten Rüstung war bereits eingetrocknet, doch sie war sicher, dass eine Menge davon sein eigenes war. Er hatte große Mühe, den linken Arm zu bewegen, und die Wunde in seinem Gesicht blutete immer noch.

Pia legte die gespreizten Finger der Linken auf seine Wange und gab ihm etwas von ihrer Kraft, und das rote Rinnsal versiegte. Eirann – der kein bisschen überrascht aussah – nickte dankbar, und sie ließ noch eine Winzigkeit mehr von ihrer Kraft in ihn strömen, um ihm wenigstens die ärgsten Schmerzen zu nehmen, und machte dann einen Schritt zurück.

»Danke, Prinzessin«, sagte Eirann.

»Gaylen«, verbesserte sie, aber Eirann schüttelte nur den Kopf.

»Solange wir unter uns sind, fühle ich mich geehrt, Euch mit Eurem Namen ansprechen zu dürfen, Erhabene, aber in Gegenwart anderer geziemt es sich nicht.«

Pia seufzte. »Wie lange seid Ihr jetzt schon mit Alica zusammen, Schild?«, fragte sie.

»Drei Jahre.« Eirann wirkte verwirrt. »Warum?«

»Oh, ich wundere mich nur, wie sie es so lange mit Euch ausgehalten hat«, antwortete sie. »Die Alica, die ich kenne, hält nicht besonders viel von Konventionen und steifen Umgangsformen.«

Eirann dachte einen Atemzug lang über diese Worte nach und nickte dann. »Das muss wohl dieselbe sein, die ich auch kenne, Prinzessin ... Ihr seid unversehrt, wie ich hoffe?«

Pia legte die Hand auf den Schwertgriff und musste gegen den Impuls ankämpfen, sie fast erschrocken sofort wieder zurückzuziehen, als das Flüstern in ihrer Seele prompt lauter wurde. Sie begann die Worte zu verstehen, die Eiranns Zorn ihr zuflüsterte, aber sie wollte es nicht. »Kann denn jemandem, der das hier trägt, irgendein Leid geschehen?«

Eirann überging die Frage. »Es ist gut, dass Ihr da seid, Prinzessin. Da ist etwas, worum ich Euch bitten möchte.«

»Und was?«

»Ixchel, Prinzessin. Meine Späher berichten, dass sie in spätestens einer Stunde hier sein wird, zusammen mit einem großen Teil ihrer Krieger.«

»Ich weiß«, sagte sie mit einem Blick in den Himmel. Genau genommen waren die Krieger der Großen Schlange schon überfällig. »Und?«, fragte sie.

Eirann wich ihrem direkten Blick aus, als er antwortete. »Es wäre besser, sie wüsste nicht, dass Ihr Euch ihrem Wunsch widersetzt habt und zurückgekommen seid.«

»Das fällt dir ein wenig spät ein, meinst du nicht?«, fragte sie. »Oder war es gar nicht dein Bote, der fast sein Pferd zu Tode geritten hat, um mich zurückzuholen?

»Ich habe drei Boten losgeschickt, Prinzessin«, antwortete

Eirann. »Auf unterschiedlichen Wegen und in einem gewissen Abstand. Nur einer hat Euch erreicht?«

»Das ... weiß ich nicht«, antwortete sie ausweichend. »Ich habe nicht lange gewartet, sondern bin gleich losgeritten. Vielleicht sind die beiden anderen ja später eingetroffen. Es war ein weiter Weg.« Aber sie musste an den winzigen Pfeil denken, den sie im Sattel des vollkommen erschöpften Pferdes gefunden hatten, und war plötzlich beinahe sicher, dass Eirann vergeblich auf die Rückkehr der beiden anderen Boten warten würde.

»Ja, vielleicht«, sagte er auch nur. »Aber es wäre wirklich besser, wenn die Hohepriesterin nichts von Eurem Hiersein wüsste.«

»Warum?«

Eirann deutete auf den Stolleneingang, und sie setzten sich in Bewegung, während er antwortete. »Hohepriesterin Ixchel hat damit gedroht, unser Bündnis auf der Stelle zu lösen, solltet Ihr nicht abreisen«, erinnerte er sie, »und ich habe keinen Zweifel daran, dass sie diese Drohung noch immer wahr machen wird. Sie ist eine sehr stolze Frau, die keine leeren Drohungen ausstößt. Und wir brauchen sie. Besser gesagt: ihre Krieger.«

»Der Kampf ist vorbei«, antwortete Pia. »Und soviel ich davon verstehe, haben wir ihn gewonnen.«

Eirann blieb ernst. »Ich fürchte, noch nicht«, sagte er mit einer erneuten Geste auf den Mineneingang. »Etliche von ihnen haben sich in den Stollen gerettet, und wie viele Männer noch im Bergwerk waren, als der Angriff begann, weiß ich nicht.«

»Und ihr braucht Ixchels Krieger, um sie aus dem Berg zu treiben, weil keiner von euch eine Silbermine betreten kann.«

Eirann nickte stumm. Sie hatten die Absperrung vor dem Stolleneingang erreicht und blieben stehen, nachdem die Krieger vor ihnen beiseitegetreten waren. Selbst im hellen Tageslicht reichte ihr Blick nur wenige Schritte weit in den Berg hinein. Sie erkannte das erste Stück der Schienen, die aus dem Stollen herausführten, und ein Gewirr wuchtiger Balken, das Decke und Wände stützte, aber alles, was weiter als einen halben Steinwurf entfernt war, verschwand einfach hinter einem Vorhang aus Schwärze, als gäbe es dort drinnen etwas, was das Licht fraß.

»Was ist dort drinnen, Eirann?«, fragte sie. »Und erzähl mir nicht schon wieder, dass es nur um ein bisschen Silber geht. Das Zeug mag ja hier sehr viel seltener sein als bei uns, aber das hier ist ganz bestimmt nicht die einzige Silbermine auf dem ganzen Planeten!«

»Nein«, gestand Eirann, leise und nach einem hörbaren Zögern, und auch jetzt wieder, ohne sie direkt anzusehen. »Ihr habt recht. Der Verlust dieser Mine dürfte einen herben Rückschlag für Nandes' Pläne bedeuten, und zugleich rettet er sicher vielen tapferen Männern das Leben. Aber er allein hätte diesen Angriff nicht gerechtfertigt. Und wir hätten auch niemals Euer Leben in Gefahr gebracht, nur um die Orks ihres Nachschubs an Silber zu berauben.«

»Was ist dann in diesem Berg?«, wollte sie wissen.

Jetzt sah Eirann sie doch an, wenn auch nur kurz und um sich die Zeit für ein Lächeln zu nehmen. »Es ist schwer, Euch etwas vorzumachen, Prinzessin.«

»Das ist wahr«, sagte Pia, »aber auch keine Antwort auf meine Frage. Was ist in diesem Berg?«

»Ich weiß es nicht, Prinzessin«, sagte Eirann. Sein Blick verlor sich in der Dunkelheit hinter dem Eingang, und seine Stimme wurde leiser. »Nur dass es von großer Wichtigkeit für die Zukunft unseres Volkes ist.«

»Aber ihr wisst nicht, was es ist?« Pia versuchte vergebens spöttisch zu klingen. »Ich nehme an, es steht so in irgendeiner Prophezeiung.«

»Es wurde vorausgesagt, dass die wiedergeborene Prinzessin Eiranns Zorn finden und den Fluch des ewigen Winters brechen wird«, sagte er. »Das ist geschehen, und es steht geschrieben, dass sie selbst unsere Krieger zu einem großen Sieg führen wird. Auch das ist geschehen. Ohne Euch hätten wir die Schlacht verloren.«

»Und was steht in euren geliebten Prophezeiungen darüber, was ich in diesem Berg finden werde?«

»Ihr?«

»Wie du gerade schon bemerkt hast, Eirann: Es ist nicht leicht, mir etwas vorzumachen.«

»Ich weiß es nicht«, antwortete Eirann. »Etwas unvorstellbar Wichtiges. Unser Schicksal. Die Entscheidung, ob unser ganzes Volk leben oder untergehen wird. Mehr weiß ich nicht.«

»Und wenn ich es nicht tue?«, fragte sie. »Oder Ixchel schon weiß, dass ich hier bin?«

»Dann werden wir hineingehen und diese Mine erobern«, antwortete Eirann ohne das geringste Zögern.

»Und dabei sterben?«

»Was zählen die Leben weniger gegen das Schicksal eines ganzen Volkes?«, fragte Eirann. »Alles wird so kommen, wie es geschrieben steht. Es liegt nicht in unserer Macht, das Schicksal zu ändern.«

»Weil es so prophezeit wurde?«

Eirann nickte, und Pia stieß in deutlich schärferem Ton hervor: »Aber wenn doch alles sowieso schon feststeht, warum tun wir das alles dann überhaupt noch?«

»Weil es so vorausgesagt wurde«, antwortete Eirann.

XXVIII

Weder objektiv betrachtet noch (im Nachhinein) subjektiv waren es die längsten zwei Tage ihres Lebens gewesen, aber während sie darauf wartete, dass sie vergingen, kamen sie ihr eindeutig so vor.

Zu einem nicht geringen Teil lag das vermutlich an ihrer Gesellschaft, die lediglich aus ein paar toten Orks in unterschiedlichen Stadien der Mumifizierung und des Aufgefressenwerdens und einem spitzohrigen Elbenkrieger bestand, der ihr zwar alle paar Stunden frisches Wasser und etwas zu essen brachte, darüber hinaus aber seine Zunge verschluckt zu haben schien.

Und an einem ziemlich missgelaunten Pegasus, der zwei- oder dreimal den Kopf in ihr Zelt steckte, sie eine Weile missmutig ansah und darüber hinaus kam und ging, wie es ihm gerade passte. Vermutlich nahm er es ihr übel, dass sie ihn in eine ausgewachsene Schlacht geführt hatte. Pegasi neigten offenbar dazu, ziemlich kleinlich zu sein.

Pia hatte sich noch eine Weile geziert – und sei es nur, um den Schein zu wahren –, dann aber getan, was Eirann von ihr verlangte, und den Bereich vor dem Mineneingang verlassen, um das Eintreffen der Wagenkolonne aus sicherer Distanz zu beobachten – vom gleichen Felssims aus, auf dem sie an diesem Morgen schon einmal gestanden hatte, und zusätzlich in einen Mantel aus unsichtbar machenden Schatten gehüllt ... was immer das nutzen mochte. Abgesehen von ihr selbst schien ja so ziemlich jeder hier zu wissen, wie man diesen vermeintlichen Unsichtbarkeitszauber durchschaute.

Die Wagen, unter deren Planen sich Ixchels Krieger ungesehen dem Lager genähert hatten, waren nahezu auf die Sekunde genau zu dem Zeitpunkt eingetroffen, den Eirann vorausgesagt hatte, aber sie erlebte trotzdem eine Überraschung: Als Eiranns Krieger die Karawane aufgebracht hatten, hatte sie aus fünf Wagen bestanden. Jetzt waren es elf. Wie auch immer war es Eiranns und Ixchels Leuten irgendwie gelungen, auch die Wagen ihres eigenen Trosses so herzurichten, dass der Unterschied zumindest aus der Distanz nicht auf den ersten Blick ins Auge fiel.

Es war ihr trotzdem ein Rätsel, wie Ixchel es geschafft hatte, ihr gesamtes Heer in weniger als ein Dutzend Wagen zu quetschen. Die Typen mochten klein sein, aber sie mussten trotzdem wie Brennholz unter den Planen aufgestapelt gewesen sein, und sie hatte sich fest vorgenommen, Ixchel irgendwann einmal zu fragen, wie viele ihrer kleinen Krieger auf dem Weg hierherauf erstickt oder einfach zu Tode gequetscht worden waren.

So oder so, die Überlebenden waren jedenfalls sofort und mit nahezu militärischer Präzision ausgeschwärmt und hatten sich zu drei langen Kolonnen formiert, die rasch (und zu ihrer großen Überraschung von Ixchel persönlich angeführt) in der Mine verschwunden waren, bis auf den letzten Mann und ohne dass auch nur einer von ihnen wieder herausgekommen wären, wenigstens nicht in der Zeit, in der sie den Eingang beobachtete. Nicht lange darauf war Landras neben ihr aus den Schatten getreten (und hatte sie zu Tode erschreckt). Seitdem war sie hier. Und rein gar nichts war passiert.

Ein sehr schweigsamer Schild Landras und zwei noch viel ein- (und eigentlich sogar *kein*-)silbige Elbenkrieger hatten sie abgeholt und ans andere Ende des Lagers geführt, nahezu genau dorthin, wo sie vor Wochen das erste Mal unsichtbar in diese sonderbare Bergfestung eingedrungen war. Es gab auch hier Spuren erbitterter Kämpfe, wenn auch zu ihrer Erleichterung keine Toten und Verwundeten mehr, und eine Handvoll der kleinen Zelte hatten die Schlacht sogar mehr oder weniger unbeschadet überstanden. Landras hatte ihr eines davon zugewiesen, ihr ein paar Lebensmittel und etwas Wasser dagelassen und sich mit der Anweisung getrollt, sich nicht von der Stelle zu rühren und auf gar keinen Fall ein Feuer zu entzünden.

Mehr oder weniger war sie diesem Befehl sogar nachgekommen. Ein paarmal hatte sie das Zelt zwar verlassen, um einem menschlichen Bedürfnis nachzukommen oder auch die nähere Umgebung zu erkunden, war aber jedes Mal schon nach kurzer Zeit zurückgekehrt (und hatte darauf geachtet, unsichtbar zu bleiben, solange sie sich außerhalb des Zeltes befand). Was das Feuer anging, so hätte sie nicht einmal eines entzünden können, wenn sie es gewollt hätte. Den Trick mit den Feuersteinen oder den beiden Stöckchen, die man aneinanderrieb, hatte sie nie gelernt.

Dem vermeintlich längsten Tag ihres Lebens war eine kaum weniger lange (und bitterkalte) Nacht gefolgt, und nun war es schon wieder Mittag, und sie war immer noch allein.

Pia war, sorgsam in einen Mantel aus unsichtbar machenden Schatten gehüllt, wieder hinausgegangen und zu einer etwas größeren Expedition aufgebrochen, dieses Mal ans andere Ende der Geröllebene, um einen Blick auf das grüne Meer des Dschungels zu werfen, dessen entfesselte Wogen sich seit einer Million Jahren am Fuße der steinernen Giganten brachen. Sie war erstaunt, wie winzig der Fluss von hier aus wirkte, kaum mehr als ein silberfarbenes Haar, das sich durch den Dschungel ringelte, statt des breiten Stromes, der sie hierhergeführt hatte, und wie friedlich der Anblick ganz allgemein war. Auch wenn es ihr subjektiv viel höher vorkam, befand sie sich in Wahrheit wohl kaum eine Meile über dem grünen Wogen, und doch war von all dem Schrecken und all der Gewalt und dem sinnlosen Töten von hier aus nicht das Geringste zu sehen. Wie klein die Menschen doch in Wahrheit waren, und wie sinnlos und unwichtig alles, was sie taten, wurde, wenn man sie nur aus einer nicht einmal sonderlich großen Distanz betrachtete.

Nach diesem Ausflug in die Tiefen der Philosophie (und nachdem sie kurz und verächtlich die Lippen verzogen hatte) machte sich Pia wieder auf den Rückweg, wobei sie den mumifizierten Orks sorgsam auswich, die in erschreckend großer Zahl zwischen den Felsen lagen, und warf ab und zu einen Blick in den Himmel. Manchmal erschienen dort dreieckige Schatten, die über der Geröllebene kreisten und den Störenfried beäugten, der es wagte, so frech über ihre gedeckte Tafel zu spazieren, aber die kleinen Biester schienen ihre Lektion von gestern gelernt zu haben. Nicht ein einziger Fledermausvogel wagte es, ihr auch nur nahe zu kommen. Fast bedauerte sie das. Noch war sie nicht ganz so weit, aber der Moment nahte bereits, in dem sie anfing zu überlegen, wer der unangenehmere Gesellschafter war – die Langeweile oder ihre geflügelten Freunde dort oben.

So weit war es also schon gekommen ...

Pia verzog erneut – und diesmal *eindeutig* verächtlich – die Lippen und hielt dann mitten im Schritt inne, als ein weißer Schemen über den Himmel jagte und dann hinter dem Hügel verschwand, hinter dem ihr Zelt stand. Dann begann sie zu rennen.

Flammenhuf war unmittelbar neben ihrem Zelt gelandet und nicht allein. Zwei sehr große Gestalten in schwarzem Eisen und eine deutlich kleinere in (sehr wenig) schwarzem Leder standen bei ihm. Ein weiterer Schattenelb trat gerade in diesem Augenblick geduckt aus ihrem Zelt heraus und schüttelte den Kopf. Pias Herz machte einen erfreuten Satz in ihrer Brust, als sie Alica erkannte, und dann einen zweiten und noch viel größeren, als sich einer der vermeintlichen Elben herumdrehte und sie sah, wer es wirklich war. »Lion!«, rief sie, lief schneller und schrie zugleich noch einmal und so laut sie konnte: *»Lion! Du bist zurück!«*

Nicht nur Lion, sondern auch Alica und die beiden Elben drehten sich überrascht in ihre Richtung, und zumindest auf Alicas Gesicht erschien ein Ausdruck vollkommener Hilflosigkeit – den Pia allerdings ignorierte und nur noch schneller lief, bis sie Lion erreichte und sich ihm mit weit ausgebreiteten Armen an den Hals warf.

Ihr Anprall hätte ihn fast aus dem Gleichgewicht gebracht. Lion stolperte einen ungeschickten Schritt zurück, und statt sie zu umarmen, begann er wild mit den Armen zu rudern, um nicht wirklich hintenüberzufallen. »He!«, protestierte er, Alica gab ein verstörtes »Was…?« von sich, und Pia glitt hastig wieder aus den Schatten heraus, ließ Lions Nacken los und machte ihrerseits einen Schritt zurück. Lions Augen wurden groß, und statt der erhofften Wiedersehensfreude blitzte für eine halbe Sekunde fast so etwas wie Entsetzen in seinen Augen auf. Enttäuschung wollte sich in ihr breitmachen, doch dann stellte sie sich selbst die Frage, ob sie eigentlich jemals in seiner Gegenwart in die Schatten getreten war. Wenn, dann erinnerte sie sich nicht daran und er offenbar auch nicht.

»Aber wo … wo kommst du denn …?«, murmelte Lion, dann war er mit einem einzigen Satz bei ihr, umschlang sie mit beiden Armen und so heftig, dass ihr die Luft wegblieb, und riss sie einfach in die Höhe und herum und wirbelte sie wie ein kleines Kind im Kreis, während er abwechselnd immer wieder ihren Namen hervorstieß und ihr Gesicht mit Küssen bedeckte. »Gaylen! Kronn sei Dank, dir ist nichts passiert! Gaylen!«

Kurz bevor sie endgültig blau anlaufen und in Ohnmacht fallen konnte, gelang es ihr, sich loszumachen und einmal keuchend Atem zu holen, und Lion wirkte mit einem Mal sehr erschrocken und schob sie hastig noch ein Stück weiter von sich weg, ließ ihre Handgelenke aber trotzdem nicht los.

»Entschuldige!«, stieß er hervor. »Ich wollte dir nicht wehtun!«

»Hast du auch nicht«, log Pia. Sie versuchte sich loszumachen, schaffte es nicht und ging schließlich zum Gegenangriff über, indem sie abermals die Arme um seinen Nacken schlang, sich auf die Zehenspitzen stellte und ihn so lange und zärtlich küsste, bis sich Alica hinter ihr mehrmals geziert räusperte, jedes Mal ein bisschen lauter, sodass es am Schluss eher nach einem Husten klang. Pia ließ schon aus reinem Trotz noch einige Sekunden verstreichen, bevor sie Lion endlich losließ und sich zu Alica und ihren beiden Begleitern umwandte. »Hi, Alica«, sagte sie ein wenig atemlos. »Toll, dass ihr da seid! So schnell habe ich gar nicht mit euch gerechnet.«

»Ihr zwei könnt euch gerne ins Zelt verkrümeln, und wir kommen später wieder, wenn es so sehr pressiert«, antwortete Alica missmutig, während ihr Blick zugleich sehr aufmerksam und mehrmals über ihre Gestalt glitt. Was sie sah, schien ihre Laune nicht unbedingt zu heben. Zwischen ihren sorgsam gezupften Brauen erschien eine steile Falte, aber sie vermochte auch einen Ausdruck von Sorge nicht ganz aus ihrem Blick zu verbannen.

»Wenn Ihr mir eine Bemerkung gestattet, Prinzessin«, sagte sie, »Ihr seht scheiße aus.«

»Das ist eine lange Geschichte«, antwortete Pia.

»Ja, da wette ich drauf«, antwortete Alica finster, legte den Kopf zuerst auf die rechte, dann auf die linke Seite und musterte sie noch einmal und noch kritischer. Aber schließlich schien sie zu erkennen, dass sich der Schaden ausschließlich auf ihre Kleider (und vielleicht noch ihren Stolz) beschränkte, und zeigte sich einigermaßen besänftigt.

»Was ist passiert?«, fragte sie trotzdem.

Pia nahm nicht an, dass Lion sonderlich begeistert auf die Wahrheit reagieren würde, und zerbrach sich angestrengt den Kopf über irgendeine Ausrede, die wenigstens nicht *vollkommen* gelogen war. Schild Landras sagte: »Prinzessin Gaylen hat uns zum Sieg über Nandes' Truppen geführt, Ter Lion.«

Alica runzelte schon wieder die Stirn, und Lion schnappte nach Luft, als hätte er unversehens einen Fausthieb in den Leib bekommen. »Sie hat *was*?«, keuchte er.

»Also ganz so schlimm –«, begann Pia, und der Schattenelb fuhr in stolzem Ton fort:

»Ohne die Prinzessin und die Macht des Elfenzorns hätten wir die Schlacht verloren.«

»– war es nun auch wieder nicht«, beendete Pia ihren Satz, der ohnehin niemanden interessierte.

»Ihr habt zugelassen, dass sie sich einen Kampf mit Orks liefert?«, keuchte Lion und deutete aufgeregt auf das Schwert an ihrem Gürtel. *»Damit?!«*

»Ich kann Eure Sorge verstehen, Ter Lion, und sie ehrt Euch«, erwiderte Landras, »doch sie ist auch vollkommen unbegründet. Die Erhabene war keinen Moment in wirklicher Gefahr.«

Gut, dazu lag ihr dasselbe auf der Zunge, was sie gerade schon einmal gesagt hatte: *Ganz so* war es nun auch wieder nicht gewesen. Aber diesmal sparte sie es sich gleich, die Worte laut auszusprechen.

Lion wirkte auch alles andere als beruhigt, sondern fuchtelte nur noch aufgeregter mit beiden Händen auf ihr zerfetztes Kleid. Irgendwie war es ihr zwar gelungen, die ärgsten Risse und Schnitte darin notdürftig zu flicken, aber die nächste Münzwäscherei war ziemlich weit entfernt, und die vorherrschende Farbe war jetzt nicht mehr weiß, sondern ein braunrotes Camouflage aus Orkblut. Und ihrem eigenen natürlich.

»Das sieht aber ein bisschen anders aus!«, fauchte er. »Ich hatte Euer Wort, dass Ihr kein Haar gekrümmt wird, Schild! Ich habe Euch ihr Leben anvertraut!«

»Und es war keine Sekunde lang in Gefahr«, mischte sich Pia ein. »Es sieht wirklich schlimmer aus, als es ist, glaub mir. Eiranns Zorn hat mich beschützt.« Sie legte die Hand auf den Schwertgriff und setzte dazu an, die Waffe zu ziehen, aber irgendetwas hielt sie davon ab; und sei es nur das vollkommen blödsinnige Gefühl, dass Lion und der Elfenzorn irgendwie ... nicht zusammenpassten. »Ich glaube, solange ich dieses Schwert trage, kann mir nichts passieren.«

»Als du es das letzte Mal gezogen hast, bist du im tiefsten Kellerverlies von WeißWald wieder aufgewacht, wenn ich mich richtig erinnere«, sagte Alica, was nun wirklich nicht besonders clever war, denn Pia drehte sich nun ganz zu ihr herum und sagte betont freundlich:

»Ja, weil mich jemand hinterrücks niedergeschlagen hat, den ich für eine Freundin gehalten habe, wenn *ich* mich richtig erinnere.«

»Ach?«, fauchte Alica. »Und was hätte diese *gute Freundin* deiner Meinung nach tun sollen? Zusehen, wie du die ganze Stadt niedermetzelst?«

Pia setzte zu einer nach Möglichkeit noch patzigeren Antwort an, aber dann wurde ihr schlagartig klar, dass Alica recht hatte. Sie hätte wohl kaum die halbe Stadt niedergemetzelt, wie Alica es ausgedrückt hatte, aber es war wie in der zurückliegenden Nacht gewesen. Sie war in eine Art Blutrausch verfallen, in dem sie nur geglaubt hatte, dass es ihr um Rache ging und darum, Ter Lions Mörder zu bestrafen. Aber in Wahrheit war es auch damals Eiranns Zorn gewesen, das nach Blut geschrien hatte, und es war der verfluchten Klinge damals wie heute vollkommen egal gewesen, um wessen Blut es sich handelte.

Sie zog die Hand von der Schwertklinge zurück, und Alica deutete die Bewegung natürlich falsch und stülpte trotzig die Unterlippe vor. »Gut, nachdem das geklärt ist, sollten wir vielleicht unser weiteres Vorgehen besprechen, Euer Merkwürden. Und vielen Dank für deine Sorge, Durchlauchtigste, aber sie ist unbegründet. Jesus und ich haben uns zwar fast die Lungen aus dem Leib geritten, um so schnell wie möglich hierherzukommen, und wie es unseren Pferden geht, das willst du gar nicht wissen, aber ansonsten geht es uns gut. Danke der Nachfrage.«

Schild Landras hüstelte unbehaglich, und der namenlose Elbenkrieger neben ihm sah ganz so aus, als wünschte er sich nichts mehr, als im nächsten Moment nicht nur in den Schatten, sondern gleich im Erdboden verschwinden zu können. Aber natürlich musste Alica noch eins draufsetzen.

»Aber *darüber*«, fuhr sie mit einer Kopfbewegung zu Flammenhuf fort, »werden wir ganz bestimmt noch einmal reden, Süße. Was hast du dir eigentlich dabei gedacht, das arme Tier einer solchen Schlacht auszusetzen? Ist dir eigentlich klar, in welche Gefahr du es gebracht hast?«

»In dieselbe wie mich?«, schlug Pia nach kurzem Überlegen vor.

»Er ist der *Letzte seiner Art,* verdammt!«

»Bin ich das nicht irgendwie auch?«, wollte Pia wissen.

Alica zog eine Grimasse. »Eine durchgeknallte Elfenprinzessin, die sich für unkaputtbar hält?«, schnaubte Alica.

»Eine durchgeknallte Elfenprinzessin, die sich für unkaputtbar hält und ihren Untergebenen per Gesetz das Rauchen verbietet«, verbesserte sie Pia. »Selbstverständlich nur aus Sorge um ihre Gesundheit.«

Alicas Unterkiefer klappte herunter, und ihre Augen quollen so weit aus den Höhlen, dass Pia sich schon einmal bereit machte, sie schlimmstenfalls aufzufangen, aber sie gab wenigstens keinen Laut mehr von sich. Gut. Damit wäre wenigstens das erledigt.

Zugleich musste Pia allerdings zugeben, dass sie nicht so ganz unrecht hatte. Irgendwie war es Flammenhuf zwar gelungen, sich zu säubern, sodass sowohl sein Fell als auch das Gefieder wieder in ihrem gewohnten prachtvollen Weiß glänzten, darüber hinaus aber bot er eher einen Anblick des Jammers. Sein gesamter Körper war mit zahllosen Schrammen, Kratzern und mehr oder weniger tiefen Wunden übersät, die zum Großteil gerade erst zu heilen begonnen hatten, und auch seine Flügel erinnerten bei genauerem Hinsehen eher an ein zerrupftes Huhn.

Schild Landras räusperte sich erneut, und Pia tat ihm den Gefallen, sich betont langsam zu ihm umzudrehen und ihn fragend anzublicken. »Wir müssen über ein paar Dinge reden, Prinzessin«, sagte er unbehaglich. »Und vielleicht besser dort drinnen.« Er deutete auf das Zelt. Dass er sie eindringlich beschworen hatte, es wirklich nur im Notfall zu verlassen, erwähnte er nicht noch einmal extra, aber sein Blick machte das auch überflüssig.

Pia wartete darauf, dass er seine Bitte erklärte, sah dann ein, dass das nicht passieren würde, und gehorchte mit einem Achselzucken. Lion folgte ihr, wandte sich aber auch unmittelbar nach Betreten des Zeltes mit einem Ruck um und schüttelte den Kopf, als auch Alica und die beiden Elben ihr nachkommen wollten. »Einen Moment«, fauchte er, schloss die Zeltplane und fuhr dann mit einem noch zornigeren Ruck wieder zu Pia herum.

Ohne ein weiteres Wort schlug er ihren Mantel zurück und zog ihr mit einem Ruck das Kleid über die Schultern und bis zu den Hüften herunter, wodurch er praktischerweise gleich ihre Arme fesselte und sie damit beinahe bewegungsunfähig machte.

»He!«, protestierte sie. »Du hast es ja ganz schön eilig! Nicht dass mir das nicht schmeicheln würde, aber –«

Sie brach mitten im Wort ab, als ihr sein Blick auffiel. Lion betrachtete aufmerksam ihre Schultern, ihre Brüste und ihren Bauch und noch einmal alles in umgekehrter Reihenfolge, bis sein Blick schließlich an ihrem Gesicht hängen blieb.

»Nicht dass mir dein Interesse nicht schmeicheln würde«, sagte Pia noch einmal, und nach einigen weiteren Sekunden, in denen er sie weiter auf eine Art angesehen hatte, bei der es ihr eiskalt den Rücken herunterlief, »aber ich dachte, du hättest vorgestern schon alles gesehen, was es da zu sehen gibt.«

Lion hob die Hand, wie um sie zu berühren, und ließ den Arm dann wieder sinken. »Du … du hast keinen Kratzer«, murmelte er. »Nicht eine Schramme! Aber all das Blut und ... und Flammenhuf und ...«

»Ich habe doch gesagt, ich habe Glück gehabt.«

Lion starrte ihr Kleid an und die zahllosen Risse und Unmengen von eingetrocknetem Blut darauf.

»Und vielleicht hatte ich auch ein wenig Hilfe«, fügte sie hinzu und legte die flache Hand auf den Schwertgriff. Allerdings nur für einen ganz kurzen Moment. Das Flüstern war noch da. Sie hob die Schultern. »Nun ja, vielleicht ein bisschen mehr.«

Lions Blick wanderte erneut und noch aufmerksamer über ihren Körper, und das Entsetzen in seinen Augen nahm kein bisschen ab. »Dieses Schwert ... was macht es mit dir, Gaylen?«

Ich wünschte, ich wüsste es, dachte Pia. »Nichts«, antwortete sie. »Außer, dass es mich beschützt.« Und sie hätte eigentlich erwartet, dass er sich darüber freuen oder wenigstens Erleichterung *heucheln* würde.

Stattdessen sah er sie nur beinahe noch erschrockener an,

schüttelte schließlich den Kopf und machte wieder einen halben Schritt nach hinten, und Pia schaffte es gerade noch ihr Kleid hochzuziehen und hastig an ihren derangierten Ärmeln herumzuzupfen, bevor er sich vollends umwandte und die Zeltplane vor dem Eingang zurückschlug.

Alica und die beiden Elben standen in völlig unveränderter Haltung vor dem Zelt, als wäre kaum eine halbe Sekunde vergangen, und zumindest auf Alicas Gesicht lag auch noch immer derselbe halb verblüffte und zur anderen Hälfte empörte Ausdruck, der aber unverzüglich einer Mischung aus Schadenfreude und Häme wich, als sie vor Landras eintrat.

»Das ging schnell«, sagte sie mit einem bezeichnenden Blick auf Pias derangiertes Kleid, dann auf Lion. Pia ignorierte sie.

»Ihr wolltet mit mir reden, Schild?«, wandte sie sich betont kühl an Landras. »Ich nehme an, es geht um unsere Verbündeten.«

»Ich fürchte«, antwortete Landras. »Ter Lion und die ehrwürdige Alischa bringen keine guten Nachrichten.«

Wann hatten sie das je getan? »Was genau ... soll das heißen?«, wandte sie sich an Lion, aber es war Alica, die antwortete:

»Wir sind geritten wie die Wahnsinnigen, um so schnell wie möglich hierherzukommen. Nicht am Fluss entlang, sondern direkt durch den Dschungel. Sonst hätten wir sie nie entdeckt.«

»Wen?«

»Spuren«, sagte Lion. »Unsere Freundin Ixchel hat uns da das eine oder andere verschwiegen, wie es aussieht.«

»Spuren von Kriegern«, fügte Landras hinzu. »Ich habe Kundschafter losgeschickt, um sie genauer zu untersuchen, aber Ter Lion glaubt, dass es mindestens tausend sind, wenn nicht mehr.«

»Tausend Krieger?«, ächzte Pia.

»Eher zweitausend«, antwortete Alica.

»Und ihr habt sie gesehen?«, vergewisserte sich Pia.

Alica nickte, und Lion schüttelte den Kopf. »Nur ihre Spuren«, sagte er. »Diese kleinen Männer sind vielleicht im Dschungel zu

Hause, aber nicht einmal sie können sich in Armeestärke durch den Wald bewegen, ohne Spuren zu hinterlassen.« Er warf Alica einen warnenden Blick zu, als sie etwas sagen wollte. »Ich weiß nicht, wie viele es sind, aber es müssen *sehr* viele sein. Auf jeden Fall mehr als ein kleiner Spähtrupp oder ein paar Jäger, die zufällig auf dem Weg hierher sind.«

»Und was sagt Ixchel dazu?«, fragte Pia.

»Nichts!« Alica starrte sie an, als zweifelte sie ernsthaft an ihrem Verstand. »Wir haben sie nicht gefragt, was denkst du denn?«

»Ixchel befindet sich noch in den Stollen«, fügte Landras hinzu. »Zusammen mit dem Großteil ihrer Krieger. Bei Sonnenaufgang hat sie einen Boten geschickt, der uns davon unterrichtete, dass die Kämpfe noch anhalten: Es müssen wohl mehr Feinde dort drinnen sein, als wir gehofft haben.«

»Und wahrscheinlich ist das da unten das reinste Labyrinth«, fügte Lion hinzu. »Ein tausend Jahre altes Bergwerk! Ich würde mich nicht wundern, wenn sie den halben Berg ausgehöhlt hätten. Wenn ich dort unten wäre und auch nur ein Dutzend guter Männer hätte, dann würde ich mich ein Jahr dort unten halten und euch am Schluss immer noch eine lange Nase drehen.«

»Aber sie müssen doch Verwundete herausgeschafft haben«, sagte Pia. »Oder Gefangene.«

»Das Volk der Großen Schlange macht keine Gefangenen«, sagte Landras, »und in einem Kampf gegen Orks gibt es nur sehr wenige Verwundete.«

Zumindest davon hatte sich Pia ja schon mit eigenen Augen überzeugen können. Selbst Landras' mächtige Elbenkrieger waren im Kampf gegen die geschuppten Kolosse zumeist gefallen, statt mit einer Verwundung davonzukommen. Was diese unvorstellbar starken Gegner einem kaum kindergroßen Maya anzutun vermochten, das wollte sie sich lieber gar nicht erst vorstellen. »Meint Ihr nicht, dass es endlich an der Zeit wäre, mir auch den Rest der Geschichte zu erzählen, Schild?«, fragte sie.

Landras blinzelte. »Erhabene?«

Wenn er schauspielerte, dann sollte man ihn für einen Oscar vorschlagen, dachte Pia. So beherrscht, wie sie gerade noch konnte, fragte sie: »Nur damit ich jetzt nicht wieder von falschen Voraussetzungen ausgehe, Schild. Ich habe Euch gestern richtig verstanden? Ihr glaubt wirklich, dass ich die wahre Prinzessin Gaylen bin, die wiedergeborene Elbenprinzessin?«

»Nein«, antwortete Landras. »Das glaube ich nicht, Erhabene, Ich *weiß* es. Vielleicht besser als Ihr selbst.«

»Gut«, sagte Pia. »Dann *befehle* ich Euch, mir auch den Rest zu erzählen.«

»Erhabene?«, fragte Landras noch einmal.

Diesmal musste sich Pia wirklich beherrschen, um ihn nicht anzuschreien. »Was ist in diesem Berg?«, fragte sie gepresst. »Welches Geheimnis birgt diese Mine, das es wert ist, dass Ixchels Volk einen Krieg mit euch riskiert?«

»Ich weiß es nicht, Erhabene«, antwortete Landras.

Pia spürte, dass er log, und Alica musste es wohl auch spüren, denn sie setzte zu einer entsprechenden Entgegnung an, doch Pia brachte sie mit einer raschen Geste zum Schweigen.

»Gut«, sagte sie. »Dann fragen wir Schild Eirann. Vielleicht kennt er sich ja mit euren heiß geliebten Prophezeiungen ein bisschen besser aus.«

Landras riss die Augen auf und wollte antworten, doch Pia ließ ihn einfach stehen, trat aus dem Zelt und marschierte mit so schnellen Schritten los, dass der davor postierte Elb gerade noch hastig zur Seite stolpern konnte, um nicht über den Haufen gerannt zu werden.

Insgesamt versuchten noch drei weitere Elben, sie aufzuhalten (Landras oder vielleicht auch Eirann selbst schienen da wohl gewisse Befehle gegeben zu haben), doch zwei von ihnen traten schon hastig beiseite, als sie das kampflustige Blitzen in ihren Augen sahen, der dritte war wohl ein wenig tapferer (oder dümmer) und bedurfte eines kräftigen Schubsers, der ihn nicht nur aus dem Weg, sondern um ein Haar zu Boden geschleudert hätte.

Ihr Zorn wuchs mit jedem Schritt, den sie dem Schlachtfeld näher kam. Dass sie hier von Gott und der Welt (und vor allem der Welt) benutzt, belogen, herumgeschubst und für die eigenen Zwecke manipuliert wurde, daran hatte sie sich allmählich schon gewöhnt, aber dass nun auch noch die Elben – das Volk, für das sie doch eigentlich so etwas wie eine leibhaftige Göttin sein sollte! – bei diesem miesen Spielchen mittaten, das machte sie rasend. Und absurderweise ärgerte sie Landras' vermeintlicher Verrat mehr als das, was Eirann getan hatte; oder eben auch nicht. Sie würde diesem bleichen Schreckgespenst die spitzen Ohren abreißen – mindestens! – und dann hoffen, dass sie möglichst schnell nachwuchsen, damit sie es noch ein paarmal machen konnte!

Trotz ihrer Wut war sie vernünftig genug, in die Schatten zu treten, bevor sie sich dem Stollen näherte. Hinter ihr ächzte Lion erschrocken – offenbar hatte er wirklich keine Ahnung von dem einen oder anderen kleinen Trick, den sie auf Lager hatte, und vor seinen Augen einfach zu verschwinden schien wohl noch erschreckender zu sein, als buchstäblich aus dem Nichts aufzutauchen – und Alica rief irgendetwas, was sie gar nicht verstehen wollte. Sie hatte Eirann entdeckt, der unweit des Stollens dastand und mit lauter Stimme und übertrieben anmutenden Gesten irgendwelche Anweisungen gab.

Anders als Lion und Alica konnte der Elb sie offensichtlich sehen, denn schon als sie noch zehn Schritte entfernt war, unterbrach er sein Gespräch, schickte die drei Krieger, mit denen er gerade redete (oder die er seinem Gesichtsausdruck nach zu schließen wohl eher genüsslich zusammenfaltete), mit einer ärgerlichen Geste weg und wandte sich ganz zu ihr um. »Erha-«, begann er, und Pia unterbrach ihn, vielleicht noch ein halbes Dezibel davon entfernt, wirklich zu schreien:

»Hör mit dem Gesülze auf, Spitzohr! Ich will jetzt auf der Stelle wissen, was hier gespielt wird!«

»Prinzessin?«, murmelte Eirann. Dieses Mal wirkte seine Hilflosigkeit nicht gestellt.

»Dort drinnen!« Fordernd deutete sie auf den Stollen. »Was ist da unten? Was bei Kronn verheimlicht ihr vor mir? Und komm mir nicht mit irgendwelchen blöden Ausreden!«

Das hatte Eirann offensichtlich auch nicht vor. Er sagte gar nichts.

Pia funkelte ihn so zornig an, wie sie überhaupt nur konnte, bewirkte damit ganz genau gar nichts und trat schließlich noch einige Schritte näher an den Stollen heran, wagte es aber auch nicht, ihn wirklich zu betreten.

Der Anblick war bei Tage beinahe noch unheimlicher als bei Nacht. Selbst das schon fast unangenehm helle Licht reichte nur wenige Schritte weit in den Stollen hinein, bevor es von einer Barriere aus … *irgendetwas* einfach aufgesogen wurde. Sie war nicht einmal sicher, ob es wirklich Dunkelheit war, was sie sah, oder vielleicht etwas anderes, für das sie keine Worte fand. Als versuchte sie einen Blick in eine Welt zu werfen, die so vollkommen fremd und einfach *anders* war, dass ihr Gehirn mit den Bildern einfach nichts anzufangen wusste, die ihre Augen ihm zeigten und die es schlichtweg ausblendete.

Dieser Gedanke war beinahe noch erschreckender.

»Ihr solltet nicht zu nahe herangehen, Prinzessin«, sagte Eirann. »Dieser Ort ist gefährlich.«

Pia lauschte in sich hinein. Sie fühlte sich nicht besonders gut, aber das lag nur an den Anstrengungen der zurückliegenden Tage und an der Wut, die immer noch in ihr brodelte, nicht an *diesem Ort.* Sie spürte tatsächlich etwas … aber sie konnte nicht einmal sagen, was, und es war ganz und gar nicht das Gefühl einer drohenden Gefahr. Zögernd legte sie die Hand auf den Schwertgriff und vernahm das gewohnte düstere Flüstern tief in ihrer Seele. Aber keine Warnung. Irgendetwas war dort, und es war deutlich mehr als nur ein Labyrinth aus silbergeäderten Stollen. Pia machte einen weiteren Schritt, und Eirann sog erschrocken die Luft ein. Vor ihr schälte sich eine struppige kleine Gestalt mit einem gewaltigen Bart aus der Dunkelheit, die einen noch viel gewaltigeren Grubenhammer über der linken Schulter und eine schon halb erloschene Grubenlampe in der rechten Hand trug. Im allerersten Moment glaubte sie, es handelte sich um den Zwerg, den Alica mit ihrer albernen Namensschöpfung bestraft hatte, aber dann sah sie, wer es wirklich war, und ihre Augen wurden groß.

»Gamma … Graukeil?«, flüsterte sie.

Der Zwerg blieb mitten in der Bewegung stehen und sah mindestens genauso überrascht aus wie sie – und ganz eindeutig erschrocken. »Wer …?«, stammelte er. Er hob die Lampe, wie um den im hellen Sonnenschein daliegenden Bereich vor sich zusätzlich auszuleuchten, und sein Blick irrte fast panisch hin und her. Pia trat für eine halbe Sekunde aus den Schatten heraus, erfreute sich für dieselbe Zeit an dem blanken Entsetzen, das in seinen Augen aufglomm, und wurde gleich darauf wieder unsichtbar.

»Du bist es!«, brachte Graukeil halb erstickt heraus.

»Ja, treffender hätte ich es auch nicht ausdrücken können«, sagte Pia finster. Graukeils Augen wurden noch ein bisschen größer, und Pia packte ihn mit beiden Händen am Schlafittchen, hob ihn von den Füßen und trug ihn unsichtbar aus dem Stollen heraus und ein gutes Stück zur Seite, ohne auf sein heftiges Beinestrampeln und Kreischen zu achten. Graukeil ließ sein Werkzeug und die Lampe fallen, die klirrend zerbrach und brennendes Öl in alle Richtungen verspritzte. Pia sah aus den Augenwinkeln, wie die zuckenden roten Lichtpfeile der Flammen in die Dunkelheit stachen und ebenfalls aufgesogen wurden, verschwendete aber nicht einmal einen halben Gedanken darauf, sondern schleppte den zappelnden Zwerg weiter und rammte ihn mit solcher Wucht gegen die Wand, dass aus seinem schrillen Kreischen ein fast noch schrilleres Japsen wurde. Lion, der nur wenige Schritte hinter ihr stand, japste ebenfalls, denn für ihn musste es aussehen, als würde der Zwerg von einer unsichtbaren Kraft gepackt und dreißig Zentimeter über dem Boden an die Felswand gepresst. Auch darauf verschwendete Pia kaum einen Gedanken. Sie überzeugte sich davon, aus dem Inneren des Berges heraus nicht gesehen werden zu können, streifte den Mantel aus unsichtbar machenden Schatten ab und presste den Zwerg nur noch fester gegen die Wand. Gleichzeitig brachte sie ihr Gesicht so nahe an das Graukeils heran, dass sie seinen stinkenden Atem riechen konnte.

»Habt Ihr es vor Sehnsucht nach mir nicht mehr ausgehalten, oder war es Euch in Chichen Itza einfach zu langweilig, Herr von Ostengaard?«, fauchte sie.

Gamma Graukeil strampelte noch heftiger mit den Füßen und versuchte sich loszureißen. Pia presste ihn mit noch mehr Gewalt gegen die Wand, sodass sie sich wahrscheinlich nicht nur einbildete, seine Rippen knacken zu hören. »*Was zum Teufel geht hier vor?!*«, schrie sie. »Ich will jetzt wissen, was hier gespielt wird!«

Graukeil keuchte eine Antwort hervor, die er wahrscheinlich nicht einmal selbst verstand, und Pia stellte ihre Versuche ein, ihn zur Gänze in die Wand zu rammen, wirbelte ihn herum und schüttelte ihn stattdessen so kräftig, dass seine Zähne nicht aufeinanderschlugen, sondern *-knallten.*

»Ihr tut ihm weh, Prinzessin«, sagte Eirann hinter ihr.

»Na, das will ich doch hoffen!«, fauchte Pia und schüttelte den Zwerg nun nicht nur in vertikaler Richtung, sondern zusätzlich auch in den beiden anderen Dimensionen. »Und wenn er nicht gleich das Maul aufmacht und mir ein paar Antworten gibt, dann zeige ich ihm mal, was *richtige* Schmerzen sind!«

Sie dachte eine Sekunde lang (und ohne mit dem Schütteln innezuhalten) darüber nach, wie sie diese Drohung am besten in die Tat umsetzen konnte, kam auf ein paar wirklich interessante Ideen und setzte unverzüglich dazu an, eine davon auszuprobieren. Eirann legte ihr fast sanft die Hand auf die Schulter und sagte: »Es ist nicht seine Schuld, Erhabene. Ich habe es ihm befohlen.«

Pia schüttelte den Zwerg noch einmal (in jede Richtung), ließ ihn endlich los und fuhr so blitzartig zu Eirann herum, dass das dumpfe Geräusch seines Aufpralls in ihren eigenen Worten unterging. »Befohlen? Was, Schild?«

»Uns in einem Abstand von einem Tag zu folgen, zusammen mit seinen Männern«, antwortete Eirann. »Es tut mir leid. Vielleicht hätte ich es Euch sagen sollen.«

»Und warum habt Ihr es nicht getan?«, fragte Pia.

Diesmal bekam sie keine Antwort. Eirann sah sie nur mit steinerner Miene an, und das auf eine Art, die ihr klarmachte, dass er ihre Frage nicht beantworten würde, ganz egal, was sie ihm auch befahl oder was sie tat.

Also fuhr sie auf dem Absatz herum und trat mit einem schnellen Schritt wieder in die Schatten und mit einem halben Dutzend weiterer und genauso energischer Schritte in den Tunneleingang. Etwas wie unsichtbare Spinnweben schienen über ihr Gesicht zu streifen und zerrissen, als sie die Barriere aus Dunkelheit durchschritt, ein Gefühl, das dem ganz ähnlich war, das sie damals in der Ruine in den Favelas gehabt hatte, als sie das erste Mal die Grenze zwischen den Welten durchschritten hatte. Tatsächlich fand sie sich auch jetzt in einer scheinbar vollkommen anderen Welt wieder, auch wenn ihr Verstand ihr sagte, dass sie nur ein Teil derjenigen draußen war.

Der halbrunde Stollen war nur ein knappes Dutzend Schritte lang und weitete sich unmittelbar hinter der unsichtbaren Barriere zu einer mindestens doppelt so großen Höhle, deren Wände und Decke von einem bizarren Gewirr oberschenkelstarker Balken gestützt wurden, von denen nicht wenige so alt waren, dass sie selbst schon zu Stein geworden waren. Ein halbes Dutzend Tunnel führten tiefer in den Berg hinein, und die Mine musste wirklich außerordentlich ergiebig sein, denn selbst hier blitzte und funkelte es überall in den Wänden. Kleine Einschlüsse von purem Silber, die sich gar nicht erst die Mühe machten, sich in einer Erzader zu verstecken, haarfeine schimmernde Linien, aber auch breite Stränge, dicker als ihre Hand, die das Licht zahlloser

Fackeln und Grubenlampen so intensiv reflektierten, dass es fast in den Augen wehtat.

Pia gewahrte auf Anhieb mindestens ein Dutzend Zwerge – wenn nicht ein Mehrfaches dieser Zahl –, die emsig hin und her wuselten, hämmerten und werkelten und … eben *irgendetwas* taten. Zu ihrem maßlosen Erstaunen sah sie sogar etliche Elbenkrieger in schwarzen Eisenrüstungen, die bei ihrem Eintreten herumgefahren waren und sie mindestens genauso verblüfft ansahen wie umgekehrt. Und sie blickten ziemlich erschrocken, wie es ihr vorkam. Hinter ihr traten Alica, Lion und gleich zwei Elbenschilde aus der Dunkelheit, dicht gefolgt von einem ziemlich mürrisch dreinblickenden Gamma Graukeil, und mindestens Lion und Alica wirken genauso überrascht wie sie, allerspätestens als sie die Elbenkrieger entdeckten.

»Wow!«, machte Alica, und Lion brachte es auf den Punkt, indem er sich betont langsam zu Eirann drehte und mit deutlich drohender Stimme fragte:

»Ich denke, das Zeug bringt euch um?«

»Silber tötet uns«, gestand Eirann. »Aber hier ist die Konzentration nicht hoch genug, um uns ernsthaften Schaden zuzufügen ... solange wir uns nur eine kurze Weile hier drinnen aufhalten, heißt das.«

Lion maß die bewaffneten Krieger vor ihnen (Pia fiel erst jetzt auf, dass sie sich tatsächlich so weit von den Wänden entfernt zusammengefunden hatten, wie es nur ging) mit finsteren Blicken und sah nicht so aus, als wäre er mit dieser Antwort zufrieden. Pia lauschte in sich hinein. Sie spürte nichts – außer einem Knoten aus nur ganz allmählich abkühlender Wut in ihrem Magen – und trat dann zögernd näher an die Wand zur Linken heran. Ein strubbelbärtiger Zwerg, der dort emsig herumwerkelte, maß sie mit einem irritierten Blick und trollte sich dann hastig. Hinter ihr fragte Alia besorgt:

»Hältst du das für klug?«

»Nein«, antwortete Pia wahrheitsgemäß, ging weiter und

streckte – zögernd – die Hand nach einer besonders auffälligen Silberader aus. Sie lauschte wirklich aufmerksam in sich hinein, spürte noch immer nichts Außergewöhnliches und legte schließlich die flache Hand auf den Stein.

Er war überraschend warm, fühlte sich fast lebendig an, und im allerersten Moment spürte sie auch jetzt nichts. Dann begann ihre Handfläche zu kribbeln und nur eine halbe Sekunde später zu brennen. Aber der Schmerz erlosch auch augenblicklich, als sie den Arm wieder sinken ließ.

»Hältst du das wirklich für klug, Liebes?«, fragte Alica noch einmal. Ihre Stimme zitterte ganz sacht.

Pia antwortete zwar kein zweites Mal auf dieselbe Frage, trat aber vorsichtshalber wieder ein paar Schritte von der silbergesättigten Wand zurück und wandte sich erneut an den Zwerg. »Wozu seid Ihr hier, Graukeil?«

Der Zwerg funkelte sie nur ärgerlich an. Pias Blick verweilte nur noch kurz auf ihm und glitt dann noch einmal aufmerksam durch die Höhle. Sie konnte noch immer nicht genau sagen, was all diese Zwerge überhaupt taten – nur dass sie ganz gewiss kein Erz abbauten –, aber in diesem Moment fiel ihr noch etwas auf; zweierlei sogar: Das eine war, dass es noch mehr Elbenkrieger hier drinnen gab, als ihr auf den ersten Blick aufgefallen war. Neben jedem der Tunnelenden, die tiefer in den Berg hineinführten, standen mindestens zwei weitere Krieger Wache, und gerade in diesem Augenblick trat ein Mann in schwarzem Eisen aus einem der Stollen heraus, eine brennende Fackel in der rechten Hand.

Das Zweite, was ihr auffiel, war etwas, was gar nicht da war. Es gab nicht einen einzigen Maya hier drinnen. Das Volk der Großen Schlange hatte diesen Berg vielleicht für Eirann und sie erobert, aber im Moment war nicht einer von ihnen zu sehen.

Sie wollte eine entsprechende Frage stellen, drehte sich dann stattdessen einmal im Kreis und sah noch einmal und genauer hin.

Dann wusste sie es.

»Das ... kann nicht Euer Ernst sein, Eirann!«, keuchte sie.

Eirann reagierte gar nicht, aber Lion fragte: »Was?«

Wieso stellte Alica eigentlich nicht dieselbe Frage?, dachte Pia, sah kurz zu ihr hin und las die Antwort darauf in ihrem Gesicht. Weil sie es wusste.

»Unser lieber Graukeil und seine kleinen Freunde sind nicht hier, um ein bisschen Kryptonit abzubauen oder die Mine zu erkunden, Lion«, sagte sie.

»Sondern?« Lion sah jetzt mehr als nur ein bisschen misstrauisch aus, und Pia deutete nacheinander auf das Gewirr aus Ketten, Tauen und komplizierten Hebelsystemen, an dem die Zwerge noch immer emsig herumbastelten. »Sie wollen die Mine zum Einsturz bringen«, sagte sie.

Lion hob nur die Schultern. »Und? Das würde ich auch tun, wenn das Zeug für mich giftig wäre.«

»Ja«, nickte Pia. »Aber ich nehme an, dass du damit warten würdest, bis Ixchel und ihre Krieger wieder draußen sind, oder?«

Lion nickte, dann riss er die Augen auf und starrte Eirann an. »Das ist nicht wahr, oder?«

»Es ist der einzige Weg«, antwortete Eirann ruhig.

»Ihr wollt sie hier drinnen *lebendig einmauern*?«, ächzte Lion. Auch wenn er Eiranns Worte vielleicht nicht verstanden hatte, so schien er ihren Sinn durchaus zu begreifen. »Aber das ... das könnt ihr nicht machen!«

»Können wir nicht?«, mischte sich Alica ein. »Und was sollen wir deiner Meinung nach tun, Langer?« Sie machte eine ärgerliche Kopfbewegung tiefer in den Berg hinein. »Warten, bis ihre Verstärkung eintrifft und uns umbringt?«

»Dass diese Krieger auf dem Weg hierher sind, kann tausend Gründe haben«, antwortete Lion hilflos.

Alica schnaubte hörbar. »Ja, zum Beispiel den, ganz sicherzugehen, dass ihre Übermacht auch groß genug ist.«

»Aber wir sind Verbündete!«, protestierte Lion.

»Ich fürchte, Ihr irrt Euch, Ter Lion«, sagte Eirann. »Das waren wir nie und wir werden es auch niemals werden.« Er wandte sich zu Pia um. »Es tut mir leid, Prinzessin. Alica wollte nicht, dass Ihr es erfahrt, um Euch zu schonen, aber die Wahrheit ist, dass wir längst wissen, wer hinter dem Anschlag auf Euer Leben damals in Chicken Pizza stand.«

»Das waren niemals die –«

»Es war Isabel«, unterbrach sie Alica. »Vielleicht auch Kukulkan oder sie beide zusammen, das wissen wir nicht genau. Aber einer von beiden war es ganz sicher.«

»Woher willst du das wissen?«

»Die Kurzfassung?« Alica beantwortete ihre eigene Frage mit einem Nicken. »Ich lebe schon eine ganze Weile bei unseren kleinen braungesichtigen Freunden, weißt du? Auf jeden Fall lange genug, um zu wissen, dass nur der Hohepriester selbst in der Lage ist, dieses kleine Zauberkunststück zu vollführen. Oder die Hohepriesterin.«

»Was für ein Zauberkunststück?«, fragte Pia.

»Diese Monstervögel.« Alica nickte bekräftigend. »Ich habe dir doch erzählt, dass sie seit zigtausend Jahren ausgestorben sind. Und das gilt auch für hier. Jemand hat die beiden Tweetys aus der Vergangenheit heraufbeschworen und auf dich gehetzt, so einfach ist das.«

Quatsch!«, sagte Pia überzeugt. »So etwas wie Zauberei gibt es nicht. Nicht einmal hier!«

»Du meinst, nicht einmal hier, auf dieser Welt, die man nur durch ein magisches Portal betreten kann?«, erkundigte sich Alica. »Und in der es magische Stiefel gibt, die immer den richtigen Weg finden, Unsichtbarkeitszauber und fliegende Pferde, ganz zu schweigen von –«

»Ja, ist ja schon gut! Ich hab's kapiert, unterbrach sie Pia gereizt. Trotzdem schüttelte sie heftig den Kopf. »Aber Ixchel würde mir nie etwas tun!«

Sie rechnete mit Widerspruch, aber Alica hob stattdessen nur die Schultern. »Vielleicht stimmt das«, sagte sie, »wahrscheinlich sogar. Vielleicht ist das auch der Grund, aus dem sie dich unbedingt von hier weghaben wollte ... aber das ändert nichts, fürchte ich. Kukulkan ist es, der bei seinem Volk das Sagen hat, und wir wissen schon lange, dass er plant, uns hier in den Bergen in eine Falle zu locken und Eiranns Heer auszulöschen. Wir wussten nur nicht, wie.«

»Sicher!«, sagte Pia abfällig. »Deshalb haben sie uns ja auch geholfen, die Orks zu besiegen.«

»In ihrem eigenen Interesse, Prinzessin«, sagte Eirann, und Landras fügte hinzu: »Und die schwersten Verluste haben wir erlitten. Ihr wart dabei.«

Pia hätte gerne widersprochen, doch sie konnte es nicht. Schild Landras hatte recht: Sie war dabei gewesen und hatte gesehen, dass nahezu die Hälfte der Elbenkrieger gefallen war.

Sie schüttelte trotzdem den Kopf.

»Isabel hat fast fünfhundert Krieger bei sich«, fuhr Alica in einem Ton fort, der irgendwo auf dem schmalen Grat zwischen dem Werben um Verständnis und Überheblichkeit angesiedelt war. »Glaubst du wirklich, die brauchen anderthalb Tage, um mit ein paar verängstigten Bergleuten und einer Handvoll todkranker Orks fertigzuwerden? Sie haben sich da unten verkrochen und warten darauf, dass ihre Freunde den Pass heraufkommen; und dann sitzen wir in der Falle.«

Landras wandte sich an den Zwerg. »Wie lange brauchen Eure Männer noch, Graukeil?«

»Wir wären so weit«, murrte der Zwerg. »Sobald alle den Stollen verlassen haben.« Sein Blick streifte Pias Gesicht. »Oder auch nicht.«

Pia schüttelte noch einmal den Kopf, obwohl sie sich fast selbst lächerlich dabei vorkam. »Ihr könnt sie nicht einfach lebendig hier einmauern«, beharrte sie stur. »Das ist unmenschlich!«

»Uns bleibt keine andere Wahl, Prinzessin«, sagte Landras. Erstaunlicherweise lag in seiner Stimme mehr Emotion als in der

Alicas. »Unsere Stellung ist gut, und es gibt nur einen einzigen Weg hierherauf. Wir können uns verteidigen, selbst gegen eine so große Übermacht, zumindest so lange, bis Schwert Torman mit dem Rest des Heeres hier ist … aber das gelingt uns nicht, wenn uns ein zweites Heer in den Rücken fällt.«

»He, komm schon!«, sagte Alica. »Wahrscheinlich gibt es sowieso noch ein halbes Dutzend anderer Ausgänge! Du weißt doch, wie diese alten Bergwerke sind!«

»Nein«, antwortete Pia. »Weiß ich nicht. Du?«

»Das reicht jetzt!«, fauchte Alica. »Du hast gerade gefragt, warum ich nicht wollte, dass du von alledem hier etwas erfährst? Weil ich mir dachte, dass du genau so reagieren würdest, darum!«

»Wie denn?«, fragte Lion, bevor Pia es tun konnte.

Alica schnaubte noch lauter. Es klang hässlich. »Das hier ist Krieg, Schätzchen! Ein Krieg, der in deinem Namen geführt wird, nur falls du das schon wieder vergessen haben solltest und ob es dir nun passt oder nicht!«

»Ein Krieg, den ich angefangen habe, meinst du?«, fragte Pia bitter.

»Irgendwie könnte man es so sagen«, bestätigte Alica.

»Wenn das so ist, dann wird es wohl Zeit, dass ich ihn auch wieder beende«, sagte Pia. »Und zwar sofort.«

Und damit und noch bevor aus der Verwirrung in Alicas Augen Begreifen und dann jähes Entsetzen werden konnte, fuhr sie auf dem Absatz herum und stürmte auf einen der Tunneleingänge los.

»He!«, schrie Alica. Lion sagte gar nichts, ließ aber nur einen Sekundenbruchteil verstreichen, bevor er ihr nachsetzte, und Eirann bellte einen Befehl in einer ihr unbekannten, hart klingenden Sprache, woraufhin gleich drei seiner Männer versuchten, ihr den Weg zu versperren. Pia tauchte unter den Händen des ersten hindurch und schlug einen Haken. Der zweite prallte mit Lion zusammen, der sie gerade an der Schulter ergreifen wollte, und riss ihn freundlicherweise gleich mit sich von den Beinen. Der dritte warf sich mit einem erschrockenen Keuchen mitten in der Bewegung herum und landete schwer auf dem Rücken, als Eiranns Zorn wie von selbst in ihre Hand sprang und sein tödliches Lied zu singen begann.

Erst nach zwei weiteren Schritten (die nicht einmal genau in die Richtung führten, die sie ursprünglich eingeschlagen hatte) begriff sie, dass die Klinge nicht nach dem Elb gezielt hatte. Nahezu unsichtbar und so schnell wie ein Blitz aus glasfarbenem Licht durchtrennte der Elfenzorn eines der straff gespannten Taue zwischen den Stützbalken, raste weiter und schrammte Funken sprühend an der Wand entlang, bevor er einen der dreißig Zentimeter dicken Balken selbst und dann mit derselben Mühelosigkeit auch noch eine nicht minder straff gespannte Kette kappte. Ein peitschender Knall erscholl, dann ein Knirschen und Rumpeln, und Pia sah aus den Augenwinkeln eine weitere Gestalt in schwarzem Eisen auf sich zuspringen. Dann tat sie etwas, von dem sie selbst nicht genau sagen konnte, was es war (Dai-Ki, vermutete sie), aber das mit einem sich keuchend am Boden krümmenden und nach Luft japsenden Elbenkrieger endete. Eiranns Zorn kappte ein weiteres Tau, das mit einem Laut wie eine straff gespannte Harfensaite zersprang. Dann kamen ihre Stiefel plötzlich auf die Idee, noch einmal die Richtung zu ändern, und sie stolperte auf einen von gleich vier Schattenelben bewachten Tunnel zu.

Erstaunlicherweise ergriffen sie die Flucht, als sie noch fünf oder sechs Schritte entfernt war.

Ohne auch nur einen Deut langsamer zu werden, aber hoffnungslos verwirrt, starrte sie das Schwert in ihrer Hand an, raste weiter und fand sich unversehens in einem schmalen Tunnel mit unebenen Wänden wieder, die von zahllosen Silberadern durchzogen wurden. Wieder erscholl dieses sonderbare Knirschen, diesmal lauter und ungleich machtvoller, und war eigentlich viel eher zu spüren als zu hören. Stimmen begannen wild durcheinanderzurufen, dann zu -schreien, und Pia stolperte noch ein gutes Dutzend Schritte weiter, bevor es ihr gelang, anzuhalten und sich erschöpft gegen die Wand sinken zu lassen.

Allerdings nur für eine Sekunde, denn länger dauerte es nicht, bis sich die Silberadern wie Lava durch ihren Mantel zu fressen begannen und sie vor Schmerz aufstöhnen ließen. Hastig stolperte sie vorwärts und kam gerade noch rechtzeitig auf die Idee, dass es vielleicht nicht besonders clever wäre, gegen die Wand auf der anderen Seite zu prallen und sich zur Abwechslung Hände und Gesicht zu verbrennen. Irgendwie schaffte sie es, in der Mitte des schmalen Stollens anzuhalten, sich schwankend aufzurichten und halb herumzudrehen, und das gerade im richtigen Moment, um zu sehen, wie Landras und Gamma Graukeil auf dem Absatz herumfuhren und davonstürzten, nur kurze Zeit später gefolgt von Eirann, der eine heftig zappelnde Alica hinter sich herzerrte, und dann auch sämtlichen anderen Schattenelben und Zwergen. Das Knirschen und Rumpeln wiederholte sich noch einmal (und noch lauter), und plötzlich war die Luft voller Staub. Wenig später begann es Steine zu regnen.

Natürlich hatte sie längst begriffen, was geschah, wenn auch nicht einmal ansatzweise, *warum,* und ihr blieb auch keine Zeit, sich diese Frage ein zweites Mal zu stellen.

Boden und Wände rings um sie herum kippten in unterschiedliche Richtungen, und plötzlich war da ein riesiger schwarzer Schatten, der schnell wie der Wind auf sie zuraste und sie mit eisernem Griff umschlang.

Jesus schaffte es buchstäblich um Haaresbreite, sie mit sich zu zerren, während der Tunnel hinter ihr auf einer Länge von guten zehn Metern zusammenbrach.

XXIX

»Das habt Ihr ganz hervorragend gemacht, Erhabene«, grollte Lion. »Wirklich, eine ganz ausgezeichnete Idee von Euch, Prinzessin. Und so genial und mit leichter Hand in die Tat umgesetzt.« Er hustete, schlug sich mit der flachen Hand auf die Schultern und brachte es fertig, dass sogar seine eiserne Rüstung staubte. Er hustete noch einmal, lauter und demonstrativ.

Sie waren seit einer geschätzten halben Stunde unterwegs, und mehr oder weniger und in erstaunlich vielen und immer neuen Variationen hatte er in dieser Zeit immer dasselbe gesagt. Pia hatte auch auf mehr oder weniger immer dieselbe Art darauf reagiert, nämlich mit einem lautlosen Seufzen, einem stummen Verdrehen der Augen oder auch einem giftigen Blick – was er natürlich alles nicht mitbekommen hatte, bewegten sie sich doch die meiste Zeit durch beinahe vollkommene Dunkelheit, in der sie einer Blinden gleich mit ausgestreckten Armen und kleinen vorsichtigen Schritten vorausging und sich einfach nur darauf verließ, von ihren Schuhen schon in die richtige Richtung gelenkt zu werden.

Es war ein durch und durch unheimliches Gefühl, und dabei hatte sie noch den weit besseren Part erwischt. Der Tunnel war hoch genug für sie, aber hinter ihr unterbrach Lion seine Tiraden in regelmäßigem Abstand, um schmerzerfüllt zu grunzen oder einen gepressten Fluch auszustoßen, wenn er wieder einmal mit dem Kopf gegen einen der Balken gestoßen war, die die niedrige Decke stützten. Die ersten zwei- oder dreimal hatte sie noch schadenfroh darüber gegrinst, aber das war lange her. Eine Ewigkeit, wie es ihr vorkam, aber auch realistisch geschätzt mindestens eine halbe Stunde, wenn nicht länger. Allmählich war der Moment erreicht, in dem ihr Lions Tiraden wirklich auf die Nerven zu gehen begannen.

Und sei es nur, weil er vollkommen recht hatte.

Es war nicht immer dunkel. In Abständen, die ihr fast zu gleichmäßig erschienen, um tatsächlich noch zufällig zu sein, befanden sich unterschiedlich große Öffnungen und Risse in der Decke, durch die Tageslicht und ein Hauch von Frischluft hereinströmten, und bis vor Kurzem hatte es hier wohl auch so etwas wie eine Beleuchtung gegeben. In den wenigen Augenblicken, in denen sie *wirklich* etwas gesehen hatte, hatte sie ein System grob geschmiedeter eiserner Halterungen entdeckt, in denen Fackeln steckten. Sie waren allesamt erloschen, vielleicht im Verlauf der zurückliegenden Kämpfe zwischen den Orks und Ixchels Kriegern, vielleicht auch absichtlich gelöscht. Sie hatten keine Möglichkeit, sie anzuzünden, aber Lion hatte trotzdem zwei Fackeln mitgenommen. Eine hatte er unter seinen Gürtel geschoben, die andere hielt er wie einen Knüppel in der Hand.

»Ich muss Euch wirklich ein Kompliment machen, Gaylen«, fuhr Lion hinter ihr fort. »Die Planung dieses strategischen Rückzuges war –«

Pia blieb stehen, rechnete halbwegs damit, dass er bei der herrschenden Dunkelheit einfach in sie hineinrennen würde, und wurde auch nicht enttäuscht. »Das reicht jetzt wirklich, Lion«, sagte sie, nachdem sie beide ihr Gleichgewicht wiedergefunden hatten. Ihre Handflächen brannten, denn sie hatte den Fehler gemacht, sich an der Wand abzustützen. Auch wenn sie es nicht sehen konnte, war sie doch sicher, dass sie sich in einem besonders ergiebigen Teil der Mine befanden. »Allmählich habe sogar ich es begriffen, weißt du?«

Lion hantierte irgendwo in der Dunkelheit hinter ihr herum. Etwas klapperte. »Gehe ich Euch etwa auf die Nerven, Hoheit?«, maulte er. »Warum wohl? Weil ich vielleicht recht habe?«

»Und selbst wenn!«, erwiderte sie gereizt. »Glaubst du, dass das irgendetwas ändert?«

»Nein«, antwortete Lion. »Aber es tut gut.«

Irgendwie hatte sie das Gefühl, dass sie dieses Gespräch noch stundenlang fortsetzen konnten, ohne dass einer von ihnen aufgab. Also ging sie schweigend weiter, und nach ein paar Sekunden konnte sie auch hören, dass Lion ihr folgte. Eine geraume Weile tappten sie durch die Dunkelheit, dann sagte Lion plötzlich: »Tut mir leid.«

»Was? Dass du mir auf die Nerven gegangen bist?« Am liebsten hätte sie sich auf die Zunge gebissen, als ihr diese Worte entschlüpften. Wie sie Lion kannte, würde er sie als willkommenen Anlass nehmen, um ihr einen weiteren halbstündigen Vortrag zu halten.

Stattdessen sagte er: »Dass ich nicht schnell genug war.«

»Nicht schnell genug?« Um ein Haar wäre sie erneut stehen geblieben, um sich zu ihm herumzudrehen, erinnerte sich aber gerade noch rechtzeitig, wie das letzte Mal geendet hatte. »Wenn du nicht gewesen wärst, dann wäre ich jetzt tot. Schon vergessen?«

Sie konnte Lions Kopfschütteln regelrecht spüren. »Ich hätte dich rausholen müssen«, beharrte er, »nicht tiefer in dieses Rattenloch hineinzerren.«

Da war was dran, dachte Pia, aber zugleich musste er doch genauso gut wie sie wissen, dass er gar keine andere Wahl gehabt hatte. Hätte er versucht, sie aus dem zusammenbrechenden Tunnel heraus und zurück in die große Höhle zu zerren, dann wären sie beide erschlagen worden, so einfach war das.

»Du bist wirklich nicht mehr der Jesus von früher, weißt du das?«, fragte sie.

Lion schnaubte. »Ja. Dem wäre das nicht passiert.«

»Vor allem hätte er sich nicht stundenlang das Hirn zermartert, um sich die Schuld für etwas zu geben, wofür er wirklich nichts kann«, gab sie spöttisch zurück. »Ohne dich wäre ich jetzt tot, kapier das endlich.«

»Und mit mir verhungerst du vielleicht hier unten«, sagte Lion.

Pia seufzte. »Zu schade, dass du die Fackel nicht anzünden kannst.«

»Weil du dann auch noch mein schuldbewusstes Gesicht sehen könntest?«

»Weil du dir dann auch noch genüsslich Asche aufs Haupt streuen könntest«, antwortete Pia.

»Aber Tatsache ist –«

»Ja, dass du schuld bist«, unterbrach ihn Pia. »Wenn es dich glücklich macht, dann gebe ich dir die Schuld am Aussterben der Dinosaurier, an der letzten Eiszeit und der Wirtschaftskrise. Zufrieden?«

Lion sagte gar nichts mehr.

»Aber das alles ist nicht besonders konstruktiv, weißt du?«, fuhr sie fort. Weit, sehr weit, vor ihnen hing ein grauer Schimmer in der Luft und kennzeichnete einen weiteren Lichtschacht. Ihre Schritte wurden ganz ohne ihr Zutun schneller. »Wir kommen hier schon raus, keine Angst. Wahrscheinlich hat Alica recht und es gibt noch ein halbes Dutzend anderer Ausgänge. Wir müssen sie nur finden.«

»Ach so«, maulte Lion. »Bei geschätzten zehntausend Kilometern Tunnel ist das ja auch gar kein Problem.«

Pia verdrehte lautlos die Augen. Was hatte sie eigentlich erwartet? »Mach dir keine Sorgen«, seufzte sie. »Wir werden schon nicht verhungern.«

»Weil verdursten schneller geht?«

Pia fragte sich, ob er das eigentlich nur tat, um sie zu ärgern. Wenn ja, hatte er Erfolg. »Lion, das reicht jetzt allmählich, und –«

Lion packte sie an der Schulter und riss sie so derb zurück, dass sie um ein Haar das Gleichgewicht verloren hätte. Noch während sie mit wild rudernden Armen um ihre Balance kämpfte, stürmte er auch schon an ihr vorbei und wurde zu einem rasenden Schatten, die erloschene Fackel wie einen Knüppel in der erhobenen Hand.

Pia fand mit einiger Mühe ihr Gleichgewicht wieder (und indem sie sich an der Wand abstützte, die mit unsichtbaren, aber rasiermesserscharfen Zähnen in ihre Handflächen biss), sah ihm mit klopfendem Herzen nach und folgte ihm erst, als er in einiger Entfernung stehen blieb, ohne dass irgendetwas Dramatisches zu geschehen schien. Dennoch spürte sie, dass etwas nicht in Ordnung war.

Ihr Gefühl hatte sie nicht getrogen. Lion hatte sich auf ein Knie sinken lassen und hielt die Fackel immer noch wie eine Waffe umklammert, auch wenn es nichts gab, wogegen er sich verteidigen musste. Vor ihm lagen drei reglose Gestalten in schwarzem Eisen. Zwei der Elbenkrieger hielten noch ihre Schwerter in der Hand, mit denen sie vergeblich versucht hatten, um ihr Leben zu kämpfen, der dritte hatte wohl nicht einmal mehr die Zeit gefunden, seine Waffe zu ziehen. Er lag auf dem Rücken, und hätte in seinen weit aufgerissenen Augen nicht ein Ausdruck von unsäglichem Entsetzen gestanden, dann hätte man meinen können, dass er nur schliefe. Vielleicht störte der winzige Pfeil, der aus seinem Hals ragte, den Eindruck ein bisschen.

»Sieht so aus, als hätte uns Schild Eirann die eine oder andere Kleinigkeit verschwiegen«, sagte Lion. Fast behutsam legte er die Fackel auf den Boden, ließ sich auch auf das zweite Knie sinken und drehte die beiden anderen Toten auf den Rücken. Einer war von gleich drei der kleinen Blasrohrgeschosse in Gesicht und Hals getroffen worden, dem anderen hatte sich ein winziger Pfeil so tief ins Auge gebohrt, dass nur noch das mit einem Federbusch stabilisierte Ende daraus hervorsah.

»Da hinten liegen noch mehr.« Lion deutete in die Dunkelheit, die den Tunnel vor ihnen ausfüllte, und als Pia seinem Blick folgte, gewahrte sie eine unbestimmte Anzahl weiterer formloser Schatten. Hier unten musste eine regelrechte Schlacht getobt haben. Die Vorstellung, ihren Weg fortzusetzen und in der Dunkelheit über einen Teppich aus Toten zu laufen, jagte ihr einen eisigen Schauer über den Rücken.

»Sie sehen nicht gut aus«, sagte Lion.

Pia sah ihn ein bisschen verwirrt an. »Sie sehen ziemlich *tot* aus«, verbesserte sie ihn, aber Lion schüttelte nur den Kopf. Ohne die geringste sichtbare Anstrengung zog er einen der Toten zu sich heran, sodass sein Gesicht im Zentrum des blassen Tümpels aus Licht lag, der durch einen Riss in der Decke hereinsickerte.

»Das meine ich nicht«, sagte er. »Alicas spitzohrige Freunde sehen ja nie aus wie das blühende Leben, aber der hier kommt mir ganz so vor, als hätte er vorher schon alle Mühe gehabt, nicht aus den Latschen zu kippen.«

Pia zwang sich genauer hinzusehen und musste zugeben, dass er recht hatte. Das Gesicht des Toten zeigte nicht die vornehme Blässe des Elbenvolkes, sondern wirkte ausgezehrt und müde, wie von einer schweren Krankheit gezeichnet. Dunkle Tränensäcke hatten sich unter seinen Augen gebildet, die Wangen waren eingefallen und grau, und um seinen Mund lag ein verkniffener Zug, der ganz eindeutig nicht nur von seinem Todeskampf herrührte ... den es im Übrigen wahrscheinlich gar nicht gegeben hatte, denn sie wusste, wie schnell das Gift wirkte. Wer von einem der tückischen Geschosse getroffen wurde, der war buchstäblich tot, bevor der Schmerz auch nur sein Gehirn erreichen konnte.

»Er war krank«, sagte sie.

»Und die anderen auch.« Lion deutete auf die beiden anderen Toten, deren Gesichter dasselbe kränkliche Aussehen zeigten. »Das Silber.« Er schwieg einen Moment und wandte sich dann mit schon fast pantomimisch übertriebener Gestik an sie. »Bei der Gelegenheit: Wie fühlst du dich?«

»Nicht besonders«, gestand Pia. Alles andere hätte er ihr sowieso nicht geglaubt. Lion sah noch ein bisschen besorgter aus, und Pia beeilte sich – genauso wahrheitsgemäß – hinzuzufügen: »Aber auch noch nicht allzu schlecht.«

Das wiederum glaubte ihr Lion ganz offensichtlich nicht. Sein Stirnrunzeln wurde noch tiefer, und er setzte dazu an, etwas zu sagen, von dem sie ziemlich sicher war, dass es ihr nicht gefallen würde, beließ es aber dann bei einem Schulterzucken und einem beredten Blick. Ohne sein Tun zu erklären, begann er den Toten zu durchsuchen, schien aber nicht fündig zu werden, denn er ließ nach wenigen Augenblicken wieder von ihm ab, um sich dem zweiten Leichnam zuzuwenden.

»Bist du jetzt unter die Leichenfledderer gegangen?«, fragte sie.

Lion reagierte gar nicht darauf, sondern wühlte emsig weiter im Beutel des Toten herum und förderte schließlich zwei unscheinbare graue Steine zutage. Mit nur einer Hand und einem Geschick, das Pia erstaunt die Augen aufreißen ließ, schlug er die Steine aneinander, und ein Schauer winziger gelber Funken stob auf und setzte das angekohlte Ende der Fackel in Brand, die er mit der anderen Hand in die Höhe hielt.

»Wie … hast du das gemacht?«, murmelte Pia ungläubig.

»Muss wohl mit irgendeinem Öl oder so was getränkt sein«, antwortete er und streckte den Arm weiter aus, als die Fackel mit einem dumpfen Zischen endgültig Feuer fing.

»Das meine ich nicht.« Pia deutete auf seine andere Hand. »Die Feuersteine.«

»Es sind Feuersteine, ganz genau«, antwortete Lion. »Und?«

»Und wieso kannst du so gut damit umgehen?«

»Ich weiß nicht«, erwiderte Lion. »Ich konnte das schon immer ... glaube ich.«

Pia wusste, dass das nicht stimmte. Sie hatte einmal einen Ter Lion gekannt, dem sie diese Behauptung geglaubt hätte, aber das war lange her, und *diesen* Ter Lion gab es nicht mehr. Was bei Kronn *geschah* mit Jesus?

Für einen Moment drohte sich unbehagliches Schweigen zwischen ihnen breitzumachen, dann konnte sie ihm regelrecht ansehen, wie er den Gedanken abschüttelte. Er stand auf und hielt die Fackel weit genug in die Höhe, damit die Flamme an der Tunneldecke auseinanderfächerte und Staubpartikel und uralte Spinnweben knisternd zerfielen.

»Dann gehen wir besser weiter, solange es dir noch nicht wirklich schlecht geht.«

Auch das, vermutete Pia, sagte er zweifellos nur, um ihr zu demonstrieren, wie sehr er sich um ihr Wohl sorgte, aber es ärgerte sie trotzdem so sehr, dass sie sich auf die Zunge beißen musste, um nicht mit einer wirklich verletzenden Antwort zu reagieren. Wortlos trat sie hinter ihn und bedeutete ihm mit einer knappen Geste, weiterzugehen.

Sie fanden noch vier weitere tote Krieger und eine Viertelstunde später noch einen fünften, der den vielleicht erschreckendsten Anblick von allen bot. Um ein Haar hätten sie ihn übersehen, denn jetzt, als sie sich nicht mehr wie die Blinden von einer staubgrauen Lichtinsel zur nächsten tasten mussten, beschleunigte Lion seine Schritte, und der verkrümmte Körper lag in einem Winkel zwischen zwei Stützbalken, den das tanzende Fackellicht kaum erreichte. Pia war schon fast an ihm vorbei, als ihr ein verirrter Lichtreflex im Augenwinkel auffiel und sie stehen blieb und noch einmal genauer hinsah. Lion kam zurück und senkte seine Fackel, um ihr zu leuchten.

Der Tote lag zusammengekrümmt auf der Seite, die Beine an den Leib gezogen und die Knie mit beiden Armen umschlungen, und etwas an ihm war ... anders als an den Toten, die sie bisher gefunden hatten.

Lion sprach aus, was sie nur fühlte. »Er liegt schon eine ganze Weile hier, sagte er. »Ganz bestimmt nicht erst seit gestern.«

Und er war auch nicht an Pfeilgift gestorben, wie sie feststellten, als sie den Toten untersuchten. Sein Gesicht zeigte denselben ausgemergelten Ausdruck wie das der anderen, und selbst seinen schon lange erloschenen Augen sah man noch an, wie sehr er gelitten haben musste, bevor er starb. »Ich schätze, so sieht ein Elb aus, der an Silbervergiftung gestorben ist«, sagte Lion.

»Der arme Kerl muss ziemlich gelitten haben«, sagte sie. »Und sehr lange.«

»Mich würde viel mehr interessieren, warum Eirann ihn hierhergeschickt hat.« Lion blickte nach rechts und links, als glaubte er, die Dunkelheit dort nur lange genug anstarren zu müssen, bis sie ihr Geheimnis preisgab. Auch Pia sah kurz in die Richtung, aus der sie gekommen waren, und verspürte schon wieder ein eisiges Frösteln, denn der Anblick entbehrte nicht einer gewissen Unheimlichkeit. Das Licht der einzelnen Fachel reichte nur wenige Schritte weit, aber die Flammen hatten Staub und andere winzige Partikel in der Decke in rote Glut versetzt, die jetzt nur nach und nach erloschen, was wie ein roter Sternenhimmel aussah, der allmählich verblasste. Oder auch wie tausend winzige Dämonenaugen, die sie drohend aus der Dunkelheit heraus anstarrten. Sie versuchte den Gedanken als so albern abzutun, wie er war, aber ganz gelang es ihr nicht.

»Sie suchen irgendetwas in diesem Berg«, antwortete Pia. »Hat Eirann dir das nicht gesagt?«

»Doch, aber nicht, was.« Lion machte ein nachdenkliches Gesicht. »Er behauptet, dass sie es selbst nicht wissen.«

»Und du glaubst ihm nicht?«

»Ich weiß nicht, was man einem Spitzohr glauben kann oder nicht«, antwortete Lion. »Und Eirann schon gar nicht. Wenn du mich fragst, dann verbringt er entschieden zu viel Zeit mit Alica. Aber es muss wichtig sein, sonst würde er seine Männer nicht in den sicheren Tod schicken, um es herauszufinden.«

»Den Job werden wir ja jetzt übernehmen«, sagte Pia mit belegter Stimme. »Ob es uns gefällt oder nicht.«

Lion bedachte sie mit einem schrägen Blick und behielt alles für sich, was ihm so überreich dazu auf der Zunge lag. Wortlos stand er auf und ging weiter, und diesmal folgte ihm Pia so dichtauf, wie sie es gerade noch konnte, ohne sich an den Flammen seiner Fackel zu versengen.

Der Tunnel führte in sanfter, aber anhaltender Neigung abwärts. Die Zahl der Lichtschächte nahm allmählich ab, und die Luft wurde im gleichen Maße schlechter. Zwei- oder dreimal kamen sie an Abzweigungen vorbei, doch da ihre Stiefel keine Einwände erhoben, gingen sie jedes Mal geradeaus weiter. Dann konnten sie es nicht mehr. Der Tunnel endete zehn Schritte vor ihnen an einer glatten Wand, und dazwischen gähnte ein kreisrunder Schacht von guten zwei Metern Durchmesser, aus dem eine wenig Vertrauen erweckend aussehende Leiter ragte.

Lion gebot ihr mit einer ruppigen Geste, zurückzubleiben, kniete am Rand des Schachtes nieder und versuchte die Dunkelheit unter sich mit Blicken zu durchdringen, schüttelte aber dann nur den Kopf »Das können fünf Meter sein oder auch fünfzig«, sagte er besorgt. »Und diese sogenannte Leiter steht hier vielleicht schon seit tausend Jahren.« Er rüttelte mit der linken Hand an der Leiter, die daraufhin tatsächlich ein bedrohliches Ächzen hören ließ. Die Luft roch mit einem Mal durchdringend nach Staub. »Wahrscheinlich bricht sie zusammen, wenn ich sie auch nur schief ansehe.«

»Aber zurück können wir nicht mehr«, antwortete Pia. Außerdem bestanden ihre Stiefel darauf, dass sie nicht kehrtmachten. »Ich bin leichter als du. Vielleicht sollte ich zuerst hinabsteigen.«

»Damit ich zusehen darf, wie du dir den Hals brichst?« Lion schüttelte heftig den Kopf. »Prima Idee.«

»Du meinst, wenn ich hier stehen bleibe und dir dabei zusehe, wie du abstürzt, ist das besser?«, vergewisserte sich Pia.

Lion antwortete gar nicht, sondern reichte ihr wortlos die Fackel, griff mit beiden Händen nach der Leiter und begann ohne zu zögern hinunterzusteigen. Pia war so erschrocken, dass sie nicht einmal einen Laut hervorbrachte, sondern eine Sekunde lang einfach wie paralysiert dastand, bevor sie ihm mit einem einzigen schnellen Schritt folgte und sich vorbeugte, um ihm wenigstens zu leuchten.

Genau wie er es gesagt hatte, verlor sich das Licht schon nach kaum fünf Metern in der allgegenwärtigen Dunkelheit. Hier und da explodierte ein rotsilbernes Funkeln auf einer Silberader, und ihre eigene Nervosität gaukelte ihr Bewegung vor, wo keine war. Lion kletterte rasch, aber sehr vorsichtig nach unten. Zumindest auf dem Stück, das sie übersehen konnte, hielt die Leiter seinem Gewicht stand, und auch als er schließlich in die Schatten eintauchte und unsichtbar wurde, blieb das Geräusch von zersplitterndem Holz aus. Zeit verging, sehr viel mehr, als ihr lieb war, dann drang Lions Stimme wie aus unendlicher Entfernung zu ihr herauf: »Alles in Ordnung. Sind ungefähr zehn oder zwölf Meter, und die Leiter scheint zu halten.«

Wie beruhigend. »Was ist dort unten?«, fragte sie.

»Ein Stollen«, antwortete Lion. »Nehme ich an. Wirf mir die Fackel runter.«

»Ich soll im Dunkeln die Leiter hinuntersteigen?«, ächzte Pia.

»Besser als mit einer Hand, oder? Nun mach schon. Und keine Angst – ich fange dich auf, wenn das Ding doch noch zusammenbricht.«

Pia warf die Fackel zu ihm hinab, hoffte, dass er sich zumindest ein bisschen die Finger verbrannte, und begann mit klopfendem Herzen nach unten zu klettern. Die Leiter hatte mühelos Lions Gewicht ausgehalten, der wahrscheinlich dreimal so viel wog wie sie, seine schwere Eisenrüstung nicht mitgerechnet, aber sie bildete sich trotzdem ein, das morsche Holz unter ihren Fingern zerbröseln zu fühlen, und atmete erleichtert auf, als sie endlich wieder festen Boden unter den Füßen spürte.

Sie befanden sich in einem weiteren finsteren Stollen, dessen Wände direkt aus dem gewachsenen Felsen herausgemeißelt worden waren. Er war ein wenig breiter als der oben und ein gutes Stück höher, sodass die Flammen der Fackel die Decke nicht mehr erreichten. Trotzdem flackerte sie heftig, und erst bei diesem Anblick fiel Pia auch der Luftzug auf, der über ihre Wangen strich. Es war auch hier vollkommen dunkel, aber irgendwo in nicht allzu großer Entfernung musste es einen Ausgang geben. Wie sie ihr Glück kannte, dachte sie, ein Loch in einer spiegelglatten Felswand, unter der es eine Meile senkrecht in die Tiefe ging.

Dennoch marschierten sie in stummem Einverständnis los. Weitere Abzweigungen und Kreuzungen folgten, und je tiefer sie in den Berg eindrangen, desto mehr fragte sich Pia, ob sie ihr Ziel selbst mithilfe ihrer magischen Stiefel finden würde. Was, wenn es gar kein Ziel gab ... oder wenn es zwar existierte, sie aber längst elend zugrunde gegangen waren, ehe sie ihm auch nur nahe kamen? Sie hatte das Gesicht des toten Elben nicht vergessen und die Spuren dessen, was das Silber ihm angetan hatte.

Und was – und auf eine sonderbare Art war das vielleicht die schrecklichste Vorstellung von allen – wenn sie Ixchel zwar fanden, es ihr aber trotzdem nicht gelang, sie zur Vernunft zu bringen … oder Eirann gar recht hatte und es tatsächlich die Hohepriesterin war, die hinter dieser Verschwörung steckte?

»Da vorne ist irgendetwas«, sagte Lion plötzlich. »Warte hier!«

Er stürmte voraus, und Pia folgte ihm nicht nur auf dem Fuß, sondern zog auch das Schwert. Sofort erfüllte wieder das gewohnte düstere Flüstern ihre Seele, aber es war kaum mehr als ein Hintergrundrauschen, wie das Raunen einer düsteren Meeresbrandung, die sich an den schwarzen Klippen einer weit entfernten Küste brach. Vor ihnen lag keine Gefahr. Sie steckte die Klinge trotzdem nicht ein.

Der Tunnel endete vor einer zweiflügeligen Tür aus massiven Balken, die zusätzlich mit schweren eisernen Bändern und Nägeln verstärkt worden waren. Es hatte einen dazu passenden schweren Riegel gegeben, der jetzt aber in Stücke gebrochen auf dem Boden lag, gleich neben einem erschlagenen Ork und den Leichen dreier in Lumpen gehüllter Barbaren. Den drei Menschen war zumindest auf den ersten Blick nicht anzusehen, was sie getötet hatte, der Leichnam des Orks hingegen war mit Blasrohrgeschossen nur so gespickt. Pia fragte sich, ob die riesigen Krieger das Gift besser verkrafteten als ein Mensch oder ob ihre gepanzerte Schuppenhaut sie einfach vor den winzigen Geschossen schützte. Genutzt hatte es ihm am Ende nichts.

»Sieht so aus, als hätten sie diese Tür erbittert verteidigt«, sagte Lion.

»Oder angegriffen«, fügte Pia hinzu.

Lion maß sie mit einem missbilligenden Blick, schien erst jetzt das Schwert in ihrer Hand zu bemerken und runzelte dann strafend die Stirn. »Bleib trotzdem hinter mir«, sagte er. »Ich weiß, dass du mit dem Ding da allein die Welt erobern könntest, aber gib mir wenigstens das *Gefühl*, nicht vollkommen nutzlos zu sein.«

Pia ließ zwar das Schwert sinken und zwang sich zu einem Lächeln, aber sie fragte sich trotzdem, wie viel von diesen Worten wohl ernst gemeint sein mochte. Noch ein Thema, über das sie miteinander reden mussten. Dringend.

Sobald sie hier heraus waren.

Und falls sie dann noch lebten.

Lion wechselte die Fackel von der Rechten in die Linke, um mit der frei gewordenen Hand das Schwert zu ziehen, drückte die Tür mit dem Fuß auf und trat in angespannter Haltung hindurch. Pia folgte ihm, aber nicht, ohne noch einen raschen Blick über die Schulter zurückzuwerfen. Für einen ganz kurzen Moment hatte sie das Gefühl, eine Bewegung hinter sich zu gewahren, auch wenn sie undeutlich blieb; eines jener enervierenden Huschen eben, das man nur aus den Augenwinkeln wahrzunehmen glaubt und das stets verschwindet, wenn man genau hinsieht.

Auch der Raum, in den sie Lion folgte, war eine Enttäuschung, einmal davon abgesehen, dass es ein *Raum* war und keine Fortsetzung des Stollens oder eine Höhle. Die Wände waren geglättet und erweckten auf den ersten Blick den Eindruck, sorgfältig aus metergroßen Steinquadern zusammengefügt worden zu sein. Beim zweiten Hinsehen erkannte sie aber, dass es derselbe von Silberadern durchzogene schwarze Stein war, aus dem der gesamte Berg bestand. Die vermeintlichen Fugen waren nachträglich hineingemeißelt worden, um den Eindruck von uraltem Mauerwerk zu erwecken. Es gab eine niedrige, trapezförmige Tür auf der anderen Seite, die aus denselben zur Härte von Stein gealterten Balken wie die andere bestand, aber unbeschädigt war. Das rote Licht der Fackel glitt unstet über eine Anzahl sonderbar kantiger Reliefarbeiten, die sich ihrem Blick aber beharrlich entzogen, denn sie korrespondierten auf fast unheimliche Weise mit den Silberadern und Einschlüssen im Stein, die der Künstler geschickt zu einem Teil der Bilder selbst gemacht hatte.

»Das ist ... unheimlich«, murmelte Lion.

Pia wollte antworten, brachte aber nur ein abgehacktes Nicken zustande. Ihre Kehle war mit einem Mal wie zugeschnürt, und ihr Herz klopfte schmerzhaft schnell. Sie spürte noch keine Übelkeit, aber unter ihrer Zunge begann sich saurer Speichel zu sammeln, und ihre Hand, die das Schwert hielt, zitterte.

»Ist alles in Ordnung?«, fragte Lion.

Statt zu antworten, durchquerte sie den Raum mit schnellen Schritten, stieß die gegenüberliegende Tür auf und stellte erleichtert fest, dass der sich anschließende Gang einen deutlich kleineren Silberanteil aufwies. Sie stolperte noch ein paar Schritte weiter, bevor sie stehen blieb und sich um ein Haar erleichtert gegen die Wand hätte sinken lassen.

»Was ist los?« Lion holte sie ein und ergriff sie mit derselben Hand, in der er das Schwert hielt, am Arm, um sie zu stützen, und ihr wurde erst in diesem Moment klar, dass das auch bitter nötig war. Sie zitterte am ganzen Leib, und aus dem schlechten Geschmack unter ihrer Zunge war längst eine ausgewachsene Übelkeit geworden.

»Ist alles in Ordnung?«

»Jetzt ja«, brachte sie irgendwie heraus.

»Klar«, antwortete Lion. »Und die Erde ist eine Scheibe. Weißt du eigentlich, dass du eine miserable Lügnerin bist?«

»Wenn du das so genau weißt, warum fragst du dann?« Pia riss ihren Arm los, schluckte sauren Speichel herunter und hatte gottlob ja noch den Elfenzorn in der Hand, auf den sie sich stützen konnte, um nicht ganz stolz auf die Nase zu fallen. Trotzdem schüttelte sie (sehr vorsichtig) den Kopf und sagte noch einmal: »Es geht schon wieder. Und es wird auch gleich besser.«

»Ach ja, und das weißt du?«

»Ja«, beharrte Pia und kam seiner nächsten Frage zuvor: »Weil ich so etwas schon einmal erlebt habe.«

Und sie hatte auch eine Kammer wie diese schon einmal gesehen. Sie war weit weg, kleiner und ungleich prachtvoller, aber genauso tödlich.

»Ich habe so etwas schon einmal gesehen«, sagte sie. Noch immer sammelte sich bitter schmeckende Galle unter ihrer Zunge, den sie kaum noch schnell genug herunterschlucken konnte, um nicht zu sabbern, wohl wissend, dass sie es damit eher noch schlimmer machte. »In Chichen Itza, unten am See.«

»Die Silberkammer.«

»Du hast sie auch gesehen?«

Lion schüttelte den Kopf. Die Sorge wich nicht aus seinem Blick. »Nein. Aber Alica hat jedem davon erzählt, der es hören wollte. Jedem, der es nicht hören wollte, übrigens auch. Du wärst beinahe draufgegangen, nachdem du sie betreten hast, nicht wahr?«

»Du übertreibst mal wieder.« Pia richtete sich vorsichtig auf und ging wieder ein paar Schritte zurück, bis sie spürte, wie das Grummeln in ihren Eingeweiden wieder zuzunehmen begann. Sie konnte die Kammer nicht zur Gänze übersehen, zumal sich der rote Schein von Lions Fackel schon nach wenigen Schritten in der Dunkelheit auflöste, doch das wenige, was zu erkennen war, reichte vollkommen aus, um aus ihrem Verdacht Gewissheit zu machen.

»Weißt du, was das hier ist?«, fragte sie.

»Der kleine Bruder von Kukulkans Schatzkammer?«, fragte Lion.

Eher der große, dachte sie. Wenn der Eindruck nicht täuschte, den sie auf dem Weg hierher gewonnen hatte, dann war dieser ganze Berg nicht viel mehr als ein einziger riesiger Silberbarren, in den sich ein paar Spuren von Stein verirrt hatten. Trotzdem schüttelte sie den Kopf.

»Siehst du all die Einlegearbeiten?«, fragte sie. »Sogar im Boden ist Silber. Mehr als überall sonst hier.«

»Wir könnten einen Schmuckladen für alle ohne spitze Ohren aufmachen«, schlug Lion vor, aber Pia blieb ernst.

»Das ist so eine Art Schleuse, wenn du mich fragst«, sagte sie.

»Kein Elb dieser Welt kann diesen Raum durchqueren, ohne sich zu vergiften.«

»Und keine Gaylen.«

»Unsinn«, widersprach sie. »Ich bin kein Spitzohr.«

»Und unser Kind?«

Pia wollte antworten, drehte sich aber dann zu ihm herum und sah ihn verblüfft an. Hatte er gerade *unser* Kind gesagt?

»Es sei denn, du hast jemand anderen als Ersatzvater im Auge«, fuhr er fort, sehr ernst, und als hätte sie die Frage laut ausgesprochen. Vielleicht hatte sie es ja.

»Soll das ...« Sie musste noch einmal neu ansetzen, als ihre Stimme ihr den Dienst zu versagen drohte; und um ihre Gedanken zu sortieren und sicherzugehen, dass sie das gerade wirklich gehört hatte.

»Soll das so etwas wie ein ... ein Heiratsantrag sein?«

»Und wenn?« Lion grinste plötzlich wie ein Schuljunge, der ein Rendezvous mit seiner allerersten Freundin klarzumachen versuchte, aber sie las in seinen Augen, dass er es vollkommen ernst meinte.

»Hier? Jetzt?«

»Ist vielleicht die letzte Gelegenheit«, witzelte er. »Und wenn die Sache hier schiefgeht, bin ich fein raus und muss mir nicht einmal eine Ausrede einfallen lassen, um mich aus der Affäre zu ziehen.« Einen Moment lang war sie noch fassungslos, aber dann konnte sie einfach nicht mehr anders: Sie steckte das Schwert ein, fiel ihm mit einem einzigen Satz um den Hals und küsste ihn so stürmisch, dass selbst dieser riesige Kerl wankte und gegen die Wand stolperte.

Zuerst schien Lion so überrascht zu sein, dass er einfach gar nichts tat, dann aber erwiderte er zuerst ihre Umarmung und dann ihren Kuss, und für einen winzigen (und unendlich kostbaren) Moment gab es nur noch sie und ihn, und die Welt war einfach wunderbar und ohne jegliche Sorge oder gar Gefahr.

Sie hätte nicht einmal sagen können, ob es Lion war oder sie, dem zuerst die Luft ausging, aber es war Lion, der ihre Hände schließlich behutsam von seinem Nacken löste und sie eine halbe Armeslänge weit von sich wegschob. Sein Gesicht glänzte rot im Licht der knisternden Fackel, und sein Atem ging genauso schwer wie ihr eigener.

»Dann werte ich das mal als ein ... Ja?«, fragte er stockend. War da tatsächlich etwas wie Furcht in seinem Blick?

»Natürlich müssen wir noch tausend Dinge klären«, antwortete sie, genauso kurzatmig wie er. »Ich habe ja keine Ahnung, wie so was hier gehandhabt wird, oder ob man hier überhaupt heiratet, und wie das alles hier läuft. Aber mach dir keine Sorgen, Schatz, zur Not führen wir eben ein paar neue Sitten ein. Ich meine: Wozu bin ich schließlich so etwas wie ein weiblicher Messias, dem man die Welt zu Füßen legt?«

Lion blinzelte. Er sah nicht so aus, als würde er wirklich verstehen, wovon sie sprach. Sie ja im Grunde auch nicht. Wenn man es genau nahm, dann plapperte sie einfach nur drauflos, ohne genau zu wissen, was sie redete. »Ein paar Dinge müssen wir natürlich ändern. Der Junggesellenabend zum Beispiel ist ersatzlos gestrichen, und wir müssen noch herausfinden, ob ein einfacher Leibwächter wie du überhaupt um die Hand einer so noblen Prinzessin, wie ich eine bin, anhalten darf und –«

»Halt die Klappe«, unterbrach sie Lion, zog sie mit einem Ruck wieder an sich heran und küsste sie erneut, und diesmal so lange, bis ihr tatsächlich die Luft ausging. Als er sich das nächste Mal von ihr löste und sie von sich wegschob (nicht sehr weit und ohne sie loszulassen), war es nicht nur das Licht der Fackel, das sein Gesicht rot färbte.

»Dann hast du jetzt noch einen Grund mehr«, sagte er.

»Wofür?«

»Einen Weg hierheraus zu finden«, antwortete Lion. »Wie ich dich kenne, lässt du dir doch die Gelegenheit nicht entgehen, mir dabei zuzusehen, wie ich mich drehe und winde, um meinen Kopf aus der Schlinge zu ziehen, oder?«

»Du meinst die, die du selbst so mühsam geknüpft hast?« Sie schüttelte heftig den Kopf, stellte sich auf die Zehenspitzen und küsste ihn noch einmal flüchtig. Aber dann trat sie rasch zwei Schritte zurück und machte eine Kopfbewegung tiefer in den Gang hinein. »Keine Chance. Also los, Bräutigam. Leuchte deiner zukünftigen Herrin den Weg in die Freiheit.«

»Freiheit?« Lion kratzte sich demonstrativ am Kopf. »Also, wenn ich es mir genau überlege ... Habe ich dich wirklich gerade gefragt, ob du mich heiraten willst?«

»Wenn man es genau nimmt«, antwortete Pia, dann hast du eigentlich gefragt, ob du mich heiraten *darfst*«, verbesserte ihn Pia.

»Hab ich nicht.«

»Hast du wohl«, behauptete sie. »Wenigstens sinngemäß. Und selbst wenn nicht, nutzt dir das nichts mehr. Ich bin Prinzessin Gaylen, vergiss das nicht.«

»Und dein Wort ist Gesetz?«

»Ich *bin* das Gesetz«, antwortete sie kopfschüttelnd.

Lion zog eine Grimasse. »Hättet Ihr mich über diese unwesentliche Kleinigkeit nicht vorher in Kenntnis setzen können, Erhabene?«, fragte er.

»Hätte ich«, antwortete sie. »Aber dann hättest du nicht gefragt, oder?«

Lion verzichtete vorsichtshalber auf eine Antwort, sondern zog nur die zweite Fackel aus dem Gürtel und reichte sie ihr, nachdem er sie an seiner eigenen in Brand gesetzt hatte. Die Dunkelheit wich um einige weitere Meter vor ihnen zurück, aber nicht annähernd so weit, wie sie es sollte.

»Darüber reden wir noch, Prinzesschen«, grollte er, trat mit hoch erhobener Fackel an ihr vorbei, und aus der Dunkelheit hinter ihnen kam ein winziger Pfeil geflogen und bohrte sich in sein linkes Handgelenk.

XXX

Für die Dauer eines Gedankens blieb die Zeit stehen. Lion starrte aus hervorquellenden Augen auf die gefiederte Nadel, die aus seinem Handgelenk ragte, und sie konnte ihm regelrecht ansehen, dass er sich schlichtweg zu glauben weigerte, was er sah. Dann ächzte er, taumelte zurück und gegen die Wand und begann schwerfällig wie eine Gliederpuppe mit rostigen Gelenken zu Boden zu sinken. Pia wirbelte auf dem Absatz herum, die Fackel hoch erhoben in der einen und Eiranns Zorn in der anderen Hand. Sie erinnerte sich nicht einmal daran, es gezogen zu haben.

Hinter ihr traten ein halbes Dutzend kindergroßer Mayakrieger aus der Dunkelheit, nackt bis auf schmale lederne Lendenschurze und große Federbüsche über ihren schreiend bunt geschmückten Gesichtern – und bis an die Zähne bewaffnet. Ein halbes Dutzend Blasrohre zielte auf sie, und obwohl alles so unvorstellbar schnell ging, dass Zeit keine Bedeutung mehr zu haben schien, sah sie die tödliche Entschlossenheit in den Augen der kleinen Krieger, ihre Waffen auch zu benutzen, wenn es sein musste.

Etwas klapperte, und Pia musste sich nicht herumdrehen, um zu wissen, dass auch in der Kammer hinter ihr kleine Krieger mit geschminkten Gesichtern und langen Blasrohren aufgetaucht waren. Sie hätte auf ihre innere Stimme hören sollen, dachte sie bitter. Das Gefühl, verfolgt und beobachtet zu werden, war mehr als nur ein Gefühl gewesen.

Mit klopfendem Herzen und einem bitteren Kloß in der Kehle, der ihr schier den Atem abschnürte, drehte sie sich zu Lion herum, auf den entsetzlichsten Anblick ihres Lebens vorbereitet.

Stattdessen blickte sie in Lions ungläubig aufgerissene Augen, und was sie darin las, das waren nicht Schmerz und der herannahende Tod, die sie fest erwartet hatte, sondern nur ein abgrundtiefer Schrecken und ein noch unendlich größeres Staunen. Er hatte die Fackel fallen gelassen und die freie Hand nach dem winzigen Pfeil in seinem Handgelenk ausgestreckt, es aber nicht gewagt, die Bewegung zu Ende zu führen oder den tödlichen Dorn gar herauszuziehen.

Pia starrte ihn noch eine geschlagene Sekunde lang an, entschied dann, dass es vielleicht klüger war, sich später zu wundern, und drehte sich wieder zu den Maya um.

Vielleicht war die Bewegung zu schnell, oder einem der kleinen Krieger gingen einfach die Nerven durch: Ein Schemen jagte auf sie zu, und Eiranns Zorn fegte ihn nicht nur mit einer Bewegung aus der Luft, die schneller war, als das Auge ihr folgen konnte, sondern die auch völlig ohne ihr Zutun geschah. Der Pfeil prallte gegen die Wand, und noch bevor das Geräusch verklang, zerbrachen drei weitere Blasrohrgeschosse unmittelbar vor ihren Stiefelspitzen auf dem Boden und schlitterten davon. Pia ließ das Schwert sinken, während die Indios hastig ihre Blasrohre nachluden und sie diesmal auf ihr Gesicht richteten.

»Verdammte kleine Kröten«, maulte Lion. Sie konnte hören, wie er sich hinter ihr umständlich hochzustemmen begann. »Pass bloß auf, Gaylen ... und wieso lebe ich eigentlich noch?«

»Weil der Pfeil nicht vergiftet war«, antwortete sie.

»Dafür tut es aber verdammt weh«, maulte Lion.

»Wenigstens nicht allzu sehr«, fügte sie hinzu, wandte sich vorsichtig wieder zu den Kriegern um und schob noch behutsamer das Schwert in die Scheide zurück. Das halbe Dutzend Blasrohre folgte jeder ihrer Bewegungen misstrauisch, und Pia war ganz und gar nicht so sicher, wie sie Lion gegenüber getan hatte, dass sie alle nur mit Schreckschusspfeilen geladen waren. Mal ganz davon abgesehen, dass sie sich etwas Angenehmeres vorstellen konnte, als mit einem halben Dutzend fingerlanger Dornen gespickt zu werden.

»Steck das Schwert ein«, sagte sie. »Langsam.«

»Kein Problem«, knurrte Lion. Metall scharrte über Leder, als er gehorchte. »Um mir die Bürschchen vorzunehmen, brauche ich kein Schwert.«

Pia sagte nichts dazu. Abgesehen von ihren Blasrohren waren die *Bürschchen* auch noch mit Messern, Keulen und kurzen Schwertern aus rasiermesserscharf geschliffenem Obsidian bewaffnet, und Lion hatte schließlich genau wie sie gesehen, wie schnell und zäh diese Krieger waren. Aber Lion war es wohl allein seinem Stolz schuldig, nicht einfach vor einem Gegner zu kapitulieren, der ihm gerade mal bis zum Bauchnabel reichte.

»Wir sind auf der Suche nach der Hohepriesterin«, sagte sie, an einen der Krieger gewandt, der bisher noch nicht auf sie geschossen hatte. Vielleicht hatte er ja noch keine Zeit gefunden, mit scharfer Munition nachzuladen.

Sie bekam keine Antwort, aber zwei andere Maya traten rasch auf Lion zu. Einer hielt ihn drohend mit seinem Blasrohr in Schach, der andere streckte die Hand aus, um das Schwert aus seinem Gürtel zu ziehen, prallte aber dann erschrocken zurück, als Lion ein Geräusch wie das Knurren einer wütenden Bulldogge von sich gab.

»Wenn du mich anrührst, lege ich dich übers Knie, Knirps«, warnte er.

»Gib ihm das Schwert«, sagte Pia. »Bitte.«

Lion bedachte zwar nun auch sie mit einem kaum weniger zornigen Blick, zog aber dann mit spitzen Fingern das Schwert aus der Scheide und reichte es dem Indio; nicht mit dem Griff, sondern der Spitze voran. Der Krieger nahm es behutsam entgegen – in seinen Händen wirkte es schon fast grotesk riesig – und trat zurück. Pia legte die Hand auf Eiranns Zorn, rechnete sie doch damit, als Nächste entwaffnet zu werden, doch das Einzige, was geschah, war, dass auch die anderen Maya einer nach dem anderen ihre Blasrohre senkten. Sie blieben aufmerksam, aber Pia hatte nicht das Gefühl, dass eine unmittelbare Bedrohung von ihnen ausging.

Jedenfalls nicht, solange Lion nichts Unbedachtes tat.

»Wir sind nicht eure Feinde«, fuhr sie fort, langsam und nicht einmal sicher, ob ihre Gegenüber überhaupt verstanden, was sie sagte. »Aber wir müssen mit der Hohepriesterin reden. Es ist wichtig. Auch für euch.«

Wieder schien eine kleine Ewigkeit zu vergehen, bis etwas geschah: Die Maya wichen einige weitere Schritte vor ihnen zurück und bildeten eine Gasse, soweit das in der Enge des Tunnels überhaupt möglich war. Der Platz reichte nicht einmal für sie, von Lion gar nicht zu reden, aber sie verstand den Sinn.

»Betrachten wir das mal als Einladung«, sagte sie.

Lion maß sie mit einem finsteren Blick. »Du willst die Knirpse aber nicht als Blumenmädchen für unsere Hochzeit rekrutieren, oder?«, knurrte er.

»Diese Sitte ist bei uns nicht bekannt, mein Freund.« Ixchel trat – von einem weiteren halben Dutzend Krieger flankiert, die zusätzlich zu ihrem bunten Kopfschmuck noch knöchellange Federmäntel trugen, aus der Dunkelheit heraus und maß zuerst sie, dann Lion mit einem langen und gleichermaßen zornigen wie bedauernden Blick. »Und selbst wenn es sie gäbe, würde sie dir nichts nutzen, fürchte ich.«

»Was soll das heißen?«, fragte Lion. Pia ließ Ixchel zwar nicht aus den Augen, registrierte aber trotzdem, dass er sich anspannte, und schickte ein Stoßgebet zum Himmel, dass er nicht ausgerechnet in diesem Moment einen Rückfall in sein früheres Ich erleben und etwas wirklich Dummes tun würde.

»Was tust du hier, du dummes Kind?«, fragte Ixchel, direkt an sie gewandt und in einem sonderbaren Tonfall, der ihr nicht das Gefühl gab, dass sie wirklich eine Antwort auf diese Frage erwartete. Sie klang verärgert, erschrocken und beinahe auch ein bisschen verzweifelt, vor allem aber so durch und durch niedergeschlagen, dass es ihr schier die Kehle zuschnürte. »Habe ich nicht alles getan, was ich konnte, um dich wegzuschicken? Was hätte ich denn noch tun sollen, um dich von diesem Ort fernzuhalten?«

»Wir müssen mit dir reden, Ixchel«, sagte sie rasch. »Es ist wichtig!«

»Du hättest niemals zurückkommen dürfen«, fuhr die Hohepriesterin fort, als hätte sie gar nichts gesagt. »Du weißt ja nicht, was du getan hast.«

»Es geht hier nicht um mich, Ixchel«, antwortete Pia. »Wir müssen miteinander reden. Du musst mit diesem Irrsinn aufhören, ich beschwöre dich!«

»Und du glaubst im Ernst, es stünde in meiner Macht, so etwas zu tun ... was immer du damit meinst?«, fragte Ixchel.

»Du musst mit Eirann reden, Ixchel!«, sagte Pia in fast beschwörendem Ton. »Das ... das darf nicht geschehen! Dieser Krieg muss aufhören!«

»Und wenn ich dir sage, dass er in diesem Augenblick erst beginnt und schon tausend Jahre währt?«, erwiderte Ixchel.

Dann würde sie antworten, dass sie kein Wort verstand – und es auch keine Rolle spielte. »Ein Grund mehr, mit Eirann zu sprechen!«, erwiderte Pia und begann vor Verzweiflung nicht nur mit beiden Händen zu gestikulieren, sondern machte auch einen Schritt in Ixchels Richtung. Sofort vertraten ihr zwei ihrer Wachen den Weg und hoben drohend die Waffen. Ixchel scheuchte sie mit einer ärgerlichen Geste beiseite.

»Alles wird so kommen, wie es geschrieben steht, mein Kind«, sagte sie. »Und weder Schild Eirann noch ich können auch nur das Geringste daran ändern. So wenig wie du.«

»Weil es irgendwo *prophezeit* worden ist, nehme ich an?«

Ixchel lächelte traurig. »Ich fürchte, ganz so einfach ist es nicht, mein Kind«, antwortete sie. »Alles wird so kommen, wie es kommen muss. Und das hat nichts mit dem zu tun, was du so abfällig unsere Prophezeiungen nennst. So etwas wie Vergangenheit oder Zukunft gibt es nicht, und wenn man es genau nimmt, nicht einmal das Jetzt. Die Dinge sind schon geschehen und sie werden wieder geschehen, ganz egal wie sehr wir uns auch bemühen, sie zu ändern.« Ein sonderbar trauriges Lächeln huschte über den Teil ihres Gesichtes, der unter der grünen Halbmaske aus Federn sichtbar war. »Bitte verzeih meine groben Worte von gerade, mein Kind. Es war närrisch von mir, zu glauben, den Verlauf des Schicksals ändern zu können.«

»Vielleicht kannst du das ja«, sagte Pia.

»Ja, und als ich so jung war wie du, da habe ich genauso gedacht«, antwortete Ixchel. »Deine Worte könnten von mir stammen, wäre ich ungefähr tausend Jahre jünger ... aber leider bin ich das nicht, und so weiß ich, dass es Dinge gibt, die wir nicht aufhalten können, sosehr wir es uns auch manchmal wünschen.« Ein flüchtiger Ausdruck von Trauer erschien in ihren Augen und verschwand wieder, ehe er vollends Gestalt annehmen konnte.

Pia musste sich beherrschen, um ihr nicht zu sagen, was sie von diesem esoterischen Unsinn hielt, aber irgendwie gelang es ihr. »Ich will dich nicht beleidigen, Ixchel«, antwortete sie, »und ganz bestimmt nicht das, woran du glaubst, aber da, wo ich herkomme, hat man eine ... etwas andere Auffassung von solchen Dingen.«

»Ich weiß«, sagte Ixchel.

»Es ist niemals zu spät, Ixchel«, fuhr sie fort, so ruhig, wie sie gerade noch konnte, und sorgsam darauf bedacht, nicht in jenen ganz besonderen Ton zu verfallen, in dem man mit kleinen Kindern – oder sehr alten Leuten – zu sprechen pflegt. Ixchels Gesicht blieb unbewegt, aber die Augen hinter ihrer Federmaske funkelten, als läse sie ihre Gedanken und amüsierte sich insgeheim darüber. »Wir glauben, dass es durchaus in unserer Macht steht, unser Schicksal selbst in die Hand zunehmen. Wenn das nicht so wäre, wozu hätte Kronn uns dann einen freien Willen gegeben?«

»Ein sehr kluger Gedanke«, antwortete Ixchel. »Und richtig. Was wir tun oder auch nicht, das liegt ganz allein in unserer Entscheidung.«

»Dann lass uns –«

»Nur in diesem speziellen Fall liegen die Dinge ein wenig anders, fürchte ich«, fuhr Ixchel fort. »Ich kann es dir jetzt nicht erklären, aber es ist so.«

»Warum?«

»Weil die Zeit nicht dazu reicht und du mir nicht glauben würdest«, antwortete die Hohepriesterin. »Ich hätte es auch nicht gekonnt.«

Allmählich fiel es Pia wirklich schwer, ihre wahren Gefühle im Zaum zu halten. »Aber begreifst du es denn nicht?« Sie schrie fast. »Deine Leute sind mit einem Heer auf dem Weg hierher und Schwert Torman ebenfalls!«

»Ich weiß«, antwortete Ixchel. »Und ihre Heere werden am Fuße dieses Berges in einer Schlacht aufeinandertreffen, in der sich das Schicksal unserer beiden Völker entscheidet. Eines von ihnen wird untergehen, das andere wird leben.«

»Und Tausende werden ihr Leben verlieren!«, sagte Pia bitter. »Ist dir das wirklich gleichgültig?«

Ixchel schwieg eine geraume Weile, und etwas ... geschah mit ihrem Gesicht, was Pia nicht wirklich deuten konnte. Im allerersten Moment glaubte sie, sie hätte sie erzürnt, aber dann wurde ihr klar, dass da noch mehr war.

»Habe ich ... dich verletzt?«, fragte sie zögernd.

»Ja«, antwortete Ixchel, seltsamerweise aber mit einem Lächeln und einer Stimme, die frei von jedem Vorwurf war. »Aber es ist nicht deine Schuld. Ich hatte vergessen, wie weh diese Worte tun.«

Das verstand sie noch sehr viel weniger als das allermeiste von dem, was sie bisher gesagt hatte, aber sie wollte auch darüber nicht nachdenken. Wahrscheinlich hatte es diese verrückte alte Frau sowieso nur darauf angelegt, sie zu verwirren.

»Ixchel, ich flehe dich an!«, sagte sie beschwörend. »Lass es mich wenigstens versuchen! Ich kenne Eirann! Er ist ein vernünftiger Mann, ganz egal, was du auch von ihm hällst. Dasselbe gilt für Landras und sogar für Schwert Torman! Wenn es eine Möglichkeit gibt, dieses Blutvergießen noch zu verhindern, dann werden sie sie ergreifen, glaub mir!«

»Haben sie gesagt, welchen Schatz dieser Berg hütet, mein Kind?«, fragte Ixchel.

»Nein. Eirann behauptet, er wisse es nicht.«

»Und vielleicht ist das sogar die Wahrheit«, sagte Ixchel traurig. »Aber es ändert nichts.«

»Dann gib ihnen doch diesen verdammten Schatz!«, mischte sich Lion ein. »Oder sind dir ein bisschen Gold und ein paar Edelsteine wichtiger als das Leben deiner Männer?«

»Es geht nicht um Edelsteine oder Gold, mein Freund«, sagte Ixchel sanft. Lions Antwort schien sie zu amüsieren.

»Worum dann?«, schnaubte er.

»Ich zeige es euch«, sagte Ixchel. Und natürlich konnte sie es sich nicht verkneifen, mit einem schmalen Lächeln hinzuzufügen: »So wie es geschehen muss.«

Pia seufzte. Lion verdrehte lautlos die Augen, und Ixchel gab dem Indio, der Lions Schwert hielt, einen befehlenden Wink, woraufhin dieser sie zwar ungläubig ansah, ihr dann aber gehorsam die Waffe aushändigte. In ihren schmalen Händen wirkte sie noch ungleich größer als in denen des Kriegers, aber sie schien das Gewicht nicht einmal zu spüren.

Dann tat sie etwas wirklich Sonderbares: Sie wechselte ein paar Worte in ihrer Muttersprache mit ihren Begleitern. Diesmal gehorchten sie nicht sofort, und Pia musste ihre Worte auch gar nicht verstehen, um zu begreifen, dass sie mit der Entscheidung ihrer Herrin nicht einverstanden waren, aber schließlich gehorchten sie und zogen sich murrend zurück.

»Du bleibst ... du bleibst allein mit uns?«, murmelte Lion verdutzt.

»Und ich gebe dir deine Waffe zurück.« Ixchel reichte ihm das Schwert und reagierte mit einem sonderbar warmen Lächeln auf den fassungslosen Ausdruck, der nicht nur auf seinem Gesicht erschien, sondern auch auf dem Pias. »Und gib acht, dass du dich nicht –«

Lion sog scharf die Luft zwischen den Zähnen ein und steckte den Daumen in den Mund, der plötzlich blutete, und Ixchel schloss:

»– schneidest.«

Lion starrte sie finster an, und Pia fragte verwirrt: »Warum?«

»Weil ich weiß, dass ihr mir nichts tun werdet«, antwortete Ixchel. »Kommst du? Wir haben noch einen langen Weg vor uns und nicht mehr sehr viel Zeit.«

»Aber du kannst doch nicht –«, nuschelte Lion, nahm den Daumen aus dem Mund und setzte dazu an, seine Worte noch einmal verständlicher zu wiederholen, doch da hatte Ixchel sich bereits herumgedreht und war mit schnellen Schritten losgegangen, und sie mussten sich sputen, um sie einzuholen, bevor sie in der Dunkelheit verschwand.

Der Weg war nicht ganz so weit, wie sie nach Ixchels Worten befürchtet hatte, und nicht einmal annähernd so einfach, wie sie gehofft hatte.

In dem Labyrinth aus Stollen, Schächten und roh aus dem Fels gehauenen Treppen war es nahezu unmöglich, die Zeit abzuschätzen, aber sie waren lange unterwegs, weit über eine Stunde, wenn nicht zwei. Die beiden Fackeln waren weit genug heruntergebrannt, dass sie die Hitze der Flammen schon auf den Händen spüren konnte, und allmählich begann sie jeder Schritt spürbar Kraft zu kosten. Das Gehen auf dem unebenen Grund war anstrengend, und wenn die sonderbaren Treppenstufen speziell für irgendein anderes Volk angelegt worden waren, dann musste es sich wohl um eines mit unterschiedlich langen Beinen gehandelt haben. Selbst Lion begann irgendwann vor Anstrengung neben ihr zu schnaufen, und wie Ixchel es schaffte, in zwar nicht einmal allzu hohem, aber stetigem Tempo vorauszugehen, war ihr schlichtweg ein Rätsel.

Ein noch größeres Rätsel war es ihr, wie sie den Weg fand, denn das finstere Labyrinth, durch das sie sie führte, war genau das: ein Labyrinth, in dem kein Schritt dem anderen ähnelte und doch alles gleich auszusehen schien. Ein- oder zweimal hatte sie sogar versucht, ihr diese Frage zu stellen, darauf aber ebenso wenig eine Antwort bekommen wie auf alles andere. Schließlich tröstete sie sich damit, dass die alte Frau vermutlich alle ihre Energie brauchte, um sich überhaupt noch auf den Beinen zu halten. Das war zwar ungefähr so weit von der Wahrheit entfernt wie sie selbst vom Sonnenlicht, aber immer noch besser als jede andere Erklärung, die ihr für Ixchels plötzliche Schweigsamkeit einfiel.

Sie hatten zwei weitere der unheimlichen Silberkammern durchquert, und aus dem sauren Geschmack unter ihrer Zunge war mittlerweile wieder eine ausgewachsene Übelkeit geworden, noch nicht wirklich quälend, aber von einer Art, die sie ahnen ließ, dass sie so bald nicht wieder weggehen würde, sondern ganz im Gegenteil das Potenzial hatte, noch deutlich schlimmer zu werden. Zu ihrer großen Überraschung hatte Ixchel diesmal darauf verzichtet, ihr Vorhaltungen zu machen, was sie sich selbst und ihrem ungeborenen Kind damit antat, aber das war auch nicht nötig. Das erledigte sie schon ganz gut selbst.

Nach tausend Ewigkeiten, einer Million Treppenstufen – von denen keine zwei gleich gewesen waren – und nachdem sie dem Mittelpunkt der Erde näher sein mussten als ihrer Oberfläche, erreichten sie eine vierte Silberkammer, niedriger und schmaler, aber auch sehr viel länger als die anderen und im Grunde eher ein Tunnel als eine Kammer. Die Wände waren schwarz vom Alter, und die Luft so staubig, dass schon ihr bloßer Anblick zum Husten zu reizen schien. Überall hingen Spinnweben und graue Vorhänge aus jahrhundertealtem Staub, aber sie konnte die Unmengen von Silber spüren, die sich hinter diesem Panzer aus Dunkelheit und Alter verbargen. Ihr Gesicht und ihre Hände begannen schon bei der bloßen Vorstellung zu prickeln, diesen Tunnel auch nur zu betreten. So ähnlich, dachte sie, musste sich ein Schokoladenhase fühlen, den man gerade aufgefordert hatte, einen Spaziergang durch eine Mikrowelle zu absolvieren.

Ixchel ging ein paar Schritte voraus und blieb in der Mitte

des Raumes stehen, um sich unschlüssig umzublicken, wie es Pia vorkam, und Lion sprach zum zweiten Mal beinahe wörtlich das aus, was sie selbst nur zu denken wagte.

»Hoffentlich hat sie sich nicht verirrt. Aus diesem Rattenloch finden wir nie wieder raus.«

Statt zu antworten, sah Pia nur fast vorwurfsvoll auf ihre Stiefel hinab. Sie hatten bisher keine Einwände gegen den Weg erhoben, den sie eingeschlagen hatten, aber das Gefühl der Beruhigung, auf das sie wartete, wollte sich nicht einstellen. Stattdessen war da plötzlich eine dünne, aber hartnäckige Stimme in ihren Gedanken, die ihr die unerwünschte Frage stellte, wieso sie eigentlich so sicher war, dass sie den verdammten Dingern überhaupt trauen konnte. Wer sagte ihr denn, dass sie tatsächlich auf ihrer Seite standen?

»Ganz langsam wird sie mir unheimlich«, murmelte Lion, als ihm nach einer Weile klar wurde, dass er keine Antwort bekommen würde. »Bist du sicher, dass wir ihr trauen können?«

»Nein«, antwortete Pia.

»Nein, du bist nicht sicher, oder nein, wir können ihr nicht trauen?«

»Ganz genau«, antwortete sie.

Lion starrte sie eine Sekunde lang finster an, zuckte mit den Achseln und betrachtete dann vorwurfsvoll den Schnitt in seinem Daumen. Er hatte längst aufgehört zu bluten, aber Pia sah, dass er tatsächlich sehr tief war. Trotzdem sagte sie in spöttischem Ton: »Ich hoffe doch, du fällst jetzt nicht ins Koma, mein großer Held.«

Lions Miene wurde nur noch leidender. »Das war unheimlich, findest du nicht auch?«

»Dass du dich geschnitten hast?« Pia lachte. »Onkel Esteban hatte einen guten Spruch für solche Gelegenheiten parat, weißt du: Dummes Fleisch muss weg.«

Lion blieb ernst. »Mir ist es fast so vorgekommen, als ob sie genau wüsste, was passiert.«

»Unsinn«, antwortete Pia. »Wenn man ein scharfes Messer am falschen Ende anfasst, dann schneidet man sich eben.«

Ixchel kam zurück, und das Allererste, was Pia auffiel, war, wie unendlich müde sie aussah. Vielleicht hatte der Weg hier herunter sie doch mehr angestrengt, als sie bisher angenommen hatte. »Du musst dich noch einen Moment gedulden, mein Kind«, wandte sie sich an Pia, drehte sich dann zu Lion herum und zwang zumindest die Andeutung eines Lächelns auf ihr müdes Gesicht. »Ich hoffe, Ihr habt Eure schwere Verwundung inzwischen einigermaßen verkraftet, Ter Lion. Nicht, dass ihr mir am Ende noch ins Koma fallt.«

Lion starrte sie an, und auch Pia hatte mit einem Mal ein wirklich seltsames Gefühl. Kein sehr angenehmes.

»Aber wie ein guter Freund von mir vor sehr langer Zeit einmal gesagt hat: Dummes Fleisch muss weg.«

So viel zum Thema *unheimlich*.

»Es gibt eine Tür auf der anderen Seite«, fuhr Ixchel fort, »aber sie lässt sich nicht öffnen. Jemand muss sie aufbrechen.«

»Kein Problem«, antwortete Lion, starrte aber weiter seinen lädierten Daumen an. »Wenn Ihr einen Vorschlaghammer für mich habt oder einen Zwerg, mit dessen Schädel ich sie einrammen kann.«

»Das Scharnier auf der rechten Seite ist morsch«, antwortete Ixchel ungerührt. »Ein paar kräftige Hiebe mit Eurem Schwert sollten reichen. Beeilt Euch. Unsere Zeit läuft ab.«

»Mach ich«, sagte Lion. »Und nur für die Zukunft, geehrte Ixchel: Ihr müsst nicht jeden Satz mit einer bedeutungsschwangeren Bemerkung ausklingen lassen. Es reicht vollkommen, wenn Ihr mir auftragt –«

»Das zu tun, was Ihr am besten könnt, und einfach die Tür einzuschlagen?« Ixchel wirkte amüsiert. »Das wolltest du doch sagen, oder?«

»Wortwörtlich«, sagte Lion verdutzt.

»Warum tut Ihr es dann nicht einfach?«, fragte Ixchel lächelnd.

Lion funkelte sie noch einem Moment lang zornig an, warf dann mit einer trotzigen Bewegung den Kopf in den Nacken und ging mit schnellen Schritten los. Ixchel rief ihm nach: »Und macht Euch nichts daraus, wenn Euer Schwert zerbrechen sollte. Dort, wo wir hingehen, braucht Ihr es nicht.«

Pia rechnete fest mit einer weiteren patzigen Antwort Lions, doch er ging einfach nur schneller, und schließlich war es auch wieder Ixchel, die das unangenehme Schweigen brach. »Er ist wirklich nett. Ich hatte ganz vergessen, wie es sich anfühlt.«

»Was?«, fragte Pia verwirrt.

»Jemanden wie ihn an seiner Seite zu haben«, antwortete die Hohepriesterin. »Einen Mann, der dich aufrichtig liebt.«

»Und jetzt fühlst du es wieder?«, erkundigte sich Pia misstrauisch.

»Nein.« Ixchel lachte leise und nahm die bizarre Halbmaske ab, bevor sie weitersprach. »Aber ich sehe es dir an.«

Pia beschloss, weder darauf zu antworten noch auch nur darüber nachzudenken. Wahrscheinlich legte sie es sowieso nur darauf an, sie zu verwirren. Aber nun, wo Ixchel die Maske abgenommen hatte und sie ihr Gesicht zur Gänze erkennen konnte, sah sie auch, dass sie sich getäuscht hatte: Der Ausdruck auf ihren uralten Zügen bestand nicht nur aus Erschöpfung und Furcht, sondern noch aus etwas anderem: einer Mischung aus Verzweiflung und stummer Resignation, die sich wie eine Messerklinge in ihr Herz zu bohren schien. Kurz war ihr so, als spürte sie den Schmerz der alten Frau wie ihren eigenen. Dass sie das nicht verstand und der logische Teil ihres Denkens darauf beharrte, was für ein Unsinn das war, machte es eher noch schlimmer.

»Was hast du?«, fragte sie geradeheraus.

»Es geht hier nicht um mich, Kind«, antwortete Ixchel. »Oder doch, irgendwie schon. Aber das ist sehr schwierig zu erklären und auch nicht von Belang.«

Nein, sie würde sich nicht von jemandem besoffenquatschen lassen, der mindestens hundert Jahre Zeit gehabt hatte, sich in dieser Disziplin zu üben. »Was ist hinter dieser Tür?«, fragte sie.

Wie zur Antwort wehte ein dumpfer Schlag vom anderen Ende der Silberkammer zu ihnen herüber, gefolgt von einem Fluch und einem zweiten, noch gewaltigeren Schlag.

»Etwas, von dem ich gehofft habe, es niemals wiederzusehen«, antwortete Ixchel.

»Und das dir Angst macht.«

»Angst?« Ixchel schien eine Weile über dieses Wort nachdenken zu müssen. Zwei weitere, klirrende Schläge wehten an ihr Ohr. Dann seufzte sie. »Das wäre jetzt wohl der Moment, in dem ich den Kopf schütteln und tapfer lächeln und behaupten sollte, dass das nicht stimmt. Aber die Wahrheit ist, ja, ein wenig schon. Ich dachte, es wäre anders. Ich hatte ein langes Leben, und nicht alles daran war schlimm. Aber es muss wohl wirklich so sein, wie man sagt: Ganz egal, wie lange es dauert, am Schluss ist es immer zu kurz.«

»Dann gehen wir einfach nicht dorthin«, sagte Pia. »Du musst das nicht, Ixchel. Wir gehen zurück. Ich rede mit Eirann oder gleich mit Torman, wenn das nichts nutzt. Wenn es sein muss, dann *befehle* ich ihm, mit diesem Irrsinn aufzuhören! Vielleicht ist es das ja«, sagte Pia, hin- und hergerissen zwischen Hilflosigkeit und immer größerem Zorn auf diese starrsinnige alte Frau, die auf der einen Seite so klug und auf der anderen Seite so verbohrt war. »Es gibt kein vorherbestimmtes Schicksal, sondern nur das, was wir daraus machen!«

»Wenn es doch nur so einfach wäre«, sagte Ixchel noch einmal.

Ein weiterer klirrender Schlag erscholl, diesmal untermalt von einem wütenden Fluch in einer Sprache, von der sie gar nicht gewusst hatte, dass Lion sie beherrschte, und auf Ixchels Gesicht erschien ein flüchtiges Lächeln. Pia wollte unverzüglich losstürmen, doch Ixchel hielt sie mit einer raschen Handbewegung zurück.

»Gib ihm noch einen Augenblick«, sagte sie.

Pia fragte schon gar nicht mehr, warum, sondern musterte die schwarzen Wände vor sich nur mit immer weiterwachsendem Unbehagen. Nach ein paar Sekunden fuhr Ixchel fort:

»Was immer dort drinnen auch geschieht, du musst dich beeilen, Kind. Jede Minute, die du inmitten all dieses Silbers zubringst, könnte dein Kind umbringen.«

»Wieso?«, fragte Pia. »Sein Vater war kein Elb.«

»Nein«, antwortete Ixchel mit einem seltsamen Lächeln, »aber deine Tochter ist ein Kind dieser Welt, und das allein bringt es in Gefahr. Und nun lauf.«

»Tochter?«, wiederholte Pia. »Woher willst du wissen, dass ich eine Tochter –?«

»Weil alles so kommt, wie es vorausbestimmt ist«, sagte Ixchel.

Pia wollte antworten, doch in diesem Moment erklang am anderen Ende des Silbertunnels ein gewaltiges Dröhnen, gefolgt von einem Husten und Fluchen, und dann rief Lions gereizte Stimme: »Wenn ich die Damen dann bitten dürfte?« Ixchel versetzte ihr einen Stoß, der sie unbeholfen losstolpern ließ.

Schon mit dem zweiten Schritt fand sie ihr Gleichgewicht wieder, und sie hatte noch nicht den dritten getan, als sie auch spürte, was Ixchel gemeint hatte. Was aussah wie erstarrte Schwärze, das konnte nichts anderes sein als pures Silber, das wie eine Armee unsichtbarer Feuerkäfer über sie herfiel, ihre Haut versengte und ihr das Gefühl gab, Feuer zu atmen. Ihr Herz begann immer schneller und unregelmäßiger zu hämmern, und das mulmige Gefühl in ihrem Magen nahm erst gar nicht den Umweg über richtige Übelkeit, sondern wurde gleich zu Krämpfen, die wie mit rot glühenden Klauen in ihren Eingeweiden wühlten. Der Boden, über den sie lief, verwandelte sich in eine rot glühende Herdplatte, und sie atmete reinen Schmerz. Vielleicht waren es dreißig oder vierzig Schritte. Sie rannte jetzt so schnell wie noch nie zuvor in ihrem Leben und doch war sie auf dem allerletzten Stück nicht mehr sicher, es auch wirklich zu schaffen. Sie fiel mehr in Lions Arme, als hineinzulaufen, und sie hörte auch nicht wirklich, was er sagte; nur dass es laut war und ebenso besorgt wie zornig klang. Ihr wurde kurz schwarz vor Augen, und es kostete sie all ihre Willenskraft, sich nicht zu übergeben. Alles wurde schwarz und rot, und das Wühlen in ihren Eingeweiden wurde für einen Augenblick noch schlimmer und erlosch dann so jäh, dass die plötzliche Abwesenheit von Schmerz beinahe genauso quälend war.

Lion begann sie zu allem Überfluss auch noch zu schütteln – anscheinend war er der Meinung, dass ihr noch nicht übel genug war – und weiter mit aufgeregter Stimme auf sie einzureden. Pia machte sich gar nicht erst die Mühe, seine Worte auch nur verstehen zu wollen, sondern befreite sich mühsam aus seiner Umarmung, machte einen unsicheren Schritt an ihm vorbei und fuhr sich mit den Händen durch das Gesicht, um den Rest von Benommenheit loszuwerden. Auf ihrer Zunge lag der schlechteste Geschmack ihres Lebens, und sie zitterte noch immer am ganzen Leib, aber das Gefühl, durch einen Ozean aus unsichtbarer Säure zu taumeln, die sie von innen und außen zugleich aufzulösen versuchte, war nicht mehr da. Graues Licht umgab sie, und die Luft war so trocken, dass jeder Atemzug in ihrer Kehle brannte. Aber es waren nur Staub und Alter, nicht mehr die verheerende Wirkung des Silbers.

Hinter ihr taumelte Ixchel durch die aufgebrochene Tür, ließ sich erschöpft gegen die Wand sinken und zog die Hand, mit der sie sich abgestützt hatte, mit einem schmerzhaften Keuchen wieder zurück, als hätte sie glühendes Eisen berührt. Falls das überhaupt noch möglich war, sah sie noch elender aus, als Pia selbst sich fühlte. Unter der Sonnenbräune war ihr Gesicht grau vor Schwäche, und ihr Herz raste derart, dass sie das Klopfen der Adern an ihrem Hals sehen konnte. Sie zitterte vor Schwäche, und als Lion sich mit derselben originellen Frage an sie wandte wie gerade an Pia – nämlich wie sie sich fühlte –, musste sie dreimal ansetzen, bevor sie antworten konnte.

»Es ist … bald vorbei«, brachte sie stockend hervor. »Mach dir … keine Sorgen um … um mich.«

»Wer sagt denn, dass ich das tue?«, maulte Lion. Pia fand diese Antwort höchst überflüssig, aber sie fühlte sich einfach zu elend, um zu protestieren.

Stattdessen atmete sie noch einmal tief ein und aus, lauschte in sich hinein, um sich davon zu überzeugen, dass sie auch wirklich aus eigener Kraft stehen konnte, und sah erst dann noch einmal hinter sich. Der Tunnel war wieder in vollkommener Schwärze versunken. Trotzdem gaukelten ihr ihre Nerven eine huschende Bewegung vor, die es nicht gab, und auch das Gefühl, aus unsichtbaren Augen angestarrt zu werden, war nach wie vor da.

Pia verscheuchte den Gedanken. Sie selbst hatte der Spießrutenlauf durch den Silbertunnel schon beinahe umgebracht, und Ixchel auch (wieso eigentlich?), und jeder Elb, der auch nur an diese Todesfalle *dachte,* würde wahrscheinlich schreiend davonlaufen.

»Weiter«, befahl Ixchel. Ihre Hand deutete in die Dunkelheit hinter Lion. »Nur noch ein paar Schritte.«

Pia konnte in der angegebenen Richtung nur Dunkelheit und Schatten erkennen, aber sie hatte sich ohnehin längst damit abgefunden, der alten Schamanin auf Gedeih und Verderb ausgeliefert zu sein. Und da war nach wie vor das vollkommen grundlose, aber auch genauso sichere Gefühl, ihr vertrauen zu können. Ganz egal, was ihr Verstand auch dazu sagte.

Schon um Lion keine Gelegenheit zu einer weiteren überflüssigen Bemerkung zu geben, da sie nur Zeit kosten und unnötig an ihren Nerven zerren würde, trat sie an Ixchels Seite und nickte ihr nun ihrerseits auffordernd zu. Die Hohepriestern bedachte sie abermals mit einem ihrer seltsamen Lächeln, in dem sie Trauer las, und jetzt ganz eindeutig auch Furcht, aber auch einen Ausdruck von Stolz, für den es absolut keinen Grund zu geben schien.

Ixchel ging tatsächlich voraus, wenn auch nur zwei Schritte weit, dann streckte sie den Arm aus und schob die Dunkelheit einfach beiseite. Jedenfalls sah es im ersten Moment so aus.

Mit einiger Mühe kämpfte Pia den Anfall von Hysterie nieder, den dieser Gedanke in ihr auslösen wollte, folgte ihr dichtauf und erkannte dann ihren Irrtum. Es waren Spinnweben, jahrhundertealt – viele Jahrhunderte! – und mit dem Staub und Schmutz all dieser Zeit so verkrustet, dass sie nicht nur das Licht verschluckten, sondern unter ihrer Berührung wie Tonscherben zerbrachen und sich in staubigen Explosionen auf dem Boden auflösten. Dahinter war Licht, grau und verwaschen, das sich auf eine unheimliche Weise bewegte, als wäre es lebendig, und in diesem Licht ...

Sie hätte nicht sagen können, wie lange sie dagestanden und in die gewaltige Höhle unter sich hinabgestarrt hatte, während sich ihre Augen nur ganz allmählich an das grünstichige Zwielicht zu gewöhnen versuchten. Ein warmer Lufthauch, der auf unbeschreiblich wohltuende Weise *lebendig* roch, strich über ihr Gesicht, und das flackernde Dämmerlicht stammte nicht von einer Fackel oder einem schmalen Schlitz in der Decke, sondern drang durch die gegenüberliegende Wand herein, die auf eine die Sinne verwirrende Weise nicht wirklich massiv zu sein schien. Sie war gute hundert Meter entfernt, wenn nicht weiter, und zwischen ihnen und der Wand lag kein fester Boden, sondern Wasser, das unter den schräg einfallenden Lichtstrahlen wie Teer glänzte. Und auf diesem Wasser ...

»Das ... das ist euer großer Schatz?«, stammelte Lion. »Ihr ... ihr habt einen ... einen verdammten Krieg riskiert – *deswegen?*«

Selbst jetzt, da sie wusste, was sie sah, fiel es ihr schwer, es als Schiff zu erkennen. Es war schmal, klein – viel kleiner, als sie es erwartet hatte! –, vom Staub eines Millenniums bedeckt, der seine Farben ausgelöscht und seine Formen aufgeweicht hatte, und viel schlanker, als sie es jemals für möglich gehalten hätte. Die Ruder, einem Dutzend ausgestreckter Beine auf jeder Seite gleich ins Wasser getaucht, waren so mit Moosen und Schlingpflanzen bewachsen, dass es unmöglich war zu sagen, wo das Wasser aufhörte und das Schiff begann, und das mächtige Segel war schon vor einem halben Jahrtausend verschwunden und durch einen nicht weniger großen Vorhang aus Spinnweben und verkrustetem Staub ersetzt worden. Das gesamte Schiff schien in einen Mantel aus Alterung gehüllt zu sein, über den unwirkliche Bewegung huschte, als versuchten sich die vergangenen Jahre auf diese Weise Aufmerksamkeit zu verschaffen. Da waren Schatten, wo es kein Licht gab, um sie zu werfen, und Bewegung, wo sich seit einem Jahrtausend nichts mehr geregt hatte. Einzig der riesige geschnitzte Drachenkopf reckte sich nach wie vor stolz in die Höhe, wie um all den heranstürmenden Jahrhunderten zu trotzen. Etwas ... Unheimliches ... ging von diesem Schiff aus, das ihr aber trotzdem keine Angst machte.

»Das kann nicht dein Ernst sein, alte Frau«, sagte Lion noch einmal, als niemand antwortete. »Ihr habt nicht wirklich wegen dieses Wracks –«

»Halt die Klappe, Jesus«, unterbrach ihn Pia. Selbst der Klang ihrer eigenen Stimme an diesem Ort kam ihr falsch vor; ein Frevel an einem heiligen Platz, der der Zeit und den Göttern vorbehalten war.

Jesus hielt die Klappe und sah sie vorwurfsvoll an – und sei es nur, weil sie diesen Namen benutzt hatte.

Pia wandte sich zu der alten Hohepriesterin um. »Das aber war es, was Eirann und Torman in der Stadt der Großen Schlange gesucht haben.«

Ixchel nickte. Sie sagte nichts, aber in ihrem Gesicht arbeitete es, und Pia erkannte die Furcht in ihren Augen. Etwas würde geschehen, das wusste sie plötzlich. Etwas unvorstellbar Schreckliches. Und es gab nichts, was sie oder irgendeine Macht auf der Welt dagegen tun konnten.

»War es jemals dort?«, fragte sie.

Ixchel deutete ein Kopfschütteln an. Vielleicht sah sie es auch nur, weil sie die Antwort tief in sich bereits kannte. »Nur für eine kurze Zeit. Am Anfang, in den ersten Jahren, als wir noch glaubten, unsere Heimat gegen die Dämonen verteidigen zu können, die über das große Meer kamen. Aber das konnten wir nicht.«

Es war die Bitterkeit in ihrer Stimme, die es Pia unmöglich machte, irgendetwas darauf zu sagen; der Schmerz eines ganzen Lebens, der in diesen wenige Worten Ausdruck fand. Ein Gefühl von Endgültigkeit ergriff von ihr Besitz, das mit jedem Atemzug schlimmer wurde. Sie schwieg, bis Ixchel von sich aus weitersprach, mit leiser und brüchiger Stimme.

»Wir hatten keine Chance. Ihre Waffen waren stärker als die unseren, ihre Magie mächtiger und ihre Götter erbarmungsloser. Unsere Krieger kämpften tapfer, aber sie konnten den Feind nicht aufhalten. Als er vor unseren Toren stand und wir die letzte unserer stolzen Städte aufgeben mussten, da entschied Kukulkan, es hierherzubringen.«

»Kukulkan«, wiederholte Lion. »Du willst aber jetzt nicht behaupten, dass dein Gemahl tausend Jahre alt ist, oder?«

»Kukulkan ist mein Sohn, nicht mein Gemahl«, antwortete Ixchel. Ganz kurz stahl sich ein Lächeln auf ihr Gesicht, aber es erlosch auch sofort wieder, als sie sich an Pia wandte. »An den einzigen Ort auf dieser ganzen Welt, den keiner unserer Feinde jemals betreten kann.

»Bis heute«, vermutete Pia.

Erstaunlicherweise schüttelte Ixchel den Kopf. »Nicht einmal alle Magie Elfenborgs und der Alten Welt zusammen könnte den Schutz des heiligen Silbers überwinden. – Du wirst es tun, mein Kind.«

Pia starrte sie an, aber Lion polterte nach einer Schrecksekunde los: »Was wird sie tun? Dieses Wrack neu anpinseln und eigenhändig nach draußen rudern? Wohl kaum!«

»Das ist nicht nur ein *Wrack*, Lion«, sagte Pia, ohne dass ihr Blick die Augen der alten Hohepriesterin losließ. »Das ist die *Drakkensang*. Das Schiff, mit dem Eirann selbst hier angekommen ist.«

»Ein tausend Jahre altes Wrack?« Lion machte ein abfälliges Geräusch – oder versuchte es wenigstens. »Wen soll das beeindrucken?«

»Torman«, antwortete Pia, bevor Ixchel es konnte. »Und Eirann und Landras und überhaupt jeden auf diesem Kontinent, der keine runden Ohren hat. Begreifst du das nicht?«

»Nein«, antwortete Lion und sah sie auf eine Art an, die prompt ihr schlechtes Gewissen weckte, denn sie erinnerte sie an nichts mehr als den alten Jesus, den sie vor so langer Zeit und auf einer anderen Welt gekannt hatte. »Es ist doch nur ein altes Schiff!«

»Es ist ein Symbol, Lion«, antwortete sie. »Genau wie ich.«

Lion sah sie noch fragender an, obwohl sie spürte, dass er wohl ganz genau wusste, was sie meinte.

»Hast du schon vergessen, was du mir selbst gesagt hast? Schon mein bloßes Erscheinen hier hat einen Krieg ausgelöst, obwohl die Hälfte von allen hier nicht einmal wirklich glaubt, dass ich die echte Gaylen bin! Was glaubst du, was passiert, wenn sie dieses Schiff in die Hände bekommen? Dann hält sie niemand mehr auf!«

»Aber das ist doch nur ein Wrack«, beharrte Lion stur. »Wer weiß, ob es überhaupt die echte *Drakkensang* ist.«

»Es ist Eiranns Schiff«, sagte Ixchel.

»Ach ja?«, polterte Lion. »Und woher willst du das so genau wissen? Es ist tausend Jahre alt!«

»Weil ich dabei war, als es das erste Mal zu Wasser gelassen wurde«, antwortete Ixchel mit einem sanften Lächeln. »Ich habe es gebaut, weißt du? Zumindest ... in einem gewissen Sinn.« Sie lächelte noch einmal und jetzt in Pias Richtung, machte einen einzelnen Schritt und blieb dann noch einmal stehen, um einen raschen Blick über die Schulter zurückzuwerfen. Ein Schatten huschte über ihr Gesicht, als sie sich wieder zu ihr umwandte und gleichzeitig weiterging. »Und es ist weit mehr als nur ein Schiff. Es ist pure Magie. Vielleicht das mächtigste Artefakt, das diese Welt je gesehen hat. Und du wirst es entfesseln, mein Kind.«

Pia riss die Augen auf, und Lion gab ein abfälliges Geräusch von sich (das sie ihm diesmal *wirklich* übel nahm), aber dann beeilte er sich, wieder zu ihnen aufzuschließen.

Ixchel ging das kurze Stück zum Ufer hinunter, und wieder hatte Pia das Gefühl, Schatten über den unterirdischen See und den Rumpf der *Drakkensang* huschen zu sehen, wie ein stummer Salut, den das Schiff seiner nach so langer Zeit zurückgekehrten Herrin entbot. *Tausend Jahre …*? Erst, als sie das Schiff schon fast erreicht hatten, sah sie die Planke, die von dem flachen Felsenstrand aus zu seinem Achterdeck hinaufführte. Mit einiger Fantasie konnte man sogar noch das dreieckige Zelt erkennen, das vierzig Generationen zuvor einmal dort gestanden hatte. Jetzt war es zu einem Schemen aus erstarrter Zeit und staubverkrusteten Spinnweben geworden.

Pia blieb stehen. »Ich werde es nicht betreten«, sagte sie. »Du weißt, was das bedeutet?«

Ixchel hielt ebenfalls mitten in der Bewegung inne, aber dieses seltsame Lächeln blieb auf ihrem Gesicht. »Ich weiß, was du glaubst, dass es bedeutet«, sagte sie sanft. »Aber du kannst das Schicksal nicht aufhalten. Sosehr ich mir auch wünschte, dass es möglich wäre.«

»Und ob ich das kann!«, sagte Pia. »Und weißt du auch wie? Ich tue einfach gar nichts, so leicht ist das. Wenn ich die Magie dieses Schiffes entfessele, sobald ich es betrete, dann betrete ich es eben nicht!»

XXXI

Ixchels Lächeln wurde nur noch wärmer. »Ich kann kaum glauben, dass ich einmal so naiv gewesen sein soll«, sagte sie. »Obwohl ich es mit eigenen Augen sehe.«

»Wir können zurückgehen«, beharrte Pia. »Es muss noch einen anderen Ausgang geben.«

»Viele sogar.«

»Dann lass mich mit Eirann reden! Lass es mich wenigstens *versuchen!*«, flehte Pia.

»Aber es ist doch schon längst geschehen«, seufzte Ixchel. Einen Moment lang wartete sie vergebens auf eine Antwort, sah noch einmal kurz über die Schulter zurück – auch jetzt wieder mit diesem Ausdruck banger Erwartung, der Pia so sehr verstörte – und ging dann über die kurze Planke auf das schmale Achterdeck der *Drakkensang* hinauf.

Selbst unter ihrem geringen Gewicht begann das Schiff zu schaukeln. Wolken von Staub und bitter riechendem Alter stiegen auf, und das allgemeine Huschen und Schleichen wurde noch intensiver. Jetzt und aus der Nähe sah Pia, dass es keine Schatten waren, wie sie bisher angenommen hatte, sondern tatsächlich reine *Bewegung*, die kein Vehikel brauchte, um sie zu transportieren. Etwas geschah. Jetzt.

»Es geschieht«, sagte Ixchel. »Jetzt.«

Pia sah die uralte Frau an und fragte sich allen Ernstes, ob sie ihre Gedanken las, so sehr erschreckten sie diese Worte. Aber zugleich spürte sie auch, dass die Erklärung nicht so einfach war, sondern noch weit bizarrer und unheimlicher, als sie es sich bisher auch nur vorstellen konnte – und zugleich so simpel, dass sie im Grunde nur die Hand auszustrecken brauchte, um sie zu ergreifen.

Als sie es tun wollte, traten unmittelbar hinter Ixchel zuerst zwei, dann noch drei weitere Gestalten mit spitzen Helmen und schwarzen Eisenrüstungen aus den Schatten.

Lion und sie schrien gleichzeitig auf und stürmten los, aber es war viel zu spät. Einer der Elbenkrieger machte einen ungeschickten Schritt auf Ixchel zu, verlor aus irgendeinem Grund plötzlich das Gleichgewicht und fiel über Bord, um von seiner schweren eisernen Rüstung unverzüglich unter Wasser gezerrt zu werden; doch ein zweiter packte sie praktisch im gleichen Moment von hinten, bog ihr die Hand auf den Rücken und schlang ihr den anderen Arm um den Hals, um ihren Kopf in den Nacken zu reißen.

Das Geräusch, mit dem ihr Genick brach, bohrte sich wie ein glühender Dolch in Pias Herz; ein Laut, den sie nie wieder im Leben wirklich vergessen sollte.

Lions Schwert zertrümmerte den Helm des Kriegers, noch bevor seine Füße das Deck der *Drakkensang* auch nur berührten, und Pia fing die zusammenbrechende Hohepriesterin mit einem Arm auf, während sie mit der anderen Hand das Schwert aus der Scheide riss und den Knauf dem ihr am nächsten stehenden Krieger vor den Brustpanzer rammte. Der Schattenelb taumelte mit wild rudernden Armen zurück, stolperte über die kaum wadenhohe Reling und fiel endgültig über Bord, als das gesamte Schiff unter ihrem doppelten Aufprall erbebte und sich bedrohlich auf die Seite legte. Holz splitterte. Eines der großen Ruder hob sich ein Stück aus dem Wasser und zerbrach unter seinem eigenen Gewicht, und ein weiterer Elb stolperte, als die morschen Planken unter seinem Gewicht nachgaben und sein linkes Bein bis zum Knie einbrach. Lion nutzte seine missliche Lage, indem er ihm die Faust gegen den Helm schmetterte, und Pia registrierte eine Bewegung aus den Augenwinkeln und reagierte ganz instinktiv und ohne auch nur im Ansatz darüber nachzudenken: Der Elfenzorn verwandelte sich in einen gläsernen Blitz, der ohne den geringsten spürbaren Widerstand durch den Brustpanzer des letzten Schattenelben fuhr und ihn sterbend auf das Deck hinabschleuderte.

Hinter ihr brach die Hölle los. Der Kampf sollte vorbei sein, nachdem sie die fünf Schattenelben einfach überrannt hatten (es war viel zu leicht gewesen, flüsterte eine Stimme in ihrem Hinterkopf), aber sie hörte Schreie und schwere, stampfende Schritte und das Klirren von Metall. Aus dem Augenwinkel sah sie, wie Lion mit einem Fauchen herumfuhr und sein Schwert in die Höhe riss.

Nichts davon zählte. Pia ließ das Schwert fallen, ging langsam in die Knie und ließ Ixchel so vorsichtig auf das Deck hinabsinken, wie sie nur konnte, wobei sie ihren Kopf mit der frei gewordenen Hand stützte. Es war vollkommen sinnlos. In den Augen der uralten Hohepriesterin war kein Leben mehr. Auf ihrem Gesicht war kein Schmerz zu erkennen, und auch der sonderbare Ausdruck von Trauer war verschwunden. Sie sah ... *friedlich* aus, dachte Pia, wie jemand, der sich nach einem unendlich langen und schweren Arbeitstag endlich zur Ruhe begeben hatte und alle Mühsal und Anstrengung vergessen konnte.

Schreie und die nun ganz eindeutigen Geräusche eines erbitterten Kampfes wurden hinter ihr lauter, aber sie sah nicht einmal hin, sondern legte die flache Hand auf Ixchels Stirn, schloss die Augen und lauschte in sie hinein, suchte verzweifelt nach ihrer Lebensflamme, einem winzigen, letzten Funken, den sie mit ihrer magischen Kraft zu neuer Glut anfachen konnte, *irgendetwas*.

Aber da war nichts mehr; allenfalls noch der rasch verblassende Hauch vergessener Erinnerungen, wie der Fußabdruck eines Kindes in schmelzendem Schnee, der rascher verging, als der Blick ihn erfassen konnte, und nichts als ein Gefühl von Leere und einem unendlichen Verlust zurückließ, wobei sie nicht einmal wusste, was sie verloren hatte. Nur dass es unendlich wertvoll gewesen war, kostbarer als alles, was sie jemals besessen hatte.

Ixchels faltiges Gesicht begann vor ihren Augen zu verschwimmen, als sie sich mit Tränen füllten, und für einen ganz kurzen Moment meinte sie etwas auf schon fast unheimliche Weise *Vertrautes* in ihrem Gesicht zu erkennen, als hätten ihre Tränen eine

Barriere aufgeweicht, die es ihr bisher unmöglich gemacht hatte, sie so zu sehen, wie sie wirklich war.

Ixchels Gesicht war so alt, wie das eines Menschen nur sein konnte, verbrannt von einem Jahrtausend erbarmungsloser Sonne und von Falten zerfurcht, aber darunter war plötzlich noch etwas vollkommen anderes und Neues; nicht die strengen Züge einer Indianerin, sondern ein weicheres und auf unmöglich in Worte zu fassende Weise *vertrautes* Antlitz. Und das Unheimlichste überhaupt waren die Augen. Augen, die sie *kannte*.

Pia blinzelte, und Ixchels Gesicht wurde wieder zu dem einer tausend Jahre alten Hohepriesterin, die einem ebenso bizarren wie grausamen Gott diente.

Hinter ihr prallte Stahl klirrend auf Stahl, dann mit einem dumpferen Geräusch auf Fleisch, und sie hörte Lions Stimme schreien: *»Prinzessin! Ich könnte die Hilfe Eures Zauberschwertes gebrauchen!«*

Wenn Lion sie um Hilfe bat, dann musste es ernst sein. Trotzdem blieb sie noch eine endlose Sekunde lang reglos sitzen, die Hand auf Ixchels Stirn gepresst, und versuchte mit verzweifelter Gewalt, das Leben in ihren Körper zurückzuzwingen. Tränen liefen über ihr Gesicht, und sie hatte nicht mehr die Kraft, ein krampfhaftes Schluchzen zurückzuhalten.

Und dann und ohne sich erinnern zu können, sich auch nur bewegt zu haben, stand sie plötzlich neben Lion, und aus der Nässe auf ihrem Gesicht waren Tränen der Wut geworden. Eiranns Zorn schrie in ihrer rechten Hand nach Blut, und aus dem Flüstern dunkler Gier in ihrer Seele wurde ein triumphierendes Kreischen, als die gläserne Klinge die Schulter einer schwarz gepanzerten Gestalt traf und sie fast bis zum Brustbein hinab spaltete, bevor sie sich knirschend in der eisernen Rüstung festfraß.

Pia versetzte dem zusammenbrechenden Elbenkrieger einen Tritt, der ihn ins Wasser schleuderte und ihr Schwert befreite, versetzte noch aus derselben Bewegung heraus einem zweiten

Angreifer einen Stoß, der ihn zurückstolpern ließ, und sprang dann endgültig an Lions Seite.

Wie es aussah, gerade noch zurecht. Lion wehrte sich mit genau der verbissenen Wut und mit ungeheurer Kraft, die sie von ihm erwartete, aber er stand einer erdrückenden Übermacht gegenüber. Zwei reglose Gestalten in zerschlagenem schwarzem Eisen zu seinen Füßen bewiesen, wie entschlossen er sich wehrte, doch mindestens ein weiteres Dutzend Schattenelben drängte allein in diesem Moment über die zitternde Planke herauf oder versuchte das Schiff vom Ufer aus zu entern, und aus dem Tunnel strömten immer noch weitere Krieger herbei.

Eiranns Zorn schleuderte zwei Angreifer in einer Fontäne von Blut zurück aufs Ufer, und Lion nutzte das winzige Stocken in der heranwogenden eisernen Flut, um sein Schwert mit beiden Händen zu ergreifen und mit all seiner gewaltigen Kraft auf die Planke zu schmettern. Das uralte Holz brach in Stücke, und zwei der drei Schattenelben, die sich auf der Planke befanden, retteten sich mit einem beherzten Sprung zurück auf das steinerne Ufer. Der dritte stürzte ins Wasser, das selbst hier schon tief genug war, um ihn sofort und spurlos zu verschlucken.

Ihnen blieb nicht einmal eine Atempause. Lion wandte sich mit einem zornigen Knurren zwei weiteren Angreifern zu, die in diesem Moment über die Bordwand kletterten, während Pia in die entgegengesetzte Richtung wirbelte, wo ein weiterer Elb gerade mit ausgebreiteten Armen und sonderbar spinnenartig anmutenden, staksenden Schritten über die Ruder heranbalanciert kam, um die *Drakkensang* auf diesem Weg zu entern.

Pia überzeugte ihn davon, dass es sich vielleicht doch nicht um eine so gute Idee handelte, indem sie gleich zwei der armdicken Ruder mit einem Schwertstreich kappte, und war schon wieder herum und halbwegs an Lions Seite, bevor der Krieger mit einem gewaltigen Platschen ins Wasser fiel und unterging.

Lion hatte einen der beiden Angreifer zurück ans Ufer geworfen, mit dem anderen aber sichtliche Schwierigkeiten. Der

Elb war fast eine Handspanne kleiner als er und vermutlich nicht einmal annähernd so stark, aber unglaublich schnell. Sein Schwert wirbelte so rasend durch die Luft, dass die Klinge kaum noch zu sehen war. Lion wurde allein in dieser kurzen Zeit zweimal getroffen, der sie brauchte, um an seine Seite zu gelangen, und es war allerhöchstens noch eine Frage von Sekunden, bis einer der wuchtigen Hiebe seine Rüstung durchdrang oder eine ungeschützte Stelle traf.

Der Gedanke musste wohl so etwas wie ein Stichwort gewesen sein, auf das ein niederträchtiges Schicksal nur gewartet hatte, denn genau in diesem Augenblick fuhr das Schwert mit grässlicher Wucht auf Lions Schulter nieder. Das dicke Eisen hielt selbst diesem gewaltigen Hieb stand, aber sie konnte hören, wie Lions Schulterblatt brach. Der schwarzhaarige Riese sank mit einem gequälten Stöhnen auf die Knie und ließ seine Waffe fallen. Der Elb setzte ihm nach und schwang seine Klinge, um Lion zu enthaupten, doch Pia vertrat ihm blitzartig den Weg, riss Eiranns Zorn in die Höhe und tat dasselbe mit ihm.

Auch jetzt blieb ihr nicht einmal die Zeit, um durchzuatmen. Ein weiterer Elb bezahlte den Versuch, auf das Deck der *Drakkensang* zu springen, mit einem Sturz ins Wasser und damit mit dem Leben, zwei anderen aber gelang es. Das Schiff bebte wie unter einem Hammerschlag, und Pia musste in der allerersten Sekunde weit mehr um ihr Gleichgewicht statt gegen die beiden gepanzerten Riesen kämpfen. In der zweiten rammte sie einem der Schattenelben das Schwert so tief in den Oberschenkel, dass sich die Klinge hinter ihm noch fast eine Handbreit ins Holz der Deckplanken grub, tauchte unter einem Schwerthieb des anderen weg und versetzte ihm einen Tritt, der ihm vermutlich nicht einmal wehtat, ihn aber weit genug aus dem Gleichgewicht brachte, um Eiranns Zorn seine Arbeit tun zu lassen.

Und schon stürmten die nächsten drei Angreifer heran und stießen sich mit gewaltigen Sätzen vom Ufer ab, um das Deck zu erreichen.

Alle drei sprangen zu kurz und fielen ins Wasser.

Die *Drakkensang* zitterte, gab ein fast lebendig klingendes tiefes Ächzen von sich und zitterte noch einmal stärker. Auch die nächsten beiden Schattenelben sprangen zu kurz und ertranken. Ein weiterer versuchte es nicht mehr.

Schwer atmend ließ Pia das Schwert sinken, wandte sich um und kniete vorsichtig neben dem Elb nieder, dessen Bein sie durchbohrt hatte. Er rührte sich nicht, auch nicht, als sie behutsam das Schwert aus seinen Fingern löste und über Bord warf. Nicht einmal, als sie Eiranns Zorn auf den Boden legte und mit beiden Händen zugriff, um ihm den spitzen Helm abzunehmen, und das würde er auch nie wieder tun.

Er war tot. Seine Augen waren geschlossen, was Pia mit deutlicher Erleichterung registrierte – wenn die Augen wirklich die Fenster zur Seele waren, wie man behauptete, dann hatte sie für einen Tag in genug Fenster geblickt, die nur noch in leere Gebäude führten –, aber sein Gesicht war grau wie das eines Sith, und sie konnte ihm seinen erbärmlichen Zustand deutlich ansehen. Die Wunde, die sie ihm zugefügt hatte, war schwer, aber ganz gewiss nicht tödlich gewesen, wenigstens nicht sofort.

Wieder zitterte die *Drakkensang*, noch heftiger und länger als zuvor, und als Pia erschrocken hochsah, erkannte sie auch den Grund: Lion hatte sich wieder hochgestemmt, sein Schwert aber nicht wieder aufgenommen, sondern stattdessen eines der langen Ruder aus seiner Halterung gerissen und benutzte es, um das Schiff mit einer gewaltigen Kraftanstrengung vom Ufer abzustoßen. Mindestens ein Dutzend Krieger in schwarzem Eisen taten ihr Möglichstes, um ihn daran zu hindern, indem sie nach dem Ruderblatt traten oder mit ihren Schwertern darauf einschlugen, und sie benötigten auch nur wenige Augenblicke, um das morsche Holz einfach in Stücke zu schlagen.

Mehr Zeit hatte Lion aber auch nicht gebraucht. Schon seine ersten zwei oder drei kraftvollen Stöße hatten ausgereicht, um die *Drakkensang* aus ihrer tausend Jahre alten Ruhe zu reißen. Das

Schiff schwankte und ächzte, als wollte es jeden Moment einfach auseinanderfallen, aber sein Heck drehte sich auch ebenso langsam wie beharrlich vom Ufer weg. Ein weiteres Ruder zerbrach, als es sich an irgendeinem Hindernis unter der Wasseroberfläche verfing, und Lion warf den zwei Meter langen Stumpf in seinen Händen nach einem der Elbenkrieger am Ufer – der dem improvisierten Wurfgeschoss allerdings ohne die geringste Mühe auswich. Dennoch waren sie in Sicherheit. Für den Augenblick.

Lion maß das gute Dutzend spitz behelmter Krieger noch einmal mit einem Blick, der um etliches finsterer war als die Farbe ihrer Rüstungen, kam dann aber zu ihr zurück und ließ sich mit zusammengebissenen Zähnen neben ihr auf die Knie fallen. Er gab sich alle Mühe, sich nichts anmerken zu lassen, aber sein Blick flackerte unstet, und seine Mundwinkel bebten vor Schmerz. Blut lief unter seiner Rüstung an seinem Arm herunter und tropfte neben ihr auf die versteinerten Deckplanken.

»Saubere Arbeit«, sagte er mit einer Kopfbewegung auf den toten Elbenkrieger.

Pia musste sich beherrschen, um ihn nicht anzufahren. Der Elb war zweifellos ihr Feind gewesen und hatte genauso zweifellos versucht, Lion und sie umzubringen, aber sie fand es trotzdem schrecklich, so über ihn zu reden. »Das war ich nicht«, sagte sie spröde.

Lion warf einen bezeichnenden Blick auf das durchstochene Bein des Kriegers und runzelte die Stirn. Pia fügte noch hinzu: »Ich habe ihn verwundet, aber nicht umgebracht.«

»Und das hat ihn getötet«, sagte Lion. Er griff nach seiner schmerzenden Schulter, verzog die Lippen und beugte sich dann weiter vor, um das eingefallene Gesicht des Toten zu betrachten. »Allerdings sieht der Bursche ganz so aus, als wäre er schon tot zusammengebrochen, wenn du einmal kräftig *Buh!* gemacht hättest.«

Pia, die schon wieder schmerzhaft jeden einzelnen Knochen im Leib spürte, hätte es vielleicht etwas anders ausgedrückt, aber im Prinzip hatte er natürlich recht. Es war viel zu leicht gewesen. Lion war möglicherweise der stärkste Mann, der ihr jemals begegnet war, und Eiranns Zorn die gewaltigste Klinge aller Zeiten, aber die Elben waren auch die besten Krieger gleich zweier Welten, und es hätte ihnen niemals möglich sein dürfen, mehr als ein halbes Dutzend von ihnen *einfach so* zu überwältigen, Zauberschwert und Kraft wie ein Ochse hin oder her.

Das konnte nur am Silber liegen.

Sie sah wieder zu den Elbenkriegern am Ufer zurück. Ihre Zahl war noch einmal angewachsen – mindestens auf zwanzig, schätzte sie, wenn nicht deutlich mehr –, aber sie standen jetzt einfach nur da und sahen zu ihnen herüber. Was sollten sie auch tun? Die *Drakkensang* entfernte sich langsam, aber stetig weiter vom Ufer, und es gab keine Möglichkeit mehr für sie, das Schiff noch einzuholen.

Aber vielleicht mussten sie das ja auch gar nicht.

»Sieht so aus, als wären wir unsere spitzohrigen Freunde los«, sagte Lion. »Wenigstens etwas.«

»Hm«, machte Pia.

»Hm?«, wiederholte Lion.

Pia drehte sich langsam um und versuchte das graugrüne Zwielicht hinter sich mit Blicken zu durchdringen, allerdings ohne besonderen Erfolg. Der unterirdische See lag weiter so unbewegt und schwarz da wie eine Ebene aus erstarrtem Teer, aber unter dieser reglosen Oberfläche musste es wohl eine verborgene Strömung geben, denn das Schiff wurde keineswegs langsamer, sondern schien ganz im Gegenteil eher noch Fahrt aufzunehmen.

»Hast du jemals Lederstrumpf gelesen?«, fragte sie.

»Lederstrumpf?« Lion schüttelte den Kopf. »So was *trag* ich nicht mal!«

Pia blieb ernst. »Als Chingachgook seinen Verfolgern zu entkommen versucht«, erklärte sie, »da versteckt er sich in einem Kanu und lässt sich einfach von der Strömung davontragen. Einen ganzen Tag und eine ganze Nacht treibt er auf dem See, und als die Sonne wieder aufgeht, da stößt das Kanu endlich ans Ufer, und er wagt es, unter seiner Decke hervorzukriechen und sich aufzusetzen. Und weißt du, was das Erste ist, was er sieht?«

»Der Himmel?«

»Ein Dutzend grinsender Delaware-Indianer«, antwortete sie. »Die wussten nämlich, wo die Strömung das Kanu ans Ufer spülen würde, und haben einfach auf ihn gewartet.«

Jetzt war es Lion, der noch einmal »Hm«, machte und dann wieder finster zu den Elbenkriegern am Ufer hinsah. Nach einer Weile fragte er: »Auch auf die Gefahr hin, dass Ihr mich jetzt für kleinlich haltet, Prinzessin: Aber sollten die da nicht eigentlich auf unserer Seite sein ... oder wenigstens auf Eurer?«

»Ich glaube, sie stehen auf niemandes Seite«, antwortete Pia. »Allerhöchstens auf ihrer eigenen.« Sie nahm den Elfenzorn wieder auf (ohne sonderliche Überraschung registrierte sie, dass die diamantene Klinge vollkommen makellos war, trotz all der Leben, die sie genommen hatte), schob ihn in seine Scheide und ging die wenigen Schritte zu Ixchel hin.

Die Hohepriesterin sah mehr denn je aus, als schliefe sie nur. Auch wenn sie bisher der Meinung gewesen war, dass das gar nicht möglich wäre, hatte sich ihr Gerichtsausdruck nach ihrem Tod noch einmal verändert. Sie wirkte jetzt ganz eindeutig *friedlich*, und da war noch immer jenes unterschwellig Vertraute in ihren Zügen, das sie immer noch nicht verstand. Der Anblick schnürte ihr fast die Kehle zu.

Unendlich behutsam ließ sie sich neben ihr auf die Knie sinken und streckte die Hand aus, um sie zu berühren, wagte es aber dann aus irgendeinem Grund nicht.

»Du hast sie gemocht, stimmt's?«, fragte Lion.

Gemocht? Sie wusste es nicht einmal. Gemocht war vielleicht das falsche Wort. Sie hatte sie ja kaum gekannt. Und dennoch ... da war etwas, was sie mit dieser alten Frau zu verbinden schien, selbst jetzt noch, da sie tot war. Es war verrückt, aber es war so. Sie antwortete nur mit einem Schulterzucken.

»Obwohl sie praktisch zugegeben hat, dass sie hinter dem Anschlag auf dich steckt?«

»Ihr Sohn, nicht sie«, antwortete Pia, und das so heftig, dass Lion sie verdutzt anstarrte. Nach einer Pause und in erzwungen ruhigerem Ton fuhr sie fort: »Vielleicht wusste sie ja, dass mir nichts passiert.« Lions Stirnrunzeln wurde noch tiefer, und sie fügte mit einem (hoffnungslos verunglückten) Lächeln hinzu: »Oder sie hat sich eingebildet, es zu wissen.«

Lion sah sie eine geraume Weile nur durchdringend und mit undeutbarer Miene an, dann blickte er auf noch seltsamere Art auf seinen verletzten Daumen und sagte: »Und wenn sie es gewusst hat?«

»Fängst du jetzt auch noch an?«, fragte Pia.

»Deswegen?« Lion streckte demonstrativ den Daumen in die Höhe und schüttelte den Kopf. »Nein. Aber wegen allem anderen, weißt du?«

»Nein«, behauptete sie.

»Ich weiß ja, wie verrückt das klingt, ausgerechnet aus meinem Mund ... aber hast du nicht auch das Gefühl, dass sie genau wusste, was passieren würde?

»Dass die Elben uns in die Pfanne hauen?«

»Dass sie sterben wird«, sagte Lion ruhig.

Natürlich wusste sie, dass er recht hatte. Aber dieser Gedanke war so ... *erschreckend*, dass sie ihm nicht einmal gestattete, vollends Gestalt anzunehmen. »Unsinn. Du hast recht: Irgendwie habe ich sie gemocht. Aber das ändert nichts daran, dass sie eine verrückte alte Kräuterhexe war, die wahrscheinlich nachts an einem Kreuzweg auf einem Bein herumgehüpft ist und den Mond angeheult hat.«

Lion sah sie einfach nur weiter stumm an, und Pia begann sich augenblicklich schlecht zu fühlen, weil sie so über Ixchel sprach.

Sie griff nun doch nach ihrer schmalen Hand, nahm sie zwischen ihre Finger und erschauerte, als sie spürte, wie schrecklich dünn und zerbrechlich sie war. Dann ertastete sie etwas Hartes, sah genauer hin und zog überrascht die Stirn kraus.

»Der sieht aus wie deiner«, sagte Lion.

Damit hatte er recht – auch wenn Pia ganz sicher war, ihm niemals von dem schweren Siegelring erzählt zu haben, den sie in dem Kästchen in Estebans Schreibtisch gefunden hatte, und den sie ihm schon gar nicht *gezeigt* hatte. Aber der Ring sah nicht nur genauso aus. Es war ganz eindeutig der Ring, der den Sith gerufen hatte.

»Sie muss ihn genommen haben«, sagte sie.

»Und warum?«

»Vielleicht hat er ihr einfach gefallen.« Warum sagte sie ihm nicht einfach die Wahrheit? Weil dieser Ring nicht einfach nur ein Ring war, sondern über die Macht der Magie gebot. Eine Macht, deren Existenz sie tief in sich immer noch nicht anzuerkennen bereit war, auch wenn sie ihr Wirken schon so oft miterlebt und am eigenen Leib gespürt hatte. Sie hob nur die Schultern.

»Wir beerdigen sie anständig«, sagte Lion in plötzlich versöhnlichem Ton. »Sobald wir hier raus sind.«

Falls sie hier herauskamen, hieß das. Pia ließ Ixchels Hand fast schon zärtlich sinken, straffte dann die Schultern und zwang sich, ihren Blick nach vorne zu richten. Die *Drakkensang* hatte sich noch nicht allzu weit vom Ufer entfernt, sich dabei aber weiter gedreht, sodass der trotzig emporgereckte Drachenkopf nun genau auf das gegenüberliegende Ende des unterirdischen Sees deutete. Das Licht dort hatte sich verändert, aber sie konnte nicht genau sagen, wie.

Ein neuer Farbton war hinzugekommen, etwas ... Frischeres, das angenehm und fröhlich sein sollte, es aber nicht war. Da war etwas wie eine unterschwellige Warnung in diesem Licht, ihm nicht näher zu kommen, sondern hierzubleiben, im Schutz dieses Berges, der sein Geheimnis ein Millennium lang bewahrt hatte.

Pia sah noch einmal zum Ufer zurück und relativierte zumindest den Begriff *Sicherheit*, als sie die doppelte Reihe schwarz gepanzerter Gestalten sah, die dort standen und zu ihnen herüberstarrten. Einige von ihnen waren auf die Knie gesunken, und mindestens die Hälfte der Krieger schien Mühe zu haben, sich überhaupt noch auf den Beinen zu halten. Lion hatte recht, dachte sie bedrückt. Eirann hatte seine Krieger in den sicheren Tod geschickt. Keiner dieser Männer würde das Tageslicht wiedersehen, und wie viele Schattenelben allein den Weg hierherunter mit dem Leben bezahlt hatten, wagte sie sich nicht einmal vorzustellen. Und das alles nur wegen eines alten Schiffs?

»Schau mal«, sagte Lion plötzlich. Pia folgte seinem Blick, begriff im ersten Moment nicht, was er wollte, und zog dann überrascht die Augenbrauen hoch. Lion war zu Ixchels Mörder hinübergegangen und hatte ihm den zerschlagenen Helm abgenommen. Der Schädel darunter war zerbrochen, und das Gesicht blutüberströmt, aber sie erkannte es trotzdem.

Sie sollte erschrecken oder auch zornig werden, doch stattdessen ergriff plötzlich ein Gefühl von Bitterkeit von ihren Gedanken Besitz. Sie fühlte sich schuldig.

»Wieso ausgerechnet er?«, wunderte sich Lion. »Ich dachte, er wäre so etwas wie dein Freund.«

Das hatte sie auch gedacht. Aber sie hatte auch geglaubt, Ixchel wäre ihr Feind, und das Schicksal hätte sie auf diese Welt verschlagen, damit sie den Menschen hier Frieden brachte. War denn alles, was sie geglaubt hatte, falsch?

»Ich bin nicht einmal sicher, dass er sie töten wollte«, antwortete sie. Ixchel war so zerbrechlich gewesen, so unendlich verwundbar. »Ich glaube, er hatte nur Angst vor ihr.« Und wenn man es genau nahm, dann hatte *sie* Farlan umgebracht, schon in dem Augenblick, in dem sie seinen Trex getötet hatte.

»Das ist unsere Gaylen, wie wir alle sie lieben«, sagte Lion spöttisch. »Immer das Gute sehen, nicht wahr? Selbst wenn der Kerl dir gerade das blutige Messer aus dem Rücken zieht.«

Pia lächelte schmerzlich. Ihre Hand strich wieder über Ixchels Stirn, berührte fast zärtlich ihre Wangen und glitt dann wieder zu ihrer Hand hinab, die vom Gewicht des schweren Siegelrings niedergedrückt wurde. *Was ist dein Geheimnis, alte Frau? Warum hast du es nur nicht gesagt?*

Die *Drakkensang* näherte sich der Mitte des unterirdischen Sees und wurde allmählich schneller, und bald sah sie, was mit der vermeintlichen Wand nicht stimmte: Es war keine Wand, sondern ein nahezu undurchdringlicher Vorhang aus Lianen und Wurzelwerk und tausend Jahre altem Staub, durch den nur hier und da ein verirrter Sonnenstrahl sickerte, gerade genug, um die Höhle so weit zu erhellen, dass die Schatten lebendig wurden und sich mit unheimlichem Nicht-Leben füllten. Dann erkannte sie, was sie an dem Licht so störte: Es war das Licht der Morgensonne, die draußen gerade über den Horizont gestiegen war und ihnen jetzt fast waagerecht in die Augen stach. Waren sie tatsächlich eine *ganze Nacht* durch dieses finstere Labyrinth geirrt, oder hatte selbst die Zeit hier unten ihre Macht verloren?

Der zornig emporgereckte Drachenkopf am Bug des Schiffes berührte den Vorhang aus erstarrten Jahrhunderten, und neben ihr presste Ter Lion ungläubig die Luft zwischen den Zähnen hindurch, als sie ins helle Licht des neuen Morgens hineinglitten.

Und mitten ins Herz einer apokalyptischen Schlacht.

Vielleicht war noch sehr viel mehr Zeit vergangen, als sie ohnehin geglaubt hatte, vielleicht hatten Torman und Eirann sie auch belogen, oder noch etwas anderes und viel Bizarreres war geschehen – gleichwie, es waren nicht Dutzende oder Hunderte von Elbenkriegern, die sich in einer blitzenden Flutwelle aus schwarzem Eisen und scharf geschliffenem Stahl aus dem Dschungel und ans Ufer des lang gestreckten Sees ergossen, auf den die *Drakkensang* hinausglitt, sondern Tausende, ein gewaltiges Heer, zehnmal größer als das, das sie damals am Fluss gesehen hatten.

Doch so viele es auch waren, die Zahl ihrer Gegner war noch

ungleich größer. Hätte man Pia in diesem Moment erzählt, die Bäume des Dschungels selbst wären zum Leben erwacht, um sich dem verhassten Feind entgegenzustellen, sie hätte es geglaubt. Es mussten Tausende sein, Tausende und Tausende und Abertausende kleiner bronzehäutiger Gestalten mit bunten Kopfschmucken aus Federn, die Äxte mit steinernen Klingen und Schwerter aus glasscharfem Obsidian schwangen, lange Speere mit Spitzen aus demselben Material und kurze Blasrohre, als wäre Kukulkans gesamtes Volk hierhergekommen, um sich der Armee der Schattenelben entgegenzustellen. Es war Pia nicht möglich, Einzelheiten zu erkennen. Das gesamte Ufer schien zu einer einigen Explosion reiner Gewalt geworden zu sein, in der nicht zwei Armeen, sondern zwei komplette Völker aufeinanderprallten, beseelt von einem Hass, der älter war als die Welt und niemals erlöschen würde, solange die eine Seite die andere nicht vollkommen ausgelöscht hatte; und vielleicht nicht einmal dann.

»Aber was ...?«, murmelte Lion, schrie plötzlich auf und riss das Schwert mit einer so blitzartigen Bewegung in die Höhe, sodass Pias Blick der Bewegung kaum folgen konnte. Ein Klirren erscholl, und irgendetwas surrte mit einem Geräusch wie eine zornige Hornisse so dicht an ihrem Gesicht vorbei, dass sie den Luftzug spüren konnte.

Nur dass es keine Hornisse war, sondern ein fingerlanger Pfeil mit einem weißen Busch am Ende, der sich mit einem trockenen Knall nur eine Handbreit neben ihr in das hochgezogene Heck des Schiffes bohrte.

»Runter!«, brüllte Lion zwar mit einiger Verspätung, aber dafür umso lauter und vollkommen nutzlos. Ein zweites Blasrohrgeschoss verfehlte Pia noch knapper, dann ging ein ganzer Hagel gefiederter schwarzer Todesboten so zielsicher auf ihn nieder, dass er es vorzog, seinen eigenen Rat in den Wind zu schlagen und sich mit einem hastigen Sprung in Sicherheit zu bringen. Unmittelbar neben der *Drakkensang* spritzte das Wasser auf, und die Stelle, an der Lion gerade noch gestanden hatte, verwandelte sich plötzlich in ein zitterndes Nadelkissen. Mindestens zwei oder drei der tödlichen Geschosse gruben sich auch in Ixchels reglosen Körper, und dass Pia selbst nicht getroffen wurde, glich schon fast einem kleinen Wunder.

Aber vielleicht war es auch mehr.

Etwas ... *geschah.*

Pia konnte nicht sagen, was. Es war keine Veränderung des Sichtbaren; nicht einmal des Fühlbaren, sondern ein Wandel auf einer Ebene der Realität, von der sie bisher noch nicht einmal gewusst hatte, dass sie existierte. Es war, als spürte sie das Erwachen von etwas Uraltem und Lebendigem, etwas von so unvorstellbarer Macht, dass es die Grenzen ihrer Vorstellungskraft einfach sprengte und nur noch immer stärker und stärker und stärker wurde.

Und dann, endlich, begriff sie.

»O nein«, murmelte sie. »Dieser verdammte Mistkerl!«

»Wer?«, fragte Lion. Misstrauisch suchte sein Blick das nahe Ufer und den Himmel ab, aber zumindest im Augenblick regneten keine weiteren Giftpfeile auf sie herab.

»Farlan«, antwortete Pia. »Und Torman und Eirann auch!« *Und vielleicht sogar Alica, nicht einmal mehr dessen war sie sich sicher.* »Verstehst du denn nicht?«

»Nein«, antwortete Lion. Er fegte das Nadelkissen aus Blasrohrgeschossen mit seinem Schwert davon und ließ sich neben ihr auf ein Knie sinken. »Wir müssen weg hier! Wenn sie sich auf uns einschießen, haben wir keine Chance. Kannst du schwimmen?«

Als ob das noch eine Rolle spielte! »Begreifst du denn nicht?«, fragte Pia. Ihre Hände begannen zu zittern, und Tränen füllten ihre Augen, als sie die ganze Ungeheuerlichkeit des Verrates begriff. War eigentlich ein einziges Wort wahr gewesen von allen, die sie seit ihrer Rückkehr in die Elfenwelt gehört hatte, *auch nur ein einziges Wort?*

Dann sah sie in Lions Augen und schämte sich dieses Gedankens.

»Was soll ich begreifen?«, fragte Lion verwirrt.

»Spürst du es denn nicht?«

Lion schüttelte den Kopf, und Pia machte eine Geste, die das gesamte Schiff einschloss. »Es ist dieses Schiff, Lion«, sagte sie mit zitternder Stimme. »Die *Drakkensang*. Das war es, was sie von Anfang an wollten! Die *Drakkensang* ist mehr als ein altes Schiff! Es ist der Quell ihrer Macht! Mit diesem Schiff sind sie unbesiegbar!«

Lion blinzelte. Er schwieg, aber sie konnte das Begreifen sehen, das ganz langsam in seinen Augen heraufdämmerte; und das noch ungleich größere Entsetzen, das dieses Begreifen begleitete.

»Und ich habe es ihnen zurückgebracht«, sagte sie bitter. »Das war alles, wofür sie mich je gebraucht haben.«

Die Macht erwachte weiter. Etwas Ungeheuerliches nahm rings um sie herum Gestalt an, unsichtbar und unaufhaltsam, aber noch lange nicht zu seiner vollen Stärke erwacht. Und dennoch reichte bereits dieses wenige, um das Kriegsglück zu wenden. Pia musste nicht einmal hinsehen (und sie wollte es auch nicht, denn für ein einzelnes Leben hatte sie mehr als genug Tod und Blutvergießen gesehen), um zu wissen, dass es nun die Schattenelben waren, die wie der Zorn eines rachsüchtigen Gottes über ihre Gegner kamen, nicht nur beseelt von der Kraft eines Hasses, der so alt war wie ihr Volk, sondern auch von einer Magie, die älter war als die Welt; vielleicht älter als die Zeit selbst. Nichts, *nichts* konnte sie jetzt noch aufhalten. Sie würden Kukulkans Krieger besiegen und dieses Land erobern und dann vielleicht die ganze Welt, und das alles, all der Schrecken und das Leid und aller Tod und alles Blutvergießen, das damit einhergehen würde, war *ganz allein ihre Schuld.*

Pia hob den Kopf und sah aus tränenverschleierten Augen nun doch zum Ufer hin, und ihr Blick begegnete dem eines schmalschultrigen Mannes in einem grünen Federmantel, der einen gewaltigen bunten Kopfschmuck aus Federn trug und sich auf einen knorrigen Stab stützte. Sie waren viel zu weit entfernt, um sein Gesicht zu erkennen, geschweige denn den Ausdruck in seinen Augen, aber sie wusste trotzdem, dass es Kukulkan war; und es war, als könnte sie seine Gedanken lesen oder doch zumindest spüren, was hinter seiner Stirn vorging. Und wie konnte er auch anders, als abgrundtiefen Hass zu empfinden, ging doch rings um ihn herum in diesem Moment sein gesamtes Volk zugrunde, zermalmt von den Heerscharen aus Elfenborg, deren Kraft die wiedererwachte Magie der *Drakkensang* verzehn-, wenn nicht verhundertfacht hatte?

»Es tut mir so leid«, flüsterte sie.

Natürlich war es Zufall; vollkommen unmöglich, dass Kukulkan sie gehört hatte, nicht über den apokalyptischen Lärm der Schlacht und die große Entfernung hinweg, und doch war es ihr, als reagierte er mit einem trotzigen Schürzen der Lippen auf ihre geflüsterten Worte und einem einzigen hasserfüllten Wort, das sie unmöglich verstehen konnte, dessen Bitterkeit sich aber wie glühender Stahl in ihre Seele brannte.

»Was habe ich getan, Lion?«, flüsterte sie. *»Was habe ich getan?!«*

Kukulkan hob seinen Stab, hielt ihn einen Moment lang reglos über den Kopf und ließ ihn dann mit einem Ruck wieder sinken. Zunächst geschah gar nichts. Dann ging etwas wie eine schwere, im Einzelnen kaum wahrnehmbare Bewegung durch Kukulkans gesamtes riesiges Heer, und ein Rumoren und Rascheln erscholl, wie von tausend schlagenden Vogelschwingen.

Und dann schossen sie. Alle.

Der Himmel verdunkelte sich, als Tausende und Abertausende Blasrohrpfeile aus Kukulkans Heer aufstiegen und sich zu einer schwarzen Wolke zusammenballten, die sich wie die Hand eines zornigen Riesen nach der *Drakkensang* ausstreckte.

»O nein«, murmelte Lion neben ihr. Dann schrie er: *»Nein! Pia! Duck dich!«*

Aber es war längst zu spät. Lion wirbelte auf dem Absatz herum und warf sich schützend über sie, aber es war vollkommen sinnlos. Die Zeit schien plötzlich mit zehnfacher Geschwindigkeit dahinzurasen und gleichzeitig fast stillzustehen, wie es manchmal in Augenblicken größter Gefahr der Fall zu sein scheint: Lion warf sich über sie, um sie mit seinem eigenen Körper zu beschützen, das Rauschen und Summen der näher kommenden Todeswolke schwoll in ihren Ohren immer mehr und mehr an, und vor dem trotzig emporgereckten Bug der *Drakkensang* schäumte das Wasser wie von unsichtbarem Hagel aufgewühlt, als die schwarze Todeswolke wieder zu ungezählten Pfeilen zerfiel und sich auf das Schiff herabsenkte. Pia spürte, wie sich die gewaltige Magie der *Drakkensang* regte, uralt und unbegreiflich wie dieses Schiff selbst, um sie zu schützen und die tödliche Bedrohung abzuwenden, aber vielleicht war ihre Stärke noch nicht weit genug erwacht, oder nicht einmal sie reichte, um diesen massiven Angriff abzuwehren. Unzählige Pfeile wurden beiseitegeschoben oder ... *verschwanden* einfach, aber ungleich mehr von ihnen rasten weiter heran. Vor dem Schiff begann das Wasser zu kochen, dann war es, als jagte eine kompakte schwarze Wand auf die *Drakkensang* zu, die den Bug verschlang, die Deckplanken und die Reling und das gesamte Schiff wie unter Hammerschlägen erbeben ließ. Lion schrie noch einmal und noch lauter auf, doch seine Stimme wurde einfach vom Rauschen der Pfeile und dem hämmernden Geräusch der Einschläge verschluckt, und dann war die schwarze Wand endgültig heran, und Pia schloss die Augen und klammerte sich mit verzweifelter Kraft an Lion und nichts geschah.

Eine einzelne, nicht enden wollende Sekunde lang saß Pia mit angehaltenem Atem und geschlossenen Augen da und wartete auf den reißenden Schmerz, der alles beenden würde.

Stattdessen wurde es still.

Lions Schrei, das Tosen der niederstürzenden Pfeilwolke, selbst der apokalyptische Lärm der Schlacht waren verstummt, und die plötzliche Stille kam ihr so absolut vor, dass sie in ihren Ohren zu dröhnen schien. Dann erscholl ein einzelner erschrockener Schrei, gefolgt von hastigen Schritten, die sich rasch entfernten.

Pia ließ eine weitere, noch endlosere Sekunde verstreichen,

ehe sie es wagte, die Augen zu öffnen und sich umständlich aus Lions Umarmung loszumachen. Er wirkte genauso fassungslos wie sie (und war genauso unversehrt) und als sie ihn mit sanfter Gewalt von sich schob und sich aufsetzte, stellte sie fest, dass auch Isabel noch da war.

Das war aber auch schon alles. Die *Drakkensang* war verschwunden, genauso wie der See, das Ufer und der Dschungel und die mörderische Schlacht. Selbst der Himmel war fort und hatte einer schmutzig grauen Glocke Platz gemacht, deren bloßer Anblick ihr das Gefühl gab, nicht mehr richtig atmen zu können. Von weit her drangen Geräusche an ihr Ohr; ein Rauschen und Rumoren, manchmal auch ein schrilles Pfeifen und Hupen und Fetzen einer fremdartigen, sonderbar atonal anmutenden Musik.

»Sind wir ... tot?«, murmelte Lion.

Pia antwortete nicht. Vielleicht. Aber wenn sie tot war und das hier die Hölle, dann hatte sie verdammt große Ähnlichkeit mit Rio de Janeiro ...

»Wo ... wo sind wir?«, fragte Lion. »Was ist das, Gaylen?«

»Wir sind zurück, Jesus«, sagte sie mit leiser, bebender Stimme. »Wir sind wieder zu Hause.«

»Zu Hause?« Lion blinzelte, sah sich verwirrt um und starrte dann wieder sie an. »Was meinst du damit, zu Hause? Gaylen, *was ist das hier?*«

Jetzt war es Pia, die ihn verstört ansah und nicht wirklich verstand, was er meinte. Und als sie es begriff, tat sie es mit einem Gefühl von solchem Entsetzen, dass ihre Kehle einfach wie zugeschnürt war und sie keinen Laut herausbekam.

Schritte näherten sich und aufgeregte Stimmen. Pia drehte überrascht den Kopf und sah eine ganze Gruppe aufgeregt gestikulierender Männer und Frauen auf sich zukommen, angeführt von einer hochgewachsenen Gestalt in schwarzen Hosen und Lackstiefeln, die ein hellblaues Hemd und eine schwarze Schirmmütze trug und dazu ein lackiertes schwarzes Koppel, an dem eine wirklich beeindruckend große Pistole hing. »Was ist passiert?«, fragte der Polizist aufgeregt. »Hatten Sie einen Unfall? Brauchen Sie Hilfe?« Ohne auch nur auf eine Antwort zu warten, ergriff er sie am Arm, zog sie vollends in die Höhe – und prallte mit einem erschrockenen Keuchen zurück, als er Isabels reglosen Körper erblickte.

»Aber was –?«, murmelte er.

»Ich kann das erklären!«, sagte Pia rasch. *Ach ja? Und wie?* »Ich weiß, wie das aussieht, aber es gibt eine Erklärung dafür, glauben Sie mir.«

Der Polizist antwortete nicht, aber er trat einen weiteren Schritt zurück, setzte nun doch dazu an, etwas zu sagen, und riss stattdessen entsetzt die Augen auf, und als Pia seinem Blick folgte und Isabels reglosen Körper und all das Blut auf ihrem Kleid und ihrem Gesicht sah, konnte sie ihn sogar beinahe verstehen.

»Bitte!«, sagte sie hastig. »Ich kann das erklären, wirklich!« Sie machte einen Schritt auf den Polizeibeamten zu und hob erklärend die Hände, und nun wich auch noch das allerletzte bisschen Farbe aus seinem Gesicht.

Was ihn allerdings nicht daran hinderte, zwei weitere Schritte zurückzuweichen und mit einer blitzartigen Bewegung seine Waffe zu ziehen.

»Legen Sie das weg!«, fauchte er. »Sofort!«

Pia sah ihn eine Sekunde lang einfach nur verwirrt an, bevor sie überhaupt begriff, dass sie noch immer ein mehr als meterlanges Schwert mit einer Klinge aus Diamant in der Hand hielt, deren Spitze genau auf den Polizisten deutete. Hastig ließ sie sich in die Hocke sinken, legte den Elfenzorn auf den Boden und richtete sich behutsam wieder auf. »Ich kann das erklären, wirklich«, sagte sie noch einmal.

»Ja, und darauf bin ich auch wirklich gespannt«, antwortete der Polizist, indem er noch einmal einen Schritt zurücktrat, um Lion und sie gleichzeitig in Schach halten zu können. Der Hahn seiner Waffe klickte hörbar, als er ihn zurückzog. »Aber jetzt hebt ihr erst einmal die Hände. Beide. Ihr seid verhaftet.«